《世界经典文库》

—— 图文珍藏版 ——

世界二十大名著

马博⊙主编

线装书局

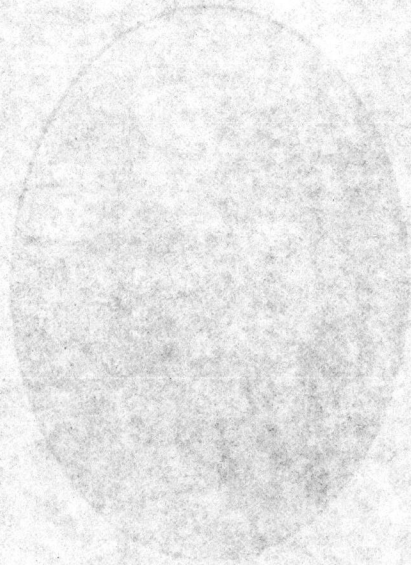

前 言

    文学是以语言文字为工具,形象化地反映客观现实、表现作家心灵世界的艺术,是文化的重要表现形式,以不同的形式即体裁,表现内心情感,再现一定时期和一定地域的社会生活,是感受一个民族和时代最生动的经验;名著就是指具有较高艺术价值和知名度,且包含永恒主题和经典的人物形象,能够经过时间考验经久不衰,被广泛认识以及流传的文字作品,能给人们以警世和深远影响的著作,以及对世人生存环境的感悟;名著可以使人陶冶情操,在经典的名著里去探索、去挖掘那潜在的文学风格。世界文学名著永远是全世界人民的无价之宝,是值得大家继承和发扬光大的精神财富。

    读世界文学名著,是我们永远需要的,因为任何对经典的了解,都会让我们人文的价值、人文的精神不断地升华提高,是可以培养一个人的素养,让你心中有一种正确而优雅的为人处世观。从小读世界文学名著,并加以思考,对读者尤其是青少年朋友的人格塑造有很大的好处。青少年读者通过这些不朽的文学作品而认识、感悟到的世界,对真善美、假恶丑的认识和理解,对人生哲理潜移默化地接受,比我们大人肤浅的说教要深刻得多、有效得多。

    读世界文学名著能在我们懂得了知识的同时,使我们感到乐趣;能在提高了自己文笔的同时,领略到了大文豪们的风采,能使我们在广泛了知识面的同时,丰富了我们的课外生活。世界名著中还能体现许多文豪的人生观,使我们懂得许多人生哲理;读世界名著还可以使我们的人生少走许多弯路,不去步那些过了一辈子失败人生的人的后尘。总之,多读世界文学名著,对我们的人生有极大的好处!

    知识无边无际,世界文学名著浩如烟海,一个人的时间、精力是有限的,我们永远无法通晓所有的知识,所以我们要选择对我们最有益的书来读。广大读者面对品种繁多、应接不暇的图书信息,同样面临如何选择的窘境。即便是面对数百部在文学史上地位显赫的世界文学名著,选择也一样无法回避。为了方便我国广大读者选择自己必读的世界文学名著,我们特组织有关专家和学者编辑了这套最具有推崇价值的世界经典作品——《世界二十大名著》，这是世界文学名著的"好中选优，优中选精"的精华本，具体包括：《战争与和平》《巴黎圣母院》《童年》《在人间》《红与黑》《呼啸山庄》《傲慢与偏见》《悲惨世界》《安娜·卡列尼娜》《包法利夫人》《昆虫记》《飘》《三个火枪手》《基督山伯爵》《钢铁是怎样炼成的》《上尉的女儿》《伊索寓言》《安徒生童话》《格林童话》《亲合力》这二十部著作，这些作品一经问世就受到了世人的瞩目，受到了世界各国读者的喜爱，至今畅销不衰。

　　总之，这是一套精选世界文学名著中脍炙人口的经典名著，是被市场认可且为学术界首肯的传世名著，我们相信这二十部全世界人民共同的精神瑰宝，必定会给新老读者带来一股新世纪的全新人文气息。

世界经典文库

世界二十大名著

战争与和平

游刃于战争与和平之间 塑造世界文学不朽名著

图文珍藏版

[俄罗斯]托尔斯泰◎著

马博◎主编 亢继军◎译

第一册

世晓名簿

线装书局

图书在版编目（CIP）数据

战争与和平 / (俄罗斯) 托尔斯泰著；马博主编
. -- 北京：线装书局，2016.1（2021.6）
（世界二十大名著）
ISBN 978-7-5120-2006-1

Ⅰ.①战… Ⅱ.①托… ②马… Ⅲ.①长篇小说－俄
罗斯－近代 Ⅳ.①I512.44

中国版本图书馆CIP数据核字(2015)第258764号

战争与和平

作　　者：［俄罗斯］托尔斯泰

主　　编：马　博

责任编辑：高晓彬

出版发行：线装书局

　　　　地　址：北京市丰台区方庄日月天地大厦B座17层（100078）

　　　　电　话：010-58077126（发行部）010-58076938（总编室）

　　　　网　址：www.zgxzsj.com

经　　销：新华书店

印　　制：北京彩虹伟业印刷有限公司

开　　本：710mm×1040mm　1/16

印　　张：56

字　　数：680千字

版　　次：2021年6月第1版第2次印刷

印　　数：3001－9000套

线装书局官方微信

定　　价：4980.00元（全二十册）

目　录

导　读

　　列夫·托尔斯泰(1828~1910)是俄国批判现实主义文学最伟大的代表,世界文学史上最伟大的作家之一。1828 年 9 月 9 日出生于图拉省克拉皮文县的亚斯那亚·波利亚纳,托尔斯泰家是名门贵族,父亲是尼古拉·伊里奇伯爵,母亲玛丽亚·尼古拉耶夫娜是尼古拉·谢·沃尔康斯基公爵的女儿,托尔斯泰自幼接受典型的贵族家庭教育,曾就读于喀山大学东方语文学系,准备当外交官,次年又转入法律学系。他的主要作品有自传体三部曲《童年》《少年》《青年》,中篇小说《一个地主的早晨》《哥萨克》,长篇小说《战争与和平》《安娜·卡列尼娜》《复活》。60 年代至 70 年代创作的长篇巨著《战争与和平》和《安娜·卡列尼娜》,使他赢得了崇高的世界声誉,80 年代末创作的《复活》是作者一生创作和思想探索的总结。

　　托尔斯泰的代表作《战争与和平》是俄国文学史上第一部卷帙浩繁、长达 130 万字的史诗般长篇巨著,自问世至今,因其场面浩大,人物繁多,被称为“世界上最伟大的小说”之一。小说取材于 1812 年俄法战争时期,以 1812 年俄国卫国战争为中心,反映了从 1805 年至 1820 年的重大历史事件:“近千个人物,无数的场景,国家和私人生活的一切可能的领域,历史,战争,人间一切惨剧,各种情欲,人生各个阶段,从婴儿降临人间的啼声到气息奄奄的老人的感情最后迸发,人所能感受到的一切欢乐和痛苦,各种可能的内心思绪,从窃取自己同伴的钱币的小偷的感觉,到英雄主义的最崇高的冲动和领悟透彻的沉思……在这幅画里都应有尽有。”作者对生活的大面积涵盖和整体把握,对个别现象与事物整体、个人命运与周围世界的内在联系的充分揭示,使这部小说具有极大的思想和艺术容量,作者把战争与和平,前线与后方、国内与国外、军队与社会、上层与下层联结起来,既全面反映了时代风貌,又为各式各样的典型人物创造了极广阔的典型环境,作者对人物的描写形象既复杂又丰满,常用对比的艺术方法来表述,体裁在俄国文学史上是一种创新,也超越了欧洲长篇小说的传统规范,小说从 1805 年彼得堡贵族谈论拿破仑在欧洲的征战写起,中经俄奥联军同拿破仑全线溃退,最后写到 1825 年十二月党人运动前夕,作品着重写了保尔康斯基、别祖霍夫、罗斯托夫、库拉金四十家族在战争与和平环境中的思想和行动,以四个家庭的主要成员安德烈、皮埃尔、娜塔莎的命运为贯穿始终的情节线索,描绘了俄国的社会风尚,展示了广阔的生活画卷,它是一部现实主义的、英雄史诗般的长篇小说,小说的出现,正值俄国批判现实主义文学空前繁荣时期,它像一颗璀璨的明星为俄国的文学增添了光彩,也为托尔斯泰赢得了世界文豪的声誉。

第一部

一

"不错,公爵,热那亚和卢加成为波拿巴家的领地了。可是我要告诉您,假使您仍然对我说我们没有战争,假使您还袒护这个敌人的所有卑劣行为和他造成的惨祸,那么我就不会理您了,您就不是我的朋友了。您被我吓坏了,是吧?好了,我们坐下来探讨下吧。"

1805 年 7 月,相当有名的安娜·帕夫洛夫娜·舍列尔,她是玛丽亚·费奥多罗夫娜皇后的女官和亲信,在迎接首个来赴晚会的达官要人瓦西里公爵时说了这些话。安娜·帕夫洛夫娜好几天都在咳嗽,她说她自己患上了流感。请帖是当天早上由穿红制服的听差送出的,内容全部一个样:

"伯爵,假设您没有其他再好的消遣,您假使不在乎跟我这个可怜的病人共度一个晚间,请在今晚七至十时莅临寒舍,将隆重欢迎。安娜·舍列尔。"

"我的天!"进来的公爵回答,毫无羞愧之意。他身着绣花朝服,脚穿长筒袜和半高筒鞋,胸前戴着几枚明星勋章,扁平的脸上带着愉悦的神情。

他法语说得十分流畅,语气不但宁静,而且很有长者之风,那是只有长期混迹于上流社会和宫廷的重要人物才能有的口吻。他走到安娜·帕夫洛夫娜面前,俯下他那洒了香水的光光的秃头,吻了她的手,就怡然自得地坐到沙发上。

"首先告诉我,您过得好吗?亲爱的朋友。好叫我放心。"他没有改变口气。但是从他彬彬有礼、关怀体贴的声调中,显露出冷淡甚至嘲笑的意思。

"精神遭到折磨,身体又怎能好呢?……这年头,有点感情的人,又怎么会心安理得?"安娜·帕夫洛夫娜说,"今晚你一直在我这里待着吧,好吗?"

"可英国公使馆的招待会呢?今天是礼拜三。我需要到那里去一下,"公爵说,"我女儿就要来接我,和我一块去。"

"我还以为今天的招待会被取消了呢。实话说,这些招待会啦,焰火啦,都烦死人了。"

"假使他们了解了您的心意,招待会自然会取消的。"公爵说,他如同一挂上足了弦的钟,习惯地说出连他自己也不奢望他人相信的话。

"别折磨我了。跟我说,针对诺沃西利采夫的紧急报告作了什么决定?您全都清楚的。"

"如何对您说?"公爵说,他的语气冷冰冰不带感情,"作了什么决定?他们决定:波拿巴既已破釜沉舟,拿我们也只能背水一战了。"

瓦西里老公爵的话来总是懒洋洋的,如同演员背旧台词似的。而安娜·帕夫洛夫娜·舍列尔恰恰相反,即便她已经是四十多岁的人,反而生气勃勃,容易激动。

她待人热情。有时她甚至不愿如此去做,可为了不让熟人失望,她还是做了热心人。安娜·帕夫洛夫娜脸上时常挂着微笑,尽管这和她那姿色衰萎的面容不对称,可就如同娇惯的孩子一般,表示她经常意识到自己小小的缺点,但是她不想,也不能,而且认为不需要去改正。

在探讨政治事件时,安娜·帕夫洛夫娜兴奋起来。

"哎呀,不要对我说奥地利了!可能我什么都不明白,但奥地利一直以来不想打仗。我们被它出卖了。唯有俄罗斯才算欧洲的救星。我们的上帝明白他的崇高使命,并且忠于他的使命。我唯一相信的就是这点。我们完美无缺的皇帝将承担起世界上最伟大的任务,他是如此受人欢迎,如此仁慈,这样的人上帝是不会抛弃,他一定可以完成他的使命——镇压革命这个怪胎,现在做革命的代表是这个刽子手,革命就变得愈发危险了。唯有我们才能讨回殉难者的血债。我们还能指望谁呢,我问您?……铜臭满身的英国不能了解亚历山大皇帝的思想是如此伟大。他们不能了解我们皇上的自我牺牲精神,我们皇上丝毫不为自己着想,他只想为全世界谋福利。可是他们允诺了什么呢?什么都没有允诺。就是吗,也不会言出必行的。普鲁士公开宣称,波拿巴是战无不胜的,整个欧洲都没方法应对他……不管是谁的话,我都怀疑。普鲁士中立,是想骗人。我只信任上帝和我们的君主。他肯定可以拯救欧洲!……"她忽然停住了,对自己的急躁感到羞愧。

"我想,"公爵笑着说,"假使不是派温岑格罗德去,而是派您去,您肯定可以强迫普鲁士国王同意的。您的口才太棒了。""给我来一杯茶,可以吗?"

"马上就来。顺便说一下,"她停顿一下,"等会我这里要来两位十分重要的人物,一位是莫特马尔子爵,法国最显赫的家族之一。他是一个不错的流亡者,真正的流亡者,另一位是莫里约神父;您认识这位睿智无比的人物吗?皇帝已经接见过他了。您知道了吗?"

"啊!可以见到他们,我太激动了,"公爵说,"请您告诉我,"他接着说,好像猛然想起一件事,而且漫不经心地说起来,而事实上这恰是他这次来访的主要目的,"听说守寡的太后想任命丰克男爵担当驻维也纳使馆的一等秘书,这消息可信吗?这人可不怎么样。"

瓦西里公爵想给他的儿子赢得这个差事,可是别人却想通过玛丽亚·费奥多罗夫娜替男爵弄到这个位置。

安娜·帕夫洛夫娜几乎闭上了眼睛,意思是说,任何人都不能议论太后喜欢做的或者想做的事。"这可是太后的妹妹举荐的,"她说话时,声调既哀痛又冷漠。安娜·帕夫洛夫娜一提起太后,脸上马上现出无比的忠诚和衷心的敬意,同时还伴随淡淡的哀伤。她说,太后陛下很器重丰克男爵,于是她的眼中又蒙上了一层若有若无的悲哀。

公爵沉默着。安娜·帕夫洛夫娜凭她独有的宫廷的和女人的圆滑和灵通,想一边指责公爵,因为他竟敢对那个被举荐给太后的人不信任,一边又安抚他。

"顺便说说您的事吧,"她说,"您要清楚,自从您的女儿出现以来,人们都被她迷住了,大家都以为她是位大美人。"

公爵深鞠一躬,表示尊敬和感激。

"我常想,"安娜·帕夫洛夫娜停顿了一会儿后接着说,并且向公爵跟前凑了凑,对他亲切地微笑着,意思是说政治和社交的谈话已经完结,现在可以谈心了,"我时常想,生活中幸福常常分配得不公平。为什么您命中就有这么两个好孩子(除去您的小儿子阿纳托利,我讨厌他),"她一挑眉毛,不容置辩地插了一句,"为何赐给您如此可爱的两个孩子呢?可是您却不欣赏他们,因此您不配有这样的子女。"

接着她兴致极高地微微一笑。

"有什么法子呢？别人一定会说我不是做好爸爸的料。"公爵说。

"不要开玩笑。我想和您说正事儿。我对您的小儿子不是很满意。这话只能在您我之间说说（她脸上再次露出哀伤的神情），有人在太后面前提到他，而且为您惋惜……"

公爵没有应答，她一语不发，若有所思地看着他，等待回答。瓦西里公爵眉头一皱。

"我也是没办法啊。"他终于说道，"您是清楚的，为了让他们受教育，我做了当父亲的所能做的一切，可是结果却栽培了一对笨蛋。伊波利特这个笨蛋多少还算安分，而阿纳托利可就是个不知天高地厚的混蛋了。他们唯一不同的地方就在这。"他稍显不自然，还高兴地微笑说，笑得嘴边打成皱纹，俗气而让人生厌。

"为什么这些孩子偏偏赐给您这样的人家？如果您不做父亲，我就没有什么可责备您的了。"安娜·帕夫洛夫娜说，她抬起眼来，露出沉思的样子。

"我是您的忠实奴仆，我的孩子是我的负担。该我负担的事，我又有什么办法呢？"他不言语了，摆出一切都愿意听从于命运的摆布的样子。

安娜·帕夫洛夫娜也沉默不语。

"您不想给您那放荡的儿子阿纳托利娶亲吗？据说，"她说，"老姑娘都有说媒的习惯。我还没有觉得自己有这个毛病，但有一个姑娘……，她陪伴老父亲，生活很不幸，名叫博尔孔斯卡娅。"瓦西里公爵尽管具有上流社会人士特有的敏捷的悟性和记性，但对她的话只是晃晃脑袋，表示可以考虑，却没有回答。

"您可知道，这个阿纳托利每年要花掉我四万卢布。"他说，他无法克制他那忧愁的思绪。他沉默了一会儿。

"照这样下去，五年后会怎么样啊？这就是父亲的好处。您那位公爵小姐，她有钱吗？"

"她父亲很有钱，但十分吝啬。他住在乡下。您知道，这位有名的博尔孔斯基公爵在先帝在世时就退伍了，绰号叫'普鲁士王'。他人聪明极了，就是乖僻，并且难处。小姐十分不幸。她有个哥哥，是库图佐夫的副官，不久前刚娶了丽莎·梅南，他今天要到我这里来。"

"听我说，亲爱的安内特，"公爵说，他突然抓住对方的手，而且不知为什么向下拉了拉，"请多帮忙，我永远是您的最忠实的奴仆。她门第好，又有钱。这就是我所需要的。"

于是，他拿起女官的手吻了吻，接着，他靠到圈椅上握着女官的手，而眼睛却看着别的地方。

"等一下，"安娜·帕夫洛夫娜沉吟着说，"我今天和丽莎（博尔孔斯基的妻子）谈谈。也许事情会成功的。我也做起媒来了。"

二

安娜·帕夫洛夫娜的客厅里渐渐挤满了客人。来赴会的全是彼得堡的达官要人，这些人尽管在年龄和性格上各不相同，但他们所生活的社会却是一样的；瓦西里的女儿——美丽的海伦来了，她是来接父亲一起去赴领事馆的招待会的。她佩戴着成绩优秀的女中学生所特有的那种奖章，穿着赴舞会的服装。年轻、有名、小巧玲珑的公爵夫人博尔孔斯卡娅，据说是彼得堡最迷人的女人，也来了，她是去年冬天出嫁的，因为怀孕，已经不在盛大的交际场所露面，可是小的招待会还是参加的。瓦西里公爵的儿子伊波利特带来由他引见的莫特马尔；来赴会的还有莫里约神父以及其他许多人。

"您还没见过我的姑母吧？"安娜·帕夫洛夫娜对每一位来客说，然后郑重地领着客人去见一位头上扎着高高的花结的小老太太；安娜·帕夫洛夫娜一边介绍客人的姓名，一边把视线缓缓地从客人移向姑母，然后就走开了。

每个客人都向这位谁也不认识、谁也不感兴趣的姑母行礼问候一番。安娜·帕夫洛夫娜对他们的问候露出悲哀的、庄重的神情，默默地赞许。姑母对每位客人全说一样的话，谈到他们的健康，谈到自己的和太后的健康，"谢天谢地，太后今天好些了。"每位前来请安的人，为了表示礼貌，都不露出着急的样子，但却怀着履行沉重的义务之后的轻松之感离开老太婆，整个晚上再也不到她跟前去了。

年轻的博尔孔斯卡娅公爵夫人带着一个丝绒绣金的手提包，里面放着她的针线活儿。正像非常惹人喜爱的女人常有的那样，她的缺点——翘嘴唇和半张开的嘴——仿佛成为她的独特的美。不管谁看到这个精神饱满、活泼可爱、尽管怀孕然而轻松快乐的少妇，都感到愉快。老年人和抑郁苦闷的年轻人，只要和她在一起待一会儿，谈几句话，就似乎觉得他们也变得和她一样了。凡是和她说过话、看见她一说话就露出妩媚的微笑，看见她经常雪白闪亮的牙齿的人，就会觉得他那一天受到格外的宠幸。每个人都有这样的想法。

娇小的公爵夫人提着针线包，迈着急促的小步，一摇一摆地绕过桌子，快活地整了整衣裳，就在银茶炊旁的沙发上坐下来，仿佛不管做什么事，对她自己和身边的人，都是一种娱乐。

"我把针线活儿带来了。"她一面打开手提包，一面对大家说。

"您瞧,安内特您真是会开玩笑,"她转身对女主人说话,"您说是一个小小的晚会。我穿得太不合适了。"

她伸开两臂,让大家看她那件镶花边的雅致的灰色衣裳,胸口以下系着一条宽宽的缎带。

"放心吧,丽莎,您仍旧是最漂亮的,"安娜·帕夫洛夫娜回答说。

"您可知道,我的丈夫,"她继续用同样的腔调对一位将军说,"就要离开我了,战争到底有什么意思?让他去送死。"她对瓦西里公爵说,不等回答,又转身和公爵的女儿——美丽的海伦说话。

"公爵夫人是多么可爱呀!"瓦西里公爵低声对安娜·帕夫洛夫娜说。

小公爵夫人刚到不久,进来了一个肥肥胖胖的魁伟青年,他戴着眼镜,头发剪得短短的,穿着时髦的浅色裤子,领子是折角的,又高又硬,礼服是咖啡色的。这个肥胖的年轻人是叶卡捷琳娜女皇时代赫赫有名的大官别祖霍夫伯爵的私生子。他还没有供过职,才从国外留学回来,这是他初次涉足社交界。安娜·帕夫洛夫娜像对待客厅里最低一级的客人那样,对他点点头。尽管这是最低一级的礼节,但是当皮埃尔刚一进门,安娜·帕夫洛夫娜就露出惊慌不安的神色,仿佛看见一个不该在那个地方出现的庞然大物似的。皮埃尔的确比客厅里其他男人都高大些,但这种惊慌不安却来自他那既聪明而又羞怯、既敏锐而又自若、不同于客厅中其他人的眼神。

"皮埃尔先生,谢谢您的光临。"

安娜·帕夫洛夫娜领他去见姑母时,边说边惶恐地向姑母递了个眼色。皮埃尔含混不清地嘟囔了一句,一直用眼睛搜寻什么。他兴致勃勃,满面春风,微微含笑,像对一个熟朋友似的向矮小的公爵夫人鞠了躬,随后走到姑母跟前。安娜·帕夫洛夫娜的不安并不是没理由的,因为皮埃尔没有听姑母讲完太后的健康情况,就离开了她。安娜·帕夫洛夫娜连忙用话拦住他。

"您认识莫里约神父吗?他这个人,很有趣……"她说。

"是的,我听说过他那个谋求永久和平的计划,十分有趣,但不大可能实现。"

"您是这样想的吗?……"安娜·帕夫洛夫娜说,她本想应酬几句,就去尽她做女主人的职责,但是皮埃尔又做出一个不礼貌的举动。刚才他没有听完姑母的话就走开了,现在他又用话缠住想离开他的对谈者。他低着头,叉着腿,开始向安娜·帕夫洛夫娜证明,他为什么认为神父的计划是空中楼阁。

"咱们以后再谈吧。"安娜·帕夫洛夫娜微笑着说。

她摆脱了这个不经世事的年轻人,又去履行她女主人的职责,继续东听听西望望,哪里不起劲,就到哪里鼓动一下。安娜·帕夫洛夫娜在客厅里走来走去,时常走到发生冷场或者谈得太多的人堆跟前,插进三言两语或者把客人调动一下,于是谈话机器又节奏均匀、彬彬有礼地开动起来。但在她这样照料的时候,仍旧可以看出她特别不放心皮埃尔。皮埃尔不论是在听莫特马尔周围的人们谈话,或者走到有神甫在场的那一堆人里,她都关切地看着他。安娜·帕夫洛夫娜的这次晚会,对于一向在国外留学的皮埃尔说来,是第一次在俄罗斯见到的晚会,他知道整个彼得堡知识界的人才都聚集在这里,他像孩子走进玩具店一样,左顾右盼,目不暇接。他一面望着人们的面孔,一面盼望听到奇谈高论。最后,他走到莫里约跟前,他觉得这里谈得很有意思就停下来,像一般年轻人喜欢做的那样,等待机会发表自己的意见。

三

安娜·帕夫洛夫娜的晚会很成功。只有老姑母和坐在她身旁的一位老妇人显得不大谐调。客人们分成三组。在男人占多数的一组里,神父是中心人物。年轻人那一组的中心人物是瓦西里公爵的女儿——美人海伦公爵小姐和小博尔孔斯卡娅公爵夫人。第三组是以莫特马尔子爵和安娜·帕夫洛夫娜为中心。

子爵眉清目秀,很有礼貌,是个可爱的年轻人。不论什么场合他都非常谦让,俯首听命。安娜·帕夫洛夫娜显然是要利用他来款待客人。莫特马尔那一组马上谈起昂吉安公爵被害的经过。子爵说,昂吉安公爵死于自己的宽宏大量,而波拿巴的怨恨是别有原因的。

"真是这样吗? 子爵,给我们讲讲吧。"安娜·帕夫洛夫娜说。

子爵鞠躬表示服从,而且谦恭有礼地微微一笑。安娜·帕夫洛夫娜让客人把子爵围在中间,来听他讲故事。

"子爵本人就认识那位公爵。"安娜·帕夫洛夫娜对一位客人低声说。"子爵特别会讲故事。"她对另一个人说。"他出身高贵。"她对第三个人说。

子爵嘴角含着机智的微笑,就要开始讲故事了。

"到这里来,亲爱的海伦。"安娜·帕夫洛夫娜对坐在稍远的另一组的中心人物,美丽的公爵小姐海伦说。

海伦公爵小姐微微含笑;她站起来,脸上自始至终带着一种绝代佳人似的微笑。当她走过时,她那有常春藤和青苔花边的素白礼服发出窸窸窣窣的声音,白净的肩膀、光泽的头发和璀璨的钻石都光彩夺目,她一直朝安娜·帕夫洛夫娜走去,眼睛不看什么人,可对所有的人都笑容可掬,似乎她把欣赏她的身材、丰腴的双肩和装束入时得非常裸露的胸脯和背脊的美的权利慷慨大方地赐予每个人,似乎给舞会带来全部光彩的也是她。海伦的确是太漂亮了,她身上不但没有卖弄风情的意味,并且相反,仿佛她为自己无可置疑的、其魅力之大足以征服任何美貌,感到不好意思。似乎她宁愿减少自己的美的魅力,可就是办不到。

"太漂亮了!"看见她的人都这么说。当她在子爵对面坐下,仍然带着始终不变的微笑注视着他的时候,子爵仿佛被一件不平凡的东西所惊倒,他耸了耸肩,垂下眼睛。

"夫人,当着这么多人,我会出丑的。"他低下头,微笑着说。

公爵小姐把裸露的丰满的臂靠在小桌上,含笑等待着。在讲故事的全部时间,她直挺挺地坐着,时而看一眼轻轻地倚在桌边的丰满的美丽的手臂,时而整整钻石项链,看看更加美丽的胸脯;她不时地整理衣服的皱褶,当故事讲到动听的时候,她回头望望安娜·帕夫洛夫娜,立刻露出和女官一致的表情,然后又安闲自在地浮出容光焕发的微笑。娇小的公爵夫人也跟着海伦从茶桌旁过来了。

"我要干活了。"她说。"怎么了,您在想什么?"她转身对伊波利特公爵说,"帮下忙,请把我的手提包拿来。"

公爵夫人微笑着跟大家说话,人们给她腾出位子,她坐了下来。"现在我坐好了,"她说了一句,就请求开始讲故事,另外还一边做着针线活。

伊波利特公爵把手提包递给他,跟着她走过去,把圈椅移得离她更近一些,在她身旁坐下。

让人吃惊的是,这位可爱的伊波利特和他美丽的妹妹长得十分相像,而尤其令人惊奇的是,虽然相像,但他却丑得出奇。他的脸型和妹妹的一样,可妹妹那种乐天的、自满自足、洋溢着青春活力、永驻不变的微笑和体态非凡的古典美,使她光艳逼人;相反,哥哥那副面容却呆滞阴沉,总有一种自以为是和不满的表情,身子又瘦又弱。眼睛、鼻子、嘴巴挤在一起,变成一副莫名其妙、枯燥无味的鬼脸,而手脚永远摆不出自然的姿势来。

"讲鬼的故事吗?"他说。他在公爵夫人身边坐下,连忙戴上长柄眼镜,仿佛没有眼镜他就不能说话似的。

"不是,不是。"讲故事的人吃了一惊耸耸肩说道。

"我最讨厌有关鬼的故事了。"伊波利特公爵说。

伊波利特说话十分自以为是,叫人弄不清他的话是十分聪明呢,还是十分愚蠢。他穿一件深绿色的礼服,还有长筒袜和半高统皮鞋。

子爵讲得很不错:昂吉安公爵秘密到巴黎去会乔治小姐,当场碰上也受到这位女演员垂青的波拿巴;拿破仑在遇见公爵的时候突然犯昏厥症晕倒了,于是他就落入公爵手中,公爵并没有把波拿巴怎么样,可后来波拿巴却将公爵处死来报答公爵的宽宏大量。

故事很动听而有趣,尤其是讲到两个情敌突然彼此认出对方的时候。女士们个个都很激动。

"真妙!"安娜·帕夫洛夫娜说,一面回头用探询的目光望了望娇小的公爵夫人。

"真是好极了!"娇小的公爵夫人低声说道。同时,把针插在手工上似乎是表示故事太有趣,太美妙,听得她连活都做不下去了。

子爵十分欣赏这无言的赞许,感激地微微一笑,又接着讲下去;但是,安娜·帕夫洛夫娜总在留意使她担心的那个年轻人,她突然发现不知为什么他和神父谈得太热烈,声音太高了,于是她连忙前去援救。果然不错,皮埃尔竟然和神父谈起政治均势问题,神父显然对这个年轻人的天真热情很感兴趣,就对他大谈起他那套得意的理论。两个人都很高兴,旁若无人,这使安娜·帕夫洛夫娜不快活。

"办法是欧洲的均势和民权。"神父说,"只要有俄国这样以野蛮落后闻名于世的强国,大公无私地出来领导以谋求欧洲均势为宗旨的联盟,全世界就有救了!"

"那么您怎样得到这种均势呢?"皮埃尔刚想说话,安娜·帕夫洛夫娜恰好走过来,严肃地瞅了皮埃尔一眼,问那位意大利人可受得了本地的气候。意大利人忽然改变了脸色,虚假地应酬起来。

"能参加你们的社交活动,我很荣幸。现在还没有工夫想到气候呢。"他说。

安娜·帕夫洛夫娜为了便于监视,让他们加入人多的那一组。

这时客厅里又来了一位客人。这位新来的客人就是年轻的安德烈·博尔孔斯基公爵,也就是小公爵夫人的丈夫。博尔孔斯基公爵中等身材,是一个十分英俊潇洒的青年,面目清秀,神色严峻。他浑身上下,从倦怠烦闷的眼神到从容不迫的步履,和他娇小活泼的妻子正好形成尖锐的对比。看来,客厅里所有的人他全认识,并且使他感到厌烦。尤其厌烦他的妻子。他做了一个鬼脸,向她背过身去。他吻了吻安娜·帕夫洛夫娜的手,接着眯起眼睛朝在场的人扫视了一下。

"您要去打仗吗?公爵。"安娜·帕夫洛夫娜说。

"库图佐夫将军希望我做他的侍从官。"

"您的太太丽莎怎么办?"

"她到乡下去。"

"您怎么好把您那可爱的夫人从我们身边带走呢?"

"安德烈,"他的妻子说,她对丈夫说话和对其他男人说话一样都用那种娇滴滴的腔调。"子爵给我们讲了一段乔治小姐和波拿巴的故事,真是好极了!"

安德烈公爵眯起眼睛,转过身去。安德烈公爵一进客厅,皮埃尔就一直非常关注他,这时他走上前去拉住他的手。安德烈公爵头也不回,皱起眉头,露出一副怪相,表示对碰到他的手的人不耐烦,可是当他一回头看见是皮埃尔,脸上马上露出了和蔼而快乐的笑容。

"嗬,想不到!……连你也到上流社会的交际场里来了!"他对皮埃尔说。

"我知道您会来。"皮埃尔答道,"我到您府上吃晚饭,"为了不致打扰子爵讲故事,他低声补充说,"可以吗?"

"不,不行,"安德烈公爵笑着说,同时紧握对方的手,表示不必多问。他还想说些什么,可这时瓦西里公爵和他的女儿起身告辞,男客们全都起身给他们让路。

"请您原谅我,亲爱的子爵。"瓦西里公爵对那个法国人说,亲热地拉住他的袖口往椅子上按了按,叫他不要起来。"叫人头痛的领事馆的招待会毁掉了我在这里的愉快,而且打断了您的故事。离开您这美妙的晚会,太遗憾了。"他对安娜·帕夫洛夫娜说。

他的女儿海伦公爵小姐,轻轻提着衣裙褶,从椅子中间走过,她笑得更加妩媚了。当她从皮埃尔身旁经过时,皮埃尔差不多是用惊奇的、狂喜的目光注视着这位美人。

"好漂亮。"安德烈公爵说。

"真漂亮。"皮埃尔说。

瓦西里公爵走过时,抓着皮埃尔的手,转身对安娜·帕夫洛夫娜说话。

"请您开导开导这只熊吧,"他说,"他在舍下住了一个月,我这是第一次在交际场中看见他。年轻人是很需要聪明女士们的社交界的。

四

安娜·帕夫洛夫娜微微一笑,答应照管皮埃尔,她知道皮埃尔的父亲和瓦西里公爵是亲戚。那个原先坐在老姑母身旁的老妇人,赶忙站起来,在前厅赶上瓦西里公爵。刚才装出来的兴致从她脸上消失了。她眼睛里充满了不安和恐惧,和善的眼睛里满含着眼泪。

"公爵,关于小儿鲍里斯的事,您办得怎么样了?"她在前厅边追边问道,"我在彼得堡不能再住下去了。请您告诉我,有什么消息可以带给我那可怜的儿子吗?"

瓦西里公爵不愿搭理她,但她却微笑着,抓住他的手不让他走掉。

"您只要向皇上说一句,他就可以调到近卫军去了,这在您算不了什么。"她请求道。

"请您相信,我一定会尽力,公爵夫人。"瓦西里公爵答道,"可是求皇上我有困难。我劝您最好还是通过戈利岑公爵去找鲁缅采夫,这么办比较明智。"

老妇人名叫德鲁别茨卡娅公爵夫人,出身于俄国最显贵的家族之一,但现在已经落魄。她这次来是想为她的独生子在近卫军中谋个差事。她来参加安娜·帕夫洛夫娜的晚会,是为了见瓦西里公爵。瓦西里公爵的话使她吃了一惊,她有点怨恨,但很快她又露出微笑,把瓦西里公爵的手抓得更紧了。

"公爵,"她说,"我恳求您看在上帝的分上,为小儿办妥这件事吧,我会永远把您当作恩人。""请您不要生气,您答应我吧。我求过戈利岑,他拒绝了。请您发发慈善心吧。"她说,极力赔着笑脸,可是她的眼睛里却含着泪水。

"爸爸,我们要晚了,"等在门口的海伦公爵小姐转过头来说道。

瓦西里公爵知道权势不能随便使用,如果有求必应,那么很快他就无法为自己而向别人求情了。德鲁别茨卡娅公爵夫人再三恳求,使得他觉得仿佛受到良心的责备。她提醒他一个事实:当初走上仕途的时候,他曾受过她父亲的提携。并且,这位母亲,为了孩子,不达目的不会决不罢休的。

"亲爱的安娜·米哈伊洛夫娜,"他用亲昵而枯燥的腔调说道,"您所希望的,我几乎不可能办到;但我要办到这件不可能办到的事情:您的儿子会调到近卫军里去的,我向您保证。您满意了吧?"

"我亲爱的,您太好了!您是多么仁慈的人啊!"

他要走开。

"等一等,还有两句话。等他调到近卫军以后……"她犹豫起来。"您和米哈伊尔·伊拉里奥诺维奇·库图佐夫很要好,请您把鲍里斯举荐给他当副官。那时,我也就放心了。"

瓦西里公爵微微一笑。

"这个我可不能答应。自从库图佐夫被任命为总司令以后,求他的人太多了。"

"不,大好人,请您一定答应我。"

"爸爸,"那位美人又用同样的声调说,"我们要晚了。"

"好,再见,再见啦。您听见她说什么了吧?"

"那么您明天就奏明皇上?"

"一定的,但是向库图佐夫求情,我不能答应。"

"不行,一定答应,一定答应,瓦西里,"安娜·米哈伊洛夫娜紧接着说,露出卖弄风情的年轻少妇的媚笑,但现在却很不相称。

为了儿子,她可谓使出了浑身解数。她仍回来听子爵讲故事,实际想等待时机离开,因为她的事已经办完了。

"最近,《米兰的加冕礼》那幕喜剧,您觉得怎么样?"安娜·帕夫洛夫娜说。"还有新的喜剧呢!热那亚和卢加各族人民向波拿巴先生请愿。"

安德烈公爵直瞅着安娜·帕夫洛夫娜的脸,冷冷一笑。

"'上帝赐我王冠'。"他引了一句波拿巴在加冕时说的话。

安娜·帕夫洛夫娜接着说:"波拿巴已恶贯满盈。"

子爵仍然说自己的话。他轻蔑地叹了口气,换了个姿势。伊波利特不屑一顾,画徽章给娇小的公爵夫人看,并滔滔不绝地向她解释。

"阿弥陀佛。"他说。

公爵夫人面带笑容听着。

"如果波拿巴再在法国的王位待上一年,"子爵仍顾自己发挥,"事情就越发不可收拾了。阴谋、暴力、放逐、死刑将要永远把法国社会,我指的是法国上流社会,断送掉,那时……"

他耸耸肩,摊开两手。皮埃尔想说什么:子爵的话使他感兴趣,但是监视他的安娜·帕夫洛夫娜把话接了过去。

"亚历山大皇帝宣布,"她带着一提起皇家就露出的悲哀,说,"他要让法国人自己选择自己的政体。毫无疑问,一旦摆脱掉篡位的奸贼,全国上下都会争先恐后归顺合法的国王。"安娜·帕夫洛夫娜说,竭力讨好这个亡命的保皇党。

"难说,"安德烈公爵说,"子爵言之有理,事情现在很糟糕。可是我相信,走回头路是困难的。"

皮埃尔红着脸说道:"据我所知,贵族都已经投向波拿巴了。"

"这是波拿巴派的言论,"子爵对此不屑一顾,"现在很难知道法国怎样。"

"这是波拿巴说的。"安德烈公爵冷笑着说。他尽管不喜欢子爵。

他引用了一大段波拿巴的话。"得了。"子爵反驳说,"在杀害了公爵之后,甚至最偏激的人也不再把他看作英雄了。"

站在旁边的皮埃尔又插嘴了。"处死昂吉安公爵,"皮埃尔说,"对国家有其必要性。拿破仑不怕由他一个人负全责,我认为这正是他精神伟大之处。"

"天哪!我的天哪!"安娜·帕夫洛夫娜害怕地低声说。小公爵夫人一面说,一面微笑。"皮埃尔先生,谋杀就是伟大吗?"

"哇!哇!"

几个人同时惊叹起来。

"妙极了!"伊波利特公爵拍着大腿嚷道。子爵只是耸了耸肩。

皮埃尔洋洋自得地从眼镜上方端详着听众。

他不顾一切地说道:"波旁王朝逃避革命,使人民陷于无政府状态。只有拿破仑善于理解革命,战胜革命,因此,不能为了一个人而坏了全体。"

"您到那边去,好吗?"安娜·帕夫洛夫娜说。但是皮埃尔不搭理,仍旧讲他的话。

"不,"他越讲越高兴,"拿破仑伟大,因为他站在革命之上,他扬弃了革命的弊端,保留了所有好的东西——公民的平等权利啦,言论出版自由啦,等等,因此他才取得了政权。"

"是的,倘若他取得政权以后,不是利用政权来屠杀,而是把政权交给合法的国王,"子爵说,"那么,我就会称他作伟人了。"

"他无法这样做。人民把政权交给他,正是因为他使人民摆脱了波旁王朝,并且是因为这个原因,人民才把他看作伟人。革命是伟大的事业。"皮埃尔先生不顾一切地继续说道。

"革命和弑君都是伟大的事业吗?……您还是到那边一桌去吧?"安娜·帕夫洛夫娜又说了一遍。

大家又谈了一通弑君,理想等等,争论不休。

"自由平等,"子爵轻蔑地说,仿佛为了证明人们的愚蠢似的,"这都是高调,早就名誉扫地了。谁不爱自由平等?我们的救主早就宣讲过自由平等。难道革命以后人们过得更幸福吗?恰恰相反。我们希望自由,而波拿巴却消灭自由。"

安德烈公爵时而笑着看看皮埃尔,时而看看子爵,时而看看女主人。安娜·帕夫洛夫娜尽管精通上流社会的世故,却被皮埃尔的狂妄无礼吓坏了。可是后来她看到,皮埃尔虽然说了些亵渎神圣的话,但并没有惹恼子爵,她就和子爵联合起来,集中力量攻击这位演说家。

"但是,皮埃尔先生,"安娜·帕夫洛夫娜说,"一个伟大人物可以处死公爵,他甚至可以随便处死任何无辜的人,您对此怎么解释呢?"

"请问,"子爵说,"您怎样解释雾月十八日呢?难道这不是一个骗局吗?"

"他杀死了全部非洲俘虏,"娇小的公爵夫人说。"这太可怕了!"她耸了耸肩。

"无论如何,他是一个暴发户。"伊波利特公爵说。

皮埃尔先生不知道回答谁好,他看了一下所有的人,笑了笑。脸上露出一副稚气、善良、甚至有点拙笨的表情,仿佛在请求饶恕。

子爵尽管和他是第一次见面,可是已经看出,这个雅各宾党人完全不像他的话那样可怕。大家全沉默了。

"你们要他一下子回答所有的人,那怎么行呢?"安德烈公爵说。"再说,对于一位政治家,我们应当分清,哪些是他的私人行为,哪些是统帅的或者皇帝的行为。"

"是的,是的,自然是这样。"皮埃尔接过去说,看到有人帮他的忙,他很兴奋。

"必须承认,"安德烈公爵继续说,"在阿尔科拉桥上的拿破仑是个伟人,在雅法医院里向鼠疫患者伸出手来的拿破仑也是个伟人,可是……可是有些事他也做得不对。"

安德烈公爵想和缓一下皮埃尔的失言;他欠起身来准备走,而且向妻子暗示了一下。

突然,伊波利特公爵站了起来,示意大家留下,让大家坐下,他开始说:

"我想让你们听一个从莫斯科听来的笑话,我用俄语讲,因为用法语讲就没有味道了。请原谅。"

伊波利特公爵开始用俄语讲,俄语说得很差。大家都留了下来,因为伊波利特公爵十分希望大家听他的故事。

"莫斯科有位太太,她很吝啬。她需要两个跟车的仆役。要十分高大的。这是她的爱好。她有一个侍女,也是个大大的个子。她说……"

说到这里,伊波利特公爵停了下来,用力思索。

"她说……对了,她说:'丫头(a la femme de cha mbre),穿上制服,站在马车后面,跟我们一道去串门。'"

说到这里,没等听众笑,伊波利特公爵扑哧一声笑起来。那位老太太和安娜·帕夫洛夫娜,还有另外一些人,都笑了笑。

"她坐上车走了。突然来了一阵大风。侍女的帽子刮跑了,长长的头发披散下来……"

他说到这里再也忍不住了,笑得上气不接下气,一边断断续续地说:

"于是整个社交界都知道了……"

笑话就这样结束了。这个笑话尽管不是什么精彩的笑话,可是却快乐地结束了皮埃尔先生令人不快的、无礼的谈话。随后,大家就一起谈论一些鸡毛蒜皮的小事。

五

客人们谢过安娜·帕夫洛夫娜，开始告辞了。

皮埃尔笨头笨脑。他长得肥肥胖胖，个子比一般人高，他不懂礼貌，没有道谢就离开了。而且还心不在焉，临走时拿错了帽子。不过他心不在焉、不懂进客厅的礼节，不善于在客厅里说话，所有这些都被他的温厚、纯朴、谦恭的表情补偿了。安娜·帕夫洛夫娜向他转过身来，怀着基督徒的温和，并没有怪罪他那不得体的谈吐，向他点了点头，说：

"希望再看见您，但是也希望您能改变您的意见，皮埃尔先生。"她说。

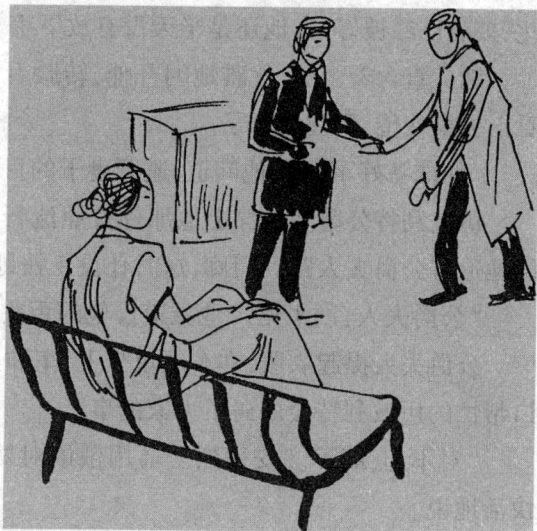

她对他说这话时，皮埃尔不回答，只是鞠躬，又一次向大家露出他的微笑，这微笑没有别的意思，只表示："意见归意见，可是你们看我这个人多么善良，多么好。"所有的人，连同安娜·帕夫洛夫娜在内，都感到了这一点。

安德烈公爵走到前厅，把肩膀转向给他披斗篷的仆役，毫无表情地听他妻子和伊波利特公爵闲扯。伊波利特站在怀孕的漂亮的公爵夫人身边，一个劲儿从长柄眼镜里直愣愣地看她。

"进去吧，安内特，您会着凉的。"娇小的公爵夫人向安娜·帕夫洛夫娜告别时说。"就这样办。"她又低声说了一句。

安娜·帕夫洛夫娜已经对丽莎谈过她想给阿纳托利和娇小的公爵夫人的小姑做媒。

"我靠您了，亲爱的朋友，"安娜·帕夫洛夫娜也低声说，"您给她去信，而且告诉我，令尊对这件事的意见。再见。"于是她离开了前厅。

伊波利特公爵走到娇小的公爵夫人跟前，弯下身来把脸凑近她，低声对她说了一些话。

两个仆役，一个是公爵夫人的，手里拿着披肩，一个是伊波利特公爵的，手臂上搭着长襟礼服,站在那里等着他们把话说完。他们虽听不懂法语,脸上的表情却似乎他们懂得,但是不愿露出懂得的样子。公爵夫人像平时一样,说话时满脸笑容,听话时笑出声来。

"我多亏没去领事馆。"伊波利特公爵说,"无聊……今天的晚会好极了,您说对吧,好极了?"

"听说,那里的舞会好得很呢,"公爵夫人翘起嘴答道,"交际场中的漂亮女人全要出席。"

"不是全部,因为您就不去,不是所有的。"伊波利特公爵边说边兴奋地大笑,他从仆役手里抓过披肩,给公爵夫人披上披肩。不知是因为笨手笨脚还是故意如此,披肩已经披好了,他还是半天没有放下手来,似乎在拥抱那个年轻的女人。

她一直含着微笑,优雅地闪开他,转脸看了看丈夫。安德烈公爵闭着眼睛:他看上去很疲倦,要睡的样子。

"您准备好了吗?"他问道,避开妻子的目光。

伊波利特公爵匆匆穿上他那件按照流行的式样做的长过脚跟的礼服,跌跌绊绊地追着公爵夫人跑到门廊,这时仆役正扶她上马车。

"公爵夫人,回头见。"他喊道。他的舌头也像两条腿一样,不听使唤。

公爵夫人提起衣服,在车厢里坐下,车厢黑暗。她的丈夫正忙着整好佩刀。借口帮忙的伊波利特公爵碍了大家的事。

"对不起,阁下。"安德烈公爵用俄语对妨碍他走过去的伊波利特公爵满脸不快活地说。

"我在等你呢,皮埃尔。"安德烈公爵说道,声音亲热而柔和。

车夫开始赶车,车轮隆隆地响起来。伊波利特公爵笑声朗朗,站在台阶上等候子爵,他答应送他回家。

"您那位小公爵夫人真可爱。"子爵和伊波利特在马车里坐下来,说。他吻了吻自己的手指。"真是地地道道的法国女人。"

伊波利特忍不住笑了。

子爵说道:"她的丈夫真可怜,就是那个打肿了脸充胖子的小军官。"

伊波利特又扑哧一笑,说:"法国女人与俄国女人相比,可不是好对付的。"

皮埃尔先到,他如同像在自己家里一样,径直走进安德烈公爵的书房,马上习惯地躺在沙发上,从书架上随手取下一本书,用臂肘支着头,从半中间读起来。

"你和舍列尔小姐是怎么回事?她现在一定病得更加厉害了。"安德烈公爵走进客厅,搓着白皙的小手说道。

皮埃尔翻过身来，把沙发弄得轧轧作响，他把脸转向安德烈公爵，高兴地微微一笑，把手一摆。

"不是的，那个神父很有趣，只是不懂道理……我认为永久的和平是可能的，可是我也不知道该怎样实现……反正不是通过政治均势的途径……"

显然安德烈公爵对这些抽象的议论不感兴趣。

"你到处说你心里想的那一套是不行的。怎么样，你决定了没有？你想做骑卫兵还是外交官？"安德烈公爵停了一下问道。

皮埃尔坐在沙发上，盘起两腿。

"实在说，我还不知道呢。这两样我都不喜欢。"

"但是总得做个决定吧？令尊在等着呢。"

皮埃尔才满十岁就和一个做家庭教师的神父到国外去了，他在国外一直待到二十岁。回到莫斯科以后，他父亲辞退那个神父，对他说："去彼得堡吧，到处看看，选个职业。我什么都同意。这是给瓦西里公爵的信，这是钱。把一切情形写信告诉我，我会尽全力帮助你。"皮埃尔一去三个月，没有什么结果。安德烈公爵正是和他谈这件事。皮埃尔擦了擦前额。

"他一定是个共济会会员。"他说的是他在晚会上遇见的那个神父。

"别胡思乱想。"安德烈公爵阻止他说，"我们最好还是谈谈正事吧。你去过骑卫军吗？……"

"没有，没去过，但是我心里有个想法，正想跟您谈谈。这次是反拿破仑的战争。倘若为了自由而战，那我是理解的，我第一个就去服兵役。但是帮助英国和奥地利去反对一个世界上最伟大的人……这不好。"

皮埃尔这番谈话太幼稚。安德烈公爵只是耸耸肩。

"倘若大家都是为自己的信念而战，那么就不会有战争了，"他说。

"那就太好了。"皮埃尔说。

安德烈公爵冷冷一笑。

"确实很好，可永远不会有这么一天……"

"那么您为什么去打仗呢？"皮埃尔问。

"为什么？我不知道。必须去。我只知道我必须去……"

他沉吟了一下。"还因为我现在的生活不合我的意！"

六

从隔壁房里传来衣服的窸窣声。安德烈公爵似乎突然醒过来似的，全身抖动了一下,脸上又露出他在安娜·帕夫洛夫娜的客厅里的那副表情。皮埃尔把脚从沙发上放下来。公爵夫人走了进来。她已经换上家常穿的便服,然而却同样雅致、鲜艳。安德烈公爵站起来,很有礼貌地把圈椅移到她跟前。

她连忙坐到圈椅里,用法语说道:"为什么安内特不结婚?先生们,你们倘若聪明,你们就该娶她。请原谅我的话,你们一点也不会欣赏女人。您多爱抬杠,皮埃尔先生!"

"我正跟您的丈夫抬杠呢,我不明白他为什么要去打仗。"皮埃尔丝毫不像其他年轻男人那样对年轻女人说话很拘束。

公爵夫人颤抖了一下。皮埃尔的话显然触到了她的痛处。

"是啊,我也是这样说。"她说。"我实在不明白,为什么男人不打仗就不能活?为什么我们女人就什么都不想,什么都不要呢?请您来评评吧。他做叔父的副官,可算是一个最显赫的位置。谁不知道他,谁不器重他。前些日子我在阿普拉克辛家听见一位太太问:'这就是赫赫有名的安德烈公爵吗?'"她笑了。"人人欢迎他。他很容易就能当上侍从武官。您知道,他和皇上关系不错。我和安内特都说,促成这件事并不麻烦。您是怎么看呢?"

皮埃尔瞧了安德烈公爵一眼,觉得安德烈不想谈这些事情,他就没有回答。

"您什么时候走?"他问。

"唉!别再提走的事了,我不愿听。"她说话的腔调,跟在客厅里和伊波利特说话时一样,既任性又撒娇。这在家里尽管不合适,因为皮埃尔在这里可以被看作家庭的一员。"今天,我想到就要断绝这一切宝贵的关系……以后会怎么样,安德烈,你知道吗?"她意味深长地看了看丈夫。"我很害怕,真的很害怕。"她说着背脊直打战。

丈夫神情异样地望着她,仿佛他觉察出室内除了他和皮埃尔之外,还有另外一个人,这使他感到惊讶似的。然而他还是冷冰冰地、礼貌地对妻子发出了疑问:

"你怕什么,丽莎?我不明白。"他说。

"所有的男人都自私得很,所有的,所有的男人都是为了自己!为了满足自己奇怪的念头,天晓得为了什么,就抛弃了我,把我一个人囚禁在乡下。"

"家里有我父亲和妹妹在那里呢,丽莎。"安德烈公爵轻轻地说。

"如果没有我自己的朋友们,还照样是形单影只一个人……他还想叫我不害怕呢。"

她开始埋怨丈夫了。但是又不好意思在皮埃尔面前提起她正怀孕的事。

"我还是不明白,你怕什么。"安德烈公爵盯着妻子,慢慢地说。

公爵夫人脸红了,绝望地挥了挥双手。

"安德烈,你完全变了……"。

"你的医生要你注意早休息,"安德烈公爵说,"你最好去休息吧。"

公爵夫人默不作声,她那毛茸茸的短嘴唇突然颤抖起来。安德烈公爵站起来耸了耸肩,在房间里转了一圈。

皮埃尔惊讶而天真地透过眼镜时而看看他,时而看看公爵夫人,他动了一下,似乎要站起来,可是却没有这样做。

"皮埃尔先生在这里也不要紧。"小公爵夫人突然说,俊秀的面孔一下变成了一副苦相,仿佛要哭的样子。"我早就想对你说,安德烈,你为什么这样对我?我怎么了?你要到军队里去,你不怜惜我。为什么?"

"丽莎!"安德烈公爵只说了这么一句,可是在这句里有恳求,有威胁,并且自以为她会后悔自己的话。但是她赶忙继续说下去:"你待我像待病人或者孩子似的,我什么都看得出。你半年前是这样的吗?"

"丽莎,求你不要再说下去了。"安德烈公爵加重声音说道。

皮埃尔听着这场谈话,不禁激动起来,站起来走到公爵夫人面前。看来,他见不得别人流泪,连他自己也想哭了。

"冷静些,公爵夫人。这都是您的想象,因为,我自己就体验过……因为……请原谅,外人在这里是多余的……好,冷静点……再见……"

但安德烈公爵拉住他的手,不让他走。

"别走,等一等,皮埃尔。公爵夫人心肠十分好,她不会让我失去和你共度一个晚上的愉快的。"

"不,他只为自己着想。"公爵夫人说,气得流出了眼泪。

"丽莎。"安德烈公爵冷淡地说,声音很高,意思是说他的耐性已经达到极点了。

公爵夫人那俏丽面庞上的愤怒表情,突然变成了一副惹人怜爱的恐惧的样子,她皱起眉头,用美丽的眼睛看了看丈夫,脸上流露出怯懦、负疚的神情。

"我的天哪,我的天!"公爵夫人说,一只手提着裙子,走到丈夫跟前,吻了一下他的前额。

"再见,丽莎。"安德烈公爵说,他站起来,十分冷淡地吻了吻她的手,像对待陌生人似的。

两个朋友都沉默着,谁也不想开口。皮埃尔看安德烈公爵,安德烈公爵用小手擦了一下前额。

"咱们吃晚饭去吧。"他叹了口气,边说边站起来朝门口走去。

他们走进一间餐厅,餐厅刚重新装修过,优雅华贵。这里的一切,从餐巾到银器、陶瓷和水晶玻璃器皿,都具有一派新婚家庭所特有的焕然一新的气象。吃饭时,安德烈公爵用臂肘支在餐桌上,说话时的神情,像早就在心中郁积很久,现在忽然决定一吐为快,他那神经质的激动表情,皮埃尔以前还从未曾见过。

"结婚前一定要考虑周全,谨慎、谨慎、再谨慎。永远不要结婚,我的朋友。这是我的真心话。不然你就会大错特错,以至不可挽回了。到老得不能动的时候再结婚吧……否则你身上一切美好、高尚的东西都会被毁灭掉的。一切都在无关紧要的小事上消磨掉了。真的,真的!别这么吃惊地望着我,如果你还壮志未酬,那你每走一步都感觉到,给你准备的只有客厅,在那里你将要成为与宫廷的奴仆和白痴同类的人,除此之外,一切都完了,处处行不通……就是这么回事!"

他用力把手一挥。

皮埃尔摘下眼镜,显得更善良了,他惊奇地望着朋友。

"我的妻子,"安德烈公爵继续说,"是一个十分好的女人。她是可以让丈夫放心的。这种人现在已经不多了。但是,我的天哪,只要我现在能变成没有结婚的人,我愿意不顾一切!我这话只对你一个人讲,并且是第一次讲,因为我是爱你的。"

安德烈公爵说这些话的时候,与先前懒洋洋地仰坐在安娜·帕夫洛夫娜的圈椅里,半闭着眼睛,从牙缝里说法语的那个博尔孔斯基更不相像了。他那冷峻的脸上每根筋肉都兴奋得不得了,神经质地颤动着,他那双本来好像熄灭了生命之火的眼睛,现在却炯炯有神。看来,他平时越是显得死气沉沉,在激动的时刻就越是精力充沛。

"你不理解我为什么这样说。"他继续说。"要知道,这是一个人的全部生活经历。你提起波拿巴和他的事业,"他说,尽管皮埃尔并没有谈起波拿巴。"你提到波拿巴,可是波拿巴,当他进行工作,向他的目标前进的时候,他是自由的,除了自己的目标,他一无杂念,所以他达到了目标。但是把自己和女人拴在一起,像一个戴上脚镣的囚犯,你就会失去一切自由。希望和力量只能使你感到沉重,使你悔恨交加。客厅、流言蜚语、舞会、虚荣、琐碎小事——这一切就是我的生活。我现在要去战斗,去参加空前伟大的战争,而我却什么都不懂,什么都不会,我只会说却不会做。"安德烈公爵继续说,"在安娜·帕夫洛夫娜那里,大家都听我说话,还有那些女人……可惜你不知道,那些讲礼貌修养的女人和所有的女人是什么东西!我父亲说得对。自私自利、爱好虚荣、愚昧无知、毫无价值——女人的真面目就是这样。

你仔细看看交际场的女人,好像她们有点什么,其实金玉其外,败絮其中。千万不要结婚,亲爱的,不要结婚。"安德烈公爵不说话了。

"我觉得可笑,"皮埃尔说,"您认为自己无能,认为自己的生活被毁掉了。其实您正前程远大呢……"

他的话表明他对朋友的估价很高,对他的前途抱有很大的希望。

"怎么能这么说!"皮埃尔想。皮埃尔认为安德烈公爵是一切美德的模范,因为在他身上最完美地结合着的正是皮埃尔所缺少的"毅力"。皮埃尔一向叹服安德烈公爵在同各种各样的人交往时那种从容不迫的态度,非凡的记忆力和博学多识(他什么都读,什么都知道,什么都懂)。尤其使他叹服的是他的工作能力和学习劲头。尽管,皮埃尔常常为安德烈公爵缺乏哲学的幻想力(皮埃尔在这方面有特别的爱好)而感到吃惊,对安德烈来说,这不成为缺点,反而增加了他的力量。

"我是没有希望了。"安德烈公爵说。"关于我有什么可说的?还是谈谈你吧,"他停了一下说,心安理得地微微一笑。那笑容霎时间也在皮埃尔的脸上反映出来。

"我有什么可说的?"皮埃尔说,露出无忧无虑的快活的微笑。"我算什么?我是一个私生子。"他忽然脸红了。看来,他费了很大劲儿才说出口。"既无名位,也没钱财,当然……,目前我是自由的,很快活。可就是怎么也不知道我应当做什么。我想好好跟您商量一下。"

安德烈公爵用和善的目光望着他。可是在友爱亲切的目光中,仍然流露出一种优越感。

"我很尊重你,你是我们圈子里唯一的活人,你很自在,要怎样就怎样,都不成问题。你做什么都会事事顺利,但只是有一样:你别再上库拉金家去了,不要再过那种生活。所有那些酗酒、荒唐,那些……对你没有好处。"

皮埃尔耸耸肩说:"没有办法的事,老兄,女人嘛。"

"我不懂,"安德烈回答说,"如果是正派女人的话,自然另当别论;可是库拉金家的女人和酒,我不敢苟同。"

皮埃尔住在瓦西里·库拉金公爵家,他和公爵的儿子阿纳托利厮混,过着放荡的生活,为了使阿纳托利浪子回头,大家希望他能和安德烈公爵的妹妹结婚。

"我告诉你!"皮埃尔说,他仿佛忽然想起一件十分令人快乐的事似的。"真的,我早就有这个想法了。过这种生活,没有任何好处。整天头痛,钱也用光了。今天晚上他们又叫我,我决定不去了。"

"你能向我发誓吗?"

"我发誓!"

皮埃尔出来时已经是后半夜一点多了。这时正是彼得堡六月的白夜。皮埃尔雇了一辆四轮马车,准备回家。可是离家越近,他就越觉到这种既像黄昏又像黎明的夜晚无法入睡。无人的街道上可以望得很远。在路上皮埃尔突然想起,在阿纳托利·库拉金家里今晚一定有一群熟人聚赌,赌后照例是一顿狂饮,最后以皮埃尔喜爱的娱乐结束。

"到库拉金家去一趟,那该多好。"他想道。可是立刻又想起他曾向安德烈公爵保证不去库拉金家的誓言。

可是,他盼望再享受一次对他是十分熟悉的放荡生活,他决定去那里。他心中忽然想到:诺言是无所谓的,因为在答应安德烈公爵之前,他也答应过阿纳托利公爵到他那里去。最后他想,所有这一切誓言都是可真可假的,没有什么确定的意义,特别是当他考虑到,也许明天他会死掉,也可能发生什么十分的变故,那就根本谈不上什么誓言不誓言了。这样一来,皮埃尔决定到库拉金家里去。

马车驶到骑卫兵营房旁一所大住宅前面,阿纳托利的家便在这里,他走上灯光明亮的台阶,上楼梯,进入一扇敞开的门。前厅没有人,里面横七竖八地摆着空酒瓶、斗篷、套鞋,散发着酒气,隐约听见里屋的谈话声和喊叫声。

赌局和晚餐已经结束了,可是客人还没有散去。皮埃尔脱下斗篷,走进第一间屋里,这里只有吃剩的晚餐和一个仆人,他偷偷地喝了几杯剩酒。从第三间屋里传来骚乱声、大笑声、熟悉的喊叫声和狗熊的低吼声。八九个年轻人神情紧张地聚在打开的窗口。有三个人正在玩一只小熊,一个人牵着链子拖着它吓唬另外两个人。

"我压史蒂文斯一百卢布!"一个人喊道。

"不能扶东西!"另一个人喊道。

"我压多洛霍夫!"第三个人喊道。"库拉金,你来把手掰开。"

"喂,别玩狗熊了,这里在打赌呢。"

"要一口气喝完,否则就算输。"第四个人喊道。

"雅科夫,拿瓶酒来,雅科夫!"主人喊道,他是一个身材修长的美男子,仅穿一件敞到胸口的薄薄的衬衫。"等一下,诸位先生!他来了,彼得鲁沙,亲爱的朋友。"他转身对皮埃尔说。

另外一个个子不高,蓝眼睛明亮清澈的人,在窗口喊道:"到这里来把我们的手掰开!"这喊声是所有醉酒的喊声中最清醒的。这人是多洛霍夫,谢苗诺夫团的军官,有名的赌徒和决斗家,同阿纳托利住在一起,皮埃尔微笑着,兴奋地看了看四周。

"我一点儿不懂。是怎么回事啊?"他问。

"等一等,他没有醉。拿瓶酒来。"阿纳托利说,他从桌上拿起一只杯子,走到皮埃尔面前。

"先喝了再说。"

皮埃尔开始喝酒,一杯接着一杯地喝,皱着眉头打量着别人,听他们谈话。阿纳托利一面给他斟酒,一面说,多洛霍夫和在座的英国海军军官史蒂文斯打赌,条件是多洛霍夫坐在三楼的窗沿上,两脚垂到窗外,一气喝完一瓶罗姆酒

"一定得喝完,"阿纳托利递给皮埃尔最后一杯,说,"不然我不饶你!"

"不,不想喝了。"皮埃尔说,他推开阿纳托利,走到窗前。

多洛霍夫握住英国人的手,直截了当地提出打赌的条件,他主倘若对阿纳托利和皮埃尔说的。

多洛霍夫中等个头,卷发,生着一对明亮的蓝眼睛,二十五岁左右。像所有的陆军军官一样,他没有留胡子,嘴全部露出来,特别惹人注意。嘴的曲线十分美。多洛霍夫家道不富,也没有什么亲戚关系。可是大家都尊重他,连阿纳托利本人也尊重他。多洛霍夫什么赌博都愿意赌,并且几乎是每赌必赢。喝酒不论多少,从来不会失去清醒的头脑。库拉金和多洛霍夫在当时彼得堡浪子酒徒之中都是出名的人物。

罗姆酒拿来了。窗框太小,两个仆人正忙着拆除。

阿纳托利洋洋得意地走到窗前。他一心想毁坏点什么。他推开仆人,拽了拽窗框,但是拽不动,他就把玻璃打碎了。

"你来试一试,大力士。"他转身对皮埃尔说。

皮埃尔揪住横梁,用力一拽,橡木窗框咔嚓一声,有的地方弄断了,有的地方是被拽出来的。

"全部拆掉,不然还以为我扶东西呢。"多洛霍夫说。

"英国人吹牛吧……是不是?……好了吗?……"阿纳托利说。

"好了。"皮埃尔说,他望着多洛霍夫,他正拿着酒往窗前走去,窗外是明亮的天空,天空中,晚霞和晨曦交融在一起。

多洛霍夫拿着酒瓶跳上窗台。"听着!"他站在窗台上对屋里人喊道。大家都不作声了。

"我打赌。我赌五十金卢布,您想不想赌一百?"他问那个英国人。

"算了,就五十吧。"英国人说。

"好，赌五十金卢布，条件是我一口气喝完一瓶罗姆酒，坐在窗台外边喝完，坐在这儿（他弯身指窗外倾斜的墙壁），并且不扶任何东西……是不是这样？……"

"很好。"英国人说。

阿纳托利向英国人转过身来，抓住他的燕尾服的纽扣，低下头看着他（因为英国人是个矮个子），用英语把打赌的条件重说了一遍。

"等一下，"多洛霍夫一边用酒瓶敲着窗户让大家注意，一面喊道，"等一下，库拉金。大家听着，倘若有人也能这样做，我愿出一百个金卢布。懂吗？"

英国人点了点头，可并没有表示他究竟愿不愿意接受这个新的条件。阿纳托利没有放开英国人，尽管英国人点头表示他都明白，阿纳托利还是把多洛霍夫的话翻译了一遍。一个近卫军骠骑军官，爬到窗台上，探头朝下望了望。

"哎-哟！"他望着窗下人行道上的石板，低声说。

"别胡闹！"多洛霍夫喊道，把那个军官从窗台上揪下来，那人被马刺绊了一下，跌跌撞撞地跳到屋里。

为了拿时方便，多洛霍夫把酒瓶放在窗台上，然后小心地、慢慢地爬上了窗户。他垂下两脚，双手撑着窗沿，打量了一下，坐稳了，放开两手，左右移动了一下，把酒瓶拿到手里。阿纳托利拿来两支蜡烛放到窗台上，尽管这时天已经大亮了。大家全聚集在窗口。英国人站在前面。皮埃尔微笑着，一句话没说。在场的一位年龄较大的人，面带惊恐和愤怒的神色，突然挤到前面，想抓住多洛霍夫的衬衫。

"诸位先生，这太危险了，他会摔死的！"有一个人说。阿纳托利挡住他。

"别碰他，你会吓着他，他会摔死的。对吗？……那怎么办？……啊？……"

多洛霍夫转过身来，坐稳了，又用两手撑着窗沿。

"谁倘若再靠近我，"他说，"我立刻把他扔到下面去。好了！……"

他说完"好了！"之后，又转过身来，松开两手，拿起酒瓶，移到嘴边，往后仰着头，抬起不拿酒瓶的那只手，保持平衡。一个拾碎玻璃的仆人弯着腰不动了，眼睛一动不动地望着窗口和多洛霍夫的脊背。阿纳托利瞪大眼睛，直挺挺地站着。英国人努着嘴，在一旁瞅着。那个想阻拦的人跑到屋角里，面对墙壁躺到沙发上。皮埃尔捂住脸，虽然他此刻满脸惊恐的神色，却仍带着一丝笑意。大家都屏住呼吸，一声不吭。皮埃尔把手从眼睛上拿开。多洛霍夫还是那样坐着，只是头更往后仰，仰得后脑勺上的卷发都碰到衣领了，拿酒瓶的那只手一面抖动一面用力，越举越高。酒瓶举得越来越高，头也仰得更厉害。"怎么这么久？"皮埃尔心里想。他觉得好像过了半个小时了。忽然，多洛霍夫用背脊往后移了一下，一只手剧烈地抖动起来；这样抖动足以使他坐在斜坡上的全身往下滑。他整个人都滑动了，他的手和头因为用力,抖得更厉害了。一只手举起来想抓住窗台,但是又放下了。皮埃尔蒙住眼睛,对自己说,再也不睁开了。突然他觉得周围的人在骚动。他一看:多洛霍夫已经站在窗台上,他的脸苍白,可是很兴奋。

"空了!"

他把酒瓶扔给英国人,英国人利落地接住。多洛霍夫从窗口跳下来,嘴里喷出强烈的罗姆酒气。

"太好了!好样的!这才叫打赌!真是不知死活的家伙!"四面八方喊起来。

英国人赶忙数钱。多洛霍夫皱着眉头一声不响。皮埃尔跳上窗台。

"诸位先生!谁愿意跟我打赌?我照样做,"他突然喊道,"没人打赌,我也干。叫人拿瓶酒来。我做得到……叫人拿酒来。"

"让他干,让他干!"多洛霍夫微笑着说。

"你怎么了?发疯了?谁让你干?你连站在楼梯上头都发晕。"四面八方嚷起来。

"我敢保证喝完,拿一瓶罗姆酒来!"皮埃尔喊道,醉醺醺地捶着椅子,接着就往窗口爬。

大家抓住他的双臂;可是他的气力很大,凡是挨近他的人,都被他推得远远的。

"不行,我们制服不了他,"阿纳托利说,"等等,我来哄他。喂,我来跟你打赌,不过是在明天,现在我们大家都有事。"

"走吧,"皮埃尔喊道,"走!……把小熊也带去……"

于是他抓住那只熊,抱住它,然后把它举起来,和它在房间里跳起舞来。

<h1 style="text-align:center">七</h1>

瓦西里公爵履行了他的诺言。因为在安娜·帕夫洛夫娜晚会上,他答应德鲁别茨卡娅夫人给她的独子鲍里斯谋个官职。鲍里斯的事被奏明皇上后,他被破格委任在近卫军谢苗诺夫团当准尉。但别的打算都没有成功。在安娜·帕夫洛夫娜的晚会后不久,安娜·米哈伊洛夫娜就回了莫斯科,直接到她的有钱的亲戚罗斯托夫家里去了,这是她在莫斯科寄身的地方。她那个刚入伍就升为近卫军准尉的爱子鲍里斯,从小就在这个家庭里教养成人,在这里住了好多年。近卫军已经在八月十日从彼得堡开走,儿子留在莫斯科置办军服。在去拉兹维洛夫的路上才能赶上队伍。

罗斯托夫家里有两个娜塔莉娅——母亲和小女儿——过命名日。从早上起,波瓦尔大街上那座莫斯科全城闻名的罗斯托娃伯爵夫人的大宅子门前,车水马龙,来祝贺的人接连不断。伯爵夫人和漂亮的大女儿在客厅里陪客,客人川流不息,走了一批又来一批。

伯爵夫人生着一副东方型的清瘦面孔,年纪约莫四十五岁,由于孩子过多(她生过十二胎),面容显得憔悴。体弱无力使得她的举止言谈缓慢,但这却给她增添一种令人肃然起敬的风度。相处如同家人的安娜·米哈伊洛夫娜·德鲁别茨卡娅公爵夫人,也坐在那里,帮助接待和应酬宾客。年轻人坐在后面房间里。伯爵送往迎来,邀请所有的客人赴宴。

"十分感谢先生们女士们,我代表我个人和过命名日的亲人感谢您。别忘了来用晚餐。谢谢,谢谢。"送走一位客人后,伯爵回到客厅里应酬未走的男客或女客。他移过一把圈椅,带着爱享福和会享福的人的神气,潇洒地叉开两腿,把两手放在膝头上,摇晃着身子,谈天谈地,说东道西,一会儿说俄语,一会儿说法语,还忙于热情地接待来客。真是疲惫不堪。有时从前厅回来,顺便穿过花房和仆役室走进大理石大厅,大厅里已经摆好准备八十人就餐的餐桌,他一面看仆人搬来银器和瓷器,摆桌子,铺桌布,一面把贵族出身的总管德米特里·瓦西里耶维奇叫到跟前,说:"喂,米坚卡,要当心,一切都安排好。对,对,"他说,满意地打量着摆开的大餐桌。"摆台十分重要。这样就好……"他得意地舒了口气,又回客厅去了。

"玛丽亚·利沃夫娜·卡拉金娜和小姐到!"伯爵夫人那身材高大的侍从走进客厅,用低沉的声音禀报道。伯爵夫人沉吟了一下,嗅了嗅镶着丈夫肖像的金鼻烟壶。

"这些客人真累人。"她说,"好吧,再见她这最后一个吧。她很有教养。请吧,"她用忧郁的声音对仆人说,那意思似乎是说:"好吧,就让你们把我折磨死吧!"

一位身材高大、丰满、神态傲慢的太太,和她圆脸的、满面笑容的女儿,走进客厅。

大家都随便闲聊。

"伯爵太可怜了,"一位女客说,"他的身体已经够差的了,现在又为儿子操心,这真要他的老命!"

"怎么回事?"伯爵夫人问,好像她不知道那个女客说的什么,其实关于别祖霍夫伯爵苦恼的原因,她已经听过十几遍了。

"这都是如今教育的好处,"一位女客说,"早在国外的时候,这个年轻人就任性妄为。现在在彼得堡,更是无法无天了。"

"当真!"伯爵夫人说。

"他乱交朋友,"安娜·米哈伊洛夫娜插嘴说,"瓦西里公爵的儿子、他、还有一个多洛霍夫,听人说,谁知道他们干了些什么。两人都自作自受。多洛霍夫被降为士兵,别祖霍夫的儿子被送到莫斯科。阿纳托利·库拉金呢,他父亲尽管把案子私了了,但也被赶出了彼得堡。"

"他们究竟干了什么呢?"伯爵夫人问。

"简直是一伙强盗,特别是多洛霍夫,"那位女客说,"他是玛丽亚·伊万诺夫娜·多洛霍娃的儿子。你们大家想想看:他们三个不知从哪里弄到一只狗熊,放在马车上,去看一群女戏子。警察分局局长跑来制止,结果他们逮住警察分局局长,把他跟狗熊背对背后捆到一起,扔到莫伊尔卡河里。狗熊在水里游,那个警察分局局长躺在熊背上。"

"我的天,那个警察分局局长样子肯定挺好看。"伯爵笑得要死。

"哎哟,太可怕了! 伯爵,这有什么可笑的?"

太太小姐们也忍不住笑起来。

"好不容易才把那个倒霉蛋救上来,"女客仍旧说,"基里尔·弗拉基米罗维奇·别祖霍夫伯爵的儿子就是这么刁钻古怪,寻开心!"她补充说。"听说他受过很好的教育,也很聪明。这就是他在国外受教育的结果。我希望大家都别理他。"

"您怎么说这个年轻人很有钱?"伯爵夫人说,俯身避开姑娘们,那些姑娘都装作没有听见的样子。"要知道,他的孩子全是私生子。似乎……皮埃尔也是私生子。"

女客摆了摆手。

"我想,他有二十来个私生子呢。"

安娜·米哈伊洛夫娜公爵夫人也加入谈话,看来,她是想卖弄一下。

"是这么回事,"她别有用心地也压低声音说,"基里尔·弗拉基米罗维奇伯爵的名声无人不晓……他有多少孩子,连他自己也数不清,不过他宠爱皮埃尔。"

"去年,这个老头子还怪好看的呢!"伯爵夫人说,"比他漂亮的男人,我还没见过。"

"现在可不行了,"安娜·米哈伊洛夫娜说,"因为妻子的关系,瓦西里公爵是他的全部财产承继人,可是伯爵很爱皮埃尔,让他受教育,还奏明了皇上……他一旦去世(他的身体很不好,随时都可能死掉,罗兰也从彼得堡来了),谁也不知道这笔巨额财产会落到何人手里,是皮埃尔呢,还是瓦西里公爵。四万农奴和数百万家产。我知道得很清楚,是瓦西里公爵亲自告诉我的。基里尔·弗拉基米罗维奇还是我的表舅呢。并且他是鲍里亚的教父。"她用似乎并不看重这些事的语气补上一句。

"瓦西里公爵昨天到莫斯科来了。我听说他是来视察的。"那位女客说。

"是的,可是,说句实在话,"公爵夫人说,"这只是借口,他来目的是来找基里尔·弗拉基米罗维奇伯爵,他听说伯爵已经不行了。"

"不过,这真是个大玩笑,"伯爵说,他见那位年岁大的女客无心听他的话,就向小姐们转过身来。"我想,那个警察分局局长的样子一定挺好玩。"

他做了一下演示,惹得众人大笑不已。"好吧,请务必来舍下用晚餐。"他说。

八

大家沉默了。伯爵夫人兴奋地望着那位女客,同时也不掩饰:如果那位女客现在起身告辞,她也丝毫不会感到不快。女客的女儿正在整理衣服,用探询的目光望着母亲,这时隔壁房间里传来人们的脚步声和绊倒椅子的响声,一个十三岁的小姑娘跑进来。就在这时,门口出现了一个穿深红色领子衣服的大学生,一个近卫军军官,一个十五岁的姑娘和一个面孔红红的胖胖的小男孩。

伯爵一跃而起,跌跌绊绊地走过去,伸开双臂,搂住跑进来的小姑娘。

"啊,她来了!"他笑着喊道,"过命名日的! 亲爱的小寿星!"

"亲爱的,什么事都得分时候。"伯爵夫人装出一副严肃的表情说。"你总是惯着她,埃利。"她对丈夫说。

女客说:"您好,亲爱的,祝您愉快。"她又转向母亲说:"您有一个多么好的孩子啊!"

小姑娘黑眼睛,大嘴,尽管不漂亮,但很活泼。因为跑得太快,披肩滑了下来,露出孩子的小肩膀。乌黑的卷发向后摆着,光着的胳膊又长又细,穿一条镶花边的裤子,两只小脚穿着没有系带的浅口皮鞋。她快长成少女了。她从父亲怀里挣脱出来,跑到母亲跟前,不管母亲的严厉数落,把脸藏到她的花边披肩里,笑起来。不知她在笑什么,一面时断时续地讲着从裙子下面拿出来的布娃娃。

"瞧见吗? ……布娃娃……咪咪……您瞧。"

娜塔莎再也说不下去了(她觉得一切都好笑)。她倒在母亲怀里,大笑起来,笑得那么响亮,所有的人,连那个古板的女客,都不由得笑起来。

"好了,去吧,把你这个丑八怪也拿走!"母亲说,装出生气的样子把女儿推开。

"这是我的小女儿。"她对女客说。

娜塔莎把脸从母亲的花边披肩里抬起来，看了她一眼，又把脸藏了起来。

那位女客觉得自己该说几句话了。

"请问，亲爱的，"她对娜塔莎说，"这个咪咪是您什么人？一定是女儿吧？"

娜塔莎不喜欢女客那种宽厚的口气，所以一句话也没有回答，只冷淡地看了女客一眼。

这时，年轻的一代全坐在客厅里了，他们是安娜·米哈伊洛夫娜的儿子鲍里斯——军官、伯爵的长子尼古拉——大学生、伯爵十五岁的外甥女索尼娅，还有伯爵的小儿子小彼得鲁沙。显然，他们尽力把他们的高兴和愉快制约在礼貌的限度以内。可以看得出，他们在后面几个房间里所谈的比在这里谈论的无聊话题要有趣得多。他们不时互相看看，忍不住要笑出声来。

两个年轻人——大学生和军官，从小就是朋友，他们同岁并且两人都很漂亮。鲍里斯浅黄头发、身材修长，在他那沉稳而漂亮的面孔上，五官生得清秀、端庄。尼古拉个头不高，卷发，表情开朗。他的上唇已经开始长胡子了，整个面孔洋溢着刚毅和热情。尼古拉刚走进客厅，脸就红了。看样子，他想说话，但不知该说什么；但鲍里斯却相反，他立刻就找到了话题，沉着而风趣地谈起布娃娃咪咪，他说当它还是少女的时候，他就认得它了，那时它的鼻子还没有破，在他们相识的五年中，它老了，头盖骨也全裂了。他说完之后，看了娜塔莎一眼。娜塔莎躲开他的目光，看了一眼眯着眼睛、抿着嘴笑得发抖的小弟弟，她再也忍不住了，跳起来，撒开灵活的小腿，飞快地从客厅里跑了出去。鲍里斯没有笑。

"您也要走了吗？妈妈？您要马车吗？"他笑着对母亲说。

"行，走吧，走吧，你去吩咐准备马车。"她微笑着说。

鲍里斯悄悄地出来，去找娜塔莎去了，那个胖男孩气冲冲地跑了出去。似乎因为他的计划被打乱了，生气了似的。

九

年轻人中，除伯爵夫人的长女和那个做客的小姐外，客厅里就只剩下了尼古拉和外甥女索尼娅。索尼娅是个身材苗条、娇小玲珑的黑发姑娘，长长的睫毛，目光很柔和，发辫又黑又粗，脸色有点儿发黄。她举止从容，纤细的四肢，柔软而灵活，仪容有几分狡黠和矜持，使人想到她长大后，一定会楚楚动人的。出于礼貌，她装出对大家的谈话很感兴趣，其实，她很想从客厅里冲出去，和她的表兄一块儿玩。

"是的，"老伯爵指着尼古拉，转身对女客说，"他的朋友鲍里斯升为军官，为了友谊，他不愿落在他后面，撇下大学和我这个老头子，也要服兵役去了，亲爱的，本来已经在档案处给他找到一个职位，一切都办好了。这就是讲交情吧？"他用疑问的口吻说。

"是啊，听说已经宣战了。"女客说。

"早就这么说了，"伯爵说。"今天说，明天说，不过说说罢了。亲爱的，这就是讲交情！"他又重复了一遍。"他去当骠骑兵了。"

女客不知道该说什么，只是摇了摇头。

"完全不是为了友谊。"尼古拉涨红着脸，连忙辩解道。"完全不是为了友谊，我只觉得服兵役是我的义务罢了。"

他看了看表妹又看看那位做客的小姐，她们两人都含着赞许的微笑望着他。

"保罗格勒骠骑兵团团长舒伯特今天来我们家吃饭。他是来度假的，他要把他带走。有什么办法呢？"伯爵耸耸肩，开玩笑似的说道。

"我已经对您说过，爸爸，"儿子说，"您倘若不愿意我走，我可以留下。可是我知道，我除了服兵役，什么也不能做；我不是外交家，不会做官，不会掩饰自己的感情。"他说着露出一副青春少年的轻佻相，不停地打量索尼娅和那位做客的小姐。

索尼娅出神地盯着他。

"好了，好了！"老伯爵说。"太急躁……都是波拿巴冲昏了大家的头脑，人人都想着他是少尉出身当上皇帝的。好吧，但愿上帝保佑。"他又补了一句，没有注意到那位女客讥讽的微笑。

年长的谈论起波拿巴来。卡拉金娜的女儿朱莉对小罗斯托夫说：

"太遗憾了，星期四您没有到阿尔哈罗夫家去。您不在那里，真无聊。"说着，对他莞尔一笑。

年轻人受宠若惊，露出青春的媚笑，坐得离她更近些，和笑盈盈地朱莉单独交谈起来，丝毫没注意到他这无意的微笑却像一把妒忌的尖刀刺进了索尼娅的心。索尼娅红着脸，装着一副笑脸。谈话当中，他回过头来看了看她，索尼娅不怀好意地瞪了他一眼，强忍住泪水，嘴上却装出微笑，站起来走出屋去。尼古拉兴致顿时烟消云散了。谈话刚一停顿，他就怀着心慌意乱的神情，出去找索尼娅去了。

"这些年轻人都不知道掩盖心事。"安娜·米哈伊洛夫娜指着离去的尼古拉说。"姑表亲很危险的。"她又说。

"是的，"伯爵夫人说，"为了能从他们身上得到一点欢乐，我们经受了多少痛苦，操过多少心啊！但是现在，仍叫人整天价担惊受怕！少男少女到这个年龄，正是充满了危险的年龄。"

"这全要看教育如何了。"女客说。

"是啊,您说得对,"伯爵夫人接着说。"直到现在,谢天谢地,我都是我孩子们的朋友,他们充分信任我。"伯爵夫人说,她重犯了许多父母曾经犯过的错误,以为儿女对她们什么都不隐瞒。"我知道,我永远是我女儿们的知心人,尼古连卡容易冲动,如果他胡闹(男孩子免不了要胡闹),也不致像彼得堡的少爷们那样。"

"是啊,这些孩子都十分好。"伯爵附和说,他总是用"很好""好极了"这些词来解决他弄不清楚的问题。"真奇怪,居然想去当骠骑兵! 叫您有什么办法,亲爱的!"

"您的小女儿真可爱!"女客说,"火暴性子!"

"是啊,火暴性子,"伯爵说,"像我! 她有一副特别好的嗓子:尽管是我的女儿,我也要照实说,她肯定会成为歌唱家,萨洛莫妮第二。我们请了一位意大利人教她。"

"不太早吗? 听说,这个年龄练唱对嗓子有害。"

"哪里,不算早!"伯爵说,"咱们母亲那一辈不是十二三岁就成亲了吗?"

"她现在就已经爱上鲍里斯了!"伯爵夫人淡淡地一笑,望着鲍里斯的母亲说:"您知道,如果我把她管得太严,倘若不许她……谁知道他们背地里会干出什么事(伯爵夫人是想说他们会接吻),而现在,她的所作所为我都知道。她每天晚上自动跑来,什么都讲给我听。也许我是在娇惯她,可是,实在说来,这样似乎更好些。我对大女儿就管得严。"

"是的,我受的教育就完全不同。"长女——美丽的薇拉伯爵小姐微笑着说。

微笑并没有使薇拉的面孔变得好看;她的脸变得反而不自然。大姐薇拉长得很漂亮,人也不笨,学习优良,受过很好的教育,她的嗓音悦耳,说话也合情合理,可是奇怪的是,所有的人,连那位女客和伯爵夫人在内,都转脸看她,似乎是奇怪她为什么这样说,而且感到不安似的。

"人们对长男长女从来都是挖空心思地,总想把他们造就成非凡的人物。"女客说。

"没有什么可隐瞒的,我亲爱的,伯爵夫人在薇拉身上费尽了心思,"伯爵说。"那有什么关系! 她总算出落得很好。"说着这话,并向薇拉赞赏地挤了挤眼。

客人们起身告辞了,说都来吃晚饭。

"真不懂礼貌! 坐个没完没了!"客人走后,伯爵夫人说。

十

娜塔莎从客厅跑出来,等候鲍里斯出来。她已经等急了,因为他没有立刻出来,急得她直跺脚,立刻就要哭了,这时突然传来一个年轻人的脚步声,不紧不慢的。娜塔莎连忙跑到花桶中间藏起来。

鲍里斯在花房里停住了脚步,四外张望了一下,掸了掸制服袖子上的尘土,走到镜前,端详他那漂亮的面孔。娜塔莎屏住气,从躲藏的地方张望,看他要做什么。鲍里斯在镜前站了一会儿,微笑了一下,就朝门口走去。娜塔莎想叫他,但随即又改变了主意。

"让他找吧。"她心里想。鲍里斯刚走出去,索尼娅就从另一道门进来了,她满脸通红,两眼含泪,愤愤地嘟哝着。娜塔莎本打算朝她跑过去,可是她忍住没有动,仍然藏在原来的地方,看看将发生什么事。她感到一种特别新鲜的乐趣。索尼娅嘟哝着,不住地回头看客厅门。尼古拉从客厅里出来了。

"索尼娅! 你怎么了? 怎么能这样啊?"尼古拉说,一面向她跑来。

"没什么,没什么,别管我!"索尼娅大声哭起来。

"不,我知道为什么。"

"您知道,那好极了,您找她去吧。"

"索——尼娅! 听我说一句话! 不要仅凭一点胡思乱想这样折磨我,折磨你自己行吗?"尼古拉握住她的手,说。

索尼娅没有抽出自己的手,停住不哭了。

娜塔莎屏息不动,用发光的眼睛从躲藏的地方观望。"现在会发生什么事呢?"她想。

"索尼娅! 你就是我的一切,"尼古拉说,"我要向你证明这一点。"

"我不愿听你说这种话。"

"好,我以后不说了,原谅我,索尼娅!"他把她拉到怀里,吻了吻她。

"啊,多好啊!"娜塔莎想道,索尼娅和尼古拉从花房走出来时,她也跟了出去了,把鲍里斯叫到跟前。

"鲍里斯,到这里来。"她带着很有深意的、狡黠的神情说。"我要和您说一件事。来,来,"她说着,把他领到花房里她原来躲藏过的花桶中间。鲍里斯微笑着跟着她走。

"有什么事?"他问。

她有点不知说什么好,向四周看了一下。看见她原先扔在花桶上的布娃娃,把它拿到手里。

"您亲亲这娃娃吧。"她说。

鲍里斯用专注、和蔼的眼光望着她高兴的面庞,没有说话。

"不愿意吗?那就到这里来吧。"她边说边向花丛深处走去,把布娃娃扔在一边。"走近点,走近点!"她低声说。她用手抓住军官的袖口,绯红的脸上露出严肃和恐慌的神情。

"那么您愿意吻我吗?"她说,声音低得几乎听不见,同时她仰起头看着他,含着笑,激动得几乎哭出来。

鲍里斯脸红了。

"您真可笑!"他俯下身来,说,脸也更红了,可是没有什么动作,只是等待着。

她突然跳到一只花桶上,这样她就比他高了,她用两手搂着他,在他的脖子上方弯起她那细细的赤裸的手臂,她把头发甩到后面,正好吻在他的唇上。

然后,她穿过花盆溜到花桶的另一边,低头站在那里。

"娜塔莎,"他说,"您知道,我是爱您,但是……"

"您爱上我了吗?"娜塔莎打断他的话。

"是的,爱上您了,可是我有个请求,咱们别像刚才那样……再过四年……我就会向您求婚。"

娜塔莎沉吟了一下。

"十三,十四,十五,十六……"她扳着细细的指头计算。"好!就这样说定了?"

喜悦和欣慰的微笑使她容光焕发,脸上特别高兴。

"说定了!"鲍里斯说。

"永远吗?"小姑娘说,"一直到死吗?"

于是,她挽起他的手臂,一同缓步向起居室走去。

十一

来访的客人把伯爵夫人累坏了,她吩咐不再接见任何人,命令门房,再有来贺喜的,只邀请他们一定来赴宴就是了。伯爵夫人想和小时候的好友安娜·米哈伊洛夫娜公爵夫人单独聊聊,自从公爵夫人从彼得堡回来以后,伯爵夫人还没有好好地看她呢。安娜·米哈伊洛夫娜一脸哭丧相,却做出讨人喜欢的样子,把圈椅向伯爵夫人移近一些。

"我对你什么都谈,"安娜·米哈伊洛夫娜说,"咱们这辈的老朋友已经所剩无几了!所以我们的友情特别可贵了。"

安娜·米哈伊洛夫娜看了薇拉一眼。伯爵夫人握住朋友的手。

"薇拉,"伯爵夫人转脸对长女说,长女显然不受宠爱,"您怎么一点都不懂事啊?难道你不觉得你在这里碍事吗?找妹妹们去吗,要不……"

美丽的薇拉轻蔑地微微一笑,显然她并不觉得委屈。

"如果您早对我说,妈妈,我早就走了。"她说着,就回自己房里去了。可是,当她经过起居室时却看见两边窗口对称地坐着两对情侣,于是停下脚来,轻蔑地一笑。索尼娅靠近尼古拉坐着,他正把他第一次写的诗抄给她看。鲍里斯和娜塔莎坐在另一边窗下,看见薇拉进来就不说话了。索尼娅和娜塔莎带着负疚和幸福的神情看着薇拉。

看到这些钟情的少女们很使人兴奋和感动,但她们的情景很明显并没有使薇拉感到快乐。

"我请求过你们多少次了,"她说,"不要用我的东西,你们都有自己的房间。"她把尼古拉身边的墨水瓶拿起来。

"等一下,等一下。"他蘸了蘸笔尖,说。

"你们尽做些让人讨厌的事,"薇拉说,"刚才跑到客厅里,弄得大家都替你们难为情。"

她说得很对,或许正因为如此,四个人谁也不答话,只是你看看我,我看看你。她拿着墨水瓶但并不走。

"像你们这样的年纪,能有什么秘密,娜塔莎和鲍里斯,还有你们俩,全都是胡闹!"

"这和你无关,薇拉。"娜塔莎低声辩解说。

她今天对人显然比平时更和气,更亲切。

"真是胡闹,"薇拉说,"我为你们害羞。这算什么秘密?……"

"各人有各人的秘密。我们并没有管你和贝格的事啊。"娜塔莎发火了。

"我想你们也不会管的,"薇拉说,"因为我一举一动从来没有什么不对的地

方。等着吧,我一定去和妈妈说,说你是怎样对待鲍里斯的。"

"娜塔莉娅·伊利尼什娜待我很好,"鲍里斯说。"我没有什么可抱怨的。"他说。

"您别管,鲍里斯,您是个大外交家,真没劲。"娜塔莎用颤抖的声音委屈地说。"她凭什么老找我的岔?你永远不会明白,"她转身对薇拉说,"因为你从来没有爱过任何人,你没心没肝,你不过是让莉夫人(这是尼古拉给薇拉起的十分难堪的绰号),你最爱干的事就是惹别人不快活。你向贝格卖弄风情去吧,爱怎么卖弄就怎么卖弄。"她连珠炮似的把话说完。

"对了,反正我不会当着众人的面去追逐年轻的男人的……"

"得了,你总算达到目的了,"尼古拉插嘴说,"对任何人都说这么难听的话,搅得大家都不快乐。咱们到儿童室去吧。"

四个人像一群受惊的小鸟,一齐站起来走了出去。

"是你们对我说了难听的话,我也没说什么。"薇拉说。

"啊!让莉夫人!"从门外传来讥笑声。

美丽的薇拉惹得人人生气,大家都不快乐,但是她微微含笑,对人们对她说的那些话,显然并不放在心上,她走到镜前理了理围巾和头发:端详着自己漂亮的脸,更显得冷淡、沉着了。

客厅里还在谈话。

"啊!亲爱的。"伯爵夫人说,"如果这样下去,我们这点财产不会支撑很久的!这全怪那个俱乐部和他的好脾气,难道住在乡下就能安生吗?又是看戏又是打猎的,天晓得还有什么名堂。唉,我的事有什么可谈的!还是谈谈你都是怎么打算的吧!我常常不明白,安内特,像你这么大的岁数,一个人坐着马车,一会儿到莫斯科,一会儿到彼得堡,找所有的部长,找所有的达官要人,不管什么人都应付得了,真使我惊奇!你怎么处理得这样好?我在这方面简直什么都不懂。"

"啊,我亲爱的!"安娜·米哈伊洛夫娜公爵夫人回答说。"上帝保佑,你是不知道寡妇人家没有积蓄,又有一个宝贝儿子,是多么艰难。样样都得学会,"她颇为自豪地说,"那场官司使我长了见识。如果我想见某个大人物,我就写信:某公爵夫人求见某某,于是我就坐车亲自登门拜访,一次不成,两次,三次,四次,不达目的,决不罢休。别人对我有什么看法,我一概不管。"

"那么鲍连卡的事你是拜托谁呢?"伯爵夫人问,"要知道,你的孩子已经当上近卫军的军官了,而我的尼古卢什卡才是个士官生。没有人为他去奔走。你是拜托谁的?"

"拜托瓦西里公爵。他心十分好。一口应承,而且奏明了皇上。"安娜·米哈伊洛夫娜公爵夫人兴高采烈地说,全忘了她为达到目的所遭受的屈辱。

"瓦西里公爵见老了吧?"伯爵夫人问。"自从在鲁缅采夫家我们演了那出戏之后,我就没见过他。他一定把我给忘了。他追求过我。"伯爵夫人含笑回忆道。

"还是那样,"安娜·米哈伊洛夫娜回答,"他总是待人亲切,甜言蜜语的。他不是那种势利的人。'真对不起,我为您效劳太少了,亲爱的公爵夫人,'他对我说,'有事您虽然吩咐吧。'不管怎么说,他总算是一个好人,是个好亲戚。可是,娜塔莉,我是很疼儿子的,你是知道的。为了他的幸福,我什么都做了啊。但是我的景况却坏到了极点,"安娜·米哈伊洛夫娜神情忧郁,低声继续说,"坏到极点了,我现在的处境可怕极了。那场倒霉的官司使我倾家荡产,可是毫无结果。你想也想不到,有时我简直是一分钱也没有了。我真不知道我用什么给鲍里斯置办军服。"她掏出手绢哭起来。"我需要五百卢布,但是我只有二十五卢布。我只能靠基里尔·弗拉基米罗维奇·别祖霍夫伯爵了。如果他不愿帮助他的教子,——他是鲍里斯的教父,——不拨给他一笔生活费,那么我所有的辛苦奔走就白搭了:我真是无依无靠啊。"

伯爵夫人满眼含泪,默不作声。

"我常常想,"公爵夫人说,"基里尔·弗拉基米罗维奇·别祖霍夫伯爵一个人生活……有这么多钱财……他活着有什么意思呢?生命对于他成了负担,但是鲍里斯的生活才刚刚开始。"

"他一定会给鲍里斯留点什么的。"伯爵夫人说。

"谁知道呢,亲爱的朋友!这些阔佬、大官全自私得很。但是我还是要立刻带鲍里斯去见他,直截了当把事情告诉他。别人爱怎么说就怎么说吧,说实在的,只要关系到我儿子的命运,我什么都不管。"公爵夫人站起身来。"现在两点钟,你们四点钟才吃晚饭,我去一趟还赶得过来。"

安娜·米哈伊洛夫娜像彼得堡的贵妇人那样,精明强干,善于抓紧时间。她打发人把鲍里斯叫来,和他一起向前厅走去。

"再见,我亲爱的。"她对送她到门口的伯爵夫人说。"祝我马到成功吧。"她背着儿子小声说道。

"您到基里尔·弗拉基米罗维奇伯爵那里去吗,亲爱的?"伯爵也要到前厅去。"如果他好一些,就叫皮埃尔到这里吃晚饭。好在他是来过的,跟孩子们跳过舞。一定叫他,亲爱的。塔拉斯今天一定会大显身手的。他说连奥尔洛夫伯爵家里都不会有像我们今天这样的晚餐呢。"

十二

"亲爱的鲍里斯，"当他们进入基里尔·弗拉基米罗维奇·别祖霍夫伯爵家的大院子时，安娜·米哈伊洛夫娜公爵夫人对儿子说，"鲍里斯，你要和气点，热情点。基里尔·弗拉基米罗维奇伯爵毕竟是你的教父，你的前途全靠他了。千万记住，亲爱的，要亲切点，你能做到……"

"但是我知道，这样做，除了屈辱，什么结果都得不到……"儿子冷淡地回答说，"但是我既然答应您，为了您，我一定做到。"

门房尽管知道大门外停着谁的马车，可他还是把母子二人上下打量了一番，别有意思地看了看公爵夫人的旧外套，问他们要见谁，见公爵小姐，还是见伯爵，听说要见伯爵，他说大人今天病势更重，不见任何人。

"咱们走吧。"儿子用法语说。

"我的朋友！"母亲用恳求的声音说，又碰了碰儿子的手。

鲍里斯不出声了，他没有脱大衣，用探问的目光望着母亲。

"我的好人，"安娜·米哈伊洛夫娜和声细气地对门房说，"我知道基里尔·弗拉基米罗维奇伯爵病得很厉害……我正是为这个来的……我是他的亲戚……我不会打扰他的，我的好人……我只要见一见瓦西里·谢尔盖耶维奇公爵，他不是住在这里嘛。请通报一下。"

门房沉着脸子，拉了一下通到楼上的铃铛，就转身走了。

"德鲁别茨卡娅公爵夫人要见瓦西里·谢尔盖耶维奇公爵。"他对从楼上跑下来的一个侍者喊道。

母亲整整衣褶，对着嵌在壁上的威尼斯大穿衣镜照了照，打起精神，迈开穿破皮鞋的双脚，踩着楼梯地毯，登上楼去。

"我的朋友，你答应我了。"她又转身对儿子说，用手碰他，给他打气。

儿子垂下眼，顺服地跟着她。

他们走进大厅，这里有一扇门通到瓦西里公爵专用的房间。

母子二人走到大厅中间，正巧瓦西里公爵走了出来，他穿一件丝绒面的皮上衣，按照居家的习惯，只戴一枚金星勋章，他正送一位黑发的美男子。此人就是闻名彼得堡的罗兰医生。

"这是真的吗？"公爵说。

"亲爱的公爵,'人非圣贤,谁能无过?'可是……"医生回答说。

"好的好的……"

瓦西里公爵看见了安娜·米哈伊洛夫娜和她儿子,神情冷淡。儿子看见母亲的眼睛顿时露出极度的悲哀,于是淡淡地一笑。

"唉,真是的,我们是在多么难过的情况下见面的啊,公爵……我们病人怎么样了?"她说,似乎没有看见盯着她的冷冰冰的、令人难堪的目光。

瓦西里公爵带着疑问的神情看看她,然后看看鲍里斯。鲍里斯毕恭毕敬地鞠了一躬。瓦西里公爵没有回礼,转身对安娜·米哈伊洛夫娜摇摇头,动了动嘴唇表示病人的希望不大,作为对她的问话的回答。

"真的吗?"安娜·米哈伊洛夫娜惊叫了一声。"唉,这太可怕了! 想起来就叫人害怕……这是我的小儿。"她指着鲍里斯说。"他要亲自来向您道谢。"

鲍里斯又毕恭毕敬地鞠了一躬。

"请您相信,公爵,做母亲的永远忘不了您为我们做的好事。"

"能为你们做点事,我十分兴奋,亲爱的安娜·米哈伊洛夫娜。"瓦西里公爵边说边整了整胸前的皱褶花边。在莫斯科,较之在彼得堡安内特·舍列尔家的晚会上,他对受他恩惠的安娜·米哈伊洛夫娜无论在态度上,还是在语气中都傲慢得多了。

"要好好工作,不负皇恩。"他板起面孔对鲍里斯说。"我很兴奋……您是在这里度假吗?"他用冷淡的口气慢慢地说。

"待命,大人,接到命令就出发。"鲍里斯回答说,他对公爵的生硬态度既不表示难过,也不表示愿意交谈,依旧沉着、恭敬,公爵不由得盯了他一眼。

"您和母亲住在一块吗?"

"我住在罗斯托娃伯爵夫人家里,"鲍里斯说,随后又补了一声,"大人。"

"就是那个跟娜塔莉娅·申申娜结婚的伊利亚·罗斯托夫。"安娜·米哈伊洛夫娜说。

"知道,知道,"瓦西里公爵用单调的声音说,"我始终不明白娜塔莉为什么会嫁给这么一个蠢货和小丑,并且还是个赌鬼。"

"不过,他很善良,公爵。"安娜·米哈伊洛夫娜说,一边露出动人的微笑,似乎她也知道罗斯托夫伯爵应该得到这样的评语,只是她请求怜悯一下这个可怜的老头。

"医生们怎么说?"公爵夫人沉默了片刻,问道,脸上露出极大的悲痛。

"希望不大。"公爵说。

"我想再一次感谢叔叔对我和鲍里亚的恩惠。这是他的教子。"她补充了一句,好像瓦西里公爵听了这个消息会非常兴奋似的。

瓦西里公爵皱着眉头,沉思起来。安娜·米哈伊洛夫娜明白,他怕她成为争夺别祖霍夫伯爵遗产的对手。她连忙宽慰他。

"如果不是我真爱叔叔,对他忠心耿耿的话,"她说,在说"叔叔"时,她的声调又坚定又漫不经心,"我知道他的为人,高尚,直爽,可是只有公爵小姐们在他跟前……她们还太年轻……"她向前探过头去,低声细语地说:"公爵,他恐怕不行了。既然如此,就该给他准备后事。我们女人家,公爵,"她莞尔一笑,"从来就知道这种事该怎么谈。我必须见见他。不论这使我多么难过,好在我是苦惯了的。"

公爵看来已经明白,甚至在安内特·舍列尔家的晚会上已经明白,要想摆脱安娜·米哈伊洛夫娜是不容易的。

"这样见面会使他太难过了吧,亲爱的安娜·米哈伊洛夫娜,"他说,"咱们还是等到晚上吧,医生说很危险。"

"但是,在这种时候,公爵,不能再等了。"

内室的门开了,走出一位公爵小姐——伯爵的侄女。她满面愁容,神情淡漠。她长得很不匀称,上身长,腿短。

瓦西里公爵向她转过身来。

"他怎么样了?"

"还是那样。您能希望怎么样,这么乱……"公爵小姐说,她看着安娜·米哈伊洛夫娜,像不认识她似的。

"亲爱的,认不出我了吗?"安娜·米哈伊洛夫娜快乐地微笑说,一边迈着轻快的步子朝伯爵的侄女小跑过去。"我能帮您的忙吗?"

公爵小姐没有回答,甚至连一点笑容也没有,就很快出去了。安娜·米哈伊洛夫娜脱下手套,仿佛一副胜利者的姿态,在圈椅里坐下来,而且请瓦西里公爵坐到她的身边。

"鲍里斯!"她对儿子说,微微一笑。"我到伯爵叔叔那里去一下,你先去找皮埃尔,我的朋友,别忘了转告他,罗斯托夫家请他。他们请他吃晚饭。他大概不会去的吧?"她转身对公爵说。

"恰恰相反。"很不耐烦公爵说。

他耸了耸肩。仆人领着年轻人下楼,从另一道楼梯上去找彼得·基里洛维奇。

十三

皮埃尔在彼得堡没有找到职业,因为闹事被遣送到莫斯科。人们在罗斯托夫家讲的那段故事是真实的。皮埃尔参与了那次捆绑警察分局局长和狗熊的事件。他几天前才到,像平常一样,住在父亲家里。他尽管料到他的事已经闹得莫斯科满城风雨,他父亲周围那些对他从来没有好感的女人,一定会利用这个事惹伯爵生气,但是他到达的当天,仍旧到他父亲的房间里去了。他走进公爵小姐们平时常待的客厅,向正在绣花和读书(其中一人正在朗读)的小姐们问好。她们一共三人。最大的有洁癖、上身很长、板着面孔,也就是刚才出来看到安娜·米哈伊洛夫娜的那个姑娘,她正在朗读;两个小的面色红润,容貌端庄秀丽,所不同的是其中一个唇上生有一颗黑痣,她们两人正在刺绣。看见皮埃尔,大公爵小姐停止了朗读,用惊恐的眼神静静地望着他;没有黑痣的那位小公爵小姐也露出同样的表情;生有黑痣的是最小的一个,生性活泼爱笑,朝刺绣架俯下身去把笑脸藏起来,大概是因为她预见到将有一场好戏可看吧。她把线往下引,俯下身,仿佛在辨认图案,好不容易才忍住笑。

“您好表妹,不认识我了吗?”

“我太认识您了,太认识了。”

“伯爵身体好吗?我能见见他吗?”皮埃尔笨拙地问,但并不觉得窘。

“伯爵肉体和精神都在受折磨,您好像存心要他受更大的精神折磨。”

“我可以见见伯爵吗?”皮埃尔又问。

“哼!……如果您想杀死他,那您就去见他吧。奥莉加,你去看看给表叔炖的鸡汤好了没有,快到时候了。”意思是说她们很忙。

奥莉加出去了。皮埃尔站了一会儿,看了两个表妹一眼,鞠了个躬说:

“那么我就回房去了。什么时候能见,请通知我。”

他走了,背后传来生有黑痣的那个表妹银铃般的、但是很低的笑声。

第二天瓦西里公爵来了,而且在伯爵家里住下。他把皮埃尔叫来,对他说:“在这里,您可不能胡闹了。伯爵病得十分、十分重:你千万不要见他。”

这以后再也没有人来打扰皮埃尔,他一个人整天都待在楼上自己的房里。

当鲍里斯进来找皮埃尔时,他正在房间里来回踱步,有时走到墙角停下来,对着墙摆出威吓的姿势,仿佛要用长剑刺穿看不见的敌人,有时嘴里咕哝着听不清的话。

"英国完了，"他说，皱着眉头。"皮特出卖了祖国，应该对他绳之以法……"他这时正想象自己是拿破仑本人，跨过海峡，攻占了伦敦。但他还未来得及说完对皮特的判决，突然看见一位身材匀称、面貌清秀的青年军官向他走来。他站住了。皮埃尔离开鲍里斯的时候，鲍里斯只有十四岁，所以皮埃尔一点也记不得他了；即使这样，皮埃尔仍然以他特有的敏捷和亲热握住鲍里斯的手，露出友好的微笑。

"您还记得我吗?"鲍里斯快乐地微笑着，安静地说，"我是和家母一同来看伯爵的，似乎他老人家身体不大好。"

"是的，似乎不大好。总有人打扰他。"皮埃尔一面回答，一面极力回忆这个人是谁。

鲍里斯感觉出皮埃尔不记得他了，但是觉得没有必要说自己是谁，他一点不感到窘迫，直盯着皮埃尔。

"罗斯托夫伯爵请您今天晚上到他家里吃饭。"鲍里斯说。

"啊！罗斯托夫伯爵!"皮埃尔兴奋地说，"原来您是他的儿子，是伊利亚。您看看，都认不出您了。您还记得咱们和雅科太太一块儿到麻雀山去吗……很久以前的事了。"

"您错了，"鲍里斯沉着地说，含着几分讥笑的意味，"我是鲍里斯，是安娜·米哈伊洛夫娜·德鲁别茨卡娅公爵夫人的儿子。老罗斯托夫名叫伊利亚，小罗斯托夫叫尼古拉。我并不认识什么雅科太太。"

皮埃尔感到很不自在。

"哎呀，怎么搞的！我都弄错了。莫斯科的亲戚太多了。您是鲍里斯……对了。好，咱们总算弄清楚了。喂，您对布伦出征有何感想？拿破仑一渡过海峡，英国人就要倒霉了？我看，出征十分有可能。只要维尔纳夫不出差错!"

对于布伦出征的事，鲍里斯根本不知道，他不读报，维尔纳夫这个名字，他也是第一次听说。

"我们住在莫斯科的，对政治不感兴趣。"他用讥笑的口吻平淡地说，"我对这毫无所知，也不去想它。莫斯科最关心的是飞短流长。"他继续说，"目前人们正在谈论您和令尊呢。"

皮埃尔温和地一笑。但是鲍里斯盯着皮埃尔的眼睛，把话说得清楚明白，冷淡无味。

"莫斯科除了传播流言蜚语就没事可干。"他接着说，"大家都想知道伯爵把财产留给谁，其实，说不定他比我们谁都活得长，我由衷地希望这样……"

"是的，这些事真烦人，"皮埃尔附和说，"真叫人讨厌。"

鲍里斯脸上微微一红说："您一定会觉得，人人都想从富翁手里捞点什么。"

"就是这么回事。"皮埃尔心里想。

"为了避免误会，我正想告诉您，如果您把我和家母也看成这类人，那就大错特错了。我们很穷，可是，我至少要为自己声明一下：正因为令尊有钱，我才不把自己算作他的亲戚，不论是我，还是家母，永远不会向他索取，也不会从他手里接受任何东西。"

皮埃尔半天没有弄明白，后来才恍然大悟。"这是什么话！我难道……谁会往这上头想……我十分清楚……"

可是鲍里斯又打断了他的话：

"我十分兴奋把要说的全说了。您也许会不快乐，那就请您原谅。"他说。他不仅不接受皮埃尔的安慰，反而安慰皮埃尔："我希望我没有得罪您。我这人就是心直口快……我应当怎样回话？您去罗斯托夫家吃晚饭吗？"

鲍里斯从尴尬的地位摆脱了出来，却把别人放在了那个位子上，他又变得非常快乐了。

"不，您听我说。"皮埃尔安静下来，说，"您这个人真不一般。您刚才说得很好，很好。当然，您不了解我。我们很久不见了……很小的时候就分手了……您可以这样怀疑我……我明白您的意思，完全明白。倘若我就做不到，我没有这份勇气，但是这很好。我很兴奋和您认识。真奇怪，"他停了一下，微笑着补充说，"您把我看成什么了！"他笑起来。"这有什么？咱们将来会进一步了解的。就这样吧。"他握了握鲍里斯的手。"您可知道，我还没到伯爵那里去过呢。他没有叫我……我觉得他这个人怪可怜的……可是有什么办法呢？"

"您认为拿破仑的军队能渡过海峡吗？"鲍里斯笑着问。

皮埃尔看出鲍里斯想改变话题，于是就顺水推舟，开始阐述布伦出征的利弊。

仆役来请鲍里斯到公爵夫人那里去。公爵夫人要走了。为了能和鲍里斯更接近，皮埃尔答应去伯爵家吃晚饭。他紧紧握住鲍里斯的手，……鲍里斯走后，皮埃尔又在屋里踱了很久，脑子里只顾回忆这个可爱的、聪明而坚强的年轻人。

他对这个年轻人怀着一种说不出的柔情，他下定决心，一定和他交朋友。

瓦西里公爵送别公爵夫人。公爵夫人用手绢捂着眼睛，泪流满面。

"这太可怕了，太可怕了！"她说，"不管付出多少代价，我都要尽到自己的义务。我一定来守夜。不能就这样扔下他不管。每分钟都是宝贵的。我不懂公爵小姐们还拖延什么。也许上帝能使我有办法给他做临终的仪式……再见，公爵。"

瓦西里公爵说："再见，亲爱的！"

"唉呀,他病得真可怕,"母子二人又坐上马车时,母亲对儿子说,"他几乎什么人都不认识了。"

"我不明白,妈妈,他对皮埃尔的态度怎么样?"儿子问。

"遗嘱会说明一切的,我的孩子;遗嘱也关系着我们的命运呢……"

"但是您凭什么认为他也会给我们留点什么呢?"

"唉呀,我的孩子!他那么富有,而我们又这么穷!"

"可这不能算是理由啊,妈妈。"

"唉呀,我的上帝!我的上帝!他病得太厉害了!"母亲叹息道。

十四

当安娜·米哈伊洛夫娜和儿子去基里尔·弗拉基米罗维奇·别祖霍夫伯爵家时,罗斯托娃伯爵夫人用手绢捂着眼睛,独自一人坐了很久。最后她才按了按铃。

"您怎么了,亲爱的,"伯爵夫人对那个让她等了几分钟的侍女生气地说,"您不想服侍我还是怎么的?那我就另给您找个事做。"

伯爵夫人为女友的艰难和贫穷难过不已,所以情绪很坏,每当这时,她总是用"亲爱的"和"您"称呼侍女。

"对不起,太太。"侍女说。

"请伯爵来一下。"

伯爵一步一晃地向妻子走来,像往常一样,面带几分歉疚的神情。

"好太太!我亲爱的,烧松鸡味道真好,我尝过了。我花一千卢布买塔拉斯卡不白花,值得!"

他在妻子身旁坐下,胳膊肘支在膝盖上,两手抓着花白的头发。

"您有什么事,好太太?"

"是这么回事,亲爱的,——你这里怎么脏了一块?"她指着他的背心说,"这是调味汁弄脏的,一定是的。"她微笑着加了一句。"是这么回事,伯爵,我没钱了。"

她顿时满脸愁容。

"唉呀,我的好太太!……"伯爵连忙掏钱夹子。

"我需要很多,伯爵,我要用五百卢布。"她掏出麻纱手绢,擦丈夫的背心。

"立刻,立刻。喂,来人哪!"他喊道,"叫米坚卡到我这里来!"

米坚卡出身贵族,在伯爵家教养成人,现在是伯爵家的总管。他轻手轻脚走进来。

"有件事,亲爱的。"伯爵对进来的毕恭毕敬的年轻人说。"你给我拿……"他沉思起来,"对,拿七百卢布,对。要当心,像那次又破又脏的不要拿来,要好的,是给伯爵夫人的。"

"是的,米坚卡,拿干净的票子。"伯爵夫人忧愁地叹息着。

"大人,请吩咐什么时候送来?"米坚卡说,"您知道……不过请您放心,"他见伯爵开始急促地喘粗气,知道这是要发脾气的兆头,连忙补了一句,"我差一点忘了……是不是立刻送来?"

"对,对,就是的,马上拿来。就交给伯爵夫人。"

"这个米坚卡真是个好人,"年轻人走后,伯爵微笑着说,"从来没说过'办不到',我最烦人家说'办不到'。什么都办得到。"

"唉,钱哪,伯爵,钱哪,有了它,世上惹出多少不幸啊!"伯爵夫人说,"但是这笔钱,我很需要。"

"好太太,您手面大方是出了名的。"伯爵说,吻了吻妻子的手,又回书房去了。

当安娜·米哈伊洛夫娜从别祖霍夫家回来时,那笔钱,已经放在了伯爵夫人的小桌上了。一律是新票子,用手绢盖着。安娜·米哈伊洛夫娜注意到,不知什么事使伯爵夫人心神不定。

"怎么样,我的朋友?"伯爵夫人问。

"唉呀,他的情况可怕极了! 都认不得他了,他病得真厉害,真厉害。我待了一会儿,没说几句话……"

"安内特,看在上帝分上,别推辞。"伯爵夫人突然说,她脸红了。她一边说,一边从手绢下面拿出钱来。

安娜·米哈伊洛夫娜一下子就明白是怎么回事,立刻弯下身来,以便拥抱伯爵夫人。

"这是我给鲍里斯的治装费……"

安娜·米哈伊洛夫娜已经搂着她哭了。伯爵夫人也哭了。两人流下的全都是快乐的泪水……

十五

罗斯托娃伯爵夫人和女儿们正陪着一大群客人坐在客厅里。伯爵把男客领到书房,请他们欣赏他收藏的土耳其烟斗。他有时出来问一声:"她来了吗?"大家全在等候玛丽亚·德米特里耶夫娜·阿赫罗西莫娃,她在社交界绰号叫"恐龙",她为人正直坦荡,所以声名赫赫。提起玛丽亚·德米特里耶夫娜,整个莫斯科和彼得堡没有人不知道,连皇家贵族也知道她。人人都敬重她,并且惧怕她。

书房里烟雾缭绕,人们正在谈论战争,谈论征兵。还没有人看到敕令,可是大家都知道已经颁发了。伯爵坐在土耳其式沙发上,他两边的两位客人边吸烟边谈话。伯爵本人既不吸烟,也不谈话,可是对两人的谈话都很感兴趣。

谈话的,其中一个是文官,他已经上了年纪,但是穿戴却像最时髦的年轻人。他盘腿坐在沙发上,很随便,嘴角叼着琥珀烟嘴,眯着眼睛,忽断忽续地吸烟。这位是老鳏夫申申,伯爵夫人的堂兄,莫斯科交际场中都叫他"毒舌"。另外一位是面色红润、神采奕奕的近卫军军官,他梳洗得干干净净,装束得一丝不苟,吸着烟,不时吐着烟圈。他是谢苗诺夫团的军官贝格中尉,和鲍里斯一起到团部入伍的就是他,娜塔莎在挑逗薇拉(伯爵夫人的大女儿)时戏称他为她的未婚夫。伯爵坐在他们二人中间,聚精会神地听着。他除了爱玩牌之外,最使他快乐的就是听人家争论了,尤其是争论是由他挑起的时候。

"怎么,令人尊敬的阿尔方斯·卡尔雷奇老弟,"申申嘲笑说,用文雅的语法说粗话是他的特色,"您想从连队里捞点油水吗?"

"不是的,彼得·尼古拉耶维奇,我只是想说,当骑兵确实比当步兵好处少得多。彼得·尼古拉耶维奇,请您想想我现在的处境吧。"

贝格说话总是十分精确、沉着,并且文质彬彬。他只愿意谈论与自己有关的事。谈话一涉及他个人,他就滔滔不绝,带着明显的得意神情说个没完。

"请想想我的境况吧,彼得·尼古拉耶维奇:如果我当骑兵,虽然是中尉级的军衔,四个月的收入也不会超过二百卢布;现在我可以收入二百三十卢布。"他显得十分兴奋。

"再说,彼得·尼古拉耶维奇,调到近卫军,我的地位就更重要了,"贝格继续说,"并且近卫军步兵特别缺人。请您想想看,凭这二百三十卢布,怎么够我花的。我得节省点,还要寄一些给家父。"他说着吐出一个烟圈。

"真是名不虚传,德国人从斧背上都能榨出油来。"申申说,而且向伯爵挤了挤眼。

伯爵哈哈大笑。别的客人看见申申在谈话,都围过来听。贝格不管别人的态度如何,只是讲自己的如意算盘。贝格讲这一切,显然自得其乐,他好像丝毫没有想到,别人也会有别人感兴趣的事。不过他讲得那么好听,又那么一本正经,年轻人那一派天真的自私心毫不掩盖,把听众都征服了。

"老弟,您不论当步兵,还是当骑兵,都会无往而不胜的,我敢保证。"申申说着拍拍他的肩膀,然后把脚从沙发上放下来。

贝格兴奋地微微一笑。大家都向客厅走去。

晚宴就要开始了,这时,客人都在等候晚餐前的小吃,众人谈些无关急要的话,以免显得尴尬。男女主人不时望望门口,有时交换眼色。客人们很想知道这是为什么。

皮埃尔在快开宴时才来,他一下坐在客厅中间挡住了大家的路。他东张西望,不大关心伯爵夫人的谈话。这使大家都感到不自在,只有他一个人没有觉察出这一点。大部分客人都知道他那桩熊的故事,所以都好奇地端详这身高体胖的老实人,奇怪这个汉子怎么会跟警察分局局长开那样的玩笑。

"您刚回国不久吧?"伯爵夫人问他。

"是的,夫人。"他看看周围,回答道。

"您还没见我丈夫吧?"

"还没有,夫人。"他很不合时宜地微笑了一下。

"您最近似乎到巴黎去了? 我想一定很好玩。"

"很有意思。"

伯爵夫人向安娜·米哈伊洛夫娜使了个眼色。安娜·米哈伊洛夫娜明白,这是要她来应付这个年轻人,于是赶忙在他身旁坐下,谈起他的父亲;他像回答伯爵夫人一样,只用简短的话回答她。客人们都在谈话。

"拉祖莫夫斯基家的人……太好了……阿普拉克辛娜伯爵夫人。"谈话声从四面八方传来。伯爵夫人起身朝大厅走去。

"是玛丽亚·德米特里耶夫娜吗?"从大厅传来她的声音。

"正是她,"一个女人大声回答说,话音未落,玛丽亚·德米特里耶夫娜就进了客厅。

所有的小姐,几乎所有的人都站了起来。玛丽亚·德米特里耶夫娜在门口停下来,这位五十岁的老太太身材高大肥胖,高高地昂起白发曲卷的头,把客人们打量一番。玛丽亚·德米特里耶夫娜只说俄语。

"恭喜过命名日的夫人和孩子们,"她声音洪亮,把其他声音都压下去了。"你近来好吗? 老荒唐鬼,"她对吻她的手的伯爵说,"你大概在莫斯科闷得发慌吧? 猎犬无用武之地了吧? 可这有什么法子呢,老头子,你看这小雏儿都长大了……"她指着姑娘们说,"不管你愿不愿意,总得给她们找女婿。"

"怎么样,我的哥萨克好吗?(玛丽亚·德米特里耶夫娜管娜塔莎叫哥萨克。)"她说,抚摸着高兴走过来吻她手的娜塔莎。"我知道这丫头厉害,但是我喜欢她。"

她从大手提包里掏出一对梨形的红宝石耳坠送给娜塔莎，随后马上朝皮埃尔转过身去。

"喂，喂！亲爱的！到这儿来，"她装得低声细气地说。"来呀，亲爱的……"

她带着威胁的神情把袖子往上卷了卷。

皮埃尔走过来，透过眼镜天真地望着她。

"走近点，走近点，亲爱的！你父亲得意的时候，只有我一个人对他说真话，对于你，我也要说实话。"

她停了一下。大家都默不作声，等待着将要发生的事，觉得刚才只不过是开场白。

"好样的，没说的！好样的孩子！……父亲卧床不起，他倒把警察分局局长绑在熊背上，寻起开心来了。不嫌丢人，贤侄，不嫌害臊！你去打仗多好。"

她转过身去，把手递给伯爵，伯爵差点笑出声来。

"怎么样，我想该入席了吧？"玛丽亚·德米特里耶夫娜说。

伯爵和玛丽亚·德米特里耶夫娜走在最前面，骠骑兵上校挽着伯爵夫人。这位上校是个贵客，将要和尼古拉一起去追赶团队。后面是安娜·米哈伊洛夫娜和申申。贝格把手臂伸给薇拉。面带微笑的朱莉·卡拉金娜和尼古拉一起入席。他们之后还有成对的其他男女，排满了整个大厅，最后是单个走的孩子们和男女家庭教师。仆人忙合起来，乐队开始奏乐，客人们都落了坐。大家依次坐好。伯爵和伯爵夫人殷勤款待，大家谈笑风生，吃得喝得都很尽兴。

十六

餐桌上男客们谈得越来越热闹了。上校说，宣战的诏书已经发出，他亲眼看到一份诏书今天由专差送给了总司令。

"真难理解，为什么我们要帮波拿巴打仗呢？"申申说。"他把奥地利打得落花流水，恐怕又要轮到我们头上了。"

上校被申申的话惹恼了。

"为什么？仁慈的阁下。"他带着浓重的德国口音说。"皇上在诏书里说得明白，他不能眼看着俄国受到威胁。帝国的安全、尊严和盟国的尊严不能受到威胁。"他说。

凭着他那卓越的记忆公文的本领，他把诏书的引言背诵了一遍："……皇帝的希望,他唯一的目的,乃在于为欧洲奠定和平的巩固基础。现决定派一支军队出国,为此目的而努力。"

"就是为了这个,仁慈的阁下。"他带着教训的口吻结束了他的话。喝了一杯酒,看了看伯爵,征求他同意。

"有句俗话说得好,'叶廖马,叶廖马,莫如家中坐,纺好你的纱,'"申申皱起眉,含笑说。"这话很适合我们。即使是苏沃洛夫又该如何——连他也被打得稀里糊涂的,我们苏沃洛夫式的英雄好汉们如今到哪里找去?我请问您。"他说,一会儿是俄语,一会儿又是法语。

"我们应当战斗到最后,"上校捶着桌子说,"为皇帝陛下捐躯。要尽可—能—地(他特别把'可能地'这个词拖得很长),要尽可能地少发议论,"他结束说,然后又转向伯爵。"这是我们老骠骑兵的看法,我的话完了。年轻人和年轻的骠骑兵,您的意见如何呢?"他又对尼古拉说。尼古拉一听是在谈战争,连忙竖起耳朵听上校说话。

"完全同意您的高见,"尼古拉回答道,接着,他坚决有力地说:"我坚信,俄国人要么是死,要么是胜利。"说过这话之后,因为觉得太过火,所以有点局促不安。

"您说得太对了。"坐在他身旁的朱莉叹口气说。尼古拉说话时,索尼娅浑身颤抖,脸顿时红到耳根,又从耳根红到脖颈。皮埃尔仔细听着上校的话,赞许地点点头。

"说得好。"他说。

"真正的骠骑兵,年轻人。"上校又捶了一下桌子,大声叫道。

"你们在那儿嚷什么?"玛丽亚·德米特里耶夫娜从桌子对面问道。"你干吗要捶桌子,"她对骠骑兵说,"你对谁发火?是不是你以为现在法国人就在你面前?"

"我在说实话。"骠骑兵笑了笑。

"都是在谈战争,"伯爵在餐桌的另一端喊道,"我的儿子就要去打仗了,玛丽亚·德米特里耶夫娜,儿子要去打仗了。"

"我有四个儿子都在军队里,我一点儿也不发愁。你是死在床上,还是死在战场上,全是上帝的安排。"玛丽亚·德米特里耶夫娜轻描淡写地说。

"这话对。"

谈话又集中起来——妇女在餐桌的一端,男人们在餐桌的另一端。

"你就不敢问,"小弟弟对娜塔莎说,"你就不敢问!"

"我就要问。"娜塔莎回答说。一脸兴奋的样子,欢快地下了决心。

她的脸一下子红起来,她欠起身来,向坐在对面的皮埃尔递了个眼色,叫他听着,她朝母亲转过脸去。

"妈妈!"大家都听到了她的童音。

"什么?"伯爵夫人吃惊地问,但从女儿脸上看出她在淘气,就朝她严厉地摆摆手,摇摇头,做出威吓和制止的样子。

谈话停了。

"妈妈! 我们吃什么甜食?"娜塔莎的声音显得更坚决,更果断了。

伯爵夫人想皱眉,可是皱不起来。玛丽亚·德米特里耶夫娜摆动着肥胖的食指,吓唬她。

"哥萨克!"她威吓说。

客人都看着年长的人,不知道该怎样应付这场儿戏。

"你要当心!"伯爵夫人说。

"妈妈! 我们吃什么甜食?"娜塔莎已经勇敢、任性、快活地喊起来,她相信她的儿戏不会惹人讨厌的。

索尼娅和小胖子彼佳笑得不敢抬头。

"谁说我不敢问。"娜塔莎对小弟弟和皮埃尔低声说,她又瞟了皮埃尔一眼。

"冰激凌,只是没你的。"玛丽亚·德米特里耶夫娜说。

娜塔莎看出没有什么可怕的,因此连玛丽亚·德米特里耶夫娜也不怕了。

"玛丽亚·德米特里耶夫娜! 哪一种冰激凌? 我不喜欢奶油冰激凌。"

"胡萝卜冰激凌。"

"不对,是哪一种? 玛丽亚·德米特里耶夫娜,是哪一种?"她几乎大声地喊起来,"我想知道!"

玛丽亚·德米特里耶夫娜和伯爵夫人笑起来,大家也都笑起来。觉得小姑娘既勇敢又机灵。

十七

大家分在两处打波士顿牌,一处在起居室,一处在图书室。

伯爵打牌。年轻人在伯爵夫人的怂恿下,都聚在古钢琴和竖琴周围。朱莉用竖琴弹了一支变奏短曲,她和别的姑娘们一起邀请以音乐天才闻名的娜塔莎和尼古拉唱支歌。娜塔莎因为大家像待大人似的待她,显得很得意,但仍有点羞怯。

"咱们唱什么?"她问。

"《小泉流水》。"尼古拉答道。

"好,快点。鲍里斯,快过来,"娜塔莎说,"索尼娅到哪儿去了?"

她向四周看了看,见她的朋友不在屋里,就跑出去找她。

娜塔莎跑到索尼娅房里,没有找到她的朋友,又跑到儿童室,也没找到。娜塔莎明白了,索尼娅一定在走廊的大箱子上。走廊的大箱子是罗斯托夫家少女们发泄悲哀的地方。索尼娅果然在大箱子上,脸朝下躺在保姆肮脏的条纹布羽毛褥子上,身上的淡红纱衫都揉皱了。她用手捂着脸在哭。娜塔莎一整天都因为过命名日而容光焕发,这时忽然变了脸色:她愣住了,随后,宽宽的脖颈颤动了一下。

"索尼娅! 你怎么啦? ……出了什么事? 呜—呜—呜! ……"

娜塔莎于是咧开大嘴,也哭开了。索尼娅想抬头,想回答她,可是办不到,于是把头埋得更深了。娜塔莎侧身坐在蓝色的羽毛褥子上,搂着女友。索尼娅鼓足力气,站起身来,擦擦眼泪,说起话来。

"尼古连卡过七天就要走了,他的……公文……已经下来了……他自己跟我说的……我本来不想哭的……"她把手里的一张纸拿给娜塔莎看:那是尼古拉写的诗,"我本来不想哭的,但是你不知道……他有一颗多么好的心。"

于是,她又哭起来,哭他的心肠好。

"你当然好喽……我不嫉妒……我爱你,也爱鲍里斯,"她打起精神说,"他很可爱……你们没有障碍。可尼古拉是我表兄……必须……总主教亲自许可……就是那样也不行。再说,如果妈妈(索尼娅认伯爵夫人做母亲,可以这样称呼她)……她说我坏了尼古拉的前途,说我忘恩负义,真的……说老实话……"她画了个十字,"我这么爱妈妈和你们大家,只有薇拉一个人……为什么啊? 我有什么对不起她的? 我十分感激你们,宁愿为你们牺牲一切,但是我什么也没有……"

索尼娅说不下去了。娜塔莎安静下来,但从她脸上可以看出,她完全懂得她朋友的痛苦。

"索尼娅!"她突然说,好像猜到了表姐苦恼的真正原因。"一定是薇拉在饭后对你说什么了? 是不是?"

"是的,这些诗是尼古拉自己写的,我还抄了一些别的诗。她在我桌上发现了这些诗,她说要拿给妈妈看,还说我忘恩负义,说妈妈绝对不会让他娶我,他要娶朱莉。你没看见他整天跟她在一起吗? ……娜塔莎! 为什么啊? ……"

她又哭起来,哭得比刚才更伤心了。娜塔莎把她扶起来,搂着她,含着泪水微笑着安慰她。

"索尼娅,你别听她的话,你还记得咱们和尼古拉三人在起居室怎么说的吧,是晚饭后,记得吗?我们不是把将来的事全安排好了吗?比方申申叔叔有个兄弟,就是娶他的亲表妹,而咱们是远房的表亲。鲍里斯也说这是完全可以的。你知道,我什么都对他说了。他十分聪明,十分好,"娜塔莎说……"索尼娅,你别哭,我亲爱的,"她笑着说,"薇拉最坏了,别去理她!尼古拉会亲自对妈妈说,并且他对朱莉并没有什么感情。"

听了这些话,索尼娅欠起身来,这只小猫又活跃起来了,眼睛闪闪发光。

"你是这样想吗?是这样吗?是实话吗?"她边说边整理衣衫和头发。

"真的!是实话!"娜塔莎回答说,一面替她的朋友整理辫子。

她们两人情不自禁地都笑了起来。

"咱们去唱《小泉流水》吧。"

"好的。"

"坐在我对面的那个大胖子皮埃尔真有意思!"娜塔莎突然停下来说,"我很兴奋!"

说着,娜塔莎就在走廊里跑起来。

索尼娅抖掉身上的绒毛,把诗稿藏在怀里,脚步轻盈地跟着娜塔莎向起居室跑去。在客人们的请求下,年轻人唱了一曲四重唱《小泉流水》,这曲子大家都爱听。随后尼古拉唱了一支他刚学会的歌:

> 在快乐的夜晚,幽静的月光下,
> 想到世上还有一个人,
> 她是那样深情地怀念你!
> 想到这里,多么甜蜜。
> 她那纤纤玉手拨动金色的竖琴,
> 奏出热情的曲调,
> 呼唤你啊,呼唤你!
> 再过一两天,极乐世界就在眼前,
> 但是,唉,你的朋友活不到那个时候!

没等唱完,大厅里的年轻人就想跳舞,回廊上响起乐师们的脚步声和咳嗽声。

皮埃尔坐在客厅里,申申对皮埃尔谈起使他感到枯燥乏味的政治问题,还有一些客人也加入了他们的谈话。音乐响起时,娜塔莎走进客厅,一直走到皮埃尔跟

前,红着脸,笑着说:

"妈妈叫我请您去跳舞。"

"我不大会跳,"皮埃尔说,"倘若您愿意做我的老师……"

娜塔莎幸福极了:她已经和大人、和从国外回来的人跳舞了。她坐在大家都看得见的地方,像大人似的和他谈话。手里拿着一把某位小姐的扇子,她摆出一副韵味十足的交际家的姿态(天晓得她是什么时候,什么地方学来的),她摇着扇子,笑着和她的舞伴谈话。

"你们瞧,你们瞧,看她这样子,像个什么样子?"老伯爵夫人经过大厅时,指着娜塔莎说。

娜塔莎脸一红,笑起来。

"妈妈,您怎么啦?您为什么为难我呢?这有什么可大惊小怪的?"

大家正在跳舞,玩牌的人也走了出来。走在前面的是玛丽亚·德米特里耶夫娜和伯爵——两人都喜形于色。伯爵开玩笑地摆出彬彬有礼的样子。他挺直腰板,容光焕发,

露出特别潇洒机敏的微笑,苏格兰舞刚一跳完,他就向乐师们拍手,对回廊上的第一提琴手喊道:

"谢苗!你会奏《丹尼拉·库波尔》吗?"

这是伯爵喜爱的一种舞蹈,年轻时就跳过。

"看爸爸!"娜塔莎对着整个大厅喊道(完全忘了她正在跟大人跳舞),她那卷发的头低到膝盖,银铃般的笑声响遍了大厅。

的确,大厅里所有的人都带着微笑看那个愉快的老头,他身旁是身材比他高大的、威风凛凛的女人——玛丽亚·德米特里耶夫娜。他弯起手臂,跟着拍子摇摆着,真可谓眉飞色舞。《丹尼拉·库波尔》舞曲刚一奏响,大厅门口突然挤满了仆人的笑脸,一边是男仆,一边的女仆,他们都来看玩得兴奋的主人。

"瞧咱们家老爷!简直是一只鹰!"站在门口的保姆大声说。

伯爵和玛丽亚·德米特里耶夫娜成了众人注目的中心,伯爵跳得很是尽兴,出够了风头。

"咱们当年就是这样跳舞的,我亲爱的。"伯爵说。

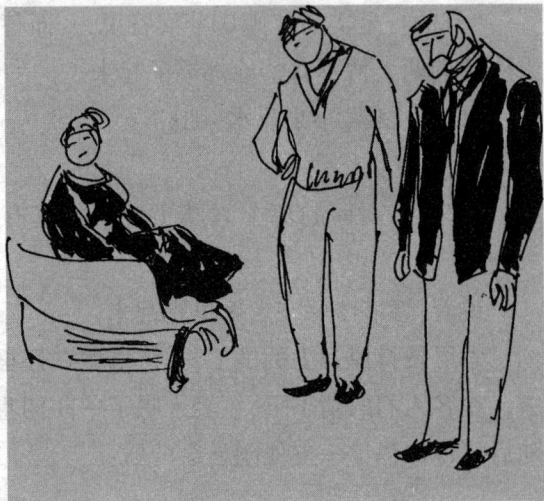

世界经典文库

世界二十大名著

战争与和平

图文珍藏版

"《丹尼拉·库波尔》就是这样跳!"玛丽亚·德米特里耶夫娜呼哧呼哧地喘着气说。

十八

罗斯托夫家大厅里,当大家狂欢得有点累的时候。别祖霍夫伯爵第六次发作了中风病。医生宣布已经无法挽救了。

这天晚上,莫斯科军区总司令亲自来和别祖霍夫伯爵做最后的诀别。

富丽堂皇的接待室里坐满了人。当总司令单独和病人待了约莫半小时,走出来的时候,人们都恭敬地站起来。这些天来变得消瘦、苍白的瓦西里公爵陪着总司令,低声向他重复着什么。

送走总司令,瓦西里公爵一个人坐在大厅的椅子上,把一只腿高高地跷在另一只腿上,胳膊肘支着膝盖,用手捂着眼睛。他坐了一会儿,然后匆匆地向后院公爵大小姐的住处走去。

在灯光昏暗的房间里,人们时高时低地说话,每当有人出入病人的卧室时,大家就静下来,用充满疑问和期待的目光望着那扇门。

"人的寿数,"一位老教士对坐在他身旁的太太说,"是命定的,不能超过。"

"我想,终敷礼是不是太晚了?"那位太太尊敬地问道。

"这桩圣礼,太太,隆重得很。"老教士用手摸了摸秃顶。回答说。

"刚才是谁? 是总司令吗?"坐在另一个角落的人问道。

"看上去很年轻! ……"

"六十多岁了! 怎么,听说伯爵已经不认人了,是吗? 要行终敷礼了吧?"

"我认识一个人,曾经受过七次终敷礼。"

二公爵小姐从病人卧室走出来,眼睛都哭红了,她在罗兰医生旁边坐下。罗兰医生把胳臂支在桌上,悠闲地坐在叶卡捷琳娜女皇画像下面。

"很好,"医生在回答关于天气问题时说,"莫斯科很像乡下,天气很好。"

"是吗?"公爵小姐叹息着说。"可以给他喝水吗?"

罗兰沉吟起来。

"他吃药了吗?"

"吃了。"

医生看了看表。

"拿一杯开水,放点酒石……"

"从来没有犯了三次中风还能活过来的。"一个德国医生对副官说。

"他本来是个精力充沛的男子汉!"副官说,"这笔遗产将来留给谁呢?"他又低声说道。

"愿意做继承人的到处都是。"德国人微微一笑。

大家又向那扇门看去:门响了一声,二公爵小姐照罗兰的指示调好饮料,给病人送去。德国医生走到罗兰面前。

"也许还能撑到明天早上吧?"德国人问。

罗兰把嘴一撇,否认了德国医生的话。

"就在今天晚上,不会更晚,"他低声说。他因为能够预言病人的情况而得意地微笑着。

这时,瓦西里公爵推开了大公爵小姐的房门。

屋里半明半暗,圣像前点着两盏小油灯。神香和鲜花散发着馨香。屋里摆满了小衣柜、小橱柜、小桌子等等小型的家具。屏风后的高床上铺着洁白的罩单。一只小狗叫起来。

"啊,是您吗,表兄?"

她站起来整了整头发,她的头发永远是油光光的。

"怎么,出什么事了吗?"她问。"把我吓坏了。"

"没什么,还是那样;卡季什,我只是来跟你说一件事,"公爵说,疲倦地坐在圈椅上。"你把椅子都坐热了,"他说,"坐到这里来吧,咱们谈谈。"

"我还以为出什么事了呢。"大公爵小姐边说,表情严肃地坐在公爵对面,准备听他谈话。

"老想睡,表兄,就是睡不着。"

"怎么样,亲爱的?"瓦西里公爵说,他握起大公爵小姐的手,习惯地往下一按。

看来,"怎么样"这句话是指他们俩心照不宣的很多事情。

大公爵小姐叹了口气,看了看圣像。瓦西里公爵认为她疲倦了。

"至于我,"他说,"你以为我轻松吗?我每天像马一样劳累。但是我还得跟你谈谈,卡季什,并且十分认真地谈谈。"

瓦西里公爵沉默了。脸上的表情令人生厌。

大公爵小姐把小狗抱在膝上,目不转睛地看着瓦西里公爵的眼睛。可是,看样子,她即使默不作声坐到天亮,也决不会提出问题来打破沉默。

"你要知道,亲爱的公爵小姐,我的表妹,卡捷琳娜·谢苗诺夫娜,"瓦西里公爵说,内心充满了斗争。"现在这种时刻,我们应当想到各种情况。要考虑到将来,考虑到你们……我像爱自己的孩子一样爱你们,这你是知道的。"

大公爵小姐仍然没有什么反应。

"最后，还要考虑到我的家庭。"瓦西里公爵烦躁不安地继续说，"你知道，卡季什，你们马蒙托夫家三姊妹，还有我的妻子，咱们是伯爵唯一的直系继承人。但是，我亲爱的，我已经快六十了，对一切都得有个准备。我已经派人去找皮埃尔，伯爵直指着他的肖像，一定要他来见他，你知道吗？"

瓦西里公爵用疑问的眼光看了看大公爵小姐，弄不清她是什么态度……

"我正不停地祈祷上帝，表兄，"她答道，"祈求上帝宽恕他，让他纯洁的灵魂平静地离开这……"

"当然，这是当然的，"瓦西里公爵不耐烦地接着说，"可是，归根结底，归根结底，问题是，去年冬天伯爵已经立下遗嘱，把他的全部财产并没有留给咱们，全留给皮埃尔了。"

"让他去立他的遗嘱好了，"大公爵小姐安静地说，"但是他的遗产不能留给皮埃尔！皮埃尔是私生子。"

"亲爱的，"瓦西里公爵忽然说，不禁高兴起来，"但是如果伯爵给皇上写信，要求立皮埃尔为嫡子，那怎么办呢？……"

大公爵小姐笑了。

"我还要告诉你，"瓦西里公爵抓住她的手接着说，"信已经写好了，皇上也知道了这件事。不过，问题是这封信有没有销毁。"瓦西里公爵叹了一口气。"伯爵的文件立刻就要开封，那时遗嘱和信就要呈给皇上，他的申请十有八九会得到批准的。皮埃尔将作为合法的儿子继承一切。"

"我们那一份呢？"大公爵小姐问，露出讥讽的微笑。

"卡季什，事情明摆着，到那时候，他就是全部遗产的唯一合法继承人了。你应该知道，亲爱的，遗嘱和信是不是已经写好，或者写好了又销毁了。假如这些东西被人遗忘，那你就应当知道它们放在哪儿，而且要找到它们，因为……"

"竟有这样的事！"大公爵小姐打断他的话，冷笑着，"我是个妇道人家，在您看来，我们一贯是愚蠢的。但是，据我所知，私生子没有继承权……"

"说了这么多，你还是没有明白，卡季什！假如伯爵给皇上写了信，那就是说，皮埃尔已经不再是皮埃尔，而是别祖霍夫伯爵了，那时根据遗嘱，他就能接受一切遗产。"

"我知道遗嘱已经立下了，但这是无效的，您好像认为我是个大笨蛋，表兄。"大公爵小姐说。

"我亲爱的公爵小姐卡捷琳娜·谢苗诺夫娜！"瓦西里公爵不耐烦地说，"我不是来和你吵架的。我再对你说一遍,假如给皇上的信和对皮埃尔有利的遗嘱是在伯爵的文件中,那么,亲爱的小姐,你和你的妹妹就不是继承人了。"

大公爵小姐大声嚷道。

"这样倒好,"她说,"我从来什么都不想要。"

她从膝盖上把小狗推下去,整了整衣裳的皱褶。

"这就是善有善报,恶有恶报,"她说,"好极了!好极了!我什么都不需要,公爵。真的。"

"是的,但你还有妹妹。"瓦西里公爵回答说。

可是大公爵小姐没有听他的话。

"是的,这个情况,我早就知道,不过又忘了,在这个家里,除了最卑鄙的忘恩负义,我还能期待什么呢……"

"你到底知不知道遗嘱放在哪儿?"瓦西里公爵问,他显然很激动。

大公爵小姐想站起来,可是公爵拉住她的手,按住她。大公爵小姐那副神情忽然对全人类都感到失望似的,她恶狠狠地盯着谈话对方。

"还来得及,我的朋友。你记住,卡季什,这一切都出于偶然,是在愤怒和患病的时候做出来的,过后就忘了。我们所要做的,亲爱的,就是改正他这个错误,减轻他弥留之际的痛苦,不让他在临终时受良心的谴责。"

"对那些为他牺牲一切的人,"大公爵小姐一面说着,一面猛然要站起来,可是公爵阻止了她,"他从来就不会赏识他们。不,表兄,"她叹了一口气,又说,"我必须记住,在这个世界上不能期待报酬。这个世界上只有狡猾、狠毒。"

"好啦,镇静点,我知道你是好人。"

"不,我不是的。"

"我知道你的心,"公爵反复地说,"我很看重你的友谊,希望你对我也有同样的看法。镇静一下吧,咱们言归正传吧。在这最后时刻,请告诉我遗嘱放在什么地方。我们立刻就把它拿给伯爵看看。他准是早忘了,他一定想销毁它。"

"现在我全知道了。我清楚这是谁搞的鬼。我知道。"大公爵小姐说。

"问题不在这儿,亲爱的。"

"就是您的被保护人,您的亲爱的安娜·米哈伊洛夫娜,这种卑劣、无耻的女人,给我当使唤丫头我也不要。"

"咱们还是抓紧时间吧。"

"哎呀,您听我说!去年冬天,她跑到这里来,在伯爵面前说尽了我们的坏话,就是这个时候,伯爵立下了这无耻的文件。"

"问题就在这里,你为什么不早告诉我呢?"

"文件在他的公文包里,在枕头底下压着,我恨这个卑鄙的女人,"大公爵小姐几乎在大喊大叫,样子完全变了。"她为什么要钻到这里来?我一定要把该说的话对她全说出来。会有那么一天的!"

十九

这些谈话在客厅和在大公爵小姐卧室进行的时候,载着皮埃尔和安娜·米哈伊洛夫娜的马车驶进了别祖霍夫伯爵的院子。当车轻轻地驶过铺在窗下的干草的时候,安娜·米哈伊洛夫娜转身对皮埃尔说了几句宽慰的话,但是他睡着了,于是把他叫醒。皮埃尔醒来,跟着安娜·米哈伊洛夫娜下了马车,这才想了想他将要跟垂死的父亲见面的问题。他发现马车不是停在前门,而是停在后门。下车时,有两个小市民装束的人赶忙从后门口跑到墙边阴影里。皮埃尔停了一下,发现住宅两旁阴影里还有几个同样装束的人。不论是安娜·米哈伊洛夫娜还是仆人,或是车夫,一定都会看见这些人的,但他们并不去注意他们。由此可见,皮埃尔暗自断定,事情应该是这样的,就跟着安娜·米哈伊洛夫娜走了。安娜·米哈伊洛夫娜一面快步上楼,一面招呼皮埃尔跟上。皮埃尔虽然不明白他为什么非得见伯爵不可,更不明白为什么必须从后门走,可从安娜·米哈伊洛夫娜的自信和匆忙的神态看来,他心中断定这是非这样不行的。在楼梯半中腰,几个提着水桶的人,皮靴踩得咚咚地响,迎面跑下来,差点儿把他们绊倒。这几个人贴着墙根让皮埃尔和安娜·米哈伊洛夫娜过去,当这几个人看见他们时,没露出一点吃惊的神色。

"这儿和公爵小姐们的住处相通吗?"安娜·米哈伊洛夫向其中一个人问道。

"是的,"一个仆人高声答道,"靠左边的门,太太。"

"也许伯爵没有叫我,"皮埃尔走到楼梯拐弯的平台时,说,"我还是回自己的房间去吧。"

安娜·米哈伊洛夫娜停下来,等着与皮埃尔一块儿走。

"啊,亲爱的!"她摆出那天早上对儿子说话的姿势,拉着他的手,说:"您不要太痛苦,要像个男子汉大丈夫。"

"我不去不可以吗?"皮埃尔亲切顺从地从眼镜里看着安娜·米哈伊洛夫娜,问道。

"啊,我的朋友,忘掉人家对您不公平的待遇吧,想想看,他是您的父亲……也许就要去世。一见面我就像爱儿子一样爱上了您。皮埃尔,相信我,我不会忘掉您的利益的。"

皮埃尔一点也不明白,只是越发感觉到,一切都应当如此。于是,顺从地跟着已经在开门的安娜·米哈伊洛夫娜。

门正对着后门的过厅。皮埃尔从没看到过住宅的这一部分,甚至没有想到还有这些内室。一个手捧托盘托着水瓶的侍女从后面赶过他们,安娜·米哈伊洛夫娜连声称呼她为好姑娘、亲爱的,向她问候公爵小姐们的健康情况。她们继续往前走。走廊左边第一道门就是公爵小姐们的住室。托着水瓶的侍女太匆忙没有把门关上(这时整个住宅上下一片忙乱),皮埃尔和安娜·米哈伊洛夫娜走过时,不由得往屋里扫了一眼,看见瓦西里公爵和大公爵小姐彼此坐得很近,正在谈话。瓦西里看见有人走过,做了个不耐烦的动作,往椅背上一靠;大公爵小姐一下跳了起来,发疯似的砰的一声把门关上。

这个举动和大公爵小姐平时的宁静大不相同,瓦西里公爵脸上的惊恐神情和他那一向傲慢的神气也不相称,这使皮埃尔大惑不解。安娜·米哈伊洛夫娜没有露出惊奇的神色,只是淡淡地一笑,叹了一口气。

"拿出男子汉的勇气来,我的朋友,我一定维护您的利益。"

皮埃尔不明白到底是怎么回事,更不明白维护自己的利益是什么意思,但他觉得,这一切都是应该如此的。他们穿过走廊来到与伯爵的客厅相连的昏暗的大厅。大厅尽管很豪华,但却给人一种冷冷清清的感觉。客厅里仍然是那些人,差不多仍坐在原来的位置上,交头接耳,低声谈话。人们一下子静下来,都转脸看走进来的哭丧着苍白的脸的安娜·米哈伊洛夫娜和低着头恭顺地跟在她后面的肥胖高大的皮埃尔。

从安娜·米哈伊洛夫娜的表情可以看出,她已经知道现在是最紧要的关头了。她叫皮埃尔一步也别离开她,带着彼得堡女人那种精明强干的劲头,走进房间,那神气比早上更见厉害了。她觉得,她带来垂危的伯爵想要见到的人,因此她被伯爵接见是很有把握的。她急忙扫视了一下屋里的人,看见伯爵的神父,她似乎忽然变矮了半截,踏着小碎步跑到神父跟前,恭恭敬敬接受了神父的祝福。

"谢天谢地,您来得正好,"她对一个神父说,"要不叫我们做亲属的多么担忧啊。这个年轻人是伯爵的儿子,"她把声音压得更低,说道:"可怕的关头啊!"

她又走到医生跟前,对医生说:"亲爱的,年轻人是伯爵的儿子……还有救吗?"

医生一声不吭,只是翻了翻眼,耸了耸肩。安娜·米哈伊洛夫娜也同样迅速地耸耸肩,翻了翻几乎是闭着的两眼,叹了口气,就离开医生回到皮埃尔跟前去了。她和皮埃尔说话时,态度特别老实可亲,声音特别柔和忧郁。

"上帝保佑!"她说,指了指小沙发,叫他坐在那里等她,她蹑手蹑脚径直往那扇大家望着的门走去,门轻轻一响,她就隐在门后不见了。

皮埃尔拿定主意唯命是从。安娜·米哈伊洛夫娜刚进去,皮埃尔就发现屋里所有的目光都好奇而同情地集中在他身上。他看到,人们都在窃窃私语,目光里流露着惊恐、甚至低声下气的神情。人们都对他表示以前从未有过的尊敬:一位他不认识的太太,本来在和神父们谈话,这时站起来,把座位让给了他,副官把他掉下的一只手套拾起来递给他。当他从医生们身旁走过时,他们都不再说话,赶忙给他让路。皮埃尔觉得既莫名其妙,又似乎理所当然。他从副官手里默默地接过手套,在那位太太的座位上坐下,把两只大手放在摆得对称的膝盖上,姿势像埃及雕像一样天真。他已经暗自拿定主意,认为非如此不可,他今天晚上要想不致丢丑和做出蠢事,就不应当按照自己的想法行事,必须完全服从指挥他的人的意志。

不到两分钟,瓦西里公爵穿着佩有三枚金星勋章的俄罗斯长衫,高高地昂着头,大模大样地走进来。他从早上起好像瘦了一些,当他看见皮埃尔时,眼睛似乎比平时睁得更大了。他走到皮埃尔面前,握住他的手,而且往下按了按,仿佛想试试这只手长得结实不结实。

"鼓起勇气,我的朋友。他吩咐把您叫来。这是一件好事……"他想走开。

但皮埃尔觉得应该问一下。

"身体怎么样……"他犹豫起来,不知称垂死的人为伯爵是否合适。他不好意思叫他父亲。

"半小时以前,发作了一次。年轻人,不要害怕。"

皮埃尔被弄糊涂了。他茫然地看了看瓦西里公爵,后来才想起发作是指发病。瓦西里公爵边走边对罗兰说了几句话,就踮起脚尖向那扇门走去。他后面跟着大公爵小姐,接着是神父们和教堂下级职员,仆人们也朝门口走去。安娜·米哈伊洛夫娜跑了出来了,她的脸仍然很苍白,可是带着坚决执行职务的神情,她碰了碰皮埃尔的胳膊,说:"上帝保佑,我们去吧。"

皮埃尔踏着软绵绵的地毯,朝门走去,他发现副官、那位不认识的太太、还有一个仆人都跟着他来了。

二十

皮埃尔非常熟悉这个大房间。金碧辉煌的神龛下,摆着一张长沙发,上面放着雪白的、新换过的枕头,在这上面躺着父亲别祖霍夫伯爵的高大的身躯,齐腰盖着一床浅绿色的被子。躺在圣像下面,两只又肥又大的手压在被子上。沙发前面站着几位神父,穿着肥大的、闪着金光的祭服,长长的头发披散在祭服外面。神父身后不远的地方,站着两个年幼的公爵小姐,以及大公爵小姐卡季什。安娜·米哈伊洛夫娜与那位不相识的太太站在门旁。在门的另一旁,靠近长沙发,瓦西里公爵站在雕花的丝绒椅后面,每一个人的神情各不相同。

副官、医生和男仆们站在瓦西里公爵后面,男女分列两边。

年纪最小的索菲,也就是那个面颊绯红、爱笑、有一颗黑痣的公爵小姐,一看见皮埃尔,就想笑,只好悄悄地溜到圆柱后面。神父念完祈祷文,安娜·米哈伊洛夫娜和瓦西里公爵各有所想。这时唱诗声停止了,只听见一位神父恭恭敬敬地祝贺病人领了圣礼。病人仍旧毫无知觉,静静地躺着。他身边的人行动起来,响起脚步声和低语声,只有安娜·米哈伊洛夫娜的声音比较高。

皮埃尔听见她说:

"必须移到床上去,在这里是不行的……"

于是医生们、公爵小姐们和仆人们把病人围了起来。从长沙发周围的人们小心的动作,皮埃尔猜到,临终的人已经被抬起,而且正在搬移。

"快帮我一把,不然会掉下去的,"一个仆人惊慌地叫道,"从下面……再来一个人。"几个声音同时说。

抬病人的人们在高床旁忙了几分钟,就散开了。安娜·米哈伊洛夫娜拉了拉皮埃尔的手,对他说:"过来。"皮埃尔跟着她来到床前,病人被摆在床上,姿势悠闲自得,这显然是由于刚刚做完圣礼的缘故。皮埃尔走到跟前时,伯爵两眼直直地望着他。皮埃尔站在那里不知所措,用询问的目光望了望引导他的安娜·米哈伊洛夫娜。安娜·米哈伊洛夫娜教导皮埃尔讨好伯爵,伯爵已经很可怜了。

"他老人家想翻身,"仆人轻声说,就走过来翻转伯爵沉重的身躯,让他脸对着墙。

皮埃尔站起来帮忙。

当人们给伯爵翻身的时候,他的一只胳膊软弱无力地垂到身后,他想拿过去,可是白费气力。伯爵脸上露出了一丝苦笑。皮埃尔一见这微笑,心中忽然一阵战栗,鼻子发酸,泪水模糊了他的视线。病人被翻转过来,面对墙侧卧着。他叹了口气。

"他昏过去了,"安娜·米哈伊洛夫娜看见前来换班的公爵小姐,说,"咱们走吧。"

皮埃尔出去了。

二十一

　　客厅里没有别人,只有瓦西里公爵和大公爵小姐,正在激动地谈论什么。他们一见皮埃尔和引他的人进来,就不言语了。皮埃尔看见大公爵小姐藏起了一件东西,而且低声说:

　　"我见不得这个女人。"

　　"卡季什已叫人摆上茶了。"瓦西里公爵对安娜·米哈伊洛夫娜说,"可怜的安娜·米哈伊洛夫娜,您最好喝点茶提提神,不然您有点支持不住了。"

　　他对皮埃尔没说什么,只是满怀深意地捏了捏他的胳膊。皮埃尔和安娜·米哈伊洛夫娜到小客厅去了。

　　为了喝茶提神,大家都围到桌子周围。但人们心里并没有忘记将会发生的事。安娜·米哈伊洛夫娜去大客厅找瓦西里公爵和大公爵小姐。

　　"公爵夫人,请您告诉我,什么是必要的,什么是不必要的。"大公爵小姐说,情绪激动。

　　"可是,亲爱的公爵小姐,"安娜·米哈伊洛夫娜挡住通到卧室去的路,不让大公爵小姐过去,和蔼而恳切地说,"在可怜的叔父需要休息的时刻,这样不是使他太难过了吗?在他的灵魂已经准备好的时刻,谈论俗世的事情……"

　　瓦西里公爵在圈椅里坐着,装出对两个女人的谈话并不怎么感兴趣的样子。

　　"算了吧,我亲爱的安娜·米哈伊洛夫娜,让卡季什随便些吧,伯爵多么疼爱她,您是知道的。"

　　"这个文件里写的什么,我根本不知道,"大公爵小姐指着她手里的镶花公事包,转脸对瓦西里公爵说,"他的真正的遗嘱放在他的写字台里,而这份文件是被他遗忘了的……"

　　她想躲开安娜·米哈伊洛夫娜,但安娜·米哈伊洛夫娜跳过去,又挡住她的去路。

　　"亲爱的、仁慈的公爵小姐,"安娜·米哈伊洛夫娜说,用一只手紧紧抓住公事包,"亲爱的公爵小姐,我求求您,可怜可怜他吧。"

　　大公爵小姐没有说话。只传来用力争夺公事包的声音。大公爵小姐一言不发,安娜·米哈伊洛夫娜抓得紧紧的,但声调仍然保持着甜蜜而柔和的韵味。

　　"皮埃尔,过来,我的亲爱的。我看,他在商谈家务事中也不是外人:公爵,您说对不对?"

"您干吗不说话,我的表兄?"大公爵小姐突然大叫一声。"您干吗一声不响,您不是看见一个莫名其妙的人竟跑到垂死的人家里干涉家务,大吵大闹吗?可恶的女人!"她凶狠地低声说,用尽全力拽公事包,但安娜·米哈伊洛夫娜还是抓住不放。

"唉呀!"瓦西里公爵带着责备和惊奇的神情说。他站了起来。"真是笑话,放开吧。您听见了吗?"

大公爵小姐松开了手。

"您也放开!"

安娜·米哈伊洛夫娜没有听他的话。

"放开,您听我说。全由我负责。我去问他。我……这样您总该满意了吧。"

"可是,我的公爵,"安娜·米哈伊洛夫娜说,"在做了这样隆重的圣礼之后,让他平静一会儿吧。皮埃尔,您说说您的意见,"她转脸对着年轻人;皮埃尔走到他们跟前,吃惊地端详着大公爵小姐那副凶恶的、失去一切礼仪的脸和瓦西里公爵跳动的两腮。

"您要记住,您对一切后果要负责的,"瓦西里公爵厉声说。

"可恶的女人!"大公爵小姐喊道,忽然向安娜·米哈伊洛夫娜扑过去,抢那个公事包。

瓦西里公爵低下头,把两手一摊。

这时,那扇房门,忽然砰的一声敞开了,并且碰到墙上,二公爵小姐从里面跑出来,拍着两手。

"你们在干什么!"她不顾一切地说,"他就要死了,但是你们把我一个人撇在那儿。"

大公爵小姐丢下公事包。安娜·米哈伊洛夫娜马上弯下腰,捡起那件被大家争夺的东西,就往卧室里跑。大公爵小姐和瓦西里公爵清醒过来,也跟着她进去了。几分钟后,大公爵小姐第一个从卧室出来。她面色苍白,咬着下嘴唇。她一见皮埃尔,脸上就露出难以压制的愤恨。

"好哇,您现在兴奋了,"她说,"您正希望有这一天呢。"

于是她大哭起来。用手绢捂着脸,从房里跑出去。

在大公爵小姐之后,瓦西里公爵也走出来。皮埃尔看见他的脸发白,下巴抖动着,像发疟疾似的。

"唉,我的朋友!"他说道,声音里含有一种真诚和软弱的调子,"我们到底犯了什么罪,我们到底骗了多少人,这都是为了什么?我已经是五六十岁的人了,我的朋友……你看,我……人一死,什么都完了。死是可怕的。"他哭起来。

安娜·米哈伊洛夫娜最后一个出来。她的步子轻盈,缓缓地走到皮埃尔跟前。

"皮埃尔!……"她说。

皮埃尔用询问的目光看了她一眼。她吻了吻年轻人的脑门,泪水沾湿了他的脸。她停了一下。

"他死了……"

皮埃尔透过眼镜端详她。

"咱们走吧,我陪着您……"

她把他领到幽暗的小客厅里,安娜·米哈伊洛夫娜从他身边走开了,回来时,他已经枕着胳膊睡着了。

第二天早上,安娜·米哈伊洛夫娜对皮埃尔说:

"我的朋友,如果您能得到这笔巨大的遗产,请您冷静些,要担负起责任,像个男子汉。"

皮埃尔默不作声。

"亲爱的,要不是我在这儿,天晓得会发生什么事……"

皮埃尔一点也没有听懂,只是默不作声。安娜·米哈伊洛夫娜和皮埃尔谈过话,就坐车回罗斯托夫家安歇去了。第二天早上醒来,她对罗斯托夫家里的人和所有认识的人详细讲述了别祖霍夫伯爵去世的经过。她对皮埃尔和伯爵大加赞赏,但对大公爵小姐和瓦西里公爵却很有微词。

二十二

在童山尼古拉·安德烈耶维奇·博尔孔斯基公爵的庄园里,老公爵每天都在盼望着小安德烈公爵夫妇的到来,但是期待并没有破坏老公爵家里井井有条的生活秩序。大将尼古拉·安德烈耶维奇公爵,在保罗皇帝时代就被放逐到乡下,他和女儿玛丽亚公爵小姐以及小姐的女伴布里安小姐,在童山闭门家居。他说,人有两个万恶之源:游手好闲和迷信,人的美德也有两个:活动和智慧。他自己教育女儿,为了在她身上培养这两种美德,他教她代数和几何,把她的生活安排得没有任何空闲。他本人也是一天忙到晚。公爵特别讲秩序,这赢得了人们对他的特别的尊敬。

公爵是个身材不高的老头,戴着敷粉的假发,有一双干枯的小手和两道灰白的下垂的眉毛。

年轻的公爵夫妇到来的那天早上,像平时一样惴惴不安,玛丽亚公爵小姐在该上课的时候到接待室里去请早安,她画着十字,默念祷词。希望当天的会见能顺利地过去。

公爵缓缓站起,低声说道:"请。"

门里传来车床均匀的响声。公爵小姐怯生生地拉开门在门口停住脚步。公爵在车床旁做工,回头看了看,仍然不停地做他的事。

大书房里摆满了常用的东西。大桌子上堆放着书和图纸,高大的玻璃书橱,一切都有条不紊。公爵具有矍铄老人顽强而又相当耐久的气力。他从来不为自己的孩子祝福,只是把他那当天还未刮过的、满是胡茬的腮帮伸给女儿,严厉地、却又是关切温存地看看她,说:

"你好吗?……好,坐下吧!"

他拿起亲手写的几何学的练习本,用脚把圈椅移过来。

"这是明天的!"他很快便能找到那一页,在一节的头尾用硬指甲画了个记号。

公爵小姐低头看桌上的练习本。

"等一下,有你的信。"

公爵小姐一见信,脸上马上泛起红晕。她连忙拿起来,低头去看。

"是爱洛绮丝的信吧?"公爵问道,冷冷一笑,露出还十分坚固、有点发黄的牙齿。

"是的,是朱莉来的。"公爵小姐胆怯地看着,胆怯地微笑着,说。

"再放过两封,第三封我就要检查了,"公爵厉声说,"以免你们在信里胡说八道。第三封我一定要检查。"

"这封信您也可以看,爸爸。"公爵小姐回答说,脸越发红了,把信递给他。

"第三封,我说过了,是第三封。"公爵推开信,喊道。

"喂,小姐,"老头开始讲课,"喂,小姐,这些三角形是相等的:请看,a b c角
……"

公爵小姐吃惊地望着父亲那双离她很近的、炯炯有神的眼睛,脸上红一阵、白一阵。看得出,她什么都没听懂,但是又怕这种畏惧心理会妨碍她听懂父亲进一步的讲解。不知是老师的错还是学生的错,每天总是这样:公爵小姐的眼睛模糊了,什么也看不见,什么也听不见,只感到严父干瘪的脸挨近身边,感到他的呼吸,闻到他的气味,而且一心想着怎样尽快离开书房,回到自己房里自由自在地解习题。老头火气很大:气得把自己坐的圈椅推开,又拉回来,他尽力使自己不发火,但几乎每次都大发雷霆,骂人,有时把练习本扔得老远。

公爵小姐回答错了。

"怎么这样糊涂!"公爵大吼起来,把练习本推开,猛然转过身去,立时站起来,来回走了一趟,用手摸一下公爵小姐的头发,又坐下来。

他靠近一些,继续讲解。

"不行,公爵小姐,不行,"当公爵小姐拿起作业本,准备走开的时候,他说,"数学是非常重要的,我的小姐。我希望你能学好。俗语说,习惯产生爱好。"他拍拍女儿的腮帮,"糊涂想法就会从头脑里跑掉了。"

她要走了,他打了个手势拦住她,从高桌子上拿过一本全新的书。

"你的爱洛绮丝还给你寄来一本《奥秘详解》宗教书。我不干涉任何人的信仰……我翻了一下。拿去吧。好了,去吧,去吧!"

他拍了拍她的肩膀,亲手把门关上。

玛丽亚公爵小姐面带忧虑和惊慌的表情回到自己房里。她在书桌旁坐下,桌上放着一些小巧精致的肖像,堆放着练习本和书籍。公爵小姐的杂乱无章正好和她父亲的井井有条相当。她放下几何练习本,赶快把信拆开。信是小时候最知己的朋友寄来的,就是那位参加罗斯托夫家命名日宴会的朱莉·卡拉金娜。

朱莉用法语写道:

> 亲爱的、最珍贵的朋友,别离是一件可怕、多么令人难过的事啊!我心中反复念叨着,我的生存和幸福有一半系在您的身上,尽管您我身处两地,咱们俩的心却是用拉不断的环扣联结起来的,我的心是不甘听天由命的,尽管我在终日游乐和无所作为的环境中生活,但我无法克制自我们离别后隐藏在我内心深处的悲哀。为什么我们不能像去年夏天那样在您那宽敞的书室里聚会,坐在那蓝沙发上"倾吐衷肠"呢?为什么我不能像三个月前那样从您那温柔、安静、聪慧的眼神中,从我所喜爱、当我给您写这封信时仍然在面前的眼神中,汲取新鲜的道德力量呢?

读到此处,玛丽亚公爵小姐轻叹一声,照了一下壁镜。镜子里映出一副消瘦的面孔。一向脉脉含愁的眼睛这时显得特别失望。"她奉承我呢。"公爵小姐心里想道,她转过脸来接着看信。然而朱莉并不是奉承朋友:公爵小姐那双深邃、明亮的大眼睛的确很美,虽然整个面孔不算漂亮。她接着念下去:

> 整个莫斯科全在谈论战争。我的两个哥哥,一个已经出国,另一个随同近卫军向国境线出发。我们亲爱的皇上已经离开彼得堡,据推测,陛下

有意御驾亲征。万能的上帝大发慈悲派来一名天使当我们的元首,但愿上帝保佑他能推翻这个扰乱欧洲安宁的科西加怪物。且不说我的两个哥哥,这次战争还使我失去了一个最知心的人。我是说年轻的尼古拉·罗斯托夫,他满腔热情,不愿袖手旁观,毅然离开大学,投入军队。亲爱的玛丽,我向您承认,虽然他还很年轻,他这次投笔从戎却给予我莫大的痛苦。去年夏天我就对您说过,这个年轻人身上有那么多的高尚情操和真正的青春激情,在二十岁的人就变成小老头的当今时代,这是少见的!尤其是他为人十分坦率,心地淳厚。他是那么纯洁和富有诗意,我们两人的交往尽管短暂,但使我这颗受过许多痛苦的可怜的心尝到最甜蜜的欢欣。我以后给您讲讲我们离别的情景。那一切至今仍然历历在目……哦!亲爱的朋友,您十分幸福,因为您未曾体验这些炽热的欢欣和剧烈的痛苦。您很幸福,因为痛苦总比愉快更加强烈。我很明白,尼古拉伯爵和我,除了作为朋友,不可能有别的什么关系,因为他太年轻了。可是这甜蜜的友谊,这诗意盎然、白璧无瑕的交情,是我的心所需要的。这个问题谈得够多了。轰动全莫斯科的重大新闻是老别祖霍夫伯爵的死和他的遗产继承问题,您想想看吧,三位公爵小姐所获无几,瓦西里公爵一无所得,而全部遗产的继承人却是皮埃尔,另外他还被承认为法定的嫡子,所以他现在是别祖霍夫伯爵和俄罗斯最大财产的所有者了。听说瓦西里公爵在这件事的全部过程中扮演了极可鄙的角色,狼狈不堪地溜回了彼得堡。我得向您承认,我对遗嘱问题是一窍不通的,不过我知道,自从这个大家全直呼为皮埃尔的年轻人成为别祖霍夫伯爵和全俄罗斯最大的富豪以后,我觉得有趣的是,那些有待嫁的女儿的母亲们,以至小姐们本人,对这位先生突然改变了腔调。顺便在这里说说,我总认为此人最没出息。因为这两年大家都拿我的择配寻开心(所提的对方多半是我不认识的),所以莫斯科婚姻大事记,竟认定我将成为别祖霍娃伯爵夫人。但是您是知道的,我对此事毫无兴趣。提起婚事,我倒想谈谈。您可知道,那位官称大婶的安娜·米哈伊洛夫娜前不久万分机密地告诉我,现在有人正在安排您的婚事呢。男方不是别人,恰恰是瓦西里公爵的儿子阿纳托利,他们打算给他娶一个富有的、门第显赫的小姐,他父母选中了你。我不知您对此事有什么看法,可我认为我有责任预先告诉您。听说他长得挺漂亮,然而却是一个天字第一号的浪荡公子。关于此人,我听说的只有这些。

扯得够多的了。第二页立刻要写完了,妈妈派人来叫我到阿普拉克辛家去赴宴。

　　您读一读我给您寄去的那本神秘的书吧，这本书在我们这里大受欢迎。尽管其中有些地方很难为我们凡人的贫弱智力所理解，但这是一本卓越的书，读了它，能使人的灵魂得到慰藉和提高。再见。向令尊致敬并向布里安小姐问好。衷心拥抱您。

朱　莉

　　再启：请将令兄和他可爱的夫人的消息告诉我。

　　公爵小姐沉思了片刻，心有所思地轻轻一笑，她一下子站起来，迈着沉重的脚步，走到桌前。她拿出一张纸，给朱莉写回信：

　　亲爱的、最珍贵的朋友：十三日来信给了我莫大的喜悦。您依旧爱我，我那富有诗意的朱莉。被您说得那么坏的别离，看来在您身上并没有发生它常有的那种影响。您抱怨离别，而我这个失去一切我珍爱的人的人，倘若敢于抱怨的话，那我该说什么呢？哦，倘若没有宗教的慰藉，人生会变得十分悲惨。您为什么在提起您对一个年轻人有好感时，居然认为我对这种事态度是严肃的呢？在这方面，我只是严以律己。别人这种感情我是理解的，但由于我对这种感情没有体验，就不能表示赞许，同时也不加以非难。但是我觉得，基督对邻人的爱，对敌人的爱，比起年轻人的美丽眼睛在一个像您那样富有诗意的热情的年轻姑娘身上所引起的那种感情要可敬可喜得多，要好得多。

　　别祖霍夫伯爵的死讯在没有收到您的信之前就传到我们这里了，家父闻耗极为伤感。他说伯爵是这个伟大时代剩下的倒数第二个代表，现在该轮到他了，他要努力做到他这一轮晚一些到来。上帝保佑我们不要遇到这样的不幸吧！

　　我不能同意您对皮埃尔的意见，他从小我就认识。我觉得他永远有一颗美好的心，而这正是我最珍视的人的品质。至于说到他的继承遗产问题和瓦西里公爵扮演的角色，这对他两人都是十分可悲的。哦，亲爱的朋友，我们的救主说，富人进天堂比骆驼穿针眼还难，这话千真万确！我可怜瓦西里公爵，更可怜皮埃尔。他这么年轻就得担起这么巨大财产的担子，他将来的道路要经历几多诱惑啊！如果有人问我，世界上什么是我所最希望的，我会说，我希望比最穷的乞丐还穷。千谢万谢，亲爱的朋友，谢谢您给我寄来的那本在你们那里轰动一时的书。但是，您对我说，这本书里除了一些好的东西，还有一些为我们凡人的贫弱智力所不能理解的东西，那么我觉得，读不能理解的东西是多余的，不会给我们带来什么益处的。我根本无法了解有些人的癖好：他们热衷神秘的书籍，以致把自己的思想弄得混乱不堪，因为这些书只能使他们的头脑产生怀疑，激发他们幻想，养成他们夸张的性格，这与基督的质朴精神完全背道而驰。我们最好还是读读《使徒行传》和《福音书》吧。我们不必费神去钻研书本上那些神秘的东西，但是只要我们这些可怜的罪人还有肉体的躯壳存在，使我们与永生之间隔着一道穿不透的帷幕，我们怎能认识上帝可怕而神圣的奥秘呢？我们最好只研究救主遗留给我们的作为人间指导的那些伟大法规；我们要竭力信奉这些法规，而且要努力相信，我们越少胡思乱想，就越能使上帝兴奋，上帝拒绝一切并非来自他的知识，我们越少去探索他不愿让我们知道的事情，他就会越快地用他那神灵的智慧启示我们。

家父没有对我提起求婚的人，他只说接到瓦西里公爵的信，而且等待他来拜访。至于我的婚姻，我最珍爱的朋友，我可以告诉您，我认为结婚是必须服从的神圣教规。不论对我说来是多么沉重，可要是上帝要我负起贤妻良母的义务，我将努力忠实地履行这一义务，不去考虑探究我对上帝赐给我的丈夫是否有感情。

我接到家兄来信，说他将偕同妻子来童山。这次欢聚是短暂的，因为他要离开我们去参加天知道怎样和为什么把我们卷进去的这场战争。不仅在你们那里——一切事件和交际的中心，就连我们这里——在田间的劳动和城市的人们通常想象的乡村静谧中，也可以听到战争的反响，也同样令人感到沉重。家父总对我讲我一点也不懂的进军和转移。前天，我像往常一样在村子里散步时，看见一个惊心动魄的场面……那是从我们领地上征去从军的一队新兵……真应当看看那些出征的人们的母亲、妻子和儿女的情景，听听他们双方的痛哭！好像人类已经忘记救主教导我们仁爱和宽恕的教规，而把互相残杀当作主要的美德。

再见，亲爱的、善良的朋友。愿您时常受到救主和圣母神圣而万能的庇护。

玛　丽

世界经典文库

世界二十大名著

战争与和平

图文珍藏版

"啊,您是在写信呀,不久前,我给我可怜的母亲就写过一封信。"布里安小姐笑嘻嘻地说。她说得十分快,声音响亮悦耳。和玛丽亚公爵小姐那种心事重重、郁郁寡欢、愁眉不展相比,她带来一种完全不同的活泼快乐并且洋洋得意的情调。

"公爵小姐,我想告诉您一件事,"她又压低声音说,"公爵把米哈伊尔·伊万内奇骂了一通。他的心情很坏……"她说,很得意自己的声音。

玛丽亚公爵小姐答道:"我不愿谈论父亲的心情。"

公爵小姐看了看钟,发现练习钢琴的时间已经过了五分钟,她神色惊慌地向起居室走去。

二十三

须发斑白的老仆人一面打盹,一面听着大书房里公爵的鼾声。小姐正在练琴。

这时,一辆轿式马车和一辆小型四轮马车驶到大门口,安德烈公爵从轿式马车上下来,把娇小的太太扶下车,让她走在前面。头戴假发、须鬓花白的吉洪从接待室门里探出身子,低声报告说老公爵正在休息,随后赶忙把大门掩上。吉洪和安德烈公爵都知道,什么事都不得打乱作息的秩序。他转身对妻子说:

"二非常钟以后他老人家才起来。咱们先到玛丽亚公爵小姐那儿去吧。"他说。

小公爵夫人尽管有点发胖了,但仍然惹人爱怜。

她环顾四周对丈夫说:"喂,快点!"她一边向四周打量,一边对吉洪、对丈夫、对跟随的仆人微笑。

"是玛丽在弹琴吧?让我们吓她一跳。"

安德烈公爵走在她后面,心事重重的样子。

"你见老了,吉洪。"他一边走,一边对吻他的手的老头子说。

走到传出钢琴声的那个房间前面,从旁门跳出一个金发的法国女人。布里安小姐乐得发狂了。

她说:"太好了!你们来了,公爵小姐一定会兴奋极了!应该先打个招呼。"

"她没料到我们会来吧。"公爵夫人吻着她说。

他们走到传出反复弹奏那同一乐句的起居室门前。安德烈公爵停住脚步,皱了皱眉头。

公爵夫人走了进去。乐句戛然而止,传出惊呼声、玛丽亚公爵小姐的沉重脚步声和亲吻声。安德烈公爵走进去时,公爵夫人和公爵小姐正搂在一起,两人的嘴唇还紧紧贴在刚一见就吻的地方。布里安小姐站在一旁。安德烈公爵不大理解这两位女人的亲热。

两个女人相互寒暄、问长问短。

"我一下子就认出了公爵夫人。"布里安娜小姐插嘴说。

"我一点都没想到……"玛丽亚公爵小姐惊叫道,"安德烈,我还没看见你呢。"

安德烈公爵和妹妹手拉手相互吻了吻。

小公爵夫人说起来没完没了。小公爵夫人讲述他们在救主山上遭遇到对她怀孕的身体很危险的变故,又立刻想起她把她所有的衣服都留在彼得堡了,真不知道在这里穿什么,又谈起安德烈完全变了,吉蒂·奥登佐娃嫁给了一个老头子,玛丽亚公爵小姐将有一个真正的求婚人。玛丽亚公爵小姐始终静静地望着哥哥,美丽的眼睛含着疼爱,也有忧愁。很明显她心头的思绪与嫂嫂所谈的毫不相干。当嫂嫂正谈论彼得堡最近一次举行的盛会时,她向哥哥转过身去。

"你非要去打仗不行吗,安德烈?"她叹口气说。

丽莎也叹了一口气。

"并且明天就走。"哥哥回答说。

"他扔下我不管了,谁知道是为了什么,他本来是有晋升机会的……"

玛丽亚公爵小姐仍在想自己的心事,没等听完,就转向嫂嫂,望着嫂嫂的肚子。

"真的有了吗?"她说。

小公爵夫人的脸色变了,叹了一口气。

"是的,真的有了,"她说,"啊!这太可怕了……"

丽莎忽然哭起来。

"她需要休息,"安德烈公爵不快活地说,"是不是,丽莎?把她领到你的房间去吧,我去见爸爸。他怎么样,还是那样吗?"

"还是那样,一点也没变,你看看就知道了。"公爵小姐兴奋地答道。

"还是在那个时刻在林荫路上散步、在车床上做工吗?"安德烈公爵嘴角含着一丝笑意问道。

"还是那个时候上车床干活,还做数学题,给我上几何课。"玛丽亚公爵小姐兴奋地回答。

二非常钟后,吉洪来请小公爵去见父亲。老头子为了表示欢迎儿子,破例改变了一下生活习惯:他吩咐,允许儿子在他午饭前穿戴的时间进入他的卧室。老公爵一向是旧式装束:穿长衫,敷粉戴假发。当安德烈公爵走进父亲的卧室时,老头子正坐在安乐椅里,披着敷粉披肩,把头伸给吉洪去扑粉。

"啊!战士!你要征服波拿巴吗?"老头子说,"你至少应当好好教训他一顿,不然长此以往,连我们也快要变成他的臣民了。你好!"他说着把脸伸了过去。

老头子在饭前小睡后心情极好。他快活地端详着儿子。安德烈公爵走上前去,吻了吻父亲。他没有回答父亲的话题——拿当时的军人,特别是拿波拿巴开个小玩笑。

"爸爸,我来了,把怀孕的媳妇也带来了。"安德烈公爵说,他关切地注视着父亲。"您身体怎么样?"

"孩子,只有蠢货和荒唐鬼才生病呢,我从早忙到晚,生活又有节制,当然健康了。"

"感谢上帝!"儿子微笑着说。

"这与上帝毫无关系!好,你来讲一讲,"他接着说下去,又回到他得意的话题上,"德意志人怎样教会你们用新的科学,就是用所谓战略来跟波拿巴作战的。"

安德烈公爵微微一笑。

"爸爸,让我想一下,"他面带笑容地说,"我还没安排好呢。"

"瞎说,瞎说。"老头子大声说,晃了晃脑袋,抓住儿子的手。"你媳妇的房间已经准备好了。玛丽亚公爵小姐会带她去,并且她有说不完的话要说。女人就爱这样。她来我很兴奋。坐下谈谈吧。我了解米切尔森的军队,也了解托尔斯泰的……同时登陆……南方的军队做什么呢?普鲁士中立,这我知道。奥地利怎么样?"他从安乐椅里站起来,在屋子里边说边走,吉洪跟着他跑,把一件件衣服递给他。"瑞典怎么样?他们怎样跨过波美拉尼亚呢?"

安德烈公爵见父亲非要谈不可,就开始讲预想会战的作战计划,起先有点勉强,但后来越谈越有劲,谈到中间,不知不觉讲成法语了。他说,一支九万人的军队一定能迫使普鲁士放弃中立,加入战争;这支军队的一部分将在施特拉尔松与瑞典军队会师;二十二万奥军连同十万俄军,将在意大利境内和莱茵河上作战;五万俄军和五万英军,将在那不勒斯登陆;总数五十万的军队将从各个方向围攻法军。老公爵始终一面走一面穿衣服,其中有三次突如其来地打断了儿子的话。第一次他喊道：

"白的！白的！"

因为吉洪没有把他所要的那件背心递给他。另一次，他停下来问道：

"她快要生产了吧？"他带着责备的神情摇着头，说："这样不好！说下去，说下去。"

第三次是在安德烈公爵快说完的时候，老头子用走腔的老嗓子唱起来："马尔布鲁出征去了，不知什么时候才能回来。"

儿子只微微一笑。

"我不是说我就赞同这个计划，"儿子说，"我只是告诉您有这么回事。拿破仑也有一个很好的计划。"

"你告诉我的并没有一点新东西。"老头子若有所思，嘟嘟哝哝地，忽然说："到餐厅去吧。"

二十四

老公爵洒过发粉，刮过脸，在规定的时刻走进餐厅，儿媳、玛丽亚公爵小姐、布里安小姐都已经在等着他了，此外还有公爵的建筑师米哈伊尔·伊万诺维奇。他之所以能有如此殊荣，是因为公爵想证明，人人都一律平等。

餐厅像住宅里所有的房间一样，又高又大，眷属和仆人站在每把椅子后面，静候公爵出来。安德烈公爵一面看谱系图一面摇头，并且面带笑意。

"一看就能认出是他老人家！"他对走过来的玛丽亚公爵小姐说。

玛丽亚公爵小姐吃惊地看了哥哥一眼。她不明他笑什么。她但是很崇敬父亲的。

"每个人都有自己的弱点。"安德烈公爵接着说，"以他那样的雄才大略，竟然关心这些小事！"

玛丽亚公爵小姐不理解哥哥为什么竟说出如此大胆的意见，她正想反驳，书房里突然传来期待已久的脚步声：老公爵像平时一样迅速而快活地走进来，似乎故意用他那匆忙的样子来跟家中的严格秩序做个对比似的。老公爵站住把所有的人扫视了一番，然后停在小公爵夫人身上。小公爵夫人这时心中感到一种好似内侍官见皇上驾到时的感情。他摸了摸公爵夫人的头，然后又笨拙地拍了拍她的后脑。

"我十分兴奋，十分兴奋，"他说，又看了一眼她的眼睛，就快速地走开，在自己的位子上落座，"坐下，坐下！米哈伊尔·伊万诺维奇，请坐。"

他叫儿媳妇坐在他身边。

"噢哟!"老头子打量着圆圆的肚子说,"太性急了,不好!"

他笑,他笑得枯燥无热情令人不快乐。

"你应当多活动尽量多散步。"他说。

小公爵夫人没有作声。老公爵问起她的父亲,小公爵夫人这才说话,微微一笑。他又问起一些熟人,小公爵夫人开始活跃地谈起来,替好些人向公爵问好,而且转述城里的流言。

"阿普拉克辛娜伯爵的丈夫死了,她太可怜了,眼泪都哭干了。"

她越来越活泼,公爵就越来越严厉地看她。忽然间,公爵仿佛一下子看透了她似的,把身转向了米哈伊尔·伊万诺维奇。

"喂,米哈伊尔·伊万诺维奇,我们的波拿巴快要倒霉了。安德烈公爵说,已经集合了大批军队来对付他!咱们还老以为他是个废物呢。"

米哈伊尔·伊万诺维奇莫名其妙。

"他是位大战术家!"公爵指着建筑师对儿子说。

话题又转到战争,转到波拿巴和当时的将军和政治家。老公爵对近来的新人物不屑一顾。安德烈公爵快乐地容忍着父亲对新人物的嘲笑,十分兴奋地引父亲说下去,而且恭听着。

"人们总觉得过去一切都好,"他说,"其实,就是苏沃洛夫不是也陷入莫罗的圈套脱不了身吗?"

"这是谁对你说的?谁说的?"老公爵喊道。"苏沃洛夫!"他抛出一只碟子,吉洪连忙接住。"苏沃洛夫!……好好想想吧,安德烈公爵。只有两个人:腓特烈和苏沃洛夫……莫罗算得什么!假如让苏沃洛夫自由行事的话,莫罗早当俘虏了,但是奥地利军事参议院拖他的后腿。他算倒了霉了。你也会尝到这种滋味的!苏沃洛夫既然对付不了他们,米哈伊尔·库图佐夫又怎么行呢!不行的,孩子,"他说,"你和你的将军们对付不了波拿巴。应该收买一些法国人,叫他们敌我不分,自相残杀。德意志人帕伦奉命到美国纽约找法国人莫罗去了,"他是说那一年邀请莫罗加入俄国军队的事,"真是怪事!!怎么啦,难道那些波将金们、苏沃洛夫们、奥尔洛夫们都是德意志人吗?不是的,孩子,不是你们发了疯,就是我老糊涂了。愿上帝保佑你们,我们等着瞧吧。他们居然把波拿巴当成伟大的统帅了!哼!……"

"我绝对不是说,他一切全是好的,"安德烈公爵说,"不过,波拿巴毕竟是一个伟大的统帅!"

"米哈伊尔·伊万诺维奇!"老公爵对建筑师喊道,"我对您说过波拿巴是一位伟大的战术家吧？他也是这么说。"

"当然，大人。"建筑师回答话。

老公爵冰冷地笑了一声。

"波拿巴是个幸运儿。他的士兵都很优秀。并且他先向德意志人开刀，只有懒汉才打不过德意志人。开天辟地以来，人人都打败过德意志人。"于是，老公爵开始分析波拿巴在军事上和在政治上所犯的错误。安德烈公爵只是听着，尽力克制着不做答辩，他尽管仍坚持着自己的看法，但不能不吃惊老公爵对欧洲军政局势的深刻了解。

"你以为我这个老头子不懂得目前的形势吗？"他结束说，"我每时每刻都在惦记着时局！我整夜睡不着。好，你说说看，你那伟大的统帅究竟在什么地方显过本领？"

"说来话长。"儿子回答说。

"你到你的波拿巴那里去吧！布里安小姐，你的庸才皇帝又多了个崇拜者了！"他操着一口漂亮的法语喊道。

"我又不是波拿巴党。"

"不知何时才回来……"

公爵唱着离开了餐桌。

小公爵夫人整个午餐一声不响，最后，和小姑进了另一间屋子。

她说："你父亲很聪明，我有点怕他。"

"啊，他很善良！"玛丽亚公爵小姐说。

二十五

安德烈公爵在第二天晚上动身。老公爵没有改变他的生活规律，午饭后就回到自己房里去了。小公爵夫人留在小姑的房间里。安德烈公爵穿着常礼服，在他住的房间里和他的随从收拾行李。他检查了马车，把箱子装到车里，随后吩咐套马。只有一些随身带的东西还放在房里，一只小箱子、一只银制食品箱、两支土耳其手枪和一把佩刀——父亲的赠品，是从奥恰科夫城下带回来的。安德烈公爵这些旅行用品都很整齐，全是崭新的，十分干净，用呢绒套子套着，再用带子仔细地扎起来。

安德烈倒背着手，在屋里来回踱步，眼睛望着前方，若有所思地摇头。他不愿别人看见他悲伤；所以，他一听见门廊里有脚步声，就赶快松开手，在桌旁停住，假装捆绑箱套,尽力显出镇静和莫测高深的表情。这是玛丽亚公爵小姐的沉重脚步声。

"我听说你已经吩咐套马了,"她气喘吁吁地说,"我很想跟你单独谈一谈。谁知道咱们这一别要到何时才能再见呢!我来,你不生气吧?你变得多了,安德留沙。"

她叫了一声他的小名"安德留沙",不由得微笑了。很明显,她想到这个严峻的美男子,居然是那个瘦巴巴的小淘气安德留沙,她童年的伙伴,觉得十分奇怪。

"丽莎呢?"他问。

"她太累了,在我卧室的沙发上睡着了。啊,安德烈!她真是个好人!"她说着就在哥哥对面坐下来,"她完全是个孩子,一个愉快可爱的孩子。我真喜欢她。"

安德烈公爵默不作声。可是公爵小姐看见他脸上露出讥讽的、轻蔑的表情。

"应当宽容小缺点,谁没有缺点啊,安德烈!你别忘了,她是在上流社会被教养成人的。何况她现在的处境并不好。应当为每个人设身处地想想。你想想看,她离开过惯的生活,又和丈夫分别,孤身一人住在乡下,并且还有身孕,她这个可怜的孩子心里是什么滋味?真够她受的。"

安德烈公爵望着妹妹微笑。

"但是你不是也住在乡下吗?"他说。

"我和她不一样。不过,安德烈,你得替她想想,一个年轻轻的上流社会的女人,在最好的年华,埋没在乡下,孤身一人,……你是知道的……在一个过惯上流社会的女人看来,我这个人干巴巴的,不懂娱乐,只有布里安小姐……"

"我不欢喜您那位布里安。"安德烈公爵说。

"啊,不!她十分可爱,又善良。她没有一个亲人。说实在的,我不需要她。我从来就是一个野人,现在更是如此。我喜欢孤独……爸爸很喜欢她。爸爸从来只对这两个人——她和米哈伊尔·伊万诺维奇,表示亲近,因为他们都受过他的恩典。她十分善良,爸爸也喜欢听她朗读。她读得好极了。"

"说实话,玛丽,我想父亲的性格有时会使你难堪,是吗?"安德烈公爵忽然说。

玛丽亚公爵小姐先是一惊,然后就害怕起来。

"使我?……使我?!使我难堪?!"她说。

"我想,他很严厉,现在一定变得很难相处了。"安德烈公爵这是在有意为难或者说考验妹妹。

"你各方面都很好,安德烈,只是你有点自视过高,"公爵小姐说,"这可不对。难道父亲是可以评论的吗?就算可以,那么,像爸爸这样的人,除了使人崇拜以外,还能引起别的感情吗?跟他在一起,我十分满足,十分幸福!但愿你们大家都像我一样幸福。"

哥哥怀疑地摇了摇头。

"只有一件事使我难过,——我对你实说了吧,安德烈,——就是父亲对宗教的看法。"

"啊,亲爱的,恐怕你和修道士都白费心机。"安德烈公爵嘲笑地说。

"啊,我的朋友,希望上帝能听到我的祈祷。安德烈,"她沉默着,怯生生地说,"我求你一件大事。"

"什么请求,亲爱的?"

"你得先答应我你不会拒绝。答应我,安德留沙。"她说着就把手伸进手提包里,握住一件东西,可是不拿出来,只是用恳求的目光胆怯地望着哥哥。

"我不怕添麻烦的。"安德烈公爵回答说,好像已经猜出是怎么回事了。

"不管你怎么想都好!我知道你跟爸爸性格一样。不过为了我的缘故,请你一定做!这东西是父亲的父亲,也就是咱们的祖父,一上战场就戴在身上的……"她仍旧没拿出她在手提包里握住的东西,"你肯答应我吗?"

"当然,是怎么回事啊?"

"安德烈,我用这圣像为你祝福,你答应我永远戴在身上……答应吗?"

"如果它不太重……为了使你兴奋……"安德烈公爵说,但是,一见妹妹听了这句笑话脸上露出痛苦的表情,他立刻改口道,"很乐意,我真的十分乐意,亲爱的。"

"不管你的意愿如何,上帝一定会拯救你,宽恕你。"她说。声音激动得发颤,她郑重地把一个救主像捧到哥哥面前。

她画过十字,吻过神像,然后把它递给安德烈。

"请你收下,安德烈,为了我……"

她的大眼睛放射着善良而羞怯的光芒。这双眼睛照亮了整个清瘦的、病态的面孔,使它变得更美丽了。

"谢谢你,好妹妹。"安德烈说。

她吻了吻他的前额,又坐到沙发上。他们默默无语。

"我已经对你说过,安德烈,你要和气而宽厚。对丽莎不要太严厉。"她开始说,"她很可爱,很善良,并且她现在的处境又是那么困难。"

"玛沙,你怎么老对我说这些事?"

玛丽亚公爵小姐脸红了,不好意思再作声。

"我什么都没对你说过,但是有人对你说了什么了。这使我感到难过。"

玛丽亚公爵小姐更不好意思了。她想说点什么,但是说不出来。哥哥已经猜到:小公爵夫人饭后哭过,谈起难产的预感,害怕生孩子,自叹命苦,埋怨公公和丈夫。后来就睡着了。想到这里,安德烈公爵怜惜起妹妹来。

"有一点你要知道,玛莎,我不能责备我的妻子,过去没责备过,将来也永远不会责备,在对她的态度上,我也没有什么可责备自己的。无论处在什么环境,我永远都是这样。但是,倘若你想知道实情……我可以告诉你:我不幸福。她幸福吗?也不幸福。这是为什么?我不知道……"

他一面说,一面站起来,走到妹妹跟前,吻了吻她的前额。

"咱们到她那儿去吧,应当同她告别!要不,你一个人先去,把她叫醒,我随后就到。彼得鲁什卡!"他招呼他的听差,"快来拿东西。"

玛丽亚公爵小姐站起来,朝门口走去。她突然收住了脚步。

"上帝保佑你,安德烈。"

"啊,真的吗!"安德烈公爵说,"谢谢,玛莎,我立刻就来。"

安德烈公爵在去妹妹房间的路上,又碰见了面带妩媚笑容的布里安小姐,今天这是第三次。

"我还以为您在房间里呢。"她说,有点不好意思。

安德烈公爵严厉地看了她一眼,有些恼怒。他对她一言不发。这位法国女人面红耳赤,她一句话不说就走开了。他走到妹妹门前的时候,公爵夫人已经醒了,正在起劲地说话。

"老伯爵夫人真是老来俏。哈,哈,哈,玛丽!"

他妻子正在讲祖博娃伯爵夫人的闲话,这样的话和这样的笑声,安德烈公爵已经听过五六遍了。安德烈轻轻地走进房间。小公爵夫人坐在安乐椅里,手里拿着手工,滔滔不绝地回忆彼得堡的事情。安德烈公爵走过来,抚摸了一下她的头,问她旅途的疲劳是否已经恢复。她回答了一声,仍然继续谈她的。

马车停在门口。外面是黑暗的秋夜。车夫连辕杆都看不清。仆人们提着灯笼在台阶上来回奔忙。一个个大窗户透出辉煌的灯光,照得整所大房子通亮。家仆们聚在前厅准备跟小公爵告别;家里人:米哈伊尔·伊万诺维奇、布里安小姐、玛丽亚公爵小姐和公爵夫人,都站在大厅里。安德烈公爵被父亲叫到书房里,老头子想单独跟他话别。大家正等着他们出来。

安德烈公爵走进书房的时候,老公爵戴着老花镜,穿着白色的睡衣,正坐在桌旁写字。他回头看了一眼。

"你要走了?"他又写起字来。

"我来向您道别。"

"吻我这儿吧,"他伸出面额,"谢谢,谢谢!"

"为什么要谢我?"

"因为你不拖延时日,没有被女人的裙带绊住脚。报国至上。谢谢,谢谢!"他继续写下去,"你有什么要说吗?只管说吧。我可以同时干两样事。"他补充说。

"关于我的媳妇……把她留下来让您操心,真不好意思……"

"别胡扯,说你要说的吧。"

"我媳妇临产的时候,请派人到莫斯科请一个产科医生来……"

老公爵停下笔,严肃地盯着儿子。

"我知道,如果大自然不帮忙的话,什么人都帮不上忙的。"安德烈公爵说,他有点发窘,"当然,这种不幸百万里面只有一个,可是,她和我全有这种幻觉。不知什么人对她瞎说了什么,她做梦都梦见,所以她很害怕。"

"嗯……嗯……"老公爵一边说,一边仍旧写完。"我照办。"

他把笔一挥,签了个花体字,忽然转身对儿子大笑。

"事情有点不妙,是不是?"

"什么事情不妙,爸爸?"

"老婆呀!"老公爵爽快地说。

"我不明白。"安德烈公爵说。

"孩子,这是没有办法的,"公爵说,"女人全一样,离婚是不可能的。你别怕,我不对什么人说,你自己也知道。"

他用瘦骨嶙峋的小手抓住儿子的手,抖了抖,盯着儿子又发出了一阵冰冷的笑声。

儿子叹了一口气,表示承认父亲十分了解他。老头子快速地叠信和封信,时而抓起火漆、印戳、信纸,时而又放下。

"有什么办法?长得漂亮嘛!一切我都照办。你放心吧。"他一面封信,一面断断续续地说。

安德烈默不作声。老头子站起来,把信交给儿子。

"听着,"他说,"不要担心老婆:凡能办得到的,全要办到。你听我说:把这封信交给米哈伊尔·伊拉里奥诺维奇,我在信上说,希望他给你一个合适的位置,不要总叫你当副官。你对他说,我记得他,而且喜欢他。他待你怎样,来信告诉我。倘若他待你不错,就干下去。尼古拉·安德烈耶维奇·博尔孔斯基的儿子决不依靠别人的恩典在人家手下服务。现在到这儿来。"

他说得很快，话没说完就停下来，不过，儿子已经习惯理解他的话了。他把儿子领到办公桌前，掀开盖，拉开抽屉，拿出一个练习本，上面满是他写的又粗又长又密的字迹。

"我当然会比你先死。告诉你，这是我的回忆录，等我死后，把它呈交皇上。这儿有一张债券和一封信：这是奖给《苏沃洛夫战史》撰写人的奖金。把这些寄给科学院。这是我的笔记，等我死后，你可以看看，你会从中得到教益。"

"一切全照办，爸爸。"他说。

"好了，那么就再见吧！你要记住一点，安德烈公爵：假如你被打死，我这个老头子会很难过的……"他说到这里突然一停，随后突然大喊大叫地接着说："我倘若听说你的行为不像尼古拉·博尔孔斯基的儿子，我就要……感到羞耻！"他尖叫了一声。

"您不必担心，爸爸。"儿子微笑着说。

老头子不说话了。

"我还要恳求您，"安德烈公爵接着说下去，"倘若我被打死，如果我有了个儿子，请让他在您身边长大……请您费神。"

"不让你媳妇教养吗？"老头子说着大笑起来。

他们默默地面对面站着。老头子的锋利目光直看着儿子的眼睛。

"告别完了……走吧！"他突然说。"走吧！"他打开房门，愤怒地高声叫道。

"怎么回事？怎么了？"公爵夫人和公爵小姐看见安德烈公爵走出来，又瞥了一眼穿着白睡衣、没有戴假发、戴着老花镜、怒声喊叫的老头子探出来的身影，异口同声地问道。

安德烈公爵叹了口气，什么也没回答。

"好了。"他对妻子说。这一声"好了"别有意味。

"安德烈，立刻就走吗？"小公爵夫人说，她脸色苍白，带着恐惧的神情望着丈夫。

他拥抱她。她大叫一声倒在他的肩膀上，失去了知觉。

他小心翼翼地把她放在安乐椅中。

"再见，玛丽亚。"他小声对妹妹说，拉着她的手吻了吻，快步走出房去。

公爵夫人躺在安乐椅里，布里安小姐给她揉太阳穴。玛丽亚公爵小姐扶着嫂嫂，她那美丽的眼睛满含泪水，一动不动地望着安德烈公爵走出去的那扇门，朝着公爵画十字。安德烈公爵刚走出去，书房的门突然敞开了，露出穿白睡衣的老头子的严峻身影。

"走了吗？走了就好了！"他说，愤愤地端详一下失去知觉的小公爵夫人，带着不满的神情摇摇头，砰的一声把门关上。

第二部

一

　　1805 年 10 月，俄军占领了奥地利大公治下的几座村庄和城市，从俄国又开来一些新的团队，驻扎在布劳瑙附近民房里，给当地居民添了很多麻烦。库图佐夫总司令的大本营也建在布劳瑙。

　　1805 年 10 月 11 日，一个刚开到布劳瑙的步兵团在离市区半英里的地方驻下来，等待总司令检阅。

　　在行军最后一站的那天傍晚，接到总司令要检阅行军中的团队的通知。尽管团长弄不准是不是应该穿着行军的服装接受检阅？可是，在营长会议上，决定团队准备正规的检阅。于是士兵们在三十俄里的行军之后，整夜不睡，缝缝补补，洗刷干净，副官和连长清点人数，挑选人员。第二天早上，这个团队已经不像最后一段行军的头一天那样不成样子了，而变成了一支两千人的整齐队伍，每个人的纽扣和皮带都闪亮发光。并且不但外表整齐，倘若总司令要检查军装里面的话，他会看到每个人都穿着同样清洁的衬衣，他也会发现每只背囊里都有规定数量的物品，正如士兵们所说，"锥子、肥皂，全有。"只有一件事使大家不得安心，就是脚上穿的。弟兄们的靴子半数以上已经破了。但这个不能怪罪团长，因为虽经一再要求，俄国军需部还是没有把东西发下来，而这个团队已经走了一千俄里了。

　　团长是个容易冲动的、鬓发和眉毛都已斑白的老将军，他体格敦实，穿一套崭新的带着明显折痕的军服，金光闪闪的肩章很厚，增加了他的高大。团长很是得意。他在队伍前面走来走去，身子有点弯，一走一哆嗦。看样子，这位团长对自己的团队很欣赏，为他的团队感到高兴，把全副精神都贯注在团队上了。尽管如此，他除了对戎马生涯感兴趣，对社交和女人也同样感兴趣。

　　"喂，老伙计，米哈伊洛·米特里奇，"他对一位营长说，"昨天夜里可把咱们整苦了。不过，功夫不负有心人，咱们的团队不坏……你说是不是？"

　　营长明白这是句打趣的话，大笑起来。

"就是在察里津皇家草场接受检阅,也不会被赶出去的。"

"什么?"团长说。

这时,在通到城里的大路上,出现了两个骑马的人,是一个副官带着一名哥萨克兵。

副官是总司令部派来的,说是总司令希望看到行军状态的团队。穿着大衣,背着背囊,不要有什么准备。

昨天,奥地利军事参议院有一名参议由维也纳来见库图佐夫,建议并要求俄军赶快跟费迪南大公及马克的军队会师,可是库图佐夫认为这样不好。所以,他在列举了其他理由之外,还打算请那位奥地利将军亲眼看看从俄国新开来的部队的惨状,以证明自己的意见是对的。他检阅团队是为了这个目的,因此,团队的情况越糟,总司令就越兴奋。尽管那个副官不知道缘由,可是他向团长传达了总司令的强烈要求,那就是士兵必须穿大衣,背背囊,否则总司令就不满意。

听了这番话,团长低下头,默默地耸了耸肩,面红耳赤地把两手一摊。

"真倒霉!"他说,"我跟你说过,米哈伊洛·米特里奇,所谓行军,就是要穿着大衣。"他责备营长。"唉,我的上帝!"他补了一句,就毅然决然地向前走去。"各连连长!"他用惯于发号施令的声音喊道,"司务长!……他就要到了吗?"

"我看还得一个钟头。"

"我们还有时间换服装吗?"

"我不知道,将军……"

团长走到队伍前面,命令重新穿上大衣。连长跑回各连,司务长忙起来了,因为大衣已经破了,转眼之间,队伍又乱起来了。到处都是士兵跑来跑去,他们把肩膀往前一耸,从头上卸下背囊,取出大衣,高举着胳膊伸进袖子。

半小时以后,方队由黑色变成灰色的了。团长走到团队前头,从远处打量它。

"这又是怎么回事? 怎么搞的?"他停下来喊道,"三连连长! ……"

"将军传见三连连长! 将军传见连长,团长传见三连! ……"

声音顺着队伍传下去,一个副官跑去寻找那个军官。

这些用力喊叫的声音越传越走样,等传到目的地的时候,已经变成"三连传见将军"了。那个被传的军官从连队后面走出来,他尽管上了年纪,不惯跑步,但他还是慌慌张张地小跑着去见将军。这个上尉像没有背会书的小学生回答功课似的,脸上露出不安的神色。由于纵酒而发红的脸上泛起一块块斑点,嘴巴也合不拢。他离团长越近,就越放慢了脚步,当他上气不接下气地跑到跟前的时候,团长上上下下把他打量了一番。

"您快要给弟兄们换上无袖长裙了！那是怎么回事？"团长喊道，他用下巴指了指三连中一个穿着浅蓝色大衣的士兵，"您刚才上哪儿去了？总司令就要到了，而您离开了自己的岗位，嗯？……我要叫您知道让弟兄们检阅的时候穿婆娘的衣裳有什么好处！……嗯？……"

连长直盯着长官，两个指头在帽檐上越按越紧，仿佛他认为只有这样才能得救。

"嗯，您为什么不说话？您连里那个打扮成匈牙利人的是什么人？"团长绷着脸开玩笑说。

"大人……"

"什么'大人，大人'的？"

"大人，那是降级的军官多洛霍夫……"陆军上尉低声说。

"什么，他是降为元帅还是降为士兵？降为士兵，那就应该和别的士兵穿同样的军服。"

"大人，是您亲自准许他行军的时候可以这样的啊。"

"是我准许的？是吗？你们这些年轻人老是这样。"团长稍微冷静些说，"我准许的？倘若对你们说句什么，你们就……怎么啦？"他说着说着又发起火来，"请把弟兄们穿得像样一点……"

团长回头看了看副官，就迈着他那哆哆嗦嗦的步子向队伍走去。看样子，他对自己发脾气很得意，从队伍前面走过时，他想再找一些发泄怒气的借口。他骂了一连连长几句，借口他戴的奖章没有擦亮，又骂了二连连长几句，因为他那一连的队伍站得不齐，他这样一路骂着走到第三连。

"你怎——么站的？腿摆在哪儿？脚摆到哪儿去了？"离那个穿浅蓝色大衣的多洛霍夫还有五人远的时候，团长就用带着痛苦的声调喊起来。

多洛霍夫慢慢伸直他的腿，不服的目光直对将军的脸望过去。

"为什么穿蓝大衣？脱掉！……司务长！给他换衣服……坏坏……"

不等团长说完，多洛霍夫就连忙说："将军，我一定执行命令，但是，我没有义务忍受……"

"站队时不准说话！……不准说话，不准说话！……"

"我没有义务忍受侮辱。"多洛霍夫把话说完，声音中毫不示弱。

将军和士兵的目光相遇。将军愤愤地没有作声。

"请把衣服换一换吧，我求您了。"他说着就走开了。

二

“来了!”一名信号手喊道。

团长脸一红,向马跑过去。他用发抖的手抓住马镫,纵身上马,坐稳后,抽出佩刀。他带着幸福的、坚毅的表情,咧着嘴,准备喊口令。全团士兵像梳理羽毛的小鸟一样,抖擞一下,就屏息不动了。

“立——正!”团长发出一声惊心动魄的口令。

一辆驾着纵列马的高大的浅蓝色维也纳轿式马车,疾驰而来。骑马的随员们和克罗地亚人卫队在车后飞跑着。库图佐夫身旁坐着一个奥地利将军,他穿一身在俄国人的黑军服中间显得很奇特的白军服。马车在团队前停下来。库图佐夫和那个奥地利将军低声说着什么,库图佐夫露出一丝微笑。似乎根本不存在二千名士兵似的。

发出口令声,团队又震动了一下,锵锵地一齐举枪致敬。全团高呼:“祝大——人——健康!”接着又是一片死静。开始时,在团队行进的整段时间,库图佐夫一动不动。后来,他和那个穿白军服的将军,由随员伴随着,并肩从队伍前面走过。

团长看上去更愿意执行下属的职务,而不愿执行长官的职务。

库图佐夫从队伍前面走过,有时停下来对军官们说几句亲热话,有时对士兵们也说几句。有好几次他看着靴子悲哀地摇摇头,而且指给奥地利将军看,脸上的表情好像说,对这件事他并不责备任何人,但这实在是太糟了。团长每当这时就跑上前去,唯恐放过总司令谈到本团的每句话。库图佐夫后边,跟随着二十来名随员。离总司令最近的是一个英俊的副官。这就是博尔孔斯基公爵。在他身旁走着的是他的同僚校官涅斯维茨基,他身材高大,十分肥胖,生着一张俊秀、和善的笑脸和一对水汪汪的眼睛。涅斯维茨基被一个骠骑军官逗得不由得要笑。那个骠骑军官面无笑容,呆呆地瞪着两眼,一本正经地望着团长的脊背,模仿团长每一个动作。每当团长哆嗦着向前躬身的时候,那个骠骑军官也就跟着惟妙惟肖地打哆嗦和哈腰。涅斯维茨基一边笑,一边示意别人,让别人也看。

库图佐夫无精打采地走过队伍。来到三连的时候,他突然停下来。随员们没有料到他会这样,都收不住脚步,拥了上来。

“啊,季莫欣!”总司令说,他认出了那个因为蓝大衣而受申斥的红鼻子上尉。

本来,季莫欣在遭受团长申斥的时候腰杆就已经挺得无法再直了。现在,上尉把腰杆挺得更直了:看样子,倘若总司令再看他一下,他就会吃不住劲了。库图佐夫很体谅他,于是赶忙转过脸去。库图佐夫那张因伤疤而变形的虚胖的脸上,掠过一丝差不多是觉察不出的笑意。

"又一个伊兹梅尔战役的战友,"他说。"一个勇敢的军官! 你对他满意吗?"库图佐夫向团长问道。

团长哆嗦了一下,走上前去回答说:"很满意,大人。"

"人人都免不了有缺点,"库图佐夫面带笑容地走开了,说道,"他是个爱喝酒的人。"

团长没敢答话。那个骠骑军官这时还在惟妙惟肖地模仿上尉的表情和姿势,涅斯维茨基忍不住笑出声来。库图佐夫回头看了看。那个骠骑军官趁库图佐夫转脸的工夫,他居然来得及做了个鬼脸,立刻又摆出最正经、最恭敬、最无辜的样子,这真是功夫。

第三连是最后一连,库图佐夫沉吟起来,他好像想起了什么。安德烈公爵走出来,用法语低声说:"您让我提醒您一下关于本团降职军官多洛霍夫的事。"

"多洛霍夫在哪儿?"库图佐夫问。

多洛霍夫已经穿上士兵的灰大衣,正着急地等待着传唤他。这时从队伍里走出一个身材挺拔、金黄色头发的士兵。他走到总司令面前举枪敬礼。

"有什么要求吗?"库图佐夫眉头微微一皱,问道。

"这就是多洛霍夫。"安德烈公爵说。

"啊!"库图佐夫说,"我希望这次教训能使你改过自新,好好地工作。皇上是仁慈的。如果你做得好,我也会记得你的。"

那双明亮的蓝眼睛直视着总司令。

"我求您一件事,大人,"他说,声音响亮、坚定、毫不紧张,"我要立功赎罪,表明我对皇帝陛下和俄国的忠诚。"

库图佐夫转过脸去,既不耐烦又自以为是地转身向马车走去。

团队分头向布劳瑙附近指定的营盘走去,希望能在那里得到靴子和衣服,在艰苦的行军之后休息一下。

"您不会对我有看法吧,普罗霍尔·伊格纳季奇!"团长骑马跑到带队的季莫欣上尉跟前,对他说。因为顺利地通过了检阅,团长脸上流露出按捺不住的喜悦。"这是给皇上服务……没法子……有时免不了在队前发发脾气……我先道歉,您了解我……我十分感激!"说着他把手伸给连长。

"不用客气,将军,我对您怎么会有意见!"上尉回答,他的鼻子发红了,微笑着。

"请告诉多洛霍夫先生,我不会忘记他,请他放心。我一直想问你,他怎么样?

品行好吗？在各方面……"

"他工作很卖力，大人……不过脾气……"季莫欣说。

"怎么？脾气怎么样？"团长问。

"大人，一天一个样。"上尉说，"今天看来很懂事，和和气气的。但是明天一下子就变成了野兽。在波兰的时候，他就打死一个犹太人……"

"是的，是的，"团长说，"对这个不幸的年轻人，还是要多加照顾。他的来头不小哇……所以您要……"

"是，大人。"季莫欣说。

"是的，是的。"

团长在队伍里找到多洛霍夫，勒住了马。

"一打仗就有肩章了。"团长对他说。

多洛霍夫转脸看了看，没说一句话，也没改变他那含着嘲笑的表情。

"好，这好极了，"团长继续说，"我请弟兄们喝一杯。"他大声说，叫士兵们都听得见。"我谢谢大家！"随后他超过这个连队，向另一个连队驰去。

"说实在的，他真是个大好人，在他手下当兵很好。"季莫欣对身旁的一个下级军官说。

"总之，他是个红桃老 K……"那个军官笑着说。

军官们的快乐心情也传给了士兵。连队高高兴兴地行进着。四面八方传来士兵的谈话声。

"听说库图佐夫是个独眼龙，只有一只眼？"

"可不是嘛！地地道道的独眼龙。"

"不……老弟，他比你还眼亮呢。靴子和脚布，样样都看在眼里……"

"我的老弟，他朝我的脚看了一眼……嘿！我心想……"

"那个跟他一块来的奥地利人，似乎用石灰刷过似的。白得像面粉！"

"我说，费杰绍！……有没有听见什么时候开战？你站得近。听人说，波拿巴本人就驻在布鲁诺沃。"

"波拿巴驻在这儿！真会胡说，笨蛋！他什么全知道似的！现在普鲁士人正闹乱子。这就是说，奥地利人正在镇压他们。把普鲁士人平定下去，才同波拿巴开战。可是他偏说波拿巴驻在布鲁诺沃！因此是个笨蛋。你听得还不够多。"

"你瞧，军需官真可恨！第五连已经快到村子了，立刻就要煮粥了，我们还没有走到地方。"

"给我一点面包干，鬼东西。"

"你昨天给了我一点烟叶,是吧？怪不得,老弟。好,拿去吧。"

"能让我们休息一会儿就好了,要不还得饿着肚子走五六俄里。"

"倘若德意志人给咱们套好马车,那就太棒了。坐上去,多神气!"

"老弟,这儿的老百姓野蛮极了。那边好像都是波兰人,是在俄国统治下;但是这儿,老弟,全是德意志蛮子。"

"歌手到前面来!"只听上尉喊道。

歌手们跑到前面,大声歌唱。歌子的开头是:"朝霞起,太阳升……"最后一句是:"弟兄们,光荣一定属于卡缅斯基爷爷和我们……"这支歌是在土耳其作战中编的,现在在奥地利唱,只是把其中的歌词"卡缅斯基爷爷"改为"库图佐夫爷爷"。

鼓手是一个干瘦、俊秀、年约四十的士兵,他按照士兵的唱法干净利落地结束了最后一句。然后,当他确信所有的眼睛都注视着他的时候,他两手捧过头顶,似乎捧的是一件看不见的贵重东西,停留一会后忽然把它拼命一扔:

> 哎嗨,我的穿堂啊,我的穿堂!

"我的新穿堂……"二十个人接着唱起来,响板手虽然负荷着全副装备的重量,却敏捷地跑到前头去,面朝连队倒退着走,耸动着肩膀,击打着响板。士兵们合着拍子,甩起胳膊,迈开阔步,不由得把脚步走齐了。连队后面传来滚滚的车轮声、弹簧坐垫的轧轧声和马蹄的得得声。库图佐夫带着随从回城。总司令打了个手势,叫弟兄们便步走。听见歌声,看见一个跳舞的士兵和高高兴兴、精神抖擞地走着的全连士兵,总司令和他所有的随从脸上都露出快乐的神情。连队从右边数第二排,有一个蓝眼睛的士兵十分惹人注意,他就是多洛霍夫,他踏着拍子行进着,姿势活泼而优美。那个喜欢模仿团长的骠骑兵少尉落到了马车后面,他驰到多洛霍夫跟前。

骠骑兵少尉热尔科夫有一个时期在彼得堡属于多洛霍夫领导下的暴徒集团。在国外热尔科夫看见多洛霍夫是一个士兵,认为没有必要去认他。现在,当库图佐夫和这个降级的军官谈过话以后,他又怀着老友重逢的喜悦来和他打招呼。

"亲爱的老友,你怎么样?"他问道。

"我怎么样?"多洛霍夫冷淡地回答说,"就像你看见的那样。"

活泼有力的歌声,给热尔科夫说话时那潇洒快乐的声音、多洛霍夫回答时故意的冷淡,增添了一种特别的意味。

"喂,和长官处得来吗?"热尔科夫问。

"没什么,全是些好人。你是怎么混到司令部去的?"

"临时调来的,是我值班。"

他们沉思了一会儿。

"她从右手袖筒里放出一只鹰。"歌中唱道,一种刚健快乐的感觉油然而生。

"听说奥地利人打败了,是真的吗?"多洛霍夫问。

"鬼知道,全这么说。"

"我十分兴奋。"多洛霍夫简单明了地答道,和歌词的内容正相配。

"喂,找个晚上到我们那里打打牌吧。"热尔科夫说。

"是不是你们的钱太多了?"

"来吧。"

"不行,我发过誓了。在晋级以前,不喝酒,不赌钱。"

"那有什么,只要一打仗……"

"到时候再看吧。"

他们又沉默不语了。

"需要什么就来吧,司令部里总有办法……"热尔科夫说。

多洛霍夫冷冷地一笑。

"你虽然放心好了。我需要什么不会去求人,自己能办到。"

"我只是说……"

"我也只是说。"

"再见。"

"祝你健康……"

……遥望故乡,
山高路远……

热尔科夫一蹬马刺,马暴跳起来,合着歌曲的拍子越过连队去追赶马车。

三

检阅归来,库图佐夫陪同那位奥地利将军,走进自己的办公室。他叫副官把有关新到部队情况的文件和先头部队总指挥费迪南大公的信件拿来。安德烈·博尔孔斯基公爵拿着需要的文件走进来。库图佐夫和奥地利军事参议院参议员坐在一幅摊在桌上的作战地图前。

"啊……"库图佐夫打量着博尔孔斯基说,他示意副官等一下,随即用法语继续谈话。

"我只说一点,将军,"库图佐夫说,他的话不由得人不听,"如果问题是我说了算,弗朗茨陛下的旨意早就执行了。我早就和大公会师了。请相信我的真诚,对于我个人,把军队的最高统率权移交给贵国比我更有才干的人,对我是一桩可喜可庆的事。可是,我们必须服从客观情况,将军。"

库图佐夫微微一笑:"您有充分的理由不相信我,并且不论您对我是相信还是不相信,我是根本无所谓的。问题就是这样。"

奥地利将军露出不满意的神色,他只好气愤地对库图佐夫说道:"相反,陛下极为重视阁下参加我们的共同事业。但是我们认为,目前的迟缓不利于这次战争。"

库图佐夫笑着鞠了一躬。

"但是根据费迪南大公殿下最近给我的信,我坚信奥军在马克将军的指挥下,现在已经取得了决定性的胜利,再也用不着我们的帮助了。"库图佐夫说。

奥地利将军紧皱着双眉。可是库图佐夫温和地微笑着。

"把那封信拿来。"库图佐夫对安德烈公爵说,"请看看吧。"库图佐夫露出讥讽的微笑,向奥地利将军读了费迪南大公来信中的一段。

库图佐夫读完后,深深地叹了一口气,亲切地看着对方。

"但是,大人,有一句话说得好,凡事应当作最坏的设想。"奥地利将军想言归正传。

他不满意地向副官看了一眼。

"对不起,将军。"库图佐夫打断他的话,也向安德烈公爵转过脸来,"我说,亲爱的,你到科兹洛夫斯基那里把我们侦察员的报告全部拿来。这里是诺斯蒂茨伯爵的两封信,这是费迪南大公殿下的信,还有这些,"他一边说,一边递给他几件公文,"根据这些文件用法语清清楚楚拟一个备忘录,把我们所得到的奥国军队行动的全部消息写成一个简单的报告。写好后呈这位大人过目。"

安德烈公爵听过以后,向接待室走去。

尽管安德烈公爵离开俄国没有多久,但变化却很大。整天像忙于一件快乐而有趣的事情似的。他脸上流露出自满和满足的神情。他的微笑和眼神也格外光彩照人了。

安德烈公爵是在波兰赶上库图佐夫的,库图佐夫待他很不错,交给他比较重要的任务。库图佐夫在维也纳写了一封信给他的老同事——安德烈公爵的父亲。

"您的儿子,"他写道,"他勤奋、坚定、可靠,有希望成为一个出色的军官。我手下能有这样的下属使我感到兴奋。"在库图佐夫司令部的同事之间以及在军队里,也像在彼得堡上流社会里一样,安德烈公爵有两种恰恰相反的名声。有一部分人认为他会有远大的前程,但多数人却认为他冷酷自傲。

安德烈公爵从库图佐夫办公室来到接待室,和值勤副官科兹洛夫斯基聊起来。

"什么事,公爵?"科兹洛夫斯基问。

"奉命拟一份备忘录,解释我们为什么不前进。"

"为什么不前进呢?"

安德烈公爵耸了耸肩。

"有马克将军的消息吗?"科兹洛夫斯基问。

"没有。"

"倘若他被打败的事是真的,消息也该来了。"

"也许是吧。"安德烈公爵说着,朝门口走去。迎面碰上了一位新来的奥地利将军。他身材高大,穿常礼服,头上缠着黑布,脖子上挂着一枚玛丽亚·特雷西娅勋章。

"库图佐夫元帅呢?"新到的将军用生硬的德语说,向两旁打量着,径直朝办公室走去。

"元帅有事。"科兹洛夫斯基一边说,一边赶忙向陌生的将军走去,"请问将军贵姓?"

陌生的将军轻蔑地看着科兹洛夫斯基,仿佛惊讶他有眼不识泰山。

"元帅有事。"科兹洛夫斯基安静地重复说。

将军的面色沉了下来,觉得自己处境很尴尬。这时库图佐夫走了出来,正好给他解了围。

"我是不幸的马克。"他声音嘶哑地说。

库图佐夫站在办公室门口,脸上的表情有几秒钟凝然不动。然后他恭恭敬敬地低下头,闭着眼,静静地让马克先走,然后把门带上。

先前传闻奥军溃败和全军在乌尔姆城下投敌的消息已经得到证实。半小时后,命令传达下来,迄今按兵不动的俄国军队也就要迎战杀敌了。

司令部里只有极少数军官特别关注战事的进程,安德烈公爵就是其中的一个。看见马克和听了他的军队覆灭的详细经过,安德烈公爵明白,战局已经输掉了一半,俄国军队的处境十分困难。一想到骄傲的奥地利遇到可耻的失败,想到也许再过一星期会看到并且参加在苏沃洛夫以后的第一次俄法战争,他就不由得激动不已。

安德烈公爵心情激动有点烦躁不安。安德烈照例回房间给父亲写信。在走廊上遇见同屋的涅斯维茨基和滑稽家热尔科夫,他们像平时一样不知在笑什么。

"你怎么一脸的不快活?"涅斯维茨基看见安德烈公爵面色苍白,眼睛发亮,便问道。

"没什么可兴奋的。"博尔孔斯基回答说。

正当安德烈公爵与涅斯维茨基和热尔科夫相遇的时候,走廊的另一边走来一位奥地利将军施特劳赫和奥地利军事参议院议员,他们全是昨天刚到,那位奥地利将军是驻在库图佐夫司令部专管俄国军队的给养的。以走廊的宽阔,供两个将军和三个军官各走各的路是绰绰有余的;但是热尔科夫用手推开涅斯维茨基,上气不接下气地说:"来了! ……来了! ……闪开,让路! 请让路!"

两位将军走过来,他们并不想讲究麻烦的礼节。热尔科夫脸上忽然露出抑制不住的、傻乎乎的笑。

"大人,"他走上前去用德语对奥地利将军说,"向您贺喜。"

他低着头,像个学跳舞的孩子似的,一会儿并起左脚,一会儿又并起右脚。

那个奥地利军事参议院议员将军细细地打量了他一下。将军眯起眼睛,准备听他说下去。

"我荣幸地庆贺马克将军驾到,庆贺他平安无事,只不过这儿碰伤了一点。"他指了指自己的脑袋。

将军皱起眉头,转身走开了。

"真是幼稚!"他走了几步以后,愤愤地说。

涅斯维茨基哈哈大笑,搂住安德烈公爵,但是博尔孔斯基脸色更苍白了,愤怒地推开他,向热尔科夫转过身去。看见马克的样子,听见他惨败的消息以及想到俄国军队未来可能的遭遇,这使安德烈忧心忡忡。

"仁慈的阁下,"他尖叫一声,下巴颏微微颤抖着,"您愿意当一个小丑,我不愿管您,可是如果您再敢在我面前出洋相,我可要让您知道知道,应该怎样控制自己。"

涅斯维茨基和热尔科夫被这个反常的行动惊呆了,睁大两眼望着博尔孔斯基。

"怎么啦,我只不过表示祝贺。"热尔科夫说。

"请您住口!"博尔孔斯基大喝一声,拉起涅斯维茨基的手就走开了。

"你怎么啦,老弟?"涅斯维茨基安慰他说。

"什么怎么啦?"安德烈公爵很激动,"你要知道,我们不是做一名效忠皇上和祖国的军官,就是做一个对老爷们的事情漠不关心的奴才。四万人牺牲了,我们的盟军全军覆没,你们竟然拿这样的事开玩笑!"

"您也这样做,更是不应该。只有毛孩子才这样闹着玩。"安德烈公爵看见热尔科夫少尉还能听见他的话,就故意说了这么一句。

他等了等,等着少尉的回答。可是少尉转身从走廊里出去了。

四

保罗格勒骠骑兵团在离布劳瑙两英里的地方驻防。士官生尼古拉·罗斯托夫所在的骑兵连驻扎在一个名叫扎尔策涅克的德意志村庄里。骑兵连长杰尼索夫大尉住了村中最好的房子,他是以瓦西卡·杰尼索夫这个名字闻名整个骑兵师的。士官生罗斯托夫自从在波兰赶上了团队,就和连长住在一块。

十月八日,马克失败的消息震惊了整个大本营,骑兵连部仍然过着安静的行军生活。罗斯托夫一大早骑着马采办军需品回来,此时,通宵没有牌运的杰尼索夫还没有回家。穿着士官生制服的罗斯托夫催马来到门前,喊了勤务兵一声。

"喂,邦达连科,亲爱的朋友,"他对三步并作一步奔到他的马前的骠骑兵说,"遛遛马,朋友。"他说话时依旧带着友善的、愉快的柔和腔调,这是好心的年轻人在幸福的时刻都带有的。

"是，大人。"霍霍尔兴奋地摆着脑袋回答说。

另一个骠骑兵也奔到马前，可是邦达连科已经把缰绳甩过来牵到手中了。看来士官生给酒钱很大方，伺候他会捞到好处。罗斯托夫摸了摸马脖子，又摸了摸马的臀部，然后来到门廊前。

"好马！会成为一匹好马的！"他自言自语地说道，于是面带笑容，手扶马刀，锵锵地响着马刺跑上台阶。房东是德意志人，穿一件卫生衣，戴着睡帽，正在用叉子清除牛粪，他从牛棚里往外张望了一下。他一看见罗斯托夫，马上容光焕发。他兴奋地微微一笑，挤了挤眼："早上好！"看样子，他很乐意跟这个年轻人搭讪。

"已经干起活来了！"他说，高兴的面孔仍然带着喜悦的、友善的微笑。

"奥地利万岁！俄罗斯人万岁！亚历山大皇上，乌拉！"他把德意志房东常说的这几句话喊了一遍。

房东笑起来，干脆走出牛棚，摘掉帽子，举在头顶上挥动着，同时高喊："全世界万岁！"

罗斯托夫和房东一样，笑着喊道："全世界万岁！"两人真可谓情投意合。

"你们老爷怎么了？"他问杰尼索夫的仆人拉夫鲁什卡——他是全团有名的滑头。

"昨晚出去就没回来。一定是又输了。"拉夫鲁什卡回答说，"我算是摸透了。赢了钱，早就回来吹牛了。倘若早上还没回来，准是输得一个子不剩。憋着满肚子的火回来。您喝咖啡吗？"

"来一杯，来一杯吧。"

很快，拉夫鲁什卡端来了咖啡。

"来了！"他说，"现在该倒霉了。"

罗斯托夫向窗外瞥了一眼，杰尼索夫正往回走。杰尼索夫个子很小，红脸膛，眼睛又黑又亮，乌黑的须发很蓬松。敞开着骠骑兵的短斗篷，肥大的马裤下垂得打着皱褶。揉皱的骠骑兵制帽歪到脑后。他低着头，神色沉重地朝门廊走过来。

"拉夫鲁-什卡，"他生气地大声喊道，"给我脱，混蛋！"

"我不是正脱着嘛。"拉夫鲁什卡回答说。

"啊！你已经起来了。"杰尼索夫走进屋来，说。

"早起来了，"罗斯托夫说，"我已经领了干草，并且见过玛蒂尔达小姐了。"

"真的吗？老弟，昨晚我真倒霉，输了个精光！"杰尼索夫喊道。"真倒霉！真倒霉！你一走，我的手气就越来越不行了。喂，拿茶来！"

杰尼索夫皱着眉头，带着一丝苦笑，露出结实的短牙齿，用手狠抓着头发。

"鬼使神差,叫我去找这个大耗子(一个军官的外号),"用手搓着额头和脸,说道:"你想想看,他连半张牌也没有给我。"

杰尼索夫接过烟袋,紧紧地攥在手里敲打地板,弄得火星乱迸,仍旧喊道:"他见小注就让,见大注就吃。见小注就让,见大注就吃。"

他敲得火星四溅,把烟袋敲坏了,干脆扔到一边。他沉默了一会儿,突然抬起一对又黑又亮的眼睛看了看罗斯托夫,很是兴奋。

"有女人就好了。在这儿除了喝酒就闲得慌。快点打起来也好……"

"喂,谁在那儿?"他听见有人就转脸对着门口喊道。

"司务长!"拉夫鲁什卡说。

杰尼索夫眉头皱得更紧了。

"讨厌,"他一边说,一边把钱袋扔了过去,"罗斯托夫,亲爱的,数数里面还剩多少,把它放到枕头底下。"说着出去见司务长去了。

罗斯托夫倒出钱来,把新旧金币分开,开始数起来。

"啊!捷利亚宁!你好!昨晚我输了个精光。"从另一间屋传来杰尼索夫的声音。

"在谁那儿?在大耗子贝科夫那儿吗?……我知道。"另一个尖细的声音说,接着捷利亚宁中尉走了进来,他个子很小,同是那个骑兵连的军官。

罗斯托夫把钱袋扔到枕头底下,握了一下向他伸过来的湿乎乎的小手。捷利亚宁是在出征前从近卫军调来的。尽管他在团里表现很好,可是人们都讨厌他,特别是罗斯托夫,既无法克服也无法掩饰他对这个军官毫无理由的厌恶。

"怎么样,年轻的骠骑兵,我的白嘴鸦好不好?"他问。(白嘴鸦是捷利亚宁卖给罗斯托夫的刚开始调练的小马。)

中尉跟人说话时,从来不关心对方的眼睛;自己只顾东张西望。

"我看见您今天骑来着……"

"很好,是一匹好马,"罗斯托夫回答说,这匹马是七百卢布买的,而实际上连三百五十卢布也不值,"左前腿有点瘸……"

"蹄子裂了!这有什么要紧。我教给您钉什么掌。"

"是啊,请您指点指点。"罗斯托夫说。

"我当然指点,这又不是秘密。您买这匹马,将来会感激我的。"

"那么我叫人把马牵来。"罗斯托夫说,他想摆脱捷利亚宁,就出去叫人把马牵来。

杰尼索夫蹲在过道的门槛上,手里拿着烟袋,对着正向他报告的司务长。杰尼索夫向罗斯托夫挤了挤眼,用大拇指指了指捷利亚宁坐着的那间屋,做了个鬼脸,表示厌恶之情。

"唉,我讨厌这家伙。"他当着司务长的面,毫无顾忌地说。

罗斯托夫耸了耸肩,仿佛说:"我也同样,可有什么法子呢!"他吩咐后,就回捷利亚宁那里去了。

捷利亚宁坐在那里,仍旧一副懒洋洋的样子,搓弄他那双白净的小手。

"世上真有如此讨厌的家伙。"罗斯托夫一面进屋,一面想。

"怎么样,已经叫人把马牵来了吗?"捷利亚宁一边站起来一边冷漠地四下张望。

"吩咐过了。"

"咱们一块去吧。我只是来向杰尼索夫问点事。杰尼索夫,您接到命令了吗?"

"还没有。您到哪儿去?"

"我想去教年轻人如何钉马掌。"捷利亚宁说。

他们走出门廊,到马棚里去了。中尉讲了讲如何钉马掌,就回去了。

罗斯托夫回来看见桌上摆着酒瓶和灌肠。杰尼索夫坐在桌前很快地写字。他阴郁地看了一眼罗斯托夫。

"我在给她写信。"他说。

他用臂肘倚着桌子,手里拿着笔,很兴奋有机会立刻把他想写的话全说出来,于是,他对罗斯托夫讲起他写的信。

"你可知道,朋友,"他说,"不恋爱,就等于睡大觉。我们是凡夫俗子……但是我们一旦恋爱,就变成神人了。……又是什么人来了?滚他的蛋。我没工夫!"他冲着向他走来的拉夫鲁什卡喊道。

"还能是谁?是您亲自吩咐的。司务长领款来了。"

杰尼索夫皱起眉头,想大声嚷嚷几句,可是憋住了。

"真糟糕,"他自言自语说,"钱包里还有多少钱?"他问罗斯托夫。

"七枚新币,三枚旧币。"

"唉,糟糕!你怎么像死人一样,去叫司务长!"杰尼索夫喝令拉夫鲁什卡。

"杰尼索夫,不必客气推让,把我的钱拿去吧,我有。"罗斯托夫红着脸说。

"我讨厌向自己人借钱,不喜欢。"杰尼索夫嘟囔着。

"你倘若不肯用我的钱,那就是看不起朋友了。真的。我有。"罗斯托夫又说了一遍。

"不,不。"

杰尼索夫走到床前，想从枕头底下拿钱包。

"你放在哪儿的，罗斯托夫？"

"在最下面的枕头底下。"

"可是，没有啊。"

杰尼索夫把两个枕头扔到地板上，没找到钱包。

"真是怪事！"

"等一下，你没有弄掉吧？"罗斯托夫一边说，一边把枕头一个个拿起来抖搂。

他掀起被褥抖了抖。仍旧没有发现钱包。

"会不会是我忘了？不会啊，我心里还想，你当宝贝似的枕在头底下，"罗斯托夫说，"我是把钱包放在这儿的。跑到哪儿去了？"他转脸对拉夫鲁什卡说。

"我没进来过。放在哪儿，还应该在哪儿。"

"但是，没有啊。"

"您总是这样，往哪儿一扔，就忘了。您看看您的口袋。"

"不会，倘若我心里没有想它是宝贝，那也许会忘，"罗斯托夫说，"我很清楚地记得是放好了的。"

拉夫鲁什卡把整个床都翻腾了一遍，看了看床底下，桌子底下，找遍了整个屋子。杰尼索夫一言不发，注视着拉夫鲁什卡的一举一动，当拉夫鲁什卡吃惊地摊开两手，说是到处都没找到的时候，他回头看了看罗斯托夫。

"罗斯托夫，你是不是耍小孩子的把戏……"

罗斯托夫感到杰尼索夫的目光集中到了他身上，他抬起眼睛，随即垂了下来。血液全部涌到脸上和眼睛里。他喘不过气来。

"屋子里除了中尉和您本人，没有人来过。一定在屋里某个地方。"拉夫鲁什卡说。

"住嘴，鬼东西，快给我找去，"杰尼索夫一下子涨红了脸，摆出一副吓人的样子，向仆人扑过去喊道，"非找到不可，否则揍人。一个个地揍一遍。"

罗斯托夫躲开杰尼索夫的视线，扣起上衣，佩上马刀，戴上军帽。

"我对你说，不找到钱包不行，"杰尼索夫喊着，抓住勤务兵的肩膀摇晃着，把他往墙上撞。

"杰尼索夫，放开他；我知道是谁拿的。"罗斯托夫一边说，一边低头朝门口走去。

杰尼索夫停下来，沉思了一下，他明白了罗斯托夫的意思，于是抓住他的手。

"胡说！"他喊道，"我说，你发疯了，我不准这样。钱包在这儿，我剥掉这个混蛋的皮,就会在这儿找到了。"

"我知道是谁干的。"罗斯托夫声音颤抖地又说了一遍,朝门口走去。

"我告诉你,不能这么做!"杰尼索夫喊道,向士官生扑过去,想拦住他。

可是罗斯托夫把手挣脱出来,凶狠地直盯着杰尼索夫的眼睛,怒火中烧,仿佛杰尼索夫是他最大的敌人。

"你知道你说的是什么话吗?"他的声音发抖,"除了我,这屋里谁都没来过。倘若不是他,那么就是说……"

他说不下去了,从屋里跑出去。

"嘿,随你的便吧。"罗斯托夫听见了这么一句。

罗斯托夫来到捷利亚宁的住处。

"老爷不在家,到司令部去了。"捷利亚宁的勤务兵对他说。"出什么事了吗?"勤务兵又加了一句,士官生难看的面色使他吃惊。

"没什么。"

"您早来一步就好了。"勤务兵说。

司令部离扎尔策涅克村三俄里。罗斯托夫没有回家,要了一匹马,骑上到司令部去了。司令部驻扎的那个村子有一家酒馆。军官们经常光顾。罗斯托夫来到这家酒馆,看见门廊边拴着捷利亚宁的马。

中尉坐在酒馆的第二间屋里,面前放着一盘小灌肠和一瓶酒。

"啊,您也来了,年轻人。"他微笑着说。

"嗯。"罗斯托夫说,他费了好大劲才说出这个字,在邻近的桌旁坐下。

两人全不说话,屋里坐着两个德意志和一个俄国军官。大家都不说话,只听见餐刀碰击盘子的声音和中尉吃饭的声音。捷利亚宁吃完了早饭,从口袋掏出一个对折的钱包,用又白又小的手指拉开钱包的环儿,拿出一枚金币,扬起眉毛,把钱交给侍者。

"劳驾,快点。"他说。

金币是新的。罗斯托夫站起来走到捷利亚宁面前。

"让我看看钱包。"他说,声音极低。

捷利亚宁眼珠子骨碌碌地乱转,总是扬着眉毛,把钱包交了出来。

"是的,是个好钱包……是的……是的……"他说,面色突然苍白了。"瞧瞧吧,年轻人。"他又说。

罗斯托夫接过钱包,瞧了瞧里面的钱,又瞧了瞧捷利亚宁。中尉照他的老习惯东张西望,突然间,他变得似乎非常快活似的。

"倘若到维也纳,我一定把钱用光,如今在这种差劲的小城镇上,有钱也没处用。"他说,"好了,给我吧,年轻人,我要走了。"

罗斯托夫沉默着。

"您怎么样?也要吃早饭吗?饭菜挺好的。"捷利亚宁继续说,"给我吧。"

他伸手抓住钱包。罗斯托夫松开了手。捷利亚宁拿过钱包揣进马裤兜里,不在意地挑起眉毛,微微张着嘴巴,仿佛在说:"是的,是的,我把自己的钱包揣到兜里,这是很平常的事,跟谁都不相干。"

"怎么啦,年轻人?"他叹了口气,说道,看了看罗斯托夫的眼睛。一道目光从捷利亚宁眼睛里闪电般地向罗斯托夫的眼睛投来,从罗斯托夫的眼里又折回去,再折回来,又折回去,这一切全都发生在一瞬间。

"到这边来。"罗斯托夫一面抓住捷利亚宁的手,一面说。他几乎拖着他走到窗口。"这是杰尼索夫的钱,是您拿了……"他低声说。

"什么?……什么?……您开玩笑?什么?……"捷利亚宁说。

但是他说话的声音,像绝望的嚎叫,乞求饶恕似的。这下罗斯托夫心中的疑团像一块石头落了地。他感到一阵轻快,就在这一瞬间,他又觉得站在他面前的这个倒霉的家伙怪可怜的,可事情既然开了头,就得做到底。

"您的想法真是奇怪,"捷利亚宁咕哝说,拿起军帽向另一间不大的空房走去,"需要解释一下……"

"这个我认得,我能证明。"罗斯托夫说。

"我……"

捷利亚宁脸色苍白,眼睛还是乱转,可已不敢抬起头来看罗斯托夫的脸,只顾断断续续地哭起来。

"伯爵!……不要把一个年轻人给毁了……这些该死的钱,您拿去吧……"他把钱扔到桌上,"我有老父老母!……"

罗斯托夫不管捷利亚宁的目光,拿起钱,一言不发,就走出屋去。可是他在门口停住了,又转回来。

他眼里含着泪水,说道:"您怎么可以干出这等事?"

"伯爵……"捷利亚宁向士官生走过来,说道。

"不要靠近我,"罗斯托夫向一边闪开,说道:"您要用钱,就把这拿去吧。"他把钱包扔给他,就从酒馆里跑了出来。

五

就在当天晚上,骑兵连的军官们在杰尼索夫屋里进行了一场热烈的谈话。

"听我说,罗斯托夫,您应该向团长道歉。"一个骑兵上尉,对激动得面红耳赤的罗斯托夫说。

这个骑兵上尉基尔斯坚曾经两次因决斗而降为士兵,而两次都复了原职。

"不管谁说我骗人,我都不答应!"罗斯托夫大声喊道,"他说我撒谎,我也说他撒谎。事情就是这样。可以天天派我值班,也可以抓起我来,但是谁也不能强迫我道歉,如果他认为自己是团长,就不屑于跟我决斗,那么……"

"您等一下,老弟。您听我说,"骑兵上尉插嘴说,一边心平气和地捋他那两撇长胡子,"您当着别的军官的面说有一个军官偷窃……"

"当着其他的军官的面谈起这件事,我并没有错。我就是因为骑兵队里用不着这么多的讲究才来当骑兵的,可是他说我撒谎……那他就得赔偿我名誉……"

"您说的都不错,谁不会认为您是胆小鬼,可是这解决不了问题。您问问杰尼索夫,士官生要求团长赔偿他名誉,这像话吗?"

杰尼索夫咬着胡子,神色忧郁地听着,他不想参与这场谈话。他对骑兵上尉提出的问题摇了摇头。

"您在军官们面前对团长说这种下流勾当,"骑兵上尉接着说,"波格丹内奇(团长的名字)制止了您。"

"不是制止,而是说我撒谎。"

"是的,您对他说了些蠢话,应当说对不起。"

"根本不可能!"罗斯托夫喊道。

"没想到您会这样,"骑兵上尉认真地板起面孔说,"您不想道歉,可是,老弟啊,您对不起团长,并且也对不起我们大家。本来嘛,您事先应该好好想想,跟旁人商量一下,看看这件事该怎么办,可是您不管三七二十一当着军官们的面全给抖搂出来了。现在叫团长怎么办呢?把那个军官交出去受审,使全团蒙受耻辱吗?为了一个坏蛋而让全团丢脸吗?依您看,这是可以的?照我们看,不能这样。波格丹内奇做得漂亮:他说您说的不是实话。话尽管难听,可这有什么办法呢?老弟?他是为了全团的利益。"骑兵上尉的声音开始打战,"老弟,您在团里待不了几天;今天在团里,明天就被调去当副官。你不在乎人家说:'保罗格勒团的军官中有个小偷!'对我们来说但是件大事。是不是这样,杰尼索夫?"

杰尼索夫一直一声不响，也不动弹，只顾看着罗斯托夫。

"您为了顾全个人的面子，不肯道歉，"骑兵上尉继续说，"但是我们这帮老人，都是在团队里长大的，死也死在团队里，团队的荣誉对我们十分宝贵，波格丹内奇也是知道这一点的。您这样做不好。"

骑兵上尉站起来，背过脸去不看罗斯托夫。

"说得对，对极了！"杰尼索夫跳起来说，"怎么样，罗斯托夫，说话啊！"

罗斯托夫脸红一阵，白一阵，他看看这个，又看看那个。

罗斯托夫眼里含着眼泪说："我错了，完全错了！您还要怎么样呢？……"

"这就对了，伯爵！"骑兵上尉转过身来喊道，拍了拍他的肩膀。

"我跟你说了吧，"杰尼索夫大声说，"他是个好人。"

"这样就对了，伯爵，"骑兵上尉又说了一遍，"您去道一下歉，阁下。"

"诸位，一切我都办得到，以后，我不会再提这事了，"罗斯托夫用恳求的声音说，"可是我不能道歉。"

杰尼索夫大笑起来。

"这对您更不好。波格丹内奇爱记仇，您这样固执会受到报复的。"基尔斯坚说。

"老实说，不是固执！我对您说不清这是一种什么感情，说不清楚……"

"那就随您的便吧。"骑兵上尉说。"那个坏东西藏到哪儿去了？"他问杰尼索夫。

"他说他病了，明天就下令开除他。"杰尼索夫说。

"只能说因病，不能用其他的解释。"骑兵上尉说。

"不论是病不是病，不要叫他碰见我——我会杀死他的！"杰尼索夫大声说。

热尔科夫走进屋来。

"你怎么啦？"大家齐声问道。

"进军，诸位。马克被俘，全军投降了。"

"胡说！"

"我亲眼看见他的。"

"怎么？你看见马克还活着？有胳膊有腿儿的？"

"进军！进军！他带来这个消息，该请他喝一瓶酒。你怎么到这儿来了？"

"又被派到团里来了，全是因为马克那个老鬼。奥地利将军告了我一状。我向他庆贺马克驾到……罗斯托夫，你怎么啦？"

"我们这儿从昨天以来就一团糟，老弟。"

团部的参谋来了,热尔科夫的消息得到证实。命令明天出发。

"要进军啦,诸位!"

"谢天谢地,可待烦了。"

六

库图佐夫向维也纳方向撤退,一路破坏身后的桥梁。十月二十三日,俄军抢渡恩斯河。当天中午,俄军的辎重队、炮队和士兵纵队分两路从桥上通过恩斯城。

正当温暖湿润的秋天。掩护桥梁的俄军炮垒所在的高地前面一片开阔的景致,时而被斜风细雨的薄纱帷幕掩盖着,时而展现开来,阳光下的景物似乎抹了一层漆,离得很远也看得清清楚楚。脚下小城里白层红顶、教堂和桥——桥两边潮水般涌过的俄国军队,都尽收眼底。还能看见多瑙河湾的船只和小岛,为恩斯河和多瑙河的汇流所包围的一座花园城堡,多瑙河左岸松林覆盖的陡崖峭壁和那神秘远方的翠绿的峰峦和蔚蓝的峡谷。还能看见高耸在似乎从未采伐过的野生松林后面的修道院塔楼,还有恩斯河对岸远山上敌人的侦察骑兵。

在高地的群炮中,一个指挥后卫部队的将军带着一名侍从军官站在前头用望远镜观察地形。稍后一点,由总司令派到后卫队来的涅斯维茨基坐在炮架后面。跟随涅斯维茨基的哥萨克兵把行囊和水壶递过来,于是涅斯维茨基请军官们吃油炸包子和真正的茴香甜酒。军官们兴高采烈地围着他,有的跪在潮湿的草地上,有的盘腿坐着。

"这位奥地利公爵真不赖,在这儿修一座城堡。好地方。你们怎么不吃,诸位?"涅斯维茨基说。

"多谢,公爵。"一位军官回答说,跟这么一个重要的参谋人员谈话,他觉得骄傲,"真是漂亮的地方。我们从花园旁边经过时,看见两只鹿,房子漂亮极了!"

"您瞧,公爵,"另外一位军官说,他很想再吃一个包子,但是不好意思,于是装作观察地形,"您瞧,我们的步兵已经到了那儿。就在那儿,在村后的草地上,三个人在拖什么东西。他们要去侦察这座城堡。"他带着明显的赞同的神情说。

"对了,对了,"涅斯维茨基说,"不过,我也很想,"他一面嚼包子,一面又说,"上那儿去一趟。"

他指了指那边山上带塔楼的修道院,微微地一笑,眼睛眯成一条缝,放出光来。

"那才叫神气呢,诸位!"

军官们大笑起来。

"吓唬吓唬那些修女也好。据说有年轻的意大利姑娘呢。真的,我愿意少活五年!"

"反正她们也够寂寞的。"一个胆子比较大的军官笑着说。

其间,站在前面的侍从军官指给将军看一件东西,将军拿起望远镜观察。

"对,对,"将军气愤地说,拿开望远镜,耸了耸肩,"完全正确,敌人要炮击渡口了。他们还在那儿磨蹭什么?"

河对岸,用肉眼可以看见敌人和他们的炮垒,炮垒冒出素白色的烟雾,跟着远方传来爆炸声,能看见我军正忙着过河。

涅斯维茨基喘着粗气,站起来,满脸含笑地走到将军面前。

"大人,请吃一点,好吗?"他说。

"事情不妙,"将军没有理他的话,说道,"咱们的人动作太慢了。"

"我去一趟行不行,大人?"涅斯维茨基说。

"好,请您去一趟,"将军说,"告诉骠骑兵,按照我的命令,最后过来的把桥烧掉,而且再检查一下桥上的引火物。"

"好极了。"涅斯维茨基答道。

他叫哥萨克兵牵过马来,吩咐收起行囊和水壶,轻轻地把他那肥重的身体翻到鞍镫上。

"我真的要找修女去了。"他对微微含笑望着他的军官们说,于是沿着羊肠小道向山下急驰而去。

"喂,上尉,打一炮,看看能射多远!"将军转身对一个炮手说,"给大家解解闷儿。"

"炮手们就位!"一个军官发出口令,一会儿的工夫,炮手们都高高兴兴地从篝火旁跑去装炮弹。

"一号,放!"一声令下。

一号炮手赶快跑开。大炮发出震耳的响声,榴弹从山下我军的头上呼啸而过,着地后冒起一股白烟,爆炸了,炮弹离敌人还很远。

一听见炮响,士兵和军官都喜笑颜开了;大家一起站起来观看山下我军的行动和前方渐渐逼近的敌军的行动。这时,太阳完全从乌云里露出来,这一声悦耳的炮响,加上那灿烂的阳光,给人一种振奋的、快乐的感觉。

<h1 style="text-align:center">七</h1>

桥的上空已经飞过两颗敌人的炮弹,桥上挤得水泄不通。涅斯维茨基走到桥

中间下了马,他那肥胖的身躯紧贴着栏杆,站着不动。他笑着回头看了看身后几步远处牵着两匹马停住的哥萨克兵。涅斯维茨基刚想向前移动,士兵和大车又向他涌来,又把他挤到栏杆上,他没有办法,只是苦笑。

"你这人真是,老弟!"哥萨克兵对一个赶车的辎重兵说,这个士兵从车马旁成群的步兵中硬挤过去,"你这家伙!你能不能等一等:你没看见将军想过桥吗?"

但是,那个辎重兵并不理会,依旧大声吆喝那些挡住去路的士兵。

"喂!老乡!靠左走,等一下!"

但是,老乡们肩膀挨着肩膀,刺刀碰着刺刀,黑压压的一片。大家从桥上川流不息地走过。涅斯维茨基凭栏往下望了望,只见恩斯河浪头不高,然而水流湍急,波涛流至桥桩附近,汇集起来,泛起粼粼的波纹,随后绕过去,奔腾前进。他望了望桥上,看见是同样清一色的士兵波涛——士兵,带饰、带布罩的高筒军帽,背囊,刺刀,长枪,还有军帽下宽颧骨、凹腮帮、没精打采的面孔,以及踏着泥泞行走的脚。有时,有如恩斯河浪涛中溅起一点白沫,在士兵的波涛中夹带着一个披斗篷、面孔和士兵不同的军官。有时,似乎河中一块打旋的木片,桥上走过被士兵的波涛卷起的一个步行的骠骑兵、勤务兵或者居民。有时,宛如漂在河上的大木头,从桥上漂过一辆由众人簇拥着的连队的或者军官的大车,车上装得满满的,盖着皮子。

"你瞧,像堤坝决了口似的,"哥萨克兵无可奈何地站在那儿说,"人还多吗?"

"差一个一百万!"一个身穿破大衣、从近旁走过的士兵挤了挤眼,立刻就不见了。

"倘若他(他指的是敌人)这时候往桥上送煎饼,"一个老兵对他的同伴心情沉重地说,"那你就想不起抓痒了。"

这个老兵也过去了。后面紧跟着一个坐在大车上的士兵。

"他妈的,包脚布塞到哪儿去了?"一个勤务兵一面跟着车跑,一面摸索着大车的后部。

这个兵也随着大车过去了。

在这后面,是几个兴高采烈的、喝了酒的士兵。

"只见他,我的好人儿,抢起枪托对准牙齿就是一下……"一个把大衣披得高高的士兵大摇大摆着一只胳膊,兴奋地说。

"对了,对了,就是那好吃的火腿。"另一个士兵哈哈大笑回答说。

他们也过去了,涅斯维茨基没有听出到底打了谁的牙齿,火腿又是指的什么。

"看他们慌张的!敌人才放了一炮,就以为都要完蛋了。"一个军士带着气愤的神情说。

"那家伙！大叔，我是说炮弹，一从我身旁飞过去，"一个大嘴巴的年轻士兵忍不住要笑，"差点把我吓昏了。说真的，吓死了，真了不得！"

这个士兵也过去了。后面跟着一辆大车，这辆大车与众不同。这是德式双套大车，车上载的好像是全部的家私。一个德意志男人在前头引着牲口，车后拴着一头大花牛。羽毛褥子上坐着一个怀抱婴儿的老妇和一个年轻结实、面颊红润的德意志少女。看来，这辆难民车的通行是得到特别的许可的。士兵的眼睛都转到妇女们身上，当大车一步步走过时，这成了士兵们的话题。所有的面孔几乎全部流露出对妇女含有猥亵念头的笑容。

"瞧，德国灌肠(这是德意志人的外号)也逃难了！"

"把女人卖给我吧。"另一个士兵对德意志人说，把"卖"字说得特别重，那个德意志人又气又怕，大踏步地走开。

"瞧打扮得真漂亮！鬼东西！"

"在她家扎营该多好，费多托夫！"

"我是见识过的，老弟！"

"你们到哪儿去？"一个吃着苹果的步兵军官问道，他也似笑非笑地望着那个漂亮的姑娘。

德意志人闭了闭眼，表示他没听懂。

"你要不要，要就给你一个。"军官一面说，一面递给姑娘一个苹果。

姑娘笑了笑，接过了苹果。涅斯维茨基像其他人一样，也目不转睛地望着她们。她们过去后，走过来的又是同样的士兵，谈着同样的话，后来，大家全停住了。正像常有的情形，桥头某连辎重车的马不肯走了，一大群人只好等着。

"干吗都停着不动？毫无秩序！"士兵们说。"你往哪儿挤？见鬼！不能等一等吗？他倘若轰桥，就更糟了。快看，把那个军官挤的。"站着的人你看看我，我看看你，同时不忘说话，只顾一个劲地往桥头上挤。

涅斯维茨基正往桥下看恩斯河的流水，突然听见一种异样的声音，似乎有个东西在迅速移近……这东西很大，扑通一声落入水里。

"好家伙，射到哪儿去了！"站在近旁的士兵回头望了望扑通落水的地方，胆战心惊地说道。

"他是来给咱们加油的，让咱们快点过桥。"另一个心神不安地说。

人群又移动了。涅斯维茨基知道了这是炮弹。

"喂，哥萨克，把马牵来！"他说，"唉，弟兄们，闪开！闪开点！让路啊！"

他费了好大的劲才挤到马跟前。他边喊边往前走。士兵们向一旁挤了挤，给他让出路来,可是很快又向他挤过来,甚至踩着他的脚,这不能怪离得最近的人,因为后面的人挤得更厉害。

"涅斯维茨基!涅斯维茨基!你这个鬼东西!"身后传来一个沙哑的声音。

涅斯维茨基回头望了望,隔着移动着的步兵,他看见了面孔通红、头发又黑又乱、军帽歪到脑后、剽悍地斜披着披肩的瓦西卡·杰尼索夫。

"命令这些魔鬼,叫他们让开路。"杰尼索夫喊道,看样子他那火暴性子又上来了。他挥舞着军刀。

"唉!瓦夏!"涅斯维茨基兴奋地回答,"你怎么啦?"

"骑兵连过不去。"瓦西卡·杰尼索夫恶狠狠地露出雪白的牙齿,用马刺刺着他那匹乌黑的贝都印骏马,大声喊叫着。那匹马痛得直哆嗦,嘶叫着。

"这是怎么回事?真像一群羊!走开……让路!……站住!那辆大车,他妈的!我要砍了!"他一面喊,一面真的抽出马刀,挥舞起来。

士兵们恐惧地互相挤了挤,于是杰尼索夫向涅斯维茨基走过去。

"你今天怎么没喝酒!"杰尼索夫走到跟前时,涅斯维茨基问他。

"没有工夫!"瓦西卡·杰尼索夫回答说,"团队整天东拉西扯。要打就快打。鬼晓得这是怎么回事!"

"你今天打扮得真漂亮!"涅斯维茨基打量着他的新披肩和新鞍垫,说道。

杰尼索夫笑了笑,掏出一块喷香的手绢,向涅斯维茨基的鼻子伸过去。

"那可不行,去打仗嘛!我刮了脸,刷了牙,洒了香水。"

身边带有哥萨克卫兵的涅斯维茨基那副威风凛凛的姿态,再加上挥舞着马刀、拼命叫喊的杰尼索夫那副坚决的神情,发生了作用,他们挤到桥头,把步兵挡住了。涅斯维茨基在桥头找到了那个应该接受命令的团长,完成了任务,就回去了。

腾清了道路,杰尼索夫就停在桥头。他一面漫不经心地勒住马,一面望着迎面走来的连队。桥板发出清脆的马蹄声,仿佛有几匹马在驰骋似的。连队四人一排,由军官们带领着,川流不息地从桥上走过,排头已经开始走出对面的桥头。

过了桥的士兵挤在桥头,不同兵种的士兵互相瞧不起,观看从他们身旁整整齐齐走过的服装整洁讲究的骠骑兵。

"小伙子穿得倒漂亮!就等着逛波德诺文斯克庙会!"

"他们没什么用!只能拿来摆样子!"另一个人说。

"步兵,不要扬土!"一个骠骑兵开玩笑说,他骑的那匹马一翻蹄子,溅了那个步兵一身泥浆。

"叫你背着背囊行两次军,准得把你那细带子磨破,"那个步兵一边擦脸上的泥,一边说,"那你就没人样了,只像只鸟落在马背上!"

"济金,倘若把你放在马背上,你就神气了。"这是一个上等兵在嘲笑一个瘦小的背着沉重行囊的士兵。

"在裤裆里夹根小棍,那就是你的马了。"一个骠骑兵接过来说。

八

其余的士兵挤在桥头,成漏斗形匆匆过桥。大车终于过完了,拥挤的情形减轻了些,最后一批人也已经走到桥上。只有杰尼索夫骑兵连留一部分人在桥那边阻击敌人。前面是一处荒原,那儿偶尔有小股侦察兵在运动。突然,对面山坡路上出现了穿青色外套的军队和炮兵。这是法国人。哥萨克侦察兵飞马下山。杰尼索夫骑兵连的人,尽管尽力谈些无关的话,眼睛向一旁张望,而心里却一直在寻思那边山上的情况,不断地看着地平线那边出现的黑点,他们认出那就是敌人。午后天又放晴了,灿烂的阳光普照着多瑙河和四周黑色的群山。四外静悄悄的,山那边偶尔传来敌人的号角声和呐喊声。在骑兵连和敌人之间,除了零星的侦察兵之外,已经没有别的人了。双方的距离大约是三百来俄丈的空地。敌人停止了射击,而这使人更清楚地感觉到了两军对垒的界线。

"只要向这条生与死的分界线迈出一步,就意味着苦痛和死亡。那边是什么?谁在那边?谁也不知道,可是都很想知道。"

敌方山头上冒起一股浓烟,一颗炮弹呼啸着从骑兵连头上飞过。聚成一堆的军官散开了各就各位。骠骑兵尽力把马排齐。骑兵连鸦雀无声。大家望望正前方的敌人,望望连长,静候命令。接着飞来第二颗、第三颗炮弹。很明显是向骠骑兵射击的。骠骑兵目不斜视,但是每当传来炮弹飞过的声音,全连人都屏住呼吸。当炮弹飞过时,全在鞍镫上欠欠身子,随后再坐下来。士兵们头也不回,只斜起眼睛,好奇地看看同伴的反应。从杰尼索夫到号兵,每个人的脸上,都表现出一种内心斗争、急躁和激动的神情。司务长面色阴沉地打量着士兵。士官生米罗诺夫每次听见炮弹飞过都弯下身子。罗斯托夫站在左边,骑着他那匹腿有点毛病的骏马"白嘴鸦",露出幸福的神情,就像一个被叫到众人面前应试的小学生,相信自己肯定能拿优等成绩似的。他目光炯炯地环顾众人,似乎是让大家注意他在炮火下是多么镇静。可是毕竟有些紧张。

"谁在那儿哈腰鞠躬?士官生米罗诺夫!那样不行!您看我!"杰尼索夫喊道,他在一个地方待不住,骑着马在连队前转来转去。

翘鼻子、黑须发的瓦西卡·杰尼索夫那副面孔，以及他那短小结实的身量，握着出鞘的刀柄的青筋暴露的手指跟平时没有什么两样，特别是跟他晚上喝了两瓶酒以后的神情一样。不过脸比平时更红了，他像一只喝水的小鸟，高高地昂起头，两条腿死劲地把马刺对着那匹贝都印骏马的两肋刺下去，驰到连队的另一翼，嗓子嘶哑地叫大家察看一下手枪。他纵马来到基尔斯坚跟前。这个上尉向前跨了一大步迎着杰尼索夫。

"怎么样？"他对杰尼索夫说，"这场仗打不起来。你看吧，咱们准得后撤。"

"鬼知道他们打的什么算盘！"杰尼索夫抱怨道。"啊！罗斯托夫！"他看见士官生很兴奋，便对他喊了一声，"这回你可等到了。"

他赞许地对士官生微微一笑。罗斯托夫觉得他幸福极了。这时团长来了，杰尼索夫向他驰去。

"大人！请下进攻令！我把他们打回去。"

"进什么攻，"团长用干巴巴的声调说，似乎要赶走讨厌的苍蝇似的皱起眉头，"您为什么站在这儿不动？没有看见左右两翼都在撤退吗？把骑兵连带回去。"

骑兵连过了桥，退出了大炮射程，没损失一个人。接着，本来展开散兵线的第二骑兵连也过了桥，最后几个哥萨克兵也从那边撤回来了。

保罗格勒团的两个骑兵连过桥以后，先后向山上撤退。团长卡尔·波格丹内奇·舒伯特骑着马向杰尼索夫的骑兵连走去，他在离罗斯托夫不远的地方慢慢行进，可是并不注意他。尽管为捷利亚宁的事发生冲突以后，这是他们首次见面。罗斯托夫感到他现在的顶头上司正是他觉得对不住的这个人，他目不转睛地盯着团长大力士般的背脊、生着淡黄头发的后脑和通红的脖颈。罗斯托夫有时觉得波格丹内奇只是装出不在意的样子，其实他这时的全部目的是在考验士官生的勇敢，于是他挺直腰杆，毫无惧色地东张西望。他有时觉得，波格丹内奇有意走得很近，向罗斯托夫表现他的勇敢。有时他想，他的仇人为了惩罚他罗斯托夫，故意派骑兵连冒死去冲锋陷阵。有时他又想，在冲锋陷阵后，他会走到他面前，向受伤的他宽宏大量地伸出和解的手。

这时热尔科夫向团长驰来。热尔科夫离开团队没有多久。他被赶出司令部后，没有在团队待下去，他说他不傻，在前线净干些苦差事，在司令部不干事却能得到更多的报酬，于是他设法在巴格拉季翁手下谋得一个传令官的差事。他带着后卫司令官的命令来见他以前的长官。

"团长，"他阴郁而严肃地说，一边张望着过去的伙伴，"命令停下来，把桥烧掉。"

"给谁的命令?"团长不快活地问。

"我也不知道是给谁的命令,团长,"这个骑兵少尉严厉地回答,"不过公爵命令我:'去告诉团长,叫骠骑兵快点撤退,而且把桥烧掉。'"

热尔科夫之后,一个侍从武官带来了同样的命令。在侍从武官之后,涅斯维茨基骑着一匹哥萨克马驰来,那匹马驮着肥胖的涅斯维茨基吃力地飞奔着。

"怎么回事,团长,"马还在跑着他就喊起来,"我跟您说过要把桥烧掉,不知是谁弄错了,他们在那边都急疯了,真是莫名其妙。"

团长沉着地止住了团队,向涅斯维茨基转过身来。

"您跟我说过引火物的事,"他说,"但是您并没有跟我说过放火烧桥的事。"

"怎么可能呢,我的老爷子,"涅斯维茨基勒住马,脱下军帽,用胖胖的手抚弄着被汗水打湿的头发,说道,"既然放下了引火物,怎么可能没有说烧桥呢?"

"我不是您的'老爷子',校官先生,您没说要我烧桥!我懂得公事,我必须严格执行命令。您说过把桥烧掉,但是由谁来烧,您却没说过……"

"咳,总是这样。"涅斯维茨基把手一挥,说道。"你怎么在这儿?"他向热尔科夫转过脸来。

"也是为了这件事。你浑身湿透了,让我来给你拧干吧。"

"您说过,校官先生……"团长用气愤的腔调接着说。

"团长,"侍从武官插进来说,"快点行动吧,要不敌人就要推进大炮向我们射击了。"

团长沉默地看看侍从武官,看看肥胖的校官,看看热尔科夫,脸沉了下来。

"我一定烧桥。"他用庄重的声调说,强调他会尽职尽责的。

团长用他那筋肉发达的长腿把马一拍跑到前面,命令第二骑兵连——就是罗斯托夫在杰尼索夫手下服务的那一连,转回桥上去。

"果真如此,"罗斯托夫想道,"他想考验我!"他的心紧缩了,血涌到脸上。"让他看看我并不是胆小鬼。"他想道。

骑兵连全体官兵又一下子紧张了起来。罗斯托夫一直用眼睛盯着团长,想从他的表情证实他的猜度。团长连一眼也没有看他,跟往常在前线上一样,目光严厉而庄重。命令发出了。

"快!快!"他附近同时传来几个声音。

骠骑兵匆忙下马,弄得马刀绊住了缰绳,马刺叮当乱响,连他们自己也不知道要干什么。罗斯托夫不再观察团长了。因为他很怕落在骠骑兵后面。杰尼索夫向后仰着身子,喊叫着从他身旁驰过。

“担架！”后面传来喊声。

罗斯托夫没有多想，他飞跑着，努力跑到所有人的前面。可是到了桥头，他没有留意脚下，一下踏进又烂又粘的泥里，绊倒了。别人赶过了他。

“靠西边走，上尉。”他听见团长的声音，团长脸上露出洋洋得意和兴奋的神情。

罗斯托夫擦了擦沾满污泥的两手，望着自己的仇人，想要继续往前跑，以为向前跑得越远越好。但是波格丹内奇喝住了他。

“谁在桥中间乱跑？靠右边！士官生，回来！”他怒冲冲地喊道，随后向杰尼索夫转过身来，这时杰尼索夫为了显示自己的勇敢，正骑着马在桥上跑。

“干吗要去冒险，上尉！你下来好不好。”团长说。

“别担心，枪子儿长眼睛的。”瓦西卡·杰尼索夫在马背上转过身来回答说。

这时，涅斯维茨基、热尔科夫和侍从武官一块站在射程以外，望着远处的炮队。

“他们能不能把桥烧掉？谁将抢先？是他们先跑到把桥烧掉，还是法国人先跑到射程以内把他们全部消灭？”每个人都担心这个问题。他们在夕阳辉映下遥望着大桥和骠骑兵，遥望着桥对岸，望着逐渐向前推进的带着刺刀和大炮的穿青色上衣的人影。

“哎呀！骠骑兵要吃苦头了！”涅斯维茨基说，“现在离霰弹射程不远了。”

“他何必带这么多的人去。”侍从武官说。

“可不是，”涅斯维茨基说，“只要派两个麻利的小伙子，照样办得了。”

“咳，大人，”热尔科夫目不转睛地盯着骠骑兵，插嘴说。他那一派天真的神情，使人无法断定他是不是说正经话。“咳，大人！您是怎么想的！派两个人，那谁给咱们弗拉基米尔勋章？这样尽管吃亏，但是可以替骑兵连请赏，他本人也可以得到勋章。我们的波格丹内奇是懂得怎样办事的。”

“瞧，”侍从武官说，“那是霰弹炮！”

他指给大家看那卸了前车正在迅速移开的大炮。

在法国人那边，在拥着大炮的人群里，冒起一股硝烟，几乎是同时，又冒出第二股，第三股，就在传来第一声射击的时刻，又冒出第四股。接着两声炮响，然后是第三声。

“噢，噢哟！”涅斯维茨基抓住侍从武官的手，仿佛一阵剧痛使他大叫一声，“您瞧，倒下一个，倒下了，倒下了！”

“是两个吧？”

“我倘若沙皇，永远不打仗。”涅斯维茨基转过身去说。

法国人又赶快装上大炮。穿青色外套的步兵跑步向桥上移动。又在不同的间歇冒出几股硝烟，霰弹在桥上发出噼里啪啦的声音。但是这一次涅斯维茨基看不见桥上发生的事情。桥上腾起一团浓烟。骠骑兵已经烧着了桥。

在骠骑兵回到饲养员那儿之前，法国人一共发射三颗霰弹。有两发没有命中，可是最后一发落到一堆骠骑兵中间，打倒了三个人。

罗斯托夫只顾想他对波格丹内奇的态度，站在桥上不知该做什么。没有人可供他砍杀，他也不能帮助旁人烧桥，因为他没有稻草辫子。他正在东张西望，突然间，桥上发出一阵声响，离他最近的一个骠骑兵哎哟一声倒在桥栏杆上。罗斯托夫和另外几个人一齐向他跑过来。又有人喊叫："担架！"四个人搀起那个骠骑兵就要抬他。

"噢-噢-噢！……松开我，看在上帝的分上。"受伤的人喊道；可是人们还是把他抬起来放到担架上。

尼古拉·罗斯托夫转过身去，似乎要寻找什么东西似的向远方眺望，向多瑙河的流水、天空、太阳眺望。多么好的天空，多么碧蓝而深远的天空！那沉沉西坠的太阳多么明朗！那远方多瑙河的水光多么柔和可爱！而尤其美好的是那多瑙河对岸青翠的远山、修道院、神秘的峡谷、雾霭笼罩的松林……那儿平静，幸福……"我什么都不要，我什么都不要，我只要能到那。"罗斯托夫想到。"在我一个人的心里，在那阳光里，有那么多的幸福，但是这儿……是一片呻吟、痛苦、恐怖，以及混沌、忙乱……又有人喊叫什么，大家又往后跑，我也跟着他们跑，这就是它，就是它，就是那个死神，它在我上面，在我周围……转瞬之间——我就永远看不见这太阳，这河水，这峡谷了……"

这时太阳渐渐隐到乌云里去了，罗斯托夫面前又走过了几个担架。对死和担架的恐怖，以及对太阳和生活的爱——这一切汇成一个令人痛苦、恐惧的景象。

"上帝啊！天上的父啊，救救我，宽恕我，保护我吧！"罗斯托夫喃喃自语。

骠骑兵跑到饲养员跟前。

"感觉怎样，老弟，闻到火药味了吧？"他耳边响起瓦西卡·杰尼索夫的喊叫声。

"一切都结束了，但是我是胆小鬼，是的，我是胆小鬼。"罗斯托夫想。他沉重地叹息着，从饲养员手里牵过他那匹瘸着一条腿的"白嘴鸦"，骑了上去。

"刚才那是什么，是霰弹吗？"他问杰尼索夫。

"对！"杰尼索夫喊道，"咱们的小伙子干得漂亮！但是这种活儿太没劲，冲锋才有意思，把狗杂种杀个痛快！但是现在，人家像打靶似的打我们。"

团长、涅斯维茨基、热尔科夫和侍从武官一群人在离罗斯托夫不远的地方站着,杰尼索夫向他们走去。

"还好,似乎没人注意我。"罗斯托夫心中想道。

"您有呈报的材料了,"热尔科夫说,"等着瞧吧,我也能升为少尉。"

"请您向公爵报告,我把桥烧了。"团长得意地、快活地说。

"倘若问到损失呢?"

"损失很少!"团长用粗重的声音说,"两名骠骑兵受伤,一名光荣牺牲。"他显然满心欢喜。

九

在波拿巴指挥的十万大军的追击下,库图佐夫统率三万五千名官兵,急急忙忙向多瑙河下游退却,沿途遭到当地居民的敌视。他们对盟军已经失望,忍受着给养的不足,被迫作战。只在兰巴赫、阿姆施特滕、梅尔克等地有过战斗;尽管连敌人都承认俄国人打得勇敢坚定,而结果却是更加迅速地退却。在乌尔姆免于被俘而在布劳瑙与库图佐夫会合的奥军,现在也离开了俄军。库图佐夫手下只有自己这支力量,弱小并且疲于奔命的军队了。保卫维也纳已经谈不上。库图佐夫只有一个目的,就是避免像马克那样在乌尔姆全军覆没,希望能和从俄国调出的部队会师。

十月二十八日库图佐夫及其军队渡过多瑙河到达左岸以后,第一次停下来,和法军的主力隔河对峙。三十日向左岸的莫蒂埃师团发动攻击,而且击溃了它。这次战役首次缴获了战利品:旗帜、大炮和两名敌军将军。两个星期以来,这还是第一次。尽管,俄军的情况仍极为糟糕,在克雷姆斯停留和对莫蒂埃的胜利仍然大大提高了士气。在全军和大本营里流传着最乐观然而却不是实情的传闻,说是从俄国调出的纵队快到了,奥地利人打了胜仗,波拿巴吓跑了。

在战斗进行的时候,安德烈公爵跟随着在这次战役中阵亡的奥地利将军施米特。安德烈公爵的马受了伤,他的手臂也被子弹擦伤。蒙总司令格外恩宠,他被派往奥地利宫廷报告这次喜讯,当时奥地利宫廷已经迁往布吕恩,不在维也纳了。在战事正在进行的那天夜里,精神焕发而不知疲倦的安德烈公爵骑上马,带着多赫图罗夫的报告到克雷姆斯去见库图佐夫,当天夜里安德烈公爵就作为信使被派往布吕恩。被派做信使,不只是一种鼓励,并且是升迁的重要的一步。

夜是黑沉沉的,繁星满天。开仗前夕落了一场雪,白茫茫的雪地中间延伸着一条黑魆魆的大道。安德烈公爵坐在驿车里,回忆昨天战斗的情景,有时兴奋地想象他的胜利的消息将要引起的印象,时而想起总司令和同事们的送行,他感觉很幸福。他一闭上眼，耳朵里就响起枪炮声，这和车轮的辚辚声以及胜利的印象融成一片。有时他想象俄国人逃跑了，他本人也被打死了，可是他赶快醒来，怀着幸福的心情，似乎重新意识到并没有这回事。恰恰相反，是法国人逃跑了。

在满天繁星的黑夜之后，明亮欢快的早上来临了。雪在阳光下融化，马飞奔着，道路两旁闪过各式各样的树林、田地、村庄。

在一个驿站上，安德烈赶上了运送俄国伤员的车队。领队的俄国军官躺在前面的大车上，正对着一个士兵大骂。长形的德式大车在石头路上颠簸着，每辆车载着六七个面色苍白、扎着绷带、满身脏污的伤员。有些人在谈话，有些人在吃面包，伤势最重的用惹人可怜的眼神望着驰过的信使。

安德烈公爵命令停一下，他问一个士兵什么时候受伤的。

"前天在多瑙河上。"士兵答道。安德烈公爵给了那个士兵三枚金币。

"给大家的。"他向走过来的军官又说。"祝你们尽早康复，弟兄们，"他对士兵说，"还有许多的仗要打呢。"

"军官大人，有什么消息吗？"那个军官问道。

"有好消息！走吧。"他向车夫喊了一声，马车继续向前驰去。

安德烈公爵到达布吕恩时，天色已经全黑了，他发现高楼大厦、灯光通明的商店、住宅的窗户、街灯、辚辚驰过的漂亮马车。安德烈公爵尽管一路急行，整夜未眠，但他向宫廷走去的时候，却觉得比昨天更加精神焕发。这时，战斗的一切细节又生动地呈现在他的眼前，这次已经不是模糊的，而是确切的。他生动地想象弗朗茨皇帝可能向他提出的问题以及他对这些问题怎样回答。他本以为立刻就会引他朝见皇帝。可是在宫廷门口迎面跑出来一个文官，知道他是信使后，就带他到另外一道门去了。

"顺着走廊向右走；大人，我们去找值日的侍从武官，"文官对他说，"他会领您去见陆军大臣。"

接待安德烈公爵的值日侍从武官请他稍等一下，他去通报陆军大臣。五分钟后，侍从武官回来了，他非常客气地鞠着躬，请安德烈公爵先走，领着他穿过走廊，向陆军大臣的办公室走去。安德烈公爵向陆军大臣办公室门口走去的时候，他那愉快的心情大大减少了。他觉得他受了侮辱。但很快他又开始藐视侍从武官和陆军大臣了。"这些人没有闻到火药味，他们还以为取得胜利十分容易呢！"他心中想。他轻蔑地眯起眼睛，走进陆军大臣的办公室时有意放慢了脚步。陆军大臣面对一张大办公桌坐在那儿，有两分钟没有注意进来的人。陆军大臣低垂着两鬓花白、头顶光光的脑袋，正在看文件，一边用铅笔做记号。当门打开，响起脚步声的时候,他还是头也不抬地只顾看文件。

"把这文件送出去。"陆军大臣把文件递给他的副官,仍然没有注意信使。

安德烈公爵不理解这是为什么。"这于我毫无关系。"他心中想道。陆军大臣把文件推到一边整理好后,才抬起头来。他有一个聪明而富有特点的脑袋。可是在他转向安德烈公爵的那一瞬间,他脸上那副聪明而刚毅的表情,一下子改变了,结果露出愚蠢、虚假的笑容。

"是库图佐夫大元帅派来的吗?"他问,"是好消息吧? 同莫蒂埃打了一仗?打胜了? 是时候了!"

他接过写给他的紧急通报,带着忧郁的神情读起来。

"唉,我的老天! 我的老天! 施米特!"他用德语说,"太不幸了。太不幸了!"

他匆匆看了一遍,把紧急通报放回桌上,看了看安德烈公爵,若有所思。

"唉,多么不幸! 您说这是一次有决定意义的战役吗? 可是,并没有抓住莫蒂埃。"他沉思了一下,"我很兴奋您带来了好消息,尽管施米特的牺牲为胜利付出了高昂的代价。陛下一定愿意召见您,但不是现在。谢谢您,您去休息一下。明天检阅后您来参加朝觐吧。到时候我会通知您。"

"再见,十分感谢您。皇上一定会接见您的。"他重复了一遍,低下头去。

当安德烈公爵走出宫廷的时候,他觉得,胜利给他的兴致和幸福,现在全没有了。他全部的思绪马上改变了;那场战斗仿佛已经成为遥远的过去。

十

安德烈公爵在布吕恩住在一个熟人——俄国外交官比利宾那里。

"啊,亲爱的公爵,十分欢迎。"比利宾对安德烈公爵说。"弗朗茨,把公爵的东西放到我的卧室里!"他对领博尔孔斯基进来的仆人说。"怎么,是来报捷的? 好极了。我病了。"

安德烈公爵梳洗穿戴完毕,走进外交官的豪华书房,在摆好的菜饭前坐下。比利宾悠闲地坐在壁炉旁边。

在长途旅行之后，尤其是在失掉一切干净和优雅的生活条件的长期行军之后，安德烈公爵一到这从小就习惯了的阔绰环境中，一种舒适、恬静的感觉便油然而生。除此以外，在受到奥地利人那番接待之后，能和一个俄国人谈谈心，也使他感到很兴奋。

比利宾三十五岁左右，单身，和安德烈公爵属于同一阶层。他们在彼得堡就认识，但直到上次安德烈公爵跟随库图佐夫到维也纳时，他们才接近起来。他是一个有经验的外交家了，因为他从十六岁就开始供职，曾在巴黎、哥本哈根等地待过，如今在维也纳担任很重要的职务。奥地利首相和我们驻维也纳的大使都认识他，并且看重他。他既热爱工作又善于工作，别看他懒，他有时能够通宵不眠地坐在办公桌前。他什么工作都做得很好。比利宾之所以被重视，除了文字工作之外，还由于他具有上层社会待人接物和言谈应对的本领。

比利宾很健谈，但很少废话。比利宾爱说俏皮话，在社交界很受欢迎。

比利宾爱干净，面部表情很丰富，眼睛爱直勾勾地看人。

"好，现在讲讲你们的伟大胜利吧。"他说。博尔孔斯基谦逊地讲了讲。

"他们的接待很冷淡。"他最后说。比利宾咧嘴笑了笑。

"你们尽管取得了很大的胜利，可是并不十分伟大。"比利宾说。

"不是吗？你们用全力对付莫蒂埃的一个师，莫蒂埃竟从你们手里跑掉了，还谈得上什么胜利呢？"

"但是，认真说来，"安德烈公爵回答，"我们总比乌尔姆的情况好些吧，……"

"你们为什么不给我们抓一个元帅呢？"

"因为事情并不那么容易。"

"我知道，"比利宾打断他的话，"可是，说实在的，弗朗茨皇帝不会太兴奋的……"他目光笔直地打量了一下安德烈公爵。

"马克全军覆没，费迪南大公和卡尔大公也无所作为，只有库图佐夫打了一次真正的胜仗，你们为什么反而不快活？"博尔孔斯基说。

"问题就在这里，库图佐夫的胜利，是俄国的胜利，而不是奥地利的胜利，马克、费迪南、卡尔都打败了，你现在来报告库图佐夫的胜利，不是在存心取笑吗？"比利宾说。

博尔孔斯基被弄得莫名其妙。

"今天早上利希滕费尔斯来过这里，"比利宾接着说下去，"他给我看一封信，信里详细地描写了法军在维也纳的检阅。您瞧，你们的胜利并不令人兴奋，您也不会被人当作救命恩人……"

"是啊,一切对我都无所谓!"安德烈公爵说,他开始懂得,他的克雷姆斯战役的消息,跟奥地利首都的陷落这样重大的事件比起来,的确微不足道。"维也纳怎么被占领的?那座桥呢,还有那闻名的桥头堡,还有奥尔斯珀格公爵呢?我们听说奥尔斯珀格公爵在保卫维也纳。"他说。

"奥尔斯珀格公爵在河这边,是在保卫我们呢。他尽管保卫得不好,但总算是在保卫。维也纳在河那边。桥还没有被占领,大约不会被占领的,因为那儿已经布上了地雷,并且发出了炸桥的命令。否则,我们早就到波希米亚山区去了,你们也要尝尝两面夹攻的苦头了。"

"可是,总不能说,战事到此已经结束了。"安德烈公爵说。

"我看是结束了。这儿的大人物也都是这么看的,就是不敢说出来罢了。仗刚打的时候我说过决定问题的不是你们的迪伦斯坦交锋,也不是火药,而是那些想出这个问题的人,"比利宾重述他的一句俏皮话,停顿了一下,"问题就要看亚历山大皇帝和普鲁士国王在柏林会谈的结果了。如果普鲁士加入联盟,奥地利就会被迫参加。仗就要打起来。如果不是,那么问题只是商谈在哪儿拟订新的谈判条款了。"

"真是了不起的天才!"安德烈公爵突然喊道,"这个人真幸运!"

"您是说波拿巴吗?"比利宾疑惑地说,"是说波拿巴吗?"

安德烈公爵说:"您真的以为战争结束了吗?"

"我是这样看的。奥国上了当,它会报复。它所以觉得上当,首先因为各省遭到了破坏,军队被击溃,首都被占领,其次还因他们和法国正在拉拉扯扯,拟订和约草案,企图单独缔结秘密和约。"

"这不可能!"安德烈公爵说,"这太无耻了。"

"等着瞧吧。"比利宾说。

安德烈公爵走进给他准备的房间躺在羽毛褥垫上沉思起来。

他闭上眼睛,耳边马上响起排炮声、步枪声、车轮声,……但不久便沉沉地睡着了。

十一

第二天,他醒得很晚。昨天的事又浮上脑际:他首先想到的是今天要朝见弗朗茨皇帝,还想起陆军大臣、彬彬有礼的奥地利侍从武官、比利宾以及昨天晚上的谈话。为了上朝,他穿起久已不穿的全副仪仗服装,焕然一新,英俊潇洒,一只手缠着绷带，进入比利宾的书房。书房里有四位外交使团的绅士。公使馆的秘书伊波利特·库拉金公爵，博尔孔斯基认识，其余三位不认识。

这些上流社会的绅士不关心战争和政治，只关心上流社会、女人和公务方面的事。但他们很乐意把安德烈公爵看成自己人。

"但最妙的是，"其中一个人谈到外交界的一个同事的失败，说道，"最妙的是奥地利首相直截了当地告诉他，任命他到伦敦去是一种升迁。你们能想得出他当时的神情吗？……"

"但最糟的是，诸位，让我来揭露库拉金：人家正倒霉，他这人却幸灾乐祸！"

伊波利特公爵歪在一张躺椅里，放声大笑起来。

"您说吧。"他说。

"哦，毒蛇！"几个人同声说。

"您不知道，博尔孔斯基，"比利宾对安德烈公爵说，"不论法国军队多么可怕，也比不上我们这位老弟在女人中间的胡作非为来得可怕。"

"男人的一半是女人，"伊波利特公爵发言了。比利宾等人望着伊波利特的眼睛大笑起来。安德烈公爵看出，这个伊波利特是这个小集团的小丑。

"真的，我应该请您欣赏一下库拉金，"比利宾对博尔孔斯基低声说，"他最爱谈政治，而且自命不凡。"

他在伊波利特身边坐下，皱起脑门上的皱纹，跟他谈起政治来。大家都围过来。

伊波利特煞有介事地环顾大家，开始说："关于联盟问题，柏林内阁一筹莫展……你们懂吧……并且，倘若皇帝陛下不改主意的话……"

"等一等，我还没有说完……"他抓住安德烈公爵的手，说道："插手此事比不插手要好。"他沉吟一下。"我们11月28日的通牒不能认为是结束……"

他松开博尔孔斯基的手，表示他说完了。

这时，比利宾开了一个玩笑。

大家都笑了。伊波利特笑得比谁都响。

"我说，诸位，"比利宾说，"博尔孔斯基是我的客人，我要尽力款待他。倘若在维也纳，这很容易办到。可是在这讨厌的摩拉维亚山洞里，难了，所以请大家多帮忙。应该尽力款待他。你们张罗看戏的事，我负责社交，伊波利特，您当然是和女人打交道了。"

"应当让他看看阿梅莉，美极了！"自己人中间的一个边说边吻自己的指尖。

"总之，应当让这个杀红了眼的大兵更接近人道的观点。"比利宾说。

"我恐怕不能享受了,诸位,我现在就得走。"博尔孔斯基看了看表,说。

"到哪儿去?"

"去觐见皇帝。"

"哦,哦!哦!"

"那好,再见,博尔孔斯基!再见,公爵,请来我们这儿吃午饭,"几个人异口同声地说,"我们已经把您抓在手心里了。"

"您跟皇帝谈话时,尽可能多称赞他们的军需供应和行军路线的安排。"比利宾送博尔孔斯基来到前厅时说。

"我本来想夸奖,但是已经知道了实情,我就做不到了。"博尔孔斯基微笑着答道。

"不过,尽可能多说点。他喜欢接见人,但是他本人不好说话,也不会说话,等会儿您就清楚了。"

十二

朝觐的时候,安德烈公爵在指定的地点站在奥地利军官中间,弗朗茨皇帝只是目不转睛地看着安德烈公爵的脸,向他点头示意。朝觐以后,昨天那个侍从武官彬彬有礼地向博尔孔斯基传达,皇帝愿意召见他。弗朗茨皇帝站在屋子中央接见他。开始谈话之前,安德烈公爵吃惊于皇帝的不知所措。

"请您说一说,是什么时候开始战斗的?"他急忙问道。

安德烈公爵做了回答。皇帝一连问了几个同样普通的问题。

"战斗是几点钟开始的?"皇帝问。

"前线的战斗是几点钟开始的,我不知道。可是在迪伦斯坦,军队是傍晚六点钟开始进攻的。"博尔孔斯基说,他高兴起来,打算趁机详细地讲一番。

可是皇帝微微一笑,打断了他的话。

"有多少英里?"

"从哪儿到哪儿,陛下?"

"从迪伦斯坦到克雷姆斯。"

"三英里半,陛下。"

"法国人放弃了左岸吗?"

"据侦察兵报告,最后一批法国兵是夜间乘木筏子渡过河的。"

"克雷姆斯的粮草够吗?"

"粮草供应的数量没有达到……"

皇帝打断了他的话:"施米特将军是几点钟阵亡的?"

"可能是在七点钟。"

"七点钟? 真惨! 真惨!"

皇帝表示感谢。安德烈公爵一走出来,立刻被侍臣们团团围住了。到处都投来亲切的目光,送来温存的话语,昨天那个侍从武官责备他为什么不住在宫里,而且要把自己的房间让给他。陆军大臣也过来向他祝贺,因为皇帝授给他三级玛丽亚·特雷西娅勋章。皇后的侍从请他去见皇后陛下。大公夫人也想见见他。他不知如何是好,他停了几秒钟,定一定神。俄国公使抓住他肩头,把他领到窗口,跟他谈起来。

跟比利宾的话不同,他带来的消息很受欢迎。计划要举行一次感恩祈祷。库图佐夫被授予玛丽亚·特雷西娅大十字勋章,全军都受了奖。博尔孔斯基接到各方的邀请,他整个上午都得拜见奥地利的显要人物。下午四点多钟拜会结束,安德烈公爵在回比利宾住所的路上,想着怎样向父亲报告战斗经过和布吕恩之行的信稿。在比利宾的住所门口,停着一辆装了半车东西的四轮马车,比利宾的仆人弗朗茨费劲地拖着一口箱子从门里出来。

"什么事?"博尔孔斯基问道。

"咳,大人! 我们必须搬走。那些可恶的人又跟着我们来了!"弗朗茨说,把箱子费劲地堆到马车上。

"怎么回事? 你说什么?"安德烈公爵问道。

比利宾向博尔孔斯基走来。比利宾平日安静的脸上,露出不安的神情。

"不,这真是妙极了,我说的是大桥事件。他们没有遇到任何抵抗就过桥了。"他说。

安德烈公爵完全茫然了。

"您到哪儿去了,全城的车夫都知道的事,您怎么还不知道?"

"我刚从大公夫人那儿来。我在那儿什么也没听到。"

"您没看见到处都在收拾行李吗?"

"没看见……到底是怎么回事?"安德烈公爵着急地问。

"怎么回事:法国人越过了奥尔斯珀格防守的那座桥,桥没被炸毁,缪拉现在正沿着通向布吕恩的大道前进,一两天内就要到这儿。"

"怎么,到这儿? 为什么没把桥炸掉,不是已经埋了地雷吗?"

"这个我正想问您呢。谁也不清楚,连波拿巴本人也不知道。"

博尔孔斯基耸了耸肩。

"既然桥被占领，军队当然也就完了。"

"可不是嘛。"比利宾答道，"您听我说，我对您讲过法国人进了维也纳。一切都很不错。就在昨天三位元帅老爷——缪拉、拉纳、贝利亚尔——骑着马到桥头去了。其中一个说：'诸位，这座塔博尔桥埋了地雷和扫雷装置，桥前面有一个威力强大的桥头堡，还有一支受命炸桥和阻击我们的一万五千人的军队。可是，如果我们拿下这座桥，我们的皇帝陛下一定会很高兴。来，让我们把它拿下来。''我们立刻就去。'另外两个说。于是他们就去攻那座桥，占领了它，现在他们率领全军正在多瑙河这一边向我们，也向你们，向你们的交通线进攻。"

"少开玩笑吧。"安德烈公爵忧虑而严肃地说。

安德烈公爵感到又伤心又快乐。他一听到俄军的处境是如此绝望，就立刻想到，给俄军解围的注定是他，这是土伦的再现，它将使他崭露头角，将给他打开一条通向辉煌前程的道路！他在听比利宾谈话时，就已经想象他怎样回到军队，怎样在军事会议上提出唯一能够拯救军队的意见，怎样只委派他一个人去完成这个计划。

"少开玩笑吧。"他说。

"我不是开玩笑，"比利宾接着说，"再没有比这更真实更可悲的了。值班的军官们放他们进入了桥头堡。他们对值班军官乱吹了一通：说什么战争结束了，弗朗茨皇帝要同波拿巴会面，他们想见见奥尔斯珀格公爵，等等。军官派人去请奥尔斯珀格，这帮元帅老爷拥抱军官，开玩笑，骑在炮身上。这时，法军的一个营偷偷地来到桥头，把装着引火物的口袋丢到河里，随后就向桥头堡逼近。最后，我们亲爱的中将、奥尔斯珀格·冯·毛特恩出现了。'亲爱的敌人！奥地利军队的精英，土耳其战争的英雄！敌对行为结束了，我们要握手言和了……拿破仑皇帝渴望认识认识奥尔斯珀格公爵。'一句话，这帮元帅老爷不愧为牛皮匠，他们对奥尔斯珀格说了这么多的花言巧语。那营法国军队冲进桥头堡钉死大炮，就把桥占领了。还有更妙的，"他接着说下去，"更妙的是那个掌管大炮的军士（那是一尊点着地雷炸毁桥梁的信号炮），一见法国军队向桥头冲来，本想开炮，但是拉纳拉开了他的手。那个比自己的将军聪明的军士走到奥尔斯珀格跟前报告说：'公爵，您受骗了，您瞧！法国人冲过来了！'缪拉一看，如果让军士再说下去，阴谋就要被戳穿了。他假装吃惊地对奥尔斯珀格说：'我真看不出闻名于世的奥地利军纪在哪儿，'他说，'您竟让下级对您这样说话！'于是，奥尔斯珀格公爵觉得受不了，就下令逮捕了那个军士。事情就是这么美妙……"

"是叛变了吧？"安德烈公爵说。

"这不是叛变，也不是下流和愚蠢，这叫步马克的后尘。"

比利宾轻松地说。他现出兴奋的样子，微微带着笑意仔细研究自己的指甲。

"您要到哪去？"他忽然对站起身来回自己房间的安德烈公爵说。

"我要走了。"

"到哪儿去？"

"回部队。"

"您不是还打算待两天吗？"

"但是现在我立刻要走。"

安德烈公爵吩咐手下人做好出发的准备，然后，就回自己的房间去了。

"我说，亲爱的，"比利宾走进他的房间，说道，"我替您想过。您为什么要走呢？"

安德烈公爵看着对方，没有回答。

"您为什么要走呢？我知道，这是您的责任——当军队处在危险之中的时候，应当赶回去。这我是理解的。"

"根本不对。"安德烈公爵说。

"但是您也该替自己想想吧？"

"比利宾。"博尔孔斯基说。

"我是出自友情才这样说的。您既然可以留下，那何必要走呢？等待着您的，不是您到不了部队和约就签订了，就是和库图佐夫一起蒙受失败和耻辱。"

比利宾觉得他的话是完全正确的。

"这个我不能考虑。"安德烈公爵冷冷地说，而心里却在想："我之所以要走，是为了挽救军队。"

"您真是位英雄，朋友。"比利宾说。

十三

当天夜里，博尔孔斯基就动身回部队去了，连他自己也不知去哪儿才能找到部队，又担心在去克雷姆斯的路上被法军抓住。

在布吕恩的全体宫廷人员都在收拾行李，笨重的物件已经送到奥尔米茨。在埃采尔斯多夫附近，安德烈公爵的马车驶到大路上，俄国军队正在匆忙和混乱中行进。路上挤满了车辆，马车简直无法通过。安德烈公爵又饿又累，他向哥萨克军官要了一匹马和一名士兵，穿越车队去找总司令和自己的行李车。一路上他都听到

"我们要彻底打垮这支俄国军队,"他想起了战役开始前波拿巴在给他的军队的命令中所说的话。"如果只有死而别无选择呢?"他想,"既然需要如此,那好吧!我一定做得不比别人差。"

安德烈公爵轻蔑地望着这些没有尽头的混乱的队伍、车辆、辎重队、炮队。它们争先恐后地夺路而逃,排成了三四行,挤满了泥泞的大路。四面八方,前前后后,凡是能够听到的地方,到处可以听见车辆的吱呀声,马车、大车和炮架的隆隆声,马蹄的得得声,鞭子的呼啸声,赶车人的吆喝声,士兵、勤务兵和军官的叫骂声。道路两旁到处都是剥了皮的和未剥皮的死马,毁坏的大车旁零星地坐着士兵。到处是成群结队离开队伍的士兵,他们到附近的村庄去不是牵羊捉鸡、抱干草,就是拿起装满东西的袋子。士兵们在没膝的泥泞中抬着大炮和篷车,鞭子在呼啸,马蹄在打滑。指挥行军的军官在车队之间驰来驰去。他们的声音淹没在一片喧哗吵闹中。他们一筹莫展。

"瞧,这就是可爱的正教军队。"博尔孔斯基回忆起了比利宾的话。

他想打听一下总司令的驻地,于是向车队走去。迎面驶来一辆士兵们拼凑起来的车子。一个士兵赶着车,在皮顶篷下面,帘子后面,坐着一个把脑袋完全裹在围巾里的女人。安德烈公爵走上前去,正要问那个士兵,他的注意力一下子被篷车里那个女人的绝望喊叫吸引过去了。因为赶车的士兵想超越别的车辆,指挥车队的军官正用鞭子抽打他,鞭梢扫着车帘。女人发出刺耳的尖叫。她看见安德烈公爵,就从车帘下探出身子,伸出干瘦的手来,一边摇晃,一边喊道:"副官,副官先生!……看在上帝的分上……救救我吧……这怎么得了啊?……我是第七猎骑兵团军医的家属……不让我们过去。我们落在后面了,跟自己的人走散了……"

"我敲碎你的脑壳,滚回去!"凶狠的军官向士兵嚷道,"跟你的臭娘们儿一起滚到后面去!"

"副官先生,救救我吧。真不成体统!"军医太太喊道。

"让这辆车过去吧。里面是一位妇女。"安德烈公爵走到军官跟前,说道。

军官看了一眼,没有搭理,又转身对士兵说:"我揍死你……滚回去!"

"放他们过去吧,我对您说。"安德烈公爵把嘴一撇又说了一遍。

"你是什么人?"军官忽然发作起来。"你算老几?往后站。"他又说,"我敲碎你的脑壳。"

看来军官很爱说这句话。

"把小副官训得够受的。"从后面传来一个人的声音。

没等军官说完,气歪了脸的安德烈公爵就冲到他面前,扬起了鞭子:"请——您——放——他们——过去!"

军官把手一挥,赶紧走开了。

"都是你们这帮人、你们这帮司令部的人搞的,搞得一团糟。"他嘟嘟囔囔地说,"您看着办吧。"

安德烈公爵连眼皮都没有抬,就赶忙离开了那个称他为救命恩人的军医太太,向人们指点给他的总司令驻地驰去。

他进了村子,下了马,向第一户人家走去,打算稍微休息一下,吃点东西,清静一下。"这是一群乌合之众,不是军队。"他一边想,一边向窗口走去,他突然听到一个熟悉的声音叫他的名字。

他四处张望。从小窗口探出涅斯维茨基的漂亮面孔。涅斯维茨基正嚼着东西,招手叫他进去。

"博尔孔斯基,博尔孔斯基!你没听见还是怎么的?快过来。"他喊道。

安德烈公爵进了屋,看见涅斯维茨基和另外一个副官正在吃东西。他们急不可待地问博尔孔斯基可曾听到什么消息。涅斯维茨基有点惊慌不安,这种表情在涅斯维茨基那副一向嬉笑的面孔上格外明显。

"总司令在哪儿?"博尔孔斯基问。

"在这儿,就在那所房子里。"副官回答说。

"听说要讲和,要投降,是真的吗?"涅斯维茨基问。

"我正要问您呢,我费了好大的劲儿才赶上你们,此外我什么也不知道。"

"老兄,赶上我们又怎么样!真可怕!我不该嘲笑马克,现在咱们更倒霉了。"涅斯维茨基说,"坐下吃点东西吧。"

"公爵,眼下什么都找不到了,您的勤务兵彼得也不知去向。"另一个副官说。

"总部在什么地方?"

"咱们要在茨奈姆过夜。"

"我把要用的东西重新打包,用两匹马驮着,"涅斯维茨基说,"驮包打得好极了。就是越过波希米亚山也能行。情况很坏,老兄。你怎么啦,不舒服吗,怎么老哆嗦?"涅斯维茨基看见安德烈公爵像触了电似的发抖,问道。

"没什么。"安德烈公爵回答说。

这时他又想起了刚才那场军医太太和辎重队的军官那场冲突。

"总司令在这儿做什么?"他问。

"我什么也不知道。"涅斯维茨基说。

"我只知道一件事,那就是一切都让人厌恶,厌恶,厌恶!"安德烈公爵说着就到总司令那儿去了。

安德烈公爵进了门洞。库图佐夫跟巴格拉季翁和魏罗特尔一起在一家农舍里。魏罗特尔是接替阵亡的施米特的奥地利将军。在门洞里,身材矮小的科兹洛夫斯基在文书的对面蹲着。文书卷着袖口,趴在底朝上的木桶上,正忙着抄写东西。科兹洛夫斯基一脸疲惫,看样子他也是一夜未睡。他瞅了安德烈公爵一眼,连头也没有向他点一下。

"另起一行……写好了吗?"他继续向文书说道,"基辅掷弹兵团队,波多尔斯克团队……"

"慢点,大人。"文书转脸看了看科兹洛夫斯基,没好气地回答。

这时传来库图佐夫激动的、不满意的声音,还有一个陌生的声音。

安德烈公爵感觉到一定发生了什么重大的不幸的事。

安德烈公爵急忙向科兹洛夫斯基问了几个问题。

"等一下,公爵。"科兹洛夫斯基说,"给巴格拉季翁下书面命令呢。"

"投降吗?"

"投什么降,作战命令都发出了。"

安德烈公爵向门口走去。他正要开门,门开了,库图佐夫走了进来。他直视着他的副官的脸,库图佐夫心事重重,没有认出安德烈公爵。

"怎么样,写好了吗?"他转身对科兹洛夫斯基说。

"立刻就好了,大人。"

跟在总司令后面出来的是巴格拉季翁,他个子不高,干瘦,看去还不算老。

"向您报到。"安德烈公爵大声说道,一面把信递上去。

"哦,从维也纳来的? 好的。等一会儿,等一会儿!"

库图佐夫和巴格拉季翁走到门廊阶台上。

"公爵,再见,"他对巴格拉季翁说,"基督保佑你。祝你建立奇功。"

库图佐夫的脸突然变得柔和了,眼里涌出了泪水。他用左手把巴格拉季翁拉到跟前。

"基督保佑你!"库图佐夫又说了一遍,随后向马车走去。"和我坐一辆车走吧。"他对博尔孔斯基说。

"大人,我希望我能有点用处。请准许我留在巴格拉季翁公爵的部队里吧。"

"上车,"库图佐夫说,当他发现博尔孔斯基犹豫不决时,就又说,"好军官我自己也需要,我自己也需要。"

他们坐进马车，车走了好几分钟两人都没说话。

"以后要做的事多得很，什么样的机会都有。"他带着老年人洞察一切的神情说，似乎博尔孔斯基心中所想的他都一清二楚。"他的部队明天能回来非常之一，我就谢天谢地了。"库图佐夫似乎自言自语。

安德烈公爵看了看库图佐夫，看到了在伊兹梅尔战役中库图佐夫丢去了眼球的眼睛。"是的，他有权利这么安静地谈到这些人的死亡！"博尔孔斯基想。

"正是为此，我才请求派我到这个部队里的。"他说。

库图佐夫没有回答，陷入了沉思。五分钟后，他脸上已经没有一点焦虑的痕迹了。他带着几分讥笑的神情问起安德烈公爵会见奥地利皇帝的事，以及克雷姆斯战役在宫廷有什么反应等等。

十四

十一月一日，侦察兵的消息表明，库图佐夫所率领的军队几乎陷入了绝境。据侦察兵报告，法国人越过维也纳桥后，正以极大的兵力向库图佐夫与俄国开来的援军之间的交通线推进。如果库图佐夫留在克雷姆斯，拿破仑的十五万大军就会切断他的交通线，把他的四万疲惫不堪的军队包围起来，他的处境就要同马克在乌尔姆的处境一样。如果库图佐夫决定放弃与俄国援军取得联络的道路，那他就要一面抵御敌人的优势兵力，一面落荒退入情况不熟悉的波希米亚山区，并且将会失掉与布克斯格夫登的联系。如果库图佐夫为了跟援军会师，决定沿着从克雷姆斯到奥尔米茨的大道撤退，那就要冒这样的危险：他可能被已越过维也纳桥的法军抢在前头，这么一来，他就要被迫带着全副重装备和辎重，一边行军，一边同兵力两倍于他的，而且从两面向他夹攻的敌人进行战斗。

库图佐夫选择了后一条出路。

正像侦察兵报告的，法军过了维也纳桥，在库图佐夫前头一百多俄里，正日夜兼程地向茨奈姆前进。抢在法军之前赶到茨奈姆，那就意味着俄军的得救的希望大一些；否则，那就意味着肯定要遭到跟乌尔姆战役一样的耻辱，甚至是全军覆没。但是带领全军赶到法军前头是不可能的。法军从维也纳到茨奈姆的道路，比起俄军从克雷姆斯到茨奈姆的道路来，又短又好。

得到消息的当天夜里，库图佐夫派出巴格拉季翁部四千名前卫，从克雷姆斯-茨奈姆大道右边翻山越岭到达维也纳——茨奈姆大道。巴格拉季翁必须一刻不停地赶路，然后面对维也纳，背朝茨奈姆安营扎寨。如果他抢在法军前头赶到，他必须尽力阻止他们前进。而库图佐夫本人则率领全部重装备向茨奈姆进发。

风雨之夜,巴格拉季翁带领饥饿、赤脚的士兵走了四十五俄里没有道路的山地,有三分之一的人掉队,比法军早几个小时来到维也纳-茨奈姆大道上的霍拉布伦。而库图佐夫率领的辎重队还要走一昼夜才能到达茨奈姆,因此,要想挽救部队,巴格拉季翁就得在霍拉布伦跟相遇的全部法军周旋一昼夜,这根本不可能。然而命运却使不可能成为可能。法国不战而骗取了维也纳桥,这一成功经验促使缪拉想照样去欺骗库图佐夫。缪拉在前往茨奈姆途中遇见巴格拉季翁带领的力量薄弱的部队,以为这就是库图佐夫的全部人马。为了确有把握地消灭这支军队,他要等待从维也纳出发后沿途掉队的人员,因此他提议停战三天,条件是双方的军队不改变位置,原地不动。缪拉说,和平谈判正在进行,为了避免不必要的牺牲,所以建议停战。担任前哨的奥地利将军诺斯蒂茨伯爵听信了缪拉的军使的话,往后撤退,给巴格拉季翁的部队让出路来。另一个军使驰到俄军散兵线上,宣布和平谈判的消息,建议俄军停战三天。巴格拉季翁回答说,是否接受停战的建议,他不能做主,于是派一名副官前去请示库图佐夫。

对库图佐夫说来,停战是赢得时间的唯一手段,可以利用它休整一下疲劳的巴格拉季翁部队,让辎重和重装备哪怕向茨奈姆多推进一站路也好。停战的建议为拯救俄军提供了唯一的、意外的机会。库图佐夫接到这个消息后,立刻派他手下的侍从武官长温岑格罗德前往敌方营地。温岑格罗德不但要接受停战建议,而且还要提出投降的条件;同时,库图佐夫派遣几名副官去催促克雷姆斯-茨奈姆大道上全军的辎重全速前进。只有又饿又累的巴格拉季翁部队屹然不动地与兵力七倍于它的敌人相对峙,掩护着辎重和全军的行动。

果然不出库图佐夫所料,一方面,这个无用的投降建议使得一部分辎重获得了通过的时间;另一方面,缪拉的错误不久就会被发觉。离霍拉布伦二十五俄里,驻在申布鲁恩的波拿巴一接到缪拉的报告以及关于停战和投降的草案,他立刻就看出其中有诈,于是马上给缪拉写了一封信。

缪拉亲王鉴:

我找不到合适的字眼来表达我对您的不满。您不过是指挥我的前卫部队,没有我的命令,您无权做出停战的决定。您要使我丧失全部的战果。马上撕毁停战建议,并向敌人进攻。您要对他宣布,签订这个投降书的将军没有这样的权力,除了俄国皇帝,什么人都没有这样的权力。

但是,倘若俄皇同意这个协议,我也可以同意;可这不过是玩弄诡计罢了。您要前进,消灭俄国军队……您是能够俘获它的辎重和大炮的。

　　俄皇的侍从武官长是个骗子……军官如未被授予全权代表资格,就不能起什么作用;他也是没有全权代表资格的……在越过维也纳桥的时候,奥地利人受了骗,而您现在却受了俄皇侍从武官的骗。

拿破仑
1805 年雾月 25 日 8 时于申布鲁恩

　　波拿巴的副官带着这封措辞严厉的信,向缪拉飞驰而去。波拿巴不信任自己的将军,生怕放走了已经落网的牺牲品,便亲自带领全部近卫军,向战场推进。而四千名巴格拉季翁部队,却快活地燃起篝火,烘衣裳,取暖,三天以来第一次煮饭,大家都不再想他们险恶的处境了。

十五

　　安德烈公爵向库图佐夫提出的坚决请求,得到了批准。下午三点多钟,安德烈公爵来到格伦特,见过巴格拉季翁。波拿巴的副官还没有到达缪拉部队,战斗还没有开始。在巴格拉季翁部队里,人们对整个战局一无所知,他们谈论和平,但不相信和平有可能实现;谈论打仗,又不相信战斗立刻就要开始。

　　巴格拉季翁知道博尔孔斯基是个受宠的亲信副官,所以格外优待。他对他解释说,今明两天将有战斗,在战斗时,他将有充分的自由:跟随他,或者在后卫监视撤退秩序。

　　"不过,今天可能不会打起来。"巴格拉季翁安慰安德烈公爵似的说。

　　"如果他是一个一般的司令部的花花公子,是为挣十字勋章来的,那他在后卫照样可以挣到。如果他愿意留在我身旁,那也好……如果他是一个勇敢的军官,会有用场的。"巴格拉季翁想。安德烈公爵什么也没说,只要求准许巡视一下阵地,熟悉一下部队的部署,在执行公务时好认得路。部队值勤的校官自愿给安德烈公爵带路;这个军官是个美男子,衣着讲究,食指上戴着钻石戒指。

　　到处都是面带愁容的军官和士兵。

　　"瞧,公爵,拿这些人真没办法。"校官指着那些人,说。"指挥官们把士兵惯坏了。再瞧瞧那儿,"他指着随军商贩搭起的帐篷,"都聚在那儿闲坐。公爵,应当去吓唬他们一下。费不了多大工夫。"

　　"一块儿去,我也吃点干酪和面包。"安德烈公爵说,他还没来得及吃东西。

"您怎么不早说,公爵?您要早说,我可以招待您。"

他们下了马,走进商贩的帐篷。几个面红耳赤的军官坐在桌旁又吃又喝。

"这又怎么啦,诸位!"校官用责备的口吻说。"这样玩忽职守是不准许的。公爵有令,谁都不许来。看您这样子,上尉先生,"他转身对一个又矮又瘦、浑身是泥的炮兵军官说。"图申上尉,您怎么好意思这样?"校官继续说,"您是炮兵,应当做个模范,但是您不穿靴子。如果有情况,您不穿靴子,那就好看了(校官露出笑意)。都给我回到自己的岗位上去,诸位,全回去,全回去。"他用长官的口吻说。

安德烈公爵看了看图申上尉,不由得笑了。图申一声不吭面带笑容,不停地倒换着两只没有穿靴子的脚站在那儿,他那对聪明而友善的大眼睛带着疑问的神情时而看看安德烈公爵,时而望望校官。

"士兵们说:不穿靴子更方便。"图申上尉说,他微微含笑,他想用诙谐的调子改变一下尴尬的处境。

可是没等把话说完,他就觉得没有人理会他的诙谐。

"你们都回去吧。"校官尽力保持着严肃的态度,说。

安德烈公爵又把这个炮兵军官上下打量了一下。在这个人身上,有一种特别的十分吸引人的东西。

校官和安德烈公爵骑上马继续前进。

他们一路走过去,出村以后,看见左前方正在构筑工事。几个营的士兵在寒风中只穿一件衬衣,像一窝白蚁似的在工事里忙碌。土堤后面的人不断甩出一铲一铲的红土。他们走到工事前面视察一番后,又往前走。在工事后面,他们碰见几个不断轮换、跑步离开工事的士兵。他们只好捏着鼻子驱马快走,避开这里难闻的空气。

"这就是军营的乐趣,公爵先生。"值勤的校官说。

他们驰到对面山上。法国军队尽收眼底,安德烈公爵停下来仔细观察。

"那边是我们的炮垒,"校官指着最高的制高点,说:"就是那个不穿靴子的怪人指挥的炮垒。那儿高,什么都望得见,咱们去吧,公爵。"

"谢谢,我想一个人走走,"安德烈公爵想摆脱这个校官,说:"不必客气,您请便吧。"

校官落到后面了,安德烈公爵一个人往前走去。

安德烈公爵发现条件尽管很艰苦,但士兵们很乐观,斗志昂扬。安德烈心中很激动。突然,传来一个士兵的嚎叫声,一个胖少校,不理会那嚎叫声,不停地说:"士兵偷窃是可耻的,士兵应当正直、高尚、勇敢。如果偷自己弟兄的东西,就是不要脸,他就是坏蛋。再打,再打!"

不断传来软鞭子的抽打声和假装的拼命地嚎叫声。

"继续打,继续打。"少校说。

那个年轻军官露出不解的痛苦的表情,用疑问的目光望着骑马走过的副官,离开了挨打的人。

安德烈公爵来到前沿,沿着阵地走下去。尽管两军对垒,但气氛并不很紧张。

从大清早起,严禁走近散兵线,可是长官们赶不走看热闹的人。据守散兵线的士兵,已经不再去看法国人了,反而去观看前来看热闹的人,百无聊赖地等待着换班的时刻。安德烈公爵停下来细细观察法国人。

"你瞧,你瞧。"有一个士兵指着一个俄国火枪手对同伴说。那个火枪手,正跟一个法国掷弹兵流畅地、激动地谈话。"你瞧,他说得多流利! 连法国人都比不上他。你也来一句,你也来一句,西多罗夫!"

"别急,听一听,哦,真流利!"那个被认为擅长法语的西多罗夫答道。

两个谈笑的人所指的那个士兵,是多洛霍夫。安德烈公爵认出他来,仔细地听他在说什么。

"说下去,说下去!"连长鼓励他说,"再说快点。他在说什么?"

多洛霍夫没有回答连长,他正全神贯注地跟一个法国掷弹兵展开热烈的争论。他们谈的当然是那次战役。这个法国兵把奥地利人和俄国人弄混了,说那次战役是俄国人投降了,而且从乌尔姆逃跑了,而多洛霍夫说俄国人不仅没有投降,并且把法国人揍了一顿。

"我们受命来到这里赶你们,我们肯定会把你们赶跑。"多洛霍夫说。

"当心你自己和你的哥萨克,别都被活捉了。"法国掷弹兵说。

在一边观看和旁听的法国士兵都笑起来。

"我们要打得你们团团转。"多洛霍夫说。

"不可能。"一个法国兵说。

两人唇枪舌剑,争论不休。"你们皇上真他妈的该死!"多洛霍夫用俄语骂了一句,是大兵的粗话,然后他挎上枪,走开了。

"咱们走吧,伊万·卢基奇。"他对连长说。

"你看人家的法语,"散兵线上的士兵说,"你也来一句,西多罗夫!"

西多罗夫挤了挤眼,就转身对着法国人乱说了一通。"卡里,马拉,塔法,萨菲,木特尔,卡斯卡。"

"嘀,嘀,嘀! 哈,哈,哈! 呵哈!"士兵们哄然大笑。笑声越过散兵线传染给了法国人,大家都笑了。

但是枪炮仍旧装着弹药,房屋和堑壕的枪眼依旧威严地瞪视着前方,卸掉前车的大炮仍旧互相瞄准着对方。

十六

安德烈公爵走遍了整条战线,随后登上校官所说的那个俯瞰整个战场的炮垒。

果然,从炮垒眺望,几乎整个俄军的布置和大部分敌人都在视野之内。

安德烈观看了一会儿,对两军的布局有了了解,心中想着二条改进的意见。

突然,窝棚里传出一个声音,腔调特别亲切诚恳,使他感到惊讶,他不由得仔细倾听起来。

“不,老兄,”那个悦耳的、安德烈公爵听来很熟的声音说,“我说,倘若能知道死后的情形,就不会有人怕死了。就是这样,老兄。”

另外一个声音打断了他的话。

“不管怕不怕,反正一样——跑不了。”

“说来说去还是怕!咳,你们这些人。”第三个刚毅的声音打断了前两个声音,“你们当炮兵的真精明:你们什么都有,伏特加,下酒菜,要啥有啥。”

那个声音刚毅的人,大笑起来。

“不过还是怕死。”第一个熟悉的声音继续说,“不管怎么,灵魂要升天……但是,我们知道,并没有什么天,只有大气。”

那个刚毅的声音又插嘴说。

“让我们尝尝您的药草酒吧,图申。”他说。

“哦,原来就是那个没穿靴子的上尉。”安德烈公爵想。

“请喝药草酒是可以的,”图申说,“不过话又说回来,了解来世……”没等说完,空中突然传来呼啸声;越来越近,越快,越清楚,越清楚,越快,一颗炮弹砰的一声落在离窝棚不远的地上,炸成了碎片。

就在这瞬间,从窝棚里头一个跑出来的是把烟斗叼在嘴角的小个子图申。他的和蔼而聪明的脸孔有点苍白。紧接着出来的是那个声音刚毅的人——一个英姿潇洒的步兵军官,他向自己的连部跑去,一边跑,一边扣纽扣。

十七

安德烈公爵骑上马,站在炮垒上眺望。他发现原先不动的法军现在动荡起来,左边果然是炮垒。炮垒上的硝烟还没有散开。两个骑马的法国人，在山上奔驰。在山下，大概要加强散兵线，清清楚楚看见一个不大的敌人纵队在移动。头一炮的硝烟还没有散完就出现了第二团硝烟，又发射一炮。战斗开始了。安德烈公爵掉转马头，驰回格伦特去找巴格拉季翁公爵。他听见背后炮击声越来越密，越来越响。很明显，我们开始回击了。山下，传来步枪的射击声。

勒马鲁瓦带着波拿巴的那封严厉的信刚刚驰到缪拉那里，羞惭的缪拉为了补救自己的错误，马上调动军队向中央推进并向两翼迂回，打算趁皇上还没有到达，在天黑以前，就把他面前这支微不足道的小部队吃掉。

"战斗开始了！"安德烈公爵想。"可是，我的土伦在哪儿？怎样把它表现出来呢？"他心中暗想。

"战斗开始了！又可怕，又快活！"每个士兵和军官的面孔全都说明了这一点。

还没有走到构筑工事的地方，他看见对面来了一队骑马的人。最前面的人骑着一匹白马，披着毡斗篷，戴着羔皮帽。这个人是巴格拉季翁公爵。安德烈公爵停下来等他。巴格拉季翁公爵勒住马，向安德烈公爵点了点头。

"战斗开始了！"巴格拉季翁公爵脸上也有这样的表情。安德烈公爵怀着不安的心情注视着这张凝然不动的脸。

"在这张凝然不动的面孔后面到底有没有什么东西？"安德烈公爵一面望着他，一面问自己。

"他想看看战斗，"随从的热尔科夫指着军法检察官对博尔孔斯基说，"可是他的心口已经疼了。"

"得了吧，"军法检察官精神抖擞，带着天真而又狡诈的微笑说道。

"好玩极了，公爵先生。"值勤校官说。

说话之间，他来到图申的炮垒，在他们面前已经落了一颗炮弹。

"落了个啥东西？"军法检察官故作天真地问。

"法国烙饼。"热尔科夫说。

"就用这个打？"军法检察官问，"好家伙！"

他似乎兴奋得心花怒放了。话音刚落，又传来出人意料的可怕的啸声，忽然碰到什么稀软的东西上面，啸声停止了，只听得嗤—嗤—嗤—砰的一声——在军法检察官背后靠右的地方，一个哥萨克兵连人带马倒在了地上。热尔科夫和值勤校官在马鞍上俯下身，勒转马闪到一旁。军法检察官停在哥萨克兵面前，哥萨克兵死了，马仍在挣扎。

巴格拉季翁公爵眯着眼睛回头看了看，当他看出骚乱的原因时，冷淡地转过身来，仿佛说："这有什么大惊小怪的！"他勒住马，微微弯了弯腰，整好挂着斗篷的佩剑。这口剑跟别的军人所佩带的不一样，是口古老长剑。安德烈公爵想起这口剑的故事：在意大利作战时，苏沃洛夫把自己的这口剑赠给了巴格拉季翁，这个回忆使他感到十分温馨。他们来到刚才博尔孔斯基在那里观察战场的那个炮垒。

"是谁的连队？"巴格拉季翁公爵向一个站在炮弹箱旁的军士问道。

他问："是谁的连队？"而其实是问："你们怕不怕？"军士当然明白。

"是图申上尉的，大人。"军士快活地答道。

"好，好。"巴格拉季翁顺口说了一句。

正当他走过去的时候，那门炮发射了一颗炮弹，震得他和侍从们耳朵发聋，硝烟一下子把大炮包围了起来，从硝烟里可以看见炮手们把炮托起，赶忙用力把它推回原处。宽肩个大的一号炮手，拿着通条，宽宽地叉着两腿，跳到炮脚前面。二号炮手哆嗦着手，装火药。一个有点微微驼背的小个子——军官图申，没有留意将军到来，他向前跑去，被炮架尾绊了一下，他用手在额上搭个棚，细细地眺望。

"再加二分，这样就正好了。"他用尖细的嗓子喊道，而且极力喊得有英勇气概。"二号，"他尖声喊道，"狠狠地揍，梅德韦杰夫！"

巴格拉季翁把那个军官叫过来。图申行了个军礼，走到将军面前。尽管图申炮队的任务是射击谷地，但他却用燃烧弹射击前面的申格拉本村，因为村前有大批的法军正在活动。

他跟他最尊重的司务长扎哈尔琴科一商量，决定最好是把那村子点着。

"好！"巴格拉季翁对这个军官的报告答道。他好像在考虑什么，开始观察战场。

右翼的法军逼得最近。基辅团队防守的高地下面河谷里传来惊心动魄的枪声,侍从武官指给公爵看,右方更远的地方,在龙骑兵背后,一个法国纵队正向我们的侧翼迂回。左方的地平线被近处的树林遮住了。巴格拉季翁公爵命令从中央阵地抽出两营兵力支援右翼。一个侍从武官壮着胆子对公爵说,如果抽走这两个营,炮队就孤立了。巴格拉季翁公爵向那个侍从武官转过身来,默默地看了看他。安德烈公爵觉得,侍从武官的意见是对的。但是这时从据守谷地的团长那里驰来一个副官,报告说,有大批法军从山下涌上来,我们的团队溃败,正向基辅掷弹团方向退却。巴格拉季翁公爵低了一下头表示同意。他骑马慢慢向右翼走去,而且派一个副官到龙骑兵那里传达向法军进攻的命令。可是被派去的副官半小时后回来报告,龙骑兵团长已经退到冲沟后面,因为他们遇到了强大的火力。因此他下令射手们下马徒步进入森林。

"好!"巴格拉季翁说。

正当他离开炮垒的时候,左边树林里也传来射击声,因为左翼离得太远,巴格拉季翁公爵没时间亲自赶到,他派热尔科夫去见那个在布劳接受库图佐夫检阅的团队的老将军,告诉他赶快退到冲沟后面,因为右翼大约支持不了太久。至于图申和掩护他的一个营,却被遗忘了。安德烈公爵用心倾听了巴格拉季翁公爵跟长官们的谈话和他下的命令,他发现,巴格拉季翁公爵实际并没有下什么命令。因为巴格拉季翁公爵十分镇定,安德烈公爵看出,虽然事情的发展带有偶然性,并且与这位长官的意志无关,可是他的确起了很大的作用。那些面色惊慌的长官一到巴格拉季翁公爵跟前,就变得镇静了,士兵和军官们兴奋地向他问好,因为他的在场,都变得更加活跃,并且很明显是在他面前炫耀自己的勇敢。

十八

巴格拉季翁公爵来右翼最高点后,开始往下走,下面传来砰砰的枪声,烟雾弥漫,什么都看不见。他们越走近河谷,就越什么也看不清楚,也就越感觉到接近了真正的战场。他们开始遇见伤员。有两个士兵架着一个满头流血、没有戴帽子的伤员。他喉咙里呼呼噜噜直响,不停地吐血,看样子,子弹打中了他的嘴或者喉咙。他们还碰见一个硬朗地独自行走着的伤员,他没有带枪,大声地呻吟着,胳膊刚被打伤,疼得他直摇晃,血流如注。他脸上的神情,与其说是痛苦,不如说是恐惧。跨过大路,是一个陡坡,他们看见坡上躺着几个人。他们遇见一群士兵,其中也有没受伤的。士兵们往上爬坡,沉重地喘着气,尽管看见将军来了,仍然大声说话,大摇大摆地走路。在前面烟雾中,已经看得见一队队的灰大衣,一个军官看见巴格拉季翁,连喊带跑地去追一群士兵,叫他们回来。巴格拉季翁向队伍走去,队伍里不时响起枪声,压住了谈话声和口令声。大气充满了硝烟。士兵们的脸都被火药熏黑了,可是仍露出高兴的神情。有些人用捣药杆捣火药,有些人往药池里装火药,从袋子里取火药,还有些人在射击。可是他们向谁射击,却看不见。时时传来清脆的嗡嗡声和咝咝声。"这算是什么?"安德烈公爵骑马走到一群士兵跟前,心中想道,"这不能算是散兵线,因为他们挤成一团!不能算是进攻,因为他们按兵不动。也不能算是方阵,因为他们站得不对。"

团长是一个又瘦又弱,面带笑容的小老头,眼睛被眼皮遮着一大半,这给他增加了一副温和的神情,他骑着马走到巴格拉季翁公爵跟前,像主人接待客人似的接待了他。他向巴格拉季翁公爵报告,法国骑兵曾向他的团队进攻,尽管进攻被打退了,团队却损失过半。

团长向巴格拉季翁公爵转过身来,一再劝他回去,因为这里太危险了。"赏个脸吧,大人,看在上帝分上!"巴格拉季翁对他的士兵的表现很满意。

"走得真像个样。"巴格拉季翁的侍从中有一个人说。

纵队的排头已经下到河谷。

刚才作战的我们那个团的残部,赶忙排着队向右让开。从他们后面,第六猎骑兵团的两营人整整齐齐地开来了。他们还没有走到巴格拉季翁面前,就已经听得见许多人齐步走时发出的沉重脚步声。左翼有一个圆圆的脸、身材魁梧、面带傻呵呵的表情的连长走得离巴格拉季翁最近,这就是从窝棚里跑出来的那个人。此时此刻,他除了雄赳赳地从长官面前走过之外,什么都不想了。

几百名士兵都雄赳赳、气昂昂、斗志昂扬。

"干得好,弟兄们!"巴格拉季翁公爵说。

"愿为—大—人—效—劳!……"队伍中发出一片喊声。

军官发出了停止行进和解下背囊的命令。

巴格拉季翁在队伍前走了一周,接着下了马。他把缰绳交给哥萨克兵,把斗篷脱下来也交给他,伸了伸腿,整了整头上的帽子。这时,由军官带头的法军纵队的排头已经在山下出现了。

"上帝保佑!"巴格拉季翁说。

法军已经逼得很近,跟巴格拉季翁公爵一块走着的安德烈公爵已经清楚地看得出法军的子弹带、红肩章,甚至他们的面孔。他清清楚楚看见一个法国老军官拉着灌木,迈着两脚,吃力地往山坡上爬。巴格拉季翁公爵还没有发布新的命令。

忽然间在法军中间响起枪声，一声、两声、三声……在乱糟糟的敌人队伍中间硝烟弥漫，紧接着枪声响成一片。我们有几个人倒下了。其中也有那个刚才曾是那么快活、那么努力行进的圆脸军官。但是就在第一声枪响的同时，巴格拉季翁转脸看了看，喊起了："乌拉！"

"乌拉—拉—拉！"我们队伍里响起一片拉得长长的喊叫声，于是我们的队伍越过巴格拉季翁公爵，汇成不整齐、快活的一群，生龙活虎地跑下山坡，去追击混乱的法军。

十九

第六猎骑兵团的攻击掩护了右翼的撤退。被遗忘的图申炮队在中央炮击申格拉本村，有力地阻止了法军的前进。法军忙于扑救被风势蔓延开来的大火，由此给了俄军以撤退的时间。中央部队向后撤退，匆忙并且杂乱。然而在撤退中各队并没有乱作一团。由亚速和波多尔斯克两个步兵团以及保罗格勒骠骑兵团组成的左翼，因受到法军拉纳所统率的优势兵力的进攻和迂回而陷于混乱。巴格拉季翁派热尔科夫前往左翼将军那里传达马上撤退的命令。

热尔科夫策马疾驰而去。但是刚刚离开巴格拉季翁，就没有了勇气。一种难以抑制的恐惧情绪占领了他，他不能到那危险的地方去。

他驰近左翼的军队后，不敢向那子弹飞舞的前线去，而是在不可能找到的地方寻找将军和长官，最后没有把命令送到。

左翼指挥权属于年长的、在布劳接受库图佐夫检阅的团长，也就是多洛霍夫在那里当兵的那个团的团长。而左翼的最左边缘的指挥权却委任给罗斯托夫所在的保罗格勒团的团长，因此发生了分歧。两个团长各不相让，互相斗气，正当右翼早已开火，法军开始攻击的时候，两位长官却忙着互相侮辱的谈判。不论是骑兵还是步兵，对当前的战事没有准备。各团的人马，从士兵到将军，都没有想到要战斗，都在安静地做些日常的工作：骑兵在喂马，步兵在拾柴。

"反正论官阶他比我大，"德国籍的骠骑兵团长红着脸对前来的副官说，"他愿意怎么办就怎么办好啦。我可不能让我的骠骑兵去送死。号兵！吹退却号！"

形势危急。向右翼和中央轰击的排炮声和步枪声连成一片，拉纳率领的身披外套的法国射手越过磨坊的堤坝，已经在离这边两射程远的地方列成队形。步兵团长迈着不稳的步子走到马跟前，骑了上去，腰杆挺得直直的，显得很高大，策马向保罗格勒团团长奔去。两个团长在立刻相遇了，他们有礼貌地互相鞠躬，但内心却藏着嫉恨。

"无论怎么样,团长,"将军说,"我不能把一半人马留在森林里。我请求您,我请求您,"他反复地说,"占领阵地,准备进攻。"

"不是自己的事情我请您不要干涉。"团长愤怒地回答,"您是骑兵……"

"我不是骑兵,团长,我是俄国将军,您如果不清楚的话……"

"我很清楚,大人,"团长突然策动坐骑,大声喊道,他的脸都气紫了。"请劳驾到前沿走走,您就会明白那阵地一点用处也没有。我不愿葬送自己的团来让您开心。"

"您太无礼了,团长。我不是来寻开心的,你无权说这种话。"

将军接受团长比赛勇敢的邀请,他挺直胸膛,紧皱眉头,和他一块向前沿走去,仿佛他们俩的全部分歧只有在枪林弹雨的前线上才能得到解决。他们来到前沿,几颗子弹从他们头上飞过,他们一声不响地停下来。其实前沿并没有什么可看的,因为在刚才他站着的地方就可以看得一清二楚,在那些灌木林和条条冲沟之间骑兵是没有用场的,而法军正向左翼迂回。将军和团长,像两只要斗架的公鸡,威严地、互相怒视着,徒然等待着对方露出害怕的迹象。两个人都经住了考验。因为无话可说,两个人谁也不愿给对方以借口——说他是第一个走出枪林弹雨的。要不是这时在树林里,突然传来噼里啪啦的枪声和一片低沉的呐喊声,他们会长久地站在那里互相比赛勇敢。在树林里拾柴的士兵受到法军的攻击。骠骑兵已经不能随同步兵一块撤退了。他们被法军的散兵线切断了撤退的道路。现在不管地形多么不利,为了给自己打出一条生路,也不得不展开攻击了。

罗斯托夫所在的那个骑兵连队刚骑上马,就被敌人迎头堵住。又像在恩斯河桥上那样,在骑兵连和敌人之间别无他人。

团长骑马来到前沿,无可奈何地回答了一些军官的问题,坚定地下了一道命令。谁也没有明确地说什么,可是要冲锋的话却传遍全连。发出列队的口令,传出军刀出鞘的锵锵声。但就是没有人动弹。左翼的军队,不管是步兵还是骠骑兵,都感到连长官自己也不知道该怎么办,长官的徘徊传染了士兵。

"快一点,最好快一点,"罗斯托夫想,他想体会一下冲锋陷阵的愉快。

"上帝保佑,弟兄们,"传来杰尼索夫的声音,"跑步,前进!"

罗斯托夫看见右边有几排自己的骠骑兵,前面更远的地方有一条长长的黑线,尽管看不清楚,可是他认定那就是敌人。可以听见稀稀拉拉的枪声,但离得很远。

"加快!"口令传出,罗斯托夫感觉到他的"白嘴鸦"抬起臀部,飞奔起来了。

他预先猜到了他的马的动作,所以十分兴奋。他曾注意到前面有一棵树。马飞快地越过了中间线。罗斯托夫紧握着刀柄,心中想。

"乌拉—拉—拉!!"响起一片呐喊声。

"不管是谁,如果落在我的手里,让他试试看。"罗斯托夫一边想,一边用马刺刺"白嘴鸦",使它全速前进,把别人都落到后面。前面已经可以看见敌人。忽然间,仿佛有一把大笤帚似的东西扫过整个骑兵连。罗斯托夫举起马刀准备砍杀,正在这时,在前面驰骋的士兵尼基琴科离开了他,罗斯托夫像做梦似的,觉得他依旧风驰电掣地奔驰,同时又觉得停留在原地不动。一个熟识的骠骑兵邦达尔丘克从后面追上来,生气地看了看他。邦达尔丘克的马向旁边一闪,从他身旁绕了过去。

"这是怎么回事?我不能动弹了!——我倒了,被打死了……"罗斯托夫在一瞬间自问自答。他已经是独自一人躺在旷野里了。他身下是温暖的血。"不,我受了伤,马被打死了。""白嘴鸦"想撑起前腿,可是摔倒了,压住了骑马人的脚。血从马头上流出来。马挣扎着,可站不起来。罗斯托夫想站起来,也摔倒了:图囊挂住了马鞍。我们的人在哪儿,法国人在哪儿——他不知道。四周没有一个人影。

他抽出脚,站起来。"那条明显地把两军分开的线现在在哪儿?在哪个方向?"他问自己,但回答不出。"是不是我发生了什么不幸?这种情况常有吗?遇到这种情况应该怎么办?"他一面问自己,一面站起来。这时他感觉他那麻木的胳膊似乎一件多余的东西。手似乎是别人的。他看了看手,没有什么血迹。"那不是人来了,"他看见有人向他跑来,兴奋地想,"他们来救我了!"

"难道他们是来捉我?这是些什么人呢?"罗斯托夫不相信自己的眼睛,一直在想。"难道是法国人吗?"他望着那些渐渐跑近来的法国人,尽管一分钟之前他还奔驰着追赶这些法国人,要想砍杀他们,但是现在他们快到跟前的时候,他怕极了。"他们是什么人?为什么跑?是不是找我来了?是向我这儿跑吗?想干什么?杀死我吗?杀死我这个为大家所钟爱的人吗?"他不禁浮想联翩。"杀死——也许可能!"他不明了自己的处境,原地不动地站了十多秒钟。最前面那个长着鹰钩鼻的法国人端着刺刀,屏住呼吸,迅速地向他跑来,他那狂热的、陌生的面孔,使罗斯托夫大为吃惊。他抓起手枪,没有向那人射击,却用它向法国人掷去,然后拼命向灌木丛跑去。他狂奔着,怀着兔子逃避猎犬的心情。一种为自己年轻、幸福的生命担心的心情占据了他的整个身心。他迅速地逃过田埂,在田野上狂奔,不时扭转着他那苍白、善良、年轻的脸,一股惊恐的冷气掠过他的背脊。"不,最好不要回头。"他心中想,可是快跑到灌木的时候,他又回头看了一次。法国人落到后面了,就在他回头看的那一刻,那个跑在最前面的人把快步换成慢步,而且回头对后面的同伴大声喊话。罗斯托夫停下来。"有点不大对吧,"他想,"他们想杀死我,这是不可能的。"就在这时,他的左手感到特别沉重。他再也跑不动了。法国人也停了下来,开始瞄准。罗斯托夫闭着眼睛,弯下腰来,一颗、两颗子弹呼啸着飞过。他汇集最后的力量,用右手托着左手,跑进了灌木丛。在灌木丛里有俄国的射手。

二十

受到忽然袭击的步兵团队从树林里逃出来,各连队混成一团,蜂拥而逃。一个士兵在惊慌中说了一句:"给切断了!"这句话带着恐怖感传遍了人群。

"给包围了! 给切断了! 完蛋了!"逃跑的人喊叫着。

团长一听见后面的枪声和喊叫声,就明白他的团队发生了可怕的事情。他首先想到的是,他服役多年、从来没有过任何过失,而这次可能犯了玩忽职守和指挥失当的错误。想到这里,他大惊失色,就在这一刻他忘记了不听指挥的骑兵团长,忘记了将军的尊严,完全忘记了危险和自卫感,他抓住鞍鞒,用马刺拍马,冒着雨点似的子弹,向团队飞驰。他只有一个想法:弄清是怎么回事,不管怎样得想办法补救和改正错误。

他侥幸地从法军中穿过,驰到树林外边的田野上,此时我军正经过这里逃跑,连口令也不听,顺着山坡一直往下跑。不管团长怎样拼命地喊叫,不管团长那副面孔是多么恼怒,他又是怎样挥舞军刀,士兵仍然在狂奔,说话,向空中放枪,不听口令。决定胜负的士气动摇明显助长了恐怖气氛。

由于喊叫和硝烟,将军咳嗽起来,他绝望地站住了。看来一切都完了,然而就在这时,进攻我们的法军,不知为什么,忽然往回跑去,从林边消失,树林里出现了俄国的射手。这是季莫欣的连队,只有这个连队在树林里遵守秩序,在林边沟渠里埋伏着,忽然向法军发动袭击。季莫欣拼命喊叫着向法国人扑过去,他挥舞着军刀向敌人冲去,法国人还没清醒过来就丢下武器逃走了。跟季莫欣并肩奔跑的多洛霍夫,面对面杀了一个法国人,他是第一个抓住一个投降的法国军官的脖领的。逃跑的人回来了。各营再次集合,被切成两段的左翼法国军队转眼之间被打退了。后援部队已经赶到,逃兵都停住了脚步。团长和埃科诺莫夫少校站在桥边。这时一个士兵跑到团长跟前,抓住他的马镫,差点偎靠着他。这个士兵穿着淡蓝色的毛呢大衣,没有背背囊,没有戴高筒帽,包着头,肩上挎着法军子弹盒,手中握着军官的军刀。这个士兵脸色苍白,一对蓝眼睛大胆地望着团长的脸,而嘴角却含着微笑。虽然团长忙着向埃科诺莫夫少校发布命令,但这个士兵还是引起了他的注意。

"大人,这是两件战利品,"多洛霍夫指着法国军刀和子弹盒,"我俘虏了一个军官。我挡住了逃跑的连队。"多洛霍夫累得上气不接下气，时断时续地说，"全连都可以作证。请您记住，大人！"

"好，好。"团长说着，又向埃科诺莫夫少校转过脸去。

可是多洛霍夫还不走开，他解开手帕，扯下来，露出头发上结板的血迹。

"我受了刺刀伤不下火线。请您记住，大人。"

图申的炮兵连被忘了，直到战事快要结束，而中央阵地的炮声仍在轰轰隆隆，巴格拉季翁公爵才派值勤校官到那里，接着又把安德烈公爵派了去，命令炮兵连尽快撤退。图申炮垒近处的掩护部队，在战斗中不知奉了谁的命令撤走了。炮兵连仍在坚持轰击，它之所以没有被法军攻下，是因为敌人不能设想四面没有掩护的炮队竟敢这么大胆地射击。相反，从这个炮队的顽强的战斗看来，敌人认为在中央集中着俄军的主力，对这个据点发动了两次攻击，但两次全被这个高地上的四门孤立无援的大炮用霰弹击退了。

巴格拉季翁公爵走后不久，图申就把申格拉本村轰得起火了。

"瞧，乱成了一团！着火了！瞧那黑烟！打得好！好极了！好大的烟！好大的烟！"炮兵们欢呼雀跃。

所有的大炮都向着起火的地方轰击。似乎鼓励似的，每放一炮，士兵就跟着喊叫："打得好！就这样干！真有你的……好极了！"火借风势，很快蔓延开来。走出村外的法国纵队又返回来，大约是为了报复这次的吃亏，敌人在村子右边架起十门大炮，向图申轰击。

法国人的还击并没有改变那热火朝天的场面，只不过改变一下情绪。用后备炮车的马替换了打死的马，把伤员移走，四门大炮转过来对付那十尊大炮。图申的军官同事在战事刚开始的时候就阵亡了，一小时之内，四十名炮手中十七人失去了战斗力，但是炮兵们依旧兴高采烈。有两次他们看到下面离他们不远的地方出现了法国人，他们就用霰弹向他们射击。

小个子图申，动作无力而笨拙，他不停地要求勤务兵为了这一炮再装一袋烟，他一面往前跑，一面从烟袋锅里撒着火星，把小手搭在脑门上观望法国人。

"打，弟兄们！"他说，托起轮子移动大炮，旋转着螺旋。

震耳欲聋的射击声每次都使图申打战，在硝烟中，他叼着小烟斗从这尊炮跑到那尊炮，时而瞄准，时而计算弹药，时而下令换掉死伤的马匹，他用他那尖细无力、并且不很果断的声音不住地喊叫。他很高兴。只有当打死或者打伤人的时候，他才皱皱眉头，背过脸去不看阵亡的人。那些士兵，大半都是英俊小伙子。

轰鸣、嘈杂和不停地操心，图申没有体验到一点不快乐的恐慌的感觉，在他的脑海里也没有那种他可能被打死或者打伤的想法。相反，他越来越愉快。

在他的想象中，敌人的大炮不是大炮，而是烟斗，有一个看不见的吸烟人喷着奇怪的烟圈。

"瞧，又喷烟了。"图申低声自言自语。就在这时，从山上腾起一团硝烟，被风吹成一条长带向左飘去。"小球就要飞来了，——我们给他送回去。"

"您有什么吩咐吗，大人？"站在一边的军士听见他嘟囔，问道。

"没什么，拿榴弹来……"他回答。

"你来一个，亲爱的马特维夫娜。"他自言自语。在他心目中，马特维夫娜是指那尊靠边的旧式大炮。他把围在大炮周围的法国人想象成一群蚂蚁。那个美男子，醉鬼，第二尊大炮的一号炮手，在他的想象世界中是一位大叔。图申最愿看他，他所做的一切都使他兴奋。山下步枪互射，此起彼伏，他把它想象成某人在那里呼吸。他倾听着时起时伏的枪声。

"听，又喘气了，又喘气了。"他自言自语。

他把自己想象成一个体格英俊、力大无比、双手抱着炮弹向法国人掷去的伟男子。

"马特维夫娜，亲爱的，露一手！"他一边说，一边离开大炮，这时传来陌生的声音："图申上尉！上尉！"

图申吃惊地回头看了看。这就是在格伦特商贩帐篷里把他撵出来的那个校官。他气喘吁吁地对他喊道："您怎么啦，发疯了？两次给您退却的命令，但是您……"

"他们干吗老跟我过不去？……"图申一面惊慌地看着长官，一面心中暗想。

"我……没什么……"他把两个指头放在帽檐上，说，"我……"

可是没等上校说完。从近旁飞过的炮弹逼迫他赶快弯下身来，趴在马背上。他停了一下，刚想再说，又飞来一颗炮弹阻止了他。他掉转马头就走了。

"撤退！全体撤退！"他从远处喊道。

士兵们全笑了。一分钟后，一个副官驰来传达了同一个命令。

这是安德烈公爵。他来到图申炮连所在地时，首先看到马，它断了一条腿，躺在其他套在车上的马旁嘶鸣。前车中间躺着几个被打死的人。当他走近时，炮弹一颗接一颗从头顶上飞过，他感到一阵寒战。但是，一想到自己害怕，就又振作起来。"我不能害怕。"他想，他在大炮中间沉着地下了马。他传达了命令之后，没有离开炮兵阵地。他决定亲眼看着大炮从阵地上移下来并撤走。他和图申一起跨过死尸，在法军猛烈的炮火下，忙着撤走大炮。

"刚才来了一位长官，一会儿就溜走了，"一个军士对安德烈公爵说，"不像您，大人。"

安德烈公爵没有跟图申说一句话。他们两人都忙得不亦乐乎。他们把四尊炮中未受损伤的两尊套上前车，开始下山（抛下一尊被打坏的炮和一尊独角兽炮），安德烈公爵骑马来到图申跟前。

"再见了。"安德烈公爵向图申伸出一只手，说。

"再见，亲爱的朋友，"图申说，"亲爱的人！再见，亲爱的朋友。"图申说，不知为什么突然热泪奔流。

二十一

风停了，乌云在战场的上空低垂着，地平线上，乌云和硝烟融成一片。天渐渐黑下来，两处的火光显得格外明亮。炮声稀疏了，可是后面和右面的枪声却更加频繁，更加接近。图申和他的炮队从火线上撤下来。途中碰到好多人，其中就有两次奉命而一次也没有到达图申炮兵连的热尔科夫。他们七嘴八舌一齐给他发命令和传达命令，告诉他应当到哪里去和如何走，而且责备他，申斥他。图申什么也没向部下吩咐，骑着炮兵的一匹瘦马在后面走；他怕说话，连自己也不知为什么，一说话就想哭。虽然有命令把伤员抛下，仍然有许多伤员拖着步子跟着部队走，要求搭坐炮车。那个在战斗前从图申的窝棚里跑出来的雄赳赳的步兵军官，腹部中了枪弹，被安放在马特维夫娜炮车上。山脚下，一个面色苍白的骠骑兵士官生，用一只手托着另一只手来到图申面前，要求搭坐炮车。

"上尉，看在上帝分上，我的胳膊受了挫伤，"他怯生生地说，"看在上帝分上，我走不动了。看在上帝分上！"

看样子，这个士官生央求搭车已经好几次了，然而全都遭到拒绝。他用犹豫的、可怜的声音哀求："叫我坐上去吧，看在上帝分上。"

"让他坐，让他坐，"图申说，"给他铺上大衣，我说，大叔，"他对他所喜爱的那个士兵说，"那个受伤的军官呢？"

"抬下去了，死了。"有人回答。

"让他坐上去。坐吧，亲爱的，坐吧。安东诺夫，铺上大衣。"

这个士官生是罗斯托夫。他用一只手托着另一只手，脸色苍白。人们扶他上了马特维夫娜炮车，这就是安放过那位阵亡军官的炮车。铺在下面的大衣有血迹，浸湿了罗斯托夫的马裤和手。

"您受伤了吗,亲爱的?"图申走到罗斯托夫乘坐的那尊炮车跟前,说。

"不是挂彩,是挫伤。"

"裤子上怎么有血?"图申问。

"这是那个军官流的血,大人。"一个炮兵回答,他一面用大衣袖子擦血,好像为弄脏了大炮而感到歉疚。

在步兵帮助下,炮车吃力地爬坡,到了贡台斯多尔夫村,停了下来。天已经黑透,十步以外看不清士兵的服装,枪声停止了。突然,从右边不远的地方,又传来呐喊声和枪炮声。在黑暗中,发出闪光。这是法军又一次进攻,驻在这个村子的士兵首当其冲。所有的人又都冲出村子,可是图申的大炮无法移动,炮手们、图申和士官生只好坐在那里听天由命。对射渐渐停了,从旁边的街上传来士兵们高兴的谈话声。

"你还好好的吗,彼得罗夫?"一个士兵问。

"揍得他够受的,兄弟。现在不敢来了。"另一个士兵说。

"什么也看不见。他们揍起自家人来了!弟兄们,黑得对面不见人。有水喝吗?"

法国人被打退了。在漆黑的夜里,图申的大炮被发出嗡嗡声的步兵队伍围着,像镶在框子里似的,又向前行进了。

低语声、谈话声、马蹄和车辆的响声,汇成一片嗡嗡声。在这片嗡嗡声中,听得最清楚的是伤员的呻吟声和谈话声。他们的呻吟声似乎充满了包围着军队的全部黑暗。呻吟和夜的黑暗融成一体。过了一会儿,移动的人群起了一阵骚乱。一个骑白马的人带着随从走过,一边走,一边说。

"他说什么?现在到哪儿去?站住不动了吗?向我们表示感谢,还是怎么啦?"四面传来急切地询问,所有移动的人群都站住了,是有命令叫停下来。所有的人全在泥泞的道路中间原地站住不动。

篝火发出亮光,谈话声听得更加清楚了。图申上尉派一名士兵替士官生去找救护站或者军医,然后就在士兵们生起的篝火旁坐下了。罗斯托夫也向篝火走来。由于疼痛、寒冷和潮湿,他全身像发疟疾似的打哆嗦。他困得要命,但是那只受伤、无处安放的胳膊疼得要命,他怎么也睡不着。他时而闭闭眼,时而看看红得耀眼的火光,时而看看他身旁盘腿坐着的图申,——看看他那有点驼背的瘦小身量。图申那对善良而聪明的眼睛充满了同情。他看得出,图申尽管想尽力帮助他,但无能为力。

罗斯托夫茫然地望着,倾听着周围发生的一切。一个步兵走到篝火旁,蹲下来伸手烤火;他转过脸来。

"可以烤烤火吗,大人?"他带着疑问的神情对图申说,"我跟连队失掉了联系,大人;连我自己也不知道我来到哪儿了。太倒霉了!"

跟这个士兵一起走到篝火跟前的,是一个包扎着腮帮的步兵连长,他要图申下令把大炮移开一点,以便辎重车队过去。在连长之后的是两个士兵。他们正在争夺一只靴子,拼命地吵骂和厮打。

"什么,是你捡的!见鬼!"一个士兵声音嘶哑地大叫起来。

随后又来了一个消瘦、苍白的士兵,脖子上缠着渗透血污的包脚布,他愤怒地向炮兵们要水。

"怎么,要叫我像条狗一样死掉,还是怎么的?"他说。

图申吩咐给他水。然后又跑来一个快活的士兵,替步兵讨一点火。

"给步兵们一点可爱的火种吧!老乡,祝你们平安,回去后,我们会加倍奉还。"他一面说,一面拿走了通红的炭火。

在这个士兵之后,又有四个士兵用大衣兜着一件什么东西从篝火边走过。其中一个绊了一下。

"他妈的,把劈柴放在路上。"他嘟囔了一句。

"人早死了,还带着他干吗?"其中一个说。

"你得了吧!"

于是他们兜着东西在黑暗中消失了。

"怎么?痛吗?"图申低声问罗斯托夫。

"痛。"

"大人,请您去见将军。就在村里一家农舍里。"军士走到图申跟前说。

"这就去,老弟。"

图申站起来,扣上大衣,整理了一下,就离开了篝火……

离炮兵的篝火不远的地方,巴格拉季翁公爵坐在一家农舍里用饭,跟聚在他那里的几个部队的长官谈话。这里还有一个眼睛半睁半闭、贪婪地啃着羊骨头的小老头,一个酒足饭饱、因而满面红光、供职二十二年无差错的将军,一名手上戴着刻有名字的戒指的校官,还有焦虑地望着大家的热尔科夫和面色苍白、嘴唇紧闭、像发热病似的眼睛冒火的安德烈公爵。

一面缴获的法国旗帜倚在墙角,那个军法检察官带着天真的表情一面抚摸着旗帜的布面,一面直摇头。隔壁一间小屋里是一个俘虏——法国龙骑兵上校。一些我们的军官围在那里看他。巴格拉季翁公爵对长官们一一表示感谢,并问到战事和损失的详细情况。在布劳接受检阅的团长向公爵报告说,战斗刚开始他就从树林里撤退,把砍柴人召集起来,让他们撤走后,他用两营兵力同敌人展开了白刃战,最后把法国人击溃了。

"大人,我一见第一营乱了阵脚,我站在路上心里想:'把他们撤下来,用另一营的火力对付他。'我就这样做了。"

"还有一件事应当向您报告,大人,"他想起多洛霍夫与库图佐夫的谈话和他跟这个降职的人最后一次的见面,"我亲眼看见,降职当兵的多洛霍夫俘虏了一名法国军官,他表现得非常好。"

"大人,我亲眼看见保罗格勒团的士兵们冲锋陷阵,"热尔科夫神色不定地东张西望,插嘴说;他在这一天根本没有看见骠骑兵,只是从一个步兵军官嘴里听到他们的情形。"打垮了两个方阵,大人。"

许多人听了热尔科夫的话,微微一笑,像平时一样,都等着听他的笑话。可是听见他所说的也是有关我们的军队和今天战役的光荣,神情就严肃起来,虽然很多人都很明白,热尔科夫说的话是一派胡言,一点根据也没有。巴格拉季翁公爵向那个小老头团长转过身去。

"谢谢诸位,所有的部队——步兵、骑兵和炮兵,作战都很英勇。中央阵地怎么放弃了两门大炮?"他一边用眼睛找人,一边问。"我似乎是请您去的。"他对值勤的校官说。

"有一门被击毁了,"值勤校官答道,"另外一门,我就不知道了。整个时间我亲自在那里照管,刚刚离开那里……打得确实十分激烈。"他谦逊地补充了一句。

有人说图申上尉就在这个村子里,于是就派人找他。

"您不是也在那儿吗?"巴格拉季翁公爵对安德烈公爵说。

"对,我们差一点儿碰在一起了。"值勤副官对博尔孔斯基快乐地微笑说。

"我没有看见您的荣幸。"安德烈公爵冷淡并且生硬地说。

大家都一声不响。图申小心翼翼地从将军们背后挨进去。图申像平时一样,一见长官就窘得慌,他在狭窄的屋子里绕过将军们的时候,没有留意旗杆,绊了一下。有几个人笑起来。

"怎么有一尊大炮放弃了?"巴格拉季翁紧紧皱着眉头问,与其说他是对图申皱眉头,不如说他是对那几个笑的人(其中笑得最响的是热尔科夫)皱眉头。

直到这时,在威严的长官面前,图申才十分恐惧地想到他的失职和耻辱,因为他丢掉了两门大炮而自己还活着。因为他心情太激动,一直没能思考这个问题。

军官们发笑更把他弄糊涂了。他站在巴格拉季翁面前，下巴颏直打哆嗦，勉强地说："我不知道……大人……没有人了，大人。"

"您可以从掩护部队调人！"

至于掩护部队已经撤走的事，图申没有提，尽管这是千真万确的事实。他担心说出来会连累别的长官，他一声不响，目不转睛地看着巴格拉季翁的脸，像一个答不出考题的小学生望着老师的眼睛。

沉默持续了好久。巴格拉季翁公爵很明显不想做出严厉的样子，不知说什么好，其他的人也不敢插嘴。安德烈公爵低头翻起眼来看看图申，他的手指紧张地颤动着。

"大人，"安德烈公爵用生硬的声音打破了沉默，"您派我去图申上尉的炮兵连。我到了那儿，发现三分之二的人和马匹被打死，两门大炮被打坏，什么掩护部队也没有。"

巴格拉季翁公爵和图申这时都一齐盯着正在说话的、尽力克制然而内心激动的博尔孔斯基。

"大人，如果允许我说出我个人的意见的话，"他接着说，"我就要说，我们今天的胜利，应当归功于这个炮兵连和图申上尉以及他的部队的不屈不挠的英勇精神。"安德烈公爵说，不等回答，就站起身来离开了桌子。

巴格拉季翁公爵看了看图申，很明显，他不愿对博尔孔斯基尖锐的论断表示怀疑，但同时又觉得不能全部相信他的话，他低下头对图申说，他可以走了。安德烈公爵跟着他走出来。

"谢谢，亲爱的，您救了我。"图申对他说。

安德烈公爵把图申打量了一下，一言不发，就离开了他。安德烈公爵心里又愁闷，又沉重。一切都如此奇怪，不像他所希望的那样。

"他们是什么人？他们想干什么？他们想要怎么样？要到何时这一切才能了结？"罗斯托夫望着晃来晃去的人影，心里这样想。胳膊的疼痛越来越难以忍受了。困得要死，眼前直跳。为了求得心静，他闭上了眼睛。

他迷糊了一会儿，梦见了许多事物：梦见母亲和她那又白又大的手，梦见索尼娅瘦削的肩头，娜塔莎的眼睛和笑声，还梦见杰尼索夫和他说话的声音以及他的胡子，还梦见了捷利亚宁，梦见他跟捷利亚宁和波格丹内奇的全部事件。

他睁眼望着天空。漆黑的夜幕下，在这光亮中，细碎的雪花飞舞着。图申没有回来，军医也没有来。他独自一人，这会儿只有一个小兵赤裸着坐在篝火对面，烘烤他那黄瘦的身体。

　　"我是个没人要的人了！"罗斯托夫想，"没人帮助我，没人可怜我！从前我在家的时候，身强力壮，快快活活，大家都爱我。"他哀叹一声，禁不住呻吟起来。

　　"很痛吗？"那个小兵一面在火上抖他的衬衣，一面问，不等回答，就咳嗽一声，补充说："这一天毁掉多少人——真可怕！"

　　罗斯托夫没有听那个士兵说话。他望着在火上飞舞的雪花，回忆起俄罗斯的冬天，家里温暖的、窗明几净的房间，毛茸茸的皮衣，飞快的雪橇，健康的身体，以及家庭的爱抚和关心。"我干吗要到这儿来！"他想。

　　第二天法军没有发动进攻，巴格拉季翁的残部和库图佐夫的军队会师了。

世界经典文库

世界二十大名著

战争与和平

图文珍藏版

第三部

一

　　瓦西里公爵从来不想自己的计划。他更没有想到要做对不住别人的事。他在和人交往中,总是见风使舵,产生各种打算和想法,这些连他自己也并不是非常了然的计划和想法构成了他的全部生活。他从没有对自己说过诸如此类的话,例如:"某人现在有权有势,我应当取得他的信任和友谊。"或者对自己说:"皮埃尔很有钱,我应当勾引他娶我的女儿,向他借我所需要的四万卢布。"但是当他碰到有权有势的人时,本能就立刻提示他,这个人可能有用,于是瓦西里公爵就接近他,一有机会,不用事先准备,就本能地阿谀奉承起来,做出亲近的样子,说些需要的话。

　　在莫斯科,瓦西里公爵把皮埃尔笼络住,给他张罗一个相当于五等文官的宫内侍从的职位,非要他和他一块去彼得堡,而且在他家里住下。为了使皮埃尔娶自己的女儿,瓦西里公爵竭尽了全力。他这样做似乎是出于无心,但同时又有不达目的不罢休的劲头。

　　不久以前还过着无忧无虑的单身生活的皮埃尔,在出乎意外地变成富翁和别祖霍夫伯爵之后,却感到众事缠身,忙乱不堪,只有在床上休息的时候,才能自得其乐。他要签署文件,到那他并不很了解其作用的衙门看看,向总管家问这问那,还要到莫斯科近郊的田庄上走动走动,接见许多人,他们以前从不承认他这个人的存在,而现在他倘若不愿见他们,就会使他们感到委屈和失望。这些各色人等——实业家、亲戚、熟人,对这个年轻的继承人都怀着同样的好感,对他都很亲切;他们每个人对皮埃尔的高尚品质显然都无可辩驳地信服。他时常听到:"以您的大慈大悲,"或者:"以您那伟大的胸襟,"或者:"您本人是这么纯洁,伯爵……"或者:"如果他能像您这么聪明,"诸如此类的话,于是他就真的相信自己具有无限的仁慈和非凡的智慧了,何况他经常在内心深处觉得他确实十分仁慈和十分聪明。甚至以前居心不良和怀有敌意的人,也对他温柔和喜爱起来。那个身腰细长、头发梳得像洋娃娃似的最凶的大公爵小姐,在葬礼完毕以后,走到皮埃尔的房间。她耷拉着眼皮,不停地喘气,对他说,她对过去他们之间的误会感到非常遗憾,现在她觉得她没有权利要求什么,只请求在她遭到这次打击之后,允许她在这所她喜爱的和付出很多牺牲的房子里停留几星期。她说着忍不住哭起来。这位木雕泥塑般的公爵小姐竟有如此之改变,使皮埃尔大为感动,他抓起她的手,请求她原谅,连他自己也不知要她原谅什么。从那天起,公爵小姐亲自动手给皮埃尔编织带条纹的围巾,彻底改变了对他的态度。

"为她做一件好事吧,亲爱的。不管怎么说,她总为死者吃了不少的苦头。"瓦西里公爵一面说,一面让皮埃尔在一张对公爵小姐有好处的凭据上签字。

瓦西里公爵决定,这块骨头(三万卢布的期票)最终会扔给这个可怜的公爵小姐,以免得她到处嚼舌头,说瓦西里公爵曾参与抢夺镶花皮包的事件。皮埃尔在期票上签了字,从此公爵小姐变得更和善了。两个妹妹对他也亲近起来,尤其是那个俊俏的、生有黑痣的最年轻的公爵小姐,一见他就嫣然一笑,现出窘态,常常使皮埃尔感到手足失措。

皮埃尔觉得,人人都喜欢他是理所当然的,如果有人不喜爱他,他反倒觉得不正常了,所以他完全相信他周围的人们的真心诚意。并且他也没有时间去考虑这些人是不是真心诚意。他总是忙个不停,每时每刻都觉得他是陶醉在温柔和愉快之中。他觉得他是某种重要的共同活动的中心,他觉得人们经常对他有所希望,而如果他做不到某件事,他就会使许多人感到烦恼,辜负了他们的期望,如果他做到某件事,就一切都好,——于是他就有求必应,可是这个"好"却总很渺茫。

在刚开始的时期,瓦西里公爵比其他任何人更多地支配着皮埃尔的事情和皮埃尔本人。自从别祖霍夫伯爵死后,他就没有放松过皮埃尔。瓦西里公爵摆出那副神气,仿佛他被繁务琐事压得筋疲力尽,但出于同情心,不能眼看着这个无依无靠的青年人任凭命运和骗子们的摆布而置之不顾,他毕竟是老朋友的儿子,并且说到底,他拥有如此巨大的财产。别祖霍夫伯爵死后,他在莫斯科停留的日子里,时常把皮埃尔叫到跟前,或者亲自去找他,教导他应该做什么。听他那疲劳而又自信的腔调,使人觉得他每次都附加着这样的话似的:"琐事真是把我忙坏了。但是,如果扔下你不管,则未免太残酷了,我所告诉你的是唯一可行的。"

"我说,贤侄,咱们明天终于要起身了。"有一天他说,边说边闭上眼睛,手指挨个地在他的胳膊肘上按下去,而他那口吻就仿佛他说的事是他们之间很久很久以前就决定了的,而且不可能有别的决定。

"咱们明天就动身,我把我的马车借给你。我很兴奋。咱们这儿重要的事都办完了。我早该走了。我才接到一位大臣的信。我曾向他举荐过你,他在外交使团里给你补了个缺,你当上宫内侍从了。今后在你面前展开了外交的前途。"

不管他那疲倦而自信的腔调多么有力,可是长久以来就思考自己前程的皮埃尔,想表示反对。但是瓦西里公爵打断了他的话。

"要知道,亲爱的,我这样做是为了你,也为了我自己的良心,用不着谢我。再说,一切都听你的便,就是明天辞掉不干也行。你到了彼得堡就全明白了。并且你早就该远离这些可怕的回忆。"瓦西里公爵叹了口气。"就这样啦,亲爱的。我的仆从就坐你的马车走吧。对了,我差点儿忘了,"瓦西里公爵又顺带说,"你知道,亲爱的,我和死者有一笔账没有清,从梁赞寄来一笔款子,我收到后就留下了:反正你不需要钱用。咱们以后会算清的。"

瓦西里公爵所说的"从梁赞寄来一笔款子,"是几千卢布的代役租金,被瓦西里公爵扣下了。

在彼得堡也跟在莫斯科一样,皮埃尔被温柔宠爱的气氛包围着。他不能不接受瓦西里公爵给他安排的位置,或者更确切地说是称号(因为他用不着做什么事),而结交、邀请和公益事业是那么多,以致皮埃尔比在莫斯科更有那种昏昏沉沉、忙忙碌碌、越来越接近而仍然没有实现的某种幸福的感觉。

他从前那帮光棍朋友,多数都不在彼得堡。近卫军出征去了,多洛霍夫降为士兵,阿纳托利在外省军队里,安德烈公爵在国外,所以皮埃尔既不能过从前他喜欢过的夜生活,也无法跟年长、可敬的朋友谈谈心。他在宴席间、在舞会上、并且多半是在瓦西里公爵家里——在公爵肥胖的妻子和美人儿海伦的圈子里,消磨掉所有的时间。

安娜·帕夫洛夫娜·舍列尔的态度也变了。

从前,在有安娜·帕夫洛夫娜在场的时候,皮埃尔一直觉得自己说话不礼貌,没有分寸,说些不该说的。他要说的话,在他头脑中准备的时候,似乎是聪明的,但是一等他大声说出来,就变得愚蠢了,而伊波利特的最愚蠢的话,听来却使人觉得聪明并且可爱。现在,不管他说什么都是好极了。即使安娜·帕夫洛夫娜不说出这一点,他也看得出,她想这么说,可是为了尊重他的谦虚,才忍住没说出来。

从1805年初冬到1806年,皮埃尔时常接到安娜·帕夫洛夫娜常用的粉红色请柬,请柬上而且附言:"美丽的海伦也要来我这里。"

皮埃尔首次看到这几句话的时候,觉得他和海伦之间正在形成别人公认的某种关系,这使他吃惊,仿佛给他加上了一种他没法履行的义务似的,但是同时,作为一个好玩的假设,又使他很兴奋。

安娜·帕夫洛夫娜的晚会还跟第一次一样,只是安娜·帕夫洛夫娜拿来款待客人的一道新鲜的菜肴,这次已不是莫特马尔,而是一位才从柏林来的外交家,他带来了最新的消息——有关亚历山大皇上到达波茨坦以及两位最伟大的朋友为了维护正义誓结生死不变的联盟以反对人类公敌的具体情况。安娜·帕夫洛夫娜在接待皮埃尔时,脸上带着一点淡淡的悲哀,这显然是对这个年轻人最近遭到的丧事——别祖霍夫伯爵之死的一点表示,而她所表示的那点哀愁,恰似她一提起玛丽亚·费奥多罗夫娜皇太后陛下所表示的一样。皮埃尔为此感到荣幸。安娜·帕夫洛夫娜用她那常用的手法,把客人分成几组。其中有瓦西里公爵和各位将军的最大的一组,分到了那个外交家。另外一组围着茶桌。皮埃尔想参加第一组,可是安娜·帕夫洛夫娜就像战场上的司令官,因为千百条妙计涌上心头而还未能实现,心里正在着急,她一看见皮埃尔,就用手指碰了碰他的衣袖。

“今天我想给您说件事。”她望望海伦,对她微微一笑。

“亲爱的海伦,今晚你可一定要陪着我这可怜的姑母。为了不让您太孤单,这里有一位可爱的伯爵,他绝不会拒绝陪着您的。”

美人儿到姑母那去了,但是安娜·帕夫洛夫娜依旧把皮埃尔留下,看样子要给他做最后一次必要的指示。

“她漂亮极了,是吧?”她指着飘然而去的庄重的美人儿对皮埃尔说。“真有风度!这么年轻的姑娘,可待人接物是那么有分寸,言谈举止是那么娴静优雅。她一举一动都出自内心!她嫁给谁,谁就会得到幸福!您说是不是?我只想知道您的意见。”说到此处,安娜·帕夫洛夫娜就让皮埃尔走了。

对于她的问话,皮埃尔真心地做了肯定的回答,承认海伦确实如此。

姑母在一个角落里接待这两个年轻人,看来,她想隐藏她对海伦的崇拜,想更多地表示她对安娜·帕夫洛夫娜的畏惧。她望着侄女,似乎在问她应当怎样对待这两个人。安娜·帕夫洛夫娜离开他们的时候,又用手指碰了碰皮埃尔说:“我这儿有趣吧?”她说着,又拿眼睛看了看海伦。

海伦莞尔一笑,那神情是表示,她不允许任何人见了她而有不着迷的可能。姑母咳嗽了一阵,咽下唾沫说,她看见海伦感到很兴奋;然后转向皮埃尔,依旧带着同样的神情,用同样的话寒暄了几句。在枯燥乏味、磕磕绊绊的谈话中间,海伦向皮埃尔瞧了一眼,对他轻轻一笑,那是她用来对谁都露出的明媚的微笑。这种微笑是皮埃尔看惯了的,因而对之毫无感觉,没有引起他任何的注意。姑母这时正讲皮埃尔的先父——别祖霍夫伯爵收集的鼻烟壶,而且把自己的鼻烟壶拿出来给大家看。海伦公爵小姐要看看这个鼻烟壶上的姑丈的画像。

“这一定是维涅斯的作品。”皮埃尔说出了一个著名微型彩画家的名字,一面从桌上探身去取鼻烟壶,一面倾听另外一张桌上的谈话。

他直起身来想走过去,可是姑母从海伦背后直接把鼻烟壶递了过来。海伦向前低身让开地方,微笑着回头张望。她跟平常参加舞会时一样,穿着流行的祖胸露背的衣裳。她的上半身(皮埃尔一向觉得它像大理石雕刻的)离他的眼睛是那么近,他情不自禁地用他那近视眼细看她那具有魅力的肩膀和脖颈,而且离他的嘴唇是如此近,他只需稍一弯身,就能碰到她了。他感觉到了她的身体的温暖,闻到了香水味,听到她呼吸时束腰轧轧作响。他看见的不是和她那衣裳构成一个整体的大理石雕像般的优美,他看到的和感觉到的是她那只遮着一层衣服的身体的全部魅力,他既经看见了这个,就再也不能看到别的了,就像我们不能再相信已经被揭穿的骗局一样。

"难道您到如今还没注意到我是多么美吗?"海伦好像在说。"您没留意我是个女人吗?是的,我是可以属于任何人,也可以属于您的女人。"她的眼神这么说,也就在这一瞬,皮埃尔感觉到,海伦不但可以,并且应该做他的妻子,不会有其他可能。

关于这一点他此刻确信无疑,就像他现在正和她举行婚礼似的。这件事怎样实现?什么时候实现?他不知道。他甚至不知道这件事是好是坏(不知为什么,他甚至觉得这不是件好事。),可是他知道这将要实现。

皮埃尔把眼睛垂下去,又抬起来试图重新把她看作一个离他遥远的、对他陌生的美人儿,就像他平常看见的她那样,可是这已经办不到了。她离他太近了。她已经对他产生了支配的力量。他和她之间,除了他自己的意志的障碍之外,已经没有任何别的障碍了。

"我看你们在那儿挺快活的。"传来安娜·帕夫洛夫娜的声音。

皮埃尔心惊胆战地回想自己是否有什么不体面的行为,他涨着脸四处张望。他似乎觉得,所有的人都跟他一样知道他发生了什么事。

过了一会儿,当他走近其他人的时候,安娜·帕夫洛夫娜对他说:"听说您在装修您在彼得堡的房子。"

(这的确是真的:建筑师说,他必须这样做,连皮埃尔自己也不知为什么,就装修起他在彼得堡的一所大住宅来了。)

"这很好。"她对瓦西里公爵微笑着说。"您还年轻。您需要多听别人的忠告。您不要生我的气,说我倚老卖老。"她沉默了。"如果您要结婚,那就是另一回事了。"她用视线把他们二人连在一起。皮埃尔没有看海伦,海伦也没有看他。可是他依旧觉得她紧靠着他。他嘟囔了一句,脸红起来。

　　皮埃尔回到家里,久久不能入睡,老想着他遇到的事。他遇到了什么呢?什么也没遇到。他只知道,有人向他提起他从小就认识的女人海伦是个美人儿的时候,他曾心不在焉地说:"是啊,她长得很好看。"他知道,这个女人可能属于他。

　　"但她很愚蠢,连我也说她很愚蠢。"他想。"她在我心中引起的感情之中,有一种可恶的、见不得人的东西。有人说,她的哥哥阿纳托利爱上了她,她也爱上了他,弄得满城风雨,就是因为这才把阿纳托利打发走的。还有她的哥哥伊波利特……她的父亲瓦西里公爵……事情不妙。"他想。他正这样推论时,他发现自己在微笑,他意识到,另有一串推论从前面一串推论中间凸现出来,他在想到她毫无用处的同时,又幻想着她将成为他的妻子,她可能爱他,她可能变成另外一个人,他所想到的和听到的有关她的一切,可能是假的。他又不把她看作瓦西里公爵的女儿,只看见遮着一层灰色衣裳的她那整个的身体。"不对,以前我为什么没有这个念头呢?"他又对自己说这是不可能的,这个婚事,他觉得,有一种丑恶的、不自然的、不正当的东西。他想起她以前说的话和眼神,以及当他们俩在一块的时候,那些看见他们的人说的话和眼神,他想起安娜·帕夫洛夫娜在提起房子的时候对他说的话和眼神,回忆起来自瓦西里公爵和别人的众多的这类暗示,他不禁害怕了,他害怕自己已经受到某种约束,不得不做显然不好的和他不应做的事。但是,在他这样想的时候,从他心灵的另一面,又浮现出她那具有各种女性美的形象。

1805 年 11 月间,瓦西里公爵要到四个省份去视察。他为自己弄到这份差事,目的是要顺便看看他的业务混乱的田庄;他把驻在防地的儿子阿纳托利带在身边,和他一块绕道去拜访尼古拉·安德烈耶维奇·博尔孔斯基公爵,他希望儿子能够娶这个老财主的女儿。但是在临走和办这些新事之前,瓦西里公爵不得不把皮埃尔的问题解决一下。皮埃尔虽说最近整天在家,也就是在他住着的瓦西里公爵家里,虽说他很像一个正在恋爱的人:他在海伦面前显得十分可笑、激动、笨手笨脚,但是,他总不提求婚的事。

"一切都很好,可是,总得有个结果吧?"一天早晨,瓦西里公爵不安地叹息着。他觉得皮埃尔承他这么大的情(上帝保佑他!),在这个问题上,他做得不够漂亮。"年轻……轻浮……好吧,不管他啦。"瓦西里公爵想道,为自己的好心肠感到快乐,"事情必须了结。明天是海伦的命名日,我请几个人来,如果他不明白他应当做的事,那么我就要管了,是的,我要管。我是父亲!"

皮埃尔从安娜·帕夫洛夫娜的晚会回来后,度过了一个心情激动的不眠之夜,认定和海伦结婚是不会幸福的,他应当摆脱她,远远地走开,尽管皮埃尔这样决定了,可是又过一个半月,他还没有从瓦西里公爵家里搬走,他怀着忧虑的心情感觉到,在众人的眼睛里,他和海伦的关系一天比一天更亲近了,他已无法恢复他从前对她的看法,他无法摆脱她,这尽管可怕,但他只好把自己的命运和她结合起来。也许他本来可以一走了之,但是,哪一天瓦西里公爵家里都举行晚会(早先他家里很少请客),如果皮埃尔不愿扫大家的兴,不使大家失望的话,那么,每次晚会他都得在场。瓦西里公爵极少在家,有时他从皮埃尔身旁走过时,就抓住他的手,把他那剃光的有皱纹的腮帮伸给他亲吻,不是说"等明天搬吧",就是说"在这儿吃顿饭吧,要不我就看不见你了",或者说"我为了你才留在家里,"诸如此类的话。尽管瓦西里公爵为皮埃尔留下来(就像他所说的),他跟他也说不了两句话。皮埃尔觉得他不能使他失望。他每天总是对自己说:"必须了解她,要弄清楚:她到底是怎样一个人?是我先前不对了,还是我现在错了?不,她不蠢;不,她是个好姑娘!"他有时自言自语地说。"她从未做过错事,她从没说过一句蠢话。她很少说话,但是她的话总是简单明了。所以她不蠢。她从来没有露过窘态,现在也没有窘态。所以她不是坏女人!"他开始经常跟她谈点问题,自言自语地发表意见,可是她每次不是随便说几句表示她对这问题不感兴趣,就是用那最能使皮埃尔感到她的优越性的默默地微笑和目光,作为对他的回答。她认为,所有的议论,比起她这一笑,都是扯淡,她在这点上是对的。

她对待他总是和颜悦色并且信赖,老是堆出专门对他才有的微笑,她这微笑,比起她平常为了美容而摆出的微笑,含着一种意味更深的东西。皮埃尔知道,每个人都在等他最后一句话,等他迈过那个界线,他也知道,他迟早得迈过这个界线。可是一想到这可怕的一步,他就感到一种莫名其妙的恐惧。在这一个半月期间,皮埃尔觉得他朝着这个可怕的深渊越走越近了,他曾不断地对自己说:"这是怎么回事?要下决心才行!难道我没有决心吗?"

他想下决心,可是他恐慌地感觉到,遇到这种场合他却失去了他认为自己曾经有过的、并且也确实有的那种决心。他那天在安娜·帕夫洛夫娜家里低身去拿鼻烟壶时所体验到的那种欲望完全支配着他,从那时起,那种欲望就引起他不自觉的内疚,压制住他的决心。

海伦的命名日那天,瓦西里公爵邀请几位最亲近的人——就像公爵夫人所说,几位亲戚朋友,到家里吃晚饭。所有这些亲戚朋友全受到这样的暗示,就是:这一天是决定过命名日的姑娘的命运的一天。客人们入席了。那位身躯庞大、当年的美人而今仍旧气度非凡的库拉金娜公爵夫人,在主人席上落座。她两旁坐的是最尊贵的客人——老将军和他的妻子,还有安娜·帕夫洛夫娜·舍列尔;坐在餐桌末端的是年纪较轻的贵宾,家里人也坐在那里,皮埃尔和海伦并排坐着。瓦西里公爵不吃晚餐:他绕着餐桌走来走去,兴趣盎然地时而在这个客人身边坐坐,时而在那个客人身边坐坐。他对每个人都随便说几句兴奋的话,只除了皮埃尔和海伦,他仿佛没有注意他们在场似的。瓦西里公爵使大家全活跃起来。

大家痛痛快快玩了一阵。坐在上席的贵宾们看来都很快活,受到非常不同的高兴心情的影响。只有皮埃尔和海伦默不作声地并排坐着,两个人都含着容光焕发的微笑,一种为自己的感情感到羞愧的微笑。不论人们谈论什么,怎么发笑,也不管人们多么津津有味地喝莱茵酒,吃软炸肉,吃冰激凌,也不论人们怎么把视线避开这对情侣,好像对他们漠不关心,不去注意,可不知为什么,从不时投向他们俩的目光看来,使人感觉到,笑话也好,发笑也好,大吃大喝也好,——全是假装的,所有在场的人们的注意力都集中在皮埃尔和海伦这对情侣身上。瓦西里公爵瞟了女儿一眼。在他笑的时候,他脸上的表情似乎在说:"对了,对了,一切都很顺当,今天一切全要决定。"安娜·帕夫洛夫娜拿眼睛瞟一瞟皮埃尔,瓦西里公爵认为这是向他未来的女婿和女儿的幸福祝贺。老公爵夫人不满地向女儿一瞥,忧郁地叹着气向邻座的女客让酒,这声叹息似乎是说:"是啊,亲爱的,现如今咱们除了喝杯甜酒,再没有咱们干的事了;现如今是这帮年轻人尽情地享福的时刻了。"那位外交家注视着那对情侣的面孔,心中想道:"我所讲的真是无聊,似乎我对它们十分感兴趣似的,看人家,那才叫幸福呢!"

皮埃尔觉得自己是一切的中心,这使他感到又兴奋又拘束。他极像一个忘情地干某件事情的人。他什么也看不清楚,什么也不懂得,什么也听不见。他的头脑里只是有时忽然闪过片段的思想和眼前事物的片段的印象。

"这么看来,一切全完了!"他想道。"这一切是怎么弄成这样的呢?并且是这么快!现在我知道,不只为了她个人,也不只为我自己,而是为了大家,这件事非得成功不可。他们都在等待着这件事,全都很相信这肯定会实现,我不能够,不能够辜负他们的期望。可是怎么实现呢?我不知道,但是要实现,一定要实现!"皮埃尔凝视着他眼睛下面那光彩照人的双肩,心中这样想。

不知为什么,他忽然害羞起来。他惭愧的是:他一个人受到众人的注意,他在别人心目中是一个幸运儿,面孔长得不漂亮的他,可成为占有海伦的帕里斯。"但是,这种事总是这样,而且应当这样,"他安慰自己说。"可是,话又说回来,我为了这件事做了什么呢?这是什么时候开始的呢?我是跟瓦西里公爵一块儿从莫斯科来的。那时什么都还没有发生。后来,我有什么理由不在他家住呢?后来,我和她一起玩牌,替她捡起过手提包,和她一起坐车兜风。这是什么时候开始的,这一切是什么时候完成的?"现在他简直就是以未婚夫的身份坐在她身旁,听见,看见,感觉到她的接近,她的呼吸,她的动作,她的美丽。有时他突然觉得,不是她,而是他自己这么非同一般的美丽,所以人们才这样看他,于是,因为受到大家的赞赏而感到幸福的他,挺起胸,抬起头,为自己的幸福而感到兴奋。突然,传来一个声音,一个熟人的声音,这个声音又对他说了一遍。可是皮埃尔是这么专注,以致不明白人家对他说的什么。

"我问你,你是什么时候接到博尔孔斯基的信的,"瓦西里公爵又说了一遍,"你是多么心不在焉,我的亲爱的。"

瓦西里公爵含着微笑,皮埃尔看见,所有的人全都对他和海伦微笑。"既然你们都知道,那就知道吧,"皮埃尔自言自语。"这有什么关系?这是真的,"他对自己微笑了,笑得温和而且孩子气,海伦也微笑了。

"你究竟是什么时候收到的?从奥尔米茨寄来的吗?"瓦西里公爵重复说,似乎他必须知道这个才能解决一场争论似的。

"怎么能谈或者想这类琐事呢?"皮埃尔想。

"是的,是从奥尔米茨寄来的。"他叹口气答道。

晚餐后，皮埃尔领着他的女伴跟着其他人走进客厅。客人们开始散了，有些人没有跟海伦告辞就走了。有些人过来待一下，就离开了，而且不让海伦送他们，似乎不愿误了她的正事。那位外交家神情忧郁，一声不响地走出了客厅。他心中想道，比起皮埃尔的幸福来，他的全部的外交生涯，全都不过是一场空。老将军在回答老伴的时候，气愤地向她嘟囔了几句。"嗨，你这个老笨蛋，"他想道。"看人家叶连娜·瓦西里耶夫娜，就是活到五十岁也是个美人儿。"

"我好像可以向您道喜了。"安娜·帕夫洛夫娜向公爵夫人一边低声说，一边用力地吻了她。"要不是偏头痛，我就多留一会儿。"

公爵夫人一言未发，对女儿的幸福的妒忌正在折磨着她。

送客人的时候，皮埃尔一个人和海伦在小客厅里坐了很久。在这以前，在最近一个半月里，他也经常单独和海伦待在一起，可是从来没有向她谈情说爱。今天他觉得不得不这样做，但是他怎么也下不了决心迈出这最后的一步。他心中有愧，他好像觉得他在海伦身旁占的是人家的位置。"这个幸福不该我来享受，"内心的声音对他说，"这个幸福是给那些没有你所拥有的东西的人们预备的。"但是总得说点什么，于是他开口了。他问她对今天的晚会是否满意。她仍像平时一样，简单明了地回答说，今天的命名日是她所过的命名日中最兴奋的一次。

还有几个近亲没有走。他们坐在大客厅里。瓦西里公爵拖着慵懒的步子，来到皮埃尔跟前。皮埃尔站起来说，天已经很晚了。瓦西里公爵用严厉而询问的目光看了看他。但严厉的表情很快就改变了，瓦西里公爵抓住皮埃尔的手往下一拉，叫他坐下，亲热地微微一笑。

"怎么样，廖莉娅？"他随即对女儿说。

他又向皮埃尔转过身去。

皮埃尔微笑了，可是从他的笑容可以看出，他明白使瓦西里公爵感兴趣的是什么。瓦西里公爵忽然嘟囔了一句，走了出去。皮埃尔觉得，即使瓦西里公爵也有窘迫的时候。这位上流社会的老人的窘态感动了皮埃尔，他望望海伦——她仿佛也窘迫了，用眼神说："有什么办法，都是你的错。"

"非得跨过这一步不可了，但是我办不到，办不到。"皮埃尔想，他又闲扯起来。

当瓦西里公爵走进客厅的时候，公爵夫人低声和一位上年纪的太太谈起皮埃尔。

"当然罗，是很美满的一对，可是……"

"婚事都是上天注定的。"上年纪的太太回答。

瓦西里公爵好像没有听见太太们谈话，走到远处的角落，在沙发上坐下。他闭上眼睛，像是在打盹。他低下头，可是忽然醒过来。

"阿琳娜，"他对妻子说，"去看看他们在干什么。"

公爵夫人向门口走去，她带着意味深长而又毫不在意的神情从门口走过，向客厅看了一眼。皮埃尔和海伦仍坐在那里谈话。

"还是那样。"他回答丈夫。

瓦西里公爵皱起眉头，把嘴一撇，撇到一边。他抖擞精神，站起来，经过太太们身旁向小客厅走去。他高兴地快步走到皮埃尔跟前。公爵的面孔是那么异样地喜气洋洋，皮埃尔看见他，吓得赶忙站起来。

"谢天谢地！"他说。"老伴都告诉我了！"他用一只胳膊搂着皮埃尔，另一只搂着女儿。"亲爱的廖莉娅！我很、很兴奋。"他的声音颤抖了。"我敬爱你的父亲……她会做你贤惠的妻子……上帝祝福你们！……"

他拥抱女儿，接着又拥抱皮埃尔，用他那老年人的嘴巴吻他。泪水确实沾湿了他的两腮。

"夫人，到这儿来。"他喊道。

公爵夫人进来，也哭了。那个上年纪的太太也用手绢擦眼泪。大家都吻了皮埃尔，他也吻了几次美丽的海伦的手。过了一会儿，他们俩又单独待在一起了。

"这一切都注定是这样的，不可能会是另外的样子，"皮埃尔想道，"可以用不着问，这事是好还是坏。是好事，因为是确定了的，也没有事先令人苦恼的疑问。"皮埃尔默默地握住未婚妻的手，看着她那一起一伏的美丽的胸脯。

"海伦！"他提高声音说，接着就停住了。

"在这种场合应当说点不同的话，"他想道，但是他怎么也想不起究竟该说什么。他看了一下她的脸。她更偎近他，脸上泛起了红晕。

"咳，摘掉这个……戴着这个怎么……"她指着眼镜说。

皮埃尔摘掉了眼镜，他的眼睛除了具有一般戴眼镜的人常有的那种怪相外，还带有惊疑的神情。他想俯身吻她的手，可是，她的头又快又粗鲁地一摆，截住他的嘴唇，让它凑到自己的嘴唇上。她那变得令人不快的惊慌神色，把皮埃尔吓了一跳。

"现在已经晚了，一切全完了。说实话，我也是爱她的。"皮埃尔想。

"我爱您。"他想起在这种场合必须说的话，于是就这样说了，但这句话说得底气不足，连他自己都觉得可耻。

一个半月后，他举行了婚礼，而且迁进了新居——彼得堡一所重新修整的别祖霍夫伯爵的大公馆，人人都羡慕皮埃尔，说他是拥有娇妻和百万家产的幸运儿。

三

1805 年 12 月,老公爵尼古拉·安德烈伊奇·博尔孔斯基接到瓦西里公爵的信,信中说,他将要和儿子一起前来拜访。

"用不着把玛丽带到交际场去:求婚的自己找上门来了。"小公爵夫人听到这个消息,不经意中说了一句。

尼古拉·安德烈伊奇公爵皱了皱眉头,什么也没说。

接到信又过了两个星期,一天晚上,瓦西里公爵的仆人先来了,第二天,他本人和儿子也来了。

博尔孔斯基老头一贯看不起瓦西里公爵的人品,尤其是近来,当瓦西里公爵在保罗和亚历山大两个新朝中飞黄腾达之后,更加看不起他了。而现在,他从这封信和小公爵夫人的暗示中了解到是怎么回事以后,他就变成对之恶意鄙视了。他提起来老是嗤之以鼻。在瓦西里公爵应当到达的那天,尼古拉·安德烈伊奇公爵觉得特别不满,情绪恶劣。不知是因为瓦西里公爵要来,他才情绪恶劣呢,还是由于他情绪恶劣,因而对瓦西里公爵的到来才格外感到不满,总之,他心情很糟,吉洪一早就告诫建筑师不要带着报告去见公爵。

"您听他是怎么走路的,"吉洪说,他叫建筑师注意公爵的脚步声。"他用整个脚后跟走路——我们就知道⋯⋯"

虽然如此,公爵仍然按照往日的习惯,一到八点多钟,就身穿黑貂皮领短皮衣,头戴黑貂皮帽出来散步。第一天下了一场雪。尼古拉·安德烈伊奇散步的那条通到花房的小道已经打扫过,扫过的雪地上还可以看见笤帚的痕迹,小道两旁松软的雪堤上插着一把铁锹。老公爵到花房走走,随后又到下房和其他房舍走走,他一直紧皱眉头,沉默不语。

"雪橇过得来吗?"他向管家问道。

"雪很深,大人。我已经吩咐人把大道打扫一下了。"

公爵点点头,向台阶走去。"谢天谢地,"管家想道,"满天乌云总算过去了!"

"雪橇十分难过来,大人,"管家补充说。"听说,大人,有一位大臣要来拜会大人?"

公爵向管家转过身来,用愤愤的目光盯着他。

"什么? 大臣? 什么大臣? 是谁吩咐的?"他用难听的、生硬的声音说。"不为我的女儿公爵小姐打扫,却为一个大臣打扫! 我不知道有什么大臣!"

"大人,我以为……"

"你以为!"公爵喊道,他越说越急,越急越语无伦次。"你以为……强盗!下流坏!我这就教你以为。"他扬起手杖,就向阿尔帕特奇挥去,要不是管家本能地躲开,就会挨一下。"以为!……下流坏!"他快速地喊道。阿尔帕特奇因为自己竟然敢于躲开主人的手杖,吃惊不小,他走到公爵面前,恭顺地低下光秃的脑袋,也许正因为这样,公爵依旧骂个不停:"下流坏!……把路给填上!"尽管如此,但是他再没有挥起他的手杖,就跑进屋里去了。

午饭前,公爵小姐和布里安小姐知道公爵的心情不好,都站在那里恭候他:布里安小姐满面红光,好像是说:"我什么都不知道,我仍旧像往常一样,"玛丽亚公爵小姐面色苍白,丧魂失魄,眼帘下垂。玛丽亚公爵小姐感到最难受的是:她知道遇到这种情况时应当像布里安小姐那样,然而就是办不到。她觉得:"我如果做出不注意的样子,他会以为我对他不表同情;我倘若也闷闷不乐,情绪很坏,他会说我垂头丧气。"她这样为难地想。

公爵看了看女儿惊慌失色的脸色,怒冲冲地哼了一声。

"不是废物……就是笨蛋!……"他嘟囔了一句。

"那一个没有来!准是她们向她饶舌了!"他心中指的是没有到餐厅来的小公爵夫人。

"公爵夫人呢?"他问道。"藏起来啦?……"

"她有点不舒服,"布里安小姐兴奋地笑着说,"她没有出来。这在她那种情况下是可以理解的。"

"哼!哼!哼!哼!"公爵从鼻孔哼了两声,在餐桌旁坐下。

他觉得碟子太脏,指了指上面的污点,把它扔了。吉洪接过碟子,递给侍者。小公爵夫人不是不舒服,她是怕老公爵,简直怕得不得了。她一听说他的心情很坏,就决定不露面了。

"我为怀着的孩子担忧,"她对布里安小姐说,"老是担惊受怕的,天晓得会出什么事。"

通常小公爵夫人住在童山,经常是心惊肉跳,对老公爵怀着一种她并不自觉的憎恶,因为过分的恐惧使她感觉不到这种憎恶。在老公爵方面,也有一种憎恶,可是它被蔑视遮盖住了。小公爵夫人在童山住惯了以后,十分喜爱布里安小姐,整天跟她在一起,请她在自己房里过夜,常常跟她谈起老公公,说起他的长短。

"有客人要来,公爵,"布里安小姐说。"听说,是库拉金公爵大人和他的公子……?"她带着疑问的口气说。

世界经典文库

世界二十大名著

战争与和平

图文珍藏版

"哼……这个毛孩子……是我把他举荐到委员会去的,"老公爵带着受辱的神情说。"可是儿子来干什么,我总不明白。也许丽莎韦塔·卡尔洛夫娜和玛丽亚公爵小姐知道,我不明白他为什么把儿子带来。我不需要。"他看了看面红耳赤的女儿。

"你不舒服吗?是不是大臣,就像今天阿尔帕特奇这个蠢东西称呼的,把你吓坏了?"

"不是的,爸爸。"

虽然布里安小姐话题选得很不得当,但她并没有止住,不停地谈花房,谈刚开的一朵花多么好看,喝过汤以后,公爵变得温和了。

饭后,他去看看儿媳。小公爵夫人坐在小桌旁和使女玛莎闲聊。她一见公公走来,面色一下子白了。

小公爵夫人的样子全变了。这会儿她不仅不好看,并且变丑了。两腮下陷,嘴唇翘起,眼皮耷拉着。

"是啊,有点昏昏沉沉的。"她在回答说。

"需要什么吗?"

"不需要,谢谢,爸爸。"

"好的,好的。"

他出来以后,到侍者室,阿尔帕特奇低着头,在侍者室里站着。

"把路填上了吗?"

"填上了,大人。看在上帝分上,请原谅我一时糊涂。"

公爵打断了他的话,尴尬地笑起来。

"好了,好了。"

他伸出手来让阿尔帕特奇吻了吻,就回到书房去了。

当天晚上,瓦西里公爵到达了。车夫和侍者们在道上迎接他,人们在有意洒满雪的路上吆喝着把他的马车和雪橇推到厢房那边。

瓦西里公爵和阿纳托利被领进两个分开的房间里。

阿纳托利脱下坎肩,双手叉腰坐在桌前,笑眯眯地睁着他那双美丽的大眼睛,目不转睛地盯着桌子的拐角。他把他的一生看作某人为了某种原因必须给他安排的一场连续不断的享乐。他对这次来拜会这位凶恶的老头子和富有、丑怪的女继承人,也持这样看法。照他的设想,这一切都会有很圆满和有趣的结果。"干吗不娶她,既然她十分有钱?这没什么不好。"阿纳托利想。

他刮了脸,洒了香水,走进父亲的房间。在瓦西里公爵身边,两个侍仆正忙着给他穿衣裳。他左顾右盼,兴奋地跟走进来的儿子点头,似乎说:"对了,我正是希望你打扮成这个样子!"

"说真的,爸爸,她丑得厉害吗?呃?"他用法语问。

"得了,别胡说!要紧的是,对老公爵要尽力做到尊敬和慎重。"

"如果他骂人,我就走,"阿纳托利说。"我受不了这种老头子的气。呃?"

"你要记住,你的一切全靠这一次了。"

这时,大臣和儿子到来的消息,不但传遍女仆的房间,并且对他两人的外表也有详细的描述。玛丽亚公爵小姐一个人坐在自己房间里,怎么也按捺不住内心的激动。

"他们为什么要写信来,丽莎为什么对我提起这个?显然是不可能的!"她照着镜子,自言自语说。"我怎么到客厅里去呢?就算我喜爱他,我现在见到他也觉得尴尬的。"一想起她父亲的眼神,她就不寒而栗。

小公爵夫人和布里安小姐已经从使女玛莎嘴里得到一切必要的情报,说大臣的儿子是一个面庞红润、眉毛乌黑的俊男子,他父亲拖着两条老腿勉强地爬台阶,而他却像一只雄鹰,在他后面一步跨三级阶梯。小公爵夫人和布里安小姐得到这些情报后,就去找公爵小姐,从走廊里就听到两人高兴的谈话声。她们走进公爵小姐的房间。

"他们来了,玛丽,您知道吗?"小公爵夫人说,她摇摆着她那大肚子,身子沉重地坐到安乐椅里。

她穿得已经不是早上那身便服了,而是一件最好的衣裳。她的头是细心梳过的,她的脸上露出了光彩,可仍旧遮掩不住松皮耷拉、死气沉沉的轮廓。她穿起这身她在彼得堡社交界常穿的衣裳,更显得特别难看了。布里安小姐的衣着也经过一番小小的修饰,她那鲜艳的俊俏面庞更加惹人喜爱了。

她说:"您怎么还不打扮一下,亲爱的公爵小姐。"

小公爵夫人从安乐椅里站起来,打铃唤使女,开始兴奋地为玛丽亚公爵小姐的装束出主意,而且动手做起来。玛丽亚公爵小姐觉得自尊心受了伤害,因为向她求婚的人到来使得她心慌意乱,更伤她的自尊心的是,她的两个女友也认为事情不会有别的可能。她脸红了,那对美丽的眼睛变得暗淡了,脸上布满了红斑,她带着脸上常有的那种殉道者的、难看的表情,任凭布里安小姐和丽莎摆布。这两个女人完全真心诚意地想把她打扮得漂漂亮亮。她长得太丑了。

"不行,真的不行,我的朋友,这件衣裳不好看,"丽莎说,她远远地从侧面看公爵小姐,"你有一件咖啡色的衣裳,叫人拿来!说不定一生的命运就决定在这件衣裳上呢。可是这一件颜色太浅,不好看,真的不好看!"

不好看的不是衣裳,而是公爵小姐的容貌和整个身材,可惜布里安小姐和小公爵夫人没有认识到这一点。她们忘记了,那副受惊的面孔和身材是不会改变的,因此,不管她们如何改变外表和修饰面孔,这张脸仍然显得可怜巴巴的,并且很难看。玛丽亚公爵小姐顺从地任凭她们不停地给她换装,把头发往上梳,披上天蓝色的围巾,穿上好看的咖啡色的衣裳,小公爵夫人围着她转了两三圈,用小手弄好衣褶,抻抻围巾,时而从左边、时而从右边歪着头细细端详。

"不行,这不行,"她两手一拍,斩钉截铁地说。"请原谅,您再换一次吧。卡佳,"她对使女说,"把公爵小姐那件浅灰色衣裳拿来,布里安小姐,您等着瞧我这次的安排吧。"她说这话时,像一个演员预感到成功的喜悦,含着微笑。

但是,当卡佳拿来需要的那件衣裳时,玛丽亚公爵小姐依旧静静地坐在镜子前面,对着镜子看自己的脸,卡佳从镜子里看见,她的眼睛里噙着泪水,她的嘴在打战,眼看就要放声大哭了。

"公爵小姐,"布里安小姐说,"再坚持一下吧。"

小公爵夫人从使女手里接过衣裳,向玛丽亚公爵小姐走去。

"好了,这回我们一定打扮得又朴素又可爱。"她说。

"算了吧,不要管我了。"公爵小姐说。

她们看了看她,她那对美丽的大眼睛满含泪水,心事重重,亮晶晶的、恳求地望着她们。她们明白了,坚持下去非但无用,并且残忍。

"至少要改变一下发式。"小公爵夫人说。

"别管我了,反正都一样。"她强忍着眼泪回答。

布里安小姐和小公爵夫人心里不得不承认,玛丽亚公爵小姐这样打扮十分难看,比她平时还难看,但是已经晚了。她带着她们所熟悉的那种沉思而悲哀的表情望着她们。可是她们明白,一旦她脸上出现了这种表情,她就缄口不言,对自己的决心决不动摇。

"您还是换个式样吧?"丽莎说,她看玛丽亚公爵小姐一言不发,就从屋里走了出来。

玛丽亚公爵小姐独自留下来。她没有实现丽莎的愿望,非但没有改变头发式样,并且没有再照镜子。她无力地垂下眼睛和双手,默默地坐在那里沉思。她幻想她有一个丈夫,一个男人,一个强有力的、出人头地的、具有巨大魅力的男人,他突然把她带到一个完全不同的幸福的世界。她想象她怀抱着自己的孩子,就像昨天她在乳母的女儿那里看见的孩子一样。丈夫就站在跟前,温柔地望着她和孩子。

"咳,这是不可能的,我长得太丑了。"她想道。

"请您去喝茶。公爵立刻就要到了。"使女的声音从门外传来。

她清醒过来,对自己的幻想吃了一惊。在下楼之前,她站起来,走进供圣像的小室,她看着被神灯照亮了的大幅圣像的黑脸,双手交叉在胸前,在圣像面前站了好几分钟。玛丽亚公爵小姐心中翻腾着痛苦的疑虑。爱情的欢乐,对男人的尘世爱情的欢乐,对她是可能的吗?在寻思婚姻问题的时候,玛丽亚公爵小姐有一个最主要、最强烈的愿望,那就是尘世的爱情。这个感情越是强烈,她就越是对别人、甚至对自己隐藏着它。"我的上帝啊,"她说,"我怎样才能压住我心中这些魔道?我怎样才能永远没有这些邪念,好让我心静地奉行你的旨意?"她刚一提出这个问题,上帝就在她的内心做了回答:"不要为自己抱任何希望,不要探索,不要焦虑,不要羡慕。人们的未来和你的命运都是不可知的,你要在生活中忍耐一切。要是上帝想用婚姻的义务考验你,你就准备执行他的旨意。"怀着这个心安理得的思想,玛丽亚公爵小姐叹了口气,画过十字,就下楼了,她既不想衣裳,也不想发式,也不想她怎样走进去和说什么话。没有上帝的旨意,连一根头发也掉不下来,比起上帝的旨意,这些算得了什么呢。

四

玛丽亚公爵小姐走进客厅的时候,瓦西里公爵和他的儿子已经在那里了,他们正跟小公爵夫人和布里安小姐谈话。当她走进来的时候,男人们和布里安小姐都欠起身来,小公爵夫人介绍说:"这就是玛丽!"玛丽亚公爵小姐看见了所有的人,并且看得很用心。她看见瓦西里公爵在她刚进来时,脸沉了一下,但立刻就堆出笑容。她看见小公爵夫人那张脸,带着好奇的神情从客人脸上观看玛丽给客人的印象。她看见布里安小姐头上扎着缎带,容貌俏丽,用她那从没有过的高兴的目光看着他;但公爵小姐却看不见他,她看见的只是一个鲜艳、美丽的庞然大物,当她进来的时候向她移过来。首先是瓦西里公爵走到她跟前,她回答了他的问话,说她不但记得他,并且记得非常清楚。随后阿纳托利来到她面前。她依旧没有看见他。她只感到柔软的手紧紧握住她的手,她用嘴唇轻轻地碰了碰他那涂着油的浅黄色美发下面白净的前额。她抬头向他一看,他的美貌把她惊呆了。阿纳托利用右手大拇指勾住制服扣子,挺着胸,身子往后微倾,一只伸出的脚摇晃着,微微偏着头,一声不响,愉快地望着公爵小姐,看样子,他心中所想的完全不是她。阿纳托利在谈吐上并不机智,也不工于辞令,可是他却镇定自若和自信。阿纳托利默不作声,摇晃着脚，兴奋地看看公爵小姐的发式。"谁倘若觉得这样沉默怪尴尬的，那就请先说吧，我可不想说话。"他那神气仿佛这样说。除此之外，阿纳托利在跟女人接触的时候有一种目空一切的优越感，他那种风度最能引起女人的好奇心、畏惧，甚至爱慕。他那神气仿佛说："我了解你们，为什么要敷衍你们？那倒会使你们兴奋呢！"或许他和女人在一起时并没有这样想（很可能没有这样想，因为他极少动脑筋），但是他就是如此一副神气，如此一个风度。公爵小姐感觉到这一点，她好像想向他表示，她不敢希望使他感兴趣，所以她向老公爵转过身去。大家谈些一般的话题，但谈得很热闹，这多亏小公爵夫人。

"至少现在我们是尽情地享受和您在一起的愉快了，亲爱的公爵，"小公爵夫人对瓦西里公爵说，"这一回可不能像在安内特家的晚会上那样了，在那儿您经常溜掉。您还记得那个可爱的安内特吧。"

"哎呀，您可别像安内特那样对我大讲什么政治啦！"

"还有我们那个小茶桌呢？"

"是啊！"

"为什么您从来不到安内特那儿去？"小公爵夫人问阿纳托利。"唔！我知道，我知道，"她挤了挤眼，说，"您的哥哥伊波利特把您的事全都和我说了。噢！"她伸出手指来吓唬他。"连您在巴黎的恶作剧我都知道！"

"伊波利特没对你说过吗？"瓦西里公爵转脸对儿子说，一面抓住公爵夫人的手，就似乎她想跑开，他差点放掉了她似的，"他没对你说过，他自己，伊波利特，为了可爱的公爵夫人害相思病，而她把他从家里赶出来了？"

"这位真是鹤立鸡群，公爵小姐！"他对公爵小姐说。

布里安小姐一听说到巴黎，就抓住时机，也参加大家回顾往事的谈话。

她竟然冒昧地问阿纳托利，他离开巴黎有多久了，是否喜欢这个城市。阿纳托利非常喜欢回答这个法国女人的问题，他笑眯眯地望着她，跟她谈起她的祖国。阿纳托利一见俊俏的布里安小姐，就认定童山这地方并不乏味。"长得很漂亮！"他一面打量着她，一面心里想。"这个女伴很不错。我希望她嫁给我时，把她带过来，"他想，"这姑娘长得真够漂亮的。"

老公爵在书房里沉着地穿衣裳，皱着眉头思考他应当怎么办。他很生气。"瓦西里公爵和他的儿子跟我有什么关系？瓦西里公爵是个牛皮匠，废料，儿子想必也好不了。"他嘟嘟囔囔地说。使他气恼的是，这些客人的到来在他心中勾起了悬而未决的、经常闷在心里的问题，也就是老公爵一向自我欺骗的那个问题。这个问题就是，他是否舍得让玛丽亚公爵小姐离开，让她出嫁。公爵从未给自己直接提出这个问题,因为他知道,他的回答将是公平合理的,而这跟他的感情相矛盾,特别是跟他的生活能力相矛盾。尽管他好像并不珍惜她,然而没有她,尼古拉·安德烈耶维奇公爵的生活是难以想象的。"为什么她一定要出嫁呢?"他想。"不会幸福的。就拿丽莎嫁给安德烈说吧(比他更好的丈夫现在好像很难找到了),她满意自己的命运吗?有谁会出于爱情而娶她呢?又丑又笨。有人要她也是为了地位和财产。难道就不能不结婚吗?那倒要幸福些!"尼古拉·安德烈耶维奇公爵一面想,一面穿衣裳,但是,那个拖延已久的问题却要求立刻做出决定。瓦西里公爵把儿子带来,很明显是有求婚的意思,大约不是今天就是明天就要求直接的答复。门第和社会地位还过得去。"那也好,我不反对,"老公爵自言自语说,"可是,他得配得上她。我们看重的就是这一点。"

"我们看重的就是这一点,"他说出声来,"我们看重的就是这一点。"

他像平时一样,健步走进客厅,快速地向大家扫了一眼,他看见小公爵夫人换了衣裳,布里安头上束着缎带,玛丽亚公爵小姐留着难看的发式,布里安和阿纳托利满面春风,他的公爵小姐在大家谈话时一声不响。"打扮得像个大笨蛋!"他不满地看了女儿一眼,心里想。"不嫌丢人!人家连理都不愿意理她!"

他走到瓦西里公爵面前。

"你好,你好,欢迎,欢迎。"

"友谊不远千里。"瓦西里公爵开腔了,他像平时一样,说得又快又自信,并且亲热。"这是我的次子,请您多加关照。"

尼古拉·安德烈耶维奇公爵打量着阿纳托利。

"好孩子,好孩子!"他说,"过来吻吻我。"

阿纳托利吻了吻老头,好奇地、很镇静地望着他,看他是不是马上就会爆发父亲所说的怪脾气。

尼古拉·安德烈耶维奇公爵在他常坐的沙发角上坐下来,把瓦西里公爵的圈椅移近自己的座位,他一边指着圈椅,一边问起时局和新闻。他仿佛专心倾听瓦西里公爵的谈话,可是却不停地看看玛丽亚公爵小姐。

"这么说,他们从波茨坦有信来?"他重复瓦西里公爵最后一句话,突然站起来,走到女儿跟前。

"你是为客人才这样打扮的,是不是?"他说,"好看,非常好看。你为了客人梳个新式的头,可是我要当着客人的面对你说,没有我的准允,以后不准你改变装束。"

"是我的错,爸爸。"小公爵夫人红着脸结结巴巴地说。

"您完全可以随便，"尼古拉·安德烈耶维奇公爵一面说，一面向儿媳行了个军礼，"可是她没有丑化自己的必要，已经够丑的了。"

他又坐回原位，不再注意难过得流泪的女儿。

"不对，这个发型对公爵小姐很合适。"瓦西里公爵说。

"老兄，年轻的公爵叫什么名字?"尼古拉·安德烈耶维奇公爵转身对阿纳托利说，"过来，咱们谈谈，认识认识。"

"立刻就要看笑话了。"阿纳托利心里想，他含着微笑坐近老公爵。

"是这样，亲爱的，听说您出过国。不像我和你父亲。告诉我，亲爱的，您现在是在骑兵近卫军吗?"老头凑近阿纳托利，直盯着问他。

"不，我调到陆军了。"阿纳托利极力忍住笑答道。

"啊! 是好事。怎么样，亲爱的，您愿意为沙皇、为祖国服务吗? 现今是战争年月。这么一个棒小伙子应当服役，应当服役。怎么样，要上前线吗?"

"不，公爵。我们团已经出发了。我别有所属。爸爸，我属哪儿?"阿纳托利笑着问父亲。

"这个差当得好，真好。我属哪儿! 哈-哈-哈!"尼古拉·安德烈耶维奇公爵笑起来。

阿纳托利笑得更响。尼古拉·安德烈耶维奇公爵突然把眉头一皱。

"好了，去吧。"他对阿纳托利说。

阿纳托利含着微笑又回到女人堆里。

"瓦西里公爵，你把他们送到国外受教育，是不是?"老公爵转身对瓦西里公爵说。

"我是尽力为之。那儿的教育比咱们这儿的要好得多。"

"是啊，如今什么都变了，什么都是新式的。好一个小伙子，好样的! 咱们到我房里去吧。"

他拉着瓦西里公爵的手，把他领到书房里。

一个人和公爵在一起的时候，瓦西里公爵马上就向他说明了来意和希望。

"你想到哪儿去了，"老公爵愤愤地说，"你以为我拿着她不放，离不开她吗? 怪事! 明天就嫁出去我都不放在心上! 但是我告诉你，我要好好地了解我的女婿。你知道我办事的规矩：一切都坦诚相待! 我明天当着你的面问她：如果她愿意，就让他住下。让他住几天，我要了解了解。"老公爵哼了一声。"就让她出嫁吧，我无所谓。"他用跟儿子告别时所用的尖利的声音喊道。

"实话跟您说，"瓦西里公爵说，他使用了那种腔调，就像一个狡诈的人，在谈话对手明察秋毫的洞察力下，认为没有施展手段的必要时所使用的腔调。"您是一眼就把人看透的。阿纳托利不是什么天才，可他是一个老实孩子，是一个好儿子，好亲戚。"

"好的，好的，我们看看吧。"

由于阿纳托利的出现，尼古拉·安德烈耶维奇公爵家里三个女人都同样感觉到，在这之前她们的生活简直不算生活。她们的思维力、观察力和感觉力一下子提高了十倍，她们仿佛一直是在黑暗中过日子，突然被一片全新的、意义丰富的光辉照亮了。

玛丽亚公爵小姐完全不想、也不记得自己的面孔和发型了。那个可能成为她的丈夫的人的漂亮的、爽朗的面孔吸引着她的全部注意力。她觉得他善良、勇敢、果断、刚毅，并且大度。她对此深信不疑。在她的想象中不断涌现出千百个未来家庭生活的幻景。她挥开这些幻景，极力把它们掩藏起来。

"我是不是对他太冷淡了？"玛丽亚公爵小姐想，"我极力控制自己，因为在我内心深处觉得对他已经太亲近了。可是，我对他想的这一切，他是不会知道的，或许他会觉得我讨厌他呢。"

于是玛丽亚公爵小姐极力向这位新客表示好感，但是她不会。

"可怜的姑娘，是个丑鬼。"阿纳托利这样想她。

因为阿纳托利的到来而极端高兴的布里安小姐，有她自己的想法。当然，这个没有一定社会地位、没有亲戚朋友、甚至没有祖国的年轻漂亮的姑娘，并不甘愿在侍候尼古拉·安德烈耶维奇公爵，给他朗读书籍和陪伴玛丽亚公爵小姐中度过一生。布里安小姐很久以来就期盼着一位俄国公爵，这位俄国公爵一下子就看出她比那些容貌丑陋、衣着不雅、举止笨拙的俄国公爵小姐优越，会爱上她而且把她带走。现在这位俄国公爵终于来了。

正像一匹老战马一闻号声就习惯地准备狂奔一样，小公爵夫人也不自觉地卖弄起风情来了，连自己正在怀孕都忘了，她这样做并非居心不良，也没有内心的斗争，仅仅是出于天真、轻浮的取乐罢了。

虽然阿纳托利在女人群中通常总是扮演被女人追得厌烦的角色，可是他看到他对这三个女人的影响，依旧感到虚荣心的满足。此外，他开始对俊俏、勾人的布里安体验到一种兽性的情欲，这种勃然爆发的情欲促使他干出最大胆、最粗暴的行为。

吃过茶后，大家走进起居室，公爵小姐应大家请求弹奏古钢琴。阿纳托利挨近布里安小姐，支着臂肘站在玛丽亚公爵小姐面前，他目光含笑兴奋地望着她。玛丽亚公爵小姐感觉到向她注视的目光,心中激动不已。可是,阿纳托利的目光虽说是对着她,意思却不在她身上,而是在布里安小姐那小巧的脚上,此刻他正用自己的脚在古钢琴下面触动她的脚。布里安小姐也望着公爵小姐,在她那双美丽的眼睛里,玛丽亚公爵小姐觉得也有一种又惊又喜、满怀希望的新的表情。

"她多么爱我!"玛丽亚公爵小姐想。"我现在真是幸福,能有这样的女友和这样的丈夫,我该多么幸福!难道他真能成为我的丈夫吗?"她想。她没敢看他的脸,总是感觉到那注视着她的目光。

晚上,吃完饭大家要离开的时候阿纳托利吻了吻公爵小姐的手。她自己也不明白哪儿来的这股勇气,她照直地注视了一下那副标致的脸蛋。然后阿纳托利又去吻布里安小姐的手(这是不合礼仪的,可是他做得既自信又随便),弄得布里安小姐顿时满脸通红,她吃惊地看了看公爵小姐。

"真有礼貌,"公爵小姐心里想,"阿梅莉(布里安小姐的名字)真的以为我会吃她的醋,而不珍重她对我的体贴和忠心吗?"她走到布里安小姐跟前,热烈地吻了吻她。阿纳托利去吻小公爵夫人的手。

"不行,不行……"

她说着,就举着指头,笑盈盈地走出屋去。

五

大家都散了,这一夜除了阿纳托利躺下就睡着了以外,其他人都久久难以入睡。

"这个陌生、美貌、善良的男人真能成为我的丈夫吗?主要的是他善良。"玛丽亚公爵小姐想,一种从未有过的恐惧控制了她。她不敢向四处张望,她模模糊糊觉得有人在屏风后面黑暗的角落里站着。这个人就是他,就是魔鬼,而这个魔鬼就是白额头、黑眉毛、红嘴唇的男人。

她打铃把使女叫来,要她睡在她的房间里。

布里安小姐这天晚上在花房里走了很久,白白地等待着一个人。

小公爵夫人埋怨使女没有把床铺好。害得她侧卧也不是,仰卧也不是。怎么都觉得难受,不方便。她的肚子太碍事。而今天比任何时候都更碍事,阿纳托利的出现,使她更生动地回忆起她没有怀孕时样样都是轻松快乐的时光。她身着短衣,头戴睡帽坐在圈椅里。卡佳睡眼迷离,辫发散乱。

"我告诉过你,到处都是坑坑洼洼,疙疙瘩瘩,"小公爵夫人再三说,"我倒乐意

睡着呢，又不是我的错。"她像个要哭的孩子似的声音发颤。

老公爵也没有睡。吉洪在睡意蒙眬中听见他怒气冲冲地来回踱步，哼哧着鼻子。老公爵觉得他为女儿受了侮辱。最使他受不了的是，受辱的不是他本人，而是别人，是他钟爱得甚于爱自己的女儿。他对自己说，他要重新思考这全部问题，找一个正确的、合理的办法，但是他非但没有这样做，反而更把自己激怒了。

"遇见第一个男人就把父亲，把什么都忘了，跑到楼上梳洗打扮起来，摇起尾巴，现出了原形！甘愿抛弃父亲！我心中有数，这她是知道的。呸……呸……呸……难道我没有看见这个混小子一个劲地看布里安（应该把她赶走）！她真的连这个也看不出，一点自尊心全没有了！你自己没有自尊心也罢，至少也得顾着我的面子。应该告诉她，那个蠢东西心里并没有她，他只顾看布里安。她没有自尊心，我要告诉她这一点……"

对女儿说，她错了，阿纳托利想追求布里安，老公爵知道，这样会刺伤玛丽亚公爵小姐的自尊心，他的心事（不想跟女儿分离）也就解决了，想到这里，他感到自慰。他把吉洪叫来，开始脱衣裳。

"真倒霉，他们为什么要来！"老公爵想。"我没有请他们。他们来看看我的生活。我没有几天活头了。"

"滚他妈的!"他的头还套在睡衣里的时候,他说。

吉洪知道公爵经常有自言自语的习惯,所以虽然看见公爵的脸从睡衣里钻出来,露出疑问和气愤的目光,他仍旧面不改色。

"他们睡了吗?"公爵问。

吉洪像所有的好仆人一样,凭着嗅觉就知道主人在想什么。他猜出这是问瓦西里公爵和他的儿子。

"已经睡了,灯也熄了,大人。"

"不好,不好……"公爵急速说,他把脚伸进拖鞋里,手伸进睡衣里,向他睡的躺椅走去。

阿纳托利和布里安小姐知道,他们有许多话要在背地里谈,所以一大早他们就寻找单独会面的机会。当公爵小姐像往日一样去见父亲时,布里安小姐就在花房里和阿纳托利会面了。

这天玛丽亚公爵小姐向书房门口走去时,心跳得十分厉害。她感觉到,所有的人不仅全知道今天就要决定她的命运,并且知道她心中正在想这件事。

老公爵这天早上对女儿格外和蔼并且态度谨慎。玛丽亚公爵小姐十分清楚这种慎重从事的神情。每当玛丽亚公爵小姐弄不懂算题,他气得紧握干瘦的手,站起来走开,一连几次小声重复同一句话的时候。他脸上就出现这种神情。

他很快谈起正事,而且客气地称呼"您"。

"有人家向我提亲了,"他不自在地在微笑着说。"我想您已经猜到了,"他接着说,"瓦西里公爵到这儿来,把他的学生也带了来。昨天他们向我提亲。您是知道我的规矩的,这个我要问您了。

"我应当怎样理解您的意思,爸爸?"公爵小姐脸色一红一白地说。

"怎么理解!"父亲很愤怒。"瓦西里公爵挑中你当他的儿媳妇,替他的学生向你求婚。就是这么理解。怎么理解?! 这我就要问你了。"

"我不知道您的意见,爸爸。"公爵小姐低声说。

"我? 我? 我有什么? 用不着管我。又不是我出嫁。您有什么意见,我想知道。"

公爵小姐看出父亲不愿意这件事,然而就在这一刻,她想到她一生的命运要么现在就决定,要么就永远地错过了机会。她低下头,避开父亲的目光,她觉得在他的目光下她不能思考,只能习惯地唯命是从,她说:

"我只愿遵照您的意思去做,"她说,"如果要我表示自己的愿望的话……"

没等她说完。公爵打断了她的话。

"好极了！"他喊道。"他要你是连同嫁妆一起要,顺便也把布里安小姐也带走。她当夫人,而你……"

公爵不说了。他看出这句话在女儿身上发生了效力。她低下头,就要哭出来了。

"算了,算了,我是说笑话,我是说笑话,"他说。"要记住一样,公爵小姐,我遵守这个信条:姑娘有挑选女婿的充分权利。我给你自由。要记住:你今生的幸福就要看你这次的决定了。不必问我。"

"但是我不知道……爸爸。"

"不必管我！他秉承父命,他可以娶你,也可以娶其他人;而你是有选择的自由的……你回自己房里考虑一下吧,一小时后来见我,当着他的面告诉他:行还是不行。我知道你是要祈祷的,那你就祈祷吧。不过要好好想想。去吧。"

"行还是不行,行还是不行,行还是不行!"公爵小姐像坠入云里雾里,跌跌绊绊地走出了书房,而他还在大声地说。

她的命运决定了,并且幸福地决定了。可是父亲说的关于布里安小姐的那些话,却是可怕的暗示。就算不是真的,但仍然是可怕的,她老是想这件事。她穿过花房一直往前走,什么也看不见,什么也听不见,但是突然间,熟悉的布里安小姐的低语声使她猛醒过来。她抬起眼睛,在离她不远的地方看见了阿纳托利,他搂着那个法国姑娘,正向她小声说话。阿纳托利那张俊秀的脸露出可怕的表情,他看看玛丽亚公爵小姐,布里安小姐没有看见她。

"是谁?有什么事吗?等一等!"阿纳托利的脸色仿佛这样说。玛丽亚公爵小姐静静地望着他们。她不能理解这是怎么回事。最后,布里安小姐惊叫一声,逃跑了。

一小时后,吉洪来叫玛丽亚公爵小姐。他叫她去见公爵,而且说,瓦西里·谢尔盖伊奇公爵也在那里。吉洪进来的时候,公爵小姐正搂着泣不成声的布里安小姐坐在沙发上。玛丽亚公爵小姐抚弄着她的头。公爵小姐那对美丽的眼睛仍旧那么安详,洋溢着光辉,脉脉含情地、怜悯地看着布里安小姐那漂亮的面庞。

"啊,公爵小姐,对不起您。"布里安小姐说。

玛丽亚公爵小姐说:"这是哪里话,祝您幸福。"

"您会瞧不起我的,我被情欲所迷惑……"

"一切我都理解,"玛丽亚公爵小姐含着忧郁的微笑回答说。"您放心吧,我的朋友。我去见父亲,"她说着就出去了。

玛丽亚公爵小姐走进书房的时候,瓦西里公爵带着深受感动的笑容坐那儿。

"啊，亲爱的，"他站起来抓住她的两只手，说。他叹了一口气，又说："我儿子的命运就掌握在您的手里了。我一直很喜欢您……"

他走到一旁。他的眼睛真的流出了泪水。

"哼……哼……"尼古拉·安德烈伊奇公爵直哼哧鼻子。

"公爵代表他的学生……儿子，向你求婚。你愿不愿意做阿纳托利·库拉金公爵的妻子？你说：行还是不行！"他大声嚷嚷道，"然后我也说出我的意见。是的，我的意见也不过就是我的意见，"尼古拉·安德烈伊奇公爵向瓦西里公爵转过身去，为了回答他那极力恳求的表情，又说了一句。"行还是不行？"

"我的愿望是，爸爸，永远不离开您，永远不跟您分开。我不想结婚。"她睁着一对美丽的眼睛向瓦西里公爵和父亲望了望，坚决地说。

"胡说，废话！胡说，胡说，胡说！"尼古拉·安德烈伊奇公爵皱着眉头，大声嚷嚷道。他抓住她的手，拉过来，没有去吻它，只是把自己的额头向她的额头低下去，轻轻地碰碰她，他紧握她的手，以至于她叫了一声。

瓦西里公爵站起来。

"亲爱的，您能再想一下吗？"

"公爵，我说的都是我心里的话，我感激您给我的荣幸，可是我永远不会做令郎的妻子。"

"那么就完了，亲爱的公爵。我十分兴奋见到你，很兴奋见到你。回去吧，公爵小姐，去吧，"老公爵说，"见到你，我十分、十分兴奋。"

"我的天职是另一种，"玛丽亚公爵小姐心里想，"我的天职是以另一种幸福为幸福，是以仁爱和自我牺牲的幸福为幸福。不管要我付出多大的代价，我都要成全可怜的阿梅莉的幸福。她是如此热烈地爱他。她是如此热诚地忏悔。我要尽到全部努力成全他们两人的婚姻。如果他没钱，我给她钱，我要恳求父亲，恳求安德烈。如果她能成为他的妻子，我该多么幸福啊。她是那么不幸，流落异乡，孤苦无依！我的天啊，她连自己的身份都忘了，她该是多么爱他。也许，我倘若她，也会这样做的！……"玛丽亚公爵小姐想。

六

罗斯托夫家里很久没有收到尼古卢什卡的信，直到仲冬，伯爵才收到一封信，他认出是儿子的笔迹。伯爵一接到信就慌张起来，极力不露声色，踮起脚尖跑到自己房里，关上门，读起来。安娜·米哈伊洛夫娜得知有信来就偷偷到伯爵那里，碰见他手里拿着信又是哭又是笑。

安娜·米哈伊洛夫娜虽然光景好转，仍然住在罗斯托夫家里。

"怎么样？"安娜·米哈伊洛夫娜悲哀地探问，而且准备无论怎样都同情他。

伯爵越发放声大哭了。

"尼古卢什卡……信……受了……伤……亲爱的……受了伤……我的好孩子……伯爵夫人……他升军官了……谢天谢地……怎么对伯爵夫人说？……"

安娜·米哈伊洛夫娜在他身旁坐下，拿出手绢来擦他脸上的泪水和滴在信上的泪水，又擦自己的眼泪，随后把信读了一遍，安慰伯爵，而且决定，在午餐后晚茶前，她先给伯爵夫人做些准备工作，倘若上帝赐福，晚茶后再公开一切。

全部午餐时间，安娜·米哈伊洛夫娜都在谈论有关战争的传闻，谈论尼古卢什卡。她一连两次问起他的最后一封信是什么时候接到的，虽然她本是知道的。她说，可能很快，也许就在今天，会接到信。每当这些暗示使得伯爵夫人心神不定，惊恐地时而望望伯爵，时而望望安娜·米哈伊洛夫娜的时候，安娜·米哈伊洛夫就巧妙地把话题引到琐事上去。娜塔莎是全家最善于体察人们的语气、眼神和神色的细微变化的人，从刚开始吃饭，她就竖起了耳朵，她看出，在她的父亲和安娜·米哈伊洛夫娜之间有什么事，有什么与哥哥有关的事，看出安娜·米哈伊洛夫娜是在做准备工作。娜塔莎尽管胆子很大，但她打算不在吃饭的时候提出来，然而心中着急，以至于整顿饭她什么都没吃，不住地在椅子上扭来扭去，女教师责备她，她也不听。饭后，她飞似地向安娜·米哈伊洛夫娜追去，在起居室里，她连跑带跳地扑到她的脖颈上。

"大妈，亲爱的，告诉我是怎么回事？"

"没什么，我的好孩子。"

"不，好大妈，亲爱的，一定要告诉我，我知道您有秘密。"

安娜·米哈伊洛夫娜摇摇头。

"您真是个机灵鬼，乖孩子。"她说。

"尼古连卡来信了吧？准是的！"娜塔莎看出安娜·米哈伊洛夫娜的脸上露出默认的表情，大声喊道。

"看在上帝分上，千万要小心：你可知道，这会把你妈妈吓坏的。"

"好的，好的，可是您得告诉我。不告诉？那我马上就去说。"

安娜·米哈伊洛夫娜简单地对娜塔莎说了说信的内容，但条件是不许告诉任何人。

"君子一言为定，"娜塔莎一面画十字，一面说，"我谁都不告诉。"她说着，就立刻跑到索尼娅那里去了。

"尼古连卡……受伤了……有信来……"她得意地说。

"尼古拉!"索尼娅刚说出口,面色唰地一下变白了。

娜塔莎一见哥哥受伤的消息给索尼娅的印象,她这才认识到不该说。

她向索尼娅扑过去,搂着她哭起来。

"轻伤,已经升为军官了。他现在很健康,自己写的信。"她含着眼泪说。

"可见你们女人家全爱哭,"彼佳说,他坚决地迈着大步在屋里走来走去。"哥哥这么出色,我很兴奋,真的,我很兴奋。你们就会哭! 什么也不懂。"

娜塔莎含着泪笑了。

"你没有看信吗?"索尼娅问。

"没有看,但是她说,一切都结束了,他已经升为军官了……"

"谢天谢地,"索尼娅画着十字说,"也许她骗你呢? 咱们去找妈妈。"

彼佳默默地在屋里踱步。

"我倘若尼古卢什卡的话,我一定会杀死更多的法国人,"他说,"这些家伙坏透了! 我要杀他个片甲不留。"彼佳接着说。

"住嘴,彼佳,你真是个大笨蛋! ……"

"我一点不傻,谁为了一点小事就哭才傻呢。"彼佳说。

"你记得他吗?"沉默了一会儿,娜塔莎突然问。索尼娅笑了。

"我记不记得尼古拉?"

"不是的,索尼娅,你是不是记得很清楚的,是不是全部都记得。"娜塔莎说,她极力做手势,看样子,她想使她的话带有最郑重的意味。"连我也记得尼古连卡,我记得,"她说。"但是我不记得鲍里斯。完全不记得……"

"怎么? 你不记得鲍里斯?"索尼娅吃惊地问。

"并不是说不记得,——我知道他是什么样子,但是不像记得尼古连卡那样记得清楚。我一闭眼就记起尼古连卡,而鲍里斯就记不起(她闭上眼睛),记不起,一点也记不起!"

"唉,娜塔莎!"索尼娅热情而严肃地说,"我一旦爱上了你哥哥,就爱一辈子,不管是他或者是我发生什么事,永不变心。"

娜塔莎瞪起一双好奇的眼睛,吃惊地望着索尼娅,她沉默不语。她觉得索尼娅说的是实话,她说的那种爱情是有的,但是娜塔莎还没有体验过这种爱情。她相信这是可能发生的,可是不能理解。

"你要给他写信吗?"她问。

索尼娅沉思起来。给尼古拉写什么,有没有必要写信,这是一个使她苦恼的问题。现在他已经是个军官,是受伤的英雄,在这个时候她来让他想起她,仿佛让他想起对她负有什么责任似的,是否合适呢?

"我不知道;我想,他写,我就写。"她红着脸说。

"你给他写信好意思吗?"

索尼娅微笑了。

"不害臊。"

"给鲍里斯写信,我觉得怪不好意思的,所以我不写。"

"为什么这样呢?"

"就是这样,我不知道。很不好意思的。"

"我知道她为什么害臊。"被娜塔莎刚才的话惹恼了的彼佳说,"因为她爱上了那个戴眼镜的胖子(彼佳是说那个和他同名的,新近当上伯爵的别祖霍夫),又爱上那个歌唱家(彼佳是说那个教娜塔莎唱歌的意大利籍教师),所以她害臊。"

"彼佳,你这个笨蛋。"娜塔莎说。

"并不比你更傻,亲爱的。"年仅九岁的彼佳说,他简直像一个年迈的将军。

由于安娜·米哈伊洛夫娜在午餐时做了许多暗示,伯爵夫人已经有了思想准备。她回到自己房里,坐在安乐椅里,一动不动地瞧着绘制在鼻烟壶上的儿子的肖像,泪水不住地涌出来。安娜·米哈伊洛夫娜拿着信蹑手蹑脚走到伯爵夫人门前,停下来。

"不要进来,"她对跟在安娜·米哈伊洛夫娜后面的老伯爵说,"等一下。"她关上了门。

伯爵把耳朵贴在钥匙孔上,细听屋里的动静。

起先他听见安静的说话声,然后只有安娜·米哈伊洛夫娜一个人长篇大论的说话,随后是一声大叫,接着是一阵沉默,然后是两个人一块兴奋地说话,随后是脚步声,接着,安娜·米哈伊洛夫娜给他打开了门。安娜·米哈伊洛夫娜脸上觉得很自豪。

"好了!"安娜·米哈伊洛夫娜得意地指着伯爵夫人对伯爵说。此时伯爵夫人一手拿着有儿子肖像的鼻烟壶,一手拿着信,她一会儿吻鼻烟壶,一会儿吻信。

大家都听到了尼古卢什卡写的信。伯爵夫人哭泣着。

"您哭什么,妈妈?"薇拉说,"他信中所说的都是叫人兴奋的事,不该哭啊。"

她说得很对,可是伯爵、伯爵夫人、娜塔莎,都用责备的眼光望着她。"她到底像谁啊!"伯爵夫人想。

尼古卢什卡的信被人们读了好几百遍,那些自认为有资格听听信里写了什么的人,都得去公爵夫人那里,因为她把信握在手中不放。家庭教师、乳母、米坚卡、还有一些熟人都来过,伯爵夫人一次又一次地念信,每次都有新的乐趣,每次从信中都发现尼古卢什卡的新的美德。她很惊奇儿子的不断成长。

"多么漂亮的文体,描写得多好!"她读到信中描写的部分,说,"多么崇高的灵魂! 关于自己的事一字不提……一字不提! 只提一个叫杰尼索夫的人,而他一定比谁都勇敢。关于自己受的艰难困苦一点都没有写。多么好的心肠! 他的为人我是清楚的! 任何人他都记在心上! 他谁都没有忘记。我常说,他还是这么大的时候,我就常说……"

经过一个多星期的准备,信的草稿打好了,然后把全家给尼古卢什卡的几封信抄写一遍,在公爵夫人亲自监督和公爵的关怀下,置办一些必需的东西,筹集了一笔费用。安娜·米哈伊洛夫娜是个讲求实效的女人,她连和儿子通信都能在军队中托到人情。她可以把信寄到统率近卫军的康斯坦丁·帕夫洛维奇大公那里。罗斯托夫家的人以为,国外俄国近卫军是一个固定的通信处,如果把信寄到统率近卫军的大公那里,没有理由不送到很近的保罗格勒团部。于是他们决定把信和钱都通过大公的信差送到鲍里斯那里,鲍里斯一定会转交尼古卢什卡。信有老公爵的、公爵夫人的、彼佳的、薇拉的、娜塔莎的、索尼娅的,最后,还有伯爵给儿子的治装费和购买各种东西的六千卢布。

七

11 月 12 日,在奥尔米茨附近扎营的库图佐夫的战斗部队,准备次日接受俄国沙皇和奥地利皇帝的检阅。刚从俄国开来的近卫军在离奥尔米茨十五俄里的地方安营扎寨,等待明天十时前直接到奥尔米茨阅兵场参加检阅。

就在这天,尼古拉·罗斯托夫接到鲍里斯的信,信中说,伊兹梅洛夫团在离奥尔米茨十五俄里的地方宿营,鲍里斯在那里等他前去取信和钱。这正是罗斯托夫十分需要钱的时候,因为部队作战归来,驻扎在奥尔米茨附近,营盘里到处都是随军小贩和奥地利籍犹太商人,他们准备了众多的货物。罗斯托夫前些日子为了庆祝他晋升为骑兵少尉,从杰尼索夫手中买了一匹名叫"贝杜英"的战马,因此负了一身债——欠同事和随军小贩的。罗斯托夫接到鲍里斯的信,就跟一个同事骑马到奥尔米茨,在那里吃了饭,喝了一瓶酒,然后独自一人到近卫军营盘找童年的伙伴去了。罗斯托夫还没来得及换军官服装。他穿的是一件破旧的、佩戴士兵十字肩章的士官生上衣，一条同样破旧的、裤裆衬的皮子磨光了的马裤，腰间佩着一把带穗的军刀。他驰到伊兹梅尔团营地时，心里想，他要使鲍里斯和他的同事们大吃一惊，让他们见识一下久经沙场的骠骑兵的神气。

在全部行军中，近卫军一路游山玩水，炫耀着自己的整洁和纪律。每天的行程很短，背囊有大车来运输，奥地利当局沿途给军官们准备了很好的伙食。团队奏着军乐出入市镇。奉大公的命令，整个行军（近卫军以此为骄傲）都是齐步走，军官也是在各自的位置上徒步行进。在全部行军期间，鲍里斯和现在已经当连长的贝格在一起。在行军中取得连长职务的贝格，由于他的勤恳和细心，已经博得了长官的信任，他在处理自己的钱财方面也极有办法。鲍里斯在行军中认识了许多对他有用的人，通过皮埃尔的介绍信，他认识了安德烈·博尔孔斯基公爵，并希望通过他在总司令部谋个缺。贝格和鲍里斯穿得干干净净，整整齐齐，前一天的行军疲劳已经休息过来，这时他们坐在分配给他们的房间里一张圆桌前下棋。贝格握着点燃的烟斗。

"走啊，看您怎么逃掉？"鲍里斯说。

"尽力吧。"贝格回答说，他动了动小卒，又把手放下了。

这时门打开了。

"原来你在这儿！"罗斯托夫喊道，"贝格也在这里！"

"我的天啊！你变得真厉害！"鲍里斯起身向罗斯托夫迎过去，他虽然站起来，可仍旧没有忘了把碰倒的棋子扶起来；他想拥抱他的朋友，但是尼古拉躲开了。

他们几乎半年不见了。两人都是初次涉足人生道路的年轻人，因此彼此都发现对方变化很大。自从他们最后一次见面以来，两人都有很多变化，两人都想尽快向对方表现他们内心的变化。

"嘿，你们这些可恶的花花公子！打扮得干干净净，漂漂亮亮，似乎才从舞会上回来似的，不像我们这些有罪的大兵。"罗斯托夫摆出军人的气派，指了指他那条满是泥巴的马裤，用他那使鲍里斯觉得新鲜的男中音说。

德意志女主人听见罗斯托夫大喊大叫的说话，从门口探进头来。

"怎么样，挺神气吧？"他挤了挤眼说。

"你干吗这么大嗓门？把他们吓死了。"鲍里斯说。"我没想到你今天会来。"他又说。"昨天我才托一个熟人——库图佐夫的副官博尔孔斯基把信转交给你。我没想到他这么快就把信送到了……你怎么样？已经上过战场了？"鲍里斯问。

罗斯托夫没有回答，他抖了抖系在军服滚绦上的士兵圣乔治十字勋章，指了指他那扎着绷带的胳膊，微笑着看了看贝格。

"你自己看嘛。"他说。

"嗬,了不起,了不起!"鲍里斯微笑着说。"我们这次行军也够来劲的。你知道,皇太子骑着马常常跟着我们的团,于是我们到处得方便,占尽了便宜。在波兰受到了十分好的招待,十分过瘾的宴会和舞会——我简直无法向你描述!皇太子待我们军官好极了。"

于是两个朋友互相倾诉起来——一个讲骠骑兵的纵酒作乐和战斗生活,另一个讲在皇室大员手下服务的好处,等等。

"近卫军!"罗斯托夫说。"我说,派人去买瓶酒来。"

鲍里斯皱了皱眉头。

"如果你非喝不可的话。"他说。

他走到床头,从干净的枕头底下取出钱包,叫人去打酒。"对了,把你的钱和信交给你吧。"他又说。

罗斯托夫把钱扔到沙发上,拿起信,两肘支着桌子,开始读起来。他看了几行,恶狠狠地瞪了贝格一眼,遇到贝格的目光后,罗斯托夫用信遮住自己的脸。

"给您寄的钱真不少。"贝格望着沉甸甸的、把沙发压得陷下去的钱包,说,"可是我们只靠薪水凑合着过日子,伯爵。我给您说说我的处境……"

"我说,贝格,亲爱的朋友,"罗斯托夫说。"倘若您接到家信,或者您遇到亲人,您要向他打听一切情况,我倘若在场的话,我一定会立刻走开,为了不致打扰您。对不起,请您走开,随便到哪儿,随便到哪儿……见你的鬼去吧!"他大喊一声,随即又抓住他的肩膀,和蔼地看着他的脸,看来,他是想尽力缓和一下,又说:"您是知道的,请不要生气,亲爱的,我是对老朋友说真心话。"

"哎呀,算啦,伯爵,我完全理解。"贝格站起来,低声说。

"您到房东那儿去吧,他们请您了。"鲍里斯插嘴说。

贝格穿上十分干净的礼服,他发现罗斯托夫注意到了他的礼服,于是微笑着走出屋去。

"咳,我简直是畜生,真的!"罗斯托夫一边读信,一边说。

"怎么啦?"

"咳,我真是头猪,真的,我一封信都没写,把他们都吓坏了,咳,我简直是头猪!"他忽然脸红了,重复说。"喂,派加夫里洛打酒去吧!好,咱们喝他一杯!……"他说。

在父母的信中,另外有一封给巴格拉季翁公爵的介绍信,这是老伯爵夫人依照安娜·米哈伊洛夫娜的忠告,托熟人弄来寄给儿子的。老伯爵夫人嘱咐他务必送到,而且要好好利用它。

"真是胡闹！我怎么用得着这个。"罗斯托夫说着把信扔到桌子底下。

"你为什么扔掉?"鲍里斯问。

"一封介绍信,我要这信干吗!"

"怎么说要这信干吗?"鲍里斯拾起信来,一面念着署名,一面说。"这封信对你非常有用。"

"我什么也不想要,谁的副官我都不当。"

"为什么?"鲍里斯问。

"侍候人的差使!"

"我看,你依旧是个幻想家。"鲍里斯摇摇头,说。

"你仍然是个外交家。可是问题不在这儿……谈点别的吧,你怎么样?"罗斯托夫问。

"就像你看见的这样。直到现在一切都十分好,但是说老实话,我十分想谋一个副官的位置,以免上前线。"

"为什么呢?"

"因为既然在军界干事,就要尽可能弄个光辉前程。"

"哦,原来这样!"罗斯托夫说,很明显他是在想别的。

罗斯托夫用疑问的眼光望着朋友的眼睛,看来,他心中有个问题没有找到答案。

加夫里洛老头打酒回来了。

"现在是不是去叫阿尔方斯·卡尔雷奇?"鲍里斯说。"他陪你喝,我不行。"

"去叫,去叫！这个德国佬怎么样?"罗斯托夫露出轻视的微笑,说。

"他是个很好的人,又正直又可爱。"鲍里斯说。

罗斯托夫又一次定睛看了看鲍里斯,叹了口气。贝格回来了,三个军官对着一瓶酒,谈话热闹起来。两个近卫军军人向罗斯托夫讲他们的行军,讲他们在俄国、在波兰、在国外受到多么隆重的接待,讲他们的司令官大公的言行,讲他怎样善良和暴躁的笑话。贝格像往日一样,当所谈的问题与他无关时,他一言不发,可是讲到大公发脾气的笑话时,他就津津有味地谈起他在加利西亚和大公有一场谈话,当时大公在各团巡视,为了一件犯规的行动暴跳起来。他面带笑容说,盛怒的大公骑马来到他跟前,喊道:"阿尔人!"他要传见连长。

"您可能不信,伯爵,不过我一点不怕,因为我知道我是对的。后来,我走出来,挨了一大通训,可是我一声没吭。后来就什么事都没有了。"

"嗯,有两下子。"罗斯托夫含笑说。

但是鲍里斯看出罗斯托夫要取笑贝格了,于是巧妙地转换了话题。他请罗斯托夫讲讲他是怎样以及在何处受的伤。罗斯托夫兴高采烈,添油加醋地讲起来。

讲到中间,他正说"你想象不出,在冲锋的时候,你体验到一种十分奇异的疯狂感觉"的时候,鲍里斯等待的安德烈·博尔孔斯基公爵走进屋来。安德烈公爵最爱摆出对年轻人庇护的态度,以别人求他帮忙为荣。他对昨天善于讨他欢喜的鲍里斯抱有好感,想满足这个年轻人的愿望。他是奉命把库图佐夫的公文送到皇太子那里去的,顺路来看这个年轻人,希望单独会见他。走进屋来,他看见正在讲述战绩的前线骠骑兵(安德烈公爵最讨厌这种人),他亲热地向鲍里斯轻轻一笑,然后眉头微皱,眯着眼睛看了看罗斯托夫,向他微微一弯身,就疲倦地、懒洋洋地坐到沙发上了。碰到他讨厌的人在场,他心里很不舒服。罗斯托夫看出了这一点,他的脸红了。但这对他也无所谓:反正这是一个陌生人。但是他瞥了鲍里斯一眼,看出鲍里斯似乎为他这个前线骠骑兵害臊似的。虽然安德烈公爵讽刺的腔调令人讨厌,虽然罗斯托夫以他那战斗部队的观点对参谋部的小副官统统看不起(这个才进来的人显然属于这一类人),罗斯托夫却感到狼狈不堪,满脸通红。他不说话了。鲍里斯问参谋部有什么消息,在许可的范围内打听一下军事动向。

"大约要继续前进。"博尔孔斯基答道,看样子,他不愿当着外人多谈。

贝格抓住机会恭敬地问,是不是真像传说的那样,将要加倍地发给连长粮秣费。安德烈公爵对这个问题微笑着回答,对这么重大的国家法令,他不能发表意见,于是贝格兴奋地哈哈笑起来。

"您的事,"安德烈公爵又向鲍里斯转过脸来,"咱们以后再谈。"他说着向罗斯托夫瞟了一眼,"检阅完了以后,您来找我,只要有可能,我们全部都办到。"

他环视一下房间,向罗斯托夫转过身来,他对罗斯托夫恼怒起来,他连理都不理,说:"您似乎在讲申格拉本一战,是吧?您参加了?"

"我参加了。"罗斯托夫愤愤地说,仿佛想用这句话侮辱这个副官。

博尔孔斯基看出了这个骠骑兵的心理,觉得很好玩。他神情略带轻蔑地微微一笑。

"是啊!关于这一战眼下正流传着不少的故事。"

"是不少!"罗斯托夫大声说,他忽然用变得狂怒的目光时而看看鲍里斯,时而看看博尔孔斯基。"故事不少,但都是我们的故事,是那些亲身冒着敌人的炮火的人的故事,我们的故事是有分量的,不是那些坐在参谋部无所事事、只知道领奖的大少爷的故事。"

"您认为我也是这类人吧?"安德烈公爵心平气和、十分兴奋地微笑着说。

一种愤怒的奇怪感觉,以及对此人的镇静的尊敬,这时在罗斯托夫心中交织在一起。

"我不是说您,"他说,"我不认识您,说实话,我也不愿认识您。我是说一般的参谋人员。"

"我要告诉您,"安德烈公爵安静而又威严地打断了他的话。"您想侮辱我,我可以同意,倘若您对自己没有足够的尊敬,侮辱我不难做到的。但是您得承认,在这方面,时间和地点都选得很糟,在最近一两天内,我们大家都要进行一场更为严重的大决斗,此外,德鲁别茨科伊说,他是您的老朋友,我的面孔使您讨厌,根本不是他的过错,不过,"他起身说,"您会知道我的姓名,也会知道上哪儿能找到我。但是不要忘了,"他又说,"不论是我还是您,我不认为是受了侮辱,作为一个比您年岁大的人,我劝您把这件事搁下。好,星期五检阅完了以后,我等着您,德鲁别茨科伊,再见。"安德烈公爵结束了自己的话,对两个人鞠了一躬,就出去了。

他走后,罗斯托夫才想起了应当怎么回答他。因为忘了说这些话,他气愤不已。罗斯托夫马上吩咐备马,冷冷地向鲍里斯告别后,就回自己的住处去了。明天到司令部向这位装模作样的副官挑战呢,还是真的把这件事放下不管?——这个问题烦恼了他一路。一会儿他想,他倘若看见这个矮小体弱的、骄傲的人在他的手枪瞄准下惊慌的神情,可真叫兴奋,一会儿他又奇怪地觉得,在他认识的人中间,没有一个人像这个他如此憎恨的副官那样,使他如此希望成为他的朋友的。

八

鲍里斯和罗斯托夫会面的第二天,奥军和俄军举行了一次检阅。参加检阅的俄国军队有刚从俄国开到的军队和在库图佐夫统率下出征归来的军队。两位皇帝——俄皇偕皇太子,奥皇偕大公,检阅八万盟军。

从大清早起,装束得漂亮整洁的军队就在行动,在要塞前面的空地上整队。一会儿,成千只脚和刺刀跟着飘展的旗帜移动着,按照军官的口令时停时走,绕过别的步兵队伍,转到别处,留着空隙列队。一会儿,响起了有节奏的马蹄声和金属的碰击声,这是穿各色华丽服装的骑兵骑着乌黑、火红、青灰等色的马匹跟在穿绣花衣服的军乐队后面走来了。一会儿,炮队也开到了指定地点。将军们都穿着全副检阅制服。不管将军、军官还是士兵,大家都觉得正在完成一件非同一般的、重大的、庄严的事情。每位将军和士兵都意识到自己是沧海一粟,因而感到自己渺小,但同时也意识到自己是整体的一部分,因而感到自己强大。

从大清早就开始紧张地忙碌着,直到十点钟才准备就绪。在宽阔的空场上排开了队形。全军排成三个横队:前面是骑兵,中间是炮兵,再后面是步兵。

三部分军队——库图佐夫的战斗部队(保罗格勒团在前面横队的右翼),新从俄国开来的军队和近卫团,以及奥军,彼此根本不同。可他们都站在同一横队中,接受统一的指挥,保持同一队形。

一阵激动的低语声像风一样掠过:"来了! 来了!"传出吃惊的声音。

从前面奥尔米茨那边出现一簇逐渐走近的人群。忽然,只听得一声:"立正!"然后就像公鸡报晓似的,各个角落此起彼伏地重复着这同样的声音。接着一切都归于安静。

在死一般的寂静中,传出得得的马蹄声。两位皇帝骑马来到队伍的一翼,第一骑兵团的号手吹起大进行曲。乐声中,可以很清楚地听到历亚山大皇帝的年轻的亲热的声音。他说了几句祝贺的话,于是第一团高呼:"乌拉!"

罗斯托夫站在库图佐夫军队的前列,沙皇第一个来到这里。罗斯托夫这时所体验的感情,跟每一个人体验到的相同——这是一种忘我的、对强大力量的骄傲。

他激动得厉害。

"乌拉! 乌拉! 乌拉!"四面八方传来震天动地的喊声。

年轻英俊的亚历山大皇帝穿着骑卫军制服,戴一顶三角帽,他那令人兴奋的面孔,他那虽然不高可是清脆的声音,吸引住了每一个人。

罗斯托夫站在离号手不远的地方,他那双锐利的眼睛很远就认出了皇上。皇上的一举一动,他的任何一个特征在尼古拉看来全是十分迷人的。

沙皇走到保罗格勒团前面停下来,用法语对奥皇说了句话,露出了笑容。

一见那笑容,罗斯托夫情不自禁地微笑起来。沙皇召见了团长,对他说了几句话。

"我的天啊! 倘若皇上对我说话,我会怎么样啊!"罗斯托夫想。"我会幸福死的。"

沙皇转身对军官们说:

"诸位,我衷心地感谢你们(罗斯托夫觉得每一个字都好似来自天庭的声音)。"

罗斯托夫想,倘若他立刻就为自己的皇上而死,那该有多么幸福啊!

"你们已经得到很多圣乔治军旗,你们今后不要对不起这些军旗。"

"只有效死,为他而死!"罗斯托夫想。

世界经典文库 世界二十大名著 战争与和平 图文珍藏版

沙皇还说了一些话,罗斯托夫没有听清楚,这时士兵们使劲喊起:"乌拉!"

罗斯托夫俯在马鞍上,也用尽全力喊起来,他觉得,只要能充分表达他对皇上的欢喜,他情愿喊破嗓子。

沙皇在骠骑兵面前站了一会儿,显出有些犹豫不决的样子。

"皇上怎么会犹豫不决?"罗斯托夫想,但是后来,连这个犹豫不决也使罗斯托夫觉得庄严而令人神往了。

沙皇的犹豫只持续了一瞬间。不久,沙皇在随从的陪伴下,继续向前走去。

在侍从中间,罗斯托夫看见了懒懒散散、松松垮垮地骑在马背上的博尔孔斯基。罗斯托夫想起他们昨天的争吵,于是想到一个问题:应该不应该向他挑战。"当然不应该,"罗斯托夫这时想……"在现在,这件事情还值得去想,去提吗?在感情中充满了爱、喜悦和自我牺牲的时刻,我们之间的争吵和冒犯还算得了什么?!现在我爱所有的人,原谅所有的人。"罗斯托夫想。

沙皇走过差不多所有的团队以后,军队开始进行分列式。罗斯托夫骑着刚从杰尼索夫手中买来的贝杜英,在连队的后尾,他一个人,完全在沙皇的视线以内,走了过去。

在走到沙皇面前的时候,罗斯托夫刺了他的贝杜英两下,居然幸运地使它迈出它高兴时常有的猛烈的快步。

罗斯托夫,向后伸着腿,收紧肚子,觉得自己和马已经成为一体,他眉头紧皱,而表情却是幸福的,正像杰尼索夫所说,疯了似的从皇帝面前驰过去。

"保罗格勒团官兵真是好样的!"沙皇说。

"我的天啊!倘若他命令我马上就跳进火里,我该有多么幸福。"罗斯托夫想道。

检阅完了后,新来的军官和库图佐夫部下的军官三五成群地聚在一起,开始谈论奖赏,谈论奥军和他们的服装、他们的战线,还谈论波拿巴,谈论他眼看就要倒霉,尤其是埃森军团就要开到,普鲁士也将加入我们这边,他就更糟了。

检阅之后,比打了两次胜仗之后对胜利的信心更足了。

<h1 style="text-align:center">九</h1>

检阅之后的第二天,鲍里斯穿上最好的制服,到奥尔米茨找博尔孔斯基去了。他指望依靠博尔孔斯基的厚爱,给自己弄一个最好的位置,特别希望谋一个他认为军队中最令人羡慕的要人手下的副官职务。"罗斯托夫有一个一次就寄给他万把

卢布的父亲,他自然可以说他谁都不巴结,不愿做什么人的听差;而我除了自己的脑袋就毫无所有,必须给自己谋一个好前程,机会不可放过,要好好利用它。"

这一天,他在奥尔米茨没有见到安德烈公爵。但在奥尔米茨驻扎着大本营、外交使团,还住着两位皇帝和他们的侍从——御前大臣和亲信,此情此景,更加强了他想跻身于这个上层社会的欲望。

可是,尽管颇受冷遇,第二天鲍里斯还是设法找到了安德烈公爵的住处。

鲍里斯进去的时候,安德烈公爵正在听取一个俄国老将军的报告,他轻视地眯缝着眼,显然是在表示:"假如不是我值勤,我连一分钟也不愿同您谈。"而那位老将军几乎是踮着脚尖,笔直地站着,他那发紫的脸上带着阿谀的表情向安德烈公爵报告。

"不错,请等一等。"一看见鲍里斯,安德烈公爵就不再听那个将军说了(那个将军带着恳求的神气跟在他后面跑,求他再听几句话),他向鲍里斯转过身来,兴奋地微笑着向他点头。

鲍里斯不禁想了很多,他先前的预感得到了证实。即要好好和一批人弄好关系。

"昨天失迎啦,抱歉,抱歉。我整天和德意志人打交道。同魏罗特尔去视察作战部署。德意志人认真起来就没个完!"

鲍里斯微笑了,好像表示他懂得安德烈公爵的话。其实,魏罗特尔这个名字,甚至"作战部署"这个字眼,他还是第一次听说。

"怎么样,亲爱的,还是想当副官吗?我一直在想着您的问题呢。"

"是的,"鲍里斯说,不由得脸红了,"我想去求求总司令,库拉金公爵曾有信给他,信里提到我。我之所以要去求一求,"他好像想要表白一下,又说,"只是因为我担心近卫军不可能上前线。"

"好的,好的!咱们要好好地谈一谈,"安德烈公爵说,"但是我得先把这位将军的公事报告一下,然后咱们就随便了。"

鲍里斯焦急地等待着安德烈公爵回来。

"我说,亲爱的,关于您的事,我总在想。"安德烈公爵走进有古钢琴的大厅,说,"您不必去找总司令了,"安德烈公爵说,"他会对您说很多客气话,叫您常到他那儿吃饭,但是再不会有进一步的结果了,我们这些副官和传令官快有一营了。咱们这么办吧:我有个好朋友多尔戈鲁科夫公爵,是侍从武官长,人也很好。您可能不知道,可事实是,库图佐夫和他的参谋部,以及我们所有的人,全做不了主。现在所有的权利都掌握在皇帝手里,所以咱们去找多尔戈鲁科夫,我正要去他那儿。我已经向他提过您,咱们去看看他有没有办法把您安置到他那儿。"

安德烈公爵一有指导青年人、帮助他们钻进上流社会的机会,就格外兴奋。因为禀性高傲,他自己从不接受人家的帮助,而他以帮助别人为借口,常常接近那个能给人以成功、并吸引住他的圈子。他很乐意揽下鲍里斯的事,于是同他一起找多尔戈鲁科夫公爵去了。

当他们走进两位皇帝和他们的亲信驻留的奥尔米茨皇宫的时候,天色已经非常晚了。

就在这天开过一次军事会议,军事参议院全体人员和两位皇帝全都出席了会议。会议决定立即与波拿巴展开大会战,因为我方拥有众多的有利条件,而波拿巴则处于劣势。

多尔戈鲁科夫是最热烈地主张进攻的一个。安德烈公爵介绍了他照顾的军官,但多尔戈鲁科夫公爵只是客气地紧紧握了握鲍里斯的手,没有和他说什么话,很明显他按捺不住要说出他的主张来。

"亲爱的朋友,我们打了一场十分漂亮的仗!但愿将来由此得到同样的胜利。不过,亲爱的朋友,"他时断时续高兴地说,"我必须承认我错怪了奥地利人,特别是错怪了魏罗特尔。多么精确细密,对地形十分熟悉,对一切可能性、一切条件、一切最小的细节,简直洞若观火!不,亲爱的朋友,使劲想也想不出比我们现在更有利的条件了。奥地利人的精细加上俄罗斯人的勇敢——您还要怎么样?"

"这么说来,进攻是完全确定了?"博尔孔斯基说。

"您可知道,亲爱的朋友,我觉得,波拿巴简直莫名其妙。您知道,今天接到他给皇帝的一封信。"多尔戈鲁科夫别有含义地微微一笑。

"真的!写的什么?"博尔孔斯基问。

"他能写什么？还不是那一套，目的不过是想赢得时间。我告诉您吧，他已经是我们的瓮中之鳖了，真的是这样！可是最有趣的是，"他突然傻笑起来，说，"怎么也想不出复信时怎样称呼他。倘若不能称他为执政，自然也不能称他为皇帝，那么我觉得，可以称作波拿巴将军。"

"不过，这之间是有差别的。"博尔孔斯基说。

"就是说嘛，"多尔戈鲁科夫打断了他的话，一边笑一边急速地说，"您认识比利宾吧，这人非常聪明，他提议称他：'篡位的奸臣和人类的敌人。'"

多尔戈鲁科夫快活地大笑起来。

"就是那样称呼了？"博尔孔斯基问。

"但是比利宾最后想出了一个郑重其事的称号。这人既机警又聪明……"

"什么称号？"

"法国政府元首鉴，"多尔戈鲁科夫公爵认真地快乐地说。"好得很，是吧？"

"好，会叫他十分不快活的。"博尔孔斯基说。

"十分不快活！家兄在巴黎时认识他，那时他还不是皇帝，家兄有好几次在他那儿吃过饭，他跟我说，他从未见过这么精明强干的外交家。您知道，他是法国的圆滑和意大利的演技的结晶，您知道他和马尔科夫伯爵的笑话吗？只有马尔科夫伯爵能对付他。您知道手绢的故事吗？好极了！"

爱说话的多尔戈鲁科夫时而转向鲍里斯，时而转向安德烈公爵，讲起波拿巴想考验一下我们的马尔科夫公使的故事：波拿巴故意在他面前丢了一块手绢，随后停下来瞅着他，大概是期待马尔科夫为他效劳，而马尔科夫立刻也把自己的手绢丢在旁边，他拾起自己的手绢，但是没有拾波拿巴的。

"妙极了。"博尔孔斯基说，"是这么回事，公爵，我是来求您给这个青年人帮忙的。您知道是怎么回事吗？……"

但是没等安德烈公爵说完，就有一个副官走进来，叫多尔戈鲁科夫去见皇帝。

"啊，真遗憾！"多尔戈鲁科夫连忙起身，握着安德烈公爵和鲍里斯的手，说。"您知道，我十分乐意效劳。"他再一次握了握鲍里斯的手。可是你们看……改天再说吧！"

鲍里斯觉得，他现在正和最有权势的人物接近，这使他十分激动。在出去的路上，他们又碰上一个人。

"这是什么人？"鲍里斯问。

"这是一个最了不起的、同时又是我最讨厌的人。他是外交大臣亚当·恰尔托里日斯基公爵。"

"就是这些人，"他俩走出宫廷时，博尔孔斯基情不自禁叹息说，"就是这些人决定民族的命运啊。"

第二天军队出征了，直到奥斯特利茨战役结束，鲍里斯没能到博尔孔斯基那里，也没能到多尔戈鲁科夫那里，临时仍旧在伊兹梅洛夫团队里待着。

十

16 日黎明，尼古拉·罗斯托夫所在的隶属巴格拉季翁部队的杰尼索夫骑兵连，从宿营地开拔参加战斗了。他们跟着其他纵队走了大约一俄里，被阻在大路上停下来。罗斯托夫看见从他面前走过第一和第二骠骑兵连的哥萨克们、步兵营及炮队，骑着马的巴格拉季翁将军和多尔戈鲁科夫将军后面跟着许多副官。他们的连队被留下来作后备队了。尼古拉·罗斯托夫无聊苦闷地过了一天。上午八点多钟，他听见前方传来枪炮声、"乌拉"声，看见送回的伤员（伤员不多），最后，看见百来个哥萨克兵押送一队法国骑兵。战斗显然完成了，看来战役不大，却非常顺利。回来的士兵和军官谈论着辉煌的胜利以及整整一连法国骑兵被俘。经过一夜寒冷霜冻，白天是晴朗的，阳光照耀。快乐的秋天正好和胜利的消息相配，这个胜利的消息不仅是参加战斗的人在讲述，并且从那些在罗斯托夫面前来来往往的士兵、军官、将军和副官的愉快表情上也显露出来。这更使尼古拉觉得揪心的疼痛，他徒然经受一场临阵前的恐惧，并且在这样快活的一天无所事事。

"罗斯托夫，到这儿来，喝一杯浇浇愁！"杰尼索夫喊道，他在路边坐下来，面前放着行军壶和下酒的小菜。

军官们在杰尼索夫的食品箱旁围成一圈，边吃边谈。

"又带来一个！"一个军官指着由两名哥萨克兵押送的一个法国龙骑兵俘虏说。

其中一名哥萨克兵牵着那个俘虏的一匹法国高头骏马。

"把马卖了吧！"杰尼索夫对那个哥萨克兵喊道。

"好，大人……"

军官们站起来，围着哥萨克兵和法国俘虏。这个法国龙骑兵是一个很好的小伙子，阿尔萨斯人，带着德语口音说法语。他激动得喘不过气来，脸通红，一听到法国话就对军官们——时而对这个时而对那个——滔滔地讲起来。他说他本来不会被俘，这不是他的错，是派他去取马被的班长的错，他对他说俄国人已经在那里了。每句话他都加上一句：可怜可怜我的小马吧。抚摸着他的爱马。看样子他还不大清楚他的处境。他一会儿说他被俘情有可原，一会儿又像是在他的长官面前表白他那军人的勤勉和对勤务的关心。他给我们后卫队带来一股陌生的法国军队的新气息。

哥萨克们以两枚金币的价钱卖了马,罗斯托夫接到汇款后,现在是军官中最富的一个,他把马买下来。

"可怜可怜我的小马吧?"在把马交给骠骑兵的时候,这个阿尔萨斯人天真地说。

罗斯托夫笑笑,抚慰着这个龙骑兵,把钱给他。

"走,走!"哥萨克用手碰了碰俘虏,叫他接着走。

"皇上!皇上!"骠骑兵中忽然传来叫喊声。

大家全跑开了,忙乱起来,罗斯托夫看见他后面路上有几个戴着白帽缨的骑者跑过来。一会的工夫,众人都各就各位等待着。

罗斯托夫激动得不知如何是好。

人群中传来皇帝的声音。

"是保罗格勒的骠骑兵吗?"皇帝问道。

"是后备队,陛下!"有人回答。

皇帝走到跟罗斯托夫并排的地方站住了。他的面孔比三天前检阅的时候更漂亮了。皇帝有时向骑兵连环视一下,皇帝的视线和罗斯托夫的视线相遇了,两对视线至多停留了两秒钟。随后他忽然扬起眉毛,动作干净利落地用左脚拍了拍马,大步地向前驰去。

年轻的皇帝按捺不住亲临战场的欲望,不顾侍臣们的劝阻,正午十二时他从第三纵队出发,向前卫驰去。在还没有赶上骠骑兵之前,几个侍从武官向他迎来,报告战斗早已顺利地结束了。

这一场只俘虏法国一个骑兵连的战役,被看作是一次大败法军的重大胜利,因此,皇帝和全军,尤其是在战场上硝烟还未散的时候,都相信法国人打败了,被迫退却了。皇上过去几分钟之后,保罗格勒骑兵团奉命继续前进。在维绍这个德意志小城中,罗斯托夫又一次看见了皇上。皇上被一群文武侍从簇拥着,骑着马,侧着身子,姿势优美地拿着金质的长柄眼镜举到眼上,看一个趴在地上、没有戴军帽、满头鲜血的士兵。这个伤兵是如此肮脏、粗俗、丑恶,皇帝与他接近使罗斯托夫觉得受了玷污。罗斯托夫看见皇帝那微驼的肩头颤抖了一下,他用左脚的马刺拍了拍马肚,那匹训练有素的马漠然的张望着,仍旧在原地不动。一个侍从武官下了马,抱起那个士兵,把他放在担架上。士兵呻吟起来。

"轻一点,轻一点,难道不能轻点吗?"皇上说,看来他比那个垂死的士兵还难受,皇帝走开了。

罗斯托夫看见皇帝的眼睛里充满了泪水,听见皇上对恰尔托里日斯基说:

"战争是一件多么可怕的事,太可怕了!"

前卫部队驻扎在维绍城前面,可以看见敌人的散兵线,整整一天,只要稍一接火,敌人就给我们让路。皇上对前卫表示感谢,应许了奖赏,发给每人双份的伏特加。比昨夜更欢乐了,营火燃烧,士兵的歌声不断。杰尼索夫在这夜庆祝自己提升为少校,在宴会就要结束时,已经喝得相当多的罗斯托夫提议为皇上的健康干杯。

"我们在以前的战斗中,"他说,"比如在申格拉本,对法国人既然没有示弱,那么现在皇上亲临前线将会怎么样呢?我们都去赴死,甘愿为他赴死。诸位,是不是?也许我说错了,我喝多了,我是这样感觉,你们也有同样的感觉。为亚历山大一世的健康干杯!乌拉!"

"乌拉!"军官们欢呼道。

军官们干了杯,把杯子摔碎,那个年老的骑兵大尉基尔斯坚又斟满另外几杯,他只穿一件衬衫和马裤,端着一杯酒向篝火走去,他留着很长的花白胡子,扬起一只手,在篝火的火光中停住了。

"弟兄们,为皇帝陛下的健康,为战胜敌人而干杯,乌拉!"他用他那雄壮的低音喊道。

骠骑兵围上来,报以高声地欢呼。

当深夜大家都走开的时候,杰尼索夫拍拍罗斯托夫的肩膀。

"出征的时候没有人可爱,所以就爱起沙皇来了。"他说。

"杰尼索夫,你不能开这个玩笑,"罗斯托夫喊道,"这是一种非常高尚、非常美好的感情,十分……"

"我相信,我相信,朋友,我也有这种感情,而且赞赏……"

"不,你不懂得!"

罗斯托夫站起来,走到篝火群里游荡,他幻想他能为皇上而死。他的确爱上了沙皇,爱上了俄国军队的光荣,爱上了未来胜利的希望。在奥斯特利茨战役前夕那些值得纪念的日子里,体验到这种情感的不只他一个:当时十之八九的俄国军人都是如此,虽然没有这么狂热。

十一

第二天皇上在维绍城驻留下来。御医维利埃数次应召前去看视。大本营和附近的军队传闻圣体欠安。据侍从们说，皇上不吃东西，那一夜睡得不好。欠安的原因是皇上看见死伤的士兵，在他那敏感的灵魂中留下了太强烈的刺激。

十七日黎明，一个打着军使小旗求见俄国皇帝的法国军官从前哨被送到维绍城。这个军官名叫萨瓦里。皇上才入睡，所以萨瓦里只好等候。中午他被皇帝召见，一小时后，他和多尔戈鲁科夫一起到法军的前哨。

传闻萨瓦里前来的使命是关于亚历山大皇帝和拿破仑会见的建议。使全军感到兴奋和骄傲的是，俄皇拒绝亲自会见，由维绍战役的胜利者多尔戈鲁科夫公爵代表陛下和萨瓦里一起前去与拿破仑谈判，倘若谈判果真具有讲和诚意的话。

晚上多尔戈鲁科夫回来了，他直接去见皇上，独自和皇上谈了好久。

11 月 18 日和 19 日，军队又前进了两站地，敌军的前哨在短促的交锋后就撤退了。自 19 日中午起，军队的上层忙得不亦乐乎，一直延续到第二天早上，也就是发动那次非常值得纪念的奥斯特利茨战役的 11 月 20 日早上。

19 日午前，所有的活动、热烈的谈话、奔忙、副官的差遣，还仅限于皇帝的大本营以内。当天午后，活动传到库图佐夫的司令部和各纵队参谋部。晚上，经过副官的传达，活动已经传布到各个角落和军队的各个部分。20 日清晨，八万联军从宿营地动身，人声喧哗，摆成九俄里长的大队，浩浩荡荡进发了。

那天安德烈公爵值勤，在总司令身边一步不离。

下午五点多钟，库图佐夫来到皇帝大本营，在沙皇那里待了一会儿，接着去拜访内务大臣托尔斯泰伯爵。

博尔孔斯基趁机去找多尔戈鲁科夫，摸一摸军事情况。安德烈公爵觉得库图佐夫心神不安，对什么问题都不满，同时大本营的人们对他也不满，皇帝大本营的人跟他说话的腔调，都仿佛知道某种别人不知道的事情似的，因此他想找多尔戈鲁科夫谈谈。

"您好，亲爱的。"多尔戈鲁科夫说，他和比利宾正坐在一起吃茶。"明天是节日啊。您那老头子怎么样？心情不大好吧？"

"不能说心情坏，他是希望别人听听他的见解。"

"在军事会议上听到他的意见了，如果他说得有道理，会听他的。但是现在正是波拿巴最害怕会战的时候，不能再拖延，再等待了。"

"嗯，您见到他了吧？"安德烈公爵说，"波拿巴怎么样？您对他印象怎样？"

"是啊，看见了，我坚信他最担心会战，"多尔戈鲁科夫重复说，"倘若他不害怕会战，他为什么要求会见，谈判，重要的是，为什么退却？而退却是那么违背他的一切作战方法。请相信我：他害怕，害怕会战，他倒霉的时刻到了。我对您说吧。"

"请您讲讲他是个什么样的人?"安德烈公爵又问。

"他穿一件灰色常礼服,很希望我称他'陛下',使他懊恼的是,他从我口中没能听到什么称号。他就是这么一个人,仅此而已。"多尔戈鲁科夫微笑着转脸看看比利宾,答道。

"尽管我对老库图佐夫怀着极大的敬意,"他接着说,"可是波拿巴现在的确握在我们的掌心里,倘若我们坐失良机,让他逃走或者欺骗我们,那才叫好看呢!不行的,不要忘记苏沃洛夫,他有一个原则:别把自己放在受攻击的地位,要主动进攻。请您相信,在战争中,小将充沛的精力,常常比犹豫不决的老将能够更可靠地指出道路。"

"但是我们从哪个阵地去进攻呢? 我今天到过前哨,也不能断定他的主力到底在哪里。"安德烈公爵说。

他想对多尔戈鲁科夫谈谈他所拟定的计划。

"哎呀,反正都一样,"多尔戈鲁科夫急忙说,一面站起来,在桌上打开地图。"各种情况都预见到了:如果他在布昌恩附近……"

于是多尔戈鲁科夫公爵谈起魏罗特尔的侧翼迂回计划,他讲得匆忙并且模糊不清。

安德烈公爵开始反驳,并证明他的计划和魏罗特尔计划一样好,可遗憾的是,魏罗特尔的计划早已批准。安德烈公爵刚一开始证明那个计划的缺点和自己计划的优点,多尔戈鲁科夫公爵就不再听他说话,心不在焉地不看地图,而瞅着安德烈公爵的脸。

"那么好啦,今天库图佐夫那儿召开军事会议:您可以在会上把这些意见都说出来。"多尔戈鲁科夫说。

"我必须这样做。"安德烈公爵从地图旁走开,说。

"你们操什么心,诸公?"比利宾说,他一直含着快活的微笑听他们谈话,看来他要开开玩笑了。"不论明天是打胜还是打败,俄国军队的荣誉总是保险的。除了你们的库图佐夫,所有纵队的长官没有一个俄国人。这些长官全是波兰人。"

"住嘴,恶嘴毒舌,"多尔戈鲁科夫说,"现在已经有两个俄国人了:米洛拉多维奇和多赫图罗夫,本来还有第三个阿拉克切耶夫伯爵,遗憾的是他这人的神经太脆弱了。"

"米哈伊尔·伊拉里奥诺维奇大约出来了,"安德烈公爵说。"祝你们幸福、顺利,各位。"他又说,握了握多尔戈鲁科夫和比利宾的手,就走了。

回去的路上,安德烈公爵忍不住问坐在身旁沉默不语的库图佐夫对明天的战役有何看法。

库图佐夫严厉地看了看自己的副官,沉吟了一会儿,答道:

"我看要吃败仗,我把这话告诉了托尔斯泰伯爵,请他转告皇上。你猜他怎么回答我? 我不管这些。是啊……这就是他给我的回答!"

十二

晚上九时左右,魏罗特尔带着他的作战计划到指定召开军事会议的库图佐夫住处。纵队司令们都得了通知,除了拒绝出席的巴格拉季翁公爵外,所有的人都到齐了。

魏罗特尔是当前战役的总指挥,他那活跃、忙乱的动作和不满的、昏昏欲睡、不愿意主持军事会议的库图佐夫形成鲜明的对照。魏罗特尔显然觉得自己是这场不可制止的运动的首脑。他像一匹上套的马,拉着车往山下直跑。他是拉车呢,还是被车推着跑呢,他不清楚,但他是以最大的速度飞跑,没有时间考虑这个运动会引到什么地方。这天晚上,魏罗特尔曾经两次亲临视察敌人的散兵线,两次向俄国皇帝和奥地利皇帝报告和说明情况。在自己的办公室里,他用德语口授了作战部署。现在他来到库图佐夫这里,已是疲惫难忍了。

看来他太忙了,甚至忘了对总司令应该尊敬:他打断他的话,说起话来十分匆忙,含含混混,眼睛也不看对方的脸,对他提出的问题也不回答,满身脏污,样子可怜巴巴,精疲力竭,手足无措,可同时又是那么自信,骄傲。

库图佐夫住在奥斯特利茨附近一座较小的贵族城堡里。聚在作为总司令办公室的大客厅里的,有库图佐夫本人、魏罗特尔和军事会议成员。他们在喝茶。只等巴格拉季翁公爵一到就开会。后来,巴格拉季翁的传令兵带来公爵不能出席会议的消息。安德烈公爵进来向总司令报告了这件事,因为总司令事先已准许他参加会议,他就在室内留下来。

"巴格拉季翁公爵既然不来,我们可以开始了。"魏罗特尔说着赶忙站起来,向放着一张布吕恩郊区大地图的桌子走去。

库图佐夫坐在高背安乐椅里,敞着制服,他那肥胖的脖颈似乎得了解放,从衣领里伸出来,两只膨胀的老年人的手,对称地放在扶手上,他差点睡着了。他听见魏罗特尔的声音,尽力睁开他那只独眼。

"是的,是的,请吧,要不就太晚了。"他点点头说,又把头低下去,闭上了眼睛。

如果刚开始时,与会人员还以为库图佐夫是装睡,后来,他真的睡着了。魏罗特尔用他那忙得连一分钟都不能错过的动作抬眼看了看库图佐夫，相信他确实入睡了，又拿起文件，高声地读起当前战役的部署，他连标题都念了：

《关于进攻科别尔尼茨和索科尔尼茨后方敌军阵地的部署，1805 年 11 月 20 日拟》

这个部署既复杂又难懂。将军们都不愿听这个难懂的部署。淡黄头发的高个子将军布克斯格夫登背靠墙站着，眼睛盯着蜡烛的火苗，看样子他没有听，甚至不愿人家认为他是在听。在魏罗特尔对面坐着的，是胡子和肩头微翘、面色红润的米洛拉多维奇，他睁着两只发光的大眼，两肘向外弯着，两手支在膝盖上。他一直沉默着，两眼直盯着魏罗特尔的脸，只是在这个奥地利参谋长停止朗读时，才把眼光从他脸上移开。此时米洛拉多维奇就意味深长地看着别的将军们。然而看不出他那意味深长的眼神到底表示什么：他对这个部署是同意还是不同意，是满意还是不满意。朗热隆伯爵坐得靠魏罗特尔最近，在整个朗读过程中，他那张法国南方人的面孔自始至终含着讥讽的微笑，眼睛看着那捏着绘有肖像的金质鼻烟壶的两角迅速转动的纤细手指。在读到一个长句子时，他不再转动鼻烟壶，抬起头来，唇角现出不快活的恭敬表情，打断了魏罗特尔的朗读，想说点什么。但是那位奥地利将军没有停止朗读，愤怒地皱起眉头，摆了摆胳膊肘，似乎在说：等一等，等一会儿你再对我说你的想法，此刻请看着地图听我读。朗热隆带着困惑不解的神情往上翻眼睛，转脸看看米洛拉多维奇，似乎想寻求解释，可是碰到米洛拉多维奇意味深长然而不表示任何意思的眼神，他于是郁闷地垂下眼睛，又转起鼻烟壶来了。

"一堂地理课。"他好像在自言自语，但声音很大，大家都能听得见。

普热贝舍夫斯基表情恭谨有礼，他对着魏罗特尔用一只手拢着耳朵，似乎是全神贯注。小个子多赫图罗夫坐在魏罗特尔对面，样子很用心和谦虚，趴在打开的地图上认真地研究部署和他不熟悉的地形。他多次请魏罗特尔重复他没有听懂的字句和难记的村名。魏罗特尔满足了他的愿望，多赫图罗夫用笔记下来。

朗读持续了一个多小时，这时朗热隆不再转动鼻烟壶，眼睛不看魏罗特尔，也不看任何人，开始说执行这样的部署非常困难，关于敌人的情况只是设想，而敌人可能不是像设想的那样，因为敌人是在运动中。朗热隆的反驳是有道理的，可是他反驳的目的，显然主倘若要那位自以为是、像对小学生读他的部署似的魏罗特尔将军知道，和他在一起的不是一群蠢货，而是一些在军事问题上也可以教教他的人物。魏罗特尔的枯燥声音刚一停止，库图佐夫就睁开了眼睛，就像催眠的转磨声一停，磨坊主就醒来一样，他听到朗热隆说话，他的神情仿佛说："你们还在说废话啊！"于是他快速闭上眼睛，把头垂得更低了。

朗热隆尽全力恶毒地伤害这个军事部署的作者魏罗特尔的自尊心,他证明说,波拿巴很容易把被攻击变为攻击,由此看来,全部计划将成为没用的东西。对于所有的反驳,魏罗特尔都坚决报以轻蔑的微笑。他显然早就有所准备,不论人家对他说什么,他都置之不理。

"如果他能进攻我们,他今天就进攻了。"他说。

"这么说来,您以为他没有力量?"朗热隆说。

"他至多只有四万人。"魏罗特尔说。

"那么在这种情形下,他就坐待我们进攻,在那儿等死了。"朗热隆说,脸上露出微妙的讽刺的笑意,又转脸看看离他最近的米洛拉多维奇,求他同意。

但是米洛拉多维奇这时根本没有在意两位将军争论的问题。

"真的,"他说,"明天在战场上就见胜负了。"

魏罗特尔又冷冷一笑,意思是说,回答俄国将军们对他的反驳,论证那不但他非常相信并且两位皇帝都相信的事情,他觉得可笑并且难以理解。

"敌人那边黑灯瞎火,营盘里不断地传出声音,"他说。"这说明什么呢?说明他不是在逃走(这才是我们应当害怕的),就是转移阵地(他又冷冷一笑)。即使他占据图拉斯阵地,也不过使我们省去许多麻烦罢了,全部计划一点都用不着变动。"

"那为什么呢?……"安德烈公爵说,他早就在等候时机表示自己的怀疑了。

库图佐夫醒来,他使劲地咳嗽着,环视了一下将军们。

"各位,明天的部署,甚至是今天的部署(因为已经十二点多了)不能变动了,"他说,"你们都听了这个部署,我们每个人都要尽到自己的职责。在战斗前……(他沉默了一下)再没有比睡一个好觉更重要的了。"

他做出要站起身来的样子。将军们鞠躬告辞。已经过了午夜。安德烈公爵也走了。

安德烈公爵未能在军事会议上发表自己的意见,会议给他留下了混乱的、令人不安的印象。谁是对的:是多尔戈鲁科夫和魏罗特尔呢,还是库图佐夫和朗热隆以及别的不赞成进攻计划的人呢,他不知道。"难道库图佐夫不能直接向皇上说出自己的意见吗?难道由于几个宫内大臣和某些个人的意见,就应该拿几万人和我的、我的生命去冒险吗?"他想。

"是啊,明天很可能我会被打死。"他又想。一想到死,他心中就勾起一连串的回忆,最遥远的和最亲切的回忆。他想起跟父亲和妻子的最后一次离别,想起和妻子刚恋爱的日子,想起她的怀孕,于是他可怜她,也可怜自己。他怀着敏感的激动心情走出他和涅斯维茨基同住的小屋,在门前徘徊。

夜雾弥漫，月光神秘地穿过雾霭。"是啊，明天，明天！"他想，"明天对于我或许一切都完了，不再有这些回忆，这些回忆不再有什么意义。也许就在明天——甚至，一定就在明天，我有这样的预感，我终于有机会第一次表现我所能做到的一切。"于是他想象一场会战，会战的伤亡，集中在一个点的大搏斗，全体长官的惊慌失措。他对库图佐夫、魏罗特尔、两位皇帝坚决地、明确地提出自己的见解。众人对他的见解大为惊奇，可是谁也不去执行它，于是他带领一团人，一师人，事先说好谁也不要干涉他的指挥，他带领一师人奔赴决定胜负的地点，独自一人打了胜仗。然而死亡和痛苦呢？——另一个声音说。可是，安德烈公爵不理睬这个声音，继续想象他的成功，下一个战役的部署由他一人来拟定。他名义上是库图佐夫麾下的值勤官，但所有的事都由他一个人来做。他独自一人赢得了下次的战役。库图佐夫被撤职，他得到任命……但是以后呢？——另一个声音又说，就假定在这之前你十次没有受伤，没有被打死或者没有受骗，那么以后怎么样呢？"那么以后……"安德烈公爵自问自答，"以后怎么样我不知道，我不想也不能知道。可是我向往这个，向往荣誉，向往出名，向往被人爱戴，那么我向往这一切，我只向往这一切，我只为这一切而活着，这并不是我的罪过。是啊，就是为了这一切！我决不会对任何人说这话，可是，我的上帝！叫我怎么办呢，如果除了荣誉、受人尊敬之外，我什么都不爱。死亡、受伤、家破人亡，没有什么东西是我觉得可怕的。许多人——父亲、妹妹、妻子，我的这些最珍贵的人，不论对于我是多么可亲可爱，可是，只要我能得到片刻的荣誉，出人头地，能得到我不认识的，而且也不会认识的人们对我的爱戴，不管看来是多么可怕，多么不近情理，我可以马上把他们全都割舍。"他一边想，一边倾听库图佐夫院子里的谈话声。从库图佐夫院子里传来勤务兵的声音，可能是车夫在戏弄库图佐夫的老厨师——一个安德烈公爵认识的叫季特的老厨师，那个声音说："季特，喂，我说季特？"

"嗯。"老头子回答。

"季特，季特，去打禾。"滑稽鬼说。

"呸，见你的鬼去吧。"传来被勤务兵和仆人的哄笑淹没的声音。

"但是，胜过所有的人，这才是我所珍爱和重视的。"安德烈公爵想。

十三

那天夜里，罗斯托夫带一排骠骑兵到巴格拉季翁部队前面布置侦察线。骠骑兵两个两个地散开，他本人骑着马在侦察线上来回巡逻，极力克服着难以忍受的瞌睡。在他后面可以看见一大片空地上我军的篝火在浓雾中闪着幽光,他前面是一片雾气沉沉的黑暗。罗斯托夫不管多么仔细地瞭望雾蒙蒙的远方,总是什么也看不见:时而出现一个灰色影子,时而似乎有个黑乎乎的东西,时而,估计就是在敌人那儿,有一闪一闪的火光,时而他又觉得这只是他的眼睛在闪烁。他闭上眼睛,于是在他的想象中时而出现皇上,时而出现杰尼索夫,时而出现莫斯科的回忆,于是他又赶忙睁开眼睛,在眼前看见他的坐骑的头和耳朵,有时他看见离他只有六步远就要碰着的骠骑兵的黑色身影,而远方仍旧是大雾弥漫的漆黑的夜。"为什么不会呢?"罗斯托夫想,"很可能皇上碰见我,就像交给其他军官那样,交给我一个任务,对我说:'去弄清楚那儿是怎么回事。'人们时常讲起,他是偶然地认识了某一个军官,就把他调到自己身边。倘若他把我调到他身边,那该多好啊!我会怎样保卫他啊,我要对他说出全部真相,我要揭穿那些欺骗他的人!"于是罗斯托夫为了生动地想象自己对皇上的爱戴和忠心,他想象他不但带着极大的愉快把一个敌人或者德意志骗子杀死,不但杀死,并且当着皇上的面打他的嘴巴。忽然远方的喊声唤醒了罗斯托夫。他打了一个寒噤,睁开眼睛。

"我在哪儿!噢,对,我在侦察线上,口令和暗号是车辕,奥尔米茨,真让人遗憾,我们骑兵连明天是后备队……"他想。"我请求上火线,这或许是唯一能够看见皇上的机会了。是的,现在就要换班了。我再巡逻一趟,我回去就去见将军,向他提出请求。"他在马鞍上坐正,催动坐骑再去巡视一遍自己的骠骑兵。他觉得天亮了一些。左边可以看见发亮的慢坡,对面是一个岗子,像一堵墙似的立着。岗子上有一个罗斯托夫怎么也弄不明白的白点:不知是月光照亮的林间空地呢,还是一片残雪或者是一些白屋呢?他甚至觉得有个东西在白点上移动。"那一点可能是雪,"罗斯托夫想,"这可不是塔什了……"

"娜塔莎,妹妹,乌黑的眼睛。娜……塔什卡……(我倘若告诉她我见到了皇上,她会多么惊奇啊!)娜塔什卡……拿着图囊……"——"靠右一点,大人,不然就碰着灌木林了,"一个骠骑兵说,罗斯托夫睡眼惺忪地从这个骠骑兵身边走过。罗斯托夫抬起已经垂到马鬃上面的头,在这个骠骑兵身旁停下来。年轻人所特有的那种儿童式的困倦难以抑制地袭扰着他。"嗯,我想什么来着?——可别忘记。怎样跟皇上谈话?不是,不是那回事——那是明天的事,对,对!娜塔什卡,践踏……愚弄我们——愚弄谁?愚弄骠骑兵。骠骑兵和胡子……那个留胡子的骠骑兵在特维尔大街上走,就在古里耶夫家对面,我还想到他呢……老头子古里耶夫……嘿,杰尼索夫真是一个大好人!咳,这一切都是胡扯。重要的是,现在皇上在这儿。他怎样看待我,我很想对他说点什么,可是他不敢……不对,是我不敢。但这都无关紧要，主要的是，可别忘记我想的那件要紧事，就是这样。娜一塔什卡，践一踏，对，对，对，这很好。"他又把头垂到马颈上。突然他觉得人家在对他射击。"怎么啦？怎么啦？怎么回事！……杀！怎么啦？"……罗斯托夫醒过来说。就在他睁开眼的那一瞬间，罗斯托夫听见在他前头敌人那边发出成千上万的拖得很长的声音。他的马和站在他身旁骠骑兵的马都竖起耳朵听这个呐喊的声音。在传来喊声的地方，亮起一个火光，接着又灭了，接着又亮起一个火光，然后全部法军在山上全燃起了火，喊声越来越大。罗斯托夫听见说法语的声音，但是听不清楚。嗡嗡的声音太大了。现在可以听见：啊啊啊！啦啦啦！

"什么声音？你看呢？"罗斯托夫对他身旁的骠骑兵说，"这是在敌人那边吧？"骠骑兵没有回答。

"怎么啦，你没有听见吗？"罗斯托夫等了好大一会儿没听见回答，又问。

"谁知道，大人。"骠骑兵不快活地回答。

"从地点看，大概是敌人吧？"罗斯托夫又说。

"或许是敌人，或许不是，"骠骑兵说，"黑夜的事，唔！老实点！"他呵斥他骑的那匹骚动不安的马。

罗斯托夫的马也着急了，用蹄子敲着冻硬的土地，听着声音，望着火光。喊声越来越响了，汇成了整片的嗡嗡声，这是只有成千上万的军队才能发出的声音。火光越来越大，可能全线的法国营盘都点火了。罗斯托夫已经不想睡了。敌军兴高采烈的欢呼声使他激动起来。"皇帝万岁，皇帝！"罗斯托夫现在已经听得十分清楚了。

"不很远，——大约就在小河对岸。"他对身旁的骠骑兵说。

那个骠骑兵只叹了一口气，没作回答，气愤地咳嗽了几声。在骠骑兵散兵线上响起奔驰的马蹄声，在夜雾里突然出现一个像大象似的骠骑兵军士的身影。

"大人，将军们来了！"军士驰到罗斯托夫跟前，说。

罗斯托夫和军士一起迎接那几个沿侦察线驰来的骑者，同时不停地向火光和有喊声的地方张望。有位将军骑着一匹白马。巴格拉季翁和多尔戈鲁科夫公爵，以及几个副官前来了解一下那边奇怪的火光和喊声。罗斯托夫驰到巴格拉季翁跟前，向他做了报告，随后就走到副官们中间，注意听将军们说话。

"请您相信，"多尔戈鲁科夫公爵对巴格拉季翁说，"这只是玩弄诡计而已：他已经退却，命令后卫点火和鼓噪来迷惑我们。"

"未必吧，"巴格拉季翁说，"傍晚我还看见他们在那个岗子上，倘若已经走了，那儿应当全撤了。军官先生。"巴格拉季翁公爵对罗斯托夫说，"他们的侦察骑兵还在那儿巡逻吗?"

"晚上还在巡逻,现在无法知道,大人。请您派我带几个骠骑兵到那儿去看看。"罗斯托夫说。

巴格拉季翁停下来,没有立刻答复他,在雾中竭力注视罗斯托夫的脸。

"那么好吧,您去看一看。"他沉默了一会儿,说。

"是,大人。"

罗斯托夫刺了刺马,叫来军士费德琴科和两个骠骑兵,命令他们跟他下山朝仍在发出喊声的方向全速前进。罗斯托夫一个人带着三个骠骑兵到那神秘、危险的,在他之前还没有人去过的大雾弥漫的远方,他心中又怕又喜。巴格拉季翁从山上向他喊话,叫他不要到河那边,但是罗斯托夫装作听不见他说什么,马不停蹄地向前驰去,不断地误把灌木当作大树,把土坎当作人,不断发现自己受骗。他驰到山下,不管是我们的军队还是敌人的火光,全看不见了,可法国人的喊声却更响亮,更清楚了。在一处洼地上,他看见前面似乎是一条河,但是到跟前才知道是一条大路。上了大路,他勒住马,犹豫起来:是顺着大路走呢,还是跨过大路经过黑土田野上山呢。在雾中发亮的大路上走安全些,因为比较容易看清楚人。"跟我来。"他说,他穿过大路,向法军晚上放哨的山上飞奔。

"大人,有敌人!"后面一个骠骑兵说。

罗斯托夫还没来得及看清楚突然在雾中出现的黑影,火光一闪,响了一枪,子弹飕的一声飞过。第二枪没有放响,只在火药池里闪了闪光。罗斯托夫掉转马头,往回飞驰。断断续续又放了四枪,子弹在雾中响着各不相同的调子飞了过去。罗斯托夫勒住也像他一样由于听到枪声快活起来的马,慢步而行。"再放!再放!"一个愉快的声音在他心中说。可是没有再射击。

只是快到巴格拉季翁跟前的时候,罗斯托夫又放开马飞奔,把手举到帽檐上,驰到他面前。

多尔戈鲁科夫仍旧坚持自己的意见,认为法国人已经撤退,点火只是为了欺骗我们。

"那能证明什么呢?"当罗斯托夫跑到他们跟前时,他说。"他们或许已经退却,而且留下哨兵。"

"看来没有全走,公爵。"巴格拉季翁说,"到明天早上,明天一切都会清楚的。"

"山上有哨兵,大人,仍旧在晚上所在的那个地方。"罗斯托夫报告说,他向前俯着身子行举手礼,禁不住露出愉快的微笑。

"好的,好的,"巴格拉季翁说,"多谢您,军官先生。"

"大人，"罗斯托夫说，"我想求您一件事。"

"什么事？"

"明天我们的骑兵连是后备队，请您把我调到第一骑兵连。"

"您姓什么？"

"罗斯托夫伯爵。"

"啊，好的，跟我当传令官吧。"

"是伊利亚·安德烈伊奇的儿子吧？"多尔戈鲁科夫说。

但是，罗斯托夫没有说话。

"那么我就候命啦，大人。"

"我一定下命令。"

"明天很可能会派我带什么命令去见皇上，"他想，"太好了！"

敌军之所以发出喊声和火光，是因为正在向军队宣读拿破仑的命令时，皇帝骑着马亲自巡视宿营地。士兵们看见皇上，就点起干草火把，而且高呼"皇帝万岁！"跟着他跑，拿破仑的命令如下。

"士兵们！俄国军队进攻你们，为的是要替乌尔姆的奥军报仇。这仍然是你们在霍拉布伦附近打垮的、然后你们一直追到此地的那支军队。我们所占领的阵地坚不可摧，当敌人从我右侧迂回时，他们就把侧翼暴露给我们！士兵们！我亲自指挥你们的队伍。如果你们以一向的勇敢把敌人打得溃不成军，仓皇逃窜，我就远远留在火线以外。万一胜利出现一分钟的可疑，你们将看见你们的皇帝甘冒敌人最初的攻击亲临火线，因为胜利决不容许有所动摇，特别是在这关系法国步兵荣誉的一天，胜利对我们民族的光荣是十分必要的。

不要借口搬运伤员而搅乱队伍！每个人都要下定决心：打败这帮非常仇视我们民族的英国雇佣兵。这次胜利将结束我们的出征，我们就可以回到我们的冬季营房，在法国组成的法国新兵在那里和我们见面；那时由我签署的和约将不辜负我的人民，不辜负你们，也不辜负我。

拿破仑"

十四

早上五点钟,天还漆黑。中路的军队、后备队和巴格拉季翁的右翼还没有动,但左翼的步兵、骑兵和炮兵已经从宿营地起身行动起来,他们应该首先从高地出发进攻法军右翼,按照计划,把它赶到波希米亚群山。人们把多余的东西都扔到篝火里,冒出的烟刺痛了人们的眼睛。天又黑又冷。军官们匆匆忙忙地喝茶,吃饭。士兵们嚼着面包干,顿足取暖;他们都聚到有火的地方,把剩下的窝棚、桌椅、车轮、木桶等,一切带不走的东西都当柴烧了。奥军的纵队向导在俄国士兵中间穿梭。他们充当进军的前驱。一个奥地利军官在团长驻地附近一出现,团队就开始骚动起来:士兵从篝火旁跑开,把烟斗藏到靴筒里,背囊放到大车上,拿起枪来站队。军官们扣上纽扣,挎上军刀和背包,大喊大叫地在队伍前后巡视;辎重兵和勤务兵在套车,装车,捆扎。副官、营长和团长骑上马,画了十字,对留下来的辎重兵发出最后的命令指示,交代应办的事情,于是,数千个单调的脚步声响了起来。纵队出发了,他们不知往何处去,因为周围都是人,因为烟气和越来越浓的雾,他们看不见出发的地点,也看不见要去的地点。

行动中的士兵,被自己的团队包围着,限制着,带领着,正像水手被他所乘的船所包围、限制、带领一样。不管他走多远,不管他进入的地带有多奇怪、神秘、危险,在他周围永远到处是那些伙伴,那些队伍,那个司务长伊万·米特里奇,那只军犬茹奇卡,那些长官,正如一个水手周围永远到处是自己船上的那些甲板、桅杆和索具一样。士兵并不想知道他所乘的船航行的纬度。但在战斗的日子,士兵情绪高昂,极力把自己的兴趣超出团队之外,他细听静察,贪婪地打听他周围所发生的一切。

雾很浓,天尽管亮了,但十步开外什么也看不见。灌木看来像大树,平地像悬崖和斜坡。四面八方,随时都可能跟十步以外看不见的敌人遭遇。但是纵队在雾里走了好久,上山又下山,经过花园和院墙,经过陌生的新地方,到处没碰见敌人。相反,前前后后,四面八方,士兵们全认出我们俄国纵队朝着一个方向前进。每个士兵心情都是轻松的,因为他知道还有许多许多的自家人正向着他要去的方向行进。

"你瞧,库尔斯克团队过去了。"队伍中有人说。

"嘿,老弟,咱们的队伍可多啦!昨晚我望了望,好多的火堆啊,望都望不到边儿。真像莫斯科城!"

虽然没有一个纵队长官到队伍里来,也没有跟士兵们谈谈话(正如我们在军事会议上看见的,纵队长官情绪不好,不满意现在进行的战役,所以只执行命令,并不关心鼓舞士气),虽然如此,仍旧像一向前去打仗一样,尤其是去打一场进攻仗,士兵们总是高高兴兴地。但是在浓雾中走了大约一小时,大部分军队不得不停下来,一种无秩序和乱七八糟的不快活的感觉在队伍中间蔓延开来,很难断定这种感觉是怎么传开的;但有一点是无疑的,这种感觉的确在传播,犹如向低处流的水,它不知不觉、不可遏止地迅速流传着。假如光是俄国军队,没有盟军,那么,这种混乱的感觉要使人人都深信不疑,还得经过很长一段时间;但是现在大家都怀着快意的和自然的心情把发生混乱的原因归咎于无能的德意志人,都相信倒霉的杂乱无章是那些卖灌肠的家伙造成的。

"为什么站着不动?堵住了?是不是碰到法国人了?"

"不是,没有听到动静。否则会有枪响的。"

"急急忙忙地出发,出发了,又莫名其妙地停在野地里,——都是该死的德意志人搞坏了。这些废料!"

"倘若我的话,把他们全赶到前线。否则这帮家伙准在后方藏起来。现在叫我们站在这儿挨饿。"

"怎么样,快了吧?听说骑兵把路堵住了。"一个军官说。

"咳,该死的德意志人,连自己的地方都搞不清楚了!"另一个军官说。

"你们是哪个师的?"一个副官骑马来到跟前,喊道。

"十八师的。"

"你们还在这儿等着？你们早该走到前面了。如此下去到晚上也走不到。真是愚蠢的命令，连他们自己也不明白他们在干什么。"那个军官说着骑马走开了。

然后一个将军骑马走过，气得哇哇叫，他说的不是俄语。

"哇喇，胡说什么，一点也听不懂，"一个士兵模仿那个走过去的将军说话，"我毙了这些坏蛋才愉快！"

"规定八点多开到的地方，但是我们走了还不到一半路。这叫什么命令！"到处都这么说。

队伍出发打仗时那股劲头，开始变为对糊涂的命令和对德意志人的埋怨和愤恨。

混乱的原因是，最高指挥部发现我军中路离开右翼太远，下令把正在进行中的左翼奥地利骑兵全部调到右侧。几千乘骑兵从步兵前面通过，因此步兵只能等着。

在前头，俄国将军和奥地利向导发生了冲突。俄国将军大喊大叫要求把骑兵停住，那个奥地利人却分辩说，这不是他的错，而是最高指挥部的命令。这时队伍停在那里，沉闷无聊，士气颓丧。队伍停了一小时，终于又往前移动了，开始往山下走。山上雾气逐渐开始散开，但山下雾更浓了。在前头雾里响了一两枪，起初枪声不均匀，稀稀拉拉：特啦-哒……哒哒，接着响得越来越匀，越来越密，于是在霍尔德巴赫河上开了火。

俄国人没有料到会在下面河上遭遇敌人，可是突然在雾里碰上了，他们没有得到最高指挥官鼓舞士气的话，并且普遍有一种迟到的感觉，主倘若，在浓雾里什么都看不见，俄国兵在没有及时接到长官和副官命令的情况下，懒洋洋、慢腾腾地跟敌人对射，前进一点又停下，而长官和副官由于不熟悉地形，在雾里闯来闯去找不到自己的部队。到达山下的第一、第二和第三纵队，开始战斗时的情况就是这样。库图佐夫所在的第四纵队此刻正停在普拉茨高地。

在洼地开火的地方，雾依旧很浓，山上明朗了，可前面的情况还是一点也看不见。敌人的全部人马就像我们预计的那样在十俄里以外呢，还是就在前面迷雾里呢，——已经八点多了，仍没有人知道。

早上九点了。山下的雾像一片茫茫大海，但是在高地上的施拉帕尼茨村——拿破仑和跟随他的元帅们就在那里，已经完全明朗了。不但所有法国军队，并且拿破仑本人和参谋部都不在河对面，不在我们企图据为阵地并预计在那里开战的索科尔尼茨村和施拉帕尼茨村洼地对面，而是在这边，离我军十分近，拿破仑用肉眼就可以分清我军的骑兵和步兵。拿破仑骑着灰色阿拉伯小马穿着那件他出征意大利时的青色斗篷式大衣，在他的元帅们前面站着。他默默望着那些仿佛从雾海里冒出来的、俄军正远远地在那里移动的山岗，仔细地听谷地射击的声音。他那张当时还是瘦削的面孔上，一双炯炯有神的眼睛朝着一个地方一动不动地盯着。他的预想是确实的。俄国军队一部分已经下到谷地向池沼湖泊地带进发，一部分正离开那个他计划进攻并认为是关键性阵地的普拉茨高地。他在雾中看见，在普拉茨村附近两山之间的洼地上，俄国兵都朝着一个方向向谷地行进，刺刀闪着光，俄国纵队一个跟一个淹没在雾海里。根据昨晚得到的情报，根据夜里在前哨听到的车轮声和脚步声，根据俄国纵队移动时毫无秩序，根据所有推测，他清楚地看出，俄奥联军误认为他离得很远，而且看出在普拉茨高地附近移动的纵队是俄军的中心，并且这个中心力量已经削弱到足以顺利地予以痛击的程度。可是他依旧没有发动战斗。

今天是他的喜庆日子——他的加冕一周年。天亮前他假装睡了几个小时，然后精力饱满，心情快乐，神清气爽，怀着无所不能、一切都会顺利的幸福心情，骑马驰到野外。他在坐骑上一动不动，远望从雾里露出来的高地，在他那张冷冰冰的脸上，有一种特别的神情。元帅们在他后面站着，不敢分散他的注意力。他有时望望普拉茨高地，有时望望从雾里浮出来的太阳。

当太阳完全从雾里出来，耀眼的光辉喷射到田野和灰雾上的时候（他好像正要等到这时才发动战斗），他从他那俊秀的白手上脱掉手套，用它向元帅们打了个信号，于是开始战斗的命令发出了。元帅们带着副官向各个方向驰去，几分钟后，法军主力就快速地扑向普拉茨高地，因为俄军不断走下左边的谷地，那个高地越来越显得空荡荡了。

十五

八点钟，库图佐夫骑马向米洛拉多维奇的第四纵队前面的普拉茨村驰去，第四纵队是来接替已经下山的普热贝舍夫斯基和朗热隆两个纵队的。他向前头一个团的官兵问好，而且发出前进的命令，表明他想亲自指挥这个纵队。他走到普拉茨村前就站住了。安德烈公爵和一大群总司令的侍从站在库图佐夫后面。安德烈公爵觉得自己既激动又焦躁，同时极力保持着镇静。这是一个人在他长久盼望的时刻将要到来经常有的状态。他坚信今天就是他的出头之日。它怎样到来，他不清楚，可是他坚信一定会到来。他对我军态势和地形的了解，也只有我军其他人所能了解的那么些。现在显然谈不上付诸实施的他个人的那个战略计划，早已被他抛到脑后了。安德烈公爵这时已经在揣摩魏罗特尔的计划,他思考可能发生的意外情况,并且想出一些新的方案,那是些可能施展他敏捷才思和决断果敢性的新方案。

从下面左侧浓雾中传来看不见的军队之间相互的射击声。安德烈公爵觉得那里将是战斗的中心,那里可能会遇到困难,"派我带一旅人或一师人到那里去,"他想,"我在那里举着军旗走在前面,我要击碎阻挡我前进的一切东西。"

安德烈公爵看着从他面前过去的各营的军旗,他无法无动于衷。他望着一面军旗,心中想:"这或许正是由我举着走在队伍前面的那面军旗。"

黎明前,高地上的夜雾只剩下正融为露水的白露,而在谷地上依旧弥漫着乳白色的雾的海洋。在谷地的左侧,也就是我军向那里去和传来枪声的方向,什么也看不见。高地上空仍然发暗,然而是清朗的,在右边天际悬着一轮红日。在前面远方雾海对岸,可以看见突出的覆盖着树林的山岗,山岗上肯定有敌军,模模糊糊有点什么东西。近卫军进入右边有雾的地方,传来脚步声和车轮声,偶尔出现刺刀的闪光。在左首村后,驰来同样的大队骑兵,然后没入雾海里。前前后后都是步兵在行进。总司令站在村口,让队伍从他面前走过。这天早上库图佐夫显得疲倦而易怒。经过他面前的队伍没有得到命令就停了下来,显然前面给什么挡住了。

"您能不能传令,把队伍排成营纵队,绕过村子走,"库图佐夫对骑马前来的将军愤怒地说,"难道您不懂得,将军大人,阁下,我们是在迎敌,拖成大长队在这窄狭乡村街道上行军,是不允许的。"

"我打算出了村子后再排成纵队,总司令大人。"那个将军回答。

库图佐夫生气地笑起来。

"好哇,准备在敌人眼皮底下整队!简直是太好了!"

"敌人还远着呢,总司令大人,按照部署……"

"部署,"库图佐夫暴躁地嚷道,"是谁告诉您的?……请执行我的命令。"

"是,总司令大人!"

"亲爱的,"涅斯维茨基小声对安德烈公爵说,"老头子心情很糟。"

一个头戴绿色羽饰军帽,身穿白色制服的奥地利军官驰到库图佐夫面前,他代皇上探问:第四纵队是否已经投入战斗。

库图佐夫没有回答他,转过脸来,他的目光偶然落到站在他身旁的安德烈公爵身上。库图佐夫一看见博尔孔斯基,他那凶狠、辛辣的眼神慢慢变得柔和了,他似乎觉得,他的副官对现在发生的事并没有过错。他不回答奥地利副官,对博尔孔斯基说:

"亲爱的,去看看第三师过了村子没有,叫他们停下来,等候我的命令。"

安德烈公爵刚催马要走，他又把他叫住。

"你问问有没有布置狙击兵。"库图佐夫又说。

"这是干的什么事啊！"他自言自语说，依旧没有回答那个奥地利人。

安德烈公爵飞驰去执行命令。

他赶过在前面行进的各营，叫第三师停下来，证实了我军各个纵队前面果然没有派狙击兵。在前头的一个团长对总司令命令布置狙击兵线感到非常惊奇。这个团长满以为他前面还有军队，十俄里以内不会有敌人的。的确，前面除了被浓雾遮住的空荡荡的斜坡外，什么也看不清楚。安德烈公爵以总司令的名义发出补救这个疏忽的命令后，就驰回去了。库图佐夫依旧站在原处未动，他身躯肥胖，老态龙钟地坐在马鞍上，闭着眼不停地打哈欠。军队已经停下来，士兵们把枪托倚在脚边站着。

"好的，好的。"他对安德烈公爵说，随后他向一位将军转过身来，这位将军手里拿着表，说左翼全部纵队已经下来，是不是继续前进。

"还来得及，大人，"库图佐夫打着哈欠说。"来得及！"他又重复一句。

此时在库图佐夫后面远远传来各团致敬的声音，声音顺着前进中的俄军各纵队全线很快地传过来。很明显，那个接受致敬的人在快速前进。当库图佐夫身后团队士兵开始欢呼的时候，他策马向旁边走了几步，皱着眉头转身望了望。从普拉茨村出来的路上似乎有一连服装华丽的骑兵在飞驰。其中有两个骑者在其余的人前头并肩快速疾驰。一个身穿黑制服，头戴白缨帽，骑着一匹剪尾枣红马，另外一个身穿白制服，骑着一匹大黑马。这是两位皇帝及其侍从。库图佐夫做出一副前线老军人的样子，对站着的军队发出"立正"的命令，随后举手敬礼向皇上走去。他整个体形和态度都忽然变了，变得像个唯命是从的下属。他走上前去向皇上敬礼时，装出一副老老实实的样子，显然这使亚历山大皇帝感到不高兴。

不快活的印象只不过像晴空的残云，从皇上年轻、幸福的脸上掠过，很快就消失了。病后，他瘦了些，但在他那秀美的蓝灰色眼睛里，令人惊异地结合着严肃和温厚，他那薄薄的嘴唇依旧能做出各种表情，主倘若善良并且天真的年轻人的表情。

在奥尔米茨阅兵场上，他比较严肃，在这里他比较快活和精神饱满。在飞驰三俄里后，他的脸有点红润，他勒住马，喘了一口气，回头看看他的侍从们跟他同样年轻、同样高兴的脸。恰尔托里日斯基和诺沃西利采夫，博尔孔斯基公爵和斯特罗加诺夫，以及别的侍从，全是一些服装华丽、愉快兴奋的青年人。他们骑着膘肥力壮、生气勃勃的骏马停在皇上背后，面带笑容互相交谈着。弗朗茨皇帝，是个长长的脸、面色红润的年轻人，身子笔直地骑在漂亮的黑立刻，他忧心忡忡、沉着地向四周环顾。他叫来一个穿白制服的副官，问了他一句话。"大概问他们是几点钟出发的，"安德烈公爵心里想，同时留心着他的老相识，不禁含笑回忆起他的那次朝见。在两位皇帝的侍从中，有从俄奥两方近卫军和团队中挑选出来的精壮的传令兵。马夫们在这些人中间牵着沙皇备用的、披着绣花马被的骏马。

这群跃马前来的杰出青年，焕发出的那股青春的活力、充沛的精力和对胜利的信心，正如野外的新鲜空气一下子从打开的窗户涌进憋气的屋里一样，涌进了郁郁不乐的库图佐夫司令部。

"您为什么还没开始。米哈伊尔·伊拉里奥诺维奇？"亚历山大皇帝急忙对库图佐夫说，同时很有礼貌地看看弗朗茨皇帝。

"我在等待，陛下。"库图佐夫谦卑地俯下身来回答说。

皇上微微皱起眉头，向前侧着耳朵，表示他没有听清楚。

"我在等待，陛下，"库图佐夫重复了一遍（安德烈公爵注意到，库图佐夫在说"我在等待"时，上唇不自然地哆嗦了一下。）"纵队还没有到齐，陛下。"

皇上听清楚了，但他不快活这个回答；他耸耸微驼的肩膀，向他身旁的诺沃西利采夫瞥了一眼，似乎用这一瞥来埋怨库图佐夫似的。

"要知道我们不是在皇后操场，米哈伊尔·伊拉里奥诺维奇，团队没有到齐就无法开始阅兵。"皇上说，他又看了看弗朗茨皇帝，好像是请他来参与，或者最少也得听听他说的话。但是弗朗茨皇帝只顾四外张望，没有听他说话。

"正是因此我才没有开始，陛下，"库图佐夫响亮地说，同时他脸上哆嗦了一下。"正是因为我们不是阅兵，不是在皇后操场上，所以才没有开始，陛下。"他清晰而明确地说。

皇上的侍从们立刻互相看了一眼，脸上都露出不满和责备的神情。

皇上目不转睛地审视着库图佐夫那只好眼，等他说话。而库图佐夫毕恭毕敬地低着头，也在等待。沉默持续了大约一分钟。

"不过，倘若您下命令，陛下。"库图佐夫说，他抬起头来，又把腔调变成拙笨的、没有主见的、驯服的将军的腔调。

他动了动坐骑，把纵队司令米洛拉多维奇叫来，向他下达了进攻的命令。

军队又动起来，诺夫戈罗德团的两个营和阿普舍龙团的一个营从皇上面前走过。

阿普舍龙团的那个营走过时，红脸膛的米洛拉多维奇没穿外套，只穿着制服，佩着勋章，歪戴着大缨帽，英姿勃发地行着举手礼，迈着分列式步伐策马行进，来到

世界经典文库

世界二十大名著

战争与和平

图文珍藏版

206

皇上面前勒住了马。

"上帝保佑,将军。"皇上对他说。

"陛下,我们会竭尽全力的!"他愉快地回答。

米洛拉多维奇忽然掉转马头,在皇上稍后一点停住了。因为皇上在场而情绪高昂的阿普舍龙团的士兵们迈着威武的步子,整齐而快速地从两位皇帝和他们的侍从们面前走过。

"弟兄们!"米洛拉多维奇大声地喊道。"弟兄们,这不是我们头一次去攻占一个村子!"他喊道。

"甘愿效劳!"士兵们齐声回答。

由于这声忽然的呐喊,皇上的马惊跳了一下。

皇上面带微笑指着英勇无畏的阿普舍龙团士兵,对他的一个亲信说了一句话。

十六

库图佐夫被副官们簇拥着在枪骑兵后面缓步慢行。

他跟着纵队走了半俄里,在一处被人丢弃的孤零零的房屋旁边停了下来,这里有两条岔路延伸到山下,两条路上都有军队在行进。

雾开始散了,在对面两俄里的高地上,已经模模糊糊可以看见敌军。左下方,枪声更清楚了。库图佐夫停下来和一位奥地利将军谈话。安德烈公爵站有稍后的地方看着他们,他转身想向一个副官借用一下望远镜。

"您瞧,您瞧,"那个副官说,他不望远方的军队,而看他下面的山上,"这是法国人!"

两位将军和副官们互相争夺望远镜。大家的脸色突然变了,露出惊慌的神情。本以为法军离我们至少有两俄里,但是他们突然出乎意料地出现在我们眼前。

"这是敌人吗?……不是!……是的,您瞧,他……的确……这是怎么回事?"几个声音说。

安德烈公爵用肉眼看见离库图佐夫站的地方不到五百步的右下方,密集的法国纵队正冲上来迎击阿普舍龙团的士兵。

"关键时刻到了!·是我的出头之日了。"安德烈公爵想。他催马来到库图佐夫跟前。

"命令阿普舍龙团的士兵站住,"他喊道,"大人!"

就在这一瞬间,一切全被硝烟遮住了,附近响起了枪声,离安德烈公爵两步远的地方，发出一声惊叫："弟兄们，咱们完了！"这声喊叫有如号令，一听到它，大家撒腿就逃。

混杂的人群越挤越多，一齐向五分钟前军队从皇帝面前经过的地方奔跑。不但很难挡住这股人流，并且本人也身不由己地随着人群向后退。博尔孔斯基只能保持不落在人群后面，他不断地回头张望，感到莫名其妙，无法理解眼前发生的事。涅斯维茨基气得满脸通红，全变样了，他向库图佐夫喊道，倘若他不立刻走开，准得被抓。库图佐夫站在原地不动，也不说话，他掏出一块手帕。他的腮帮在流血。安德烈公爵挤到他跟前，问："您受伤了吗？""您受伤了吗？"说道。

"我的伤不在这里，而是在那里！"库图佐夫用手帕按着受伤的腮帮，指着奔跑的人说。

"叫他们站住！"安德烈喊了一声，同时，大概不相信能挡住他们，策马向右边驰去。

又涌来一股奔跑的人群，裹着他往后退。

奔跑的军队是如此密集，一旦裹进去，就很难出来。有人在喊："走啊，干吗不紧不慢的？"有人马上转身向空中放枪，有人打库图佐夫的马。库图佐夫和他的减少了一半的侍从费了好大的劲才走到左边，向附近发出枪声的地方驰去。安德烈公爵从人流中挤出来，尽力离库图佐夫不要太远，他看见山坡上俄国炮兵连在硝烟中仍不停地向朝它跑过来的法国兵射击。在较高的地方，站着俄国步兵，他们不向前去支援炮兵，也不随着人流后退。一位将军骑着马离开步兵队伍向库图佐夫走来。库图佐夫的侍从只剩了四个，他们都吓得面色刷白。

"叫这些坏蛋站住！"库图佐夫指着奔跑的人群，喘着气对团长说。就在这一瞬间，似乎是为了惩罚这句话似的，像一群小鸟似的子弹飞过团队和库图佐夫的侍从。

法国人在攻击炮兵连时，看见了库图佐夫，就向他射击。随着这阵排射，团长连忙抓住自己一只腿，同时倒下了几个士兵，那个擎着军旗的下级准尉松开了手，军旗摇摇晃晃地往下倒，邻近的几个士兵用枪支住了它。士兵们不待命令就射击起来。

"咳——呀！"库图佐夫带着绝望的神情低吼了一声，他向四周看了一下。"博尔孔斯基，"他低声说，因为意识到自己年老无力，声音发颤了，"博尔孔斯基，"他指指混乱的队伍，指指敌人，低声说，"这是怎么回事？"

可是，没等他说完，安德烈公爵就感到耻辱的眼泪涌到眼眶，愤怒升到喉头。他跳下马，向军旗跑去。

"弟兄们，前进！"他用孩子般的尖声大喝一声。

"机会来了！"安德烈公爵想。他抓起旗杆，怀着欣赏的心情听着对准他射来的飕飕的子弹声。有几个士兵倒下了。

"乌拉！"安德烈公爵喊道。他勉强握住沉重的军旗向前跑，坚信全营全会跟着他跑。

果然，他只跑了几步。一个士兵动了，又一个动了，于是全营都喊着"乌拉"向前跑，而且超过了他。这营的军士跑过来拿起因为太重在安德烈公爵手里摇摇晃晃的军旗，但是他立刻被打死了。安德烈公爵又把军旗接过来，拖着旗杆和全营一块跑。他看见前面我们的炮兵，其中一些人在搏斗，一些人扔掉大炮迎面跑来。他看见法国步兵抓住炮兵的马，把大炮掉转头去。安德烈公爵和营队已经跑到离大炮二十步的地方。他听见子弹在头顶上不住地呼啸，在他左右不停地有士兵呻吟和倒下去。但他不看他们，只关心前面炮兵连发生的情况。他已经清楚地看见一个高筒军帽歪到一边的红发炮兵正和一个法国兵争夺。安德烈公爵已经清清楚楚地看见那两个人脸上露出惊慌失措和愤怒的表情，看来连他们自己也不知道他们在干什么。

"他们在干什么？"安德烈公爵看着他们想，"红发炮兵已经没有武器，为什么不跑？法国兵为什么不用刺刀刺他？只要法国兵想起自己的枪，用刺刀刺他，他就跑不掉了。"

果然，另一个法国兵端着枪向两个搏斗的人跑过来，那个红发炮兵一无所知，还为他夺得探帚而洋洋得意呢。可是安德烈公爵没有能看到这件事的结局。他好像觉得，身旁有一个士兵全力挥起一根粗棍子打他的头。他觉得有点痛，主要的是不快乐，因为疼痛分散了他的注意力，使他看不见他正在看的东西。

"怎么啦？我倒了？我的腿发软。"他这样想着仰面朝天倒了下去。他想睁开眼看看法国兵和炮兵搏斗的结果，想知道那个红发炮兵有没有被打死，大炮被缴获还是被救下来。可是他什么也没看见。在他的上面除了天空什么也没有，——高高的天空，虽然不明朗，却依旧是无限高远，天空中平静地飘浮着灰色的云。"多么平静、肃穆，多么庄严，完全不像我这样奔跑，"安德烈公爵想，"不像我们这样奔跑、呐喊、搏斗。一点都不像法国兵和炮兵那样满脸带着愤怒和惊恐互相争夺探帚。为什么我以前没有见过这么高远的天空？我终于看见它了，我真幸福。是啊！除了这无垠的天空，一切都是虚无，一切都是欺骗。除了它之外什么都没有，什么都没有。甚至连天空也没有，除了平静、肃穆，什么也没有。谢谢上帝！……"

十七

巴格拉季翁的右翼到九点钟还没有投入战斗。巴格拉季翁公爵因为不想同意多尔戈鲁科夫开火的要求,而且想推卸责任,他提议多尔戈鲁科夫派人向总司令请示。巴格拉季翁明白,两翼之间相距几乎有十俄里,派去的人即使不被打死而且找到了总司令,那么在傍晚之前也是赶不回来的。

巴格拉季翁用他那毫无表情的、睡眠不足的大眼睛看了看他的侍从,他一眼就看见了罗斯托夫那副由于激动和期望而不自觉地屏息敛气的稚气的面孔。他就派他去。

"大人,倘若在没有碰见总司令之前就碰见了陛下呢?"罗斯托夫把手举到帽檐,说道。

"那您就向陛下请示。"多尔戈鲁科夫急忙打断巴格拉季翁的话,说。

罗斯托夫在交卸了搜索任务以后,天亮前睡了几个小时,他情绪很高。这天早上他的所有愿望都实现了:发动了有他参加的大会战,此外,他担任了最勇敢的将军的传令兵。不但如此,他还接受了去见库图佐夫的任务,甚至最可能见到皇上。晨光明媚,他的坐骑精壮。他的心情欢快而幸福。他接到命令以后,就催马沿着前线驰骋。最先他沿着尚未开火、站立不动的巴格拉季翁部的阵线奔驰,随后他进入乌瓦罗夫的骑兵团驻地,这里已经可以看出军队在移动和准备开火的迹象。驰过乌瓦罗夫的骑兵团,他已经清晰地听见前面的炮声和枪声。枪炮声越来越响。

在清晨的新鲜空气中,从普拉茨高地前面的山坡上传来阵阵步枪的排射声,不断夹杂着稠密的大炮声,炮声不时密得分不出单个的射击声,而是汇成了一片轰隆的巨响。

山坡上可以看见滚滚的步枪硝烟和一团团的大炮硝烟。刺刀在烟尘中闪闪发光,其中可以看见移动着的大量步兵和带有绿色弹药箱的炮兵组成的狭长队形。

罗斯托夫在一个小丘上勒住马停了一会儿,他想察看一下情况。可是无论怎样集中注意力,他既不理解也看不清楚正在发生的事:在烟尘中有人在移动,前前后后一群群的军队也在移动,可是为什么? 是些什么人? 到哪里去? ——不知道。这个景象和这些声音不但没有引起他消沉或者畏惧的感觉,反而给他增添了力量和果敢。

"再加一把劲! 再加一把劲!"他朝着那些声音默念着,他又顺着前线驰骋,越来越深入到已经开火的军队中间。

"那里的情况怎样,我不清楚,但一切都会顺利的!"罗斯托夫想。

一队奥地利骑兵飞驰过去,罗斯托夫看见前面一段战线(这是近卫军)已经开始战斗。

"那更好!我要到近处看看。"他想。

他近乎沿着前沿阵地奔驰。有几个骑兵迎面驰来。这是我们的枪骑兵,队形杂乱,是从进攻中撤下来的。罗斯托夫从他们面前驰过,不经意中看见其中有一个人挂了彩,他继续向前驰去。

"这和我没关系!"他想。他还没有走上几百步,忽然在整个旷野上出现了一大队身穿耀眼的白制服、一律骑黑马的骑兵,他们从左边斜刺里向他驰来。罗斯托夫想让开骑兵,策马全速奔驰。他本来可以躲开的,倘若骑兵保持原来的速度的话,可是他们不停地加快步子,有几匹马飞奔而来。罗斯托夫越来越清楚地听见他们的马蹄声和武器的锵锵声,越来越清楚地看见他们的马、身形,甚至面孔。这是我们的近卫重骑兵正去迎战向他们驰来的法国骑兵。

重骑兵一边奔跑,一边还勒着马。罗斯托夫已经看得见他们的面孔,听得见一个骑着骏马全速奔驰的军官发出"冲啊!冲啊!"的喊声。罗斯托夫怕被撞倒或者被卷进对法军的冲锋,他顺着前线拼命策马狂奔,可仍旧未能避开他们。

最前面的重骑兵是一个麻脸的大个子,他看见难免要跟面前的罗斯托夫相撞,凶狠地皱着眉头。要不是罗斯托夫灵机一动想到向这个重骑兵的马眼睛晃了一下鞭子,罗斯托夫连同他的坐骑贝杜英准要被撞翻(罗斯托夫觉得,比起这些高大的人马,他小得可怜)。那匹两俄尺半高的肥壮大黑马抿起耳朵向旁边一闪,但是麻脸的重骑兵抬起巨大的马刺用力踢了一下,那匹马翘起尾巴,伸长脖子,跑得更快了。重骑兵刚过去,罗斯托夫就听见他们高呼"乌拉!"的声音。他回头看见前排的重骑兵已经和戴红肩章的外国骑兵(想必是法国的)混合在一起了。以后就什么也看不见了,因为大炮不知从何处进行轰击,硝烟盖住了一切。

在重骑兵从罗斯托夫面前走过,驰入弥漫的硝烟中那一刻,他犹豫了一下:跟着他们跑呢,还是到他应当到的地方去呢。这是一次连法军自己都为之惊羡的辉煌的袭击。过后罗斯托夫听到令人不寒而栗的消息:从他面前骑着几千匹马飞驰过去的那么一大群服装华美的英俊青年、富家子弟、军官、士官生,在那次冲锋后只剩下十八个人了。

"我没必要羡慕他们,我的机会跑不了,或许我马上就会看见皇上!"罗斯托夫想,继续往前驰骋。

他来到步卫军面前，发现到处都有炮弹飞舞，他这个发现，与其说是因为他听见了炮弹的呼啸，不如说是因为他看见了士兵脸色上的仓皇不安和军官们脸上露出的不自然的威严表情。

他从步卫军某个团的阵地后面经过时，听见有人叫他。

"罗斯托夫！"

"什么？"他应了一声，没有认出是鲍里斯在喊他。

"好极了！我们上过第一线！我们团打过冲锋！"鲍里斯说，露出年轻人头一次上火线常有的那种微笑。

罗斯托夫站住了。

"是吗！"他说。"打得如何？"

"打退了！"鲍里斯兴奋地说，他成了一个多嘴多舌的人了。"你想象不到吧？"

于是鲍里斯讲，近卫军在一个地方停下来的时候，看见前面有一支队伍，以为是奥军，忽然从这支队伍中射来炮弹，才知道部队到了第一线，出乎意料地开起火来。罗斯托夫没等鲍里斯说完，就驱马走了。

"你到哪儿去？"鲍里斯问。

"奉命去见陛下。"

"他就在那儿！"鲍里斯说，他把罗斯托夫说的"陛下"听成"殿下"。

他向罗斯托夫指了指离他们百来步远的大公殿下。那位大公头戴帽盔，身穿重骑兵短瘦制服，正在申斥一个身穿白制服、脸色苍白的奥地利军官。

"这是大公啊，我要去见总司令或者皇上。"罗斯托夫说，他已经策动了马。

"伯爵，伯爵！"贝格从另一边跑来喊道，他和鲍里斯一样兴高采烈。"伯爵，我右手受了伤，我不下火线。伯爵，我左手拿战刀：伯爵，我们姓冯·贝格的都是好汉。"

贝格还在说，但是罗斯托夫没听完就继续前进了。

罗斯托夫驰过近卫军防地和一段空旷地带，为了不再像刚才碰到重骑兵冲锋那样闯进第一线，他远远避开那射击和炮轰最激烈的地点，顺着预备队一线绕着走。忽然在他前面，在我军后方，在他万万想不到有敌人的地方，听见近处炮击的声音。

"这怎么可能呢？"罗斯托夫想。"敌人在我军的后方？不可能。"罗斯托夫想，他突然为自己，为整个战局担心起来。"不管发生了什么变化，"他想，"现在根本用不着绕着走了。我应当就在这儿找总司令，倘若一切都完了，我的使命也就完了。"

他在驻有各兵种的普拉茨村后的开阔地越往前走,就越证实了忽然袭上心头的不祥预感。

"怎么回事?怎么回事?对谁射击?谁在射击?"罗斯托夫向那些混做一团挡住他的去路,正在逃跑的俄奥两国士兵问道。

"鬼才知道!全垮啦!全完啦!"那些逃跑的人群用俄语、德语、捷克语回答他,他们也和他一样不知道发生了什么事。

"打德国佬!"有一个人喊道。

"真他妈的见鬼!奸细。"

一个德意志人愤怒地说:"这些俄国佬见鬼去吧!……"

路上有几个伤员。咒骂、喊叫、呻吟汇成一片。枪声停了,罗斯托夫过后才听说,原来是俄奥两军士兵互相射击。

"我的上帝!这到底是怎么了?"罗斯托夫想。"这儿是皇上随时都可能看见的地方啊!……不会的,这肯定是几个坏蛋干的。这会过去的,没什么了不得的,不可能出什么乱子。"他想。"不过要快点,快点离开这儿!"

罗斯托夫头脑里不可能有失败和逃跑的想法。虽然他看见法国的大炮和军队就在那座他要去那儿找总司令的普拉茨山上,但是他不能,并且也不愿相信那是事实。

十八

罗斯托夫奉命到普拉茨村附近寻找库图佐夫和皇上,可是这里非但找不到他们,并且连一个长官都没有,只有成群的、乱糟糟的各种军队。他催赶着已经疲乏的马,想快点从这些人群中走过去,但是他越往前走,人群就越乱。在他要想通过的那条路上,拥挤着许多四轮马车和其他各种车辆、各种兵种的俄国兵和奥地利兵,受伤的和没受伤的。这一切在法国炮队从普拉茨高地上射出的炮弹凄厉的声音的伴奏下,发出嗡嗡的响声,乱哄哄地前进着。

"皇上在哪儿?库图佐夫在哪儿?"罗斯托夫碰见人就问,但是没有人回答他。

最后,他抓住一个士兵的衣领,强迫他回答。

"嘿,老弟!老早就溜了,向那边跑掉了!"那个士兵对罗斯托夫说,不知为什么他一边挣脱,一边哈哈大笑。

罗斯托夫丢开这个喝醉了的士兵,又拦住牵着马的某个大官的勤务兵或者马夫,向他打听。勤务兵告诉罗斯托夫,一小时前皇上坐着轿式马车从这条路上疾驰而过,皇上受了重伤。

"不会的,"罗斯托夫说,"一定是别人。"

"我亲眼看到的。"勤务兵露出得意的冷笑,说,"我现在认得出皇上了:我在彼得堡见过好几次皇上。他脸色煞白地坐在马车上。四匹黑马驾辕,我的天啊,从我们面前隆隆地狂奔而过:我现在连御马和车夫伊利亚·伊万诺维奇都认得。好像他除了给皇上赶车,不给第二个人赶车。"

罗斯托夫策马想继续前进。一个受伤的军官从身边走过。他问罗斯托夫:

"你找谁? 找总司令吗? 被炮弹打死了,他就在我们团里,胸膛中了弹。"

"没有打死,受了伤。"另一个军官修正道。

"说的是谁? 是库图佐夫吗?"罗斯托夫问。

"不是库图佐夫,我记不得他叫什么了,——反正都一样,活着的没有几个。您到那儿去吧,到那边村子里,长官都在那儿。"那个军官指着霍斯蒂拉德克村,说完就往前走了。

罗斯托夫缓步而行,他不知道他现在为何而来和去找谁。皇上受伤了,仗是打输了。现在必须相信这一点了。罗斯托夫向着指给他的那个方向走去,远远可以看见那边的钟楼和教堂。为什么要着急呢? 就算皇上和库图佐夫还活着,没有受伤,现在又对他们说什么呢?

"走这条路,大人,走那边准被打死,"一个士兵对他喊道,"那边会被打死的!"

"咳! 什么话!"另一个士兵说,"他要到哪儿去? 走那儿近些。"

罗斯托夫想了想,向着人们告诉他会被打死的方向走去。

"现在无所谓了! 倘若皇上真的受了伤,我还关心自己干吗?"他想。他来到那个从普拉茨高地下来的伤亡人数最多的开阔地。法军还没有占领这个地方,但是俄国人早已把它放弃了。在战场上,就像田地上堆着禾捆似的,每俄亩都躺着十个至十五个伤亡者。伤员三三两两地爬到一起,发出难听的、罗斯托夫觉得有时假装的喊叫和呻吟。为了不看见这些受苦的人,罗斯托夫策马疾行,他开始觉得害怕了。他不是为自己的生命担心,而是为他所需要的勇气担心。他明白,眼看这些不幸的人会使他丧失勇气。

法国人不再对这遍地死尸和伤员的战场射击了,因为这儿已经没有一个活人了,可是他们看见有一个传令官走过,就对准他射了几发炮弹。可怕的呼啸声和周围的死尸使罗斯托夫产生了一种恐怖的印象,并且使他怜悯自己。他想起母亲最近的一封信。"倘若她现在看见我在这战场上,大炮正向我瞄准,她会有什么感想?"他想。

在霍斯蒂拉德克村里，从战场上撤下来的俄国军队虽然也十分乱，可秩序已经好多了。法军的炮弹打不到这里，枪声听起来也遥远了。这里人们已经清楚地看到，并且也都在说，仗是打输了。罗斯托夫不管问谁，没有一个人知道皇上在哪儿，库图佐夫在哪儿。有人说传闻皇上真的受了伤，又有人说，不对，所以有这个谣传，是因为在皇上的轿式马车上坐着一个随皇帝侍从一同来战场、吓得面无人色的宫廷大臣托尔斯泰伯爵，从战场向后方奔驰。有一个军官告诉罗斯托夫，在村后左首他看见一位大官，于是罗斯托夫就往那儿去了，他对找到什么人已经不怀什么希望，只是为了问心无愧罢了。罗斯托夫走了三俄里左右，赶过最后一批俄国军队，在挖了一条沟的菜园附近看见两个骑马的人，他们站在沟对面。其中一个戴着白缨帽，不知为什么罗斯托夫觉得很眼熟；另外一个不认识的人骑一匹枣红骏马（这匹马罗斯托夫觉得十分熟），来到沟沿，刺了一下马，松开缰绳，轻快地跳过菜园的沟渠。只见尘土沿着马后蹄往堤坡下面溜。他忽然掉转马头，又跳回沟那边去，恭恭敬敬地对那个戴白缨帽的骑者说话，很明显是请他也跳过去。那个罗斯托夫似乎认识的骑马人不知为什么引起了罗斯托夫的注意，他摇头摆手做了一个否定的姿势，罗斯托夫一见这个姿势，立刻认出了他正是他为之悲伤的、崇敬的君主。

"他独自一个人在这空旷的田野里，这不可能，"罗斯托夫想。这时亚历山大转过头来，罗斯托夫看见了栩栩如生地印在他的脑海中的可爱面容。皇上脸色苍白，两腮下陷，眼睛也陷下去了，可是他的容貌显得更秀美，更温和了。罗斯托夫感到幸福，因为这证实了皇上受伤的消息不确实。他感到幸福，因为看见了皇上。他知道，他能够，甚至应该直接去见皇上，转达多尔戈鲁科夫命令他转达的事情。

可是，就像一个正在谈恋爱的青年，当梦寐以求的时刻来临，单独去会见她的时候，竟不敢说出朝思暮想的话，只是浑身发抖，目瞪口呆，惊慌失措地四处张望，想寻求帮助，或者想找个拖延时间和逃跑的机会，现在罗斯托夫实现了他生平最大的愿望，但是不知道怎样去见皇上，他脑海中出现千万条理由使他觉得这样去见皇上不合适、不礼貌、不可能。

"这怎么行啊！趁着他独自一人并且是灰心丧气的时机，仿佛我倒兴奋似的。在这可悲的时刻一个陌生人在他面前出现，他会不快乐而且感到难过的；再说，我现在能对他说什么呢，一看见他，我的心脏就停止跳动，舌头也发干！"为了见皇上而准备的千言万语，此刻一句话也想不起了。

"再说，现在已经下午四点钟，仗也打输了，我怎么还能向皇上请示对右翼发布命令呢？不，我绝对不能去见他，不该打扰他的沉思默想，我宁愿死一千次，也不愿看见他的疾言厉色。"罗斯托夫就这样决定了，他怀着抑郁和失望的心情离开了，同时不停地回头看看仍旧站在那儿徘徊犹疑地皇上。

正当罗斯托夫这样想，悲哀地离开皇上的时候，冯·托尔上尉偶然来到这里，他看见皇上，就一直驰到他跟前，为他效劳，帮助他走过沟渠。皇上感到不舒服，想休息一下，在苹果树下坐下来，托尔站在他身边。罗斯托夫远远地怀着羡慕和后悔的心情看见冯·托尔长久地、热烈地向皇上说什么，皇上握着托尔的手，捂着眼睛似乎在哭。

"我本来也可以处在他的位置的！"罗斯托夫默默地念叨，他强忍着同情皇上的眼泪，怀着完全沮丧的心情往前走，他现在既不知道往何处去，也不明白为何而来了。

当他觉得他个人的弱点是他痛苦的原因的时候，他那失望的心情更加强烈了。

他本来可以……不但可以，并且他应该去见皇上。这是向皇上表达忠心的唯一机会。但是他没有利用它……"我干的什么事啊？"他想。于是掉转马头，向看见皇上的地方驰去，但是沟那边一个人都没有了。只有大车和马车走过。罗斯托夫从一个车夫那里打听到，库图佐夫的司令部就在近处的村子里，车队正向那里行进。最后罗斯托夫就跟着车队去了。

在他前面走着的是库图佐夫的马夫，他牵着一匹披着马被的马。马夫后面是一辆大车，大车后面走着一个戴尖顶帽、穿短皮袄、罗圈腿的老家奴。

"季特，我说，季特！"马夫说。

"干吗？"老头心不在焉地回答。

"季特，去打禾！"

"咳，傻小子，去你的！"老头生气地啐了一口。默默地走了一会，又重复着同样的玩笑。

下午五时，全线都打了败仗。一百多尊大炮落到法国人手里。

普热贝舍夫斯基和他的兵团缴了械。其他纵队损失了将近一半的人，乱糟糟地溃退了。

朗热隆和多赫图罗夫的残部，挤在奥格斯特村池塘边和堤坝上。

下午五时以后，只有奥格斯特堤坝周围还响着激烈的炮击声，这是法军在普拉茨高地斜坡上摆开许多大炮射击我们退却的军队。

在后卫，多赫图罗夫和别的人，集合了几个营的兵力，正在狙击追击我们的法国骑兵。

每隔十秒钟就有一发炮弹飞来，落在稠密的人群中间，或者有一颗榴弹爆炸，杀伤着人,把鲜血溅到站在近旁的人身上。多洛霍夫手受了伤,带着十来个士兵步行(他已经当军官了),他的团长骑着马,全团只剩这些人了。他们被人流卷到堤坝前面,被周围的人群拥挤着,停了下来,因为前面有一匹马倒在大炮下面,人们正把它拖出来。一颗炮弹打中了他们后面的人,另一颗落到前面,鲜血溅到多洛霍夫身上。人群狠命的拥挤,推搡,走几步又停下来。

"走出这几百步,或许就可以得救,再停留两分钟,肯定会死。"每个人都这样想。

多洛霍夫从人群中向堤坝边猛冲过去,绊倒了两个士兵,他跑到池塘的光滑冰面上。

"下来!"他喊道,在冰上一跳一跳地走,冰在他脚下轧轧作响。"下来!"他向炮车喊叫。"撑得住!……"

冰禁住了他,可有点下陷,并且轧轧直响,显然,不但禁不住大炮和人群,甚至他一个人也会陷下去。人们看着他,在岸上拥挤着,还不敢下去。骑着马的团长停在堤坝前面,对多洛霍夫举起手,张着嘴。忽然在人群头上低低地飞来一颗炮弹,人们都弯下身来。有个东西扑哧一声打到潮湿的地方,那个将军从马背上栽倒在血泊中。不但没有人想到去扶起他,甚至没有人看他一眼。

"到冰上去! 从冰上走! 走啊,走啊! 下去,下去! 没听见还是怎么啦! 走啊!"在那颗炮弹打中将军以后,忽然响起无数的声音。

上到堤上的最后一尊大炮开到了冰上。成群的士兵从堤坝上跑到结冰的池塘里来。最前面的一个士兵踩破了冰面,一只脚掉到水里,他想抽出来,结果陷入了齐腰深的水里。靠近他的几个士兵胆怯了,炮车的驭手勒住了马,但后面仍然传出喊叫声:"到冰上去,为什么站住了,走啊! 走啊!"人群中响起可怕的喊声。炮车周围的士兵挥动手赶马,打它们,叫它们掉头下去。马离开了岸边。原先禁得住步兵的冰坍塌了一大块,冰上的四十来个人,有的前,有的后,你推我拥地全掉到水里。

炮弹仍旧不停地呼啸着,落到冰上、水里,多数落到挤满堤坝、池塘和岸边的人群中。

十九

安德烈·博尔孔斯基公爵就在普拉茨山上他擎着旗杆倒下去的地方躺着,流着血,呻吟着。

将近傍晚时分，他不再呻吟了，完全平静下来。他不知道他失去知觉已经有多长时间了。他忽然感觉自己还活着，他的头像裂开似的疼痛难忍。

"那个天空在哪儿，那个我从来不知道，直到现在才看见的高远的天空在哪儿？"这是他首先想到的。"这种痛苦，我本来也不知道，"他想。"是的，我至今什么也不知道，什么也不知道。但是我在哪儿呢？"

他留神细听，听着渐渐走近的马蹄声和说法语的人声。他睁开眼。上面仍旧是高远的天空和更高的浮云，透过浮云是无垠的遥远的苍穹。他没有扭动头，没有看见那些由马蹄声和人声判断已经走到他跟前停下来的人们。

驰到跟前来的是拿破仑和两名随身副官。波拿巴在巡视战场，他发出了加强炮兵对奥格斯特堤坝轰击的最后命令，而且查看一下战场上的死者和伤者。

"优秀的人民！"拿破仑望着一个被打死的俄国掷弹兵，说。这个掷弹兵肚皮贴地躺着，脸埋在土里，脖颈发黑，一只已经僵硬的手伸得老远。

"炮弹用光了，陛下。"这时从轰击奥格斯特村的炮队那儿来了一位副官，说。

"命令从后备中运去一些。"拿破仑说，他走了几步，在仰面躺着的安德烈公爵跟前停下来，他身旁扔着一根旗杆（军旗已经被法国人拿去当战利品了）。

"这个死得好。"拿破仑望着博尔孔斯基说。

安德烈公爵心里明白，这是指他说的，谈话的人是拿破仑。他听见人们称呼这个谈话的人为陛下。但是他听到这些话，就好似听到苍蝇嗡嗡叫，不但不感兴趣，并且不放在心上，立刻就忘掉了。他的头像火烧似的痛，他觉得他的血就要流干了，他看见他上面那个遥远的、高高的、永恒的天空。他知道这是拿破仑——他所崇拜的英雄，可是此刻，与他的心灵和那个高高的、无边无际的天空和浮云之间所发生的一切相比，他觉得拿破仑是那么渺小、那么无足轻重。这时不管是谁站在面前，不管说他什么，对他都无所谓。他兴奋的仅仅是人们站在他跟前，他只希望这些人能帮助他，使他生还，生命在他眼中是如此美好，因为他现在有了不同的理解。他集中力量想动一动，发出一点声音。他轻轻地动了一下脚，发出可怜的、微弱的、病人的呻吟。

"啊！他还活着，"拿破仑说，"把这个年轻人送到救护站去！"

拿破仑说完就迎着拉纳元帅驰去，这位元帅脱掉帽子，微笑着祝贺胜利，驰到皇帝面前。

以后的事安德烈公爵就不记得了。当他醒来时，天已经很晚了，这时他和别的受伤和被俘的俄国军官一起已经被送到医院里。在这次移动时，他觉得清醒些了，能够四外张望，甚至能说话了。

他苏醒后听到的头几句话是一个护送的法国军官匆匆地说:"得在这儿停一停:皇上很快就要过来。他看见这些被俘的先生们一定十分兴奋。"

"今天这么多俘虏,差点把俄军全部都抓来了,大概他都看够了。"另外一个军官说。

"不,那倒难说!据说这个是亚历山大皇帝的近卫军总司令官。"第一个军官指着身穿重骑兵白制服的、受伤的俄国军官说。

博尔孔斯基认出此人是他在彼得堡社交界见过的列普宁公爵。他身边站着另一个受伤的重骑兵军官,是一个十九岁的少年。

波巴拿纵马驰来,他勒住了马。

"谁是将官?"他见到俘虏后说。

人们说出上校列普宁公爵的名字。

"您是亚历山大皇帝骑卫团团长吗?"拿破仑问道。

"我指挥一个连。"列普宁回答说。

"你们团光荣地尽到了职责。"拿破仑说。

"伟大统帅的称赞对于军人是最好的奖赏。"列普宁说。

"我十分兴奋给您这个奖赏,"拿破仑说,"您身边这个年轻人是谁?"

列普宁公爵说出苏赫特伦中尉的名字。

拿破仑看了看他,面带笑容说:"他太年轻了。"

"年轻并不妨碍做一个勇士。"苏赫特伦打断他的话说。

"答得妙,"拿破仑说,"年轻人,你的前途无量!"

为了展示全部的缴获——俘虏,安德烈公爵也被送到面前让皇上过目,他不能不引起他的注意。很明显拿破仑记得他在战场上见过他,他称他为"年轻人",因为这是博尔孔斯基给他的第一个印象。

"是您,年轻人? 唔,是您,年轻人?"他对他说,"您觉得怎样? 勇敢的人?"

虽然五分钟前安德烈公爵可以跟抬他的担架兵谈几句,可是现在,他直盯着拿破仑一声不响……他觉得,比起他看见的和理解的高高的、公正的、慈祥的天空来,拿破仑现在所关心的一切是那么无足轻重,他那个崇敬的英雄满怀猥琐的虚荣和胜利的喜悦,是那么渺小,——这使他无法回答他。

并且,比起因为流血过多而衰弱无力、痛苦以及即将来临的死亡在他心中引起的那种庄严伟大的思绪来,一切全都显得微不足道。安德烈公爵看着拿破仑的眼睛,想到伟大是多么渺小,谁也弄不清其意义的生命是多么渺小,在活人中谁也弄不明白和说不清其意义的死亡是多么渺小。

皇帝不等回答就勒转了马,临走时对一个军官说:"叫他们照顾这些先生们,把他们送到我的宿营地,让御医拉雷检查他们的伤口。再见,列普宁公爵。"于是他策马疾驰而去。

他脸上洋溢着自满和幸福的光彩。

抬安德烈公爵的士兵偶然看见了那枚玛丽亚公爵小姐挂在哥哥身上的金质小圣像,就摘了下来,刚才在看见皇上对这些俘虏表示亲近,又赶快把小圣像归还他了。

安德烈公爵没有看见是谁和怎样又给他戴上的,但是那个有细金链的小圣像忽然在他胸前制服上出现了。

"倘若一切都像玛丽亚公爵小姐所想的那么简单明了,那就好了,"安德烈公爵看了看那枚妹妹以如此深情和虔诚给他戴上的小圣像,心里想,"那就好了。倘若能够知道今生到何处去寻求帮助,而在身后会有什么遭遇,那该多好啊!倘若我现在就能说:主啊,怜悯我吧……那么,我会多么幸福和安心!但是这话我对谁说呢?难道对那个不可捉摸和不可思议的力量说——对它我不但不能祈求,甚至说不出它是伟大,还是渺小,难道对玛丽亚公爵小姐缝在我身上的护身符里的那个神说吗?除了我所了解的那个东西的渺小和那个不可理解、却极为重要的东西的伟大之外,没有什么东西。没有什么东西是靠得住的!"

担架移动了。每一颠簸又使他感到难以忍受的疼痛,发寒热的状态加剧了,他不停地说胡话。父亲、妻子、妹妹和未来的儿子的幻影,以及战役前夜他所感受的缠绵柔情,渺小的、微不足道的拿破仑的身形和在这一切之上的高高的天空——构成了他在热病状态中幻觉的主要内容。

在他的想象中出现了童山的宁静生活和快适的家庭幸福。正当他欣赏这种幸福的时候,忽然出现了一个小小的拿破仑,他那眼神冷酷无情,学识短浅,而且幸灾乐祸,于是开始发生了怀疑、痛苦,只有天空给人以慰藉。快到早上的时候,一切幻觉全搅在了一起,融合成一片混沌和不省人事的黑暗状态,据拿破仑的医生拉雷的意见,这种状态的结果极可能是死亡,而不是恢复健康。

"这是个神经质和多胆汁的家伙,"拉雷说,"他不会痊愈的。"

安德烈公爵和其他没希望的伤员全都交给当地居民照料去了。

第四部

一

　　1806年初,尼古拉·罗斯托夫休假回家。杰尼索夫也正打算回沃罗涅日城家里,罗斯托夫劝他和他一块去莫斯科,在他家里住几天。快到莫斯科的前一站,杰尼索夫碰见了一个同事,两个人喝了三瓶酒,他在雪橇里躺在罗斯托夫身边,一直睡到莫斯科也没有醒,虽然道路坎坷不平;而罗斯托夫,在快到莫斯科的时候,心情越来越急不可待。

　　"怎么还不到? 怎么还不到? 唉,这些烦人的街道,小铺子,面包店,路灯,马车!"罗斯托夫想,这时他们已经在哨所检验了休假证,驶进了莫斯科。

　　"杰尼索夫,到了! 还睡呢!"他说。他身子向前俯倾着,似乎要用这个姿势来提高雪橇的速度似的。杰尼索夫没有回答。

　　"那不就是扎哈尔常在那儿停车的十字路口拐角;那不就是扎哈尔,还是那匹马。那就是经常去买甜饼的小铺子。快到了吧? 快点!"

　　"哪所房子?"车夫问。

　　"就是街头那所大房子,你怎么看不见! 那就是我们的家,"罗斯托夫说,"那就是我们的家!"

　　"杰尼索夫! 杰尼索夫! 咱们就要到家了。"

　　杰尼索夫抬起头来,清了清嗓子,什么也没有说。

　　"德米特里,"罗斯托夫对仆人说。"那不就是咱们家的灯光吗?"

　　"正是,您哪,老爷书房里还亮着灯呢。"

　　"都还没睡吧? 啊? 你说呢?"

　　"注意别忘了马上把那件新骑兵服拿出来给我,"罗斯托夫摸了摸刚留起来的小胡子,又加了一句。"快点赶啊,"他催促车夫。"醒醒吧,瓦夏,"他对又打瞌睡的杰尼索夫说。"喂,快赶,给你三个卢布的酒钱,快赶!"罗斯托夫喊道,这时雪橇离大门口只隔三座房子了。他似乎觉得马在原地不动。最后,雪橇向右拐到大门

世界经典文库

世界二十大名著

战争与和平

图文珍藏版

口,罗斯托夫看见了头顶上灰泥剥落的飞檐、门廊、人行道的标注。他不等雪橇停稳。就跳下来直奔过厅。过厅里没有人。"我的老天!大家都平安吗?"他想道,他的心几乎要停止跳动了,他停了一刻,马上又穿过过厅和熟悉的、歪斜的阶梯往前跑。依旧是那个老门柄,老伯爵夫人经常为了它擦得不干净发脾气,它仍然是那样不用劲就扭开了。前厅里点着蜡烛。

米哈伊洛老头躺在木柜上睡觉。随从普罗科菲,正在用布条编鞋子。他看了看打开的门,他那睡眼惺忪、冷淡的表情一下子变得又惊又喜了。

"我的天啊!伯爵少爷"他认出了少爷,喊了一声。"这怎么啦?我的亲爱的!"普罗科菲激动得发抖,向客厅的门奔去,大概是想去禀报,但显然又改变了主意,走回来偎靠在少爷的肩头上。

"都好吗?"罗斯托夫抽出一只胳膊,问。

"谢天谢地!都托老天爷的福,刚刚吃过饭!让我看看您,大人!"

"大家都完全平安吗?"

"谢天谢地,谢天谢地!"

罗斯托夫完全忘了杰尼索夫,他不愿让人抢先去通报,就扔掉皮外套,飞快地跑进了漆黑的大厅。一切都没变——还是那张呢面的牌桌,还是那个带罩的枝形灯架;可是已经有人看见了少爷,他还没来得及跑进客厅,就有一个人像一阵风似的从旁门疾飞过来,拥抱他,吻他。又有第二个,第三个从另一扇门,从第三扇门跳出来;又是拥抱,又是亲吻,又是喊叫,欢喜得流泪。他分辨不出哪儿和哪个是爸爸,哪个是娜塔莎,哪个是彼佳。大家都一块在喊叫,说话,吻他。可是其中没有妈妈——他想起了这一点。

"我,还不知道呢………尼古卢什卡(尼古拉的小名)……亲爱的!"

"你瞧他……我们的……亲爱的,科利亚(尼古拉的小名)……变样了!怎么不点蜡烛!拿茶来!"

"亲亲我!"

"宝贝……亲亲我。"

索尼娅、娜塔莎、彼佳、安娜·米哈伊洛夫娜、薇拉、老伯爵都拥抱他,屋子里挤满了男女仆人,大家说个不停,不停地叹息。

彼佳抱着他的大腿。

"还没亲亲我呢!"他喊道。

娜塔莎扳下哥哥的头,在他脸上亲了又亲,然后跳开,扯着他的骑兵外衣大襟象山羊似的在原地蹦来跳去,尖声地喊叫。

四周都是闪亮的欢欣的泪水,爱抚的眼神,四周都是寻求亲吻的嘴唇。

索尼娅脸红得像块大红布,她也拉着他的手,神采飞扬,愉快的目光直射着她所期待着的眼睛。索尼娅已经十六周岁了,她长得非常漂亮,尤其是在这幸福的、兴高采烈的时刻。她目不转睛地望着他,微笑着,屏着呼吸。他感动地看了看她,可是他总是在期待和寻找谁。老伯爵夫人还没有出来。说话之间从门那里传来了脚步声。步子是那么快,这不可能是母亲的脚步。

但这的确是她,她穿着一件他以前从未见过的、在他走后缝的新衣裳。大家都让开,他向她跑过去。当两人走到一起时,她一头栽到他的怀里,哭泣起来。她抬不起头来,只顾把脸贴到他的骑兵制服的冰冷绥带上。谁也没注意杰尼索夫进来了,他站在那里看着他们母子,不停地擦眼泪。

"这是瓦西里·杰尼索夫,你儿子的朋友,"他向正用疑问的目光看着他的伯爵介绍道。

"欢迎。我知道,我知道"。伯爵抱着杰尼索夫亲吻,说。"尼古卢什卡来信说过……娜塔莎,薇拉,这就是那个杰尼索夫。"

依旧是那些幸福的、激动的面孔朝杰尼索夫那毛发蓬松的身形转过来,把他包围起来。

"亲爱的,杰尼索夫!"娜塔莎尖叫了一声,她乐得不知如何是好,跳到他跟前,抱住他吻了吻。大家都为娜塔莎这个举动觉得很难为情。杰尼索夫也脸红了。但也微微一笑,拿起娜塔莎的手亲了亲。

杰尼索夫被带到为他准备的房间,罗斯托夫一家人围着尼古卢什卡聚在起居室里。

老伯爵夫人坐在他身旁握着他的手不放,不时地亲吻它;其余的人也围在他周围,恐怕放过他的每个动作、每句话、每一瞥,那些喜悦爱抚的目光紧盯着他。小弟弟和姐姐们争吵着,互相抢占靠近他的位子,为了得到端茶、递毛巾、取烟袋的机会争争夺夺。

罗斯托夫为受到人们对他的爱抚而感到幸福;见面的最初时刻是那么幸福愉快,但现在他觉得幸福还不够,他总在期待着更多、更多、更多的什么东西。

次日清晨,他们一直睡到九点多钟。

在前面的房间里,地上横七竖八地摆满了佩刀、皮包、图囊、打开的提箱、脏靴子。两双擦干净了的带马刺的靴子才放在墙边。仆人拿来了脸盆、刮脸的热水和干净衣裳。散发着烟草和男人的气味。

"喂,格里什卡,把烟袋拿来!"瓦西卡·杰尼索夫哑着嗓子喊了一声。"罗斯托夫,起来!"

罗斯托夫揉了揉双眼,从热乎乎的枕头上抬起乱蓬蓬的头。

"怎么啦,晚了吗?"

"晚了,九点多了,"是娜塔莎回答的声音,从隔壁房间里传来浆过的衣服的沙沙声、女孩子们的低语声和笑声,从微开的门缝里闪过蓝色的衣裳、蝴蝶结、黑发和愉快的面孔。这是娜塔莎、索尼娅和彼佳,他们是来看他起床没有。

"尼古连卡,起来!"门口又传来娜塔莎的声音。

"这就起!"

这时彼佳在第一间房里看见了佩刀,就拿了起来,他就像孩子们看见英武的兄长时那样兴奋,他忘记了姐姐们,忽然把门打开了。

"这是你的刀吗?"他喊道。姑娘们连忙躲开。杰尼索夫睁大了受惊的眼睛,把毛茸茸的腿藏到被子里,张望着向朋友求救。彼佳进来后门又关上了,门外传来笑声。

"尼古连卡,穿上睡衣出来吧,"这是娜塔莎的声音。

"这是你的刀吗?"彼佳问,"要不这是您的?"他带着谦卑恭敬的口吻向黑脸膛的大胡子杰尼索夫说。

罗斯托夫赶忙穿上鞋,穿上睡衣,走了出去。娜塔莎登上一只带马刺的靴子,正在穿另一只,当他出来时,索尼娅正转着圈子,想鼓起连衣裙行屈膝礼。两个姑娘都穿着天蓝色的新衣裳,她们都那么鲜艳、红润、愉快。索尼娅跑了,娜塔莎挽起哥哥的手,把他领到起居室时里,他们开始谈起来。他们彼此不等对方回答又问起无数的只有他们俩才感兴趣的琐事。他说的每句话都使娜塔莎发笑,并不是由于他们话真的可笑,而是因为她心情快乐,她欢喜得忍不住要笑。

"啊,多好,好极了!"她对每件事都是这么说。罗斯托夫觉得,在爱的灼热光照下,一年来第一次在他的心中和脸上露出了孩童的微笑,这种微笑是在他离家后从未有过的。

"不，你听我说，"她说，"你现在真是一个大男人了吗？你是我的哥哥，我真兴奋。"她摸了摸他的胡子。"我十分想知道你们男人是怎么样的？是不是跟我们一样？不一样吗？"

"索尼娅为什么跑了？"罗斯托夫问。

"是啊。这说来话长！你怎么称呼索尼娅？是称呼'你'还是'您'？"

"那要看情况，"罗斯托夫说。

"你称呼她'您'，我恳求你，我以后再告诉你。"

"这是为什么？"

"好，我现在就告诉你。你知道吧，索尼娅是我的朋友，是很好的朋友，我为了她烫伤自己的胳膊来发誓。你瞧。"她卷起薄纱的袖筒，露出纤瘦柔嫩的小胳膊，在肩膀下，离肘弯很高的地方，有一块红印。

"这是我为了证明我爱她才烫伤的。就是把铁尺在火上烧红，往这儿一按。"

在这曾经当作教室的房间里，罗斯托夫坐在沙发里，望着娜塔莎那对十分活泼的眼睛，他又进入了家庭的、孩童的世界，他觉得这是最高的生活享受，就连用规尺烫手臂来表明爱，他也觉得不无道理：他理解这一点，并不感到奇怪。

"那又怎么样呢？就是这些吗？"他问。

"嘿，我们可好呢，可好呢！用规尺烫手臂，这算什么，是胡闹，但是我们永远是朋友。她一爱上谁，就永远爱上了；可是我不懂这个，我立刻就忘了。"

"那又怎么样呢？"

"我是说她爱我，也爱你。"娜塔莎忽然脸红了。"你还记得在离别的时候……她让你忘掉这一切……她说：我永远爱他，而他可以自由，这真太好了，兴奋极了！你说是吗？很兴奋？是不是？"娜塔莎说这些话是既认真、又激动，可以看出，她以前说这些话时曾是含着眼泪的。罗斯托夫沉思了一下。

"我决不会收回我的诺言的。"他说。"以后也不会，索尼娅这么可爱，放弃自己的幸福不是成了笨蛋了吗？"

"不是的，不是的，"娜塔莎喊道。"我跟她已经谈过这件事。我们知道你会这么说，但是这不行，你懂不懂，因为倘若像你所说，你受诺言的约束的话，那么就似乎她有意说这话似的。那么一来，你仍旧是不得已才娶她，那就根本不对头了。"

罗斯托夫看出，这一切都是经她们深思熟虑过的。他昨天就为索尼娅的美而吃惊，今天一晃看了她一眼，他觉得她更美了。她是一个讨人喜欢的十六岁的姑娘，显然她在热爱着他，他对这一点没有任何的怀疑。他现在怎么能不爱她，甚至怎么能不和她结婚，罗斯托夫这样想，可是……现在还有太多别的欢乐和要做的

世界经典文库

世界二十大名著

战争与和平

图文珍藏版

事！"是啊,她们想得很妙,"他想,"我应当保持自由。"

"很好,"他说,"这个我们以后再谈。啊,我十分喜欢你！"他加了一句。"啊,怎么样,你对鲍里斯没变心吧?"哥哥问。

"胡扯！"娜塔莎笑着嚷了一句。"不论是他还是别的什么人,我都不想,连知道都不想知道。"

"是吗！那你要怎么样呢"?

"我吗?"娜塔莎反问道,幸福的微笑使她精神焕发。"你看见迪波尔了吗?"

"没有。"

"声名显赫的迪波尔,舞蹈家,你没看见吗? 那其他你就不了解了,你看我的。娜塔莎圈起手臂,提起裙子,像人们在舞蹈时那样,跑开几步,转过身来,两只脚一拍,脚尖着地,走了几步。"你看我站住了吧? 你瞧！"她说,但是她用脚尖站不稳。"你瞧我跳的! 我永远不嫁人,我要当舞蹈家。不过你不要对其他人说。"

罗斯托夫笑得那么兴奋,声音那么高,连在隔壁房间的杰尼索夫都羡慕起来,娜塔莎也不禁和他一起笑起来。"不,你说好不好?"她总是说。

"好。你已经不愿意嫁给鲍里斯了?"

娜塔莎满面通红了

"我不愿意嫁给任何人。我见到他时也会这样说。"

"是真的！"罗斯托夫说。

"真的,这都是胡闹,"娜塔莎还在胡扯。"怎么,杰尼索夫人好吗?"她问。

"好"。

"那么你走吧,穿衣裳去。杰尼索夫,他可怕吗?"

"为什么可怕?"尼古拉问。"不,瓦西卡是个大好人。"

"你叫他瓦西卡吗? ……奇怪。怎么,他好得很吗?"

"好得很。"

"那么好了,你快点来喝茶。大家一起喝。"

娜塔莎踮起脚尖像舞蹈演员似的从房里走出去,她面带笑容,那是只有幸福的十五岁的姑娘才有的微笑。罗斯托夫在客厅里遇见索尼娅时脸红了。他不知道如何对待她。昨天在刚见面狂喜的时刻互相亲吻,可是今天他们觉得不能这样做了,他觉得所有的人,母亲和姐妹们,都用好奇的目光望着他,看他用什么态度对待她。他吻了吻她的手,称呼她"您"——"索尼娅"。可是他们的目光碰到一起却相互称呼"你",并且温柔地互相接吻。她的眼神是在恳求他原谅她竟然通过中间人娜塔莎向他提起他的诺言,而且为他的爱情表示感激。他是用眼神表示感谢她让他保持自由的建议,而且说,不论发生什么事,他对她永远不会变心。

"真是,多么奇怪,"薇拉趁大家都不说话的时刻,说,"索尼娅和尼古连卡现在见面时像两个陌生人似的称呼起'您'来了。薇拉的意见正像她所有的意见,都是正确的,但是也正像她所有的意见一样,使大家觉得很尴尬,不但索尼娅、尼古拉和娜塔莎,甚至连老伯爵夫人也像个姑娘似的红了脸,儿子对索尼娅的爱情使她害怕,那样会使他失去与名门贵族联姻的机会。使罗斯托夫吃惊的是,杰尼索夫身着新制服,搽着发油,洒着香水,就像他临阵时那样,相貌堂堂的在客厅里出现了,而且,他对女士们和男士们的礼仪是如此周到,也是罗斯托夫根本没有料到的。

二

尼古拉从军队回到莫斯科,家里人把他看成最好的儿子,是位英雄,永远看不够的尼古卢什卡;亲戚们把他看作可爱的、令人快乐的、有礼貌的年轻人;熟人们把他看作英俊的骠骑军中尉,跳舞的能手,莫斯科最杰出的未婚青年。

整个莫斯科都是罗斯托夫家的熟人。老伯爵今年手头很宽裕,因为所有的田产都抵押了,尼古卢什卡因而得到个人专用的走马和最时髦的马裤,这是一种在莫斯科还没有人穿过的式样顶新的马裤,还买了一双鞋头极尖和带有小银马刺的最流行的靴子,日子过得很舒服。罗斯托夫这次回家,在经过一段时间适应过去生活过的环境后,现在有了一种快乐的感觉。他觉得他已经长大了,是成年人了。为了教义考试没有及格而感到的失望,向加夫里洛借钱还马车夫的债,和索尼娅的偷吻——…他想起这一切就像回忆现在离他非常遥远的童年时的事情。现在他是披着银丝镶边的披肩、戴着圣乔治勋章的骠骑军中尉,和德高望重的知名猎手们一起训练走马。在林荫路他有一个相识的女人,晚上常到她家里去。他在阿尔哈罗夫家舞会上指挥玛祖卡舞,和卡缅斯基元帅谈战争问题,常到英国俱乐部去,和经杰尼索夫介绍认识的四十岁的上校称兄道弟。

在莫斯科,他对皇上的热情冷静了一点,因为最近没有看见他。可是他仍旧时常谈起皇上,谈他对皇上的爱戴,他使人感觉他还有话没有说完,他内心对皇上还有某种并不是所有的人都能理解的感情;他也完全有当时莫斯科人们对亚历山大·帕夫洛维奇皇帝的普遍崇拜,当时莫斯科人称他是"天使的化身"。

罗斯托夫在莫斯科短暂停留期间,直到回部队之前,他非但不亲近索尼娅,反而疏远她。她美丽、可爱,显然她热爱着他;但是,他正处在有很多事要做的青春期,没有时间顾及那件事,年轻人珍视自由,害怕约束,他需要可以使他做很多事情的自由。他这次在莫斯科期间,一想起索尼娅,总是对自己说:"嗨,像这样的少女有的是,还有许多我没有见到的。只要我愿意,谈恋爱总来得及,但是现在没有功夫。"此外,他觉得在女流中生活,有失男子汉的刚毅气魄。他装作不得已而去赴舞会和涉足妇女社会。至于赛马、去英国俱乐部、和杰尼索夫狂饮,到某处去——这是另外一回事:这对一个骁勇的骠骑兵是合乎身份的。

三月初,老伯爵伊利亚·安德烈伊奇主持筹办在英国俱乐部欢迎巴格拉季翁公爵的筵席。

伯爵穿着睡衣在大厅里来回走动。吩咐俱乐部主管和有名的俱乐部大厨师费奥克蒂斯特为欢迎巴格拉季翁公爵的酒席置办龙须菜、鲜黄瓜、草莓、小牛肉和鲜鱼。伯爵自俱乐部成立那天起就是会员和主任。俱乐部委托他筹办欢迎巴格拉季翁的盛大宴会,是因为极少有人像他那样慷慨好客,不惜重金置办酒席,尤其是因为极少有人像他那样为了办好宴会需要钱时能够并且乐于慷慨解囊。厨师和总管听候伯爵吩咐时,全都眉开眼笑,因为他们知道,跟什么人都没有跟他在置办花费数千卢布的筵席中更能捞到好处的了。

"特别注意,在甲鱼汤里要放鸡冠子,放鸡冠子,懂吗?"

"那么要三个冷盘喽……?"厨师问。

伯爵沉思了一下。

"至少三个……一盘要蛋黄酱凉拌,"他说,伸出一个指头……

"那么,可以买大鲟鱼吗?"总管问。

"既然不愿减价,没办法,那就买吧。对了,我的天啊,我差点儿忘了。筵席上还要摆一道冷盘。哎呀,天啊!"他抓住自己的头发。"谁去把花给我运来?米坚卡!喂,米坚卡!米坚卡,你尽快到郊外别墅去一趟,"他对应声而来的管家说。"你赶快到郊区别墅吩咐花匠马克西姆卡,叫他立刻出官差。告诉他把暖房的花用毡子包好运来。星期五之前给我送来二百盆。"

他又下了一道又一道命令以后,他出去想到伯爵小姐那儿休息,但是又想起必须的事,又回来把总管和厨师叫来,又吩咐了一些事。从门口传来轻快的男人脚步声,小伯爵来了,他年轻貌美,肤色红润,留着黑色的小胡子,莫斯科安定的生活使他得到了充足的休息和保养。

"啊,我的好孩子!忙得我头昏脑涨。"老伯爵说,他微笑着,似乎在儿子面前有点害羞似的。"你能帮一帮也好嘛!还得来一个唱歌班,乐队我有,把那个茨冈人叫来,行不行,你们当兵的喜欢这玩意儿。"

"真是的,爸爸,我看巴格拉季翁公爵准备申格拉本战役还没有你们现在这么忙乱呢，"儿子微笑着说。

老伯爵装出生气的样子。

"你倒会说，你来试试！"

伯爵转向热切地望着他父子二人的厨师。

"你看年轻人成了什么样子，啊，费奥克蒂斯特？"他说。"竟然讥讽起咱们老头子来了。"

"就是嘛，大人，他们就知道吃好的。至于怎么做，筵席怎么摆，他们就不操心了。"

"对，对！"伯爵喊道，他抓起儿子的两只手，继续喊道："我说，你这回可跑不了啦！你立刻驾上双驾辕雪橇，尽快到别祖霍夫那儿，你就说，伊利亚·安德烈伊奇伯爵派我来，向您要草莓和鲜菠萝。在别处搞不到这些东西的，倘若他不在，你就对公爵小姐说。从那儿出来，你就到拉兹古利阿伊——车夫伊帕特卡知道地点，——你在那儿找到茨冈人伊柳什卡，就是那个曾经在奥尔洛夫伯爵家跳舞的，你记得吧，穿白色哥萨克服的，你把他带来见我。"

"把他的茨冈姑娘们全叫来吗？"尼古拉笑着问道。

"当然，当然！……"

恰在这时，安娜·米哈伊洛夫娜悄悄地走了进来，她那神情永远像煞有介事，忧心忡忡。虽然她每天碰见伯爵，伯爵大都穿着睡衣，但他每次见到她都觉得不好意思，请她原谅。

"没关系，亲爱的伯爵，"她温顺地闭起眼睛，说。"我可以到别祖霍夫那儿去一趟，"她说。"小别祖霍夫来了，现在咱们什么都可以从他的暖房里弄到。我正想见见他。他给我寄来一封鲍里斯的信。谢天谢地，鲍里斯如今在司令部里供职了。"

伯爵很兴奋安娜·米哈伊洛夫娜能分担一部分他的任务，于是他叫人给她套了一辆轻便马车。

"您告诉别祖霍夫，让他来赴宴。请客单里有他的名字。怎么，他是和妻子一同来的吗？"他问。

安娜·米哈伊洛夫娜闭上眼睛，脸上现出深深的悲伤……

"别提了，亲爱的，他非常不幸啊，"她说。"如果我们听到的是真的话，那就太可怕了。在我们为他的幸福而庆幸的时候，哪里想得到有今天！这么一个高尚的天使般的灵魂，年轻的别祖霍夫啊！是的，我由衷地怜悯他，尽我可能使他得到安慰。"

"怎么回事?"罗斯托夫父子二人异口同声地问道。

安娜·米哈伊洛夫娜深深地叹了一口气。

"玛丽亚·伊万诺夫娜的儿子多洛霍夫,"她神秘地低声说,"据说,完全使她的名声扫地。他救了他,请他到彼得堡家里住,但是……她来这儿,这个亡命徒也追随着她来了,"安娜·米哈伊洛夫娜说,她想表示她同情皮埃尔,但是在她那不自觉的语气里和微微含笑的神态里表露出她是同情那个她叫作亡命徒的多洛霍夫的。"据说,皮埃尔伤透了心"。

"不管怎么样,你还是告诉他,请他到俱乐部来,——所有的事都会过去的。宴会盛大极了"。

次日,三月三日,中午一点多钟,二百五十位英国俱乐部会员和五十位客人在等待贵宾、奥地利远征英雄巴格拉季翁公爵来赴宴。奥斯特利茨战役的消息刚传来时,莫斯科陷入迷惑,当时俄国人习惯于打胜仗,听了吃败仗的消息,有些人几乎不相信,另一些人则用不寻常的原因来解释这个令人吃惊的事件。在显贵的、消息灵通和有权威的人士会集的英国俱乐部里,在消息刚传来的十二月份,大家都不谈战事和最近一次战役,似乎是彼此事先商量好了似的。那些指导谈话方向的人们,如:拉斯托普钦伯爵、尤里·弗拉基米罗维奇·多尔戈鲁基公爵、瓦卢耶夫、马尔科夫伯爵、维亚泽姆斯基公爵等,都不在俱乐部露面,都在各自家中亲近的小圈子里聚会,而那些没有主见的莫斯科人(伊利亚·安德烈伊奇·罗斯托夫也属于这一类),在一个短时期内,失掉了谈话的领导人,对于战争的议论众说不一。这些莫斯科人觉得事情有点不妙,谈论这些坏消息令人为难,因此最好是缄口不言。可是过了一些时候,那些俱乐部的舆论权威人士又出现了,于是谈话又变得明确并且肯定。俄国人吃了败仗,这么一件难以置信、骇人听闻、不可能的事情,其原因已经找到。因此一切都弄清楚了,莫斯科各个角落都在讲着同样的话。这些原因就是:奥地利人的背信弃义,军粮供应太差,波兰人普热贝舍夫斯基和法国人朗热隆的背叛,库图佐夫的无能,以及(小声地谈论)皇上由于年轻缺乏经验而信任卑劣小人。可是大家都众口一词地说,军队,俄国军队却是非凡的,干出了英勇的奇迹。士兵、军官、将军,都是英雄。而英雄中之英雄是巴格拉季翁公爵,他因申格拉本战役和奥斯特利茨撤退而声名远播,在奥斯特利茨撤退中只有他率领的纵队秩序井然,并且一整天不断击退两倍于己的敌人。巴格拉季翁之所以被选为英雄,还因为他在莫斯科没有人事关系,是一个陌生人。欢迎他,也就是欢迎战斗的、普通的、没有人事关系和阴谋诡计的、引起人们回忆苏沃洛夫远征意大利的俄国军人。另外,给他这样的荣誉,是对库图佐夫表示不欢迎和不赞成的最妙的办法。

"如果没有巴格拉季翁，也要造出一个来。"滑稽家申申说。没有人谈论库图佐夫，有些人低声骂他，说他是宫廷里肤浅的家伙和老色鬼。

莫斯科到处都在传诵多尔戈鲁科夫公爵的话："智者千虑，必有一失"，这句话引起对过去胜利的回忆和对目前失败的自我安慰；同时还流传着拉斯托普钦的话：对待法国兵，必须用大话来鼓舞士气；对待德国兵，要给他们讲道理，使他们相信逃跑比前进更危险；而对待俄国兵，就得劝阻他们；"慢一点！"关于我们的士兵和军官在奥斯特利茨战役中的英勇事迹，从四面八方越传越多。某人拯救了军旗，某人杀死了五个法国人，某人独自一人装五尊大炮，不认识贝格的人们也谈论他，说他右手受伤，左手握刀奋勇前进。没有人谈到博尔孔斯基，只有深知他的人惋惜他，说他这么年轻就死了，把怀孕的妻子撇给了怪脾气的父亲。

三

三月三日，英国俱乐部的出席者大多是德高望重的人。还有少数偶然来的客人，主倘若年轻人，其中有杰尼索夫、罗斯托夫，以及重新在谢苗诺夫团当上军官的多洛霍夫。这些年轻人，尤其是年轻的军人，对于老人露出含有轻蔑的尊敬表情，仿佛对老一辈的说："我们会尊敬和看重你们的，但是要记住，未来毕竟属于我们。"

涅斯维茨基也在场，他是俱乐部老会员。皮埃尔遵照妻子的命令留起了长头发，不再戴眼镜，穿着时髦的服装，只是神情忧郁不振，在大厅里走来走去。和在别处一样，总有一群崇拜他的财富的人围着他，而他一直带着习惯的高高在上的态度和漫不经心的漠视神情对待他们。

按年龄，他应当和年轻人在一起，但论财产和社会地位，他是受尊重的老辈客人中的一个，因此他在两堆人之间走来走去。

瓦卢耶夫秘密地谈起乌瓦罗夫从彼得堡来探听莫斯科人对于奥斯特利茨战役的看法。

伊利亚·安德烈伊奇·罗斯托夫伯爵面带忧心忡忡的神情，踏着他那柔软的皮靴，在餐厅和客厅之间紧张地穿来穿去，他一直是匆匆地并且用完全相同的口气跟那些他全都认识的重要人物和不重要的人物问好，不时用眼睛寻找他的身材匀称的宝贝儿子，欢喜地把视线停在他身上，向他挤挤眼睛。年轻的罗斯托夫和多洛霍夫靠窗口站着，他们俩才认识不久，罗斯托夫很看重这个关系。老伯爵走到他们跟前，跟多洛霍夫握了握手。

"欢迎你光临寒舍，你和我这个小伙子认识了……一块儿入伍，一块儿在战场上逞英豪……嘀！瓦西里·伊格纳季奇，您好，老伙计，"他转向那个从旁走过的小老头，还没等他寒暄完，人们都动起来，一个神色惊慌的仆人前来报告："客人来了！"

铃响了；委员们拥向前去；分散在各屋的客人们，聚成一堆儿，站在大客厅前的舞厅门旁。

巴格拉季翁出现在前厅门口，他没有戴帽子，也没有带佩刀，他脸上那种像孩子过节似的表情，配上他那刚毅英勇的脸型，甚至给人一种奇怪的感觉。和他一起来的别克列绍夫和费奥多尔·彼得罗维奇·乌瓦罗夫在门口停下来，想让他这位主要的客人走在他们前面。巴格拉季翁紧张起来，他不愿领受他们的情意；在门口谦让一番。最后，还是走在了前面。委员们在第一道门口迎接他，对他说了些欢迎的话，不等他回答，就簇拥着把他领到客厅。客厅门口挤满了会员和客人，弄得无法通行，人们争先恐后，竭力超过别人的肩头看着巴格拉季翁，伊利亚·安德烈伊奇伯爵笑着说："让开，各位，让开，让开！"推开人群，把客人们领进了客厅，让到中央的沙发上就座。

后来，有人朗诵了一首赞颂巴格拉季翁公爵的诗。

没等念完，管事人就大声宣布："请入席了！"门敞开了，从餐厅传来波兰舞曲的鸣响："胜利的欢声如雷动，欢乐吧，勇敢的俄罗斯，"——伊利亚·安德烈伊奇愤怒地看了看仍在读诗的作者，站起来向巴格拉季翁鞠了一躬，人们全站起来，都觉得酒席比诗更重要，又是巴格拉季翁走在大家的前头去入席。人们让巴格拉季翁在首席落座。三百人都按职位和权势在餐厅里各就各位，谁的权势大些，就离贵宾近些。

在宴会开始前，伊利亚·安德烈伊奇向伯爵介绍了他的儿子。巴格拉季翁认出了他，结结巴巴说了几句前言不搭后语的话，就像他今天所有的话一样。伊利亚·安德烈伊奇伯爵兴奋了，在巴格拉季翁跟他儿子说话时，他得意地环顾大家。

尼古拉·罗斯托夫和杰尼索夫以及刚结交的多洛霍夫一起坐在中间的席位。他们对面是皮埃尔和涅斯维茨基公爵。伊利亚·安德烈伊奇和其他委员坐在巴格拉季翁对面，他作为莫斯科礼贤好客的代表来款待公爵。

他的操劳没有白费。他筹办的筵席，荤菜和素菜都是极好的，但在宴会结束之前，他仍旧不能完全放心。

"为了皇上的健康！干杯！"伊利亚·安德烈伊奇喊了一声，这时他那双和善的眼睛满含着喜悦和高兴的泪水。也就在这时，奏起了《胜利的欢声如雷动》的乐曲。大家全从座位上站起来，高呼"乌拉！"巴格拉季翁也高呼"乌拉！"如同他在申格拉本战场喊得那样响。从全体三百人的声音中,能听见年轻的罗斯托夫的兴高采烈的声音。他差点哭了。

"为了皇上的健康。"他喊道,"乌拉!"他一口气干了一杯,把杯子摔在地板上。很多人都跟他学。雷鸣般的喊声持续了很久。喊声一停止,侍者就打扫破碎的杯子,大家全坐下来,互相交谈起来。伊利亚·安德烈伊奇伯爵又站起来,看了看放在他菜碟旁边的字条,于是宣布,为我们最后战役的英雄彼得·伊万诺维奇·巴格拉季翁的健康干杯,伯爵的蓝眼睛又满含泪水。"乌拉!"又响起了三百个客人的声音。大家唱起了大合唱。

> 俄罗斯人不怕艰难险阻,
> 勇敢就是胜利的保证。
> 我们有了巴格拉季翁,
> 所有敌人都将跪倒在我们脚下。
> ………

歌手们刚唱完,接连不断地干杯,伊利亚·安德烈伊奇伯爵也越来越感动,杯子也摔得越来越多,喊声也越来越高。为别克列绍夫、纳雷什金、乌瓦罗夫、多尔戈鲁科夫、阿普拉克辛、瓦卢耶夫等人的健康,为委员们的健康,为主办人的健康,为俱乐部全体会员的健康,为全体来宾的健康,都干了杯,最后,单独为筵席筹办人伊利亚·安德烈伊奇伯爵的健康干杯。在干这一杯时,伯爵拿出手绢,蒙着脸不禁大哭起来。

四

皮埃尔坐在多洛霍夫和尼古拉·罗斯托夫对面,贪馋地大吃大喝。凡是有点知道他的人,都看出他今天大大地变了样。他在整个吃饭时间都默不作声,眯着眼,皱着眉,环视四周,或者出神地两眼发呆,用指头擦鼻梁。他精神不振,面色阴沉。他对周围发生的一切似乎视而不见,听而不闻,专心思索一件烦恼的、难以解决的问题。

那件无法解决、使他苦恼的问题,是那位在莫斯科的公爵小姐曾向他暗示多洛霍夫和他妻子的关系密切,今天早上他接到一封匿名信,另外,信中说他戴着眼镜看不清楚,他的妻子和多洛霍夫的关系只有对他一个人才是秘密。不论是公爵小姐的暗示还是那封信,皮埃尔都完全不相信,可是他现在怕看坐在他对面的多洛霍夫。他的目光每次偶尔碰到多洛霍夫那对俊美傲慢的眼睛,皮埃尔就感到,一种可怕的、混乱的东西在心中油然而生。皮埃尔不自觉地回忆起他妻子过去的一切,以及她和多洛霍夫的关系,皮埃尔清楚地看出,匿名信中所说的,倘若说的不是他的妻子的话,大约是真的,至少,可能像是真的。皮埃尔不由得记起多洛霍夫在那次战役后官复原职,回到彼得堡后就去找他。多洛霍夫利用他和皮埃尔是酒友关系,就直接到他家里去,皮埃尔安排他住下,而且借给他钱。皮埃尔回忆起海伦怎样微微含笑对多洛霍夫住在他们家里表示不满,多洛霍夫如何下流无耻地夸奖他妻子的美丽,从那时起,一直到他来莫斯科,他从来没有离开过他们。

"是啊,他十分漂亮,"皮埃尔想,"我知道他这个人。我为他奔走过,供养过他,帮助过他,正因为如此,才使得他觉得败坏我的名誉,嘲笑我,是一件特别有趣的事。我知道而且了解,倘若这是真的,在他看来这就会在他的欺骗上更增添一层乐趣。是的,倘若这是真的话;可是我不相信,我没有权利并且也不能相信。"他想起当多洛霍夫在干残酷事的时候,他脸上那副表情,例如,当他把派出所所长绑在狗熊身上扔到水里的时候,或者当他没有理由要跟人决斗的时候,或者当他用手枪打死驿站车夫的马的时候。当他看皮埃尔时,他脸上也经常有这种表情。"是的,他是一名决斗家。"皮埃尔想道。"杀死一个人在他不算回事,他肯定觉得人人都怕他,这一定使他很开心。他一定以为我也怕他。我也确实怕他,"皮埃尔想,一有这些想法,他又感觉到一种可怕的、混乱的东西在心中油然而生。多洛霍夫、杰尼索夫和罗斯托夫现在坐在皮埃尔对面,他们看来很开心。罗斯托夫愉快地跟两个朋友谈话,其中一个是骁勇的骠骑兵,另一个是有名的决斗家和浪荡公子,他们不时用讥笑的目光看看皮埃尔,他心事重重,心神不定,身躯庞大,在筵席上很显眼。罗斯托夫对皮埃尔侧目而视,这是因为,第一,在他那骠骑兵的眼光看来,皮埃尔是一个没有军籍的富翁,美人的丈夫,一句话,是一个懦夫;其次,是因为皮埃尔心事重重,神不守舍,竟然没有认出罗斯托夫,没有向他答礼。在为皇上的健康祝酒时,皮埃尔忙于想心事,没有站起来,也没有举杯。

"您怎么啦?"罗斯托夫闪着高兴的、愤怒的目光望着他喊道。"难道您没有听见:为皇上的健康干杯!"皮埃尔叹了口气顺从地站起来干了一杯,等大家全坐下来,他面带着友好的微笑,对罗斯托夫说:

"我没有认出您呢,"他说。可是罗斯托夫顾不上这个,他正在喊"乌拉"呢!

"你干吗不重温旧交啊,"多洛霍夫对罗斯托夫说。

"去他的吧,笨蛋一个,"罗斯托夫说。

"应当向漂亮的女人的丈夫讨好嘛，"杰尼索夫说。

皮埃尔没有听见他们说什么，但是他知道是在说他。他红了脸，转过身去。

"喂，现在为漂亮的女人干杯，"多洛霍夫说，他那样子很认真，但嘴角含着笑意，他向皮埃尔举起杯来。"为漂亮女人和她们的情夫干杯，彼得鲁沙（皮埃尔的俄语爱称），"他说。

皮埃尔垂下眼睛，不看多洛霍夫，也不理睬他，喝了自己杯里的酒。侍者分发库图佐夫的大合唱歌词，在作为贵宾的皮埃尔面前放了一页。他想拿起它，但是多洛霍夫探过身来从他手里抢了过去，开始读起来。皮埃尔向多洛霍夫扫了一眼，又垂下眼来；在整个宴会期间折磨着他的那种可怕的、混乱的情绪油然而生，而且占据了他。他把整个肥胖的身体探过餐桌。

"您胆敢拿！"他大喝一声。

涅斯维茨基和右首座位的客人听见这声喊叫，看出他是对谁而发的，都吃惊地连忙转向别祖霍夫。

"算了吧，算啦，您怎么啦？"他们发出惊恐的低语。多洛霍夫睁着发亮的、愉快的、凶残的眼睛，看了看皮埃尔，他那嘴角含着的微笑似乎在说："啊，我就是喜欢这样。"

"我不给你，"他说，字音咬得清清楚楚。

皮埃尔脸色苍白，嘴唇发抖，忽然抢过那张纸。

"您……您……这流氓！……我要跟您决斗，"他推开椅子，站起来，说。他觉得，那个在最近几天一直使他烦心的关于他的妻子犯罪的问题，就在他这样做和这样说的一瞬间，终于完全并且坚决地肯定下来了。他恨她，永远跟她决裂了。罗斯托夫不顾杰尼索夫劝告他不要插手这件事，但他仍然同意做多洛霍夫的副手，散席后和别祖霍夫的副手涅斯维茨基谈妥了决斗的条件。皮埃尔回家了，而罗斯托夫和多洛霍夫以及杰尼索夫留在俱乐部里听茨冈和歌手们唱歌，一直坐到深夜。

"那么明天在索科尔尼克森林见吧，"多洛霍夫和罗斯托夫在俱乐部门廊分手时，说。

"你心情安静吗？"罗斯托夫问。

多洛霍夫站住了。

"告诉你吧，我可以用两句话向你揭示决斗的全部秘诀。倘若你在决斗时，立下遗嘱，给父母写温情的信，倘若你想到你可能被打死，那么，你就是个大笨蛋，十有八九要完蛋；倘若你在决斗时意志坚定，一定要把对方最快最准地干掉，那就会诸事顺利，正像我们科斯特罗马的一位猎熊手对我常说的：谁不怕熊啊？可是，你一看见它，心里只想可别让它跑掉了，害怕的心理就没了。我也是这样。"明天见，亲爱的！"

第二天早上八点钟，皮埃尔和涅斯维茨基驱车来到索科尔尼克森林，发现多洛霍夫、杰尼索夫和罗斯托夫已经在那里了。皮埃尔那副神情，似乎是在集中精力思考一个与当前的事毫无关系的问题。他面容消瘦，脸色发黄。看来是一整夜未睡。他精神恍惚地环顾四周，仿佛害怕灿烂的阳光，皱着眉头。有两种思绪一直萦绕在他的心头：在整夜失眠以后，关于他妻子的犯罪已经确定无疑了，而多洛霍夫却没有罪过，因为他没必要维护一个与他无关的人的名誉。"我处在他的地位也会这样做的，"皮埃尔想。"其实我一定会这样做；这场决斗，凶杀，有什么意义？不是我杀死他，就是他打中我的脑袋、臂肘、膝盖。离开这儿吧，逃跑，到什么地方躲起来，"他突然起了这个念头。正当他有这个想法的时候，他用那使旁观者不禁肃然起敬的非常镇静和满不在乎的神气问道："快了吧，准备好了吗？"

一切都准备就绪，两把军刀插在雪里，表示决斗的双方应当走到的界线，手枪也上了膛，这时涅斯维茨基走到皮埃尔跟前。

"伯爵，在这重要的关头，十分紧要的关头，倘若我不对您说实话，我就是没有尽到应尽的职责，也就是辜负了您让我当您的副手所给予我的信任和荣誉，"他怯生生地说，"我认为，这件事没有充分的理由，也不值得为它而流血……是您的不对，您太性急了……"

"可不是，太荒唐了……"皮埃尔说。

"那么让我去转达您的歉意，我相信您的对手会同意接受您的道歉的，"涅斯维茨基说，他像别的当事人一样，还不相信事情真的已经闹到非决斗不可的地步。"您知道，伯爵，承认自己的错误，总比把事情弄得不可收拾要好得多。任何一方都没有受到屈辱。让我去谈判吧……"

"不，没有什么可谈的！"皮埃尔说，"反正一样……准备好了吗？"他又说了一句。"您只要告诉我，朝哪儿走，朝哪儿放枪？"他说，不自然地微笑着。他接过手枪，问开枪的方法，因为他至今从没拿过手枪，这一点他是不愿承认的。"对了，就是这样放，我知道，不过我忘了，"他说。

"没有什么可道歉的，没这回事，"多洛霍夫对也试图调解的杰尼索夫说，于是他也走到规定的地点。

决斗的地点是一片不大的松林空地，离停雪橇的大路八十来步远，由于近来天气变暖，地上的雪正在融化。决斗的双方站在相距四十来步的空地两边。副手们在潮湿的深雪上步量距离，从他们站的地方，到相距十步远插着涅斯维茨基和杰尼索夫的两把军刀作为界线的地方,留下了许多脚印。雪在融化,雾在上升;四十步开外什么也看不见。三分钟后一切准备就绪了,但仍旧拖延着。大家全沉默不语。

<h1 style="text-align:center">五</h1>

"喂,开始吧!"多洛霍夫说。

"行啊,"皮埃尔说,依旧微笑着。

气氛是紧张可怕的。显然,如此容易就开了头的事情,已经无法阻止了。杰尼索夫第一个向前走到界线,宣布:

"因为敌对双方拒绝调解,那么就请开始吧:拿起手枪,在喊到'三'时,双方向前走。"

"一!二!三!"杰尼索夫气愤地高声喊道,随后退到一旁。两人顺着踩出的小道往前走,越来越近,在雾中彼此辨认着对方。敌对双方在走到界线时只要愿意开枪,都有权利开枪射击。多洛霍夫不紧不慢地走,没有把枪举起来,他那对明亮闪烁的蓝眼睛注视着对方的脸。像平日一样,他的嘴角似乎含有笑意。

在发出三字口令后,皮埃尔快步向前,他离开践踏的小道,走到没有踩过的雪地上。皮埃尔向前伸出握住手枪的右手,仿佛担心这支手枪会把自己打死似的。他尽力把左手伸到后面,因为他老想用它支撑住右手,但是他知道这是不准许的。皮埃尔走了六、七步就离开小道走到雪地上,他看了看脚下,又很快地望了多洛霍夫一眼,就照人家教给他的那样用指头勾了一下枪机,皮埃尔怎么也没料到声音会这么响亮,他一听见自己的枪声吓了一跳,然后他对自己竟有这样的印象微微一笑,站住不动。由于有雾,硝烟格外浓,最初一瞬间阻碍他看见东西;但他等待的另一声对他的射击,没有随之而来。只听见多洛霍夫急促的脚步声,透过烟雾,现出他的身影。他用一只手捂着左边身子,另一只手紧紧握住下垂的手枪。他脸色苍白。罗斯托夫跑过去对他说了句什么话。

"不……"多洛霍夫咬紧牙说,"不,没有完,"他跌跌撞撞,踉踉跄跄地又走了几步,到了军刀旁边倒在雪地上。他的左手全是血,他在常礼服上擦了擦手,用它支撑着身子。他的脸色苍白,皱紧眉头,直打哆嗦。

"请……"多洛霍夫想说话,可不能一下子说完……"请吧"他费力地说。皮埃尔差点大声哭出来,向多洛霍夫跑过去,已经要越过界线了,多洛霍夫大喝一声:"回到界线上!"皮埃尔方才明白是怎么回事,于是站到军刀旁边。他们相距只有十步远。多洛霍夫把头低到雪地上,贪婪地嚼着雪,又抬起头来,振作一下精神,把两条腿收回来,寻找牢靠的重心,坐了起来。他吞食冰冷的雪,吸吮着它;他的嘴唇哆嗦着,但仍旧含着微笑;他聚集着最后的力量,眼睛闪着努力和凶狠的亮光。他举起枪来瞄准。

"侧着身子,用手枪掩护,"涅斯维茨基紧张地说。

"掩护!"甚至连杰尼索夫也禁不住向对方喊了一声。

皮埃尔带着抱歉和悔恨的微笑,毫无防御地叉开两腿,张开两臂站着,他那宽敞的胸膛直对着多洛霍夫,他忧郁地看着他。杰尼索夫、罗斯托夫和涅斯维茨基都闭上了眼睛。就在这时,他们听见枪声和多洛霍夫凶恶的喊叫。

"没有打中!"多洛霍夫喊了一声,就无力的脸向下躺在雪地上。皮埃尔抱着头,转身踏着深雪向林中走去,他不知所云地自言自语。

"荒唐……荒唐! 死……谎言……"他紧皱着眉头絮叨着。涅斯维茨基拦住他,把他送回家去。

罗斯托夫和杰尼索夫护送受伤的多洛霍夫。

多洛霍夫躺在雪橇里,闭住眼睛不说话,不论问他什么,他都一声不语,但是进入莫斯科后,他突然醒过来了,吃力地抬起头来,握住坐在他身旁的罗斯托夫的手。多洛霍夫的表情完全变了,出人意外地庄重而温柔。

"唉,怎么样? 你自我感觉怎么样?"罗斯托夫问。

"不好! 不过,这倒没什么。我的朋友,"多洛霍夫时断时续地说,"我们在哪儿? 我知道是在莫斯科。我倒没什么,但是我把她害死了……她受不了这个,她受不了……"

"谁?"罗斯托夫问。

"我母亲。我母亲。我的天使,我所崇拜的天使,母亲,"多洛霍夫握住罗斯托夫的手,哭了。等他稍稍平静一些,他告诉罗斯托夫,他和母亲住在一起,倘若母亲看见他将要死去,她是受不了的。他央求罗斯托夫先到她那里,使她有所准备。

罗斯托夫先去执行他的嘱托,使他大为惊诧的是,多洛霍夫,这个暴徒,专爱找人决斗的多洛霍夫,在莫斯科跟老母亲和一个驼背的姐姐住在一块,竟然是一个非常柔顺的儿子和弟弟。

六

最近一段时间,皮埃尔极少同妻子见面。不管在彼得堡还是在莫斯科,他们的家总是宾客盈门。在决斗后的第二天夜里,他像往常那样,没有到卧室去,就待在他父亲老伯爵别祖霍夫去世的那间特大的书房里。

　　他歪在沙发上想睡一觉，忘掉他所经历的一切，但他不能入睡。暴风雨般的思绪、回忆、一下子涌上了他的心头，他不但不能睡，并且不能平静，不得不从沙发上跳起来，在屋里快步走来走去。他时而想起刚结婚的日子，她袒胸露臂，眼神懒倦而热情，但在想起她的同时，又想起多洛霍夫在宴会上那张秀美、蛮横、强悍而含有讥笑的面孔，同样是多洛霍夫那张面孔，当他踉跄地倒在雪地上时，成了一张苍白、颤抖、痛苦的面孔。

　　"发生了什么事?"他问自己。"我打死了情夫，是的，我打死了妻子的情夫。是的，是这么回事。为什么? 我怎么竟然干出了这等事——因为你娶了她，"内心的声音在回答。

　　"但是我有什么过错?"他问。"过错就在于你不爱她而娶了她，过错就在于你欺骗了自己，同时也欺骗了她，"于是他清清楚楚地想起了在瓦西里公爵家晚饭后的那个时刻，当时他言不由衷地说了一句:"我爱您"。"一切全是由此而来! 我当时就感觉到，"他想，"我当时就感觉到这不对头，我没有权利说这话。果真如此。"他回想起他度过蜜月，他一想起就脸红。在他婚后不久的一天，中午十二点钟，他穿着绸睡衣，从卧室走进书房，在书房里碰到总管家，他恭恭敬敬地鞠躬，看看皮埃尔的脸，看看他的睡衣，露出了笑意，这段回忆他觉得格外生动、受辱、可耻。

　　"我曾多少次地为她而自豪，为她的仪态万方，为她的交际风度而自豪，"他想，"为自己的家而自豪，因为她在家中招待整个彼得堡的客人，为她那拒人于千里之外的神态和美丽而自豪。我为之而自豪的原本就是这些?! 我当时就想，我不清楚她。我常常地琢磨她的性格，我就对自己说，我有过错，因为我不了解她，不了解她那种经常的心安理得、自鸣得意、缺乏任何的爱好和愿望，原来全部的谜底就在于她是一个'荡妇'这个可怕的字眼:他对自己说出这个可怕的字眼，于是一切都顺利解决了!

　　"阿纳托利经常找她借钱，吻她裸露的肩膀。她不给他钱，可是让他吻自己。父亲用玩笑话挑逗她的醋意;她心平气和地微笑着，说她不会那么傻，去吃醋:他爱怎么就怎么吧，这说的是我。有一次我问她，她是不是有怀孕的感觉。她轻蔑地笑起来，她说她不是笨蛋，希望生儿育女，她不会给我生孩子的。"

　　然后他回忆起，尽管她受的是上层贵族社会的教养，但她的头脑粗鲁、简单、言语庸俗。"我不是大笨蛋……不信你试试……滚开"她说。皮埃尔经常见到她在男女老少心目中获得的成功，他无法知道他为什么不爱她。"我从没有爱过她，"皮埃尔自言自语。"我知道她是一个荡妇，"他不停地自言自语，"可是我不敢承认这一点。"

"可是现在多洛霍夫呢,你瞧他坐在雪地上,勉强地微笑着,也许正在死去,却装出一副英勇的样子,作为对我的懊悔的答复!"

皮埃尔虽然外表上性格软弱,但他却是那种不找知己倾吐苦衷的人。他独自消受自己的痛苦。

"一切的一切都是她一个人的错,"他自言自语。"既然如此,那应当怎么样呢?为什么我和她结合在一起呢?为什么我对她说:'我爱你'而这明显是谎话,甚至比谎话还坏",他对自己说。"我有错,自作自受……怎么?名誉扫地吗?生活不幸吗?唉,全是扯淡,"他想,"丢脸也罢,光荣也罢,都是相对的,一切都以我为转移。"

"路易十六被处死,人们说他卑劣,有罪,"皮埃尔忽然想到,"从他们的观点看来是对的,而那些为他遭到惨死,视他为神圣的人们,也是对的。后来罗伯斯庇尔因为专制而被处死。谁是谁非?无所谓是非。活着,就活下去:或许明天就死掉,就像一小时前我可能死掉一样。生命比之永恒只是一刹那,犯得上自寻烦恼吗?"可是,正当他这么想,认为自己已经得到安静的时候,他突然想起了她,想起了他最强有力地向她表白言不由衷的爱情的那个时刻,于是他感到血液涌上心头,又不得不站起来,来回走动,摸到什么东西就想摔碎,撕破。"我为什么对她说:'我爱你'?"他反反复复地对自己说。

夜里他叫来仆人,吩咐他收拾行李,打算去彼得堡。他不能和她住在一起。他无法想象他现在怎么跟她说话。他决定明天就走,给她留一封信,向她声明他要永远和她分手。

早上,仆人把咖啡送到书房的时候,皮埃尔在沙发上躺着,手里拿着一本书,正在睡觉。

他醒了,惊慌地四顾,弄不清楚他是在什么地方。

"伯爵夫人叫我问问大人是不是在家。"仆人问。

皮埃尔还没有想好如何,伯爵夫人亲自走进来了,她穿着白缎银边睡衣,随便绾起辫发,她神态平静而庄重,只不过在微凸的大理石般的额头上有几道愤怒的细纹。她强作镇静,在仆人面前不开口说话。她已经知道决斗的事,她就是来谈这个的。她在等着仆人放下咖啡后出去。皮埃尔怯生生地从眼镜上方看着她,正如一只被猎狗围攻的兔子,抿起耳朵,继续在敌人面前躺卧着,他也是这样,试着继续看书;可是他觉得这是没有意义的,而且是不可能的,他又胆怯地瞥了她一眼。她在等待仆人走出去,没有坐下,露出轻蔑的冷笑看着他。

"又怎么啦？干的什么好事？我问您？"她严厉地说。

"我？我怎么啦？"皮埃尔说。

"好一个英雄好汉！您说说，决斗是怎么回事？您这样干是要证明什么！证明什么？我问您。"皮埃尔在沙发上笨重地翻了翻身，张开嘴，但无法回答。

"如果您回答不出来，我来告诉您吧……"海伦继续说。"您相信人家对您说的一切。人家说……"海伦大笑起来，"说多洛霍夫是我的情夫，"她用法语说，以强调这个词的粗俗含意，"您就相信了！您这证明什么啊？您决斗证明了什么？证明您是个笨蛋，这是人所共知的！结果怎么样？结果是我成为全莫斯科的笑料；结果是人人全说您喝得糊里糊涂，昏头昏脑，对那个您无缘无故地吃他醋的人要求决斗，"海伦越说声音越高，越说越来劲……

"嗯……嗯……"皮埃尔皱着眉头，眼睛也不看她，一动不动，嘴里嘟囔着。

"您为什么能相信他是我的情夫？……为什么？是因为我爱跟他来往吗？倘若您聪明一点，令人兴奋一点，我倒愿意和您在一起。"

"不要和我说话……我求您，"皮埃尔低声说。

"为什么我不能说！我能说并且大胆地说，有了您这样丈夫的妻子，极少有不找情夫的事，"她说。皮埃尔想说话，看了看她，眼睛闪出她无法理解的奇异的光芒，他还是躺着。这时他感到肉体上的痛苦：胸口发闷，呼吸困难。他知道应该做点什么使这种痛苦停止，可他想做的事情太可怕了。

"咱们最好分开，"他时断时续说。

"分开,那就请吧,不过您要给我一份财产,"海伦说……"分开,拿这个来吓唬我!"

皮埃尔从沙发上跳起来,跟跟跄跄地向她冲过去。

"我杀死你!"他喊道,从桌上抄起一块大理石板,用连他自己都想不到的力量,迈出一箭步,向她抢将起来。

海伦吓得变了脸;她尖叫一声从他身边躲开了。父亲的性格在他身上表现出来。皮埃尔感到狂暴的乐趣和魅力。他把石板扔出去,摔得粉碎,张开两只臂膀向海伦走过去,大喝一声:"给我滚!"

一星期后,皮埃尔把占他家产大半的全部大俄罗斯田产的管理权全交给了妻子,孤身一人到彼得堡去了。

七

童山接到关于奥斯特利茨战役和安德烈公爵阵亡的消息已经两个月了,虽然通过使馆写信询问和多方查访,可公爵的尸首仍没找到,在俘虏中也没有他。最使亲属难过的是,他仍旧有可能被当地居民从战场上抬走,也许现在他正流落在举目无亲的地方,一个人在养伤或者将要死去,没法传递自己的消息。老公爵最初是从报纸上知道奥斯特利茨战败的消息的,而报上照例写得简短并且模糊,不过说俄军在打了几个辉煌战役后应该撤退,撤退时秩序井然。老公爵从这个官方消息中知道我们打败了。在报载奥斯特利茨会战消息的一星期后,接到了库图佐夫的来信,信中通知公爵关于他儿子的遭遇。

"我亲眼看见您的儿子,"库图佐夫写道,"手擎军旗在团队前头英勇地倒下了,他没有辜负自己的父亲和自己的祖国。我和全军全感到遗憾的是,到现在还不知他是否活着。有一点是使我和您都感到宽慰的,就是您的儿子可能还活着,要不是这样的话,在我从军使接到阵亡军官名单中,一定会有他的名字的。"

老公爵接到这个消息时已经是夜晚了,当时书房里只有他一个人。第二天早上他像平日一样出去散步;可他同管家、花匠和建筑师一言不发,虽然他满脸怒气,可他对任何人都没有说什么。

玛丽亚公爵小姐在固定的时间到他那儿去了,他正在车床上做活儿,像平常一样,他没有回头看她。

"啊!玛丽亚公爵小姐!"他突然声音不自然地说,扔下凿子。

玛丽亚公爵小姐走到他跟前,看见他的脸色,她的心一下子沉下去了。她的眼睛模糊了。父亲的脸色不是忧伤,不是悲痛,而是气势汹汹。

"爸爸!是安德烈吗?"公爵小姐说,她那难以形容的悲哀和忘我精神,使父亲受不了她的目光,抽泣了一声,转过身去。

"接到消息了。在俘虏名单中没有,在阵亡名单中没有。库图佐夫来信说,"他尖叫一声,似乎想用这声尖叫赶走公爵小姐,"打死了!"

公爵小姐脸色苍白。她忘记了对父亲的畏惧,走到他面前抓住他的手,拉过来搂着他那干瘦、多筋的脖颈。

"爸爸"她说。"不要避开我,让咱们俩一起痛哭吧。"

"这些坏蛋,下流胚!"老头喊道,把脸避开她。"把军队毁了,把人也毁了!为的什么?去,去,去告诉丽莎。"

公爵小姐颓然地倒在父亲身旁的扶手椅里,哭起来。她现在似乎看见哥哥跟她和丽莎告别时,他那又温柔又高傲的神情。她仿佛看见了他温顺地、嘲笑地把小圣像戴到自己身上的情景。"他信不信?他会后悔他不信神吗?他此刻在那儿呢?那永远安息和幸福的地方吗?"她想。

"爸爸,把经过告诉我,"她含着眼泪问。

"去吧,去吧;在会战中阵亡了,那一仗毁掉了俄罗斯最优秀的军人,毁掉了俄罗斯的光荣。去吧,玛丽亚公爵小姐。去告诉丽莎。我就来。"

玛丽亚公爵小姐从父亲那儿回来,这时小公爵夫人正在做针线活儿,她抬头看了看玛丽亚公爵小姐,她有一种只有孕妇才有的与众不同的眼神,那是一种内在的、幸福而安详的眼神。很明显,她的眼睛没有看见玛丽亚公爵小姐,而是看自己身体的内部,那里正在形成一种幸福的神秘的东西。

"玛丽(是玛丽亚的法语称谓),"她说,从刺绣架旁挪开,往后靠着,"把你的手给我。"她拿起公爵小姐的手,按在自己的肚子上。

她的眼睛有所期待地微笑着。

玛丽亚公爵小姐在她跟前跪着,把脸埋到嫂嫂的衣褶里。

"你听,你听,——听见了吧?我觉得真奇怪。你可知道,玛丽,我会很爱他的,"丽莎说,眼睛发出幸福的光彩望着小姑。玛丽亚公爵小姐抬不起头来:她哭了。

"你怎么了,玛莎(玛丽亚的小名)?"

"没什么……我心里难过……为安德烈难过,"她说,在嫂嫂的膝盖上擦着泪。整个早上,玛丽亚公爵小姐好几次要让嫂嫂思想上有所准备,而每一次都哭起来。

小公爵夫人不知道为什么,虽然她不善于察言观色,仍然使她惶恐不安。她没有说什么,但她张皇四顾,似乎在寻找什么。午饭前,老公爵走进她的房间,她是一向怕他的,现在他的脸色十分不安,怒气冲冲地,一言不发就走了。她望了望玛丽亚公爵小姐,然后沉思起来,正像孕妇常有的那样,眼睛的神情是在注意自己的体内,她突然哭了。

"接到安德烈的消息了?"她说。

"没有,你知道,还不可能传来消息,可是爸爸心里不安,我也担心害怕。"

"那么说没事儿?"

"没事儿,"玛丽亚公爵小姐说,她那放光的眼睛沉着地望着嫂嫂。她决定不告诉她接到的可怕的消息。

八

"我的好朋友",三月十九日早上,早饭后,小公爵夫人说,她那毛茸茸的嘴唇仍照平常的习惯翘着;可是,这个家里自从接到噩耗后,不但微笑,并且所有的说话声音,甚至脚步声,都表示着悲哀,小公爵夫人的微笑也是这样,虽然她不明白其中的原因,可是受到普遍情绪的影响,她的微笑更叫人想到共同的悲哀。

"今天我可能不想吃饭。"

"你怎么了,亲爱的? 你的脸色苍白。啊哟,你的脸白极了,"玛丽亚公爵小姐一边惶恐地说,一边迈着笨重而轻柔的脚步跑到她跟前。

"小姐,要不要去叫玛丽亚·波格丹诺夫娜?"身边一个女仆说。(玛丽亚·波格丹诺夫娜是县城里的接生婆,她已经来童山一个多星期了。)

"可不是,"玛丽亚公爵小姐表示赞同,"也许,是真的。我就去。不要怕,我的天使! 她亲吻丽莎,就要从房里出去了。

"唉,不要,不要!"小公爵夫人脸色苍白,并且对不可避免的肉体痛苦露出孩子式的畏惧神情。

"不,是胃不舒服,……丽莎,你就说,是胃不好"于是小公爵夫人哭了,拧着自己的小手。公爵小姐走出去叫玛丽亚·波格丹诺夫娜。

"我的天啊! 我的天!"她听见小公爵夫人在她后面喊叫。

接生婆早已迎面走来了,她搓着白胖的小手,脸上露出沉着的自负神情。

"玛丽亚·波格丹诺夫娜! 似乎是快了,"玛丽亚公爵小姐说,惶恐地睁大两眼望着老太婆。

"是么,谢天谢地,公爵小姐,"玛丽亚·波格丹诺夫娜没有加快脚步,说,"你们当姑娘的,不该知道这种事。"

"医生怎么还不来啊?"公爵小姐说。(按照丽莎和安德烈公爵的意思,临产的时候到莫斯科请一位产科医生,现在大家正时时刻刻等候他。

"没啥,公爵小姐,您放心,"玛丽亚·波格丹诺夫娜说,"没有医生一切也会弄好的。"

五分钟后,公爵小姐从自己房里听见人们抬笨重的东西。她探头看了看:餐厅仆人把安德烈公爵书房里的皮沙发搬到卧室里,不知做什么用。

玛丽亚公爵小姐一个人坐在房里,用心听着家里的动静,有时有人走过,就开门看看走廊里发生了什么事。有几个女人蹑手蹑脚来回走动,转脸看看公爵小姐,又转脸避开她。她不敢打听,关上门,回到自己房里,她时而在扶手椅里坐下,时而拿起《祈祷书》,时而在神龛前面跪下。使她感到难过和惊讶的是,祈祷并不能使她安静。她的房门忽然轻轻地打开了,门槛上出现了她的老乳娘普拉斯科维亚·萨维什娜,因为老公爵的禁令,她差不多从不踏进她的门。

"玛申卡(玛丽亚的小名和爱称),我是来跟你一块儿坐一会儿的,"乳娘说,"你看,我把公爵结婚的蜡烛拿来供在圣徒面前,我的天使,"她叹了口气,说。

"啊,你来了,我真兴奋,乳娘。"

"上帝是仁慈的,亲爱的。"乳娘在神龛前点上几支涂着金粉的蜡烛,然后坐在门旁织袜子。玛丽亚公爵小姐拿起书来读。只有听到脚步声和说话声时,公爵小姐才不安地,疑惑地看看乳娘,同时乳娘也令人安心地看看公爵小姐。家中每个角落,每个人都满怀着公爵小姐在自己卧室里所感受的那种情绪。依照迷信的说法,知道产妇痛苦的人越少,她受的痛苦就越少,因此大家都竭力装作不知道;谁也不提这件事,但是在每个人的脸上,都无法掩盖。

女仆的大房间里听不见笑声。仆人的房里所有的人全都鸦雀无声,坐在那里准备着。家奴的住处点着松明和蜡烛,全没有睡觉。老公爵跷着脚尖,脚后跟着地,在书房里走来走去,打发吉洪去问玛丽亚·波格丹诺夫娜:怎么样了?

"你只说公爵叫你问问:怎么样了?随后告诉我她是怎么说的。"

"你去回公爵:开始分娩了,"玛丽亚·波格丹诺夫娜看了看来者,说。吉洪回去禀告了公爵。

"好的",公爵说着就把门关上,吉洪再没有听见书房里一点声音。过了一会儿,吉洪假装照管蜡烛,走进书房里。发现公爵躺在沙发上睡着了。

这是一个三月的夜晚,冬天似乎还要逞威,狂怒地撒着大雪,掀起了风暴。为了迎接随时都可能从莫斯科到来的德国医生,已经派了备用的马匹到大路上等候,在转向坎坷不平和雪水交融的乡间的小道路口,派有提着灯笼的骑者为来人引路。

玛丽亚公爵小姐早已放下书本:她默默地坐着,一对光亮的眼睛审视着乳娘那张布满皱纹、最细微的特点都是她所熟悉的面孔:头巾下面露出一绺白发,下巴颏垂着小袋形的松肉。

乳娘萨维什娜织着袜子,低声地说,"上帝是慈悲的,根本不需要医生"。

突然,一阵狂风吹开了窗子。

"公爵小姐,我的妈呀,大路上有人来了!"她说,用手扶着窗框,没有关窗。"打着灯笼呢;肯定是医生……"

"哎呀,我的天! 多谢上帝!"玛丽亚公爵小姐说。"得去迎接他,他不会俄语。"

玛丽亚公爵小姐披上披肩,朝来人跑去。当她穿过前厅时,从窗口看见大门口停着一辆马车,灯火通明。她向楼梯口走去。这时玛丽亚公爵小姐觉得有一个熟悉的声音在说话。

"多谢上帝!"那个声音说。"爸爸呢?"

"休息了,"早已站在下面的管家杰米扬的声音回答说。

随后那个声音又说了句什么,杰米扬答了一句,于是厚毡靴的脚步声沿着看不见的楼梯转弯更快地走近了。"这是安德烈!"玛丽亚公爵小姐想道。"不,这不可能,如果是真的,那就太不平常了,"她想道,她正在这样想的时候,在仆人举着蜡烛站在那里的楼梯平台上,出现了安德烈公爵的面孔和身影,他穿着翻领皮外套,身上撒满了雪。不错,这是他,可脸色苍白、瘦削,并且神情也变了:特别地柔和,然而心神不定。他走上楼梯,把妹妹抱在怀里。

"你们没接到我的信吗?"他问,他不等回答,并且也不会得到回答的,因为公爵小姐说不出话来——不等回答就同跟在他后面的产科医生(他是在最后一站遇见他的)仍旧快步上了楼,他又拥抱了妹妹。

"真奇怪的命运!"他说,"玛莎,亲爱的!"他脱掉外套和靴子,就到公爵夫人的房间去了。

九

小公爵夫人歪在枕头上,戴着小白帽(阵痛刚过去)。安德烈公爵走进房来,在她睡的沙发末端停了下来,小公爵夫人一对发亮的眼睛望着他,没有改变表情,依旧流露着孩子般的恐惧和不安。"我爱你们所有的人,我对谁都没做过坏事,干吗叫我受苦?救救我,"她的表情似乎在说。她看见了丈夫,可是她不清楚他这时在她面前出现是什么意思。安德烈公爵绕过沙发,吻了吻她的额头。

"我的心肝,"他说,他从未这样叫过他。"上帝是慈悲的……"她用疑问的、孩子般责备的目光看了看他。

"我等待你来救我,但是什么也没有,什么也没有,连你也是这样!"她的眼睛这样表示。她对他的到来并不感到吃惊。她不知道他是刚到的。他的到来对她的痛苦和减轻痛苦毫无关系。阵痛又开始了,玛丽亚·波格丹诺夫娜劝安德烈公爵离开房间。

产科医生进到屋里。安德烈公爵走了出来,他看见公爵小姐,又走到她跟前。他们低声谈起来,谈话时时停顿。他们等待着,谛听着。

"你去吧,我的朋友"玛丽亚公爵小姐说。安德烈公爵又到妻子那里,在隔壁房间坐下等着。一个面带惶恐神情的女人从她房里出来,一见安德烈公爵就惊慌得不知所措。安德烈公爵两手蒙着脸,就这样坐着。难以忍受的肉体疼痛的惨叫,从门缝里传来。安德烈公爵站起来,走过去想开门。有人握紧门柄不放。

"不行,不行!"一个吃惊的声音在门里说。——他开始在房里来回踱步。喊声停止了,又过了几秒钟。隔壁房间忽然传出一声凄厉的惨叫。安德烈公爵跑到门口,喊声停止了,传来小儿的啼叫声。

"为什么把孩子抱到那儿?"安德烈公爵头一两秒钟这么想。"孩子?什么孩子?……那儿怎么会有孩子?也许这孩子降生了吧?"

当他突然明白过来时,泪水使他感到窒息,他两肘支在窗台上,像孩子似的哭起来。门开了,医生从房里走出来,他没有穿常礼服,挽着袖子,脸色苍白,下巴颤动着。安德烈公爵向他转过身去,可是医生不知所措地望了望他,一句话没说,就走过去了。一个女人跑出来,她一见安德烈公爵,犹豫地停下来。他走进妻子的房间。她死了,仍旧像五分钟前他看她的时候那样躺着,仍然是那么一副表情。

"我爱你们所有的人,对谁也没有做过坏事,你们为什么这样对待我啊?唉,你们怎么这样对待我啊?"她那秀丽的、可怜的僵冷面孔似乎这么说。

又过了两个小时,安德烈公爵悄悄地走进书房去见父亲。老头已经什么都知道了。他站在门口,门刚一敞开,老头就静静地用他那干瘪、僵硬的胳膊像钳子似的搂着儿子的脖颈,像孩子似的痛哭起来。

三天后，小公爵夫人安葬了，安德烈公爵走上停棺木的阶梯向她告别。棺木里那张脸依旧是那样，虽然紧闭着双眼。"唉，你们怎么这样对待我啊?"那张脸总是这么说。安德烈公爵觉得，他心里仿佛失去了一件东西，他感到内疚，那是他无法挽回也忘不了的内疚。他哭不出来。老头也来吻她那只平静地高高放在另一个乳房上的蜡黄的小手，她的脸也似乎在对他说:"唉，你们怎么这样对待我啊?"老头一见这张脸，就愤愤地转过身去。

又过了五天，尼古拉·安德烈伊奇小公爵受洗礼。乳娘用下巴压着包布，同时神父用一支鹅毛向孩子又红又皱的小手心和小脚板上涂油。

祖父当教父，他颤抖地捧着婴儿，生怕掉下来，绕着疤癞流星的白铁圣水盆走了一圈，把婴儿递给教母玛丽亚公爵小姐。安德烈公爵在另一间房里坐着等圣礼结束，他怕把孩子淹死，吓得连大气都不敢出。保姆把婴儿抱出来，他兴奋地看了看他。

十

罗斯托夫参加多洛霍夫和别祖霍夫决斗的事件，由于老伯爵的努力，最终私下了结了。罗斯托夫不但没有像他预料的受到降职处分，相反调任莫斯科总督的副官。因此他无法随着家人到乡下去，一个夏天都留在莫斯科的新任所。多洛霍夫恢复了，在他养伤期间，罗斯托夫跟他的交情更深了。多洛霍夫是在母亲身边卧床养伤的。老太太玛丽亚·伊万诺夫娜为了罗斯托夫和费佳(费奥多尔的小名)友好，十分喜欢他，她经常对他谈起自己的儿子。

"可不是，伯爵，在现今咱们这个腐化堕落的社会里，他是太高尚太纯洁了，"她时常说。"好的德行，没有人喜欢，人人都把它看作眼中刺。"老太太认为，多洛霍夫是一个高尚、纯洁的人。

而多洛霍夫在养伤期间对罗斯托夫却说了根本令人意想不到的话。

"别人都认为我是坏人，我知道，"他说，"不管它。除了我所爱的人，我对谁都不买账。对我所爱的人，我愿意为他卖命，而对其他的人，倘若他挡住我的道儿，我就一脚踢开。我有一个值得崇拜的母亲、两三个朋友，你是其中的一个，说到别人，就只看他对我是有益还是有害了。几乎所有的人都是有害的，尤其是女人。真的，亲爱的，"他说下去，"我曾遇见过仁慈、高尚、侠肠义骨的男人，但是我还没有遇见过不能用金钱收买的女人，不管她是伯爵夫人还是厨娘。我还没有遇见过我在女人身上寻求的那种纯洁无瑕、忠贞不渝的品质。如果我找到了这样的女人，我愿意为她牺牲性命。但是这些娘儿们！……"他做了个鄙夷的手势。"你相信不相信，倘若说我还珍视生命的话，我珍视它仅仅是因为我还希望能够找到使我再生、净化、升华的天仙般的人物。但是你对这不了解。"

"不，我很了解，"罗斯托夫回答说，他受到了这位新朋友的感化。

秋天，罗斯托夫家回到莫斯科。入冬，杰尼索夫也回来了，就住在罗斯托夫家里。尼古拉把许多年轻人带到双亲家里。薇拉是年仅二十的美丽姑娘；十六岁的索尼娅是一朵鲜花；娜塔莎处于大姑娘和少女之间，有时像孩子般的可爱，有时又像少女般的迷人。

在罗斯托夫带来的年轻人中，多洛霍夫是头一批中的一个，家里的人全喜欢他，只有娜塔莎例外。因为多洛霍夫，她差点跟哥哥吵起来。她坚持认为他是坏人，对他和别祖霍夫的决斗，皮埃尔是对的，多洛霍夫不对，就他讨人嫌，矫揉造作。

"我没什么要了解的！"娜塔莎任性地喊道，"他太凶狠，没有感情。我甚至喜欢你的杰尼索夫，别看他酗酒，什么都干，但是我还是喜欢他，因此我是了解他的。我不知怎么对你说好，他一举一动都是别有用心的，我就是讨厌这个。杰尼索夫……"

"杰尼索夫是另一回事了，"尼古拉回答说，他那口气使人感到，跟多洛霍夫比起来，杰尼索夫简直无足轻重，"要了解，这个多洛霍夫有一个多么高尚的灵魂，要看看他怎样对待他的母亲，那是一颗多么了不起的心灵啊！"。

"这个我不知道，总之我和他在一块感到不舒服。你可知道，他爱上索尼娅了？"

"你胡说什么……"

"不信，你等着瞧吧。"

娜塔莎的预言实现了。不爱和妇女交往的多洛霍夫，开始时常到罗斯托夫家里来，他为谁而来，这个问题很快就得出答案：他是为索尼娅而来。而索尼娅虽然从来不敢提这件事，但她心里明白，每当她看见多洛霍夫，脸就红得厉害。

多洛霍夫经常在罗斯托夫家里吃便餐。从来不放过有罗斯托夫家在场的戏剧演出，经常参加在约格尔家举行的青年舞会，罗斯托夫家人是这舞会的常客。他的注意力主要集中在索尼娅身上，他看她时，他那目光使她不能不脸红，就连老伯爵夫人和娜塔莎看见他那目光也脸红了。

显然，这个刚毅、怪僻的男人，被这个肤色稍黑、举止文雅、正在爱着另一个男人的姑娘的不可抗拒的魅力征服了。

罗斯托夫察觉到多洛霍夫和索尼娅之间有一种新的关系。"她们总是不停地闹恋爱,"他这样想象索尼娅和娜塔莎。可是,他和索尼娅跟多洛霍夫在一起已经不像以前那么自然了。于是他更少在家里待了。

自1806年秋天开始,又不断地议论要和拿破仑打仗,并且比去年谈得更加热烈。不但规定每千人要征调十名新兵,并且还要征调九名民兵。到处都在诅咒该死的波拿巴,罗斯托夫全家只关心一件事,那就是尼古卢什卡说什么也不愿留在莫斯科,只等过了节,杰尼索夫假期一满,就跟他一块儿回团里去。即将到来的远行,不但没有影响他寻欢作乐,相反更促使他玩了个痛快。多数时间他都是在外面度过,赴宴会、晚会、舞会。

十一

圣诞节后的第三天,尼古拉在家吃饭,这是他最近少有的事。这是一次正式的饯行宴会:他和杰尼索夫再过十天就要回团队去了。宴会上有二十多个人。多洛霍夫和杰尼索夫也在其中。

在罗斯托夫家里,从来不像这些节日期间如此强烈地令人感到爱情的空气,恋爱的气氛。"抓住幸福的时刻,去爱别人和让别人爱自己吧!"家中充满了这种气氛。

尼古拉很忙,筵席快要开始时才回到家里,他看出索尼娅、多洛霍夫等人特别激动。

"尼古连卡,你到约格尔那儿去吗?你去吧,我求求你,"娜塔莎对他说,"他特别邀请你,瓦西里·德米特里奇(杰尼索夫)也去。"

"伯爵小姐发出命令,我哪敢不去!"杰尼索夫说,他在罗斯托夫家里开玩笑地充当娜塔莎的骑士,"我准备跳披巾舞。"

"我没有时间!我早已答应阿尔哈罗夫了,他们那儿有晚会,"尼古拉说。

"你呢……"他问多洛霍夫。话刚出口,他就看出不必这样问。

"嗯,也许……"多洛霍夫冷淡并且不快活地回答说,向索尼娅看了一眼,紧皱着眉头,又向尼古拉一瞥,那目光就像在俱乐部筵席上看皮埃尔时的目光一样。

"肯定出了什么事,"尼古拉想道,饭后多洛霍夫立刻就走了,这更证实了他的想法。他叫娜塔莎,问问是怎么回事。

"我正在找你呢,"娜塔莎跑到他跟前说。"我说的你总是不相信,"她洋洋自得地说,"他向索尼娅求婚来着。"

尽管这一阵子尼古拉极少把索尼娅放在心上,但是他一听到这个,仍然觉得若有所失。对于没有陪嫁的孤女索尼娅来说,多洛霍夫是个合适、并且在某些方面是个出色的配偶。从老伯爵夫人和上流社会的观点看来,是不该拒绝他的。因此,尼古拉听到后第一个反应是对索尼娅的怨恨。他准备说:"好极了,那就忘掉童年的承诺,接受求婚好了。"可是没等他这样说……

"真想不到! 她拒绝了,完全拒绝了!"娜塔莎说。"她说。'她爱另外一个人。'"

"是啊,我的索尼娅不可能有别的做法!"尼古拉想道。

"不论妈妈怎样劝她,她就是不答应,我就知道,她倘若说了,就不会改变……"

"妈妈还劝她!"尼古拉责备地说。

"是的,"娜塔莎说。"你可知道,尼古连卡,你别生气,但是我知道你不会娶她的。天知道我为什么会知道,但是我的确知道你不会娶她。"

"得了,这种事你不会知道的,"尼古拉说,"但是我得跟她谈谈。这个索尼娅真可爱!"他微微含笑加了一句。

"她就是可爱! 我去叫她来找你。"娜塔莎吻了吻哥哥,跑着走开了。

一会儿索尼娅进来了,她神色慌张,带着歉疚的样子。尼古拉到她跟前吻了吻她的手。这是他回家后头一次两人面对面单独地倾诉爱情。

"索菲(索尼娅的法语称谓),"他说,开始有点胆怯,后来就越来越大胆了。"倘若你准备拒绝一个不但出类拔萃,并且对你有好处的配偶,并且他一表人才,品德高尚……他是我的朋友……"

索尼娅打断他的话。

"我已经拒绝了,"她赶忙说。

"倘若你是为我而拒绝,那我怕我……"

索尼娅又打断他的话。她用祈求的、惊恐的目光看了看他。

"尼古拉,别跟我说这个,"她说。

"不,我应当说。这也许是我自大,但是最好还是说。倘若您是为我而拒绝,那么我应该向您说明真实情况。我爱您我以为胜过爱其他一切的人……"

"我已经满足了,"索尼娅一下子面红耳赤,说。

"不,虽然我恋爱过一千次,以后还要恋爱,可是,我对您的这种感情:友谊、信任、爱情,对任何人都没有过。另外,我还年轻。妈妈不希望我订婚。干脆说吧,我不做任何许诺。所以我请求您还是考虑多洛霍夫的求婚吧,"他说。

战争与和平

图文珍藏版

"别对我说这些了。我什么都不需要。我爱您,把您当作哥哥,我永远爱您,别的什么我都不需要。"

"您是天使,我配不上您,我怕对不起您。"尼古拉又一次吻了吻她的手。

十二

约格尔的舞会是莫斯科最愉快的舞会。

娜塔莎从进入舞会那一刻起,就陷入恋爱状态。她不是爱上某一个特定的人,而是爱所有的人。不管她看见什么人,在她看他的那一刹那,她就爱上他一刹那。

"啊,真好啊!"她不停地跑到索尼娅跟前这么说。

尼古拉和杰尼索夫在大厅里走来走去,带着长辈的神情环顾跳舞的人们。

"她真是可爱,将来肯定是个美人,"杰尼索夫说。

"谁呀?"

"娜塔莎伯爵小姐嘛,"杰尼索夫回答说。

"她跳得真好,舞姿真是优美!"停了一会,他又说。

"你是说谁呀?"

"是说你妹妹嘛,"杰尼索夫气愤地嚷了一声。

罗斯托夫笑了。

大家跳起了新流行的玛祖卡舞曲,娜塔莎和约格尔跳得很神气。一曲结束。

尼古拉知道杰尼索夫的玛祖卡舞跳得很棒。他跑到娜塔莎那里:

"你去邀请杰尼索夫吧。他跳得才叫好呢! 美妙绝伦"他说。

又轮到娜塔莎邀请舞伴的时候,她站起来,她那双带花结的浅口小鞋快速地挪动,她独自一人怯生生地穿过舞厅,向杰尼索夫坐的角落跑过去。她看见所有的人都把目光投向她,都在等待着。尼古拉看见杰尼索夫和娜塔莎微笑着在争论,杰尼索夫在推让,可是兴奋地笑着,他跑过去。

"请,瓦西里·德米特里奇,"娜塔莎说,"咱们跳一圈,请吧。"

"您怎么啦,伯爵小姐,饶了我吧,"杰尼索夫说。

"得了,得了,瓦夏,"尼古拉说。

"简直像劝小猫似的,"杰尼索夫开玩笑说。

"找一天我给您唱一个晚上,"娜塔莎说。

"小仙女,爱要我怎么就怎么吧!"杰尼索夫说。

杰尼索夫果然跳得极棒,娜塔莎被迷住了,结束时甚至忘了向他还礼。

"这是怎么啦?"她说。

虽然约格尔不承认这是真正的玛祖卡舞,可是大家都惊叹杰尼索夫的技巧,纷纷前来邀请他。杰尼索夫跳完玛祖卡舞以后满脸通红,用手绢擦着汗,在娜塔莎身旁坐下,整个舞会再没有离开她。

十三

那次舞会以后,一连两天罗斯托夫没有看见多洛霍夫,他没有到罗斯托夫家里去,罗斯托夫在他家里没有找到他。第三天罗斯托夫接到他一封短信。

"由于您已知的原因、我不愿前往贵府,并且我就要归队,因此今晚特约友好数人,设宴话别,请即来英吉利饭店一晤。"

罗斯托夫按时到达。马上被领到多洛霍夫包租的房间。大约有二十人聚在桌子周围,多洛霍夫坐在两支蜡烛之间。桌上摆着金币和纸币,多洛霍夫在做庄散牌。在索尼娅拒绝他的求婚后,尼古拉还没有和他见过面,他一想到他们见面的情景,心中就禁不住有些惶惑不安。

罗斯托夫一在门口出现,多洛霍夫就向他投来又亮又冷的目光,看样子他早就在等待他了。

"好久不见,"他说,"谢谢你光临。我这就散完牌,一会儿伊柳什卡带着歌唱队也要来。"

"我到你家去了,"罗斯托夫红着脸说。

多洛霍夫没有回答。

"你可以下注,"他说。

罗斯托夫这时想起他和多洛霍夫一次奇特的谈话:"只有笨蛋才靠运气赌博,"多洛霍夫曾这样说。

"也许你怕跟我赌钱吧?"多洛霍夫说道,笑了笑,脸上带着残酷的神情。

罗斯托夫感到不大自在;他在寻思,但想不出打趣的话来回敬多洛霍夫。可是,当他正在想的时候,多洛霍夫直盯着罗斯托夫的脸,慢吞吞、一字一板、让大家都能听得见地对他说:

"你还记得咱们曾谈过赌博的事⋯⋯笨蛋赌博靠运气,赌博要有非常把握,我尤是要这样试试。"

"是碰碰运气,还是试试把握?"罗斯托夫想了想。

"你最好不要玩,"他加了一句,他把洗好的牌往桌上一拍,又说:"下注,诸位!"

多洛霍夫把钱往前一推,准备分牌。罗斯托夫在他身旁坐下,起初他没赌。多洛霍夫老瞅他。

罗斯托夫本不想赌,可是后来却输红了眼,他输掉了四万三千卢布。罗斯托夫简直都快发疯了。

多洛霍夫冷笑着说:"这叫'情场得意,赌场失意'我知道,你表妹爱上你了。"

十四

罗斯托夫回家后,觉得事情很可怕了。

家里的人还没睡。罗斯托夫家的年轻人从剧院回来,吃过晚饭,都聚在古钢琴周围。尼古拉一走进大厅,一团爱情的气氛就包围了他。索尼娅和娜塔莎穿着去剧院的那身天蓝色的连衣裙,她们都是那么美,并且她们也知道自己的美丽,微微含笑站在古钢琴旁边。薇拉和申申在客厅里下棋。老伯爵夫人跟一个住在他们家里的贵族老太太在摆牌阵,等待着儿子和丈夫。杰尼索夫两眼发光,头发直立,伸出一只腿坐在古钢琴旁,他那短粗的指头敲着琴键,奏出和弦,他转动着眼睛,用尖细沙哑、然而准确的声音唱着他写的诗歌:《仙女》,他在试图为它配乐。

> 仙女啊,告诉我:
> 是什么力量,
> 使我又弹起久别的琴弦,
> 你在我心中点燃的火焰,
> 多么耀眼,
> 你在我指上倾注的喜悦,
> 无穷无尽!……

他的歌声热情奔放,黑眼睛光闪闪地望着吃惊的、感到幸福的娜塔莎。

"美妙极了! 好极了!"娜塔莎喊道。"再来一段,"她说,没有看到尼古拉进来。

"他们老是这么一套,"尼古拉一面想,一面探身望望客厅,他看见薇拉和一个老太太陪伴着母亲。

"啊! 尼古连卡来了!"娜塔莎向他跑过去。

"爸爸在家吗?"他问

"你来了,我真兴奋!"娜塔莎说,没有回答他。"我们愉快极了!瓦西里·德米特里奇为我多住一天,你知道吗?"

"爸爸还没回来,"索尼娅说。

"科科(尼古拉的爱称),你回来了,到我这儿来,亲爱的,"客厅里传来母亲的声音。尼古拉来到母亲跟前,吻吻她的手,默默地靠近她的桌子坐下。从大厅里不时传来笑声和劝娜塔莎唱歌的说笑声。

"得了,得了,"杰尼索夫喊道,"现在再没的可说的了,该您唱意大利威尼斯的船歌了,我求求您。"

老伯爵夫人转脸看了看沉默不语的尼古拉。

"出什么事啦?"母亲问尼古拉。

"咳,没什么,"他答道,"爸爸快回来了吧?"

"大概快了。"

"他们总是这么一套。他们什么都不明白!我到哪儿待一会才好?"尼古拉想,他又回到放古钢琴的大厅里。

索尼娅坐在琴旁,正在弹杰尼索夫十分喜爱的一首船歌的前奏。娜塔莎准备唱。杰尼索夫两眼充满欣喜的光芒望着她。

尼古拉在室内走来走去。

"为何逼她唱!她能唱个什么?这一点也不令人兴奋,"尼古拉想。

索尼娅弹完了前奏的第一个和弦。

"我的天啊,我毁了,我是一个丢尽脸的人。唯一的出路是对准脑门子来一颗子弹,而不是唱歌,"他想。"躲开吗?但是躲到哪儿去呢?反正一样,让他们唱吧!"

尼古拉愁眉苦脸,不停地在室内走来走去,时时瞅瞅杰尼索夫和姑娘们,可是逢开他们的目光。

"尼古连卡,你怎么啦?"索尼娅看着他,她的目光仿佛这样问。她即刻就看出他有什么心事。

尼古拉背转身去。娜塔莎很敏感,也一下就看出了哥哥的神态。她尽管看出了,但她自己此刻是如此愉快,什么悲哀、忧伤、内疚,都和她不相干,她故意欺骗自己"不,我此刻太愉快了,不能由于同情别人的悲哀而破坏自己的欢乐。"她有一个感觉,于是对自己说:"不,或许是我弄错了,他应当跟我同样愉快。"

"喂,索尼娅,"她说着就向大厅中间走去,她认为那里的共鸣最好。娜塔莎像舞蹈家似的,抬起头,两手放松地垂下来,她先用脚跟着地,接着踮起脚尖,走到屋子中间停住了。

"瞧,我就是这个样儿!"她在回答杰尼索夫那双追随着她的目光,仿佛这么说。

"她兴奋什么啊!"尼古拉瞧着妹妹想。"她怎么不觉得无聊,不嫌丢人!"娜塔莎唱出了第一个音符,她放开嗓子,挺起胸脯,目光严肃起来。

娜塔莎这年冬天头一次认真地唱起歌来,特别是因为杰尼索夫喜欢她唱。她现在唱起来已经不像一个孩子了。但她唱得还不好,听过她歌唱的专门鉴赏家都这么说。"缺乏训练,可是嗓子十分好,应该训练训练,"大家都这么说。不过人们都是在她唱完以后过了很久才这么说的。实际上,大家都沉浸在其中了。

"这是怎么回事?"尼古拉听到她的歌声,眼睛睁得大大地在想。"她怎么了?她今天唱得这么好啊?"他想。

罗斯托夫也不禁沉浸在里面了。

十五

罗斯托夫好长时间没有像今天这样享受音乐的乐趣了。可是娜塔莎一唱完船歌,现实又压上心头。他一言未发,就下楼回到自己的房间。一刻钟后,老伯爵兴高采烈、心满意足地从俱乐部回来了。尼古拉听见他进门的声音,就去见他。

"怎么样,玩得痛快吧?"伊利亚·安德烈伊奇说,他对儿子满心欢喜地、高傲地微笑着。尼古拉想说"是的",可说不出口,他差点哭了。伯爵在点烟斗,没有注意儿子的神情。

"唉,免不了的事!'尼古拉想。忽然,他对父亲说了,他那口气随随便便,连他自己都觉得恶心。

"爸,我有事要跟您商量一下,我几乎忘了。我要用钱。"

"啊,是吗!"父亲的兴致好极了。"我对你说过的嘛,你不够用的。需要很多吗?"

"很多,"尼古拉红着脸、毫不在意地微笑着说,他对自己这种愚蠢的微笑,后来过了很久都不能原谅。"我输了一点钱,就是说,输了很多,四万三千卢布。"

"什么?输给谁的?……你开玩笑!"伯爵大喊一声,突然他的脖子和颈背全红了。

"我答应人家明天还账,"尼古拉说。

"是吗!……"老伯爵摊开双手,无力地坐到沙发上。

"有什么办法！谁都会碰到这种事，"儿子放肆地说，而他内心却认为自己是个无赖和坏蛋，一辈子也赎不回自己的罪。他本想跪下来吻父亲的手求饶，可是他居然用满不在乎、甚至粗鲁的口气说谁都会碰到这种事。

伊利亚·安德烈伊奇伯爵听了儿子的话，垂下眼来，慌乱地找什么东西。

"是啊，是啊，"他喃喃地说，"很难，凑足这笔钱，我怕很难……谁都会碰到！是的，谁都会碰到……"伯爵向儿子瞥了一眼，就从屋里走出去了……尼古拉本来打算接受训斥，但没想到事情会是这样。

"爸爸！爸……爸！"他在父亲后面哭着喊道，"原谅我！"他抓起父亲的手放到自己的嘴唇上，大哭起来。

父子之间正进行这场谈话的时候，母女那边也发生了一场重要的谈话。神情激动的娜塔莎跑到母亲面前。

"妈妈！……妈妈！……他向我提出了……"

"提出了什么？"

"提出，提出了婚约，妈妈！妈妈！"她大声说。

伯爵夫人不相信自己的耳朵。杰尼索夫求婚，向谁求婚？向这个不久前还在玩布娃娃、而现在还在学功课的小姑娘求婚？

"娜塔莎，算了吧，别胡闹啦！"她仍然认为这不过是开玩笑。

"看您说的，胡闹！我是跟您说正经的，"娜塔莎急了。"我是来问您该怎么办，可您说'胡闹'……"

伯爵夫人耸耸肩膀。

"杰尼索夫先生如果真的向你求婚的话，那你就对他说，他是个大笨蛋，不就得了。"

"不，他不是笨蛋，"娜塔莎委屈地、认真地说。

"那么你想怎么样呢？你们现今总在闹恋爱。既然爱上了他，那就嫁给他吧，"伯爵夫人生气地笑着说，"上帝保佑你们！"

"不，妈妈，我没有爱上他，可能没有爱上。"

"既然是这样，那就这样对他说。"

"妈妈，您生气啦？您别生气，亲爱的，我可没什么过错啊？"

"哪里，亲爱的，气什么？倘若你愿意，我去对他说，"伯爵夫人微笑着说。

"不，我自己说，您告诉我怎么说就行了。您倒是挺轻松的，"她微笑着回答母亲。"您倘若看见他向我提亲的情景就好了！我知道他是不愿意提的，他是在不经意中说出来的。"

"那仍旧应该谢绝啊。"

"不,不必。我太可怜他了!他是个好人!"

"那你就接受他的求婚。并且你也该出嫁了,"母亲生气地讥讽地说。

"不,妈妈,我很可怜他,我不知道我该如何说。"

"不用你说,我去说,"伯爵夫人对于竟然把小小的娜塔莎当成大人,感到愤慨。

"不,绝对不行,我自己来,您站在门外听,"于是,娜塔莎穿过客厅向大厅跑去,杰尼索夫仍旧坐在古钢琴旁边的椅子上,两手捂着脸。他一听见她那轻快的脚步声,就一跃而起。

"娜塔莉,"他快步迎上前去,说,"我的命运就请您决定吧,它握在您的手里!"

"瓦西里·德米特里奇,您真叫我心疼啊!……不,您是个好人……但是不必……这样……我永远会爱您的。"

杰尼索夫向她伸出一只手,弯下身去,于是她听到一种奇特的、她所不理解的声音。她吻了吻他那黑发蓬乱的头。正在这时,伯爵夫人走到了他跟前。

"瓦西里·德米特里奇,我感谢您的赏光,"伯爵夫人的声音有点不自然,可杰尼索夫觉得很严厉,"但是,小女还年轻,我觉得,您是我儿子的朋友,应当先对我说。那我就不必向您谢绝了。"

"伯爵夫人……"杰尼索夫耷拉下眼皮,露出歉疚的样子,想说话,但是又说不出来。

娜塔莎看见他副可怜的样子,心情难以安静,大声地抽泣起来。

"伯爵夫人,我对不起您,"他时断时续说,"但是您知道,我非常崇敬您的女儿和您全家,付出两次生命都在所不惜……"他看了看伯爵夫人,看出她表情严峻……"再见,伯爵夫人,"他说,吻了吻她的手,没有瞧娜塔莎一眼,就迈开坚定的步子急匆匆地走了出去。

第二天,罗斯托夫送走了连一天也不愿在莫斯科多待的杰尼索夫。

杰尼索夫走后,罗斯托夫因为等候老伯爵一时难以凑足的款子,又在莫斯科住了两星期,没有出门,多数时间待在姑娘们的房里。

索尼娅对他比先前更温柔、更钟情了。看来她是想向他表示,他的输钱是一件英勇行为,因此她更爱他了。但是尼古拉现在却以为自己配不上她。

他在姑娘们的纪念册上写满了诗和乐谱,在最终还清了四万三千卢布,收到多洛霍夫的收条以后,没有同任何熟人告别,就于十一月底动身前去追赶已经驻波兰的团队了。

第五部

一

　　皮埃尔和妻子闹翻以后,就动身前去彼得堡。走到托尔若克,驿站没有备换的马,或许是驿站长不愿意给。皮埃尔只好等着。他穿着衣服躺在圆桌旁的沙发上,把穿着厚毡靴的大脚伸到圆桌上,沉思起来。

　　"箱子要拿进来吗?要铺床吗?要茶吗?"仆人问。

　　皮埃尔没有回答,他现在是什么也听不见,什么也看不见。他在前一站就在想问题,现在仍在想,他想的那些问题十分重要,以致他对周围发生的一切都不放在心上。他不但对于是早些还是迟些到达彼得堡,或者对于他在这个驿站能否得到休息的地方漠不关心,并且比起他的现在徘徊在心头的思想:在这个驿站是待几个小时还是待上一辈子,对他都是无所谓的。

　　驿站长、站长妻子、仆人、卖托尔若克刺绣的农妇,都进来要为他服务。皮埃尔没有改变两腿跷到桌上的姿势,从眼镜上方看着他们,不明白他们要什么,不理解他们不解决他所想的那些问题,怎么能活下去。但是,自从那天在索科尔尼克松林决斗回来以后,那些问题就在他的心头存在着,使他度过了一个痛苦的不眠之夜;而现在,在孤独的旅途中,这些问题更加强有力地占据着他。不管他想什么,总要回到那些他不能解决也不能停止向自己提出的问题。仿佛他的头脑中有一颗维持他整个生命的螺丝钉拧坏了。它既拧不进也拔不出,总是在同一个刻槽里悬空打转,并且想让它停止旋转也不可能。

　　驿站长进来了,他恭敬地请求大人稍候两小时,然后一定给大人换几匹快马。驿站长很明显是在撒谎,只不过是想向旅客多讨几个钱罢了。"这是好还是坏?"皮埃尔问自己。"对于我是好,对于别的旅客就是坏,对于他本人,是不得已的事,因为他不名一文:他说,为了这,一个军官鞭打过他。军官鞭打他因为他要忙着赶路。我射击多洛霍夫,是因为我受了侮辱。路易十六被处死,是因为人家把他当成罪人,一年以后,处死他的人被钉死了,也是因为某种原因。什么是善?什么是恶?

应当爱什么,恨什么? 为什么活着,我这个人是什么? 什么是生,什么是死? 主宰一切的是什么力量?"他问自己。对这些问题,他连一个也得不到解答,只有一个解答。这个解答是:"死了,什么都完了。死了,一切都揭晓了,或者说,就停止追问了。"可是死也是可怕的。

托尔若克的女贩子尖声叫卖她的货物。"我有几百卢布没处放,而她穿着破皮袄站在那儿胆怯地望着我,"皮埃尔在想。"要这些钱有什么用? 这些钱真的可以给她增加一点幸福和精神的慰藉吗? 难道世上没有什么东西可以使她和我少受点苦难和死亡吗? 死,一切都归于完结,不是今天就是明天就要降临的死,比起永恒来,只不过是瞬间的经历罢了。"

他的仆人递给他一本只剩了一半的书——苏扎夫人的书信体小说。他开始读起来。

他内心和他周围的一切,他都觉得混乱,毫无意义,令人恶心。但在对周围的一切的极端厌恶中,皮埃尔却发现一种极富刺激性的乐趣。

"恭请大人让点地方给他老人家,"驿站长进来说,他引进一位由于没有备换的马而不得不停留的旅客。这位旅客是一个矮个子的老头,他骨架宽大,肤色发黄,满脸皱纹,灰白的长眉毛垂罩着炯炯发光、不可捉摸的浅灰色的眼睛。

皮埃尔把腿从桌上移开,站起来,睡到为他铺好的床上,不时地瞧瞧进来的人,而这个人神情忧郁。满脸倦容,不看皮埃尔,仆人帮助他费劲地脱衣裳。脱剩一件黄粗布面的破旧皮袄和一双穿在骨瘦如柴的腿上的毡靴,这位旅客坐到沙发上,头靠到沙发背上，向别祖霍夫瞅了一眼。他那严肃、聪明、洞察一切的目光使皮埃尔吃惊不小。他想同这位旅客搭话，但当他正想向他问问路途情况的时候，旅客早已闭上眼睛一动不动地坐在那里，叠起两只满是皱纹的手，一个手指上戴着生铁的大戒指，上面雕有骷髅头。皮埃尔觉得他在安详地思考着什么。旅客的仆人也是满脸皱纹、肤色发黄的小老头，他没有胡须。这个动作敏捷的老仆人打开旅行食品箱，拿出茶具摆在桌上，端来滚开的茶水。一切准备就绪以后，旅客睁开眼，挨近桌子坐过去，给自己倒了一杯茶，然后给无须的小老头也倒了一杯递给他。皮埃尔有点不安，觉得有必要跟这位旅客聊一聊。

仆人喝完茶，问他还要什么。

"不要了，把书给我，"旅客说。仆人把书递给他，他埋头读起来，皮埃尔看见那是一本宗教书。旅客忽然把书推到一边，夹上书签，合了起来，又闭上了眼睛，臂肘靠着沙发背，照原先的姿势坐着。皮埃尔望着他，刚想转过脸去，老头睁开眼睛直盯着皮埃尔的脸。

皮埃尔感到很不自在，想避开这个目光，但是老头光亮的眼睛把他吸引住了。

二

"倘若我没有弄错的话，我是荣幸地和别祖霍夫伯爵说话，"这位旅客沉着地大声说。皮埃尔不说话，带着疑问的神情从眼镜上方望着对方。

"我听说过您，"旅客接着说，"听说过先生遭遇的不幸。""先生，我对那件事很感遗憾。"

皮埃尔脸红了，赶忙从床上放下腿，向老头弯下身，露出羞怯的微笑。

"我向您说起这件事不是因为好奇，先生，而是因为更重要的原因。"他沉默了一会儿，目光始终看着皮埃尔，他在沙发上移动了一下，让皮埃尔坐到他身旁。皮埃尔觉得同这个老头谈话很别扭，但他不自觉地顺从了他，走过去坐到他身边。

"您是不幸的，先生，"他接着说。"您年轻，我老了。我愿意尽力帮助您。"

"是的，是的"皮埃尔不自然地微笑着，说。"十分感谢您……请问您打哪儿来?"旅客的面孔不和蔼，但此人对皮埃尔却有一种不可抗拒的吸引力。

"不过，倘若由于某种原因，您觉得和我谈话不快乐，"老头说，"那么您就明说，先生。"他突然出人意料地露出温厚长者的笑容。

"哪里，哪里，完全不是，相反，和您认识，我十分兴奋，"他又瞅了一眼新相识者的手，挨近细瞅一下戒指。他看见戒指上的骷髅头——共济会的标志。

"请问,您是共济会员吗?"他说。

"是的,我是共济会员,"旅客说,"我代表个人和共济会的会友们向您伸出兄弟般的手。"

"我恐怕,"皮埃尔微笑着说,他犹豫不决,"我怕我难以理解,怎么说呢,我怕我对世界的看法和您正相反,我们互不了解。"

"关于您的看法,我是了解的,"共济会员说,"您所说的您那个看法,您以为是您的思维劳动的产物,其实是错误的。请原谅,先生,如果我不知道您的看法,我就不会同您谈了。您的看法是可悲的迷惑。"

"也正如我认为您陷入迷惑一样,"皮埃尔露出一丝笑意,说。

"我从来不敢夸口说我知道真理,"共济会员说。

"我应当对您说,我不信,不……信上帝,"皮埃尔遗憾地、费力地说。

共济会员留心地看了看皮埃尔,笑了笑,就像一个拥有百万财产的富翁笑一个穷得连五个卢布(能使他幸福的五个卢布)都没有的穷人似的。

"是的,您不知道真理,先生,"共济会员说。"您不可能知道他。正由于您不知道他,您才不幸。"

"是的,是的,我不幸,"皮埃尔承认,"但是我怎么办呢?"

"正因为您不知道他,先生,您才非常不幸。您不知道他,但是他就在这儿,就在我心中,他就在我的言谈中,他也在你心中。"共济会员说,声音发抖并且严厉。

他沉吟片刻,喘了口气,看来他是在极力镇静下来。

"倘若他不存在的话,"他低声说,"咱们就不会谈论他了,先生。咱们是在谈什么?谈谁?您否定的是谁?"他说,他的声音突然流露出热烈而权威的调子。"如果他不存在,是谁把他空想出来的?为什么你会有这个假定:有这么一个不可理解的存在?为什么你和全世界都假定有这个不可思议的存在,具有万能、永恒、无限等品格的存在?……"他停住了,沉默了很久。

皮埃尔无法也不愿打破这沉默。

"他是存在的,可是却很难理解,"共济会员又说,倘若他是人,你怀疑他的存在,那么我可以把这个人领到你面前让你看。可是,像我这么一个凡夫俗子怎么能把他那一切全能、永恒、至善的品格拿给一个盲目的人看呢?"他沉默片刻。"你是什么人?你算什么?"他露出阴沉的轻蔑的冷笑,说,"而你比小孩还愚蠢。认识上帝是困难的。世世代代,我们就为这个认识而做工作,但离我们的目的还无限的遥远;可是我们在不理解他中只看见我们的弱点和他的伟大……"

皮埃尔听他讲话,大气儿不出,发光的眼睛盯着共济会员的脸,不插嘴,也不发问,完全相信这个陌生人对他说的话。

"上帝不是靠智力所能理解的,而是要在生活中理解,"共济会员说。

"我不明白,"皮埃尔说,他害怕地感觉到他心中又产生了怀疑。他害怕对方的论据有不明确和不足的地方,他担心对他不信任。"我不明白,"他说,"人的智力为什么不能达到您所说的那种认识。"

共济会员露出了微笑。

"只有把内心洗净,我们才能理解至高无上的智慧和真理。"

"对,对,是这样!"皮埃尔兴奋地说。

"最高的智慧只能建立在自我修养的基础上,为达到此目的,我们灵魂中必须有上帝的光,即所谓的良心。"共济会员说。

"对,对"皮埃尔表示同意。

"用精神的眼睛看看自己的内心吧,请扪心自问您满意不满意您自己吧。您只靠智力得到了什么?您算什么?您年轻,您有钱,您聪明,您受过教育,先生。您利用这一切做过什么?您满意自己和自己的生活吗?"

"不,我恨自己的生活,"皮埃尔皱着眉头说。

"既然如此,你就应该设法做点什么。"说完,他就呼唤仆人。

"马怎么样了?"他没看皮埃尔,问道。

"替换的马来了,"仆人回答说。"您不休息一会吗?"

"不啦,吩咐套车。"

"他没有把话说完,也没有答应帮助我,难道就这样丢下我一个人就走了吗?"皮埃尔想道。他站起来,低着头,在屋里走来走去。"是的,我没有想到这一点,我过的是荒淫无耻的生活。"皮埃尔想道,"这个人知道真理,倘若他愿意的话,他能向我说明这个真理。"皮埃尔想对共济会员说这话,但是不敢。最后,共济会员转过身来,客气地对别祖霍夫说:

"您现在去哪儿,先生?"

"我?……我去彼得堡,"皮埃尔吞吞吐吐地说。"我感谢您,完全同意您。请您教导我……"

共济会员沉思了很久,显然是在思考什么。

"只有上帝才能给予帮助,"他说,"我们共济会只能在可能范围内给您以帮助,先生。您到彼得堡,把这个交给维拉尔斯基伯爵。请让我给您一个忠告。到了首都后,先隐居一些日子,检查自己,不要再走先前的生活道路。现在祝您一路平安,先生。"他看见仆人进来,说,"祝您成功……"

皮埃尔从驿站登记簿上得知,这位旅客是奥西普·阿列克谢耶维奇·巴兹杰耶夫,最有名望的共济会员。共济会是一个神秘宗教组织。他走后,皮埃尔久久没有入睡,他想了很多,他下定决心要加强自己的道德修养,帮助他人。

三

皮埃尔到了彼得堡,没让任何人知道他,也不到任何地方去,整天读一本托马斯·肯庇斯的书。一星期后的一天晚上,波兰伯爵维拉尔斯基,走进了他的房间,此人板着面孔,郑重其事,他随手关上门,弄清楚屋里除皮埃尔外没有旁人时,才开始对他说话。

"我负有委托和建议前来见您,伯爵,"他站着说。"本会有一位地位很高的人申请提前接受您入会,并要我做您的保证人。我认为这是一件神圣的义务。您愿意在我的保证下加入共济会吗?"

"是的,我愿意,"皮埃尔说。

维拉尔斯基点了一下头。

"还有一个问题,伯爵,"他说,"请您诚恳地回答我:您是不是已经放弃了以前的见解而相信上帝?"

皮埃皮沉吟了一下。

"是……是的,我相信上帝,"他说。

"这么说来……"维拉尔斯基刚开口,皮埃尔打断了他。

"是的,我相信上帝,"他又说了一遍。

"这么说来,咱们可以走了,"维拉尔斯基说,"您可以坐我的马车。"

维拉尔斯基一路上一言不发。

他们进入分会大院的大门,通过昏暗的楼梯,走进发着亮光的小前室,脱掉皮外衣。他们从这里又走进另一间屋。一个身穿奇怪服装的人在门口出现了。维拉尔斯基向他走过去,低声对他说了几句话,然后走到一个立柜跟前,皮埃尔看见柜子里有他从未见过的衣裳。维拉尔斯基从柜子里取出一条手绢蒙上皮埃尔的眼睛,在他脑后打了个结子,然后,维拉尔斯基拉他弯下腰,吻了吻他,搀起他的手,领着他继续走。皮埃尔感到结子扯得头发生疼,疼得他皱起了眉头。他垂着双手,微微含笑,跟着维拉尔斯基往前走。

维拉尔斯基领他走了十来步,停住了。

"不管发生什么事,"他说,"您必须要勇敢地忍受着,倘若您下定决心要入我们的会的话。"维拉尔斯基走了。

剩下皮埃尔一个人,他仍旧微笑着。有两次他耸耸肩膀,抬手摸摸手绢,想拿掉它,但是又把手放下了。蒙着眼睛的时间总共不过五分钟,但他觉得似乎过了一小时。他双手发胀,两腿发软;他感觉累了。他体验着最复杂多样的感情。他害怕将要发生的事,更害怕会露出恐惧的样子。这时门上发出几声巨响。皮埃尔取下手绢,环顾四周。屋里漆黑漆黑的:只有一个地方有一件白色的东西,里面点着油灯。皮埃尔走近一看,一张黑色桌子上放着一盏油灯和一本打开的书。书是《福音书》;盛着油灯的白色东西是一个带窟窿和牙齿的人头骷髅。门打开了,进来一个人。

灯光虽然微弱,皮埃尔仍然能够看得见,进来的是个矮个子。迈着小心谨慎的步子走到桌前,把一双戴着皮手套的手放到桌上。

"您来这儿是为了什么?"进来的人向皮埃尔问道。"您这个不信光的真理和看不见光的人,来这儿的目的是什么? 您想向我们要什么? 想要至高的智慧、德行、教导吗?"

在门打开和进来人的时刻,皮埃尔体验着敬畏的心情。皮埃尔屏着呼吸,怀着跳动的心,向训导师走过去。皮埃尔走得更近一点,认出训导师原来是一个名叫斯莫利亚尼诺夫的熟人,他感到受了侮辱:这个进来的人不过是一个会员和有德行的传教士而已。皮埃尔半天说不出话来,训导师不得不把问题再问一遍。

"是的,我……我……要新生,"皮埃尔费力地说出来。

"好的,"斯莫利亚尼诺夫说,立刻又接着说:"您对于我们圣会有没有认识?……"训导师安静而快速地说。

"我……希望……指导……帮助我……新生,"皮埃尔说,由于激动很吃力地说。

"您对'共济'是怎样理解的?"

"我理解,'共济'就是有德行的人们的友爱和平等"皮埃尔说,"我理解……"

"好了,"训导师赶忙说,看来他对回答十分满意。"您有没有在宗教中寻求达到您的目的的方法?"

"没有,我认为宗教是虚假的,所以没求它,"皮埃尔声音极低,训导师听不清,又问他说什么。皮埃尔回答说:"我不信神。"

"您寻求真理,是为了在生活中遵循真理的法则,因而您就寻求智慧和德行,是这样吗?"训导师停了一会儿,说。

"是的,是的,"皮埃尔表示同意。

训导师清了清嗓子,把双手交叉在胸前,开始讲话。

"现在我要向您宣讲本会的主旨,"他说。

皮埃尔对训导师所讲的三个目的中的最后一个——改善人类,特别感兴趣。后来,训导师又给皮埃尔讲了七条美德。这七条美德是:1)谦虚,保守本会的秘密,2)服从本会最高地位的人,3)品行端正,4)爱人类,5)勇敢,6)慷慨,7)爱死亡。

"第七条,"训导师说,"要时刻记着死亡,努力做到使自己觉得死亡不再是可怕的敌人,而是朋友……它能把因修德而疲倦的灵魂从灾难的现世生活中拯救出来,把它引入幸福和安宁的境界。"

"是啊,应当是这样的,"皮埃尔想。训导师说了这些话后离开了,让他一个人思考一下。"应当是这样的,但是我太软弱了,还不能爱自己的生活,我现在才刚刚了解一点生活的意义。"

训导师回来后,问皮埃尔,他的志愿是不是仍旧坚定不移,对他要求的一切,他是不是下定决心施行。

"一切都照办,"皮埃尔说。

"倘若您下了决心,我就要引导您了,"训导师一面向皮埃尔走去,一面说。

"为了表示慷慨,请您把所有值钱的东西都给我。"

"我身上什么也没有,"皮埃尔说,他以为叫他交出一切财产。

"您随身带的东西:表、钱、戒指……"

皮埃尔连忙拿出钱包、表,从肥胖的手指上脱结婚戒指,脱了好大一会儿。随后,共济会员说:

"为了表示服从,请您把衣服脱下来。"

"最后,我请您向我坦白您的主要嗜好,"他说。

"我的嗜好!,我的嗜好以前很多,"皮埃尔说。

"最能使您在修行的道路上发生动摇的嗜好,"共济会员说。

皮埃尔静静地思索了一会儿。

"酗酒?大吃大喝?游手好闲?懒惰?暴躁?愤恨?女人?"他想着自己的恶行,在心中估量它们,不知道哪一个占优势。

"女人,"皮埃尔用刚能听见的声音说。共济会员听了这个回答一动不动,也没有说什么。最后,他走到皮埃尔面前,拿起桌上的手绢,又蒙上了皮埃尔的眼睛。

"您要经常注意自己,约束自己的感情,不是在情欲上,而是在内心寻求幸福……幸福的泉源不是在外面,而是在我们内心……"

皮埃尔已经在内心感到这个清新的幸福源泉,现在他内心充满了喜悦和激情。

四

不大一会儿，来暗室见皮埃尔的，已经不是先前那个训导师，而是保证人维拉尔斯基，皮埃尔是由声音听出来的。又问他意志是否坚定，皮埃尔回答说：

"是的，是的，我同意，"他敞着肥胖的胸脯，含着微笑，一只脚穿便鞋、另一只脚穿靴子，迈着不稳并且胆怯的步子，迎着维拉尔斯基对着他那裸露的胸膛指着的利剑走去。

又经过一些仪式，皮埃尔参加了共济会的会议，皮埃尔正式被接受为共济会会员。

皮埃尔回家后，他觉得他似乎经历了几十年的长途旅行似的，他彻底变了，告别了过去的生活方式和习惯。

五

皮埃尔入会的第二天，坐在家里读书，在心中设想重新生活的计划。昨天在共济会里他被告知，决斗事件，已经奏明皇上，皮埃尔及时离开彼得堡是明智的。皮埃尔想到南方他的庄园去，在那儿为自己的农奴做点事。他正满心兴奋地思考这件事的时候，瓦西里公爵突然走进了他的房间。

"亲爱的，你在莫斯科干的好事啊？你为什么和海伦闹翻，亲爱的？你糊涂了，"瓦西里公爵走进来，就说，："我都知道了，我可以肯定地对你说，海伦是无辜的。"

皮埃尔想回答他，可他打断了他：

"为什么你不直接找我，谈一谈？我都知道，全明白，"他说，"你太性急了，我们先不谈这个。有一点你得记住，在整个社会甚至在朝廷中，你把我们父女置于何等地步。"他压低声音，又补充说。"她住在莫斯科，你在这儿，记住，亲爱的，"他往下捅捅他的胳膊，"这不过是一个误会，咱们俩立刻写封信，她就会到这儿来，把一切都解释清楚。要不这样的话，我告诉你，你一定会尝到苦头的，亲爱的。"

瓦西里公爵看着皮埃尔。

"我们得知，皇太后对这件事很关心。你知道，她是很宠爱海伦的。"

皮埃尔有好几次想说话，可是，一方面，瓦西里公爵不让他说，另一方面，皮埃尔担心自己一开口，就会用坚决拒绝和不同意的口气回答他的岳父。此外，共济会的会章说:"要殷勤和蔼",他记起了这个。他皱着眉,红着脸,站起来又坐下。

"喂,亲爱的,"瓦西里公爵说,"你只需说个'是',我就代你给她写信,那么我们就可以庆贺一下了。"没等瓦西里公爵把玩笑话说完,皮埃尔脸上现出狂怒的表情,不看对方的脸,低声说:

"公爵,我没叫您来,请走吧,走吧!"他一跃而起,给他打开门。"快走,"他又说,几乎不相信自己会这样,同时看到瓦西里公爵露出狼狈和惊吓的样子又感到兴奋。

"你怎么啦?你病啦?"

"您走吧!"瓦西里公爵没得到皮埃尔的任何表白,只好离开了。

一星期后,皮埃尔向新结交的共济会友人们辞行,给他们留下了一大笔捐款后,就到自己的田庄去了。他的新会友交给他几封给基辅和敖德萨地方共济会的信,并答应和他通信,在他的新事业中帮助他。

六

皮埃尔和多洛霍夫的事件私下了结了,虽然当时皇上严禁决斗,但决斗的双方及其副手都没有受到处分。然而因决斗引起皮埃尔和妻子分居的事,却传遍了整个社交界。在皮埃尔作为私生子的时候,人们都用宽厚和维护的眼光对待他;当他曾是俄罗斯帝国最理想的未婚夫的时候,人们亲近他,赞美他;在他结婚以后,待嫁闺中的女儿及其母亲,对他已经没希望的时候,皮埃尔在社交界的身价就一落千丈了,何况他不会也不愿讨好社交界。现在人们把所发生的事都归罪他一个人,说他吃醋,是无理取闹,说他像他父亲一样发作了残忍狂。皮埃尔走后,海伦回到彼得堡,所有认识她的人,不但欢迎她,并且对她表示出几分敬意。当提到她丈夫时,海伦做出庄严的表情。这种表情是说,她已经下定决心毫无怨言地忍受她的不幸,她的丈夫是上帝赐给她的十字架。瓦西里公爵则更当众表示了自己的意见。当人们提起皮埃尔的时候,他耸耸肩,指指额头,说:

"这个人精神不正常,我一直就这么说"

"我早就说过,"安娜·帕夫洛夫娜议论起皮埃尔,说,"当时我比谁都说得早,他是一个狂妄的、被现代的堕落思想腐化了的青年人。还在大家都赞赏他的时候,在他刚从国外回来,你们还记得吧,那天晚上他在我这儿装得像马拉似的时候,我就说过这话。结果怎么样呢?当时我就不同意这门亲事,而且预言将会发生的一切。"

1806 年底,安娜·帕夫洛夫娜家里又举行了一次晚会。前来赴晚会的都是所谓的上流社会的精华。其中有迷人的、不幸被丈夫遗弃的海伦,莫特马尔,刚从维也纳回来的可爱的伊波利特公爵,两位外交官,姑母,一位被认为品格高尚的年轻人,一位新上任的女官和她的母亲,以及其他几个不太著名的人物。

安娜·帕夫洛夫娜在这次晚会上献给客人的时新人物是鲍里斯·德鲁别茨科伊,他以信使身份才从普鲁士军队回来,现在正在一位非常重要人物手下当副官。

在这次晚会上,大家认为:不管欧洲的国王和统帅们怎样想方设法纵容波拿巴给我们制造不快乐和麻烦,但是我们对波拿巴的态度是不会改变的,我们对这个问题是不会掩饰我们的想法的,我们对普鲁士国王和其他国王只能说:"那样对你们更坏。这就叫自作自受。"作为献给客人的时新人物鲍里斯进入客厅的时候,来宾已经到齐了,安娜·帕夫洛夫娜引导的谈话,正在谈论我们和奥地利的外交关系,以及和它结盟的可能性。

鲍里斯身穿漂亮的副官制服,体格健壮,英气勃发,面孔红润,他潇洒自如地走进客厅,照例先去问候姑母,然后再回到客人中间。

安娜·帕夫洛夫娜把她那干瘦的手递给他亲吻,给他介绍几个他不认识的人,而且低声把每个人形容一番。

鲍里斯在这段服务期间,由于安娜·米哈伊洛夫娜奔走周旋,还因为他本人的兴趣,以及他独有的审慎性格,已经爬上最有利的地位。他在一位十分重要的人物手下当副官,负有重要使命到普鲁士,现在以信使身份刚从那里回来。他已经学会了怎样拉拢人。因为他发现了这个道理,他全部的生活方式,他和所有旧相识的关系,他对前途的所有计划,彻底改变了,他不富裕,可是他把所有的钱都用在使自己穿得比别人阔绰;他宁愿放弃许多娱乐,也不愿坐一辆寒酸的马车外出。不愿穿旧制服在彼得堡街上露面。他只同那些地位比他高因而对他有用的人接近和结识。想起罗斯托夫家以及他对娜塔莎的童年爱情,使他不快活,自从到军队后,他一次也没去罗斯托夫家。他认为进入安娜·帕夫洛夫娜的客厅,在他的前程上是重要的一步,他现在立刻就明白了要他扮演的角色。他注意观察每张脸,估计同他们每个人的接近可能有什么好处和机会。他在给他指定的美丽的海伦的身旁坐下,细听大家的谈话。

不大一会过后,安娜·帕夫洛夫娜谈起普鲁士国王的刚毅和果断,为的是要引鲍里斯加入谈话。

鲍里斯仔细听每个人谈话,等着轮到他来讲,可在这之间,他已经好几次回头看到他身旁的美人海伦,她也好几次微微含笑用眼神迎接美貌的青年副官的视线。

很自然地谈到普鲁士的情况,安娜·帕夫洛夫娜请鲍里斯谈谈他在格洛高的旅行以及他所见到的普鲁士军队的情况。鲍里斯沉着冷静,讲了很多很多军队和宫廷有趣的细节。鲍里斯把大家的注意力都吸引住了,于是安娜·帕夫洛夫娜觉得,她用这个时新人物款待客人受到了一致的欢迎。海伦特别注意鲍里斯的讲述。她好几次向他问起他旅行中的一些细节,她好像对普军的情况特别关心。他刚一说完,她就带着微笑,向他转过身来。

"您一定要去看我,"她对他说,"星期二,八九点钟,我将十分兴奋。"

鲍里斯答应了她,正想同她谈话,安娜·帕夫洛夫娜借口姑母要听听他说的,把他叫走了。

"您认识她的丈夫吗?"安娜·帕夫洛夫娜闭着眼睛,做出忧郁的样子指着海伦说:"唉! 这是一个不幸的女人啊! 当着她的面,请您别提她的丈夫,别提。她太难过了!"

七

谈话声彻夜不停,话题多半是政界新闻。

在整个谈话过程中,鲍里斯谨慎地微笑着,显得既自信又潇洒。

当大家起身要走的时候,整个晚上不大说话的海伦又向鲍里斯发出了邀请和亲切的意味深长的命令,请他星期二到她那儿去。

"这对我很必要,"她微微含笑回顾安娜·帕夫洛夫娜,说,安娜·帕夫洛夫娜也含着微笑,支持海伦的邀请。好像那天晚上鲍里斯在谈普鲁士军队时说了某句话,海伦突然从其中发现有见他的必要。她似乎答应星期二他到她那里的时候,她将向他说明为什么有这个必要。

鲍里斯星期二晚上来到海伦富丽堂皇的客厅,并没有得到他非来不可的确切说明。有别的几位客人在场,伯爵夫人极少同他谈话,只是在他吻她的手道别时,她反常地面无笑容,突然悄悄地对他说:

"明天来吃饭……晚上。您一定来……请来吧。"

鲍里斯此次回彼得堡,成了别祖霍娃伯爵夫人家中的密友。

八

战火蔓延起来,战场逐渐靠近俄国边境。到处可以听见咒骂人类公敌波拿巴的声音;在乡村征集民兵和新兵,从前线传来彼此矛盾的消息,照例都是谣传,因此众说纷纭。

1805年以来,老博尔孔斯基公爵、安德烈公爵和玛丽亚公爵小姐的生活有了极大的变化。

1806年老公爵被任命担任当时俄国八个后备军总司令中的一个。老公爵尽管年迈体衰,尤其是自从他认为儿子阵亡的那个时期,更显得衰老了,但他认为他无权拒绝皇上亲自委任的职务,重操旧业使他精神大振,身体强壮起来。他常常在他负责的三个省份巡视;他执行任务特别仔细,对下属严厉到残酷的程度,并且凡事必亲自过问。玛丽亚公爵小姐不再跟父亲学数学,只有当他在家的时候,每天早上由保姆陪着,带着尼古拉小公爵(祖父这样叫他)到父亲书房走一趟。尼古拉小公爵和乳母以及保姆萨维什娜,住在去世的公爵大人的房间里,玛丽亚公爵小姐多数时间都是在育婴室度过的,尽力负起小侄儿的母亲的责任。布里安小姐看来也很疼爱这个小孩,玛丽亚公爵小姐常常克己地让她的女友分享看管小天使(她这样叫小侄儿)和同他玩耍的乐趣。

在童山教堂的圣坛旁边,小公爵夫人墓地上方,有一座小礼拜堂,里面有一块从意大利运来的大理石纪念碑,上面雕着一个展翅欲飞的天使。天使的上唇有点翘,仿佛想笑似的。有一次,安德烈公爵和玛丽亚公爵小姐从小礼拜堂走出来,两个人都承认,真奇怪,这个天使的脸使他们想起死者的脸,可是更奇怪的是(对于这一点安德烈公爵未对妹妹说起),安德烈公爵觉得雕像中有种和亡妻脸上同样的温和的责备的神情。"唉,你们怎么这样对待我啊?……"

安德烈公爵回来不久,老公爵就把离童山四十俄里的一大片庄园分给儿子。一是因为童山连着悲痛的回忆,再者因为安德烈公爵有时受不了父亲的脾气,还因为他需要有一个平静独处的环境,安德烈公爵在博古恰罗沃村兴建房屋,大部分时间都在那里度过。

自从奥斯特利茨战役后,安德烈公爵下决心永远不再服役;战争开始了,所有的人都必须服役。他为了避免当现役军人,就在父亲手下担任招募新兵的职务。1805年战役后,老公爵和儿子似乎换过来了。老公爵做起工作来努力振奋,他希望这次战役一切顺利;安德烈公爵却相反,他没有参加战争,内心暗自为他只看到不好的一面而感到遗憾。

1807年2月26日,老公爵到管辖区视察去了,在父亲外出期间,安德烈公爵大部分时间留在童山。小尼古卢什卡已经病了四天了。送老公爵的车夫从城里回来,给安德烈公爵带来了公文和信件。

"大人，彼得鲁沙带来了公文，"一个女仆对安德烈公爵说，他正坐在小椅子上，皱着眉，颤抖着手，从玻璃杯里往一个盛着一半水的酒盅里滴药。

"什么事？"他生气地说，一个不小心，手一哆嗦，多倒了一些药水。他把酒盅里的药水泼到地上，又要水。女仆把水递给他。

"亲爱的，"站在小床旁边的玛丽亚公爵小姐对哥哥说，"最好是等一下……以后……"

"哎呀，得啦，你尽说废话，老说等等，你看等到什么时候，"安德烈公爵凶狠地低声说，他显然想刺激妹妹。

"亲爱的，真的，最好别弄醒他，他睡着了，"公爵小姐用恳求的声音说。

安德烈公爵站起来，拿着酒盅踮起脚尖走到小床跟前。

"真的不要弄醒他吗？"他犹豫地说。

"随你的便——真的……我想……随便你，"玛丽亚公爵小姐说，因为她的意见占了上风，她反倒有点胆怯和害羞似的。她向哥哥指了指低声叫他的女仆。

他们俩看护发烧的小孩已经两夜没睡了。这两昼夜，时而用这样药，时而用那样药，他们不相信家庭医生，正在等候到城里去请的医生。他们因为睡眠不足而弄得筋疲力尽，并且担惊受怕，相互把自己的痛苦推给对方，互相埋怨和争吵。

"彼得鲁沙带来老爷的公文，"女仆小声说。安德烈公爵走出去。

"那么怎么啦！"他接过公文封套和父亲的信，愤愤地说了一句又回育婴室去了。

"怎么样？"安德烈公爵问。

"还是那个样，看在上帝分上，等一下吧。卡尔·伊万内奇经常说，睡眠比什么都宝贵，"玛丽亚公爵小姐叹了口气，低声说。安德烈公爵走到婴儿跟前，摸摸他的额头。他仍在发烧。

"您和您的卡尔·伊万内奇都见鬼去吧！"他拿起盛着滴好药的酒盅走过来。

"安德烈，不要！"玛丽亚公爵小姐说。

但是他阴着脸看了她一眼，目光凶狠，同时又很痛苦，他拿着酒盅向婴儿弯下身来。

"但是我愿意这样"，他说。"我请你给他把这药喝下去。"

玛丽亚公爵小姐耸耸肩膀，可是驯服地接过酒盅，叫保姆来灌药。小孩哭起来，声音嘶哑。安德烈公爵皱起眉头，抱着头走了出去，到隔壁房间坐到沙发上。

信件仍旧握在他的手里。他漠然地拆开信封，开始看信。老公爵在青色的纸上用大而长的字体，写道：

"不久前由信使传来极大喜讯,但愿不是谎报。贝尼格森在普鲁士-艾劳大败波拿巴。彼得堡群情欢腾,犒赏不断送往前方。贝尼格森虽是日耳曼人,我也祝贺他。一个叫什么汉德里科夫的科尔切瓦区长官,不知在做什么:至今还没将补充人员和粮食送来,你火速骑马前往,告诉他,在七天内一切备齐,否则我要他的脑袋。我还接到彼坚卡(是彼得的小名)的信,提到他曾参加的普鲁士-艾劳战役,——果然一切属实。只要谁也不干涉他不应干涉的事,连日耳曼人也能把波拿巴打败。听说波拿巴溃不成军。记住,你立刻驰往科尔切瓦执行命令!"

安德烈公爵叹了一口气,拆开另一封信。这是比利宾的来信,两页信纸写得密密麻麻的。他把信叠上,没有看它,又把父亲的信看一遍,末尾一句话是:"立刻驰往科尔切瓦执行命令!"

"不行,对不起,现在没法去,要等小孩好了再说,"他这么想着,走到育婴室门口瞅了瞅。玛丽亚公爵小姐仍旧站在小床旁边,轻轻地摇着小孩。

"他还写些什么不快活的话了?"安德烈公爵想着父亲信的内容。"是啊,正是我不在军队服役的时候,我们打败了波拿巴。是啊,他总是嘲笑我……那就让他嘲笑吧……"他开始读比利宾的法文信。他虽然在读,但连一半也没读懂,因为他实在是心不在焉。

九

比利宾当时是以外交官的身份待在军部里,这封信是在普鲁士-艾劳战役以前写的,现在已经过时了。

他在信中写道:

自从我军在奥斯特利茨获得光辉的胜利以后,您是知道的,亲爱的公爵,我从没有离开司令部。战争的确成了我的癖好,并且为此我获得了极大的满足;三个月来的所见所闻,简直令人难以置信。

我就从头说起吧。您所知道的那个人类公敌进攻普鲁士,普鲁士是我们的忠实盟友,它在三年内只出卖过我们三次。我们庇护它。但是人类公敌根本不理会我们的花言巧语,它毫不客气地向普鲁士扑过去,竟然不给它留一点结束已经开始的检阅的时间,就把它打得落花流水,然后登上波茨坦宫殿的宝座。

"我非常希望,"普鲁士国王在给波拿巴的信中写道,"我能以使陛下最兴奋的礼仪在我的宫廷接待您，为此，我将以非常关切的心情发出一切我所能办得到的命令。啊，我真希望能达到这个目的啊！"普鲁士将军以能够在法国人面前献殷勤为荣，一有要求就缴械投降。统率一万士卒的格洛高城防司令竟然向普鲁士国王询问他应该怎么办。这一切都是百分之百地真实。一句话，我们原计划以我们的军事姿态恫吓他们，但结果我们却卷入了战争，并且是在我们的边境作战，主要的，我们为普鲁士国王打仗，但我们和他一块都枉费心机，徒劳无益。我们万事俱备，只欠一点小意思，即少一个总司令，事情是这样，倘若总司令不那么年轻，奥斯特利茨的胜利可能更有把握些，所以把八十来岁的将军们都考虑一遍，在普罗佐罗夫斯基和卡缅斯基之间选了后者。这位将军模仿苏沃洛夫的架势乘篷车来我们这里，他受到隆重的接待。

四日从彼得堡来了第一个信使。信箱拿到每事必亲自过问的元帅的办公室。我被叫去检信，把给我们的信拣出来。元帅把这件工作交给我们，他在一边看着，等着给他的信。我们找来找去，可是没有给他的信。元帅急了，他自己动起手来。他找到皇上给 T.伯爵和给 B.公爵以及给其他人的信。他气得发疯，他把信拿过去拆开，读起给别人的信来。"好哇，这样对待我。不相信我！让人监视我，好嘛！去你的吧！"于是他就给贝尼格森伯爵下了那道有名的命令。

"我受了伤，无法骑马，因此无法指挥军队。您把您的吃了败仗的军团带到普图斯克：暴露在这里，既无柴火，也无粮草，必须想法补救，您昨天既然在给布克斯格夫登伯爵的报告中认为应该退到我们的边境，那么您今天就照办吧。"

"由于长期的戎马生活，"他在给皇上的信中写道，"我被马鞍擦伤，再加上旧伤，现在我根本不能骑马和指挥这么庞大的军队了，因此我将指挥权交给职位仅次于我的将军——布克斯格夫登伯爵，并将整个参谋部及其所属一切都移交给他，我向他忠告，倘若粮食接济不上，就向普鲁士内地靠近，因为就剩一天的口粮了，据奥斯特曼师长和谢德莫列茨基师长报告，甚至有的团早已断炊。而农民全被吃光了；我临时住在奥斯特罗连卡医院以待病愈。我诚惶诚恐呈上这个报告，顺便说一句，倘若军队像现在这样再露营半个月，明春连一个健康的人都剩不下了。

"请准许我这个不能完成交付我的伟大光荣的任务而不光彩的老头告老还乡吧。我在医院恭候陛下最仁慈的批示，这样就免得我当一个文书的角色，而不是在军中当一个司令官的角色。我的免职，只不过是一个瞎子离开军队，不会引起任何的波动,像我这样的人,在俄国何止成千上万。"

元帅生皇上的气,因而惩罚我们每个人。

这是喜剧的第一幕。以后的几幕当然就越发有趣可笑了。元帅离职后,我们面对敌人,不得不打一仗。布克斯格夫登按职位是总司令,可是贝尼格森却根本不这么看,何况他带领的军团就在敌人眼皮底下,他打算趁机发动一次战役。于是他就发动了。这就是被认为伟大胜利的普图斯克战役,但是据我看,根本不是那么回事。我们文职人员,您是知道的,判断战争的胜败有一个极坏的习惯。战斗结束时谁退却谁就是打输了,根据这个道理,所以我们说,普图斯克战役是我们打了败仗。总之,战斗的结果是我们退却,可是我们却派信使到彼得堡报捷,并且贝尼格森将军不把军队的指挥权让给布克斯格夫登将军,希望从彼得堡得到总司令的称号以酬谢他的胜利。在这主帅未定期间,我们从事了一连串的极为奇特和有趣的军事运动。我们的作战方案不再是它应有的那样——回避或者进攻敌人,而是只顾回避在职位上应是我们的长官的布克斯格夫登将军。我们是拼命地追求这个目的,甚至过一条无法涉水过去的河,然后就把桥梁烧掉,为的是摆脱我们的敌人,这敌人不是波拿巴,而是布克斯格夫登。我们这种回避他的军事运动之一的结果是:布克斯格夫登将军差点受到优势敌人的进攻而当了俘虏。布克斯格夫登在追,我们在跑。他刚渡过河到了我们这边,我们又回到河那边。终于我们的敌人布克斯格夫登追上了我们,而且攻击我们。于是开始一场解释误会的谈话。两位将军都暴跳如雷,差点酿成一场两个总司令决斗的场面。可是,恰好在这千钧一发的时刻,那个到彼得堡报捷的信使回来了,带回任命我们总司令的消息,于是第一个敌人布克斯格夫登被战败了。我们现在可以思考第二个敌人波拿巴了。可是,正在这时在我们面前出现了第三个敌人——正教俄国兵,他们大声叫喊要面包、牛肉、面包干、干草、马料——什么都要!仓库是空的,道路又不通。正教兵大肆抢劫。一半人马成为散兵游勇,周围村子全遭洗劫,全遭烧杀。居民被劫一空,医院住满病人,到处是饥荒。有两次匪兵甚至攻打司令部,总司令被迫调来一营人把他们赶走。皇上准备授权各师长就地枪决匪兵,但是我非常担心,这样会造成一半军队枪毙另一半军队。

安德烈公爵开始只用眼睛读信，可是后来信中的东西，不由得越来越把他吸引住了。读到这个地方，他把信揉了揉，扔掉了。他闭上眼睛，用手擦了擦前额，似乎是为了赶走对他所读到东西的任何同情，留心听了听育婴室的动静。他突然感到门里有一种奇怪的声音。一阵恐惧向他袭来；他怕在他读信的时候小孩出了什么事。他踮起脚尖走到门前，把门推开。

他刚进去，看见保姆神色慌张地把什么东西藏起来不让他看见，玛丽亚公爵小姐已经不在小床旁边。

"亲爱的"，背后传来玛丽亚公爵小姐的、他仿佛觉得绝望的低语声。他心头不禁生起一种无缘无故的恐惧：他的头脑忽然起了一个念头——小孩死了。他所见所闻仿佛都在证实他的恐惧。

"一切都完了，"他想，额头冒出冷汗来。他恐惧地向小床走去，他以为他肯定看见小床是空的，保姆把死孩子藏了起来。他撩起帐子，他那吃惊的眼睛长久地看不见孩子。最后他看见了他：面色红润的小孩叉开胳膊腿横卧在小床上，在睡梦中咂着嘴，蠕动着小嘴唇，均匀地呼吸着。

安德烈公爵看见了孩子，放心了，他还以为他已经失去了他呢。他俯下身来，照妹妹教给他的方法，用嘴唇试试孩子是不是还发烧。娇嫩的前额是湿润的，他用手摸摸头，连头发都湿了：孩子出了许多汗。他不但没有死，现在很明显已过了危险期，他已经在康复。安德烈公爵想把这个可怜的小东西抱起来紧紧搂在怀里；他不敢这样做。他在他面前站着，看他的头和在被子下面隆起的胳膊和腿。附近响起一阵沙沙声，他觉得有个影子投到床帐下面。他没有回头，他一面看小孩的脸，一面听他均匀地呼吸。那黑影是玛丽亚公爵小姐，她迈着无声的脚步走到床前，掀起帐子，进去又把帐子放下。安德烈公爵不回头看就知道是她，把手伸给她。她握住他的手。

"他出汗了，"安德烈公爵说。

"我就是来告诉你这个的。"

孩子在睡梦中轻轻地动了动，微微地笑了笑，用前额擦了擦枕头。

安德烈公爵看了看妹妹。玛丽亚公爵小姐闪光的眼睛满含着幸福的泪水，在半明半暗的床帐里显得更明亮了。玛丽亚公爵小姐靠近哥哥，吻吻他，轻轻地碰了一下帐子。他们俩打了手势，意思是要小心，又在半明半暗的帐子里站了一会儿，似乎他们不想离开这个他们三个人与世隔绝的小天地似的。安德烈公爵第一个从小床边走开，头发被纱帐子弄乱了。"是啊，这是现在留给我的唯一的东西了，"他感叹地说。

十

皮埃尔在加入共济会之后不久,就带着他详详细细开列的在田庄应办事项条文,前往基辅省,那里有他的大部分农奴。

皮埃尔到基铺后,就把各处主管叫到总管理处,向他们说明自己的打算和希望。他说,应该立刻采取措施把农奴从依附地位彻底解放出来,到时农奴不应从事过重的劳动,不应派妇女和儿童干活儿,对农奴应当给予帮助,惩罚应是劝诫,而不应是体罚,各处田庄都应该建设医院、养老院、孤儿院和学校。有些主管听后大为惊奇。他们揣摩话的含义是,小伯爵不满意他们的管理和贪污;另一些主管在担心了一阵之后,发现皮埃尔的新名词很是有趣;还有一些主管觉得听主人讲话简直是一种娱乐;第四类主管是一些聪明人,其中就有总管,他们从这些话里明白了要怎么应付主人才能达到自己的目的。

总管对皮埃尔的打算表示极大的同情;可是他说,除了这些改革外,必须整顿情况不太好的业务。

别祖霍夫伯爵继承了巨大的财产,据说每年有五十万卢布的收入,但是比起过去他从老伯爵手里收入一万卢布时,反而觉得拮据很多。他大概知道一个总的预算。所有田庄一共向地方当局缴纳约八万卢布;莫斯科城外和城内住宅保养费和三位公爵小姐的生活费约三万卢布;付养老院和慈善机构各约一万五千卢布;付伯爵夫人的生活费十五万卢布;付债务的利息约七万卢布;这二年用在已经兴建的教堂上一万卢布;其余十万卢布连他自己也不清楚是怎样花掉的,差不多每年他都得借债。此外,每年总管在信中不是向他报告火灾,就是说歉收,再不然就是改建作坊和工厂。因此,摆在皮埃尔面前的当务之急,是他最不感兴趣和没有能力处理的事情——管理业务。

皮埃尔和总管每天都在研究业务。但是他觉得他的研究一点也没有把业务向前推进。他觉得他所研究的与实际无关,他们没有抓住实际问题,因而没有推进它。一方面,总管老是把事情说得很糟糕,他告诉皮埃尔必须偿还债务,使用农奴开始新的工作,这一点是皮埃尔无法同意的;另一方面,皮埃尔要求立刻着手解放农奴,而总管却说,必须首先偿还地方当局的债务,因此无法很快实现解放。

总管不说解放农奴是根本不可能的;为达到这个目的,他提议出售科斯特罗马省的森林,出售低洼的土地和克里木的田庄。但这些交易的手续,按总管的说法,十分复杂,既要解除禁令,又必须提出申请,等候批准,等等,弄得皮埃尔不知如何是好。只好对他说:"对,对,就这么办吧。"

皮埃尔不具备那种亲自管事的实干毅力,所以他讨厌业务,只不过是在总管面前装作处理业务。总管在伯爵面前也极力装出处理这些业务对主人非常有利,而对他本人却是个难题。

在大城市碰到一些熟人;不认识的人也急于和他结交,非常欢迎这位新到的富翁,全省最大的地主。皮埃尔在入共济会时曾经承认他的主要弱点是易受诱惑,而现在诱惑是如此强烈,以致他无力拒绝它们。皮埃尔的生活现在又像在彼得堡一样了,整天、整星期、整月地在晚会、舞会、早餐和午宴中度过,忙碌终日,不让他有一点冷静下来的工夫,他过的仍旧是先前的生活。而不是他希望过的新生活,只不过是换了一个地方罢了。

在共济会的三条宗旨中,皮埃尔承认他没有履行每个会员要成为道德生活的模范的规定;在七德中,他彻头彻尾地缺少两德:品行端正和爱死亡。他聊以自慰的是,他履行了另外一条规定——改善人类,和实现了其他两德;爱邻人,尤其是慷慨。

1807年春天,皮埃尔决定回到彼得堡。在回去的路上,他想巡视他的各个庄庄,亲自看一下他所规定的事情做得怎么样,上帝托付他而且他极力想施以恩惠的黎民百姓,目前的情况如何。

总管认为小伯爵的所有企图都是异想天开,对自己、对他本人、对农奴都没有好处,但他还是作了妥协。继续干解放农奴的事是不可能的,他吩咐在各田庄建设学校、医院、养老院、孤儿院等大建筑物;为了迎接主人,各处都做了准备,他知道皮埃尔不喜欢盛大隆重的仪式,可是宗教感恩式的,例如献圣像,献面包和盐等仪式,照他对主人的了解,只有这些东西才能打动伯爵,才能把他糊弄过去。

南方的春天,坐着维也纳轻便马车舒适飞快地奔驰,旅途的寂静,都使皮埃尔的心情快乐。那些还未到过的田庄,景色如画,一个胜过一个;他觉得各处的农奴都安居乐业,对他的恩典由衷地感激。到处都举行欢迎会,这虽然使皮埃尔感到不安,但他内心深处却是兴奋的。

但是,皮埃尔不知道,那个向他献面包和盐而且建造彼得和保罗侧祭坛的地方,是一个每到圣彼得节就逢会的村镇,这个村镇的富裕农奴早就在兴建侧祭坛了,而去见他的那些占村镇非常之九的农奴都一贫如洗。他不知道,依照他的命令不能派喂奶的妇女服徭役,而她们在自己的份地上却在做牛马般的活儿。他不知道,那个手持十字架去迎接他的神父,对农奴课以重税,剥削他们的膏脂。他不知道,按照统一图样建造房子,是由农奴出的劳动力,因而加重了农奴的徭役,减轻徭役只不过是纸上谈兵。他不知道,主管给他看的账簿上表明,按照他的意志,代役租减少了三分之一,而实际徭役租却增加了一半。因此,皮埃尔对他巡视田庄感到非常满足,完全恢复了他离开彼得堡时那种乐善好施的心情,于是给他的师友(他这样称呼会长)写了一封热情洋溢的信。

"多么轻而易举,多么不费劲,就做了这么多好事,"皮埃尔想道,"可是我们对这种事的关心是多么不够啊!"

人们对他的感激使他兴奋,但同时又使他羞愧。这种感激使他想到,他原本能够为这些纯朴善良的人们做更多的事。总管是一个非常愚蠢并且狡诈的家伙,他十分了解又聪明又天真的伯爵,拿他当玩具似的玩弄,他看到预先安排的接待对皮埃尔产生了影响,就更坚决地向他证明解放农奴是不可能的,因为农奴不解放也过得很幸福。

皮埃尔内心也赞同总管的说法:很难设想有比农奴更幸福的人了,获得自由的农奴天知道会是什么样子;可是皮埃尔尽管勉强然而仍旧坚持他认为正义的事情。总管答应尽最大努力执行伯爵的意图,他很清楚,伯爵不但永远不会检查他是否想尽办法出售森林和田庄,是否还清地方当局的债务,并且大概也永远不会过问和追查盖好的房子为什么老空在那里,农奴为什么还像别的农奴一样继续以徭役和现金的形式交出他们所能交出的一切。

十一

皮埃尔满怀幸福的心情从南方旅行回来,在旅途中,他了却了一桩夙愿——顺路去访他两年未见的朋友博尔孔斯基。

在最后一站,皮埃尔得知安德烈公爵不在童山,而在分给他的田庄里,于是就驱车到他那里去了。

博古恰罗沃村坐落在景色单调的平原上,四周是田地和部分被砍伐过的枞树林和桦树林。宅院在村子尽头大路旁边,院后是一个重新挖掘的注满了水的池塘,岸上还没有长出青草,周围是一片幼林,其中有几棵高大的松树。

宅院里有一个打谷仓、几间房屋、马厩、浴室、厢房和一座正在动工的高大砖房。房子周围是一片新开辟的花园。院墙和大门是全新的并且很坚固;木棚里放着两架消防水龙头和涂上绿漆的大木桶;道路是笔直的,桥都敦敦实实,带有栏杆。所有的东西都可以看出精心管理的迹象。皮埃尔向碰到的家奴问公爵住在哪里,他们指了指邻近池塘的一所不大的新厢房。安德烈公爵的老家人安东扶皮埃尔下了车,说公爵在家,把他领到一间干净的小室。

皮埃尔最后一次在彼得堡和他的朋友会见的地方,是那么富丽堂皇,现在这所虽然洁净,却是一所质朴无华的小房子,令人吃惊。他急忙走进散发着松香味、尚未抹灰的小前厅,正要进去,但是安东踮着脚尖赶到他前面去敲门。

"什么事?"传出急促尖厉的声音。

"客人,"安东回答。

"请等一等"随后听见挪动椅子的声音。皮埃尔迈开大步走到门口,和出来的安德烈公爵撞个满怀,安德烈公爵满脸愁容,显得苍老。皮埃尔拥抱他,走近看他的脸。

"出人意料,真叫人兴奋,"安德烈公爵说。皮埃尔不说话,长时间地用惊奇的目光盯着他的朋友。安德烈公爵的变化使他吃惊。安德烈公爵的言谈亲切,唇边和脸上含有笑意,可是眼神暗淡,毫无生气,尽管他很想露出欢喜愉快的光芒。使皮埃尔吃惊并且陌生的,不是他的朋友瘦了,脸色苍白,显得更成熟了,而是眼神和额头的皱纹,这些都使皮埃尔一时不能习惯。

正像久别重逢常有的那样,话题老是不能集中。最后,谈话逐渐集中在先前三言两语提到的问题:过去的生活,未来的计划,皮埃尔的旅行,他的事业,战争,以及其他,等等。皮埃尔在安德烈公爵眼神中所看到的那种专一和沮丧的情绪,在他含着微笑听皮埃尔谈话的时候,尤其是当皮埃尔兴致勃勃地谈到过去的事情和未来的计划的时候,表现得更强烈了。看来,安德烈公爵对皮埃尔的话,尽管很想赞同,可就办不到。皮埃尔开始觉得,在安德烈公爵面前,表现兴奋,谈什么梦想以及对幸福和善行的希望,都是不合适的。他不想说出他对共济会的新信仰,尤其是在这次旅行中,对它更有新的认识,更令他振奋了。他约束着自己,怕显得不成熟,可是同时他又忍不住地想让朋友知道他现在彻底换了个人,成了一个比在彼得堡时期要好得多的皮埃尔了。

"我无法对您说,这一个时期我经历的事情是特别多。连我自己都不敢相信自己了。"

"是啊,自从上次见面以来,咱们的变化都很大,"安德烈公爵说。

"喂,您怎么样?"皮埃尔问。"您有什么打算?"

"打算?"安德烈公爵带着讥讽的口吻重复了一遍。"我的打算吗?"他仿佛对这个词义感到吃惊似的,又重复一遍。"你不是看见了,盖好了房子,明年全搬过来⋯⋯"

皮埃尔不言语了,用心地审视着安德烈公爵变老了的面孔。

"不是的,我是问⋯⋯"皮埃尔没有说完,安德烈公爵打断了他的话:

"我的事有什么可说的⋯⋯你还是说说你这次旅行,讲讲你在田庄上干的事业吧?"

皮埃尔谈起他在自己的庄园所做的事,对他所实行的改革尽力不露出得意的神情。安德烈公爵有好几次暗示皮埃尔,他讲的那些事,人们早已知道了,不但听起来乏味,甚至听到皮埃尔讲就觉得不好意思。

皮埃尔有点不自然,甚至觉得和这位朋友在一起很沉闷,他不讲了。

"告诉你吧,亲爱的,"安德烈公爵说,他显然也觉得和这位客人在一起不轻松,并且有点拘束,"我在这儿是临时的,我不过是来看看,我今天就要回妹妹那里。我介绍你和她认识认识。对了,你大概是认识她的,"他说,显然是在应付客人,他觉得他现在和这位客人没有可谈的东西。"饭后咱们就动身。现在你想看看我的宅院吗?"他们走到外面一直逛到吃饭的时候,两个人像是不太亲近的朋友似的,谈一些政治新闻和熟人。安德烈公爵只有在谈到他正在经营的新宅院和建筑工程的时候,才有点劲头和兴趣,但是就连这也只谈了一半,当安德烈公爵在小木桥上向皮埃尔描述未来房屋布局的时候,他忽然停住了。"但是,这也没有什么可谈的,咱们去吃饭吧,吃完饭就走。"吃饭的时候谈起皮埃尔的婚事。

"我听说这件事,很吃惊,"安德烈公爵说。

皮埃尔脸红了,每当提起这件事,他总是脸红,他赶忙说:

"以后我原原本本把一切经过都告诉您。不过这一切都结束了,永远完了。"

"永远?"安德烈公爵说。"世上根本没有永远的事情。"

"但是您知道这一切是怎样结束的吗?您听说决斗的事吗?"

"就知道你要干这一手。"

"我唯一感谢上帝的是我没有把人打死,"皮埃尔说。

"那为什么?"安德烈公爵说。"打死恶狗甚至是好事情。"

"不,打死人不好,不对……"

"为什么不对?"安德烈公爵反问道。"人并没有判断是非的能力,就是在判断是非这个问题上,人是从来就犯错误,将来还要犯错误。"

"凡是对人作恶,就是不对,"皮埃尔说,他很兴奋,自他来这里后,安德烈公爵第一次活跃起来,开始说话了,而且想把他变成现在这个样子的一切经过都说出来。

"怎样才算对人作恶,有人对你说过吗?"他问。

"作恶?作恶?"皮埃尔说。"我们都知道,什么是人家对自己作恶。"

"是的,我们全知道,自己认为是恶的事情,不能施加于人"安德烈公爵越来越高兴了,看来他想对皮埃尔说出他的新观点。他用法语说。"我认为生活中有两种不幸:受良心责备和疾病。只要没有这两种坏事,就是幸福。"我活着,光为了避免这两件坏事,这就是我现在的全部哲学。"

"但是爱邻人呢?自我牺牲呢?"皮埃尔说。"我无法同意您的说法!活着就为了不做坏事,不后悔,这还很不够。我曾经这样生活过,我为自己活着,结果是毁了自己生活。只有现在,当我为他人,至少我是努力为他人活着的时候,只有现在我才懂得生活的幸福。不,我不同意您的看法,并且您是口头这么说,心里不一定这么想。"安德烈公爵静静地看着皮埃尔,含着嘲讽的微笑。

"你见到我的妹妹玛丽亚公爵小姐,你们会谈得来的,"他说,"也许,对你说来,你是对的,"停了一下,他接着说,"可是人人都按着自己的想法生活:你说你过去为自己生活,差点因此毁掉了你的生活,只有为他人而活着的时候,才找到幸福。但是,我的经验正相反。我过去为名誉而活着。我是这样为他人而生活的结果不是差点,而是彻底毁掉了自己的生活。自从我只为我个人而生活以后,我的心情安静得多了。"

"怎么能只为个人而生活啊?"皮埃尔激动起来,问道。"但是儿子呢?妹妹呢?父亲呢?"

"这一切仍旧是我,而不是邻人,"安德烈公爵说,"所谓别人,邻人,您和公爵小姐称之为邻人,这些都是错误和罪恶的根源。邻人,这就是您要为他们做好事的基辅农奴。"

他看了看皮埃尔,目光含着嘲讽和挑战的神情。看来他有意刺激皮埃尔。

"您在开玩笑，"皮埃尔说，他越来越激动了。"我愿意做好事，虽然做得很不够，并且做得很差，但毕竟算做了，而且做出了一点成绩，这有什么错，犯了什么罪啊？那些不幸的人们，我们的农奴，他们也像我们一样，从生到死，对上帝和真理的认识只限于宗教仪式和没有意义的祈祷，这时倘若有人把来世、果报、褒奖、慰藉等等令人舒适的信念传授给他们，这能算是罪过吗？既然不费力气就可以提供物质帮助，而有人得不到这个帮助就会病死，于是我向他们提供医生、医院、养老院，这有什么过错和不好？农奴、喂奶的妇女，日夜不得休息，我给他们时间，让他们休息，这难道不是明确的、毫无疑问的善行吗？……"皮埃尔急促地说，连字音都咬不清了。"我做了这些事，虽然做得不好，做得不多，但毕竟做了一点事情，您不但不能使我相信我做的事情是坏的，并且也不能使我相信您自己有那种想法。主要的，"皮埃尔接着说下去，"我知道，并且确实知道，行善的乐趣是生活中唯一可靠的幸福。"

"是的，倘若是这样提出问题，那就是另一回事了，"安德烈公爵说。"我盖房子、辟花园，而你盖医院，你我做这些事，都可以消磨时间。至于什么是对的，什么是好的，就让那个全知的人来判断吧，而不是我们来判断。好吧，你愿意辩论，那么就来辩论吧。"于是他们离开饭桌，在门廊上坐下来。

"那么就来辩论吧，"安德烈公爵说。"你提起学校，"他弯起一个指头，接着说，"教育，等等，你是想把他，"他指着一个脱下帽子从他们身旁走过的农奴，说，"从禽兽的状态挽救出来，而且满足他精神的需要，但是我认为，唯一可能的幸福就是禽兽的幸福，但是你呢，偏偏要剥夺他这种幸福。我羡慕他，而你想把他弄成我这个样子，但是又不把我的财产给他。你说的另一件事情是要减轻他的劳动。可是在我看来，体力劳动对于他，正像脑力劳动对于我同样的必要，同样是不可缺少的生存条件。你必须思索。我睡到半夜两点多种，突然心血来潮，辗转反侧睡不着，一直到早上都不能入睡，因为我在思索，并且无法不思索，正如他不能不耕地，不能不割草一样，否则的话，他就会在酒馆里进出，或者在病榻上呻吟。正如我受不了他们那种可怕的体力劳动，他也受不了我这四体不勤的生活，他会因此发胖，慢慢死去的。第三，记不起了，你还说什么来着？"

安德烈公爵屈起第三个指头。

"噢，对了，还有医院，医药。他中风，快死了，而你给他放血，把他救活了。他拖着残疾的身子，又过了十年，成为大家的负担。死对于他，反而舒服得多，简单很多。倘若你是舍不得毁掉一个多余劳动力——我是这样看待他的，那还说得过去，但是你是由于爱护他而给他治病。他是不需要这个的。再说，认为医药曾经治好过什么人,这简直是异想天开!能杀死人倒是真的!"他说,愤愤地皱起眉头,转身不看皮埃尔。

安德烈公爵把自己的意见表达是如此明白、确切,看来他曾不止一次思考这个问题,就像一个好久不说话的人似的,他很乐意说出心里的话,并且说得很快。他的话越悲观,他的目光就越有神。

"唉呀,这太可怕了,太可怕了!"皮埃尔说。"我真不理解,怀有这样的思想怎么能活下去。我也有这样的时刻,这是在不久前,在莫斯科和在旅行中的事,但是当时几乎痛苦得活不下去,对一切都觉得厌恶⋯⋯主要的是,我厌恶自己,当时我不吃不喝,不洗脸⋯⋯您呢?您怎么样?⋯⋯"

"干吗不洗脸啊,太不卫生了,"安德烈公爵说。"相反,要尽力使自己过得痛快一些。我活着,这不是罪过,所以说,我不妨碍任何人,尽力活得好些,直到老死。"

"促使您怀着这种思想的原因是什么呢?有这种思想就可以坐着不动,什么也不干⋯⋯"

"就是这样我也闲不住。我倒愿意什么都不干呢,比如说吧,蒙本地区的贵族抬举,选我当贵族长,我总算推辞掉了。他们不能了解,我不具备做这种事的才能,没有做这种工作必须具有的那套装笑脸,献殷勤,卑劣庸俗的本领。再比如说,为了有一个清静窝儿,不得不盖这所房子。现在又有后备军的事。"

"您为什么不在军队里服役呢?"

"经过奥斯特利茨战役以后!"安德烈公爵神色忧郁地说。"不,谢谢吧,我发誓不在作战部队里服役,将来也不。就是波拿巴打到跟前,打到斯摩棱斯克,威胁童山,我也不在俄国军队服役。刚才我对你说,"安德烈公爵安静下来,接着说。"我现在在后备军,家父是第三军区总司令,在他手下工作,这是我避免服役的唯一方法。"

"这么说来,您还是在服役?"

"是在服役,"他停了一会儿,说。

"那么您为什么服役呢?"

"我和你说为什么。家父是当代最显赫的人物。可是他老了,他的个性不能说是残酷无情,可是他太喜欢活动了。他过惯了掌握无限权力的生活,因而变得叫人望而生畏。现在皇上任命他为后备军总司令,他有这个权力。两个星期前,倘若我晚到两小时,他会把尤赫诺夫的一个书记官绞死的,"安德烈公爵微笑着说。"我之所以要服役,就是因为除了我,再没有人能够影响他,我可以使他少干一点日后令他烦心的事。

"啊,您这就对了嘛!"

"哼,事情并不像你想的那样,"安德烈公爵接着说。"对于这个盗窃后备军的靴子的坏蛋书记,我过去和现在都没有一点行善的意思,我甚至喜欢看见绞死他。可是,我是可怜家父,也就是说,也是为着自己。

安德烈公爵越说越激动,在他向皮埃尔证明在他的行为中完全没有对邻人行善的意思的时候,他的眼睛发出狂热的光芒。

"你想解放农奴,"他接着说。"这很好;但是这不是为你(我想你从没有鞭打过谁,也从未把谁流放到西伯利亚),更不是为了农奴。倘若他们遭到殴打,鞭笞,被流放到西伯利亚,我想,这对他们并没有什么坏处。在西伯利亚他们同样过着牛马一样生活,身上的伤疤长好了,他们仍然和过去一样幸福。解放农奴对于那些人才是需要的,他们在精神上陷于崩溃,内心郁积了许多悔恨,但是又全力压抑着,但因为有权实行公正和不公正的惩罚,而变得粗暴残酷。我是可怜这些人,为了他们,我支持解放农奴。或许你没见过,我可见过,那些享有世袭的无限权力的好人们,随着年龄的增长,越来越变得暴戾,他们横行霸道,残忍成性,他们尽管也知道,可是控制不住自己,于是越来越陷入苦恼。"

安德烈公爵说这些话的时候是那么兴致勃勃,皮埃尔不禁想到,他这些思想是由于他父亲的作风引起的。他一言未发。

"由此可见,我惋惜的是什么——是人的尊严,良心的宁静、纯洁,而不是背脊和脑袋,这些东西不管你怎样抽,如何剃,仍然是背脊和脑袋。"

"不对,不对,一千个不对!我绝对不会同意您的意见,"皮埃尔说。

十二

傍晚,安德烈公爵和皮埃尔坐上四轮马车,向童山出发了。安德烈公爵不停地瞟一瞟皮埃尔,为了表示他的情致很好。偶尔说句话打破沉默。

他指着田地,向皮埃尔讲他在园田管理方面的改良。

皮埃尔神色冷漠地沉默着,只是偶尔回答一两个字,看来他正在集中精力想自己的心事。

皮埃尔在想,安德烈公爵是不幸的,他误入歧途,不知道真正的光明,皮埃尔应该帮助他,启发他,使他提高。可是,皮埃尔刚一想到他应该怎么说和说什么的时候,他就感到,安德烈公爵只需用一句话,一个论据,就把他的说教推翻了,所以他不敢开口,生怕他所珍视的神圣信念受到讥笑。

"不对,您为什么会有这种想法,"皮埃尔忽然开口说,他低着头,摆出顶牛的架势,"您为什么这样想? 您不应该有这种想法。"

"我想什么来着?"安德烈公爵吃惊地问。

"关于生活,关于人生的使命。这是不对的。我也曾有过这样的想法,您知道是什么救了我吗? 是共济会。不,您别笑。共济会并不像我过去认为的那样,共济会是人类永恒的优秀品质的唯一最好的表现。"于是他就向安德烈公爵讲解他所理解的共济会。

他说,共济会是不受国家和宗教束缚的基督教教义,是平等、友好、博爱的教义。

"只有我们的圣教才具有人生的真谛,其他任何东西都是梦幻,"皮埃尔说。"您要懂得,亲爱的朋友,除了这个共济会,到处都充满了虚伪和错误,我同意您说的,聪明的好人,除了尽力不妨害他人过一辈子,再也没有其他出路。接受我们的基本信仰,加入我们的会,把自己交给我们引导,那么,您很快就会和我有同样的感觉,感觉自己是那个无形的巨大链条的一环,链条的一端隐藏在天国里,"皮埃尔说。

安德烈公爵眼睛望着前面,静静地听皮埃尔讲话。有几次由于辚辚的马车声没有听清,他叫皮埃尔再说一遍。从安德烈公爵眼睛里忽然迸发的光芒,从他的沉默,皮埃尔看出他没有白说,安德烈公爵不再打断他的话,也不再讥笑他了。

他们来到一条涨水的河边,得摆渡过河。在安排马车和马匹的时候,他们上了渡船。

安德烈公爵靠着栏杆,一声不响地眺望沐浴着落日余晖的河水。

"您对这个问题有什么看法?"皮埃尔问,"您为什么老不说话啊?"

"我有什么想法吗? 我在听你说呢。这一切都是对的,"安德烈公爵说。"但是你说:加入我们的会吧,入了会,我们就可以向你说明人生的目的和人生的使命以及统治世界的法则。但是我们到底是谁呢? 是人吗? 为什么你们什么都知道为什么只有我一个人看不见你们所看见的? 你们在人世间看见了善和真的王国可是我却看不见。"

皮埃尔打断了他的话。

"您相信来世吗?"他问。

"相信来世吗?"安德烈公爵重说了一遍,可是皮埃尔不让他说下去,他认为他重复这句话就是作了否定的回答,更何况他知道安德烈公爵以前就是无神论者。

"您说，您看不见善和真的王国。我也看不见；倘若把我们的生命看作一切的完结，就看不见这个王国。在这个世界，就是这个世界（皮埃尔指了指田野，说），没有真理，只有虚伪和罪恶。但是在整个宇宙中，有一个真理的王国，我们现在是尘世的儿女，但从永恒来看，我们是全宇宙的儿女。难道我在自己的灵魂中没有感觉到我是这个巨大而和谐的整体的一部分吗？我觉得，我也像宇宙间的一切一样，不但现在不会消失，并且将永远存在。我觉得，除了我，在我上面还存在着神灵，在这个宇宙中有真理存在。"

"是的，这是赫尔德的理论，"安德烈公爵说。"可是，亲爱的，使我完全相信的不是这个，而是生和死，使我相信的是这样的事实，你亲眼看见，一个你所珍爱的、同你结合在一起的人，你对不起这个人，希望能够赎罪，可是这个人忽然在受苦，受折磨，不再生存了……为什么会这样？不会没有一个答案！我坚信答案是有的……使我相信的是这件事，并且确切地信服了这件事，"安德烈公爵说。

"对啊，对啊"皮埃尔说，"这不正是我所说的吗！"

"不对，我只是说，使我相信来世的必然性的，不是任何论据，而是这样的事实，当你和一个人手拉手在人生的旅途中行进的时候，这个人一下子在那里消失了，到乌有之乡去了，而你自己却站在这深渊前面往那里张望，我就曾经张望过……

"可是，这又怎么样呢！您知不知道有一个那里，并且有某人存在？那里就是来世，某人就是上帝。"

安德烈公爵没有回答。马车和马匹早已上了岸，太阳已经落下一半，傍晚的寒气降临了，渡口旁边的水洼覆上了一层薄冰，使仆人、车夫、船夫吃惊的是，皮埃尔和安德烈公爵仍旧站在渡船上谈话。

"倘若有上帝，有来世，那么就有善和真；人生的最大幸福就在于追求善和真。要活着，要爱，要信仰，"皮埃尔说"真的，相信这个吧。"

安德烈公爵叹了一口气，用闪亮的、孩子般的、柔和的目光，扫了皮埃尔一眼，皮埃尔的脸涨红了，他兴致勃勃，但在智力高超的朋友面前依然感到羞怯。

"是啊，但愿如此！"他说。"咱们该上岸了，"安德烈公爵又说，于是，他一边离开渡船，一边望了望皮埃尔指给他看的天空，在奥斯特利茨战役后，他第一次又看见了他躺在奥斯特利茨战场上看见的那个崇高的永恒的天空，那种久已沉睡在他心中的美好的感情，突然在他心灵中苏醒了。他知道，他虽然不擅长进一步发展这种感情，可是它却在他心中扎了根。同皮埃尔的会见，在安德烈公爵的生活中展开了一个新的纪元，在这以后，尽管表面上仍旧老样子生活，但是在他内心，新的生活已经开始了。

十三

安德烈公爵和皮埃尔来到童山庄园大门前时,已经是黄昏时分了。在他们的马车驰到的时候,安德烈公爵微笑着叫皮埃尔留心在后门口发生的一阵骚乱。一个弯着腰背着行囊的老太婆和一个穿一身黑衣裳、留着长头发的矮个子男人,看见马车来了,就赶忙往门里跑。后面跟着两个女人,这四个人一边惊惶地往后门台阶上跑,一边回头看。

"这是玛丽亚的神亲,"安德烈公爵说。"他们以为是我父亲来了呢。这是她唯一不顺从父亲的事:他吩咐把这些巡礼者赶走,但是她依旧接待他们。

"神亲是什么呀?"皮埃尔问。

安德烈公爵正想回答。仆人们出来迎接他们,他问老公爵在哪里,是不是立刻就回来。

老公爵还在城里,他随时都可能回来。

安德烈公爵把皮埃尔带到自己的起居室,他在他父亲家中的这个房间总是收拾得干干净净。他先到育婴室去看了一下。

"咱们到妹妹那儿去吧,"安德烈公爵回来后对皮埃尔说,"我还没看到她呢,她现在正躲起来跟她的神亲们待在一块呢。她见到我们会害羞的,那就让她活该吧,你可以见识见识神亲。这很有意思"

"什么是神亲?"皮埃尔问。

"你这就会看到。"

玛丽亚公爵小姐看见他们进来,果然不好意思,脸涨得通红。她的房间很舒服,神龛前面点着长明灯,茶炊后面的沙发上,有一个男孩和她并肩坐着,他留一头长发,鼻子也是长长的,穿一身正教徒的长袍,

一个满脸皱纹的干瘦老太婆坐在沙发旁的圈椅上,她那娃娃似的脸上流露出温和的神情。

"安德烈,你为什么不先跟我说一声?"她温和地责备说,像母鸡护着小鸡似的站在她那些巡礼者前面。

"见到你真兴奋,十分兴奋。"在皮埃尔吻她手的时候,她对他说。皮埃尔小的时候,她就认识他,而现在,他和安德烈的友谊,他妻子给他造成的不幸,尤其是,他那善良、质朴的面孔,使她对他产生了好感,她用美丽、光亮的眼睛,看着他,仿佛在说:"我是很喜欢您的,可是请您不要讥笑我的人。"互相寒暄了几句后,他们坐

下来。

"啊,伊万努什卡也在这儿,"安德烈公爵微笑地指指那个年轻的巡礼者,说。

"安德烈!"玛丽亚公爵小姐带着恳求的口吻说。

"您可知道,这位是一个女的,"安德烈对皮埃尔说。

"安德烈,看在上帝的分上。"玛丽亚公爵小姐又说。

显然,安德烈公爵对巡礼者的嘲笑和玛丽亚公爵小姐徒劳的袒护,是他们之间经常有的关系。

"朋友,你应该感谢我,"安德烈公爵说"因为我向皮埃尔说明了你和这个年轻人的亲密关系。"

"是真的吗?"皮埃尔好奇而郑重地说(玛丽亚公爵小姐对于皮埃尔的这种态度特别感谢),他透过眼镜细瞅伊万努什卡的脸,伊万努什卡知道人们是在说他,就用调皮的目光看着大家。

玛丽亚公爵小姐为自己的人感到不安根本用不着,他们一点也不怯生。那个老太婆垂下眼睑,瞟着进来的人,她把茶碗底朝上扣在碟子上,把一块咬剩的糖块放在碗边,沉着地坐在圈椅上一动不动,等人家再给她一杯。伊万努什卡一边低头喝碟子里的茶,一边翻起狡黠的眼睛看两个年轻人。

"到过哪儿,到过基辅吗?"安德烈公爵问老太婆。

"去过,您老,"多话的老太婆回答说,"复活节,我在圣徒中是有资格领圣体的。我才从科利亚津来,您老,那儿出现了伟大的神恩……"

"你是和伊万努什卡一块儿去的吗?"

"我自己一个人去的,施主,"伊万努什卡极力用男低音说,"在尤赫诺沃才遇见佩拉格尤什卡(是佩拉格娅的小名)……"

佩拉格尤什卡打断伙伴的话,看来她很想说她的见闻。

"在科利亚津出现了一桩伟大的神恩,您老。"

"怎么啦,又发现圣人的遗骨了吗?"安德烈公爵问。

"得了,安德烈,"玛丽亚公爵小姐说。"佩拉格尤什卡,你别讲了。"

"不……你怎么啦,小姐,有什么不能讲的?我喜欢他。他是个好人。他这个上帝的选民,曾经给过我十个卢布,我记得这个恩主。我在基辅的时候,有个叫基留沙的疯癫苦行僧,一个真正的神亲,不管冬夏都打赤脚,他对我说,你去的不是应当去的地方,你到科利亚津去吧,那儿有一尊显灵的神像,圣母在那儿出现了。我一听这话,就告别了一块走的圣徒们,于是就去了……"

大家都默不作声的,只有这个巡礼女教徒屏息静气,不急不忙地说话。

十四

佩拉格尤什卡讲了很多她的经历和听说的传闻。

皮埃尔全神贯注地听她讲。安德烈公爵出去了,随后,玛丽亚公爵小姐留下神亲们在那儿喝茶,她把皮埃尔领到客厅里。

"您真是个好人,"她对他说。

"咳,我完全理解,而且非常珍重她那种感情。"

公爵小姐默默地看着他,温柔地微微一笑。

"我早就认识您了,"她说。"您觉得安德烈怎么样?"她赶忙问。"他真叫我担心。他的健康冬天好些,但是去年春天他的伤口复发了,医生说他应该去治疗。在精神方面我也很为他担心。他那性格不像我们女人家,碰到什么不幸,可以痛哭一场。他把痛苦闷在心里。今天他很兴奋,有说有笑,这是您的到来给他的影响:他极少是这个样子。倘若您能劝他出国就好了! 他需要活动活动,这种安静的生活会把他毁掉的。别人都没有留心,我可是看出来了。"

九点多钟,仆人们听见老公爵的马车驶近的铃铛声,都向门外跑去。安德烈公爵和皮埃尔也出来了。

"这是谁呀?"老公爵走出马车,看见了皮埃尔,问道。

"啊,十分兴奋! 来吻我吧,"当他知道是谁后说。

老公爵心情极好,对皮埃尔很亲切。

晚饭前,安德烈公爵又回到父亲的书房,正碰到老公爵和皮埃尔在大声地争论。皮埃尔证明说,没有战争的日子一定会到来。老公爵带着讥讽的口吻反驳他可是并不生气。

"把血管里的血抽出来,都灌上水,那时就不会有战争了。妇道人家的胡说,妇道人家的胡说,"他说,但依旧亲切地拍了拍皮埃尔的肩膀,他向桌子走去,安德烈公爵正在那儿翻阅父亲从城里带来的文件,很明显不愿参加谈话。老公爵走到他跟前,开始谈论公事。

"贵族长罗斯托夫伯爵送来的兵员还不到一半。他来到城里,居然想起请我的客——我请他吃了一顿好饭! ……你把这个文件浏览一下……喂,老侄,"尼古拉·安德烈伊奇公爵拍了拍皮埃尔的肩膀。对儿子说,"你的朋友是好样的,我一下就喜欢他! 他向我挑战。别看有些人花言巧语,我连听都不愿听,他呢,净乱扯,且向我老头子挑战,但是我喜欢。好了,去吧,去吧,"他说,"我可能到你们那儿吃晚饭。我还要再辩论一番。你要好好对待我的傻姑娘玛丽亚公爵小姐,"他从门里向皮埃尔喊道。

只有到了童山,皮埃尔才真正认识到他和安德烈公爵友谊的全部意义和魅力。皮埃尔在和严厉的老公爵以及温和、胆怯的玛丽亚公爵小姐在一块儿时,立刻感到自己是他们的老朋友。他们都爱他。他对巡礼者的态度博得了玛丽亚公爵小姐的好感,公爵小姐用最明亮的目光看他;周岁的尼古拉小公爵(祖父这样叫他)向皮埃尔微笑,伸开两只胳膊让他抱。当他和老公爵谈话时,米哈伊尔·伊万内奇和布里安小姐都面带愉快的笑容望着他。

老公爵出来和他们共进晚餐,显然是为了皮埃尔。皮埃尔在童山停留的这两天,老公爵对他十分和蔼,叫他再到他这里来。

皮埃尔走后,就像一个新客人走后常有的情形,全家人都聚在一起评论他,而全家都只说他的好处,这种情形是少有的。

十五

罗斯托夫这次休假回来,才第一次感觉和认识到他和杰尼索夫以及整个团队结下的缘分是多么深厚。

当罗斯托夫到达团队驻地的时候,他体验到的那种感情,和他来到家门口时所体验的感情一样,当他一眼看见穿着本团制服、敞着怀的骠骑兵的时候,当他认出是红头发的捷缅季耶夫,而且看见枣红马的拴马桩的时候,当拉夫鲁什卡(拉夫尔的小名)高兴地迎着自己的主人喊:"伯爵来了!"——睡在床上的杰尼索夫,蓬头散发的从土屋里跑出来拥抱他,军官们向刚到的人围拢来的时候,罗斯托夫体验到父母和姐妹拥抱他时所体验到的感情一样,欣喜的眼泪哽住了喉咙,使他说不出话来。团队也是家,也像父母的家一样永远可爱和可贵。

罗斯托夫向团长报了到,仍旧被派到原先的骑兵连里,执行值勤任务,征发粮草,参与团队的繁忙事务,他体验到在父母家里所体验到的那种安心、踏实、回到家里的安适感觉。这里一切都秩序井然,一切都是简单明了。整个世界分成两个不相等的部分:一部分是保罗格勒团队,另外一部分是团队以外的一切。他与这另外的部分,没有任何关系。在团队里一切都是清清楚楚的:谁是中尉,谁是大尉,谁是好人,谁是坏人,主要的是,谁是最合得来的同事。可以在行军小贩那里赊账,每四个月清算一次。没有什么要动脑筋和要选择的,只要不做保罗格勒团认为是坏的事,就行了。执行任务的时候,只需做明确规定的和命令要你做的事情,那就万事大吉。

罗斯托夫又开始过着按部就班的团队生活,他就像一个疲倦的人躺下休息那样,感到喜悦和愉快。在这次战役中,团队生活使罗斯托夫觉得特别快乐,因为自从输给多洛霍夫许多钱以后(不管亲人们如何安慰他,他仍旧无法原谅自己这种行为),他决定不像过去那样服役,为了补偿自己的过失,要好好地服役,要做一个极好的同事和军官,这件事在那个环境里很难办到,而在团队里就很容易。

罗斯托夫自从输了钱后,决定在五年内还清父母的债务。他每年有一万卢布的收入,现在他想只给自己留两千卢布,其余的都还父母的债。

我们的军队经过几次退却和进攻,并且在普图斯克、普鲁士-艾劳打了几仗之后,在巴滕施泰因附近集中,等到御驾亲临后,开始新的战役。

保罗格勒团队是参加 1805 年出征的部队,回国补充休整后,来晚了,没赶上前几次战役。不管普图斯克战役,还是普鲁士-艾劳战役,团队都没有参加,只是在战役后期,才加入作战部队编入普拉托夫师。

普拉托夫师离开主力独立作战。保罗格勒团的部分部队曾跟敌人交过几次锋,抓了一些俘虏,有一次还夺了乌迪诺元帅的几辆马车。四月间,保罗格勒团在一个遭到彻底破坏、没有人烟的日耳曼村子里一连驻扎了几星期。

正当解冻的天气,道路泥泞,春寒料峭,冰河开冻,造成道路无法通行。一连好几天人和马的粮秣发不下来。因为运输中断,人们三五成群地到各个没有人烟的村子里寻找马铃薯,但是连马铃薯也很难找到。

什么都吃光了,居民全都逃走了,留下来的比乞丐还穷,在他们身上已经没有油水可榨了,甚至最缺少同情心的士兵不但不向他们要东西,反而拿出自己仅有的口粮赒济他们。

保罗格勒团在战斗中只有两人受伤,可是由于寒冷和疾病,将近损失了一半人员。送进医院的人肯定是死,所以那些由于饮食恶劣而患热病和浮肿病的士兵宁愿费力地拖着两腿去前线值勤,而不愿被送进医院。开春的时候,士兵们发现从地里钻出一种像龙须菜的植物,他们管它叫玛莎甜根(其实这根很苦)。士兵们在草地和田地里到处寻找玛莎甜根,尽管下令禁止吃这种有毒植物,可是士兵们仍旧用佩刀剜来吃。春天在士兵中间又流行一种病——手、腿和脸浮肿,医生认为是吃这根引起的。尽管有禁令,可是保罗格勒团杰尼索夫骑兵连的士兵们仍然主要吃这种甜根,因为最后一次发给每人的半俄斤面包干后已经过了一个多星期了,最近送来的马铃薯冻坏了,发芽了。

军马也有一个多星期只靠屋顶的茅草维持生命,瘦得不像样子,自入冬以来,毛就纠成一团团的。

不论有什么灾难,士兵和军官必须照常生活;现在就是这样,虽然面色苍白、浮肿、制服破烂,骠骑兵仍旧列队点名,整理内务,洗刷马匹和装备,拔屋顶上的干草喂马,到锅跟前吃饭,吃完站起来肚子仍旧是空空的,他们嘲笑糟糕的食物和自己的饥饿。

也跟平时一样,军官三三两两地住在缺门少窗的、半倒塌的房子里。年长的军官都在关心怎样弄到草料和马铃薯,年轻的军官仍像平时一样,有的赌牌(尽管没有吃的,但有的是钱),有的玩游戏——投钉和打桩。人们极少谈论战局,一来因为不知道确切的情况,二来也因为人们隐约地感觉到,整个战局不妙。

罗斯托夫还是和杰尼索夫住在一起,自从他们度假以来,两人的交情更密切了。杰尼索夫从来不提起罗斯托夫家里的人,可是从这个骑兵连长对他手下的一个军官这么温和体贴来看,罗斯托夫觉得这个老骠骑兵对娜塔莎的不幸爱情,在增进他们的友谊上起了一定的作用。杰尼索夫显然尽力使罗斯托夫少受危险,爱护他,每次作战后,看见他平安归来,就特别兴奋。有一次罗斯托夫出差,到一个荒废的村庄去找吃的,他发现一家波兰人——一个老头和他女儿,女儿抱着一个婴儿。他们差不多光着身子,饿着肚子,困在那里没法离开,也没有代步的工具。罗斯托夫把他们接到自己的驻地,安置到自己的住处,一连好几星期供养他们,直到老头恢复健康。罗斯托夫的一个同事在谈论女人时,取笑罗斯托夫,说他最狡诈,说他不妨把那个被他搭救的漂亮的波兰女人介绍给大家。罗斯托夫认为这个玩笑是一种侮辱,他恼火了,对那个军官说了些难听的话,杰尼索夫费了好大劲才劝住他们没有决斗。等那个军官走后,杰尼索夫责备罗斯托夫太性急。罗斯托夫对他说:

"不管你怎么说我……我待她就像妹妹一样,我没法跟你说,他的话真气人……因为……就是因为……

杰尼索夫用力拍了拍他的肩膀,在屋里快步走来走去,眼睛不看罗斯托夫,他内心激动时就这样。

"你们姓罗斯托夫的都有这股子傻劲儿,"他说,罗斯托夫看见杰尼索夫的眼睛里含着泪花。

十六

四月,军队得知皇帝驾临的消息,群情欢腾。皇上在巴滕施泰因举行检阅,罗斯托夫没有参加:保罗格勒团队在前哨驻防,距后面的巴滕施泰因还很远。

他们在露营。杰尼索夫和罗斯托夫住在土窑里,窑顶铺的是树枝和草皮。土窑是用当时流行的方法建成的:先挖一条沟——宽一俄尺半,深二俄尺,长三俄尺半。沟的一头做成台阶,这是入口和门廊:沟本身就是房间,好一点的(骑兵连就是这样的),在对着台阶的另一头,用几根木桩架一块木板当桌子。顺着沟的两侧,挖去一俄尺深的土,这就是两张床和两只沙发。窑顶要有一人高,在靠近桌子的一头,甚至可以从床上坐起来,杰尼索夫算是阔绰的,因为他连里的士兵都喜欢他,三角山墙是一块木板搭成的,木板上嵌着一块粘起来的破玻璃。天太冷的时候,从士兵的篝火里弄一些炭火到台阶下面,土窑就变得暖烘烘的,杰尼索夫和罗斯托夫这里经常有很多军官,他们热得只穿一件衬衫。

四月份是罗斯托夫值勤,早上八点钟,他在外面过了一个通宵之后回到土窑,要人把炭火拿来,换下淋湿的衣裳,祈祷过上帝,喝过茶,取过暖,把自己角落和桌上的东西收拾好,就穿一件衬衫、枕着两只胳膊,仰面朝天躺着。他一边兴奋地寻思,因前次侦察有功,他即将晋升,一边等待着杰尼索夫,罗斯托夫想同他聊聊。

土窑外面传来杰尼索夫时断时续的喝斥声,他在发火。罗斯托夫移近窗口,看看他向什么人发脾气,他看见了司务长托普琴科。

"我已经命令你不准他们吃这种根,什么玛莎甜根!"杰尼索夫喊道。"我亲眼看见拉扎丘克从地里拖了一些来。"

"我发了命令,大人,可是他们不听,"司务长回答说。

罗斯托夫又躺下,兴奋地想道:"现在让他来忙乱吧,我已经做了我该做的事,在床上躺着——多美啊!"他听见墙外除了司务长,还有杰尼索夫的勤务兵拉夫鲁什卡说话的声音。拉夫鲁什卡是个做事利落,但有点鬼心眼的小伙子,他正在讲他出去找食物时,看见几辆装着面包干和牛肉的大车。

土窑外面传来逐渐远去的杰尼索夫的喊声和命令声:"备马,第二排!"

"这是要到哪儿去啊?"罗斯托夫想道。

五分钟后,杰尼索夫进到土窑里,两腿泥污就爬上床,愤愤地抽了一袋烟,把自己的东西胡扔一气,腰间插上马鞭,佩上军刀,就出去了。罗斯托夫问他到哪里去,他气哼哼地、含含糊糊地说有点事。

"让上帝和皇帝陛下来审判我吧!"杰尼索夫一边走出土窑,一边说:罗斯托夫听见土窑外面有几匹马飞驰的声音。罗斯托夫没有管杰尼索夫骑马到哪里去。他把自己的角落搞得暖暖和和,就睡着了,一直到傍晚才起身。杰尼索夫还没有回来。傍晚,天晴了;在邻近的土窑有两个军官和士官生玩投钉子游戏,他们笑着把萝卜栽到泥里。罗斯托夫也玩起来,正玩着的时候,军官们看见有几辆大车向他们驶来:十五、六个骠骑兵骑着瘦马跟在大车后面。骠骑兵押着大车来到拴马桩跟前,一群骠骑兵把大车围了起来。

"杰尼索夫还老犯愁呢,"罗斯托夫说,"给养来了。"

"真的来了!。军官们说。"这一下士兵可兴奋啦!"在骠骑兵后面不远的地方,杰尼索夫骑着马过来了,和他一起来的还有两个步兵军官,杰尼索夫正跟他们议论什么。罗斯托夫向他走过去。

"我警告您,连长,"其中一个军官说,这个军官又瘦又小,很气愤。

"我已经说了,总之我不交出去,"杰尼索夫回答说。

"您要负责的,连长,这是暴行——抢劫自己的运输车! 我们的人两天没吃东西了。"

"我的人一星期没吃东西了,"杰尼索夫回答说。

"这是强盗行为,您要负责的,阁下!"那个步兵军官提高嗓门又说一遍。

"您干吗老纠缠不休? 啊?"杰尼索夫突然发起火来,大喝一声。"要负责的是我,不是您,您不要在这里多嘴,否则要吃亏的。走开!"他冲着那个军官喝道。

"好哇!"那个小个子军官并不示弱,也不走,喊道。"光天化日下公然抢劫,我让您知道……"

"趁着还没吃亏,趁早滚吧。"杰尼索夫冲着那个军官掉转马头。

"好,好,"那个军官带着威胁的口气说,他勒转马头驰走了。

"骑墙的狗,骑墙的活狗,"杰尼索夫在他后面说,这是骑兵对骑马的步兵最厉害的嘲笑。他骑马跑到罗斯托夫跟前,哈哈大笑。

"从步兵手里夺来的,用武力夺来的运输车!"他说。"能看着让弟兄们饿死吗?"

骠骑兵赶来的大车,是分配给步兵团的,杰尼索夫听拉夫鲁什卡说车队没有武装护送,就带着骠骑兵抢了回来。士兵们都分得充足的面包干,甚至其他连队也分得了一些。

第二天团长把杰尼索夫叫了去,他张开五指捂着眼睛,对他说:"我的看法是这样:我对此事毫无所知,也不去插手;可是我忠告您到司令部去一趟,到那里找军需处把这个问题解决一下,倘若可能的话,写一个收据,注明收到多少食品;否则的话,算在步兵团的账上,会惹起纠纷的,结果可能很糟。"

杰尼索夫从团长那里出来,就直接到司令部去了,完全照他的话去办。晚上他回到土窑里,罗斯托夫从来还没见过他的朋友竟有如此一副样子。杰尼索夫说不出话来,上气不接下气呼呼直喘。罗斯托夫问他发生了什么事,他只是模糊地发出微弱的咒骂和恫吓。

罗斯托夫被杰尼索夫的样子吓坏了,他叫他脱掉衣服,喝点水,然后去请医生。

"判我抢劫罪,他妈的!再来点水。就让他们审判吧,可是我还是要揍这些坏蛋,我要告御状。给我一点冰,"他说。

请来的团部医生说需要放血,从杰尼索夫毛茸茸的胳膊上放出一深碟子黑血,这样他才讲出所发生的事情。

"我到了那儿"杰尼索夫讲道。"'喂,你们的长官在哪儿?'他们告诉了我。'请您等一等,好吗?'——'我有公事,我跑了三十俄里,我没有工夫等,快去通报。'好。出来一个贼首,居然训起我来。'这是抢劫!'——我说,'拿了粮食喂饱自己的士兵,不算抢劫,拿了粮食装到自己的腰包里,才是抢劫!'好,他说,'您到军需那儿打个收条,不过您的案子要转到司令部的。'我走进军需的屋子。我一进去——坐在桌旁的人……你猜是谁?!你想不到!……是谁叫我们挨饿,"杰尼索夫喊叫起来,抡起大拳头往桌上狠命一击,差点把桌子捶塌了,把桌上的茶杯都震得跳起来。"是捷利亚宁!!'怎么,原来是你叫我们挨饿?!'那次我给了他一个嘴巴,打得痛快……'啊!好小子……'于是我就冲他抽起来!不论怎样,打得好痛快,我敢说,"杰尼索夫大声说,"要不是人家把我拉开,我准把他打死。"

"你干吗要大喊大叫,平静点吧,";罗斯托夫说。"你瞧,又流血了,等一会,包扎好了再说吧。"

人们给杰尼索夫包扎好,让他睡下。第二天他醒来,情绪不错,心平气和。

可是到中午的时候,团部的副官表情严肃而愁眉苦脸地来到杰尼索夫和罗斯托夫合住的土窑,十分惋惜地拿出团长给杰尼索夫少校的公文,是调查昨天事件。副官说,案情要极大地恶化,已经闹到了军事法庭,因为目前对于抢劫和破坏纪律严惩不贷,最宽大的判决也得受到降为列兵的处理。

据被告申诉,案情是这样的:杰尼索夫抢夺了运输车以后,喝得大醉,一个人去见军需处长,骂他是小偷,威胁要打他,把他拉开后,他又冲进办公室,猛打两名官吏,把其中一名打得胳膊脱白。

杰尼索夫在回答罗斯托夫提出的问题时,笑着说,可能有一个人扭伤了,不过这都是胡来,是小事,他根本不在乎什么法庭,倘若这些坏蛋竟敢惹他,他就给他们厉害瞧瞧,让他们永远忘不了。

杰尼索夫尽管在口头上对这件案子不当回事,可是罗斯托夫对他了解很深,知道他内心是害怕军事法庭的,而且为这后果显然不妙的案情而烦心,可是他不让其他人看出来罢了。每天都有函调和传票,五月一日那天,命令杰尼索夫把骑兵连移交给次级的军官,然后到师部去解释他在军需处的暴行。在这事的头一天,普拉托夫带领两团哥萨克和两连骠骑兵对敌人做了一次侦察。杰尼索夫跟往常一样,在散兵线面前驰骋,炫耀自己的勇敢。一颗法国狙击兵的子弹射进了他的大腿。要在别的时候,受了这点轻伤,杰尼索夫也许不会离开团队,但是现在,他却利用这个机会,不去师部而进了医院。

十七

六月间,在弗里德兰打了一仗,保罗格勒团队没有参加这次战役,接着宣告停战。罗斯托夫因为朋友不在跟前很难过,自杰尼索夫走后,杳无消息,他很为朋友的案件和伤势担心,趁停战的机会,请了假,到医院去探望杰尼索夫。

医院在普鲁士的小镇子上,这个镇子遭到俄法军队两次破坏。现在是夏天,田野里风景秀丽,而这个小村镇到处是断壁颓垣,满街垃圾,随处可见衣衫褴褛的居民和醉酒或生病闲逛的士兵,显得尤为凄凉。

医院是一所砖房,医院的围墙木板被拆得所剩无几,很多门窗和玻璃被毁坏。扎着绷带、面色苍白、身体浮肿的士兵有的在散步,有的坐在院子里晒太阳。

罗斯托夫一进门,一股腐肉和病院的气味扑面而来。在楼梯上他碰见一个嘴

"我又不会分身法，"那个医生说，"你晚上到马卡尔·阿列克谢耶维奇那儿，我也去那儿。"医助还向他问了一些话。

"咳！就照你知道的去做吧！难道不是一样吗？"医生看见正在上楼的罗斯托夫。

"您来干吗？阁下，"医生说。"您干吗来了？是不是子弹没怎样您，您来试试伤寒？这儿是传染病院，老兄。"

"为什么不能来？"罗斯托夫问道。

"伤寒，老兄。谁进来，谁就是找死。只有我和马克耶夫（他指了指医助）在这儿逗留。我们的同行在这儿已经死了五六个了。新来的人不用一个星期就一命呜呼，"医生带着得意的神情说。"请普鲁士大夫，但是我们的同盟者不喜欢到这儿来。"

罗斯托夫向他说明，他想见一见住在这儿的骠骑兵杰尼索夫少校。

"不知道，不清楚，老兄。您想想吧，我一个人管三个医院，四百多病号！总算不错，普鲁士的太太小姐每月给我们寄两俄磅咖啡和两俄磅棉线团，要不我们更要命了。"他大笑起来。"四百多，老兄；并且还不停地送来新的。是四百多吧？嗯？"他问医助。

医助的样子疲倦难当，显然不耐烦地等着多话的医生赶快走开。

"杰尼索夫少校，"罗斯托夫又说一遍，"他是在莫利坦受的伤。"

"似乎是死了。马克耶夫，是吧？"他冷漠地向医助问道。

但是医助没有证实医生的话。

"他是什么样子，是高个子，红头发吗？"医生问。

罗斯托夫把杰尼索夫的外貌描述了一番。

"有，有这么一个人，"医生好像很兴奋地说，"这个人大概死了，但是，我得查一查，我有一份名单。你有吗，马克耶夫？"

"名单在马卡尔·阿列克谢耶维奇那儿，"医助说。"请您到军官病房去，您在那儿就会看到，"他对罗斯托夫说。

"我说，老兄，最好不要去，"医生说，"要不连您自己都要留到那儿！"但是罗斯托夫离开了医生，请医助给他带路。

"喂，注意，可别怨我！"医生在楼梯下喊道。

罗斯托夫和医助进了走廊。在这黑暗的走廊里，病院的气味是如此强烈，罗斯托夫只好捂着鼻子，停住脚步，以便鼓起劲儿来往前走。右首的门打开了，从那儿走出一个人，架着双拐，又瘦又黄，赤着脚，只穿一件衬衫。他靠着门框，用羡慕的、发光的眼睛瞧着走过的人。罗斯托夫往门里看了一眼，看见伤病号都躺在地板上，上面只铺着一层稻草和军大衣。

"这是什么？"他问。

"这是士兵的病房，"医助回答说。"实在没办法，"他好像表示歉意，又说。

"可以进去看看吗？"罗斯托夫问道。

"没什么可看的，"医助说。但是，正因为医助不愿意让他进士兵的病房，罗斯托夫偏要进去。他在走廊里闻到的那股气味，在病房里更加难闻了，更厉害了，并且立刻让人感觉到，走廊的气味是从这儿传出去的。

病房是长方形，阳光透过大窗户把病房照得很亮。伤病员头顶着墙躺成两排，屋中间是走道。他们大多数昏迷不醒，所以不理会有人进来。那些有知觉的都欠起身，或者抬起又瘦又黄的脸，眼睛一动不动地望着罗斯托夫，所有的人都是同样的表情——祈求帮助，羡慕别人的健康。罗斯托夫走到病房中间，向隔壁房间（房门是开着的）望了一眼，里面也同样睡着两排人。他停下来静静环顾四周。他绝对没料到会看见这么一幅景象。就在他面前，在过道中间，在精光的地板上横躺着一个病号，从他留着盖式的发型看来，一定是个哥萨克。这个哥萨克仰卧着，伸开粗大的胳膊和腿。他的面色紫红，眼睛往上翻得只剩眼白，赤脚上和还有血色的手上，像蚯蚓似的青筋暴出来。他用后脑勺碰了碰地板，声音嘶哑地说了句什么，随后老重复那句话。罗斯托夫凑近仔细听他说什么，他听清了他重复的话。这句话是：喝水——水——喝水！罗斯托夫环顾四周，想找人把这个病号放好，给他点儿水喝。

"谁在这儿照看病人？"他问医助。这时从隔壁病房里走出一个辎重兵——医院的服务员，他后退一步，在罗斯托夫面前立正站着。

"您好，大人！"这个兵瞪大了眼睛，大声喊道，他把罗斯托夫当作了医院的长官。

"把他放好，给他水喝，"罗斯托夫指着哥萨克，说。

"是，大人，"这个兵使劲地说，他把眼睛瞪得更大，身子挺得更直，但就是不动地方。

"这儿什么事都做不成，"罗斯托夫垂下眼帘，想走开，这时他觉得右边有一个目光向他射来，于是他回头看了看。差不多就在墙角的地方，有一个穿着军大衣的老兵坐在那里，他的面孔姜黄，瘦得像一具骷髅，但表情严峻。老兵旁边的人指着罗斯托夫，向他说什么。罗斯托夫明白了，这个老兵想求他什么事情。他走近一点,看见这个老头只盘着一条腿,另一条腿从膝盖以上就没有了。老头另一边那个人离得较远,头往后仰着躺在那里一动不动,这是一个年轻的兵,翘鼻子,生着雀斑的脸蜡黄,眼睛往上翻着。罗斯托夫看了看这个翘鼻子士兵,背脊上不禁打了个冷战。

"这个士兵似乎是……"他对医助说。

"我们已经请求过,大人,"那个老兵下巴直打哆嗦,说。"今天一早就死了。我们是人,不是狗……"

"立刻就叫人来抬走,抬走,"医助赶忙说。"咱们走吧,大人。"

"走吧,走吧,"罗斯托夫也连忙说,垂下眼帘,缩着身子,尽力悄悄地走出了病房。

十八

医助带着罗斯托夫穿过走廊,走进军官病房,病房有三间,房门都开着。这些房间有床铺,伤病员有的躺着,有的坐着。有几个穿着医院的长衣在屋里走来走去。罗斯托夫碰到的第一个人,是一个精瘦的小个子,一只胳膊断了,戴着睡帽,穿着长衣,嘴里叼着烟斗,在第一间病房里来回走动。罗斯托夫留心看了看他,尽力回忆在什么地方见过这个人。

"没想到在这儿又碰到啦,"那个小个子说。"图申,图申,在申格拉本是我送您来着,您还记得吧?我少了一截儿,您瞧……"他让罗斯托夫看他那只空空的袖筒,微笑着说。"您是找瓦西里·德米特里奇·杰尼索夫吗?和我住在一起!"当他知道罗斯托夫要找谁以后,说。"这儿,这儿,"于是图申把他领进另一间病房,有几个人正在哈哈大笑。

"他们怎么能在这儿哈哈大笑呢?"罗斯托夫想,他又闻到了在士兵病房已经闻够了的死尸味道,在他经过时,又看见从两旁向他投过来的羡慕的目光和那翻着白眼的年轻士兵的脸。

杰尼索夫头蒙着被子在睡觉,虽然已经快晌午了。

"啊,是罗斯托夫吗?你好,你好!"他喊出的声音仍旧像在团队的时候一样,但罗斯托夫感觉到,虽然他那习惯性的豪放和活跃依然如故,但脸上的表情以及言谈,却流露出从前不曾有过的、隐藏在内心的恶劣情绪。

他的伤势本来很轻,而且六个星期已经过去了,可是还没有长好。他的脸跟所有住院的病号一样,苍白并且浮肿。但使罗斯托夫吃惊的并不是这个;使他吃惊的是,杰尼索夫看见他,并不多么兴奋,他笑得很勉强。杰尼索夫既不问团队的情况,也不问整个战局的情况,当罗斯托夫谈起这个的时候,杰尼索夫也不听。

罗斯托夫还看出,杰尼索夫也不快活人家向他提起团队的事情以及医院外面的自由生活。他似乎想努力忘掉过去的生活,只关心他和军需官的官司。当罗斯托夫问起案情时,他马上从枕头底下拿出军事法庭的公文和他对公文的答复草稿。他一念他的草稿,就来精神了,他特别叫罗斯托夫注意他在草稿中对对手的讽刺语句。杰尼索夫的病友们一见新从外边来了一个人,都围拢来,但是听见杰尼索夫念他的草稿,人们就慢慢地走开了。罗斯托夫从他们脸上的表情看出,这些先生们不止一次听过整个故事,已经听烦了。只有邻床的大胖子枪骑兵坐在自己的床上,阴郁地皱着眉头,抽着烟头,另外还有一只胳膊的小个子图申还在听,不住地摇头。在读到中间的时候,那个枪骑兵打断了杰尼索夫的朗读。

"依我看,"他对罗斯托夫说,"干脆求皇上赦免。听说现在要发大奖了,或许能够得到宽恕……"

"要我去求皇上!"他说,他本来想说得像以前那样,激昂有劲,但听来却是不必要的急躁。"请求什么?倘若我是强盗,那么我会求饶的,但是,审判我是因为我把强盗揭出来了。就让他们审判吧,我谁都不怕;我勤勤恳恳为皇上、为祖国服务,没有盗窃!把我降为士兵,……听着,我就干脆这样写,我写:'倘若我是国库盗窃犯……'"

"你写得好,没得说,"图申说。"可是问题不在这儿,瓦西里·德米特里奇,"他转过脸来对罗斯托夫说,"只有屈服,但是瓦西里·德米特里奇不愿意。军法检察官不是对您说了吗,您的官司不妙。"

"就让它不妙吧,"杰尼索夫说。

"军法检察官替您写了申诉书,"图申接着说,"您就应该签字,请这位先生带了去。他(指的是罗斯托夫)在司令部肯定有熟人。这个机会再好也没有了。"

"我一再说过,低声下气的事,我不干,"杰尼索夫打断对方的话,又接着念他的草稿。

罗斯托夫不敢劝说杰尼索夫,虽然他感觉到,图申和其他军官提出的建议是最正确的。

杰尼索夫读了一个多小时,才读完他的那篇措辞讽刺的呈文,罗斯托夫没说什么,他怀着非常忧虑的心情,在杰尼索夫这里消磨了那一天的剩余时间,他讲他所知道的事情,也听别人谈论。杰尼索夫整个晚上都闷闷不乐,默不作声。

夜里罗斯托夫要走了,他问杰尼索夫有没有什么事情要他办。

"你等一下,"杰尼索夫说,他看了看身边的军官们,从枕头底下拿出呈文来,走到窗前,坐下写起来。

"看来,鞭子是打不断斧背的,"他说,把一个大信封交给罗斯托夫。这是军法检察官拟的给皇上的呈文,其中并没有军需处的责任,只是请求赦免。

"你给转上去吧,看来……"他没有说下去,苦笑了一声。

十九

罗斯托夫回到团队,向团长报告了杰尼索夫的案情,就带着给皇上的呈文到蒂尔西特去了。

六月十三日,法、俄两国的皇帝在蒂尔西特会见。鲍里斯·德鲁别茨科伊向他所服务的要人请求把他列入驻蒂尔西特的侍从。

"我想看看这个伟大的人物,"他说的是拿破仑,直到现在,他也像其他人一样,把拿破仑叫作波拿巴。

"您说的是拿破仑吧?"那位将军微笑着对他说。

鲍里斯疑惑地看了将军一眼,他立刻明白了,将军的话是玩笑的试探。

"公爵,我说的是拿破仑皇帝,"他回答说。将军含着微笑拍了拍他的肩膀。

"你的前程无量,"将军对他说,而且答应带着他。

鲍里斯是两位皇帝的涅曼会见的少数目击者之一;他看见带花字头的木筏,看见拿破仑在对岸从法国近卫军面前走过,看见亚历山大皇帝心事重重地在涅曼河岸上一家小酒店里坐着等待拿破仑。看见两位皇帝上了船,拿破仑的船第一个靠拢木筏,他快步走上前去迎接亚历山大,把手伸给他,于是两人一起进入大帐篷。鲍里斯自从出入最高圈子以来,就养成了一个习惯,就是注意观察身边发生的一切,而且记录下来。两国皇帝在蒂尔西特会见期间,他打听拿破仑随行人员的姓名,他们穿的制服,用心聆听那些大人物的谈话。正当两国皇帝进入大帐篷的一刹那,他看了看表,当亚历山大走出大帐篷时,他又看了看表。会见持续了一小时零五十三分钟;那天晚上,他把这些事连同他以为有历史意义的其他事情都记录了下来。因为当时皇帝的侍从不多,对于那些希望仕途顺利的人来说,在两国皇帝会见期间能亲临蒂尔西特现场,是一件非常重要的事情,而鲍里斯居然来到了蒂尔西特,所以他感到他的地位从此就彻底稳固了。人们不但都认识他,并且经常看见他,对他完全习惯了。他曾经两次因执行任务而面见皇上,因此皇上已经认得他的面孔,皇上左右的人不但不像以前那样认为他是新来的人而冷遇他,并且倘若他不在场，反而觉得奇怪。

鲍里斯和另一名副官——波兰伯爵日林斯基住在一起。日林斯基是波兰人，在巴黎受的教育。他富足，热爱法国人，在驻蒂尔西特期间，差不多每天都有法国近卫军和司令部的军官到日林斯基和鲍里斯那里吃午饭和早饭。

六月二十四日晚，和鲍里斯住在一块的日林斯基设宴招待法国朋友。这次晚餐的贵客是一位拿破仑的副官、一些法国近卫军军官和一个法国老贵族出身的少年——拿破仑的少年侍卫。就在这一天，罗斯托夫为了不被人认出，趁着天黑，身着便服来到蒂尔西特，来到日林斯基和鲍里斯的住处。

罗斯托夫和他所在的部队在对待拿破仑和法国人的态度上，还远远没有完成总部和鲍里斯身上所发生的这种化敌为友的转变过程。对波拿巴和法国人的愤恨、蔑视和恐惧的混合感情仍旧在军队中持续着。不久前，罗斯托夫与普拉托夫师的一位哥萨克军官谈话时，曾经争论一个问题：倘若拿破仑被俘，不能把他当作国君，要把他当作罪犯。不久前，在路上碰见一名受伤的法国上校，罗斯托夫激动地向他证明，在堂堂正正的皇帝和罪恶累累的波拿巴之间没有什么和平可讲。因此，在鲍里斯的住处碰见法国军官，他们穿的是他在侧翼前哨用另一种眼光看惯了的制服，这使他格外诧异。他一见从门缝里伸出一个法国军官的脑袋，那种面对敌人的敌对的情绪忽然涌上心头。他在门槛上停住，问德鲁别茨科伊是不是住在这里。鲍里斯听见前厅有陌生人的声音，就出去迎接。他一认出罗斯托夫，脸上就露出厌烦的神色。

"啊，是你，很兴奋，很兴奋看见你，"他说，总算露出微笑向他走过去。但罗斯托夫已经看到了他最初的表情。

"我似乎来得不是时候，"他说，"我本来不想来的，可是我有事要办，"他冷冷地说……

"不，我不过是奇怪你怎么从团队里来了。"这时有人叫他，于是他回答说："我立刻就来。"

"我看得出，我来得不是时候，"罗斯托夫说道。

"算了，算了，你怎么会来得不是时候呢，"鲍里斯说。他领罗斯托夫到用晚餐的房间，向客人介绍，说明他不是普通人，是骠骑兵军官，是他的老朋友。"这位是日林斯基伯爵，这位是 N.N 伯爵，这位是 S.S 上尉，"他说出客人的姓名。罗斯托夫皱着眉头看着法国人，勉强地鞠了鞠躬，一言不发。

日林斯基看样子不快活接待这个新来的俄国人参加他们的圈子，因此没有跟罗斯托夫搭话。鲍里斯努力使谈话活跃起来。一个法国人带着彬彬有礼的态度跟罗斯托夫说话,问他来蒂尔西特大概是要见皇上吧。

"不是,我是来办事的,"罗斯托夫简短地回答。

罗斯托夫看见鲍里斯脸上露出不快之色,心情一下子不自在起来。他觉得,大家都厌恶地瞅着他,都觉得他碍手碍脚。事实也的确是这样,他妨碍了大家,只有他一人置身于重新展开的谈话之外。"他坐在这儿干吗?"客人们向他投来的目光仿佛这么说。他站起身来,走到鲍里斯跟前。

"真的,我在这儿不方便,"他低声对他说,"咱们去谈一件事,谈完我就走。"

"哪里,一点也不,"鲍里斯说。"倘若你累了,到我房间里躺下休息一会儿吧。"

"说实在的……"

他们走到鲍里斯的小卧室。罗斯托夫没有坐,他很激动,仿佛鲍里斯得罪了他似的,他抓紧向他讲起杰尼索夫的案件,问他能不能通过他的将军在皇上面前为杰尼索夫求情,而且通过他把呈文转上去。鲍里斯跷着二郎腿,左手抚摸着右手的指头,就像将军听下属报告似的,听着罗斯托夫的讲述。罗斯托夫总觉得别扭。

"我听说过这类案件,我知道皇上对这种事情特别严厉。我的意见是不必惊动皇上。我看,最好直接请求兵团司令……不过,一般说来,我认为……"

"这么说,你根本不想帮忙,那你就干脆说好了!"罗斯托夫几乎嚷起来,不看鲍里斯的眼睛。

鲍里斯笑笑。

"相反,我尽力去办,不过我想……"

这时从门口传来日林斯基叫鲍里斯的声音。

"你去吧,去吧,去吧……"罗斯托夫说,他谢绝了晚餐,独自留在小卧室里,听着隔壁法国人愉快的谈话声,来回走了很久。

二十

罗斯托夫到蒂尔西特的那天,正是为杰尼索夫请愿最不利的一天。他本人无法去见值班将军,因为他穿着燕尾服,并且来蒂尔西特并没得到长官的准可;而鲍里斯呢,即使他乐意帮忙,也不能在罗斯托夫来到的第二天办妥。六月二十七日这一天,初步的和平条款签订了。两位皇帝交换了勋章:亚历山大得到荣誉团勋章,拿破仑接受了圣安德烈一级勋章。这一天,法国近卫营设宴款待普列奥布拉任斯基营。两国皇上都将出席这次宴会。

罗斯托夫被鲍里斯弄得又别扭，又不快活，晚饭后，鲍里斯来看他，他装作睡着了，第二天一大早，他没和鲍里斯见面就走了。罗斯托夫穿着燕尾服，戴着圆顶礼帽，在城里闲逛，观看法国人和他们的服装，观看街道和两国皇帝的驻地。

　　"鲍里斯不愿帮我的忙，我也不愿去求他。就是这样了，"罗斯托夫想道，"我们之间一切都完了，但是，在我没有为杰尼索夫尽我全部努力，主要的，在没有把呈文递给皇上以前，我是不离开这儿的。一定递给皇上！他在这儿！"罗斯托夫一面想，一面不自觉地又来到亚历山大的驻地。

　　房子周围有几匹坐骑，侍从们都聚在那儿，都在准备皇上出行。

　　"我随时都可能看见他，"罗斯托夫想道。"但愿我能够把呈文直接递给他，把一切都告诉他……难道会为我穿着燕尾服就抓我吗？不会的！他会知道谁有理，谁没有理的。他无所不晓，无所不知。有谁能比他更公正，更大度呢？即使因为我来到这儿把我逮捕起来，那又有什么要紧呢？"他望着一个军官走进皇帝的住处，心中想道。"这不是人人都可以进去吗？咳！都是扯淡！我进去亲手把呈文递给皇上：这样对于德鲁别茨科伊更糟，是他使我必须这样做。"罗斯托夫突然下了决心，连他自己都没想到，他摸了摸口袋里的呈文，就向着皇帝的住处一直走了进去。

　　"不啦，我现在绝不可以再像在奥斯特利茨战役之后那样错过了机会，"他想道，每时每刻都在期待着碰见皇上，他一想起这事，就觉得血液涌上心头。"我跑在他的脚下请求他，他扶起我，听我申诉，感谢我。""行善固然使人幸福，而为人申冤才是最大的幸福，"罗斯托夫心中想象皇上这样对他说。他从好奇地望着他的人们身边经过，向皇上住处的门廊走去。

　　一进门廊，有楼梯直通上去；右首有一扇关着的门。楼梯底下有一道通向一楼的门。

　　"您找谁？"有一个人问他。

　　"递请愿书，递给陛下的，"罗斯托夫颤抖地说。

　　"请愿书交给值日官，请从这边走（他指了指一楼的门），但是不会接受的。"

　　罗斯托夫一听这漠然的声音，心就凉了；随时都可能见到皇上的想法十分令人神往，但是他又觉得是那么可怕，他甚至想逃走了，但是，迎面来的宫廷侍仆给他打开了值班室的门，罗斯托夫走了进去。

　　一个三十来岁的矮胖子站在屋里。他一见罗斯托夫进来，就皱起了眉头。

　　"您贵干？请愿书？……"

　　"明天吧，来不及了……"

　　罗斯托夫转身正要走，那个人叫住了他。

"您是从谁那儿来的？您是什么人？"

"从杰尼索夫少校那儿来的，"罗斯托夫回答说。

"您是谁？是军官吗？"

"中尉，罗斯托夫伯爵。"

"胆大包天！要通过司令官呈递。您走吧，走吧……"他开始穿仆役递给他的制服。

罗斯托夫又回到门厅，看见门廊里已经站着许多身穿检阅制服的军官和将军，罗斯托夫还得从他们面前走过去。

罗斯托夫咒骂自己鲁莽，一想到随时可能碰见皇上，当着皇上的面受辱和被逮捕，——想到这里他的心都不跳了，他很明白自己的行为有失体统，十分懊悔，于是垂下眼睛，硬着头皮走出这座房子，从那群服装华美的侍从中间走过去，这时有一个熟悉的声音叫住了他，一个人的手挡住了他。

"是您啊，我的老天，您穿着燕尾服在这儿干吗？"一个低沉的声音问他。

这是一位骑兵将军，在这次战役中赢得皇上特别的宠信，他是罗斯托夫过去的师长。

罗斯托夫吃了一惊，正想辩解，但是他一见将军那副和蔼、有趣的脸，他就走到一旁，激动地向他讲述了全部案情，请求将军为熟悉的杰尼索夫说情。将军听完罗斯托夫的话，严肃地摇了摇头。

"可惜呀，可惜这么一个能干的人，把呈文给我吧。"

罗斯托夫刚把呈文交出去，把杰尼索夫的案情刚讲完，楼梯上就响起了急促的脚步声和马刺声，于是将军离开他，向门廊走去。皇上的侍从人员下了楼，向马跟前走去。还是那个曾参加奥斯特利茨战役的马夫别列托尔·海涅牵来了皇上的马，这时楼梯上响起轻微的脚步声，罗斯托夫立刻就听出了是谁的脚步声。罗斯托夫忘记了自己有被认出的危险，跟着几个好奇的百姓向门廊挤去，于是，在两年之后，他又看见了他所崇拜的依然如故的外貌、面孔、眼神、步态，他又看见了那个伟大和仁慈的皇上……对皇上的狂喜和热爱，又像往日一样强烈地在罗斯托夫心中复活了。皇上穿着普列奥布拉任斯基团的军服——白驼鹿皮裤子和高筒靴，佩戴着罗斯托夫不认识的勋章，走进门廊，手臂夹着帽子，戴着手套。他停下来环顾四周。他向一位将军说了几句话。他还认出了罗期托夫从前的师长，对他微微一笑，把他叫到跟前。

所有的侍从都闪开来，罗斯托夫看见那位将军向皇上谈了相当长的时间。

皇上对他说了几句话，就向他的坐骑走去。人们又向皇上挤去。皇上站在马旁边，一手扶着鞍子，向那位骑兵将军转过脸来，大声说，显然是为了让大家都听见。

"我办不到，将军，我办不到是因为法律比我更有力量，"皇上说。将军顺从地低着头，皇帝上了马，顺着大街疾驰而去。欢喜若狂的罗斯托夫和人群一起跟在他后面奔跑。

二十一

在皇上要去的广场上，普列奥布拉任斯基团的一个营在右首，戴熊皮帽子的法国近卫军的一个营在左首，面对面地排列着。

当皇上驰向持枪致敬的两个营的侧翼的时候，另一群骑者从对面的侧翼驰来，罗斯托夫认出为首的是拿破仑。拿破仑头戴小帽，肩挎安德烈勋章绶带，身穿白坎肩，外罩敞怀的青色制服，骑着一匹十分好的良种灰色阿拉伯马，他策马疾驰，来到亚历山大跟前，举了举帽子。罗斯托夫用骑兵的眼光观察他的动作，发现拿破仑骑马的姿势很难看，还坐得不稳。两个营都高呼："乌拉"和"皇帝万岁！"拿破仑向亚历山大说了一句话。两位皇帝都下了马，挽起手来。拿破仑脸上带着做作的笑容。亚历山大表情和蔼地跟他谈话。

法国宪兵骑着马往后推挡人群，罗斯托夫不顾马踩的危险，专注地注视着亚历山大皇帝和波拿巴的一举一动。意外令他大为吃惊的是，亚历山大以平等的身份对待波拿巴，波拿巴也是以平等的身份跟俄国皇帝谈话，泰然自若。

亚历山大和拿破仑带着一大群侍从向普列奥布拉任斯基营的右翼走去，一直走到站在那里的人群跟前。人们没有料到一下子离皇上这么近，站在前排的罗斯托夫很担心他会被认出来。

"陛下，请允许我把荣誉团勋章奖给贵军最勇敢的士兵。"一个尖厉的声音说，把每一个字母都咬得很清楚。

说话的是矮个子拿破仑。亚历山大认真地谛听他的话，他低下头，快乐地微微一笑。

"授给在这次战争中表现得最勇敢的士兵。"拿破仑又说，每一个音节都说得很清楚，他那镇定和自信的神气，使罗斯托夫大为气愤，他带着这种神情环顾立正站在他面前的俄国士兵的队列。

"请陛下让我问问上校的意见。"亚历山大说，他向营长科兹洛夫斯基公爵急忙走了几步。其间，波拿巴脱掉手套，把它扯破扔掉了。后面的副官赶忙跑上前去把手套捡了起来。

"给谁呢?"亚历山大皇帝低声问科兹洛夫斯基。

"听候您的吩咐,陛下。"

皇上不满意地皱了皱眉头,向四周看了一下,说:

"总得答复他呀。"

科兹洛夫斯基眼神坚决地扫了一下队列,连罗斯托夫也被扫进了他的视线。

"不会是我?"罗斯托夫想道。

"拉扎列夫!"上校眉头一皱,发出命令;站在排头的士兵拉扎列夫雄赳赳地走出来。

"往哪儿走? 就站在这儿!"几个低的声音喝住了不知往哪里去的拉扎列夫。拉扎列夫站住了,惊惶地斜着眼瞅瞅上校,他的脸直发颤。

拿破仑微微往后回了回头,把他那胖胖的小手往后伸,似乎要拿什么东西。他的侍从立刻就明白了是怎么回事,忙乱起来,互相低语,传送着一件东西,罗斯托夫昨天晚上在鲍里斯住处看见的那个少年侍卫跑向前去,毕恭毕敬向那只伸出的手俯下身来,把一枚缀有红绶带的勋章放到手上。拿破仑连看也不看,用两个指头一夹,勋章就夹进了两个指头之间。拿破仑走到拉扎列夫跟前,转脸看看亚历山大皇帝,表示他现在所做的是为了他的盟友。那只拿着勋章的白胖的小手往士兵拉扎列夫的扣子上按了一下。似乎拿破仑知道,只要他拿破仑的手往哪个士兵的胸前碰一碰,哪个士兵就会永远幸福,就是得了赏赐,就是天下最了不起的人。拿破仑刚把那枚十字勋章贴到拉扎列夫的胸前,就松了手,向亚历山大转过身去。几只俄国的和法国的殷勤的手,及时地接住了勋章,把它挂到军服上。拉扎列夫面色阴沉地向拿破仑看了一眼,仍旧静静地持枪敬礼,注视着亚历山大的眼睛。

两位皇帝骑上马走了。普列奥布拉任斯基营的队列解散了,和法国近卫军合在一起坐在给他们预备的餐桌前。

拉扎列夫坐在贵宾席上;俄法两国的军官拥抱他,祝贺他,握他的手。成群的军官和老百姓拥向前去,为的是看看拉扎列夫。俄国人和法国人的谈话声和喧笑声洋溢在广场上餐桌的周围。两个军官喝得满脸通红,兴冲冲地从罗斯托夫面前走过。

"老弟,筵席不错吧? 全是银器,"一个军官说。"看见拉扎列夫了吗?"

"看见了。"

"听说明天普列奥布拉任斯基营回请他们。"

"拉扎列夫真走运! 他得到一千二百法郎的终身年金。"

"弟兄们,瞧这顶帽子!"一个俄国士兵戴上法国兵的皮帽子,大声喊道。

"太好了,真妙极了!"

"你听到口令了吗?"一个近卫军军官对另一个军官说。"前天是拿破仑,法国,勇敢。昨天是亚历山大,俄罗斯,伟大;一天是我们的皇上发口令,另一天是拿破仑发口令。明天皇上将送一枚圣乔治勋章给一个最勇敢的法国近卫军。无法不这样呀!礼尚往来嘛。"

鲍里斯和他的同伴日林斯基也来观看普列奥布拉任斯基营的宴会。在回去的路上,鲍里斯看见了站在房子拐角的罗斯托夫。

"罗斯托夫!你好,咱们没有碰见,"他对他说,忍不住要问他发生了什么事,因为罗斯托夫脸上的表情十分阴沉,十分颓丧。

"没什么,没什么,"罗斯托夫答道。

"你来不来?"

"我来。"

罗斯托夫在屋角站了很久,远远地望着那些饮酒作乐的人们。他的脑海里充满了无法制止的痛苦的思绪。心中起了可怕的疑团。他一会儿想起杰尼索夫,想起他那改变了的神情、他的屈服,一会儿又想起整个医院的情景,那些断胳膊断腿,那些脏污和疾病。他现在竟身临其境似的感觉到了医院里死尸的气味,这甚至使他向四周环顾,想弄清楚这气味是从哪里来的。他时而想起自鸣得意的波拿巴和他那只白胖的小手,他现在是一国的皇帝,受到亚历山大皇帝的爱戴。锯断胳膊和腿,把人打死,到底是为了什么呢?他又想起得到勋章的拉扎列夫和受到惩罚而得不到宽恕的杰尼索夫。他冷不丁发现自己有这么奇怪的想法,使他吓了一跳。

普列奥布拉任斯基营的官兵们的食物气味,再加上他饥肠辘辘,把他从这种状态中唤醒过来:在动身之前得吃点东西。他走进一家饭店。在这里有好多人和军官,这些军官跟他一样,都穿着便服,他好不容易才弄到一份午餐。两个和他同师的军官跟他坐在一张桌上吃饭。谈话自然涉及和约。跟罗斯托夫同事的那两个军官,也像军中大多数人一样,对弗里德兰战役后缔结的和约是不满意的。他们说,只要再坚持一下,拿破仑就垮了,因为他的军队已经是弹尽粮绝了。尼古拉默不作声地吃东西,主倜若喝酒。他一人喝了两瓶酒。内心起伏的思潮不停地折磨他。他害怕沉沦于这些思想,但是又不能停止不想。罗斯托夫听见其中一个军官说,一看见法国人就有气,他忽然完全无缘无故、生气地喊叫起来,两个军官感到很惊讶。

"您怎么能知道应当怎么做就好些!"他喊道,血液忽然涌到他的脸上。"您怎么能判断皇上的行为,您有什么权利来评论?!我们既不知道皇上的意图,也不知道皇上的行为!"

"但是我一个字也没有提皇上啊,"那个军官辩解说。

可是,罗斯托夫不听他的。

"我们不是外交官,我们不过是个当兵的罢了,"他接着说。"命令我们去死,我们就不能不死。既然惩罚我们,那就是说,我们罪有应得,我们没有资格下断语。皇帝陛下乐意承认波拿巴皇帝,而且和他结成同盟,那就是说,不得不这样做。否则的话,倘若我们对什么都评论,那就没有什么神圣的东西了。那么一来,我们就会说,连上帝也不存在,什么都没有,"罗斯托夫捶着桌子喊道,在他的邻座看来,他的话根本不合时宜,可是,按照他的思路前后完全是一致的。

"我们的责任是竭尽职守,是打仗,而不去思考,如此而已,"他把话说完了。

"喝酒吧,"那个不愿争论的军官说。

"对,喝酒吧,"尼古拉附和说。"喂!再来一瓶!"他喊道。

第六部

一

1808 年,亚历山大皇帝到埃尔富特又一次会见拿破仑皇帝,关于这次隆重会见的壮观情景,彼得堡上流社会有许多议论。

1809 年,拿破仑和亚历山大两位所谓当代主宰的关系已经如此亲密,以至于当年拿破仑对奥地利宣战时,俄国军团竟开赴国外协助昔日的敌人波拿巴以反对昔日的盟友奥皇;上流社会甚至在传说拿破仑和亚历山大皇帝的一个妹妹有可能结婚。可是这个时期的俄国社交界除了谈论外交政策外,对国内的改革却格外注意,当时政府各部门的改革已经开始了。

与此同时,生活,及其对健康、疾病、劳动、休息这些切身利益的关心,对思想、科学、诗歌、音乐、爱情、友谊、仇恨、情欲的关心,——依旧执着地进行着,不受同拿破仑·波拿巴在政治上的亲近或者疏远的影响,不受一切可能的改革的影响。

安德烈公爵在乡下住了两年没有出门远行。皮埃尔想做的那些田庄改革的措施,因为他总是不能专心,结果一无所成,而安德烈公爵毫不张扬,也没有费多大的力气,就完成了这些改革措施。

他非常富于那种为皮埃尔所缺少的抓紧工作的本领,这种本领使他能够沉着地推动事业前进。

在他的一处田庄里,三百名农奴被解放了(这在当时的俄国是首批范例之一),在其他一些田庄里,徭役制改为代役租制。在博古恰罗沃村,由他出钱聘请一位懂医学知识的产婆,还聘请一位神父教农民和农奴的孩子们识字。

安德烈公爵有一半时间是在童山跟父亲和儿子那里度过的;另一半时间是在博古恰罗沃修道院度过的。虽然他对皮埃尔说过,他对外界发生的事情毫不关心,实事上他却在热切地关注着发生的一切,读了很多书,使他感到吃惊的是,他发现那些刚从彼得堡、也就是刚从生活的漩涡里来访他或者访他父亲的人,对于内政、外交的情况远没有他这个待在乡下不出门的人知道得多。

除了料理田庄,广泛阅读各种书籍之外,安德烈公爵在这期间分析了俄国最近两次不幸的战役,而且正在草拟改革俄国军队制度和法规的方案。

1809年春天,安德烈公爵前往梁赞省他儿子名下的田庄去观察,他是儿子的监护人。

他乘坐的是一辆敞篷马车,早春的太阳晒得人暖洋洋的,他看看刚出土的小草,看看才抽芽的白桦的嫩叶,看看一团团在明朗的蓝天下飘过的春天的白云。他什么也不想,只是高兴地毫无目的地往两边张望。

马车经过一年前他和皮埃尔在那里谈话的渡口。经过泥泞的乡村、打谷场、冬麦地、桥旁还有残雪的下坡,还经过泥土被雨水冲刷过的上坡、割过庄稼的田地以及有些地方已经发绿的灌木丛林,最后驰进两旁都是桦树林的道路。树林里有点热,一点风都没有。长满黏滑的绿叶的白桦树,一动不动,嫩绿的刚出土的小草和藕荷色的花朵冲开去年的落叶钻了出来,桦树林里有些地方散布着矮小的枞树,它那长青的粗糙的针叶,令人想起冬天。马一走进树林,就喷起鼻子,身上已经冒汗了。

仆人彼得对车夫说了句什么,车夫表示赞同。但是,看来彼得觉得车夫的赞同还不够,他在驭者座上向老爷转过身来。

"大人,真畅快呀!"他说,恭敬地微笑着。

"什么?"

"畅快,大人。"

"他说什么?"安德烈公爵想道。"对啦,一定是在说春天,"他一面想,一面往四外瞧看。"可不是嘛,全都绿了……真快呀!桦树、稠李、赤杨,全都绿了……可是没有看见橡树。啊,那儿有一棵橡树。"

路边立着一棵橡树。它大约比林子里的桦树老十倍,粗十倍,高两倍。这是一棵有两抱粗的大橡树,有些枝杈早先折断过,树皮也有不少伤痕。它那粗大笨拙、疙瘩流星的手臂和手指横七竖八地伸展着,像一个老态龙钟、满脸怒容、蔑视一切的怪物,微微含笑地站在桦树中间。只有它对春天的魅力不想屈服,既不愿看见春天,也不愿看见太阳。

"春天,还有什么爱情,幸福!"这棵橡树似乎在说。"你们对这老一套已无意义的愚蠢欺骗怎么不觉得厌倦呀!永远是这么一套,永远是欺骗!既没有春天,也没有太阳,也没有幸福。你们看那些被压死的棕树永远孤零零地站在那里,再看看我,我伸出我的伤了皮肤、断了骨头的手指,无论手指从哪儿长出来——从背脊或者从肋部,无论从哪儿长出来,我仍旧是老样子,我不相信你们那些希望和欺骗。"

在经过这片树林时,安德烈公爵好几次回头看这棵橡树,似乎希望从它身上得到点什么似的。橡树下有花有草,但它在这些花草丛中愁眉苦脸,相貌丑怪,性子执拗,站着一动不动。

　　"是啊,它是对的,这棵老橡树一千倍地正确,"安德烈公爵想道,"就让别的年轻人再去上当吧,但是我们是知道人生的,——我们的一生已经完结!"这棵老橡树在安德烈公爵心中引起了一连串绝望的、然而令人激动的淡淡的愁思。在这次旅途中,他似乎从头把自己的一生思考了一遍,又得出了从前那个心安理得的绝望的结论:他已经无所求,既不做什么坏事,也不惊扰自己,不抱任何希望,应当结束自己的一生了。

<h1 style="text-align:center">二</h1>

　　为了处理梁赞田庄监护事宜,安德烈公爵不得不去见该县贵族长。贵族长就是伊利亚·安德烈伊奇·罗斯托夫伯爵,安德烈公爵于五月中旬去访他。

　　时间已是暮春时节。树木全换上了新装,路上尘土飞扬,天气炎热,路过有水的地方,真想跳下去洗个澡。

　　安德烈公爵郁闷不乐,心事重重,考虑他见了贵族长要弄清一些什么事情。马车在花园的林荫道上驰向奥特拉德诺耶村罗斯托夫的住宅。从右边树林里传来姑娘们欢快的喊叫声,他看见一群姑娘在他的马车前面跑过。跑在最前头、离车最近的那个姑娘,长得十分苗条,苗条得出奇,黑头发,黑眼睛,穿一件黄印花布连衣裙,头上扎一条白手绢,手绢下面露出一绺梳得很平整的头发。不知这个姑娘在喊什么,她一认出是陌生人,连看也不看他一眼,就笑着回头跑开了。

　　安德烈公爵不知为什么突然觉得很难过。天气这么好,太阳这么亮,周围的一切都是这么喜气洋洋;但是这个苗条、漂亮的姑娘不知道并且也不愿意知道他这个人的存在,而对她个人的生活——或许是愚蠢的,然而却是愉快而幸福的生活,感到满足并且幸福。"为什么她如此兴奋?她在想什么?该不是想军事法规,也不是考虑梁赞代役租农民的安排吧?她在想什么?她为什么那么兴奋?"安德烈公爵情不自禁好奇地问自己。

　　1809 年伊利亚·安德烈伊奇伯爵住在奥特拉德诺耶,他仍像往常那样,差点把全省都请来打猎,看戏,吃饭,听音乐。也像款待每一位新来的客人一样,他对安德烈公爵非常欢迎,几乎是强逼着把他留下来过夜。

　　安德烈公爵度过了枯燥乏味的一天,这一天,两位老主人和一些最尊贵的客人

（由于命名日快要来到，老伯爵家中来了很多客人）都在款待他，博尔孔斯基有好几次看年轻人中间那个不知为什么总是笑声不停地愉快的娜塔莎，他一直在问自己："她在想什么？她为什么这么快活？"

晚上，剩下他一人，他久久不能入睡。他看了一会书，然后熄了蜡烛，又点着，屋里护窗板是从里面关着的，空气闷热。他恼恨这个蠢老头（他这样叫罗斯托夫）强留住他，说有些必要的文件还没有从城里取回来，他也后悔自己不该留下来。

安德烈公爵站起来，走过去想打开窗户。他刚一打开护窗板，月光仿佛久已警惕地守候在窗外，马上闯了进来。他打开窗户。夜很凉爽，沉寂，明亮。窗前有一排修剪过的树，它的一面暗黑，另一面发银灰色。树下生长着多汁的、潮湿的、曲卷的、有的叶茎呈现银灰色的植物。离黑色的树木更远一点的地方，有一个露水闪亮的屋顶，右首有一棵枝条曲卷的、干和枝又白又亮的树，树的上面，在几乎没有星星的明朗的春天的天空中，悬挂着一轮满月，他臂肘靠着窗台，眼睛凝视着天空。

安德烈公爵的房间是中层；在他上面楼房里也有人，也没有睡。他听见上面有少女的声音。

"只要再来一次，"上面一个少女的声音说，安德烈公爵马上听出了这个声音。

"你倒是睡不睡啊？"另一个声音问道。

"我不睡，我睡不着，叫我怎么办！喂，最后一次……"

两个少女的声音唱了一个乐句——一支歌最后的一句。

"啊，多么美呀！好了，现在睡吧，结束了。"

"你睡吧，我不睡，"第一个声音回答说。显然她整个人都探出了窗外，因为可以听见她的衣裳的沙沙声，甚至听见她呼吸的声音。周围一切，就像月亮和它的光和影，寂静无声，凝然不动。安德烈也不敢动弹，怕暴露了他的旁听。

"索尼娅！索尼娅！"又传来第一个声音。"咳，怎么能睡呢！你来瞧瞧，多么美呀！真的美极了！索尼娅，你醒醒吧，"她说话的声音差不多是含着泪的。"这么美的夜，从来没有过，从来没有过。"

索尼娅不快活地回答了一声。

"不，你瞧瞧月亮！……咳，真美呀！你到这儿来。亲爱的，我的好姐姐，到这儿来吧。你可知道？就这么蹲着，就这么蹲着，把膝盖抱得紧紧的，尽可能地抱紧，整个人都缩得紧紧的，——这样就会飞起来了。你瞧！"

"算了，别跌下去。"

他听见挣脱的声音和索尼娅不满意的声音：

"已经一点多了。"

"咳,你这个人只会把什么都给破坏了。好了,你走吧,你走吧。"

一切又寂静了,但是安德烈公爵知道她仍旧坐在那儿,他时而听见轻轻地移动声,时而听见叹息声。

"咳,我的上帝!我的上帝!这是怎么回事呀!"她忽然喊起来。"睡就睡吧!"砰的一声关上了窗户。

"没有人关心有没有我这个人!"安德烈公爵在听她说话时想道,不知为什么他在盼着她提起他,可是又害怕她提起他。"又是她!似乎故意似的!"他想。他心中忽然引起一阵出乎意料的年轻人的混乱思想和希望,这与他的全部人生观是大相径庭的,他感到没法说清自己这种精神状态,于是立刻睡着了。

三

第二天,安德烈公爵不等女主人出来,只向伯爵告辞,就动身回家了。

安德烈公爵回去时,已经是六月初了。他又驱车进入那片桦树林,那棵疙瘩流星的老橡树曾给他以古怪的深刻的印象。比一个半月以前,在森林中铃铛响得更深沉了;到处都非常丰满、浓密,到处都是绿荫;散布在桦树林中的小枞树,配合整个气氛,在毛茸茸的幼枝上长出了嫩绿的针叶。

整天都很热,不知哪儿在酝酿雷雨,但是只有不大一块乌云往道路的尘埃上和绿油油的树叶上洒了几个雨点。左边的树林在阴影中发暗;右边湿润,光亮,在太阳下闪光,被风吹得微微摇动。正是野花盛开的季节;夜莺在歌唱,歌声此起彼伏,时远时近。

"对了,就在这儿,在这座树林里,有一棵和我意气相投的老橡树,"安德烈公爵想道。"它在哪儿?"安德烈公爵一面想,一面向道路左边看,他不自觉地欣赏起那棵他所寻找的橡树来,它已经变得认不出来了。那棵老橡树全部变了样,它伸展着枝叶苍翠茂盛的华盖,静静地屹立着,在夕阳下微微摇曳。不论是疙瘩流星的手指,不论是伤疤,还是旧时的怀疑和悲伤的表情,都一扫而光了。透过坚硬的百年老树皮,在没有枝杈的地方,钻出鲜亮嫩绿的叶子。几乎令人不敢相信,这么一棵老树居然生出嫩绿的叶子。"这就是那棵老橡树,"安德烈公爵想道,他心里忽然有一种春天万物复苏的喜悦感觉。他一生中那些美好的时光,一下子涌上心头。奥斯特利茨战场上高高的天空,亡妻脸上责备的表情,在渡船上的皮埃尔,受到幽美夜色感动的那个少女,还有那个夜晚和月光——所有这一切,他都想起来了。

"不,才活了三十一个年头,并不能就算完结,"安德烈公爵坚决果断地说。

"光是我对自己的一切都知道是不够的,要让大家都知道,连皮埃尔和那个想飞到天上去的少女也要知道,要让大家了解我,我不应该只为我个人而活着,不要把我的生活弄得和大家的生活毫无关系,而是要我的生活影响所有的人,所有的人都和我一起生活!"

安德烈公爵旅行回来后,决定秋天到彼得堡去,他为这个决定提供了各种理由。每分钟他都想出许多非去彼得堡(甚至从军)不可的论据。正如一个月以前,他不理解他怎么会有离开乡村的想法一样,他现在甚至不理解他从前对积极投入生活怎么会产生了怀疑。他好像明白了,倘若他不把他的人生经验运用到实际中去,不再度积极投入生活,他的全部经验就会徒然浪费了,就毫无意义了。他甚至不明白,为什么以前根据如此微不足道的理由,就认为如果在有了生活的教训之后,又相信自己有用,相信可以得到幸福和爱情,那就未免把自己贬低了。现在理智展示了截然不同的东西。在这次旅行之后,安德烈公爵开始觉得住在乡下很寂寞,以前的工作不再使他感兴趣,他经常独自坐在书房里,然后走到镜子跟前,长时间地端详自己的脸。然后他转过身来,望着亡妻丽莎的画像,她留着卷发,温柔快活地从金色镜框里望着他。她已不再向丈夫说过去那种可怕的话了,她憨厚愉快地带着好奇的样子看着他。安德烈公爵倒背两手长时间地在室内走来走去,时而皱眉蹙额,时而微笑,他再三地思考那些不合理的、非语言所能表达的、像犯罪一般秘密的思想,这些思想是与改变了他的全部生活的皮埃尔、荣誉、坐在窗口的少女、老橡树、女人的美貌和爱情密不可分。每当这样的时刻,倘若有人进来见他,他总是格外冷淡、严厉、专断,讲些枯燥无味的道理。

"亲爱的"玛丽亚公爵小姐往往这时走进来,说,"尼古卢什卡今天不能出去散步:天气很冷。"

"倘若天气暖和,"在这样的时刻,安德烈公爵非常冷淡地回答妹妹,"那么他穿一件衬衫就行了,正因为冷,就应该给他穿暖和的衣裳,之所以要做暖和的衣裳正是为了这个啊。天冷,就应该这样做,而不是当孩子需要空气时留在家里,"他说得十分合乎逻辑,就仿佛为了他内心产生的秘密的、不合逻辑的思想而惩罚什么人似的。每当这时,玛丽亚公爵小姐就会想,脑力工作使男人变得多么冷酷无情啊。

四

1809 年 8 月安德烈公爵到了彼得堡。这一年正是年轻的斯佩兰斯基的声望达到顶峰的时候，也正是他全力推行他的改革计划的时候。就在这年的八月，皇上从马车上跌下来，跌伤了脚，他在彼得霍夫住了三个星期，每天只接见斯佩兰斯基一个人。在这期间，不但正在拟定两道非常著名和震动社会的法令——关于废除宫内官阶和关于八等文官和五等文官考试的法令，并且正在制定一部国家宪法，这部宪法付诸实施后，将改变上至枢密院下至乡公所现存俄国的司法、行政和财政制度。此刻亚历山大皇帝正在实现他在登基时所信仰的自由主义理想，他在实现这些理想时所依靠的助手本来是：恰托里日斯基、诺沃西利采夫、科丘别伊和斯特罗加诺夫等人，这些人被他戏称作社会救济委员会。

现在代替所有这些人的，文职方面是斯佩兰斯基，武职方面是阿拉克切耶夫。安德烈公爵到后不久，他以宫中高级侍从身份，出入宫廷，参加朝觐。皇上两次见到他，而两次都没和他说话。安德烈公爵从来就觉得，皇上不喜欢他，皇上讨厌他的面孔和他整个的人。从皇上向他投来的冷淡疏远的目光中，安德烈公爵比以前更证实了这个推测。朝臣们对安德烈公爵解释说，他不被皇上重视，是因为陛下对他1805年以来就不服兵役很不满意。

"我自己知道，人人都有自己的好恶，我们对它是束手无策的，"安德烈公爵想道，"因此，关于亲自向皇上呈递军事法规草案一事，连想也不用想了，但问题当然会有办法的。"关于草案的事他告诉了一位老元帅——他父亲的朋友。元帅约了一个时间，亲切接见了他，答应将此事奏明皇上。过了几天，安德烈公爵接到通知，要他去见陆军大臣阿拉克切耶夫伯爵。

在约定的那天早上九点钟，安德烈公爵走进阿拉克切耶夫伯爵的接待室。

安德烈公爵不认识阿拉克切耶夫，也从未见过他，但就他所了解的有关他的一切，并引不起他对此人的尊重。

"他是陆军大臣，是皇帝陛下的心腹；至于他个人的品质，可以不必管它；既然责成他审议我的草案，那么就是说，只有他才能通过我的草案，"安德烈公爵在阿拉克切耶夫伯爵接待室里，在许多人中间等待时，心中想道。

安德烈公爵在服役期间——多数时间是当副官，见过许多大人物的接待室，各种类型的接待室，他都很了解。阿拉克切耶夫伯爵的接待室是十分特别的。在阿拉克切耶夫伯爵接待室里，在等待召见的小人物的脸上，有一种羞愧和卑顺的表情；在大官的脸上，共有的表情是局促不安，但为了掩饰这种局促不安，却装作毫不在意，装作嘲笑自己，嘲笑自己的处境和嘲笑他们所等待召见的人。有些人思索着走来走去，有些人交头接耳，哈哈大笑，安德烈公爵听见"西拉·安德烈伊奇（是阿拉克切耶夫的绰号)"这个绰号和"老头子要人的"这句话,老头子尽管是指阿拉克切耶夫伯爵。有一位将军(大人物)因为等得太长时间而感到受了屈辱,他坐在那里两条腿交换着叠起来,一个人轻蔑地微笑着。

但是门一打开,所有人的脸上刹那间集中为一个表情——恐惧。安德烈公爵又一次请求值日官替他通报,但是值日官带着嘲笑的目光望着他说,到时候会轮到他的。在副官从陆军大臣的办公室里领进领出几个人之后,又进去一个军官,他那谦卑恭顺和诚惶诚恐的样子使安德烈公爵吃惊。接见这个军官持续了很久。忽然从门里传来一阵雷鸣般的呵斥声,那个军官面色灰白,嘴唇颤抖,抱着头穿过接待室走过去。

随后,安德烈公爵被领到门口,值日官低声说:"右首窗户跟前。"

安德烈公爵进入一间朴素干净的办公室,看见桌旁坐着一个四十来岁的人,腰身长长的,脑袋也是长长的,头发剪得很短,皱纹很深,绿褐色的眼睛上面是紧锁着的眉头,通红的鼻子奔拉着。阿拉克切耶夫向他转过脸来,但是眼睛并不看他。

"您有什么申请?"阿拉克切耶夫问。

"我没有什么……申请,大人,"安德烈公爵轻声说。阿拉克切耶夫把眼睛转向他。

"请坐,博尔孔斯基公爵,"阿拉克切耶夫说。

"我没有什么要申请的,皇帝陛下把我的军事法规草案批转给大人……"

"让我想想,亲爱的先生,那个草案嘛,我看过,"阿拉克切耶夫打断他的话,只有头几句话他说得亲切,接着腔调越来越变得唠叨并且轻蔑。"您提出新的军事法规?新法规太多了,连旧的都没人执行。何况新法规。现在都在写法规,写比做容易。"

"我是遵照皇帝陛下的旨意前来大人这儿看一下,您打算怎样处理我呈递的那个草案?"安德烈公爵恭敬地说。

"我在您的草案上签署了意见,已经送交委员会了。我反对,"阿拉克切耶夫说,他从写字台上拿起一份文件。"这就是,"他递给安德烈公爵。

公文纸上用铅笔写了一行字,没有大写字母,没有标点。"胡乱抄袭法国军事法典没必要放弃陆军条例。"

"草案交给什么委员会了?"安德烈公爵问。

"交给陆军条例委员会了,我还推荐阁下当委员。只是没有薪俸。"

安德烈公爵笑笑。

"我并不想要。"

　　"没有薪俸的委员，"阿拉克切耶夫又说一遍。"认识阁下，我很荣幸。喂！再传！还有谁？"他向安德烈公爵躬躬身，喊道。

五

　　安德烈公爵在等待任命他为委员会委员的正式通知的时候，走访了几个老相识，特别是有权有势的人和对他有用的人。他这时在彼得堡的心情，就似乎在战斗前夕所感受的一样，有一种骚动的好奇心折磨着他，难以抗拒地驱使他到最高统治阶层中去，那里所做的一切关系着千百万人未来的命运。从老年人的愤慨，从局外人的好奇，从当事人的慎重态度，从人们的忙忙碌碌和忧心忡忡，从他每天都要听到的数不清的委员会名称，他感觉到，在 1809 这一年，在彼得堡这个地方，正在酝酿一场大规模的国内战争，这场战争的总指挥是他所不认识的、非常神秘的、在他心目中认为很具天才的人——斯佩兰斯基。

　　安德烈公爵处在一个极为有利的地位，他在当时彼得堡最高级的各色圈子里都可以受到很好的接待。革新派欢迎他，拉拢他，第一，因为他以睿智和非常博学著称，第二，因为他解放了他的农奴，使他得到开明人士的名声。心怀不满的老一辈人，则希望他在反对革新上支持他们，因为他是老博尔孔斯基的儿子。妇女界和社交界欢迎他，因为他是一个富有、显贵的待婚男人，还由于传闻他已经阵亡和妻子的惨死，他差不多被看作传奇人物。此外，所有以前认识他的人，都众口一词地说，在过去五年间，他有巨大进步，性情温和了，老成持重了，不像先前那样矫揉造作、骄傲自大和冷嘲热讽，现在有一种与年龄俱增的沉稳风度。人们都在谈论他，对他发生兴趣，都希望会见他。

谒见阿拉克切耶夫伯爵的第二天，安德烈公爵晚上在科丘别伊伯爵家做客。他把谒见西拉·安德烈伊奇的经过告诉了科丘别伊伯爵。

"亲爱的"科丘别伊说，"就是这种事情，您也不得不通过米哈伊尔·米哈伊洛维奇。他是我们的总头。我告诉您吧。他答应今晚来这儿……"

"斯佩兰斯基和陆军条例有什么关系？"安德烈公爵问。

科丘别伊笑笑，摇摇头，仿佛对博尔孔斯基的天真感到吃惊。

"几天前我对他谈到您，"科丘别伊继续说："谈到您解放农奴……"

"哦，公爵，是您解放了自己的农奴呀？"一个叶卡捷琳娜女皇时代的老头子向博尔孔斯基转过身来，轻蔑地说。

"那是一处没有油水的小田庄，"博尔孔斯基极力把事情说得无关紧要。免得白白惹那个老头子恼火。

"您总是害怕落后，"老头望着科丘别伊说。

"有一点我不明白，"老头接着说，"倘若他们都解放了，那么谁来种地啊？草拟法律倒容易，管理起来就困难了。譬如现在吧，我问您，伯爵，倘若人人都得需要考试，那么谁来当各部门的首长啊？"

"由考试及格的担任，我想，"科丘别伊跷起二郎腿，环顾四周说。

"比如，我手下有一个叫普里亚尼奇尼科夫的，是一个正人君子，金不换的好人，但是他已经六十岁了，难道也得去考试？……"

"是的，是有点困难，因为咱们的教育太不普及了，但是……"科丘别伊伯爵还没说完，就站起来，搀起安德烈公爵的手，向一个走进来的人迎上去。这个人个子很高，秃顶，头发浅黄，四十来岁，前额宽阔，长脸，面色白得出奇。这人穿一身蓝色燕尾服，脖颈上挂一个十字架，左胸佩一枚金星勋章。这就是斯佩兰斯基。安德烈公爵立刻就认出了他，他心头猛然一跳。斯佩兰斯基整个外表属于那种使人一眼就能认出的特殊的类型。安德烈公爵至今还未见过有谁动作如此拙笨和迟钝，竟然这么镇静和自信，他也从未见过有谁在那半闭的、有点湿润的眼睛里，神情是那么坚定又那么温和，也从未见过毫无表示的笑容居然那么坚强，也从未听过有谁说话的声音是那么柔声细气，不高不低，还有从未见过那么白净细嫩的脸，尤其是那双手，虽然大了些，可是非同一般地丰腴、白净、细腻。这就是斯佩兰斯基，国务大臣，皇帝耳目，他在埃尔富特伴驾时，曾不止一次地与拿破仑会见和谈话。

斯佩兰斯基说话声音很低，满怀着人们都在听他说话的信心，他只望着谈话对手的面孔。

安德烈公爵十分注意斯佩兰斯基的每句话和每一动作。

斯佩兰斯基对科丘别伊说,他没能早些来,很抱歉,因为他在宫里被人留下了。他不直说皇上曾留过他。安德烈公爵看出他这是一种假装的谦虚。当科丘别伊向他介绍安德烈公爵的时候,斯佩兰斯基带着微笑慢慢地把眼睛转向博尔孔斯基,默默地望着他。

"我很兴奋同您认识,我听说过您,"他说。

科丘别伊简略叙述了一下阿拉克切耶夫接见博尔孔斯基的情形,斯佩兰斯基的笑容更展开了。

"陆军条例委员会主任马格尼茨基先生是我的好朋友,"他说,"倘若您愿意,我可以介绍您见见他。(他停了一下。)我希望您会发现他是一个富于同情心的人,他乐于促进所有合理的事情。"

在斯佩兰斯基周围马上围了许多人。

安德烈公爵没有参加谈话,他在观察斯佩兰斯基的一举一动,他在想,不久前这个人还是一个无足轻重的科学院的学生,而现在俄罗斯的命运就握在他的手里——那双丰腴白净的手里。

在人多的地方谈了一会儿以后,斯佩兰斯基站起来走到安德烈公爵面前,请他到房间的另一端。

"那位老先生谈得很起劲儿,把我给缠住了,公爵,弄得我没法和您谈谈,"他说,温和地笑笑,这种态度使安德烈公爵感到荣幸。"我早就知道您:第一,是因为您在处理您的农奴问题方面给我们做出了第一个范例,我们希望有更多的人遵循这个范例;第二,关于宫中官阶的新法令曾引起很多闲言杂语,而您并不因此把自己看作受了委屈的侍从。"

"是的,"安德烈公爵说,"家父不喜欢我利用这个特权,我是从低级官衔开始服务的。"

"令尊是老一辈的人,显然比一味非难这个措施的我们这一代人站得高,其实这个措施只不过恢复了理所当然的正义而已。"

"不过我觉得,这些非难也不是全无道理,"安德烈公爵说,他开始感觉到斯佩兰斯基对他的影响,他设法摆脱它。他不快活样样都和他一致:他想发表不同的意见。安德烈公爵一向言谈流畅,条理清晰,但是现在和斯佩兰斯基谈话时,却有词不达意的感觉。他太注意观察这个著名人物了。

"大概是出于个人的自尊心吧,"斯佩兰斯基低声插了一句。

"一部分也是为了国家，"安德烈公爵说。

六

安德烈公爵住在彼得堡的开始时期，觉得自己在独居生活时期所形成的一些想法，全部被彼得堡的身边琐事弄模糊了。

晚上回到家里，他在记事本上记下了好几处必要的访问，或者定好时间的约会。机械的生活，必须按时做到每日安排，耗费了他大部分的精力。他什么也没做，甚至什么也没想，并且也没有时间去想，只是一味地讲述他先前在乡间已经想好的问题，并且讲述得非常成功。

他有时察觉，他在同一天，在不同场合反复地谈论同一个问题。

星期三，斯佩兰斯基在自己家中单独接见了博尔孔斯基，跟他亲密地谈了很久，这次会见斯佩兰斯基又给安德烈公爵留下了强烈的印象。

安德烈公爵认为可鄙的渺小人物实在是多，他十分希望在某个人身上发现他所追求的至美至善的活的理想人物，因此他想当然地相信，他在斯佩兰斯基身上找到了一个非常有理性、有道德的理想人物。倘若斯佩兰斯基的出身和安德烈公爵一样，教养和道德观念也一样，那么博尔孔斯基就会很快发现他的弱点，发现普通人常有的非英雄的一面，但是现在这个头脑清晰令他惊异的人，正因为不为他人全部了解，更加使他肃然起敬。此外，不知是因为斯佩兰斯基欣赏安德烈公爵的才能呢，还是因为他必须把他笼络过来，斯佩兰斯基既在安德烈公爵面前卖弄他的冷静的理性，同时又用微妙的奉承讨好安德烈公爵。

在星期三晚上的长谈中，斯佩兰斯基不止一次地说："我们重视一切超出作为一般标准的习惯……"或者微笑着说："可是我们既要把狼喂饱，又要使羊安全……"或者说："他们不懂得这个……"总是带着这样的神情："只有咱们，您和我，咱们才懂得他们是什么人，咱们是什么人。"

这次和斯佩兰斯基长谈，更加强了安德烈公爵第一次会见他时的感觉。他在他身上看见了一个富于理性、思想周密、才智广博的人，他以全部的精力和坚强的意志取得权力，并利用这个权力为俄国谋福利。在安德烈公爵心目中，斯佩兰斯基正是他要做的那种人，这种人对所有生活现象能够提供合理的说明，只承认合理的事物是真实的，善于用理性的尺度衡量一切。在斯佩兰斯基的阐述中，一切都是那么简单明了，安德烈公爵忍不住全部同意他的意见。如果他表示反对或者争辩，那只不过因为他有意要显示自己有独立的见解和不完全服从他的意见罢了。一切都是对的,一切都很好,可是只有一件事使安德烈公爵感到不自在:这就是斯佩兰斯基的目光——它冰冷、清澈,使人看不透灵魂,此外还有那双白净滑腻的手。清澈的目光和白嫩的手莫名其妙地烦扰着安德烈公爵。

总之,使安德烈公爵惊奇的斯佩兰斯基的智力特征,是对智慧的力量和合理性有着毋庸置疑和决不动摇的信念。

在与斯佩兰斯基刚认识的时候,安德烈公爵对他产生了狂热的敬佩,正像他曾经对波拿巴产生的感情一样。斯佩兰斯基是神父的儿子,一些庸俗的人可能会瞧不起他,的确也有不少的人是这样的,因为这个缘故,安德烈公爵格外珍惜他对斯佩兰斯基的感情,并且不自觉地在他内心加强了这种感情。

博尔孔斯基在他那儿度过的第一个晚上,在谈到法典编纂委员会时,斯佩兰斯基带着讽刺的口吻对安德烈公爵说,委员会成立了一百五十年,花了数百万卢布,结果毫无成就,只有罗森坎普夫在各种不同的法律条文上贴一些标签而已。

"这就是国家花掉几百万卢布所得到的全部成绩!"他说。"我们想给参议院以新的审判权,可是我们没有法律。因此,像您这样的人,公爵,现在不出来服公务是一种犯罪。"

安德烈公爵说,"做这种工作需要法律知识,可是他没受过法律教育。"

"谁也没受过,那么您怎么办呢?这是一种恶性循环,我们必须从其中打出一条路来。"

一个星期后,安德烈公爵就任军事条例委员会委员,并且出乎他的意料,做了法典编纂委员会一个科的科长。应斯佩兰斯基的请求,他开始编纂民法第一部分,而且参照《拿破仑法典》和《查士丁法典》,草拟"人权"章节的条文。

七

1808 年,皮埃尔巡视了庄园以后,回到彼得堡,他不知不觉地当上了彼得堡共济会的首领。他安排会友的宴会和丧礼,发展新会员,忙于联系各个支会和寻求真正的会约。他捐款修建大厦,尽力补足义捐的数额,多数会员在这上头是吝啬的,不按时交款。他差不多是一个人出钱维持着共济会在彼得堡建立的一所贫民院。

他的生活仍像从前一样,尽情地寻欢作乐。他爱吃好的,喝好的,虽然他认为这种行为不道德,有失尊严,但是他无力拒绝他混迹其中的单身汉社会的那些娱乐。

皮埃尔整日忙乱,在纸醉金迷的生活中过了一年,才慢慢觉得,他越是想在共济会这块土地上站稳,他脚下这块土地就越是往下沉。同时他觉得,他脚下这块土地陷得越深,他就更加依赖这块土地。在他刚进入共济会时,他感觉自己就像一个人把一只脚信赖地踏上了沼泽地里一块平坦的地面似的。一只脚刚踩上去,就下沉了。为了最终证实他站的地方是否坚实,又踏上了另一只脚,于是陷得更深,越陷越深,无可奈何地在齐膝深的泥沼里移动了。

约瑟夫·阿列克谢耶维奇不在彼得堡。支会的所有成员全部都是皮埃尔认识的人,所以他很难只把他们当成会友,而不看作某某公爵,或者某某伊凡·瓦西里耶维奇,其中大多数都是他平时认识的肤浅的人物。在他们会裙和会徽下面,他看见的是他们平日追求的制服和勋章。在募捐收入的账上,常常有这种情况:总计十来个会员出了二十至三十卢布,大部分是欠账,而其中有一半欠账的人像他一样富有,每当这时,皮埃尔就会想起每个会员曾经答应把一切财产都献给邻人的入会誓言,于是他心中便起了一团疑念,但是他极力剔除这种疑念。

渐渐地皮埃尔开始对自己所做的事感到不满。至少就他在这里所见到的共济会来说,他觉得它完全建立在形式上。他并不想怀疑共济会本身,只是怀疑俄国的共济会走错了路,背离了它原来的教义。因此,年底皮埃尔到国外的共济会取经去了。

1809 年夏,皮埃尔回到了彼得堡。传说皮埃尔在国外得到了许多高级人员的信任,领会了很多秘密,被提升到更高的一级,并带回很多对俄国共济会有益的东西。彼得堡的会员们都来看他,巴结他,大家都觉得,他在隐藏着什么,同时又在准备着什么。

后来,确定召开了一次二级支会大会,皮埃尔答应在会上把他从共济会最高领袖那里学来的东西传授给共济会的会友。会议室里坐满了人。做完例行的仪式后,皮埃尔站起来演说。

他的演说给人的强烈的印象,但却引起了激烈的争论,大家莫衷一是。

会议结束时,教头带着恶意和讽刺的口吻指责皮埃尔太性急,而且说他在演讲中主导他的东西不是对德行的爱好,而是对争斗的热衷。皮埃尔没有辩驳,只是简单地问是否采纳他的建议,答复是否定的,于是皮埃尔不等举行例行的仪式,就走出支会,坐车回家了。

八

皮埃尔又陷入了他最害怕的苦闷中。他在支会发表演说后,一连三天躺在家里的沙发上，不接待任何人，也不到任何地方去。

在这期间他收到妻子一封信，她恳求见见他，她说她思念他，愿意把她的一生都献给他。

在信的结尾，她通知他，她近日内就从国外回彼得堡。

这封信之后，一个最不受他尊敬的会友闯进来见离群索居的皮埃尔，当谈到皮埃尔的夫妇关系时，这个人发表了一通意见，他说，皮埃尔不宽容妻子是错的，他不宽恕悔过的妻子是违反共济会的首要戒律的。

正在这时，他的岳母，瓦西里公爵夫人，派人来请他，求他哪怕去见她几分钟也好，因为有十分重要的事情要和他商量。皮埃尔看出这是有人对他要花招，想让他和妻子团圆，这在他目前所处的境况来看，也未尝不可。他什么都无所谓：皮埃尔认为生活中没有什么了不起的事情，由于现在他心情郁闷，以致使他既不重视自己的自由，也不重视非惩罚他的妻子不可的那股劲头了。

"谁都不对，谁都没有错，因此，她也没有错，"他想道。如果说皮埃尔没有当即同意和妻子复婚，那不过是因为他目前心情抑郁，使他无力做出任何决定。倘若他的妻子来了，他也不会把她赶走。比起缠绕皮埃尔心头的事情，和妻子同居也好，不同居也好，难道不都是一样吗？

皮埃尔没有答复妻子，也没有答复岳母，在一天深夜里整装出发，到莫斯科找约瑟夫·阿列克谢耶维奇去了。以下是皮埃尔的日记。

莫斯科，十一月十七日。

我刚从恩师那里回来，赶快把我在他那里的感受写下来。约瑟夫·阿列克谢耶维奇过着清贫的生活，三年来患着令人痛苦的病。从来没听见他叫苦过一声，也没听见他有怨言。从清早到深夜，除了吃最简朴的食物以外，他全在研究学术。他亲切地接待我，让我坐在他睡的床上；我向他打手势，他也以同样的手势回答我，而且带着温和的微笑问我在普鲁士和苏格兰支会学了些什么，有什么收获。我把我所知道的都给他讲了，而且告诉他我在我们的彼得堡支会上提出的那些原理、我所遭到的冷遇，以及我和会友们的决裂。约瑟夫·阿列克谢耶维奇静静地想了很久，然后他把他的看法告诉了我，他的观点马上照亮了我过去的一切，还有摆在我面前的全部的道路。他使我吃了一惊，问我可记得本会的三个目的：一，保守和了解秘密；二，为了领悟它，净化和完善自己；三，力求自我净化以达到完善全人类。这三条中哪个是首要的目的呢？当然是自我完善自我净化了。

　　"彼得堡，十一月二十三日。

　　我又和妻子同居了。岳母眼泪汪汪地来见我，她说海伦在这里，求我听她一句话，又说她是无辜的，她很痛苦，还有许多别的话。我知道，只要让我看见她，我就没法拒绝她的要求。我感到为难，不知道找谁帮助我。倘若恩师在这里，他会告诉我的。我躺在自己的房间里翻阅约瑟夫·阿列克谢耶维奇的信件，我想起我和他的谈话，从中得出结论：我不应该拒绝一个请求的人，对每个人都应当伸出援助的手，何况是一个和我的关系如此密切的人，我应当背负我的十字架。如果说，我宽恕她是为了道德的目的。我这样决定了，也是这样给约瑟夫·阿列克谢耶维奇写的信。我对妻子说，请她忘记过去的一切，我有什么对不住她的地方，请他原谅我，而我没有什么要宽恕她的。我这样对她说，使我感到兴奋。就让她不知道，重新和她见面使我十分痛苦。我在这所大宅子的楼上住下，正在体验一种新生的幸福。"

九

　　正像历来那样，当时聚在宫廷中和大型舞会中的上流社会人士，分成许多各有自己特色的小圈子。当中规模最大的要数法兰西小圈子，也就是以鲁缅采夫伯爵和科兰库尔为首的所谓拿破仑同盟。海伦和丈夫在彼得堡刚住下来，就在这个小圈子里占了一个最显著的地位。法国大使馆的官员以及许多属于这一派的人士，都来拜访海伦。

　　海伦在埃尔富特时，正碰上两国皇帝在那里会晤，她在那里同欧洲所有亲拿破仑的达官贵人都有了联系。她在埃尔富特获得了辉煌的成功。拿破仑本人在剧院里注意到了她，打听她是谁，对她的美貌很为欣赏。她作为一个风度优雅的美人而获得成功，并不使皮埃尔惊奇，因为她一年比一年变得更漂亮了。使他惊异的是，近两年来，他的妻子居然得到了"又聪明又美丽的可爱女人"的名声。有名的德利涅公爵给她写了八页的长信，比利宾在收集名言警句，为的是在别祖霍娃伯爵夫人面前说出来。在别祖霍娃客厅受到接待，被认为是头脑聪明的证明；年轻人在赴海伦的晚会之前，要博览群书，为了在她的客厅里能有话可谈；大使馆的秘书们，甚至大使们，都把外交秘密告诉她，因此，海伦形成了一种势力。皮埃尔知道她是很愚蠢的，他有时参加她那谈论政治、诗歌和哲学的晚会和谈话会，他总是怀着不解和恐惧的奇怪感觉。海伦·瓦西里耶夫娜·别祖霍娃所享有的所谓的声誉从来没有动摇过，她就是讲一些最俗不可耐和最愚不可及的话，大家仍然对她的每一个字都叹为观止，从其中寻求连她本人都意想不到的所谓意义。

皮埃尔正是这么一颗辉煌的交际明星所需要的丈夫。他是一个心意不安的怪人。是贵族大老爷式的丈夫，他不妨碍任何人，不但不破坏客厅的高贵气派，并且由于他不同于妻子的优雅委婉的风度，反而使她得到了有力的衬托。近两年来，因为皮埃尔的兴趣集中在抽象问题的研究，对其他东西都非常蔑视，结果使他在他不感兴趣的妻子的交际场中养成一种漠不关心，随随便便和对一切人都宽厚相待的态度，他这种态度十分自然，所以不禁令人肃然起敬。他像去看戏似的进入妻子的客厅，他认识每个人，对每个人都表示兴奋，对每个人也表示同样的淡漠。有时他参加他感兴趣的谈话，他不考虑有什么人在场，只顾发表自己的意见，有时这些意见与当时谈话的调子完全不合拍。可是，对这位彼得堡最出色的女人的怪物丈夫已经形成固定的看法，所以谁也不认真地对待他的高谈怪论。

自从海伦从埃尔富特回来以后，每天到她家来的年轻人中间，官运亨通的鲍里斯·德鲁别茨科伊是别祖霍夫家中最亲密的常客。海伦叫他我的年青侍从，把他看作孩子。她对他的微笑，跟对别人的，并没有什么不同，可是皮埃尔看见她那微笑，有时感到很不痛快。鲍里斯对皮埃尔很尊敬。这种尊敬的意味也使皮埃尔不安。三年前，妻子给他的侮辱曾使他那么痛苦，现在他想方设法避免这种侮辱，避免的方法是：第一，他不认为自己是妻子的丈夫；第二，他不允许自己猜疑。

"不会的，她现在已经不同了。那些往日的迷恋，不会再重演了，"他对自己说。"学者醉心恋爱，还没有这样的例子，"他老对自己重复这条莫名其妙的定理。但是说来奇怪，只要鲍里斯在妻子的客厅出现，皮埃尔就觉得手脚似乎被捆绑起来了一样，感到行动不自然和不自由。"多么奇怪的厌恶感觉，"皮埃尔想道，"先前我差不多是很喜欢他呢。"

在上流社会的眼中，皮埃尔是一个贵族大老爷，是有名的妻子的盲目可笑的丈夫，聪明的怪物，没有成就，但对任何人都无害的老好人。最近这段时期，在皮埃尔心灵中正在进行艰苦复杂的思想活动，这使他受益不浅，也引起很多精神上的怀疑和喜悦。

十

他仍旧写日记,下面就是他近来的日记。

十一月二十四日。

八时起床,读《圣经》,然后去上班(皮埃尔听从恩师的建议,已经在一个委员会服务),回家吃午饭,一个人吃(伯爵夫人那儿有很多我讨厌的客人)。晚上到伯爵夫人那儿。

我怀着幸福、安静的心情就寝。

十一月二十七日。

起晚了,醒来人还发懒,在床上躺了很长时间。我的上帝,帮助我,使我坚强起来,让我能够走你的路吧。读《圣经》,可是没有应有的感情。会友乌鲁索夫来了,我们谈论尘世的空虚。他提到皇上的新计划。我刚要责难,可是想起我的戒律和我们恩师的话:一个真正的共济会员,当国家需要他时,他应该是一个热心的事业家,当国家没有召唤他时,他就做一个冷静的旁观者。

十二月三日。

醒得很晚,读《圣经》,但没有感情。后来到大厅里,在那里来回踱步。我想思索一下,然而却想起四年前发生的一件事。在决斗后,多洛霍夫先生在莫斯科碰到我,他对我说,他祝我身心安泰,虽然太太不在这里。当时我没有理他。现在我回想起那次会见的细节,我在心中对他说出最恶毒的话和最刻薄的回答。当我发现自己又在暴怒时,这才醒悟过来,赶走了这种思想。但对这件事并没有非常忏悔,后来鲍里斯·德鲁别茨科伊来了,讲了一些冒险故事。从他一进门,我就讨厌他的来访,我对他说了难听的话。他顶了我一句。我火了,对他说了好些不快乐的甚至粗暴的话。他不吭声了,我很快清醒过来,但是已经太晚了。我的上帝,我根本不会跟他相处。原因是我的自尊心太强。我把自己看得比他高,所以显得自己比他更坏,因为他原谅我的粗暴,而我相反地瞧不起他。我的上帝,恩赐我吧,使我在他面前更多地看到自己的坏处,使我的行为能给他益处。饭后，我睡了一觉，当我刚要入睡时，清楚地听见有一个声音对着我的左耳说：'你的一天'。

我做了一个梦，梦见我在黑暗中走路，突然我被一群狗围了起来，可是我一点都不惧怕；突然一条不大的狗咬住了我的左大腿不放。我用两只手掐它的脖子。我刚把它摆脱掉，另外一条更大的狗又咬住了我。我把它举起来，但是越举得高，它就越大越重。会友 A. 突然来了，挽起我的手领着我走，把我领到一座大厦前面，要通过一条窄窄的木板才能走进大厦。我踏上木板，但是木板弯了，塌了，我只好往围墙上爬，两只手勉强才够着围墙。后来我费了很大的劲想翻过去，结果身子翻了过去，两条腿还悬在另一边。我环顾一下，看见会友 A. 站在围墙上，他指给我一条宽阔的林荫道和一座大花园，花园里有一座壮丽宏伟的大厦。我醒了。主啊，伟大的造物主啊！帮助我摆脱掉这些狗——各种情欲，尤其是摆脱掉那条把先前那些狗的力量聚于一身的狗，帮助我进入我梦中亲眼看见的那座道德的圣殿。"

十二月七日。

我梦见约瑟夫·阿列克谢维奇坐在我家里，我非常兴奋，想款待他。似乎我一个劲地同旁人闲谈，我忽然想起他可能对这个不快活，我想亲近他，拥抱他。但是一接近他，我看见他的脸变了，变得年轻了，他对我低声讲本会的教义，声音轻得听不清楚。然后我们都从屋里出来，发生了一件怪事。我们在地板上不是坐着就是躺着。他对我说了点什么。我仿佛很想让他知道我的感情，我不去听他的话，开始想象我心中的情况，以及上帝赐给我的恩惠。我的眼眶里涌出了泪水，他看见了这个，我很满意。可是他突然停止了谈话，愤怒地看了看我，跳起身来。我胆怯了，问他刚才是不是在说我；可是他没回答，只是对我做了一个和善的表情，随后我们突然来到我的卧室里，那里摆着一张双人床。他躺在床边上，我特别想和他亲热一下，也想躺在那里。他仿佛问我：'老实告诉我，您的主要癖好是什么？您可知道？我以为您是知道了。'我被问得不知如何是好了，我说懒惰是我主要的癖好。他怀疑地摇摇头。我更慌了，于是我对他说，我尽管照他的劝告和妻子同居，可是实际上并没有做妻子的丈夫。他对这一点表示反对，他说不应当不使妻子受到温存，他使我认识到那是我的义务。可是，我回答说，我羞于那样干；于是突然一切都消失了。

十二月九日。

我做了一个梦,醒来心头仍在乱跳。我梦见我在莫斯科家里的大起居室里,约瑟夫·阿列克谢耶维奇从客厅里走出来。我马上看出他完成了重生,我跑过去迎接他。我吻他的手,他说:'你有没有注意我的脸变样了?'我仍旧拥抱他,看了看他,我仿佛看见他的脸变得年轻了,可是没有头发,而面容根本不同了。我对他说:'倘若我偶然遇见您,我会认出您的'但是我又在想:'我说的是实话吗?'我忽然看见,他像一具僵尸似的直挺挺地躺在那里;后来他逐渐苏醒过来,和我一起走进一间大书房,他手里拿着一本用图画纸装订的大书。我说:'这是我画的。'我把书打开,书里每一页都有漂亮的图画。我知道这都是画的灵魂跟它爱人的恋爱故事。我似乎看见书里有一幅美丽的少女画像,她穿着透明的衣衫,身体也是透明的,正在向云端飞去。我知道这个少女不过是《雅歌》的象征。我一面看这些图画,一面觉得我正在做坏事,但是我的眼睛离不开这些图画。"

十一

罗斯托夫家在乡下住了两年,在这期间,他们的经济状况并没有好转。

尽管尼古拉·罗斯托夫拿定主意在不出名的团队继续当一名小军官,花费比较少,可是在奥特拉德诺耶过的是那样的生活,特别是米坚卡那样处理事情,结果债务逐年不断增加。老伯爵觉得,唯一的办法就是担任一份公差,于是他就到彼得堡去谋事;如他所说,一边谋事,一边最后一次让姑娘们寻寻开心。

罗斯托夫家到彼得堡不久,贝格就向薇拉求婚,他的求婚被接受了。

罗斯托夫家在莫斯科尽管属于上流社会,其实他们并不知道也不在意他们是属于哪个社会,但是在彼得堡他们的交游却相当庞杂并且不固定。在彼得堡他们是被人看不起的外省人,而那些看不起他们的人,无论他们是属于哪个社会的,在莫斯科都曾受到罗斯托夫家的款待。

罗斯托夫家在彼得堡也像在莫斯科一样好客,他们的餐桌上坐着各色人等:奥特拉德诺耶的邻人,境况欠佳的老地主及其女儿们、宫廷女官佩龙斯卡娅、皮埃尔·别祖霍夫,以及在彼得堡当差的县邮局局长的儿子,等等。在男客里面,鲍里斯、皮埃尔、贝格很快成为罗斯托夫在彼得堡家中的常客;皮埃尔是老伯爵在街上碰到后强拖到家里来的,贝格每天都待在罗斯托夫家,他对薇拉伯爵小姐表现了一个有意求婚的年轻人所能表现的那种殷勤。

贝格把他在奥斯特利茨战役受伤的右手给人看,用左手扶握着根本无用的军刀,他这样做倒也没有白费。贝格由于奥斯特利茨战役而得到两枚勋章。

在芬兰战争中,他也顺利地立了功。他因为参加芬兰战争又得到两枚勋章。1809 年他是佩戴几枚勋章的近卫军大尉,并且在彼得堡兼任几个十分肥美的差事。

虽然有些自由派的人,在听到贝格的功绩时,微微一笑,可是也不得不承认,贝格是一名勤恳、勇敢、得到上级赏识的军官,并且是一个前程辉煌、品行端正的青年。

四年前,在莫斯科一家剧院里,贝格向一位同事说:"薇拉将成为我的妻子,"从那时起,他就下决心娶她。现在在彼得堡,他比较了一下罗斯托夫家的和自己的经济地位,他认为时机到了,于是提出了求婚。

最初,人们对贝格的求婚怀着不光彩的疑心。一个利沃尼亚地方无名小贵族的儿子,居然向罗斯托娃伯爵小姐求婚,当然未免令人奇怪;可是贝格的自私自利表现得那么天真,那么憨厚,使得罗斯托夫家的人们不禁觉得,既然他本人有这么大的信心,认为这是一件好事,甚至是一件大好事,那么这一定是一件好事。况且罗斯托夫家的经济状况很不妙,求婚的人不可能不知道,而且薇拉已经二十四岁了,各处都露过面,尽管她确实长得好看并且通情达理,可是从未有人向她求过婚。所以就同意了。

"您要知道,"贝格对他的一个同事说,"您要知道,我全部都考虑到了,倘若我不把一切都算计好,倘若还有什么不妥的地方,我是不会结婚的。现在我爸爸和妈妈的生活已经有了保障,我在波罗的海边区给他们安排好了地租,我在彼得堡靠我的薪俸、靠她的财产、靠我省吃俭用,就过得去了。可以过得不错。我不是为了金钱而结婚,那样是不正派的,可是妻子应当带来她的一份,我也添上我的一份。我有公务,她有社会关系和一笔小小的财产。这在当今时代不是无关紧要的,你说是不是? 主倘若,她是一个既美丽又可敬的姑娘,而且爱我……"

贝格脸红了,笑了笑。

"我也爱她,因为她懂得人情世故,性格极好。她那个妹妹,一母所生,就根本不同,性格令人讨厌,头脑也不行,她是那么个劲儿,您知道吧? ……但是,我的未婚妻……将来您到我家里去……"贝格接着说,他原来想说"吃饭",可是改变了主意,却说了"喝茶"。

最初,贝格的求婚在双亲心中引起了惶惑不解的感觉,家中有些节日欢乐气氛,但是欢乐不是真诚的,而是表面的。家人对于这桩婚事,都有一种惶惑不安和惭愧的心情。最感到不安的是老伯爵。他说不出让他不安原因,其实这个原因就是他的经济状况。他实在不清楚他还有多少财产,有多少债务,他能给薇拉什么陪嫁。当女儿出生时,给每个女儿都预备了带有三百农奴庄子的陪嫁;但是现在有一处庄子早已卖掉了,另一处抵押出去了,而且已经过了赎回的期限,也非卖掉不可,所以陪送田庄就不可能了。又没有现钱。

贝格已经当了一个多月的未婚夫了,离婚期只有一个星期了,但是伯爵仍没有解决陪嫁的问题,也没有跟妻子商量。伯爵有时想把梁赞的田庄给薇拉,有时想卖掉森林,有时又想贷款。在婚期的前几天,贝格一大早走进伯爵的书房,满脸是兴奋的微笑,恭敬地请未来的岳父告诉他,薇拉伯爵小姐有什么陪嫁。伯爵被这早已预感到的问题弄得非常狼狈,他不假思索就说道:

"你这么关心,叫我兴奋,我兴奋,会叫你满意的……"

他站起来拍了拍贝格的肩膀,想结束这场谈话。可是贝格笑嘻嘻地解释说,倘若他不确切地知道给薇拉多少陪嫁,预先拿到陪嫁中的哪怕一部分,那么,他就得退婚了。

"伯爵,请您想一下,这是因为:倘若我没有一定的资产来维持我妻子的生活,现在就断然结婚,那我的行为就太可鄙了……"

最后谈到结果,伯爵想做得很大方,不愿意再听到什么新的要求,就答应给八万卢布的期票。贝格温和地笑笑,吻了吻伯爵的肩膀,他说他非常感谢,但是,倘若拿不到三万现款,他现在无法安排新的生活。

"至少两万,伯爵,"他又添了一句,"开六万的期票就行了。"

"好,好,就这么办,"伯爵赶快说,"不过,请你原谅,亲爱的朋友,两万现款,我给,另外我还给八万的期票。就是这样,吻我吧。"

十二

娜塔莎十六岁了,这是 1809 年,也就是四年前和鲍里斯亲吻之后,她扳着指头数到的这一年。从那时起,她从没见过鲍里斯。在索尼娅和母亲面前谈起鲍里斯的时候,她像谈久已过去的事,毫不在意地说,以前的一切都是孩提的事,不值得一提,早就忘记了。但是,在她内心最隐秘的深处,关于她向鲍里斯发出的誓言是闹着玩呢,还是认真的有约束力的许诺,却是一个使她苦恼的问题。

鲍里斯自从 1805 年从莫斯科去军队以后,他跟罗斯托夫家里的人从没见过面。他有好几次回莫斯科,可是一次也没有去罗斯托夫家。

娜塔莎有时在想,他不想见她,当长辈提到他时,口气那么忧郁,这更证实了她的怀疑。

"现在都不把老朋友记在心上了。"一提起鲍里斯,老伯爵夫人就这么说。

安娜·米哈伊洛夫娜最近极少去罗斯托夫家,她似乎特别拿起架子来了,她一谈起儿子的好处和他那光明的前程,就眉飞色舞,兴奋不尽。罗斯托夫来到彼得堡后,鲍里斯就去拜望他们。

他去他们那里,内心并不是不激动。对于娜塔莎的回忆,是鲍里斯最富有诗意的回忆。可是,他下决心要在这次拜访中让她和她的双亲明确地感觉到,他和娜塔莎儿童时代的关系不可能是一种约束。他和别祖霍娃伯爵夫人的亲密关系使他在社交界的地位辉煌,又凭着一位非常信任他的重要人物的保护,他在军界也是地位显赫,他已经暗下决心:要与彼得堡最富有的姑娘结婚,实现这个计划根本不成问题。当鲍里斯走进罗斯托夫家的客厅的时候,娜塔莎正在自己的房间里。她一听说他来了,脸就红了,她差不多是跑着进了客厅,她那非常亲切的微笑,使她精神焕发。

鲍里斯记忆中的娜塔莎,还是四年前他所看到的那个样子:身穿短短的连衣裙,发绺下面一双乌黑晶亮的眼睛,孩子气的狂笑,所以,当一个完全不同的娜塔莎进来的时候,他不自在起来,脸上现出惊喜的表情。这种表情使娜塔莎特别兴奋。

"怎么,还认得你那小朋友——淘气鬼吗?"老伯爵夫人说。鲍里斯吻了吻娜塔莎的手,他说,她变得使他惊奇。

"您漂亮了!"

"那还用说!"娜塔莎眼神含笑地回答。

"爸爸见老了吧?"她问。娜塔莎坐下来,没有参加鲍里斯和伯爵夫人的谈话,她静静地上下细心打量她童年时代的追求者。他感到执着而亲热的目光的压力,他不时望她一眼。

鲍里斯的制服、马刺、领带、发式——所有这一切都是最时兴的。娜塔莎一下就看出来了。他在伯爵夫人身旁微微侧着身子坐在扶手椅里,用右手整理紧套在左手上的手套,十分文雅地抿着嘴,谈论彼得堡上流社会的娱乐,用温和的嘲弄口吻回忆莫斯科的往事和莫斯科的熟人。娜塔莎觉得,他在谈所谓最高级贵族的时候,提到他曾经参加某大使的舞会,以及赴 NN. 和 SS. 的邀请,都是有用意的。

娜塔莎始终平静地坐在那里蹙眉看他。这个眼神越来越使鲍里斯不安和窘迫。他不停地转脸看娜塔莎和中断谈话。他坐了不到非常钟,就告辞了。望着他的,依旧是从前那双好奇的、挑逗的、微含讥笑的眼睛。在这第一次拜访之后,鲍里斯对自己说,娜塔莎仍旧像从前一样令他神往,但是他不应该做感情的奴隶,因为跟这么一个差不多没有财产的姑娘结婚,就会毁掉自己的前程,而倘若目的不在结婚而恢复从前的关系,那是卑鄙的行为。鲍里斯决心不再跟娜塔莎见面,但是,尽管下了这个决心,过了几天他又去了,而且逐渐地去得更勤了,整天地在罗斯托夫家里度过。他觉得他应该向娜塔莎解释一番,告诉她过去的事应该忘记,不论怎么说……她不能成为他的妻子,他没有财产,他们永远不会把她嫁给他的。可是他总也没有作成,不好意思张口做这样的解释。他一天天地越来越陷得难以自拔。在母亲和索尼娅看来,娜塔莎仍旧爱鲍里斯。她唱他喜爱的歌给他听,拿她的纪念册给他看,逼他在上面题字,不让他提过去的事,只让他说现在是多么美好;他每天都是神情恍惚地离开那里,没有说出他想说的话,连他自己也不知道他在做什么,为什么而来,会有什么结果。鲍里斯不到海伦那里去了,每天都接到她的短简责难,但是他依然整天在罗斯托夫家里度过。

十三

一天晚上,老伯爵夫人戴着睡帽,穿着睡衣,她叹着气,不停地清嗓子,在一小块地毯上跪着祈祷,这时只听吱一声门响,娜塔莎赤脚穿着便鞋跑进来,她也是穿着睡衣,头上扎着卷发纸。伯爵夫人转脸看了看,皱了皱眉头。她正在念最后一句祈祷词:"难道我的床就是我的坟墓吗?"她的祈祷情绪没了。娜塔莎红着脸,兴致勃勃,她一见母亲在祈祷,就一下停住脚步,身子往下一蹲,忍不住伸了伸舌头。她看见母亲还在祷告,就踮着脚尖跑到床前,轻快地用一只小脚蹭另一只小脚,把鞋子甩掉,纵身跳到伯爵夫人害怕成为她的坟墓的床上。娜塔莎跳上去,陷到羽绒褥子里,滚到墙边,拉起被子蒙住头,把膝盖曲到下马颏,踢打着两只脚,差点笑出声来,她时而把头蒙起来,时而露出头来看看母亲。伯爵夫人做完了祷告,走到床前,脸上带着严肃的表情;可是她一见娜塔莎蒙着头,就露出和善的微笑。

"哎,哎,哎,"母亲说。

"妈妈,咱们谈一件事,好不好?"娜塔莎说。"来,亲亲你的脖颈,再亲一下。"她搂着母亲的脖子,在下巴颏下面吻了又吻。

"今儿要谈什么呀?"母亲枕好枕头,等娜塔莎翻了两下身,把手伸出来,摆出一脸严肃的神情,和她并排睡在一个被窝里的时候,说道。

趁伯爵还没有从俱乐部回来,娜塔莎夜间来玩,是母女二人最大的乐趣。

"今儿要谈什么? 我必须告诉你……"

娜塔莎用手捂着母亲的嘴。

"谈谈鲍里斯的事……我知道,"她一本正经地说,"我正是为这来的。您别说,我知道。不,您告诉我!"她放开了手。"您告诉我,妈妈。他可爱吗。"

"娜塔莎,你十六岁了,我在你这个年龄,已经结婚了。你说鲍里斯可爱。他很可爱,我像爱儿子一样爱他,但是你要怎么样呢?……你是怎么想的? 你彻底把他迷住了,这个我是看得出的……"

说到这里,伯爵夫人瞧了女儿一眼。娜塔莎躺在那里一动不动,直瞅着床角红木雕刻的狮身人面像,母亲只能看见女儿的侧面。她脸上那副特别严肃,特别专注的神情,使伯爵夫人感到惊奇。

娜塔莎一面听,一面沉思。

"那又怎样呢?"她说。

"你完全把他弄得神魂颠倒了,何必呢? 你要他怎样呢? 你要知道,你是不能同他结婚的。"

"为什么?"娜塔莎仍旧没变姿势,说。

"因为他年轻,因为他穷,因为他是一个亲戚……因为你自己并不爱他。"

"您怎么知道?"

"我知道。这样不好,我的孩子。"

"但是,倘若我要……"娜塔莎说。

"别瞎说……"伯爵夫人说。

"但是,如果我要……"

"娜塔莎,我跟你说正经的……"

娜塔莎不让她说完,就把伯爵夫人的大手拉过来,先吻手背,然后吻手心,然手又翻过来吻上边手指的关节,然后吻关节与关节之间的地方,然后又吻上边的关节,嘴中念念有词:"一月,二月,三月,四月,五月。"

"您说呀,妈妈,您干吗不说话呀? 说吧,"她一面说,一面转过脸来看母亲,而母亲温柔的目光也正在看女儿。

"这不行,我的好孩子,你们童年时代的关系,不是所有的人都能理解的,在常来咱家的别的年轻人眼中,看见他和你这么亲密,可能对你有不好的看法,主要的,何苦叫他受罪。也许他已经找到合适的对象,有钱的姑娘;但是现在他发了疯啦。"

"他疯了?"娜塔莎又说了一遍。

"我给你讲讲我自己的故事,我有一个表兄……"

"我知道——基里拉·马特维奇,不过他是个老头子。"

"他并不是一直就是老头子。你听我说,娜塔莎,我要跟鲍里斯谈谈。叫他不要来得这么勤……"

"既然他愿意来,为什么不叫他来?"

"因为我知道,这不会有什么结果的。"

"您怎么知道呢? 不,妈妈,您别对他说。那像什么!"娜塔莎说,她那语气就像有人要夺去她的财产似的。"好吧,我不同他结婚,就让他来吧,既然他兴奋,我也兴奋。"娜塔莎笑容满面望着母亲。

"不结婚,就这个样儿,"她又说一遍。

"就怎么个样儿啊,我的孩子?"

"就这个样儿。不结婚好得很,不过……就这个样儿。"

"就这样,就这样,"伯爵夫人说,她笑得全身震动。

"得了,得了,别笑啦,"娜塔莎喊道,"整个床都颤动了。您太像我了,也爱大笑……等一等……"她抓起伯爵夫人的两只手,吻小手指的一个关节——六月,接着吻另一只手,七月、八月。"妈妈,他爱得厉害吗? 您看是这样吗? 您也被人这样爱过吗? 十分可爱,十分、十分可爱! 就是有点不合我的口味——他是那么窄,窄得像饭厅里的钟……您明白吗? ……太窄,您知道吧,颜色发灰,太浅……"

"你胡说什么!"伯爵夫人说。

娜塔莎继续说:

"您真的不懂吗? 倘若尼古拉就会懂得……别祖霍夫——他是蓝的,深蓝中带红的颜色,并且他是四方形的。"

"你也向他卖俏呢,"伯爵夫人笑着说。

"不,他是共济会员,我知道了。他太好了,深蓝透红,怎么给您说呢……"

"我的伯爵夫人哪,"是伯爵的声音。"你还没睡吗?"娜塔莎光着脚跳下床,抄起鞋就跑回自己的房间去了。

她久久不能入睡,一直在想,谁都不能理解她所想的一切,以及她内心的一切。

"索尼娅?"她想道。"不,她哪里会了解! 她是个有修养的姑娘。她爱上了尼古拉,再也不想别的了。连妈妈也不了解。我是多么聪明,多么……简直令人惊奇,她是那么可爱,"她用第三人称来谈论自己,她心中想象议论她的人是一个非常聪明、聪明绝顶、最好的男人……"她身上什么都有,什么都有,"这个男人继续说,"十分聪明,可爱,并且漂亮,特别漂亮,灵活——游泳、骑马,样样都擅长,还有那副嗓子！是一副奇妙的嗓子！"她想着便不知不觉地进入了美妙的梦乡。

第二天伯爵夫人把鲍里斯请到家里，同他谈了一次话，从此他就没有再来罗斯托夫家。

十四

1810年新年前夕，一位叶卡捷琳娜时代的大臣家里举行舞会。外交使团和皇帝全要参加这次舞会。

在英吉利滨海街上，那位大臣的有名府第内灯火通明。灯火辉煌的大门前，警卫森严，站在门前台阶上守卫的，不但有宪兵，还有警察厅长和几十名警察。车水马龙，川流不息，马车上的仆人身穿红制服，头戴羽饰帽子。从马车里走出身穿制服、佩戴勋章和绶带的男人；身穿绸缎裙衫和灰鼠皮大衣的妇女，小心地踏着踏板，走下马车，然后从入口的红毡上匆匆地走进去。

差不多每到一辆马车，在人群中就有一阵低语声，人们都摘下帽子。

"是皇上吗？……不是，是一位大臣……亲王……大使……你没看见那羽毛吗？……"人群中有人说。

前来赴舞会的，三分之一的人已经到了，但是罗斯托夫一家，还正忙着装束打扮呢。

罗斯托夫家为了这次舞会曾有许多议论和准备，也曾有许多忧虑，担心得不到邀请，衣服不齐全。

陪同罗斯托夫一家赴舞会的是玛丽亚·伊格纳季耶夫娜·佩龙斯卡娅，她是伯爵夫人的朋友和亲戚，人长得又黄又瘦，是前朝的宫中女官，现在罗斯托夫一家在彼得堡上层社交界的活动，就是由她来指导。

罗斯托夫家的人应该在十点钟到道利达花园去找那位女官，但是九点五十五分了，小姐们仍没有穿好衣裳。

这是娜塔莎第一次参加大型舞会。早上八点她就起床，整天都处在狂热的忙乱中。从一大早起，她所有的精力都用在一件事情上，那就是要使她们每个人：她自己、妈妈、索尼娅——都打扮得再漂亮不过。索尼娅和伯爵夫人十分信赖她。

主要的事都已经做完了：脚、手、脖子、耳朵，都已经按照舞会的要求格外仔细地洗过，喷过香水，搽过香粉；都已穿上透花丝袜和带蝴蝶结的白缎鞋，头发也快梳好了。索尼娅穿好了衣服，伯爵夫人也穿好了；但是为大家忙合的娜塔莎却落了后。她还在镜子前面坐着，瘦削的肩头上披着化装罩衫。已经穿好衣服的索尼娅站在屋子中间,把大头针用力地别进最后一条绸带上,把她那纤细的手指按得生疼。

"不对,不对,索尼娅!"正在梳头的娜塔莎双手握着女仆来不及放手的头发,转过身来说,"不是那样打花结,你过来。"索尼娅蹲下身来。娜塔莎换个式样别好了花结。

"不是那样的,小姐,那样不行,"握着娜塔莎的头发的女仆说。

"哎呀,我的上帝,等一会再说! 就是这样,行啦,索尼娅。"

"你们好了吗?"传来伯爵夫人的声音。"快十点了。"

"立刻就好,立刻就好。您好了吗,妈妈?"

"就剩下钉帽子了。"

"您别钉,等我来,"娜塔莎喊道,"您不会!"

"已经十点了!"

十点半就应该到舞场,但是娜塔莎还得穿衣裳,还得到道利达花园。

娜塔莎梳好头,穿着下面露出舞鞋的短衬裙,母亲的短晨衣,跑到索尼娅跟前,把她观赏了一番,然后又跑到母亲跟前。她把母亲的头转来转去,把帽子钉好,利落地吻了吻她的白发,又跑回给她缝裙子的女仆们那里。

娜塔莎的裙子,耽搁了时间,因为裙子太长了;两个女仆正在缝裙子下摆,急促地把线头咬断。第三个女仆嘴里含着大头针,在伯爵夫人和索尼娅之间跑来跑去;第四个女仆高高举着薄纱白裙衫。

"玛夫鲁莎,赶快点,亲爱的!"

"总该好了吧?"伯爵夫人走进来说。"给你们香水。佩龙斯卡娅说不定已经等急了。"

"缝好了,小姐,"那个女仆说。

娜塔莎开始穿衣服了。

"等等,等等,爸爸,别进来!"她对推开门的爸爸喊道,整个脸都盖在轻烟似的白纱裙后面。索尼娅关上门。一分钟后,伯爵进来了。他身着蓝色燕尾服,长袜浅鞋,喷了香水,擦了头油。

"嗬,爸爸,你真潇洒,美极了!"娜塔莎说,她正站在屋子中间整理薄纱的褶儿。

"等一下,小姐,立刻就好,"女仆说,她跪在那里正把裙衫弄直,一边把叼在嘴里的大头针从一边嘴角移到另一边嘴角。

"随你的便吧,"索尼娅看了看娜塔莎的裙衫,带着失望的口气说,"你爱怎么就怎么吧,还是太长!"

娜塔莎向后退几步,照照壁镜。裙衫是长了。

"真的,小姐,一点也不长,"玛夫鲁莎说。

"对,是长了,可以再缝高一点,一会儿就缝好了,"果断的杜尼亚莎说,她取下别在胸前短褂上的针,又跪下去工作起来。

这时,伯爵夫人身穿天鹅绒裙衫,头戴圆筒帽,羞羞怯怯地,脚步轻盈地走了进来。

"我的美人儿呀!"伯爵叫道。"她比你们谁都漂亮!……"他想拥抱她,可是她红着脸闪开了,怕弄皱了衣裳。

"妈妈,把帽子再戴歪一点,"娜塔莎说。"我来给您戴,"她说着就向前猛跑,正在缝下摆的女仆没来得及跟着她跑,把薄纱扯掉一小块。

"我的上帝! 这是怎么搞的? 实在说,不是我的错……"

"没事儿,我来缝上去,看不出来,"杜尼亚莎说。

"美人儿,我的美丽的公主!"乳母走进来,站在门口说。"我的小太阳,嗬,一群美人儿! ……"

在十点一刻,全家终于坐上马车出发了。可是还得先到道利达花园去一趟。

佩龙斯卡娅早就准备好了。并且也是特意打扮了一番。佩龙斯卡娅对罗斯托夫一家人的打扮夸奖一番。

罗斯托夫一家人也同样对她的审美眼光和装束称赞一番。十一点钟各自坐上马车出发了。

十五

这天,娜塔莎从一大早起来就忙个不停,连想象一下将要到来的情景都没工夫。

在这又湿又冷的空气中,在颠簸着的马车里她才有时间生动地想象在那舞会上,在灯火辉煌的大厅里,等待她的是什么:音乐、鲜花、跳舞、皇帝,整个彼得堡最出色的青年。等待她的那情景是如此美好,以至于不敢相信会有这样的事:因为这和马车里的寒冷、拥挤以及幽暗的感觉极不相称。只是当她从入口的红毡地毯上走进前厅,脱掉皮衣,同索尼亚并肩走在母亲前面,登上两旁鲜花锦簇、灯光明亮的楼梯时,这才明白等待着她的一切。只有这时她才想起她在舞会中应有的态度,她努力摆出她认为一位小姐在舞会上必须有的端庄凝重的风度。但是,这时她感到眼花缭乱:她的眼睛模糊了,血液突突地鼓荡着她的心脏。她没能做出那种会使她显得可笑的样子,她一面走,一面激动得屏住呼吸,尽力压住自己的激动。其实这种姿态对她最合适。

前前后后走进来的客人都在低声细语地交谈。楼梯两旁的镜子,照出穿着白的、蓝的、粉红的裙衫,在裸露的手臂和脖颈上戴着钻石和珍珠的太太小姐们。

娜塔莎望了望镜子,她辨不清镜子里的自己和别人。所有的人形成一个绚丽多彩的行列。一走进头座大厅的门口,说话声、脚步声、寒暄声,震聋了娜塔莎的耳朵;辉煌的灯火和衣饰的闪光,更加使她头晕目眩。男主人和女主人在大厅的门口已经站了半小时了,他们不停地说着同一句话:"欢迎光临。"

两个姑娘都穿白裙衫,在乌黑的头发上都戴同样的玫瑰花,都行着同样的屈膝礼,可是女主人情不自禁把目光在纤巧的娜塔莎身上多停留了一会儿。她看着她,除了送她一个女主人的微笑,另外又送了一个特别的微笑。女主人望着她,也许她回想起了自己一去不复返的少女时代和第一次参加舞会。男主人也目送娜塔莎,问伯爵哪个是他的女儿?"

"真可爱!"他吻了吻指尖,说。

大厅里的客人都挤在门口等候皇帝。伯爵夫人也站在人群中。娜塔莎听见并感觉到,有几个声音在打听她,有些人在看她。她明白那些留意她的人,都是对她感兴趣的,这使她多少安下心来。

"有些人和我们一样,也有些不如我们的,"她心中想道。

佩龙斯卡娅告诉伯爵夫人舞会中一些最重要人物的姓名。

"那位是荷兰大使,看见了吗?就是那个花白头发的,"佩龙斯卡娅指着一个满头灰白鬈发的小老头,说。那个小老头把围着他的一群太太小姐们逗得哈哈大笑。

"瞧,她来了,彼得堡的皇后,别祖霍娃伯爵夫人,"她指着刚走进来的海伦,说。

"真漂亮!简直不亚于玛丽亚·安东诺夫娜;您瞧,那些年轻的和年老的都缠着她不放。又漂亮又聪明……据说,亲王……为她发了疯。您瞧这母女二人,虽然不漂亮,但是,追的人更多。"

她指着正走过大厅的一位太太和她的长得不好看的女儿。

"这是一个有百万陪嫁的待嫁闺中的姑娘,"佩龙斯卡娅说。"您瞧那些想当未婚夫的人。"

"这是别祖霍娃的哥哥,阿纳托利·库拉金,"她指着一个美男子——骑卫军的军官,说。这个青年军官从她们面前走过,昂首阔步,眼睛望着别处。"十分漂亮!您说是吧?据说,要给他娶这个有钱的小姐呢,还有您的那位表亲,德鲁别茨科伊,也死追着她。听说有几百万的陪嫁呢。还有,那就是法国公使,"在伯爵夫人问到科兰库尔是什么人时,她回答说。"您瞧,样子像皇帝似的。总之还是挺可爱的,法国人都很可爱。社交界没有人比他们更可爱的了。这就是她!我们的玛丽亚·安东诺夫娜仍旧是最美的!她穿戴真朴素。美极了!"

"您瞧这位戴眼镜的肥佬,是世界共济会的会员,"佩龙斯卡娅指着别祖霍夫,说。"把他放在他太太跟前:活像一个小丑!"

皮埃尔一摇一摆地穿过人群,就像从闹市的人群中穿过似的,毫不在意,和蔼可亲地时而向左,时而向右不停地点头。他从人群中挤过去,似乎是在找什么人。

娜塔莎满怀喜悦地望着那张熟悉的面孔,她知道皮埃尔在人群中是在找她们,尤其是在找她。皮埃尔答应她来参加舞会,而且给她介绍舞伴。

但是,别祖霍夫并没有走到她们跟前,他在一个中等身材,穿白制服,英俊秀美的黑发男人身旁站住了,这个男人站在窗口正在和一位佩戴勋章和绶带的高个军人谈话。娜塔莎一下就认出了那个身材不高、穿白制服的年轻人:这是博尔孔斯基,她觉得他年轻多了,快活多了,并且漂亮多了。

"又有一个熟人,博尔孔斯基,妈妈,您瞧见吗?"娜塔莎指着安德烈公爵,说。"您可记得,他在奥特拉德诺耶咱们家住过一夜。"

"啊,你们认识他吗?"佩龙斯卡娅说。"我不喜欢这个人。是当今的大红人,骄傲得了不得!跟他父亲一样。投了斯佩兰斯基的缘,正在拟一个什么草案。您瞧他对小姐太太的态度!她跟他说话,可他竟然转过脸去不搭理人家,"她指着他,说。"如果他对我像对待那些太太小姐那样,我一定痛骂他一顿。"

十六

人们突然动起来,大家都向前挤,又分开来,在两行人中间,在音乐的伴奏下,皇帝走了进来。他后面跟着男主人和女主人。皇帝走得很快,不停地向左右两边点头,好像想尽快度过这最初见面的时刻。皇帝进了客厅,人群向门口涌去;有几个人赶忙挤进去,又带着变了脸色的表情退回来。人群又从客厅门口让开了,皇帝和女主人说着话在门口出现了。一个年轻人抢步走过去,叫人让开。有几位女士全然忘了上流社会的礼节,不怕弄坏自己的装束,向前挤去。男士们开始走到太太小姐跟前去找舞伴,准备跳波兰舞。

人们闪开一条路,皇帝满脸笑容,挽着女主人的手,随便地从客厅走出来。他后面跟着男主人和玛丽亚·安东诺夫娜·纳雷什金娜,再后面是大使们、大臣们,以及将军们,佩龙斯卡娅不停地报出他们的姓名。大部分太太小姐们都有了舞伴,而且正在走出来,或者已经准备跳波兰舞了。娜塔莎感觉到,她同母亲和索尼娅被挤到了墙根,被撇在了一边。她站在那儿,垂着纤细的双手,她那刚刚有点隆起的胸脯有节奏地起伏着,屏着呼吸,闪亮的眼睛吃惊地望着前面,这是一副对享受最大的喜悦或承受最大的悲哀都有所准备的表情。不论是对皇帝,还是对佩龙斯卡娅所指出的那些重要的人物,她都不感兴趣,——她只想一件事:"难道就没有一个人来邀请我,难道我就不能在这第一轮里跳舞了,难道这些男人们都没留心我,他们现在似乎都没看见我,即使看见了,但他们的神气仿佛在说:'啊! 我要找的可不是她。不,这不可能!'她想。"他们应该知道我是多么想跳舞,我跳得十分出色,同我跳舞会使他们十分愉快。"

波兰舞曲已经演奏了很长的时间,在娜塔莎耳畔响起了忧郁的曲调——好似在回忆。她想哭。佩龙斯卡娅已经从她们身边走开了。伯爵在大厅的另一头,只有伯爵夫人、索尼娅和她站在一起,在这些陌生的人群中,没有人关心她们。安德烈公爵同一位女士从她们面前走过,但没有认出她们。美男子阿纳托利微笑着同他的舞伴谈话,他向娜娜塔莎的脸瞥了一眼。鲍里斯两次从她们面前走过,每次都回避她们。不跳舞的贝格和他的妻子走到她们面前。

娜塔莎觉得在舞会上一家人聚在一起是丢人的。薇拉向她谈她的绿色裙衫,娜塔莎不听她的,也不看她。

皇帝终于在他最后一个舞伴身旁停下来,乐曲停了;操心过分的侍从武官向罗斯托夫一家人跑过来,请她们再让开一点,可是她们已经站到墙根了。这时乐队奏起令人神往、抑扬有致的华尔兹舞曲。一分钟过去了,仍没有人出场。司仪武官走到别祖霍娃面前,邀请她。她微笑着把手放在他的肩上,眼睛并不看他。娜塔莎望着她们,为自己没能在这第一轮华尔兹出场,难过得直想哭。

安德烈公爵身穿白色上校制服(骑兵式的),脚上穿的是长筒袜和浅口鞋,他精神勃发,兴致勃勃,站在离罗斯托夫一家人不远处。菲尔霍夫男爵同他谈论明天将要召开的第一次国务会议。安德烈公爵是斯佩兰斯基的心腹,正在参加立法委员会的工作,当然对明天的会议能够提供确凿的消息。可是,他没有听菲尔霍夫对他说的话,他一会儿看看皇帝,一会儿看看那些准备跳舞而没有勇气出场的男人们。

皮埃尔走过来抓起安德烈公爵的手。

"您常常跳舞。这儿有一位我的保护人——罗斯托娃小姐,您邀请她吧,"他说。

"在哪儿?"博尔孔斯基问道。"对不住!"他对男爵说,"这个话题以后咱们再好好谈,在舞会上就应该跳舞。"他照着皮埃尔指出的方向走过去。娜塔莎那副绝望的、屏息不动的面孔一下子就映入了安德烈公爵的眼帘。他认出了她,猜到了她的心情,知道她是刚上阵的新手,他想起那个月夜她在窗台上的谈话,于是怀着兴致勃勃的表情走到罗斯托娃伯爵小姐面前。

"请您认识一下我的女儿吧,"伯爵夫人红着脸,说。

"我很荣幸,已经认识了,倘若她还记得我的话,"跟佩龙斯卡娅说他粗鲁相反,安德烈公爵走到娜塔莎面前彬彬有礼地深深地鞠躬,他还没有说完邀请她跳舞的话,就抬起手来揽起她的腰。他请她跳华尔兹舞。娜塔莎脸上突然容光焕发,露出幸福、感激、孩子气的微笑。

"我早就在等着你了,"这个又惊又喜的小姑娘在举起手搭在安德烈公爵肩上时,用她那就要流泪的微笑,仿佛这么说。他们是第二对出场的。安德烈公爵是最优秀的跳舞家。娜塔莎的舞技也绝非一般的。她那双穿着缎子舞鞋的小脚,轻快地旋转着,脸上焕发着幸福狂喜的光彩。她那裸露的脖颈和手臂瘦削,并不漂亮。比起海伦的肩膀,她的肩膀太瘦了,胸部还不够丰满,手臂纤细;但海伦的身体由于被千百双眼睛玩赏过,仿佛涂了一层油漆,而娜塔莎还是初次袒胸露臂的少女,要不是她认为非这样不可的话,她会感到十分害羞的。

安德烈公爵本来就喜欢跳舞,再加上人们老跟他谈政治,说些俏皮话,他想尽快摆脱这些谈话,还想快些打破由于皇帝在场而形成的令他不快活的气氛,于是就跳舞了,并且选定了娜塔莎,因为她是皮埃尔推荐的,还因为她是他发现的第一个好看的姑娘;但是,他刚一搂起她那纤细灵活的腰肢,她那翩翩的舞姿就在他眼前,她那微笑就在他眼前,她那杯富于魅力的美酒,一下子冲上他的头脑;在跳完了一轮,离开她,站在那里喘口气,看别人跳舞的时候,他觉得自己精神复苏了,变得年轻了。

十七

在安德烈公爵之后,鲍里斯来请娜塔莎跳舞,邀请她的还有那个首先上场的跳舞专家——侍从武官以及别的年轻人,娜塔莎把用不上的舞伴让给索尼娅,整个晚上跳个不停,她满脸红光,兴高采烈。她什么都不理会。她不但没有留意皇上和法国公使谈了很久,皇上对某某贵妇给予格外的眷顾,某某亲王以及某某人做了什么和说了什么,海伦获得了多么巨大成功,受到某人的特别关注;她甚至没有看见皇上,只因在他离开后舞会更加热闹,她这才察觉皇上已经走了。晚餐前跳欢乐的科季利翁舞的时候,安德烈公爵又请娜塔莎跳舞。他向她提起他们在奥特拉德诺耶林荫道初次相遇的情景,提起那个月夜她不能入睡,他无意中听到她说的话。一提起这个,她脸就红了,全力为自己辩解。

安德烈公爵喜欢在上流社会中看见那不带上流社会共有的烙印的东西。娜塔莎的惊奇、喜悦和羞怯的神情,甚至说法语时的错误,恰好具有这样的特点。他对她的态度和同她谈话格外温柔和小心。安德烈公爵坐在她身边,同她谈一些最一般,最琐碎的事,他欣赏她那眼睛和笑容流露的喜悦的光辉,她满面笑容不是因为听了什么可笑的话,而是出自内心的幸福感。当娜塔莎接受别人的邀请,微笑着站起来,翩翩起舞时,安德烈公爵非常欣赏她那羞怯的神态。在集体双人舞进行了一半时,娜塔莎跳完了一轮,回到自己的座位,还在沉重地喘息,又有舞伴来邀请她。她想谢绝,但是,又快活地把手搭到舞伴的肩上,同时向安德烈公爵微微一笑。

"我当然愿意休息一下,陪您坐一会儿,我也累了;但是,您瞧,都来找我跳,我也兴奋跳,我兴奋极了,我爱所有的人,您和我都是明白这一切的。"当舞伴放开她时,娜塔莎穿过大厅跑来找两个女伴。

"倘若她先找表姐,然后找另一个女伴,她将要做我的妻子,"安德烈公爵望着她,不知不觉地自言自语。她先到表姐面前。

"有时头脑里冒出多么无聊的念头!"安德烈公爵想道。"但是,有一点是真的,她的确不平凡,她在这里跳不了一个月,准得出嫁……她是这儿的珍宝,"当娜塔莎在他身旁坐下,一边整理胸前的玫瑰花的时候,他想道。

集体双人舞跳完后,身穿蓝色燕尾服的老伯爵走到两个跳舞的人面前。他邀请安德烈公爵到家里来做客,他问女儿玩得是否痛快?娜塔莎没有回答,只是轻轻一笑,那微笑在说:"这还用得着问吗?"

"从来没有这么愉快过!"她说,安德烈公爵看见她很快抬起瘦削的手臂想搂抱父亲,但是立刻又放了下来。娜塔莎沉醉在极度的幸福之中。

在舞会上,皮埃尔第一次觉得他妻子在上层社会所处的地位使他感到屈辱。他闷闷不乐,魂不守舍。他倚窗站着,透过眼镜冷漠地向前望着。

娜塔莎去就晚餐,从他身旁经过。

皮埃尔那副阴郁、丧气的神情使她吃惊。她在他面前停下。她想帮助他,把她太多的幸福分给他。

"真愉快,伯爵,"她说,"是不是?"

皮埃尔只是微笑一下,他并没有听明白人家对他说的话。

"是啊,我很兴奋,"他说。

"他们怎么会有不顺心的事呢,"娜塔莎想道。"尤其像别祖霍夫这样的好人?"

十八

第二天安德烈公爵想起昨天的舞会,但很快就忘了:"是啊,确实是一次辉煌的舞会。并且……是的,罗斯托娃特别可爱。在她身上有一种与众不同的新鲜的、独特的东西。"他所想到的昨天的舞会就是这么一些,他喝过茶后,就坐下来办公。

但是,因为疲倦或者由于失眠,安德烈公爵什么都做不成,他老是不满意自己的工作。他听到有客人来访,这倒使他很兴奋。

来客是比茨基,此人在好些委员会中任职,出入彼得堡各个小圈子,是新思想和斯佩兰斯基的热烈崇拜者,又是彼得堡最热心的新闻传播者,他这种人选择派别就像选择衣服一样,只选时兴的,正因为这样,他成为某些派别最热烈的倡导者。他一脱下帽子,就心事重重地跑到安德烈公爵面前,谈起来。他刚打听出今天早上皇上召开的帝国会议的详情,于是就兴致勃勃地谈起这件事。皇上的讲话是不同凡响的。这是只有立宪君主才能发表的演说。"皇上开门见山地说,帝国会议和参政院都是国家等级;他说,行使职权不应当独断专行,而是根据法律原则。皇上说,财政应当改革,财政报告要公开,"比茨基讲道,他对某些话特别加重。

"的确,今天的事件开辟了一个新纪元,当代历史最伟大的纪元,"他总结说。

安德烈公爵听着;这次会议是他急切地盼望着,而且认为十分重要,可是使他奇怪的是,当这个大事件已经实现的时候,不但没有使他感动,并且,觉得是一件不值一提的事。他听着比茨基的讲述,嘴角露出一丝嘲讽的微笑。他想:"这与我和比茨基有什么关系,皇上在帝国会议上爱讲什么讲什么,与我们什么相干?难道这会使我更幸福,更好些吗?"

这个简单的想法一下子就把安德烈公爵先前对正在进行的改革的兴趣一扫而光。这一天,安德烈公爵必须到斯佩兰斯基家里吃饭,但是,现在他却不想去了。

然而,到了约定的时间,安德烈公爵却已经走进了斯佩兰斯基的不大的府第了。安德烈公爵来迟了些,在一间镶木地板的、不大的、十分清洁的餐室里,他发现有几个斯佩兰斯基的亲密朋友。除了斯佩兰斯基的小女儿和她的家庭女教师以外,没有别的妇女在场。客人中有热尔韦、马格尼茨基和斯托雷平。安德烈公爵才进前厅,就听见大声地说话声和响亮的笑声。有一个人很清楚地发出哈-哈-哈的笑声,大概是斯佩兰斯基的声音。安德烈公爵从来没听见过斯佩兰斯基的笑声,这位国家要人的响亮而尖厉的笑声使他觉得有些难以理解。

安德烈公爵走进餐室。所有的人都站在两个窗子之间,靠着一张小桌子。斯佩兰期基春风满面地站在桌边,他身穿灰色燕尾服,佩戴勋章,他在出席国务院会议时穿的白背心和系的高耸着的白领巾,现在还依旧穿在身上。客人们围着他。马格尼茨基正对米哈伊尔·米哈伊洛维奇(是斯佩兰斯基的名字和父称)讲一件趣闻。还没等马格尼茨基开口,斯佩兰斯基就笑开了。安德烈公爵进来的时候,马格尼茨基的话又被笑声淹没了。斯托雷平一面嚼着面包夹干酪,一面发出深沉的大笑;热尔韦低声笑着,而斯佩兰斯基的笑声既尖厉又清脆。

斯佩兰斯基笑个不止,向安德烈公爵伸出他那又白又嫩的手。

"您好,公爵,"他说,"等一下……"他转身对马格尼茨基说,打断了他的故事。"咱们今天约定:这是一次娱乐性午餐,不准谈公事。"随后他又转向说故事的人,又大笑起来。

安德烈公爵听着斯佩兰斯基的笑声,看着大笑的他,感到很惊讶,不禁由失望而变成了悒郁。安德烈公爵觉得这不是斯佩兰斯基,而是另外一个人。斯佩兰斯基先前在安德烈公爵心目中造成的神秘感和魅力,眼下突然变得一目了然和没有味道了。

餐桌上的谈话不断,仿佛是集笑话之大成了。不等马格尼茨基把故事讲完,另一个人就说他要讲一个更可笑的故事。笑话多半都是关于官场的事,再不然就与当官的有关。看来,那些当官的在这群人的眼中根本微不足道,对他们唯一态度只能是善意的嘲笑。

不难看出,斯佩兰斯基喜欢在公事之闲暇休息一下,在朋友圈子里略事消遣,他的客人都知道他这个愿望,都极力逗他,同时也是娱乐自己。但是,这种娱乐却使安德烈公爵觉得沉重和不快。斯佩兰斯基的尖厉声音也使他感到刺耳,那滔滔不绝的虚假笑声,似乎使他的感情受了侮辱。安德烈公爵没有笑,他害怕叫大家扫兴。可是,谁也没有注意他与大家的情调不合拍。所有的人似乎都很快活。

他们所说的并没有什么不雅和不得体的地方,都很俏皮,都可供一笑;但是,其中并没有真正有趣的东西。

饭后,斯佩兰斯基的女儿和她的女教师站起来。斯佩兰斯基用他那白净的手抚弄女儿,吻吻她。安德烈公爵觉得他这个动作也别扭。

男人们仍旧按照英国习惯坐在餐桌旁,面前摆着红葡萄酒。谈到拿破仑在西班牙所干的事时,大家一致赞扬,而安德烈公爵却表示不同的意见。斯佩兰斯基笑了笑,为了改变一下话题,讲了一件与正在谈的话毫无关系的趣闻。大家沉默了片刻。

斯佩兰斯基在餐桌旁坐了一会儿,说:"现在好酒真是踏破铁鞋也寻不到,"他把酒瓶交给仆人后,站了起来。大家都站起来,仍然是有说有笑地走进客厅。仆人递给斯佩兰斯基两封信使送来的信。他拿着信到书房去了。他一走开,欢笑就停止了,客人们都冷静地、低声地交谈起来。

"现在朗诵吧!"斯佩兰斯基从书房出来,说。"惊人的天才!"他对安德烈公爵说。马格尼茨基马上摆好姿势,开始朗诵他讽刺几位彼得堡名流的打油诗,中间有几次被掌声打断。安德烈公爵等念完诗,就到斯佩兰斯基跟前告辞。

"这么早您就忙着到哪儿去?"斯佩兰斯基说。

"我答应去赴一个晚会……"

他们俩都不说话了。

安德烈公爵回到家里,回想近四个月来彼得堡的生活,一件件都历历在目,记忆犹新。他回想起他到处奔走,求人,他的那份被当作参考材料的陆军操典草案的遭遇,他的草案之所以不予考虑,仅仅是因为另外有一个并不像样的草案已经写好,并且呈给了皇上;他回忆起贝格参加的委员会会议;在这些会议上,对会议的形式和程序讨论起来非常起劲并且没完没了,而对实质的问题的讨论却一带而过,草草了事。他回忆起他的法律著作,回忆起他是如何费心地把罗马法典和法国法典的条文译成俄文,想到这里,他为自己的行为感到耻辱。然后,他清楚地想象到博古恰罗沃庄园,他在庄园做的事情,到梁赞省的旅行,想起那些农民,村长德龙,还有把分成章节的人权条文规定实施到他们身上,他居然在这种无聊的工作上花掉了这么多的时间,使他感到惊讶。

十九

第二天,安德烈公爵拜访他还没去过的几家,其中也有前天在舞会上重逢的罗斯托夫家。除了出于礼貌应当去罗斯托夫家外,安德烈公爵还想看看那个性格特别、活泼、给他留下快乐印象的娜塔莎。

先出来迎接他的人中间就有娜塔莎。她穿一身蓝色家常连衣裙,安德烈公爵觉得她更好看了。她和她全家像接待老朋友似的接待安德烈公爵,随意并且亲切。安德烈公爵原先对这家人抱有很深的成见,现在,他觉得他们都极好,平易近人,善良。老伯爵的好客和待人厚道,使得安德烈公爵不好意思推辞,他只好在那里吃饭。"是的,这是一些善良、可爱的人,"博尔孔斯基想,"自然,他们毫不理解娜塔莎具有多么可贵的品质。但是这些善良的人们却构成了一个最好的背景,使这个十分富于诗意、充满了生命力、非常可爱的姑娘更加光艳!"

安德烈公爵觉得在娜塔莎身上有一种对于他来说完全陌生的东西,其中充满了他从不知道的喜悦,早在奥特拉德诺耶林荫道上和在月夜的窗口,这个陌生的世界就曾经使他心动。现在这个世界已经不再使他心神不安了,也不陌生了;他已经亲身进入这个世界并发现了新的乐趣。

饭后,娜塔莎应安德烈公爵之请,在钢琴伴奏下唱歌。安德烈公爵站在窗前,一边同妇女们谈话,一边听她唱。在她唱到一个乐句的中间,安德烈公爵停止了说话,出乎意料,他感觉眼泪哽住了喉咙,这是他从来没有的事。他看了看正在唱歌的娜塔莎,一种新的幸福的感觉在他心中油然而生。他感到幸福,同时也感到惆怅。根本没有什么原因使他要哭,但是,他直想哭。哭什么?哭过去的爱情吗?哭小公爵夫人吗?哭自己失望吗?……哭对未来的希望吗?……也对,也不对。

娜塔莎刚唱完,就跑到他跟前,问他是不是喜欢她的嗓音?她问了这句话后,感到很不好意思的,但是,当她明白她不该这样问时,话已经说出口了。他望着她,微微一笑,说他喜欢她唱歌,同时,他也喜欢她所做的一切。

安德烈公爵深夜才离开罗斯托夫家。他躺下睡觉,但立刻就意识到他不能入睡。他时而点着蜡烛,坐在床上,时而站起来,时而又躺下,一点不为失眠而苦恼;

他内心是非常兴奋,分外清新,就仿佛从气闷的房间,走进广阔的自由天地。他并没有爱上罗斯托娃的想法;他也没有一直想着她;只不过在他的思想中总有她的影子,并且,他觉得,他的全部生活焕然一新了。"既然生活以及生活的全部愉快已经摆在我面前,我何苦还要在这狭窄的、闭塞的框框里挣扎和奔忙呢?"他对自己说。于是,他很长时间以来第一次拟定未来的计划。他决定安排一下儿子的教育,给他找一位家庭教师,把儿子托付给他;然后辞职,出国看看英国、瑞士和意大利。"趁着我现在年富力强,应该体验一下自由的生活,"他自言自语。"皮埃尔说得对,他说,要想幸福,就应当相信幸福是可能的,我已经相信他的话。我只要活着一天,就应当生活,并且要幸福地生活,"他想道。

二十

一天早上,阿道夫·贝格上校穿一套刚缝制好的制服,搽过油的鬓角梳得整整齐齐,前来造访皮埃尔。

"我刚从尊夫人那儿来,非常不幸,我的请求未能如愿以偿;伯爵,我希望在您这儿能够幸运一点,"他微笑着说。

"您有何见教,上校? 我愿为您效劳。"

"伯爵,我的新居彻底安顿好了,"贝格通知说,"所以我想为我的,同时也为我夫人的熟人举行一次小小的晚会。我想请伯爵夫人和您赏光到我们那儿喝杯茶……吃晚饭。"

只有海伦·瓦西里耶夫娜伯爵夫人认为同贝格这类人交往有失身份,才好意思拒绝他的邀请。贝格已经把话说得很明白:为什么他要请几个好友到家里聚会,为什么他感到兴奋,为什么他舍不得把钱花在玩牌和其他嗜好上,而准备为好朋友聚会而不心疼花钱,等等,既然这样,皮埃尔不好推辞,就答应了他。

"伯爵,我斗胆请求,一定不要迟到;咱们凑一桌牌局,我们的将军也来。他对我极好。咱们吃顿晚饭,伯爵。那么就多谢您的赏光啦。"

皮埃尔一反他迟到的习惯,这一天到贝格那儿格外早。

贝格夫妇把晚会所需要的一切都准备停当了,专候客人们的到来。

贝格和妻子坐在一间刚落成的书房里,室内窗明几净,装饰着小型半身雕像和会画,家具一律是新的。贝格身穿一件全新的、扣得紧紧的制服,坐在妻子身边,他向她讲解,人应当结识比自己地位高的人,因为只有如此才能得到交友的乐趣。

贝格由于意识到他比懦弱无能的妇女优越,不禁微微一笑,就不说话了,他心想,无论怎么说,他的这位可爱的妻子仍旧是懦弱无能的妇女,她不可能懂得男人作为丈夫的一切优点。薇拉也由于意识到她比丈夫优越。也微笑一下,她认为他尽管是一个品德优良的好丈夫,但在薇拉看来,他也跟其他男人一样,对生活同样有错误的理解。贝格拿他的妻子来衡量所有的女人,认为她们都是懦弱无能并且愚蠢的,而薇拉则把她对她丈夫一个人的看法推而广之。认为所有的男人都自以为是,实际上人都是最无知的,个个狂妄自大,并且自私成性。

贝格站起来拥抱妻子,担心把他花了很多钱买的花边披肩弄皱,小心地拥抱着,对准她的嘴唇正中间吻了吻。

"只有一样,咱们万万不可早生孩子,"他顺着思路的自然发展,说。

"对,"薇拉回答,"我从来不想早生孩子。活着就要为社会嘛。"

"这个跟尤苏波娃公爵夫人的一模一样,"贝格含着幸福、友善的微笑,指着披肩,说。

这时,仆人报告别祖霍夫伯爵来了。夫妇俩满意地微笑着互相递个眼色,每人都把这来访的光荣归功于自己。

"这就是善于结交的成果,"贝格想,"这就是会处世的结果!"

"记住,我招待客人的时候,请你千万别插嘴,因为我知道招待每个人,在什么时候应当说什么话,"薇拉说。

贝格也露出微笑。

"不行,有时候招待男人应当谈男人的事,"他说。

皮埃尔被请到新客厅里,可是不管坐到哪里,都会破坏对称、情绪和秩序。只好任凭客人来解决这个问题。皮埃尔拉过一把椅子,对称被破坏了,贝格和薇拉马上争先恐后地招待客人,晚会就这样开始了。

薇拉心想,应该谈法国大使馆的事来款待皮埃尔,立刻就谈起来。贝格却认为,谈男人们的事才适当,于是打断妻子的话,提起对奥地利作战的问题,但是,不知不觉地从一般地谈论,突然跳到了个人的问题,即关于人家建议他参加出征奥地利以及他所以不接受建议的原因。虽然谈话毫无条理,并且,由于谈起男人们的事而弄得薇拉生气,但是这对夫妇都很满意,别看只有一个客人,但他们觉得晚会开得很好。

过了不久,贝格的老同事鲍里斯来了。他对待贝格和薇拉的态度,流露着优越感和抬举他们的意味。在鲍里斯之后,来的是上校和他的夫人,随后是将军本人,最后是罗斯托夫家的人,晚会已经同一般晚会毫无两样了。看见客厅中那些动作,听见那些不连贯的谈话声、衣衫的沙沙声和寒暄声,贝格和薇拉控制不住欢喜的微笑。像所有的晚会一样,应有尽有,尤其是将军做得十分像回事,他夸奖住室,拍贝格的肩膀,摆出长辈独断独行的架势安排波士顿牌桌的座位。老头和老头在一起,年轻人和年轻人在一块儿,女主人坐在茶桌边,像其他的晚会一样,茶桌上也放着盛着点心的银盘,一切都跟人家的晚会完全一样。

<big>二十一</big>

皮埃尔是最尊贵的客人,应该同伊利亚·安德烈伊奇、将军和上校坐在一张波士顿牌桌上。皮埃尔正好坐在娜塔莎的对面,自从那次舞会后,在娜塔莎身上发生的奇怪的变化使皮埃尔感到吃惊。她一直沉默寡言,倘若她的表情不是那么温和恬淡的话,她不但没有舞会上那么漂亮,并且几乎变丑了。

"她怎么了?"皮埃尔看了她一眼,想道。她坐在姐姐身旁,正回答向她坐过来的鲍里斯的一句什么话,眼睛不看他,皮埃尔打出一副"通花",令他的配手高兴地吃掉了五张牌,在他收吃掉的牌时,他听见寒暄声和走进来的脚步声,他又看了她一眼。

"她是怎么回事啊?"他更加惊奇地在心中想着。

安德烈公爵带着小心、温柔的表情站在她面前,对她说着什么。她抬起头来望着他,满脸通红,看来,她在用力抑制住急促的呼吸。刚才在她内心熄灭了的火焰,又放出鲜明的光彩。她整个人变了个样。她又从丑变得像她在舞会上那样美了。

安德烈公爵走到皮埃尔面前,皮埃尔看见老朋友脸上的神情焕然一新,散发着青春活力。

在玩牌时,皮埃乐换了几次位子,有时背对着娜塔莎,有时面朝着她,在打六圈牌的全部时间,皮埃尔不停地观察她和他的老友。

"他们之间肯定发生了一件非常重要的事,"皮埃尔想到这里,一种又欢喜又痛苦的心情使他激动不已,无法专心打牌。

打完了六圈,将军站起来说,这种玩法没意思,皮埃尔也乐得随便活动一下。娜塔莎在一旁同索尼娅和鲍里斯谈话。薇拉嘴角噙着轻淡的微笑,在同安德烈公爵谈话。皮埃尔走到他的朋友跟前,问过他们谈的是不是秘密后,就在他们身旁坐下。薇拉看出安德烈公爵对娜塔莎很留意,她认为在晚会上,在真正的晚会上,对于爱情的微妙暗示是不可或缺的,等安德烈公爵孤身一人的时候,她立刻抓住机会同他先谈一般的爱情,进而谈到她的妹妹。她觉得对于聪明的客人(她认为安德烈公爵就是这样的客人)得使点外交手腕。

当皮埃尔走到他们跟前时,他看见薇拉正谈得兴高采烈。安德烈公爵看样子有点不自在。(这在他是少有的)。

"您以为如何?"薇拉带着讥诮的微笑说。"公爵,您洞察一切,一眼就把人看透了。您对娜塔莎有什么看法?她对待爱情能否始终不渝,能否像别的女人(薇拉指她自己)那样,一旦爱上一人,就永远忠于他?我认为那样才是真正的爱情。您的看法是怎样,公爵?"

"我对令妹知道得太少了,"安德烈公爵为了掩饰自己的窘态,含着讥讽的微笑回答,"不能解答这么微妙的问题;但是我注意到,一个女人越是不惹人爱,她就越忠贞不渝,"他又补上一句,望了望这时走过来的皮埃尔。

"对了,这话倒是对的,公爵;在我们时代,"薇拉继续说,在我们时代女孩子太自由了,以致被追求的愉快,经常窒息了她的真实感情。娜塔莎很敏感。话题又回到娜塔莎,这又使安德烈公爵不快活地皱皱眉;他想站起来,但是薇拉带着更加精明的微笑接着说下去。

"我觉得,做了一个追求的对象,谁也比不上她,"薇拉说,"但是直到现在,她从来还没有真正地喜欢一个人呢。您知道,伯爵,"她对皮埃尔说,"甚至我们可爱的表弟鲍里斯,咱们说句心里话,也深深地陷入了温柔乡里……"她是指当时流行的爱情图。

安德烈公爵眉头紧缩,沉默不语。

"您不是和鲍里斯有交情吗?"薇拉对他说。

"是的,我认识他……。"

"他一定对您说过,他对娜塔莎的童年爱情吧?"

"是吗,有过童年的爱情?"出乎意料,安德烈公爵忽然红了脸,问道。

"是的。表亲相处,容易闹恋爱……您说呢?"

"啊,这是肯定的,"安德烈公爵说,他突然活跃起来,但很不自然,他试着同皮埃尔开玩笑,说皮埃尔应当当心他那些五十来岁的莫斯科表亲们,他边开着玩笑边站起来,挽起皮埃尔的胳膊,把他领到一边去了。

"怎么啦?"皮埃尔说,他觉得有点反常,而且注意到了他站起来时投向娜塔莎的一瞥。

"我要,我要跟你谈谈,"安德烈公爵说。"你知道我们的女手套(他是指共济会发给新会友以备送给自己所钟爱的女人的手套)。我……算了,以后再对你说吧……"安德烈公爵的眼睛闪着奇异的光彩,他心神不定地走到娜塔莎跟前,在她身旁坐下。皮埃尔看见安德烈公爵问了她一句话,她顿时涨红了脸,回答他。

这时贝格走到皮埃尔面前,一再请他参加将军和上校之间关于西班牙问题的争论。

贝格很得意,很幸福。喜悦的笑容自始至终挂在脸上。晚会很成功。小姐太太们悄声私语、玩牌、牌桌上提高嗓门的将军、茶炊,甚至点心,都和其他晚会一样;只有一样不足,没有他在晚会上常见的,并且希望模仿的一件事。那就是,缺少男客们的高谈阔论和对某些重大而睿智的问题的争论。现在将军开始了这样的谈话,于是,贝格把皮埃尔也拉来参加。

二十二

第二天,安德烈公爵应伊利亚·安德烈伊奇邀请,到罗斯托夫家吃午饭,而且在他们那里度过了整整一天。

全家明白他是为谁而来的,他也不加掩饰,一天都尽可能地和娜塔莎在一起。不只娜塔莎心慌意乱,但又十分高兴和感到幸福,并且,对将要发生的这件重大的事全家也都怀着恐惧。当安德烈公爵同娜塔莎谈话时,老伯爵夫人带着悲愁而严肃的目光望着安德烈公爵,但是,当他猛然回头看她时,她却害怕了,装着谈一些琐事。索尼娅怕离开娜塔莎,但是,又怕妨碍她和安德烈公爵在一起。娜塔莎独自和他在一起的时刻,她由于害怕那期待着的事情会到来而脸色苍白。她那担心的神情使安德烈公爵感到吃惊。她感到他有话要对她说,可是,他没有勇气。

晚上,安德烈公爵走了,老伯爵夫人来到娜塔莎跟前,低声说:

"怎么样?"

"妈妈,看在上帝的分上,现在别问我吧。没法跟您说,"娜塔莎说。

虽然如此,这天晚上,时而激动,时而惊惧的娜塔莎瞪着两只眼睛,在母亲床上躺了很久。她忽而对她讲他如何夸奖她,忽而讲他怎样说他要出国,忽而讲他问他们今年在哪儿避暑,忽而讲他怎样向她打听鲍里斯的事。

"但是,这种事情,这种事情,我从来没遇见过!"她说。"不过在他面前我感到害怕,在他面前总感到害怕,这是怎么回事呢?这是不是真的怕呢?妈妈,您睡着了?"

"没有,亲爱的,连我也怕,"母亲说。"睡去吧。"

"我是睡不着,睡觉是多么愚蠢的事!妈妈,妈妈,这种事我从来没遇见过!"她说,由于意识到自己内心的感情而惊奇心慌。"我们哪想得到啊!……"

娜塔莎觉得,早在奥特拉德诺耶第一次看见安德烈公爵的时候,就爱上了他了。她早就看中(她坚信她早就看中)的人,正是这个人,现在他又和她相逢了,并且,对她很有意思,这一个奇异的、意外的幸福把她惊呆了。我们在彼得堡,他竟然也来到了这儿。在那次晚会上,我们竟然相见了。这一切都是注定的。这一切巧遇都是命中注定的。我初次见到他,我就感觉到有点儿不平常。"

"他还跟你说什么来着?一首什么诗?你念一念……"母亲担心地说,她是问安德烈公爵写在娜塔莎纪念册上的那首诗。

"妈妈,再婚是不是怪丢人的?"

"别说啦,娜塔莎。祈祷上帝吧。姻缘是天定的。"

"亲爱的妈妈,我多么爱您,我真幸福!"娜塔莎高声喊道,她流着幸福和激动的眼泪,拥抱母亲。

在这同一时间,安德烈公爵正在皮埃尔家中向他诉说他对娜塔莎的爱情,而且拿不定决心要和她结婚。

这一天,海伦·瓦西里耶夫娜伯爵夫人举行隆重的招待会,出席招待会的有法国大使以及众多名媛和绅士。皮埃尔住在楼下,他穿过大厅时,他那副心事重重、淡漠灰暗的神情使所有的客人感到吃惊。

自从那次舞会后,皮埃尔感觉自己快要得疑心病了,他拼命跟病魔斗争。在亲王和他的妻子交往甚密以后,皮埃尔突然被任命为宫中侍从,从此他在交际场所总觉得心情沉重,抬不起头来,从前那种人生虚幻的思想,在他心中更经常出现了。最近他觉察到受他监护的娜塔莎和安德烈公爵之间的感情,对比一下他的境况和他的朋友的境况,更加重了他的灰暗情绪。不论是对自己的妻子,还是对娜塔莎和安德烈公爵,他都极力避免去想。同永恒比起来,他又觉得一切都不足挂齿,他心中又提出了一个问题:"为了什么?"于是日日夜夜他都强迫自己埋头做共济会的工作,希望借此驱逐恶魔的降临。十一点多,皮埃尔走出伯爵夫人的房间,到楼上,坐在烟雾弥漫的斗室的桌旁,穿着一件破旧的睡衣,抄写苏格兰共济会记录原件,这时有一个人走进他的房间,这个人是安德烈公爵。

"啊,是您,"皮埃尔带着冷漠和不满的神情,说。"我正在工作,"他指了指抄写本说,他就像一个不幸的人,怀着逃避人生苦难的神情望着自己做的工作。

安德烈公爵站在皮埃尔面前,容光焕发,兴高采烈,他没有注意到皮埃尔悲哀的面孔,完全沉浸在自己的幸福之中,对皮埃尔微微一笑。

"喂,亲爱的,"他说,"昨天我就想跟你说的,今天就是为这来找你。我从来没有经验过这种事情。我在恋爱啦,亲爱的朋友。"

皮埃尔深深地叹了口气,他那沉重的身躯一下倒在沙发上,坐在安德烈公爵身旁。

"爱上了娜塔莎,是不是?"他说。

"对,对,不是她还会是谁?我原来不相信我会恋爱的。但是,感情战胜了我。昨天我折磨自己,忍受痛苦,但是这个折磨,给我世界上什么东西我都不换。我过去等于白活。现在才刚开始生活,但是,没有她我就活不下去。不过,她能爱我吗?……她会嫌我太老了……你为什么不说话?……"

"我?我?我怎么跟您说呢,"皮埃尔忽然说,他站起来在屋里走来走去。"我时常这么想……这个姑娘是一个瑰宝,珍奇的瑰宝……是一个非常难得的姑娘……亲爱的朋友,我劝您不要光想,不要怀疑,您就结婚,结婚,结婚……我相信,再没有谁比您幸福了。"

"但是,她呢?"

"她爱您。"

"别瞎说了……"安德烈公爵微笑着看着皮埃尔的眼睛,说。

"她爱您,我知道,"皮埃尔不满意地喊道。

"你听我说,"安德烈公爵拉住他的手,叫他停住。"你可理解我的处境?我不找人谈是不行了。"

"好哇,那你就说吧,我很乐意听听,"皮埃尔说,他的面孔真的起了变化,皱纹舒展开了,他很兴奋地听着安德烈公爵说话。而安德烈公爵也似乎完全变成另一个人了。他那郁闷的心情哪里去了?他那对人生鄙视和失望哪里去了?皮埃尔是唯一他愿意对之一诉衷肠的人;于是他就把他心里的话向他全掏了出来。他愉快而勇敢地在做长远打算,他说,他不能迁就父亲的怪脾气而牺牲自己的幸福,他一定要使父亲赞成这桩亲事而且喜爱她,或者,即使得不到他的同意,也要办成功,但是他说了这些后,又感到惊奇,惊奇他自己居然有这么强烈的感情。

"倘若有人对我说,我会这么一往情深,我很难相信,"安德烈公爵说。"我从前的感情根本不是这样的。对我来说,整个世界分成两部分:一部分有她,那儿全是幸福、希望、光明;另一部分没有她,那儿全是苦闷和黑暗……"

"黑暗和愁闷,"皮埃尔重复一句,"是的,是的,我理解这个。"

"我热爱光明,爱光明并不是我的过错。我非常幸福,你了解我吗?我知道你也为我兴奋。"

"是的,是的,"皮埃尔用激动的、忧郁的目光望着他的朋友,肯定地说。安德烈公爵的命运在他心中愈是光明,他个人命运就愈显得暗淡。

婚事必须得到父亲的同意,因此,安德烈公爵第二天就去见父亲。

老头子听了儿子禀告,看上去很镇静,而内心却非常气愤。在他行将就木的时候,他不希望生活有什么变化,在生活中多添什么新的东西。"让我按照自己的希望以终晚年吧,以后再随你们的便吧,"老头子自言自语。然而这次和儿子谈话,他还是用了那遇见重大问题才用的外交手腕。他用从容不迫的腔调,对问题做了全面的衡量。

第一,这桩婚事,从门第、家产和声望方面看,并不美满。第二,安德烈公爵已经不年轻了,并且健康欠佳(老头子强别强调这一点)。但是她却太年轻。第三,把唯一的儿子配给一个黄毛丫头,令人于心不忍。第四,最后一点,父亲讥笑地望着儿子,说:"我求你把婚期推迟一年,到国外走一趟,养养身体,给尼古拉公爵找一位德国家庭教师——这本来也是你要办的事,然后,倘若爱情、情欲、决心,等等,等等,真是大得了不得,那你就结婚吧。这是我最后的嘱咐,注意,最后的……"公爵在结束自己的话时的语气,表示他的决定不许有任何改变。

安德烈公爵清楚地看到,老头子希望他的感情或者他的未来的未婚妻的感情经不住一年的考验,或者他本人——老公爵,在这期间死去,于是,他决定听从父亲的意愿:订婚,然后延期一年结婚。

安德烈公爵在离开罗斯托夫家以后,过了三个星期又回到了彼得堡。

娜塔莎在那次同母亲谈话的第二天,整天都在等博尔孔斯基,可是,他没有。第二天,第三天,依然如此。皮埃尔也没来,娜塔莎不知道安德烈公爵到父亲那儿去,所以她不明白他为什么不露面。

这样过了三个星期。娜塔莎什么地方也不愿去,她整天像个影子似的,百无聊赖,无精打采,白天在各屋里闲荡,晚上背着人哭泣,也不到母亲那儿去了。她经常红脸,发脾气。她觉得人人都知道她的失望,笑话她,可怜她。她内心的痛苦原本就很强烈,再加上面子上的难堪,就更加不幸了。

有一天,她到母亲那儿,想对她说点什么,但是她忽然哭了。像一个不知道为何受委屈的小孩子那样流泪了。

伯爵夫人安慰她。娜塔莎听妈妈说话,听着听着,突然打断了她的话:

"别说了,妈妈,我连想都没想,并且,也不愿意想!他来着来着又不来了,又不来了……"

她声音发抖，差点哭了，但又恢复了常态，安静地接着说：

"我根本不想出嫁。并且，我怕他；我现在彻底安心了……"

在这次谈话的第二天，娜塔莎穿上一件她最爱穿的旧衣裳，因为她记得十分清楚，早上穿这件衣服使她觉得快乐，从这天清早起，她又恢复自从上次舞会后就中断了的原来的生活方式。她喝过茶就走进大厅，她非常喜欢这座大厅的共鸣洪亮，在这里她开始练习视唱。练完第一课，她站在大厅中间，重唱一节她最喜爱的乐句。歌声高昂激越，充满了整个大厅的空间，又慢慢地消失，她兴奋地谛听那仿佛出她意料的音调的美，她一下子心情开朗了。"何苦想得太多，这样不是也好吗？"她自言自语，开始在大厅里走来走去，在音响悦耳的镶木地板上，不是迈着普通的步子，而是每一步都先用脚跟后用脚尖着地（她穿一双她心爱的新鞋），她像听自己的歌声那样听富于节奏的脚跟咚咚声和脚尖摩擦声，她又兴奋了。她经过镜子，对着照了照。"唔，那就是我！"她望着镜子里的自己，她神情好像说："好哇。我谁也不需要。"

仆人要进大厅收拾东西，可是，她不让进，让仆人出去，又把门关上，继续走来走去。这天早上她又恢复了自我陶醉的状态——她爱慕自己，对着镜子欣赏自己。"这个娜塔莎真美！"她又用第三人称男性口吻评论自己。"她长得既好，嗓子也好，又年轻，她不妨碍任何人，任何人也别打扰她。"可是，虽然人们不打扰她，她仍然无法安静，并且，她立刻感到了这一点。

前厅的大门打开了，有人问"在家吗？"接着听见脚步声。娜塔莎正在照镜子，她什么也没看见。她听见前厅有声响。她在镜子里看见了自己，她的脸色苍白。这是他。她确切知道是他，虽然只是从关着的门里听见一点声响。

娜塔莎跑进客厅，她脸色苍白，惊慌失措。

"妈妈，博尔孔斯基来了，"她说。"妈妈，这太可怕了，这叫人受不了！我不愿……受这个折磨！我怎么办？……"

伯爵夫人还没来得及回答她，安德烈公爵已经走进了客厅，他神色不安，态度严肃。他一看见娜塔莎，就容光焕发了。他吻了吻伯爵夫人和娜塔莎的手，在旁边的沙发上坐下……

"您很久没有光临……"伯爵夫人刚开口，安德烈公爵就接过去回答她的问题，显然他急于想说他需要说的话。

"我这一阵子没拜望你们，我是到父亲那儿去了：我需要和他谈一件非常重要的事。昨晚我才回来，"他看了娜塔莎一眼，说"伯爵夫人，我有事要和您谈谈，"他沉默片刻又说。

伯爵夫人深深地叹了一口气,垂下了眼睑。

"乐意为您效劳,"她说。

娜塔莎知道她应该回避一下,但她做不到:似乎有个东西梗住她的喉咙,她眼睛睁得圆圆的,不礼貌地直瞪着安德烈公爵。

"现在?就在此刻!……不,这不可能!"她想道。

他又瞧她一眼,他的目光使她确信她并没有猜错。——对了,就在此刻决定她的命运。

"你去吧,娜塔莎,等一会儿我叫你,"伯爵夫人悄悄说。

娜塔莎用吃惊和祈求的眼睛望了望安德烈公爵和母亲,走了出去。

"伯爵夫人,我是来向您女儿求婚的,"安德烈公爵说。

伯爵夫人顿时满脸通红,但她没说话。

"您的提婚……"伯爵夫人终于庄重地说。他静静地望着她的眼睛。"您提婚……(她窘迫了)我们很兴奋,那么……我接受你提婚,我非常兴奋。我丈夫……我希望……可是,要看她本人的愿望……"

"先得到您的同意,我再和她谈……您赞成我的求婚吗?"安德烈公爵说。

"同意,"伯爵夫人说,把手递给他,当他俯身吻她的手时,她吻了吻他的前额。她乐意像爱儿子一样爱他,可是,她觉得他这人既陌生又可怕。

"我相信,我丈夫肯定会同意的,"伯爵夫人说,"可是,令尊……"

"我已经把我的安排通知家父,他同意了,但附带一个不更改的条件,就是婚期必须定于一年之后。这也是我要通知您的,"安德烈公爵说。

"对,娜塔莎还年轻,可是——太长了!"

"不这样不可啊,"安德烈公爵叹息着说。

"我把她叫来见您,"伯爵夫人说。

"主啊,饶恕我们吧,"她一面找女儿,一面不停地念叨着。索尼娅说娜塔莎在卧室里。娜塔莎坐在床上,脸色苍白,瞪着一对大眼睛望着圣像,急速地画十字,口中念念有词。她一看见母亲,就跳起来扑到她怀里。

"怎么样,妈妈?……怎么样?"

"去吧,去见他吧。他向你求婚呢,"伯爵夫人说,娜塔莎觉得她的口气非常冷淡……"去吧……去吧,"母亲露出忧愁和嗔怪的神情望着跑开的女儿,深深地叹了一口气。

娜塔莎不知道她是怎样走进客厅的。进得门来看见他,她站住了。"难道这个陌生人现在真的成为我的一切了?"她自问,随即回答道:"是的,一切:他现在是我唯一最宝贵的人。"安德烈公爵垂下眼脸,走到她跟前。

"我从第一次看见您,我就爱上了您了。我能抱有希望吗?"

他看了看她,她脸上那派庄严的热情使他吃惊。那表情好像说:干吗要问啊?干吗要怀疑那不需要怀疑的事情?既然用语言表达不了你所感觉到的,干吗还要去表达。"

她走到他面前,站住了。他拿起她的手来亲吻。

"您爱我吗?"

"爱,爱,"娜塔莎有点恼怒似的说,她高声叹了口气,又叹了一声,越来越急地喘起来,忽然大哭起来了。

"哭什么?您怎么了?"

"嗨,我太幸福了,"她回答说,透过泪水露出微笑,她俯下身来偎近他,沉默了片刻,仿佛在问自己可不可以这样做,然后吻了吻他。

安德烈公爵握住她的手,望着她的眼睛,在他心中已经没有了先前对她的爱情。他内心一下子起了一个变化:先前那种诗意的、神秘的憧憬魅力没有了,取而代之的是对她那妇孺的软弱性的怜悯,对她那绝对忠诚和信任的畏惧,以及由于他和她将要永远结合在一起而产生的又沉重又快意的责任感。现在这种感情虽然不像先前那么光辉灿烂和富有诗意,然而却更严肃,更强有力。

"母亲有没有跟您说婚礼至少要在一年以后吗?"安德烈公爵看着她的眼睛,说。

"难道这就是我,就是那个毛丫头(人们都这样叫我),"娜塔莎想,"难道我从现在起就做妻子,和这个陌生的、可爱的、聪明的、甚至受我父亲尊敬的人平等了吗?这会是真的吗?难道真的现在已经不能拿生活当儿戏了,现在我已经长大了,现在对自己的一言一行都要负责了吗?对了,他问我什么来着?"

"没有,"她答道,可是她没有听见他问的话。

"原谅我,"安德烈公爵说,"您很年轻,但是,我已经饱经世故了。我是为您担心。您不了解自己。"

"娜塔莎聚精会神地听着,努力想听懂他的话,可是,没有听懂。

"不管我多么痛苦,我还是把我的幸福推迟一年,"安德烈公爵接着说,"在这期间,您了解一下自己。我请求您一年后再给我幸福;然而您是自由的:我们的订婚暂时保密,倘若您确切地相信您不爱我,或者爱上了……"安德烈公爵尴尬地微笑着说。

"您为什么说这话？"娜塔莎打断了他。"您知道，自从您第一次到奥特拉德诺耶那天起，我就爱上您了，"她说，坚信自己说的是实话。

"有一年的时间您就会认识自己了……"

"整整一年！"娜塔莎忽然说，现在她才明白婚期要延迟一年。"为什么要一年？为什么要一年？……"安德烈公爵向她说明延期的原因，娜莎不听他说话。

"不这样不可以吗？"她问。安德烈公爵什么也没回答，不过他脸上的表情说明这个决定无法改变。

"这真可怕！不行，这太可怕了，太可怕了！"娜塔莎突然说，又大哭起来。"等一年会把我等死的：这不可能，这太可怕了。"她看看未婚夫的脸，她在他脸上看见了痛苦和惶惑的表情。

"不，不，我什么都办得到，"她忽然止住流泪，说，"我太幸福了！"

父亲和母亲进来给未婚夫妇祝福。

从此以后，安德烈公爵就以未婚夫的身份到罗斯托夫家做客了。

二十四

既没有举行订婚礼，也没有向任何人宣布博尔孔斯基和娜塔莎订婚；安德烈公爵坚持要这样做。他说，延期的责任在他，他应负起延期的重担。他说，他将永远遵守自己的诺言，可是，他不愿限制娜塔莎，她完全可以有自由。倘若半年后她觉得她不爱他，她有拒绝他的权利。自然，不管是双亲或娜塔莎本人，都不愿听这种话；可是，安德烈公爵坚持自己的意见。安德烈公爵每天都到罗斯托夫家，但他对娜塔莎不以未婚夫自居：他以您称呼她，只吻她的手。自从求婚那天起，安德烈公爵和娜塔莎之间建立了与过去完全不同的、亲近的、纯朴的关系。他们仿佛直到现在才互相认识。他和她都爱回想他们在什么都没有的时候，彼此对对方的看法；现在他们都觉得他们成了两个完全不同的人了：过去是装腔作势，现在是纯朴而诚恳。最初几天，在同安德烈公爵交往时，家庭中有一种不自然的气氛；他似乎是另一个世界的人，娜塔莎为了让家里的人对安德烈公爵习惯起来，花了不少的工夫，她带着自豪的神情要大家相信，他只是表面上很特别，其实他和大家一样，她说她不怕他，别人也不要怕他。过了几天以后，家里的人和他混熟了，当着他的面自然地做日常的事，他也不时参加进来。他可以同伯爵谈家务，同伯爵夫人和娜塔莎谈服装，同索尼娅谈纪念册和挑花十字布。有时罗斯托夫家里的人互相之间，或者当着安德烈公爵的面，谈起这桩婚事是怎样成功的，以及姻缘的预兆是多么明显，大家都感到惊讶:比如安德烈公爵到奥特拉德诺耶做客,他们去彼得堡,娜塔莎和安德烈公爵的相貌相像(安德烈公爵第一次来的时候,保姆就注意到这一点了),1805年安德烈和尼古拉之间的冲突,以及家里的人见到的其他许多预兆。

凡是家里有未婚夫妇在场时,经常会笼罩着一种诗意的寂寥和沉默的气氛。大家坐在一起,经常相对无言。有时人们站起来走了,只剩下一对未婚夫妇,他们一般不谈他们将来的生活。谈这种事情,安德烈公爵觉得可怕并且不好意思。娜塔莎也有同感,他所有的感情,她总能猜到,并且总有同感。有一次,娜塔莎问起他的儿子,安德烈公爵脸红了,现在他常常会脸红,而娜塔莎特别喜欢这一点,他说,他的儿子不准备和他们住在一起。

"为什么?"娜塔莎吃惊地说……

"我不能硬把他从祖父身边带走,并且……"

"我会很疼他的!"娜塔莎说,她立刻猜到他的意思,"但是,我知道,您是想避免那些责怪您自己和责怪我的口实。"

老伯爵有时向安德烈公爵走过去,吻吻他,向他讨教彼佳的教育和尼古拉的职务。老伯爵夫人看着他们老叹气。索尼娅每时每刻都怕自己成为一个多余的人,尽力找借口走开,让他们单独在一起,事实上他们并不需要这样。当安德烈公爵讲点什么的时候(他很会讲话),娜塔莎带着自豪的神情听他讲;当她讲的时候,她察觉他在专注地端详她,这使她又怕又喜。她疑惑地问自己:"他在我身上找什么?他那目光找到了什么? 倘若他那目光在我身上找不到他要找的东西,那又怎么样呢?"有时,她那特有的狂喜的情绪又来了,每当这时,她格外爱看爱听安德烈公爵大笑。他不爱笑,可是一笑就笑个痛快,每次笑过后,她就觉得她更接近他了。要不是快要到来的离别使她觉得可怕,娜塔莎就是非常幸福的了。

安德烈公爵在离开彼得堡的前一天,把皮埃尔带来了,他自从舞会后就没有来过罗斯托夫家。皮埃尔看来不知所措,心绪不定。他和老伯爵夫人拉家常。娜塔莎和索尼娅坐在棋桌旁,她叫安德烈公爵过来和她们一块儿下棋。他走到她们跟前。

"您早就认识别祖霍夫吗?"他问。"您喜欢他吗?"

"喜欢,他是好人,不过很可笑。"

一提起皮埃尔,像平常那样,她就讲起他心神恍惚的笑话,有些笑话甚至是编造的。

"您要知道,我把咱们的秘密和他说了,"安德烈公爵说。"我从小就认识他。他有一颗黄金的心。我请求您,娜塔莎,"他忽然严肃地说,"我走后,谁知道会发生什么事。您也许会变……我知道，我不该说这话，但是有一件事——我不在时，不论您发生什么事……"

"会发生什么事啊？……"

"不管发生什么不幸，"安德烈公爵继续说，"不论发生什么事，索菲小姐，我求您，只找他去讨主意和帮助。他这人特别漫不经心，并且举止可笑，但是却有一颗黄金的心。"

父母也好，索尼娅也好，安德烈公爵本人也好，都预想不到娜塔莎和未婚夫离别对她可能有怎样的影响。她满脸通红，心情激动得不得了，眼中无泪，在那一整天，她神情恍惚地在家里走来走去，做一些最琐碎的事，仿佛不明白她正等待的是什么事情。甚至在他告别时，最后一次吻她的手，她也没哭。

"别走吧！"她对他只说了这么一句，声调非常恳切，甚至使他思索了片刻，是不是真的必须留下来，并且，过后很久，他都记得她说这句话的声调。他走后，她也没哭；不过，她一连好几天在自己房间里呆坐，对什么都不感兴趣，只是有时说："唉，他为什么走了！"

他离开两个星期后，令她周围的人感到吃惊的是，她从精神病中醒来了，恢复了原来的状态，可是精神面貌改变了，正如久病初愈的孩子，脸上换了另外一副表情。

二十五

尼古拉·安德烈耶维奇·博尔孔斯基老公爵的健康和脾气，在儿子走后一年内，每况愈下了。他比以前更容易动怒，他那无理由爆发的怒气全倾泻到玛丽亚公爵小姐身上。他好像专挑她的痛处，更加残酷地折磨她的精神。玛丽亚公爵小姐有两个癖好，同时也是两种欢乐：小侄子尼古卢什卡和宗教，这二者都是老公爵用来攻击和讥笑的目标。不管谈什么，他总要扯到老处女的迷信和娇惯孩子。"你想把他（尼古卢什卡）变成和你一样的老处女呀；痴心妄想，安德烈公爵要的是儿子，而不是老处女，"他说。或者，当着公爵小姐的面，他问布里安小姐是不是喜欢自家田庄上的老神父和圣像，于是，打趣地说……

他不断凶狠地侮辱玛丽亚公爵小姐，可是，女儿却连想都没想到是不是应当原谅他。他难道会有什么对不住女儿的吗？难道她的父亲（她知道，他是疼爱她的）会是不公正的吗？并且什么是不公正呢？她本人需要的是受苦受难和爱他人，并且她的确是这样做的。

安德烈公爵冬天来到童山，他愉快、和蔼，并且温柔，玛丽亚公爵小姐很长时间没有见到他这个样子了。她感到他一定发生了什么事，可是，他对玛丽亚公爵小姐没有说起他的爱情。临行前安德烈公爵和父亲做了一次长谈，玛丽亚公爵小姐看到，父子二人在分手前彼此都不快活。

　　安德烈公爵走后不久，玛丽亚公爵小姐在童山给彼得堡的女友朱莉·卡拉金娜写了一封信，玛丽亚公爵小姐也有一般姑娘们经常会有的那种幻想，就是希望她这位女友将来嫁给她的哥哥，目前这位女友正在为在土耳其战死的哥哥服丧。

　　"看起来，不幸是我们共同的命运，亲爱的，朋友朱莉。

　　您的损失真可怕，我只能认为这是上帝的格外恩惠，他由于爱您而给您和给您的高尚的母亲的考验。啊，我的朋友，宗教，只有宗教，不但能安抚我们，并且能把我们从失望中拯救出来；唯有宗教能给我们解释那人类不依靠它就无法理解的问题：为了什么缘故，为了什么目的，善良、高尚、善于在生活中寻找幸福的人，非但不伤害任何人，并且为了别人的幸福必不可少的人——这种人总是被召唤去见上帝，而留在世上的都是些无益的、恶毒的害人虫，或者是一些对自己和对别人成为负担的人。我所见到的使我永不会忘记的第一个死亡——我的可爱的嫂嫂的死，给我的印象特别深刻。正如您问命运之神，为什么您的哥哥就应当死，我也问，为什么天使丽莎就应当死？她不但对人没做过坏事，并且，她心中除了善良的思想，从来没有什么坏主意。这是怎么回事，我的朋友？从那时起，已经五年过去了，凭着我这点愚蠢的智力，也已经十分明了，她为什么必须死，明了这个死只是造物主无限慈善的表现，造物主的一举一动，尽管我们大多不了解，实际上都是对他的创造物的无限仁爱的表现。我经常想，也许因为她太天真纯朴了，简直和天使一样，所以没有能力负起母亲的职责。她作为一个年轻的妻子是完美的；也许她不能做一个无可指责的母亲。说她给我们，尤其是给安德烈公爵留下的，只是纯粹的惋惜和怀念，就不够了，她在天国肯定得到了我连想都不敢想的地位。这种可怕的早死，虽然令人极为悲痛，可是，对我和对我哥哥都有有益的影响，这不仅她的早死是如此，当不幸刚发生，我不可能有这个想法；当时我会带着恐惧驱逐这个想法，但是，现在这个问题就非常明显而毫无疑问了。亲爱的朋友，我对您说这些，只是为了使您相信《福音书》中的真理——它已经成为我生活中的座右铭：若是上帝不许，连一根头发也不可能从我们头上掉下。

而上帝的旨意所依据的就是对我们无限的爱,所以我们不管发生什么事,都是为了我们的幸福。您问我们是不是去莫斯科过冬?虽然很想看见您,但是,我不想也不愿去莫斯科。原因是在波拿巴身上,您对此一定很奇怪。这是因为:我父亲的健康大大地恶化:任何逆他意的事情他都不能忍受,他很容易动怒。他的怒气,您是知道的,多半是针对政治问题。波拿巴竟然同欧洲所有君主平起平坐,尤其是同我们的皇上,伟大的叶卡捷琳娜的孙子,平起平坐,一想到这里他就受不了!正如您所知,我对政治是根本漠不关心的,但是,从我父亲的言谈中,从他和米哈伊尔·伊万诺维奇的谈话中,我知道了世界大事,特别是知道了对波拿巴的一切颂扬,似乎全世界只有童山不承认这个波拿巴是伟大的人物,更不承认他是法国皇帝。我父亲对这件事无法容忍。我觉得,我父亲预见到一定会发生冲突,这主要由于自己的政治观点,同时也由于他那不管对谁都无所顾忌地发表政见的作风,所以他不愿意提去莫斯科的事。他所取得的一切治疗效果,会因不可避免的关于波拿巴的争论而抵消的。无论如何,这个问题很快就会决定了。我们的家庭生活,除了哥哥安德烈不在家,一切未变。我已经写信跟您说过,他最近变化很大。自从那次不幸以后,直到今年才完全恢复元气。他又像我小时候知道的样子了:善良、温柔,具有一颗无与伦比的黄金的心。我好像觉得,他已经明白过来,他的一生并没有完结。但是,虽然精神有所好转,而身体却衰弱多了。他比以前更瘦了,更神经质了。我为他担心。同时也为他兴奋:他终于遵照医生的嘱咐出国疗养去了。我希望这样能使他恢复健康。您来信说,彼得堡都说他是一个最能干、最有教养、最聪明的年轻人。请原谅我这个做亲属的自尊心,我从不怀疑这一点。他在这儿对所有的人,从农民到贵族,做的好事是难以计数的。他在彼得堡只是得到他应得的声誉而已。我很奇怪,不知彼得堡的谣言怎样传到莫斯科来的,尤其是像您信中所说的那些不可靠的传闻——关于家兄和小罗斯托娃订婚的传闻。我不认为安德烈将来会同什么人结婚,尤其是同她结婚。原因是:第一,虽然他很少提起他的亡妻,可是,我知道丧妻的悲痛深深地藏在他的心底,以致使他不会续弦和给我们的小天使找一个继母。第二,据我所知,这个姑娘不是安德烈公爵所喜欢的那类女人。我不认为安德烈公爵会选择这么一个妻子,老实说:这不是我所希望的。我太啰唆了,已经写满了两页信纸。再见,我的可爱的朋友;愿您得到上帝神圣、强大的庇护。我的可爱的女友布里安小姐吻您。

玛丽。"

二十六

仲夏，玛丽亚公爵小姐意外地接到一封安德烈公爵从瑞士寄来的信，他在信中通知她一件奇怪的意外消息。安德烈公爵对她说他和罗斯托娃订婚了。整封信都流露着对未婚妻爱的喜悦以及对妹妹温柔的友爱和信任。他写道，他从没有像现在这样爱过，只有现在他才懂得人生；他请妹妹原谅他在童山时没有告诉她这个消息，虽然他告诉了父亲。他没有告诉她是因为怕她央求父亲同意这桩亲事，那样不但达不到目的，反而会惹父亲生气，他那极端的情绪会在她身上发泄。并且，他写着，当时事情还没有像现在最后定下来。"当时父亲给我一年的期限，现在期限已过了一半——六个月了，我对自己的决定比任何时候都更坚定了，要不是医生留我在这里的矿泉治疗，我早就回国了，但是，现在我的归期不得不再推迟三个月。你是知道我和父亲的关系的。我什么都不要他的，我过去是，将来永远是独立的，可是，不遵守他的意志，惹得他生气，就会破坏我一半的幸福，而他和我们一起的日子不会太长了。我给他写了一封同样的内容的信，我请你找一个合适的时机把这封信交给他，并把他的意见告诉我：他是否同意将期限缩短三个月。"

经过好长的犹豫、疑虑和祈祷，玛丽亚公爵小姐把信交给了父亲。第二天老公爵安静地对她说：

"写信告诉你哥哥，让他等我死了再说……快了——我快给他自由了……"

公爵小姐想辩解，可是父亲没让她说下去，他声音提得越来越高。

"结婚吧，结婚吧，亲爱的宝贝……一门好亲事！……人也聪明，啊？又有钱，啊？可不是嘛。尼古卢什卡将有一个好后娘。你告诉他，就是明天结婚也行。她当尼古卢什卡的后娘，我来娶布里安！……哈—哈—哈，他没有后娘也不行呀！可是有一样，在我的家里不需要有太多的女人；他结了婚，就另住去吧。也许你也搬到他那儿去吧？"他转过脸来对玛丽亚小姐说："上帝保佑，去尝尝受冻的滋味吧……去尝尝吧！……"

经过这次发作后，公爵再也不提这件事了。可是因为怪儿子没有出息而憋在肚子里的闷气，在父女关系上表现出来。在原有的嘲笑口实中，又添了一个新的——关于后娘以及宠爱布里安小姐这两个话题。

"我为什么不娶她啊?"他对女儿说。"一个很好的公爵夫人!"最近一个时期,使玛丽亚公爵小姐感到不知所措和惊讶的是,她察觉父亲越来越接近那个法国女人。玛丽亚公爵小姐在给哥哥的回信中把父亲对他的信的反应告诉了他;可是她安慰哥哥说,父亲早晚会让步的。

尼古卢什卡和他的教育、安德烈和宗教,是玛丽亚公爵小姐的慰藉和乐趣;可是,除此以外,每个人都要有自己的希望,所以在玛丽亚公爵小姐内心深处也隐藏着成为她生活中主要慰藉的幻想和希望。令她感到快慰的幻想和希望是那些神亲——躲过公爵拜访她的苦行教徒和巡礼者。玛丽亚公爵小姐年纪越大,经历越多,见闻越广,就越惊讶于那些在尘世寻求享乐和幸福的人们眼光短浅;为了得到那不可能得到的虚幻的、罪恶的幸福,人们勤劳、奋斗、互相伤害。"安德烈公爵爱妻子,妻子死了,这还不够,他还要把自己的幸福寄托在其他女人身上。"父亲不答应,因为他盼望安德烈有一个更显赫、更富有的配偶。为了追求过眼云烟的幸福,他们都在斗争,受苦,烦恼,毁坏自己的灵魂——永生的灵魂。其实我们是知道这个道理的。上帝的儿子基督降世曾告诉过我们,人生是过眼云烟,是考验,可是,我们总抓住它不放,想从其中找到幸福,为什么就没有人明白呢?"玛丽亚公爵小姐想道。除了这些受人轻视的神亲们,没有人理解,那些背着行囊的神亲们到我这儿来都是走后门,因为怕碰上公爵,不是怕吃他的苦头,而是为了使他免得犯罪。他们背井离乡,抛弃家庭,为了对任何东西都不留恋,摒弃对尘世一切福利的关心,穿着麻布衬衫,隐姓埋名,从一处走到另一处,不损害任何人,而为别人祈祷,为驱逐他们的人祈祷,也为保护他们的人祈祷:没有比这个真理和人生更高的真理和人生了!"

有一个名叫费多秀什卡的女巡礼者,五十岁,小个子,沉默少言,满脸麻子,她打着赤脚,脖子挂着铁链,已经巡行三十年了。玛丽亚公爵小姐十分喜欢她。有一天,在昏暗的屋子里,在一盏长明灯的亮光下,费多秀什卡讲她自己的生活经历,玛丽亚公爵小姐突然有一个非常强烈的想法,她觉得只有费多秀什卡找到了人生的正路,她决定自己也要出去巡礼。费多秀什卡就寝后,玛丽亚公爵小姐思考了很久,无论看来是多么奇怪,最后她决定她要亲自出去巡礼。她把她这个打算只告诉了忏悔师修道士阿金菲神父,忏悔师称赞她的志向。托词送给巡礼者礼物,玛丽亚公爵小姐储备了全套的巡礼者行装:粗布衬衫、树皮鞋、长袍和黑头巾。玛丽亚公爵小姐常常走到珍藏的橱柜跟前,站在那儿出神,决定不了是否已经到了实现她的抱负的时候了。

在听着巡礼者讲故事的时候,她被她们那些纯朴的、对她们说来早已是说顺了嘴、而在她听来,意义非常深刻的词句激动得心潮起伏,好几次她甚至想抛弃一切从家中逃走。她在想象中仿佛看见自己和费多秀什卡一起在尘埃的道路上巡礼,她穿着粗布衬衫,手持法杖,背着背囊,心中摒除妒忌,摒除人间的爱以及一切愿望,从一些圣徒那儿走到另一些圣徒那儿,最后走到没有悲哀,没有叹息,只有永久的喜悦和幸福的地方。

"每到一个地方,我都祈祷;还没有时间习惯那个地方,喜爱那个地方,又向前走了。一直走得两腿无力,躺下来死在某个地方,最后走到一个永远安适的境地,那儿没有悲哀,没有叹息!……"玛丽亚公爵小姐想道。

但是后来,她看见了父亲,尤其是看见了小科科,她的决心动摇了,她偷偷地哭了,觉得自己是一个罪人:爱父亲和爱侄子,胜过爱上帝。

第七部

一

在 1807 年以后,尼古拉·罗斯托夫继续在保罗格勒团服务,他已经接替杰尼索夫指挥一个骑兵连了。

罗斯托夫成为一个举止粗野、心地友善的小伙子,莫斯科的熟人一定认为他有点风度不够,他却受到部下和长官的爱戴和尊敬,并且,他对自己的生活十分满意。最近,1809 年,他在家信中发现母亲越来越经常地抱怨家境愈来愈糟。希望他能够回家,在年老的父母跟前承欢,使父母得到慰藉。

尼古拉读着这些信,有一种恐惧的感觉,担心人家把他从避开人生日常的纷扰而生活在安静安谧的环境中拉出来。他觉得早晚又得陷入生活的漩涡,那里是乱麻一团,有许多事情要处理,有管家的账目、争吵、阴谋,还有人事关系、交际、索尼娅的爱情,以及对她的许诺。这一切都是非常烦难、混乱,所以他给母亲的回信总是冷冰冰的老一套:上款是"亲爱的妈妈"落款是"您的恭顺的儿子"可就是不提他打算什么时候回家的事。1810 年他接到父母的信,告诉他说娜塔莎和博尔孔斯基已经订婚,因为老公爵不赞同,婚礼要在一年以后才举行。这封信惹得尼古拉烦恼,而且感到屈辱。第一,家里少了他最喜爱的娜塔莎,使他不胜感伤;第二,从他那骠骑兵的观点看,遗憾的是订婚时他不在场,倘若他在场,他会向博尔孔斯基表示和他结亲并不算什么了不得的荣幸,倘若他是爱娜塔莎的话,他可以不管老顽固父亲是否准许而结婚。他犹豫了一下,是不是回去看一看还没有结婚的娜塔莎,恰好这时要举行演习,他又想到索尼娅,想到一些难题,于是又拖延下来。可是那年春天他接到母亲瞒着老伯爵写的信,叫他一定回来。她写道,如果尼古拉不回去把事情管起来,那么全部产业就要拍卖了,全家就得去要饭。老伯爵太软弱,对米坚卡太信任,太好说话,弄得人人都骗他,景况愈来愈糟。"看在上帝的面上,我求你赶快回来吧,如果你不愿看着我和全家落到不幸的地步,"伯爵夫人写道。

这封信对尼古拉发生了影响。他所具有的一般人的常识告诉他应当怎么办。

现在应该走了，不是退役就是请假。为什么要走，他不知道；但是，在饭后小睡后，他吩咐备上那匹灰色"战神"，这是一匹好久没骑、极其不驯服的烈马，他骑着这匹汗淋淋的公马回来时，向拉夫鲁什卡（杰尼索夫留给罗斯托夫的仆人）和晚上来他这儿的同事们宣布，他打算请假回家。不管在他说来是多么难以想象和奇怪，在他没有知道司令部是否把他升为骑兵大尉（这是他特别感兴趣的），或者他在近来几次演习是否获得安娜勋章的时候，他竟然走了；不管是多么奇怪，在他没有把三匹黑鬃烈马卖给正在还价的戈卢霍夫斯基伯爵的时候（而罗斯托夫打赌要卖两千卢布），他竟然要走了；不论是多么不可理解，为了对抗枪骑兵为波兰小姐博尔若佐夫斯卡娅举行的舞会，骠骑兵也要为波兰小姐普沙杰茨卡娅举行一次舞会，而在这次舞会上他竟然没有参加——他知道他要从这个光明美好的世界到那充满了荒谬和混乱的地方。一个星期后请准了假。不但本团的并且全旅的骠骑兵同事，每人凑十五卢布的份子给罗斯托夫饯行，而且请了两个乐队和两个歌咏队助兴。罗斯托夫和巴索夫跳了一场特列帕克舞；酩酊大醉的军官们把罗斯托夫抛起来，拥抱他，然后放下；第三骑兵连的士兵们再一次抛起他，喊乌拉！然后他们把罗斯托夫放在雪橇里，一直护送他到第一个驿站。

　　从克列缅丘格到基辅，走了全部路程的一半，正如常有的情形，罗斯托夫的思想还停留在后面，停留在骑兵连队；可是过了一半的路程后，他已经忘掉三匹黑鬃烈马，忘掉他的司务长和博尔若佐夫斯卡娅小姐，开始不安地问自己，到了奥特拉德诺耶将要看到什么，那儿的情形会怎么样。离家越近，对家的思念就越强烈，极其强烈；最后一站奥特拉德诺耶到了，赏给车夫三卢布酒钱，他像孩子似的，上气不接下气地跑上宅第的门廊。

　　狂喜的迎接过去了，与所期待的比较起来，尼古拉有一种奇怪的不满感觉，（早知一切照旧，我何必如此着急！）然后，尼古拉又开始习惯老家的生活。父母依然如故，只是老了些。他们的变化仅仅有点急躁不安，有时不和睦，这是以前没有的，尼古拉很快就明白了，这都是因为境况不佳所致。索尼娅快满二十岁了。她已经不会长得更美，除了现在这个样子，不会有更大的变化了；即使这样，也就很够了。自从尼古拉回来后，她整个人都沉浸在幸福和爱情之中，这个姑娘的爱情忠贞不渝，使他由衷地兴奋，尼古拉感到最惊奇的是彼佳和娜塔莎。彼佳已经是十三岁的大孩子了，已经变了嗓音，他长得漂亮，活泼聪明，然而十分顽皮。尼古拉望着娜塔莎，惊奇地看了她好长时间，笑起来。

　　"完全变了，"他说。

　　"怎么，变丑了？"

"完全不是,但是,派头倒十足。公爵夫人!"他凑近她的耳朵低声说。

"对,对,对,"娜塔莎兴奋地说。

娜塔莎讲了讲她和安德烈公爵恋爱经过,讲了讲他到奥特拉德诺耶的情景,把他最近的来信拿给他看。

"怎么,你兴奋吗?"娜塔莎问。"我现在十分安静,十分幸福。"

"很兴奋,"尼古拉回答说。"他是一个优秀的人物。怎么,你爱得厉害吗?"

"怎么对你说呢,"娜塔莎回答说,"我爱过鲍里斯,爱过舞蹈教师,爱过杰尼索夫,可是,那些爱根本不是那么回事。现在我很坦然,很坚定。我知道不会有比他更好的人了,因此我觉得很安静,很畅快。完全和从前不同……"

尼古拉向娜塔莎表示,他对婚期推迟一年不满意;可是,娜塔莎向哥哥发起了猛烈的攻击,向他证明非如此不可:违反公公的意志,进入婆家的门是不会有好结果的,她本人就愿意推迟。

"你根本就不明白,"她说。尼古拉不作声了,同意她的说法。

哥哥常常望着妹妹,觉得很惊奇。她根本不像一个与未婚夫别离的钟情的未婚妻。她几乎和从前一样情绪稳定,态度安详,快快活活。这使尼古拉感到惊讶,甚至对博尔孔斯基的求婚有不信任的看法。他不相信她的终身大事就这样定局了,尤其是他没有看见安德烈公爵和她在一起的情形,更使他有这种看法。他好像觉得这门亲事有不妥当的地方。

"为什么要延期,为什么不举行订婚礼?"他想道。有一次同母亲谈到妹妹时,使他吃惊同时也使他有点满足的是,他发现母亲内心深处对这桩婚事有时也怀着疑虑。

"你看他写的,"她把安德烈公爵的信拿给儿子看,她怀着凡是当母亲的对女儿未来的夫妇幸福都有的那种隐蔽的妒忌,说道,"他说,他在十二月以前不能回来。到底是什么事碍了他?肯定是疾病!他的身体不好。你可别对娜塔莎说。你别看她很快活:她这已经是少女时代的结束了,我知道每次接到他的信,她的情绪是怎样的。然而,上帝保佑,万事都会如意的,"每次结束谈话,她都是这样说,"他是一个出色的男人。"

二

尼古拉初到时,神态严肃,甚至沉闷。使他烦恼的是,他不得不过问那愚蠢的家务,而母亲正是为了这个才把他叫回来的。为了扔掉这个包袱,在他到家的第三天，他就气愤愤的，叫他到哪儿去他也不搭理，皱着眉头径直往厢房去找米坚卡，叫他把所有的账目都拿出来。何谓所有的账目，尼古拉比吃惊的、不知究竟的米坚卡知道得更少。和米坚卡的谈话，以及查账的时间持续了不久。在前面厢房等候的村长、农民代表和乡绅，恐惧地、同时不无满意地起先听到小伯爵嗓子愈提愈高，说话的声音嗡嗡响，并且急促，随后听到接二连三的可怕的咒骂字眼。

"强盗！忘恩负义的坏蛋！……把你这个狗崽仔剁个稀巴烂……我可不像父亲那样……我们被你偷光了……"诸如此类。

接着，这些人带着满意和惧怕的神情看见小伯爵满脸通红，两眼充血，抓着米坚卡的脖领把他拖出来，咒骂之后，技巧娴熟地用腿和膝盖顶着他的屁股，用力往前一推，喊道："滚吧！坏小子，永远不要在这儿露面！"

米坚卡从六级台阶上飞也似的冲下来，一直冲向花坛。

米坚卡的妻子和小姨子带着惊慌的神情从她们的房门口探头探脑地向穿堂张望，房里精亮的茶炊正烧得滚烫，管家的高床，床上铺着用碎布拼成的被子。

小伯爵气喘吁吁，大踏步从她们面前走过，连看也不看她们，回内宅去了。

伯爵夫人立刻从使女们嘴里得知了厢房里发生的事。一方面，她为现在他们的境况肯定会有好转而感到慰藉；另一方面，她怕儿子过于操劳，心中十分不安。她好几次悄悄地走到他的门前，听见他一袋接一袋地吸烟。

第二天，老伯爵把儿子叫到一边，含着胆怯怯的微笑，对他说：

"你可知道，亲爱的，何必发火呢！米坚卡都告诉我了。"

尼古拉心中想道："我就知道在这个蠢地方，什么都弄不明白。"

"你为他没有把这七百卢布入账而生气。实际上这笔款子已经转账了，你没有往下看。"

"爸爸，他是坏蛋，小偷，我知道。我做过的，就算做过了。倘若您不愿意，我不再理他就是了。"

"不，亲爱的。不，我请你把家业管起来，我老了，我……"

"不，爸爸，倘若我做了使您不快乐的事，就请您原谅，我比您更不会管理。"

"什么农民呀，银钱呀，转账呀，全都见鬼去吧，"他想，"怎么押注，我早就内行，至于什么转账，我根本不懂，"他对自己说，从今后他不再过问家务。只是有一次，伯爵夫人把儿子叫来，对他说，她有一张安娜·米哈伊洛夫娜的两千卢布的期票，问尼古拉怎么办。

"原来是这个事儿，"尼古拉答道。"您说，这事由我来决定；我不喜欢安娜·米哈伊洛夫娜，也不喜欢鲍里斯，可是他们对咱们不错，并且很穷。就这么办吧！"

于是他把期票撕得粉碎,他这个行为使老伯爵夫人流着欢喜的眼泪大哭起来。在这之后,小伯爵再没有过问过任何家事,他怀着极大的热情热衷于对他来说还是新鲜的事情——犬猎,老伯爵置办了大规模的狩猎设备。

三

　　时候已经是初冬的天气,早上的严寒冰冻了被秋雨浸湿的土地,秋播作物生机勃勃地长起来了,被牲口踩得发褐色的冬麦田垅,那淡黄的春播作物禾茬和红色的荞麦田垅,把茂密的秋播作物衬托得特别鲜绿。八月底,山巅和树林在冬麦的黑土田地和禾茬中间还是一些绿洲,这时在嫩绿的冬麦中间,已经变成为金黄色和鲜红色了。野兔的毛已经换了大半,小狐狸也开始出窝了,狼仔已经长得像狗一样大小。这是狩猎的最好季节。热衷打猎的年轻猎手罗斯托夫的猎犬,不但跑得瘦了,并且腿子也跑累了,猎手全体会议决定让狗休息三天,九月十六日进行一次远征,从橡树林开始,因为那儿有一个从未受过惊扰的狼窝。

　　九月十四日天气形势是这样。

　　整天猎犬都待在家里;天气很冷,寒风刺骨,可是傍晚开始上雾,转暖。九月十五日,小罗斯托夫大清早起来,穿着睡衣向窗外一看,他看见,再没有比今天早晨的天气更适合打猎的了:天空仿佛在融化,安静地向地面降落。天空中唯一移动的东西,就是烟尘或者是雾霭的微粒静悄悄地下降。花园里秃树枝上是晶莹的水珠,坠落在新落下的树叶上。菜园的土地有如罂粟花黑亮湿润,在不远的地方,与灰暗的潮湿雾幕融为一体。尼古拉走到湿漉漉的泥泞满地的门廊台阶上;周围散发着腐木和狗腥的气味。那只黑毛白花、肥臀、两只又黑又大的眼睛突出、名叫米尔卡的母狗,一看见主人就站起来,向后伸直了腰,像兔子似的伏下前腿,然后突然跳将起来,直向他的鼻子和耳朵舔去。另一只长腿猎犬,在花园小径上看见主人,拱起脊背,箭也似的向台阶冲去,翘起尾巴,蹭尼古拉的腿。

　　"噢——啊唷!"这是一声最深沉的低音配着最尖厉的高音的猎人的呼唤。从墙角走出猎手长和驯犬长丹尼洛,他满脸皱纹,头发花白,留着乌克兰式的茶壶盖发型,手中握着短柄长鞭,带着只有猎人才有的独立自主和藐视一切的神情。他在主人面前脱下切尔克斯高顶帽,轻视地望着他。这种轻蔑的态度并没有使主人觉得受辱:尼古拉知道,这个蔑视一切、高出一切的丹尼洛,仍旧是他的奴仆和猎人。

　　"丹尼洛!"尼古拉说,他一看见这打猎的天气、这些猎犬和他的猎手,就觉得,一种抑制不住的打猎欲望,在心中油然而生,似乎一个钟情的人一看见情人,就忘掉原先的各种打算一样。

"大人,有什么吩咐吗?"他问,两只又黑又亮的眼睛从眉头下面向默不作声的主人瞥了一下。"怎么,忍不住了吧?"那双眼睛好像在说。

"好天气,呃? 打一围,跑一圈,怎么样?"尼古拉搔着米尔卡的耳根,说。

丹尼洛不答话,只是眨了眨眼。

"天未亮,我就派乌瓦尔卡去打探了打探,"停了一会儿,他又用他那特有的低音说,"他说,母狼搬家了,搬到奥特拉德诺耶禁伐区,在那儿嗥叫呢。(所谓搬家,是说他们俩都知道的那只母狼带着狼仔迁到奥特拉德诺耶森林,离家两俄里远一处小林子。)

"那就不去不行了,是不是?"尼古拉说。"你把乌瓦尔卡带来见我。"

"遵命!"

"那就先别给狗喂食。"

"是。"

五分钟后,丹尼洛和乌瓦尔卡就都站在尼古拉的大书房里了。别看丹尼洛个头矮,看见他站在书房里却给人很强烈的印象。连丹尼洛本人也感觉到了这一点,他仍旧站在门口,努力把话说得轻些,动也不动,恐怕碰坏主人书房里的东西,尽快把话说完,好早点出去,从天花板底下走到广阔的天幕下面。

询问完毕,而且从丹尼洛口中得知猎犬都很好(丹尼洛本人也想去打猎),尼古拉就吩咐备马。丹尼洛刚出去,娜塔莎快步走进来,她还没有梳头洗脸,也没有更换衣裳,裹着保姆的一条大围巾。彼佳跟着她跑进来。

"去打猎吗?"娜塔莎说。"我就知道! 索尼娅说你们不去。我知道今天这么好的天气,你们不可能不去。"

"去,"尼古拉不快活地说,他今天想进行一次真正的猎狼,不乐意带娜塔莎和彼佳去。"去是去,不过光是打狼:你们会觉得没意思。"

"你要知道,这是我最大的乐趣,"娜塔莎说,"这不好:自己去打猎,吩咐备马,但是瞒着我们。"

"俄军不怕万重关,我们去打猎!"彼佳喊道。

"但是,你不能去:妈妈不叫你去,"尼古拉转身对娜塔莎说。

"不,我要去,一定要去,"娜塔莎坚决地说。"丹尼洛,吩咐给我们备马,米哈伊尔把我的猎犬也带了去,"他对猎手长说。

丹尼洛本来就觉得他留在屋里不合适,很别扭,现在又要和小姐打交道,这在他简直不可想象。他垂下眼皮急忙退了出去,仿佛这等事和他无关,生怕不经意伤害着小姐。

四

老伯爵从来拥有大规模的狩猎设备,现在全交给儿子管理,这一天,九月十五日,老头兴致很高,也要参加狩猎。

一小时后,全副猎队来到门廊台阶前面。尼古拉神色严厉并且郑重,表示此刻没有工夫管闲事,不理睬要和他说话的娜塔莎和彼佳,只顾从他们面前走过去。他查看了猎队的各个部分,派了一小队猎犬和猎手去打前站,他骑上那匹枣红顿河马,对他的那群猎犬打着呼哨,穿过打谷场,向通往奥特拉德诺耶禁伐区出发了。老伯爵骑的是一匹名叫维夫梁卡的栗色骟马,由伯爵的马夫牵着;他本人乘一辆轻便小马车赶往指定的地点。

猎犬总共五十四只,由六名猎犬手带领。不算主人,有八名狼犬手,驱赶着四十只狼犬,连同主人的猎犬,大约出动了一百三十只狗,二十名骑马的猎人,向田野进发。

每只狗都认得自己的主人,知道呼号。每个猎人都清楚自己分内的事、把守的地点和担负的任务。大队人马才走出菜园,就不再有一点喧哗声和谈话声,均匀地、静静地沿着通往奥特拉德诺耶森林的大路和田野散开。

马在田野上行走,就像在松软的地毯上行走一样,有时走过大路上的水洼,发出扑哧扑哧的声音。雾蒙蒙的天空,仍旧悄悄地、均匀地向地面下降;空气幽静并且温暖,没有一点声响。偶尔响起猎人的呼哨声、马的响鼻声、扬鞭声,或者离队的猎犬的尖叫声。

走了一俄里的时候,从雾里又出现五个骑马的人带着猎犬,迎着罗斯托夫的猎队走来。为首的是一位胡须灰白、精神爽朗、仪表堂堂的老人。

"您好,大叔,"当老头来到跟前时,尼古拉说。

"没得说哇!……我就知道,"大叔说(这是住在邻村的罗斯托夫家一门穷的远亲),"我就知道,你在家待不住了,今天出猎是好日子。没得说哇!(这是大叔爱说的口头禅。)尽快占领禁伐区,我的吉尔奇克说,伊拉金家带着猎队正在科尔尼克扎队呢;好极了,走吧!他们会从你们眼皮底下把整窝的狼崽抢走的。"

"我们正是去那儿。怎么样,咱们合了吧?"尼古拉问道。"合起来……"

两家的猎犬合成一队,大叔和尼古拉并马而行。娜塔莎策马向他们驰来,头巾下露出高兴的面孔,一双眼睛闪闪发光,彼佳和猎手米哈伊尔,还有保姆派来跟随她的驯马师等人，全不离左右地陪伴着她。彼佳在笑，他在抽打他骑的马，不住地拽缰绳。娜塔莎矫健、自信地骑在黑色的阿拉伯立刻，一只手熟练地、毫不费劲地把马勒住。

大叔不信任地回头看了看彼佳和娜塔莎。他讨厌把儿戏和打猎的正经事混在一起。

"大叔，您好，我们也去打猎，"彼佳喊道。

"您好，您好，当心别踩着狗，"大叔严厉地说。

"尼古连卡，特鲁尼拉这只狗真可爱！它认得我，"娜塔莎在夸赞她那只心爱的猎犬。

"首先，特鲁尼拉完全不是狗，而是猎犬，"尼古拉想，而且严厉地向妹妹瞅了一眼，极力使她感觉到，此刻他们之间应保持一个距离。娜塔莎知道这一点。

"大叔，您别以为我们会妨碍什么人，"娜塔莎说。"我们会待在我们自己的地方，决不胡乱走动。"

"这就对啦，伯爵小姐，"大叔说。"当心，别从立刻跌下来，"他又补上一句，"没得说哇！因为你没有什么可扶的东西。"

离开奥特拉德诺耶禁伐区的那片绿洲只有百十来俄丈远了，猎犬手们正向林中走去。罗斯托夫和大叔商定从哪里放猎犬，他们安排娜塔莎站在一个决不会有什么东西跑过的地点，随后就越过山谷前进了。

"喂，老侄子，你对付的是一只大狼，"大叔说，"当心，别让它溜掉。"

"看情况吧，"罗斯托夫答道。"卡拉伊，准备！"他呼唤了一声，作为对大叔嘱咐的回答。卡拉伊是一只丑陋的、皮毛蓬乱的老公狗，由于曾自己擒一只大狼而出名。大家各就各位，做好了准备。

老伯爵知道儿子在打猎时脾气暴躁，担心迟到，一路紧赶慢赶，在猎犬手还没到地方，伊利亚·安德烈伊奇就已经坐着两匹黑马驾的马车，高高兴兴，面颊红润，腮帮震得直颤，驰过亮绿的田野，到达了留给他的守候点。他拽了拽皮袄，装备好猎具，跨上那匹跟他一样保养得膘肥毛滑、毛色斑白的维夫梁卡骏马。马车被打发回去了。伊利亚·安德烈伊奇伯爵虽然不是一个痴迷的猎手，可是，他对打猎规则却记得烂熟，他向灌木丛边沿驰去，就在那儿停住了，整理一下缰绳，在鞍子上坐好，觉得自己已经准备就绪，微微含笑向四外观望。

他身旁站着一个名叫谢苗·切克马尔的跟班，是一个老骑手，但动作已经不灵便了。切克马尔牵着三只像主人和马一样肥壮的凶猛猎犬。两只不拴锁链的聪明的老狗在一旁卧着。百步开外的空地上，站着伯爵的马夫米季卡，此人是一个玩命的骑手和狂热的猎手。伯爵照例在打猎前喝一银杯猎人露酒,吃点小菜,喝半瓶他所喜欢的波尔多红葡萄酒。

伊利亚·安德烈伊奇因为饮酒和行路,面色发红,眼睛蒙上了一层湿润,显得格外光亮,他裹紧了皮袄,坐在马鞍上,那样子有如准备出外游玩的儿童。

瘦得两肋下陷的切克马尔,把该做的事做完后,不停地打量跟他和睦相处三十年的主人,他知道他现在的心情快乐,正在等待和他快乐地交谈。还有一个老头从树林里小心地骑着马(他显然受到教训)走来,在伯爵身后停住。此人胡须花白,身穿肥大的女长衣,头戴尖顶帽。这是名叫纳斯塔西娅·伊万诺夫娜的小丑。

"喂,纳斯塔西娅·伊万诺夫娜,"伯爵对他挤挤眼,悄悄地说,"你倘若把野兽吓走了,丹尼洛可饶不了你。"

"我……并不比别人差,"纳斯塔西娅·伊万诺夫娜说。

"嘘——嘘!"伯爵发出叫人平静的声音,然后向谢苗转过身去。

"你看见娜塔莉娅·伊利尼奇娜吗?"他问谢苗。"她在哪儿?"

"她和彼得·伊利奇留在扎罗夫草地附近,"谢苗微笑着说。"别看是女流,打起猎来可了不得。"

"你看她骑马,谢苗,才叫人惊奇呢……是吧?"伯爵说,"简直比得过男人!"

"怎么不叫人惊奇?她真大胆,又十分灵活!"

"尼古拉沙(尼古拉的爱称)在哪儿?在利亚多夫斯克高地吧?"伯爵低声问。

"是啊,您老。他知道在哪儿把守。他骑马的技术可高超啦,我跟丹尼洛经常大吃一惊,"谢苗说,他知道如何才能讨得主人的欢心。

"骑术很好,是吧?他骑马的姿势怎么样?"

"简直跟画的一样!几天前他从扎瓦尔津斯克草地赶出一只狐狸。他越过一个障碍又一个障碍,紧追猛赶——那马价值千金,而骑手更是无价之宝!这样棒的小伙子哪儿找去!"

"哪儿找去……"伯爵重复说,他因为谢苗很快把话说完而觉得遗憾。"哪儿找去,"他一边说,一边掀起皮袄的底襟,把鼻烟壶拿出来。

"前些日子他从教堂出来,全身佩戴勋章,于是米哈伊尔·西多雷奇……"谢苗没把话说完就听见寂静的空中清晰地传来两三只猎犬追逐野兽的吠声,还有别的猎犬的呼应声。他侧耳细听,向伯爵示意。"找到狼窝啦……"他低声说,"一直往利亚多夫斯克高地追去了。"

伯爵凝视着前面的狭长林带,手里握着鼻烟壶,也没有闻。紧跟着狗吠声之后,丹尼洛吹响了追狼的低沉号角;另外一群猎犬也加入了,可以听见猎犬响亮的吼叫夹杂着追狼的特别的吠声。猎手们已经不是"嗖嗖"地撺掇，而是喊"乌溜——溜"，丹尼洛时而低沉、时而尖厉的呼号最惹人注意。他的声音似乎充满了整个森林，并且冲出森林以外，在远处的田野上回响。

伯爵静静地听了片刻，他的马夫肯定地说，猎犬已经分成两队：较大的、吼声十分起劲的一队，渐渐离得远了，另外一队沿着伯爵前面的森林奔跑，可以听见丹尼洛在这一队里发出"乌溜——溜"的声音。这两队合而又分，可是两队都跑远了。谢苗松了口气，弯下身来整理一下被小公狗弄乱了的皮带；伯爵也松了口气，瞅见手中的鼻烟壶，打开来捏了一撮鼻烟。

"回来！"谢苗对跑出林外的小狗喊道。伯爵打了一个哆嗦，把鼻烟壶掉在了地上。纳斯塔西娅·伊万诺夫娜下马去捡鼻烟壶。

伯爵和谢苗望着他。突然，正如常有的情形，追逐的声音一刹那间临近了，那狂吠的狗嘴和丹尼洛的喊声，似乎立刻就要在眼前出现。

伯爵向四处张望，看见米季卡在他右边，他瞪着两眼盯着伯爵，举起帽子，向他指着另一侧的前方。

"当心！"他大叫一声，听得出他早就憋着要喊出来。他放开猎犬，策马向伯爵这边驰来。

伯爵和谢苗骑马驰出树林，看见左边有一只狼，一摇一摆地轻快地向左边他们原先站过的林边跳去。愤怒的狗大叫起来，挣脱了皮带，擦过马蹄向狼追去。

狼停了一下，笨拙地向猎犬转过它那宽额的脑袋，随后仍旧摇摆着身子，摇摇尾巴，猛地一跳，再跳，就窜进森林边缘不见了。就在这时，只听得一阵像哭似的嗥叫，从对面林边惊惶地跳出一只、两只、三只猎犬，这群猎犬沿着狼跑过的田野飞奔。在猎犬之后，榛树丛数分开了，丹尼洛那匹栗色的、由于出汗皮毛变黑了的马驰了出来。丹尼洛骑在马背上缩作一团，俯着身子，他没有戴帽子，满头乱蓬蓬的白发，通红的脸汗淋淋的。

"乌溜——溜——溜，乌溜——溜！……"他喊道。当他看见伯爵时，他的眼睛突然一亮。

"嘿……！"他举起鞭子指着伯爵威吓道。

"把狼放走了！……好一个猎人！"他似乎不屑于和惊慌失措的伯爵多说废话，对伯爵憋着一肚子怒气，抽打着栗色骟马塌陷和汗湿的两肋，跟着猎犬驰去。伯爵似乎受罚的小学生，站在那儿四处张望，尽力堆起笑脸以博取谢苗对他处境的同情。可是，谢苗已经不在那儿了：他正绕着灌木林奔驰，不让狼跑进森林里去。猎犬手们也从两边堵截，可是，那狼穿过灌木林逃走了，没有一人截住它。

五

这时尼古拉·罗斯托夫正在他的位置上等待着野兽。根据猎犬追狼的吠声时远时近,根据他所熟悉的猎犬的音调,根据猎犬手们呼号声时远时近并且逐渐提高,他可以知道那座孤林中发生的一切。他知道,孤林里有小狼和老狼;他知道,猎犬已经分成两队,正在分头追捕,在什么地方出了差错。他每时每刻期待狼到他这边来。关于狼怎样和从哪个方向跑过来,他怎样捕捉它,他设想了千百个不同的情况。希望和失望不断地交替着。他好几次祈求上帝让狼跑到他这儿来;他如此热切和真挚地祈祷,正像人们为了一点小事而非常激动地祈祷一样。"你为我做这件好事吧,这在你很容易的!"他对上帝说,"我知道,你是伟大的,向你提出这个要求是罪过;可是我谢你啦,上帝,就让那只老狼闯到我这儿吧,就让卡拉伊扑过去,当着在那边守候的大叔的面,拼命地咬着它的喉咙不放。"在半小时内,罗斯托夫成千次地用焦急不定的目光望着林边(那里有一片白杨幼林,中间矗立着两棵稀奇古怪的大橡树),望着边缘被水冲塌的溪谷,望着右首灌木丛上方隐约露出的大叔的帽子。

"不,我不会有这么好的运气,"罗斯托夫想道,"那太可贵啦! 不会有的! 不管是打牌还是打仗,我一直倒霉。"奥斯特利茨和多洛霍夫在他的想象中鲜明地出现了,只是一闪而过。"但愿在我一生中能猎到一只老狼,我没有更多的奢望!"他想道,他集中听觉和视力,不停地向左望,又向右望,侧耳细听那猎犬吠声极细小的不同。他又向右仔细看一眼,他看见空旷的田野上一个什么东西朝他跑来。"不,这不可能!"罗斯托夫想,他深沉地喘息起来。最伟大的幸福实现了——并且是如此简单,不动声色,没有炫耀和庆祝。罗斯托夫不相信自己的眼睛,怀疑持续了一瞬。狼向前跑,笨重地跳过路上的车辙。这是一只老狼,背脊灰白,肥大的肚皮是粉红色。它放松地跑着,显然认为没有人看见它。罗斯托夫屏着呼吸环顾一下猎犬。那些狗或站或卧,既没看见狼,也不知道眼前的情况。老狗卡拉伊回过头,龇着黄牙在咬它的后腿,怒冲冲地捉虱子。

"乌溜——溜,"罗斯托夫低声喊道。那些狗抖响了链子,跳起身来,竖起耳朵。卡拉伊搔了搔后腿,也站起来竖起耳朵,轻轻地摇了摇尾巴。

"放,还是不放?"当狼从森林那边向他走来时,尼古拉自言自语地说。狼突然改变了面部的表情;它打了一个寒噤,大概看见了它从未见过的、正向它看着的人的眼睛,它稍稍向尼古拉转过头来,就停住了——退回去呢,还是向前走?"咳! 反正一样,前进!……"看样子它似乎这样对自己说,于是它不再犹豫,迈着从容坚定的跳跃步伐,前进了。

"乌溜——溜!……"尼古拉用好像不是自己的声音喊道,同时,他那匹骏马箭也似的奔下坡去截那只狼,一路跃过水洼,几只猎犬跑得飞快,超过了马。尼古拉听不见他的喊声,也觉不出他在飞驰,也看不见狗,看不见驰过的地面,他只紧紧盯着那只狼,那只狼加快了速度,仍旧顺着山谷一跃一跃地奔跑,第一个追上那只狼的是黑毛白花、臀部肥大的米尔卡,它渐渐接近那只野兽了。更近了,更近了……眼看就要追上了。可是,那只狼向它微微斜了斜眼,米尔卡不像平常那样更加一把劲儿,而是忽然翘起尾巴,两只前脚撑着地停住了。

"乌溜溜溜——溜!"尼古拉喊道。

红毛柳比姆从米尔卡后面窜出来,箭也似的向狼扑过去,咬住了它的后腿,可是,就在那一瞬间,它惊惶地跳到旁边去了。那狼一蹲身,龇了龇牙,又站起来向前跑去,一大群狗不即不离地跟着它跑。

"不好,跑掉啦!这不行,"尼古拉想,仍旧用沙哑的声音呐喊。

"卡拉伊!乌溜——溜!……"他喊道,一面用眼睛找那只老公狗——他唯一的希望。卡拉伊使出全身气力,尽可能伸长身子,眼睛盯着那狼,挺费力地奔到狼身旁,想截住它。但是狼跳跃得快,狗慢,卡拉伊显然失算了。尼古拉看见前面的森林已经不远,狼跑到那儿就会逃掉。这时前面出现几只狗,差不多是迎面驰来一个猎人。还有希望。一只尼古拉不认得的、来自别队的、长身量、皮色黑褐的小公狗,从前面向狼猛冲过来,差点把它撞倒。可是,狼出人意料地迅速跳将起来,向黑褐色猎犬扑过去,狠狠咬了一口——那只小公狗尖叫一声,头冲地倒了下去,肋上血流不止。

"卡拉尤什卡(卡拉伊的爱称)!我的爷!"尼古拉带着哭声喊道。

多亏这次拦截耽搁了一下,那只腿上的毛纠成团的老公狗已经离狼五步远了。狼似乎察觉出了危险,斜眼看了看卡拉伊,把尾巴夹得更紧,大步逃走了。正在这时,尼古拉只见卡拉伊行动了,——它眨眼工夫已经扑在狼身上,和它一起滚进它们身旁的沟里。

尼古拉看见几只狗和狼厮打成一团,狼在狗下面露出灰白色的皮毛,后腿伸得直直的,捩着耳朵,受惊并且急促地喘息着(卡拉伊箍住了它的喉咙),就是这一瞬间——尼古拉看见这个情景的刹那,是尼古拉一生中最幸福的时刻。他已经抓住鞍桥打算下马刺那只狼了,这时狼忽然从一群狗中间抬起头来,两只前腿搭着沟岸。狼咬了咬牙(卡拉伊已经松开了它),后腿一蹬,跳出了沟,夹紧尾巴,又摆脱了狗群,向前逃去了。卡拉伊大约是摔伤或者是被咬伤,它竖起毛来,挺费力地从沟里爬出来。

"我的老天! 这是怎么啦! ……"尼古拉大失所望,喊道。

大叔的一个猎手在狼的前头斜刺里驰来,他的几只狗又拦住了狼。又把它围了起来。

尼古拉、他的马夫、大叔和他的猎手,围着狼打转,"乌溜——溜"地叫,每当狼向后一蹲,他们就想下马;每当狼打起精神,又向可以救它命的伐林区跑去,他们就策马赶上去。

早在追捕开始的时候,丹尼洛一听见"乌溜——溜"的喊声,就驰出了树林。他看见卡拉伊捉住了狼,就勒住马,以为战斗结束了。但是,当猎手们都没下马,狼抖擞一下又逃走了的时候,丹尼洛催动了他的枣红马,不是朝着狼,而是径直向伐林区驰去,正如卡拉伊那样,切断狼的去路。多亏这么迂回,正好大叔的狗第二次拦住狼的时候,他赶到了狼跟前。

丹尼洛不声不响地骑着马,左手握着出鞘的匕首,拼命用他那短鞭子拍打枣红马收得紧紧的两肋。

一直到枣红马呼呼地喘着气从尼古拉面前驰过的时候,尼古拉才看见和听见丹尼洛,他听见身体倒下去的声音,看见丹尼洛在一群狗中间趴在狼背上,拼命地揪狼的耳朵。不论是狗,是猎人,还是狼自己,都已经明白了,现在一切都完了。狼吓得竖着耳朵,尽力想站起来,可是狗紧紧围着它。丹尼洛欠起身来往上一纵,就像躺下休息似的,整个人的重量都压在狼身上,一面紧紧抓住它的耳朵。尼古拉想过去刺它,可是,丹尼洛低声说:"用不着,我们捆住它的嘴,"于是,他换了个姿势,一只脚踩着狼的脖子,用一根棍子横插在狼嘴里,绑上,就像给它戴上皮嚼子,然后绑上它的腿,丹尼洛把狼来回滚了两滚。

人们带着喜悦和疲乏的神情,把那只活捉的老狼放到往后躲闪、喷着鼻子的马背上,还有对它直叫的狗,把它驮到了预定的集合的地点。猎犬捉住了两只小狼,狼狗捉住了三只小狼。猎手们带着他们的猎物和故事聚集在一起,大家全来看那只大狼,它耷拉着头,嘴里衔着棍子,睁着一对玻璃球似的大眼睛看周围的狗和人。当人们碰它时,它就蹬几下被绑的腿,野性而单纯地看大家。

伊利亚·安德烈伊奇伯爵也骑马来到跟前碰碰那只狼。

"嗬,好大一只狼,"他说,"真肥大,是吧?"他向站在身旁的丹尼洛问道。

"是只大肥狼,大人,"丹尼洛赶忙脱帽回答。

伯爵想起了他放走了那只狼和为此跟丹尼洛的冲突。

"但是,老弟,你发火了,"伯爵说。丹尼洛什么也没说,只是不好意思地微微一笑,那是孩子般温顺而兴奋的微笑。

六

老伯爵回家了。娜塔莎和彼佳答应立刻就回去。因为天色还早,打猎继续进行。中午时分,猎犬被撒到幼林丛生的山谷里。尼古拉站在一片禾茬地里,从这儿可以望见他的全队猎手。

尼古拉对面是一片麦田,那儿有一个他的猎手一个人在榛树丛薮后面的洼地上站着。猎犬刚撒出去,尼古拉就听见他所熟悉的名叫沃尔托恩的猎犬断断续续的嗥叫;别的狗跟着它叫,追逐声时起时落。一会过后,从孤林里发出追狐狸的呼号,整队猎犬合在一起,离开尼古拉,沿着山谷的一个分叉向麦田追去。

他看见几个戴红帽子的猎犬手沿着草木茂密的山谷边沿奔跑,甚至还看见狗,他急切地期待狐狸从那边麦田出现。

那个在洼地站着的猎人开始行动了,他把猎犬撒出去,尼古拉看见一只毛红体小、样子奇特的狐狸拖着毛茸茸的尾巴在麦田里拼命奔跑。猎犬逐渐接近它。已经追上了,那只狐狸在一群猎犬中间来回打转,越转越快,不停地摇着蓬松的尾巴;一只不知谁的白狗窜上去,接着又有一只黑狗跟上去,于是乱成一团,几只猎犬尾巴朝外围成一个星形,身子差不多一动不动。两个猎人向猎犬驰去:一个头戴红帽,另一个身穿绿色的长外衣,是个陌生人。

"这是怎么回事啊?"尼古拉想。"从哪儿跑来这么个猎人?这不是大叔的人。"

猎手们夺过那只狐狸,但是,没有把它收起来,都站在那儿不动,那些马拖着缰绳和高高的鞍桥在人们周围站着,狗卧在地上。猎手们挥动着手臂,不知他们要如何处理那只狐狸。那儿吹响了号角——发出斗殴的信号。

"这是伊拉金的猎手和咱们的人干起来了,"尼古拉的马夫说。

尼古拉派马夫去把妹妹和彼佳叫来,他缓缓驰到猎手集合猎犬的地点。有几个猎手向出事地点奔去。

尼古拉下了马,与刚来到的娜塔莎和彼佳一块停在一群猎犬旁边,等候事情的消息。从林边向少主人这儿驰来一个参加打架的猎手,他的马鞍后面挂着一只狐狸。他老远就脱掉帽子,尽可能恭敬地说话;但是,他脸色苍白,上气不接下气,一副气急败坏的样子,他一只眼给打青了,可是他很可能不知道呢。

"你们那儿怎么了?"尼古拉问。

"真不讲理,从我们的狗嘴里抢狐狸!是我的灰狗逮住的。总得讲理嘛!他想抢狐狸!我举起狐狸给他一下子。这就是,在鞍子上挂着呢。你想尝尝这个吗?"那个猎手指着匕首说,大概他以为他还在同敌人说话呢。

尼古拉没有和那人说什么,他叫妹妹和彼佳等着他,他驱马向敌对的伊拉金猎队驰去了。

那个胜利归来的猎手回到同伴那里,被几个表同情的人围着问长问短,他把他的功绩讲述了一番。

事情是这样的,同罗斯托夫的人发生争执的伊拉金,在按照一般认可应属于罗斯托夫家的地段打猎,而且似乎有意到罗斯托夫的人正在那儿打猎的树林,叫他的猎手抢人家的猎狗捕获的猎物。

尼古拉从来未见过伊拉金,但是,他在看问题和感情上从来不守中庸之道,因为风传这位地主残暴并且专横,所以对他满心的愤恨,认为他是最凶恶的敌人。他现在去找他,怒不可遏,并且非常激动,手里紧紧握着马鞭,充分准备采取最坚决、最严厉的手段对付敌人。

他刚转过树林突出的地段,就看见一个头戴水獭皮帽,骑一匹乌黑骏马的肥胖绅士迎面走来,后面跟着两个马夫。

尼古拉发现伊拉金不但不是敌人,并且是一个仪表堂堂、彬彬有礼的贵族,他十分想跟年轻的伯爵结交。伊拉金驰到罗斯托夫跟前,举了举水獭皮帽,说他对刚才的事件很觉遗憾;他要惩罚那个胆敢从别人的猎狗嘴里抢夺猎物的猎手,他希望跟伯爵相识,而且邀请他到围场去打猎。

娜塔莎害怕哥哥做出什么可怕的事情,她怀着不安的心情在附近跟着他。她看见两个敌人友好地互相问候,就驰到他们跟前。伊拉金对着娜塔莎高高地举起他的水獭皮帽,兴奋地微笑着说,伯爵小姐不论是对打猎的热情,还是令他久仰的美貌,都很像天仙。

伊拉金为补救他的猎手的罪过,坚持请罗斯托夫到一俄里外他自己留用的山坡去打猎,据他说,那儿的兔子到处跑。尼古拉同意了,于是,增加了一倍的猎队出发了。

到伊拉金那片山地要穿过田野。猎人们渐渐走成纵队。老爷们在一起走。大叔、罗斯托夫、伊拉金偷偷地打量别人的猎犬,努力做得不让别人看出这一点来,而且不安地在别人的猎犬中间寻找可以与自己的猎犬匹敌的对手。

伊拉金的狗群中有一只纯种、红斑点的小母狗,身子虽然细长,但筋肉似钢,嘴脸俊俏,一双黑眼睛突出,它的美使罗斯托夫大为惊异。他听说伊拉金的狗跑得快,他发现这只美丽的小母狗是他的米尔卡的敌手。

伊拉金谈起今年的收成,在正儿八经地谈话中间,尼古拉向他指了指红花母狗。

"您的这只母狗很好!"他用随随便便的口气说。"跑得快吗?"

"这只母狗吗?是的,是只好狗,能捉野兽,"伊拉金用不在意的腔调说他的红花叶尔扎,这只狗是他去年用三户农奴从邻人那儿换来的。"这么说来,伯爵,你们的收成也不怎么样?"他接着刚才的谈话。伊拉金认为应当答谢小伯爵。他瞧了瞧他的狗,于是选出米尔卡——它那宽阔的体格引起了他的注意。

"您那只黑花狗很好——漂亮!"他说。

"是的,还可以,跑得快,"尼古拉答道。他心里说:"如果野地里跑出一只大灰兔,我就叫你知道这只狗的厉害!"他转身对马夫说,谁能发现一只兔子,我就赏他一个卢布。

"我不明白,"伊拉金接着说,"为什么有些人妒忌人家打野兽,妒忌人家的猎狗。我可以跟您谈谈我自己,伯爵,您知道,我爱骑马;就像咱们现在这样结伴而行……再好不过了(他又向娜塔莎举起水獭皮帽);至于说打了多少野兽,是不是满载而归,这在我是无关紧要的!"

"我也同样。"

"我也不会因为捉到猎物的是别人的猎狗不是我的而气恼,我只为欣赏追逐野兽的情景,您说是不是,伯爵?然后我来判断……"

"阿兔——追呀!"这时停下来的猎犬手中有一位拉长声调喊道。他拉长声音喊:"阿兔——追呀!"

"啊,他似乎发现了,"伊拉金毫不紧张地说。"怎么样,咱们去追吧,伯爵?"

"好的,得赶上去……怎么,一起去吧?"尼古拉回答,他瞟了一眼叶尔扎和大叔的红毛鲁加伊,这两个敌手还没有机会同他的狗较量过呢。"倘若它们把我的米尔卡打败了,那可怎么是好!"他一面和大叔及伊拉金并肩朝着兔子前进,一面想。

"兔子大吗?"伊拉金一面问,一面向那个发现兔子的猎手走去,内心有点激动地向周围张望,吹着口哨招呼叶尔扎……

"您怎么样,米哈伊尔·尼卡诺雷奇?"他转身问大叔。大叔在马背上紧皱着眉头。

"我就算啦!既然你们的——没得说哇!——一个庄子换一只狗,你们的狗都是价值千金。你们比一比,我来看看!"

"鲁加伊！哪，哪！鲁加尤什卡！"他又加了一句，不禁用爱称表示他的抚爱和对这只红毛公狗寄托的希望。娜塔莎看出同时也感觉到这两位老人和她的哥哥深藏在内心的激动，她自己也因之激动起来。

那个站在山坡上的猎手扬着鞭子，老爷们骑着马放松地向他走去；远在地平线上的猎狗向兔子转回来；猎手们（除了老爷们）也走远了。他们缓慢地、镇静地向前移动。

"兔子头朝哪边？"尼古拉向发现兔子的猎手赶了百十步，问道。没等猎手回答，那只灰兔就发觉大祸临头，再也待不住了，跳了起来。那群带系索的猎犬，吼叫着尾随兔子冲下坡去；不带系索的狼犬也从四面八方跟着猎犬去追兔子。那些离得较远的缓步行进的猎手们喊叫着："站住！"把狗集合起来，那些管狼犬的猎手喊叫着"阿兔！"把狗撒开，猎手们开始在田野里奔驰。沉着冷静的伊拉金、尼古拉、娜塔莎和大叔也跃马飞奔，连他们自己也不知往哪儿和怎样去，眼睛只顾盯着狗和兔子，生怕漏掉哪怕一瞬间追逐的情景。这只兔子肥壮善跑。它跳起来，可是并不立刻就跑，而是竖起耳朵，细听四面八方发出的喊声和马蹄声。它跃进十来步，并不快，等狗追来，感到了危险，于是选好方向，抿起耳朵，四爪翻飞地逃跑了。发现兔子的猎手的两只狗离得最近，首先看见兔子，追了上去；可是离兔子还很远，忽然从后面冲出伊拉金的红花叶尔扎，眼看只有一只狗的距离了，它对准兔子尾巴，以惊人的速度扑过去，它以为抓住了兔子，就地打了一个滚。兔子拱起背脊，跑得更快了。宽臀的黑花米尔卡从叶尔扎背后窜到前面，很快赶上了兔子。

"米卢什卡，亲爱的！"尼古拉严厉地喊道。看来，米尔卡立刻就要突击，就要抓住兔子，但是它撺上后扑了个空。灰兔躲到一旁蹲在那儿。美丽的叶尔扎又做出捕捉的架势，它在灰兔尾巴上方立起身来，似乎是在估计距离，这一回可别再搞错了，要抓住它的后腿。

"叶尔扎尼卡（叶尔扎的爱称）！好朋友！"传来伊拉金变了腔的想哭的声音叶尔扎不懂他的祈求。就在它眼看要抓住灰兔的一瞬间，灰兔忽然一扭身，滚到麦田和禾茬地之间的界沟里去了。叶尔扎和米尔卡又像两匹驾辕的马，肩并肩地追赶兔子；兔子在界沟里跑起来比较轻松，狗无法很快地靠近它。

"鲁加伊！鲁加尤什卡！没得说哇！"这时传来一个新的喊声，于是，大叔的那只红毛驼背的公狗身子一伸一弓地跑了起来，赶上了头两只狗，超过了它们，以惊人的自我献身的精神扑到兔子身上，把它从界沟撞到麦田里，麦田泥泞没膝，它又一次狠命地加一把劲，只见它同兔子一块儿打了一个滚，背脊上粘了污泥。几只狗把兔子围了起来。不大一会儿，大家都站在了这群狗的周围。只有幸运的大叔一个人下了马,割掉兔腿。他抖了抖兔子,控一控血,他环顾四周,手足无措,惶恐不安,转动着眼珠,连他自己也不知和谁说话和说什么。"瞧,没得说哇……瞧,这只狗……瞧,它战胜了所有的狗,不管是价值千金的,还是价值一个卢布的——没得说哇!"他说,一边呼呼地喘气,一边愤愤地东张西望,好像在骂什么人,似乎人人都跟他作对,都欺负他,直到现在才申了冤。"瞧,你们那价值千金的——没得说哇!"

"鲁加伊,给你兔腿!"他说,把割下来的带泥的兔腿扔给狗。"只有你配吃,没得说哇!"

"它累坏了,它一口气追赶了三次,"尼古拉说,他也不听其他人讲什么,也不在意别人是否听他讲。

"这样截算什么!"伊拉金的马夫说。

"一旦落空,随便哪只狗都能追上去捉住它,"这时伊拉金也说,他满脸通红,因为驰骋和激动,费力地喘息着。这时娜塔莎连气都不喘一下,就欢欣若狂地尖叫了一声,震响了人们的耳朵。她这声尖叫表达了其他的猎人当时的谈话中所表达的意思。并且,叫的声音是这么怪,倘若在别的时候,连她自己也一定为这一声野性的怪叫而觉得害羞,大家也会为之惊诧。大叔亲手用皮带捆好灰兔,快速利落地把它搭在马鞍后面,他这样做似乎是在责备所有的人,他那神情又似乎不希望同任何人说话,他骑上那匹浅栗色的马就走了。除他之外,大家都郁郁不乐,感到受了侮辱,都上马走了,过了老半天才恢复若无其事的气氛。他们对那只红毛鲁加伊还端详了很久,它滚了一身泥巴,拱着背脊,响着铁链子,带着胜利者镇静自若的神气,紧跟在大叔的马后面。

"哼,当事情不涉及追赶野兽的时候,我也和别的狗一样。但是一旦追赶野兽,那你就等着瞧吧!"尼古拉觉得那只狗的神气仿佛这样说。

又过了好一会儿,大叔驰近尼古拉和他谈话,尼古拉很得意:在发生了这一切之后,大叔又肯跟他说话了。

七

傍晚,伊拉金辞别了尼古拉,这时尼古拉发现他离家太远了,只好接受大叔的建议,留下猎队,到他那儿,就是到大叔的米哈伊洛夫卡村过夜。

"光临寒舍——没得说哇!"大叔说,"当然再好没有了;您瞧,天气很潮湿,"大叔又说,"歇一歇,伯爵小姐可以坐车回家。"大叔的建议被采纳了,叫一名猎手到奥特拉德诺耶去要马车;尼古拉带着娜塔莎和彼佳到大叔的村子去了。

这时,有五六个男家奴,有老有小,到前厅门廊迎接主人。十来个女人,有老有少,还有小孩,从后门伸头探脑,瞧看骑马的猎人。一看见娜塔莎——一位贵族小姐骑马,引起大叔的家奴们的极大的好奇,许多人根本不怯生,走到她跟前睁大眼睛看她,当着她的面品评她,似乎她是一个供展览的怪物,并不是人,所以它不可能听见也不可能懂得他们说的话。

"阿琳卡,你瞧,她侧着身子骑马! 她坐在马鞍上,裙子一摆一摆的……瞧,还有小号角呢!"

"哟,我的老天,还带一把刀子呢……"

"她准是鞑靼女人!"

"你怎么能不栽下来呢?"一个最勇敢的女人直接向娜塔莎问起话来。

大叔在他那草木茂盛的花园里的小木屋门前下了马,瞥了一眼他的家人,威严地喊了一声,让闲人走开,各去做一切必要的准备以迎接客人。

人们急忙散开了。大叔扶娜塔莎下了马,拉着她的手走上摇摇晃晃的门廊木板台阶。室内没有涂灰,墙壁是圆木的,不很干净。过道里散发着新鲜苹果的味道,墙上挂着狼皮和狐狸皮。

大叔领客人穿过前室走进小厅,然后进入客室,随后走进书房,这里摆着一只破沙发和旧地毯,挂着苏沃洛夫、主人的父母和他本人身穿军服的画像。书房里有一股浓烈的烟草味和狗腥味。

大叔让客人们在书房里落座,让他们像在自己家里一样随便,随后就出去了。背上粘有泥污的鲁加伊走进书房,它跳到沙发上躺下,用舌头和牙齿整理全身。书房连着一道走廊,一个帷幔破旧的屏风遮着走廊。屏风后面有妇女的笑声和低语声。娜塔莎、尼古拉和彼佳脱下外衣,坐在沙发上。彼佳支着臂肘很快睡着了;娜塔莎和尼古拉无言地坐着。他们脸发烧,感到很饿,很兴奋。他们互相看看;娜塔莎向哥哥挤挤眼,两人还没等找到一个借口就再也忍不住地哈哈大笑起来。

过了一会儿,大叔进来了,他换了一件卡扎金式的半截衫,下身穿蓝裤子,脚踏一双短统靴。娜塔莎觉得他这身服装是真正漂亮的服装,完全不逊色于燕尾服或者大礼服(在奥特拉德诺耶她看见大叔这身打扮时,觉得既奇怪又好笑)。大叔也很兴奋;他不但不为他兄妹的笑而生气(他根本想不到他们是笑他的生活方式),他自己也跟着他们情不自禁地笑起来。

"伯爵小姐,小小的年纪真了不起! ——没得说哇! ——像这样的小姐真少见!"他一边说,一边递给罗斯托夫一杆长烟袋,然后把一杆截短了的烟袋夹在三个手指之间。

"骑了一天马，真像个男子汉，毫不在乎！"

大叔进来不大一会儿，一个小丫头把门打开了，一个体态肥胖、面色红润、双下巴、有着肥厚鲜红的厚嘴唇、四十上下的美貌女人，端着盛满食物的大托盘走进来。她的眼神和一举一动都显示出端庄大方，同时又讨人喜欢的待客热情，她看了看客人，和蔼地微笑着向他们恭敬鞠了一躬。虽然她胖得出奇，挺着隆起的胸脯和肚子，往后仰着头，可是这个女人（大叔的管家婆）动作十分轻快。她走到桌前，把托盘放下，用她那双白白胖胖的手利落地把酒瓶、小菜以及各种吃食摆好，随后走开，面带笑容站在门旁。"瞧，我多能干！现在你该了解大叔了吧？"她的出现好似是这样对罗斯托夫说。怎么能不了解呢：不只罗斯托夫，连娜塔莎也了解大叔，了解当阿尼西娅·费奥多罗夫娜进来时，他那眉头皱起以及微撒嘴唇露出幸福自满的微笑所表示的意思。托盘里有草药酒、露酒、腌蘑菇、乳浆黑麦饼、鲜蜜、蜜酒、苹果、生核桃、炒核桃以及蜜饯核桃。然后阿尼西娅·费奥多罗夫娜又端来蜜果酱、糖果浆、火腿、刚烤好的仔鸡。

这一切都是由阿尼西娅·费奥多罗夫娜经营、收集、制作。这一切都散发着阿尼西娅·费奥多罗夫娜的气息，都有一点她的味道。一切都新鲜，干净，白净，带有愉快的微笑。

"亲爱的伯爵小姐，您尝尝，"她一面说，一面给娜塔莎递这递那。娜塔莎什么都吃，她觉得，这些乳浆饼、这些香甜的果浆、蜜饯核桃和烤鸡，她在无论什么地方也没见过，也没吃过。阿尼西娅·费奥多罗夫娜出去了。罗斯托夫和大叔一边吃饭，喝樱桃酒，一边谈论过去和未来的狩猎，谈论鲁加伊和伊拉金的狗。娜塔莎睁着闪光的眼睛，笔直地坐在沙发上听他们谈话。她有好几次想叫醒彼佳，让他吃点东西，可是他说了句梦话，没有醒过来。娜塔莎在这个新环境中是这么快活，这么舒适，生怕接她的马车来得太快。正如人们在家中接待熟人常有的情形，在谈话偶尔中断片刻之后，大叔似乎回答客人心里想问的话：

"我就这样过完一生……人一死——没得说哇！——万事皆休。还是少作点孽吧！"

大叔说这话时，他脸上的神情很有深意，甚至很美。这时罗斯托夫不由想起他从父亲和邻人那儿听来的关于大叔的好话。大叔是有名的最高尚最无私的怪人。人们请他调解家庭纠纷，请他做遗嘱执行人，向他吐露私房话，选他担任法官和别的职务，但他一贯坚决不担任公职，春秋两季他骑着那匹浅栗色的马在野外逍遥，冬天坐在家里，夏天在他那绿荫葱茏的花园里歇息。

"大叔，您为什么不做官？"

"做过,后来不做了。我不行,没得说哇,——我一窍不通。那是你们的事,我的头脑不够用。至于打猎嘛,那就是另一回事了,——没得说哇!把门打开,"他喊道。"干吗关上门!"走廊尽头有一道门通到单身猎手的住室:就是所谓猎仆室。响起急匆匆的光脚板的声音,有人打开了通往猎仆室的门。走廊里更清楚地传来三弦琴的琴声,显然是一个行家弹奏的。娜塔莎早就侧耳谛听这琴音了,现在她走到走廊里,为了听得更清楚。

"这是我的车夫米季卡……我给他买了一把很好的三弦琴,我爱听,"大叔说。大叔规定:他打猎归来,米季卡就在单身汉猎仆室弹三弦琴。大叔爱听这种音乐。

"好!好听,"尼古拉带着不自觉的轻蔑意味说,似乎不好意思承认琴音使他十分兴奋。

"什么好听?"娜塔莎带着责备的口吻说,因为她听出了哥哥说这话的口气。"不是好听,而是妙极了!"正如大叔的腌蘑菇、蜂蜜和果子露酒是世界上最好吃的,她觉得这支曲子此刻是音乐魅力的顶峰。

"再来一个,劳驾,再来一个,"三弦琴才停下来,娜塔莎就对着那扇门喊道。米季卡调了调琴,又奏起芭勒娘舞曲,带有颤音和变奏。大叔坐在那儿细听,歪着头,含着一丝笑意。芭勒娘舞曲的旋律重复上百次。调了好多次弦,又弹起那个曲调,听的人总也听不厌,只是想再听一次,再听一次。阿尼西娅·费奥多罗夫娜走进来,把她那肥胖的身体靠在门框的立柱上。

"爱听吗?"她带着微笑(十分像大叔的微笑)对娜塔莎说。"他是我们这儿弹得最好的,"她说。

"他这一段弹错了,"大叔忽然做出一个有力的姿势说。"这地方应当弹出爆发的声音——没得说哇——爆发的声音。"

"您也会弹吗?"娜塔莎问。大叔不答,只是轻轻一笑。

"阿尼秀什卡,你去瞧瞧那只吉他还行不行?好久没玩了,没得说哇!都生了。"

阿尼西娅·费奥多罗夫娜非常兴奋,迈开轻快的步子去执行主人的吩咐,把吉他拿了来。

大叔对谁也不看一眼,吹了吹灰尘,用干瘦手指敲一下吉他琴面,调了调琴弦,坐到靠背椅上。他拿出舞台姿势,撑开左手肘弯,拿住琴颈稍高的地方,向阿尼西娅·费奥多罗夫娜挤挤眼,不弹芭勒娘舞曲,先拨弄一声清亮的和弦,然后用极缓的速度弹一支名曲:《在大街上》,他弹得不慌不忙,平安静静,然而相当有力。随着庄严欢快的节奏(阿尼西娅·费奥多罗夫娜整个存在都散发着这种欢快),尼古拉和娜塔莎心中立时和着这支曲子的旋律。阿尼西娅·费奥多罗夫娜脸红了,用手帕捂着脸,笑着走出屋去。大叔强劲有力地、音色纯正地弹他的琴,他把变得富于感情的目光投向阿尼西娅·费奥多罗夫娜才离开的那个地方。他脸上露出一丝笑意,尤其是在弹得欢畅,拍子加快,在拨弄琴弦的地方突然发出断裂的声音,这时,他的脸上,露出了更浓的笑意。

"好极了,好极了,大叔! 再来一个,再来一个!"他刚弹完,娜塔莎就喊道。她从座位上跳起来,抱着大叔吻他。"尼古连卡,尼古连卡!"她转脸望着哥哥说,似乎在问他:这是怎么回事啊?

尼古拉也很喜欢大叔的弹奏。大叔又弹了一支曲子,阿尼西娅·费奥多罗夫娜的笑脸又在门口出现了,她身后还有别的面孔。

> 姑娘去汲水,
> 汲那清凉的泉水,
> 只听有人喊一声:
> 姑娘,你等一等!

他又弹了一个漂亮的颤音,然后豁然而止,微微耸了耸肩。

"嗯,嗯,我的好大叔,"娜塔莎在央求,好似她的生命就系在这上头似的。大叔站起来,好像他身上有两个人,其中一个对欢乐的人严肃地微笑,而那个欢乐的人摆出幼稚的、毫不拘束的准备跳舞的姿势。

"来,小侄女!"大叔向娜塔莎挥了挥那只离开琴弦的手。

娜塔莎扔掉身上的披肩,快步走到大叔跟前,双手叉腰,动了动肩膀,站住了。

这个受过法籍家庭女教师教育的伯爵小姐是何时何地、又是如何从她呼吸的俄罗斯空气汲取了这种精神的? 并且从其中得到了早已被其他东西挤掉的舞姿?而这正是大叔所期待于她的那种学不来教不会的俄罗斯的精神和舞姿。她刚一站稳,微微含笑,那神态庄严、高傲、狡黠、欢乐,顷刻之间,尼古拉和所有的在场的人最初那阵担心——担心她做得不像那么一回事——就全部消失了,并且他们在欣赏她了。

她做得正像那么回事,并且是地地道道,简直丝毫不差,阿尼西娅·费奥多罗夫娜立刻递给她一条为了做得更好的不可或缺的手帕,她透过笑声流出了眼泪:这个陌生的有教养的伯爵小姐,身材纤细,举止文雅,满身绫罗绸缎,竟能体会到阿尼西娅的内心世界,以及阿尼西娅的父亲、婶婶、大娘,每一个俄罗斯人的内心世界。

“好，伯爵小姐，没得说哇！”舞跳完了，大叔欢喜地说。“真行，小侄女！该是给你找一个好女婿的时候了，没得说哇！”

“已经找到了！”尼古拉微笑着说。

“是吗？”大叔疑问地望着娜塔莎，惊奇地说。娜塔莎带着幸福的微笑，肯定地点点头。

“别提多好了！”她说。但是她说了这句话，心中突然升起别样的思绪和感情：“尼古拉说‘已经找到了’这句话时，他那微笑是什么意思？他对这件事是兴奋还是不快活？他似乎认为我的博尔孔斯基不会理解我们这样的欢乐。不，他一切都会理解的。他现在在哪儿？”娜塔莎想道，她的表情忽然变得严肃了。可这只持续了一秒钟。“别想也不该想这件事，”她对自己说，于是微笑着坐在大叔身边，请他再弹一支曲子。

大叔弹了一支曲子和一支圆舞曲；随后，沉默片刻，咳嗽几声，唱起了他心爱的狩猎之歌：

> 昨夜小雪纷纷下，
>
> 今早地面一层白……

大叔是按照老百姓的唱法唱的，他单纯地坚信，只有歌词才是一支歌的全部意义，至于曲调，自然而然就会形成的，离开歌词的曲调是没有的，而曲调不过是为了有节奏罢了。就是这样，大叔不自觉唱出的曲调，如同鸟唱歌一样，也是非常悦耳的。娜塔莎听了大叔的歌唱，欣喜若狂。她决定不再学竖琴，以后只弹吉他。她从大叔手里拿过吉他，很快就找到了这支歌的和弦。

九点多钟，接娜塔莎和彼佳的一辆敞篷马车和一辆轻便马车来了，还来了三个找他们的骑马人。据一个骑马的人说，伯爵和伯爵夫人不知他们在哪儿，非常着急。

彼佳像死人一样被抬到敞篷马车里，娜塔莎和尼古拉坐轻便马车。大叔把娜塔莎暖暖和和地包裹起来，心怀完全新的情意和她告别。他徒步送到桥头，这里不得不涉水绕过这座过不去的桥，他让几个猎手打着灯笼骑马在前面引路。

“再见，亲爱的侄女！”黑暗中响起他的喊声，这声音跟娜塔莎先前听到的不同，而是跟《昨夜小雪纷纷下》的歌声一样。

他们路过的村庄有红色的灯光和令人心情舒畅的烟味。

“这位大叔真可爱啊！”当他们上了路，娜塔莎说。

"可不是，"尼古拉说。"你不冷吗？"

"不，我很好，很好。我特别兴奋，"娜塔莎甚至有点惶惑地说。他们半天没有说话。

夜又黑又潮。看不见马，只听见它们踏着泥泞的声音。

这个幼稚、敏感、热切地吸取各种生活印象的心灵，发生了什么变化呢？这一切感受在这个心灵中如何安置的呢？可是她非常幸福。快到家的时候，她突然唱起《昨夜小雪纷纷下》的曲调，她一路都在捉摸这个曲调，终于捕捉到了。

"捕捉到了吗？"尼古拉说。

"尼古连卡，你在想什么？"娜塔莎问。他们喜欢互相问这个问题。

"我吗？"尼古拉回忆着说。"你猜怎么，起先我想，鲁加伊那条红毛猎犬很像大叔，倘若它是人的话，他一定不会让大叔离开它，不是因为大叔善于骑马，就是因为他为人随和，一定不会让他离开。大叔这个人十分随和！对不对？嗯，你呢？"

"我吗？别忙，别忙。对了，起先我想，现在咱们坐着车，心想咱们是回家，但是天晓得咱们在黑暗中是到哪儿去，也许突然到了一个地方，睁眼一看，不是奥特拉德诺耶，而是一个仙境。然后我还想……不，就是这些了。"

"我知道，你肯定是在想他，"尼古拉说，娜塔莎从他的声音里听出他是含着微笑说这话的。

"不是，"娜塔莎答道，虽然她的确也想到了安德烈公爵，想到他会喜欢大叔。"我一直在想，我一路都在想：阿尼秀什卡真美，真好……"娜塔莎说。接着，尼古拉听见她那响亮的、无来由的幸福的笑声。

"你可知道，"她突然说，"我知道，我永远不会像现在这么幸福，这么宁静了。"

"胡说，蠢话，废话，"尼古拉说，但是心里想："我这个娜塔莎真可爱！像她这样的朋友，我现在没有，将来也不会有了。她为什么要出嫁？我和她永远这样乘车驰骋该有多好！"

"这个尼古拉真可爱！"娜塔莎想道。

"啊！客厅里还亮着灯呢，"她指着宅院的窗户说，那些窗户在天鹅绒般的潮湿黑夜中闪烁着美丽的光辉。

八

伊利亚·安德烈伊奇伯爵辞去了贵族长的职务，因为这个职务需要很大的开销。但是他的境况仍旧没有好转。娜塔莎和尼古拉时常看见父母秘密商谈，传闻要卖掉罗斯托夫祖传的豪华宅第和莫斯科近郊的田产。不担任贵族长就免掉了大规模招待客人，奥特拉德诺耶的生活因此比往年清静些；可是这座大宅院和下房仍然住满了人，仍旧有二十多人吃饭。这都是一些长期住下来的自家人，几乎等于家庭的成员，要么是一些非住在罗斯托夫家不可的人。这些人是乐师季姆勒夫妇、舞蹈师约格尔和他的家眷、同住的老小姐别洛娃，还有其他许多人；彼佳的教师们、小姐们先前的女教师，以及那些觉得住在伯爵家比住在自己家里舒服并且合算的人们。门前已经不像从前那样车水马龙了，但是生活依然如旧，否则伯爵和伯爵夫人就难以想象怎样活下去，猎队依旧，并且被尼古拉扩大了，马厩依旧养着五十匹马和十五名车夫；命名日仍旧有贵重的礼物和宴请全县的盛大筵席；伯爵的威斯特和波士顿牌局仍然不可缺少，他让大家都能看见他的牌，每天让邻人赢去数百卢布，而邻人把同伊利亚·安德烈伊奇伯爵斗牌看作一项最好的收入。

伯爵经管他的家产，似乎在巨大的捕兽网里挣扎，他尽力不相信他已陷入网里，然而他一步步地越陷越深，感到既无力把捆住他的网冲破，也无法小心地、耐心地把它解开。善良的伯爵夫人觉得，她的孩子们要受穷，这不是伯爵的罪过，因为他只能像他现在这样做人，连他自己也由于意识到他和孩子们的破产而感到痛苦（虽然他瞒着这一点），她在寻找挽救的办法。从她这个妇女的观点来看，办法仅有一条，就是给尼古拉娶一房有钱的媳妇。她觉得这是最后的希望，倘若尼古拉拒绝她给他物色的配偶，那就会永远失去改善境遇的机会了。这个配偶就是朱莉·卡拉金娜，她的父母都是高尚的好人，从小罗斯托夫家的人就认识她，现在她最后一个兄弟也死了，她已经成为富有的未婚姑娘了。

伯爵夫人直接给莫斯科的卡拉金娜写信，向她提出她们两家子女的婚事，而且接到对方令人满意的回答。卡拉金娜说，她本人是愿意的，但问题全看她女儿的意思了。卡拉金娜邀请尼古拉去莫斯科。

好几次，伯爵夫人含着眼泪对儿子说，现在她的两个女儿都有了主了，她唯一的愿望就是希望看见他成亲。她说，了却这桩心事，她就可以安心入土了。随后她说，她看见一个十分好的姑娘，问他对婚姻有什么意见。

在另外几次谈话中，她夸奖朱莉，劝尼古拉趁着假期到莫斯科去玩玩。尼古拉猜到了母亲的意思，有一次，他引她全部讲出了心里的话。她对他说，改善家境的所有希望现在全靠他同卡拉金娜结婚了。

"但是，妈妈，倘若我爱上没有财产的姑娘，难道您要我为了财产而牺牲感情和名誉吗？"他问母亲，他一心只顾表现自己的高尚情操，不了解他这样问多么伤母亲的心。

"不是的,你不了解我,"母亲不知如何辩解,说。"你不了解我,尼古连卡。我是为你的幸福着想,她又说,同时又觉得她说的不是真话,于是她语无伦次了。她哭了。

"妈妈,别哭,您只要告诉我,您希望这样办,您知道,我可以为了您的安宁献出生命,献出一切,"尼古拉说。"为了您,我可以牺牲一切,甚至牺牲我的爱情。"

但是伯爵夫人不愿这样提问题:她不愿儿子做出牺牲,宁愿自己为儿子牺牲。

"不,你不了解我,咱们就别谈了,"她抹着眼泪说。

"是的,或许我是在爱一个穷苦的姑娘,"尼古拉自言自语,"怎么,我真的要为财产而牺牲爱情和名誉吗?真奇怪,妈妈怎么对我说出这样的话。难道就因为索尼娅穷,我就不能爱她?"他想,"就不能报答她那忠实的、一往情深的爱情?我同她结合,一定比同什么朱莉这么一个木偶结合要幸福。我不能强迫自己改变自己的感情,"他自言自语。"倘若我爱索尼娅,那么我觉得,我的感情比一切都更强烈,更高尚。"

尼古拉没有去莫斯科,伯爵夫人没有再同他谈婚事,她怀着忧愁有时恼怒的心情看到儿子和没有陪嫁的索尼娅越来越接近的迹象。她为此责备自己,然而她无法不发牢骚,对索尼娅无法不挑眼,经常无缘由地呵斥她,称呼她"您"和"亲爱的"。最使这位仁慈的伯爵夫人恼火的是,这个可怜的黑眼睛侄女是这么温顺,这么善良,对她的恩人是这么由衷的感激,她对尼古拉的爱情是这么忠贞不渝和富于自我牺牲精神,几乎对她无可指责。

尼古拉在父母跟前将要度完假期。安德烈公爵从罗马寄来第四封信,信中说,要不是他的伤口在温暖的气候中忽然裂开,他的行期必须推延到明年初春的话,他早已在回国的途中了。娜塔莎仍旧爱她的未婚夫,依旧为这一爱情而感到欣慰,对一切生活的欢乐依旧易于感受;但是和他离别的第四个月末尾,一阵阵无法排遣的忧郁开始袭上她的心头。她可怜自己,可怜她不为任何人而虚度年华,而这正是她觉得自己完全能够爱人和被人爱的大好年华。

罗斯托夫的家庭气氛是不快活的。

九

圣诞节到了,除了做做样子的午前祈祷,除了邻人和家奴们的郑重而无聊的祝贺,除了穿戴各种新衣服,此外再没有一点庆祝这个节日的不同的东西了,但是安静无风、零下二十度的严寒、白天耀眼的阳光和夜晚冬的星光,都给人一种需要庆祝这个节日的感觉。

节日的第三天,午饭后,家里人都回到各自的屋里。这是一天中最无聊的时光。尼古拉上午拜访几家邻居,这时在起居室里午睡。老伯爵在书房里休息。索尼娅坐在客厅里的圆桌旁描图样。伯爵夫人在玩牌。小丑娜塔斯西娅·伊万诺夫娜哭丧着脸和两个老太婆坐在窗口。娜塔莎进来走到索尼娅跟前,看了看她的手工,随后走到母亲面前,一声不吭地站在那儿。

"你怎么了,像个游魂似的?"母亲对她说。"你要什么?"

"我要他……现在,立刻就要他,"娜塔莎说,她两眼发光,绷着脸。伯爵夫人抬头仔细看了看女儿。

"别看我,妈妈,别看我,我就要哭了。"

"坐下,和我坐一会儿,"伯爵夫人说。

"妈妈,我要他。凭什么就这样把我毁掉,妈妈?……"她的声音突然中断了,泪水涌了出来,为了不让人看见,她转身快步走出屋去。她来到起居室,在那里站了一会儿,想了想,又走到女仆室。那儿有一个老女仆正数落一个刚从家奴那跑来的小丫头。

世界经典文库 世界二十大名著 战争与和平 图文珍藏版

"太贪玩啦,"老太婆说,"干什么都得有个时间。"

"放了她吧,孔德拉季耶夫娜,"娜塔莎说。"去吧,玛夫鲁莎,去吧。"

娜塔莎放走了玛夫鲁莎,经过大厅来到前厅。一个老头跟两个年轻的仆人正在那儿玩牌。他们一见小姐进来,就立刻站起来。"我能叫他们做什么呢?"娜塔莎想了想。

"对了,尼基塔,请你去一趟……?("我派他到哪儿去呢?")"对了,你去抓一只公鸡来;对了,米沙,你去取些燕麦。"

"您要一点燕麦吗?"米沙愉快地、巴不得地说。

"快去,快去,"老头催他说。

"费奥多尔,你去找一截粉笔。"

她走过餐室,吩咐烧茶炊,虽然这时完全不是喝茶的时候。

管餐室的福卡是全家脾气最坏的人,娜塔莎爱拿他试试她的权威。他对她的话不敢相信,走向前去问个究竟。

"唉呀,我的好小姐!"福卡对娜塔莎假装皱着眉头,说。

全家没有别的人像娜塔莎这样打发这么多的人和交代这么多的事了。她看见人不支使他们做点什么就不甘心。她似乎要试试他们之中有没有人生她的气或者对她不满,但是人们再没有比执行娜塔莎的命令那么乐意的了。"我做什么好呢?我去哪儿好呢? 娜塔莎在走廊里一边慢慢地走,一边想。

"纳斯塔西娅·伊万诺夫娜,我会生个什么?"她问那个身穿敞胸女上衣迎面走来的小丑。

"你生个跳蚤、蜻蜓、蝈蝈,"小丑答道。

"我的上帝啊,上帝啊,总是这么一套! 哎呀,我去哪儿呢? 我干什么呢?"她撒开腿,噔噔地快步跑上楼梯去找约格尔,他和妻子住在楼上。约格尔那儿坐着两位女教师,桌上放着几盘葡萄干、核桃和杏仁。两位女教师在谈论在哪处生活比较便宜,在莫斯科还是在敖德萨。娜塔莎坐下听他们谈话,表情严肃,若有所思,随后站起来。

"马达加斯加岛,"她急促地说了一句。"马—达—加斯—加,"她把每个音节清楚地重说了一遍,她不回答肖斯小姐问她说的什么,就走出屋去。

她的弟弟彼佳也在楼上:他和专门伺候他的仆人正在准备晚上放的焰火。

"彼佳,彼得卡(彼得的昵称)!"她喊他。"背我下楼。"彼佳跑到她面前,转身把背朝着她。她跳上去,双手抱着他的脖子,他背着她一纵一纵地往前跑。"行了,不要背了……马达加斯加岛,"她从他背上跳下来,说着就下楼了。

娜塔莎好似是在巡视自己的王国,试了试她的权威,证实人人都是顺从的,但是仍旧觉得无聊;她走进大厅,拿起吉他,坐在柜子后面黑暗的角落里,开始拨弄低音弦,弹她在彼得堡同安德烈公爵一起听过的歌剧中的乐句。在旁人听来,她弹的没有什么意义,可是这些音响在她的想象中唤起了一连串的回忆。她坐在柜子后面,眼睛看着从餐室门缝射进来的一道阳光,她一边听自己弹琴,一边回忆。她全部陷入了对往事的回忆中了。

索尼娅拿着一只杯子经过大厅到餐室去。娜塔莎看了看她,看了看餐室那道门缝,她模糊觉得她正在回忆:从餐室门缝里曾经射出一道阳光,索尼娅也曾经拿着杯子走过去。"完完全全跟现在的情景一样,"娜塔莎想道。

"索尼娅,这是什么曲子?"娜塔莎叫住她,一边用手指拨弄着粗弦。

"哟,你在这儿啊!"索尼娅吓了一跳,说,她走向前去听了听。"不知道。是不是《暴风雨》?"她怯生生地说,怕说得不对。

"以前也有这么一次完全跟这一样:她也是吓了一跳,也是走向前来怯生生地笑笑,"娜塔莎想道,"完全跟这一样……当时我也是这么想:她这人缺点什么。"

"不对,这是《担水人》中的合唱,听见吗?"于是娜塔莎把合唱的曲子唱完,让索尼娅能听出来。

"你上哪儿去?"娜塔莎问。

"我去换一杯水。图样就要描完了。"

"你总是在忙,可是我就做不到,"娜塔莎说。"尼古连卡在哪儿?"

"大概在睡觉。"

"索尼娅,你去叫醒他,"娜塔莎说。"就说我叫他来唱歌。"她在那儿待了一会儿,想着过去的一切是什么意思,她没能解决这个问题,但也不因此感到遗憾,她的脑海中又浮现出她同他在一起,他用钟情的目光看她的情景。

"他快点来吧。我真怕他永远不会来了! 最主要的是:我一天天老了,这就是问题所在! 将来就不会是现在的我了。也许他今天就到,说话就到。也许他已经到了,正在客厅里坐着呢。也许他昨天就到了,是我忘记了。"她站起来,放下吉他,上客厅去了。全家人、男女教师们和客人们全都早就坐在茶桌旁了。仆人们站在桌子周围,——但是没有安德烈公爵,生活依然如旧。

"啊,她来了,"伊利亚·安德烈伊奇看见娜塔莎走进来,说。"来,坐在我这儿。"可是娜塔莎在母亲身旁站住,环视四周,似乎在寻找什么东西。

"妈妈!"她快速地说。"把他交给我,交给我,妈妈,快,快,"她又忍不住要放声大哭。

她在桌旁坐下,听大家的谈话。"我的天啊,天啊,同样的面孔,同样的谈话,爸爸仍旧那样端着茶杯,仍旧那样对茶杯吹气!"娜塔莎想,她惊惶地感觉到,因为家里人仍然还是老样子,她对全家起了厌恶感觉。

吃过茶后,尼古拉、索尼娅和娜塔莎到起居室他们喜爱的角落。

十

"你有没有这种时候,"他们在起居室坐下后,娜塔莎对哥哥说,"你好像觉得,将来不会有什么了——一切都不会有了;一切美好的,都成为过去了吗?说实在的不是无聊,而是有点悲哀,你有没有这种情形?"

"有,并且十分厉害!"他说。"有时,一切都很好,大家都快快活活的,但是我突然觉得,一切都令人生厌,大家全死掉才好。有一次,团部有音乐会,我没到那儿去玩……我突然烦闷起来……"

"是啊,这个我知道,我知道,"娜塔莎抢着说。"我还小的时候,就有过这样的事。你可记得,有一次为了李子的事惩罚我,你们都去跳舞,我一个人独自坐在教室里哭,我永远不会忘记:我当时心里又难过又可怜所有的人,同时,也可怜自己。重要的是,我并没有过错,"娜塔莎说,"你记得吗?"

"记得,"尼古拉说。"我记得后来我到你跟前,想安慰你,但是你知道,我不好意思。我们太可笑了。当时我有一个木偶玩具,我想送给你。你记得吗?"

"你可记得,"娜塔莎带着思虑的微笑说,"很久很久以前,我们还很小的时候,叔叔叫我们到书房去,那是个旧房间,十分暗——我们一进去,那儿突然出现一个……"

"黑人,"尼古拉带着兴奋的微笑接过去说,"怎么会不记得啊?直到现在我也不清楚,那真的是一个黑人呢,还是我们在做梦,还是人们这样对我们讲的。"

"那人灰黑颜色,你可记得,雪白的牙齿——站在那儿瞅我们……"

"您记得吗,索尼娅?"尼古拉问……

"嗯,嗯,我似乎也记得,"索尼娅胆怯地回答……

"关于黑人的事,问过爸爸妈妈,"娜塔莎说。"他们都说完全没有什么黑人。你不是也记得很清楚吗!"

"当然,直到现在我还记得他的牙齿呢。"

"真奇怪,就似乎做梦似的。我喜欢这样。"

"你可记得,我们正在大厅里滚鸡蛋玩,突然,来了两个老太婆,她们在地毯上来回转悠。有没有这回事？真好玩，你记得吧……"

"可不是。你可记得，爸爸身穿蓝皮衣，站在门廊上放枪？"他微笑着，怀着极大的乐趣回忆往事，这是富有诗意的少年时代的回忆。他们怀着莫名的喜悦轻轻地笑着。

索尼娅像往常一样插不上话，虽然他们有着相同的回忆。

他们所回忆的，有好些事情索尼娅早已经忘了，而她所记得的在她心里也引不起他们所感受的那种诗意。她只是极力跟着他们学样，以他们的愉快为愉快。

直到他们回忆起索尼娅刚到他们家的时候，她才插话。索尼娅说，她当时惧怕尼古拉，因为他的夹克上有绦带，保姆对她说，也要给她缝上绦带。

"我记得人们对我说，你是在白菜下面出生的，"娜塔莎说，"我记得，我当时不能不信，但是我知道，这不是真的，弄得我很不自在。"

正在谈话时，一个使女从起居室后门探进头来。

"小姐，公鸡拿来了，"那个使女悄悄地说。

"不要了，波利娅，告诉他们拿走吧，"娜塔莎说。

他们正谈着的时候，季姆勒进来了，他走到放在墙角的竖琴跟前，取下覆盖的绒布。

"爱德华·卡尔雷奇，请您给弹一支我最喜爱的菲尔德先生的《夜曲》吧，"老伯爵夫人在客厅里说道。

季姆勒奏了个和音，向娜塔莎、尼古拉和索尼娅转过身来，说："

"嗬，年轻人真平静！"

"我们在谈哲学呢，"娜塔莎说，她回头看了看，随后接着谈话。现在话题转到了梦。

季姆勒开始弹琴。娜塔莎踮着脚尖悄悄走到桌旁，把蜡烛移到了别处，又静静地走回去坐回原位。室内很暗，他们坐的沙发那儿更暗，然而满月的银辉穿过大窗户泻到地板上。

"你可知道，我想，"娜塔莎向尼古拉和索尼娅靠近一些，低声说，这时季姆勒已经弹完了，仍旧坐在那儿轻轻地拨弄琴弦，不知道是罢手呢，还是再弹点别的。"我想，倘若这样回忆下去，回忆下去，老是这样回忆下去，就会回忆出我还没出生之前所记得的一切……"

"这是轮回论，"索尼娅说，她一向用功读书，并且什么都记得。"埃及人认为，我们的灵魂从前是附在牲畜身上的，将来又回到牲畜身上。"

"不，你知道，我不信我们前世是牲畜，"尽管音乐奏完了，娜塔莎仍旧小声说，

"我的确知道,我们曾经在某处是天使,并且来过这里,所以什么都记得……"

"我可以参加吗?"悄悄地走过来的季姆勒说,于是在他们身旁坐下。

"倘若我们真的是天使,那么我们为什么降得这么低?"尼古拉说。"不,这不可能!"

"不是降低,谁跟你说降低来着?……为什么我知道我前世是什么,"娜塔莎很自信地反驳道。"要知道,灵魂是不朽的……所以我才是永生的,那也就是说,我以前也活过,永恒、永恒地活着。"

"但是,我们很难想象永恒是个什么样子,"季姆勒说,他向这些年轻人走来的时候,含着温和的、轻蔑的微笑,这时他也像他们一样,低声、严肃地说话。

"永恒有什么难以想象的?"娜塔莎说。"现在有今天,将来有明天,永远不会完结,过去有昨天,有前天……"

"娜塔莎! 现在轮到你了。你给我唱一个,"传来伯爵夫人的声音。为什么老坐在那儿,像一群阴谋家似的。"

"妈妈! 我一点也不想唱,"娜塔莎说,但还是站了起来。

他们所有的人,甚至年纪较大的季姆勒,都不乐意中停谈话,也不愿意离开起居室那个角落,然而娜塔莎站了起来,尼古拉在钢琴旁坐下。像往常那样,娜塔莎选了个共鸣最好的地点,站到大厅中央,开始唱母亲最喜爱的歌。

她尽管说不想唱,但是她很长时间以来和以后很久都没有像这天晚上唱得这么好。伊利亚·安德烈伊奇伯爵在书房里正和管家米坚卡谈话,听见歌声,他像一个贪玩的小学生,赶快做完功课似的,给管家胡乱交代了几项命令,就默不作声了,米坚卡也静静地听着,面带微笑站在伯爵面前。尼古拉专注地望着妹妹,和她共同呼吸。索尼娅一边听,一边想,她和她这位朋友之间的差别多么大啊,她怎么也不会有她表妹那样的魅力,哪怕稍微有一点也不可能。老伯爵夫人坐在那儿含着又幸福又忧郁的微笑,眼睛里噙着泪水,不时地摇摇头。她在想娜塔莎,想自己的青春,想娜塔莎和安德烈公爵的婚事——在这桩婚事中有点不自然和让人担心的东西。

季姆勒在伯爵夫人身旁坐下,闭目静听。

"听我说,伯爵夫人,"他终于说话了,"这是欧洲水平的才能,她没有什么可学的了,多么柔和、圆润、有力……"

"唉! 我真为她担心,真的担心,"伯爵夫人说,她忘了同谁说话。她那母性的敏感告诉她,在娜塔莎身上有太多太多的东西,这将使她得不到幸福。娜塔莎还没唱完,十四岁的彼佳高高兴兴地跑来喊道,化装跳舞的人来了。

娜塔莎一下子停住了。

"笨蛋!"她呵斥弟弟,随后跑到椅子跟前,倒在上面放声大哭,哭了很久。"没什么,妈妈,真的没什么,只不过是彼佳吓了我一跳,"她说,尽力装出微笑,但是眼泪直流,哽咽得透不过气来。

家奴们化装成狗熊、土耳其人、店主、太太等等,有的可怕,有的可笑,他们带来了冷气和喜悦,刚到的时候,都怯生生地挤在前厅;然后又躲躲藏藏地涌进了大厅;开始时有点拘束,后来就越来越快活、越和谐地唱歌,跳舞,做圣诞游戏。伯爵夫人认出了几个人,笑了一阵,就到客厅去了。伊利亚·安德烈伊奇伯爵笑逐颜开地坐在大厅里,赞赏着跳假面舞的人们。几个年轻人不知到哪儿去了。

半小时后,大厅里跳假面舞的人们中间,又增加了穿箍骨裙的老太太——这是尼古拉,土耳其女郎是彼佳,小丑是季姆勒,骠骑兵是娜塔莎,还有一个用软木炭画着小胡子和眉毛的切尔克斯人,这是索尼娅。

年轻人认为他们的化装如此漂亮,还应当到别处显示一下才好。

尼古拉想用他的三驾雪橇载着他们几个人在平坦的大道上兜兜风,他提议另外带十个化装的家奴到大叔家去一趟。

"得了吧,你们没有必要去打扰老头子!"伯爵夫人说。"他们那儿连个转身的地方都没有。要去就去梅柳科娃家。"

梅柳科娃是个寡妇,有几个年龄接近的孩子,也有几位男女家庭教师,住在离罗斯托夫家四俄里的地方。

"对,亲爱的,好主意,"兴高采烈的老伯爵表示赞同。"我马上就化装,也跟你们走一趟。我要好好逗逗帕金塔。"

可是伯爵夫人不让伯爵去:他近来老闹腿疼。决定伊利亚·安德烈伊奇不去,倘若路易莎·伊万诺夫娜(肖斯小姐)去,那么小姐们就可以去梅柳科娃家。平时怯弱、害羞的索尼娅比谁都劝说路易莎·伊万诺夫娜不要拒绝她们的请求。

索尼娅化装得最好。她的小胡子和眉毛对她很合适。大家都说她很好看,她今天格外活跃和精神饱满,她这种情绪是从来没有的。内心有一个声音告诉她,要么就在今天决定她的命运,要么就永远失去了机会;她穿男人的服装,仿佛完全变成了另外一个人。路易莎·伊万诺夫娜同意了,半小时后,四辆带着大小铃铛的三驾雪橇向门廊驶来,橇板的铁刃咯咯吱吱地滑过冰冻的雪地。

娜塔莎第一个发出圣诞节狂欢的调子,狂欢互相传染着,越来越高涨,当大家走到严寒的空气里,相互交谈着,笑着,喊着,坐上雪橇的时候,狂欢达到了顶点。

两辆雪橇是平常使用的,第三辆是老伯爵的,用奥尔洛夫的快马驾辕;第四辆是尼古拉专用的,驾辕的马是一匹黑色的小马。尼古拉身穿老太太服装,外罩一件束着腰带的骠骑兵斗篷,握着缰绳站在雪橇中间。

夜色很亮,马惊恐地回头看着喧闹的人们。

娜塔莎、索尼娅、肖斯小姐和两个使女坐尼古拉的雪橇。老伯爵的雪橇里坐着季姆勒夫妇和彼佳;化装的家奴们坐在其余两辆雪橇里。

"你先走,扎哈尔!"尼古拉对父亲的车夫喊了一声,他打算在路上超过他。

那辆老伯爵的雪橇,滑板仿佛冻到雪上了似的,发出咯咯吱吱的声音,响着低沉的铃声,慢慢移动了。两匹边马紧靠着辕马的车杆,马蹄一步一陷,把干得像砂糖似的光闪闪的雪粒翻卷起来。

尼古拉跟着第一辆雪橇也出发了;后面咯咯吱吱响起了其余的雪橇的声响。先是在狭窄的路上小跑。在经过花园时,光秃秃的树影常常横断道路,遮住明亮的月光,但是一走出垣墙,整个浴在月光中一动不动的雪原,钻石似的发出淡蓝色的闪光,向四处伸展开来。一颠,又一颠,前头的雪橇驶过一个坑洼;跟着,后面的也同样颠了两下,四辆雪橇威风凛凛,冲破禁锢着的沉寂,逐渐拉开了距离。

"兔子的脚印,哎哟,好多的脚印!"严寒冻结的空气中回响着娜塔莎的声音。

"真亮啊,尼古拉!"是索尼娅的声音。尼古拉回过头来看索尼娅,他弯下身来靠近看她的脸。从紫貂围巾下露出一张完全变了样的可爱的面孔,眉毛和小胡子都是黑的,在月光下看去是那么近,又那么远。

"这仍旧是原先那个索尼娅,"尼古拉想。他凑近瞧瞧她,笑了。

"您怎么了,尼古拉?"

"没什么,"他说,又朝马转过身去。

上了平坦的大道,路面被撬板划开,在月光下可以看见横七竖八的马蹄印,马自然而然地拉紧了缰绳,加快了速度。扎哈尔的雪橇已经在前面很远了,低沉的铃声也渐渐远去,然而雪橇的黑影在白晃晃的雪地上仍然看得很清楚。从他的雪橇中传来叫声、笑声和假面人的谈话声。

"加油,亲爱的!"尼古拉大喝一声,提提缰绳,挥舞着鞭子。尼古拉回头看了看后面。后面两辆雪橇呐喊着,尖叫着,也跟了上来。那匹辕马在轭下坚定地晃动着,不但没有减速的意思,并且准备需要时再加一把劲,再加一把劲。

尼古拉赶上了第一辆雪橇。他们从一个山坡上滑下去,驶到河边草地上宽广的大路。

"我们到什么地方了?"尼古拉想。"是科索伊草地吧。不对,这儿是我从没到过的地方。这不是科索伊草地,也不是焦姆金山,谁知道这是什么地方! 这是一个新奇的仙境。好啦,不管它是什么吧!"他对马喝了一声,打算绕过第一辆雪橇。

扎哈尔勒住马,转过他那一直到眉毛都结了霜的脸。

尼古拉撒开他的马;扎哈尔向前伸出两只手臂,咂了咂嘴,也撒开他的马。

"喂,小心啊,少爷,"他说,两辆并排的雪橇跑得更快了,狂奔的马蹄在翻飞。尼古拉赶到前面去了。扎哈尔仍旧没有改变伸出的两只手臂的姿势,握着缰绳的那只手稍稍抬高一点。

"不行,少爷,"他向尼古拉喊着。尼古拉让他那三匹马飞跃着赶过扎哈尔。马蹄翻起干爽的雪粒,撒到乘车人的脸上,他们身旁响起繁密的声响,迅速移动的马蹄和被赶过的雪橇黑影模糊成一团。四周传来橇板滑雪的啸声和妇女们的尖叫声。

尼古拉又勒住马,向四外张望了一下。四周仍旧是普照着月光和遍地星光闪烁的仙境般的原野。

"扎哈尔喊我向左转;为什么要向左?"尼古拉想。"我们现在是驶向梅柳科娃家吗?这就是梅柳科娃的庄子吗?谁知道我们是在什么地方,天知道我们会怎么样,然而我们会感到十分奇怪并且快乐的。"他向雪橇里瞟了一眼。

"瞧,他的小胡子和睫毛都白了,"坐在车里一个细胡子、细眉毛的人说。

"这个人似乎娜塔莎,"尼古拉想,"而这个是肖斯小姐;或许不是,这个有小胡子的切尔克斯人,我不知道是谁,但是,我爱她。"

"你们不冷吗?"他问。他们没有回答,都笑了。季姆勒在后面的雪橇里喊了一句什么话,可能很可笑,但是,听不清楚他喊什么。

"对,对,"传来笑着回答的声音。

然而这是一座神奇的树林,阴影和钻石般的闪光在林中交相辉映,还是一排排大理石的台阶、奇妙的亭台楼阁的银顶、珍奇的野兽的嚎叫。"倘若这真是梅柳科娃的庄子,那就更奇怪了,我们不知道在哪儿行路,但是居然来到梅柳科娃的庄子了,"尼古拉想。

果然是梅柳科娃的庄子,女仆们和男仆们手持蜡烛欢欢喜喜地跑到大门口。

"是什么人啊?"人们在大门口台阶上问。

"是伯爵家化装跳舞的人,一看那马就知道,"几个声音一齐回答。

十一

佩拉格娅·丹尼洛夫娜·梅柳科娃是个肥胖高大,精力充沛的女人,她戴着眼镜,穿一件敞着怀的宽大外衣,坐在客厅里,四周围着一群女儿,她努力使女儿们愉快。当前厅响起来客的脚步声和说话声的时候,女儿们正静静地滴蜡烛油,然后观看凝结的各种形状的小影子。

骠骑兵、老太太、巫婆、小丑、狗熊,在前厅清清嗓子,擦掉脸上冻结的霜,随后进入人们赶忙点起蜡烛的大厅。小丑季姆勒和老太婆尼古拉带头跳起舞来。吵吵嚷嚷的孩子们把化装的人围了起来,化装的人遮着脸,改变了声音,向女主人请安行礼,然后在室内散开来。

"啊,认不出了! 是娜塔莎吗! 你瞧,她像谁! 真的,她的确像一个人。爱德华·卡尔雷奇真漂亮! 我认不出了。跳得真棒! 啊,我的老天,切尔克斯人扮得真像;真的,对索纽什卡正合适。这又是谁啊? 唔,真逗乐! 把桌子搬开,尼基塔,万尼亚。我们刚才还安静地坐着不动呢!"

"哈—哈—哈! ……骠骑兵,骠骑兵! 简直像男孩子,看那两条腿! ……我一看就想笑……"七嘴八舌地说。

娜塔莎,梅柳科娃家的年轻人的宠儿,同她们一块儿消失在后面的房间里了,在这儿,姑娘们赤裸的手臂从半开着的门缝里接过男仆递来她们所要的软木炭、各种长衫和男人的衣裳。非常钟后,梅柳科娃家的全体青年都汇合到化装的人们中间了。

佩拉格娅·丹尼洛夫娜吩咐给客人腾地方,为主仆们准备吃的,然后她不摘眼镜,忍着笑,在假面人中间走来走去,靠近端详他们的脸,一个人她也不认识。她不但不认识罗斯托夫和季姆勒,甚至连自己的女儿,连她们穿的她丈夫的长衫和礼服也认不得。

"这是谁呀?"她端详着扮作喀山鞑靼人的她的女儿的脸,向家庭女教师问道。"我还以为是罗斯托夫家的人呢。喂,骠骑兵,您在哪个团服务啊?"她问娜塔莎。"给这个土耳其人一点果子冻吧,"她对散发食品的仆人说,"他们的法律不禁止这个。"

有时,佩拉格娅·丹尼洛夫娜看着跳舞的人(他们认为一旦化了装,谁也不会认出他们了,所以一点也不觉得难为情)在做古怪滑稽的舞步,她就用手帕捂着脸,忍不住想笑,整个肥大的身子都颤动起来。

"我的小萨沙,小萨沙!"她说。

在跳过俄罗斯民间舞和环舞之后,佩拉格娅·丹尼洛夫娜叫全体家奴和主人一起拉一个大圆圈;叫人拿来一只戒指、一条绳和一个卢布,做集体游戏。

一小时下来,人们的衣服都弄皱了,凌乱了。在流汗的、火热的、快活的脸上,软木炭画的胡子眉毛都模糊了。佩拉格娅·丹尼洛夫娜开始认出化装的人,赞赏服装做得好,十分合姑娘们的身,感谢他们使她开心,请客人们到客厅用晚餐,吩咐在大厅里款待家奴们。

"不行,在澡堂里算卦,那太可怕了!"吃晚饭的时候,一位住在梅柳科娃家的老姑娘说。

"那是为什么?"梅柳科娃的大女儿问道。

"您是不会去的,那得有勇气……"

"我要去,"索尼娅说。

"您讲一讲,那位小姐遇到了什么?"梅柳科娃的二女儿说。

"事情是这样的,一位小姐到澡堂去了,"大姑娘说,"她带去一只公鸡,两份餐具——一切都准备得齐全,她在那儿坐下来。坐着坐着,突然听见车响……一辆雪橇叮叮当当地驶来了;她听见有人来了。他进来了,和人一模一样,军官打扮,他来了,就在她身旁坐下,拿起餐具吃饭。"

"啊!啊!……"娜塔莎吓得睁大眼睛大叫。

"它也像咱们人一样说话吗?"

"跟人一样,完全一样,渐渐地,他开始劝告她,她原可以陪他谈到鸡叫的;可是她害怕了;她怕得用手捂起脸来。他把她抱起来。正在这时使女们跑进来……"

"咳,何必吓唬她们!"佩拉格娅·丹尼洛夫娜说。

"妈妈,您自己也算过卦的……"女儿说。

"在仓库里如何算卦?"索尼娅问。

"现在就可以去试试,到仓库里去听声音。你倘若听到敲敲打打的响声,就不好,听到装粮的声音,就是吉兆;有时也有……"

"妈妈,您讲讲您在仓库听见了什么?"

佩拉格娅·丹尼洛夫娜微笑了。

"没什么,我已经忘了……"她说。"你们谁都不去吗?"

"不,我去;佩拉格娅·丹尼洛夫娜,让我去吧,我想去,"索尼娅说。

"当然可以去,倘若你不害怕的话。"

"路易莎·伊万诺夫娜,我可以去吗?"索尼娅问。

不管是做戒指、绳子或者卢布的游戏,还是像现在这样谈话,尼古拉都没离开索尼娅的身边,而且对她完全另眼相看。他觉得,多亏这个软木炭的小胡子,他今天才第一次全部认识她。索尼娅这天晚上确实是从未如此愉快、活跃、漂亮过。

"瞧她多么好看,而我却像个笨蛋!"他望着她那发亮的眼睛,望着她那小胡子下面的微笑,心中想。

"我什么都不怕,"索尼娅说。"现在就可以去吗?"她站起来。人们告诉索尼娅仓库在哪儿,她应该怎么站在那儿静听,然后递给她一件皮袄。她把皮袄披在头上,看了尼古拉一眼。

"这个姑娘真可爱!"他想。"在这之前我一直在想什么啊!"

索尼娅穿过走廊向仓库走去。尼古拉说他觉得太热,赶忙走出大门。室内由于人很多确实很闷热。

室外仍旧是凝然不动的严寒,仍旧是明月当空,只是更亮了。光亮是那么强,雪地上的星星是那么多,简直使人不愿仰望天空,天上的星星反倒显得暗淡无光了。天空是黑暗的,寂寞的,地上是愉快的。

"我是笨蛋,笨蛋!我一直在等什么?"尼古拉想道,他跑到大门口的门廊上,拐过墙角,沿着通往后门廊的小道走去。他知道索尼娅要经过那儿。半路上有一堆一人多高、上面有积雪的柴火,它投下黑影;光秃秃的老菩提树影纵横交织着投到雪地上和小路上,投到柴火垛上面和近旁。这条小路通往仓库。覆盖着雪的仓库的圆木墙和顶盖好似用宝石雕成的,在月光下闪闪发光。四周寂然无声。心胸仿佛不是呼吸空气,而是呼吸永远年轻的力量和欢乐。

女仆室的门廊台阶上响起脚步声,盖着雪的最后一级台阶发出吱一声响,一个老女仆的声音说:

"一直走,顺着小路一直走,小姐。千万不要回头!"

"我不怕,"索尼娅回答说,她顺着小路朝尼古拉这边走来,她那穿着轻巧便鞋的秀丽小脚,踏在雪上吱吱作响。

索尼娅裹着皮袄走来了。她走到离他只有两步远的地方才看见他;她看见一个不是她平常认识而且有点害怕的那个人。他穿着女人衣裳,头发乱蓬蓬的,面带幸福的、索尼娅从未见过的微笑。她赶忙跑到他身边。

"完全换了一个人,可仍旧是原来的样子,"尼古拉望着被月光照亮的脸,心里想。他把两手探进蒙着她的头的皮袄下面,搂着她,把她紧贴着自己,吻她那带着小胡子和散发着焦炭气味的嘴唇。索尼娅吻他嘴唇的正中间,抽出两只小手托住他的面颊。

"索尼娅! ……尼古拉……"他们只说了这两句。他们跑到仓库里,回来时各走各的门廊。

十二

从佩拉格娅·丹尼洛夫娜那儿回来时,一向眼尖,对什么都留心的娜塔莎,把座位作了重新安排:路易莎·伊万诺夫娜和她,还有季姆勒,坐一只雪橇,索尼娅同尼古拉以及女仆们坐在一起。

在回去的路上,尼古拉已经不再是拼命赶马,而是平衡地行驶了。在奇异的月光下,他不停地端详索尼娅,借助把一切都改变了的月光,从画着眼眉和小胡子后面找寻他往日的索尼娅和现在的索尼娅,他决定永远不和她分离了。他不停地端详,当他认出仍旧和先前一样而又不一样的索尼娅,并且想起那混合着亲吻感觉的软木炭气味的时候,他望了望后退的地面和繁星灿烂的天空,尽情地呼吸着寒冷的空气,觉得自己又进入了仙境。

"索尼娅,你好吗?"他不时这样问。

"好,"索尼娅回答。"你呢?"

在中途,尼古拉把缰绳交给车夫,他暂时跑到娜塔莎的雪橇上,站在弯托梁上。

"娜塔莎,"他低声对她说,"关于索尼娅的事我下了决心了。"

"你对她说了吗?"娜塔莎忽然欢喜得容光焕发,问道。

"啊,你画着小胡子和眉毛,样子真怪,娜塔莎! 你快活吗?"

"我十分快活,十分快活! 我真的在生你的气呢。你对她太坏了,但是这话我没跟你说。这是一颗怎样的心啊,尼古拉,我真兴奋! 我经常讨人嫌,可是只有我一个人幸福,没有索尼娅,我于心不安,"娜塔莎不停地说。"现在我十分兴奋,快到她那儿去吧。"

"不,等一会儿,啊,你真可笑!"尼古拉说,一直注视着她,他在妹妹身上也发现了他以前没有见到的新的、非凡的、富有魅力的、温柔的东西。"娜塔莎,有点神奇。是吗?"

"是的,"她回答,"你做得好极了。"

"倘若以前我看见她是现在这个样子,"尼古拉想,"我早就会问她应该怎样办了,并且不论她吩咐什么,我都照办,那样一切都会很好了。"

"这么说来,你很兴奋,我做对啦?"

"啊,这太好了! 不久前我和妈妈为了这事还争论过呢。妈妈说,她笼络你。怎么可以这样说! 我几乎和妈妈吵了起来。我绝对不许别人说她的坏话,甚至不允许有这样的想法,因为在她身上只有优点。"

"这太好了吗?"尼古拉说,他重新注视妹妹脸上的神情,看她说的是否是真话。只听吱哇一声,他从弯托梁上跳下来,跑到自己的雪橇上,坐在那里的。还是那个快乐的、微笑的切尔克斯人,他有两撇小胡子和一对忽闪忽闪的眼睛。

回到家里,对母亲说了下他们在梅柳科娃家是如何玩的,尔后姑娘们就回到自己的房间去了。她们脱了衣服，但是不擦掉炭涂的小胡子，长时间地坐在那儿探讨她们的兴奋。她们谈她们婚后如何生活，她们的丈夫怎么和善，她们怎么幸福。在娜塔莎的桌上，杜尼亚莎从昨天就准备了两面镜子放在那里。

"但是，这一切何时才能实现呢？我担心再也不能实现……要能实现那就太棒了！"娜塔莎说着，站起来走到镜子面前。

"坐下，娜塔莎，或许你能看见他，"索尼娅说。娜塔莎点着了几支蜡烛，坐下来。

"我看见一个留小胡子的人，"娜塔莎照见自己的脸，说。

"不要笑，小姐，"杜尼亚莎说。

娜塔莎在索尼娅和女仆帮助下，镜子被摆好；她脸上的表情严肃起来，没有再说话了。她久久地坐在那儿看着两面镜子里一串渐远的蜡烛，她假想，在最后汇合成一个模糊的方形的烛光中，不时看见棺材，不时看见他——安德烈公爵。可是无论她怎么把那个最小的斑点当作人或者棺材的形象，仍然什么都没看见。她开始一直眨巴眼睛，而后离开了镜子。

"为什么别人看见，我什么也看不见？"她说。"哎，索尼娅，你坐下；今天一定要你来，"她说。"不过是替我……我今天思绪慌乱！"

索尼娅在镜前坐下，调整好了位置，观看起来。

"这一回，索菲娅·亚历山德罗夫娜肯定看得见，"杜尼亚莎悄悄说，"老笑什么。"

索尼娅听见了这些话，接着听见娜塔莎随后低语：

"我知道她能看得见，她去年就看见过。"

大家一语不发。"一定能看见！"娜塔莎小声说，但没等话说完……索尼娅突然丢下手中的镜子，用手捂着眼睛。

"哎呀，娜塔莎！"她说。

"看见了吗？看见了吗？看见什么啦？"娜塔莎喊道。

"你看，我不是说了吗，"杜尼亚莎扶着镜子说。

索尼娅一无所见，她只是想眨巴下眼睛，站起来。此刻她听到娜塔莎声音说："准能看见！"……她原本不想蒙骗杜尼亚莎，也不想欺骗娜塔莎，并且坐在那儿也十分难受。但是，连她自己也不清楚怎么了，当她用手捂眼睛的那会，竟然叫起来。

"见到他了吗？"娜塔莎握住她的手，问。

"是的。等会儿……我……看见他了，"索尼娅不自觉地说，她还不明白所谓他指的是谁——是尼古拉呢，还是安德烈。

世界经典文库

世界二十大名著

战争与和平

图文珍藏版

“为何不说我看见了？别人不是都看见过吗！有谁能明白我是真看见还是没看见？”这念头在索尼娅头脑里一闪。

“是的，我看见他了，”她说。

“什么样子？什么样子？是站着还是躺着？”

“我的确看见了……本来空无一物，猛然一下子，我看见他躺在那儿。”

“安德烈躺着？他病了？”娜塔莎惊讶地、眼睛专注地瞪着女友问。

“不，正相反，正相反——是一副快乐的面孔，并且他向我转过脸来，”她在说这话时，好像觉得她看见了她说的那个情景。

“后来呢，索尼娅？”

“后来看不清楚了，有种发青又发红的东西……”

“索尼娅！他什么时候回来？何时我才能看见他！我的上帝！我真为他也为自己担忧啊，为所有的一切担忧啊……”娜塔莎说，她对索尼娅的安慰视而不见，在床上躺下，熄灯以后，依旧很久地睁着眼睛，不予理睬地躺在床上，望着如水的月光照进冻冰的窗户。

十三

圣诞节很快过去了，尼古拉跟母亲表示他对索尼娅的爱情和要同她结婚的信心。伯爵夫人早就发现索尼娅和尼古拉之间的关系了。并且预料到这场表白，她无语着听完儿子的话，对他说，他爱和谁结婚就和谁结婚；但是无论是她抑或他父亲，对这桩婚姻都不是很看好。尼古拉首次感到，母亲对他不满意，哪怕她十分疼爱他，也不会屈从于他的。她冷冷的，眼睛不看着儿子，叫人去请伯爵；伯爵来了，伯爵夫人原来想当着尼古拉的面，把事情的原委简单明了地告诉丈夫，可是忍不住气恼得哭起来，走出屋去。老伯爵开始犹豫不决地劝说尼古拉，要他改变他的企图。尼古拉回答说，他不能放弃自己的诺言，于是接着父亲叹了一口气，他觉得有点狼狈，马上不一语不发了，接着就到伯爵夫人那儿去了。每当和儿子意见不统一时，他心中总免不了有一种因把家事弄坏而对不住儿子的感觉，为此，儿子不想娶有钱的妻子，而选中没有陪嫁的索尼娅，他对这事不能生儿子的气，——每逢此刻，他不过是更猛烈地认识到，假使家事不是搞得这么坏，对于尼古拉来讲，再没有比索尼娅更好的老婆了；家事弄得太糟只能怪他一个人和他的米坚卡，还有他那改不掉的坏习惯。

父母不再和儿子探讨这个问题；但是过了段时间，索尼娅被伯爵夫人叫来，她带着不管是索尼娅还是她本人都没想到的冷淡口气责怪侄女引诱她儿子和恩将仇报。索尼娅沉默不语，垂着眼帘，听着伯爵夫人尖酸的语句，她不理解到底要她如何做。为了报答恩人，她愿意牺牲一切。自我牺牲的思想是她珍惜的财富；可是这一次她弄不清楚，为谁牺牲，她应该牺牲什么。她不能憎恨伯爵夫人和罗斯托夫全家，但是也没有办法不去爱尼古拉，她知道他的幸福就系在这个爱情上。她沉默着，神情忧郁，什么话都不说。尼古拉觉得，再不能忍受这种情形，就去向母亲辩解。尼古拉恳请母亲原谅他和索尼娅，并且允许他们结婚，同时威胁母亲说，一旦索尼娅受到冷落，他马上和她秘密举行婚礼。

母亲态度太冷淡了，这是尼古拉从未见过的，她回答他说，他早已是个成人了，安德烈公爵在没有父亲的同意就要结婚，他可以那么做，但是她肯定不会承认这个女阴谋家是她的儿媳妇。

尼古拉听到女阴谋家这几个字，暴跳如雷，他声嘶力竭地对母亲说，他无论如何也没想到她逼他出卖他的感情，如果这么说的话，他要最后一次说……但是没等他说出无情的话，母亲从他脸上的表情看出他要说什么，她惊慌地等他说出来，这是句可能一直在他们之间留下感情创伤的话。他没能说出来，原因是娜塔莎脸色苍白、态度严肃地从门口走进来，刚才她在门外偷听呢。

"尼古连卡，别竟说些没用的话，停下来，住嘴！你给我住嘴！……"为了高过他的声音，她几乎是在大叫。

"亲爱的母亲，这真的不是因为……我可怜而可爱的母亲，"她对母亲说，母亲觉得自己近乎马上走到决裂的边缘，她恐慌地看着儿子，可因为固执和执拗，她不示弱。

"尼古连卡，我会跟你解释的，你去吧……您听我说，亲爱的母亲，"她对妈妈说。

她的话是没有任何意义的；可是这些话都达到了她期望的后果。

伯爵夫人把脸埋进女儿怀里，抽泣着；尼古拉站起来抱头走出房间。

娜塔莎从中调解，结果是母亲承诺不让索尼娅受冷落，尼古拉则不能瞒着父母一点事情。

尼古拉决定把团队的事情处理完以后，就退伍回家和索尼娅举行婚礼，尼古拉神色忧郁而严肃，和父母闹得不可爱叫，但是他觉得，他处于热恋中，一月初，他回到了团队。

伴随尼古拉的离开，罗斯托夫家中比以往更憋闷了。伯爵夫人因精神受到刺激而病在床上。

索尼娅因尼古拉的离开而悲伤,而伯爵夫人对待她忍不住的敌对态度让她愈加难过了。伯爵愈加忧心忡忡了,因家庭经济的亏空已经非得采取断然的措施不可了。一定要卖掉莫斯科的房子和莫斯科近郊的田产,为了办这事儿,就必须要去莫斯科。但伯爵夫人的病使这事遥遥无期。

娜塔莎愉悦、快乐地度过刚和未婚夫离别的那段时间,可现在变得愈加急躁和不堪忍受了。她只要想到她那最美好的时光原本可以拿来和他谈情说爱,但现在却白白浪费,心中就忍不住地悲伤。他的信只会让她气愤。现在她专注地想念他,可他却过着真正的生活,看见那些他有兴趣的事物,她只要想到这里就觉得憋闷。他的信越写得有意思,就越叫她愤怒。她给他写信,非但不能给她以慰藉,反而成为无聊、虚伪的义务。她无法用信实打实表达她惯于用声音、微笑和眼神所表达的千分之一的感情。她给他写的信千篇一律、泛泛而谈,甚至她自己也漫不经心,信的草稿还得伯爵夫人替她改正拼写错误。

伯爵夫人的身体依旧不见好转,可莫斯科之行实在不能推迟了。一定要置办嫁妆,必须卖掉房子,此外更重要的是,要在莫斯科等待安德烈公爵,这年冬天尼古拉·安德烈伊奇公爵就住在莫斯科,并且娜塔莎相信安德烈公爵已经到那里了。

伯爵夫人留在乡下,伯爵带着索尼娅和娜塔莎,于一月底到莫斯科去了。

第八部

一

在安德烈公爵和娜塔莎订婚之后,皮埃尔没有任何明显的原因,猛然感觉再也回不到过去的生活。即便他从未怀疑他的恩师启发他的真理,虽然那他曾无比着迷的内心自我修养在最开始向往的时日给了他无比的喜悦,——在安德烈公爵和娜塔莎订婚后和在约瑟夫·阿列克谢耶维奇去世后(这两个消息几乎是同时接到的)先前生活的魅力对于他全部消失了。生活仅剩下了一个空架子:他的寓所,里面住着一个美丽的夫人——她现在正受到某个当权人物的礼遇,彼得堡的所有朋友和呆板无聊的公务让皮埃尔猛然感觉先前那种生活格外地可憎。他没有再写日记,回避着会友们,再次开始去俱乐部,饮酒无度,身边全是单身汉朋友,他过着如此的生活,甚至海伦·瓦西里耶夫娜认为必须和他做一次慎重的谈话了。皮埃尔认为她想得不错,为了保持她的名声,就来到了莫斯科。

在莫斯科,他刚进入他那位有衰老的和正在衰老的伯爵小姐以及大批仆人的巨大府邸的时候,在他游遍全城时刚一看见镂金袈裟前无数烛光的伊韦尔教堂、雪地还没有被压脏的克里姆林广场、西夫采夫·弗拉若克的车夫和棚户的时候,在他刚一看见那些不思进取、慢慢悠悠地度过自己的余生的莫斯科老头们的时候,当他刚一看见老太太们、莫斯科的太太小姐们、莫斯科的芭蕾舞和莫斯科的英国俱乐部的时候,——他觉得如同到了自己家里,来到了一个如此平静的港湾。在莫斯科居住好似穿上了件半新的长衫,惬意、舒服、肮脏。

整个莫斯科社交界,自小到老,如同迎接一位盼望已久的客人般地热烈欢迎他的到来。在莫斯科的上流社会认为,皮埃尔是一个最惹人爱、善良、反应快、快乐、心胸开阔的怪人,是一个漫不经心而对人热忱的旧式的俄罗斯贵族。他的钱袋时常空空如也,因为它对每个人都敞开着的。

义演、劣等绘画、雕像、慈善团体、茨冈人、学校、募捐宴会、狂饮酒会、共济会、教会、书籍——他不会拒绝任何一个人、任何一件事,如若不是有两个借过他太多钱的朋友主动来监护他的话,他一准儿得把所有财产都分个干净。任何一次宴会,任何一次晚会,他都会与会。喝完两瓶马尔高酒之后,他刚刚坐在沙发上,他便被人们围将起来,接着开始了谈话、辩论、吵闹。哪儿发生争吵,只要他和蔼地微笑一下或者说一句意思的笑话,那儿就烟消云散了。倘若没有他参加共济会的聚餐,那么就显得无聊乏味,气氛沉闷。

在单身汉的晚餐之后,他面带友善而甜蜜的微笑,答应愉快的伙伴们的要求,站起来跟他们一块到某个地方去,接着兴奋激动的欢呼声在青年人当中响起来。在舞会上,假使缺一个舞伴,他就来跳舞。年轻的太太小姐们都喜欢他,原因是他不追求某个人,对任何人都十分客气,尤其是在晚餐后。"他很招人喜欢,他是一个中性动物,"人们如是评价他。

和皮埃尔一般退休的侍从,在莫斯科有几百个之多,他们老老实实地度过自己的余生。

七年前,他才从国外归来时,如果有人对他说,他吗,去筹划什么,他的航道早已打通,永远定好了,不管他如何折腾,准是依然如故,他听了肯定会大吃一惊。怎么也不会相信!难道不是他有时一心想在俄国实现共和,有时想当拿破仑,有时想做哲学家,有时想做战略家和征服拿破仑的人吗?难道不是他认为有罪的人类有可能获得新生、并且热烈希望他们获得新生以及自己达到最高完善的阶段吗?难道不是他曾经开办学校和医院,并且解放过农奴吗?

但结果完全相反——他现在是一个不忠实的妻子的富有的丈夫,一个喜欢吃吃喝喝、不时把衣服敞开来骂骂政府的退休侍从,一个莫斯科英国俱乐部会员,还有,再就是一个在莫斯科交际场到处受欢迎的红人。他一时难以接受那个思想,说他现在就是七年前他所鄙视的莫斯科退休侍从。

有时他安慰自己说,他不过暂时过这种生活;但后来另一种想法使他吃惊不小,有多少跟他一样的人,齿发完好地进入这种生活和这个俱乐部,等到从那儿出来时,齿发全无了。

当他在自以为是的时刻想到自己的情况时,他觉得他和先前他所鄙视的那些退休的侍从根本不同,那些人庸俗、愚蠢、自鸣得意,对自己的处境心安理得,"但是我呢,直到现在仍然不自满,仍旧想为人类做点事情,"他在自以为是的时刻想。"但是也可能,我的那些同事也和我一样,也曾挣扎过,在生活中寻找一条新的道路,也和我一样,被那种环境的力量、社会和出身的力量,那种人类无力抗拒的自然的力量引到我所走的道路,"他在虚心的时刻这样想。在莫斯科生活了一个时期,他已经不再鄙视那些和他同命运的同事了,而是喜欢、尊重他们,而且像怜悯自己一样怜悯他们了。

皮埃尔不再像以前那样绝望、抑郁、厌恶人生了；所有的一切，现在都进入了内心，并且一刻也没离开过他。"为了什么目的？什么缘故？这个世界在搞些什么？"他每天都不时惶惑地问自己，不自觉地探索人生的意义；但是经验告诉他，这些问题是得不到解答的，于是他就抓紧回避它，拿起书来读，或者上俱乐部，或者去找阿波隆·尼古拉耶维奇闲聊那些街谈巷议。

"海伦·瓦西里耶夫娜除了自己的身体之外，从来对什么都漠不关心，这是世界上最愚蠢的女人，"皮埃尔想道，"然而人们却以为她绝顶聪明、风雅之至，都对她崇拜得了不得。拿破仑·波拿巴在他还是一位伟人时，人人都鄙视他，但当他变成可怜的小丑以后，弗朗茨皇帝却把自己的女儿献给他当情妇。西班牙人通过天主教感谢上帝，为的是六月十四日他们打败了法国人，而法国人为了他们六月十四日打败西班牙人也同样通过天主教向上帝感恩。我的共济会会友们用血宣誓，他们愿意为邻人牺牲一切，但是他们对为贫民捐款连一个卢布也不肯出。我们都宣讲基督的教义——恕罪和爱邻人，为此在莫斯科建筑了众多的教堂，可是昨天就有一个逃兵死于鞭笞之下，在临刑前，那个爱和恕教义的执行者——一个老神父，让那个士兵吻十字架。"

皮埃尔想尽一切办法忘却。主倘若读书。为了忘却这些难以解决的问题，他卖书，顺手拿起什么就读什么，回到家里，当仆人还在替他脱衣服的时候，他已经拿起书来读了——从读书过渡到睡眠，从睡眠过渡到在客厅和俱乐部闲谈，从闲谈过渡到狂饮、和女人厮混，从狂饮又过渡到闲谈、读书和小酌。酒对于他越来越成为主理的同时也是精神的需要了。虽然医生对他说，因为他肥胖。酒对他是危险的，可是他仍旧喝得很多。

早上空着肚子的时候，一切老问题依旧显得无法解决，十分可怕，于是皮埃尔迁忙拿起书来读，倘若这时有人来看他，他就兴奋极了。

在皮埃尔看来，所有的人都像士兵一样逃避生活：有的追求功名，有的留恋赌场，有的编纂法律，有的沉溺女色，有的玩物丧志，有的跑马走狗，有的混迹政界，有的打猎取乐，有的嗜酒成癖，还有的从事国务活动。"无所谓大人物或者小人物，全都一样；都想方设法地只求能够逃避生活！"皮埃尔想。"只求别看见它，别看见这个可怕的它。"

二

初冬，尼古拉·安德烈伊奇·博尔孔斯基公爵带着女儿来到了莫斯科。由于他的经历,由于他的聪明才智和独创精神,尤其是由于当时人们对亚历山大皇朝的热情已经衰退,还由于反法和爱国的思潮当时在莫斯科占主导地位,尼古拉·安德烈伊奇公爵当即成了莫斯科人格外崇敬的对象,而且成为莫斯科反政府派的中心。

这一年公爵老多了。在他身上出现明显的衰老迹象:时常突然入睡,对近事的健忘和对远事的记忆,以及他充当莫斯科反对派首领的幼稚虚荣心。虽然如此,这位老人,特别是在每天晚上,穿着皮上衣,戴着扑过粉的假发出来喝茶,如果有人提他一下,他就胡乱地谈起陈年旧事,或者更加没有条理地、激烈地抨击时局,每当这时,他仍旧能使全体客人肃然起敬。在来访者眼中,那座老式的宅第和其中高大的壁镜、古老的家具、扑过粉的仆人,以及严峻而精明的老人(他本人就是上一世纪的老古董)和他那十分崇敬他的温良的女儿和好看的法国女人,这一切构成一种庄严而赏心悦目的气象。可是客人们没有想到,在他们会见主人的两三个小时之外,一昼夜还有二十一、二个小时,在这期间,在这个家庭里进行着秘密的内部生活。

这种内部生活近来使玛丽亚公爵小姐日子很难过。在童山,使她精神振奋的与神亲们的谈话和孤独——她的最大的乐趣,在莫斯科享受不到了,而都市生活的好处和欢乐,她又没得到。她不去交际场;人人都知道,她父亲不让她一个人出门,而他自己因健康欠佳,又不能外出走动,所以就没有人请她去赴宴会和晚会了。玛丽亚公爵小姐彻底放弃了结婚的希望。有时,可以作为未婚夫的年轻人登门拜访,但她看见尼古拉·安德烈伊奇公爵接待和送走他们时,态度冷淡,神色愠怒。玛丽亚公爵小姐没有朋友:这次来莫斯科,她对两个最亲近的朋友感到失望:一个是布里安小姐,公爵小姐对她原来就不能推心置腹,现在觉得她有点讨厌了,并且因为某些原因,她开始避免和她见面;另一个是朱莉,她住在莫斯科,玛丽亚公爵小姐连续跟她通了五年信,可是这次重新见面,公爵小姐却觉得彼此非常隔膜。当时,由于兄弟的死,朱莉成为莫斯科最有钱的未婚姑娘之一,她在社交界忙得不可开交。她被年轻人包围起来,她以为那些年轻人一下子看出了她的优点。一个久涉社交界的小姐到了一定的时期,就会觉得,她最后的结婚机会已经到了,她的终身这时不决定,就永远不可能决定了,朱莉正是达到了这样的时期。每到星期四,玛丽亚公爵小姐就含着忧郁的微笑想起,她现在没有可以通信的人了,因为朱莉就在这里,每星期都和她见面,然而即使见面也不能给她一点喜悦。玛丽亚公爵小姐也没有可以交谈的人,没有可以倾诉苦衷的人,而在这期间苦恼的事又是太多。安德烈公爵回来结婚的日期快要到了,他为此事托她在父亲跟前说情但没有办成,并且相反,事情看来根本无望了:一提起罗斯托娃伯爵小姐,老公爵就发脾气,他本来就时常情绪不佳。近来又给玛丽亚公爵小姐添了一个新的苦恼,就是她教六岁小侄子的功课。在她和尼古卢什卡相处的时候,她惊奇地发现她自己也具有她父亲那种急躁的脾气。尽管她对自己说过许多次,教侄儿时不要激动,但是几乎每次拿起教鞭坐下来教法语字母时,她总是想快些、轻易些就把自己的知识灌输给孩子,而孩子早已提心吊胆了,眼看姑姑就要生气,孩子注意力稍不集中,她就浑身发抖,发急,冒火,提高了声音,有时拉着他的胳膊,罚他站墙角,她自己也为自己凶狠的坏脾气哭起来,尼古卢什卡也跟着她呜咽起来,不等许可就离开墙角,走到她跟前,从她脸上拉下她那双被泪水沾湿的手,安慰她。然而最使公爵小姐烦恼的是她父亲经常朝着她发的、最近已经达到残忍程度的怒气。他不仅蓄意侮辱她,损害她,并且让她知道,她不论做什么都有错。近来在老头子身上出现一个最使玛丽亚公爵小姐痛苦的新的特征,这就是跟布里安小姐大大亲热起来。在接到儿子要结婚的消息后,他第一个开玩笑的念头就是,倘若安德烈结婚,那么他就和布里安结婚,玛丽亚小姐觉得,为了使她难堪,他近来固执地对布里安小姐表示格外的亲热,以此来发泄对女儿的不满。

有一天,在莫斯科,当着玛丽亚公爵小姐的面(她觉得父亲有意在她跟前这样做),老公爵吻布里安小姐的手,并且把她拉到怀里,抱着她亲热一番。玛丽亚公爵小姐忽然面红耳赤,从屋里跑了出去。几分钟后,布里安小姐到玛丽亚公爵小姐这里来,她微笑着,用她那甜蜜的声音讲述什么事情。玛丽亚公爵小姐赶忙擦干眼泪,迈着坚定的步子走到布里安面前,她气急败坏,向法国女人大叫大嚷起来:

"卑劣,下流,不是人,乘人之危……"她说不下去了。"滚出我的房去,"她喊道,接着大哭起来。

第二天,公爵跟女儿一句话不说;但是她注意到,午饭时,他吩咐先给布里安小姐上菜。饭后,当仆人照老习惯又先给公爵小姐递咖啡的时候,公爵忽然勃然大怒,举起拐杖向菲利普掷过去,当即命令送他去当兵。

"不听话……我说过两遍了! 就是不听! 全家以她为首,她是我的最好的朋友,"公爵喊道。"倘若你胆敢再一次,"他在盛怒之下对玛丽亚公爵小姐喊道,"像昨天那样在她面前放肆,我要叫你知道谁是家中的主人。滚开! 我不愿看见你;向她道歉!"

玛丽亚公爵小姐向阿马利娅·叶夫根尼耶夫娜(布里安小姐的俄国名字和父称)道了歉,替自己也替向她求情的仆人菲利普,向父亲也道了歉。

在这样的时刻,玛丽亚公爵小姐心中充满一种因牺牲而骄傲的感情。突然间,在这样的时刻,她亲眼看见她所谴责的父亲不是在找眼镜,就是对刚发生的事情转眼就忘,再不然就是举起他那无力的腿不稳地迈着步子,回头看看有没有人看见他的衰弱，再不然，在饭桌上，在没有客人激发他的时候，他忽然打起盹来，餐巾掉下来，颤颤巍巍的脑袋垂到盘子上。"他老了，不中用了，而我却竟敢说他的闲话！"在这样的时刻，她时常带着憎恶自己的心情想。

三

1811年，在莫斯科住着一位迅速红极一时的法国医生，他身材高大，仪容俊美，和蔼可亲，莫斯科人人都说他是一个医术超群的大夫——此人姓梅蒂维埃。

一贯嘲笑医学的尼古拉·安德烈伊奇公爵，最近接受布里安小姐的劝告，请这位大夫到家里来，而且和他熟悉起来。梅蒂维埃每星期到公爵那儿去一两次。

公爵的命名日——圣尼古拉节，全莫斯科都来向他致敬，但是他命令不接待任何人，只请少数几个人吃饭，他把这几个人的名单交给玛丽亚公爵小姐。

一早就来祝贺的梅蒂维埃，认为当医生的理应不同，他这样对玛丽亚公爵小姐说，于是就去见公爵。可是命名日那天早上，老公爵心情极糟糕。整个早上他在家中走来走去，找每个人的碴儿，假装不懂得别人对他说的话，别人也不懂得他的话。玛丽亚公爵小姐深知每当他忧心忡忡、念念有词地唠叨时，最后总要爆发一阵狂怒，整个早上，她就像在一支扳开枪机的枪前面，等待那不可躲避的射击。在医生没来之前，早上平安地过去了。玛丽亚公爵小姐把医生让进去之后，就拿一本书坐在客厅门旁，为的是能听得见书房里发生的事情。

先是听见梅蒂维埃的声音，接着是父亲的声音，然后是两个声音一齐说，门忽然敞开了，门口出现了惊慌失措的梅蒂维埃，接着出现了公爵的身影，他头戴睡帽，身穿睡衣，气得脸都变了形。

"你不懂？"公爵喊道。"我懂！法国间谍！波拿巴的奴才，奸细，滚出我的家门——滚，我说！"他砰的一声把门关上。

梅蒂维埃耸了耸肩膀，来到布里安小姐面前，她是闻声从邻室跑来的。

"公爵身体不太好——胆病，还有脑充血。不要慌张，明天我再来，"梅蒂维埃说，他急匆匆地走了。

只听门里传出穿拖鞋的脚步声和叫骂声："奸细，叛徒，到处是叛徒！在我的家里连一分钟的安宁都没有！"

梅蒂维埃走后，老公爵把女儿叫来，于是他那满腔怒火一股脑发泄在她身上他说她不该把一个奸细放进来。他不是已经吩咐过，叫她开一张单子，不在名单上的人不要放进来吗？为什么放这个坏蛋进来！她是祸首。他说，和她相处，他得7

到片刻的安宁,不能安平静静地死去。

"哎呀,我的天啊,必须分开,必须分开,您要理解这个,您要理解!我现在再也无法忍受了,"他说着,走出屋去。后来,他似乎担心她不善于自我安慰,又转回来,极力装出心平气和的样子,补充说:"您不要以为我对您说这话是在气头上,不,我很安静,我考虑好了;必须要这么办,——分开,您给自己找个地方吧!……"可是他按捺不住,看来连他自己也十分痛苦,晃着拳头对她喊道:

"好歹有哪个笨蛋把她娶走就好了!"他砰的一声关上门,把布里安小姐叫了去,书房里终于平静下来了。

下午两点钟,选定的六位客人来赴宴了。这六位是:大名鼎鼎的拉斯托普钦伯爵、洛普欣公爵和他的侄子、公爵的老战友恰特罗夫将军,还有属于年轻一代的皮埃尔和鲍里斯·德鲁别茨科伊,都在客厅里等候他。

前几天来莫斯科度假的鲍里斯,很想谒见尼古拉·博尔孔斯基公爵,他十分善于博得公爵的欢心,使得公爵为他打破了在家里不接待单身青年的常规。

公爵家并不是所谓"上流社会",可是这个在莫斯科默默无闻的小圈子,受到它的接待却是极大的荣幸。对于这一点,鲍里斯在上星期才知道,当时总司令当着他的面请拉斯托普钦在圣尼古拉节去用午餐,拉斯托普钦说他不能去:

"每到这一天我总要到老古董尼古拉·安德烈伊奇公爵那儿表示敬意。"

"噢,对了,对了,"总司令回答说。"他还好吗?……"

这一小群人饭前聚在摆设着旧家具的老式的高大客厅里,活像法庭在开庄严的会议。大家都默不作声,即使谈话,也把声音放得极低。尼古拉·安德烈伊奇公爵出来了,他严肃而沉默。玛丽亚公爵小姐比平日更显得宁静而胆怯。客人们勉强敷衍她一下,因为看见她对他们的谈话根本没兴趣。只有拉斯托普钦伯爵一个人为使谈话不致中断,他时而谈最近本城的新闻,时而谈政界的新闻。

洛普欣和老将军偶尔参加一下谈话。尼古拉·安德烈伊奇公爵倾听着。谈话的腔调一听便知没有一个人赞成政界的现状。人们讲的那些事件,显然是证明情况越演越糟;可是,不论是谈论还是评论某件事,只要矛头刚一涉及皇帝陛下,谈话的人就住了口,或者被别人岔开。

吃饭的时候,谈到最近的政治新闻:关于拿破仑侵占奥尔登堡大公的领土以及我国递交欧洲各国的反对拿破仑的照会。

"波拿巴对待欧洲就像海盗对待掳到手的船一样,"拉斯托普钦伯爵说,重复他已经说过好几遍的话。

"有人建议用其他领地来换奥尔登堡公国,"尼古拉·安德烈伊奇公爵说。

"他们这样把大公们搬来搬去，就像我把农奴从童山搬到博古恰罗沃和梁赞的庄园那样。"

鲍里斯也参加了谈话。尼古拉·安德烈伊奇公爵看了看这个年轻人，好像想对他讲点什么，但改变了主意，认为他太年轻了，不应当对他说他所要说的话。大家议论说照会的措辞很重要。

"看来耍笔杆子的到处都是，"老公爵说，"彼得堡人人都在写，不仅写照会，并且写法律。我的安德留沙就在那儿为俄国写了成卷的法律条文。如今人人都在写！"他不自然地笑起来。

谈话停顿了片刻；老将军咳嗽几声以引起注意。

"诸位听说过前不久彼得堡检阅的事了吗？新任的法国公使太不像话！"

"怎么？对了，我听到一点，他当着陛下说了不得体的话。"

"皇上请他注意看看掷弹兵师和分列式，"将军继续说，"那个公使竟然毫不注意，并且说，在我们法国没有人注意这类小事。皇上一言不发。据说，下次检阅的时候，皇上完全没理睬他。"

大家都不说话了：对这件与皇帝陛下有关的事情上，是不能擅自妄言的。

"狂妄！"公爵说。"你们知道梅蒂维埃吧？今天我把他从我这里赶了出去。他到这儿来，居然让他进来见我，虽然我吩咐过不让任何人进来，"公爵愤愤地看了女儿一眼，说。他于是讲起他和这个法国医生的全部谈话，以及为什么他坚信梅蒂维埃是一名奸细的原因。虽然理由很不充分，也不明确，可是没有人反驳他。

在热菜之后，斟上了香槟酒。客人们从位子上站起来向老公爵祝寿。玛丽亚公爵小姐也走到他面前。

他看了看她，眼神冷漠并且愤怒，他把刚刮过的皱巴巴的腮帮子向她伸过去。他脸上的表情对她说，早上谈的话他并没忘，他的决定依然照旧，只不过由于有客人在场，他现在不好对她说罢了。

喝咖啡的时候，老年人坐在一起。

尼古拉·安德烈伊奇公爵更活跃了，他对当前的战争发表了看法。

他说，只要我们向日耳曼人仍旧寻求联盟，干预欧洲的事务，那么，我们同波拿巴的战争就会是不幸的。我们既不应为奥地利也不应为反对奥地利而打仗。我们整个政策应当放在东方，至于对付波拿巴，只需陈兵边界，实行强硬的政策，使他永远不敢像1807年那样跨过俄国边界，也就够了。

"公爵，我们怎么可以跟法国人打仗啊！"拉斯托普钦伯爵说。"难道我们能讨伐我们的老师和神灵吗？看看我们的青年，看看我们的太太小姐吧。我们的神灵是法国人，我们的天堂是巴黎。"

他把嗓门提高些，以便让大家都能听见他说话。

"服装是法国的，思想是法国的，感情是法国的！您掐着梅蒂维埃的脖子把他赶出去，原因是他是法国人，是坏蛋，但是我们的太太小姐却匍匐在他的脚下在他后面爬行。昨天我参加了一个晚会，那里五个女人中就有三个天主教徒，但是她们差不多是赤身裸体地坐在那儿。咳，瞧瞧咱们的青年吧，公爵，真想把彼得大帝的手杖从博物馆里取出来，依照俄国方式痛打一顿，把他们那股子蠢劲打掉！"

大家都不说话了。老公爵满脸笑容，他望着拉斯托普钦赞许地晃了晃脑袋。

"喂，再见，阁下，多多保重，"拉斯托普钦说，他以他独有的敏捷站了起来，把手伸给公爵。

"再见，亲爱的，您的话像古筝，永远听不烦！"老公爵握着他的手，把腮帮子伸给他吻。其余的人也跟着拉斯托普钦站起来。

四

玛丽亚公爵小姐坐在客厅里听老人们闲谈和评论，她根本不理解她所听到的；她总在想，客人们是否看出了她父亲对她敌视的态度。她几乎没注意那个曾经三次来访的德鲁别茨科伊在整个吃饭时间对她的关注和殷勤。

玛丽亚公爵小姐带着漫不经心和探询的目光望着皮埃尔，他是最后走的一位客人，在老公爵出去以后，客厅里只剩下他们俩的时候，他拿着帽子，面带笑容，来到她跟前。

"可以再坐一会吗？"他一边说，一边坐在玛丽亚公爵小姐旁边的靠背椅里。

"可以，可以，"她说。她的眼神仿佛在说："您什么也没看出吗？"

皮埃尔饭后的心情很畅快，他眼睛望着前面，静静地微笑着。

"公爵小姐，您早就认识这个年轻人吗？"他说。

"哪个年轻人？"

"德鲁别茨科伊。"

"不，不久……"

"怎么样，您喜欢他吗？"

"是啊，他是个讨人喜欢的年轻人……您为什么问我这个？"玛丽亚公爵小姐说，心里继续考虑早上和父亲的谈话。

"因为我观察过：年轻人老请假来莫斯科，其目的就是来找有钱的未婚妻。"

"您对这观察过吗?"玛丽亚公爵小姐说。

"是的,"皮埃尔微笑着继续说,"这个年轻人眼下奉行的宗旨是,哪儿有有钱的待嫁姑娘,他就到哪儿去。我对他可看透了。他现在拿不定主意进攻谁:进攻您还是进攻朱莉·卡拉金娜小姐。"

"他常到他们那儿去吗?"

"常去。您知道追求女性最新的方法吗?"皮埃尔说,他快活地微笑着,看来他心中正怀着善意嘲笑的快乐心情,而这正是他在日记中经常自我责备的那种情绪。

"不清楚,"玛丽亚公爵小姐说。

"现在,要想得到莫斯科小姐的欢心,需要做出多愁善感的样子。他在卡拉金娜小姐面前多愁善感的了不得。"皮埃尔说。

"真的吗?"玛丽亚公爵小姐说,她望着皮埃尔的和善面孔,心中不住地思索自己的不幸。她想:"倘若能有一个可以倾诉衷肠的人,我的痛苦就会减轻点了。皮埃尔正是这样的人,我想向他倾吐一切。他是那么善良,那么高尚。跟他谈谈,我心里会轻松些,他会给我出主意的!"

"您嫁给他,好不好?"皮埃尔问。

"哎呀,我的天啊,伯爵! 有时候我简直愿意嫁给任何人,"玛丽亚公爵小姐忽然带着哭声说起来,连她自己也感到意外。"唉,爱一个亲人而觉得……(她声音颤抖地继续说)除了使他苦恼,什么都不能为他做,并且知道不能改变这种状况时,心里是真痛苦啊。这么一来,只有一走了之,但是我往哪儿去呢?"

"您怎么了,出了什么事吗,公爵小姐?"

但是公爵小姐没说完,就哭了起来。

"我不知道我今天是怎么回事。不要管我吧,忘掉我说的话吧。"

皮埃尔的快乐心情一下子消失了。他关切地探问公爵小姐,请她把心里的话全说出来,把她的苦恼告诉他;可是她只是一个劲地说,请他忘掉她的话,她也不记得她说过什么了,她没有什么苦恼,除了他已经知道的那桩苦恼,就是安德烈公爵的婚事可能会引起父子的争吵。

"对于罗斯托夫家的事,您听到什么吗?"为了换个话题,她问。"我听说他们不久就要来这儿了。我也天天盼安德烈回来。我希望他们在这儿见面。"

"他眼下对这个问题有什么看法?"皮埃尔问道,他说的他,就是老公爵。公爵小姐摇摇头。

"但是怎么办呢? 这一年剩下没几个月了。这件事是不可能的。但愿我在开头的时候能够帮哥哥的忙。我希望他们快点来。我希望和她交个朋友……您早就认识他们了,"玛丽亚公爵小姐说,"请您真心诚意地把一切真相告诉我,她到底是个怎样的姑娘,您以为她怎么样?不过要告诉我全部真实的情况;您知道,因为安德烈做这件违反父亲意志的事,太冒险了,我希望知道……"

一种难以言明的本能告诉皮埃尔:这么许多有保留的说明,以及要他说出全部真相的反复请求,都表明玛丽亚公爵小姐对将来的嫂嫂不怀好感,她盼望皮埃尔不赞成安德烈公爵的选择;可是皮埃尔说出了与其说是他所想到的,不如说是他所感觉的。

"我不知道怎样答复您这个问题,"他说,不知为什么脸红了。"我简直不知道这个姑娘是一个什么样的人,我无论如何也无法分析她。她十分有魅力。为什么说她是有魅力的,我不知道:关于她能够说的,只有这些。"玛丽亚公爵小姐叹了一口气,她脸上的表情仿佛说:"是的,这正是我料到的和害怕的。"

"她聪明吗?"玛丽亚公爵小姐问。皮埃尔沉思起来。

"我看她不聪明,"他说,"但是又很聪明。她不愿显露聪明……不是的,她的确富有魅力,如此而已。"玛丽亚公爵小姐又不以为然地摇摇头……

"啊,我很愿意喜欢她!倘若您比我先见到她,您把我的话告诉她。"

"我听说,他们近几天就要到了,"皮埃尔说。

玛丽亚公爵小姐把她的计划告诉皮埃尔,罗斯托夫家里的人一到,她就和未来的嫂嫂接触,努力设法使老公爵和她熟悉起来。

五

鲍里斯想找一个有钱的姑娘结婚,在彼得堡没能如愿,他抱着这同样的目的来到了莫斯科。在莫斯科,鲍里斯在朱莉和玛丽亚公爵小姐这两个最有钱的姑娘之间犹豫不决。玛丽亚公爵小姐虽然长得不好看,但是他觉得比朱莉有吸引力,但是不知为什么,追求博尔孔斯卡娅总觉得有点别扭。上次在老公爵命名日和她见面时,他试图跟她谈谈知心话,但她每次回答得都文不对题,很明显她没有听出他的话音。

朱莉正相反,虽然她作风特别,只有她所特有,可是她愿意接受他的追求。

朱莉二十七岁了。自从她的兄弟们死后,她成了巨富。她现在变得简直难看了;可是她以为她不但依然美丽,并且比以前更迷人了。下面两件事更加强了她的错觉,第一,她成为非常富有的待嫁姑娘;第二,她岁数越大,男人和她交游时就越有安全感,因而也越随便,他们享受她的晚餐、晚会以及在她那儿热闹的聚会,却可以不负什么责任。十年前,男人不便每天到有十七岁大姑娘的人家去,怕影响她的声誉,也怕自己受到限制,现在可以大胆地每天去了,对待她可以不把她当作未婚的姑娘,而当作没有性别的熟人。

这年冬天,卡拉金家在莫斯科是最快乐、最好客的家庭。除了特邀的晚会和宴会之外,卡拉金家天天高朋满座,尤其是那些男客,午夜十二点才吃饭,一坐就坐到凌晨两三点。没有哪次舞会、娱乐、戏剧是朱莉放过的。她的装束打扮一直是最时兴的。可是,虽然如此,朱莉似乎对一切都悲观失望,她逢人便说,她既不相信友谊,也不相信爱情,也不相信人生的任何欢乐,只期待在天国那儿安息。但这并不妨碍她寻欢作乐,也不妨碍去她那儿的年轻人快乐地消磨时光。

朱莉对鲍里斯分外亲切:她可怜他如此年轻就厌倦人生,她尽管自己饱受人生的痛苦,却尽可能地给予他友谊的安慰,而且把她的纪念册给他看。鲍里斯在纪念册上给她画了两棵树,并做了题词:"村野的树啊!你的灰暗的枝干向我们诉说着凄凉和忧郁。

在另外一个地方,他画了一座坟墓,题道:

死是得救,死是安慰。啊!死是解脱痛苦的唯一避难所。

朱莉说,这个题词好极了。

"忧郁的微笑含有无穷的魅力。"她把从书里抄来的这句话逐字念给鲍里斯听。

鲍里斯为此写了一首诗献给她。

你多愁善感的人儿,

恰似一杯毒酒,

没有你,

就没有我的幸福。

温柔的忧郁啊!

快来安慰我孤独的心……

朱莉给鲍里斯弹竖琴,她弹的是最悲哀的夜曲。鲍里斯给她朗诵《可怜的丽莎》,好几次不得不停住朗诵,因为他激动得透不过气来。朱莉和鲍里斯在大庭广众场合相遇的时候,两人认为在这冷漠的人间他们是唯一相互了解的一对。

常去卡拉金家的安娜·米哈伊洛夫娜,在和主妇玩牌的时候,对于朱莉的陪嫁,做了详细的调查(陪送奔萨省两处田庄和下城森林)。安娜·米哈伊洛夫娜看见那极其细致的悲哀气氛把她的儿子和有钱的朱莉结合起来,认为是天作之合,甚为感动。

"我们亲爱的朱莉，永远是如此迷人和忧郁，"她对那位小姐说。"鲍里斯说，只有在您府上，他的心才得到安宁。他经历过许多次的失意，他这个人又是如此多愁善感，"她对主妇说。

"哎呀，亲爱的，近来我真喜欢朱莉啊，"她对儿子说，"我简直无法给您描述！怎么能不叫人爱呢？这么一个天仙般的人物！咳，鲍里斯啊，鲍里斯！"她停了一下。"我真怜惜她的母亲啊，"她接着说，"今天她把从奔萨送来的账单和信件拿给我看（她们的田庄可大呢），真可怜，全靠她一个人：人人都骗她！"

听着母亲说话，鲍里斯微微一笑。他温和地讥笑她那天真的狡诈，但是他留心听她说话，有时注意向她打听奔萨和下城的田庄情况。

朱莉早就等待她那忧郁的崇拜者向她求婚了，并且打算接受；但是鲍里斯对她那急切想结婚的劲头，对她的矫揉造作，心里有一种说不出的厌恶，同时还害怕失去真正的恋爱机会，这一切都阻碍他向她求婚。他的假期快完了。朱莉看出鲍里斯犹豫不决，有时她也想到，他不喜欢她；但是女人的自我陶醉给了她安慰，她对自己说，他不过是不好意思讲恋爱罢了。不过，她那忧郁的情调开始转为烦躁，在鲍里斯动身前不久，她采取了一个决定性的计划。在鲍里斯的假期快完了的时候，在卡拉金家的客厅里出现了阿纳托利·库拉金，于是朱莉突然没有了忧郁情调，变得非常快活，对库拉金大献殷勤。

鲍里斯一想到他当了一次笨蛋，徒然费了一个月的功夫在朱莉面前表演吃力的忧郁情调，并且眼看已经到手而且在想象中派了适当用场的奔萨田庄的收入落到别人手里（尤其是落到愚蠢的阿纳托利手里），一想到这里，鲍里斯就觉得受了侮辱。于是他驱车前往卡拉金家，拿定主意去求婚。朱莉快乐地迎接他，随便地说她在昨晚的舞会上多么快活，问他什么时候动身。虽然鲍里斯这次来是要谈爱情的，因此有意做得温柔多情，但是他却激动地谈起女人的朝三暮四来了：说女人很容易从忧郁过渡到欢乐，她们的心情是随着追求她们的人而变换的。朱莉恼怒了，她说，确实如此，女人需要花样翻新，总是老一套，谁都会厌倦的。

"在这方面，我可以奉告您……"鲍里斯本来想对她说几句讽刺的话；但是就在这一刻，他心中突然有一种令人气恼的想法，很可能白费了一场心血，一无所得地离开莫斯科（像这种情形在他还从来没有过呢）。他说了一半就停住了，垂下眼睛，不看她的面孔，说："我到这儿来，根本不是为了和您吵架。恰恰相反……"他瞧了她一眼，看能不能说下去。她的恼怒突然消失得无影无踪了，一对不安的、哀求的眼睛，带着贪婪的期待目光看着他。"我会设法少看见她的，"鲍里斯想。"既然开了头,就得干到底!"他忽然满脸通红,向她抬起眼睛,对她说:"我对您的感情,您是知道的!"用不着多说了:朱莉的脸焕发出胜利和得意的光彩;但她逼着鲍里斯把在这种场合应当说的话通通向她说出来,说他爱她,从来没有像爱她那样爱过任何一个女人。她知道,凭奔萨的田庄和下城的森林,她可以这样要求,并且她也得到了她所要求的。

未婚夫和未婚妻从此不再提那撒落着凄凉和忧郁的树了,只计划将来如何布置彼得堡的辉煌住宅,拜访亲友和准备举行盛大婚礼所必需的东西。

六

伊利亚·安德烈伊奇伯爵在一月底带着娜塔莎和索尼娅来到莫斯科。伯爵夫人的健康状况依然欠佳,不能同行,——而等待到她康复又不可能:安德烈公爵随时都可能来到莫斯科;另外,必须置办嫁妆,必须出卖莫斯科近郊的田庄,还必须趁老公爵在莫斯科的时候,向他引见他未来的儿媳。罗斯托夫在莫斯科的住宅没有生火;此外,他们不想久住,伯爵夫人也没同来,所以伊利亚·安德烈伊奇决定到莫斯科暂时住在玛丽亚·德米特里耶夫娜·阿赫罗西莫娃家里,她早就向伯爵提出她的邀请了。

夜晚,罗斯托夫的四辆雪车驶进旧马厩街玛丽亚·德米特里耶夫娜的宅院。她一个人住在这儿。她的女儿已经出嫁。她的儿子全在官府供职。

她为人豪爽,对每个人总是那么率直地、大声地、坚决地说出自己的意见,她似乎是用她整个身心责备别人任何一点缺点、情欲和嗜好,这些东西在她身上绝对不会有的。一大早她就开始料理家务,然后,每逢节日就去做礼拜,做完礼拜就去拘留所和监狱;而在平时,她穿戴好了后,就接待有求于她的人,然后就吃饭;在摆有丰盛美味菜肴的餐桌上,常常有三四位客人;饭后玩一局波士顿牌;夜晚她叫人读报纸和新书给她听,而她一面编织活计。她不大出门,如果破例出门,一定是去拜访城内最显要的人物。

当罗斯托夫家的人到来,前厅门上的滑轮吱响起来,罗斯托夫家的人及其仆从进来的时候,她还没睡。玛丽亚·德米特里耶夫娜戴着眼镜,昂着头,站在大厅门口,带着严厉、生气的神色望着进来的人。要不是她关心备至地吩咐仆人怎样安置客人和客人的行李,人们还会以为她痛恨这些前来的人,马上就要把他们赶走似的。

"伯爵的行李吗?拿到这边来,"她同谁也不打招呼,指着箱子说。"小姐的,这边，左边。喂，你们在那儿讨什么好！"她对使女们生气地说。"快去烧茶炊！——长胖了，长得好看了，"她说，拽着娜塔莎的风帽，把面庞冻得发红的娜塔莎拉到身边。"嗬，好冷啊！快脱脱衣服吧，"她对伯爵喊道。"大概冻坏了吧。喝茶的时候拿罗姆酒来！索纽什卡，你好，"她对索尼娅说。

当大家脱掉外衣，弄掉了旅途的风尘，过来喝茶的时候，玛丽亚·德米特里耶夫娜挨个儿亲吻大家。

"你们来了，住在我这儿，我十分兴奋，"她说。"早该来了，"她说，然后专注地瞧了瞧娜塔莎……"老头子在这儿，天天盼望儿子。你一定，一定要见见他。好，以后再谈这个吧，"她又说，转脸看了索尼娅一眼，意思是说在她面前不好谈这个问题。"现在听我说，"她转身对伯爵说，"明天你要干什么？请哪些人来？请申申？"她屈起一个指头，"爱哭的安娜·米哈伊洛夫娜，两个啦。她和儿子都在这儿。打算给儿子娶亲！然后就是请别祖霍夫了，是不是？他和妻子都在这儿。他躲她来着，可是她跟着追来了。他星期三在我这儿吃过饭。她们呢，"她指着两个姑娘说，"明天我带她们去伊韦尔小教堂，然后顺便到奥贝尔–夏尔姆时装店去一趟。我想全套都要换新的吧？不要看我的样儿，现在的袖子——这么肥！前几天，年轻的伊琳娜·瓦西里耶夫娜公爵夫人来我这儿：简直吓死人，两只胳膊似乎套一对大水桶。如今每天有新花样。明天你有什么事要做？"她厉声问伯爵。

"事情都凑在一块了，"伯爵答道。"要给姑娘们买些衣裳，这儿还有一个买主，要买莫斯科近郊的田庄和房子。倘若您能行行好，我想找个时间到马林斯科耶去一两天，两个姑娘扔给您照管。"

"行啊，行啊，在我这儿保管没问题。在我这儿就像在监护委员会一样安全。我带她们去该去的地方，对她们该骂就骂，该疼就疼，"玛丽亚·德米特里耶夫娜一边说，一边用大手摸了摸她的宠儿和教女娜塔莎的脸。

第二天早上，玛丽亚·德米特里耶夫娜带两个姑娘去伊韦尔小教堂，然后到奥贝尔–夏尔姆太太那儿，这位太太是如此怕玛丽亚·德米特里耶夫娜，以至于她经

常折本卖给她衣服,只求快些把她打发走。玛丽亚·德米特里耶夫娜差不多订购了全部嫁衣。回来后,她把所有的人都赶出房间,只留下娜塔莎,叫她的宠儿坐在她的扶手椅上。

"好,现在咱们谈谈吧。我祝贺你有了未婚夫。你捞到一个好样的!我为你兴奋;他从小我就认识。"娜塔莎兴奋得红了脸。"我喜欢他,也喜欢他的全家。现在你听我说。老头子尼古拉公爵对儿子的婚事很不满意,这你是清楚的。老家伙的脾气坏极了!当然啦,安德烈公爵不是小孩子,不是非靠他不行,但是违背家长的意志进家门总不大好。家庭要和和气气,你亲我爱。你是个聪明的孩子,知道应该怎么办才好。你要和和善善、通情达理地去应付。那样一切都会好的。"

娜塔莎默不作声,玛丽亚·德米特里耶夫娜以为她是害羞,其实她是不愿别人干预她和安德烈公爵爱情的事,在她心目中,他们俩的爱情与一切俗事根本不同,她认为没有人能理解它。她只爱和了解安德烈公爵一个人,他爱她,他过两天就来接她。此外她什么也不需要。

"你可知道,我早就认识他了,玛申卡,你的小姑子,我也喜欢。大姑小姑,是非满屋,但是这一位连苍蝇都不伤害。她求我尽快让你们见见面。明天你和父亲到她那儿去,对她一定要亲近一些:你比她年轻。你的那个人来了后,你和他妹妹、他父亲都认识了,他们都喜欢你。你说对不对?这样要好点,是吧?"

"好的,"娜塔莎勉强回答说。

七

第二天,听从玛丽亚·德米特里耶夫娜的建议,伊利亚·安德烈伊奇伯爵带着娜塔莎去见尼古拉·安德烈伊奇公爵。伯爵这次造访,心情极不痛快:他从心里感到害怕,他和老公爵最后一次见面是在征兵的时候,当时因为他没有缴足兵员名额,老公爵对于他的宴请的回答,是狠狠地训斥了他一顿,他对这事记忆犹新。娜塔莎穿着自己最好的衣服,她的情绪却好极了。"他们不可能不爱我,"她想,"我总是被人疼爱的。并且我愿意为他们做他们所希望的一切,情愿爱他——因为他是父亲,情愿爱她,因为她是妹妹,他们不可能不喜欢我!"

他们驱车来到弗兹德维仁卡街一座阴郁、古老的宅第门前下了车,走进门厅。

"上帝多多保佑吧,"伯爵半开玩笑半认真地说;但是娜塔莎发现她父亲刚走进前厅,就慌张起来,他胆怯地、轻声问公爵和公爵小姐是否在家。在通报他们来访之后,公爵的仆人中间发生了一阵忙乱。跑去通报的仆人被另一个仆人拦住,他们小声嘀咕什么。一个女仆跑进大厅，也急忙说句什么话，提到公爵小姐。最后，一个老仆走出来，向罗斯托夫父女禀道，公爵不能接见，公爵小姐有请他们。最先出来迎接客人的是布里安小姐。她对他们父女非常客气，领他们去见公爵小姐。公爵小姐沉着地跑出来迎接客人，她神色激动、惊慌，脸上泛起红晕，尽力做出神态自若和欢喜的样子，就是做不到。玛丽亚公爵小姐第一眼就不喜欢娜塔莎。她觉得她打扮得太漂亮，愉快得轻浮，并且爱虚荣。其实玛丽亚公爵小姐不明白，在她没有看见未来的嫂子之前，她因为嫉妒她的美貌、青春和幸福，还有嫉妒她哥哥对她的爱情，对她就没有好感。除此之外，玛丽亚公爵小姐这时心情之所以激动，还因为在通报罗斯托夫父女到来时，老公爵嚷道，他不愿见他们，倘若玛丽亚公爵小姐愿意的话，那就让她接见吧，可是不要让他们去见他。玛丽亚公爵小姐决定接见罗斯托夫父女，可是每时每刻都在担心，怕公爵做出什么乖张的动作，因为由于罗斯托夫父女的来访，他好像非常激动。

"亲爱的公爵小姐，我把我的歌手带来见您，"伯爵一边说，一边鞠躬，他老是心神不安地回头张望，似乎担心老公爵突然走进来。"你们互相认识认识，我真兴奋。可惜，可惜，公爵身体欠佳，"又说了几句客套话，他站起来。"倘若可以的话，我把我的娜塔莎留在您这儿一刻钟，我到安娜·谢苗诺夫娜那儿去一趟，很近，就在养狗场，随后我来接她。"

伊利亚·安德烈伊奇想出这个外交的巧计，是为了给未来的姑嫂一个畅谈的机会，同时也是为了避免碰见他所畏惧的公爵。娜塔莎知道父亲的惧怕和不安，所以感到屈辱。她为父亲脸红，因为脸红更加生气，她用大胆的、挑战的目光看了看公爵小姐。公爵小姐对伯爵说，这样她十分兴奋，而且请他在安娜·谢苗诺夫娜那里最好多坐一会儿，于是伊利亚·安德烈伊奇就走了。

玛丽亚公爵小姐想和娜塔莎单独在一起谈谈，她向布里安小姐看了一眼，但是她只顾待在房里不走，一个劲儿谈莫斯科的娱乐和剧院。娜塔莎觉得受了屈辱，因为她觉得公爵小姐接见她似乎是赏光似的。因此，什么都使她不快乐。她讨厌玛丽亚公爵小姐。她觉得她长得太丑，装腔作势，枯燥无味。娜塔莎突然精神委顿了，说话腔调变得随便了，这样更使玛丽亚公爵小姐跟她疏远了。正在谈话时，突然传来快步走来的脚步声。玛丽亚公爵小姐脸上现出惊慌的神色，房门打开了，公爵戴着白睡帽，穿着睡衣走了进来。

"啊，小姐，"他说，"小姐，伯爵小姐……罗斯托娃伯爵小姐，倘若我没弄错的话……请原谅，请原谅……我不知道，小姐。上帝见证，我不知道您光临舍下，我这样穿戴，是来找女儿的。请原谅……上帝见证，我不知道，"他加重"上帝"这两个字。娜塔莎站起来行了礼。

"请原谅,请原谅!上帝见证,我不知道,"老头子嘟囔着说,从头到脚把娜塔莎打量了一番,随后就走了出去。布里安小姐开始谈起公爵的病情。娜塔莎和玛丽亚公爵小姐无言地你看看我,我看看你,她们对视得越久,不说出她们需要说出的话,她们相互之间的猜忌也就越增加。

伯爵回来了,娜塔莎见到父亲就不顾礼貌地表示兴奋,而且急着要走:当时,她差点痛恨那位年纪大的、令人乏味的公爵小姐,她居然把她置于如此难堪的地位,和她待了半小时,她连提都没提安德烈公爵。"要知道,在这个法国女人面前,我不能第一个提起安德烈公爵,"娜塔莎想。玛丽亚公爵小姐这时也同样的苦恼。她知道她应该对娜塔莎说些什么,可是她办不到,因为布里安小姐妨碍了她,其次,她难以开口提起这桩婚事。当伯爵已经走出屋时,玛丽亚公爵小姐快步走到娜塔莎跟前,握住她的手,深沉地叹了一口气,说:"等一等,我有句话……"娜塔莎讥笑地看着玛丽亚公爵小姐。

"亲爱的娜塔莉,"玛丽亚公爵小姐说,"您知道,我庆幸哥哥找到了幸福……"娜塔莎注意到这个停顿,猜出了停顿的原因。

"我想,公爵小姐,现在谈这事不方便,"娜塔莎说,然而泪水已经哽住了喉咙。

"我说了什么,做了什么!"她才走出屋,就这样想。

这天等娜塔莎来吃午饭,等了很久。她坐在她房里大哭,一面哭,一面抽抽搭搭地擤鼻子。索尼娅站在她身旁,吻她的头发。

"娜塔莎,你哭什么,"她说,"他们跟你有什么关系?一切都会过去的,娜塔莎。"

"不是的,你不知道,真气人……就似乎我……"

"别说了,娜塔莎,又不是你的错,何苦呢?吻我吧,"索尼娅说。

娜塔莎抬起头来,吻了吻女友的嘴唇,把泪痕纵横的脸偎依在她身上。

"我不能说,我不知道。谁都不怪,"娜塔莎说,"全怪我。然而这真叫人痛苦。唉,他怎么不来啊!……"

她两眼通红地出来吃饭。

八

这天晚上,罗斯托夫家的人去看歌剧,票是玛丽亚·德米特里耶夫娜弄到的。

娜塔莎本不想去,但盛情难却:玛丽亚·德米特里耶夫娜专门为她订的座。她穿好衣服来到大厅里等父亲,她照了照镜子,看见自己很美,十分美,这更令她哀怨了;然而这是一种甜蜜的、钟情的哀怨。

"我的上帝啊,倘若现在他在这儿,我肯定不会像从前那样,像个笨蛋似的,怯生生的,而要大大方方地拥抱他,偎依他,逗得他用探索的、好奇的眼睛看我,然后逗他笑,像从前那样笑,他那双眼睛——我是怎样地看那双眼睛啊!"娜塔莎想。"他父亲和他妹妹跟我有什么关系:我只爱他一个人,爱他,爱他,爱他的面孔和眼睛,爱他那刚毅而又童稚的微笑……算了,还是别想他,现在不想他,忘记他,完全忘记他。我受不了这样的等待,我快要哭了,"于是她离开镜子,竭力使自己不要哭出来。"索尼娅爱尼古连卡怎么就爱得那么沉稳,那么安静,并且那么长久地、耐心地等待着!"她望着穿戴完毕、手中拿着扇子走进来的索尼娅,心中想。"不,她是另一种人。我做不到!"

娜塔莎觉得自己这时格外柔顺,格外温情,爱别人和知道别人也在爱她,已经无法使她满足了:她现在需要、马上就需要拥抱心爱的人,并且把她那满腔的情话倾吐出来,同时也听他诉说爱情。她坐在父亲身旁,思虑地望着路灯的光在结冰的车窗上闪烁,她觉得自己更深地陷入了爱情,也更加伤感了,几乎忘了同谁在一起和到哪儿去。罗斯托夫家的马车缓缓地驶到剧院门前。娜塔莎和索尼娅提起裙裾赶忙跳下车来;伯爵由仆人搀扶着下了车,于是三个人夹在正在入场的男男女女和卖戏报的中间,走进一楼包厢的走廊。从虚掩的门缝里,已经传出音乐的声音。

"娜塔莉,你的头发,"索尼娅低声说。侍者恭敬地、匆忙地在小姐们面前走过去,打开包厢门。门里的音乐声更响了,眼前突然闪现一排排坐着祖胸露臂的太太小姐的、灯烛辉煌的包厢,以及人声嘈杂、服装鲜明的池座。一位走进附近包厢的贵妇,用女人嫉妒的目光向娜塔莎瞟了一眼。娜塔莎整整衣衫,同索尼娅一起走过去,看了一下对面一排排灯火通明的包厢,然后落了坐。一种她久未体验的感觉——数百双眼睛投向她那赤裸的手臂和脖颈的感觉,突然又快乐又不快乐地紧紧抓住了她,唤起与这种感觉有关的回忆、愿望与激动。

两个出色的姑娘——娜塔莎和索尼娅,以及与莫斯科久违的伊利亚·安德烈伊奇伯爵,引起了普遍的注意。另外,大家都隐隐约约知道娜塔莎和安德烈公爵早已订婚,知道罗斯托夫家人那时起就一直住在乡下,因此都怀着好奇的心情看一看这个俄国杰出人物之一的未婚妻。

大家都说,娜塔莎住在乡下变得更好看了,而这天晚上,由于她情绪激动,分外好看。她那勃勃的生气和美丽,再加上对周围一切冷漠的态度,给人以深刻的印象。她那双乌黑的眼睛凝视着每一个人，但不寻找任何人，她那赤裸到肘弯以上的胳膊靠在丝绒的包厢边缘上，不自觉地跟着序曲的拍子一张一合，把戏报揉皱了。

"瞧，那不是阿列宁娜吗？"索尼娅说，"可能是同母亲在一起，是不是？"

"我的天啊！米哈伊尔·基里雷奇更胖了！"老伯爵说。

"你们瞧！安娜·米哈伊洛夫娜那顶高帽子！"

"卡拉金一家子，朱莉和鲍里斯也在那儿。"

"德鲁别茨科伊求婚了！我今天才听说，"走进罗斯托夫家包厢的申申说。

娜塔莎朝着父亲看的方向望去，看见朱莉，满面春风地坐在母亲身边。

在她们身后露出鲍里斯的头，头发梳得溜光。他含着微笑把一只耳朵俯向朱莉的嘴。他低头望着罗斯托夫家的人，微笑着对未婚妻说什么。

"他们在谈我们，谈我和他呢！"娜塔莎想。"他肯定是在安抚未婚妻对我的嫉妒。真是庸人自扰！我和他们毫不相干，倘若他知道这一点就好了。"

后面坐着安娜·米哈伊洛夫娜，她脸上带着听天由命、怡然自乐的神情。在他们的包厢里有一种为娜塔莎所熟悉和羡慕的气氛——未婚夫陪伴着未婚妻。她转过脸来，突然想起早上拜访时所受的屈辱。

"他凭什么不愿认亲？唉，还是别想这个，在他回来之前不去想它！"她自言自语，观望池座里熟悉和不熟悉的面孔。在池座前排正中间，多洛霍夫背靠着乐池栏杆站着，他站在剧场最显眼的地方，知道整个大厅都在注意他，可是却像站在自己房间里一样随便。他四周是一群莫斯科最出色的青年，他在他们中间首屈一指。

伊利亚·安德烈伊奇伯爵笑着捅了捅红着脸的索尼娅，向她指指她先前的崇拜者。

"认出来了吗？"他问。"他从哪儿冒出来的，"伯爵转身问申申，"他不是很长时间不见了吗？"

"很长时间没露面了，"申申回答说。"他到过高加索，又从哪儿逃走了，据说在波斯某个大公手下当大官，在那儿杀死了波斯王的一个兄弟；嗬，莫斯科的太太小姐们简直都发狂了！都是为了他。现在是三句话离不开多洛霍夫：人们用他来发誓，提起他的名字就像尝到蜜糖似的，"申申说。"多洛霍夫和阿纳托利·库拉金，这两个宝贝把咱们的太太小姐的魂都搅乱了。"

一位高大貌美的贵妇进入隔壁的包厢，她梳着一条大辫子，裸露着雪白、丰满的肩膀和脖颈，戴着两大串珍珠。

娜塔莎情不自禁地注视着她的脖颈、肩膀、珍珠项链和她的发式，欣赏肩膀和项链之美。当娜塔莎又一次看她的时候，那位贵妇回头张望了一下，遇见伊利亚·

安德烈伊奇伯爵的目光,她向他点点头,而且嫣然一笑。这位贵妇就是皮埃尔的妻子别祖霍娃伯爵夫人。交游很广的伊利亚·安德烈伊奇探过身去和她说话。

"来这儿很长时间了吧,伯爵夫人?"他说。"一定去,一定去府上拜望。我这次来是为了办点事情的,把两个女儿也带来了。听说谢苗诺娃的演技奇妙绝伦,"伊利亚·安德烈伊奇说。"彼得·基里洛维奇伯爵从来都想着我们。他在这儿吗?"

"是的,他想去拜访您,"海伦说,留心看了看娜塔莎。

伊利亚·安德烈伊奇伯爵坐回自己的位子。

"漂亮,是吧?"他对娜塔莎悄声说。

"尤物!"娜塔莎说。"怪不得叫人一见钟情!"这时传来序曲的最后和音,指挥棒敲响了。几个迟到的男人在池座里入了座,幕升起了。

幕一升起,包厢和池座一下子平静了,所有的男人,老年的和年轻的,穿制服的和穿燕尾服的,所有的女人,在裸露的身上戴着宝石的女人,都怀着贪婪的好奇心把全部注意力转向了舞台。娜塔莎也开始看戏了。

九

舞台中间是平滑的地板,两边是画有树木的彩色纸板,后面是拖到地板的麻布。舞台中间坐着几个穿红上衣和白裙子的少女。一个很胖的穿白绸衣服的少女单独坐在一张矮凳上,矮凳后面贴着一块绿纸板。她们都在唱。唱完的时候,那个穿白衣的少女走到提词人的小室前,一个粗壮的、大腿上穿紧身绸裤的男人,拿着一顶戴羽毛的帽子和短剑,走到她面前,伸开两臂唱起来。

最初是那个穿紧身裤的男人独唱,然后她独唱。随后两个人都不唱了,乐队奏起乐来,那个男的抚摸白衣少女的手,是在等待与她合唱的拍子。他们俩合唱完了,所有的观众都鼓掌叫好,这两个扮情人的男女,微笑着伸开两臂,鞠躬致谢。

娜塔莎在乡居之后,而且在目前心情严肃的时候,觉得舞台上所有的都是粗野的,令人吃惊的。她不能集中注意力观看剧情的发展,连音乐也听不进去:她只看见彩色的纸板,奇装异服的男女在明亮的灯光下乱动、说话和唱歌;她明白那是表演,可是一切却是那么怪诞和虚假,矫揉造作,她不禁为演员害羞,有时又觉得好笑。她环视四周,在观众的脸上寻找她内心所有的那种讪笑和困惑的感情;但是所有的面孔对舞台上的表演全部都是那么聚精会神,娜塔莎觉得,都表现出假装的赞赏。"想必应该如此!"娜塔莎想。她来回地时而看看池座里一排排搽了油的脑袋,时而看看包厢里袒胸露臂的女人,格外注意看看邻座的海伦,她几乎是赤身露体,沐浴在明亮的灯光里和被观众散发的体温弄得温暖的空气中,含着静静的、安详的微笑,聚精会神地望着舞台。娜塔莎不知不觉进入了好久不曾体验的陶醉状态。她已经忘记她是谁,她在哪儿,她眼前发生了什么事。她在看,在想,忽然,一些毫不连贯的、最奇怪的思想在她头脑里闪过。她时而想跳到包厢边缘上唱那个女演员所唱的咏叹调,时而想用扇子碰一下那个坐在她身边的小老头,时而想向海伦俯过身去,胳肢她。

在将要开始演唱咏叹调,舞台上悄然无声的时候,通到罗斯托夫家的包厢那一边的池座的门打开了,传来脚步声。"这就是库拉金!"申申低声说。别祖霍娃伯爵夫人微笑着向进来的人转过身去。娜塔莎顺着别祖霍娃伯爵夫人的目光望去,看见一个异常俊美的副官带着自信而又彬彬有礼的神气向他们的包厢走来。这是早在彼得堡舞会上她就见过而且引起她注意的阿纳托利·库拉金。他走起路来神气活现。尽管表演已经开始,他还是沉着地从走廊的地毯上走过去,悠然自得地把头抬得高高的。他向娜塔莎瞟了一眼,走到妹妹跟前,把戴着手套的手放在她的包厢边缘,向她点点头,然后弯下身来指着娜塔莎问她什么话。

"十分可爱!"他说,显然是在讲娜塔莎。然后他走到头排坐在多洛霍夫身旁,快活地向他挤挤眼,微微一笑,然后把一只脚跷到乐池的围栏上。

"兄妹俩真相像!"伯爵说。"两人都很漂亮。"

申申放低声音向伯爵讲述库拉金在莫斯科的一桩风流趣闻,娜塔莎侧耳细听,只因他讲过她可爱。

第一幕完了;池座的人全站起来,乱哄哄地出出进进。

鲍里斯来到罗斯托夫家的包厢,他漠然地接受了祝贺,然后挑起眉头,露出随便的笑容,向娜塔莎和索尼娅转达了他的未婚妻邀请她们参加婚礼,说完就走了。娜塔莎带着快乐和妖媚的微笑和他谈话,而且祝贺鲍里斯的新喜。在陶醉状态中,她觉得一切都是简单并且自然。

差不多赤身露体的海伦坐在她的邻座,对任何人都是那么一副笑脸;娜塔莎对鲍里斯也同样是这么一副笑脸。

海伦的包厢挤满了人,被最显赫、最聪明的男人们包围着,他们仿佛想让大家都知道他们和她相识。

在整个幕间休息时,库拉金和多洛霍夫都站在乐池前面,不断地向罗斯托夫家的包厢看。娜塔莎知道他在谈论她,这使她非常兴奋。她甚至转过身来,使他能够看到她的侧面,她认为她这个姿势最美。在第二幕开始前,池座里出现皮埃尔的身影,罗斯托夫家的人自从到莫斯科后还没见过他。他精神忧郁,但比上次娜塔莎看见他时更胖了。他对谁都不留心,一直向前排走去。阿纳托利走到他面前,望着而且指着罗斯托夫家的包厢,对他说什么。皮埃尔一见娜塔莎,兴致就来了,赶忙穿过一排排座位,向他们的包厢走去。他走到他们跟前,用臂肘支撑着包厢边沿,微笑着和娜塔莎谈了很久。在和皮埃尔谈话时,娜塔莎听见别祖霍娃伯爵夫人包厢里有男人的声音,她认为这是库拉金的声音。她回头看了看,正碰见他的目光。他差不多是笑容满面,用叹赏的、亲热的目光直望着她的眼睛。

第二幕的布景是在纸板上画的纪念碑,天幕上的一个圆洞是月亮,灯罩盖着脚灯,开始奏起低音小号和低音提琴,从左右两边走出许多穿黑长袍的人。他们挥舞着双手,手中握着像短剑的东西;随后又跑来一些人要拖走那个原先穿白衣、现在穿蓝衣的少女。他们不是立刻把她拖走,而是同她一起唱了很久后,才把她拖走,后台响了三下金属的声音,所有的人都跪下来唱祈祷词。这一切表演有好几次被观众的欢呼声打断。

在这一幕进行时,娜塔莎每次向池座张望,总看见阿纳托利·库拉金在注视她。看见他对她是那么着迷,使她很快乐。

第二幕结束时,别祖霍娃伯爵夫人站起来,转身对着罗斯托夫家的包厢,她招呼老伯爵,她不理会那些进到她包厢里的人,含着和蔼的微笑和他说话。

"请您给我介绍一下您那可爱的女儿们吧,"她说。"她们把全城都轰动了,但是我还不认识她们呢。"

娜塔莎站起来向这位雍容华贵的伯爵夫人行礼。这位仪态万方的美人的夸奖,使她兴奋得脸都红了。

"我现在也想做一个莫斯科人了,"海伦说。"把如此好的珍珠埋在乡下,您怎么舍得啊!"

别祖霍娃伯爵夫人真可谓名不虚传,的确是一个富有魅力的女人,她特别善于阿谀奉承,并且做得一点不露痕迹,非常自然。

"不,亲爱的伯爵,请您让我陪一陪您的女儿们。我这次来这儿住不多长。你们也是这样。我保证设法使您的女儿开心。早在彼得堡我就听到很多有关您的情况了,那时就想认识您,"她带着她那永远不变的迷人的微笑对娜塔莎说。"我从我的侍从德鲁别茨科伊——您早就听说他要结婚了,——那里听说过您,从我丈夫的朋友博尔孔斯基,安德烈·博尔孔斯基公爵那里听说过您,"她格外加重地说,暗示她知道博尔孔斯基与娜塔莎的关系。为了能够更好地相互认识,她恳求让其中一位小姐到她的包厢里看戏,娜塔莎于是过她那边去了。

第三幕舞台上的布景是宫殿,点着许多蜡烛,墙上挂着留有短须的骑士画像。站在舞台中央的两个人,可能是国王和王后,国王看样子有点胆战心惊,他摇晃着右手,胡乱地唱了一段,然后就坐到猩红的宝座上。先穿白后穿蓝的少女,这时只穿一件衬衣,披散着头发,站在宝座旁边。她悲伤地对着王后唱;可是国王严厉地把手一挥,于是从两边走出赤脚的男女,他们一起跳起舞来。接着小提琴用高音奏起欢快的典调,有一个光着粗腿和细胳膊的女人,离开其余的人,走进侧幕,整整上衣,然后走到舞台中间跳起舞来,同时用一只脚拍打另一只脚。池座里的观众全体鼓掌叫好。接着一个男的站在台角。乐队更响地吹打起洋琴和小号,于是这个男的独自赤着脚跳起舞来,跳得非常高,并且迅速地摆动着两脚。池座、楼座和包厢里的人们都拼命鼓掌欢呼,然后那个男的停下来,微笑着向各方鞠躬。然后别的光着腿的男女又接着跳舞,然后其中一位国王伴着乐声呐喊一声,大家又唱起来。但是突然间,狂风大作,乐队奏起半音音阶和降低了的七度音和弦,所有的人都跑了,又拖走其中一个人,幕落了。观众中间又是一阵震耳欲聋的喧哗声和噼啪声,观众都带着狂喜的表情喊叫。

娜塔莎已经不感到奇怪了。她心情快乐,兴奋地微笑着环视四周。

"真不错,是吧?"海伦对她说。

"啊,是的",娜莎回答道。

十

幕间休息时,海伦的包厢里吹来一股冷风,门打开了,阿纳托利弓着身子,生怕碰着人,走了进来。

"请让我来给您介绍我的哥哥,"海伦说,她的目光担心地从娜塔莎转向阿纳托利。娜塔莎转过小脑袋,微笑了。阿纳托利不管是近看还是远看都非常漂亮,他在她身边坐下,说他早在纳雷什金家的舞会上,就有幸碰见她,使他难忘,当时他就盼望能有一天认识她。库拉金同女人在一起时比在男人圈子里要聪明得多,单纯得多。他言谈大胆并且随便,娜塔莎觉得奇怪又快乐,使她吃惊的是,在这个有那么多的传闻的人身上不仅没有什么可怕的地方,恰恰相反,这个人却有一张最天真、最愉快、最憨厚的笑脸。

阿纳托利·库拉金问她对表演的感觉如何,他告诉她,谢苗诺娃上次演出时,摔了一跤。

"您知道吧,伯爵小姐,"他说,他突然像对一个熟人似的说起来,"我们举办一次化装赛会;您最好也参加:那一定十分热闹。大家在阿尔哈罗夫家聚会。请您一定来,真的,好吗?"他说。

他说话时,微笑着的眼睛看着娜塔莎的脸、脖颈和赤裸的手臂。娜塔莎当然明白他在欣赏她。这使她快乐,可是她总觉得局促不安。当她不看他时,她感觉他在看她的肩膀,她不由自主地截住他的视线,叫他最好看她的眼睛。可是和他的目光相遇时,她惊恐地感觉到,他和她之间根本没有她和别的男人之间通常所感到的那种羞怯的隔膜。连她自己也不明白是怎么回事,五分钟后,她觉得她和这个人已经非常接近了。当她把脸转过去的时候,她担心他从后面捉住她的裸露的手臂,吻她的脖颈。他们谈论一些最平常的事情,可是她觉得,他们之间已经是非常接近,这是她和别的男人从来没有的情形。

在无话可说的时刻,阿纳托利瞪着他那鼓眼睛执拗地瞅着她,娜塔莎为了打破沉默,问他是否喜欢莫斯科。娜塔莎问过后,脸红了。她老觉得,她同他谈话是一件不体面的事。阿纳托利笑了笑,似乎在鼓励她。

"起先我不大喜欢,那是因为,一个城市要怎样才讨人喜欢呢? 需要有美丽漂亮的女人,您说是吧? 但是现在就特别喜欢了,"他说,望着她。"伯爵小姐,您去参加化装赛会吧? 一定去,"他说,伸手去摘她戴的花球,压低声音说:"您会是最漂亮的。去吧,亲爱的伯爵小姐。"

"他现在会怎么样呢? 他不好意思了吧? 生气了吧? 要不要挽回一下?"她问自己。她不由地回头看了看。她坦率地看了一下他的眼睛,他离她很近,他那自信,他那和善亲切的微笑,战胜了她。她坦率地看着他的眼睛,完全像他那样微微一笑。她又一次恐惧地觉得,他和她之间没有隔膜。

幕又升起了。阿纳托利夫走出包厢,他神态自若并且快活。娜塔莎回到父亲的包厢,她彻底被她置身其间的那个环境所征服了。她眼前发生的一切,她都觉得很自然。

第四幕里出现一个小鬼,他挥动一只手唱歌,一直唱到它脚下的板子被抽掉,它陷了下去。整个第四幕中,娜塔莎心慌意乱,那使她心神不定的原因是库拉金,她忍不住老注意他。当他们从剧院出来时,阿纳托利走到他们跟前,把他们的车叫来,扶着他们上车。在扶娜塔莎时,他握住她肘弯以上的手臂。使得娜塔莎心潮起伏,满脸通红,她转脸看了看他。他两眼发光,含着温柔的微笑,看着她。

回家以后,娜塔莎才能清醒地思考她所经历的一切,她突然想起了安德烈公爵,不禁吓了一跳,在从剧院归来大家围着吃茶的时候,她当着大家的面惊叫一声,满脸通红地跑出去。"我的上帝! 我完了!"她对自己说。"我怎么可以这样呢?"

她想道。她双手捂着脸,坐了好长时间,极力想弄明白她发生了什么事,她既弄不明白她发生的事,也弄不明白她的感觉是什么。她觉得一切都那么昏暗、模糊和可怕。"这是怎么回事呢?我对他感到惧怕是怎么回事?我现在感到受良心的责备又是怎么回事?"她想。

只有老伯爵夫人一个人是娜塔莎能把她想到的这一切在夜间,在床上对之诉说的。她知道索尼娅有自己的看法,听到她的坦白,要么是不理解,要么就是大惊小怪。娜塔莎想最好是自己解决那使她苦恼的问题。

"我是不是失去了安德烈公爵的爱情呢?她问自己,又带着自慰的嘲笑回答自己:"我真傻,我干吗要问这个?我到底发生了什么事?什么事都没发生。我并没有做什么,也没有招惹什么人。不会有人知道,并且我永远不会再见到他,"她对自己说。"这么说来,问题是清楚的,什么事也没发生,没有什么可懊悔的,安德烈公爵会爱我这样的人的。可是为什么要说我这样的人呢?哎呀,上帝,我的上帝!为什么他不在这儿!"娜塔莎安静了一会儿,可是后来又有一种本能告诉她,虽然全部都是真的,虽然什么事都没发生,——可是本能告诉她,以前她对安德烈公爵爱情的纯洁性没有了。于是她把她和库拉金的全部谈话在心里又重温了一遍,回忆那个漂亮、大胆的人在搀扶她的手臂时的面孔、姿态和温柔的微笑。

十一

阿纳托利·库拉金住在莫斯科,是他父亲把他从彼得堡打发来的,他在那儿年要花掉两万多卢布,此外,他父亲还得替他偿还同样数目的债务。

父亲对儿子说,他最后一次为他偿还一半的债,可是他得去莫斯科做他给他谋的差事——在总司令手下当副官,而且尽力在那儿结一门好亲事。他建议他去攀玛丽亚公爵小姐和朱莉·卡拉金娜。

阿纳托利同意了,他到莫斯科后住在皮埃尔家里。皮埃尔开始不大愿意接待他,但是后来对他也就习惯了,有时同他一块儿狂饮,而且给他钱用,说是借给他的。

申申说得对,阿纳托利一到莫斯科,就把整个莫斯科的太太小姐弄得神魂颠倒,尤其是因为他看不起她们,他显然宁可喜欢茨冈姑娘和法国女演员,据说他和那个挂头牌的演员乔治小姐的关系很密切。他不放过任何一次酒会,他通宵豪饮,酒量过人,出席上流社会所有的晚会和舞会。传说他和莫斯科的太太们闹了几次桃色新闻,在舞会上追求某些太太。但是他同小姐们,特别是同那些多半长得不好看的有钱的未婚小姐们,却不接近,何况阿纳托利两年前结过婚,这件事只有他的几个最亲密的朋友知道。两年前,他的团队在波兰驻扎时,一个不大富裕的波兰地主迫使阿纳托利娶了他的女儿。

阿纳托利很快就抛弃了妻子,他以寄给岳父一笔款子为条件,获得了充当单身汉的权利。

阿纳托利永远是心满意足的,他对自己的地位、对他本人和对其他人都满意。他既没有能力思考他的行为对其他人会有什么影响,也没有能力考虑他这种或者那种行为会有什么结果。他认为鸭子生来就应该生活在水里,而他被上帝创造出来,就应该每年有三万卢布的收入,就应该在社会中占最高的地位。他不论向什么人都借钱,并且显然是不会归还的。

他不是赌徒,至少他从来不想赢钱。他不爱慕虚荣。不管别人对他有什么看法,他都不关心。他更不会被指责贪图功名。他不吝啬,对任何人都是乐于帮助。他只爱一件事,——就是玩乐和女人。

多洛霍夫在经过流放和波斯冒险之后,这一年又在莫斯科出现了。他过着豪赌和狂饮的生活,和彼得堡的老伙伴库拉金打得火热,利用他达到自己的目的。

阿纳托利非常喜欢多洛霍夫的聪明和勇敢,多洛霍夫需要阿纳托利·库拉金的名望、门第和关系做钓饵,以诱使富家子弟加入他的赌帮,他利用他,拿他开心,但却不让他察觉。

娜塔莎给库拉金留下了强烈的印象。在看完戏回来吃晚饭时,他以行家的口气在多洛霍夫面前品评她那手、肩、脚和头发的优点,并且宣布他决心向她求爱。这种追求会有什么结果——阿纳托利不能考虑,也无法知道。

"是漂亮,老兄,但不是为咱们准备的,"多洛霍夫对他说。

"我对妹妹说,让她请她吃饭,"阿纳托利说。"好不好?"

"你最好等她出嫁以后……"

"你知道,"阿纳托利说,"我喜欢小姑娘:她一下子就晕头转向了。"

"你已经为一个小姑娘吃过亏了,"多洛霍夫知道阿纳托利结过婚,说。"要当心。"

"不会有第二次了!是吧?"阿纳托利说着,大笑起来。

十二

看戏的第二天,罗斯托夫一家没有出门,也没有人来访。玛丽亚·德米特里耶夫娜背着娜塔莎跟她父亲密谈什么。娜塔莎猜想他们是在谈老公爵,这使她感到不安和屈辱。她每时每刻都在等着安德烈公爵,这一天两次派管家到弗兹德维仁卡去打听他的消息。他还没有到。她此刻比刚来的时候心情更沉重了。除了烦躁和对他的思念外,又加上跟玛丽亚公爵小姐和老公爵会见的令人不快的回忆,以及她弄不明的恐惧和不安。她总觉得,要么他永远不会来了,要么在他没有到来以前,她会出点什么事。她已经不能像从前那样安静地、一个人悄悄地思念他了。刚一想到他,在对他的回忆中就伴随着对玛丽亚公爵小姐、对老公爵、对上次的观剧、对库拉金等等的回忆。她向自己提出一个问题,她是不是问心有愧,她对安得烈公爵的忠实是不是被毁掉了,她又极力仔细回忆那个在她心中引起可怕的感情的人的每句话,每个姿势,脸上表情的每个细微的变化。在家里的人眼中,娜塔莎显得比平常更为活跃,其实她远不如以前那么安静和幸福了。

星期天早上,玛丽亚·德米特里耶夫娜请客人们去做午前祈祷。

"我不喜欢那些时髦的教堂,"她说,她以她的自由思想而骄傲。"上帝只有一个。咱们教区的司祭堂堂正正地服务,连助祭也是一样。在唱诗班里举行音乐会,哪还谈得上什么神圣?我不喜欢,真是胡闹!"

玛丽亚·德米特里耶夫娜喜欢星期天,并且把星期天安排得像过节一样。

在做完祈祷回来喝过咖啡以后,在客厅里,仆人向玛丽亚·德米特里耶夫娜禀告,马车已经准备好。她披着专为出门拜访用的讲究的披巾,神色严肃,站了起来,说她要去见尼古拉·安德烈伊奇·博尔孔斯基公爵,去为娜塔莎的事进行说明。

玛丽亚·德米特里耶夫娜走后,夏尔姆夫人时装店的一个女裁缝来罗斯托夫家,娜塔莎关上客厅隔壁的房间,开始在那儿试新衣服,她十分喜欢这种消遣。正当她穿上一件上衣,对着镜子回头看看背后是否合身的时候,听见客厅里父亲和一个女人谈得非常起劲的声音,一听见那女人的声音,她脸就红了。这是海伦的声音。娜塔莎还没来得及脱下试穿的衣裳,门就开了,别祖霍娃伯爵夫人走进来,她穿一件深紫色的丝绒高领连衣裙,满脸堆着微笑。

"啊,真迷人!"她对满脸通红的娜塔莎说。"真可爱!不行,这太不像话,我亲爱的伯爵,"她对跟着她进来的伊利亚·安得烈伊奇说。"住在莫斯科,怎么能哪儿也不去?不行,我可不能放过您!今天晚上乔治小姐在我那儿朗诵,还有一些其他的人;倘若您不把您那两个比乔治小姐还漂亮的美人儿带去,我就跟您绝交了。丈夫不在家,他到特韦尔去了,要不我就叫他来请你们了。一定去,一定,八点多钟。"她向恭敬地向她行礼的女裁缝点了点头,然后坐在镜旁的扶手椅里,优雅地展开她那丝绒连衣裙的褶子。她兴致勃勃,乱扯个不停,不停地赞赏娜塔莎的美丽。

她仔细瞧了瞧她的衣裳,就夸奖起来,同时也夸奖她自己那件从巴黎买来的新衣裳,她劝娜塔莎也做这么一件。

"不过,您穿什么都行,可爱的姑娘,"她说。

兴奋的微笑始终挂在娜塔莎的脸上。受到这位可爱的别祖霍娃伯爵夫人的夸奖,使她欢喜异常,她简直像一朵鲜花怒放了,尤其因为以前她觉得这位夫人是那么不可接近,那么高贵,而现在对她竟然那么和善。娜塔莎越来越快活,她觉得她几乎爱上了这个美丽、仁慈的女人。而海伦赞美娜塔莎也是出于真心诚意,为的是让她兴奋兴奋。阿纳托求她替他撮合娜塔莎,她就是为这件事来罗斯托夫家拜访的。撮合哥哥和娜塔莎的念头使她很开心。

虽然以前她对娜塔莎有宿怨,因为在彼得堡她争去了她的鲍里斯,但是现在她不想这个了,她是以她的方式,希望为娜塔莎做好事。她在离开罗斯托夫家的人们时,把娜塔莎叫到一边。

"昨晚哥哥在我那儿吃饭——把我们笑得要死,他什么也不吃,他想您想得直叹气,我的美人儿。他爱您爱得发狂。"

娜塔莎听了这话,脸红得发紫。

"瞧脸红的,瞧脸红的,"海伦说。"一定要来。就是订了婚也该出去走走。"

"如此说来,她知道我订婚了,还有她和丈夫,和皮埃尔,和那个好人皮埃尔谈过而且笑过这件事了。看来,没有什么关系的。"娜塔莎想。"她是一位了不得的人,这么可爱,看来她是真心疼爱我,"娜塔莎想。"那么,为什么不去散散心呢?"娜塔莎睁大一对吃惊的眼睛望着海伦这样想。

吃中饭的时候,玛丽亚·德米特里耶夫娜回来了,她一言不发,神色严肃,很明显在老公爵那儿吃了败仗。她很激动,她没法心平气和地谈那件事。她回答伯爵的问题时只说,一切顺利,明天再说。听说别祖霍娃伯爵夫人来访,而且邀请去赴晚会,玛丽亚·德米特里耶夫娜说:

"我讨厌和别祖霍娃打交道,你们最好也少和她来往;既然已经答应了,那就去吧,散散心,"她对娜塔莎补上了一句。

十三

伊利亚·安德烈伊奇伯爵带着两个姑娘去访别祖霍娃伯爵夫人。晚会上人不少。但是这些人娜塔莎差不多都不认识。伊利亚·安德烈伊奇伯爵发现在场的人多数是一些以行为不检著称的男男女女,心中不甚兴奋。乔治小姐站在客厅的一角，被一群青年包围着。伊利亚·安德烈伊奇决定不参加牌局，一步不离两个女儿，等乔治小姐的表演一完，就告辞。

阿纳托利守在门口显然是在等罗斯托夫家的人。他和伯爵问好以后，立刻走近娜塔莎，跟在她后面。娜塔莎一见他，心中就充满了在剧院中有过的那种感觉——由于他喜欢她而得到虚荣心的满足，可是又为她和他之间没有道德的隔膜而恐惧。

海伦兴奋地招待娜塔莎，对她的美貌和打扮大加赞美。他们来到不一会儿，乔治小姐出去换装。人们在客厅里摆好椅子，都就了坐。阿纳托利给娜塔莎移近一把椅子，他想坐在旁边，可是留神看着娜塔莎的伯爵在她身旁坐了下来。阿纳托利在她身后坐下。

乔治小姐出来，两只赤裸的粗胳膊有两个小窝窝，一边肩上披着红披巾。

乔治小姐阴郁地环顾了一下听众，然后用法文朗诵一首诗。她有时声音高昂，有时庄严地仰起头低语，有时停顿一下，转着眼珠子发出难听的声音。

"美极了！太棒了！"四面八方喊起来。娜塔莎望着胖胖的乔治，什么也没听见，也没看见，也不明白她面前发生的事；陷入了一个奇异的、疯狂的世界，在这个世界，没法知道什么是好的，什么是坏的，什么是合理的，什么是疯狂的。阿纳托利坐在她后面，她惊恐地等待着将要发生什么事。

第一段独白之后，大家都站起来，围住乔治小姐向她表示他们的喜悦。

"她真漂亮！"娜塔莎对父亲说，她父亲和大家一块儿站起来，向女演员走过去。

"我不这样认为，因为我看见了您，"阿纳托利跟在娜塔莎后面说。"您美极了……自从我看见您，我就不停地……"

"来呀，来呀，娜塔莎，"伯爵转回来叫女儿。"她真漂亮！"

娜塔莎沉默不语，向父亲走去，用惊异的目光望着他。

朗诵过几次后，乔治小姐走了，别祖霍娃伯爵夫人请大家到大厅里去。

伯爵想告辞，可是海伦央求不要破坏她的即兴舞会。罗斯托夫和女儿们留了下来。阿纳托利请娜塔莎跳华尔兹，在跳舞的时候，他紧紧搂着她的腰，握着她的手，对她说，她很迷人，他爱她。在跳苏格兰舞时，她又和库拉金一起跳，当他们俩独自在一起时，阿纳托利只是静静地看着她。娜塔莎疑心在跳华尔兹舞时他对她说的话是在做梦。在跳完第一圈时，他又紧紧握她的手。娜塔莎向他抬起吃惊的眼睛。

"别对我说这种话吧，我已经订婚了，爱着另外一个人，"她急忙说……看了他一眼。阿纳托利神色镇静，也不因她说了这话而烦恼。

"别对我说这个吧,要我怎么办呢?"他说。"我说,我爱您爱得发疯,发疯,您是如此迷人,难道是我错吗?……该我们跳了。"

娜塔莎高兴愉快,而又惴惴不安,睁大吃惊的眼睛环顾四周,她好像比平常更快活。她差不多完全不理解这天晚上发生的事。跳完苏格兰舞和格罗斯法特舞父亲劝她回家,她请求再玩一会儿。不论她在哪儿,不论和谁谈话,她总觉得他在看她。后来她告诉父亲她到化妆室去整整衣裳。在小起居室里碰见了阿纳托利,只有他们俩在一起,阿纳托利握住她的手,用温柔的声音说:

"我无法去找您,可是,难道我永远见不到您了? 我发疯地爱您。难道就永别了? ……"他挡住她的去路,把他的脸挨近她的脸。

"娜塔莉?!"他的声音很低沉,"娜塔莉?!"

"我什么也不清楚,我没有什么可说的,"她的眼神这样说。

滚烫的嘴唇紧贴到她的嘴唇上,就在这瞬间,她觉得她又自由了,室内传来海伦的脚步声和衣服的窸窣声。娜塔莎转脸看了看海伦,她面红耳赤,浑身打战,她看了他一眼,就向门口走去。

"我只说一句话,"阿纳托利说。

她停住了。

"娜塔莉,只说一句话,"他一直重复这句话,看来他不知说什么好。

海伦和娜塔莎又回到客厅里。罗斯托夫和女儿们没有留下吃晚饭就走了。

回到家里,娜塔莎一整夜没有入睡,一个无法解决的问题折磨着她,她爱谁:爱阿纳托利还是爱安德烈? 她爱安德烈公爵——她清清楚楚地记得她是十分强烈地爱他。可是她也爱阿纳托利,这也是真的。"否则,这一切怎么会发生呢?"她想。"在分别的时候,我既然能够对他的微笑也报以微笑,我既然能够听任发生的那种事,那就是说,从见面时起我就爱他。那就是说,他善良、高尚、美好,令人无法不爱他。我爱他,又爱另外一个,这可叫我怎么办呢?"她对自己说。对这些可怕的问题也找不到答案。

十四

早上过去了。大家都起身,活动,谈话,女裁缝又来了,玛丽亚·德米特里耶夫娜又出来了,又招呼人们吃茶点。娜塔莎眼睛睁得大大的,似乎要拦截每一个投向她的目光,心神不定地看所有的人,极力做得和平时一样。

用过早点后,玛丽亚·德米特里耶夫娜在她的扶手椅里坐下,把娜塔莎和老伯爵叫到面前。

"听我说，朋友们，现在我把问题全部考虑过了，我给你们的劝告是这样的，"她开始说。"你们知道，昨天我到尼古拉公爵家去了；我和他谈了谈……他竟然嚷嚷起来。嚷嚷吓不倒我！我全对他说了！"

"那么他如何说呢？"伯爵问。

"他能说什么？狂妄自大……他听都不想听；咳，有什么可谈的，咱们已经把可怜的姑娘折磨得够了，"玛丽亚·德米特里耶夫娜说。"我的忠告是，办完事情就回家了，回到奥特拉德诺耶……在那儿等着……"

"哎呀！不行！"娜塔莎喊道。

"不，应该回去，"玛丽亚·德米特里耶夫娜说。"在那儿等着。倘若你的未婚夫现在就来——少不了要争吵，他独自同老头子把问题全说清楚了，然后再到你们那儿去。"

伊利亚·安德烈伊奇赞成这个建议，认为这个建议合理。倘若老头子心软了，那就更好了，那时再到莫斯科或者童山去见他；倘若不呢，那么只好违背他的意志在奥特拉德诺耶举行婚礼。

"很正确，"他说。"我很懊悔去见他，而且把她也带了去，"老伯爵说。

"有什么可懊悔的？既然来了，就得表示一下敬意。说到他不愿意，那是他的事，"玛丽亚·德米特里耶夫娜一面说，一面在钱包里找东西。"嫁妆已经准备好了，你们还等什么；没准备齐的东西，我派人给你们送去。虽然我舍不得你们，但还是走了好，上帝保佑。"她在钱包里找到了要找的东西，递给娜塔莎。这是玛丽亚公爵小姐的信。"是她写给你的。她很难过，可怜的人儿！她怕你认为她不喜欢你。"

"她就是不喜欢我，"娜塔莎说。

"别说蠢话了，"玛丽亚·德米特里耶夫娜大喝一声。

"我谁都不信；我知道她不喜欢我，"娜塔莎接过信，大胆地说，她脸上有一种坚决的表情，使得玛丽亚·德米特里耶夫娜更加留心地看了看她，并且皱起了眉头。

"别那样跟我说话吧，我的小姐，"她说。"我说的是实话，要回她信。"

娜塔莎没有答话，就回到房里看玛丽亚公爵小姐的信去了。

玛丽亚公爵小姐写道，因为她们之间发生的误会，她深感失望。不管她父亲的感情如何，玛丽亚公爵小姐说，她请娜塔莎相信，她爱她，因为她是她的哥哥选中的，为了哥哥的幸福她可以牺牲一切。

"其实"她写道，"您不要以为我父亲对您没有好感。他是有病的老人，要原谅他;他是慈善的,大度的,他绝对会疼爱给他儿子以幸福的人。"玛丽亚公爵小姐请求娜塔莎定一个时间,她和她再会一次面。

读完信,娜塔莎在书桌前坐下来写回信。但是在昨天发生了那一切以后,她还能写什么呢?"是的,是的,发生了那一切以后,现在已经根本不同了。"她对着刚写了个开头的信,坐在那儿想。"应该跟他决裂吗?真的得这样吗?这太可怕了!……"为了逃避这些可怕的念头,她去找索尼娅,和她一起挑选刺绣的花样。

午饭后,娜塔莎回到自己的卧室,又拿起玛丽亚公爵小姐的信。"难道事情就这样完了吗?"她想道。"难道这一切来得这么快,而从前的一切都毁灭了吗?"她像过去一样十分强烈地回忆她对安德烈公爵的爱情,但同时又觉得她爱库拉金。她想象自己当了安德烈公爵的妻子,一再地想象和他婚后幸福的情景,同时又想起昨天同阿纳托利会见的每个细节,她激动得浑身发烧。

"为什么这事不能两全呢?"有时,她完全糊涂地想。"只有那样我才能真正幸福,而现在我得选择,两者缺少一个,我都不会有幸福。不过有一样,"她想道,"把所发生的事情告诉安德烈公爵或者瞒着他——同样都不可能。但是对于那个人,不会有什么伤害。但是,难道我真的就割断那使我享受了很久的幸福的安德烈公爵的爱情吗?"

"小姐",一个使女走进房来,带着神秘的神情低声说。"有个人叫我交给您。"使女递给娜塔莎一封信。"但是,看在基督面上……"使女又说,娜塔莎不加思索地、机械地拆开信封,开始读阿纳托利的情书,可是她一个字也没读懂,只知道这是他的信,是她所爱的那个人的信。"是的,她爱他,不然的话,怎么会发生已经发生的事呢?她手里怎么能有他写来的情书呢?"

娜塔莎用颤抖的双手拿着多洛霍夫为阿纳托利代笔写的热情洋溢的情书,她读着,觉得她从其中找到了她所感到的一切的回声。

"从昨天晚上起,我的命运就决定了:要么得到您的爱,要么死去。我没有别的出路,"这是信的开头。然后写道,他知道她的父母不会同意,这其中有难言的原因,可是,倘若她爱他,那么,她只要说一个是字,任何人间的力量都不能妨碍他们的幸福。爱情可以战胜一切。他可以秘密地把她带到天涯海角。

"是的,是的,我爱他!"娜塔莎想,她把信读了二十遍,从每字每句里寻找特别深刻的意义。

那天晚上玛丽亚·德米特里耶夫娜要到阿尔哈罗夫家去,希望两位姑娘同她一起去,娜塔莎借口头痛,留在家里。

战争与和平

图文珍藏版

十五

索尼娅深夜回来,走进娜塔莎的房间一看,吃了一惊,她发现娜塔莎和衣睡在沙发上。在她旁边桌上放着阿纳托利的信。

她一面读,一面细细察看正睡着的娜塔莎,在她脸上寻找她读过信后的反应,不过没有找到。脸是安静的,温和的,幸福的。索尼娅由于害怕和激动,脸色苍白,浑身打战,她憋得难过,紧抓住胸口,在扶手椅里坐下,泪水直流。

"我怎么一点也没看出来?这件事怎么弄到这步田地?难道她不爱安德烈公爵了吗?她怎么可以让库拉金这样干?他是骗子,是恶棍,这是一目了然的。尼古拉倘若知道这件事,他会怎么样?可爱的、高尚的尼古拉会怎么样?前天、昨天、今天,她的脸上露出不安的、坚决的和不自然的表情,原来就是因为这个,"索尼娅想道。"可是,她不可能爱他!或许她不知道是谁的信就拆开了。或许她感到受辱了。她不可能干这种事!"

索尼娅擦了擦眼泪,走到娜塔莎跟前,又细看她的脸。

"娜塔莎!"她说,声音低得几乎听不见。

娜塔莎醒了,她看见了索尼娅。

"啊,你回来了?"

娜塔莎温柔地拥抱女友。可是一看到索尼娅的神情惶惑不安,娜塔莎也惶惑不安和怀疑起来。

"索尼娅,你看了那封信了?"她说。

"看了,"索尼娅轻淡地回答说。

娜塔莎热情洋溢地微微一笑。

"不,索尼娅,我再也不能了!"她说。"我再也不能瞒着你了。告诉你吧,我们相爱!索尼娅,亲爱的,是他的信……索尼娅……"

索尼娅简直不相信自己的耳朵,睁大眼睛望着娜塔莎。

"那博尔孔斯基呢?"她说。

"哎呀,索尼娅,哎呀,你不知道我是多么快活!"娜塔莎说。"你不懂什么是爱情……"

"不过,娜塔莎,难道那一切都完了吗?"

娜塔莎把眼睛睁得大大的望着索尼娅,似乎不理解她的问话。

"这么说来,你要跟安德烈公爵断绝关系了?"索尼娅说。

"咳,你什么也不明白,别说蠢话啦,你听我说,"娜塔莎显出一瞬间的烦恼,说。

"不,我不能相信这件事,"索尼娅说。"我不明白。你整整一年爱着一个人,怎么突然间……你才见过他三次。娜塔莎,我不相信你说的,你是在胡闹。过不了三天你就全忘了……"

"三天,"娜塔莎说。"我觉得我早已爱他一百年了。我觉得在爱他之前,我没爱过任何人。你不能理解这个。索尼娅,别着急,你坐下来。"娜塔莎搂着她,吻她。"我听人家说,这种事是常有的,你可能也听说过,但是,我直到现在才体会到这种爱情。这跟以前的不同。我刚一看见他,就觉得他是我的主宰,我是他的奴隶,我无法不爱他。是的,奴隶!凡是他命令我的,我就照办。你不懂得这个。我有什么办法?索尼娅,你看我怎么办?"娜塔莎脸上带着幸福的表情说。

"可是你想一想你干的什么事,"索尼娅说,"我不能放任不管。秘密传递书信……你怎么能让他这样干?"她说。

"我对你说了,"娜塔莎回答,"我已经身不由己,你怎么不理解这个:我爱他!"

"我不能容许这种事,我要对人说,"索尼娅的眼泪夺眶而出,她喊叫起来。

"你怎么了,看在上帝的分上……你要对人说,你就是我的敌人,"娜塔莎说。"你是想叫我不幸,你是想把咱们俩分开……"

一见娜塔莎吓成那个样子,索尼娅哭了,为女友流下羞耻和惋惜的泪水。

"你们之间到底是怎么回事?"她问。"他对你说了什么?他为什么不到家里来?"

娜塔莎没有回答她的问题。

"看在上帝分上,索尼娅,你别告诉任何人,不要使我痛苦,"娜塔莎劝她说。"你要知道,这种事情是不能干涉的。我已经对你讲明白了……"

"但是为什么要保密呢?他为什么不到家里来呢?"索尼娅问。"如果真是那样的话,为什么他不公开向你求婚呢?安德烈公爵不是给了你完全的自由吗?这事我不相信。娜塔莎,你想想,可能有什么不可告人的原因?"

娜塔莎用惊奇的眼神望着索尼娅。看来,她还是第一次想到这个问题,她不知如何回答。

"什么原因,我不知道。反正有原因!"

索尼娅叹了一口气,不相信地摇了摇头。

"倘若有原因的话……"她开始说。但是娜塔莎看出了她的怀疑,惊慌地打断了她的话。

"索尼娅,不能怀疑他,不能,不能,你懂不懂?"她喊道。

"他爱你吗?"

"他爱我吗?"娜塔莎又说了一遍,对女友缺乏理解力露出惋惜的微笑。"你不是读过他的信,见过他吗?"

"倘若他不是一个正派人呢?"

"他……不正派?你能了解就好了!"娜塔莎说。

"倘若他是个正派人,那么他要么宣布他的意图,要么就不再和你见面;倘若你不愿意去办,那么我来办,我来给他写信,我去告诉爸爸,"索尼娅坚决地说。

"但是没有他,我就活不下去!"娜塔莎喊道。

"娜塔莎,我不知道你。你说的什么话!你想一想父亲和尼古拉吧。"

"我不需要任何人,除了他,我谁也不爱。你怎么敢说他不正派?难道你不知道我爱他吗?"娜塔莎喊道。"索尼娅,你走吧,我不想和你吵架,你走吧,看在上帝分上,走吧:我多么痛苦,你是看见的,"娜塔莎气势汹汹地喊道,极力压住她那激怒的、绝望的声音。索尼娅大哭起来,从房里跑出去。

娜塔莎走到桌前,干净利落地给玛丽亚公爵小姐写了她一清早都没写成的回信。她在信中简短地写道:她们之间的误会消除了,承蒙安德烈公爵出国时给她自由的厚意,她请公爵小姐忘掉一切,倘若她有对不起公爵小姐的地方,请她原谅,但是她不能做他的妻子了。现在,在她看来,一切都是这么简单明了,轻而易举。

罗斯托夫家的人打算星期五回乡下,伯爵星期三同一个买主到近郊他的田庄去了。

在伯爵出城那天,索尼娅和娜塔莎被邀请去赴库拉金的盛大宴会,玛丽亚·德米特里耶夫娜带她们去。在宴会上,娜塔莎又遇见阿纳托利,索尼娅看见,娜塔莎正和他说什么,不想让人听见,并且在整个宴会期间比以前更激动了。她们回家后,娜塔莎主动向索尼娅做了解释,这正是索尼娅所希望的。

"索尼娅,你对他还说三道四呢,"娜塔莎说,"今天我们两个做了一番解释。"

"嗯,怎么样?他说什么了?娜塔莎,我很兴奋,你没有生我的气。把一切,把所有的真实情况都和我说吧。他说什么了?"

娜塔莎沉思起来。

"哎呀,索尼娅,你倘若能像我一样了解他就好了!他说……他问我是如何应许博尔孔斯基的。当他听说我有回绝博尔孔斯基的自由,他十分兴奋。"

索尼娅忧心忡忡地叹了一口气。

"不过你并没有回绝博尔孔斯基呀?"她说。

"也许我早已回绝了呢！也许我和博尔孔斯基的事已经一刀两断了。为什么你把我想得这么坏？"

"我什么也没想，我只是不明白……"

"索尼娅，不用着急，你会全明白的。你会知道他是一个怎样的人的。不管是对我还是对他，你都不要往坏处想。"

"我对谁也不往坏处想：我对谁都喜爱，对谁都怜悯。但是我应该怎么办呢？"

索尼娅并没有因为娜塔莎跟她说话时所用的那种温柔的腔调而让步。娜塔莎脸上的表情越是温顺，越是讨好，索尼娅的表情就越是严肃和严厉。

"娜塔莎，"她说，"你叫我不要跟你讲话，我就不讲，现在是你自己先讲了。娜塔莎，我对他不信任。为什么要这么秘密？"

"又来了，又来了！"娜塔莎打断她的话。

"娜塔莎，我为你担心。"

"有什么可担心的？"

"我担心你会毁了自己，"索尼娅果断地说，连她自己都为她居然说出这样的话而吃惊。

娜塔莎的脸上又露出愤恨的表情。

"我毁掉，毁掉，我尽快毁掉自己。与您无关。该倒霉的不是您，是我。别管我，别管我。我恨你。"

"娜塔莎！"索尼娅惊惶地喊了一声。

"我恨你，我恨你！你是我不可调和的敌人！"

娜塔莎从房里跑出去。

娜塔莎不再跟索尼娅讲话了，而且总是躲着她。她带着心神不安的惊奇和犯罪的表情在屋里走来走去，时而做这，时而做那，但是什么也做不成。

索尼娅虽然心里十分难过，但是她仍旧目不转睛地监视着她的女友。

在伯爵回来的前夕，索尼娅看见娜塔莎整个早上都坐在客厅的窗口，好像在等待什么，她对一个坐车经过的军官打手势，索尼娅认为那个军官就是阿纳托利。

索尼娅更加留心地观察她的女友，她发现娜塔莎在吃饭的时候和晚上精神状态古怪，不自然。

吃过茶以后，索尼娅看见一个畏畏缩缩的使女守候在娜塔莎门前。索尼娅让她进去，随后她停在门旁偷听，知道又送进了一封信。

索尼娅忽然明白了，娜塔莎今晚有一个可怕的计划。索尼娅敲娜塔莎的门。娜塔莎不让她进去。

"她要和他私奔!"索尼娅心里想。"她什么都做得出。今天她脸上有一种特别哀怨和坚决的神情。跟舅舅告别时,她哭了,"索尼娅回想。"对了,她肯定要和他私奔,——我怎么办呢?"她想,又想起一些显然表明娜塔莎有某种可怕意图的迹象。"伯爵不在。我怎么办呢?给库拉金写信,要求他解释吗?可是谁能叫他非回答不可呢?给皮埃尔写信,安德烈公爵不是说在遇到不幸时才这样做吗?……但是,或许她真的已经回绝了博尔孔斯基。偏偏舅舅不在!"

告诉对娜塔莎非常信任的玛丽亚·德米特里耶夫娜么,索尼娅觉得那太可怕了。

"但是无论如何,"索尼娅站在黑暗的走廊里想,"一定要抓住这个机会表明我没有忘记他们家对我的恩情,表明我爱尼古拉。不行,哪怕我三天三夜不睡觉,我也不离开这条走廊,拼命也不能放她走,不能让他们家蒙受耻辱,"她想。

十六

阿纳托利近来搬到多洛霍夫那儿。拐走罗斯托娃的计划由多洛霍夫考虑和准备了好几天了,索尼娅在娜塔莎门前偷听并决定保护她的那天,这个计划正在付诸实现。娜塔莎答应晚上十点钟在后门与库拉金会合,库拉金事先准备好一辆三套马车,把她拉到离莫斯科六十俄里的卡缅卡村,那里有一个被免职的司祭给他们举行婚礼,在卡缅卡村备有换乘的马匹,再把他们送到华沙大路,然后再乘驿车逃往国外。

阿纳托利有护照,有驿马使用证,有从他妹妹那儿拿来的一万卢布,外加多洛霍夫替他借来的一万卢布。

两个证婚人中一个名叫赫沃斯季科夫,这个退职的小官吏是专为多洛霍夫的赌局跑腿的;另一个是退役的骠骑兵马卡林,这个和善软弱的人对库拉金抱有无限的敬爱。

多洛霍夫的大书房从墙壁到天花板挂满了波斯挂毯、熊皮和武器,多洛霍夫身穿旅行短袄和高筒靴,在书房里坐在放着算盘和钞票的书桌旁。阿纳托利敞着制服,从坐着证婚人的那间屋出来,穿过书房向后面一间房走去,他的仆人正在收拾东西。多洛霍夫在数钱和登记什么。

"我说,"多洛霍夫说,"得给赫沃斯季科夫两千。"

"那就给吧,"阿纳托利说。

"马卡林这个人为你赴汤蹈火,分文不取。你看,账就这样清了,"多洛霍夫账单给他看,说。"对不对?"

"对,当然对,"阿纳托利说,他并没有听多洛霍夫说话,笑容始终不离他的脸,只顾向自己的前面望着。

多洛霍夫砰的一声关上书桌盖,带着嘲讽的微笑向阿纳托利转过身来。

"我看,这件事还是拉倒吧;现在还有时间!"他说。

"笨蛋!"阿纳托利说。"别说废话了。你知道什么……谁也不知道这是怎么回事!"

"说真的,拉倒吧,"多洛霍夫说。"我跟你说正经的。你打的这个主意,你当是闹着玩的?"

"又来了,又来逗我了?见你的鬼去吧!呃?……"阿纳托利皱着眉头说。"说真的,现在哪有时间开这种愚蠢的玩笑。"于是他走出屋去。

多洛霍夫看见阿纳托利走出去,轻蔑而宽恕地笑了笑。

"你等一下,"他望着阿纳托利的背影说,"我不是闹着玩,我是说正经的,回来,回来。"

阿纳托利又走进来,集中全力望着多洛霍夫,显然情不自禁地对他服服帖帖。

"你听我说,我最后一次告诉你。我跟你开什么玩笑?我什么时候和你闹过别扭?是谁为你安排这一切的?是谁找到司祭的?是谁弄到护照的?是谁借到钱的?都是我。"

"那就谢谢你啦。你以为我不感激你吗?"阿纳托利叹口气,拥抱了多洛霍夫。

"我帮助你,但是我仍旧要对你说实话:这件事是十分危险的,细想起来,还是一件蠢事。你把她拐走,很好。但是,人家会就此甘休吗?你结过婚,人家会打听出来的。那样就要把你告到刑事法庭……"

"哎呀!废话,废话!"阿纳托利又皱起眉头,说。"我不是跟你说过了吗?"于是阿纳托利带着蠢人对他们用自己的头脑得出的结论特别的偏爱,重述对多洛霍夫已经说了一百遍的论断。"我已经对你说过了,我的结论是:倘若这桩婚事无效,"他屈起一个指头,说,"那么我就没有责任;倘若有效,那也同样没问题:反正在国外不会有人知道,你说是不是?别说了,别说了,别说了!"

"真的,拉倒吧!你只能给自己找麻烦……"

"见你的鬼去吧,"阿纳托利说,他抓住头发走到别的房间去了,但是立刻又转回来,盘起两腿坐在多洛霍夫面前的扶手椅里。"谁知道这是怎么回事!啊?你瞧跳得多厉害!"他拿起多洛霍夫的手贴在自己胸口上。"啊!那双俊脚,那双传神的眼睛!是吧?"

多洛霍夫露出冰冷的微笑，两只秀美而傲慢的眼睛炯炯发光，他看看阿纳托利，很明显想再拿他开心。

"钱花完了，那时怎么办？"

"那时怎么办？啊？"阿纳托利又重复说，一想到未来，他的确感到两眼漆黑。"那时怎么办？我不知道……为什么要说这些废话！"他看了看表。"到时候了！"

阿纳托利到后面的房间去了。

"喂，快好了吧？你们拖拉什么！"他向仆人呵斥道。

多洛霍夫把钱收起来，叫人把上路前吃的酒菜拿来，然后就到证婚人赫沃斯季科夫和马卡林呆的房间去了。

阿纳托利在书房里撑着胳膊躺在沙发上，用手托着头，沉思地微笑着。

"来吃点东西。喝一杯！"多洛霍夫从另一间屋里向他喊道。

"我不要！"阿纳托利回答，仍然带着微笑。

"来吧，巴拉加来了。"

阿纳托利站起来，走进餐室。巴拉加是著名的三驾马车车夫，他认识多洛霍夫和阿纳托利并用他的三驾马车服务他们已经有六个年头了。当阿纳托利的团驻在特韦尔的时候，他不止一个晚上从特韦尔拉着他出发，天亮就赶到莫斯科，第二天夜里再把他拉回来。他许多次拉着多洛霍夫逃脱追逐，许多次拉着茨冈女人和"风骚娘儿们"在莫斯科街上兜风。他许多次为他们赶车时在莫斯科街上冲撞行人和别的马车夫，而他的老爷（他这样称呼他们）常常搭救他。他为他们赶死了不止一匹马。他不止一次挨他们的打，他们不止一次灌他香槟酒和他所喜爱的马德拉酒。他知道他们所干的每件胡闹的事，如果是一个普通老百姓干的话，早就该被流放到西伯利亚了。他们在豪饮的筵席上常常把巴拉加叫来，硬灌他酒，叫他跟着茨冈女人跳舞，他们经他的手花掉不止上千的卢布。他伺候他们，一年就有二十来次冒生命危险和吃皮肉之苦，为了他们的事，累死了那么多匹马，他们虽然多给他钱也抵偿不了。可是他喜爱他们，爱那种每小时十八俄里的疯狂的驰骋，爱撞翻马车，压倒行人，在莫斯科街上风驰电掣地飞奔。在已经不能跑得再快的时候，他爱听那醉酒的嗓音在他身后发出粗野的狂叫："快！快！"；他爱在那吓得面无人色、已经给他们让路的乡下人的脖子上痛打一鞭。"这才是真正的老爷！"他心里说。

阿纳托利和多洛霍夫也喜爱巴拉加，喜爱他那赶车的技术，喜爱他和他们有相同的爱好。巴拉加拉别的客人都讲价钱，两小时二十五卢布，并且多数情况下让他的伙计去赶，他自己只是偶尔亲自出马。可是对他称之为老爷的人们，总是亲自伺候，并且从来不索取代价。只是从侍仆那儿打听到他们有钱的时候，他才在几个月内有一次去找他们,每次去都是在早上没有醉酒的时候,进门就深深地鞠躬,要求救救他。老爷们总是请他坐下。

"您真的要救救我,费奥多尔·伊万内奇老爷,大人,"他说。"我连一匹马都没有了,您能借我多少就借多少,我好去赶赶集。"

阿纳托利和多洛霍夫手头有钱的时候,就给他一两千卢布。

巴拉加是一个二十七岁的汉子,头发淡褐色,红脸膛,脖子十分红并且粗,矮个子,翘鼻子,两只小眼炯炯放光。他穿皮袄,外套一件绸里子的很讲究的青灰色长外衣。

他向门对面的墙角画了十字,随后向多洛霍夫走过去,伸出一只小黑手。

"费奥多尔·伊万诺维奇!"他一面说,一面鞠躬。

"你好,老伙计。他来了。"

"你好,大人,"他向走进来的阿纳托利说,也向他伸出手来。

"你听我说,巴拉加,"阿纳托利把两手放在他肩上,说,"喜欢我不喜欢? 嗯? 现在是该你帮忙的时候了……你套的什么马? 呃?"

"就按照您吩咐的,把您那专用的马套上了,"巴拉加说。

"喂,你听着,巴拉加! 就是把三匹马都累死,也要在三小时内跑到地方。嗯?"

"累死了,那还怎么赶路?"巴拉加眨着眼说。

"当心我打烂你的狗脸,别开玩笑!"阿纳托利忽然瞪起眼睛喊道。

"哪敢开玩笑,"车夫笑着说。"为了老爷们,我何时心疼过马? 马能跑多快,就让它跑多快。"

"啊!"阿纳托利说。"好,坐下吧。"

"坐吧,坐吧!"多洛霍夫说。

"我站一会儿,费奥多尔·伊万诺维奇。"

"坐下来,少废话,来喝一杯,"阿纳托利说,给他倒了一大杯马德拉酒。车夫一看见酒,眼睛就亮了。他推让一番后,就喝干了。

"什么时候出发,大人?"

"我看……这就走。巴拉加,要小心。怎么样? 赶得到吗?"

"那就要看咱们出行是不是交了好运,否则怎么会跑不到啊?"巴拉加说。"咱们七个小时就赶到了特韦尔。或许您还记得,大人。"

"你知道吧,有一年圣诞节从特韦尔出发,"阿纳托利带着回忆的微笑对马卡林说,马卡林两眼睁得圆圆的,温顺地望着库拉金。"你信不信,马卡尔卡,我们飞奔,真叫人喘不过气来。遇见了大车队,我们就从两辆大车上压过去。是吧?"

"那几匹马真了不得!"巴拉加接着讲下去。

十七

阿纳托利从屋里出去,几分钟后又转回来,他身穿束着银腰带的皮袄,威武地歪戴着貂皮帽子,与他那俊秀的脸十分相称。他照了照镜子,手里端着一只酒杯。

"喂,费佳,别了,为了一切,多谢啦,别了,"阿纳托利说。"喂,伙伴们,朋友们……"他沉思了一下……"我青春时代的……别了,"他对马卡林和别的人说。

虽然大家都是要和他一起走的,但是阿纳托利很想对伙伴们说得既动人又庄严。他挺起胸脯,摇晃着一只脚,提高嗓门,慢吞吞地说:

"都举起杯来;巴拉加,你也来。我青春时代的伙伴们,朋友们,咱们玩也玩过了,乐也乐过了,福也享过了。是吧?今日一别,何时相见?我就要到国外去了。我们有过一段欢乐的日子,别了,弟兄们。祝诸位健康!乌拉!……"他干了一杯,把酒杯摔到地上。

"祝你健康!"巴拉加说,他也干了一杯。马卡林两眼含泪拥抱阿纳托利。

"唉,公爵,和你分别,我真难过,"他说。

"走了,走了!"阿纳托利喊道。

巴拉加刚想离开房间。

"不,站住,"阿纳托利说。"关上门,大家都坐下。就这么着。"门关上了,大家都坐下来。

"好,现在就出发吧,弟兄们!"阿纳托利站起来说。

仆人约瑟夫把挎包和佩刀递给阿纳托利,大家都走进前室。

"皮大衣在哪儿?"多洛霍夫说。"哎,伊格纳特卡!你去玛特廖娜·马特维耶夫娜那儿,取那件皮大衣,貂皮的。我听人家说过怎样拐走姑娘,"多洛霍夫挤了挤眼说。"她失魂落魄地拼命逃出来,只穿着家里穿的衣裳;你只要一耽搁——她马上又是哭,又是喊爸爸妈妈,很快就冻坏了,闹着非回去不可,——你得赶快用大衣把她裹起来,送到雪橇上。"

仆人拿来一件女式的狐皮大衣。

"笨蛋,我说的是貂皮的。喂,玛特廖什卡,貂皮大衣!"他大喝一声。

一个俊俏、瘦削、脸色苍白的茨冈姑娘,眼睛又黑又亮,乌黑的卷发泛着灰蓝色,披着红围巾,拿着一件貂皮大衣,跑了出来。

"没关系,我舍得的,你拿去吧,"她说,看样子,她舍不得那件貂皮大衣,但是又害怕她的主人。

多洛霍夫没有理她，拿过大衣就往玛特廖莎身上一披，把她裹起来。

"就是这样，"多洛霍夫说。"然后这样，"他说着，把领子绕着她的头竖起来，只在脸前面敞开一点。"然后就这样，看见吗？"他把阿纳托利的头凑近露着玛特廖莎妩媚笑脸的领口。

"好，再见，玛特廖什卡，"阿纳托利一边说，一边吻她。"唉，我在这儿的快活日子完成了！向斯乔普卡问好。好，别了！别了，玛特廖莎，你祝福我吧。"

"上帝保佑您，"玛特廖莎带着茨冈人的口音说。

门前停着两辆三马雪橇，两名剽悍的车夫勒住马。巴拉加坐上前面的雪橇，高高抬起臂肘，沉着地整理缰绳。阿纳托利和多洛霍夫跟着他坐下来。马卡林、赫沃斯季科夫和仆人坐在另一辆雪橇上。

"准备好了吗？"巴拉加问。

"走啦！"他喊了一声，把缰绳缠到手上，很快雪橇就沿着尼基丁林荫大道溜坡往下疾驰而去。

"驾！快，哎！……驾！"只听见巴拉加和坐在前座上的小伙计的喊声。

在波德诺文斯基大街跑了两段路，巴拉加勒住缰绳，又回过头来转了几转，在旧马厩街十字路口停下了。

小伙计跳下车来，阿纳托利和多洛霍夫下了车，沿着林荫道走去。走到一家大门前，多洛霍夫吹响了口哨。有口哨回应他，紧跟着跑出来一个女仆。

"进院子里来吧，要不会被人看见，她马上就出来，"她说。

多洛霍夫在大门口站着。阿纳托利跟着女仆走进院子，绕过墙角，走上门廊的台阶。

玛丽亚·德米特里耶夫娜的随从加夫里洛，一个身材高大的汉子，迎着阿纳托利。

"请您去见太太，"那人低声说。

"见什么太太？你是谁？"阿纳托利气喘吁吁地低声问。

"请进，我是奉命来请的。"

"库拉金！回来！"多洛霍夫喊道。"给人出卖了！回来吧！"

站在小角门的多洛霍夫正跟管院子的搏斗，那个人在阿纳托利进去后想把小角门锁上。多洛霍夫拼命推开管院子的，抓住往外跑的阿纳托利的手臂，把他拽出小角门，两人一起向三马雪橇跑去。

十八

　　玛丽亚·德米特里耶夫娜碰见索尼娅在走廊里哭泣,她逼索尼娅把一切都说了出来。她抓过娜塔莎的信,读完后,就拿着信去找娜塔莎。

　　"坏丫头,不要脸的东西,"她说。"你的话我连听都不愿听!"她推开用吃惊而无泪的眼睛望着她的娜塔莎,把她锁在房里,吩咐管院子的人把今晚的来人让进大门,但不要放他们出去,命令仆人把那些人带来见她,交代完了后,她就坐在客厅里等着拐骗的人。

　　加夫里洛回禀玛丽亚·德米特里耶夫娜说,来的人都逃了,她皱起眉头站起来,背着手在屋里走来走去,思考她怎么办。夜间十一点多钟,她摸了摸衣袋里的钥匙,就到娜塔莎房里去了。索尼娅在走廊里失声痛哭。

　　"玛丽亚·德米特里耶夫娜,让我进去看看她,看在上帝的分上!"她说。玛丽亚·德米特里耶夫娜没有管她,开了锁,走了进去。"可恶,下流……在我家里,下贱的丫头……我只是可怜她的父亲!"玛丽亚·德米特里耶夫娜努力压住满腔怒火,想道。"无论多么困难,我还是吩咐大家不要声张,瞒着伯爵。"玛丽亚·德米特里耶夫娜迈着坚定的步子走进房间。娜塔莎躺在沙发上,两手捂着脸,一动不动。

　　"好哇,真好哇!"玛丽亚·德米特里耶夫娜说。"在我家里会情人!装假也没有用。我是和你说话,你听着。"玛丽亚·德米特里耶夫娜摸了摸她的手。"你听我说。你这个丫头把脸丢尽了。我原想给你个好看,但是我可怜你父亲。我隐瞒着。"娜塔莎没有反应,可是由于呜咽,她的整个身子一起一伏。玛丽亚·德米特里耶夫娜转脸看看索尼娅,就在娜塔莎身旁的沙发上坐了下来。

　　"他从我手里逃脱,算他走运;但是我找得到他,"她粗声粗气地说。"我的话你听见没有?"她把她的大手伸到娜塔莎的脸下面,把她的脸转过来。玛丽亚·德米特里耶夫娜和索尼娅看见娜塔莎的脸全都大吃一惊。她两眼发亮,没有泪水,嘴唇紧闭,两腮下陷。

　　"别管我……我没什么……我……要死了……"她说,用力地从玛丽亚·德米特里耶夫娜手里挣脱,仍旧像原来那样躺着。

　　"娜塔莉娅!……"玛丽亚·德米特里耶夫娜说。"我是为你好。你躺着吧,就这样躺着,我不动你,你听着……我不数落你,说你有罪。你自己是清楚的。但是,你父亲明天回来,我对他说什么呢?嗯?"

娜塔莎又哭得全身颤动。

"他会知道的，还有你的哥哥，你的未婚夫！"

"我没有未婚夫，我早已回绝了，"娜塔莎喊道。

"反正都一样，"玛丽亚·德米特里耶夫娜接着说。"他们知道了，会怎样呢，他们会撒手不管吗？要知道他，你的父亲，我了解他，倘若他要求他决斗，那样好吗？嗯？"

"哎呀，别管我啦，为什么你们什么都管！为什么？为什么？谁叫你们来管的？"娜塔莎从沙发上欠起身来，凶狠地瞅着玛丽亚·德米特里耶夫娜，喊道。

"你想要怎么样？"玛丽亚·德米特里耶夫娜又发火了，大喊一声。"把你锁起来了吗？有人不让他到家里来吗？为什么要把你像茨冈姑娘那样给人拐走呢？……好，就说他把你拐走了吧，你以为他们找不到他吗？你的父亲，还有你的哥哥，还有你的未婚夫？他是坏蛋，是流氓，你要知道！"

"他比你们谁都好，"娜塔莎欠身喊起来。"倘若没有你们干涉……哎哟，我的上帝，这是怎么回事，这是怎么回事！索尼娅，到底为什么呀？都走开！……"她大哭起来，哭得十分伤心，只有感到自食其果的人才那样哭。玛丽亚·德米特里耶夫娜又要说话；可是娜塔莎大叫道："走开！走开！你们都恨我，看不起我！"她又扑倒在沙发上。

玛丽亚·德米特里耶夫娜又数落了娜塔莎一阵，而且嘱咐她，要瞒着伯爵，如果娜塔莎下决心忘掉一切，对任何人都不露出发生什么事，那么就不会有人知道。娜塔莎没有回答。她不再哭了，但是她浑身发冷，老打寒战。玛丽亚·德米特里耶夫娜给她垫上枕头，盖上两床被子，亲自给她拿来菩提花露，娜塔莎一直不理她。

"好，让她睡吧，"玛丽亚·德米特里耶夫娜以为她睡着了，离开房间时这么说。可是娜塔莎没有睡着，仍旧睁着两只大眼睛呆呆地望着前面。娜塔莎整夜未睡，也没哭，也没和索尼娅说话，索尼娅夜里起来几次来到她跟前。

第二天，正像伊利亚·安德烈伊奇伯爵预先说的，快吃早饭的时候，他从莫斯科近郊的田庄回来了。他很兴奋：同买主已经谈妥了，现在再没有什么事使他非得留在莫斯科不可了，也不用跟伯爵夫人过分离的生活了。玛丽亚·德米特里耶夫娜迎接他，告诉他说，娜塔莎昨天极不舒服，请医生看过，已经好多了。这天早上娜塔莎没有出房门。她紧闭着干裂的嘴唇，睁着干巴巴的眼睛，呆呆地在窗口坐着，心神不安地看着街上的行人，匆忙地转脸看走进房来的人。她显然是在等待他的消息，等待他亲自前来或者给她来信。

伯爵进来看她时，她听见男人的脚步声，心神慌乱地转过身来，于是她的脸又恢复了淡漠、甚至愤恨的神情。她甚至没有站起来迎接父亲。

"你怎么了，我的天使，病了吗？"伯爵问。

娜塔莎沉默良久。

"是的，病了，"她回答。

伯爵关心地问她为什么脸色这么难看，是不是她的未婚夫出了什么事，她说没有什么事，请他不要挂心。玛丽亚·德米特里耶夫娜向伯爵证实了娜塔莎的话，说没出什么事。可是从假装生病、从女儿的心神不定、从索尼娅和玛丽亚·德米特里耶夫娜不自然的表情，伯爵清楚地看出，他不在的时候，一定出了什么事；但是他是那么害怕去想他所钟爱的女儿会出什么丢人的事，他是那么珍视他那恬适的心情，他不再细问，竭力使自己相信，并没有出什么特别的事情，只不过女儿健康欠佳因而推迟回乡的日期，使他感到不快罢了。

十九

皮埃尔自从妻子来莫斯科后，就打算到什么地方去，只求不和她在一起。罗斯托夫家的人到莫斯科不久，娜塔莎给他的印象，迫使他急着去了却他的一桩心愿。他到特韦尔去见约瑟夫·阿列克谢耶维奇的遗孀，她早就答应把亡夫的一些文件交给他。

皮埃尔回到莫斯科时，他接到玛丽亚·德米特里耶夫娜一封信，请他到她那儿去商谈一件有关安德烈·博尔孔斯基及其未婚妻的非常重要的事情。皮埃尔一直躲避着娜塔莎。他觉得，他对她的感情太强烈了，已经超过一个已婚的人对朋友的未婚妻应有的感情。但不知什么命运常常把他和她连在一起。

"出什么事了呢？他们有什么事和我有关呢？"他一边穿衣，一边想。"安德烈公爵快回来和她结婚就好了！"皮埃尔在去阿赫罗西莫娃家的路上想道。

在特韦尔林荫道上有人叫他。

"皮埃尔！回来很久了吗？一个熟悉的声音喊他。皮埃尔抬起头来。在两匹灰色的快马拉着的雪橇里，坐着阿纳托利和他那位形影相吊的朋友马卡林。阿纳托利笔直地坐着，海龙皮领围着下巴颏，微微地低着头。他面色红润鲜亮，歪戴着白羽饰的帽子，露出撒满细雪的、搽过油的卷发。

"是啊，这才真是聪明人！"皮埃尔心里说，"他只管眼前的享乐，此外什么都不能烦扰他，——所以他经常快活、满足、心安理得。只要能够像他那样，我有什么不能舍弃的呢！"皮埃尔羡慕地想道。

在阿赫罗西莫娃的前厅，仆人一边给皮埃尔脱皮大衣，一边说玛丽亚·德米特里耶夫娜请他到她的卧室里去。

推开大厅的门，他看见娜塔莎坐在窗口，她面孔瘦削、苍白、满脸怒容。她转脸看看他，皱起眉头，带着冷若冰霜的神情走出屋去。

"出了什么事？"皮埃尔刚走进玛丽亚·德米特里耶夫娜的房门就问。

"好事儿，"玛丽亚·德米特里耶夫娜回答。"我活了五十八岁，还从来没见过这么丢人的事呢。"皮埃尔发誓不把他所知道的事情说出去后，玛丽亚·德米特里耶夫娜告诉了皮埃尔事情的经过。

皮埃尔听着，耸起肩膀，张着嘴，简直不敢相信自己的耳朵。被安德烈公爵热爱着的未婚妻，从前那么可爱的娜塔莎·罗斯托娃，居然抛弃了博尔孔斯基，而看中笨蛋阿纳托利这个已婚的家伙（皮埃尔知道他结婚的秘密），并且如此爱他，居然同意跟他私奔！——这是皮埃尔无法理解的。

从娜塔莎小的时候起，皮埃尔对她就有好印象，同现在对她的卑贱、愚蠢和残酷的概念，在他心目中无法调和。他想到了他的妻子。"她们都是同样，"——他一边自言自语，一边在想，有着同坏女人结合的可悲命运的，并不只有他一个人。然而他仍旧痛惜安德烈公爵，痛惜他的自尊心受到损害。他越是怜惜他的朋友，就越是怀着轻蔑甚至厌恶的心情想到娜塔莎。他不知道，娜塔莎的内心充满了失望、羞愧、屈辱。

"怎么说要举行婚礼！"皮埃尔听了玛丽亚·德米特里耶夫娜的话，说。"他不能结婚：他已经结过婚了。"

"更糟了，"玛丽亚·德米特里耶夫娜说。"好小子！好一个坏蛋！她还在盼他呢，盼了一天多了。必须告诉她，至少她不会再盼他了。"

玛丽亚·德米特里耶夫娜得知阿纳托利结婚的详情后，痛骂了他一顿，以泄心头的愤恨，然后向皮埃尔说明为什么要请他来。玛丽亚·德米特里耶夫娜担心伯爵或者随时都可能回来的博尔孔斯基知道这件事,要求库拉金决斗,所以请他以她的名义命令阿纳托利离开莫斯科,而且不准他在她眼前露面。皮埃尔了解到老伯爵以及尼古拉和安德烈公爵的危险处境,答应按照她的意思去做。她简单明了地说明了她的要求后,就把他让到客厅里。

"当心,伯爵什么都不知道,你也要做得什么都不知道似的,"她对他说。"我去跟她说用不着盼了!你愿意的话,就留下吃饭吧,"玛丽亚·德米特里耶夫娜向皮埃尔喊了一声。

皮埃尔见到老伯爵。他有些不自然,并且心情烦躁。这天早上娜塔莎已经告诉他,她回绝了博尔孔斯基。

"真糟,真糟,"他对皮埃尔说,"这些没娘的女孩子真难办;我非常后悔这次到这儿来。我对您无话不谈。您可听说过,跟谁都没商量就回绝了未婚夫。虽然我对这门亲事并不多么称心。虽然他是一个好人,但是违反父亲的意志是不会有幸福的,说实在的娜塔莎并不愁没有求婚的。但是,事情就这样迁延下来,可是,不得父母的同意,就来这么一下,怎么行呢!现在她又病了,谁知道是怎么回事!难啊,伯爵,对付没娘的女儿,难啊……"皮埃尔看出伯爵心里烦乱,努力改变话题,可是伯爵又回到那件使他苦恼的事。

索尼娅慌慌张张地走进客厅。

"娜塔莎不大舒服;她在她的房间里,希望见见您。玛丽亚·德米特里耶夫娜也在那儿,也请您去一趟。"

"对了,您和博尔孔斯基很谈得来,她肯定是要您转达什么,"伯爵说。"哎呀,我的上帝,我的上帝!过去一切多么好哇!"他心烦意乱地走出房去。

玛丽亚·德米特里耶夫娜告诉娜塔莎说,阿纳托利是结过婚的,娜塔莎不信,要皮埃尔亲自去证实。在送皮埃尔去娜塔莎房间穿过走廊的时候,索尼娅把这事告诉了他。

娜塔莎坐在玛丽亚·德米特里耶夫娜身旁,脸色苍白,态度冰冷,皮埃尔一进门,她就用探询的目光迎着他。她不笑也不向他点头,只是用力地望着他,她那目光只追问他一件事:在对待阿纳托利的态度上,他是友人,还是像其他人一样,是敌人?

"他全知道,"玛丽亚·德米特里耶夫娜指着皮埃尔对娜塔莎说。"让他告诉你,我说的是不是真话。"

娜塔莎时而望望这个又看看那个。

"娜塔莉娅·伊利尼奇娜,"皮埃尔低下头开口说,他心里怜悯她,同时又感到厌恶,"这是真还是假,对您来说,应该是一样的,因为……"

"这么说来,说他结过婚不是真的了?"

"不,是真的。"

"他早就结了婚吗?"她问。"您敢发誓吗?"

皮埃尔对她发了誓。

"他还在这儿吗?"她赶忙问。

"是的,我刚才还看见过他。"

她实在无力说下去了,打手势让大家走开。

二十

皮埃尔没有留下吃饭,他立刻走出房间,坐车走了。为了找阿纳托利·库拉金,他驱车走遍全城,他一想起他,全身的血液就涌上心来,使他憋得难受。滑雪场、茨冈女人的家、科莫涅诺家——都没有他。皮埃尔驱车到俱乐部。俱乐部仍旧像平常一样:来吃饭的客人三三两两地坐在一起,向皮埃尔问好,说城里的新闻。侍者都知道他认识的人和习惯,在向他问过好后,说,在小餐厅已经给他留了一个位子,米哈伊尔·扎哈雷奇公爵到图书馆去了,帕维尔·季莫费伊奇还没有来。皮埃尔的一个熟人在谈天气时,问他可听说一件闹得满城风雨的事:库拉金拐走了罗斯托娃,是真的吗? 皮埃尔听了哈哈大笑,他说这全是胡说,因为他才从罗斯托夫家来。他向所有的人打听阿纳托利;有人告诉他说他还没来,有人说他今天要来吃饭。他在大厅里来回走动,等客人都上满了,仍旧没等到阿纳托利,他没有吃饭就回家了。

他所寻找的阿纳托利这一天在多洛霍夫家吃饭,同他商量如何补救弄糟了的事情。他觉得必须和罗斯托娃见一面。晚上他到妹妹那儿,同她商量关于安排会面的事。当皮埃尔白白走遍莫斯科全城回到家里时,仆人向他禀报,阿纳托利·瓦西里耶维奇公爵在伯爵夫人那儿。伯爵夫人的客厅坐满了客人。

皮埃尔没有跟妻子打招呼,虽然他回来后还没见到她(他觉得此刻她比任何时候都可恨),他进入客厅,看见阿纳托利,就向他走过去。

"啊,皮埃尔,"伯爵夫人向丈夫走过去,用法语说。"你不知道我们的阿纳托利的处境……"她停住了,从丈夫低低垂下的头,从他那发光的眼睛,从他那坚决的步子,她看出了那股狂怒和粗暴的可怕表情,这是她所熟悉、并且在和多洛霍夫决斗后她所亲自领教过的这种表情。

"您到哪儿,哪儿就出现伤风败俗和罪恶,"皮埃尔对妻子说。"阿纳托利,跟我来,我有话跟您说,"他用法语说。

阿纳托利转脸看了看妹妹,顺从地站起来,要跟皮埃尔走。

皮埃尔抓起他的胳膊,把他拽到身边,走出屋去。

阿纳托利迈着平时那种潇洒的步子跟着皮埃尔。然而他脸上显出不安的神情。

走进书房,皮埃尔关上门,向阿纳托利转过身来,眼睛不看他的脸。

"您答应罗斯托娃伯爵小姐要和她结婚吗?您想拐走她?"

"亲爱的,"阿纳托利用法语回答道,"对于这种腔调的审问,我认为没有回答的必要。"

皮埃尔那张本来就苍白的脸,因为狂怒变得更难看了。他用他那只大手抓住阿纳托利的制服领子,把他摇来摇去,直到阿纳托利脸上露出非常惊恐的神情。

"我说,我有话要跟您谈谈……"皮埃尔重复说。

"怎么了,这是胡闹。嗯?"阿纳托利说。

"您是流氓,是无赖,我不明白是什么东西拦住了我,可惜我没能用这东西砸烂您的脑袋,"皮埃尔说,他拿起一个沉甸甸的吸墨器,举起来恐吓,接着又赶快放回原处。

"您答应要娶她吗?"

"我,我,我没想到;并且,我从来都没答应,因为……"

皮埃尔打断了他的话。

"您有她的信吗?问您有没有信?"皮埃尔向阿纳托利走过去。

阿纳托利看看他,赶紧把手伸到衣袋里。

皮埃尔把给他的信接过来,推开挡路的桌子,一下坐到沙发上。

"别害怕,我不会把您怎么样的"皮埃尔看见阿纳托利害怕的样子,说。"信,放在我这儿,这是第一,"皮埃尔似乎自言自语背诵似的。"第二,"他站起来踱步,沉吟了片刻,接着说,"您明天就必须离开莫斯科。"

"但是我怎么能……"

"第三,"皮埃尔不听他说话,接着说,"关于您和伯爵小姐的事,永远不许您提一个字。当然,我无法禁止您做这件事,可是,倘若您还要一丁点儿良心的话……"皮埃尔默默地在屋里来回走了好几趟。阿纳托利坐在桌旁,紧皱着眉头,咬着嘴唇。

"总有一天您会明白,除了您取乐,还有别人的幸福和安宁,为了您能寻欢作乐,却毁掉了别人的一生。拿我老婆这样的女人开心,——那是您的权利,她们知道您要求她们的是什么。她们有同样放荡的经验对付您;可是答应一个少女和她结婚……欺骗,偷盗……您怎么会不明白,这跟殴打老人或者小孩一样卑劣无耻!……"

皮埃尔停住不说了,看了看阿纳托利,他那目光已经不是愤怒的,而是询问的了。

"这个,我不知道。嗯?"阿纳托利说,随着皮埃尔克制自己的愤怒,他渐渐恢复了勇气。"这个,我不知道也不愿知道,"他不看皮埃尔说,下巴颏微微颤抖着,"不过,您对我说出这样的话:卑劣无耻之类的话,我,作为一个体面的人,不许任何人这样对我说话。"

皮埃尔惊奇地望着他,极力想弄清楚他要怎么样。

"虽然是你我之间私下里说的话,"阿纳托利接着说,"我还是不能……"

"怎么,您需要赔礼道歉吗?"皮埃尔嘲笑他说。

"至少您可以收回您的话。嗯?倘若您要我按照您的意思办事的话。嗯?"

"我收回,我收回,"皮埃尔说,"我也请您原谅。"皮埃尔看了看扯下来的纽扣。"钱也有,倘若您需要路费的话。"阿纳托利笑了。

这种从妻子那里他就已经熟悉的胆怯而卑劣的微笑,又惹恼了皮埃尔。

"下贱,没有心肝,一门孬种!"他说,便走出屋去。

第二天,阿纳托利到彼得堡去了。

二十一

皮埃尔去见玛丽亚·德米特里耶夫娜,通知她关于驱逐库拉金出莫斯科,已经照她的意思办妥了。全家都处在惊慌和焦虑之中。娜塔莎病得十分厉害,玛丽亚·德米特里耶夫娜秘密地告诉他,就在向她说明阿纳托利已经结婚的那天晚上,她服了她偷偷弄到的砒霜。她吞了一点,就吓坏了,把索尼娅叫醒,对她说了。由于及时采取了解毒措施,现在她已经脱离了危险;但是还很衰弱,根本谈不上把她送回乡下了,已经派人去接伯爵夫人了。皮埃尔见到了张皇失措的伯爵和泪痕满面的索尼娅,但是没能见到娜塔莎。

皮埃尔这一天在俱乐部用餐,到处都听到人们谈论企图抢劫罗斯托娃的事件,他坚决否认这些说法,他向所有的人担保什么事都没有发生,只是阿纳托利向罗斯托娃求婚,遭到拒绝罢了。皮埃尔觉得,他有责任隐瞒事实真相,恢复娜塔莎的名誉。

他怀着惧怕的心情等待安德烈公爵回来,每天都到老公爵那儿去打听他的消息。

尼古拉·安德烈伊奇公爵从布里安小姐那儿知道了城里流传的所有的谣言,也读了那封娜塔莎写给玛丽亚公爵小姐的解除婚约的信。他好像比平时兴奋,而且急切地盼望着儿子归来。

阿纳托利走后又过了几天,皮埃尔接到安德烈公爵的短简,告知他回来了,让皮埃尔顺便到他那儿去一趟。

安德烈公爵到了莫斯科之后,刚一落脚,就从父亲手里接到娜塔莎写给玛丽亚公爵小姐关于取消婚约的信(这封信是布里安小姐从玛丽亚公爵小姐那儿偷去交给公爵的),而且从父亲口中听到关于抢劫娜塔莎、添枝加叶的叙述。

安德烈公爵是头天晚上到的。皮埃尔第二天一早就去找他。皮埃尔本以为安德烈公爵同娜塔莎处在同样的状态,可是当他进入客厅,听见安德烈公爵在书房里起劲地高声谈论彼得堡的阴谋事件的时候,觉得很惊奇。老公爵和另一个人的声音有时打断他的话。玛丽亚公爵小姐出来迎接皮埃尔。她叹了一口气,好像是表示对哥哥不幸的同情;但是皮埃尔发现事情根本不是这样。

"他说他料到这种事,"她说,"我知道,他的高傲性格不许他露出他的感情,可是他在这个问题上,仍旧比我所预料的好,好得多。"

"难道一切就完全完了吗?"皮埃尔说。

玛丽亚公爵小姐惊诧地望着他。她甚至不明白怎么会提出这个问题。皮埃尔走进书房。安德烈公爵变化很大,身体显然养好了,然而眉头新添一道横纹,他身穿便服,面对父亲和梅谢尔斯基公爵站着,起劲地打着手势,热烈地争论着。

他们是在谈论斯佩兰斯基,关于他忽然被流放和他被诬告叛国的消息才传到莫斯科。

他看见皮埃尔,停住不说了。

"你好吗?又胖啦,"他精神饱满地说。"是的,我很健康,"他回答皮埃尔的问话,冷冷一笑。皮埃尔明白,他的冷笑是说:"我很健康,可我的健康已经没有人需要了。"

安德烈公爵尽力讨论和烦心的事无关的问题,当其他人都走后,他对皮埃尔说:"原谅我,我麻烦你了……"皮埃尔知道安德烈公爵想谈娜塔莎,他宽宽的脸上露出怜悯和同情的神色。皮埃尔的表情激怒了安德烈公爵;他坚决地说:"我收到了罗斯托娃伯爵小姐的退婚信,也已经听到了令兄向她求婚之类的传说。是不是真的？"

"是真的，也不是真的，"皮埃尔刚想说；但是安德烈公爵拦住了他。

"这是她的信和肖像，"他说。他从桌上拿起一束东西递给皮埃尔。

"把这个交给伯爵小姐，倘若你看见她的话。"

"她病得十分厉害，"皮埃尔说。

"那么她还在此地？"安德烈公爵说。"库拉金公爵呢？"他急促地问。

"他早就走了。她命在旦夕了⋯⋯"

"我很同情她的病，"安德烈公爵说。他像他父亲似的，冷酷、凶狠、不快乐地笑了笑。

"那么说来，库拉金先生并没有赏给罗斯托娃伯爵小姐求婚的光荣？"安德烈公爵说，用鼻子嗤了几声。

"他不能结婚，因为他已经结过婚了，"皮埃尔说。

安德烈公爵不快活地笑起来，又十分像他的父亲。

"现在他——令兄，在哪儿？我可以问问吗？"他说。

"他到彼得堡去了⋯⋯其实我也不知道，"皮埃尔说。

"好的，这无所谓，"安德烈公爵说。"你向罗斯托娃伯爵小姐转达，她过去和现在都是自由的，我祝她万事如意。"

皮埃尔拿着那束信。安德烈公爵专注地向皮埃尔凝视，似乎在想他是不是还应该说点什么，或者等待皮埃尔是否有话要说。

"您听我说，您还记得咱们在彼得堡时候的争论吧，"皮埃尔说，"可记得关于⋯⋯"

"记得，"安德烈公爵赶忙回答，"我说过，要原谅堕落的女人，但是我没说我能够原谅。我不能够。"

"难道这可以相提并论吗？⋯⋯"皮埃尔说。安德烈公爵打断了他的话。尖声喊道：

"是啊，再向她求婚，宽宏大度，如此等等？⋯⋯是啊，这很高尚，但是我不能追随⋯⋯倘若你愿做我的朋友，那么你永远别跟我谈这个，⋯⋯谈这一切。好啦，再见。你可以交给她吗？⋯⋯"

皮埃尔走出屋去，到老公爵和玛丽亚公爵小姐那儿去了。

老头比平常显得活跃。玛丽亚公爵小姐仍旧像从前那个样子，但皮埃尔看出她对哥哥的婚事受挫感到兴奋。

吃饭的时候，谈到就要到来的战争。安德烈公爵不住地说话，时而同父亲争论,时而同瑞士教师德萨尔争论,皮埃尔很明白他所以这么活跃的原因。

二十二

那天晚上,皮埃尔到罗斯托夫家去履行他接受的委托。娜塔莎没有起床,伯爵到俱乐部去了,皮埃尔把信件交给索尼娅,然后,就去见玛丽亚·德米特里耶夫娜,她很想知道安德烈公爵得知那个消息后有什么反应。后来索尼娅走进玛丽亚·德米特里耶夫娜的房间。

"娜塔莎一定要见彼得·基里洛维奇伯爵,"她说。

"那怎么行啊,把他请到她那儿去,是吗?你们那儿没有收拾啊,"玛丽亚·德米特里耶夫娜说。

"不,她已经穿好衣服到客厅里了,"索尼娅说。

玛丽亚·德米特里耶夫娜只是耸耸肩膀。

"伯爵夫人什么时候到啊,真是把我折磨坏了。你得注意,不要什么话都对她说,"她对皮埃尔说。"骂她吧,又不忍心,她太可怜了,太可怜了!"

娜塔莎在客厅中间站着,她消瘦,面色苍白,神情严峻,根本没有皮埃尔所想的羞愧神态。皮埃尔在门口出现时,她有点慌,拿不定主意是向他走过去呢,还是等他走过来。

皮埃尔急忙向她走去。他以为她一定会像往常那样,把手递给他;可是她走到他面前就站住了,深沉地呼吸着,两只臂膀毫无力气地垂下来,跟她走到大厅中间准备唱歌时的姿势非常相像,可是神情完全不同。

"彼得·基里雷奇,"她很快地说,"博尔孔斯基公爵曾经是您的朋友,他现在也是您的朋友,"她更正说(她觉得,过去的一切一去不复返了,现在的一切则是另一个样子了)。"他曾经对我说过,让我去求您……"

皮埃尔默默地望着她,呼哧呼哧地喘着气。他内心是责备她的,而且尽力鄙视她;但是现在,他很可怜她,心里已经没有责备她的余地了。

"他现在在这儿,请您对他说……请他原……原谅我吧。"她停住了,呼吸得更快了,但是没有哭。

"好……我对他说,"皮埃尔说,"可是……"他不知说什么好了。

娜塔莎害怕皮埃尔可能有其他想法。

"不,我知道一切都完了,"她赶忙说。"不,那永远不可能了。我只不过是为了我做了对不住他的事而痛苦罢了。请您只对他说,我求他宽恕,宽恕,宽恕我的一切……"她全身颤抖,坐到椅子上。

皮埃尔心里充满了从来没有体验过的怜悯感情。

"我一定对他说,我一定对他再说一遍,"皮埃尔说,"可是……我想知道一件事……"

"要知道什么呢?"娜塔莎的眼神在问。

"我想知道您是否爱过……"皮埃尔不知道如何称呼阿纳托利,一想到他,脸就红了。"您是否爱过那个坏人?"

"别叫他坏人吧,"娜塔莎说。"可是我什么也不知道,什么也不知道……"她又哭了。

于是一种更强烈的怜悯、温柔和爱慕的感情涌上皮埃尔的心头。他听见扑簌簌的泪水在他的眼镜下面流,他不愿让人看见。

"不要再谈了吧,好朋友,"皮埃尔说。

他那声调的和蔼、温柔、亲切,使娜塔莎突然觉得十分奇怪。

"咱们不要再谈了,好朋友,我把事情都告诉他;但是我求您一件事——把我当您的朋友,倘若您需要帮助、忠告,或者只是想找个人谈谈心——不是现在,而是当您心情好起来的时候,——就想到我吧。"他拿起她的手吻了吻。"我会是很幸福的,倘若我能……"皮埃尔不知怎么说了。

"不要对我这样说吧:我不配!"娜塔莎喊道,想从房里出去,可是皮埃尔握住她的手。他知道他还有话要对她说。但当他说出来的时候,他对自己的话感到很惊奇。

"别那么说,别那么说,您的生活道路还远着呢,"他对她说。

"我的生活道路?不!我的生活道路全完了,"她怀着羞愧和自卑的心情说。

"全都完了?"他说。"假如我不是我,而是世界上最漂亮、最聪明,最好的人,而且是自由的,那么此刻我就跪下向您求婚和求爱了。"

许多天以来,娜塔莎第一次流下了感激和感动的眼泪,她看了看皮埃尔,就走了。

她走后,皮埃尔差不多是跑着到了前厅,忍着哽住喉咙的、因为感动和幸福而要流出的眼泪,他没有伸进袖子,披上皮大衣,就上了雪橇。

"现在到哪儿去,您老?"赶车地问。

"到哪儿去?"皮埃尔问自己。现在还能到哪儿去呢?难道到俱乐部或者到人家去做客吗?比起他所受的感动和爱情,比起她最后一次含着泪水向他那温柔、感激的一瞥,——比起这一切,所有的人都显得非常可怜,十分乏味。

　　"回家，"皮埃尔说，虽然零下十度，他仍旧敞开熊皮大衣，露出他那宽阔的、欢快地呼吸着空气的胸脯。

　　天气严寒并且晴朗。在肮脏的、半明半暗的街道上方，在黑乎乎的屋顶上方，伸展着撒满繁星的灰暗天空。皮埃尔只是在仰望天空的时候，才不觉得人世的一切，比起他现在灵魂的高度，是多么卑劣可耻。在阿尔巴特广场的入口，一大片灰暗的星空展现在皮埃尔的眼前。差不多是在这片天空的中间，在圣洁林荫道上方，悬着一颗巨大明亮的彗星，据说这是一颗预示着各种灾难和世界末日的彗星，它不同于众星的是它低垂地面，放射白光，高高地翘起长尾巴。但是在皮埃尔心中，这个拖着光芒四射的长尾巴的明星，没有引起一点恐惧的感觉。恰恰相反，皮埃尔怀着欣赏的心情，用那被泪水浸湿了的眼睛望着这颗璀璨的明星——它以无法形容的速度，沿着抛物线在无限的空间飞驰。皮埃尔觉得，这颗彗星和他那颗生机勃勃地走向新生活、变得软化和振奋起来的心灵全然吻合。

第九部

一

1811 年末,西欧军队开始加强战备,并开始集中,1812 年,几百万军队(包括运输和供应人员)由西而东向俄国边境运动,从 1811 年起,俄国军队也开始向边境集结。六月十二日,西欧军队越过俄国边境,战争宣告开始了。几百万互相敌对的人们,犯下了无数暴行,他们欺骗、背叛、盗窃、作伪、发行伪币、抢劫、放火、杀人。

是什么引起这场严重的事件呢?它的原因是什么呢?史学家说,其原因是奥尔登堡公爵的受辱,大陆体系的破坏,拿破仑的野心,亚历山大态度强硬,外交家的错误,等等。

所以,只要梅特涅、鲁缅采夫或者塔列兰在朝见和招待晚会的时候,认真做一番努力,或者拿破仑应该给亚历山大写一封信:"我愿意把公国交还奥尔登公爵",战争就不会发生了。

当然,当时的人们就是这样理解那次战争的。在拿破仑看来,战争的原因是英国的阴谋(他在圣赫勒拿岛就这样说过);英国的议员们认为,战争的原因是拿破仑的野心;奥尔登堡公爵认为,战争的原因是他无辜遭受的暴行;商人们认为,战争的原因是使欧洲崩溃的大陆体系;老军人和将军们认为,主要的原因乃在于他们必须有事可做;当时帝王复辟主义者认为必须恢复好的原则,而外交家们则认为,一切都因为 1809 年俄奥联盟未能瞒过拿破仑,还因为一七八号备忘录措辞拙劣。

当时的人们意见纷纭,莫衷一是。而后来的人们则发现这次战争是多种因素、各种原因综合影响的结果。

历史自有它自己的规律。

1812 年的拿破仑,虽然比任何时候好像更有权来决定到底让不让流自己人民的血,其实他比任何时候更服从必然的法则,被迫为共同的事业、为历史完成那必须完成的事。(而他却觉得他的行动是自由的。)

西方的人们向东方进发从而造成了互相屠杀。

苹果成熟了就掉下来，——它为什么掉下来？是因为地心引力吗？是因为茎干枯了吗？是因为太阳把它晒干了吗？是因为它太重了吗？是因为风吹了它吗？是因为树下有一个小孩想吃它吗？

这都不是原因。这只是各种条件的偶然结合的结果。植物学家认为苹果之所以落下来，是因为细胞组织腐败等等原因，站在树下的小孩却认为，因为他想吃苹果，而且为此做了祈祷，所以它才掉下来，植物学家和小孩都一样正确。说拿破仑去莫斯科是因为他想去，说他毁灭是因为亚历山大盼着他毁灭，这样说的人，也对也不对，同样，一座被刨倒的一百万普特的山之所以倒下来，是因为一个工人用十字镐刨了最后一下，这样说的人也对也不对。在各种历史事件中，那些所谓的伟大人物，不过是给事件命名的标签罢了，他们也正如标签一样，与事件本身联系极少。

他们每一个行动，他们觉得似乎都是他们独断专行，其实从历史的意义来看，却不是随心所欲的，而是与整个历史进程相关联，并且是很久很久以前就决定了的。

二

五月十六日，拿破仑离开了停留了三个星期的德累斯顿，他在那里时，一些亲王、公爵、国王、甚至还有一个皇帝，在他周围形成一个宫廷。临行时，拿破仑对那些应得表彰的亲王、国王和皇帝给予亲切的慰抚，对那些他不满意的国王和亲王给予申斥，把珍珠和钻石，送给奥国的皇后，而且温情地拥抱玛丽亚·路易莎皇后，据他的历史学家说，她和他离别时，仿佛依依不舍，——她把他当作丈夫，虽然拿破仑在巴黎另有妻室。尽管外交家们还坚信和平的可能性，并为此努力，尽管拿破仑皇帝给亚历山大皇帝的亲笔信中诚恳地保证，他不希望战争，他永远爱他，尊重他，——但是他仍旧动身去追赶军队，每到一站都发出新的命令，敦促军队快速从西方向东方挺进。他坐一辆六匹马拉的旅行轿式马车，被一群少年侍从、副官和卫队簇拥着，顺着路过波森、托伦、但泽和柯尼斯堡等城的大道进发。每到一处，都有成千上万的人怀着担惊受怕的心情热烈地欢迎他。

军队从西向东推进，他乘着六套马车驰向同一方向。六月十日他赶上了军队，在维尔科维斯基森林一个波兰伯爵的庄园里过夜。

第二天，拿破仑乘坐四轮马车到了部队前头，抵达涅曼河，为了察看渡河地点，他换上波兰军装，来到河岸上。

拿破仑看见河对岸的哥萨克，看见广漠的草原，莫斯科城就在草原的中央。他完全出人意料，违反战略和外交的考虑，竟然命令前进，第二天他的军队开始横渡涅曼河。

十二日一大早，他走出帐篷，用望远镜眺望军队洪流从维尔科维斯基森林涌出、随后注入搭在涅曼河上的三座浮桥上。军队知道皇帝在场，都用眼睛寻找他，他们看见山上帐篷前面有一个离开随从、身穿常礼服、戴着帽子的人影，就都抛起帽子，高呼："皇帝万岁！"——于是一个跟着一个，川流不息地从隐蔽他们的大森林里涌出来，然后分开，从三座桥上过到对岸。

军人因皇帝的亲征而士气昂扬。这些人脸上全是一样的表情，那就是对久已期待的长征的喜悦，对那个站在山头、穿着常礼服的人的狂喜和忠诚。

六月十三日，拿破仑骑着马向横架在涅漫河上的一座桥飞奔而去，不断的欢呼声使他震耳欲聋；但这种到处都伴随着他的欢呼声，使他心烦意乱，使他无法专心考虑一直萦绕在心头的军事问题。他驰过浮桥，到达对岸后，向左急转弯，然后朝着科夫诺方向飞驰，那些兴高采烈的近卫猎骑兵在他前面开路。他驰到宽阔的维利亚河，就在驻扎河岸的波兰枪骑兵团附近停住了。

"万岁！"波兰人也热烈地喊起来，他们乱了队形，你挤我拥地争着看他。拿破仑仔细地察看了这条河，然后下了马，在河岸上的一段圆木上坐下了。他打了个手势，有人递给他一副望远镜，他把望远镜放在欢欢喜喜跑过来的少年侍从的背上，开始向对岸察看。然后他低头细看摊在几根圆木上的地图。他说了一句什么，于是他的两个副官向波兰枪骑兵驰去。

"说什么？他说什么？"当一个副官驰到波兰枪骑兵队伍跟前，队伍里传出询问的声音。

命令寻觅一个过河的浅滩。波兰枪骑兵上校，一个相貌堂堂的老人，涨红了脸，激动得语无伦次，问副官可不可以让他带领他的枪骑兵不找浅滩，就泅水过河。他像一个请求允许骑马的小孩似的，怀着生怕遭到拒绝的心情，请求允许他当着皇帝的面游过河。副官说，皇帝对这种热心想必会满意的。

副官的话音刚落，这个老军官立刻喜形于色，两眼发亮，举起佩刀，高呼："万岁！"——于是命令枪骑兵随他来，他用马刺刺了一下马，就向河边驰去。他生气地给他胯下的踌躇不前的马一记猛刺，那马就扑通一声跳进水里。几百名枪骑兵也跟着他跳进水里。河中心的急流又冷又怕人。枪骑兵从立刻掉下来。有些马淹死了，有些人也淹死了，其余的努力向对岸游去，虽然半俄里外就有一个浅滩，但是，他们以在拿破仑眼前泅水过河和淹死为荣。副官回来后，找了个合适的时机，请皇帝注意那波兰人对皇帝的忠心。

他早就形成一种信念：在世界任何地方，从非洲到莫斯科维亚草原，只要他在场，无一例外地使人大大吃惊，舍己忘我地疯狂。他要来他的马，驰回他的驻地去了。

虽然派了船去搭救，仍旧有四十来名枪骑兵淹死了。大多数挣扎着游回原来的岸上。上校和几个人游过河，勉强爬上对岸。他们刚一上岸，就高呼："万岁！"心满意足地望着拿破仑刚才在那儿站着、现在已经离开的地方，他们认为自己很幸运。

傍晚，拿破仑发了两道命令，一道是命令尽快将俄国伪币运来，输入俄国，另一道是命令枪毙一个撒克逊人，因为在他的一封信里有关于法军的情报，然后又发出第三道命令——把那个根本没必要泅水过河的波兰上校编入拿破仑自任团长的荣誉团。

三

俄国皇帝这时在维尔纳已经住了一个多月了。对于人人都料到的战争，仍旧毫无准备。没有制定一个统一的作战计划。对于拟议中的几个计划应当采取哪个，原本就举棋不定，在皇帝来大本营后，更加犹豫不决了。三路军队各有自己的总司令，但统帅各路军队的总指挥官却没有。

皇帝在维尔纳住得越久，对战争的准备就越少，因为人们都等得厌倦了。看来，皇帝左右的人都全心全意地设法使皇帝过得快活，使他忘掉当前的战争。

就在拿破仑发出横渡涅曼河的命令，他的先头部队击退哥萨克，进入俄国边境的那天，亚历山大正在参加舞会。

那是一个快活的辉煌的晚会；内行的人说，这么多的美人聚到一起是少见的。别祖霍娃伯爵夫人是随皇帝从彼得堡来维尔纳

的贵妇们中间的一个,她也参加了晚会,她那被誉为俄罗斯美的庞大身躯使体态轻盈的波兰贵妇们黯然失色。她十分惹人注意,连皇帝也和她跳了一次舞。

鲍里斯·德鲁别茨科伊,把妻子撇在莫斯科,也来参加了舞会。鲍里斯现在已经不再寻求庇护,已经成了一位地位荣耀的富人,和他高官显爵的同辈平起平坐了。

午夜十二时,舞会仍在进行。海伦没有得到一个合适的舞伴,主动邀请鲍里斯跳玛祖尔卡舞。他们是第三对。鲍里斯冷冰冰地望着海伦那丰美的裸臂,谈一些老相识,同时,不论是他自己还是别人都没留意到,他一直在窥视大厅里的皇帝。皇帝没有跳舞;他站在门口。

玛祖尔卡舞刚刚开始的时候,鲍里斯看见皇帝的亲信之一——侍从武官巴拉舍夫向皇帝走去,违背宫廷的礼法,皇帝正在和一个波兰贵妇说话,在皇帝的近旁站住了。皇帝和那个贵妇说了几句话,就疑问地向他看了一眼,看来他明白肯定有重要的原因,巴拉舍夫才这样做,他向贵妇微微点点头,就向巴拉舍夫转过身来。巴拉舍夫刚一说话,皇帝的脸上就现出吃惊的神情。他拉起巴拉舍夫的臂膀,和他一起穿过大厅,两旁的人自然而然地给他闪出两三俄丈宽的路来。

挽着巴拉舍夫从大厅的旁门向灯烛辉煌的花园里走去。

鲍里斯继续跳了几轮玛祖尔卡舞,但他心里却不停地想:巴拉舍夫带来了什么消息,他用什么方法比别人先得到那个消息。

在他不得不挑选舞伴的那一轮,他低声对海伦说,他想挑选大约已经到阳台上去的波托茨卡娅伯爵夫人,随后他就滑过镶木地板,向着门外的花园跑去,看见皇帝同巴拉舍夫朝阳台走去,他站住了。皇帝和巴拉舍夫向门口走来。鲍里斯似乎没来得及躲避似的,着慌了,恭敬地靠到门框上,低下头来。

皇帝激动地说出下面的话:

"不宣战就进入俄国!只要有一个武装敌人留在我的国土上,我决不讲和,"他说。鲍里斯看出,皇上觉得这几句话说得十分痛快:他对他自己说的话感到满意,可是却不满意鲍里斯听到了他的话。

"不要让任何人知道!"皇帝紧皱眉头,又说。鲍里斯知道这是说给他听的。他闭上眼睛,低着头。皇帝又走进大厅,在舞会上又待了半小时左右。

鲍里斯第一个知道法军渡过涅曼河,这样他就可以向一些要人炫耀,说他时常能知道别人无法知道的事情,这样,他就抬高了自己。

法军渡过涅曼河的消息之所以特别令人感到意外,是因为它是在白白等了一个月之后,并且是在舞会上传来的!皇帝最初听到这个消息时,出于气愤和屈辱,说出了那句后来成为名言的话,他本人也非常喜欢这句话。皇帝从舞会回去后,凌晨两点钟,派人召来秘书希什科夫,叫他给军队写一道命令,并给大元帅萨尔特科夫公爵下了一道上谕,他要求在命令中必须把"只要有一个武装的法国人留在俄国的土地上,决不讲和"这句话加进去。

第二天,他给拿破仑写了一封信。

> 皇帝仁兄大人:尽管我对陛下所负的义务信守不渝,可是昨天我得悉您的军队已越过俄国边境,直到现在我才刚刚接到从彼得堡送来的通牒,洛里斯东在谈到这次进犯时,引通牒的话对我说,自从库拉金公爵申请护照的时候起,陛下就认为您和我已经进入战争状态了。巴萨诺公爵拒发护照所持的种种理由,使我万万想不到,我国大使申请护照这一行动竟成为入侵的借口。实际上,正如那位大使所声明的,我并未授权他提出那个申请;我一得悉这个消息,就马上对库拉金公爵表示我的不满,命令他照旧履行他的职务。假如陛下不愿为这类误会而流我们两国人民的血,同意从俄国领土上撤退贵国军队,我一定不介意过去发生的一切,我们之间是可以和好的。不然的话,对于完全不由我方挑起的进攻,我将被迫奋起反击。陛下,您仍然有可能使人类避免另一次战争的灾难。
>
> 亚历山大(签字)

四

六月十三日凌晨二时,皇帝召见巴拉舍夫,向他读了这封信,并命令他将此信亲自送交法国皇帝。在派遣巴拉舍夫时,皇帝对他又说了一遍:只要在俄国土地上还有一个武装的法国人,他就不讲和,命令他一定要向拿破仑转达这句话。皇帝在信中没有写这句话,是因为他觉得在进行最后的和解尝试的时候,讲这种话是不适宜的;可是他吩咐巴拉舍夫一定要把这句话转达给拿破仑。

六月十三日夜里,巴拉舍夫带着一名号手和两名哥萨克出发了,天亮时到了涅曼河右岸法国前哨阵地雷孔特村。他被法国的骑哨拦住了。

一个身穿红制服、头戴皮帽子的法国骠骑兵军士,喝令巴拉舍夫站住。巴拉舍夫没有立刻停下,仍旧缓步行进。

那个军士皱起眉头,不满地骂了一句,用马的胸部挡住巴拉舍夫,他握住军刀,粗鲁地呵斥俄国将军,说他是不是聋子,怎么听不见对他说的话。巴拉舍夫告知了自己的姓名和身份。军士派一名士兵去找军官。

那个军士不再管巴拉舍夫,开始和同事们谈论他们团队的事,对俄国将军连看也不看。

巴拉舍夫平时接近最高的权势,三个小时之前还同皇帝谈话,因为所处的地位,他已经习惯于受人尊敬,但是在这儿,在俄国的领土上,遇到这种敌对的态度,并且竟然如此粗暴无礼,使他不胜骇然。

太阳刚从乌云后面升起;空气清新,含着露水。畜群正在从村里赶到大路上来了。云雀唱着清脆的歌,一个接着一个,扑梭梭地从田野里腾空飞起。

巴拉舍夫向周围张望着,等候军官从村里出来。俄国哥萨克、号手和法国的骠骑兵不时无声地互相打量着。

一位法国骠骑兵上校,看样子刚起床,骑一匹肥壮的大灰马,带着两名骠骑兵出来了。不管是那军官还是士兵,甚至他们的马,都有一种得意扬扬和炫耀阔绰的神气。

战争刚开始,军容还很整饬,差不多像平时准备检阅似的,只是在服装上有点耀武扬威,以及在战争才开始时常有的那种激动和逞强的意味。

那个法国上校强力忍住不打哈欠,但是他很有礼貌,显然知道巴拉舍夫负有重大使命。他带他绕过他的士兵从散兵线后面走,而且对他说,他要谒见皇帝的愿望,可能很快就会实现,因为据他所知,皇帝的住处离此很近。

他们穿过雷孔特村,在村中经过法国骠骑兵的拴马桩,经过众多的岗哨和士兵,最后从村子另一边走出来。上校说,两公里外就是师长的驻地,他将接待巴拉舍夫,并领他到他要去的地方。

太阳已经升高了,在鲜绿的草木上欢快地照耀着。

他们骑马刚走过一家小酒店,正想上山坡时,山脚下迎面驰来一群骑马的人,为首的骑一匹黑马,此人身材高大,戴一顶羽饰帽子,曲卷的黑发垂到肩上,身穿红斗篷,向前伸着两条长腿。这个人策马向巴拉舍夫奔来,他那帽子上的羽毛、身上的宝石和金带,在明亮的六月阳光下闪光和飘动。

当法国上校尤尔涅恭敬地低声说:"这是那不勒斯王"的时候,那个向巴拉舍夫驰来的骑者离巴拉舍夫只有两匹马的距离了,这个骑者戴着手镯和项圈、帽子上插着白羽毛,满身珠光宝气,脸上带着得意扬扬的表情。果然,此人就是缪拉。为什么他是那不勒斯王,虽然完全是一件莫名其妙的事,但是人们仍旧这样称呼他,他本人也相信这一点,所以他摆出比先前更加庄严、更加了不起的神态。因为他相信他真的是那不勒斯王,所以在他离开那不勒斯前,和妻子在街上散步时,有几个意大利人向他喊:"国王万岁"时,他带着感伤的微笑对妻子说:"哎！他们不知道明天我就要走了！"

虽然他深信他是那不勒斯王,但是最近,在他奉命又回军队之后,尤其在但泽见到拿破仑,他那至尊的舅子对他说了"我立你为王,是要你按照我的方式、而不是按照你的方式来统治。"以后,他就愉快地干起他所熟悉的事了,像一匹养得上了膘、却还不太肥的马,感到它已经被套到车上,在车辕中间撒欢游戏,而且打扮得尽量华贵,于是欢欢喜喜,得意扬扬,沿着波兰国土上的道路奔跑起来,连它自己也不明白奔到何处和为什么这样奔跑。

他一看见俄国将军,就摆出国王的架子,威严地昂起卷发脑袋,疑惑地看了看那个法国上校。上校恭敬地向国王陛下禀告了巴拉舍夫的使命,可是他说不清巴拉舍夫这个姓氏。

"德·巴尔-马歇夫！"国王说,"很兴奋认识您,将军,"当这位国王开始急速地大声说话时,他那国王的尊严一下子消失得无影无踪了,他不自觉地换成了他那固有的天真和蔼的腔调。他把手放在巴拉舍夫坐骑的鬃毛上。"将军,您的看法如何？ 一切都像是要打仗的样子"。他说。

"陛下,敝国皇帝并不想打仗……"巴拉舍夫说,他一口一个"陛下",这个称号在那个被称谓的人听来是很新鲜的,可是用得太多,就不免令人不自在了。

缪拉听德·巴拉舍夫先生说话时,脸上露出得意的神情。可是,他觉得作为一个国王和同盟者,必须和亚历山大的使者谈些国家大事。他翻身下马,离开他的随从几步,挽着巴拉舍夫的手臂,和他一起散步,谈话,尽力谈得有意义。他提到拿破仑对于要求从普鲁士撤兵一事很生气,尤其是这个要求张扬了出去,冒犯了法国尊严。巴拉舍夫说,这个要求毫无冒犯的地方,因为……缪拉打断了他的话：

"那么,您不认为亚历山大皇帝是战争的发动者吗?"他忽然说,脸上带着天真,愚蠢的微笑。

巴拉舍夫说他为什么认为首先发起战争的是拿破仑。"啊,亲爱的将军,"缪拉又打断他的话,"我衷心希望两国的皇帝能够达成协议,使违反我的意愿的战争得以早日结束。"但他说这话的腔调,用的是主子尽管争吵,而仆人却仍旧愿意友好的腔调。随后他把话题转到探问大公爵的情况,问起他的健康状况,回忆和他一起在那不勒斯度过的快乐而有意义的时光。然后,突然缪拉仿佛想起了他为王的身份;挺起胸膛,摆出他行加冕礼时的姿态,挥动着右手说："我不再耽搁您了,将军,祝您成功。"随后他到恭候他的随从那儿去了。

巴拉舍夫骑马继续赶路，依缪拉所说，大约很快就会见到拿破仑。但事与愿违，在下一个村子，达乌步兵军团的哨兵像前沿阵地散兵线一样，拦住了巴拉舍夫，叫来一个军团长副官，把他领进村去见达乌元帅。

五

　　达乌是拿破仑手下的阿拉克切耶夫——他虽然不像阿拉克切耶夫那么胆小，然而他却是一样的一丝不苟，一样残酷，一样靠残酷来表现自己的忠诚。

　　巴拉舍夫在一家农民的棚屋里见到了达乌元帅，他正坐在木桶上查账。一个副官在他身旁站着。原本可找到较好的住处，但是，有一种人偏要置身在阴暗的角落里，这样他就可以摆出一副阴森森的面孔，达乌元帅就是这种人。因此，这种人总是匆匆忙忙，埋头苦干。这种人最大的乐趣和需要就是当他面对生气勃勃的事物时，他就越发阴沉而顽强地活动。巴拉舍夫被带进来，于是达乌享受这种乐趣的机会到来了。俄国将军进来时，他干得更加起劲了，他透过眼镜瞅了瞅巴拉舍夫那张由于晴丽的晨光和同缪拉的谈话而变得容光焕发的面孔，他没有站起来，几乎连动也不动，他把眉头皱得更紧，凶恶地冷笑了一声。

　　达乌看出因为他这种接待，巴拉舍夫脸上露出不快乐的表情，他抬起头来，冷冷地问他要干什么。

　　巴拉舍夫以为，他所以受到如此的待遇，是因为达乌不知道他是亚历山大皇帝的高级侍从，并且是要见拿破仑皇帝的代表，巴拉舍夫赶紧通报了自己的官职和使命。与他的希望相反，达乌听了以后，变得更凶、更粗暴了。

　　"您的公文呢?"他说:"您把它交给我，我来送呈给皇帝。"

　　巴拉舍夫说，他奉命亲自呈交皇帝。

　　"您的皇帝的命令，只能在你们那里执行，在这里，"达乌说，"叫您怎么办，您就得怎么办。"

　　为了加强俄国将军在暴力之下的感觉，达乌派副官去叫值班军官。

　　巴拉舍夫取出内封皇帝信件的公文，放到桌上。达乌拿起公文。

　　"您完全有权尊重我或不尊重我，"巴拉舍夫说，"可是请您注意，我荣任皇帝陛下的高级侍从武官……"

　　达乌沉默地看了他一眼，巴拉舍夫脸上露出的激动和局促不安的神色，很使他心满意足。

　　"您将要受到应有的接待，"他说，把书信揣到衣袋里，走出了棚屋。

过了一会儿，元帅的副官德·卡斯特列先生进来，把巴拉舍夫领到了给他准备的住处。

这天巴拉舍夫就在棚屋里和元帅一块在架在木桶上的门板上进餐。

第二天一大早，达乌必须外出，他把巴拉舍夫请来，严肃地对他说，他要他留在这里待命，随行李车同行，而且，除了跟德·卡斯特列先生外，不许跟任何人谈话。

在过了四天孤独、寂寞、怀着屈从于他人权势之下和卑微的感觉的生活之后，在跟随元帅的行李车和这个地区的法国占领军行进了几站路之后，巴拉舍夫被送到现在被法军占领的维尔纳，进了他四天前从那儿走出的城门。

第二天，皇帝的侍从杜仑伯爵来见巴拉舍夫，说，拿破仑皇帝愿意接见他。

四天前，也是这座房子，门外站着普列奥布拉任斯基团的岗哨，而现在，却站着两名身穿敝襟蓝制服、头戴皮帽的掷弹兵，另外还有侍候拿破仑出来的一队骠骑兵和枪骑兵，一群服饰华美的侍从武官、少年侍从以及将军们，这些人全站在阶前拿破仑的坐骑周围。拿破仑就在维尔纳一座宅邸里接见他。

六

虽然巴拉舍夫对宫廷的排场司空见惯，但拿破仑行宫的豪华和奢侈仍然使他大吃一惊。

杜仑伯爵把他带到一间大接待室，那里有很多将军、宫廷侍从和波兰贵族，其中有许多人是巴拉舍夫在俄皇宫廷中见过的。杜罗克说，拿破仑皇帝在散步前将接见俄国将军。

等了几分钟，值班的侍从走进大接待室，向巴拉舍夫鞠躬，请他跟他来。

巴拉舍夫走进一间小接待室，室内有一道通书房的门，俄国皇帝就是在这间书房里派他出使的。巴拉舍夫站着等了一会儿。门里响起脚步声。两扇门忽的一下敞开了，一时鸦雀无声，这时书房里响起另一种坚定的果断的脚步声：这就是拿破仑。他刚穿好骑马的装束。他穿一身青灰色制服，憨着襟，露出垂到滚圆的肚皮上面的背心，白麑皮裤紧箍着又肥又粗的大腿，脚蹬一双长筒靴。他那短发刚刚梳理过。从制服的黑领里露着白白胖胖的脖颈；他身上散发着香水味。在他那下巴颏突出的胖脸上，摆出皇帝接待时既庄严又慈祥的表情。

他出来了，每走一步就猛颠一下，稍微向后仰着头。宽厚的肩膀，下意识地挺胸腆肚，发胖短小的身形。可以看得出，他的心情很好。

作为答谢巴拉舍夫恭敬地鞠躬，他点了头，走到他面前，立刻就说起来，就像一个珍惜每一分钟的人,不屑于打腹稿,相信他永远说得好,知道应当说什么。

"您好,将军!"他说。"您送来亚历山大皇帝的信,我接到了,见到您很兴奋。"他那双大眼睛向巴拉舍夫的脸看了一眼,很快又向别处望过去了。

显然,他对巴拉舍夫这个人不感兴趣。看来,他只关心他心里所想的。他身外的一切,对于他没有任何意义,因为他觉得,世上的一切无不受他的意志的支配。

"不管是现在还是过去,我都不喜欢战争,"他说,"可是,我是被迫的。就是现在,我也愿意接受你们能够给我的所有解释。"于是他简单明了地说明他对俄国政府不满的原因。

从法国皇帝说话声调的安静和友好判断,巴拉舍夫深信他是希望和平的,是愿意谈判的。

"陛下,敝国皇帝,"当拿破仑把话说完,询问地看了看俄国使臣时,巴拉舍夫开始说他早就准备好的话,但是皇帝对他凝视的目光使他心慌。"您着慌啦——定定神吧。"拿破仑仿佛这样说,他含着一丝笑意望着巴拉舍夫的制服和帽子。巴拉舍夫恢复过来,说,亚历山大皇帝不认为库拉金申请护照一事就是造成战争的充分理由,库拉金这样做是他一意孤行,并未得到皇上的同意,亚历山大皇帝不希望战争,同英国也没有什么关系。

"还说没有,"拿破仑插了一句,似乎生怕自己发脾气,皱紧眉头,微微点了点头,表示巴拉舍夫可以说下去。

巴拉舍夫把奉命要说的话都说了,接着他又说,"亚历山大皇帝盼望和平,他可以同意谈判,不过得有一个条件,那就是……"巴拉舍夫说到这里吞吞吐吐起来:他记起了亚历山大皇帝没有写进信里的那句话,但是他命令一定要把那句话插进给萨尔特科夫的上谕里面,而且叫巴拉舍夫转告拿破仑。巴拉舍夫记得那句话:"只要有一个武装敌人留在俄国土地上,就决不讲和,"可是有一种复杂的心情封住了他的嘴。他虽然想说这句话,但是说不出口。他沉吟了一下,说:"条件就是法国军队必须撤到涅曼河以西。"

拿破仑看出巴拉舍夫在说最后一句话时,神色不安;拿破仑的脸抽搐了一下。他在原地站着,开始用那比先前更高更急促的声音说起来。在他讲下面的话时,巴拉舍夫不时垂下眼来,忍不住观察拿破仑的小腿肚的颤抖,他的声音越高,抖得就越厉害。

"我希望和平并不亚于亚历山大皇帝,"他开始说。"我不是十八个月以来就致力于和平吗?我等待解释等了十八个月。为了能开始谈判,还要我做什么呢?"他一边说,一边用他那白胖的小手用力打着疑问的手势。

"把军队撤到涅曼河以西,陛下,"巴拉舍夫说。

"撤到涅曼河以西?"拿破仑说。"那么,现在要撤到涅曼河以西——只要撤过涅曼河以西就行了吗?"拿破仑又重复说,向巴拉舍夫看了一眼。

巴拉舍夫恭敬地低下头来。

四个月前要求退出波美拉尼亚省,而现在只要退到涅曼河以西就行了。拿破仑猛然转过身去,在屋里踱来踱去。

"您说,为了谈判,要求我撤到涅曼河以西,正如两个月前要求我撤到奥德河和维斯杜拉河以西,你们就可以同意谈判。"

他沉默地从一个屋角走到另一个屋角,然后又在巴拉舍夫面前站住了。他的左腿比先前抖得更快了。拿破仑是知道的。"我的左小腿颤抖是一个伟大的征兆。"他后来说过。

"像撤过奥德河和维斯杜拉河之类的建议,可以向巴顿亲王提出,向我提出可不行,"拿破仑差不多大声尖叫起来,完全出乎他自己的意料。"即使你们给我彼得堡和莫斯科,我也不能接受这个条件。您说,是我挑起这场战争的吗?是谁先到军队去的?是亚历山大皇帝,不是我。你们现在向我建议开始谈判,当我花了数百万,当你们和英国联盟并且形势对你们不利——你们才要求和我谈判!你们和英国联盟是什么目的?它给了你们什么?"他急促地说,显然,他已经转了话题,不是谈媾和的好处,不讨论媾和的可能性,而是一味证明他多么有理和有力量,证明亚历山大是多么无理和错误了。

他这段开场白的用意,当然是为了表明形势对他有利,并且表示,虽然如此,他仍旧愿意举行谈判。但是他一说开了头,就越说越控制不住他的舌头了。

他现在所说的话,无非是抬高自己,同时侮辱亚历山大,也就是做了他刚接见时所最不愿做的事情。

"听说你们和土耳其讲和啦?"

巴拉舍夫肯定地点了一下头。

"缔结了和约……"他开始说。可是拿破仑没让他说下去。看来他需要独白,就像娇纵惯了的人常有的那样,他控制不住暴躁的脾气,说个没完没了。

"是的,我知道你们没有得到摩尔达维亚和瓦拉几亚,就同土耳其缔结了和约。我原本可以给你们皇帝这两个省份的,就像我把芬兰给他那样。是的,"他继续说,"我曾经答应并且会把摩尔达维亚和瓦拉几亚给亚历山大皇帝的,可是现在他得不到这两个美丽的省份了。他原可以把这两个省并入他的帝国版图的,仅仅在一个朝代,他就可以把俄罗斯从波的尼亚湾扩展到多瑙河口。就是叶卡捷琳娜大帝也不过如此，"拿破仑说，他的情绪越来越激昂了，在屋里来回踱步，把他在提尔西特对亚历山大本人说的话，差不多一字不差地又对巴拉舍夫说一遍。

"亚历山大皇帝的朝代本来可以成为一个十分美好的朝代的。"

他遗憾地看了看巴拉舍夫，巴拉舍夫刚要说话，他又连忙打断了他。

"凭我的友谊没有得到的东西，他还能指望得到它和寻求得到吗？……"拿破仑说，耸耸肩膀。"但是，不，他宁愿被一些我的敌人所包围，那都是些什么人呢？"他继续说。"像施泰因、阿姆菲尔德、贝尼格森、温岑格罗德之流的人物，他都弄到身边。施泰因是一个被逐出祖国的叛徒；阿姆菲尔德是一个好色之徒和阴谋家；温岑格罗德是一个法国籍的亡命徒；贝尼格森比起别人来，有点像军人的样了，不过仍旧是个草包，1807年他束手无策，他只能唤起亚历山大皇帝可怕的回忆……假定他们中用，用他们倒也罢了，"拿破仑继续说。他的话几乎跟不上他那不断涌出来的、他觉得正确或者有力的思想。"他们不论是在战时还是在平时都不中用！据说巴克雷最能干；但是，就他的现在的活动来看，我不那样认为。他们在干什么，这些朝臣都在干什么啊！普弗尔提出建议，阿姆菲尔德争论不休，贝尼格森来回研究，负有作战使命的巴克雷拿不定主意，一拖再拖。只有一个巴格拉季翁算是军人。他为人愚蠢，但是他有经验，有眼光，做事果断……你们年轻的君主在这群不成器的人们中间扮演什么角色呢？他们损坏他的名誉，把所有的责任都推到他身上。一个皇帝只有当他是一个军事家时，他才有资格参加军队。他说这句话显然是不客气地向一国之君挑衅。因为拿破仑知道亚历山大皇帝很希望成为一个军事家。

"战役已经开始一个星期了，你们连维尔纳都守不住。你们被切成两半，被赶出波兰各省。你们的军队怨声载道。"

"正相反，陛下，"巴拉舍夫说，吃力地追随着这一连串排炮似的话语。"我军个个摩拳擦掌……"

"我都知道，"拿破仑打断了他的话，"我全知道，我知道你们各营的人数如同知道自己的一样。你们的军队不足二十万人，可是我的军队比你们多三倍；我对您说实话，"拿破仑说，他忘了他的实话不会有什么意义。"我对您说实话，我在维斯杜拉河这边有五十三万人。土耳其帮不了你们的忙！他们是一堆废物，同你们讲和就是一个证明。瑞典人——他们命中注定要受疯狂的国王的统治。他们过去的国王是个疯子；他们废掉了他，换了一个叫柏尔纳道特的，他立刻就发了疯，因为作为瑞典人，只有疯子才跟俄国联盟。"拿破仑恶意地笑笑，又把鼻烟壶凑到鼻子跟前。

对于拿破仑的每句话,巴拉舍夫都想并且也有理由反驳;他不停地做出要说话的姿势,但是拿破仑老打断他。巴拉舍夫不同意瑞典人发疯,他想说,俄国支持瑞典,因为瑞典是一个孤岛;但是拿破仑怒吼一声,把他的声音压了下去。拿破仑一发脾气,就需要说话,说了又说,无非是向人证明他是正确的。巴拉舍夫感到难堪,他作为一个使臣,担心有失尊严,觉得必须反驳;但作为一个人,在拿破仑莫名其妙气得发昏的情况下,他在精神上畏缩了。他知道,拿破仑现在说的每句话,都没有意义,在头脑清醒的时候,连他自己想起来都觉得害羞。巴拉舍夫站在那儿垂着眼睛,瞅着拿破仑那两条不停地活动着的粗腿,尽可能避开他的目光。

"你们的同盟和我有什么相干?"拿破仑说。"我有我的同盟——这就是波兰:他们有八万人,打起仗来勇猛得像狮子。他们就要有二十万人了。"

大概是因为他说了这句明显的谎话,并且巴拉舍夫仍旧带着那副屈从命运的神情站在他面前默不作声,惹得他更加气愤了,他猛然转过身来,走向前去,直冲着巴拉舍夫的脸,用他那雪白的两手用力并且迅速地比画着,差不多是大喊起来:

"告诉您说吧,倘若你们挑动普鲁士反对我,告诉您说吧,我一定把它从欧洲地图上抹掉,"他说,他的脸刷白,因为愤恨变了样子。"是的,我一定把你们赶过德维纳河,赶过第聂伯河,我一定恢复那个阻挡你们的障碍物,波兰。是的,这就是你们将来的命运,这就是你们疏远我而得到的报应,"他说,又在屋子里来回走了几趟,肥胖的双肩抽搐着。他把鼻烟壶放到衣袋里,又掏出来举到鼻孔上闻了几次,最后在巴拉舍夫面前站住了。他沉默了一会儿,含着讥笑看着巴拉舍夫的眼睛,低声说:"你们的皇帝本来可以有个多么美好的朝代啊。"

巴拉舍夫觉得不得不予以反驳,他说,在俄国看来,情况并非如此灰暗。拿破仑不出声,还是带着讥笑望着他,显然没有听他的话。巴拉舍夫说,俄国对战争十分乐观。拿破仑大度地点了点头,仿佛说:"我知道,您这样说是您的责任,可是连您自己也不相信您的话,您被我说服了。"

在巴拉舍夫说完了话的时候,拿破仑又拿出鼻烟壶来闻了闻,同时用脚在地板上敲了两下,这是叫人的信号。门开了;一个侍从恭敬地躬着腰递给皇上帽子和手套,另一个侍从递给他手绢。拿破仑看也不看他们,向巴拉舍夫转过身来。

"请代我向亚历山大皇帝保证,"他接过帽子说,"我永远地对他忠诚:我十分了解他,我高度评价他的崇高品质。您请回吧。"说完拿破仑便向门口匆匆走去。接待室里的人都跑过去,跟着他下了楼梯。

七

在拿破仑同他谈了那些话以后，在发了一阵脾气和最后冷淡地说再见以后，巴拉舍夫认为，拿破仑不但不愿再见他，并且将尽力不碰见他这个受辱的使臣，主要因为他是有失体统和暴跳如雷的情景的目击者。可是令他奇怪的是，他居然从杜伦那儿接到了皇帝的邀请。

赴宴的还有贝歇尔、科兰库尔和贝蒂埃。

拿破仑对巴拉舍夫笑脸相迎，态度亲近。他不但没有窘态，或者为早上的大发雷霆而内疚，反倒竭力鼓励巴拉舍夫。很明显，拿破仑认为他根本不会有什么错误，在他的观念中，他所做的一切都是好的，其所以好，并不是因为别的什么原因，而是因为那是他做的。

皇帝骑马游了一趟维尔纳城，心情非常快乐，城里的人群欢欣若狂地迎送他。他所经过的街道，家家窗口都挂着毯子、旗帜、他的姓名的花字，波兰妇女们向他挥动手绢。

入席的时候，他让巴拉舍夫坐在他身边，他待他不但亲热，并且把巴拉舍夫当作同情他的计划而且为他的成功而兴奋的他的朝臣。他在言谈之间提到莫斯科，于是向巴拉舍夫打听俄国首都的情况，他不但像一个旅行者出于好奇地问一个他要去的新地方，并且带着肯定的口气，认为作为一个俄国人的巴拉舍夫，肯定会以他有这种好奇为荣。

"莫斯科有多少居民，有多少住宅？莫斯科称为圣莫斯科，是真的吗？莫斯科有多少教堂？"他问。

听到有二百多座教堂的回答后，他说：

"要这么多教堂干什么？"

"俄国人笃信上帝，"巴拉舍夫回答。

"但是大量的修道院和教堂从来就是人民落后的象征，"拿破仑说，他转脸看看科兰库尔，希望他对这一见解给予赞赏。

巴拉舍夫恭敬地表示，对法国皇帝的意见不能同意。

"每个国家都有各自的风俗习惯，"他说。

"可是，在欧洲就没有这类情况，"拿破仑说。

"请陛下原谅，"巴拉舍夫说，"除了俄国，还有西班牙也有很多教堂和修道院。"

巴拉舍夫这句暗示不久前法军在西班牙的败绩的话,根据巴拉舍夫后来的讲述,在亚历山大宫廷里得到极高的评价,但是现在在拿破仑的宴席上却不大受赞赏,没引起多少反应就过去了。

从元帅们疑惑的神情可以看出,他们对那句从巴拉舍夫的语气知道有所讽刺的俏皮话到底是何含意,都莫名其妙。"就算那是一句俏皮话,可是我们听不懂,也许它完全就无俏皮可言,"元帅们脸上的表情这样说。这个回答这么不被赏识,甚至拿破仑干脆就不理会它,他天真地问巴拉舍夫,从这儿到莫斯科最近的路线要经过哪些城市。在整个吃饭时间都保持警惕的巴拉舍夫回答说:正像条条大路通罗马,条条大路也通莫斯科。有许多路,在各种不同的路中间,有一条查理十二选择的通到波尔塔瓦的路,巴拉舍夫说,因为这句巧妙的回答,他忍不住兴奋得满脸通红。巴拉舍夫还没有说完最后"波尔塔瓦"这几个字,科兰库尔就谈起从彼得堡到莫斯科的道路多么难走,回忆起他在彼得堡的情景。

饭后都到拿破仑书房里喝咖啡,四天前,这儿是亚历山大皇帝的书房。拿破仑坐下来,抚摸着塞弗尔咖啡杯,让巴拉舍夫坐在他身边的椅子上。

人们有一种人人皆知的饭后心情,这种心情比任何原因更能使人怡然自得,并且把每个人都当作朋友。拿破仑正是怀着这样的心情。他觉得身边都是崇拜他的人。他认为巴拉舍夫吃过他的饭后也是他的朋友和崇拜者。拿破仑带着快乐的和有点讥讽的微笑对他转过脸来。

"听说这个房间是亚历山大皇帝住过的。真奇怪,是真的吗,将军?"他说,一点都不怀疑他的话会使对方快乐,因为他的话说明他拿破仑比亚历山大高明。

巴拉舍夫无话可说,默默地低下头来。

"是的,在这间屋里,四天前温岑格罗德和施泰因开过会议,"拿破仑仍旧含着讥讽的、自信的接着说。"使我不能理解的是,亚历山大皇帝为什么要把我个人的敌人都弄到他身边。这一点……我不明白。难道他没想到我也可以这么办吗?"他带着疑问的神情向巴拉舍夫转过脸来,显然,这个回忆又引起他那仍未消去的早上的怒气。

"就让他知道我怎么办吧,"拿破仑说,他站起来,用手把咖啡杯推开。"我一定把他的亲属、符腾堡的、巴顿的、魏玛的亲属全部从德国赶走……是的,我一定把他们赶走。就让他在俄国为他们准备避难所吧!"

巴拉舍夫低下头,表示,他很想告辞。拿破仑没有看出他的表情。

"亚历山大皇帝为什么要担任军队的统帅?这有什么用?战争是我的职业,而他的工作是做皇帝,而不是指挥军队。为什么他要担起这个责任?"

拿破仑又取出鼻烟壶，静静地走了几趟，然后忽然走到巴拉舍夫跟前，含着一丝笑意，仍旧是那么自信、迅速、单纯，似乎他在做一个不但重要的，并且使巴拉舍夫兴奋的事情，他把手举到这位四十岁的俄国将军的脸上，揪住他的耳朵，轻轻地拉了拉，撇了撇嘴唇微微一笑。

在法国宫廷里，被皇帝揪耳朵，被看作极大的恩宠。

"给将军备好了马没有？"他又说，点点头以答谢巴拉舍夫的鞠躬。

"把我的那些马给他，他要走很远的路呢……"

巴拉舍夫带回的信是拿破仑给亚历山大皇帝的最后一封信。所有谈话的详情都向俄国皇帝转达了，于是战争开始了。

八

安德烈公爵在莫斯科和皮埃尔见面后，他对他家里的人说他有事要去彼得堡，而事实上他是希望在那儿遇见阿纳托利·库拉金公爵，他认为必须遇见他。到彼得堡后，他得知库拉金已经不在那儿了。皮埃尔预先通知他的内兄，说：安德烈公爵在找他。阿纳托利立刻从陆军大臣那儿得到委任，于是到摩尔达维亚部队里去了。安德烈公爵在彼得堡见到一直对他有好感的老上司库图佐夫将军，库图佐夫将军建议安德烈公爵和他一块去摩尔达维亚部队，老将军被任命担任那儿的总司令。安德烈公爵接到在总司令部供职的任命以后，就到土耳其去了。

安德烈公爵认为给库拉金写信要求决斗是不对的。在没有新理由的情况下，安德烈公爵认为由他首先挑战，是有损于罗斯托娃伯爵小姐的名誉的，所以他寻找机会和库拉金见面，以便找一个决斗的新借口。但是在土耳其军队里他也没有碰到库拉金，他在安德烈公爵到后不久就回俄国去了。在一个新国家和新环境里，安德烈公爵心情较为轻松。自从未婚妻变心以后，过去他感到幸福的那些，现在反而使他痛苦，从前他所极为珍视的自由和独立，现在使他觉得更难过。现在甚至害怕回忆那些向他启示无限光明前景的思绪。他现在只关心与过去无关的现实问题，他越热衷眼前的问题，过去就离他越远。仿佛过去悬在他头上那个无限遥远的苍穹，突然变为低矮、有限、压着他的拱顶，那里面所有的东西都很明了，并没有什么永恒和神秘的东西。

在他所有工作中，他觉得在军队里服务最简单也最熟悉。他在库图佐夫司令部值班的时候，他的执着和勤恳，使库图佐夫吃惊。在土耳其没有找到库拉金，安德烈公爵认为没必要再回到俄国追踪他；不过他明白，不论时间过去多么长久，只要一遇见库拉金,他就会向他挑战,就像一个饥饿的人不能不向食物扑过去一样,虽然他很鄙视他,虽然他给自己找出许多条理由使他觉得他不值得降低身份同他发生冲突。可是一想到耻辱未雪,心头之恨未得发泄,他那人为的安宁——也就是他给自己安排的劳碌的、多少出于野心和虚荣的活动,就受到干扰。

1812年,同拿破仑开战的消息传到布加勒斯特后(库图佐夫在那里已经住了两个月,日夜和一个瓦拉几亚女人厮混),安德烈公爵要求库图佐夫把他调到西线方面军。库图佐夫对博尔孔斯基以其勤奋来责备他的懒散,早已感到厌烦了,很兴奋把他打发走,就让他到巴克雷·德·托利那儿去执行任务。

在未到达驻在德里萨军营的军队之前,安德烈公爵顺路到童山去了一趟,童山距他所走的斯摩棱斯克大路仅有三俄里。最近三年来,安德烈公爵的生活变化很大,他思考的很多,感受的很多,见到的很多,可是当他到达童山的时候,这儿的一切,都依然如故,生活方式也依然如故,不由得使他觉得奇怪和出乎意外。当他驱车驰进林荫道,经过童山住宅的石头大门时,就像进入一座因受魔法而沉睡的古堡似的。这所宅第仍旧是那样庄严,那样清洁,那样寂静,仍然是那些家具,那些墙壁,那些音响,那些气味以及那些只不过有点见老的怯怯的面孔。玛丽亚公爵小姐仍旧是那样小心谨慎、样子不漂亮、上了岁数的姑娘,她永远在惊悸和痛苦中、在郁郁寡欢中度过最好的年华。布里安小姐仍然是那样尽情享受她的生命的每刻,满怀喜悦,自鸣得意,卖弄风情。安德烈公爵觉得,她只是变得更自信罢了。他从瑞士带回来的那个教师德萨尔,尽管穿着一身俄罗斯式的常礼服,操着一口半通不通的俄语和仆人说话,可是仍旧是一个才智有限、有学识和有德行的学究先生。老公爵在身体上唯一的变化是在一边嘴里少了一颗牙齿;他仍旧是那副老脾气,只是对外界发生的事更容易动怒,更多疑罢了。只有尼古卢什卡长高了,样子变了,面颊红扑扑的,满头乌黑的卷发,兴奋和大笑的时候,他那好看的小嘴上唇不自觉地翘起来,跟故去的小公爵夫人一模一样。尽管表面一切都照旧,但是,自从安德烈公爵离开这儿后,这些人的内部关系变了。家庭的成员分成两个互相敌视的阵营,现在只是看在他的面上,才改变了平时的生活方式,大家当着他面待在一起。老公爵、布里安小姐、建筑师属于一个阵营,属于另一个阵营的是玛丽亚公爵小姐、德萨尔、尼古卢什卡以及所有的保姆和乳母。

他在童山期间,家里所有的人都在一块吃饭,可是所有的人都感到尴尬不安,安德烈公爵觉得他是客人,因为他,大家才有这样的例外,有他在场,大家都很拘束。第一天吃饭的时候,安德烈公爵就不由得感到了这一点,于是沉默了,老公爵看出他的神色不自然,也阴沉着脸子一声不吭,一吃完饭就回自己房间去了。晚上，安德烈公爵去见他，努力使他提起精神，给他讲起小伯爵卡缅斯基的远征，可是老公爵出乎意外地和他谈起玛丽亚公爵小姐，责备她迷信，说她不爱布里安小姐，他说，真正忠于他的只有布里安小姐一个人。

老公爵说，倘若他得了病，那都怨玛丽亚公爵小姐；她故意折磨他，惹他生气；因为她的溺爱和蠢话，使尼古拉小公爵学坏了。老公爵很明白，是他折磨自己的女儿，她的生活很苦，可是他也知道他不能不折磨她，她活该如此。"为什么安德烈公爵看到了这一点，而闭口不谈他的妹妹？"老公爵在想，"他是不是觉得我是坏人或者是老糊涂了，莫名其妙地疏远自己的女儿而亲近一个法国女人？他不明白，所以要向他解释，要让他好好听一听，"老公爵这样想。于是他开始解释他为什么无法容忍女儿的愚蠢的性格。

"倘若您问我，"安德烈公爵眼睛不望着父亲，说，"我本不想说；但是如果您问我的话，那么我就把我意见坦白地告诉您。如果说您和玛莎之间有误会和不和的话，那么我绝对不能怪她，因为我知道她是很敬爱您的。如果您问我，"安德烈公爵暴躁地说，他近来总是容易暴躁，"我可以说的只有一点：如果有误会的话，那么，其原因全在那个微不足道的女人，这个人不配当我妹妹的陪伴。"

老头子开始时定睛望着儿子，咧着嘴不自然地微笑，露出牙齿中间的新豁口。

"什么陪伴？亲爱的？嗯？你们已经谈过了！嗯？"

"爸爸，我不想做一个审判官，"安德烈公爵说，声调恼怒并且生硬，"可是，是您先向我挑战，我说过，并且还要说，玛丽亚公爵小姐没有错，而有过错的是那些……全是那个法国女人的过错……"

"唔，判罪啦……判我的罪啦！"老人低声说，安德烈公爵觉得他的声音有点窘，可是，接着他忽然跳起来，大叫道："给我滚，给我滚！连你的影子也别让我看见！……"

安德烈公爵想立刻离开家，可是玛丽亚公爵小姐劝他再留一天。这一天安德烈公爵没有和父亲见面，老头子没出来，除了布里安小姐和吉洪，不让其他人进他的房门，他问了好几次，他儿子走了没有。第二天临走前，安德烈公爵来到他儿子的房间。那个健壮的、像母亲一样生着卷发的小孩坐在他的膝盖上。安德烈公爵给他讲故事，但是没讲完，他便沉思起来。他想的不是好看的小儿子，他是在想自己。他对儿子表示亲热，把他抱在膝头，希望唤起内心对他的柔情，但他觉得，他怎么也找不到往日对儿子的柔情了。

"讲呀，"儿子说。安德烈公爵没有回答他，把他从膝上抱下来，走出房去。

安德烈公爵一旦丢开他日常的工作,尤其是一回到他曾经幸福地生活过的那个往日的环境,愁闷就会强烈地袭击他,于是他就赶忙避开那些回忆,找点事情做做。

"你不走不行吗,安德烈?"妹妹对他说。

"谢谢上帝,我可以走开了,"安德烈公爵说,"我很可惜你走不了。"

"你干吗这样说!"玛丽亚公爵小姐说。"现在你要去参加可怕的战争,他又如此衰老,你怎么说出这样的话!布里安小姐说,他老问你呢……"她刚一开口说话,她的嘴唇就发颤了,眼泪簌簌地落下来。安德烈公爵转过身去,在室内来回踱步。

"啊,我的上帝!我的上帝!"他说。"你会想不到,一件东西和一个什么人,不管多么无足轻重,都可以使人招致不幸!"他说,他那愤怒的口气使玛丽亚公爵小姐吃惊。

她知道,他所谓无足轻重的人,指的不只是使她不幸的布里安小姐,并且是指那个毁掉他的幸福的人。

"安德烈,我只求你一件事,我恳求你,"她说,碰了碰他的臂肘,用饱含泪水的眼睛望着他。"我了解你。不要以为不幸是人造成的。人是上帝的工具。""不幸是上帝赐给的,不是人造成的。人是他的工具,他们是没有罪的。倘若你觉得谁得罪了你,那么你就忘掉他吧,宽恕吧。我们没有权利去惩罚。你会明了宽恕的幸福的。"

"倘若我是女人,我一定会这样做,玛丽亚,那是女人的品德。可是男人不应该忘记和宽恕,"他说,尽管此刻他没想到库拉金,可是没有发泄的怒火忽然在心中燃烧起来。"倘若玛丽亚公爵小姐已经劝我宽恕,那就是说,我早就应该惩罚了,"他想。他不再回答玛丽亚公爵小姐,这时他开始想他在遇见库拉金时(他知道库拉金目前在军队里)那痛快的、复仇的时刻。

玛丽亚公爵小姐恳求哥哥多留一天,她说,倘若安德烈没有和父亲和解就走了,那会使父亲伤心的;但是安德烈公爵回答说,大概他不久就从军队回来,他一定给父亲写信,现在在家住得越久,关系也就会越恶化。

"再见,安德烈,再见,安德烈!记着,不幸都是来自上帝,人们是永远没有罪的。"这是他向妹妹告别时听到妹妹的最后的几句话。

"是啊,事情也只得这样!"安德烈公爵驱车走出童山住宅的林荫道时,想道。"她这个可怜无辜的人,只好受昏聩的老头子的折磨吧。老头子知道自己不对,但是改不了。我的孩子在成长,享受生之欢乐,他将来在生活中也和每个人一样,不是被骗就是骗人。我到军队里去,为什么?——连我自己也不明了,我希望碰见那个我所鄙视的人,给他一个打死我和嘲笑我的机会!"生活条件仍旧没变,但过去它们是和谐一致的,而如今一切都破碎了。一些没有联系的、毫无意义的现象,一个跟着一个在安德烈公爵的思想中显现。

九

六月底,安德烈公爵来到总司令部。皇帝所在的第一军在德里萨设置了防御工事;第二军在撤退,日夜兼程与第一军会师,据说,它和第一军被数量庞大的法军切断了。人人都不满意俄国军队的军事情势;可是谁也没想到有入侵俄国各省的危险,谁也没估计到战争会大大超过西部波兰各省。

安德烈公爵在德里萨河岸找到他受命到其部下任职的巴克雷·德·托利。因为营盘附近没有大的村镇,众多的将军和随军的宫廷大臣都安顿在河两岸方圆十俄里的村子中最好的宅院里。巴克雷·德·托利住在离皇帝四俄里的地方。他板着脸孔很客气地接待博尔孔斯基。他说,他将奏明皇上再确定他的职务,临时请他留在他的司令部。安德烈公爵希望在军队里找到阿纳托利·库拉金,可是他不在这儿,使博尔孔斯基很兴奋。目前安德烈公爵最关心的是正在发生的大规模的战争,他很兴奋能有一段时间不再为库拉金的问题而分心。在头四天,没有派他什么任务,他骑着马巡视营地,他依靠自己的知识和同知情人的谈话,尽量对每个营地有一个准确的概念。可是每个营地的防御工事是否有利,对于安德烈公爵仍旧是一个没有解决的问题。根据自己的军事经验,他已经得出一个结论,在战争中,最深思熟虑的计划并没有什么意义(正如他在奥斯特利茨战役中见到的),问题全在于怎么处理忽然的、预见不到的敌人的行动,还在于如何和由谁来指挥整个战役。为了弄清楚这个问题,安德烈公爵利用他的地位和熟人,极力深入了解军队的指挥以及参加指挥的人员和派别的情况,于是他对形势得出如下的认识。

皇帝在维尔纳的时候,军队分成三个军:第一军由巴克雷·德·托利统率,第二军由巴格拉季翁统率,第三军由托尔马索夫统率。皇帝驻在第一军,但并不是以总司令的名义。据通令声称,皇帝不指挥军队,皇帝只是驻在军队。另外,也没有御前总指挥参谋部,只有一个皇帝行辕参谋部。跟随他的是皇帝行辕参谋长——掌管军需的将军博尔孔斯基公爵,还有另外几名将军和侍从武官、外交官以及一大批外国人,但这不是军队的参谋部。此外,在皇帝跟前没有职务的还有:阿拉克切耶夫——前陆军大臣,贝尼格森伯爵——是大将,皇太子康士坦丁·帕夫洛维奇大公,鲁缅采夫——首相,施泰因——前普鲁士大臣,阿姆菲尔德——瑞典将军,普弗

图文珍藏版

尔——作战计划主要起草人,侍从武官长保罗西——撒丁流亡者,沃尔佐根以及其他许多人。虽然这些人没有军职,但因为他们所处的地位,他们却有不容忽视的影响,往往一个军团长或者甚至总司令不知道贝尼格森,或者大公,或者阿拉克切耶夫,或者博尔孔斯基是以什么身份向他们问话或者给予某种忠告,也不知道那种以忠告的形式提出的指示是出自他本人还是出自皇帝,也不知道是否应该执行。但这不过是表面的情况,皇帝和所有这些人在场的实质意义,从宫廷侍臣的观点看(皇帝在场,所有的人都成为宫廷侍臣),是人人都明白的。那意义就是:皇帝没有担任总司令的名义,可是他号令全军;他身边的人都是他的助手。阿拉克切耶夫是忠诚的执行人和监督,是皇帝的侍卫;贝尼格森是维尔纳省的地主,本质上是一个优秀的将军,能够出谋划策,而且可以随时替代巴克雷。大公在那儿是因为他兴奋待在那儿。施泰因在那儿是因为他也能出谋划策,还因为亚历山大皇帝对他的人品有极高的评价。阿姆菲尔德是拿破仑的死敌,并且是一位自信的将军,相信他常常能影响亚历山大。保罗西在那儿是因为他敢于说话而且果断。侍从武官长在那儿是因为他们到处总是跟随着皇帝的,最后,也是最主要的,普弗尔在那儿是因为他拟定了反对拿破仑的作战计划,而且使亚历山大相信这个计划是可取的,因此他在掌管全部的军事。和普弗尔一块的有一个沃尔佐根,他比普弗尔本人更能用明了易懂的方式表达普弗尔的思想:普弗尔是一个尖刻的、自信到目空一切的、书本上的理论家。

除了上述那些俄国人和外国人外(特别是外国人,他们都具有在异国活动的人们所特有的大胆,每天都提出新的惊人的想法),还有许多次要人物,他们随军原因是那儿有他们的老上司。

从这个庞大、忙碌、辉煌、骄傲的集团里所有的意见和议论中间,安德烈公爵看出比较明显的划分为以下的倾向和派别。

第一派是普弗尔及其追随者,一些军事理论家,他们相信有一门军事科学,这种科学有其不变的规则,如运动战、迂回战等等法则。普弗尔及其追随者要求退到腹地,按照伪军事理论所规定的精确法则,对这种理论的任何偏离,都被视为野蛮、胡闹或者别有用心。属于这一派的有德国亲王们,沃尔佐根、温岑格罗德以及其他人,多数都是德国人。

第二派与第一派相反。正如常有的情形,有一种极端的代表就会有另一种极端的代表。这派人在维尔纳的时候就请求攻入波兰,要求不受预定计划的约束。这一派的代表除了是大胆行动的代表以外,还是民族主义的代表,因此在辩论中变得更为偏激了。他们都是俄罗斯人:巴格拉季翁,叶尔莫洛夫和其他人。当时有一则广为流传的关于叶尔莫洛夫的笑话,说他曾经请求皇上恩典——封他为德国人。这派人缅怀苏沃洛夫,他们说不应该总在考虑,在地图上插针,而应该战斗,打击敌人,御敌于国门之外,不要损伤士气。

最得皇上信任的第三派,是那些调和于两派之间的宫廷侍臣们。这一派多数不是军人,阿拉克切耶夫就属于这一派,他们所想所说,都是普通人所说所想的。他们说,毫无疑问,战争,尤其是同波拿巴(又叫他波拿巴了)这样的天才作战,要求最深思熟虑的计划和渊博的科学知识,在这方面普弗尔是一个英才;可是同时必须承认,理论家往往有其片面性,所以不要全部信任他们,要听一听普弗尔的反对派的意见,还要听听在军事上有实战经验的人们的意见,然后将这一切加以综合。这一派主张按照普弗尔的方案保住德里萨营地,但要改变其他各军的行动路线。虽然这样的改变达不到什么目的,可是这一派却觉得这样会好些。

第四派最著名的代表是大公皇太子,这位皇太子最难忘怀的是他在奥斯特利茨战役所体验的失望,当时他头戴钢盔,身穿骑兵制服,就像去阅兵似的骑着马走在近卫军前头,实指望干净利落地打垮法军,却鬼使神差地陷入了第一线,好不容易才从乱军中逃了出来。这一派在发表意见时具有坦率的优点和缺点。他们怕拿破仑,领教过他的力量,也认识到了自己的弱点,他们直率地说出了这一点。他们说:"除了悲哀、耻辱和毁灭之外,什么结果也得不到! 我们放弃了维尔纳,放弃了维捷布斯克,我们还要放弃德里萨。唯一明智的办法就是趁我们还没有被赶出彼得堡,尽快缔结和约!"

这个观点在军界上层很有市场,在彼得堡和内阁也得到支持,内阁首相鲁缅采夫为了其他政治原因也赞成和平。

第五派是巴克莱·德·托利的忠实信徒,他们与其说把巴克莱看作一个人,不如说把他看作陆军大臣和总司令。他们说:"不论他是什么吧(他们总是这样开始说),总之,他是一个正直的、精明强干的人,没有比他更好的人了。把实权交给他吧,因为打仗不可能没有统一的指挥,他会叫人知道他能够做什么,就像他在芬兰所表现的那样。倘若说,我们的军队井然有序,精力充沛,未遭受一点损失就撤到德里萨,那完全归功于巴克莱。倘若现在用贝尼格森代替巴克莱,那一切都完了,因为贝尼格森在 1807 年就看出他是一个无能之辈了,"这一派说。

第六派——贝尼格森派却正好相反,这一派说,不论怎么说,再没有比贝尼格森更能干、更有经验的人了,不论你怎么折腾,最终还是要请教他。这一派证明说,我们退到德里萨,是最可耻的失败,是严重的错误。他们说:"错误犯得越多越好:至少可以尽快使大家明白,这样下去是不行的。我们需要的不是什么巴克莱,而是像贝尼格森这样的人，他在1807年已经显过身手，拿破仑曾给过他公正的评价，能使人心悦诚服地承认权威的人，只有贝尼格森一个人。"

属于第七派的全是皇帝身边的人物——不管哪个皇帝身边总有一些人，尤其是在那些年轻皇帝身边，而在亚历山大皇帝身边就更多了；他们是一些将军和侍从武官，他们热情地忠于皇上，像罗斯托夫在1805年那样，不是把他当作皇帝，而是作为一个人，崇拜他，他们在他身上不但看出一切美德，而且看出人类所有的优秀品质。这些人虽然钦佩皇帝拒绝统率军队的谦虚态度，可是不赞同这种过分的谦虚，他们坚持认为，他们所崇拜的君主放弃对自己过分不信任的态度，公开宣布做军队的统帅，下面成立一个总指挥大本营，亲自指挥军队，需要时可以向有经验的理论家和实干家咨询，这样可以极大地鼓舞军心。

第八派人数最多，其数量之大与其他各派相比，相当于九十九对一。这一派既不赞成和平，也不赞成战争，既不赞成进攻，也不赞成在德里萨和在任何地方设防，既不支持巴克莱、皇帝、普弗尔，也不支持贝尼格森，他们只谋求一件事，一件最重要的事：为自己谋求最大的利益和愉快。在皇帝的行辕里，满布着扑朔迷离的阴谋诡计，在这一潭浑水里，可以捞到在别的时候意想不到的好处。有人只是怕丢掉既得的地位，于是今日同意普弗尔，明天又同意反对普弗尔的人，后天又宣称他对某个问题完全同意。为的是只要能逃避责任和讨好皇帝就行。还有些人为了捞取好处，让皇帝注意自己，于是大喊大叫，拥护皇帝前一天暗示过的某一件事，在会议上争论和喊叫，向不同意的人要求决斗，表明他准备为集体利益而牺牲。还有第三种人，在两次会议的中间，当反对派不在场的时候，直截了当地乞求给他一次津贴，以报答他的忠实服务，他知道这时不会有人拒绝他。第四种人想方设法地让皇帝看见他在埋头苦干。第五种人为了了却梦寐以求的夙愿——陪皇帝吃饭，全力以赴地证明某种刚出现的意见的正确或错误，多多少少地举出有点正确和力量的论据。

这一派人人都在追求卢布、勋章和官爵，为此他们紧紧盯着皇恩风向标，一见风向标指向某一方向，就一窝蜂地向那个方向刮风，这样就使得皇帝更难于把风向标扭到其他方向。在这动荡不安的局面中，在这使得一切全处在分外惊恐不安的严重危险的威胁下，在这阴谋、虚荣、冲突、各种观点和感情的漩涡中，加上这些人的种族各有不同，这人数最多的、专谋私利的第八派，给共同的事业带来了极大的混乱。不管发生了什么问题，这一窝蜂在前一个问题上还没嗡嗡完，又飞向那个新问题，用他们的嗡嗡之声压倒和湮没那些真诚的辩论声音。

正当安德烈公爵来到军队的时候，在这八派之外，又形成了一派，第九派，这一派开始提高自己的声音。他们是一些年事已高、通情达理、有政治经验和干练的人,他们不赞同各种互相矛盾的意见中的任何一种,对大本营发生的事冷眼旁观,设法摆脱当前这种方向不明、意志不坚、混乱一团和软弱无力的境况。

这一派人都在说也在想,所有的坏事主要来自在军队里进驻皇帝及其军事人员;不明确的各种关系,互相牵制,左右摇摆,全带到军队里了,这在宫廷里还可以,在军队里则有害无益;皇帝应当治理国家,不应该统率军队;摆脱这种境况的唯一办法就是皇帝及其随行人员离开军队;单是皇帝在场,为了保护他个人的安全,就使五万军队瘫痪;一个最坏的、然而独立自主的总司令,也比一个最好的、然而因受皇帝在场及其权威的影响而缩手缩脚的总司令要好得多。

当安德烈公爵在德里萨闲住的时候,内阁大臣希什科夫——上述那派主要代表之一,给皇帝写了一封信,巴拉舍夫和阿拉克切耶夫也同意在信上签名。他利用皇帝准许他议论大局之便,借口皇帝必须鼓舞首都人民的战斗精神,恭请皇帝离开军队。

由皇帝亲自鼓舞民众和号召民众保卫祖国(而这要看皇帝是否亲临莫斯科)——这正是俄国胜利的主要原因,为了给皇帝离开军队找个借口,提出的这个建议,被皇帝接受了。

十

这封信还未呈交皇帝的时候,一天在吃饭时,巴克雷转告博尔孔斯基说,皇帝要召见安德烈公爵,向他垂询有关土耳其的情况,当天下午六时安德烈公爵来到贝尼格森的寓所。

这一天皇帝行辕接到一件可能危及我军的拿破仑的新的行动的消息,事后证明这个消息不确。这天早上,米绍上校陪同皇帝视察德里萨工事,他向皇帝说,普弗尔所构筑的这个防御阵地,被认为是空前的战术杰作,它可以致拿破仑于死地,其实,这个阵地全无用处,是俄国军队的坟墓。

安德烈公爵来到贝尼格森将军的寓所。寓所坐落在河岸上的地主的大住宅里。贝尼格森和皇帝都没在那儿;皇帝的侍从武官长切尔内绍夫接待了博尔孔斯基,对他说,皇帝带领贝尼格森和保罗西今天第二次视察德里萨阵地工事,对阵地工事是否适用表示极大的怀疑。

切尔内绍夫在一进门的房间里,坐在窗口看小说。这个房间从前可能是个大厅;屋里还有一架风琴,风琴上放着一些地毯,墙角放着贝尼格森的副官行军床。这个副官就坐在那儿。他很明显被宴会或者事务弄得精疲力竭,坐在卷起的铺盖上打瞌睡。厅里有两道门:一道门通以前的客厅,右首的门通书房。在那先前的客厅里,遵照皇帝的意思正召集一次非军事会议(皇帝喜欢含含糊糊),出席会议的,只是一些出于目前的困境皇帝想知道他们的意见的人。这不是军事会议,似乎是为皇帝个人阐明某些问题而召开的特邀会议。被邀请的有:瑞典将军阿姆菲尔德,侍从武官沃尔佐根,温岑格罗德——就是拿破仑称为法国逃亡者的那个人,米绍,托尔,根本不是军人的施泰因伯爵,最后是普弗尔本人,安德烈公爵听说,他是一切事情的核心。因为安德烈公爵到后普弗尔才来,他向客厅走过去的时候,普停下来和切尔内绍夫谈了一会儿,所以安德烈公爵趁机仔细打量了他一番。

普弗尔穿一件俄罗斯式的将军服,他像化装游行的人似的,把一件不合身的衣裳裹在身上,刚一看,安德烈公爵觉得面熟,其实他根本没见过他。在他身上具有魏罗特尔、马克、施米特以及其他许多安德烈公爵在 1805 年见过的德国军事理论家所具有的特点;可是他比他们更典型。像这么一位集上述那些德国人的特点于一身的德国军事理论家,安德烈公爵还从没见过。

普弗尔是个矮个子,很瘦,但是骨架大,体格粗壮,臀部宽阔,肩胛骨棱角分明。他满脸皱纹,眼窝深陷。他走进房间,心神不安地四处张望,似乎他对间房里的一切,都觉得可怕似的。他笨手笨脚地扶着佩刀,和切尔内绍夫说话。看样子,他想尽快穿过房间,结束行礼和问候,只有在地图前面坐下来着手工作,他才觉得舒服。当他听切尔内绍夫说皇帝去视察按照他的理论构筑的工事时,他匆匆地点了点头,带着讽刺的意味笑了笑。他自言自语地嘟囔了一句,那声音就像所有自信的德国人一样,低沉并且急速。安德烈公爵听不清他说的话,想走过去,但是切尔内绍夫把他介绍给了普弗尔,而且说,安德烈公爵才从土耳其回来,那儿的战事结束了。普弗尔向安德烈公爵瞟了一眼,与其说是看他,不如说只是目光扫过他去看别处,然后大笑说:"这是因为战术运用的正确。"他轻蔑地笑笑,就向那传出说话声的房间走去了。

普弗尔本来就爱发脾气挖苦人,现在竟有人背着他视察他的阵地而且妄加指责,显然惹得他分外恼火。安德烈公爵从这次和普弗尔短暂的会见,再靠他对奥斯特利茨战役的回忆,给这位将军勾画出了一幅鲜明的画像。普弗尔是那些自信到不可救药、一成不变、宁愿殉道的人们中间的一个,这种人只能是德国人。

1806 年,普弗尔是在耶拿和奥尔施泰特两地作战计划的拟定人之一;但是他从那场战争的结局中一点也没看出他的理论的错误。相反,在他看来,没有按他的理论去做,是失败的唯一原因。他幸灾乐祸地讽刺说:"我早就说过,整个事情都要完蛋。"普弗尔太爱自己的理论,以致忘了理论的目的是在实际中应用;他们因为爱理论而憎恨一切实践,不愿知道它。他甚至为失败而兴奋,因为实际背离了理论,才招致失败,这更证明了他的理论的正确性。

他和安德烈公爵及切尔内绍夫说了几句有关当前战争的话,他的神情仿佛在说,我早就知道一切都要弄糟的。

他走进另一个房间,立刻就从那儿传出了他那低沉而愤慨的声音。

十一

安德烈公爵还未来得及用目光把普弗尔送走,贝尼格森就急急地走了进来,向博尔孔斯基点点头,边走边给他的副官一些指示,就进书房去了。皇帝还在后面,贝尼格森赶到前面来准备迎接皇帝。切尔内绍夫和安德烈公爵走到门廊台阶上,面带倦容的皇帝下了马。保罗西侯爵对皇帝说着什么。皇帝向左侧低着头,听保罗西非常热烈地啰唆,看来皇帝盼着结束谈话,开始向前走,但是那个满脸通红、神情激动的意大利人,居然忘记了礼节,跟在他后面继续说:

"至于那个建议构筑德里萨阵地的人。"保罗西说,这时皇帝已经走上台阶,看见安德烈公爵,打量了他一下。

保罗西仿佛忍不住,不顾一切地继续说:"陛下,至于那个建议构筑德里萨阵地的人,我看他只有两个地方好去:一个是疯人院,一个是绞刑架。"皇帝没听完,也许完全没有听那个意大利人的话,认出博尔孔斯基,就和蔼地对他说:

"看见你很兴奋,去参加他们的会吧,在那儿等等我。"皇帝走进书房。彼得·米哈伊洛维奇·沃尔孔斯基公爵、施泰因男爵跟着他走进去,把门带上。安德烈公爵和他在土耳其就认识的保罗西一块走进了客厅。

彼得·米哈伊洛维奇·沃尔孔斯基公爵担任大约相当于皇帝的参谋长的职务。他带着一卷地图从书房出来,走进客厅,把地图摊在桌上,转达了几个问题,想听听大家对这些问题的意见。情况是,夜里接到一个消息(后来证实不确),说法军打算迂回进攻德里萨阵地。

第一个发言的是阿姆菲尔德将军,他提出一个完全新的、毫无道理的(只不过表示他也能提出一个意见)方案——在通往彼得堡和莫斯科的大路两侧构筑阵地,他认为应该在那儿集结军队等待敌人,这样才能摆脱现在的困境。这是建议中的一个,这些建议如同其他的建议都同样有充足的理由,倘若不考虑战争具有怎样的具体特点的话。有些人反对他的意见,有些人赞成。年轻的上校托尔比任何人都热烈地反对瑞典将军的意见,在争论的时候,他从衣兜里掏出写满字的笔记本,他请求让他念一遍。托尔从长篇大论的笔记中提出了一个与阿姆菲尔德和普弗尔完全不同的作战计划。保罗西在驳斥托尔时,提出了一个向前挺进和进攻的计划,依他说来,只有这样才能使我们摆脱不知所措的状态和我们所处的陷阱(他这样称呼德里萨阵地)。在争论的时候,普弗尔和他的译员沃尔佐根(他是普弗尔和宫廷关系的桥梁)默不作声。普弗尔只是轻蔑地哼哧鼻子,把脸扭过去,表示他不屑于反驳他听到的废话。当主持讨论的沃尔孔斯基公爵请他发表意见时,他只说:

"何需问我?阿姆菲尔德将军已经提出一个后方暴露的绝妙的阵地。要么进攻,这很好。要么退却。也很好。何必问我?"他说。"你们对一切不是比我知道得更清楚吗?"可是沃尔孔斯基皱紧眉头说,他是代表皇帝问他的,于是普弗尔站起来,兴致勃勃地说:

"一切都破坏了,一切都弄乱了,人人都想表示他比我高强,可是现在又来求我。怎么补救呢?没有什么要补救的。要完全按照我规定的原则去做,"他用瘦骨嶙峋的指头敲着桌子说。"困难在哪儿?"他走到地图前面,用指头点着地图,急促地讲起来,他证明一切意外的情况都不能改变德里萨阵地的适当性,一切都预见到了,倘若敌人真的要迂回,那么它绝对被消灭。

保罗西不懂德语,用法语向他提问。沃尔佐根来帮助法语说得不好的他的长官,为他做翻译,他有点追不上普弗尔的话,普弗尔急促地证明说,一切的一切,不但已经发生的,就连可能发生的一切,在他的计划中都已预见到了,倘若现在有困难的话,那全部的过错都在于没有严格地分毫不差地执行他的计划。他不时露出讥讽的冷笑一再证明,最后,轻蔑地停止了证明。沃尔佐根继续用法语代他说明他的思想,不断地对普弗尔说:"对不对,大人"普弗尔有如一个在战斗中杀红了眼的人,打起自家人来了,愤怒地呵斥沃尔佐根,说:"那当然,还用得着解释吗?"保罗西和米绍异口同声地用法语向沃尔佐根进攻。阿姆菲尔德用德语对普弗尔说话。托尔用俄语向沃尔孔斯基解释。安德烈公爵静静地听着,观察着。

在这些人里面,最引起安德烈公爵同情的,就是那个愤怒、坚决、固执己见的普弗尔。在这些人中间,显然只有他不为自己着想,不敌视任何人,只想着实践那按照他多年辛苦研究出来的理论所拟定的计划。他是可笑的,他的冷嘲热讽是令人不舒服的,但是他对自己理想的无限忠诚,却令人肃然起敬。此外,除了普弗尔,在所有人的发言里面,有一种对拿破仑天才的恐惧和惊慌失措。他们都假想拿破仑无所不能,对于他防不胜防,都用他可怕的名字互相推翻彼此的设想。只有普弗尔自己认为拿破仑和反对他的理论的人都是野蛮人。可是,除了尊敬的感情以外,普弗尔还使安德烈公爵觉得可怜。从宫廷大臣们对他的态度来看,从保罗西胆敢对皇帝说出那些话来看,从普弗尔本人有点失望的神情来看,很明显,别人全知道,连他本人也感觉到,他倒台的日子已经不远了。虽然他十分自信,具有德国人那种嬉笑怒骂的性格,使人觉得可怜。他尽管表面愤怒和蔑视,其实他已经绝望了,因为用大规模的实验来检验和证明他的理论的正确性的唯一机会,现在从他的手中失掉了。

讨论持续了很久,他们越是讨论得久,争论就越激烈,以致大喊大叫,互相诽谤,因而也就越不能从中得出一个概括的结论。安德烈公爵听了各种语言的说话声以及这么多的设想、计划、辩驳和叫喊,他对这些只有不胜惊讶而已。自从他从事军事活动以来,很早并且经常就有一个想法——没有也不可能有什么军事科学,因而也就不可能有什么所谓军事天才,目前在他看来已经是一个非常明显的真理了。"如果一场战争的条件和环境没弄清楚也不可能弄清楚,参加战斗的兵力也无法弄得明确,那怎么谈得上关于那场战争的理论和科学呢?谁也不知道也不可能知道敌我两方明天会是怎样的处境,谁也不可能知道这个或那个部队的力量怎样。有时候,不是胆小鬼在前面喊:"我们被切断了!"——于是就开始溃逃了,就是一个快活的、大胆的小伙子在前面喊:"乌拉!"——一个五千人的部队就抵得上三万人,申格拉本战役就是这样的;有时五万人就会在八千人面前逃跑,例如奥斯特利茨战役。在这种军事行动中,根本谈不上什么科学,因为什么情况都没法明确,一切都取决于众多的条件,而那些条件起作用的时间,又在谁也料想不到的瞬间。阿姆菲尔德说,我军被切断了,而保罗西则说,法军陷入我军夹击之中;米绍说,德里萨工事之无用,乃在于它是背河布阵,而普弗尔则说,这正是阵地的威力所在。托尔提出一个计划,而阿姆菲尔德提出另一个计划;都好,也都不好,所有建议的好坏只有在事件完成的时候才能看得清楚。那么为什么大家都在谈军事天才呢?难道一个人能够及时下令送面包干,指挥哪个向左,哪个向右就算天才吗?事实正相反,我所知道的最好的将军全是一些愚人,或者是一些漫不经心的人。巴格拉季翁是最好的,连拿破仑也承认。还有波拿巴本人!我记得他在奥斯特利茨战场上他那副自鸣得意的蠢相。一个好统帅不但不需要天才和某些特殊的品质,而是相反,他需要没有那些最高尚、人类最优秀的品质——仁爱、诗人气质、温情、怀疑精神。他必须见识短浅,坚信他所作所为极为重要(否则他就不会有足够的耐心),只有这样,他才能成为一个勇敢的统帅。上帝保佑,千万别成为那种人——今天爱惜什么人,明天又怜惜什么人,老思量什么是对的,什么是不对的。不言自明,对那些有权有势的人,自古以来人们就已经为他们编造了一套天才的理论。其实,军事功勋获得与否,并不取决于他们,而取决于队伍中喊:"我们完了!"或者喊:"乌拉!"

的人。

安德烈公爵一边听着讨论，一边这样思考着，直到保罗西叫他，他才回转过来，这时大家都离开座位要走了。

第二天阅兵的时候，皇帝问安德烈公爵愿意在哪儿服务，安德烈公爵没有请求留在皇帝身边，却请求到军队服务，这样他就永远没有了置身于宫廷的机会。

十二

罗斯托夫在开战前接到父母一封信，信中告知他关于娜塔莎的病情以及跟安德烈公爵解除婚约的事（他们说是娜塔莎主动回绝的），他们又要求他退伍回家。尼古拉接到信后，并不想请假或者退伍，他给父母回信说，他非常惋惜娜塔莎生病和解除婚约，他一定尽力实现他们的愿望。他给索尼娅另写了一封信。

"我心灵中钟爱的朋友，"他写道。"除了荣誉，没有什么东西可以阻止我回到你的身边。可是现在，在开战之前，倘若把个人的幸福放在对祖国的爱和责任之上，那么，不但在全体同事面前，并且对我自己说来，也是不光彩的。然而这是最后一次离别了。你可以相信，战争一旦结束，如果那时我还活着，你也还爱我，我要抛开一切，马上飞到你的身边，把你永远拥抱在我火热的胸怀里。"

确实，只是因为要打仗，才使得罗斯托夫不能按照他的许诺回去和索尼娅结婚。奥特拉德诺耶秋天的狩猎，冬天的圣诞节，以及索尼娅的爱情，在他面前展现出一幅幽静的乡村生活图景，那种愉快而宁静的生活是他从前不知道而现在吸引着他的。"一个贤淑的妻子，几个孩子，一群好猎狗，十来套凶猛的狼狗，农事，邻人，被选举出来为地方服务！"他想。但是现在是战争，要留在团队里，既然非这样不可，那么，尼古拉·罗斯托夫按其性格对团队生活也是满意的，他在这种生活中也能找到乐趣。

尼古拉假满回来，受到同伙的热烈欢迎，他被派去置办马匹，从乌克兰买到一些出色的马，这使他十分兴奋，并且也博得了长官的赞赏。在他外出时，他被提升为骑兵大尉，当团队按战时编制扩大名额时，他又回到从前的骑兵连。

战争开始了，团队向波兰挺进，发了双饷，来了新的军官、新的士兵和新的马匹；普遍有一种随开战而来的激昂而欢快的心情；罗斯托夫意识到他在团队里有利的地位，全部浸沉在军队生活的乐趣中，虽然他知道迟早要丢掉这种生活。

因为国家的、政治的和战略的种种理由，军队从维尔纳撤退了。每后退一步，总司令部里就上演一番各种利害、主张和感情的冲突。可是对保罗格勒团的骠骑兵说来，在夏季最好的时节，带着充足的给养撤退，是最简单、最愉快的事情。泄气、不安和阴谋，只有在司令部里才有，而在一般官兵中间，没有人会问去什么地方和为什么去。倘若有人为撤退而惋惜，那不过是因为必须离开已经住惯了的营房和漂亮的波兰姑娘罢了。倘若有谁偶尔觉得情况不妙，那么他也像一个模范军人的样子，强作愉快，不去想整个局势，只管眼前的事情。当初在维尔纳附近驻扎，和波兰地主们交朋友，期待而且受到皇帝和别的高级司令官的检阅，那时过得真快活。后来命令撤退到斯文齐亚内，把无法带走的给养销毁。斯文齐亚内值得骠骑兵记忆的，只是因为那是一个"醉营"——这是全军送给斯文齐亚内营盘的绰号，此外还因为在斯文齐亚内军队受到许多控告，说他们利用征粮的命令，除了征粮之外，还抢走了波兰地主的马匹、车辆和地毯。罗斯托夫记得斯文齐亚内，是因为他到达这个村镇的第一天，就把司务长撤了职，原因是他对付不了全体骑兵连的醉鬼，他们瞒着他盗用了五桶陈年啤酒。从斯文齐亚内越撤越远，撤到德里萨，然后又从德里萨往后撤，快撤到俄国的边境了。

七月十三日，保罗格勒团首次打了一大仗。

七月十二日夜，战斗的前夕，下了一场带冰雹的暴风雨。

保罗格勒团的两个连，在已经抽穗但被马彻底踩倒了的黑麦地里露宿。下着瓢泼大雨，罗斯托夫和一个青年军官伊林坐在临时搭起的棚子

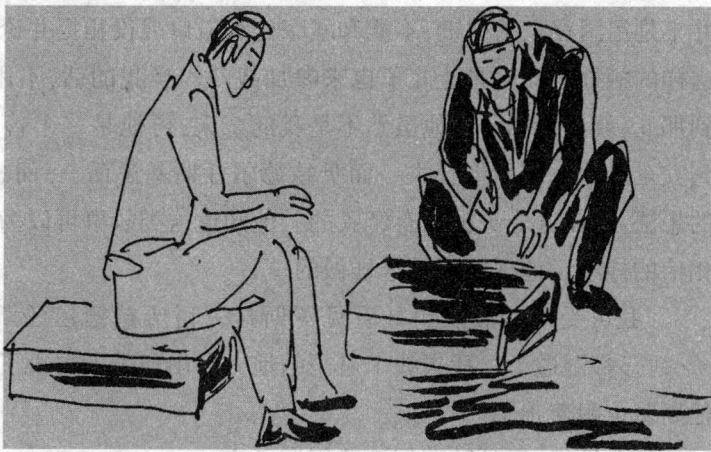

里。他们团里一个留着长长的络腮胡子的军官，从司令部回来的路上遇见雨，走进了罗斯托夫的棚子。

"我才从司令部回来，伯爵。您可听说过拉耶夫斯基立了大功吗？"于是这个军官把他在司令部听来的萨尔塔诺夫战役的详细经过讲了一遍。

罗斯托夫缩着脖子，吸着烟斗，散漫地听着，不时地瞧瞧那个偎依着他的青年军官伊林。这个小军官是一个刚来团队的十六岁的孩子，他现在和尼古拉的关系，正像七年前尼古拉和杰尼索夫的关系。伊林在所有方面都努力学罗斯托夫，像一个女人似的爱上了他。

留两撇胡子的军官——兹德尔任斯基,讲得神采飞扬,他说萨尔塔诺夫水坝一战,是俄国的忒摩比利,拉耶夫斯基的事迹可与古代英雄媲美。拉耶夫斯基冒着可怕的炮火,带着两个儿子冲上水坝,父子并肩战斗。罗斯托夫听着这个故事,默不作声,他对兹德尔任斯基的兴高采烈不但不表同情,相反,却露出羞于听他讲述的样子,虽然不想反驳他。在奥斯特利茨和 1807 年战役之后,罗斯托夫凭他个人的经验得知,人们在讲述战绩的时候,时常说谎,他自己就扯过谎;其次,他有丰富的经验,知道在战场上发生的事,根本不像我们想象和讲述的那样。因此他不喜欢兹德尔任斯基的故事,也不喜欢兹德尔任斯基本人,这个满脸胡子的人有个习惯,总爱俯身凑近听他话的人的脸,在狭小的棚子里紧靠着罗斯托夫。罗斯托夫沉默地望着他。"第一,在那个要冲上去的水坝上肯定非常混乱和拥挤,如果拉耶夫斯基真的带领儿子上去,那么,这并起不了什么作用,最多对他周围十来个人发生一些影响,"罗斯托夫心里想道,"其余的人不可能看见拉耶夫斯基是怎样以及同谁冲上水坝的。并且,就是那些看见这个情景的人,也不会极为感动,因为在那性命交关的时刻,谁还顾得上拉耶夫斯基的骨肉之情? 其次,萨尔塔诺夫水坝能否拿下,并不是祖国存亡的关键,不能和忒摩比利隘口战役相提并论。这么看来,何苦做出这样的牺牲? 又何必让儿子也来参加战斗? 换我的话,不用说不会把弟弟彼佳带到那儿,就连伊林——他虽然不是我的亲人,可他是一个善良的孩子,也要被安置到安全的地方,"罗斯托夫一面听兹德尔任斯基说话,一面想。但是他没有说出他的想法:他在这上头也是有经验的。他知道这类故事可以为我军增光,所以要装作相信的样子。他现在就是这样做的。

"我可受不了啦,"伊林看见罗斯托夫讨厌兹德尔任斯基的谈话,就说。"袜子,衬衫都湿透了。我去找个避雨的地方。雨似乎下得小了。"伊林走出去,兹德尔任斯基也跟着走了。

五分钟后,伊林踏着泥泞跑回棚子来。

"乌拉! 罗斯托夫,快走,找到了! 离这儿二百步左右有一家小酒馆,咱们的人都在那儿。那儿至少可以烘干衣裳,玛丽亚·亨里霍夫娜也在那儿。"

玛丽亚·亨里霍夫娜是团队医生的妻子,是医生在波兰娶的一个年轻貌美的德国女人,这个医生不是因为没有财产,就是因为初婚不愿离开年轻的妻子,他带着她随军东奔西走,在骠骑军官中间,医生的吃醋经常成为说笑的话题。

罗斯托夫披上斗篷,叫拉夫鲁什卡拿着东西,同伊林一块走了,他们冒着小雨,时而在泥里滑行,时而踏着水,远方的闪电时断续地照亮了黑夜。

"罗斯托夫,你在哪儿?"

世界经典文库

世界二十大名著

战争与和平

图文珍藏版

498

"在这儿。好大的闪电!"他们交谈着。

十三

小酒馆门前停着医生的篷车,酒馆里已经有五六个军官。玛丽亚·亨里霍夫娜,一个胖胖的淡黄头发的德国女人,身穿短上衣,头戴睡帽,在一进门角落里一张宽凳上坐着。她的医生丈夫在她后面睡觉。罗斯托夫和伊林迎着一阵快活的惊叫声和大笑声走进酒馆。

"嗬!你们这儿好快活,"罗斯托夫笑着说。

"您怎么错过了大好机会?"

"好家伙!瞧这一对落汤鸡!不要弄湿了我们的客厅。"

"不要弄脏了玛丽亚·亨里霍夫娜的衣裳,"几个声音一齐说。

罗斯托夫和伊林赶忙找一个不致使玛丽亚·亨里霍夫娜感到难堪的角落换湿衣裳。他们走到隔扇后面;可这间小贮藏室挤得满满当当的,一个空箱子上点着一支蜡烛,三个军官坐在那儿打牌,他们无论如何也不愿让出地方来。玛丽亚·亨里霍夫娜拿出一条裙子当帷幔,罗斯托夫和伊林就在帷幔后面,在带来背包的拉夫鲁什卡的帮助下,换上干衣服。

在一只破炉子里生着火。有人找来一块木板搭在两个马鞍上,铺上马被,弄来一个茶炊、食品箱和半瓶罗姆酒,请玛丽亚·亨里霍夫娜做主人,大家围着她坐下来。有人递给她干净的手绢,让她擦擦那纤弱的小手,有人把短上衣铺在她的小脚上防潮,有人把斗篷挂在窗户上挡风,有人赶走她丈夫脸上的苍蝇,以免闹醒他。

"别管他,"玛丽亚·亨里霍夫娜露出怯怯的、幸福的微笑,说,"他一夜没睡,总是睡得如此香甜。"

"不行,玛丽亚·亨里霍夫娜,"那个军官回答,"要巴结巴结大夫。将来他替我截胳膊锯断腿的,或许会对我发发慈悲。"

只有三只茶杯;水脏得直接看不出茶的浓淡,茶炊里只有六杯水,但这样更令人兴奋:按照年龄的大小按顺序从玛丽亚·亨里霍夫娜不太干净的短指甲的小胖手里接过茶杯。看来,这天晚上所有的军官确实都爱上了玛丽亚·亨里霍夫娜甚至隔壁三个玩牌的军官也服从向玛的亚·亨里霍夫娜献殷勤这个普遍的情绪,很快丢下牌过到茶炊这边来了。玛丽亚·亨里霍夫娜看见自己周围这群漂亮并且彬彬有礼的青年,兴奋得容光焕发。

茶匙只有一把,糖却很多,搅不过来,因此决定她轮流给每个人搅和。罗斯托

战争与和平

图文珍藏版

夫接过自己的杯子,掺进一点罗姆酒,请玛丽亚·亨里霍夫娜搅和。

"但是你并没放糖啊?"她总是微笑着说,似乎不管她说什么,也不管别人说什么,都很可笑,并且别有用意似的。

"我不要糖,只需您亲自用手搅一搅就行了。"

玛丽亚·亨里霍夫娜同意了,她找茶匙,却已经被别人拿走了。

"您用手指头搅吧,玛丽亚·亨里霍夫娜,"罗斯托夫说,"那样更好。"

"烫!"玛丽亚·亨里霍夫娜高兴得红了脸,说。

伊林提来一桶水,把罗姆酒往水桶里滴了几滴,他走到玛丽亚·亨里霍夫娜面前,请她用指头搅搅。

"这是我的杯子,"他说。"您只要把指头伸进去一下,我就把水喝光。"

茶炊喝干后,罗斯托夫拿出一副牌,提议和玛丽亚·亨里霍夫娜一块玩"国王"。抓阄来决定谁和玛丽亚·亨里霍夫娜搭档。按照罗斯托夫的规定:谁做了"国王",谁就有权吻玛丽亚·亨里霍夫娜的手,谁做了"坏蛋",谁就得在医生醒来时,给他烧好茶炊。

"倘若玛丽亚·亨里霍夫娜当了'国王'呢?"伊林问。

"他本来就是女王!她的命令就是法律。"

牌戏刚开始,医生的乱蓬蓬的头忽然从玛丽亚·亨里霍夫娜身后抬了起来。他早就醒来了,细听人们在说什么,他觉得人们所说所做的一切毫无可乐、可笑和好玩的地方。他的面孔又郁闷又颓丧。他不同军官们打招呼,搔了搔头,请挡着路的人让他过去。他刚一走,全体军官就哄然大笑,玛丽亚·亨里霍夫娜脸红得泪水都涌了出来,这么一来,她在军官们眼中显得更可爱了。医生从外面回来,对妻子说,雨已经停了,要挪到篷车里过夜,否则东西要给人偷光了。

"我派一个勤务兵看着……派两个!"罗斯托夫说。"行了,大夫。"

"我亲自去站岗!"伊林说。

"不,诸位,你们都睡过了,我有两夜没合眼了,"医生说,他郁闷地在妻子身旁坐下,等着牌局终了。

医生阴沉着脸子,斜看着他的老婆,军官们瞧着他那样子更乐了,许多人忍不住笑出声来,赶忙为他们的笑找一个随便的借口。当医生领走老婆,和她一起进了篷车后,军官们在小酒馆里也躺下了,盖上潮湿的大衣;但是大家好久无法入睡,时而谈论刚才医生惶惶不安的样子和他妻子的兴高采烈,时而跑到外面,回来报告篷车里有什么动静。罗斯托夫好几次蒙上头想睡;但是又有什么议论吸引了他,又开始谈起来。

十四

两点多钟了,仍没有人入睡,这时司务长进来传达进驻奥斯特罗夫纳的命令。

军官们仍旧有说有笑,连忙准备出发;又烧了一茶炊泥水。可是罗斯托夫没等喝茶,就到骑兵连去了。天已经亮了;雨也停了,乌云在散开。又湿又冷,特别是穿着没有干透的衣裳更觉得又湿又冷。罗斯托夫和伊林两人走出小酒馆,在晨光熹微中看了一下被雨淋得发亮的医务车的皮篷,车帷下面露出医生的两只脚,在车中间的坐垫上,能看见他妻子的睡帽,听见她熟睡的呼吸声。

"真的,她太可爱啦!"罗斯托夫对和他一块出来的伊林说。

"好迷人的女人!"十六岁的伊林严肃地回答说。

半小时后,骑兵连在大路上排好了队。传出了"上马!"的口令,士兵们画了十字,开始上马。罗斯托夫在前面骑着马,发出"开步走!"的口令,——于是,骠骑兵四人一排,顺着两边长着白桦树的大道,跟着步兵和炮兵出发了,只听见马蹄踩在泥泞的路上的扑哧声,佩刀的锵锵声和压低的说话声。

在那泛红的东方,青紫色的乌云碎片迅速被风吹散了。天慢慢亮了。乡村道路上生长着的卷曲小草,受到夜雨的湿润,更鲜亮了;低垂的白桦枝条,也是湿漉漉的,迎风摇曳,撒下晶莹的水珠。士兵的面孔越发看得清楚了。罗斯托夫和紧紧跟着他的伊林,骑着马在两行白桦之间靠路边行走。

罗斯托夫在出征途中不骑战马,而骑一匹哥萨克马。他是识马的行家,又是猎人,不久前他得到一匹顿河草原的高头烈马,骑着它没有谁能追得上。骑这种马对于罗斯托夫是一种享受。他在想马,想早上,想医生的妻子,可就是没想即将到来的危险。

先前罗斯托夫去打仗时,总是胆怯;现在他却感觉不到一点的惧怕。并不是因为他闻惯了火药味而不怕(对危险是不能习惯的),而是学会了在危险面前控制自己。他养成了一个习惯,就是参加战斗时,什么都可以想,就是不去想那件好像最使人关心的事——当前的危险。在最初服役的时候,不论他怎样骂自己胆小鬼,但是他做不到这一点;可是随着岁月的流逝,自然而然地就做到了。他和伊林并马在桦树中行走,时而顺手从枝条上扯下几片叶子,时而用脚磕磕马肚皮,时而把抽完的烟斗不转身就递给身后的骠骑兵,他是那么沉着,愉快安闲,就仿佛他是出来兜风似的。他不忍看那话很多、心神不定的伊林的激动的脸;他凭经验知道,这个骑兵少尉现在正等待着恐惧和死亡,内心是多么痛苦,同时他也知道,除了时间,没有任何东西能治好他。

太阳在乌云下刚一出现,风就停了,似乎风不敢破坏雨后夏日早上的美景;水珠仍旧在洒落,却已经是垂直地落下,——四周全是寂静。太阳完全露出了地平线,接着又钻入它上面一长条乌云里。几分钟后,太阳撕破乌云边缘,又在乌云上边出现了。周围都明亮起来,闪着光。似乎响应亮光似的,前方随即响起了大炮声。

罗斯托夫还没来得及考虑和断定炮火的远近,奥斯特曼-托尔斯泰伯爵的副官就从维捷希斯克驰来,命令跑步前进。

骑兵连绕过急速快走的步兵,驰下山坡,穿过一个空无一人的村庄,又上了一个山坡。马也出汗了,人也热得满脸通红。

"立定,看齐!"前面传来营长的口令。

"左转弯,开步走!"前边传来口令。

骠骑兵顺着我军阵地走到左翼,停在第一线的枪骑兵后面。右边是我军密集的步兵纵队——这是后备军;在山上更高的地方,在明净空气中,在晨光明亮的斜照中,在最远的地平线上,可以望见我军的大炮。也能看见前面谷地里敌人的纵队和大炮。我们的散兵线已经在谷地里投入战斗,可以听见他们和敌人互相射击的声音。

罗斯托夫就像听到最快乐的音乐似的,听到这久已不曾听过的声音,觉得很舒服。特啦啪-嗒-嗒-嗒啪!——有时噼里啪啦一齐响,有时一声接着一声地。周围又沉寂了,随后,似乎放爆竹似的,又噼噼啪啪响起来。

骠骑兵在原地不动站了一个来小时。炮轰也开始了。奥斯特曼伯爵带着侍从从骑兵连后面驰来,停下来和团长谈了几句话,就朝山上的炮位驰去。

奥斯特曼刚离开,枪骑兵就听到一声口令:

"成纵队,准备冲锋!"他们前面的步兵分成两排,让骑兵通过。枪骑兵出动了,长矛上的小旗飘动着,飞奔着朝在山下左方出现的法国骑兵冲去。

枪骑兵刚冲到山下,骠骑兵就奉命上山掩护炮兵。骠骑兵站到枪骑兵的阵地上,从散兵线那儿就呼啸着飞来没有命中的炮弹。

罗斯托夫很久没听见这种声音了,觉得比以前的射击声更使他兴奋,高兴。他挺直身子,细细观看山前开阔的战场,整个身心都集中在枪骑兵的行动上。枪骑兵向法国龙骑兵扑了过去,在烟雾中混成一团,五分钟后,枪骑兵退了回来,不是退回原地,而是退到左边。在骑着枣红马的橙黄色的枪骑兵中间和后面,能看见一大片骑灰色马、穿蓝制服的法国龙骑兵。

十五

罗斯托夫用他那锐利的猎人眼睛第一个望见那些蓝色的法国龙骑兵追赶我们的枪骑兵。混乱的枪骑兵人群,和追赶他们的法国龙骑兵,越来越接近了。已经可以看见那些人正在互相厮杀,互相追击,挥动胳膊,或者挥动佩刀。

罗斯托夫就像看猎犬追捕野兽似的,看着眼前发生的一切。他用嗅觉就能感到,要是现在就同骠骑兵向法国龙骑兵冲锋,他们会站不住脚的;可是,要冲锋,就得立刻冲锋,一分一秒都缓不得,否则就迟了。他环顾四周。大尉站在身旁,他也同样目不转睛地望着下面的骑兵。

"安德烈·谢瓦斯季扬内奇,"罗斯托夫说,"我们可以把他们冲垮……"

"倒是厉害的一着,"大尉说,"的确是……"

罗斯托夫没听完他的话,就策动坐骑,驰到骑兵连前头,他还没来得及发出出动的口令,和他有同感的骑兵连都随他之后策动了战马。罗斯托夫自己也不知道他为什么这样做。他做这一切,正像他在打猎时所做的那样,没有思索,没有考虑。他看见龙骑兵离得近了,人们在奔跑,队形很乱;他知道,他们是坚持不住的,他知道,时机只在转瞬之间,若一放松,就一去不返。炮弹是那么起劲地在他周围呼啸,马是那么跃跃欲奔,几乎笼它不住。他策动了马,发出口令,就在这同一瞬间,他听见身后展开队形的骑兵连响起得得的马蹄声,飞奔着向山下的龙骑兵冲去,他们刚下得山来,大步地奔跑就换为疾驰,随着接近自己的枪骑兵和追赶他们的法国龙骑兵,就越跑越快。离龙骑兵很近了。前面的龙骑兵看见了骠骑兵,开始向后转,后面的停住了。罗斯托夫抱着堵截狼的心情,完全放开他的顿河马,疾驰着堵截混乱的龙骑兵。有一个枪骑兵站住了,一个步兵怕被马踩着,伏在地上,有一匹失掉鞍子的马混在骠骑兵中间。差不多所有的龙骑兵都往后逃跑了。罗斯托夫从中选择了一个骑灰色马的,向他追去。他在路上遇见了一个灌木丛;那匹骏马驮着他从灌木丛飞跃过去,差点把尼古拉颠下马鞍,眼看再有几秒钟就追上敌人——他所选择的目标了。那个从他的制服看来是一个军官的那人,他在灰色立刻弯着腰,甩佩刀赶着马飞奔。转瞬之间,罗斯托夫的马的前胸碰着了那个军官的马屁股,几乎把它碰翻,就在这一瞬间,罗斯托夫自己也不知为什么,举起佩刀,向那个军官砑去。

就在这一刹那,罗斯托夫的全身劲头突然没了。那个军官倒了,他的倒下与其说是因为刀劈,他的肘弯上方只受了一点轻伤,不如说是因为马的冲撞和恐惧。罗斯托夫勒住马，用目光观看他的敌人，看看他战胜的是什么人。那个法国龙骑兵军官一只脚在地上跳动，另一只挂在马镫上。他吓得眯缝着眼，似乎等着随时挨另一下，他皱着眉头，带着恐怖的神情从下往上望着罗斯托夫。他的脸苍白，溅满了泥，头发淡黄色，样子年轻，下巴上有一个酒窝，一双浅蓝色的眼睛，一点不像沙场上含有敌意的脸，而是一副最平常的家常的脸。在罗斯托夫还没决定怎样对付他之前，那个军官就喊道："我投降！"他慌慌张张想把脚从马镫里抽出来，但是抽不出，他那一对惊慌的蓝眼睛不时地仰望着罗斯托夫。驰过来的骠骑兵帮他把脚抽出来，扶他坐到鞍子上。骠骑兵在四面八方收容龙骑兵：有一个受了伤，满脸是血，不肯放弃他的马；另一个抱着骠骑兵，坐在他的马屁股上；第三个由骠骑兵扶上马。前头的步兵一边跑一边射击。骠骑兵带着俘虏急忙驰向后方。罗斯托夫同别人一块往回走，一种不快乐的感觉使他心中发闷。俘虏这个军官和劈他一刀，引起了他一种他不明原因的模糊的、混乱的感觉。

　　奥斯特曼-托尔斯泰伯爵迎接回来的骠骑兵，叫来罗斯托夫，向他表示感谢，而且说，他要把他的英勇行为报告皇帝，申请授予他圣乔治十字勋章。在罗斯托夫被叫去见奥斯特曼伯爵的时候，他记起他不待命令就发起冲锋，现在长官叫他，肯定是为他擅自行动而处罚他。所以奥斯特曼的一番赞扬和应许给他奖赏，本应该会使他受宠若惊的；但是仍旧有一种不痛快的漠然感觉，使他恶心。"是什么使我苦恼呢？"他在离开将军时问自己。"是为伊林吗？不是，他安然无恙。我做了什么丢脸的事吗？不是，根本不是那回事！——另有一种类似后悔的东西使他痛苦。——是了，是了，是因为那个下巴有一个小酒窝的法国军官。我清晰地记得，我举起手臂又停住了。"

　　罗斯托夫看见押走的俘虏，他驰到他们后面，想看看那个下巴有一个小酒窝的法国军官。他穿一身古怪的制服，骑一匹骠骑兵的驮马，心神不定地四外张望。他臂上的伤可以不算是伤。他向罗斯托夫装出笑脸，向他挥手致意。罗斯托夫仍旧觉得不舒服，有点内疚似的。

　　当天和第二天，罗斯托夫的朋友和同事都看出他郁闷不乐，不是生气，而是沉默不语，若有所思，神情专注。他喝酒毫无兴致，总是一个人躲起来在思考什么事情。

　　罗斯托夫老在思考那使他惊奇的辉煌的战功，赏他圣乔治十字勋章，而且得到勇士的名声，——可是有一点总也弄不明白。"这么看来，他们比我们还害怕！"他想。"难道这一切就叫作英雄气概吗？那个生着小酒窝和蓝眼睛的人有什么罪？他是多么惊慌啊！他以为我要杀死他。我为什么要杀死他呢？我的手发抖了。但是授给我圣乔治十字勋章。我不明白,一点也不明白!"

正当罗斯托夫思考这些问题,无论如何也弄不明白是什么东西使他不安的时候,服役的幸运车轮转到了他身上。在奥斯特罗夫纳战役之后,他第一个被提升,把一营骠骑兵交给他指挥,在需要勇敢的军官的时候,他受到了信任。

十六

伯爵夫人得到娜塔莎生病的消息后,虽然她还没康复,十分虚弱,她还是带着彼佳和全家来到莫斯科,于是罗斯托夫全家从玛丽亚·德米特里耶夫娜家搬到自己的住宅,而且彻底在莫斯科住下来。

娜塔莎的病非常严重,以至于她的病因、她的行为和与未婚夫决裂的思虑,全已退到次要的地位,这对她本人和对她的双亲倒是一桩幸事。她病得如此厉害,已经使人不再去想她在这一切事情中有什么过错,她不吃不喝,夜不成眠,眼看着消瘦下去,时常咳嗽,从医生的言谈中,知道她的病十分危险。现在只想想方设法挽救她。医生们来给娜塔莎看病,有时会诊,互相指责,开了他们所知道的各种各样的药方;但是他们谁也没想到一个简单的道理,那就是他们不可能知道娜塔莎所患的病。

倘若不按时给丸药,给温和的饮料,给鸡肉饼,不遵守医生嘱咐,那么,索尼娅,伯爵和伯爵夫人岂不是无事可做了吗?他们怎么能不采取什么措施,眼看着娜塔莎就这样瘦弱下去呢?事情弄得越严重,越复杂,周围的人就越感到安慰。倘若伯爵没有为娜塔莎的病花掉数千卢布,并且为了把病治好再花好几千卢布;倘若她还不见好,他不惜花几千卢布送她出国,在那儿给她会诊;倘若他不能详细讲一讲梅蒂维埃和费勒如何不懂医道,弗里茨如何高明,而穆德罗夫如何诊断得更好;——倘若他没能做到这一切,他对爱女的病怎么能够忍受下去呢?倘若伯爵夫人不能有时和生病的娜塔莎吵吵嘴,为了她未能全部遵照医嘱,那么,伯爵夫人岂不是无所事事了吗?

"像你这样不听医生的话,不按时吃药,就永远甭想好!"她气恼得忘了忧愁,说。"这不是好玩的,你会弄成肺炎的,"倘若索尼娅没有得到这样的喜悦感:她在最初的三夜不曾脱衣裳,准备严格按照医生的嘱咐行事;并且现在她也常常熬夜,为了不错过给病人服下药丸,那么,她会怎么样呢?甚至娜塔莎本人,显然她也说什么药都治不了她的病,这都是胡闹,——她也兴奋地看到人们为她做出这么多的牺牲,她不得不在规定的时间服药。她甚至兴奋她不遵从医生的嘱咐,以表示她不相信医疗和不珍惜自己的生命。

医生天天来，号脉，看舌苔，不理会她那悲伤的表情，和她说说笑笑。可是当他走进另一个房间，伯爵夫人紧跟着他走进去的时候，他就换成了一副严肃的面孔，若有所思地摇着头，说，虽然有危险，他希望这最后一剂药能奏效，要等着看效果；病多半是在精神上，可是……

伯爵夫人极力不让自己和医生察觉，把一枚金卢布塞到医生手里，每次都是怀着宽慰的心情回到病人那儿。

娜塔莎的症候是吃得少，睡得少，咳嗽，精神一直是萎靡不振。医生说病人不能没有医药，因此就让她在空气窒息的城里待着。1812年的夏天罗斯托夫全家没有到乡下去。

虽然服了大量的药丸、药水和药粉，喜欢小玩意的肖斯太太收集了许多盛药的小瓶和小盒，虽然缺少已经习惯了的乡村生活，但是青春占了上风：娜塔莎的悲伤开始蒙上一层日常生活的印象，已经不那么痛苦地揪她的心了，逐渐地成为过去了，娜塔莎身体慢慢好起来。

十七

娜塔莎比较安静了，但是并不快活。她不但回避所有外界的欢乐：舞会、滑冰、音乐会、剧院；并且任何一次笑都是笑中含泪的。她不能唱歌。她刚一开始笑或者想独自一人唱歌时，就被眼泪哽住了：那是悔恨的泪，对那一去不复还的纯洁时光回忆的泪；恼恨的泪，恼恨她徒然毁掉了那本来可以过得幸福的青春生活。她尤其觉得，笑和歌唱对她的悲伤是一种亵渎。她根本无心调情逗乐，甚至不需要克制自己。她嘴里这样说，心里也这样想：这个时期任何男人，在她看来都和小丑娜斯塔西娅·伊万诺夫一样。内心的警卫严格禁止她有什么欢乐。并且她已经不再有往日的生活情趣，那无忧无虑、满怀希望的少女时代的生活情趣。最使她难受的是回忆往日的秋天，打猎，"大叔"，以及和尼古拉一起在奥特拉德诺耶度过的圣诞节。就是再过上一天那样的时光，她也肯付出任何代价！但是这一切都永远地结束了。预感没有欺骗她：自由自在和随时都准备享受各种欢乐的生活，已经一去不复返了。可是还要活下去。

她快乐地想到，她并不像她以前所想的那么好，而是比世界上其他人都坏，并且坏得多。可是这还不够。她知道这一点，她问自己："以后怎么办呢？"以后什么也看不到。生活里毫无欢乐，而生活在流逝。娜塔莎尽力不让任何人感到负担，不妨碍任何人,她自己什么也不需要。她避开家里所有的人,只有和弟弟彼佳在一块才感到轻松。比起和别人在一块,她更愿意和他在一起;和他面面相对,不时大笑起来。她差不多不出家门,在常到他家来的人中,她只欢喜皮埃尔一个人。没有哪一个比别祖霍夫伯爵待她更温存,更小心,同时又严肃的了。娜塔莎在不自觉之中感受这种温柔体贴,因此和他在一块得到了极大的愉快。然而,她甚至不感谢他的温存。在她看来,皮埃尔做什么好事都是不费力的。皮埃尔好像很自然地对每个人都好,他做好事并没有邀功的意思。娜塔莎有时看出皮埃尔在她面前局促不安,态度不自然,尤其是当他害怕在谈话中可能有什么会引起娜塔莎难堪的回忆的时候。她看出这一点,她以为这是由于他禀性善良和腼腆,照她的理解,他对所有的人,包括她在内,都一视同仁。自从在她极度激动的时候,他无意中说出,倘若他是自由的话,他要跪下向她求婚和求爱以后,皮埃尔再没有向娜塔莎表露过自己的感情;在娜塔莎看来,那些是安慰她的话,不过是像大人在安慰啼哭的小孩时随便说的话。不是因为皮埃尔是一个已婚的人,而是因为娜塔莎觉得她和皮埃尔之间隔着很强大的精神上的障碍,——她觉得她和库拉金之间就没有这种障碍,在她头脑里从没出现过这样的想法:在她和皮埃尔的关系中不可能从她这方面,更不可能从他那方发生爱情,不但如此,就连男女之间那种温柔多情、羞羞答答、富有诗意的友谊(她知道不少这样的例子),也不可能。

刚过圣彼得斋戒日,罗斯托夫家在奥特拉德诺耶的女邻居阿格拉菲娜·伊万诺夫娜·别洛娃来莫斯科朝拜这儿的圣徒们。她提议娜塔莎斋戒祈祷,娜塔莎马上兴奋地接受了这个主意。娜塔莎不顾医生禁止一大早外出的要求,执意要斋戒祈祷,并且不像罗斯托夫家里平常那样做的,只是在家里做三次祈祷就算完事,而是要像阿格拉菲娜·伊万诺夫娜那样,要整个星期每天都不错过晚祷、弥撒和晨祷。

伯爵夫人兴奋娜塔莎如此热心;在医药治疗无效之后,她心中暗自希望祈祷比药物更能治女儿的病,她虽然提心吊胆地瞒着医生,但她还是满足了娜塔莎的愿望,并把她托付给别洛娃。阿格拉菲娜·伊万诺夫娜夜里三点钟就来叫醒娜塔莎,但是十有八九发现她是醒着的。娜塔莎怕睡过了晨祷的时间。娜塔莎匆忙地洗过脸,谦逊地穿上最坏的衣裳,披上旧斗篷,走到被朝霞照得明亮的空荡无人的大街上。依照阿格拉菲娜·伊万诺夫娜的劝告,娜塔莎不在自己的教区做祈祷,而是到另外一个教堂,据虔诚的别洛娃说,那里面有一位过着极其严肃和高尚生活的神父。教堂里的人总是极少;娜塔莎和别洛娃在圣母像前停下来。每当她早上凝视着被烛光和晨光照亮的圣母暗黑的脸庞,听着那她紧跟着念和努力在理解的祷文的时候,在这伟大的不可知的事物面前,娜塔莎总有一种没有过的谦卑感觉,当她听懂了祷词的时候,她那带有个人色彩的感情就和她的祷词融合起来;当她不懂的时候,她更快乐地想到,想懂得一切的愿望是令人骄傲的,懂得一切是不可能的,只要相信和皈依上帝就行了,因为她觉得,此时此刻上帝支配着她的灵魂。她画十字,鞠躬,当她对自己卑鄙的行为感到恐惧,弄不明白时,只求上帝宽恕她,对她发慈悲。最能使她动心的是忏悔的祷告。大清早回家时,只碰见去上工的泥瓦匠,扫街的清道夫,回到家里,所有的人还在睡觉,这时她体验到一种前所未有的感情,她觉得有可能改正错误和有可能过一种纯洁、幸福的新生活。

连续一个星期她的这种感觉天天都在增加。幸福的一天终于到来,她穿着雪白的细纱衣裳领过圣餐归来,好久以来,她第一次感觉心平气和,不为她眼前的生活感到压抑。

这一天来给娜塔莎看病的医生,吩咐她继续服用他两个星期以前开的药粉。

"每天早晚一定要坚持吃药,"他说,显然,他对自己的成功非常满意。"不过,还是不能大意。伯爵夫人,您就放心吧。"医生一面利落地接过一枚金币,握在手心里,一面开玩笑地说,"她不久就会又跳又唱了。最后一剂药十分、十分有效。她大有起色了。"

伯爵夫人喜形于色地回到客厅。

十八

七月初,莫斯科越来越多地流传着令人惊恐的战事消息:都在议论皇帝告民众书,议论皇帝离开军队回到莫斯科。因为直到七月十一日还没有见到宣言和告民众书,关于俄国情势的流言更夸大了。传说皇帝的离开是由于军队处境危险,还说斯摩棱斯克已经失守,拿破仑的军队上百万,唯有奇迹才能拯救俄国。

七月十一日,星期六,宣言出来了,但是仍没印好;在罗斯托夫家做客的皮埃尔,答应明天把宣言和告民众书带来,这些东西他可以从拉斯托普钦伯爵那儿弄到。

那个星期天,罗斯托夫家的人照例到拉祖莫夫斯基家的教堂做弥撒。正是七月的炎热天气。罗斯托夫家的人在教堂门前下车的时候,已是十点钟了。来拉祖莫夫斯基家的教堂做弥撒的,都是莫斯科的名门贵族以及罗斯托夫家的老相识。娜塔莎陪着母亲,走过去的时候,听见一个年轻人谈论她:

"这是罗斯托娃,就是那个……"

"瘦多了,但是很美!"

她听见,也许是她感觉到,有人提起了库拉金和博尔孔斯基的名字。其实,她常常有这种感觉。她常常觉得人人都在看她,都在想她的遭遇。娜塔莎在人多的地方总是感到痛苦,心如死灰,她穿一件镶黑色花边的藕荷色的连衣裙,尽力像一般女人那样在人群中走过去,她越是保持安静、端庄,她内心就越痛苦和羞愧。她知道她很美,实际情况也是如此,但这并不能像先前那样使她兴奋。相反,近来这反而使她更难过,尤其是在这城市中炎热的明朗夏天。"又是一个礼拜日,又是一个星期,"她一边回忆她在这儿度过的那个礼拜日,一边自言自语,"仍然过着没有生活的生活,仍然是从前轻松地过着的那个环境。漂亮,年轻,并且我知道现在我是善良的,从前我不好,而现在我是善良的,我知道,"她在想,"但是,就这样不为任何人徒然虚度这最美好、最美好的年华。"她站在母亲身边,和站在近处的熟人互相点点头。娜塔莎细细打量女人们的装束,指责一位站在近处的女人的举止和她不合礼法地把十字划得太小,立刻又悔恨地想到人家评论她,而她现在评论人家,突然听到祈祷的声音,她为自己的卑劣感到心惊,为她又失去往日的纯洁而战栗。

一位仪表堂堂、衣着整洁的小老头念祷文,他那温文尔雅的庄严神情感动了礼拜者的心灵,大家都肃然起敬,平静下来。教堂的门关上了,帷幕缓缓地拉上了,不知什么地方发出神秘的低语声。连她自己也不理解为什么胸中充满了泪水,一股又喜悦又苦恼的感情使她激动。

"教导我应当怎么办,我应当怎样生活,我如何才能永远、永远改过自新!……"她想。

助祭走上布道台,在胸前画了十字,庄严地高声朗诵祷文:

"让我们一起向主祷告吧。"

"让我们全体在一起不分等级,没有仇恨,因兄弟的友爱而联合起来——向主祷告吧,"娜塔莎想。

"为了升入天堂,为了我们的灵魂得救!"

"为了天使的世界和住在我们上方的全体神明,"娜塔莎祷告说。

在为战士祈祷的时候,娜塔莎想起了哥哥和杰尼索夫。在为在海上和陆上旅行的人祈祷的时候,她想到了安德烈公爵,为他祝福,而且求上帝饶恕她,为了她做了对不住他的事情。在为爱我们的人祈祷的时候,她为家里的人——为父亲、母亲、索尼娅祈祷,第一次感到她对他们的过失是多么大。在为恨我们的人祈祷的时候,她在心中想出仇人和恨她的人,也为他们祈祷。

念完祷文,助祭在胸前画了十字说:

战争与和平

图文珍藏版

"把我们自己和我们的生命交给我主基督！"

"把我们自己交给上帝，"娜塔莎在心中默念着。"我的上帝啊，我完全服从你的旨意，"她想。"我无所求，也不希望什么；教导我应当怎么办，怎样运用自己的意志！你千万要收留我，收留我！"娜塔莎怀着真诚的心情说。

在祷告的时候，伯爵夫人不停地回头看女儿那副感动的、眼睛发亮的面孔，她祈求上帝帮助她的女儿。

出人意料，在礼拜的中间，没有按照礼拜的程序（娜塔莎是非常熟悉这些程序的），助祭忽然拿起小板凳，放在圣体栏栅门前。一个神父走了出来，他理了理头发，吃力地跪下来。大家全跟着跪下，都迷惑地面面相觑。这是刚从最高会议送来的祷文，祈求俄国从敌人入侵下得救的祷文。

"全能的上帝，我们的救主啊，"神父开始朗读，非常感人，不可抗拒地感动着俄国人的心。

"权威至高无上的上帝，我们的救主啊！今天请你以怜悯和祝福的心，来看待你卑微的子民，请宽大为怀，听取我们祈祷，宽恕我们并可怜我们！纷扰你的国土并企图毁灭全世界的敌人，在与我们为敌；彼等无法无天，纠集一起，图谋推翻你的王国，毁灭你的圣城耶路撒冷，毁灭你爱的俄罗斯：玷污你的庙堂，倾倒你的祭坛，亵渎你的圣龛。主啊，歹徒们将横行到几时？逞凶到几时？

"上帝啊！我们向你请求，请倾听我们：请伸张你的神威，帮助我们最笃信上帝、最有权威的仁君亚历山大·帕夫洛维奇陛下；请念其正直，念其文弱，赐予你理所应得，使他保护我们，保护你所选定的以色列。请降福于其意念，降福于其所为，降福于其事业；请用你全能的双手加强他的王国，让他克敌制胜。请保佑他的军队，那些武装起来，并以你的名义全力准备战斗的人们，请赐予他们铜弓，请拿起矛与盾来助战；请让那些加害于我们的人遭到诅咒与羞辱；愿他们在你忠诚的武士面前如风前的尘沙，愿你强有力的天使他们溃散而逃，愿他们在毫无察觉中陷入圈套，愿他们因暗施诡计而自食其果；让他们跪倒在你的臣仆脚下，被我们的军队一扫而光。主啊！你能拯救强者和弱者；你是上帝，世人不能胜过你。

"我们祖先的上帝啊！不要忘记你历来的慈悲、怜悯和仁爱；请不要对我们不予理睬，请宽容我们的渺小，请以你的宽大慈悲为怀，不计较我们的错误与罪过请为我们创造洁净之心，复活我们正义的精神，加强我们对你的信仰，坚定我们的希望，激励我们彼此真诚相爱，请以团结精神武装我们，以保卫你赐予我们世代相传的土地，不要让恶人统治你所降福的人们的命运。

"阿，上帝，我们的主，我们信仰你，依仗你。主啊，请今日就赐予我们你的仁慈,使我们得救,让你的子民因你赐予的仁慈而欢欣雀跃吧,打击我们的敌人,让他们在你忠实臣仆的脚下迅速毁灭。你是一切信仰你的人的保护者,救主和胜利之源,一切光荣归于你,归于圣父、圣子、圣灵,无尽无休,直至永恒。阿门。"

娜塔莎现在的心灵最容易动情,这个祷告对她的影响是强烈的。

十九

皮埃尔从罗斯托夫家出来,回味着娜塔莎感激的目光,遥望那高悬空中的彗星,从这天起,他感到,在他的生活中出现了新的东西。因为永远折磨他的那个问题,即尘世间一切都是梦幻和没有意义的问题,在他的心中消失了。那个可怕的问题:"为了什么? 为了什么目的?"过去不管做什么,心中老是想着这个问题,现在并不是给他另外换了一个问题,也不是对先前的问题有了答案,而是在他心目中总有个她。不管是在听还是亲自参加那无聊的谈话,不论是在看书还是听到日常生活中的卑劣无耻和愚昧无知,已经不像先前那样令他吃惊了;他不再问自己:既然一切都是过眼云烟和不可知,人们为何还忙忙碌碌,可是他总在回忆最近一次他所看见的她的模样,并且他的一切怀疑都消失了,并不是她解答了他心目中的问题,而是一想到她,就马上把他带到另一个光明璀璨的精神境界,里面没有是或者非,那是一个令人值得活下去的美和爱的境界。不论在他面前出现多少人世间卑鄙的事,他总对自己说:

"就让某人盗窃国家和沙皇吧,而国家和沙皇总是赐他以荣誉;她昨天向我微笑,要我去看她,我爱她,永远不会有人知道这件事,"他想。

皮埃尔依旧出入交际场,仍旧大量饮酒,过着清闲懒散的生活,因为除了在罗斯托夫家消磨时光外,还必须打发剩余的时间。但是最近从战地传来越来越令人不安的消息,同时娜塔莎的健康逐渐恢复了,她在他心中已经不再引起往日那种有所节制的怜悯感情,而这时一种无名的烦躁情绪越来越萦绕着他。他觉得,他目前所处的景况不会继续很久了,一场势必改变他全部生活的惨剧将要临头,他不耐烦地寻找这场即将到来的惨剧的预兆。

在朗读那篇祷文的前一天,他曾答应罗斯托夫家把《告俄国民众书》和军队最新的消息带给他们。第二天一早皮埃尔去拉斯托普钦伯爵家,在那里碰上了一个刚从军队来的信使。

这个信使是莫斯科舞会的常客,皮埃尔认识他。

"请原谅,您能不能帮我的忙?"信使说,"我有满满一口袋家信。"

其中有一封是尼古拉·罗斯托夫给他父亲的信。皮埃尔拿了这封信。另外，拉斯托普钦伯爵把刚印好的皇帝《告莫斯科民众书》、刚发给军队的几项命令和他的最新的告示交给了皮埃尔。皮埃尔看了看给军队的命令，其中有一份命令载有伤亡和受奖人员的名单，他在名单上发现尼古拉·罗斯托夫被奖给四级圣乔治勋章，在同一命令中，发现安德烈·博尔孔斯基被任命为猎骑兵团团长。虽然他不愿意向罗斯托夫家里的人提博尔孔斯基，但他急于想用他们儿子获奖的消息使他们兴奋，于是把铅印的命令和信打发人先送到罗斯托夫家，而把《告民众书》、告示以及其他命令留下来，以便在吃饭的时候亲自带给他们。

和拉斯托普钦伯爵的谈话，——他谈话时忧心忡忡，慌慌忙忙；和信使的相遇，他对前方军情，漠不关心；关于莫斯科发现间谍和传单的谣传——传单上说，拿破仑在秋季前将占领俄国两座都城；关于皇帝明天将要亲临的谈论——所有这一切，以新的力量在皮埃尔心中唤起激动和有所期待的感情，自从出现彗星，尤其是自从开战以来，皮埃尔总是怀着这种感情。

皮埃尔很早就想服兵役，他原本可以这样做的，但是有两件事对他不利；第一，他是共济会会员，受誓言的约束，共济会是宣传永久和平消灭战争的；第二，他看见许多莫斯科人穿着军服，宣传爱国主义，他羞于照样做。

二十

每到星期天，总有关系亲密的熟人在罗斯托夫家吃饭。

皮埃尔想一个人见到他们，所以就去了。

近一年来，皮埃尔发胖了。

他气喘吁吁，口中念念有词地走上了楼梯。他的车夫已经用不着问他是不是需要等候。他知道，伯爵在罗斯托夫家里在十二点之前是不会离开的。罗斯托夫家的仆人兴奋地跑过来给他脱斗篷，接过手杖和帽子。皮埃尔按照俱乐部的习惯，把手杖和帽子都放在前厅。

他在罗斯托夫家见到的第一个人，就是娜塔莎。他在前厅脱斗篷时，就听见她的声音了。她正在大厅里练习唱歌，他知道，自从她得病后，就没有唱过歌了，所以她的歌声使他又惊又喜。他轻轻推开门，看见娜塔莎穿一件做礼拜时常穿的雪青色连衣裙，她边走边唱。当他开门时，她是背朝着他的，但当她猛然转过身来，看见他那张吃惊的胖脸的时候，她的脸红了，快步向他走来。

"我想试试再唱一下，"她说。"这总算有点事儿干，"她好像抱歉似的又补上了一句。

"好极了。"

"您来了，我十分兴奋！我今天快活极了！"她说，皮埃尔在她身上又看到好久不见的活泼情态。"您可知道，尼古拉得圣乔治十字勋章了。我真为他自豪啊。"

"当然知道，命令是我送来的。好了，我不打扰您了，"说着就要往客厅走。

娜塔莎挡住他。

"伯爵，怎么啦，嫌我唱得不好吗？"她红着脸说，疑问地望着皮埃尔。

"哪里……为什么？正好相反……但是，您为什么这样问我？"

"连我自己也不知道，"娜塔莎赶紧回答，"不过我不愿做您讨厌的事情。我一切都相信您。您不知道，您对我是多么重要，您为我做了多少事情……"她说得很快，没有注意皮埃尔的脸红了。"在那同一命令中我看见了他，博尔孔斯基（她提起他时，说得很快，声音又低），他又在俄国服役了。您以为怎样，"她说得又快又急，"他有一天会原谅我吗？他不会永远对我抱有恶感吧？您以为怎样？您以为怎样？"

"我以为……"皮埃尔说。"他没有什么要宽恕您的……倘若我处在他的地位……"，在皮埃尔的脑海中立刻再现出了那天的情景：他安慰她说，如果他不是他自己，而是世界上最好的人，并且是个自由的人，他会跪下向她求婚，于是，仍旧是那种怜悯、柔情和爱慕的感情充满了他的心胸，仍旧是那些话来到他的嘴边，可是她不给他说这些话的时间。

"您啊–您，"她说，满怀热情地说出这个您字，"您是另一回事了。我不知道有谁比您更善良，更宽厚，更好的了，并且也不可能有这样的人。倘若当时没有您，甚至现在没有您，我不知道我会怎么样，因为……"泪水一下子涌出她的眼眶；她转过身去，拿起乐谱举到眼前，又唱起来，又在大厅里走来走去。

这时彼佳从客厅跑进来。

彼佳现在已经十三岁了，嘴唇又厚又红，像娜塔莎的嘴唇。他打算考大学，但最近他和同伴奥博连斯基秘密决定去当骠骑兵。

他请求皮埃尔打听一下骠骑兵要不要他。

皮埃尔不听彼佳说话，在大厅里来回踱步。

彼佳拉拉他的胳臂，让他注意他。

"我的事情怎么样了，彼得·基里雷奇，看在上帝的面上！全靠您啦，"彼佳说。

"啊，是了，是了，你托的事。去当骠骑兵吗？我去说，我去说。今天就去说。"

"怎么样，亲爱的，怎么样，宣言弄到了吗？"老伯爵问。"伯爵夫人在拉祖莫夫斯基家做礼拜,听到了新的祷文。祷文好极了,她说。"

"弄到了,"皮埃尔回答。"明天皇帝就要到……举行了贵族十分会议,据说,一千人中要抽十人去当兵。对了,我还没向您道喜呢。"

"是的,是的,感谢上帝。军队有什么消息?"

"咱们的军队又后退了。据说已经撤到斯摩棱斯克了,"皮埃尔回答。

"我的上帝,我的上帝!"伯爵说。"宣言呢?"

"告民众书!啊,对啦!"皮埃尔在衣袋里掏起来,却没有找到。他一边拍身上的衣袋,一边吻走过来的伯爵夫人的手,眼睛不安地东张西望,显然是在等待娜塔莎,她早不唱了,却没有走进客厅。

"真的,我不知道我把它放在哪儿了,"他说。

"看你,总是丢三落四的,"伯爵夫人说。

娜塔莎进来了,她脸上带着柔和而高兴的神情,她坐下来,默默地望着皮埃尔。她一进来,皮埃尔阴郁的面色,顿时容光焕发,他一面找文件,一面向她瞟了几眼。

"真的,我忘在家里了,我回去一趟。必须……"

"那您就来不及吃饭了。"

"对了,并且车夫也走了。"

可是,到前厅找文件的索尼娅,在皮埃尔的帽子里找到了。皮埃尔想要朗读。

"先别念,吃过饭再说,"老伯爵说,显然他想从朗读中得到极大的乐趣。

吃饭的时候,大家喝香槟酒祝罗斯托夫健康,申申讲城里的新闻:老格鲁吉亚公爵夫人的病情,梅蒂维埃从莫斯科偷偷溜走,有一个德国人被押到拉斯托普钦那儿,说这个德国人是个"暗探",他对老百姓说,这不是什么"暗探",只是一个德国糟老头子,随后就命令把他放了。

"在捕人呢,在捕人呢,"伯爵说,"所以我也交代伯爵夫人,要少说法国话,目前不是时候。"

"你们听说吗?"申申说。"戈利岑公爵请了一位俄国教师,在学俄语呢——在街上讲法语已经变得不安全了。"

"怎么样,彼得·基里雷奇,怎么招募民兵呀,您也要跨上战马吗?"老伯爵对皮埃尔说。

皮埃尔整顿饭默不作声,若有所思。在对他说话时,他看了看伯爵,似乎没听懂似的。

"是的,是的,要去打仗,"他说,"得了吧!我算什么战士!并且一切都如此奇怪,真奇怪!连我自己也不明白。我不知道,我对军事不感兴趣,可是在现在,谁自己都不能负责了。"

饭后,伯爵舒适地坐在安乐椅里,带着严肃的面孔,叫以朗诵见长的索尼娅读《告民众书》。

"通告我们古都莫斯科。"

"敌人以强大的兵力进犯我们的边境。他来毁灭我们亲爱的祖国了,"索尼娅卖力地朗读。伯爵闭上眼睛,听到一些句子,不停地发出叹息声。

娜塔莎笔直地坐在那里,用探究的目光时而看看父亲,时而望望皮埃尔。

皮埃尔感到她的目光,可是尽力不回头看。每读到雄壮威严的句子,伯爵夫人就不以为然地摇摇头。她从这些字句里面只听见威胁着她儿子的危险一时还完不了。申申撇着嘴,带着嘲讽的意味微笑着,准备一有机会就加以嘲笑,比如对索尼娅的朗读,对伯爵会说出的什么话,倘若想不出更好的借口,就嘲笑《告民众书》。

读到威胁俄国的危险,皇上对莫斯科寄予的希望,尤其是对名门贵族寄予的希望的时候,索尼娅的嗓音颤抖了,这主要因为大家全都聚精会神地听她读,她读到最后几句话:"我们刻不容缓地到首都人民中间去,到全国各地去,同我们的民团会商并指挥他们,他们目前正阻击敌人前进,还有的正在组织起来打击敌人,不论敌人在哪儿出现。就让敌人妄图加在我们身上的毁灭命运落到他们自己头上吧,让从奴役中解放出来的欧洲赞美俄罗斯的名字吧!"

"好,说得好极了!"伯爵喊道,他睁开湿润的眼睛,时断时续呼哧了几声鼻子。"只要皇上一声令下,我们牺牲一切也在所不惜。"

申申还没来得及说出他的嘲笑,娜塔莎从她的座位上一跃而起,向父亲跑过去。

"真可爱啊,这个爸爸!"她一边说,一边吻他,又向皮埃尔瞟了一眼,带着她那又恢复了的不自觉的妩媚和活泼。

"好一个女爱国者!"申申说。

"并不是什么爱国者不爱国者,不过是……"娜塔莎气愤地回答。"您对什么全都觉得好笑,这根本不是笑话……"

"谈不上玩笑!"伯爵也说。"只要一声令下,我们就都上……我们不是那些德国佬……"

"你们注意到没有,"皮埃尔说,那上面说:"要进行会商。"

"不管那儿要进行什么……"

这时,谁也没有注意彼佳走到父亲跟前,他满脸通红地说:

"现在我要干脆地说,爸爸,对妈妈也照样说,你们让我参军去吧,因为我不能……这就是我要说的……"

伯爵夫人吃惊地把两眼往上一翻,两手一拍,生气地对丈夫说:

"扯出事来了吧!"她说。

可是,这时伯爵从慷慨激昂中镇静了下来。

"得了,得了,"他说。"又跑出一个战士!别胡闹:要好好读书。"

"这不是胡闹,爸爸。奥博连斯基·费佳比我小,他也要去,反正我现在什么也学不进去,正当……"彼佳停住了,脸红得冒汗,仍旧说下去:"正当祖国遭到危险的时候。"

"够了,够了,胡闹……"

"是您自己说的,我们可以牺牲一切。"

"彼佳!我告诉你,住嘴,"伯爵呵斥道,转脸看了看妻子,她脸色苍白,定睛看着小儿子。

"我对您说了。彼得·基里洛维奇也要对您说……"

"我告诉你,你这是胡闹,毛孩子就想当兵!好了,好了,我告诉你,"伯爵拿起那些文件,就往外走。大概他是想在午睡前再读一遍。

"彼得·基里洛维奇,走,咱们吸烟去……"

皮埃尔窘迫不安,犹豫不定。娜塔莎那对高兴的眼睛闪着奇异的光,很亲切地不停地看着他,这使他陷入了这种状态。

"不,我恐怕该回家了……"

"怎么回家,您不是要在我们这儿待到晚上……您近来又不常来。并且我的这个……"伯爵和蔼地指着娜塔莎说,"只有您在的时候她才兴奋……"

"对了,我忘记了……我不得不回去……有事情……"皮埃尔赶忙说。

"那么就再见吧,"伯爵说着就走出房去。

"您为什么要走?您为什么心神不安?为什么?……"娜塔莎问皮埃尔,挑战似的望着他。

"因为我爱你!"他想说,但是没有说出口,脸红得要流泪,他垂下了眼睛。

"因为我最好还是少到您这儿来……因为……不是,我只是有事情……"

"为什么?不,告诉我,"娜塔莎本来口气很坚决,可是一下子停住了。他们俩吃惊地、窘迫地互相望着。他想微笑一下,但不可能:他的微笑含有辛酸的苦味,他静静地吻了吻她的手,就走了出去。

皮埃尔暗下决心,再也不到罗斯托夫家去了。

二十一

　　彼佳在遭到坚决的拒绝后，回到自己房里，锁上门，痛哭起来。当他去喝茶时，一言不发，神色阴郁，两眼哭得通红，大家全装作没看见。

　　第二天皇帝驾到。罗斯托夫的几个家仆请假去看皇帝的驾临。这天一大早，彼佳就长时间地穿戴，梳洗，把硬领弄得和大人的一样。他对着镜子皱着眉头，做各种姿态，耸耸肩，最后，不和任何人打招呼，戴上制帽，不让人看见，从后门出去了。彼佳打算见到皇上，直接向某一位侍从说明（彼佳以为皇帝周围经常围着一大批侍从），他这个罗斯托夫伯爵，虽然年幼，却愿意为祖国服务，年幼不能成为为祖国效忠的障碍，他准备着……彼佳在要出门的时候，想好了许多要对侍从说的好听的话。

　　彼佳估计他向皇帝毛遂自荐之所以能够成功，正是因为他是一个孩子，可是同时，他整理硬领、发型，步伐庄重而从容，把自己装成一个成年人。但是他愈向前走，他就愈被克里姆林宫附近愈来愈多的人群所吸引了，他就愈忘记遵守大人所有的庄重从容的派头。人很多，大家互相挤起来。一个农妇对他呵斥道："你瞎撞什么，小少爷，你没看见大家都站住不动。挤个什么劲儿呀！"

　　"大家都来挤吧！"农妇的仆役说，也开始活动他的臂肘，把彼佳挤到门洞里的角落里。

彼佳用手擦擦满脸的汗水,整整汗湿的领子。

彼佳觉得他的外表弄得十分不体面,他怕照这个样子,侍从是不会让他去见皇上的。可是,因为拥挤,修饰一番,或者换个地方,又根本不可能。在路过的将军中间有一位是罗斯托夫家的熟人。彼佳想向他求援,但他认为这与大丈夫气概水火不相容。当全部马车过完的时候,人群有如潮涌把彼佳带到站满了人的广场上。不但广场上,并且斜坡上,屋顶上,到处都是人。彼佳刚到广场上,他就清清楚楚听到整个克里姆林宫充满了钟声和谈笑声。

有一阵子广场比较宽松,但是忽然间,人们都脱帽,一直向前冲去。彼佳被挤得喘不过气来,大家都在喊:"乌拉!乌拉!"彼佳踮起脚尖,被人推来挤去,但是除了周围的人群,他什么也看不见。

所有人表情都非常感动和兴高采烈。一个站在彼佳身旁的女商贩号啕大哭,眼泪直流。

"父亲,天使,老天啊!"她一边说,一边用手指抹眼泪。

"乌拉!"周围的人们在呼喊。

人群在一个地方停了一会儿;然后又向前涌去。

彼佳几乎忘了一切,咬紧牙关,把眼瞪得像野兽似的,拼命向前挤,一面用臂肘推搡,一面喊"乌拉!"可是在他身边的人们,也同样喊着"乌拉!"

"皇帝原来是这样!"彼佳想道。"不行,我不能自己把呈文递给皇上,这样太冒失了!"虽然如此,他仍旧拼命往前钻,他从他前面的一道缝隙中望去,有一条铺着猩红地毯的空地在他眼前一闪;但是这时人群忽然踉踉跄跄往后退(前面的巡警推挡那些太靠近卫队行列的人群;皇帝从宫里正向圣母升天大教堂走去),彼佳的肋骨意外地受了猛地一撞,又被挤了一下,他两眼发黑,失去了知觉。当他醒过来时,一个教士模样的人,大约是一个助祭,他用一只手臂把他挟在腋下,用另一只手臂挡住挤过来的人群。

"挤死人了!把小少爷挤死了!"助祭说。"这样不行!……轻一点……挤死人了,挤死人了!"

皇帝步入圣母升天大教堂。人群又安静下来,于是助祭把脸色苍白、呼吸困难的彼佳带到大炮那儿。有些人觉得彼佳很可怜,忽然人们都来看他,在他四周拥挤起来。站在他跟前的人们照料他。解开他的常礼服,把他放在高高的炮台上,责骂那些挤他的人。

"这样能把一个人踩死。真不像话!真是要出人命了!瞧这可怜的孩子,脸色白得像白纸,"几个声音说。

彼佳不久就清醒过来了,他的脸上又泛起红晕,疼痛也过去了,以这暂时的不快乐,却换来炮台这个位置,他想从这个位置上看见返回的皇帝。彼佳已经不再想递呈文了。只要能看见他——他就认为自己是幸福的了。

在圣母升天大教堂做礼拜的时候——这是一次为皇帝驾临和为同土耳其讲和而举行的联合祈祷,人群散开了;小贩出现了,叫卖糖饼和彼佳十分喜欢吃的罂粟糖饼,又可以听见日常的谈话了。一个女商贩把挤破的披巾给人看,她说她是出大价钱买来的;另一个女贩说,如今丝绸都涨价了。救彼佳的那个助祭和一个官吏说,那天是某某和某某神父陪同主教主持礼拜。两个小市民正在同几个农奴姑娘调笑。所有这些谈话,尤其是同姑娘们的调笑,对象彼佳这样年龄的男孩是最有吸引力的,但是这些谈话现在却引不起彼佳的兴趣;他坐在那尊炮的高台上,一想到皇帝,想到对他的爱戴,心中仍旧非常激动。

忽然从河岸传来礼炮声,人们向河岸蜂拥而去——去看怎会放炮。彼佳也想往那儿跑,但以保护小少爷为己任的助祭不让他去。这时从圣母升天大教堂跑出来许多军官、将军、侍从,然后又走出几个人,人群又脱下帽子,那些跑去看放炮的人,都跑了回来。最后,从大教堂门里走出四个穿制服,佩绶带的男人。"乌拉!乌拉!"人群又高呼起来。

"什么人?什么人?"彼佳问周围的人,但是没有人回答他;大家都入迷了,彼佳选了四个中的一个,他因为兴奋,泪水模糊了眼睛,他看不清那个人,虽然那人不是皇帝,他满怀喜悦,用狂热的声音喊"乌拉!"而且决定,不管怎样明天他要当一个军人。

人群跟着皇帝跑,一直到皇宫,才散了。已经很晚了,彼佳还没吃东西,他大汗淋漓;但是他不回家,同剩下的人群站在宫殿前面,在皇帝进餐时,向宫殿的窗户张望,还在期待着什么,很羡慕那些正走上宫殿门厅,前去和皇帝共进午餐的达官贵人,也羡慕那些宫廷侍者。

在皇帝吃饭的时候,瓦卢耶瓦转脸对窗口望望,说:

"民众还想再见一见陛下。"

用完饭,皇帝吃着饼干站起身来,走到阳台上。民众,当中也有彼佳,向阳台涌过去。

"天使,老天啊!乌拉!父亲啊!……"民众喊道,彼佳也跟着喊,又有一些农妇和几个男人,高兴得哭起来。皇帝手里拿着的一片吃剩的饼干,落在阳台的栏杆上,从栏杆上掉到了地上。一个穿短上衣的车夫,向那块饼干扑过去,把饼干抓在手里。人群中有几个人向车夫扑过去。皇帝看到这情景,让人递给他一盘饼干,开始从阳台上撒饼干。彼佳两眼充血,被挤坏的危险更使他紧张,他向饼干冲过去。他冲过去,绊倒一个正在抢饼干的老太太。老太太虽然躺倒在地,但仍不认输。彼佳用膝盖推开她的手,抓起一块饼干,他像怕错过机会,又高呼"乌拉!"嗓子已经嘶哑了。

皇帝走了,接着大部分人也散了。

"我就说嘛,还要再等一等——果不其然,等到了,"人群中。传来愉快的谈话声。

虽然彼佳感到非常幸福,他走回家的时候依旧闷闷不乐,他知道,这一天的欢乐完结了。彼佳离开了克里姆林宫,不是直接回家,而是找他的伙伴奥博连斯基,一个也要参军的十五岁的少年。回到家里,他坚决地宣称,倘若不让他参军,他就逃跑。第二天,伊利亚·安德烈伊奇伯爵虽然没有完全屈服,但是出门去打听,看能不能给彼佳谋一个较安全的位置。

二十二

两天后,十五日早上,斯洛博达宫门前停着数不清的马车。

每座大厅都挤满了人。第一座里面,是穿制服的贵族,第二座里面,是佩带奖章、留着大胡子、穿着蓝灰色长衣的商人。从贵族会议大厅里,传来谈话声和走动声。在皇帝的挂像下面一张大桌子旁,最显贵的大官坐在靠背椅里;但大多数贵族都在大厅里走来走去。

所有这些贵族,都是皮埃尔每天不是在俱乐部里就是在他们家里见过的,现在他们全都身着制服。格外引人注目的是那些老头子,他们两眼昏花、牙齿脱落,脑壳光秃、面孔浮肿,或者满脸皱纹,瘦骨嶙峋。他们多半坐在座位上一声不吭,倘若他们走动一下,找人说说话,那也是专找某个年轻人。所有这些人的面孔,有一种矛盾的表情:对某种重大庄严事情的期待和对日常的、昨天的事情的关怀,如对波士顿牌局、彼得鲁什卡厨师、季娜伊达·德米特里耶夫娜的健康及其他诸如此类事情的关怀。

一大早,皮埃尔身着一件贵族制服,来到大厅。他心情非常激动:这次不平常的集会,不但有贵族,并且也有商人参加——包括三级会议的各阶层,引起他一连串久已搁置的、但却深深印在心中的关于《民约论》和法国大革命的联想。他在《告民众书》中看到一句话,说皇上返回首都是为了跟民众共商国是的,这更肯定了他的想法。所以他认为,他期待已久的重要事件将要到来了,于是他走来走去,观察,倾听,可是各处都没有发现他所关心的那种思想。

宣读皇帝的宣言,引起了一阵狂喜,随大家谈论着散开了。皮埃尔除了听到一些日常的话题,还听到人们谈论:皇上进来时,首席贵族应该站在什么地方,何时举行招待皇帝的舞会,各县分开还是全省统一……等等;但一涉及战争和如何召来贵族,就含糊其词了。大家都更愿意听而不愿意说了。

一个中年男子,英气勃勃,仪表堂堂,穿一身退役的海军服,正在一个大厅里说话,身旁围着许多人。皮埃尔走近倾听起来。伊利亚·安德烈伊奇伯爵穿一身叶卡捷琳娜时代的将军服,含着微笑在人群中走来走去,所在的人他全认识,他也走近这一群人,就像他平常听人讲话那样,带着和善的笑容,听人说话,不停地赞许地点头,表示同意。那个退役海军的谈吐无所顾忌。皮埃尔挤到中间,注意地听了听,相信讲话的人确实是一个自由主义者,是和他心目中完全不同意义的自由主义者。海军军人的声音特别响亮,悦耳,是贵族所特有的男中音,有一种惯于纵酒和发号施令的味道。

"斯摩棱斯克人向皇上建议组织民团。难道斯摩棱斯克人的话对于我们就是命令? 倘若莫斯科省的高尚贵族认为有必要,他们可以用其他办法效忠皇上。难道我们忘了 1807 年的民团! 结果得到好处的只是那些吃教会饭的,再就是小偷强盗……"

伊利亚·安德烈伊奇伯爵含着微笑,赞许地点着头。

"试问,难道我们的民团对国家有好处吗? 毫无好处可言! 只能浪费我们的财产。最好是再征兵……否则,复员回来的,兵不像兵,庄稼人不像庄稼人,只落个浪荡胚子。贵族不珍惜自己的性命,我们全去参军,人人都去招兵,只要圣上一声号召,我们全都去为他牺牲,"这位演说家激昂慷慨地说。

伊利亚·安德烈伊奇欢喜得直咽口水,不停地碰碰皮埃尔,但是皮埃尔也急于想说话。他挤向前去,他觉得自己很高兴,可是他还不知道他为什么高兴,也不知道他要说什么。他刚要开口,一个离那个讲话的人站得很近的枢密官——此人牙齿掉得精光,有一张聪明的面孔,却满脸怒容,打断了皮埃尔的话,他显然惯于主持讨论和处理问题,他的声音很低。

"我认为,阁下,"枢密官含糊不清地说,"我们被召来不是讨论现在对国家更有利的是什么——是征兵还是成立民团。我们是来响应皇帝陛下对我们的号召的。到底征兵有利还是成立民团有利,我们听从最高当局的裁决……"

皮埃尔突然给他那满腔义愤找到发泄的机会。那位枢密官对现在贵族当务之急提出迂腐而狭隘的观点,皮埃尔对此予以无情的驳斥。皮埃尔走向前去制止住他。连他自己也不清楚要说什么，但却开始热烈地说起来。

"请原谅，阁下，"他开始说，"虽然我不同意这位先生，也不同意这位先生……但是我认为，贵族被请来，除了表一表他们的同情和喜悦，还应当共商拯救我们祖国的大计。我认为，"他激昂地说，"倘若皇上看见我们只是一些把自己的农奴献给他的农奴主，只是我们把自己充当炮灰，而没有得到救……救……救亡的策略，那么，皇上是不会满意的。"

许多人看到枢密官露出轻蔑的微笑和听见皮埃尔信口开河，就从人群中走开了；可是伊利亚·安德烈伊奇对皮埃尔的话非常满意，正像他对海军军人的话，枢密官的话一样，总之，他对任何人的话，全都满意。

"我认为，在讨论这种问题之前，"皮埃尔接着说，"我们应当问问皇上，恭敬地请陛下告诉我们，我们有多少军队，我们的军队和正在作战的部队情况怎样，然后……"

但是，皮埃尔还没有把话说完，就受到了三方面的攻击。攻击他最厉害的是一个他的老相识斯捷潘·斯捷潘诺维奇·阿普拉克辛，此人是玩波士顿牌的能手，对皮埃尔一贯怀有好感。斯捷潘·斯捷潘诺维奇身穿制服，不知是因为这身制服还是由于别的原因，皮埃尔在他面前看见一个全然不同的人。斯捷潘·斯捷潘诺维奇脸上忽然露出老年人的凶相，向皮埃尔呵斥道：

"第一，启禀阁下，我们无权向皇上询问这件事；第二，俄国贵族就算有这种权利，皇上也不可能回答我们。军队是要看敌人的行动而行动的——军队的增和减……"

另外一个人的声音打断了阿普拉克辛的话，这个人中等身材，四十岁左右，前些日子皮埃尔在茨冈舞女那儿经常看见他，是一个蹩脚的牌手，他今天也因穿了制服而变了样，他向皮埃尔迈进了一步。

"而且不是发议论的时候，"这是那个贵族的声音，"而是要行动：战火已经蔓延到俄国。我们的敌人打来了，它要灭亡俄国，践踏我们祖先的坟墓，抢走我们的妻子和儿女。我们要动员起来，人人都勇往直前，人人都为沙皇圣主战斗！"他瞪着充血的眼睛，喊道。从人群中发出几声赞许的音。"为了保卫我们的信仰、王位和祖国，我们俄罗斯人不惜流血牺牲。倘若我们是祖国的男儿，就不要光说空话吧。我们要让欧洲知道，俄国人站起来保卫俄国了，"那个贵族喊道。

皮埃尔想反对，但是一句话也说不出。他觉得，问题不在他的话包含什么思想，而是他的声音，总没有那个生机勃勃的贵族说得响亮。

伊利亚·安德烈伊奇在那圈人群后面点头称赞；在那人说到最后一句话的时

候,有几个人突然转身对着演说的人说:

"对,对,就是这样!"

皮埃尔想说他并不反对献出金钱、农奴,甚至他自己,但是,想要解决问题,必须弄清楚情况,可是他张口结舌,一个字也说不出。许多声音叫喊,发表意见,弄得伊利亚·德烈伊奇应接不暇,忙于点头;人群聚了又散,散了又聚,吵吵嚷嚷,一齐向大厅里一张大桌子涌去。皮埃尔的话不仅未能说完,并且粗暴地被人打断,人们推开他,避开他,像对待共同的敌人一样。这种情况之所以发生,并不是由于对他的话——在他之后又有许多人发表演说,他的意见早被人忘记了,——而是因为,为了鼓舞人群,需要有具体可见的爱的对象和恨的对象。皮埃尔就成为恨的对象。在那个贵族慷慨陈词之后,又有许多人发了言,人们都是一个调子。很多人都说得极好,并且有独到的见解。

《俄罗斯导报》出版家格林卡被人认出来了,这位出版家说,地狱应当用地狱来反击。

"对! 对!"几个人赞同地重复说。

人群向一张大桌子走去,桌旁坐着几位身着制服,佩带缓带,白发秃顶的七十来岁的高官显贵,几乎都是皮埃尔常见的,看见他们在他们家里逗小丑们取乐,或者在俱乐部里打波士顿。人群向桌子走去。讲话的人一个接着一个,有时两个人一齐讲。在这热气腾腾和拥挤的气氛中,有些人在搜索枯肠,想找点什么,好赶快说出来。皮埃尔认识的那几个大官坐在那儿,一会儿看看这个,一会儿看看那个,脸上的表情,说明他们觉得很热。然而皮埃尔情绪却高昂起来,那种普遍表示牺牲一切在所不惜的气概,也感染了他。他坚持自己的意见,但是他觉得犯了什么错误,想辩解一下。

"我只是说,当我们知道急切需要的是什么的时候,我们的牺牲才会更有价值,"他尽力压倒别人的声音,赶忙说。

一个离得最近的小老头转脸看了他一眼,马上被桌子另一边的声音吸引了过去。

"是的,莫斯科就要放弃了! 它将成为赎罪的牺牲品!"有人喊道。

"他是人类的敌人!"另一个人喊道。"让我来说……先生们,挤死我了!……"

二十三

这时,这群贵族让出一条道来,拉斯托普钦伯爵快步从闪开的人群中走进大厅,他身着将军服,肩挎绶带,下巴突出,生着一对灵活的眼睛。

"皇帝陛下立刻就到,"拉斯托普钦说,"我才从那儿来。我认为,处在我们现在这样的景况,没有什么可考虑的。蒙皇上降旨把我们和商人召来,"拉斯托普钦伯爵说。"那边已经有数百万献出来了(他指了指商人的大厅),而我们的任务是提供民团,绝不珍惜自己……至少我们能够做到这个!"

坐在桌旁的那些大官开会讨论了。整个会议都非常平静。在经过刚才的喧哗之后,听到老人们一个跟一个地说:"同意,"有的为了变个样,说:"我也是那个意见,"等等,会开得十分沉闷。

文书奉命记录莫斯科贵族的决议:莫斯科贵族和斯摩棱斯克贵族一样,每千名农奴抽民兵十名,并配给全部装备。开会的先生们总算松了一口气,发出椅子的响声,一个个全到大厅中间,随便挽起哪一位的胳膊,闲聊起来。

"皇上! 皇上!"忽然整个大厅里都响遍了喊声。所有的人都向门口拥去。

皇帝走进了大厅。每个人的脸上都露出既恭敬又畏惧的好奇神情。皮埃尔站得较远,皇帝的话听不太清楚。他只听懂皇帝谈到国家处境危险,谈到他寄予莫斯科贵族的希望。有人向皇帝报告刚才贵族做出的决议。

"诸位先生!"皇帝的声音颤抖了;人群动荡一下又静了下来,皮埃尔清楚地听见了皇帝十分感动的、富有人情味的声音,他说:"我从来就不怀疑俄罗斯贵族的热心。今天贵族们的热心超出了我的期望。我代表祖国感谢你们。诸位先生,我们要行动——时间最宝贵……"

皇帝停住了,人群挤在他的周围,从各处传来欢喜的赞叹声。

"是的,最宝贵的是……皇帝的话,"伊利亚·安德烈伊奇在后面失声痛哭地说,事实上他什么都没听见,一切都是他自己想当然。

皇帝从贵族大厅步入商人大厅。他在那里停了十来分钟。皮埃尔和别的人都看见,皇帝从商人大厅出来时,眼睛含着感动的泪水。后来才听说,皇帝刚一对商人讲话,就热泪直流,他用颤抖的声音讲完了话。皮埃尔看见皇帝的时候,他正走出来,两个商人陪着他。一个是身躯肥胖的承包商,皮埃尔认识他,另一个是商人的首领,面孔消瘦,留一撮山羊胡子。两人都哭泣着。那个瘦子两眼含泪,而体胖的承包商号啕大哭,一个劲地说:

"生命,财产,全拿去吧,陛下!"

皮埃尔此时除了想说他什么都不在意,一切都可以牺牲外,就再不想别的了。他想到他那带有宪政倾向的演说,就觉得惭愧;他想找机会改正这一点。别祖霍夫得知马莫诺夫伯爵献出一团人,便当即向拉斯托普钦伯爵声明,他愿出一千人连带给养。

老罗斯托夫在对妻子讲述时，不由得老泪横流，他当即答应了彼佳的要求，而且亲自去给他报名。

第二天，皇帝走了。所有参加集会的贵族都脱掉了制服，又在家中安居和上俱乐部，漠然地命令管家去办理民团的事，他们对自己所做的事，都感到惊奇。

第十部

一

拿破仑之所以同俄国开战，是因为他必须去德累斯顿，被荣誉冲昏了头脑，想穿波兰军服，六月早上的诱惑而野心勃勃，不能不先是当着库拉金的面，而后是当着巴拉舍夫的面大发雷霆。

亚历山大之所以拒绝谈判，是因为他觉得他个人受侮辱。巴克莱·德·托利千方百计以最好的方式统率军队，是为了尽职尽责和赢得伟大战略家的荣誉。罗斯托夫之所以跃马向法军冲锋，是因为他一见平坦的田野就按忍不住要纵马驰骋。同样，参加这场战争的无数的人都是依照他们各人的禀性、习惯、条件和目的而行动的。他们畏惧，虚荣，欢乐，愤慨，议论，认为他们知道他们所做的事，知道他们这样做都是为了自己，其实他们都是不自觉的历史工具。所有实际的活动家不可改变的命运就是这样，并且他们官做得越大，自由就越少。

现在，1812 年的活动家，早已退出历史舞台，他们个人的兴趣消失得无影无踪，只有当时的历史结果展现在我们的面前。

这些人竭力追求他们各自的目的，从而造成一个巨大的后果，当时没有一个人（不管是拿破仑还是亚历山大，更不用说战争的某一个参加者了）对这个结果有任何预见。

现在已经清楚 1812 年法军覆灭的原因了。再不会有人争论，拿破仑的法国军队覆灭的原因有二，一是他们深入俄国腹地，却就是不做过冬的准备；二是因为焚烧俄国城市而在俄国人民中激起对敌人的仇恨。可是，当时不但没有人预见到，只有通过这种途径才能使世界上最优良的、由最优秀的统帅指挥的八十万军队在碰到最没有战斗力、经验缺乏、并且由缺乏经验的统帅指挥的俄国军队时，遭到覆灭；不仅没有人预见，并且在俄国人方面，常常全力以赴地妨碍那唯一能够拯救俄国的事情的实现，同时在法国人方面，虽然拥有经验丰富和所谓天才军事家拿破仑，却竭尽全力在夏末把战线拉长到莫斯科，也就是做那使他们必然走向灭亡的事情。

在有关 1812 年历史论著中,法国的作者总是津津乐道拿破仑如何感觉到战线拉长的危险,他怎样寻找决战的机会,他的元帅们怎样劝他在斯摩棱斯克停下来,而且引另外一些论据,证明当时已经感到那场战争的危险;而俄国的作者更愿意谈论什么战役一开始就有一个引诱拿破仑深入俄国腹地的战争计划,这个计划有人说是普弗尔拟的,有人说是某个法国人拟的,有人说是托尔拟的,有人说是亚历山大皇帝本人拟的,而且引用一些笔记、方案和书信,说其中果然有这种作战方案的暗示。可是,所有这些暗示,不论是俄国人做出的还是法国人做出的,之所以现在公之于世,只是因为既成的事件证实了这些暗示。倘若事件没有实现,这些暗示就会被人遗忘,就像当时众多的相反的暗示和设想,因为不正确而被人遗忘一样。对于任何事件的结局,总有很多预测,不论事件的结局是什么,总有人会说:"我当时就说过,非是这样不可,"而众多根本相反的预测却被人忘得一干二净。

说拿破仑已经意识到战线拉长的危险,在俄国人方面,说诱敌深入俄国腹地,同样都是属于这一类预测,而史学家只能十分牵强地才能把这些想法强加在拿破仑身上,把那些计划强加在俄国军事将领身上。全部事实都与这些预测完全相反。在战争初期,在俄国方面,不但没有诱敌深入俄国腹地的打算,并且在法国最初入侵俄国的时候,却想方设法地阻止法军的深入,拿破仑不但不怕战线拉长,并且每前进一步就当作胜利而得意扬扬,也不像过去各次战役那样急着寻找决战的机会。

战争刚一开始,我们的军队就被切断,我们当时努力追求的唯一目的,就是各支军队的会合,虽然军队的会师对于退却和诱敌深入腹地并没有好处。皇帝御驾亲临部队,是为了鼓励部队坚守每寸俄国土地,而不是为了退却。按照普弗尔的计划,在德里萨部署庞大的阵营,不再向后撤退。每后退一步,总司令就受到皇帝的斥责。不要说焚烧莫斯科,就是让敌人打到斯摩棱斯克,对皇帝说来也是难以想象的,当军队会合起来的时候,皇帝对斯摩棱斯克的失陷和焚毁,未能背城打一大仗,极为不满。

皇帝这样想,而俄国的将领和俄国全民一想到我们退到腹地,更加愤慨。

拿破仑把俄军切断后,仍旧向俄国腹地推进,放弃了几次决战的机会。八月他在斯摩棱斯克一心只想怎样继续前进,我们现在看出,这种继续深入对于他很明显是毁灭性的。

事实雄辩地说明,拿破仑既没有预见到向莫斯科进军的危险,亚历山大和俄国将领们当时也没有打算引诱拿破仑深入,而且他们所想的都是相反的东西。拿破仑被引进俄国腹地,并不是因为某人的计划。一切都是偶然发生的。几支军队在战役初期被切断。我们努力会合各军的目的,是想打一仗,阻止敌人的进攻,但是在力求会合时避免和最强大的敌人作战，无意中形成锐角形往后撤退，这样我们就把法军引到了斯摩棱斯克。我们成锐角形撤退，并不都是因为法军在两支军队之间推进，——这个夹角之所以变得愈来愈锐，我们也就愈退愈远，那是因为巴克莱·德·托利是一个不孚众望的德国人，他的下级巴格拉季翁憎恨他，巴格拉季翁统率着第二军，尽量拖延不与巴克莱会师，为了不受他的指挥。巴格拉季翁迟迟不去会师(虽然会师是所有指挥官的主要目标)，因为他觉得，在行军中他的军队会遭到危险，最好是再向左向南退却，同时骚扰敌人的侧翼和后方，在乌克兰补充他的军队。看来，他所以打这个主意，是因为他不愿意隶属于可憎的、级别比他低的德国人巴克莱。

皇帝在军队里驻留，是为了鼓舞军队，可是他的御驾亲征和犹豫不定，以及大批的顾问和计划，削弱了第一军的战斗力，于是这个军撤退了。

原打算坚守德里萨阵地的；但是突然间，一心想当总司令的保罗西以其充沛的精力影响亚历山大，于是普弗尔的整个计划就被放弃了，一切军务都交给了巴克莱。可是巴克莱不孚众望，他的权力是有限的。

军队被打散了，没有统一的指挥，巴克莱没有声望。一方面，因为这种混乱，军队被切断，这位德国人总司令的声誉不高，就出现了犹豫不定和避免战斗(倘若军队集结一起，并且不是巴克莱指挥军队，那就非打一仗不可)，另一方面，对德国人的愤慨和爱国热情的激发，愈来愈高涨。

最后皇帝终于离开了军队，他离开军队最好的借口就是宣称他必须鼓舞首都人民掀起一场人民战争。皇帝的莫斯科之行使俄国军队壮大了三倍。

皇帝离开军队是为了不妨碍总司令权力的统一，期盼以后能够采取更坚决的措施；可是军队中的领导情况更加混乱和无力了。贝尼格森、大公和一大群高级侍从留在军队中监视总司令的行动，时常给他鼓劲，巴克莱觉得他处在这些国家的耳目之下更不自由了，对于决定性的行动更谨慎了，总是避免作战。

巴克莱主张慎重。皇太子暗示这是通敌，要求决战。柳博米尔斯基、布拉尼茨基、弗洛茨基之流的人物，吵得如此凶，以至于使得巴克莱借口给皇上递送文件，把这帮波兰高级侍从打发到彼得堡，然后对贝尼格森和大公进行一场公开的斗争。

最后，不论巴格拉季翁多么不乐意，终于在斯摩棱斯克会师了。

巴格拉季翁驱车前往巴克莱的官邸。巴克莱佩上肩带出来迎接，并向级别比他高的巴格拉季翁报告。巴格拉季翁尽力做得很大度，虽然级别高，仍然做他的部下；可是做了部下，和他更合不来了。依照皇帝的命令，巴格拉季翁亲自向皇上报告。他在给阿拉克切耶夫的信中写道："我皇的旨意，可是我跟那位大臣(巴克莱)

无法相处。看在上帝的分上,请您随便把我派到哪儿,哪怕让我指挥一个团,而在这里我待不下去;整个大本营都是德国人,俄国人简直受不了了,并且毫无意义可言。我本以为我忠心耿耿地为皇上和祖国服务,而结果却是为巴克莱服务,说实话,我是不乐意的。"一群布拉尼茨基、温岑格罗德之流的人物越发搅坏了各司令之间的关系,结果更不统一了。准备在斯摩棱斯克向法军进行一次进攻。一个将军被派去视察阵地。这个将军憎恨巴克莱,他骑马到一个朋友——军团长那儿坐了一整天,然后就回到巴克莱那儿,对他没有看见的未来战场说得一无是处。

正当在未来战场问题上争论不休和施展阴谋诡计的时候,正当我们寻找法军而搞错他们的所在地的时候,法军突破涅韦罗夫斯基师团,抵达斯摩棱斯克城下。

为了挽救我们的交通线,不得不在斯摩棱斯克打一场毫无准备的战斗。仗是打了。双方都阵亡数千人。

斯摩棱斯克在违反皇帝和全民意志的情况下放弃了。但是斯摩棱斯克是居民受省长的欺骗自己焚毁的,倾家荡产的居民给其他俄国人做出了榜样,他们都想着自家的损失,心中燃起对敌人的怒火,向莫斯科逃去。拿破仑仍旧前进,我们后退,结果是拿破仑必然失败。

二

儿子走后第二天,尼古拉·安德烈耶维奇公爵把玛丽亚公爵小姐叫到自己房里。

"怎么样,你现在满意了吧?"他对她说,"弄得我和儿子吵了一架!满意了吧?你就希望这样!满意了吧?……真叫我伤心,真叫我伤心。我老了,不行了,这也是你希望的。你就兴奋吧,兴奋吧……"在这之后,玛丽亚公爵小姐有一个星期没看见父亲。他病了,没有离开自己的书房。

使玛丽亚公爵小姐惊奇的是,她发现老公爵在生病期间,也不让布里安小姐到他房里去。只叫吉洪一个人伺候他。

过了一星期,公爵出来了,又过着先前的生活,在建筑和园艺上十分下功夫,而且停止了和布里安小姐过去的关系。

玛丽亚公爵小姐每天一半时间用在尼古卢什卡身上,看着他复习功课,教他俄语和音乐,同德萨尔谈话;另外半天读书,同老保姆和神亲们一块消磨时间。

玛丽亚小姐对战争的看法同一般妇女对战争的看法一样。她为参加战争的哥哥担心,对强迫人们互相残杀不明白,对人类的残酷感到恐怖;可是她不清楚这次战争的意义，她以为跟过去的战争一样。虽然时常同她谈话、非常关心战况的德萨尔把他的想法极力讲给她听，虽然前来找她的神亲们总是按照她们自己的理解讲述老百姓所谣传的基督的敌人入侵多么可怕，尽管和她又恢复通信的朱莉——现在是德鲁别茨卡娅公爵夫人，从莫斯科给她寄来洋溢着爱国热情的信，她仍旧不理解这次战争的意义。

"我用俄文给您写信，我的善良的朋友，"朱莉写道，"因为我憎恨一切法国人，连同他们的语言，我几乎听不得人家讲那种语言…在莫斯科因为我们满怀热情崇拜皇帝，我们十分振奋。

"我那可怜的丈夫现在住在犹太人的客栈里，受苦，挨饿；但是我所得到的消息，使我更加鼓舞。

"您肯定听说拉耶夫斯基的英雄事迹了，他搂着两个儿子说：'我和他们同归于尽，可是决不动摇！'的确，虽然敌人比我们强大两倍，但是我们屹立不动。我们尽力打发时光；战时就像战时嘛。阿琳娜公爵小姐整天和我在一块，一边揪棉线团，一边谈得兴致勃勃；只少您不在这儿，我的朋友……"如此等等。

玛丽亚公爵小姐之所以不明了这次战争的意义，主倘若因为老公爵从来不谈战争，也不承认它，并且在饭桌上嘲笑谈论这次战争。公爵的口气是那么安静而自信，使得玛丽亚公爵小姐毫无疑问地相信他。

整个七月，老公爵都很活跃，甚至生气勃勃。他又开辟一座花园，为家奴盖房子。唯一使玛丽亚公爵小姐不安的是，他睡眠极少，并且改变了他睡在书房的习惯，每天都换个睡觉的地方。有时他命令在走廊里打开他的行军床，有时他躺在客厅沙发上或者坐在高背安乐椅上和衣假寐，同时他不让布里安小姐，而是叫家童彼得鲁沙给他朗读；有时他就在饭厅里过夜。

八月一日，接到安德烈公爵第二封信。第一封信是在他走后不久接到的，安德烈公爵在那封信中恭请父亲原谅他的顶撞，并请他恢复对他的慈爱。老公爵给他回了一封亲切的信，在这封信后，就和法国女人疏远了。安德烈公爵的第二封信是在法军占领后的维捷布斯克附近写的，信中简要地叙述了战役的整个过程，并附有示意图，以及对今后战局的预想。安德烈公爵在这信中对父亲说，他住在那儿不合适，离战场太近，正处在军用交通线上，劝他到莫斯科去。

这天吃饭的时候，因为德萨尔提起，听说法军已经开进维捷布斯克，使得老公爵想起安德烈公爵的信。

"今天接到安德烈公爵的信，"他对玛丽亚公爵小姐说，"你看过了吧？"

"没看过，爸爸"，公爵小姐惊慌地回答。她连接到信都未听说，当然没有读信。

"他在信里谈到这次战争，"公爵说，带着那早已成为他的习惯的、一提到目前的战争就露出的轻蔑微笑。

"一定十分有趣，"德萨尔说。"公爵能够知道……"

"啊，很有趣！"布里安小姐说。

"您去给我拿来，"老公爵对布里安小姐说。"您知道，就在小桌上的镇纸下面。"

布里安小姐兴奋地跳起身来。

"不用啦，"他皱紧眉头，喊了一声。"你去吧，米哈伊尔·伊万内奇！"

米哈伊尔·伊万内奇起身到书房去。他刚走，老公爵就神色不安地四顾，他扔下餐巾，亲自去取信。

"什么都不会干，弄得乱七八糟。"

在他走开后，玛丽亚公爵小姐、德萨尔、布里安小姐、甚至尼古卢什卡无言地你看看我，我看看你。老公爵拿着信和蓝图，迈着急急步子走了回来，米哈伊尔·伊万内奇跟着他，在整个吃饭时间，他把信和蓝图放在身边，没有让任何人朗读。

回到客厅里，他把信递给玛丽亚公爵小姐，随后摊开新建筑蓝图，一边看着蓝图，一边命令她大声念。玛丽亚公爵小姐在念信的时候，用疑惑的目光向父亲瞥了一眼。他在看蓝图，陷入了沉思。

"您对这个问题有什么想法，公爵？"德萨尔大着胆子问。

"我？我？……"公爵说，似乎不快活别人把他弄醒似的，目光仍旧不离开建筑蓝图。

"很有可能，战场就要移到我们这儿来了……"

"哈—哈—哈！战场！"公爵说。"我说过，现在还要说，战场是在波兰，敌人永远不可能越过涅曼河。"

德萨尔吃惊地看了看公爵，当敌人已经到了第聂伯河，他还说涅曼河；可是玛丽亚公爵小姐不记得涅曼河的地理位置，认为她父亲说得对。

"冰雪融化的时节，他们就要陷在波兰的沼泽里。他们只不过看不出这一点罢了，"公爵说，大约他是在想他觉得还是不久前的 1807 年的战役。"贝尼格森本来应该早些进入普鲁士，那就别有一番情景了……"

"但是，公爵，"德萨尔怯生生地说，"信里提到维捷布斯克……"

"嗯，信里提到吗？是的……"公爵不快活地说。"是的……是的……"他的面色突然变得阴沉起来。他停了一会儿，"是的，他在信中说，法军在哪条河被击溃了？"

德萨尔垂下眼睛。

"公爵在信里并没提到这件事,"他低声说。

"真的没提吗?哼,我不会瞎编的。"大家半晌没有说话。

"是的……是的……喂,米哈伊尔·伊万内奇,"他忽然抬起头来,指着建筑蓝图说,"你说说你认为怎样改……"

米哈伊尔·伊万内奇走到蓝图前面,公爵和他谈了谈新建筑蓝图,随后生气地瞅了玛丽亚公爵小姐和德萨尔一眼,就回自己房里去了。

玛丽亚公爵小姐看见,德萨尔看她父亲的目光是那么惶惑和惊讶,看到他沉默不语,而且吃惊地发现她父亲把信忘在了客厅的桌上。

傍晚,米哈伊尔·伊万内奇被公爵派到玛丽亚公爵小姐这儿来取忘在客厅里的安德烈公爵的信。玛丽亚公爵小姐把信给了他。虽然这对她是不快乐的,但是她还是向米哈伊尔·伊万内奇询问了她父亲在做什么。

"总是忙,"米哈伊尔·伊万内奇说,带着既恭敬又讥讽的微笑。"对那幢新房子十分不放心,读了一会儿书,现在,"米哈伊尔·伊万内奇压低声音说,"肯定是伏在案上写遗嘱呢。"(近来公爵喜爱的工作之一是整理一些死后留传后世的文件,他叫这些文件为遗嘱。)

"要把阿尔帕特奇派往斯摩棱斯克吗?"玛丽亚公爵小姐问。

"当然啦,他已经等了很长时间了。"

三

当米哈伊尔·伊万内奇拿着信回到书房的时候,公爵正坐在打开的公事桌前面,戴着眼镜和眼罩,烛台上也罩着灯罩,把拿着文件的手伸得远远的,摆出一副颇为庄严的姿势在读文件,这些文件在他死后将呈给皇帝御览。

在米哈伊尔·伊万内奇进去时,他正在读文件并且两眼含泪。他从米哈伊尔·伊万内奇手中接过信,揣到衣袋里,放好文件,然后把阿尔帕特奇叫来。

他在一张小纸条上写着在斯摩棱斯克要办的事,在室内一面踱步,一面发出命令。

"第一件,信笺,听着,要八贴,就照这个样品;金边的……一定要按这个样子;火漆,封蜡——按照米哈伊尔·伊万内奇开的单子。"

他在室内来回走了几趟,为了看备忘小本。

"然后把有关证书的信亲自交给总督。"

随后要买新房子的门闩,必须要照公爵亲自设计的式样。再就是订制一个盛放遗嘱的硬纸匣。

对阿尔帕特奇做指示持续了两个多小时。公爵仍旧没有把他放走。他坐下沉思,闭目打盹。阿尔帕特奇动了一下。

"行了,去吧,去吧;有事再叫你。"

阿尔帕特奇出去了。公爵又到公事桌前,向它望了一眼,抚摩了一下他的公文,随后又关上,在桌旁坐下给总督写信。

他封好信站起来,已经很晚了。他想睡觉,但是他知道他睡不着,一上床,一些最坏的想法就会涌上心头。他叫来吉洪,同他一块到各个房间察看,以便吩咐他今晚在哪儿安放床铺。他走来走去,审视每个角落。

他觉得各处都不好,最糟的是书房里那张他睡惯了的沙发。他觉得那张沙发可怕,或许是因为他睡在那上面曾经有过痛苦的思绪。什么地方都不好,只有休息室里钢琴后面那个角落还算过得去:他从来还没有在那儿睡过。

吉洪同一个仆人搬来一张床,铺起来。

"不是这样,不是这样的!"公爵怒斥道,他亲自把床挪得远离墙角四分之一,接着又挪近了一些。

"终于把事办完了,该休息了,"公爵想道,于是他叫吉洪给他脱去衣裳。

因为脱上衣和裤子太吃力,公爵烦躁地皱着眉头,脱了衣裳,他沉重地往床上一坐,轻蔑地瞅着他那焦黄干瘦的腿,好像若有所思。他不是在沉思,而是拖延把两条腿费劲抬起来挪到床上的时间。"唉哟,真艰难啊!唉哟,快点结束这些苦差事吧,主呵!您放我回去吧!"他想。他抿紧嘴唇,费了很大的力气才躺了下来。但是他一躺下,整个床就突然在他身下均匀地荡来荡去,好似在沉重地喘气和冲撞。差不多每晚都是如此。他睁开刚闭上的眼睛。

"不得安宁,该死的!"他怒气冲冲地不知斥责谁。"是的,是的,还有一件重要的事,十分重要,我留待夜里上了床才办的。门闩?不是,这个我已经交代过了。不对,有那么一件事,仿佛是在客厅里提到的。玛丽亚公爵小姐撒了个什么谎。德萨尔——这个笨蛋,似乎说过什么来着。衣袋里有件东西——我不记得了。"

"季什卡!吃饭的时候讲什么来着?"

"讲米哈伊尔公爵……"

"住嘴,住嘴。"公爵用手拍桌子。"对了,我记起了,安德烈公爵的信。玛丽亚公爵小姐念过。德萨尔仿佛说过维捷布斯克。现在我来念。"

他吩咐把信从衣袋里取出来,把那张放着一杯柠檬水和螺旋形的蜡烛的小茶几挪近床边,他戴上眼镜,开始读起来。只有在夜深人静,在绿灯罩下,凑近暗淡的灯光读信时,他才第一次恍然悟出信里说的意思。

"法国人到了维捷布斯克,再有四站路程他们就到斯摩棱斯克了;或许他们已经到了。"

"季什卡!"吉洪一跃而起。"行了,不用了,不用了!"他喊道。

他把信藏在烛台下面,闭上眼睛。在他的想象中出现了多瑙河,明朗的中午,芦苇,俄国营地,他这个年轻的将军,脸上没有一丝皱纹,精力充沛,兴致勃勃,面色红润,走进波将金帐篷,对朝廷这个宠臣如火烧一般的嫉妒心理如此强烈,以至于现在仍然像当时一样使他激动。他想起第一次和波将金会面时所说的话。他眼前又出现了那位矮胖的、胖脸蜡黄的皇太后,她第一次接见他时所说的亲切的话以及她那微笑,又想起在灵台上她的脸,想起当时在她的棺木前为了争着前去吻她的手同祖博夫发生的冲突。

"唉,快点,快点回到那个时代,让现在的一切快点,快点结束,叫他们别管我,让我平静平静吧。"

四

尼古拉·安德烈伊奇·博尔孔斯基公爵的田庄童山,在斯摩棱斯克以东六十俄里,离莫斯科大道三俄里。

在公爵给阿尔帕特奇做指示的那天晚上,德萨尔求见玛丽亚公爵小姐,他告诉她,因为公爵健康不好,并且对自己的安全也不采取什么措施,而从安德烈公爵来信看来,留在童山是不安全的,因此他劝公爵小姐给总督写一封信,让阿尔帕特奇带到斯摩棱斯克,求他把战局和童山所受到的威胁程度告诉她。德萨尔为玛丽亚公爵小姐小姐代笔写了一封给总督的信,她签了字,就交给阿尔帕特奇,交代他把信交给总督,若遇到危险,就尽早赶回来。

阿尔帕特奇接到指示后,就戴上白绒毛帽子,像公爵似的拿着手杖,由家里的人陪伴着,走出来坐上三套皮篷马车。

大铃铛给包了起来,小铃铛也填上纸。公爵不允许人在童山坐带铃铛的车。但是阿尔帕特奇爱在出远门时带着大小的铃铛。阿尔帕特奇的"朝臣"们——乡长、账房先生、厨娘、哥萨克小孩、车夫以及各种家奴,全出来给他送行。

女儿把鸭绒垫子放在他背后和身下。他的老姨子悄悄塞给他一个包袱。一个车夫搀扶着他上车。

"嘿，老娘儿们全出动！老娘儿们，老娘儿们！"阿尔帕特奇活像老公爵，喘息着急促地说，接着坐到篷车里。阿尔帕特奇对乡长作了最后几点关于事务的指示，然后，不再摹仿公爵，从秃头上脱下帽子，画了三次十字。

"您，听到什么风声……您就回来吧，雅科夫·阿尔帕特奇；看在基督的面上，怜惜怜惜我们，"妻子向他喊道，她是指有关战争和敌人的谣传。

"老娘儿们，老娘儿们，老娘儿们全出动！"阿尔帕特奇自言自语说，然后上路了，他向四外张望，田野里，有的地方黑麦已经黄熟，有的地方茂密的燕麦还青枝绿叶，有的黑土地刚犁过二遍。阿尔帕特奇坐在车上欣赏着当年春播作物少有的好收成，瞧了瞧黑麦的地块，有些地方已经开始收割，他计算着播种和收割，然后又想想有没有忘记公爵的吩咐。

在路上喂过两次马，八月四日傍晚，阿尔帕特奇到达了那个城市。

阿尔帕特奇在路上遇见过辎重车和军队。快到斯摩棱斯克时，他听见远方的枪声，但枪声并没有使他吃惊。最使他吃惊的是，在邻近斯摩棱斯克时，他看见一些士兵正在割一片长势很好的燕麦，显然是用来喂马，燕麦地里驻扎着兵营；这个情况使阿尔帕特奇大为吃惊，可是他立刻就把这忘了，一心只想自己的事。

阿尔帕特奇的一切生活兴趣，三十多年来，仅仅局限在公爵的意志圈子里，他从来不越出这个圈子。凡是与执行公爵的指示无关的事，他丝毫不感兴趣。

八月四日傍晚，阿尔帕特奇到达斯摩棱斯克，在第聂伯河对岸、加钦斯克郊区一家店栈落脚，店主叫费拉蓬托夫，三十年来阿尔帕特奇已经在他那儿住惯了。十二年前，费拉蓬托夫借阿尔帕特奇的光，从公爵手里买了一处小树林，从此就做生意，现在在省城里已经有了宅子、客栈和面粉店。费拉蓬托夫是一个四十岁左右的庄稼汉，肥胖，脸色黑里透红，厚嘴唇，还有一个凸起的大肚子。

费拉蓬托夫身穿背心、花布衬衫，站在靠街的店铺中。看见阿尔帕特奇，就向他走过去。

"欢迎，欢迎，雅科夫·阿尔帕特奇。人家都出城，你倒进城，"店主说。

"怎么回事，为什么出城？"阿尔帕特奇说。

"我也说嘛，——老百姓愚蠢。都是怕法国人呗。"

"老娘儿们的见识，老娘儿们的见识！"阿尔帕特奇随口说。

"我也是这么说嘛，雅科夫·阿尔帕特奇。我说，已经有了命令，不让他们进来，——那就是说，我一定进不来。每辆大车要价三个卢布——简直没有基督徒的良心！"

雅科夫·阿尔帕特奇心不在焉地听着。他要了一个茶炊和喂马的干草，喝足了茶,就躺下睡了。

客栈门前大街上,整夜都在过军队。第二天,阿尔帕特奇穿上坎肩,出去办事去了。是一个晴丽的早上,八点钟就相当热了。是收割庄稼的好日子,阿尔帕特奇心中想道。听见城外有枪声。

八时开始,步枪声中夹着大炮的轰鸣。大街上有许多不知向何处奔忙的人,还有许多士兵,可是跟平时一样,马车来来往往,商人站在铺子里,教堂举行礼拜。阿尔帕特奇走遍了商店、官府、邮局和总督家。在政府机关,在商店,在邮局,人们全在谈论军队,谈论已经开始攻城的敌人;大家不知道应当怎么办,大家都尽力互相安慰着。

阿尔帕特奇在总督门前看见许多人,哥萨克,总督的旅行马车。雅科夫·阿尔帕特奇在门廊里碰见两个贵族,其中一个是他认识的。他认识的那个贵族过去是警察局长,正在激动地说话。

"要知道,这可不是闹着玩的,"他说。"单身汉倒也罢了。一人倒霉一人当,但是,一家十三口子,还有所有的财产……简直家破人亡,竟然到了这步田地,这算什么官府衙门?……哼,就该绞死这些强盗……"

"行了,行了,别说了,"另一个人说。

"我犯什么法,让他听见好了!我们又不是狗,"这位前任警察局长说,他环视一下,看见了阿尔帕特奇。

"啊,雅科夫·阿尔帕特奇,你来干什么?"

"奉大人之命,前来谒见总督先生,"阿尔帕特奇说,他自负地抬起头,一只手放在怀里,每当他提起公爵时,总会摆出这个姿势……"叫我打听一下局势,"他说。

"你就打听去吧,"一个地主喊道,"弄得连一辆大车也找不到,什么都没有!……这不是,你听见了吗?"他指着传来枪声的地方说。

"把老3百姓都给毁了……狗强盗!"他又嘟囔了一句,就走下台阶。

阿尔帕特奇摇了摇头,上楼去了。在接待室里有商人、妇女、官吏,他们都沉默无语。办公室的门开了,大家全站起来向前移动。从门里跑出一个官吏,同一个商人说了几句话,叫一个脖子上挂着十字架的胖官吏跟他来,又进到门里去了,显然是为了避免大家投向他的目光和向他提出问题。阿尔帕特奇向前挪动出两步,在那个官吏再走出来时,他一手插进扣着的常礼服胸襟里,向那个官吏搭话,递给他两封信。

"博尔孔斯基公爵元帅递交阿什男爵先生的信,"他的口气使得那个官吏转向他,接过他的信。几分钟后,总督接见了阿尔帕特奇,匆促地对他说:

"回去禀知公爵和公爵小姐,就说我毫无所知:我是遵照最高当局的指示行动的——就是这个……"

他递给阿尔帕特奇一份公文。

"不过,由于公爵健康不佳,我劝他们去莫斯科。我也马上就动身。你禀报……"可是没等总督说完,一个满头大汗、一身尘土的军官跑进门来,用法语说了几句什么。总督脸上露出恐慌的神情。

"去吧,"他向阿尔帕特奇点了点头,随后向那个军官询问什么。当他走出总督办公室的时候,那些热切、惊慌、无可奈何的目光投到了阿尔帕特奇身上。阿尔帕特奇不禁谛听这时已经越来越激烈的枪炮声,他赶忙回到客栈。总督给阿尔帕特奇的文件内容如下:

> "我向您保证,斯摩棱斯克城尚无任何危险,并且它根本不会受到威胁。我从一方面,巴格拉季翁从另一方面于二十日在斯摩棱斯克会师,两支军队合力保卫贵省同胞,誓将祖国的敌人全力击退,否则,我们英勇的战士将一直战斗到最后一个人。您由此可知,您有充分权力安抚斯摩棱斯克居民,因为受到这两支如此英勇军队保卫的人们,一定相信会取得胜利。"(巴克莱·德·托利给斯摩棱斯克总督阿什男爵的指示,1812年。)

街上的人们惊惶不安地来来往往。

满载着食具、椅子、柜子的大车,时常地从住宅大门里出来,在大街上行驶着。费拉蓬托夫家隔壁门前,停着几辆马车,女人们一边告别,一边大哭着嘱咐什么。

阿尔帕特奇迈着比平时急匆匆的步子走进客栈,一直向停放他的车马的棚子走去。车夫在睡觉;他叫醒他,吩咐他套车,随后走进穿堂。正屋里传出孩子的哭声,一个女人撕肝裂肺的号啕声,费拉蓬托夫嘶哑的怒吼声。厨娘像一只受惊的母鸡,在穿堂里乱窜。

"打死人了——老板娘给打死了!……打得好厉害啊,拖来拖去!……"

"为了什么?"阿尔帕特奇问。

"她央求逃难。妇道人家嘛!把我带走吧,她说,不要让我和孩子们一起都毁掉吧;人家都走光了,她说,咱们为什么不走?于是就打她,打得十分厉害,把她拖个半死!"

阿尔帕特奇似乎同意这些话,点了点头,不想接着听下去,就向店主居室对面的房间走去,他买的东西放在那儿。

"你这个恶棍,凶手,"这时,一个瘦削、面色苍白的女人抱着一个孩子喊道,她的头巾也被扯掉了,她冲出门口,下了台阶往院子里跑。费拉蓬托夫跟着追了出来,他一看见阿尔帕特奇,就整整背心,理理头发,打了个哈欠,跟着阿尔帕特奇进屋去。

"就要动身吗?"他问。

阿尔帕特奇不回答,也不回头看店主,只顾收拾买来的东西,他问该付多少店钱。

"那好算!怎么样,见到总督了吗?"费拉蓬托夫问。"有什么决定吗?"

阿尔帕特奇说,总督一句肯定的话都没说。

"干我们这一行的,怎么走得了?"费拉蓬托夫说。"到多罗戈布日的每辆大车竟要七卢布。因此我说:他们没有基督徒的良心!"他说。

"谢利瓦诺夫,这家伙星期四投了个机,每袋面粉九卢布卖给军队。怎么样,喝杯茶吧?"他又说。套车的时候,阿尔帕特奇同费拉蓬托夫一起喝茶,谈论粮价、年景,以及秋收的好天气。

"可停了,"费拉蓬托夫喝完三杯茶,站起来说,"肯定是咱们占了上风。已经说了不让他们进来嘛。那就是说,有力量……前些日子,听说马特维·伊万内奇·普拉托夫把他们赶进了马里纳河,一天之内淹死一万八。"

阿尔帕特奇收好东西,交给进来的车夫,跟店主结了账。一辆轻便马车驶出大门,传来车轮、马蹄和小铃铛的声音。

早就过了后半晌了;一半街道已经遮着阴影,另一边太阳照得非常亮。阿尔帕特奇向窗外看了一眼,向门口走去。忽然从远方传来呼啸和落地的奇怪声音,接着是一片隆隆的炮声震得玻璃乱打战。

阿尔帕特奇走到大街上;街上有两个人向大桥跑去。四面响起炮弹的呼啸声、碰击声,榴弹爆炸声。这是下午四点多拿破仑命令一百三十多尊大炮向这座城市轰击。老百姓开始时并不知道这次轰击的意义。

榴弹和炮弹降落的声音,起初只引起人们的好奇心。在这之前在棚子里大哭的费拉蓬托夫的妻子,现在平静了,抱着孩子来到大门口,静静地望着行人,倾听着枪炮声。

厨娘和一个伙计也来到大门口。大家都怀着好奇的心情用力看一看从他们头上飞过的炮弹。从街角拐过来几个人,高兴地谈论着。

"好大的劲头!"有一个人说。"把房顶、天花板打得碎片纷飞。"

"像猪似的,把地都拱起来了!"另一个人说。"瞧,真了不起,瞧,真带劲!"他笑着说，"多亏跳开了，否则把你炸个稀巴烂。"

　　大家向讲话的人围拢来。这几个人停住脚步，讲述一颗炮弹落在他们身旁的房屋上的情景。这时，又有一些炮弹不断地从人们头上飞过，时而发出迅速沉闷的啸声，这是一种圆形炮弹，时而听到悦耳的呼啸，这是榴弹。阿尔帕特奇坐上皮篷马车。店主站在门口。

　　"有什么可看的！"他对厨娘喊道，那个厨娘穿着红裙子，卷着袖子，摇摆着两只裸露的臂肘，到街角去听人说话。

　　"真是奇怪，"她说，听见主人喊她，就往回走。

　　又响起了呼啸声，这一次离得十分近，有如飞鸟俯冲下来，只见街心火光一闪，有个东西爆炸了，街道弥漫着硝烟。

　　"混账东西，你这是怎么啦？"店主喊着向厨娘跑去。

　　就在这一瞬间，四周响起妇女们的哀号、小儿惊吓的哭声，一群人脸色苍白，默默地围着厨娘。厨娘的呻吟声和念叨的声音，从这群人中间很清楚地传出来。

　　"唉哟，我的亲人啊！我的好人啊！可别让我死！我的好人啊！……"

　　五分钟后，街上没有一个人了。被榴弹碎片打伤大腿的厨娘被抬到厨房里。阿尔帕特奇、他的车夫、费拉蓬托夫的妻子和几个孩子、管院子的，全躲在地窖里听外面的动静。隆隆的炮声、炮弹的呼啸声和厨娘的哀号（她的声音压倒一切别的声音），一刻也没停过。女店主时而摇晃、抚慰婴儿，时而向走进地窖的人问还留在外面的丈夫在哪儿。走进地窖的伙计告诉她，店主和别人一块到大教堂抬斯摩棱斯克显灵的圣像去了。

　　薄暮，炮声渐渐沉寂下去了。阿尔帕特奇走出地窖，站在门口。原本明朗的傍晚天空，到处弥漫着烟雾。一钩高悬中天的新月，透过烟雾闪着奇异的光辉。可怕的炮声停止后，寂静笼罩着整个城市，只有全城到处都仿佛传出的脚步声、呻吟声、远处的叫喊声和火场的毕剥声打破了沉寂。厨娘的呻吟声现在也停止了。有两处火场腾起团团的黑烟，接着扩散开来。穿着各种制服的士兵，象从捣毁的蚁穴中逃出的蚂蚁似的，胡乱地朝着不同的方向有的走，有的跑。阿尔帕特奇看见其中几个士兵跑进费拉蓬托夫的院子里。阿尔帕特奇来到大门口。一个团队匆匆忙忙前拥后挤地向后撤退，把街道都堵塞了。

　　"这个城市放弃了，走吧，走吧！"那个看见他的身影的军官对他说，立刻又转身呵斥那些士兵：

　　"谁敢往人家里乱跑，我就给他厉害的！"他大喝一声。

　　阿尔帕特奇回到屋里喊车夫，吩咐他要出发。费拉蓬托夫全家人都跟着阿尔帕特奇和车夫走出来。一直不作声的妇女们,一看见滚滚的黑烟,尤其是看见这时在暮色中已经很显眼的火头,望着起火的地方号啕大哭。在街道的另一头传来同样的哭声。阿尔帕特奇和车夫在房檐下哆嗦着两手整理弄乱了的缰绳和边套。

阿尔帕特奇坐着车赶出大门时,看见敞着门的费拉蓬托夫的铺子里有十来个士兵一边大声说话,一边把面粉和葵花子装进口袋和背包。这时费拉蓬托夫从街上回来,走进铺子。他看见士兵,本想喊叫一声,可是忽然停住了,他抓住头发哈哈大笑,笑中带着哭腔。

"都拿走吧,弟兄们!不要留给魔鬼!"他喊道,拿起口袋扔到街上。有些士兵吓跑了,有些还在装。费拉蓬托夫看见阿尔帕特奇,转身对他说话。

"完了!俄国!"他大叫道。"阿尔帕特奇!完了!我要亲手放火。完了……"费拉蓬托夫朝院子跑去。

士兵把街道全堵塞了,阿尔帕特奇过不去,只得等着。费拉蓬托夫的妻子和孩子们也坐在一辆大车上,等着过去。

已经完全是黑夜了。天空出现了星星,新月不时地从烟雾中露出来。在通往第聂伯河的斜坡上,在士兵和别的车辆中间缓慢行进的阿尔帕特奇的车和女店主的车,不得不停下来。离停车的十字路口不远的一条胡同里,一处宅子和几家店铺在着火。火快着尽了。火苗突然熄灭,隐没在黑烟里,忽然又燃亮了,把人们的脸照得清清楚楚。火场前隐约有几个黑人影,可以听见人们的谈话声和喊叫声。阿尔帕特奇见他的车一时没法过去,就从车上下来,拐到胡同里去看火。士兵不停地在火前窜来窜去,阿尔帕特奇看见两个士兵和一个穿军大衣的人从火场里拖出一段烧着的圆木,还有几个人抱着干草到街对面的院子里去。

阿尔帕特奇来到一大群人跟前,这些人站在一座火烧得正旺的高大的仓库前面。四面墙都着火了,后墙倒了,木板房顶塌陷了,椽子都在燃烧。人群在等待房顶倒塌的时刻。阿尔帕特奇也在等待这个时刻。

"阿尔帕特奇!"忽然一个熟悉的声音喊道。

"我的天啊,原来是大人,"阿尔帕特奇回答,他立刻就听出是小公爵的声音。

安德烈公爵披着斗篷,骑着一匹黑马,正站在人群后面看着阿尔帕特奇。

"你怎么在这儿?"他问。

"大……大人,"阿尔帕特奇说着就哭起来……"大……大人,我们真的完了吗?我的老天……"

"你怎么在这儿?"安德烈公爵又问。

这时大火突然发出强烈的亮光,阿尔帕特奇在亮光中看见少主人的脸色苍白并且疲惫。阿尔帕特奇讲他怎样被派到这里，费了好大的劲才走出来。

"怎么，大人，我们真的完了吗？"他又问。

安德烈公爵没有回答，他掏出笔记本，在撕下的一页纸上用铅笔写起来。他给妹妹写道：

"斯摩棱斯克放弃了，一星期后童山将被敌人占领。你们马上动身去莫斯科。派一名信差到乌斯维亚日，把你们动身的日期马上通知我。"

他写完后，把那一页纸交给阿尔帕特奇，他口头交代他，如何安排公爵、公爵小姐以及小儿子和教师的出行，怎样以及在何地立刻给他回信。没等他说完这些指示，一个参谋长带着侍从骑马向他驰来。

"您是团长吗？"参谋长喊道，声音安德烈公爵听来耳熟。"当着您的面烧房子，您却站着不动？这是什么意思？您要负责，"贝格喊道，他现在是步兵第一军左翼司令的副参谋长，正如贝格所说，这是一个很称心的美差。

安德烈公爵看了看他，没有搭理，仍旧和阿尔帕特奇说话：

"你回去说，我十号等待回信，倘若十号我还没得到他们动身的消息，我就要放弃一切，亲自到童山去。"

"我，公爵，说这话，只是因为必须执行命令，"贝格认出安德烈公爵，说，"因为我一直都是严格地执行……请您原谅我，"贝格辩解说。

火焰中发出断裂的声音。火熄了一会儿；滚滚的浓烟从房顶下面涌上来。火焰中又是一声可怕的巨响，一个巨大的东西塌了下来。

"——哟！"人们随着仓库房顶倒塌的响声吼叫起来，被烧的粮食发出面饼的香味。火焰又起来了，照亮了站在火场周围的人们的脸。

那个穿呢子军大衣的人举起一只手，喊道：

"好哇！烧得好哇！弟兄们，好哇！……"

"这就是房主，"几个声音齐声说。

"就这样吧，"安德烈公爵对阿尔帕特奇说，"就按我的话禀告。"于是，贝格也策马驰进了胡同。

五

军队从斯摩棱斯克继续撤退。敌人尾随而来。八月十日，安德烈公爵指挥的团队所走的大道,正好从通往童山的路口经过。炎热和干旱已经持续了三个多星期。每天曲卷的白云飘过天空,时断时续地遮住太阳;可一到傍晚,又晴空万里,落日坠入殷红的暮霭中。只有晚上的露水滋润着土地。禾秆上的谷粒晒干了,撒落下来。沼地干涸了。牲畜在被太阳烤焦的草地上找不到饲料而饿得嗥叫。只有夜间在暂时存着露水的树林里,才有点凉意。但是在路上,在行军的大道上,甚至在夜里,甚至在沿着森林的路上,也没有一丝凉意。沙土被搅起几俄寸深的路上,是不会看到露水的。天一亮,就开始行军。辎重车、炮车步兵在深没脚踝的松软的、令人窒息的、滚热的尘土里无声地行进着。一部分沙土被人的脚和车轮搅和着,另一部分飞扬起来,在军队的头上形成尘埃的云朵,那尘土钻进行人和牲畜的眼睛、毛发、耳朵、鼻孔,钻进肺里。太阳升得越高,尘埃的云朵也就升得越高。一丝风也没有,人们在这凝滞不动的大气中喘不过气来。人人都用手绢捂着鼻子和嘴。每到一个村子,大家都蜂拥到井边。人们争着喝水,一直喝得见到烂泥。

安德烈公爵指挥一个团,他整天都忙于处理团队的杂务、官兵的福利,接受命令和发出命令。斯摩棱斯克的大火和该城的放弃,对于安得烈公爵是一个新纪元。对敌人的新仇使他忘掉个人的悲伤。他一门心思只想团队的事情,关心他的士兵和军官,待他们很亲切。团里都称他为我们的公爵,以有他为骄傲,爱戴他。可是,凡是能引起他回忆过去的一切,都使他反感,因此,在对待过去的那个圈子,他只求尽到职责就行了。

的确,在安德烈公爵看来,一切都是暗淡悲惨的,尤其是在八月六日放弃斯摩棱斯克以后(他认为该城是可以并且应当保卫的),在年老多病的父亲不得不逃往莫斯科,让他那心爱的、盖满了房子并且迁进了居民的童山任人抢劫以后,更觉得暗淡悲惨了;可是,虽然如此,多亏有个团队,安德烈公爵可以想一点别的事情,跟日常问题根本无关的事情——想他的团队。八月十日,他的团队所在的纵队,来到童山一线。两天前,安德烈公爵接到消息,知道他父亲、儿子和妹妹已经去了莫斯科。虽然安德烈公爵在童山已经无事可做,但是他生性爱自找烦恼,于是决定顺便到童山去一趟。

他吩咐备马。他路过池塘,以前这里总有几十个农妇一边闲聊,一边用棒槌捶打和洗衣裳,现在连个人影也没有,一排小筏子,一半歪进水里,在池塘中漂浮着。安德烈公爵来到更夫的小屋。在石头大门入口处,没有人,门锁着。花园的小路上已经长满了杂草,牛犊和马在英国式的花园里游荡。安德烈公爵来到暖房前:玻璃打碎了,木桶里的小树有的倒了,有的枯死了。他叫园丁塔拉斯。没有人答应。绕过暖房来到观赏花木园,他看见雕花的板条栅栏都坏了。一个老农(安德烈公爵小时候在大门前经常见他）坐在绿色长椅上编织树皮鞋。

他耳聋，没有听见安德烈公爵的脚步声。他坐在那张老公爵平时喜欢坐的长椅上，身边一棵被折断的木兰枯枝上，悬挂着树皮。

安德烈公爵来到住宅前。老花园里几株菩提树被砍掉了，一匹花马带着一匹马驹在宅前的玫瑰花丛里游逛。百叶窗都钉死

了。只有楼下一个窗户是开着的。一个家奴的孩子看见安德烈公爵，就跑进宅子里。

阿尔帕特奇送走了家眷，一个人待在童山；他正在家里读《圣徒传》。他得知公爵到来，鼻梁上还架着眼镜，就扣着外衣，走出宅院，赶忙到公爵跟前，二话没说，吻着安德烈公爵的膝盖就哭起来。

随后他转过脸去，对自己的软弱感到生气，开始向他报告家中的情况。贵重值钱的东西全都运到博古恰罗沃了。百十俄石的谷物也运走了；干草和春播作物，这是阿尔帕特奇预言将要空前丰收的作物，还在发青的时候就被军队征用和割掉了。农民们倾家荡产，有的也到博古恰罗沃去了，少数人留了下来。

安德烈公爵没等他说完，就问父亲和妹妹是何时离开的？意思是什么时候去的莫斯科。阿尔帕特奇以为是问何时去博古恰罗沃的，回答说，是七号走的，随后又详细谈起家务事，请求给予指示。

"可以不可以把燕麦给军队，让他们打个收条？咱们还剩六百石燕麦呢，"阿尔帕特奇问。

"如何回答他呢？"安德烈公爵想道，他看着被太阳照得发光的老头的秃顶，从他的表情可以看出，他自己也知道这些问话是不合适的，只是提出这些问题来排遣自己的苦恼罢了。

"行，给他们吧，"他说。

世界经典文库

世界二十大名著

战争与和平

图文珍藏版

"倘若您看见花园里乱糟糟的，"阿尔帕特奇说，"那是防不胜防的：过了三个团，并且在这儿过夜，尤其是来过龙骑兵。我记下了指挥官的官衔和姓名，将来好递呈文。"

"喂，你怎么办呢？敌人来了，你还留在这儿吗？"安德烈公爵问他。

阿尔帕特奇把脸转向安德烈公爵，看了看他，突然庄严地举起了一只手：

"主是我的保护人，他的旨意一定会实现！"他说。

一群农民和家奴，全脱了帽子，从草地上向安德烈公爵走来。

"别了！"安德烈公爵向阿尔帕特奇弯下身来，说。"你也走吧，把能带走的东西全带走，叫老百姓到梁赞的庄子或者到莫斯科近郊的庄子。"阿尔帕特奇抱着公爵的腿，痛哭起来。安德烈公爵轻轻地推开他，碰了一下马，就沿着林荫道疾驰而去。

那个老头仍然无动于衷，坐在观赏花木园里，敲打着树皮鞋楦，两个小姑娘用襟兜着李子跑到那儿，碰见了安德烈公爵。大一点的女孩，一看见少主人，脸上露出惊惶的神情，拉住她的小伙伴的手，两人一块躲到桦树后面，来不及拾起掉在地上的青李子。

安德烈公爵连忙转过脸去，生怕她们知道他看见了她们。他可怜那个好看的受惊的小姑娘。他不敢看她，可又抑制不住想看她。看见这两个小姑娘，他领悟到，世上还有一种对他全然陌生的、然而是他同样感兴趣的、合情合理的人性的存在，这时，一种新的欣慰之感在他心中油然而生。很明显，这两个小姑娘只想着一件事——把这些青李子带走，吃光，而不被抓住，安德烈公爵也和她们一块希望她们的事情能够成功。他不禁再一次望她们一眼。她们觉得危险已经过去，于是从躲藏的地方跳出来，尖着嗓子说着什么，兜起衣襟，迈开晒黑了的小小光脚板，在草地上欢快地、迅速地跑开了。

安德烈公爵离开行军路上的尘埃区，觉得清爽了一点。可是离童山不远，他又来到大路上，他赶上了正在一个不大的池塘旁休息的团队。午后一点多钟。太阳令人难以忍受地烤晒着背脊。尘埃仍旧一动不动地悬在停下来休息的人声嘈杂的军队的头上。没有风。安德烈公爵在走过堤坝时闻到了池塘水藻和清凉的气息。他很想钻进水里——不论水多么脏。他环顾了一下传来叫声和笑声的池塘。池塘猛涨了半俄尺，堤坝上都漫了水，因为池塘里满是士兵。所有这些赤裸的雪白躯体，又笑又叫地在脏水里扑扑通通地玩水。这样扑扑通通的玩水，有点欢快的意味，因而也就是显得格外凄凉。

一个金黄头发的年轻士兵，安德烈公爵知道他是第三连的，小腿肚系着一条皮带，在胸前画了个十字，为了更好地跑着跳水，往后倒退了几步；另一个黑脸膛、头发蓬松着的军士，站在齐腰深的水里，筋肉发达的躯干哆哆嗦嗦，一面用两只黑手捧水浇头，一面欢快地喷着鼻子。池塘上响起一片互相泼水声、尖叫声、扑扑通通的跳水声。

岸上，坝上，池塘里，到处都是雪白的、健康的、肌肉发达的躯体。军官季莫欣，长着一个红鼻子，正在坝上擦身，看见公爵，现出羞怯的样子，可是他还是毅然对他说：

"痛快着呢，大人，您也下去吧！"他说。

"太脏，"安德烈公爵皱了皱眉头，说。

"我们给您腾地方。"于是季莫欣连衣服也没穿，就跑去叫人给腾地方。

"公爵要洗澡。"

"哪个公爵？我们的公爵吗？"几个声音一同说，大家都连忙往岸上爬，安德烈公爵费了好大的劲才劝阻了他们。他想最好在棚子里洗洗淋浴。

"肉，身体，炮灰！"他看着自己赤裸的身体，颤抖起来，不是因为冷，而是因为他对在脏水池洗澡的众多的炮兵的躯体有一种难言的反感和恐怖。

八月七日，巴格拉季翁公爵在位于斯摩斯克大道米哈伊洛夫卡村的驻地写了下面这封信：

> "仁慈的阿列克谢·安德烈耶维奇伯爵阁下：
>
> （他是写给阿拉克切耶夫的，但是他知道他的信将呈皇上御览，所以竭尽全力地字斟句酌，周密思考。）
>
> "我想，关于斯摩棱斯克落入敌手，那位大臣已经做了报告。这么一个最重要的地方，居然轻而易举地被放弃，真让人痛心，沮丧，全军都陷入了失望。在我这方面，我曾很恳切地当面说服他，后来又给他写信；他根本不听。我敢用我的名誉向您保证：拿破仑从来没有像那次那样陷入困境，他就是损失一半军队也攻不下斯摩棱斯克。我们的军队不论过去还是现在都打得非常顽强。我以一万五千人坚守了三十五个小时以上，并且痛击他们；可是他连十四个小时也不愿坚持。这是耻辱，是我军的污点；我觉得他本人也不该活在世上。倘若他报告说，我军损失很大，那是不真实的；或许四千左右，不会更多，甚至不到此数；就是损失一万，又当如何，战争嘛！然而敌人的伤亡却不计其数……
>
> "他多守两天有什么困难呢？总可以守到他们自动撤退；因为他们人

和马都没有水。他向我保证决不退却,但他突然送来新的部署指令,说他当夜就要离开。如此打下去是不行的,我们会把敌人很快引到莫斯科的……

"传闻您在考虑讲和。千万不能讲和!已经付出如此巨大的牺牲和这么疯狂的退却,然后来一个妥协:您就会让全俄罗斯反对自己,我们每个人都将耻于穿戴制服。事已至此,就得打下去,直打到俄国还有力量,人们还能站立起来。……

"应当一个人指挥,不应当两个人指挥。您的那位大臣在内阁可能是一个好大臣;但是作为一个将军,不但不好,简直糟透了,但是我们祖国的全部命运却交给了他……我真的懊恼得发狂;原谅我写得这样直率。显然,主张讲和以及推荐那位大臣指挥军队的人,并不爱皇帝,他是希望我们全部毁灭。因此我对您说实话准备民兵吧。因为那位大臣以其最娴熟的技巧正在把紧跟着他的客人引向首都。全国对皇帝侍从沃尔佐根先生抱有极大的怀疑。人人都说,与其说他像我们的人,不如说他更像拿破仑的人,他常常给那位大臣出主意。我不但对他十分客气,并且像一个班长似的服从他,虽然我的级别比他高。这是痛苦的;可是,因为爱我的恩主和皇上,我只好服从。我只是为皇上惋惜,他把一支优秀的军队托付给这种人。想想看吧,我们在退却中因为疲劳和在医院中损失了一万五千多人;倘若进攻,就不会有这样的事。看在上帝的面上,请告诉我,我们这样惊慌,把如此善良和勤劳的祖国交给那些恶棍,使每个臣民感到憎恨和耻辱,我们的俄罗斯——我们的母亲——将会怎么说呢?我们为什么胆怯,我们怕谁呢?那位大臣优柔寡断,胆怯,糊涂,动作迟缓,拥有一切恶劣的品质。全军都痛哭失声,都骂他罪当万死……"

六

自从1805年以来,我们和波拿巴和了又战,战了又和,我们立了许多次宪法又废了宪法,可是,安娜·帕夫洛夫娜的沙龙和海伦的沙龙,依旧跟七年前、后者跟五年前一样。在安娜·帕夫洛夫娜那儿,人们依旧满腹狐疑地在谈论波拿巴的业绩,从他的业绩和从欧洲的君主们的姑息,看出了阴险的诡计,其唯一的目的就是使以安娜·帕夫洛夫娜为代表的宫廷集团感到不快乐和不安。在海伦那儿(鲁红采夫亲自光临那里,并认为她是聪明绝顶的女人),跟 1808 年一样,1812 年人们依旧在谈论伟大的民族和一代伟人,对于和法国人决裂,则不胜遗憾,按照海伦沙龙的客人们的意见,认为应缔结和约。

最近,自皇帝从军队回来后,这两个对立的沙龙集团引起了一点波动,几次发生相互攻讦,可各个集团的倾向性仍然未变。安娜·帕夫洛夫娜集团接待的法国人仅限于顽固的保皇党人,这儿的爱国思想表现在不上法国剧院,认为供养一个剧团的费用,抵得上一个军团的费用。他们热情地注视着战事的进展,传播对我军有利的流言。在海伦的圈子里,也就是在鲁缅采夫和法国的人的圈子里,人们反对关于敌人和战争的残酷的谣言,议论拿破仑有议和的意图。在这个圈子里,责备那些出这样主意的人——他们太仓促地下令,让那受皇太后保护的皇家女子学校做好迁往喀山的准备。在海伦的沙龙里,人们想象中的战争,不过是以虚张声势开始,不久就会以言归于好结束,住在彼得堡的比利宾,现在已经和海伦亲如一家,他的意见主宰一切,他说,决定问题的不是火药本身,而是发明火药的人。在这个圈子里,人们嘲笑莫斯科人的狂热虽然说得很小心,然而损得厉害,妙语横生,关于莫斯科人的狂热的消息,是随着皇帝的到来,一起传到彼得堡的。

在安娜·帕夫洛夫娜的圈子里正相反,对这种狂热倍加赞赏。身居要职的瓦西里公爵成为这两个小集团的连接环节。

在皇帝到后不久,瓦西里公爵在安娜·帕夫洛夫娜那儿谈起战事,他严厉谴责巴克莱·德·托利,可是任命谁担任总司令,却犹豫不决。其中一位以品学兼优闻名的客人说,他今天看见新任彼得堡民军首领库图佐夫在部里主持新兵登记事宜,随后小心地说出自己的看法:库图佐夫是一个有求必应的人。

安娜·帕夫洛夫娜愁容满面地笑笑,说,库图佐夫除了惹皇上生气外,什么也干不成。

"我在贵族会议上说了又说,"瓦西里公爵插嘴说,"可是他们不听我的。我说,选他当民军司令,皇上不快活。他们不听我的。"

"都是一些反对狂,"他继续说。"反对谁啊?所有这一切都是因为我们向愚蠢的莫斯科人的狂热学样,"瓦西里公爵说,他一时糊涂,竟忘了在海伦那里才应该嘲笑莫斯科人的狂热,而在安娜·帕夫洛夫娜这里应当予以赞扬。可是他接着就改正了。让库图佐夫伯爵,一个俄国最老的将军,主持招募事宜,难道是合适的吗?怎么能让一个连马都不能骑、开会打瞌睡、脾气坏得了不得的人担任总司令!他在布加勒斯特自我暴露得够瞧的了!暂且不论他够不够将军的料子,难道在这紧急关头非得起用一个老朽的瞎子不行吗?一个真正的瞎子!瞎眼将军,真有意思!

他两眼漆黑。可以玩捉迷藏……的确什么也看不见！"

没有人反对他。

七月二十四日这话全都正确。可是七月二十九日授予库图佐夫以公爵的称号。授予公爵的称号或许意味着要摆脱他，因此，瓦西里公爵的意见依旧正确，虽然他现在不急着发表这个意见。可是八月八日召开一次讨论战局的委员会，出席会议的有萨尔特科夫元帅、阿拉克切耶夫、维亚济米季诺夫、洛普欣和科丘别伊。委员会认为战事失利是因为指挥不统一，虽然委员的成员知道皇上讨厌库图佐夫，但是委员会经过简短的磋商，仍旧提议任命库图佐夫为总司令。同一天库图佐夫被委任为统率全军和各军区的全权总司令。

七

在彼得堡发生这些事情时，法军已经越过斯摩棱斯克仍旧向前推进，离莫斯科越来越近了。

在斯摩棱斯克后，拿破仑先生在多罗戈布日以西的维亚济马，然后又在察列沃—扎伊米希寻找战机；但因为无数情况的冲突，在到达离莫斯科一百一十二俄里的波罗金诺之前，俄军都未能应战。拿破仑在维亚济马下令，挥军向莫斯科长驱直入。

莫斯科使拿破仑心神不得安宁。在维亚济马至察列沃—扎伊米希的行军途中，拿破仑骑一匹草黄色马，他的随从有近卫军、亲兵、少年侍从和副官。参谋长贝蒂埃待在后面审问一个被骑兵捉来的俘虏。他带着翻译官勒洛涅·狄德维勒飞马追上拿破仑，带着兴致勃勃神情勒住马。

"怎么办？"拿破仑说。

"是普拉托夫部下的哥萨克，他说，普拉夫正在与大部队会合，库图佐夫被任命为总司令。"

拿破仑笑笑，吩咐给这个哥萨克一匹马，把他带到他这儿来。他想和他谈谈。几名副官疾驰而去，一小时后，那个先是伺候杰尼索夫，后来让给罗斯托夫的农奴拉夫鲁什卡，身穿勤务兵的短上衣，骑一匹法国骑兵的马，脸上带着狡猾、醉态、快活的表情，来到拿破仑跟前。拿破仑命令他和他并马而行，问他：

"您是哥萨克吗？"

"是哥萨克，大人。"

拉夫鲁什卡头天晚上因为喝醉了酒，弄得老爷没吃上饭，挨了一通鞭子，派他到村里去找鸡，他在那儿忙于抢劫，被法军俘虏了。拉夫鲁什卡粗野，胆大，见过世面，以为他们的任务就是干下流和狡诈的勾当，为了主子什么事都干得出，主人怀有什么鬼胎，尤其是有什么虚荣心理和猥琐小事，他都能狡诈地猜到。

拉夫鲁什卡落到拿破仑这伙人中间，他没有拘束的感觉，只知道全力以赴地为新主人服务。

他很清楚这就是拿破仑本人，在拿破仑面前比在罗斯托夫或者手执皮鞭的司务长面前，不会更觉得局促不安，因为不管是司务长还是拿破仑在他身上都剥夺不了什么东西。

他把在勤务兵中间闲扯的事情都说了出来。有些是真实的。但是，当拿破仑问他，俄国人有什么看法，他们能不能打败波拿巴的时候，拉夫鲁什卡眯起眼睛，沉吟起来。

他看出这里面有微妙的诡计，像拉夫鲁什卡这类人，在什么事情里面都能看出诡秘的伎俩，他紧锁眉头，停了一会儿。

"事情是这样的：倘若立刻打仗，"他若有所思地说，"并且是迅雷不及掩耳，这样的话，就行。可是，倘若再过三天，错过了日子，那么，战事可就拖下去了。"

勒咯涅·狄德维勒微笑着转达了。虽然拿破仑看起来心情十分畅快，但他没有微笑，命令这句话再重述一遍。

拉夫鲁什卡看出了这一点，为了使他兴奋，装作不知道他是谁。

"我们知道你们有个波拿巴，打败了世界上所有的人，至于我们嘛，那就是另一回事了……"他说。翻译官转达了他的话，但省略去了末尾的句子，拿破仑微微一笑。静静地走了几步后，拿破仑对贝蒂埃说，告诉这个顿河的孩子，和他谈话的是皇帝，看看对他会产生什么影响。

拉夫鲁什卡懂得这是给他出难题，拿破仑以为他会大为吃惊。他为了讨好新主子，当即装作吓得目瞪口呆。

拿破仑赏赐了拉夫鲁什卡，命令给他自由。而拉夫鲁什卡向自己的前哨驰去。在心里编造一些根本没有发生、而准备讲给自己的人听的事情。他不打算讲他实际遭遇，因为他觉得这不值得一讲。他寻找哥萨克，沿途打听普拉托夫部队所属的团队，傍晚，他找到了尼古拉·罗斯托夫，他正骑上马准备和伊林一块到村外去兜风。他给拉夫鲁什卡换了一匹马，把他也带了去。

八

并不像安德烈公爵所想的，其实，玛丽亚公爵小姐并没有到莫斯科，也没有避开危险。

自阿尔帕特奇从斯摩棱斯克回来后,老公爵突然如梦方醒。他命令召集各乡民兵,把他们武装起来,而且给总司令写信,通知总司令他决定留下来保卫童山,直到最后关头,至于总司令是否设法保卫童山(俄国最老的将军之一可能在童山被俘虏或者被打死,)请总司令自行定夺,同时向家里的人宣布,他不离开童山。

公爵自己留在童山,可是他指示把公爵小姐和小公爵送到博古恰罗沃,然后,再从那里到莫斯科。公爵小姐对父亲一反他往日的消沉状态,夜以继日地活动,她不能撇下他一个人不管,生平第一次对他表示了不服从。她拒绝动身,公爵对她大发雷霆。他把平时对她说的不公平的话全说了出来。他尽力加罪于她,说她折磨他,唆使儿子和他吵架,对他怀有卑鄙的猜疑,她全部的任务就是毒害他的生活,于是他把她赶出书房,对她说,倘若她不走,他也无所谓。他说,全然不要知道她的存在,但警告她,她绝对不要在他跟前露面。与玛丽亚公爵小姐的担心相反,老公爵没有命令她非走不可,只是说别让他看见她,这使玛丽亚公爵小姐十分兴奋。她知道,这证明她留下来不走他内心深处是兴奋的。

尼古卢什卡走后的第二天,老公爵一早全副披挂去见总司令。四轮马车已经备好了。公爵小姐看见他身穿制服,佩戴着全部勋章,从家里出来,到花园里去检阅武装起来的农奴和家奴。玛丽亚公爵小姐靠窗坐着,听着他从花园里发出的声音。忽然从林荫道里跑出几个大惊失色的人。

玛丽亚公爵小姐跑出门外,穿过花径,跑到林荫道上。迎面走来一大群民兵和家奴,在人群中间有几个人拖着身穿制服、佩戴勋章的小老头。玛丽亚公爵小姐向他跑过去。他脸上先前那种严厉果断的表情,换了一副怯弱和屈服的表情。没法清楚他要说什么。人们架着他的胳膊把他送到书房,安放在沙发上。

请来的医生当天夜里给他放了血,说公爵右半身中风瘫痪。

留在童山越来越危险了,公爵中风的第二天,全家迁到博古恰罗沃。医生也跟了去。

他们到达博古恰罗沃时,德萨尔带着小公爵已经到莫斯科去了。

瘫痪的老公爵在博古恰罗沃安德烈公爵新建的房子里躺了三个星期,病情没什么变化。老公爵不省人事。他不停地嘟噜着什么,抽动着眉毛和嘴唇,没法知道他是否知道他周围的一切,有一点是确切知道的那就是很痛苦,很想还说点什么。可是谁也不知道他说什么。

医生说,他那不安的状态并不表示什么,那不过是生理上的原因;可是公爵小姐却不同意,因为她在他跟前的时候,他就更加不安,这肯定了她的想法,她认为他是想对她说点什么。他显然在肉体和精神上都非常痛苦。

治愈的希望是没有的。迁移他也不可能。倘若死在迁移的途中，那可怎么办？"是不是完结了更好些，干脆完结！"玛丽亚公爵小姐有时这样想。她夜以继日地守护他，说来可怕，她日夜看护他，不是希望找到病情好转的迹象，而是希望找到死亡的迹象。

公爵小姐意识到自己有这种感情，尽管她觉得很怪，可是她内心却有这种感情。对于玛丽亚公爵小姐更可怕的是，自从父亲生病以后（甚至可能更早，或许在她和父亲相处时，就有所期待），那所有在她内心潜伏着的、被遗忘了的个人心愿和希望，在她心中复苏了。多少年来都没有在头脑里出现过的念头——关于自由生活，甚至关于爱情和家庭幸福的可能性，如此等等的念头，像魔鬼的诱惑似的在她的想象里不住地徘徊。有一个问题，不论怎样驱逐它，在她头脑中总是挥之不去，那就是在办完后事以后，她如何安排自己的生活。这是魔鬼的诱惑，玛丽亚公爵小姐是知道的。她知道，如何对付它的武器只有祈祷，于是她试着祷告。她摆出祈祷的姿势，望着圣像，念祷词，可是她祈祷不下去。她觉得她现在是在另一个世界。她没法祈祷，也哭不出来，因为俗世的思考包围着她。

留在博古恰罗沃变得危险起来。到处都传来法国人逐渐推进的消息，在离博古恰罗沃十五俄里的一个村子里，一家庄园被法国的散兵游勇抢劫了。

医生坚持要求把公爵迁得远一些；首席贵族派一名官吏来见玛丽亚公爵小姐，劝她赶快离开。警察局长专程来博古恰罗沃，他说，法国军队已经到了离这儿四十俄里的地方，在各村里散发传单，倘若公爵小姐在十五日以前不带着父亲离开这里，他就不能负责了。

公爵小姐打算十五日动身。准备行装，发指示忙了她一整天。十四日至十五日夜间，她跟往常一样，在公爵卧病的隔壁房间里和衣而卧。她醒了好几次，听见他发出吭吭哧哧，嘟嘟囔囔声音，床的响声和给他翻身的吉洪和医生的脚步声。她好几次附门倾听，想进去，又不敢。虽然他没说，可是玛丽亚公爵小姐看得出，他一看见她为他担忧的表情就不快活。她看见他十分不满地回避她的眼神。她知道在夜间这个不寻常的时间进去，肯定会惹他生气。

她从来没有这样怜惜，这样害怕失去他。她忆起她平生和他相处的日子，她在他每句话、每个行动里都发现他对她的疼爱。在这些回忆中间，那个魔鬼的诱惑——在他死后她如何安排她的自由的新生活的念头，不时闯进她的想象中。但是她带着厌恶的心情赶走这些思想。快到早上的时候，他平静下来，她也睡着了。

她很晚才醒来。在才醒来时，她意识到，父亲的病占据了她整个的心。她醒来附门细听屋里的情形,她听见他仍旧吭吭哧哧,她叹息着暗自说道,仍旧是那个样子。

"应该是个什么样子?我想要他怎么样呢?我想要他死!"她对自己厌恶地想道。

她穿好衣裳,洗了脸,念完祈祷词,就走到门廊上。门廊前面停着几辆大车。

早上温暖而阴沉。玛丽亚公爵小姐在门廊上站着,对自己内心的卑劣不时地感到恐惧,在见父亲之前,她清理了一下自己的思绪。

医生下楼向她走来。

"他今天好些,"医生说。"我在找您。他或许说得清楚些,头脑比较清醒。咱们一起去吧。他在叫您呢……"

听到这个消息,玛丽亚公爵小姐的心狂跳起来,她脸色苍白,为了不致晕倒,她靠住门框。正当玛丽亚公爵小姐整个心灵充满可怕的罪恶诱惑的时刻去见他,和他说话,看到他的眼神,这让她既痛苦又兴奋,并且有点心惊胆战。

"咱们去吧,"医生说。

玛丽亚公爵小姐走进父亲的房间,来到床前。他靠得高高地仰卧着,直瞪着左眼,右眼有点斜视,眉毛和嘴唇一动不动。他整个人瘦小得可怜。他的脸消瘦下去了,变小了。玛丽亚公爵小姐走向前去吻他的手。他的左手紧握她的手,很明显他等她很久了。他牵动她的手,他的眉毛和嘴唇抽动着。

她惊惶地望着他,用力猜测他想叫她怎么样。她换了个姿势,靠近一点,使他的左眼能够看见她的脸,他平静了。随后他动了动嘴唇和舌头,发出声音,他要说话了,怯怯地望着她,显然怕她不懂他的话。

玛丽亚公爵小姐专注地望着他。看见他使出可笑的劲儿转动舌头,玛丽亚公爵小姐垂下眼帘,努力压住升到喉头的痛哭。他说了句话,重复了好几次。玛丽亚公爵小姐听不懂;她尽力猜测他在说什么。

"嘎嘎——波噫……波噫……"他重复了好几次……

怎么也不明白他说什么。医生以为他猜着了,重复他的话问道:"您是说:公爵小姐害怕吗?"他摇摇头,又重复发出那个声音……

"心里,心里难过,"玛丽亚公爵小姐揣测着说。他肯定地呜呜了几声,拿着她的手在胸口上各个部位按来按去。

"整个的心!都在惦记你……整个的心,"在这之后,他的发音比刚才清楚得多了,因为这时他相信人们了解他了。玛丽亚公爵小姐把头贴在他的手上,竭力隐藏自己的哭泣和眼泪。

他用手抚摸她的头发。

"我整夜都在叫你……"他说。

"倘若我知道……"她含着泪说。"我不敢进来。"

他握着她的手。

"你没有睡吗?"

"我没有睡,"玛丽亚公爵小姐摇摇头说,她不由得顺从父亲,她也像他那样,说话时用力打手势,似乎舌头也不听使唤似的。

"亲爱的……"也许是说:"好孩子……"玛丽亚公爵小姐听不清楚;从他的眼神表情来看,可能是说了一个温柔的、亲切的词儿,这是他从来没有说过的。"为什么不进来呢?"

"可是我愿意,愿意他死!"玛丽亚公爵小姐想道。他沉默了一会儿。

"谢谢你……女儿,好孩子……为了一切,为了一切,谢谢……原谅……谢谢,原谅……谢谢!……"泪水从他眼睛里流出来。"去叫安德留沙,"他突然说,一说出这个要求,他脸上就露出孩子似的胆怯和不信任的神情。好像他自己也清楚他这个要求是没有意义的。

"我接到他一封信,"玛丽亚公爵小姐回答。

他带着惊奇和胆怯的神情望着她。

"他在哪儿?"

"他在军队里,爸爸,在斯摩棱斯克。"

他闭上眼睛,沉思了很久;然后,似乎在回答自己的疑问,而且证明他现在什么都明白,什么都记起来了,肯定地点点头,睁开了眼睛。

"是啊,"他说,声音清晰而低沉。"俄国完了! 他们把俄国给毁了!"他又闭上眼睛,流出了泪水。玛丽亚公爵小姐再也忍不住了,望着他的脸,也哭了起来。

他又闭上眼睛,停止了哭泣。他对着眼睛做了个手势;吉洪知道他的意思,给他擦了擦眼泪。

随后他睁开眼睛,又说了一阵谁也听不明白的话,最后只有吉洪一个人懂得,转达了他的话。

"穿上你那件白衣裳,我喜欢那件白衣裳,"他说。

玛丽亚公爵小姐听懂了这句话,她哭的声音更高了,医生搀起她的手,把她从屋里领到阳台上,让她镇静,去照应一下动身的事。玛丽亚公爵小姐离开公爵后,他又说起儿子,说起战争,说起皇帝,气愤地牵动着眼眉,提高了声音,他又发作了第二次,也是最后一次中风。

玛丽亚公爵小姐站在凉台上。天晴了,阳光照耀,天气热起来了。她除了对父亲的爱,什么都不明白,什么都不想。什么都不觉得,她觉得,在此时之前,她从来没有这样爱过父亲。她跑到花园里,沿着安德烈公爵新栽的菩提树小道向下面的池塘跑去。

"是的……我……我……我。我盼着他死。是的,我盼着快点结束……我盼望平静……将来我会怎么样呢?当他不在的时候,我还有什么平静可言,"她在花园里一边快步走着,一边念叨着,两手按住胸口,她抽搐着。她沿着花园转了一圈子,又来到住宅前面,她看见迎面走来的布里安小姐和一个不相识的男人。这个男人是县的首席贵族,他是来告诉公爵小姐必须尽快离开的。玛丽亚公爵小姐听他说话,但不明白他说什么;她把他领到家里,请他用早点,陪他坐下。然后,他向首席贵族道歉,就向老公爵的房门走去。医生带着惊惶的神色出来对她说,不能进去。

"走吧,公爵小姐,走吧,走吧!"

玛丽亚公爵小姐又回到花园里,在假山下池塘边的草坪上坐下。她不知道她在那里坐了多久。忽然有一个女人沿着小径跑来的脚步声惊醒了她。她站起来,看见她的女仆杜尼亚莎,很明显她是跑来找她的,那女仆好像被小姐的神色吓了一跳,突然站住了。

"公爵小姐,请您……公爵……"杜尼亚莎时断时续说。

"我立刻就去,就去,"公爵小姐赶忙说,不让杜尼亚莎说完她要说的话,竭力不看杜尼亚莎,往家里跑去。

"公爵小姐,上帝的旨意来了,您应当做好各种准备,"首席贵族在门口迎着她,说。

"不要管我。这是没有的事!"她嚷道。医生想拦住她。她推开他,向门里跑去。"为什么这些人大惊失色地阻拦我?我不需要任何人!他们在这儿干什么?"她推开门,在这本来昏暗的房间里,白天的亮光不禁使她毛骨悚然。屋里有几个妇女和一个保姆。她们都从床前给她让路。公爵仍旧躺在那张床上;但是他那平静的面孔上的严厉表情使玛丽亚公爵小姐在门槛上停住不动了。

"不,他没有死,这不可能!"玛丽亚公爵小姐自言自语,走到他跟前,克服恐惧,把嘴唇贴近他的面颊。但是她立刻躲开他。她对他满怀的柔顺感情消失了,换成了恐惧。"没有了,再没有他了!他不在了,而在这儿,在他生前所在的地方,有一种陌生的、敌意的东西,有一种令人畏惧、战栗和反感的神秘的东西……"玛丽亚公爵小姐两手捂住脸,倒在医生的手臂上。

九

　　博古恰罗沃在安德烈公爵来住之前，是一处主人从来不到的庄园，博古恰罗沃的农民有着与童山的农民根本不同的个性。他们在口音、衣着、习俗和童山的农民全都不同。他们被称为草原居民。他们到童山帮助收割或在挖池塘和沟渠时，老公爵一直夸奖他们能吃苦耐劳，但是不快活他们那股子桀骜不驯的野性。

　　不久前安德烈公爵在博古恰罗沃短期的居住以及他所创建的一些设施——医院、学校和减轻代役租，等等，对于改变他们的风俗并没起多少作用，恰恰相反，更加强了老公爵称之为野性难驯的特点。在他们中间常常可以听到一些闪烁其词的谣言，时而说要把他们全编入哥萨克，时而说要他们改信新的宗教，时而说沙皇颁布了什么告示，时而议论一七九七年对保罗·彼得罗维奇的宣誓（他们说当时已经赐给自由，可是被地主取消了），时而又提起彼得·费奥多罗维奇在七年后重新复位后，那时一切都十分自由，非常简单，没有什么麻烦的了。关于战争和波拿巴，以及有关他的入侵的传闻，在他们头脑中，跟基督的敌人、世界末日和绝对的自由等模糊的观念混在一起。

　　博古恰罗沃郊区所有的大村庄，全是属于官方和收代役租的地主的。极少有地主在这一带地方常住，家奴和识字的农奴也十分少，在这一带农民的生活中，那种俄罗斯人民生活的神秘潜流比其他地方都明显并且强烈。二十年前这个地方的农民曾发生过一次向某些温暖的河流迁移的运动，这就是这些潜流中的一个表现。成百上千的农民，其中就有博古恰罗沃的农民，忽然卖掉牲口，带着家眷向东南进发。他们成群结队地出发，一个个地赎身，逃跑，或坐车，或步行，朝着温暖的河流走去。许多人受到了惩罚，被流放到西伯利亚，许多人在途中冻死，饿死，许多人自动转了回来，这场运动就像它的开始一样，看不出其中有什么明显的原因，就自然而然地安静下去了。但是这股暗流在这帮人中间并没有停止，并且在积聚着新的力量，当它爆发时也是那么奇怪，突如其来，并且也是那么简单，自然，有力。现在1812 年，跟这帮人接近的人看得出，这股暗流正在加紧酝酿，离爆发的日子已经很近了。

　　阿尔帕特奇是在老公爵临终前不久来到博古恰罗沃的，他看出，在这些人中间有一种激动不定的情绪，与童山方圆六十里的情况相反，那儿全部的农民都去逃难（放弃自己的村庄，任凭哥萨克蹂躏），而在博古恰罗沃周围草原地带，据说农民与法国人发生了联系，他们收到很多在他们之间散发的传单，大家全留下来没动。他从心腹的家奴得知,前几天赶官家大车的农民卡尔普带回一个消息,说哥萨克对居民逃亡的村子全都洗劫一空,但是法国人却秋毫无犯。他们知道还有一个农民昨天从法军占领的维斯洛乌霍沃村带回一张法国将军的布告,布告上说他们不会残害居民,只要他们留在原处不动,不管取什么东西,都按价付钱。为了证明这一点,这个农民从维斯洛乌霍沃带回预付干草钱一百卢布钞票(他不知道那全是些假票子)。

还有更重要的是,阿尔帕特奇知道,就在他命令村长集合大车把公爵小姐的行李运出博古恰罗沃那天早上,村里举行了一次集会,会上决定不搬走,要等待。可是时间已不允许等待了。八月十八日公爵去世那天,首席贵族竭力劝说玛丽亚公爵小姐当天就动身,因为局势已经十分危急。他说,十六日以后他就不负责了。公爵去世的当天晚上,他走了,说第二天公爵下葬时再来。可是第二天他不能来了,因为据他们得到的消息,法军迅速地向前推进了,他只来得及带走眷属,把贵重物品从他的庄园里运走。

村长德龙(老公爵叫他德龙努什卡)管理博古恰罗沃已经快三十年了。

德龙身板结实,精神旺盛,刚一上年纪就满脸大胡子,直到六、七十年岁还不变,没有一丝白发,不掉一颗牙,六十岁仍像三十岁一样挺拔有力。

德龙也像别的农民一样,参加过向温暖的河流迁移运动,回来不久当上了博古恰罗沃的村长,从那时起,在这个职位上成功地干了二十三年。农民们怕他甚于怕主人。主子们——老公爵、小公爵,以及管家的,全都尊重他,戏称他为"家务大臣"。德龙在整个服务期间,一次没有醉过酒,也没有病过;不管一连几夜不睡觉,也不管干了多么劳累的活儿,从没有露出过丝毫的倦容,他不识字,可是从来没忘掉过一笔账,他卖掉好几大车的面粉,从来没忘掉一普特面粉,从来没忘掉在博古恰罗沃的每俄亩土地上随便一堆收获的粮食。

在老公爵下葬那天,阿尔帕特奇把德龙叫来,吩咐他为公爵小姐的马车准备十二匹马,另外要十八辆运输大车,以备从博古恰罗沃动身。虽然农民都是交代役租的,但在阿尔帕特奇看来,执行这个命令不会有什么困难,因为博古恰罗沃有二百三十个赋役户,这些农户都很殷实。可是村长德龙听了这个命令,沉默地垂下了眼皮。阿尔帕特奇把他知道的农民的名字念给他听,命令从这些农民中要车辆。

德龙回答说,这些农户的马都拉脚去了。阿尔帕特奇又说出别的农户。德龙说,这些农户没有马:有的马去拉官差,有的马不中用,还有的马因短缺饲料全饿死了,照德龙说来,不仅找不到拉行李车的马,连拉坐的马也难找到。

阿尔帕特专注地看了看德龙,眉头紧皱起来。就像德龙是一个模范的村长一样,阿尔帕特奇也没有白白管理了二十年公爵的田庄,是一个模范的管家。他直觉地就能了解那些与之打交道的老百姓的需要和本能,他在这方面具有高度的才能,所以说他是一个出色的管家。他向德龙看了一眼,立刻就明白,德龙的回答并不代表他本人的思想,而是代表博古恰罗沃村公社普遍的情绪,这个村长已经屈从村公社的影响。同时他知道发了财的和被全村仇视的德龙,必然会在地主和农奴两个阵营之间动摇不定。他在他的眼神里看出了这个动摇。于是阿尔帕特奇皱着眉头向他走近了些。

“德龙努什卡,你听着!”他说。“你少跟我说废话。安德烈·居古拉伊奇公爵大人亲自交代我,全体老百姓都必须离开,不能留在敌占区,皇帝也有这样的命令。谁留下来,谁就是沙皇的叛徒。听见没有?”

“听见了!”德龙不抬眼睛,回答说。

阿尔帕特奇不快活这个回答。

“哎,德龙啊,不会有好结果的!”阿尔帕特奇摇着头说。

“全看您怎么办吧!”德龙悲哀地说。

“唉,德龙,算了吧!”阿尔帕特奇又重复说,摆出庄严的姿势,指着德龙脚下的地板。“我不但看透你,就连你脚下三俄尺深也看得透,”他盯着德龙脚下的地板说。

德龙慌了,匆忙瞟了阿尔帕特奇一眼,又垂下眼睛。

“收起你的废话吧,告诉老百姓要离开家到莫斯科去,而且把运公爵小姐行李的大车明儿一早也准备好,你也不要去开会。听见没有?”

德龙突然跪下来。

“雅科夫·阿尔帕特奇,革了我的职吧!把钥匙从我手里拿走吧,把我革职吧,看在上帝的面上。”

“算了吧!”阿尔帕特奇声色俱厉地说。“我可以看透你脚下三俄尺深的地方。”

德龙站起来,又想说点什么,可是阿尔帕特奇没让他说:

“您怎么会有这个念头?啊?……您心里是怎么想的?啊?”

“我拿老百姓怎么办呢?”德龙说。“他们都疯了。对他们我也是那么说嘛……”

“我也是那么说嘛,”阿尔帕特奇说,“他们在狂饮吧?”

“全都疯狂了。雅科夫·阿尔帕特奇:运来了第二桶酒。”

“你听着。我到警察局长那儿去一趟,你去应付那些老百姓,叫他们回心转意,把大车准备好。"

"是,听见了,"德龙回答。

雅科夫·阿尔帕特奇不再坚持了。他在长期统治老百姓中知道,使人们服从的主要手段就是不要向他们露出怀疑他们可能不服从。从德龙口里得到顺从的"是啦——您老"这句回复,雅科夫·阿尔帕特奇感到满意,虽然他不但怀疑,并且差不多相信,不借助军队的力量是弄不到车的。

果然,到晚上车还没有收集起来。在村里的酒馆里又举行了集会,在集会上决定把马赶到树林里,而且不出大车。阿尔帕特奇没有把这事告诉公爵小姐。他吩咐从童山来的大车上把他的行李卸下来,把那些马套在公爵小姐的马车上,随后他就去找上级官府去了。

<h1 style="text-align:center">十</h1>

在父亲安葬后,玛丽亚公爵小姐关在自己房里,不让其他人进来。女仆来到门前,禀告阿尔帕特奇前来请示出发的事。(这还是在阿尔帕特奇和德龙谈话之前的事。)玛丽亚公爵小姐从沙发上欠起身来,冲着关闭的门说,她任何地方也不去,叫人别打扰她。

玛丽亚公爵小姐卧室的窗户是朝西开的。她面对墙壁躺着,她那模糊的思想集中在一点上:她在想不可知的死和在这之前她不知道、在父亲患病期间才表现出来的内心的卑劣。她想祈祷,但又不敢祈祷,不敢在她现在的心境中向上帝求援。

太阳照到对面的墙上,夕阳的斜晖射进敞开的窗口,照亮了房间。她的思路一下子停住了。她无意识地坐起来,整理了一下头发,走到窗前,忍不住深深地吸着傍晚的清凉空气。

"是的,现在你可以随心欣赏傍晚的风光了!他已经不在了,谁也不会打扰你了,"她在内心说道,倒在椅子上,头靠着窗台。

有人用娇柔的声音在窗外花园里轻轻叫她的名字,吻她的头,她抬头看了看。原来是布里安小姐,她穿一件黑衣裳,戴着黑纱。她轻轻地走到玛丽亚公爵小姐跟前,叹着气吻她,哭泣起来。玛丽亚公爵小姐看了看她。她想起和她过去的冲突,对她的猜疑;还想起他近来改变了对布里安小姐的态度,不见她,由此看来,玛丽亚公爵小姐内心对她的责备是太不公平了。"难道不是我,不是我盼着他死吗?我有什么资格责备别人呢!"她想道。

玛丽亚公爵小姐想象着布里安小姐的处境,最近她离群索居,而同时又得依靠她,过着寄人篱下的生活。她对她怜悯起来。她温和地望了望她,把手伸给她。布里安小姐立刻哭起来,吻她的手,念叨着公爵小姐遭到的不幸,把自己装成一个同情不幸的人。她说,在不幸的时刻,唯一的慰藉就是公爵小姐允许她分担她的不幸。她说,在这巨大的悲痛面前,所有过去的误会应该一笔勾销,她觉得她在各方面都是清白的,他在那个世界会看见她的眷恋和感激的。公爵小姐听着她,不明了她的话,只是不时看看她,听听她的声音。

"您的处境分外可怕,亲爱的公爵小姐,"布里安小姐沉默了一会儿,说。"我明白您从来不会,现在也不会想着自己;可是因为我爱您,我不得不这样做……阿尔帕特奇到您这儿来过吗?他和您谈这动身的事吗?"她问。

玛丽亚公爵小姐没有回答。她不明白是什么人要走,要到那儿去。"现在还能做什么事,想什么事呢?难道不是一样吗?"她没有说话。

"您可知道,小姐,"布里安小姐说,"您可知道咱们的处境十分危险,咱们被法军包围了;现在走,太危险了。倘若走的话,恐怕准会被俘虏,上帝才知道……"

玛丽亚公爵小姐望着她的女伴,不清楚她在说什么。

"哎,真希望有人了解我,我现在对一切,对一切都无所谓,"她说。"当然罗,我不管怎样也不愿撇开他就走……阿尔帕特奇对我说过走的事……您和他谈谈吧,我对什么都不能,也不想管……"

"我和他谈过。他希望我们明天就走;可是我想,目前最好还是留下,"布里安小姐说。"因为您会同意,在路上碰到大兵或者暴动的农民——那真可怕。"布里安小姐从手提包里取出一张法国将军拉莫的文告,上面告诉居民不得离家逃走,法国当局将给他们应有的保护,她把文告递给公爵小姐。

"我想,最好是求助于这位将军,"布里安小姐说,"我确信他会给您应有的尊重的。"

玛丽亚公爵小姐读那张文告,默默地哭泣使她的脸颤抖起来。

"您从谁手里拿到这个的?"她说。

"可能他们从我的名字知道我是法国人,"布里安小姐红着脸说。

玛丽亚公爵小姐拿着文告站起来,她脸色苍白,走出屋子来到安德烈公爵以前的书房里。

"杜尼亚莎,去叫阿尔帕特奇,德龙努什卡,或者别人到我这儿来,"玛丽亚公爵小姐说,"告诉阿马利娅·卡尔洛夫娜,不要来见我,"她听见布里安小姐的声音,又说。"要赶快走!快点走!"玛丽亚公爵小姐说,她一想到她或许留在法军占领区,就不寒而栗。

"要让安德烈公爵知道我在法国人手里,那还得了!要让尼古拉·安德烈伊奇·博尔孔斯基公爵的女儿去求拉莫将军先生给予她保护,而且接受他的恩惠,那绝对不行!"她越想越觉得可怕,以致使她战栗,脸红,感到从未体验过的愤怒和骄傲。她想象她的处境是多么困难,多么屈辱。"他们那些法国人住在这个家里;拉莫将军先生占着安德烈公爵的书房;翻弄和读他的信和文件来取乐。他们恩赐我一个房间;士兵们掘我父亲的新坟,拿走他的十字架和勋章;他们对我讲述如何打败俄国人,装作同情我的不幸……"玛丽亚公爵小姐在想,她觉得必须用父亲和哥哥的思想来代替自己的思想。对于她个人,不管留在哪儿,会发生什么事,全无所谓;她觉得她同时还是死去的父亲和安德烈公爵的代表。她忍不住用他们的思想来思想,用他们的感觉来感觉。她到安德烈公爵的书房去,极力体会他的思想,来思考她目前的处境。

生活的需求,本来她认为随着父亲的去世不复再有了,但是它突然以前所未有的力量在玛丽亚公爵小姐面前出现,而且占有了她。

她激动得满脸通红,在屋里来回踱步。时而派人叫阿尔帕特奇,时而派人叫米哈伊尔·伊万诺维奇,时而派人叫吉洪,时而派人叫德龙。杜尼亚莎、保姆和所有的女仆都不能断定布里安所宣布的事到底有多少正确的成分。阿尔帕特奇不在家:他到警察局去了。被叫来的建筑师米哈伊尔·伊万内奇来见玛丽亚公爵小姐,他睡眼蒙眬,什么也不能回答她。被召唤来的老仆人吉洪,面孔瘦削,带着无法磨灭的悲哀印记,他对玛丽亚公爵小姐所有的问话都回答"是——您老,"他望着她,差点忍不住要大放悲声。

最后,德龙走进房来,他向公爵小姐深深地鞠躬,在门框旁站住了。

玛丽亚公爵小姐在屋里走了一趟,在他对面停下来。

"德龙努什卡,"玛丽亚公爵小姐说,在她心目中,她把他当作忠实的朋友,就是这个德龙努什卡,他每年去赶维亚济马集市的时候,每次都给她带来一种特制的甜饼,面带笑容交给她。"德龙努什卡,现在,在我们遭遇到不幸之后,"她才开始说话就停住了,再也没有力量说下去。

"全都凭上帝的旨意,"他叹息说。他们沉默了一会儿。

"德龙努什卡,阿尔帕特奇不知到哪儿去了,我没有可问的人。有人说我走不得,是真的吗?"

"为什么你走不得,大人,可以走,"德龙说。

"有人对我说,有敌人,路上危险。亲爱的,我什么也不能做,什么也不清楚,我身边一个人也没有。今天晚上或者明天一大早,我就要走。"德龙不说话。他蹙着眉头,瞟了公爵小姐一眼。

"没有马,"他说,"我对雅科夫·阿尔帕特奇已经说过了。"

"为什么没有马?"公爵小姐说。

"都是上帝的惩罚,"德龙说。"有的马被军队征用了,有的马饿死了,遇到今年这个年景。不但没有东西喂马,连人也饿得要死! 有的人一连三天吃不上饭。什么都没有,彻底破产了。"

玛丽亚公爵小姐专注地听他对她说的话。

"庄稼人都破产了? 他们没有粮食?"她问。

"他们要饿死了,"德龙说,"还谈得上什么大车……"

"你为什么不早说,德龙努什卡? 难道不能救济吗? 我要尽力……"玛丽亚公爵小姐觉得,在现在这种时刻,当她的心头充满了悲伤的时刻,人们还要分成富的和穷的,并且富人不能救济穷人,有这种想法是十分奇怪的。她隐约地知道和听说,地主家都有储备粮,那是给农民备荒的。她也知道,不管是哥哥还是父亲都不会拒绝救济贫困的农民的;关于给农民分配粮食,她想亲自过问,可是在这个问题上她担心说错话。她十分兴奋,能有一件操心的事做为借口,可以忘掉自己的悲伤而不致受良心的责备。她向德龙努什卡仔细询问农民的急需,而且询问博古恰罗沃的地主储备粮的情况。

"我们不是有地主储备粮吗? 我哥哥的?"她问。

"地主储备粮一点没动,"德龙骄傲地说,"我们的公爵没有发放的命令。"

"把它发放给农民吧,他们需要多少就发放多少:我代表哥哥允许你发放,"玛丽亚公爵小姐说。

德龙一句也没说,只是深深地叹了一口气。

"你把粮食分给他们吧,倘若粮食还够分给他们的话,全分了吧,我代表哥哥命令你,你告诉他们:我们的,也是他们的。为了他们,我们什么都不在乎。你就这样说吧。"

公爵小姐说话的时候,德龙专注地望着她。

"你把我开除吧,好小姐,看在上帝面上,吩咐人接收我的钥匙吧,"他说。"我当了二十三年的差,一次差错没出过;开除我吧,看在上帝面上。"

玛丽亚公爵小姐不理解他想要她做什么,他为什么请求开除他。她告诉他,她从来没有怀疑过他的忠心,她愿意为他和为农民做任何事。

十一

在这之后过了一小时,杜尼亚莎前来向公爵小姐报告一个消息:德龙来了,依照公爵小姐的命令,农民们全在谷仓旁边集合,有话要跟女主人说。

"我并没叫他们来,"玛丽亚公爵小姐说,"我只是告诉德龙努什卡,把粮食分给他们。"

"看在上帝面上,亲爱的公爵小姐,叫人把他们赶走吧,千万不要到他们那儿去。那不过是个圈套,"杜尼亚莎说,"等雅科夫·阿尔帕特奇回来,咱们就走……您千万不能去……。"

"什么圈套?"公爵小姐吃惊地问。

"我的确知道,看在上帝面上,一定听我说。您只要问问保姆就知道了。听说他们都不愿意按照您的命令离开村子。"

"你扯到哪儿去了。我并没有命令他们离开村子……"玛丽亚公爵小姐说。"把德龙努什卡叫来。"

德龙来了,他证实了杜尼亚莎的话;农民是按照公爵小姐的命令来的。

"可是我并没有召集他们,"公爵小姐说。"你可能传错了话。我只是叫你把粮食分给他们。"

德龙没有答话,叹了一口气。

"如果您下命令,他们就会散的,"他说。

"不,不,我去见他们,"玛丽亚公爵小姐说。

不管杜尼亚莎和保姆的劝阻,玛丽亚公爵小姐来到门廊上。德龙、杜尼亚莎、保姆和米哈伊尔·伊万内奇跟在她后面。

"他们或许以为我给他们粮食,是要他们留下来不动,而我自己离开,扔下他们让法国人糟蹋,"玛丽亚公爵小姐想。"我应许他们在莫斯科近郊庄园按月发给口粮,安排住处;我相信,安德烈处在我的地位肯定会做得更多,"她一边想,一边在暮色苍茫中向站在谷仓旁的人群走去。

人群开始移动,聚拢到一起,迅速地摘下帽子。玛丽亚公爵小姐垂下眼帘,衣裙绊着腿,走近他们。各种眼睛,老年的和青年的,都在看着她,还有那么多不同的面孔,使得玛丽亚公爵小姐连一面孔也看不见,她觉得必须一下子和所有的人说话,她不知道应当怎么才好。但又是那个意识——意识到她是父亲和哥哥的代表,使她鼓起了力量,于是她壮着胆子开始讲话。

"你们来了,我非常兴奋,"玛丽亚公爵小姐开口说,她垂下眼睛,觉得心跳得厉害。"德龙努什卡告诉我,战争使你们破了产。这是我们共同的不幸,为了你们,我不惜献出一切。我要离开了,因为这儿已经十分危险,敌人离得非常近了……我把一切都给你们,我的朋友们,我求你们拿走一切,拿走我们所有的粮食,你们就不会缺吃少用的了。倘若有人对你们说,我给你们东西是为了叫你们留在这里,那不是实话。相反,我请求你们带着你们的全部财产搬到我们莫斯科近郊的庄园去,在那儿有我负责,保证你们不会过穷日子。给你们住宅和粮食。"公爵小姐停住了。只听见叹息声。

"我这样做,不只是我个人的意思,"公爵小姐接着说,"我这样做是代表我去世的父亲,你们的好主人,代表我的哥哥和他的儿子。"

她又停住了,没有人打破她的沉默。

"我们的不幸是共同的,让我们共同分担这个不幸吧。我的一切,也是你们的一切,"她说,环顾站在她面前的人的面孔。

所有的眼睛都带着同样的表情望着她,她不能知道这种表情的意义。不知道是好奇、忠诚、感激,还是惊慌和不信任,可是所有脸上的表情都是一样的。

"我们很满意您的恩典,但是,我们不能拿地主的粮食,"后面传来一个声音。

"为什么?"公爵小姐说。

没有人回答,玛丽亚公爵小姐环视人群,她看出,现在所有的眼睛一碰到她的目光,就立刻垂下来。

"为什么你们不要?"她又问。没有人回答。

玛丽亚公爵小姐为这种沉默感到窘迫;她极力捕捉随便什么人的目光。

"你们为什么不说话啊?"她对面前一个拄着拐棍的老人说。"倘若你认为还需要什么,你就说吧。我什么都可以做到,"她捉住他的目光,说。但是他似乎对这很生气,把头完全低下来,咕哝了一句。

"有什么同意不同意的,我们不需要粮食。"

"怎么,要我们抛弃一切?不同意。不同意……我们决不同意。我们同情你,但决不同意。你自己走吧,一个人走……"人群中说。人人脸上都露出同样的表情,但这时根本不是好奇和感激的表情,而是愤怒坚决的表情。

"你们可能没有理解我的话,"玛丽亚公爵小姐带着忧愁的微笑说。"你们为什么不愿走呢?吃的住的,我都向你们保证。但是在这儿敌人会把你们弄得倾家荡产的……"

可是,群众的声音盖住了她的声音。

"我们绝对不同意,就让敌人来破坏吧!不要你的粮食,我们决不同意!"

玛丽亚公爵小姐又在人群中捕捉随便什么人的目光,但是没有一个人的目光是注视着她的;很显然,眼睛都在回避她。她觉得奇怪和难堪。

"你瞧,她说得倒好听,跟她去当奴隶!把家毁掉去当奴隶去吧。可不是嘛!我给你们粮食,她说!"人群中发出这些声音。

玛丽亚公爵小姐低着头离开人群走回家去了。她又把命令向德龙重述了一遍,叫他明天准备好启程的马,然后回到自己的房里,她思绪如麻,一人待在房里。

十二

这天夜里,玛丽亚公爵小姐在她卧室敞着的窗旁坐了很久,细听从村里传出的农民的谈话声,可是她不去想他们。她觉得她不管怎样想他们,也不会理解他们。她总在想一件事——那就是自己的不幸,在经过一段关心现实生活之后,这个不幸,对于她已经成为过去了。她现在已经可以回忆,能够哭泣和祈祷了。日落后,风停了。夜是宁静的,空气非常新鲜。十二点时人声渐渐沉寂下去,鸡叫头遍,从树后升起一轮满月,清凉的、乳白色的雾弥漫开来,寂静笼罩着村庄和宅院。

不久前才过去的图景——父亲的病和临终的时刻,一幅接着一幅在她的脑海里浮现。现在她带着忧郁的欢乐仔细回味这些画面的形象,只是惊恐地排除最后那个他死亡的景象,在这寂静、神秘的夜晚,即便浮光掠影地想象一下那个景象,她也没有勇气。这些图景在她的脑海里是那么清晰,连微小的细节都历历在目,她觉得这些图景忽而是现实的,忽而是过去的,忽而是未来的。

她忽而生动地想起他发病的情景,人们架着他从童山的花园里出来,他用无力的舌头咕噜着什么,扭动着白眉毛,不安地、怯生生地望着她。

"他当时就想说他临死那天对我说的话,"她想。"他常常在想他对我说的话。"于是她回忆起了他在童山发病的前一天夜里一切详细的情景,当时玛丽亚公爵小姐就预感到灾祸临头,所以违反他的旨意留在他身边。她没有睡,夜里蹑手蹑脚地下了楼梯,来到她父亲那天夜里在那儿过夜的花房门前,侧耳细听他的声音。他和吉洪在说什么,他的声音疲惫不堪并且非常痛苦。看来他很想和人谈话。"他为什么不叫我呢?为什么他不让我和吉洪换一个位置呢?"玛丽亚公爵小姐当时和现在都这样想。"他现在永远不会对什么人谈他心里的话了。他原本可以说出他要说的话的,本来应该是我,而不是吉洪,听到和懂得他的话的,可是这样的时机,不管是对他还是对我,都一去不再来了。为什么当时我不进屋去呢?"她想。"也许他当时就会对我说出他在去世那天说的话。并且当时他和吉洪谈话中就有两次问起我。他想看见我,可是我却站在门外。他和不了解他的吉洪谈话是很感伤、很难受的。记得他和他谈话时提到丽莎,就像她还活着似的,他忘记她已经死了,吉洪提醒他说,她已经不在了,于是他大声呵斥:'笨蛋!'他是很痛苦的。隔着门我听见他躺在床上,高声喊叫:'我的上帝啊!'为什么当时我不进去呢?他能把我怎样呢?我有什么可损失的呢?或许当时他就得到慰藉,可能已经对我说出那句话了。"于是玛丽亚公爵小姐出声地重述他临死那天对她说的那个亲切的字眼。"亲-爱-的!"玛丽亚公爵小姐重复这个字眼,于是她放声大哭,流着使心灵得到轻松的眼泪。现在他的面孔就在她的眼前。可是那不是她从记事的时候认识的、时常从远处看见的面孔;而是一张胆怯、懦弱的面孔。

"亲爱的,"她又说了一遍。

"他说这话时,在想什么呢?他这时在想什么呢?"她的脑海里突然出现了这个问题,作为这个问题的回答,她在眼前看见了他,他那表情是他在棺材里用白手巾包着头的面孔的表情。于是一阵恐怖向她袭来,现在向她袭来的正是那天刚一接触他,那种神秘的、令人反感的东西的那种恐怖。她想思索点别的,想祈祷,但什么也做不成。她睁大眼睛望着月光和阴影,她每时每刻都在等待着看见他那死人的面孔,她觉得,笼罩着住宅内外的寂静空气紧紧钳制着她。

"杜尼亚莎!"她喃喃地说。"杜尼亚莎!"她疯狂地呼喊起来,从一片寂静中挣脱出来,向女仆的住室跑去,迎面碰见向她跑来的保姆和女仆们。

十三

八月十七日,罗斯托夫和伊林,带着才从俘虏营放回来的拉夫鲁什卡和一个骠骑军传令兵,骑着马从离博古恰罗沃十五俄里的驻地扬科沃出行——试骑一下伊林新买来的马并查访这一带村子里有无干草。

最近三天来,博古恰罗沃处在对峙的两军之间,俄军的后卫和法军的先锋都十分容易到那儿去,罗斯托夫是一个有心计的骑兵连长;他想抢在法国人之前,取用博古恰罗沃的军需品。

罗斯托夫和伊林心情很快乐。他们在路上有时向拉夫鲁什卡询问拿破仑的故事来取乐,有时互相比赛,试试伊林的马,他们就这样驰向博古恰罗沃一位公爵的庄园,希望在那儿找到大批家奴和漂亮姑娘。

罗斯托夫不知道也没有想到,他要去的那个村子就是和她妹妹定过婚的博尔孔斯基的庄园。

在快进入博古恰罗沃之前,罗斯托夫和伊林撒开他们的马,顺着斜坡作最后一次赛跑,罗斯托夫赶过伊林,第一个跑进博古恰罗沃村的街上。

"你跑到前面去了,"满脸通红的伊林说。

"是啊,一路上都在前面,不管在草地还是在这儿,"罗斯托夫回答说。

"我的那匹法国马,大人,"拉夫鲁什卡在后面说,他管他那匹拉车的驽马叫法国马,"准能跑赢,但是,我不愿丢别人的面子。"

他们骑着马缓步向站着一大群农民的谷仓走去。

农民们看见来了几个骑马的人,有的脱帽,有的没有脱。从酒馆里出来两个高个老头,长着满脸的皱纹和稀疏的胡子,摇摇晃晃,唱着不成调的歌,朝军官们走来。

"好样的!"罗斯托夫笑着说。"这儿有干草吗?"

"都是一个神气……"伊林说。

"快……快……活……活,我的心肝呀……宝贝儿……"两个醉汉露出幸福的微笑唱道。

从人群里走出来一个农民,走到罗斯托夫面前。

"你们是什么人?"他问。

"法国人,"伊林笑着回答。"这就是拿破仑本人,"他指着拉夫鲁什卡回答说。

"这么说来,你们是俄国人吧?"那个农民又问。

"你们这儿的军队多吗?"另一个小个农民走近他们,问道。

"很多,很多,"罗斯托夫回答说。"你们都聚在这儿干什么?"他又说。"是过节吗?"

"老头们在开会,商议公社的事情,"那个农民回答,说着就走开了。

就在这时,在通往庄主宅院的路上出现了两个女人和一个戴白帽子的人,他们向军官走来。

"那个穿粉红色的归我，注意别乱抢！"伊林看见向他坚决走来的杜尼亚莎，说。

"是咱们大家的！"拉夫鲁什卡向伊林挤挤眼说。

"你要什么，我的美人儿？"伊林笑着说。

"公爵小姐有吩咐，她想知道你们是哪个团队的和你们的尊姓大名？"

"这是罗斯托夫伯爵，骠骑兵连长，我是您的忠实的仆人。"

"我的心肝呀……宝贝儿……"那个醉汉一边唱，快活地微笑着，一边用眼睛瞅着和姑娘谈话的伊林。跟在杜尼亚莎后面的阿尔帕特奇向罗斯托夫走来，很远就脱掉帽子。

"我斗胆打扰您，大人，"他把一只手揣到怀里，恭敬地说，但同时对这个军官的年轻很有轻视的意味，"我们家小姐，本月十五日已故上将尼古拉·安德烈耶维奇·博尔孔斯基公爵的女儿，因为这些人的愚昧无知而陷入困境，"他指着那些农民说，"欢迎您光临……不知可否，"阿尔帕特奇带着苦笑说，"请您离开几步，不然当着……不太方便，阿尔帕特奇指着两个在他左边来回晃悠的农民。

"啊！……阿尔帕特奇……啊？雅科夫·阿尔帕特奇！……好极了！看在上帝面上，饶了我们吧！啊？……"那两个农民笑嘻嘻地对他说。罗斯托夫看了看喝醉的老头，笑了。

"或许这使大人很开心吧？"雅科夫·阿尔帕特奇用手指着那两个老头，带着庄重的神情说。

"不，这没有什么可开心的，"罗斯托夫一面说，一面骑马往前走。"这是怎么回事？"他问。

"我斗胆向大人禀告，此地的粗野乡民不让小姐离开庄园，气势汹汹地要把马卸掉，一早就装好了车，可是公爵小姐就是走不了。"

"居然有这样的事！"罗斯托夫喊了一声。

"我向您禀告的是实际情况，"阿尔帕特奇又说。

罗斯托夫下了坐骑，把马交给传令兵，就和阿尔帕特奇一起向住宅走去，边走边询问详细情况。的确，昨天公爵小姐建议给农民发放粮食，她向德龙和集会的人说明了自己的态度，把事情弄得如此糟，以至于德龙终于交出钥匙，和农民站到了一边，不再听从阿尔帕特奇的使唤。早上公爵小姐吩咐套车起程，大批的农民聚在谷仓前面，派出人来声称，他们不让公爵小姐离开村子，说是有命令不准运走东西，他们要卸掉马。阿尔帕特奇出来劝说他们，但他得到的回答是，公爵小姐不能走，有不准离开的命令；他们说，请公爵小姐留下来，他们仍旧服侍她，一切全顺从她。

当罗斯托夫和伊林在路上驰骋的时候，玛丽亚公爵小姐不听阿尔帕特奇、保姆和女仆的劝阻,吩咐套车要动身;但是看见驰来几个骑兵,以为来的是法国人,车夫都逃散了,家里响起了一片妇女们的大哭声。

"我的爷呀,救命恩人! 上帝派你来了,"罗斯托夫走过前厅的时候,听见一片感激的声音。

当人们把罗斯托夫引见给玛丽亚公爵小姐的时候,她正惊慌失措,无力地坐在大厅里。她不知道他是什么人,是来干什么的,对她会怎么样。她看见他那俄罗斯人的脸型和他走进来的步态以及他一开口说的那些话,就认出他是她那个阶层的人,她用她那深沉、明亮的目光看了他一眼,她说起话来激动得结结巴巴。罗斯托夫立刻觉得这次的相遇具有浪漫情调。"一个孤立无援、悲伤万分的姑娘,孤身一个人落入粗鲁狂暴的农奴手里,任凭他们摆布! 多么离奇的命运把我引到这儿!"罗斯托夫听着,看着她,想道。"她的面貌和神情多么温顺,高尚!"他听着她怯生生地讲述,想道。

当她讲到这一切是发生在父亲下葬的第二天,她的声音颤抖了。她转过脸去,随后,她怕罗斯托夫以为她是故意引起他的怜悯,她疑问地、惊慌地看了看他。罗斯托夫的眼睛里含着泪水。玛丽亚公爵小姐注意到了这一点,感激地看了看罗斯托夫,她那目光是那么明亮,使人忘记了她那并不漂亮的面貌。

"公爵小姐,我偶然走到这里,能够为您效劳,真是说不出的荣幸,"罗斯托夫站起来说。"您动身吧,我以自己的名誉向您担保,只要您允许我护送您,决不会有人胆敢找您的麻烦,"他似乎向一位皇族妇女敬礼一样,恭敬地鞠了一躬,就向门口走去了。

罗斯托夫的态度好像表明,虽然与她相识是一件幸事,但他却不想趁她不幸来接近她。

玛丽亚公爵小姐懂得而且非常珍惜这种态度。

"我十分,十分感激您,"公爵小姐用法语对他说,"可是我希望这一切只是一场误会,谁也没有过错。"公爵小姐忽然哭起来。"原谅我,"她说。

罗斯托夫皱起眉头,又深深鞠了一躬,走出屋去。

十四

"怎么样,可爱吗? 不,老弟,我的那个穿粉衣裳的才迷人呢,她叫杜尼亚莎……"可是伊林一瞧罗斯托夫的脸色,就不出声了。他看见他的主人和连长实在怀着另外一番心思。

罗斯托夫凶狠地瞪了伊林一眼,没有搭理他,就急忙向村子走去。

"我要让他们知道厉害,非收拾他们不可,这些强盗!"他自言自语。

阿尔帕特奇极力做到不跑,迈着步子紧赶,才勉强追上罗斯托夫。

"请问作了什么决定?"他追上他,问。

罗斯托夫停下脚步,握紧拳头,忽然严厉地向阿尔帕特奇迈了一步。

"决定?什么决定?你这个老东西!"他向他呵斥道。"你怎么管的家?啊?农民造反,你就管不了吗?你本人就是叛徒。我知道你们这些人,我要剥掉你们的皮……"他似乎担心他那满腔的怒火白白浪费掉,扔下阿尔帕特奇,快步向前走去。阿尔帕特奇克制住受辱的感情,迈开步子,紧紧追赶罗斯托夫,不住地向他提出自己的意见。他说,农民很顽固,在现在这种时刻,没有武装队伍,跟他们作对是不明智的,先派人去把军队叫来,这样是不是会好些。

"把军队叫来收拾他们……我要跟他们较量较量,"尼古拉说些没有意义的话,这种没有理性的兽性愤怒和要发泄愤怒的需要,使他喘不过气来。他并不想应当怎么办,迈着急促、坚决的步子,不自觉地向人群走去。他越走近人群,阿尔帕特奇就越觉得,他这种不明智的行动可能会产生良好的效果。那群农民一见他那急促而坚决的步子和皱起眉头的果断表情,也有同样的感觉。

在这几个骠骑兵刚进村,罗斯托夫去见公爵小姐之后,人群中发生了混乱和争吵,有些农民说,来的是俄国人,也许怪罪他们扣留小姐。德龙也是这个意见;但是当他刚一有这种表示,卡尔普和另外一些农民就起来攻击这位辞职的村长。

"公社给你敲骨吸髓有多少年了?"卡尔普训斥他。"你当然不在乎啦!你挖出钱罐子,带走了事,我们家毁不毁掉,与你都不相干,是吗?"

"有命令,要维持秩序,任何人不许离开家,一草一木都不准带走,就是这样!"另一个叫道。

"轮到你儿子去当兵,你准是舍不得你那宝贝疙瘩,"忽然一个小老头对德龙进攻了,他说得极快,"拿我万卡去当炮灰。唉,我们只有死的份儿!"

"可不是,我们只有死的份儿!"

"我并不是公社的冤家对头,"德龙说。

"当然罗,你早已填满肚皮了!……"

罗斯托夫带领着伊林、拉夫鲁什卡和阿尔帕特奇刚来到人群跟前,卡尔普走出来,露出一丝笑意,把手指插进宽腰带里。德龙正好相反,他躲到后排去了,人群更紧地拢到了一起。

"喂,你们这儿谁是村长?"罗斯托夫快步走到人群前面,喊道。

"村长吗？您找他干什么？……"卡尔普问。

但是没等他说完，帽子就从他头上飞走了，他挨了猛烈的一掌，脑袋向一旁歪了一下。

"脱帽，叛徒！"罗斯托夫大声喊道。"村长在哪儿？"他狂怒地喊道。

"村长，叫村长呢……德龙·扎哈雷奇，叫您呢，"人群中传出急促的声音，帽子都从头上脱下来了。

"我们决不造反，我们是守规矩的，"卡尔普说，同时，后面有几个声音突然一齐说：

"是老人们决定的，当官的太多了……"

"还犟嘴？……造反！……强盗！叛徒！"罗斯托夫嚎叫一些没有意义的词句，嗓音都变了，他抓住卡尔普的脖领。"把他捆起来！"他喊道，虽然那儿除了拉夫鲁什卡和阿尔帕特奇以外，没有能捆他的人。

拉夫鲁什卡跑过去，反剪起卡尔普的两只胳膊。

"是不是要我把我们那边山下的人叫来？"他喊道。

阿尔帕特奇喊出两个农民的名字，叫他们来捆卡尔普，那两个农民顺从地从人群走出来，解下他们的腰带。

"村长在哪儿？"罗斯托夫喊道。

德龙皱着眉头，脸色苍白，从人群中走出来。

"你是村长吗？捆起来，拉夫鲁什卡！"罗斯托夫喊道。又有两个农民出来捆德龙，德龙就像帮助他们似的把自己的腰带解下来递给他们。

"你们大家听我说，"罗斯托夫对那些农民说，"你们马上都回家去，不要再让我听见你们的声音。"

"怎么，我们并没有做什么不好的事，我们只是一时糊涂。只是胡闹了一场……我就说嘛，这样不行，"传出互相责备的声音。

"我不是对你们说了吗，"阿尔帕特奇说，他又开始行使他的权力。"这样不好，孩子们！"

"都怨我们糊涂，雅科夫·阿尔帕特奇，"一些声音回答，人群马上在村子里四散了。

两个被绑的农民被带到主人的宅院。两个喝醉酒的农民紧跟着他们。

"嘿，我倒要瞧瞧你！"其中一个对卡尔普说。

"哪能这样跟老爷们讲话呀？你想到哪儿去了？"

"笨蛋，"另一个也说，"真是个大笨蛋！"

两个小时后，几辆大车停在博古恰罗沃住宅的院子里。农民们搬出主人的东西装到车上，关在大柜子里的德龙，按照玛丽亚公爵小姐的意思放了出来，站在院子里指挥农民们。

　　"你那样放，不对，"一个高个子圆脸农民，从女仆手里抢过一口小箱子，说。"要知道，这也是钱买的。你为什么乱扔，干吗要捆上绳子——它会磨坏的。这样我不喜欢。做什么都应该仔细认真，都要有个定规。例如这就应该用椵皮子包上，盖上干草，那才像样。看起来也舒服！"

　　"这是书，书，"另一个搬出安德烈公爵的书橱的农民说。"你小心别绊着！老沉老沉的，孩子们，好多书啊！"

　　"是啊，老在写，也不玩玩！"那个高个子圆脸农民指着放在顶上的大厚本的辞典，很有意思地挤了挤眼，说。

　　罗斯托夫不愿老是去打扰公爵小姐，没去见她，在村子里等她出来。等到玛丽亚公爵小姐的车辆从宅院里出来时，罗斯托夫骑着马，一直把她送到离博古恰罗沃十二俄里驻扎我军的路上。在扬科沃客栈前面，他恭敬地和她告别，第一次吻了吻她的手。

　　"看您说的，"当玛丽亚小姐感谢他搭救她的时候，他红着脸回答，"随便一个警察局长都办得到的事。倘若我们打仗的对手是农民的话，我们就不会让敌人深入这么远了，"不知怎的他有点害羞，竭力改变一下话题。"这次同您认识，是我的荣幸。再见，公爵小姐，祝您幸福并得到慰藉，再见。倘若您不愿使我脸红的话，请不要说感谢的话。"

　　可是，倘若说她不再用言语来感谢他的话，她已经用她那因为感激和柔情而容光焕发的脸上的全部表情来感谢他了。她无法相信他不应当受到感谢。相反，她认为毫无疑问，倘若没有他的话，她准会毁在暴徒和法国人手里；他为了搭救她，甘冒最明显和最可怕的危险；他是一个具有崇高灵魂、高贵气度的人，善于理解她的处境和不幸，这一点也是毫无疑问的。他那善良、正直的眼睛，在她诉说自己不幸的遭遇而哭泣的时候，他那双涌出泪水的眼睛，总在她的脑际萦绕。

　　当玛丽亚公爵小姐和他告过别，只剩下一个人的时候，她忽然含着泪想：她是不是爱上他了？

　　在去莫斯科的路上，虽然公爵小姐的处境并不很好，同她坐一辆车的杜尼亚莎子几次看见，公爵小姐向车窗外探出身子，是又欢喜又忧伤地微笑着。

　　"我就是爱上了他，又怎么样呢？"玛丽亚公爵小姐想道。

　　不论她多么羞于承认她的初恋是爱那个可能永远不会爱她的人，但她安慰自己说,永远不会有人知道这件事,倘若直到老死也不对别人提起她第一次也是最后一次爱上一个人,她也不悔恨。

她有时想起他的眼神、他的同情、他说的话,她觉得幸福是不可能的。就在她这么想的时候,杜尼亚莎看见她含着微笑望着车外。

"正巧他到博古恰罗沃来,并且不早不晚!"玛丽亚公爵小姐想道。"正巧他的妹妹拒绝了安德烈公爵!"玛丽亚公爵小姐从这一切中看到了神的旨意。

玛丽亚公爵小姐给罗斯托夫的印象是十分快乐的。他一想起她,就兴致勃勃。当同事们得知他在博古恰罗沃的奇遇,跟他开玩笑,说他去找干草,却找到了一位全俄国最富有的未婚妻,罗斯托夫一听就冒火。罗斯托夫所以恼火,是因为,这个念头不止一次地违反他的意志在他头脑里出现。就尼古拉个人来说,他不可能娶一个比玛丽亚公爵小姐更合适的妻子:和她结婚会使公爵夫人兴奋,会改善他父亲的境况;尼古拉还觉得,会使玛丽亚公爵小姐幸福。

但是索尼娅呢?许下的誓言呢?当人们拿博尔孔斯基公爵小姐跟他开玩笑的时候,正是这个原因惹得罗斯托夫恼火。

十五

库图佐夫在受命指挥全军以后,想到了安德烈公爵,给他送去了一道到总部报到的命令。

安德烈公爵来到察列沃-扎伊米希那天,正赶上库图佐夫检阅军队。安德烈公爵停在村里牧师的宅旁,那儿停着一辆总司令的马车,他在大门旁的长凳上坐下等待库图佐夫。从村外的田野里时而传来军乐声,不时传来欢呼新总司令"乌拉!"的巨大吼叫声。离安德烈公爵十来步远的大门旁边,有两个勤务兵、一个通信员和一个管家;他们趁公爵不在,天气又好,走了出来。一位小个子骠骑兵中校,骑马来到大门前,他看了看安德烈公爵,问道:勋座大人是不是就在这儿,他何时回来。

安德烈公爵说,他不是勋座司令部的人员,也是才到的。骠骑兵中校问那个勤务兵。那个勤务兵带着蔑视的腔调对他说:

"什么,勋座大人吗?可能快回来了。您有什么事?"

骠骑兵中校对那个勤务兵的腔调报以微笑,他下了马,把马交给传令兵,随后来到安德烈公爵跟前,对他弯了弯身致敬。博尔孔斯基在长凳上挪挪身子让座。骠骑兵中校在他身边坐下。

"您也是在等总司令的吗?"骠骑兵中校说。"听说,人人都见得到,谢天谢地否则同那些德国人打交道，够倒霉的！难怪耶尔莫洛夫要申请入德国籍。现在或许咱们俄国人也能说上话了。谁知道搞的什么名堂。只顾后退，一个劲地后退。您参加过战役吗？"他问。

"我有幸参加过，"安德烈公爵回答说，"不但参加撤退，并且在撤退中失去我所有的一切，且不说田庄和亲爱的家园……我父亲就是死于忧愤。我是斯摩棱斯克人。"

"啊？……您是博尔孔斯基公爵吗？认识您，我很兴奋。我是杰尼索夫中校，大家都知道我叫瓦西卡，"杰尼索夫说，他握着安德烈公爵的手，用十分和善的目光望着博尔孔斯基的脸。"是的，我听说了，"他深表同情地说，停了一会儿，又接着说："简直是野蛮人的战争。这一切都十分好，只是对那些代人背黑锅的不好。您是安德烈·博尔孔斯基公爵吗？"他摇了摇头。"非常兴奋，十分兴奋和您认识，"他握着他的手，带着感伤的微笑又说。

安德烈公爵听娜塔莎讲过，知道杰尼索夫是她的第一个求婚人。这段又甜蜜又痛苦的回忆现在又触动了他那敏感的创伤，近来已不去想它了，但是在灵魂深处依旧感到痛楚。近来的印象太多了，如放弃斯摩棱斯克，他的童山之行，前不久父亲逝世的消息等这些严肃的事情，他的感受是那么多，以至于过去那些印象久已淡薄了，即使记起来，对他的作用也远没有先前那样强烈了。可是对杰尼索夫来说，由博尔孔斯基这个名字引起的一连串的回忆，却是富有诗意的遥远过去，当时在用过晚饭和听过娜塔莎歌唱之后，他不知道是怎么回事，居然向一个十五岁的少女求起婚来了。他想起当时的情景和他对娜塔莎的爱情，禁不住微微一笑，随后立刻转向他现在最热心、最专注的事情上面去了。这就是他在撤退期间在前哨服务时想出的作战计划。他曾经把这个计划递给巴克莱·德·托利，现在他想向库图佐夫提出。这个计划的论据是：法军的战线拉得太长，我军没必要从正面堵截法军，应该攻击他们的交通线，或者一面正面作战，一面攻击他们的交通线。他向安德烈公爵说起了他的计划。

"他们守不住整个战线。这是不可能的。我保证突破他们的战线；给我五百人，我把他们的交通线切得一塌糊涂，准行！唯一的办法，就是打游击战争。"

杰尼索夫站起来，打着手势，向安德烈公爵讲述他的计划。他在讲述时，从检阅的地方传来军队的呐喊声，这声音越来越不连贯，夹杂着军乐和歌声。村里传来马蹄声和喊声。

"他来了，"站在大门旁的哥萨克喊道，"来了！"

博尔孔斯基和杰尼索夫向大门走去，那儿站着仪仗队，他们看见库图佐夫骑着一匹枣红小马顺着大街走来。一大群侍从将官跟随着他。巴克莱几乎和他并马而行。一大群军官在他们后面和周围一边跑，一边喊"乌拉！"

副官们先驰进院子。库图佐夫不耐烦地策着那匹在他沉重的身体下稳步慢行的马，他把手举到他那白色的近卫重骑兵军帽边，不停地点头。他走到向他敬礼的仪仗队前面时，他用长官的沉着目光默默地、专注地看了看他们，随后转向他周围那群将军们和军官们。他的脸上现出微妙的神情；他带着惶惑的姿态耸了耸肩。

"有这么棒的小伙子，还老是退却，退却！"他说。"好了，再见，将军，"他又说，策马经过安德烈公爵和杰尼索夫面前向大门走去。

"乌拉！乌拉！乌拉！"人们在他身后喊道。

自从安德烈公爵上次看见库图佐夫之后，他更胖了，面皮松弛，浮肿。但是安德烈公爵所熟悉的那只瞎眼、伤疤，以及他脸上疲倦的表情，依然如旧。他穿着军服，肩上斜挂着细皮条鞭子，戴着白色的近卫重骑兵军帽。

"嘘……嘘……嘘……"他吹着口哨，骑马进了院子。他脸上现出快慰喜悦的神情。他从马镫里抽出左脚，然后倾着整个身子，使劲皱着眉头，吃力地把左脚迈过马鞍，用臂肘支着膝盖，哼哧了一声，整个人歪倒在准备扶他的哥萨克们和副官们的手臂上。

他定了一下神，眯起眼睛环视四周，他看了看安德烈公爵，仿佛不认识他，迈着他那一颠一颠的步子向门廊走去。

"嘘……嘘……嘘，"他吹着口哨，又转脸看了看安德烈公爵。

"啊，你好，公爵，你好，亲爱的朋友，来吧……"他一面环视，一边疲倦地说，挺费劲地登上门廊地板。他解开扣子，坐到门廊里的一条长凳上。

"你父亲怎么样？"

"昨天接到他去世的消息，"安德烈公爵说。

库图佐夫吃惊地看了看安德烈公爵，接着摘下制帽，画了十字："愿他在天国安息！我们所有的人都要服从上帝的旨意！"他深深地叹了一口气，沉默了一会儿，"我敬爱他，我衷心地同情你。"他拥抱安德烈公爵，把他搂到他那肥厚的胸脯上，很久很久没有放开。当他放开他时，安德烈公爵看见库图佐夫厚厚的嘴唇在颤抖，眼里含着泪水。他叹了口气，两手按住长凳想站起来。

"走，到我那儿去吧，咱们谈一谈，"他说；可是，正在这时，杰尼索夫，不顾站在门廊旁的副官的阻拦，他响着马刺、大胆地沿着台阶走上门廊。库图佐夫两手支着长凳，生气地望着杰尼索夫。杰尼索夫自报了姓名，声称他有关于国家利益的重大事情要向勋座大人报告。库图佐夫用疲倦的目光看着杰尼索夫，摆出一副厌烦的姿势,抬起两手,交叉在肚子上,说:"有关国家的利益?是什么事?说吧?"杰尼索夫像姑娘似的脸红了(看见这个满脸胡须、苍老、常常喝酒的脸上现出红晕,让人觉得奇怪),开始大胆地讲述他切断斯摩棱斯克和维亚济马之间敌军防线的计划。杰尼索夫在那地区住过,熟悉那一带的地形。他的计划当然是好的,尤其是他说话的口气带有很强的信心。库图佐夫看看自己的脚,偶尔望一望隔壁的院子,似乎在等待那边有什么不快乐的事情。果然,在杰尼索夫讲述的时候,从那所小屋里出来一个腋下夹着公事包的将军。

"怎么样?"杰尼索夫还在讲述,库图佐夫说。"已经准备好了吗?"

"准备好了,勋座大人,"将军说。库图佐夫摇摇头,似乎说:"一个人如何能办完这么多事,"于是接着听杰尼索夫陈述。

"我用俄国军官高尚诚实的誓言来保证,"杰尼索夫说,"我一定能切断拿破仑的交通线。"

"基里尔·安德烈耶维奇·杰尼索夫,军需总监是你什么人?"库图佐夫打断了他的话。

"是家叔,勋座大人。"

"噢!我们是老朋友了,"库图佐夫满意地说。"好的,好的,亲爱的,你留在总部吧,明天咱们再谈谈。"他向杰尼索夫点了点头,就伸手去拿科诺夫尼岑递来的文件。

"是不是请勋座大人到屋里去,"值勤的将官说,"要审查几份计划和签署一些文件。"从门口走出一个副官报告说,室内都准备好了。但是,看样子库图佐夫想办完事再回屋里去。他皱了皱眉……

"不,亲爱的,吩咐把桌子搬来,我就在这儿看文件,"他说。"你别走,"他对安德烈公爵说。安德烈公爵站在门廊上听那个值勤将军说话。

在值勤将军报告时,安德烈公爵听见门里有女人的低语声和绸衣的窸窣声。他朝那边瞧了几眼,看见门里有一个穿粉红衣裳,包雪青色丝头巾,丰满、红润的美丽少妇,她捧着一个盘子,很明显是在等待总司令进去。库图佐夫的副官低声对安德烈公爵说,这是女房东,牧师的老婆,她将向勋座大人献盐和面包。"她很漂亮,"库图佐夫听到这话,回头看了看。

库图佐夫对于那个值勤将军的报告只发出一个关于俄国军队在战地抢劫的指示。在报告结束时,值勤将军呈上一个因士兵割青燕麦,地主要求各军长官赔偿的文件,请勋座大人在上面签字。

听了这件事,库图佐夫咂咂嘴,摇了摇头。

"扔到炉子里……投到火里去！我直接告诉你说吧，亲爱的朋友，"他说，"把所有这些东西全投到火里。庄稼，让他们尽情割吧，木材，让他们尽情烧吧。我不发命令许可这样做，也不禁止，可我不能赔偿。非这样不行。"他又看了看那个文件。"哦，德国人真精细！"他摇头，说。

十六

"好，总算完了，"库图佐夫签署了最后一个文件，说，他吃力地站起来，带着快活的表情向门口走去。

那个牧师太太血一下子涌到脸上，她端起准备了好久而未能献上的盘子。深深地鞠了一躬，把盘子捧到库图佐夫面前。

库图佐夫眯起眼睛，脸上露出笑容，用手托住她的下巴，说：

"真漂亮的美人儿！谢谢，好孩子！"

他从裤袋里掏出几枚金币放在她的盘子里。

"怎么样，过得好吗？"库图佐夫一边说，一边向给他准备的房间走去。牧师太太绯红的面颊上笑开了两个酒窝，她跟他走进正房。副官到门廊上请安德烈公爵和他一道吃早饭；半小时后，安德烈公爵又被召唤到库图佐夫那儿。库图佐夫仍旧穿着那件敞开的军服，躺在沙发上。

"坐下，坐在这儿，咱们谈谈，"库图佐夫说。"悲痛啊，悲痛。但是要记住，亲爱的朋友，我也是你的父亲，第二个父亲……"安德烈公爵说父亲临终的情况和路过童山时所见的情况对库图佐夫说了一遍。

"弄成什么样子……弄成什么样子！"库图佐夫突然说，他很激动，显然，从安德烈公爵的叙述中，他清楚地想象到俄国现在的处境。"假我以时日，假我以时日，"他不愿继续这个使他激动的话题，说："我叫你来，是想让你留在我身边。"

"多谢勋座大人，"安德烈公爵回答说，"但是我担心我不适合再做参谋工作了，"他含着微笑说，库图佐夫看到了他的微笑。库图佐夫疑问地看了看他。"主要的，"安德烈公爵又说，"我已经习惯了团队的生活，我喜欢那些军官们，似乎军官们也喜欢我。离开团队，我会觉得可惜的。倘若我辞谢在您身边服务的光荣，那么请相信我……"

库图佐夫脸上，露出聪明、和善、同时又含有一点讥笑的表情。他打断博尔孔斯基的话：

"可惜，我十分需要你；不过你是对的，你是对的。我们这儿倒不缺人。顾问有的是,可是缺少人才。倘若所有的顾问都像你到团队里服务,我们的团队就不会是现在这个样子了。我在奥斯特利茨就记得你……记得,记得,我记得你举着军旗,"库图佐夫说,安德烈公爵脸上立刻现出欢快的红晕。库图佐夫拉了拉他的手,把脸给他吻,安德烈公爵又看见老头眼里含着泪水。虽然安德烈公爵知道库图佐夫好流泪,他现在因为对他的父亲表示同情而对他特别亲切,怜恤。对奥斯特利茨的回忆,使安德烈公爵既快乐又得意。

"上帝保佑,走你自己的路吧。我知道,你的路,是一条光荣的路。"他停了一会儿。"在布加勒斯特,当时我不得不派遣一个人。"于是库图佐夫谈起了土耳其战争和缔结和约。"是啊,我受到了不少的责难,"库图佐夫说,"为了那场战争,也为了和约……是一切来得全都恰当其时。那儿的顾问也比这儿的少……"他又谈起顾问,显然这个问题一直占着他的心。"咳,顾问,顾问!"他说。"倘若谁的话都听,那么我们在土耳其,和约就缔结不成,战争也结束不了。欲速则不达。要是卡缅斯基不死,他会遭殃的。他用三万人突击要塞。拿下一个要塞并不难,难的是赢得整个战役。而要做到这一点,需要的不是突击和冲锋,而是忍耐和时间。卡缅斯基把兵派往鲁修克,可是我只派去了两样东西(忍耐和时间),比卡缅斯基拿下了更多的要塞,还逼得土耳其人吃马肉。"他摇了摇头,"法国人也要落这个下场! 相信我的话,"库图佐夫高兴地说,"我要让他们吃马肉!"他的眼睛又被泪水模糊了。

"然而总该打一仗吧?"安德烈公爵说。

"打一仗是可以的,倘若大家全愿意的话,没有什么可说的……不过要知道,亲爱的朋友:没有比忍耐和时间这两个战士更强的了;这两位什么都能完成,但是顾问们却不同意。一些人要这样,另一些又要那样。怎么办呢?"他问,等待着回答。"你说说看,叫我怎么办?"他重复说,他的眼睛闪着光辉。"我告诉你怎么办,"他见安德烈公爵不回答,于是说。"我告诉你怎么办:我是如何办的。倘若你拿不准,"他停了一下,"那你就先等一下,"他一字一顿地说。

"好了,再见,好朋友;记住,我真心实意和你共同承受你的损失,我不是你的勋座,不是公爵,也不是总司令,我是你的父亲。你缺少什么,就来找我。再见,亲爱的。"他又拥抱他,吻他。

安德烈公爵在同库图佐夫会见后回到团里,对于整个战局和受此重任的人,他全放了心。他越是看到在这个老人身上没有个人的东西,似乎有的只是热情奔放的习惯,而没有分析事件和做出结论的才智,只有静观事件趋向的能力,他就更加放心,觉得一切都会安排妥帖的。"他没有任何个人的东西。他什么也不思虑,他什么也不做,"安德烈公爵想道,"但是他听取一切,记取一切,把一切安排得妥妥帖帖。他知道,有一种东西比他的意志更强,更重要,——这就是事件的必然过程,他善于观察这些事件,善于明白这些事件的意义,因为对这些事件的理解,他善于放弃对那些事件的干预,放弃那原本另有打算的个人意志。最主要的,"安德烈公爵想道,"为什么信任他呢,这是因为他是俄国人,虽然他读让利斯夫人的小说和说法国谚语,还因为当他说:'弄成什么样子!'的时候,他的声音颤抖了,当他说他'迫使他们吃马肉'的时候,他抽噎了。"正是由于人人都有这种或多或少、模模糊糊的感情,人民才有共同的想法和普遍的赞同,违反宫廷的意思,选择了库图佐夫当总司令。

<h1 style="text-align:center">十七</h1>

皇帝离开莫斯科之后,莫斯科的生活依旧按照平常的轨道运行,这个生活之流是如此平凡,以致很难令人想起前些日子高涨的爱国俱乐部的成员就是不惜任何牺牲的祖国子孙,唯一能够令人记起皇帝在莫斯科期间那种普遍的爱国热情的事情,就是有人出人、有钱出钱的号召,这事当即做起来后,就加以法律和正式官方的形式,成为非做不可的了。

随着敌人渐渐逼近莫斯科,莫斯科人对自己处境的看法,不仅没有变得更严肃,反而变得更轻浮了。在危险迫近时,人内心常常有两个同样有力的声音:一个声音叫人考虑危险的性质和避免危险的方法;另一个声音说,既然预见一切和躲避事件的必然发展不是人力所能做到的,就无须白费气力和自寻烦恼去考虑危险了,最好在苦难未到来之前别去想它,只想快乐的事。现在莫斯科居民正是这样。

拉斯托普钦散发一种传单,上方画着一个酒馆、一个酒保、一个莫斯科小市民卡尔普什卡·奇吉林,(这个奇吉林曾当过后备兵,他喝多了几杯,听说波拿巴要进攻莫斯科,发起火来,用脏话痛骂所有的法国佬,他走出酒馆,在鹰形的招牌下面,开始对聚在那儿的民众讲起话来,)这张传单受到人们的广泛讨论。

在俱乐部拐角的屋子里,人们聚在一起看传单,有些人喜欢卡尔普什卡对法国人的嘲笑,他们说:法国佬被大白菜催肥了,肚子被稀饭撑破了,被菜汤撑死了,他们全是小矮人,一个农妇用干草叉一下子叉起三个扔了出去。有些人讨厌这种调子,说这太庸俗和愚蠢了。他们说,拉斯托普钦把所有法国人甚至外国人全赶出了莫斯科,他们中间有拿破仑的奸细和间谍;不过,讲这些话主要还是为了转述拉斯托普钦在遣送那些外国人时说的俏皮话。人们谈到马莫诺夫将为他的团队准备八十万卢布的开销,别祖霍夫为他的士兵花费得更多,但是,在别祖霍夫的行为中最精彩的表演是,他自己穿上军装,骑马走在团队的前头,对前来观看的人全部免费,分文不取。

朱莉明天将要离开莫斯科,正在举行告别晚会。

"别祖霍夫这个人非常可笑,但是他是非常和善,十分可爱。尖酸刻薄算什么取乐啊?

"罚款!"一个身穿民军服装的年轻人说,朱莉称他为我的骑士,他将陪朱莉去尼日尼。

在朱莉的社交圈子里,也和莫斯科许多社交圈子一样,规定只准说俄语,说法语要受罚,罚款交给捐献委员会。

"为了带法国腔,要再罚一次,"客厅里一位俄国作家说。"'算什么取乐'不是俄国话。"

"您不肯饶人,"朱莉不理作家的话,仍旧对那个民军说。"我的骑士,我说了法语,我认罚,"她说,"可是,为了乐于对您说实话,我想再付一次款;至于法语腔调,我不能负责,"她对全家说:"我没有戈利岑公爵那样有钱有时间请教师学俄语。啊,他来了,"朱莉说。"说到太阳,就看见阳光,"女主人对皮埃尔亲切地微笑着,说,"我们正说您呢,"朱莉说,"我们说您的团队一定比马莫诺夫的好。"

"唉呀,别提我的团队了,"皮埃尔一边回答,一边吻女主人的手,在她身边坐下。"团队把我腻烦死了!"

"您一定是亲自指挥那个团队吧?"朱莉说,她和那个民军相互递了个狡黠的、讥笑的眼神。

有皮埃尔在场,那个民军已经不那么有骑士风范了,可是对朱莉微笑的含意,他脸上现出困惑不解的神情。皮埃尔尽管漫不经心,心地宽厚,可是皮埃尔的人品立刻把任何当着他的面嘲笑他的企图刹住了。

"不,"皮埃尔看了看自己肥胖、庞大的躯体,笑着回答。"我会成为法国人最好的目标,并且,我怕我爬不上马去……"

朱莉在闲谈时,提到罗斯托夫家。

"听说他们的家事极糟,"朱莉说。"他是真糊涂——我是说伯爵这个人。拉祖莫夫斯基要买他的住宅和莫斯科近郊的田庄,但是总在拖着。他要价太高了。"

"不,听说立刻即可成交,"一个客人说。"眼下在莫斯科置办产业是发疯的事。"

"为什么?"朱莉说。"难道您认为莫斯科有危险吗?"

"那您为什么要走呢?"

"我？问得真奇怪。我走是因为……是因为大家都走，还因为我不是贞德，也不是亚马孙人。"

"对呀，对呀，再给我一些碎布。"

"倘若他善于管理家务，他可以还清所有的债务，"那个民军仍在谈罗斯托夫。

"倒是一个忠厚老头，就是太不行。他们为什么在这儿住这么久？他们很早就要回乡下。娜塔莉现在好像好了吧？"朱莉狡黠地微笑着问皮埃尔。

"他们在等小儿子呢，"皮埃尔说。"他参加了奥博连斯基的哥萨克部队，到白采尔科维去了。在那儿整编为团队。可是现在他已经调到我的团队，他们每天都在盼他。伯爵早就想走，但是伯爵夫人在没见到儿子之前，无论如何不肯离开莫斯科。"

"前几天我在阿尔哈罗夫家看见他们。娜塔莉又漂亮起来了，又活泼了。她唱了一支浪漫曲。有些人多么轻易就把一切全忘掉了！"

"忘掉什么？"皮埃尔不快活地问。朱莉微微一笑。

"您可知道，伯爵，像您这样的骑士，只有在苏扎夫人的小说里才找得到。"

"什么骑士？为什么？"皮埃尔涨红了脸问。

"得了，得了，亲爱的伯爵，全莫斯科都知道。"

"罚款！罚款！"那个民军说。

"好吧，好吧。弄得人不敢说话了，真烦人！"

"全莫斯科都知道什么了？"皮埃尔站起来，生气地说。

"得了，伯爵，您知道！"

"我什么都不知道，"皮埃尔说。

"我知道您跟娜塔莉好，所以……不，我一向跟薇拉更好。"

"不对，太太"皮埃尔仍旧用不满的腔调说。"我全然没有担任罗斯托娃小姐的骑士这个角色。我几乎已经一个月没到他们那儿去了。但是我不懂这种残酷……"

"谁为自己辩护，谁就是揭发自己。"朱莉微笑着，挥动着棉线团，说，为了不让对方辩解，随即改变了话题。"听我说，我知道什么来着！可怜的玛丽亚·博尔孔斯卡娅昨天到莫斯科了。您知道她死去了父亲吗？"

"真的吗？她在哪儿？我很想去看她，"皮埃尔说。

"昨天我和她待了一个晚上。她就要和她侄儿一块到莫斯科近郊的田庄去，今天或者明儿一早。"

"她怎么样，还好吗？皮埃尔说。

"还好，十分悲伤。您可知道谁救了她？这真是一个传奇故事。是尼古拉·罗斯托夫。她被包围了，那些人要杀害她，伤了一些她的人。他冲进去把她救了出来……"

"又一个传奇故事，"那个民军说。"一定是为全体老小姐都能出嫁，才来这次大逃难的。卡季什是一个，博尔孔斯卡娅又是一个。"

"您可知道，我敢相信，她真的有点爱上那个年轻人了。"

"罚款！罚款！罚款！"

"但是用俄国话应该怎么说呢？……"

十八

皮埃尔回到家里，仆人递给他两张拉斯托普钦的传单。

第一张传单说，谣传拉斯托普钦伯爵不准人们离开莫斯科，——不确实，恰恰相反，拉斯托普钦伯爵欢迎太太小姐们和商人的妻子离开莫斯科。"可以少点恐惧，也就少点传闻，"传单上说，"但是我以生命担保，那个恶棍绝到不了莫斯科。"这句话使皮埃尔清楚地看出，法国人一定会到莫斯科。第二份传单是说我们的大本营是在维亚济吗，维特根施泰因伯爵打败了法国人，但是因为许多居民想要武装起来，所以军火库为他们准备了武器：军刀、手枪、长枪，这些武器将被廉价卖给居民。皮埃尔对着这些传单沉思起来。

"我是前去服军役，到部队里去呢，还是等一等？"他不停地向自己提出这个问题。他拿起一副牌，摆起牌阵来。

"如果牌阵摆得成功，"他洗好牌，把牌拿在手里，眼睛向上望着，自言自语说："如果成功，那就是说……说什么呢？"他还没来得及注定应该说什么的时候，书房门外传来大公爵小姐的声音，她问能不能进来。

"那就是说，我应该去参军，"他对自己说。"进来，进来，"他又对公爵小姐说。

"请原谅，表弟我来找您，"她用责备和激动的口吻说。"总得要想个办法才行！总是这样算怎么回事呀？人家全离开莫斯科了，老百姓在闹事。我们怎么老不走？"

"正相反，看来一切都平安无事，表姐，皮埃尔带着开玩笑的态度说。

"可不是嘛，平安无事……好一个平安无事！瓦尔瓦拉·伊万诺夫娜今天对我讲，我们的军队打得多么好。这倒很光彩。可是老百姓却猖狂的了不得，不肯听话，连我的使女也变野了。如此下去，她们很快就要打我们了。简直不敢上街。法国人说不定哪天就要来,我们还等什么!我只求您一件事,表弟,"公爵小姐说,"请吩咐人把我送到彼得堡去吧:不论我怎么样,反正我在波拿巴统治下活不下去。"

"得了,表姐,您从哪儿听来的这些情报?相反……"

"我决不做您的拿破仑的顺民。别人愿意怎样就怎样……倘若您不想这样办……"

"我办,我办,我立刻就发命令。"

公爵小姐喃喃自语地在椅子上坐下。

"不过,您听到的消息不可靠,城里各处都非常安静,什么危险都没有。您看,我才读过……"皮埃尔把传单给公爵小姐看。"伯爵这样写的,他要用生命担保,决不让敌人进莫斯科。"

"唉呀,您的那位伯爵,"公爵小姐凶狠地说,"他是个伪君子,坏蛋,是他撺掇老百姓闹事的。他不是在那些混账的传单上写过吗,不论是谁,抓住他的头发就往拘留所送(多么愚蠢)!他又说,是谁抓住的,荣誉就归谁。这就是他献殷勤的好结果。瓦尔瓦拉·伊万诺夫娜说,就因为她说了一句法国话,老百姓几乎把她打死……"

"就是这么一回事……您把一切太放在心上了,"皮埃尔说,开始摆他的牌阵。

虽然牌阵摆通了,皮埃尔还是没到军队里去,留在莫斯科这座空城里,整天都在惊慌、犹疑、恐惧中,同时又在喜悦中期待什么可怕的事情。

第二天傍晚,公爵小姐走了,皮埃尔的总管来通知他说,他不卖掉一处庄子,就没有装备一个团所需的费用。总之,总管告诉皮埃尔说,建立一个团的主意,一定会使他破产的。皮埃尔听着总管说话,忍不住想笑出来。

"那您就卖了吧,"他说。"没办法,我现在无法打退堂鼓!"

情况变得越糟,尤其是他的家业的情况变得越糟,皮埃尔就越兴奋,他所期待的灾难临近也就越明显。城里差不多没有皮埃尔的熟人了。朱莉走了,玛丽亚公爵小姐走了。亲近的熟人中,只有罗斯托夫一家没有走,但是皮埃尔不太到他们那儿去。

一天,皮埃尔出门散心,到沃罗佐沃村去看列比赫制造的用于消灭敌人的大气球,这只气球还没做好,可皮埃尔听说,气球是遵照皇上的意愿制造的。

皮埃尔在回家的路上,看见行刑台旁有一群人,他就停下来,下了车。一个被指探为奸细的法国厨子正在受鞭刑。鞭刑刚完,拷打的人从行刑凳上解下一个穿蓝裤子、绿坎肩、可怜地呻吟着、一脸红胡子的胖子。站在旁边的另一个罪犯,脸色苍白,身体瘦削。看来两个都是法国人。皮埃尔挤进人群,他的神情很像那个瘦削的法国人,既惊慌又痛苦。

"这是怎么回事?是什么人?为了什么?"他问。没有人答话。那个胖子站起来,紧皱着眉头,耸耸肩,不向周围看,把他的坎肩穿上;但是突然,他的嘴唇颤抖了,他哭了。人们大声谈起话来,皮埃尔觉得,他们大声谈话是为了抑制他们的怜悯感情。

"他是某公爵的厨子……"

"怎么样,先生,看来俄国的酱油到法国人嘴里就变成醋了……酸得龇牙咧嘴的,"一个站在皮埃尔旁边的小职员说。那个小职员环顾四周,似乎在等待对他玩笑的赞赏。有些人笑了,有些人仍旧吃惊地望着给另一个罪犯脱衣服的行刑手。

皮埃尔哼哧着鼻子,皱着眉头,急忙转身回到马车旁,在他走回去坐车的时候,不住地自言自语。他一路上有好几次浑身打战,大声地喊叫,以致车夫问他:

"您有什么吩咐吗?"

"你往哪儿走?"皮埃尔对车夫喊道。

"您不是要去见总司令吗?"

"笨蛋!畜生!"皮埃尔喊起来,他极少这样骂他的车夫。"我说过要回家;快走,糊涂虫。我今天就必须离开,"他自言自语地说。

皮埃尔在看到那个受刑的法国人和围着行刑台的人群以后,就下了决心,他再也不能留在莫斯科了,他今天就要去参军。

一回到家,皮埃尔就吩咐他那闻名全莫斯科的车夫叶夫斯塔菲耶维奇:他今天就要到莫扎伊斯克去参军,要求把他的几匹鞍马送到那儿。这些事无法当天就安排好,依叶夫斯塔菲耶维奇的意思,皮埃尔的行期得推迟到第二天,以便把替换的马赶到路上。

二十四日,雨过天晴,午饭后皮埃尔离开了莫斯科。当夜在佩尔胡什科夫换马的时候,皮埃尔听说那天傍晚打了一场大仗。人们都在说,在佩尔胡什科夫这儿,地面都被炮声震得打战。皮埃尔问谁打胜了,没有人能够回答。(这是二十四日舍瓦尔金诺村战役。)第二天黎明,皮埃尔到达莫扎伊斯克。

莫扎伊斯克所有的房屋都驻了兵,皮埃尔的马夫和车夫在这儿的客栈迎接他,客栈也没有空房间:全住满了军官。

莫扎伊斯克城里和城外到处有军队驻扎和通过。到处可以看到哥萨克、步兵、骑兵、大车、炮弹箱和大炮。皮埃尔匆匆忙忙向前赶路,他离莫斯科越远,越深入这士兵的海洋,就越感到焦急不安和一种从没有体验过的新鲜的喜悦。他有一种快乐的感觉,那就是,构成人们幸福的一切——生活的舒适、财富以致生命本身,比起某种东西来,都是虚妄的东西……比起什么东西呢,皮埃尔弄不明白,也不愿去弄清楚为了何人,为了何事而牺牲一切,才使他认为十分美好。他对他为之而牺牲的东西并不感兴趣,但是牺牲本身对于他是一种新鲜的愉快感情。

十九

八月二十四日,在舍瓦尔金诺多面堡打了一仗,二十五日,双方都没开火,二十六日,波罗底诺战役打响了。

舍瓦尔金诺和波罗底诺两次战役为了什么和怎样挑起来、怎样应战的呢?为什么打起波罗底诺战役?不管是对法国人还是对俄国人,这次战役都是没有意义的。这次战役,对俄国人来说,最直接的结果是促进了莫斯科的毁灭(这是我们怕得要命的),这个结果甚至在当时就是明显的,然而拿破仑还是发动了这次战役,而库图佐夫也奋起应了战。

倘若两位统帅都以理智为指导,拿破仑应当明白,他深入两千俄里,在极可能损失四分之一军队情况下发动一场大战,他必将走向毁灭;库图佐夫也同样应当明白,冒着损失四分之一军队的危险应战,他一定会失掉莫斯科。这在库图佐夫就像算术题一样明显。

在波罗底诺战役之前,我们的兵力与法国相比,大约是五比六,战役之后,是一比二,也就是战役以前是十万比十二万,战役以后是五万比十万。然而聪明并且富有经验的库图佐夫应战了。被人称为天才统帅的拿破仑发动了那次战役,损失了四分之一的军队,战线更拉长了。倘若说他认为占领莫斯科就像维也纳一样,可以

结束战争,可是有很多证据证明并非如此。拿破仑的史学家说,他在占领了斯摩棱斯克之后就想停止前进,他知道战线拉长的危险,占领莫斯科不可能是战争的终结,因为在斯摩棱斯克他就看到,留给他的那些俄国城市是怎样的情景,他多次表示愿意进行谈判,但一次也没得到答复。

库图佐夫和拿破仑这样做都是不由自主和没有意义的。可是后来史学家对于这些既成的事实牵强地证明两个统帅的预见和天才,事实上,这些统帅只是历史的工具。

对于另外一个问题:波罗底诺战役以及在这之前的舍瓦尔金诺战役是怎样打起来的,也存在着一个完全错误的概念。史学家是这样描绘的:

俄国军队在从斯摩棱斯克撤退时,就为大会战寻找最有利的阵地,在波罗底诺找到了这样的阵地。

在莫斯科到斯摩棱斯克的大路左侧,跟大路差不多成直角——从波罗底诺到乌季察,俄国人事先在那儿构筑了防御工事。

在这个阵地的前方,在舍瓦尔金诺高地,设有一个观察敌人设防的前哨,二十四日,拿破仑进攻这个前哨,占领了它;二十六日,开始进攻已经进入波罗底诺战场的全部俄军。

史书上是这样写的,而这是完全歪曲的,任何愿意深入研究事情真相的人,都能十分容易弄清楚这一点。

俄国人并没有寻找最好的阵地;正相反,他们在退却中放弃了许多比波罗底诺好的阵地。他们没有据守这些阵地中的任何一个:因为库图佐夫不快活采纳不是他所选择的阵地,还因为人们对大会战的要求还不是很强烈,还因为率领民军的米洛拉多维奇还没有赶到,还由于其他众多的原因。事实是,以前所放过的阵地都比较强,波罗底诺阵地(大会战的地点)不仅不强,比起俄罗斯帝国其他地点,都更不像一个阵地。

在大路左边与大路成直角的波罗底诺战场上的阵地(就是大会战的地点),俄国人不仅没有设防,并且在1812年八月二十五日以前,从没想到在这个地点会打一大仗。以下事实可以证明这一点:第一,不仅二十五日以前那里没有战壕,并且二十五日开始挖的那些战壕,到二十六日也没完成;第二,舍瓦尔金诺多面堡的形势可以作为证明,那个在发生战斗的阵地前面的舍瓦尔金诺多面堡,是没有什么意义的,为什么比其他据点更要加强那个多面堡呢?为什么要消耗所有的力量,损失六千人,把它守到二十四日深夜呢?如果是为了观测敌人,只要一个哥萨克侦察班就够了。第三,作战的那个阵地不是预先想到的,而舍瓦尔金诺多面堡也不是那个阵地的前哨，因为直到二十五日，巴克莱德·托利和巴格拉季翁还认为舍瓦尔金诺多面堡是阵地的左翼，而库图佐夫本人在那次战役以后，在一时气愤之下写的报告中，也说舍瓦金诺多面堡是阵地的左翼。波罗底诺战役实际上是在一个完全意外的、几乎没有工事的地点上打响。

事情显然是这样的：沿科洛恰选定了一个阵地，那条河穿过大路是成锐角，而不是成直角，因此左翼是在舍瓦尔金诺，右翼靠近诺沃耶村，中心在波罗底诺，也就是在科洛恰和沃伊纳两河汇流的地方。这个阵地是以科洛恰河为掩护，阻止沿斯摩棱克大路进犯莫斯科的敌军。

拿破仑二十四日来到瓦卢耶瓦，他没有看见（史书上说他看见了）从乌季察到波罗底诺的俄国阵地（他不可能看见那个阵地，因为它并不存在），他也没有看见俄国的前哨，可是在追击俄军后卫的时候，他碰到了俄军阵地的左翼——舍瓦尔金诺多面堡，出乎俄国人所料，拿破仑把他的军队弄过科洛恰河。这样，俄国人已经没有时间来迎接大会战了，只好把他们本来要据守的左翼阵地撤掉，占据一个没有构筑工事的新阵地。拿破仑转移到科洛恰河对岸，也就是大路的左边，这样拿破仑就把即将爆发的战斗从右边移到了左边（从俄军方面看），移到了乌季察、谢苗诺夫斯科耶和波罗底诺之间的平原上，二十六日的大战就在这个平原上打响了。

如果拿破仑不在二十四傍晚到达科洛恰河，如果他当晚没有立刻下令攻击多面堡，而是在第二天凌晨开始攻击的话，那就不会有人怀疑舍瓦尔金诺多面堡是我们的左翼了；而战斗也就会像我们所预料的那样进行了。在那种情况下，我们可能会顽强地守卫舍瓦金诺多面堡，同时从中央或者从右面袭击拿破仑，而二十四日大会战就会在预定的筑有工事的阵地上进行了。但是，由于对我们的左翼进攻是在紧接着我们的后卫撤退的晚上，还因为俄国的军事将领不愿意或者没有时间在二十四日晚就开始大会战，以致波罗底诺战役的第一仗，在二十四日就打输了，并且显然导致了二十六日那一仗的失败。

在舍瓦尔金诺多面堡失守后，二十五日晨我们已经没有左翼阵地了，于是只好把左翼往后撤，随便选一个地方匆忙地构筑工事。

可是，只说俄军仅用薄弱的、未完成的工事来防守还不够，更糟的是俄军将领不承认既成事实（左翼失守，当前的战场已经从右向左转移），仍旧停留在诺沃耶村至乌季察这一带拉长了阵地上，所以，在战斗开始后，不得不把军队从右方调向左方。这么一来，在整个战斗期间，俄国方面仅有对方一半的兵力以抵抗法军对我们左翼的进攻。

由此可见波罗底诺战役并不是在一个选定的，设了防的阵地上进行的，也不是俄国的兵力稍弱于敌人，事实上俄国人因为失掉舍瓦尔金诺多面堡，被迫在一个开阔的、几乎没有防御工事的地带，兵力比法军少一半的情况下迎接波罗底诺战役的。在这样的条件下，不仅战斗十小时和打一场不分胜败的战斗不可想象，就是坚持三小时而不使军队崩溃和逃跑也是不可想象的。

二十

二十五日早上，皮埃尔离开莫扎伊斯克。出了城就是陡峭的山坡，右边山上有一座教堂，皮埃尔下了马车，徒步前进。他后面有一个骑兵团队正在下山坡，团队前面有一队歌手。赶车的农民吆喝着，响着鞭子，不住地在车子两边奔走。每辆车上坐着或躺着三四个伤兵，大车在陡峭的山坡石路上颠簸着。伤兵包着破布，脸色苍白，紧闭着嘴，皱着眉头，抓住车栏杆在车上颠动和互相碰撞。差不多所有的伤兵全都带着孩子般的天真好奇地看着皮埃尔那顶白帽子和绿燕尾服。

皮埃尔的车夫生气地吆喝伤兵运输队，叫他们靠边走。骑兵团唱着歌走下山坡，把路都堵塞了。皮埃尔停下来被挤到山路的边沿，山路挡住了太阳，阳光照不到这儿，又冷又潮湿。皮埃尔头顶上是晴朗的八月的早上，教堂发出快乐的钟声。一辆伤兵车停在皮埃尔身旁的路边上。

一个老年伤兵，跟着车步行，他用没受伤的那只手抓住大车，转脸看了看皮埃尔。

"我说，老乡，是不是就把我们扔到这儿？还是送到莫斯科？"他说。

皮埃尔正在沉思，没有听见他的话。他不时看看迎着伤兵车走来的骑兵团队，有时也看看他身旁的大车，车上的伤兵两个坐着，一个躺着，他觉得，在他们身上就含有他所关心的问题的解答。在车里有一个坐着的，可能脸上受了伤，整个脑袋全包着破布。他的嘴和鼻子都歪到了一边。这个伤兵望着教堂画十字。另一个是年幼的孩子，金黄色的头发，脸上一点血色也没有，带着和蔼的笑望着皮埃尔；第三个趴在那儿，看不见他的脸。骑兵歌手们从车子旁边走过。

"咳，你在何方……倔强的人儿……

"你流落在异乡……"他们唱着士兵舞曲。似乎响应他们，高处不停地发出叮当的钟声，然而另有一番欢乐意味。另外，还有一种不同的欢乐：对面山坡顶上那灼热的阳光。但是山坡下，伤兵车旁边，喘息着的小马附近，皮埃尔站着的地方，却全是潮湿、阴暗和忧愁。

那个肿脸士兵气愤地望着骑兵歌手。

"嗬,公子哥儿!"他责备说。

"这个年头,不但看见了士兵,也看见了庄稼汉!庄稼汉也被赶上战场,"那个站在车后面的士兵带着苦笑对皮埃尔说。"现在什么都不分了……要老百姓全都冲上去,一句话——莫斯科。他们要拼到底啊。"虽然那个士兵说得不清楚,可是皮埃尔明白他的意思,点头表示赞同。

道路通了,皮埃尔下了山坡,继续前进。

皮埃尔一路上东张西望,寻找熟悉的面孔,可是各处遇见不同兵种的陌生的军人面孔,他们全都奇怪地看他那顶白帽子和绿燕尾服。

走了四俄里,他才碰到第一个熟人,他兴奋地招呼他。这个熟人是军医官。他坐着一辆篷车,迎着皮埃尔的面赶来,他身旁坐着一个青年医生,他认出皮埃尔,就叫停下车来。

"伯爵!大人,您怎么到这儿来了?"医生问。

"想来看看……"

"好哇,好哇,就要有可看的了……"

皮埃尔下了车,站在那儿跟医生谈起来,说他打算参加战斗。

医生劝别祖霍夫直接去见勋座。

"在开战的时候,您为什么要到这谁也不知道、谁也找不到的地方,"他说,向年轻的同事递了个眼色,"无论如何,勋座是认识您的,会厚待您的。老兄,就这么办吧,"医生说。

医生看上去很疲劳并且匆忙。

"您是这么想的……但是我还想问您,阵地在哪儿?"皮埃尔说。

"阵地?"医生说。"那可不是我的事。过了塔塔里诺沃,那儿有很多人挖战壕,您爬上那个高岗,就能看见了,"医生说。

"从那儿可以看见吗?……倘若您……"

医生打断了他的话,向篷车走去。

"我原本可以送您,但是,我的事情多得到这儿(他在喉咙上比画了一下),我必须赶到兵团司令那儿。我们的情况怎么样?……您可知道,伯爵,明天就要打一场大仗;一支十万人的军队,最少要有两万伤员,但我们的担架、病床、医士、医生,还不够六千人用的。我们有一万辆大车,但是还需要其他东西;那只好自己看着办吧。"

在那怀着好奇心看他的帽子的人们中间,有两万人注定要受伤和死亡(可能就是他看见的那些人),这个古怪的念头不禁使皮埃尔吃惊。

"他们或许明天就死掉,他们为什么除了死以外还想别的呢?"

"骑兵们去打仗,路上遇见伤兵,可是他们却丝毫不去想那正在等待他们的命运,只是向伤兵瞟一眼就走过去了。在他们之中有两万人注定要死亡,可是他们对我的帽子却感到惊讶!奇怪!"皮埃尔在去塔塔里诺沃的路上想道。

在道路的左边有一所地主的住宅,那儿有几辆马车、带篷的大车、一些勤务兵和哨兵。勋座就住在那儿。但是皮埃尔来到这儿的时候,他不在,差不多一个参谋人员也没有。他们都做礼拜去了。皮埃尔坐上车向戈尔基进发。

皮埃尔的车上了山,进入山村里一条不大的街上,皮埃尔在这儿第一次看见了农民军,他们头戴饰有十字架的帽子,身穿白衬衫,他们大声谈笑,兴致很高,满头大汗,正在路右边一座长满青草的高大土岗上干活儿。

他们中有很多人在挖土,另外一些人用手推车在跳板上运土,还有一些人站在那儿不动。

两个军官站在土岗上指挥他们。皮埃尔看见这些农民为他们当上军人而开心,他又想起了莫扎伊斯克那些伤兵,他终于明白了那个兵说要老百姓全都冲上去这句话的意思。

二十一

皮埃尔下了车,从干活儿的民兵身旁走过,爬上那个医生告诉他从那儿可以看见战场的土岗。

这时是上午十一点。太阳高挂在皮埃尔的左后方,透过清洁的空气,明晃晃地照耀着他面前的土地。

斯摩棱斯克大路从左上方穿过,经过一座坐落在土岗前下方五百来步有白色教堂的村子(这村子就是波罗底诺)曲折地伸展着。大路从村子下面过去,跨过一座桥,起伏地经过几个山坡,盘旋着越爬越高,一直伸展到六俄里外的瓦卢耶瓦村(现在拿破仑就在那儿驻扎)。过了瓦卢耶瓦村,大路就隐没在森林里了。在那座白桦和枞树的森林里,在大路的右边,科洛恰修道院的十字架和钟楼在太阳下闪光。在那黛青色的远方,在森林和大路的左边和右边,许多地方可以看见冒烟的篝火和不明数量的敌军和我军。右边,沿科洛恰河和莫斯科河流域,是峡谷纵横的山地。在峡谷中间,可以看见别祖博沃村和扎哈林诺村。左边地势较平坦,有长着庄稼的田地,可以看见一座被烧掉的冒烟的村子——谢苗诺夫斯科耶村。

皮埃尔从左右两边所看到的一切,都很不明确。战场左右两边都不像他所想象的那样。到处都找不到他希望看见的战场，只看见田野、草地、军队、篝火的烟、村庄、丘陵、小河；皮埃尔不管如何观看，也不能找到阵地，甚至分不清敌人和我们的队伍。

"得问一个清楚情况的人，"他想，于是转身问一个军官，那个军官正好奇地端详他。

"请问，"皮埃尔对那个军官说，"前面是什么村子？"

"是布尔金诺吧？"那个军官问他的伙伴。

"波罗底诺，"另一个改正说。

那个军官十分兴奋有一个谈话的机会，于是凑近皮埃尔。

"那儿是我们的人吗？"皮埃尔问。

"是的，再往前去就是法国人，"那个军官说。"那儿就是他们，看得见。"

"哪儿？哪儿？"皮埃尔问。

"那不是，就在那儿！"军官用手指着河对岸左边的烟雾，他脸上的神情既严肃又认真，皮埃尔碰到许多面孔都是这种表情。

"啊，那是法国人！哪儿呢？……"皮埃尔指着左边的土岗，那周围有一些队伍。

"那是我们的人。"

"啊，是我们的人！哪边呢？"皮埃尔指着远处有一棵大树的土岗，旁边是一个坐落在山谷里的村子，篝火在冒烟，还有一些黑乎乎的东西。

"这又是法国人，"那个军官说。（这是舍瓦尔金诺多面堡。）"昨天是我们的，现在是他的。"

"那么我们的阵地呢？"

"阵地？"那个军官带着微笑说。"这个我可以给您讲讲，因为我修筑过我们所有的工事。在那儿，看见么，我们的中心在波罗底诺，就在那儿。"他用手指着前面有白色教堂的村子。"那儿是科洛恰河渡口。就在那儿，看见么，那边洼地上还堆放着干草呢，您瞧，那儿还有一座桥。那是我们的中心。我们的右翼就在那儿（他指正右方，在山谷的远方），那儿是莫斯科河，那儿我们有三个多面堡，修筑得非常坚固。右翼……"军官说到这儿停住了。"您知道，这很难说得明白……昨天我们的左翼在那儿，在舍瓦尔金诺，在那儿，看见么，那儿有一棵橡树；现在我们左翼后撤了，现在在那儿，那儿——您瞧见那个村子和烟吗？——那是谢苗诺夫斯科耶，而这儿，"他指拉耶夫斯基土岗。"不过，战斗不一定在这儿进行。他把军队调到这儿，只是一种诡计；他极可能从右边迂回莫斯科。可是，不管在哪儿打，我们的人明天都要大大地减少！"那个军官说。

一个年老的中士在军官说话的时候走过来，静静地等待他的长官把话说完；但是，他显然不喜欢军官在这个地方说这种话，他打断了他的话。

"该去取土筐了，"他说，口气很严厉。

军官似乎慌了神，他似乎明白了他不该说这种话，只可以在心里想会有多少伤亡。

"对了，又得派三连去，"军官赶忙说。

"您贵干，是大夫吗？"

"不是，我随便看看，"皮埃尔回答。

"咳，该死的东西！"军官跟在他后面，捂着鼻子从干活的人们身边跑过去，说。

"瞧，他们！……抬着来了……那是圣母……立刻就要到了……"突然传来嘈杂的人声，军官、士兵、民兵都沿着大路向前跑去。

在波罗底诺山脚下出现教堂的队列。在尘土飞扬的大路上，前面整整齐齐走着的是步兵，他们光着头，枪口冲下，步兵后面响起教堂的歌声。

没有戴帽子的士兵和民兵绕过皮埃尔，向那队人跑去。

"圣母来了！保护神！……伊韦尔圣母！……"

"斯摩棱斯克圣母，"另外一个人更正说。

民兵们——就是那些在村子里的，还有好些正在炮兵连干活儿的，全扔下铁锹向教堂的队列跑去。在尘土飞扬的路上行进着的一营人后面，是穿着法衣的神父们——一个戴着高筒僧帽的小老头、一群僧侣和唱诗班。再后面就是士兵和军官抬着一幅黑脸圣像。这是从斯摩棱斯克运出而且从此就跟着军队的圣像。圣像的四周是成群的不戴帽子的军人，他们走着，跑着，鞠躬到地。

圣像抬到山上就停下了；读经员重新点起手提香炉，祈祷开始了。阳光直射着；微风吹动着人们的头发和圣像的饰带；歌声在苍穹下显得并不非常响亮。一大群光头的军官、士兵和民兵围着圣像。在神父和读经员后面空地上站着一些官员。

围着圣像的人群忽然闪开来，推挤着皮埃尔。从人们匆忙地让路来看，向圣像走来的可能是一个非常重要的人物。

这是视察阵地的库图佐夫。他在回塔塔里诺沃的路上前来祈祷。皮埃尔从他与众不同的特殊身形，立刻认出了库图佐夫。库图佐夫穿着一件长长的礼服，背脊微驼，满头白发，没有戴帽子，浮肿的脸上有一只因受伤而流泪的白眼睛，他走进人群，停在神父后面。他用习惯的动作画了十字，一躬到地，深沉地叹了口气，低下了白发苍苍的头。库图佐夫身后是贝尼格森和侍从。虽然总司令的出场引起了全体高级官员的注意,而民军和士兵却不看他,仍旧接着祷告。

祈祷结束了,库图佐夫走到圣像面前,吃力地跪下来,鞠躬到地,半天想站起来,但因为身体笨重和衰弱,站不起来。最后他终于站起来,去吻圣像,又鞠了一躬,一只手触到地面。将军们都跟着他一起做;接着是军官们照样做了,在军官之后,士兵们和民兵拥挤着,践踏着,喘息着,带着激动的神情在地上爬行。

二十二

皮埃尔被挤得跌跌撞撞,向四处张望着。

"伯爵,彼得·基里雷奇! 您怎么在这儿?"不知是谁在叫他,皮埃尔回头看了看。

鲍里斯·德鲁别茨科伊用手弄了弄脏了的膝盖,微笑着向皮埃尔走来。鲍里斯,一副戎马倥偬、剽悍英武的气派,身穿一件长外衣,象库图佐夫似的肩上挎一根马鞭。

这时,库图佐夫向村子走去,走近一户人家,在阴影里坐在一个哥萨克跑着送来的一张长凳上,又有一个哥萨克赶快铺上一块毯子。一大群装束华丽的侍从围着总司令。

圣像向前移动了,一大群人跟着。皮埃尔站在离库图佐夫三十来步的地方,在跟鲍里斯谈话。

皮埃尔说他希望参加战斗,而且观察一下阵地。

"好哇,您这样做很好,"鲍里斯说。"您可以从贝尼格森伯爵要去的地方把一切看得一清二楚。我就在他的部下。我一定向他报告。倘若您想巡视阵地,跟我们来:我们立刻就去左翼。随后咱们回来,请您在我们那儿过夜,咱们可以凑一局牌。您不是认识德米特里·谢尔盖伊奇吗? 他也在那儿住,"他指着戈尔基村第三家房屋。

"但是我很想看看右翼,听说右翼十分强,"皮埃尔说。"我想从莫斯科河出发,把整个阵地全走一遍。"

"好的,这以后再说,主要的是左翼……"

"是的,是的。博尔孔斯基的团队在哪儿,您能指给我吗?"皮埃尔问。

"安德烈·尼古拉耶维奇吗? 咱们从那儿经过,我领您去找他。"

"我们的左翼怎么样?"皮埃尔问。

"我对您说实话,私下里谈,谁知道左翼是怎样一个情况,"鲍里斯说,压低了声音，"贝尼格森伯爵根本不是那么设想的。他原打算在那个山岗上设防，根本不是现在这样……可是，"鲍里斯耸了耸肩。"勋座不同意，或许他听了什么人的话。要知道……"鲍里斯没有把话说完，因为库图佐夫的副官凯萨罗夫来了。"啊！派西·谢尔盖伊奇，"鲍里斯带着随随便便的微笑对凯萨罗夫说。"我正给伯爵介绍咱们的阵地呢，真奇怪，勋座对法国人的意图料得真准！"

"您是说左翼吗？"凯萨罗夫说。

"是的，是的，正是。我们的左翼十分、十分坚固。"

虽然库图佐夫把参谋部多余的人全打发走了，鲍里斯却能不受这次调动的影响而留在司令部。鲍里斯在贝尼格森伯爵那儿谋了个位置，贝尼格森伯爵认为德鲁别茨科伊是一个无价之宝。

军队上层有两个泾渭分明的派别：库图佐夫派和参谋长贝尼格森派。鲍里斯属于后一派，谁也没有他那样善于奴颜婢膝，曲意讨好库图佐夫，而同时又给人以老头子不行、一切全由贝尼格森主持的感觉。现在到了战斗的决定时刻，库图佐夫就该垮台了，大权将会交给贝尼格森，或者，就算库图佐夫打了胜仗，也要使人觉得一切功劳都归于贝尼格森。鲍里斯整天情绪很激动。

在凯萨罗夫之后，又有一些皮埃尔的熟人走过来，他来不及回答他们有关莫斯科的询问，也来不及听他们对他的讲述。每个人的表情都是既高兴又惊慌。但是皮埃尔觉得，其中有些人心情紧张，是因为关心个人的得失，而另外一些人脸上的表情却是关心整体的生死问题的表情。库图佐夫看见了皮埃尔和围着他的那群人。

"叫他来见我，"库图佐夫说。副官转达了勋座的意思，于是皮埃尔就向长凳走去。但是有一个普通的民军在他前头向库图佐夫走去。这个人是多洛霍夫。

"这家伙怎么在这儿？"皮埃尔问。

"这个骗子手，没有他钻不到的地方！"有人回答皮埃尔。"他早就降为士兵了。现在他要提升了。他递上一些计划，夜里爬到敌人的哨兵线……是条好汉！……"

皮埃尔脱帽，恭敬地向库图佐夫鞠躬。

"我认为，倘若我向勋座大人报告，您可能会把我撵走，也许会说，您已经知道我所报告的事，即使如此，对我也没有什么坏处……"多洛霍夫说。

"是的，是的。"

"倘若我是对的，我就会给祖国带来利益，我随时愿意为祖国牺牲。"

"是的……是的……"

"如果勋座大人需要不吝啬自己生命的人,请记起我……或许勋座大人用得上我。"

"是的……是的……"库图佐夫又说,眯起含有笑意的眼睛望着皮埃尔。

这时,鲍里斯以其侍从武官特有的灵活性,迅速来到皮埃尔身边,靠近了首长,对皮埃尔说:

"民兵全穿上了干净的白衬衫,准备为国牺牲了。真英勇啊,伯爵!"

鲍里斯对皮埃尔说这话,目的是为了让勋座听见。他知道库图佐夫肯定会注意这句话,果然,勋座对他说:

"你说民兵怎么来着?"他问鲍里斯。

"勋座大人,他们穿上白衬衫,准备明天去赴死。"

"啊!……英勇卓绝、无与伦比的人民!"库图佐夫说,他闭上眼睛,摇了摇头。"无与伦比的人民!"他重复叹息着。

"您想闻闻火药味吗?"他对皮埃尔说。"是的,令人快乐的气味。非常荣幸作为尊夫人的崇拜者。她好吗? 我的住处可以供您使用。"

库图佐夫向他的副官的弟弟安德烈·谢尔盖伊奇·凯萨罗夫招手。

"马林那首诗是怎么说来着,怎么说的? 就是咏格拉科夫的那几句:'你在兵团里充教师爷……'你说说看,你说说看,"库图佐夫说。凯萨罗夫背诵起来……库图佐夫微笑着,随着诗的节奏点着头。

当皮埃尔离开库图佐夫时,多洛霍夫走近皮埃尔,握起他的手。

"我很兴奋在这儿看见您,伯爵,"他不顾别人在场,大声说,语气非常坚定并且庄重。"在这只有上帝知道咱们之间谁会活下来的前夕,我兴奋能有这个机会对您说,我为咱们中间曾经发生的误会而抱歉,我希望您对我不再有什么芥蒂。请您原谅我。"

皮埃尔看着多洛霍夫,不知对他说什么好。多洛霍夫含泪拥抱皮埃尔,吻了吻他。

鲍里斯对他的将军说了几句话,于是贝尼格森伯爵向皮埃尔转过身来,邀他一起去视察战线。

"这会使您感兴趣的,"他说。

"是的,十分有趣,"皮埃尔说。

半小时后,库图佐夫向塔塔里诺沃进发,贝尼格森带着他的侍从,皮埃尔也跟着,视察战线去了。

二十三

贝尼格森离开戈尔基,沿着山坡大路向大桥进发,这就是军官指给皮埃尔看的那个阵地中心,在它旁边河岸上堆放着干草的那座桥。他们驰过桥,进入波罗底诺,再向左转,从士兵和大炮旁边经过,来到士兵在那儿挖地土的高岗。这个多面堡当时还没有名,后来叫作拉耶夫斯基多面堡或者叫作高地炮台。

皮埃尔没有格外注意这个多面堡。他不知道,这个地方比起波罗底诺战场其他地方,对他来说,是一个更值得纪念的地方。随后他们经过一条山沟来到谢苗诺夫斯科耶村,士兵们正在那儿从农舍和烘干室里拖木头。然后,他们上山,下山,经过一片黑麦地,沿着在坎坷不平的耕地上刚被炮兵踏出来的道路驰到正在构筑的突角堡。

贝尼格森在突角堡停下来,向前眺望那昨天还是我们的舍瓦尔金诺多面堡,可以看见几个骑马的人。军官们说,那里面有拿破仑,要不就是缪拉。大家都极力望那一群骑马的人。皮埃尔也往那边看,竭力猜测那几个影影绰绰的人影中间哪一个是拿破仑,后来,骑马的人下了土岗就不见了。

贝尼格森开始讲解我军的整个形势。皮埃尔听着贝尼格森的讲解,极力想弄清目前战役的真相,但是他十分苦恼,感到自己脑子不够用。他根本没听懂。贝尼格森停住了,看见仔细倾听的皮埃尔的身影,突然对他说:

"您可能不感兴趣吧?"

"啊,正相反,十分有趣,"皮埃尔说了违心的话。

他们离开突角堡向左转,在一片稠密的白桦树林中,顺着一条蜿蜒的小道前进。来到树林中间,一只兔子跳到他们面前的路上,被马蹄声吓得惊慌失措,沿着他们面前的路跳了很久,引起了大家的注意和哄笑,直到几个声音一起吆喝它,它才跳到路旁的密林里。在树林里又走了两三俄里,他们来到一片林中空地上,这儿驻扎着防守左翼的图奇科夫兵团的队伍。

在这极左翼的地方,贝尼格森起劲地讲了很久,之后发出皮埃尔觉得重要的军事命令。在图奇科夫的队伍前面有一个高地。这个高地没有驻扎军队。贝尼格森说,不据守制高点而把军队放在山下面,简直是发疯。有几个将军也表示了相同的意见。其中一个非常具有军人的暴烈脾气,他说把军队放在这儿是等着敌人来屠杀。贝尼格森自作主张,命令军队全都转移到高地上去。

左翼的部署,使皮埃尔更加怀疑自己对军事的理解能力。听贝尼格森和将军们批评军队驻在山下,皮埃尔十分明白他们所说的,也同意他们的意见;但是,正因为如此,他无法明白那个把军队放在山下的人怎么会犯这样明显、重大的错误。

皮埃尔不知道,这些军队布置在那儿,并不像贝尼格森所想的那样是为了守卫阵地,而是隐蔽起来打伏击的。贝尼格森不清楚这一点,不向总司令报告,自作主张把军队调到了前面去。

二十四

八月二十五日,晴朗的八月傍晚,安德烈公爵在克尼亚兹科沃村的一间破旧棚屋里,他的团就驻在村边。他从破墙的裂缝看见沿着篱笆下面的一排白桦树,一片堆放着燕麦垛的田地,以及上面冒着炊烟(士兵们在烧饭)的灌木丛。

安德烈公爵觉得,现在他的生活尽管憋闷,没有人关心,痛苦,但依旧像在奥斯特利茨战役前夕那样,心情既激动又焦躁。

安德烈公爵已经接到和发出明天作战的命令。这时他无事可做。他沉思起来,他想到了可怕的死。可是,他的思绪主要地还是停留在他生平三大不幸上面。他对女人的爱情,父亲的去世和占领半个俄国的法国人的入侵。"爱情!……这个我觉得充满了神秘力量的小姑娘。我多么爱她啊!我曾经制定过关于爱情以及和她共同生活的幸福的计划。啊,我这个天真的孩子!"他凶狠地高声说。"当然啦!我坚信会有理想的爱情,在我整年不在的时候,她对我一定忠贞不渝!她一定为了跟我离别而憔悴。这一切都太简单了……这一切都格外简单,令人厌恶!"

"我父亲也在建设童山,认为那是他的地方,他的土地,他的空气,他的农民;可是拿破仑来了,不承认他的存在,象从路上踢开一块木片似的把他踢开了,把他的童山以及他的全部生活摧毁了。而玛丽亚公爵小姐说,这是上天的考验。但是他已经死了,也不会复活,这考验又为了什么呢?他永远不再存在了!不再存在了!那么这对谁是一个考验呢?祖国,莫斯科的毁灭!明天我就可能被打死了——甚至不是被法国人,而是被自己人打死,于是法国人过来拖起我的腿和头,把我扔进坑里,免得我在他们鼻子底下发臭,随后新的生活条件形成了,其他人也就习惯了那些生活条件,而我却不会知道它们了,我已经不存在了。"

他望了望那排白桦树,黄的、绿的树叶一动不动,雪白的树皮在阳光下闪耀。"死,明天我被杀死,我就不存在了……这些东西都存在,可是我不存在了。"他想象着他不存在时生活中的情景。这些闪光和投出阴影的白桦树,这些曲卷的彩云,这些篝火的烟——他觉得四周全改了样子,似乎变得可怕和吓人了。他的脊背打了一阵寒战。他赶快站起来，走出棚屋，到外面去散步。

听见棚屋后面有人说话。

"谁在那儿?"安德烈公爵吆喝一声。

红鼻子上尉季莫欣，曾是多洛霍夫的连长，因为缺少军官，现在成了营长，他怯生生地走进棚屋。在他后面走进一个副官和团部的军需官。

安德烈公爵赶忙站起来，听军官们向他报告公事，接着对他们做了一些指示，正要让他们走的时候，屋后传来熟悉的低语声。

"见鬼!"一个人被绊了一下，说。

安德烈公爵从棚屋里往外看，看见是皮埃尔，地上一根杆子差点把他绊倒。安德烈公爵遇见他那个阶层的人，总觉得不快活，尤其怕见他，因为皮埃尔使他记起他前次莫斯科之行的痛苦时刻。

"噢哟，是你呀!"他说。"哪阵风把你吹来了? 真想不到。"

在他讲这话时，他的眼神和脸上的表情不只是冷淡，甚至是敌视，皮埃尔立刻察觉出了这一点。他兴奋地向棚屋走去，可是，一见安德烈公爵脸上的表情，就觉得不自在起来。

"我来……嗯……您知道……我来……我觉得非常有趣，"皮埃尔说，他这一天已经好多次无意识地重复"有趣"这个字眼。"我想看一看战斗。"

"是的，是的，共济会员们对战争有什么意见? 怎样才能防止战争啊!"安德烈公爵嘲讽地说。"莫斯科怎么样? 我家里的人怎么样? 他们都到莫斯科了吗? 他认真地问。"

"他们都到了。是朱莉·德鲁别茨卡娅告诉我的。我去看过他们，但是没有遇见。他们到莫斯科近郊的庄园去了。"

二十五

军官们想告辞，但是安德烈公爵大约是不愿意和他的朋友单独在一起，于是他请他们坐一会儿，喝杯茶。板凳和茶都拿来了。军官们惊奇地望着皮埃尔肥胖庞大的身躯，听他讲莫斯科的情况，讲他在巡视中所见的我军的部署。安德烈公爵一句话不说，他的神情是如此不快活，以致弄得皮埃尔在讲话时不得不更多地对着和善的营长季莫欣，而较少地对着博尔孔斯基。

"那么整个军队的部署你全清楚了?"安德烈公爵打断他的话。

"是的，怎么?"皮埃尔说。"我不是军人，不敢说都弄懂了，但大体的部署大约是弄清楚了。"

"你比别人知道得多，"安德烈公爵说。

"是吗！"皮埃尔狐疑地说，从眼镜上方看着安德烈公爵。"您对任命库图佐夫有什么看法？"他说。

"我对这个任命非常兴奋，我所知道的只有这些，"安德烈公爵说。

"请您谈谈您对巴克莱·德·托利有什么意见？在莫斯科谁知道人家都怎样议论他。您觉得他怎样？"

"你问他们，"安德烈公爵指着军官们说。

皮埃尔带着虚心请教的微笑看着季莫欣，大家全都带着同样的微笑看他。

"自从勋座阁下上任以来，大人，大家又看见光明了，"季莫欣说，他胆怯地时而看看他的团长。

"那是为什么呢？"皮埃尔问。

"就比如柴火或者饲料吧，我向您报告。我们从斯文齐亚内撤退时，一根干草都不敢动。我们走后，他（指拿破仑）得了，不是这样吗，大人？"他对公爵说，"你可不能动。为了这种事，我们团有两名军官被送交军事法庭了。可是勋座阁下来了，这就不算回事了。我们看见光明了……"

"那么他为什么禁止呢？"

季莫欣望了望周围，对这个问题不知怎么回答。皮埃尔又向安德烈公爵问这个问题。

"为了使地方不受到破坏，以便留给敌人受用，"安德烈公爵挖苦说。"理由十分充分：不许抢劫地方，不让士兵养成抢劫的习惯。在斯摩棱斯克他的判断也正确，他说法国人可能会包围我们，因为他们的兵力比我们强。但是他不能理解一个事实，"安德烈公爵突然用尖厉的声音喊道，"他不能明白，我们在那儿第一次为俄罗斯土地而战斗，我在军队中从来没有见过那样高昂的士气，我们一连两昼夜打退了法国人，这一胜利使我们的力气增加了十倍。他下令撤退，所有的努力和损失全都白费了。他不是内奸，他极力把一切都做得尽量地好，把一切都考虑得尽可能周到；可是正因为如此，他是不中用的。他现在不中用，正是由于他像德国人一样，对每件事都认真而精细地考虑。怎么对他说呢……譬如说吧，你父亲有一个德国仆人，他是一个十分好的仆人，比你更能满足你父亲的一切要求，当然让他干下去；但是倘若你父亲病得要死了，你就把这个仆人撵了，你亲自笨手笨脚伺候你父亲，你比那个熟练的、然而却是一个外国的仆人，更能安慰他。巴克莱就是这样。当俄国太平无事的时候，一个外国人可以服侍它，他是一个顶好的大臣，可是一旦它处在生死存亡的关头,就需要自家的亲人了。而你们俱乐部的人却胡说他是内奸!诽谤他是内奸,到后来只好为你们错误的非难而羞愧,突然由内奸捧为英雄和天才,那就更不公道了。他是一个诚实的、极为认真的德国人……"

"可是,据说他是一个精明的统帅呢,"皮埃尔说。

"我不知道什么是精明的统帅,"安德烈公爵讥笑地说。

"精明的统帅,"皮埃尔说,"他能预知一切偶然的事件……他能猜到敌人的意图。"

"可这是不可能的,"安德烈公爵说,似乎在说一个早已解决了的问题。

皮埃尔吃惊地看了看他。

"不过,"他说,"大家都说,战争就像下棋。"

"是的,"安德烈公爵说,"但是有点区别,下棋每走一步,你可以随便想,下棋不受时间的限制,另外还有一点区别,那就是马永远比卒子强,两个卒子比一个卒子强,而在战争中,一个营有时比一个师还强,有时反倒不如一个连。没有人能弄清楚军队的相对力量。相信我,"他说,"倘若说参谋部的部署具有决定性的作用,那么,我就在那儿从事部署工作了,但是我没有那样做,而荣幸地到团里服务,和这些先生们共事,我认为明天的战斗的确取决于我们,而不是取决于他们……胜利从来不取决于将来,也不取决于阵地,也不取决于武装,甚至不取决于数量;尤其是不取决于阵地。"

"那么取决于什么呢?"

"取决于士气——我的,他的,"他指着季莫欣说,"每个士兵的士气。"

安德烈公爵向季莫欣看了一眼,季莫欣困惑不解地望着他的团长。安德烈公爵一反他平时的沉默少言,现在好像激昂起来。他显然不由得要说出突然来到他的脑际的那些思想。

"谁下定决心去争取胜利,谁就能胜利。为什么奥斯特利茨战役我们吃了败仗?我们的损失差不多和法国人一样,但是我们过早地认输了,——所以就败了。而我们之所以认输,是因为我们无须在那儿战斗:只想快点撤离战场。'打败了——快点逃跑吧!'于是我们逃跑了。倘若直到明天我们都不说这话,那么,天知道会是什么情况。明天我们就不会说这话了。你说:我们的阵地,左翼太弱,右翼拉得太长,"他继续说,"都是扯淡,根本不是这回事。明天我们面临着什么?千百万个偶然事件在瞬息之间就决定了胜负,这要看:是我们还是他们逃跑或者将要逃跑,是这个人被打死,或者那个人被打死;至于现在所做的都是儿戏。问题是,和你一块巡视阵地的那些人,不仅对促进整个战役的进展不会有所帮助;并且只有妨碍。他们只关心自己的利益。"

"在这关键的时刻吗?"皮埃尔责备地说。

"在这关键时刻,"安德烈公爵重复了一遍,"对他们来说,这个时刻不过是能够暗害敌手和多得一个十字勋章和绶带的机会罢了。明天对我来说,那就是:十万俄国军队和十万法国军队聚在一起互相厮杀,事实是,这二十万人,谁打得最凶,不惜牺牲,谁就会战胜。你想知道的话,我可以告诉你,不论那儿出现什么情况,也不论上层是如何妨碍,明天我们一定胜利,我们一定胜利!"

"大人,这就是真理,正确无错的真理,"季莫欣说。"现在还有什么人怕死!我那营的兵,您信不信,全不喝酒了:他们说,不是喝酒的时候。"大家沉默了。

军官们站起来。安德烈公爵跟他们走出棚屋,对副官发出了一些命令。军官们走后,皮埃尔走近安德烈公爵,正想开口讲话,他们听见离棚屋不远的路上有马蹄的声音,安德烈公爵往那边一看,认出是沃尔佐根和克劳塞维兹,一个哥萨克跟随着。他们一边谈话,一边走进来。

当他们走过后,安德烈公爵怒冲冲地哼了一声。

"那么,您以为明天这一仗能打胜吗?"皮埃尔说。

"是的,是的,"安德烈公爵随意地说。"倘若我有权的话,我要做一件事,"他又开口说,"我不收容俘虏。俘虏是什么东西呢? 法国人毁掉我的家园,现在又在毁掉莫斯科。他们是我的敌人,在我看来,他们都是罪犯。季莫欣以及全军都有这样的看法。应该把他们处死! 他们实在是我的敌人,不可能成为我的朋友,不论他们在蒂尔西特是怎样谈判的。"

"是的,是的,"皮埃尔,望着安德烈公爵,说,"我非常、非常同意您的意见!"

从莫扎伊斯克山下来这一整天使皮埃尔不安的那个问题,现在他觉得十分清楚了,彻底解决了。他懂得了这场战争和当前的战役的所有意义和重要性。他在那天见到的一切,他所看见的那些大有深意的严肃的表情,被一种新的光辉照亮了。他看见那些人脸上都有一种爱国热忱,这使他明白了那些人为什么那样从容地去死。

"不收容俘虏,"安德烈公爵仍旧说。"单这一条就能使战争改观,减少一些战争的残酷性。因而现在我们在战争中所奉行的——真是令人作呕,诸如宽大为怀之类。这种宽大和同情——就像千金小姐的宽大和同情,她一看见被宰杀的牛犊就晕倒;她是十分慈善,见不得血,但是她却津津有味地蘸着酱油吃小牛肉。我们谈论什么战争法,骑士精神,军使的责任,对不幸者的怜悯,等等。都是废话。1805年我领教过什么叫骑士精神和军使的责任:他们欺骗我们,我们也欺骗他们。他们抢劫人家的住宅,发假钞票,屠杀我的孩子们和我的父亲,同时却大谈什么战争的规律和对敌人的宽大。不收容俘虏,而是屠杀和赴死!谁如果到我这个地步,遭受过相同的痛苦……"

安德烈公爵想过,莫斯科不管失守与否,就像斯摩棱斯克已经失守一样,对于他全无所谓,可是忽然间,他停住不说了。他沉默地来回走了几趟,他的眼睛像发热病似的闪闪发光,当他又说话时,嘴唇哆嗦着:

"倘若战争没有宽大,那么我们就会只有在值得赴死的时候,就像现在这样,才去打仗了。那时,就不会由于保罗·伊万诺维奇得罪了米哈伊尔·伊万诺维奇而开战了。那时,军队的紧张程度就不会像现在这样。那时,拿破仑所率领的这些威斯特法利亚人和黑森人就不会跟随他到俄国来了,我们也不会糊里糊涂地到奥国和普鲁士去打仗了。

安德烈公爵感慨万千,激动得说了很多。"不过,你该休息了,我也该睡了,你快回戈尔基吧,"安德烈公爵突然说。

"噢,不!"皮埃尔回答说,用吃惊、同情的目光望着安德烈公爵。

"走吧,走吧:战斗前需要睡个好觉,"安德烈公爵说。他快步来到皮埃尔跟前,拥抱他,吻他。"再见,你走吧,"他喊道。"我们会不会再见,不会……"他赶忙转身走进棚屋。

天已经黑了,皮埃尔看不清安德烈公爵脸上的表情。

皮埃尔无声地站了一会儿,想他是跟他进去呢还是回去。"不,他不愿意我再进去!"皮埃尔"我知道,这是我们最后一次见面了。"他深深叹口气,就骑马回戈尔基去了。

安德烈公爵回到棚屋里,躺在毯子上,就是睡不着。

他闭上眼。他又想起了娜塔莎。"我了解她,"安德烈公爵想道。"不但了解,并且我爱她那内在的精神力量,她的真诚,她的由衷的坦率爽直,她那似乎和肉体融为一体的灵魂……正是她这个灵魂,我爱得这么强烈,这么幸福……"他突然想起他的爱情是如何结束的。"他根本不需要这些东西,他不了解这些东西。他只看到她是一个娇艳的小姑娘,他不屑于同她共运命。而我呢?直到现在他还活着,并且过得很快活。"

安德烈公爵似乎被人烧了一下似的,跳了起来,又在棚屋里走来走去。

二十六

八月二十五日,波罗底诺战役的前夜,法国皇宫长官德波塞先生和法布维埃上校前来拿破仑在瓦卢耶瓦的驻地觐见他们的皇帝,前者从巴黎来,后者从马德里来。

德波塞先生换上朝服,叫人把他带给皇帝的礼盒在他前面抬着,走进拿破仑的帐篷的第一个房间,他一边同他周围的拿破仑的副官谈话,一边打开礼盒。

法布维埃没进帐篷,在帐篷门口和他认识的将军们说话。

拿破仑皇帝还没有从他的卧室出来,正在化装。他哼哧着鼻子,清清嗓子,不时转过他那肥厚的背脊,有时转过多毛的肥胖的胸脯,让近侍刷他的身体,另一个近侍用大拇指按住瓶口,正向皇帝身上洒香水,近侍的神情仿佛说,只有他一个人清楚应该在什么地方洒和洒多少香水。拿破仑的短发是湿的,散乱在前额上。他的脸虽然浮肿焦黄,却表现出生理上的满足。他蜷缩着身子,发出哼哼的声音。一个副官走进卧室,向皇帝报告昨天的战斗抓了多少俘虏,他报告完后,然后站在门旁,等着让他退出去。拿破仑皱着眉头,翻眼看了看副官。

"好了!让德波塞进来,法布维埃也进来。"

"是!陛下"那个副官走出了帐篷。

两个近侍急忙给陛下穿好衣服,于是他穿着近卫军的制服,迈着坚定的步子,走进接待室。

这时德波塞两只手正忙着把他带来的礼物放在正对着皇帝进门地方的椅子上。没想到皇帝这么快就穿好了衣裳走了出来。

拿破仑立刻就看出了他们在做什么,而且猜出他们还没有做好。他不愿他们失掉使他吃惊的愉快。他假装没有看见德波塞先生,只把法布维埃叫过来。拿破仑严厉地皱着眉头,静静地听法布维埃讲述他的军队在萨拉曼卡作战多么勇敢和忠诚,只想不辜负他们的皇帝,唯恐不能讨他欢心。那场战争的结局是可悲的。拿破仑在法布维埃报告中间插了几句讥讽的话,仿佛没有他在那儿,他并不期望事情会有别样的结果。

"我一定在莫斯科挽回影响,"拿破仑说。"再见。"他又说,把德波塞叫来,德波塞这时已经布置好令人吃惊的场面——把那件东西放在两把椅子上,上面盖着一块布。

德波塞用那只有波旁王朝的旧臣才知道的礼节,深施一礼,走向前去递上了一封信。

拿破仑兴奋地接见他,揪了揪他的耳朵。

"您赶来了,我很兴奋。巴黎有什么议论吗?"他说,突然改变了刚才那副严厉的表情,换了一副和蔼的样子。

"陛下，全巴黎都在想念您呢。"德波塞回答。虽然拿破仑知道德波塞一定要说这一类的话，虽然他在头脑清楚的时候知道这是不真实的，可是他听了德波塞的话仍觉得快乐。他又揪了揪他的耳朵以示赏赐。

"让您走这么远，很抱歉。"他说。

陛下！我完全料到会在莫斯科城下见到您。德波塞说。

拿破仑微笑了一下，心不在焉地抬头向右边看了看。副官走过来，递给他一个鼻烟壶。拿破仑拿起它。

"是的，您来得巧，"他说，把打开的鼻烟壶移近鼻子，"您喜欢旅行，三天后您就能观光莫斯科了。您可能没料到会看见亚洲的首府。您可以做一次快乐的旅行了。"

德波塞鞠了一躬，表示感谢。

"啊！这是什么？"拿破仑说，他看见朝臣们都在看一件用布覆盖着的东西。德波塞以其宫廷式的灵巧，侧着身子倒退两步，揭开了那块布，说：

"皇后献给陛下的礼物。"

这是日拉尔用鲜明的色彩画的一幅孩子的肖像，这是奥国公主为拿破仑生的儿子，不知何故人们都管这个孩子叫罗马王。

对画家画这幅画的寓意，不论是在巴黎，还是拿破仑本人，都是清楚的，而且十分称心。

"罗马王。"他用优美的手势指着画像，说。"好极了！"他走到肖像跟前，做出用力沉思的神态。他觉得，他现在一言一行都将成为历史。他觉得他现在最好的做法就是，虽然他的伟大足以使他的儿子玩耍地球，但是，与这伟大相对照，他表现了父性的慈爱。他的眼睛模糊了，他向前移了移，在肖像前面坐下。他打了个手势——于是所有的人全踮着脚尖走了出去，让这位大人物一个人在那儿享受。

他坐了一会儿，用手摸了摸画像凸起发亮的地方，他站起来，又把德波塞和值日官叫来。他下令把肖像移到帐篷前面，让那些在他帐篷附近守卫的老近卫军也享受一下观赏罗马王——他们所崇拜的皇帝的儿子和继承人的幸福。

果真不出他所料，在他赏赐德波塞先生以光荣——和他共进早餐的时候，听到了帐篷外面那些跑来看画像的老近卫军官兵的欢呼声。

"皇帝万岁！罗马王万岁！"传来一片欢呼声。

早餐后，拿破仑当着德波塞的面口授他给军队发布的命令。

"简短而有力！"拿破仑在读完他那不必加以修改的告示时说。告示如下：

"战士们！这是你们久已渴望的战斗。胜利寄托在你们身上。我们必须取得胜利；胜利能给我们需要的一切：舒适的住宅，早日返回祖国。希望你们能像在奥斯特利茨、弗里德兰、维捷布斯克和斯摩棱斯克那样战斗。让我们的子孙后代骄傲地回忆你们今天的丰功伟绩。让他们每个人在提到你们的时候都说：他参加过莫斯科城下的大战！"

"莫斯科城下！"拿破仑又说，随后邀请喜欢旅行的德波塞先生去散步，他走出帐篷，向备好的马走去。

"陛下，您太仁慈了，"德波塞在应邀陪皇帝去散步时，说，事实上他很想睡觉，并且他不会骑马，也怕骑马。

但是拿破仑向这位旅行家点头示意，于是德波塞只得骑马。当拿破仑走出帐篷时，近卫军在他儿子画像前的喊声更高了。拿破仑皱起眉头。

"把它拿开吧，"他指着画像说。"参观战场在他还太早。"

德波塞闭上眼睛，低下头，深深地叹息了一声。

二十七

八月二十五日这一整天，拿破仑是在立刻度过的：他观察地形，研究他的元帅们递上来的计划，亲自给将军们下命令。

俄军原来沿着科洛恰河的战线被突破了，这部分战线——俄军的左翼，因为二十四日舍瓦尔金诺多面堡的失守，向后退了。这部分新的战线没有防御工事，也无河可守，它面对一片广阔的平原。不管是军人还是非军人都一看便知，法国人正应该进攻这部分战线。对于这个问题，好像无须多加考虑，也无须皇帝和他的将军们那么操心和奔忙，尤其不需要特别突出的能力——也就是人们爱加在拿破仑身上的所谓天才；但是后来描述这一事件的史学家们，当时在拿破仑身边的人们，以及拿破仑本人，却别有想法。

拿破仑骑着马在战场上巡视，带着思考的神情观察地形，他点点头或者摇摇头，以表示同意或者怀疑，他只是把最后的结论以命令的形式传达给跟随他左右的将军们，但他做出这些决定经过什么指导思想，却不对他们讲。

拿破仑看过舍瓦尔金诺多面堡对面的地形之后，思考了一会儿，指出了要在明天天亮以前布置两个炮兵阵地的地点，以攻打俄军的防御工事，又指出与炮兵阵地并列的地点放置野战炮。

随后，他就回到大本营，依照他的口授写下了战斗部署。

"埃克米尔公爵据守的平原上夜间新建的两个炮兵阵地，黎明时要向对面两个敌人的炮兵阵地开火。

同时,第一团炮队司令佩尔涅提将军,率领康庞的三十尊大炮以及德塞和弗里昂两师的全部榴弹炮,向前推进,开火,用榴弹压倒敌人的炮兵阵地,参加战斗的有:

二十四尊近卫军炮队的炮

三十尊康庞师的炮

八尊弗里昂和德塞两师的炮

共计六十二尊炮。

第三兵团炮兵司令富歇将军要把第三、第八兵团的榴弹炮,共计十六尊,安置在担任轰击敌人左方工事的炮兵阵地两侧,比处计有炮四十尊。

索尔比埃将军应做好准

备,一接到命令,马上用近卫军的全部榴弹炮轰击敌人的防御工事。

在炮击中间,波尼亚托夫斯基公爵直奔那个村子,通过树林迂回敌人的阵地。

康庞将军通过树林夺取第一个堡垒。

照此进入战斗后,将依敌人行动随时发布命令。

一听见右翼炮声,左翼当即开始炮击。莫朗师和总督师的狙击兵,一见右翼开始进攻,马上猛烈开火。

总督要占领波罗底诺,然后越过三座桥,和莫朗和热拉尔两师直奔高地,总督率领这两个师进攻多角堡,并与其他部队进入战斗。

这一切都必须有序地完成。尽可能保留后备部队。

莫扎伊斯克附近御营,1812 年 9 月 6 日。"

倘若我们对拿破仑天才实事求是的话,那么,战斗部署是极其模糊和混乱的。这四项命令没有一项是能够实现的,事实上也没有实现。

这个部署的第一项说得太绝对了,因为倘若果真放在原处,根本无法射到俄军车地。

第二项命令是,波尼亚托夫斯基通过树林向那个村子进军迂回俄军的左翼。实际上没有做到,因为波尼亚托夫斯基在向那个村子进军的时候,在那儿遭到了图奇科夫的阻击,不可能迂回俄国的阵地。

第三项命令:康庞将军通过树林夺取第一座堡垒。康庞那一师并没有占领第一座堡垒,因为从树林里一出来,该师不得不在霰弹下面整理队伍。

第四项:总督要占领那个村子(波罗底诺),然后越过三座桥,协同莫朗和热拉尔两师直奔高地(对他们的行动方向和时间并未发出指示),总督率领这两个师进攻多角堡,并与其他部队进入战斗。

事实上,总督从左方通过波罗底诺向多面堡进攻,而莫朗和弗里昂两师则同时由正面进攻。

所有这一切以及部署中的其他各点,也不可能执行。总督越过波罗底诺,在科洛恰被打退了,无法再前进了;多面堡没有被莫朗和弗里昂两师占领,只是在战斗快结束的时候才被骑兵攻下。这么一来,部署中的那些命令没有一项是被执行了的。部署中又说,战斗照这样开始后,将依照敌人的行动随时发布命令,因此,似乎是在战斗时,拿破仑将发出所有必要的命令;但事实并非如此,也不可能做到,因为在战斗时拿破仑离战场十分远,战斗的过程他不可能知道(这在后来才知道的)他的命令没有一项是在战斗中切实可行的。

二十八

许多史学家说,波罗底诺战役法国人打败是因为拿破仑感冒了,倘若他没有感冒,在战斗之前和在战斗期间他的作战命令一定更加有天才,俄国一定失败,而世界的面貌也就会改变了。一些史学家认为,俄国的缔造是因为一个人的意志——彼得大帝的意志,法国由共和变为帝制,法国的军队开进俄国,也是因为一个人的意志——拿破仑的意志,俄国所以强盛,是因为拿破仑在八月二十六日患了重感冒,这些论断在一些史学家看来当然是合乎逻辑的。

如果波罗底诺战役的发动或者不发动取决于拿破仑的意志,发出这个或者那个命令也决定于他的意志,那么,显然能够影响他表现意志的伤风感冒可能是俄国得救的原因,如此说来,那个在二十四日忘了给拿破仑防水靴子的侍仆也就是俄国的救星了。

二十九

拿破仑在第二次仔细地巡视了前线归来后,说:

"棋盘摆好了，比赛明天就开始了。"

他让人给他拿潘趣酒，叫来德波塞，开始和他谈巴黎，谈他的改革，他对宫廷琐事记得十分清楚，这位宫廷长官大为惊奇。

喝完第二杯潘趣酒，拿破仑觉得明天将有一桩严重的事情在等待着他，就休息去了。

他对这件事情太关心了，以至于无法入睡，夜晚的潮湿更加重了他的感冒，凌晨三点钟，他大声擤着鼻子，走进帐篷的大房间。他问俄国人是否已经撤退，人们回答说，敌人的火光仍旧在原来的地方。他点了点头。

值日副官走进帐篷。

"拉普，你觉得咱们能打胜吗？"他问副官。

"绝对没问题，陛下，"拉普回答说。

拿破仑看了看他。

拉普说："陛下，您说过瓶塞既然已经打开，就得把酒喝掉。

拿破仑皱起眉头，默默地坐了好久。

"军人真可怜！"他忽然说，"自斯摩棱斯克以来，伤亡很大。拉普，我们的近卫军还完整吧？"他疑问地说。

"是，陛下，"拉普回答。

拿破仑拿起一片药放到嘴里，看了看表。他不想睡了，离天亮还早；用发命令来消磨时间是不行了，因为所有的命令已经发出，现在正在执行了。

"面包干和米都发给近卫军了吗？"拿破仑严厉地问。

"是的，陛下。"

"可是米呢？"

拉普回答说，他已经传达了皇帝关于发米的命令，但是拿破仑不满意地摇摇头，好像不相信他的命令已被执行。仆人拿着潘趣酒进来。拿破仑吩咐给拉普一只杯子，然后沉默不语地一口接着一口饮酒。

"我既没有味觉，也没有嗅觉，"他闻着杯子说。"这场伤风可把我害苦了。他们谈论医学。他们连伤风都治不了，还算什么医学？科维扎尔给我这些药片，可是一点用也没有。他们能治什么？什么也治不了。""拉普，您知道什么是军事艺术吗？"他突然问。"这是在一定的时间比敌人强的艺术。仅此而已。"

拉普没有回答。

"明天我就要和库图佐夫打交道了！"拿破仑说。"等着瞧吧！您记得吧，他在布劳指挥一支军队，一连三个星期他都没有骑马去视察工事。等着瞧吧！"

他看看表。刚四点钟。没有睡意,酒也喝完了,仍旧无事可做。他站起来,来回走了两趟,穿上保暖的外衣,戴上帽子,走出了帐篷。夜又黑又潮;仅仅能感觉到的湿露从天上降下来。近处法国近卫军的篝火着得不亮,远处俄国军队篝火透过烟雾闪着亮光。四周全是静悄悄的,可以清楚地听见法国军队进入阵地的沙沙声和脚步声。

拿破仑在帐篷前面走了走,看了看火光,细听了一下脚步声,他从一个高个子的卫兵面前走过,这个戴着毛皮帽的卫兵在他的帐篷前站岗,他一看见皇帝就把身子挺得像一根黑柱子,拿破仑在他面前站住了。

"你是哪年参军的?"他问,他对士兵说话时,总是拿腔拿调喜欢用既粗鲁又和气的军人口吻。那个士兵回答了他。

"啊,是个老兵了! 你们团里领来米了吗?"

"领到了,陛下。"

拿破仑点点头,接着就走开了。

五点半钟,拿破仑骑着马到舍瓦尔金诺村。

天逐渐亮了,万里晴空。被丢弃的篝火在晨光中快燃尽了。

右方响起一声沉重的炮声,炮弹划破寂静,接着消失了。过了几分钟。响起第二、第三声炮击,震荡着空气;从右方不远的地方,又沉重地响起第四、第五声炮击。

最初的炮击声还没有沉寂,别的炮击就开始了,接二连三,争先恐后,众炮齐发,响成一片。

拿破仑带着随从来到舍瓦尔金诺多面堡,下了马。战斗开始了。

三十

皮埃尔回到戈尔基,命令马夫把马备好,第二天一早叫醒他,接着就在鲍里斯让给他的间壁的一个角落里睡着了。

第二天早上,当皮埃尔醒来的时候,屋里已经没有人了。小窗户的玻璃震得乱颤。马夫站在床前推他。

"大人,大人,大人,……"马夫不看皮埃尔,不停地推他的肩膀,一面推,一面呼唤。

"什么? 开始了吗? 到时候啦?"皮埃尔醒来说。

"您听听炮声,"这个退伍的士兵——马夫说,"老爷们都出动了,勋座也走远去了。"

皮埃尔赶忙穿上衣服,跑到门廊上。外面天气晴朗,空气新鲜,露珠儿闪光,令人非常快乐。太阳刚从乌云里挣扎出来,被破碎的乌云遮成两半的光线越过对面街上的屋顶,射到渗着露水的大路上,照到房屋的墙上,照到围墙上的窗眼上和站在屋旁的皮埃尔的马身上。外面的炮声听得更清楚了。一个副官带着一名哥萨克在街上驰过。

"到时候了,伯爵,到时候了!"副官喊道。

皮埃尔让马夫牵着马跟他走,他顺着街步行到他昨天观看战场的那个土岗上。土岗上有许多军人,参谋人员正在用法语谈话,看见库图佐夫白发苍苍的脑袋和他那缩进两肩之间的白发的后脑勺。库图佐夫正用望远镜观看前面的大路。

皮埃尔顺着阶梯登上土岗,他一看见面前的美景,就陶醉了。这仍旧是他昨天在这山岗上看见的景致;但是现在这一带地方满山遍野全是军队、枪炮的硝烟,从皮埃尔左后方升起的太阳,在早上清新的空气中把它那略带金黄色和玫瑰色的亮光和长长的黑影投射到地面上。远方的树林,仿佛一块雕刻的黄绿宝石。瓦卢耶瓦村后面,斯摩棱斯克大道从那里穿过,大道上全是军队。近处是金黄色的田野和小树林。前后左右,周围全是军队。一切都是生机勃勃,庄严壮丽,并且出人意料;可是,最使皮埃尔吃惊的是波罗底诺和科洛恰河两岸平川地带战场的景象。

在科洛恰河上面,在波罗底诺村和村的两边,尤其是左边,弥漫着晨雾,雾在融化,消散,被刚升起的太阳照得透明,雾中一切变得五彩缤纷。枪炮的硝烟和雾混在一起,在烟雾里,到处闪烁着早上的亮光透过烟雾可以看见白色的教堂。波罗底诺农舍的屋顶,密集的士兵,绿色的子弹箱和大炮。所有这一切都似乎在浮动,因为到处都弥漫着烟和雾。在雾气腾腾的波罗底诺附近的洼地上,以及在它以外的高地上,尤其是在战线的左方,在树林、田野、洼地、高地的顶端,似乎无中生有似的不停地腾起大炮的团团浓烟。

噗!——忽然现出圆的、浓密的、淡紫的、灰色的和乳白色的烟。

"噗-噗"——升起两团烟,它们互相碰撞着,混合着;"砰-砰"——接着就是两声炮响。

皮埃尔十分想到那有烟、有闪光的刺刀和大炮,有活动,有声响的地方去。他专脸看了看库图佐夫和他的侍从,用他的印象来和别人的印象对比一下。他觉得大家和他同样,全怀着一样的心情望着前面的战场。各个脸上这时都焕发着那种激情。

"去吧,亲爱的朋友,去吧,愿基督与你同在,"库图佐夫一面对站在他身旁的将军说，一面望着战场。

那个将军领了命令之后，就从皮埃尔面前走过，下了山岗。

"到渡口去！"将军严厉地回答一个参谋人员的问话。

"我也去，我也去，"皮埃尔心里想着，就追随那个将军去了。

那个将军骑上哥萨克给他带过来的马。皮埃尔走到给他牵马的马夫那儿。皮埃尔问了问哪匹马比较驯良，就往一匹马身上爬，他抓住马鬃，脚尖朝外，脚跟挤着马肚子，他觉得眼镜就要掉下去，但是他无法从马鬃和缰绳上腾出手来，只好跟着将军跑开了，把站在山岗上看他的参谋人员全逗乐了。

三十一

皮埃尔跟着的那个将军，下山以后猛然向左转，从皮埃尔的视野中消失了，皮埃尔驰进他前面的步兵队伍里。他想从他们中间走过去；可到处全是兵，他们脸上的表情一样，全是那么心事重重，似乎都在想着一件看不见的，却显然非常重要的事情。他们都带着不满的疑问目光看这个戴白帽子的胖子，不知为何他骑着马来踩他们。

"干吗骑着马在队伍中间乱闯！"一个人对他喊道。又有一个人用枪托捣他的马，皮埃尔几乎控制不住受惊的马，趴在鞍鞒上，驰到士兵前面比较宽敞的地方。

他前面是一座桥，桥旁站着一些士兵在射击。皮埃尔驰到他们跟前。皮埃尔不知不觉来到科洛恰河桥头，这座在戈尔基和波罗底诺之间的桥，是法国人占领波罗底诺之后进攻的目标。皮埃尔看见前面那座桥，桥两边和在他昨天看见的有一排排干草的草地上，有些士兵正忙乱着；这儿虽然枪炮声不断，但是皮埃尔怎么也没想到这个地方就是战场。他没听见到处都是呼啸的子弹和从他头上飞过的炮弹声，也没看见河对岸的敌人，很长时间也没注意在离他不远的地方躺着许多死伤的人。他脸上总是带着笑容向四处张望。

"那个人在前沿干什么？"又有人对他喊道。

"靠左走，靠右走，"有些人对他喊叫。

皮埃尔向右走去，意外地碰见他认识的拉耶夫斯基将军的副官。这个副官怒目向皮埃尔看了一眼，本来也想呵斥他，但是认出他后，向他点点头。

"您怎么到这儿来了？"他说了一句，就向前驰去。

皮埃尔感到这不是他待的地方，不但无事可做，又怕妨碍别人，就跟着副官驰去了。

"这儿怎么啦？我可以跟着您吗？"皮埃尔问。

"等一等，等一等，"副官回答，他驰到一个站在草地上的胖上校跟前，向他传达了几句话，随后才向皮埃转过来。

"您怎么到这儿来了？"他微笑着对皮埃尔说。"您真是好奇啊？"

"是的，是的，"皮埃尔说。那副官勒转马头，向前走了。

"这儿还算好，"副官说，"左翼巴格拉季翁那儿，打得热火朝天。"

"真的吗？"皮埃尔问。"那在什么地方？"

"来，咱们一起到土岗上去，从我们那儿看得十分清楚。我们的炮兵阵地还行，"副官说。怎么样？"来不来？"

"好，跟您去，"皮埃尔说，他环视周围，找他的马夫。皮埃尔这才看见受伤的人，有的吃力的步行着，有的被抬在担架上。就在他昨天骑马经过的草地上，一个士兵静静地横躺在干草旁边，歪着头，军帽掉在一旁。"为什么不把这个抬走？"皮埃尔刚想说，但是他看见副官也在朝那个方向回头看，并且表情严峻，就不再问了。

皮埃尔没能找到他的马夫，他和副官顺着山沟向拉耶夫斯基土岗驰去。皮埃尔的马落在了副官后面。

"看来您不大会骑马，伯爵？"副官问。

"不，没什么，不知为什么它老是一蹦一蹦的，"皮埃尔不解地说。

"咳！……它受伤了，"副官说，"右前腿，膝盖上方。可能是中弹了。祝贺您，伯爵，"他说，"火的洗礼。"

他们在硝烟中经过第六兵团，大炮在后面震耳欲聋地射击着，他们来到一座小的树林。树林里清凉，寂静，很有秋意。皮埃尔和副官下了马，步行走上土岗。

"将军在这儿吗？"登上山岗时，副官问。

"刚才还在这儿，现在走了，"人们指着右方，回答他。

副官回头看了看皮埃尔，仿佛不知现在如何安排他才好。

"不必费心，"皮埃尔说。"我到土岗上去，可以吗？"

"去吧，从那儿全看得见，也不太危险。等一会儿我来找您。"

皮埃尔向炮兵阵地走去，那个副官骑着马走了。他们再没有见面，好久以后皮埃尔才得知，那个副官在当天失去了一只胳膊。

皮埃尔上去的那个土岗是一处鼎鼎大名的地方，在它四周死了好几万人，法国人认为那是全阵地中最重要的据点。

这个多面堡就是一座三面挖有战壕的土岗。战壕里共有十尊大炮，这时正在发射。

山岗两旁的防线还有一些大炮，也在不停地射击。炮后不远的地方是步兵。皮埃尔登上这座土岗，怎么也没想到，这条挖得很浅的壕沟，安置着几尊正在发射的大炮，是这次战役中最重要的地点。

相反，皮埃尔觉得，这个地方是这次战役中最不重要的地方之一。

皮埃尔登上土岗，在战壕尽头坐下，带着下意识的快活的微笑望着身边发生的事情。皮埃尔有时站起来，尽量不妨碍那些装炮、转炮、拿着口袋和火药不停地在炮垒里从他身边跑过的士兵。这个炮垒的大炮不停地射击，震耳欲聋，周围笼罩着硝烟。

与在掩护部队中间的恐怖感觉相反，这儿的炮兵连只有为数不多的人在忙碌着，它被一道战壕与其他作战部队隔开，——却有一种大家都感觉到的欢乐气氛。

皮埃尔的出现，最初使这些人感到不快乐。士兵从他面前走过时，都奇怪地斜着眼看他那副样子。一个高个子、长腿、麻脸的炮兵军官，似乎在查看最后那尊大炮的发射情况，来到皮埃尔跟前，好奇地看了看他。

一个圆脸的小军官，还是个孩子，很明显是才从中等军校毕业的，他对交给他的两尊大炮指挥得十分起劲，对皮埃尔非常严厉。

"先生，请您让开点，"他对他说，"这儿不行。"

士兵们望着皮埃尔，不以为然地摇摇头。但是当大家全相信这个戴白帽子的人不但不做什么坏事，并且他或者安平静静地坐在土堤的斜坡上，或者带着胆怯的微笑彬彬有礼地给士兵们让路，像在林荫道上似的安闲地在弹雨中散步，这时，对他敌意的怀疑逐渐变为亲热和调笑的同情，正像士兵们对他们的小狗、公鸡、山羊等等这些生活在军队里的动物的同情。士兵们不久就把皮埃尔纳进了他们的家庭，把他当作自家人，给他起外号。"我们的老爷"，他们这样叫他，在他们中间善意地拿他取笑。

一个炮弹在离皮埃尔两步远的地方开了花。他弄去身上的土，微笑着环顾四周。

"您怎么不害怕，老爷，真行！"一个红脸、宽肩膀的士兵露出满嘴结实的白牙，向皮埃尔说。

"难道你害怕吗？"皮埃尔问。

"哪能不怕？"那个士兵回答。"要明白它是不会讲客气的。扑通一声，五脏六腑就全出来了。不能不怕啊，"他笑着说。

有几个士兵带着和善的笑脸停在皮埃尔身边。他们似乎没料到他像普通人一样说话，这个新发现使他们大为开心。

"我们当兵的是吃这行饭的。可是一位老爷,真奇怪。这才是个老爷!"

"各就各位!"那个青年军官对聚在皮埃尔周围的士兵喊道。这个青年军官对待士兵和长官非常认真和严格。

整个战场枪炮声越来越密,尤其是巴格拉季翁的凸角堡所在的左翼,可在皮埃尔这儿,硝烟蔽空,差不多什么都看不见。并且,皮埃尔的所有的注意力都集中用来观察炮垒里这个小家庭的人们(与其他的家庭隔绝)。最初由战场的景象和声音引起的高兴的感情,现在换成了另外一种感情,特别是在看见一个孤独地卧在草地上的士兵以后。他开始坐在战壕的斜坡上观察他周围人们的脸。

快到十点钟的时候,有二十多人被抬出炮垒;两尊炮被击毁,炮弹越来越密集地落在炮垒上,飞来的炮弹不停地发出嗡嗡声和呼啸声。但是炮垒里的人们好像不理会这些;只听见到处是谈笑声和戏谑声。

"馅儿饼,热的!"一个士兵对呼啸着飞来的炮弹喊道。"不是到这儿!是冲步兵去的!"另一个士兵看到炮弹飞过去,落到掩护队伍里,哈哈地笑着又说。

"怎么,是你的老伙计吗?"又一个士兵对那个在炮弹飞过时蹲下去的乡下人嘲笑说。

有几个士兵聚在胸墙后面看前面发生了什么事。

"散兵线撤了,瞧,往后退了,"他们指着胸墙外说。

"管自己的事,"一个老军士呵斥他们。"往后撤退,肯定是后边有事。"那个军士抓住一个士兵的肩膀,用膝盖顶了他一下。引起了一阵哄笑。

"快到五号炮位,把它推上来!"人们从一旁喊道。

"一、二、三,一齐来,来个纤夫式的,"这是更换炮位的欢快的喊声。

"哟,几乎把我们老爷的帽子给打掉了,"那个红脸的滑稽鬼龇着牙讥笑皮埃尔。"咳,孬种,"他对着一颗打在炮轮上和一个人腿上的炮弹骂道。

"看你们这些狐狸!"另一个士兵嘲笑那些弓着身子进到炮垒里来抬伤员的民兵说。

"是不是这碗粥不合你们的口味?哼,真是乌鸦,吓成那个样子!"他们对民兵们喊道,那些民兵站在被打掉一条腿的士兵面前徘徊不定起来。

"这呀,那呀,小伙子呀,"他们学那些民兵说话。"就讨厌这一套!"

皮埃尔发现,每当落下一颗炮弹,每当受到损失,大家就更加活跃了。

皮埃尔不看前面的战场,对那儿发生的事也漠不关心;他全部注意力都被吸引在这个火热的场面,他觉得他的灵魂里也在燃烧着同样的烈火。

非常钟的时候,在炮垒前面矮林里和在卡缅卡河沿岸的士兵撤退了。从炮垒上可以看见，他们用步枪抬着伤员，从炮垒附近向后跑过去。有一个将军带着随从登上土岗，同上校谈了一会儿，生气地看了看皮埃尔，就下去了，命令站在炮垒后面的士兵卧倒，以减少危险。从炮垒的右方步兵队伍中间，传来擂鼓和发口令的声音，从炮垒上可以看见那些步兵正向前挺进。

皮埃尔从胸墙上方望去。有一个人分外引起他的注意。这是一个脸色苍白的年轻军官，他带着佩刀，一面往后退，一面不安地向四周张望。

步兵队伍被烟吞没了，传来拉长的喊声和密集的步枪射击声。几分钟后，成批的伤员和担架从那儿走过来。落到炮垒上的炮弹更加稠密了。有几个躺倒的人没被抬走。大炮近旁的士兵更忙碌，更活跃了。已经没有人去关心皮埃尔了。有两次人们生气地呵斥他挡路。那个年长的军官沉着脸，迈着急匆匆的大步，从一尊大炮到另一尊大炮来回地走。那个青年军官脸更红了更用劲地指挥士兵。士兵们传递炮弹，转动炮身，装炮弹，把自己应当完成的事情做得紧张而又干净利落。他们像在弹簧上跳跃似的来回走动。

这时，那个年轻的军官跑到年长的军官跟前，把手举到帽檐上。

"报告，上校先生，只有八发炮弹了，还要发射吗？"他问。

"霰弹！"那个向胸墙外观察的年长军官没有答话，喊了一声。

突然发生了一件事：那个年轻军官哎哟一声，弯着腰，坐到了地上。在皮埃尔眼里，一切都变得奇怪，模糊，暗淡。

炮弹一个接一个飞来，打到胸墙上，士兵身上，大炮上。皮埃尔原先没有在意这些声音，现在听到的只有这一种声音了。炮垒右侧，士兵一边喊着"乌拉"一边跑，皮埃尔觉得他们似乎不是向前，而是向后跑。

一颗炮弹打在皮埃尔面前的胸墙边上，尘土撒落下来，他眼前有一个黑球闪了一下，扑通一声，打到什么东西上面。正要走进炮垒来的民兵，向后去。

"都用霰弹！"军官喊道。那个军士跑到军官面前，惊慌地低声说，已经没有火药了。

"一帮子强盗，全在干些什么！"军官一面喊，一面转向皮埃尔。那个年长的军官脸通红，冒着汗，紧锁眉头的眼睛闪着光。"快跑步到后备队去取弹药箱！"他生气地把目光避开皮埃尔，对他的士兵大喝一声。

"我去，"皮埃尔说。那个军官没有搭理他，迈开大步向另一边走去。

"不要放……等着！"他喊道。

那个奉命去取弹药的士兵，撞了皮埃尔一下。

"唉，老爷，这不是您待的地方，"他边说边跑了下去。皮埃尔跟着他跑，绕过那个青年军官坐着的地方。

炮弹从他头上飞过,落在他的前后左右,皮埃尔跑到下面。"我到哪儿去?"他已跑到绿色弹药箱跟前,忽然想起来了。他犹疑地停下来,不知是退回去还是向前去。突然,一个气浪把他抛到了后面地上。就在这一瞬间,一团火光对他一闪,同时,轰鸣、爆炸和呼啸,震得他的耳朵嗡嗡地响。

皮埃尔清醒过来,用两只手撑着地坐在那儿;他身边的那个弹药箱不见了;只有烧焦的碎木片和破布散落在烧焦的草地上,一匹马拖着散了架的车辕,从他身边飞跑过去,另一匹马,躺在地上,发出凄厉的长啸。

三十二

皮埃尔吓坏了,跳起来就向炮垒跑去,就像从包围他的恐怖中逃回唯一的避难所似的。

皮埃尔一走进战壕,就发现炮垒里已经听不见射击的声音,然而有些人正在做什么。他看见老上校背朝着他趴在胸墙上,似乎在察看地下什么东西似的,他还看见一个士兵一面向前想挣脱那几个抓住他的胳膊的人,一面喊着"弟兄们!"他还看见其他一些奇怪的事情。

可是,他还没来得及明白上校已经被打死,那个喊"弟兄们!"的士兵已经被俘虏,眼看着另一个士兵被刺刀捅进后背。才跑进战壕,就有一个又瘦又黄、满脸流汗、身穿蓝制服、手持军刀的人,喊叫着朝他冲过来。对方的冲撞,皮埃尔本能地自卫起来,因为他们相互并没有清楚,就撞到了一起,皮埃尔伸出两手,一只手抓住那人肩头(那人是法国军官),另一只手掐住他的喉咙。那个军官丢掉军刀,抓住皮埃尔的脖领。

有好几秒钟,他们俩都用惊慌的目光打量对方陌生的面孔,两个人都不清楚他们是在做什么,也不知道应该怎么办。"是我被俘了呢,还是他被我俘虏了?"他们俩都这样想。可是十分显然,那个法国军官比较倾向于认为他是被俘了,因为皮埃尔那只有力的手,出于本能的恐惧的驱使,把他的喉咙掐得越来越紧。那个法国人正想说话,忽然,在他们的头上低低地、可怕地飞过一颗炮弹,皮埃尔似乎觉得法国军官的脑袋削掉了似的,因为他很快把头低了下去。

皮埃尔也低下头,松开两手。那个法国人不再想谁俘虏了谁,就跑回炮垒去了,皮埃尔跑下土岗,在死伤的人身上磕磕绊绊,他好像觉得那些死伤的人总想抓住他的腿。可是,他还没来得及下去,迎面跑来一大群密集的俄国士兵,他们呐喊着,快活地、拼命地、跌跌绊绊往炮垒上跑。

一度占领炮垒的法国人逃跑了。我们的队伍喊着"乌拉"在后面追,追得远远地离开了炮垒,也没法叫住他们。

从炮垒上带下来一群俘虏,其中有一个受伤的将军,军官们把他围起来。成群的伤员有皮埃尔认识的,也有不认识的,有俄国人,也有法国人,他们走着,爬着,用担架抬着,从炮垒上下来,他们的面孔因为痛苦全变了形。皮埃尔登上他刚才在那儿待过一个多小时的土岗,已经找不到一个人了。这里有很多他不认识的死人。可他也认出几个。那个青年军官依旧弯着腰坐在胸墙边一摊血泊里。那个红脸的士兵还在抽搐,但是没有人来抬他。

皮埃尔跑下了土岗。

"不,现在他们应该住手了,现在他们应该为他们做过的事感到恐惧了!"皮埃尔想,迷迷糊糊地朝着那撤离战场的成群担架队走去。

被浓烟遮着的太阳升得更高了,在前面,尤其是在谢苗诺夫斯科耶村的左方,有些东西在烟雾里沸腾着,隆隆的枪炮声、炮弹的爆炸声,不仅没有减弱,反而加强了,就像一个人声嘶力竭地拼命喊叫。

三十三

波罗底诺战役的主要一仗是在波罗底诺和巴格拉季翁的凸角堡之间一千俄丈的空间进行的。在波罗底诺和凸角堡之间的战场上,在树林近旁,在两边都看得见的空地上,主要的战斗是用最简单、最普通的方式进行的。

双方用了几百尊大炮相互轰击,于是战斗开始了。

随后,当硝烟弥漫着整个战场的时候,法军德塞和康庞两个师从右方进攻凸角堡,总督缪拉的几个团从左方进攻波罗底诺。

拿破仑站在舍瓦尔金诺多面堡上,这儿离凸角堡有一俄里。离波罗底诺直线距离超过两俄里,所以拿破仑不可能看见那里的情况,何况烟雾弥漫,遮住了整个地区。进攻凸角堡的德塞师,直到进入横在他们和凸角堡之间的冲沟,才被发现。他们一进入冲沟,凸角堡上的大炮和步枪一起发射,浓烟遮蔽了冲沟对面的高坡。在烟雾中闪着黑影,但是,他们是移动,还是站着,是法国人还是俄国人,从舍瓦尔金诺多角堡却看不清楚。

太阳已经照得明晃晃的了,倾斜的光线照到拿破仑的脸上,他用手遮住眼睛看凸角堡。烟雾在凸角堡前面蔓延开来。有时透过射击声可以听见呐喊声,但是不能知道他们在那儿做什么。

拿破仑站在土岗上用望远镜观望，在小小的圆筒里他看见了烟和人，有时是自己的人，有时是俄国人；但是一用肉眼看，他就看不见刚看见的东西在什么地方了。

他下了土岗，在土岗前面走来走去。

他不时停下来，听听枪炮声，看看战场。

不管从土岗下面他所站的地方，不管从土岗上面他的将军们现在所站的地方，甚至从那些凸角堡上——那儿有俄国兵，有法国兵，他们时而同时出现，时而轮流出现，没法看清楚那儿发生的事。一连几个小时，在这个地区，在枪炮不住的射击声中，忽而出现步兵，忽而出现骑兵，其中有俄国的，有法国的；他们出现，倒下，射击，相遇，双方都不知道应该怎么办，叫喊着，往回逃跑。

从战场上，川流不息地向拿破仑驰来他派出的副官以及他的元帅们的传令兵，向他报告战斗的情况。可是在瞬息万变的战斗中，这些报告都只能算作假的。

从凸角堡驰来一脸色苍白、神色惊慌的副官，向拿破仑报告说，法军的进攻被打退，康庞受伤，达乌阵亡，而事实上，就在那个副官说法军被打退的时候，凸角堡已经被法军另一支部队占领，达乌还活着，只是受了点震伤。拿破仑就是依据这些不可避免的谎报发布命令的，那些命令不是他发布之前就执行了，就是不能执行和未被执行，

元帅们和将军们离战场较近，可也和拿破仑一样，没有参加战斗，只是偶尔走到步枪射程以内，并不向拿破仑请示，自己就发出了命令，可是就是他们的命令也跟拿破仑的命令一样，也是偶尔才被执行。经常出现与他们的命令相反的情况。奉命前进的士兵，一遇见霰弹就往回跑；奉命坚守一个地点的士兵，一看见对面突然出现俄国人，有时往后跑，有时扑向前去，骑兵也不等命令就去追击逃路的俄国人。又譬如，两团骑兵越过谢苗诺夫斯科耶冲沟，刚爬上山坡，就勒马回头，狠命往后跑。步兵的行动也是这样，有时根本不是朝命令他们去的方向跑。所有的命令：何时向何地移动大炮，何时派步兵去射击，何时派骑兵去冲杀俄国步兵，——所有这些命令全是在队伍里最接近士兵的军官发出的，不但没有请示拿破仑，甚至没有请示内伊、达乌和缪拉。

三十四

拿破仑的将军们——达乌、内伊和缪拉，都离火线十分近，甚至有时亲临火线，他们有好几次把大批严整的队伍投到火线上去。但是，与先前历次战役常有的情

形相反,不仅没有预期的敌人溃逃的消息,而那大批严整的队伍从火线逃回来,溃不成军,十分狼狈。他们就重新再把他们整顿一番,但是人数越来越少了。中午,缪拉派他的副官到拿破仑那儿请求援兵。

拿破仑坐在土岗上正在喝潘趣酒,缪拉的副官骑马到来,保证说,如果陛下再给一个师,肯定能把俄国人打垮。

"增援?"拿破仑带着诧异的神情说,他望着那个留着黑色长卷发的俊美少年副官,仿佛没听懂他的话似的。"增援!"拿破仑心里想。"他们手中有一半的军队,去进攻软弱的、没有防御工事的俄国人的一翼,为什么还要援兵!"

"告诉那不勒斯王,现在战场情势还未明朗,你先回去吧……"拿破仑严厉地说。

那个长发秀美的少年副官,没把手从帽檐上放下来,深沉地叹了口气,又跑回去了。

拿破仑站起来,把科兰库尔和贝蒂埃叫来,跟他们谈一些和战斗没有关系的事。

在谈话中间,贝蒂埃的目光转向一个将军,这个将军带着侍从,骑着汗淋淋的马向土岗跑来。这是贝利亚尔。他下了马,快速走到皇帝跟前,大胆地高声说明增援的必要。他发誓说,如果皇帝再给一个师,俄国人肯定完蛋。

拿破仑耸了耸肩,没有回答,仍旧散步。贝利亚尔大声热烈地同皇帝身边的侍从将军们谈话。

"您太性急了,贝利亚尔,"拿破仑又走到刚来的将军前说,"在战斗激烈的时候,极容易犯错误的。你再去看看,随后再来见我。"

贝利亚尔还没走多远,又有一个使者从战场的另一方骑马跑来。

"噢,又有什么事啊?"拿破仑说,那腔调就像一个人总被打扰而惹怒了似的。

"陛下,公爵……"副官刚要说。

"请求增援?"拿破仑带着愤怒的神色说。副官表示肯定地低下头,接着开始报告;但是皇帝转过身去不看他,走了两步,停住,又走回来,叫来贝蒂埃。"要派后备军了,"他说,微微摊开两臂"您看派谁去?"他问贝蒂埃。

"陛下,派克拉帕雷德师吧?"对于所有的师、团、营都了如指掌的贝蒂埃说。

拿破仑赞同地点点头。

那个副官向克拉帕雷德师跑去,几分钟后,那支驻在土岗后面的青年近卫军出发了。拿破仑无言地朝那个方向看着。

"不,"他突然对贝蒂埃说,"我不能派克拉帕雷德。派弗里昂师去吧,"他说。

虽然用弗里昂师来代替克拉帕雷德师并没有什么好处，并且这时阻留克拉帕雷德而改派弗里昂有着显然的欠妥和迟延，但是命令严格地执行了。

弗里昂师也像其他的师一样，在战场烟雾中隐没了。副官们从各处不断驰来，他们仿佛商量好了似的，全说同样的话。全要求增援，全说俄国人坚守阵地，并且说炮火很猛烈，法国军队在那炮火下逐渐减少。

拿破仑坐在折椅上沉吟起来。

那个从早上起来没吃东西，爱旅行的德波塞先生，走到皇帝面前，斗胆恭请陛下用早餐。

"我希望现在就可以向陛下庆贺胜利了，"他说。

拿破仑一语不发，摇了摇头。德波塞先生以为他是否定胜利，不是否定早餐，就微笑着恭敬地说，能吃饭而不吃，世上没有这个道理的。

"走开……"拿破仑突然面色阴冷地说，而且把脸转过去。德波塞先生脸上露出抱歉、后悔的微笑，迈开滑行的步子走到别的将军那儿去了。

拿破仑情绪颓丧，恰似一个一向走运的赌徒，疯狂地下赌注，一直都是赢的，可是突然间，正当他对赌局的一切可能性都精打细算好了的时候，却感到把路子考虑得越周到，输的可能性就越大。

军队依然如故，将军依然如故，准备依然如故，部署依然如故，他本人依然如故，这全是他肯定的，他还清楚，他现在比过去经验丰富多了，老练多了，并且敌人也同奥斯特利茨和弗里德兰战役时一样，然而可怕的振臂一挥，打击下来却魔术般的软弱无力。

仍然是以前那些肯定成功的方法：炮兵集中轰击，后备军冲锋以突破防线，接着是骑兵突击——这些方法全用过了，不但没有取得胜利，并且从各处传来同样的消息：将军们伤亡，必须增援，不能打退俄国人，自己的军队陷入混乱。

从前，只需发两三道命令，说两三句话，元帅们和副官们就带着祝贺的笑脸跑来报告缴获的战利品：成队的俘虏，大炮和辎重，缪拉只请求让他的骑兵去收集辎重车。在洛迪、马伦戈、阿尔科拉、耶拿、奥斯特利茨、瓦格拉木等地方全是如此。但是现在他军队碰到了什么奇怪地事情。

虽然占领了一些凸角堡，拿破仑看出，这与他以前所有的战役不同，根本不同。他看出，他所感受的，他身边那些富于作战经验的人也同样感受到了。所有的面孔全是忧虑，所有的目光都相互回避着。只有德波塞一个人不清楚所发生的事情的意义。有长久战争经验的拿破仑很清楚，持续进攻八个小时，用尽一切努力仍未赢得这场战役，这意味着什么。他清楚，这一仗可以说是打输了，眼前的战局正处在千钧一发的时刻,随便一个最小的偶然事故,就可以毁掉他和他的军队。

他静静地回顾这次对俄国奇怪的远征,这次远征没打过一次胜仗,两个月来连一面旗帜、一门大炮、一批军队,都没有缴获或俘虏,他看身边的人们深藏忧愁的面孔,听俄国人始终坚守阵地的报告——于是一种可怕的感觉,有如做了一场噩梦似的感觉,抓住了他的心,他忽然想到可能毁掉他的那些偶然机会。俄国人或许攻打他的左翼,也可能中央突破,他本人也可能被流弹打死。所有的一切都是可能的。以前每次战役,他只思考成功的可能性,而现在却有无数不幸的可能性摆在他面前,一个人梦见一个暴徒攻击他,他挥起臂膀给那个暴徒用力地一击,他明白这一击准能消灭他,可是他觉得他的臂膀软绵绵的,像一块破布似的无力地垂下来,一种不可避免的灭亡的恐怖威胁着这个束手无策的人。

俄国人正在进攻法军左翼的消息,引起了拿破仑这种恐怖。他在土岗下面沉默地坐在折椅上,垂着头,臂肘放在膝盖上。贝蒂埃走到他面前,建议去视察战线,准确地了解一下实际的情况。

"什么?您说什么?"拿破仑说。"好,吩咐备马。"

他骑马到谢苗诺夫斯科耶去了。

弥漫在整个战场的硝烟缓慢地消散着,拿破仑走过的地方,马和人,有的单个,有的成堆,躺在血泊中。如此恐怖的景象,在这么一个小小的地方有这么多的死人,拿破仑和他的其他任何一个将军都从来没有见过。一连十个小时、令人耳鼓疲惫不堪的大炮轰鸣,给这种景象增添了特殊的意味。拿破仑登上谢苗诺夫斯科耶高地,透过烟雾,看见一队队俄国人。

在谢苗诺夫斯科耶和土岗后面,站着俄军的密集队形,他们的大炮不停地轰击,战线上笼罩着浓烟。拿破仑勒住马,又陷入了刚才被贝蒂埃唤醒的沉思;他无力阻止他面前和他周围发生的事,无力阻止那被认为由他领导和由他决定的事,因为失败的缘故,他头一次觉得这件事是不必要的和可怕的。

一个将军走到拿破仑面前,向他提议把老近卫军投入战斗。站在拿破仑身旁的内伊和贝蒂埃交换了一个眼色,对这位将军没有任何意义的建议轻蔑地笑了笑。

拿破仑低下头,沉默了良久。

"我不能让我的近卫军去送死"他说,然后勒转马头,回舍瓦尔金诺去了。

三十五

库图佐夫垂着白发苍苍的头,放松沉重的身子,坐在铺着毯子的长凳上,也就是坐在皮埃尔早上看见的那个地方。他不发什么命令，只对别人的建议表示同意或者不同意。

他听取报告，在下级要求他指示的时候，就给他们指示；但是，在他听取报告的时候，好像并不关心报告者所说的是什么内容，使他感兴趣的是报告者脸上的表情和说话的语气中所含的东西。多年的战争经验使他知道，老年人的智慧使他懂得，领导数十万人作拼死战斗，绝不是一个人自己能够胜任的，他还知道决定战斗命运的，不是总司令的命令，不是军队所占的地形，不是大炮和杀死人的数量，而是士气，他正是在注视这种力量。尽量运用他的权力指导这种力量。

库图佐夫整个面部的表情是注意力集中，镇静，紧张。

上午十一时，他得到消息说，被法军占领的凸面堡又夺回来了，但是巴格拉季翁公爵受了伤。库图佐夫惊叹一声，摇了摇头。

"快去彼得·伊万诺维奇公爵那儿，仔细探听一下，是怎么回事，"他对一个副官说，接着向站在他后面的符腾堡公爵转过身来。

"请殿下指挥第一军，好吗？"

公爵才离开不大一会儿，大约还没走到谢苗诺夫斯科耶村，他的副官就回来向勋座报告说，公爵请求增援军队。

库图佐夫皱了皱眉头，命令多赫图罗夫，指挥第一军，请公爵回到他这儿来，他说，在这样关键的时刻，他离不开公爵。当传来缪拉（其实是波纳米将军）被俘的消息时，参谋人员全向他祝贺，库图佐夫微笑了。

"要等一等，诸位先生，"他说。"仗是打赢了，俘虏缪拉并不是什么了不得的事。但是，还是等一等再兴奋吧。"他虽然这样说，仍旧派一名副官把这个消息通告全军。

当谢尔比宁从左翼驰来报告法军占领凸角堡和谢苗诺夫斯科耶村的时候，库图佐夫从战场上传来的声音和谢尔比宁的脸色猜到，消息是坏的，他仿佛想活动活动腿脚，站了起来，挽起谢尔比宁的臂膀，把他带到一边。

"你去一趟，亲爱的，"他对叶尔莫洛夫说，"去看看有什么困难。"

库图佐夫在俄军阵地的中心——戈尔基。拿破仑对我方左翼的进攻被打退了数次。在中央，法军没有越过波罗底诺一步。乌瓦罗夫的骑兵从左翼赶跑了法国人。

下午两点多钟，法国人的进攻停止了。在所有从战场回来的人的脸上，在他身边的站着的人们的脸上，库图佐夫看到了十分紧张的表情。库图佐夫对出乎意外的成功感到满意。但是老头子的体力不行了。有好几次他的头低低地垂下，似乎要跌下去似的,他老在打瞌睡。人们给他摆上了饭。

将级副官沃尔佐根,就是那个从安德烈公爵那儿经过时说,战争必须移到广阔的地区的人,也就是巴格拉季翁非常憎恶的那个人,在吃饭的时候来到库图佐夫这儿。沃尔佐根是巴克莱派来汇报左翼战况的。谨慎小心的巴克莱·德·托利见到成群的伤兵逃跑,军队的后卫混乱,考虑了战局的所有情况,断定战斗失败了,派他的心腹来见总司令就是报告这个消息的。

库图佐夫正在费劲地吃烤鸡,他眯着微含笑意的眼睛,看了看沃尔佐根。

沃尔佐根随便迈着步子,嘴角噙着有点轻蔑的微笑,一只手差不多没碰着帽檐,走到库图佐夫面前。

沃尔佐根对待勋座,故意做出轻慢的态度,表示他这个受过高等教育的军人,让俄国人把一个没用的老头子当作偶像吧,而他明白他是和谁打交道。他凶狠地向摆在库图佐夫面前的碟子看了一眼,就开始依照巴克莱命令的和他自己看见和了解的向老先生汇报左翼的战况。

"我军阵地全部的据点都落入敌人手中,没法反击,因为没有军队;士兵纷纷逃跑,不能阻止他们,"他报告说。

库图佐夫不再咀嚼,他吃惊地望着他,仿佛不懂他在说什么。沃尔佐根看出他很激动,于是堆着笑脸说:

"我认为我无权向勋座隐瞒我所看见的……军队真的乱了……"

"您看见了吗?您看见了吗……"库图佐夫皱着眉头喊道,他一下子站起来,向沃尔佐根紧走几步。"您怎么……您怎么敢! ……"他用颤抖的两手做出威吓的姿势,气喘吁吁地喊道。"您怎么敢,阁下,对我说这种话。您什么也不知道。代我告诉巴克莱将军,他的报告不确切,对于战斗的真实情况,我总司令比他知道得更分明。"

沃尔佐根想辩解,但是库图佐夫打断了他的话。

"左翼的敌人被打退了,右翼也打败了。倘若您没看清楚,阁下,就不要说您不知道的事。请您回去通知巴克莱,我明天肯定要向敌人进攻。"库图佐夫严厉地说。大家都不作声,只听见喘息的老将军沉重的呼吸。"敌人各处都打退了,为了这我要感谢上帝和我们勇敢的军队。战胜敌人,明天把他们赶出俄国神圣的领土,"库图佐夫画着十字说,忽然老泪横流,声音哽咽了。沃尔佐根耸耸肩,撇撇嘴,默不作声地走到一旁。

"啊,这不是他来了,我的英雄,"这时一个体格魁伟、仪表英俊的黑发将军登上土岗,库图佐夫看着他说。他是拉耶夫斯基,他全天都是在波罗底诺战场的主要据点度过的。

拉耶夫斯基报告我军坚守阵地,法国人不敢再进攻了。

库图佐夫听了他的报告,用法语说:

"如此说来,您不会认为我们需要撤退了!"

"正相反,勋座,我们应该坚持。在胜负未定的时候,坚持就是胜利,"

拉耶夫斯基回答话。

"凯萨罗夫!"库图佐夫叫他的副官。"坐下写明天的命令。还有你,"他对另一个副官说,"到前线去宣布,明天我们要进攻。"

在库图佐夫同拉耶夫斯基谈话和口授命令的时候,沃尔佐根从巴克莱那儿回来了,他报告说,巴克莱·德·托利将军希望能拿到元帅发出的那份命令的明文。

库图佐夫不看沃尔佐根,叫人写那份命令,前总司令所以要书面命令,肯定是为了摆脱个人的责任。

有一种神秘的链条,使全军同心同德,并成为战争的主要神经,这就是被称为士气的东西,库图佐夫的话和他所下的第二天进攻的命令,就是顺着这条链子传遍全军每个角落的。

传到这条链子的最后一环的时候,已经不是原来的话和原来的命令了。在军队互相传说的故事,几乎与库图佐夫说的话根本不同;但是他的话的含意却传到了各处,因为库图佐夫所说的话并不是出于狡猾的计谋,而是表达了总司令和每个俄国人心灵中的感情。

得知我们明天要进攻敌人,而且从最高指挥部证实了他们所希望的事,疲惫、动摇的人们感到了安慰和鼓舞。

三十六

安德烈公爵的团留在后备队,直到下午一点钟,后备队仍旧在猛烈的炮火下驻在谢苗诺夫斯科耶村后面,没有行动。一小时后,这个团已经伤亡了二百多人,仅仅向前移到谢苗诺夫斯科耶村和土岗炮垒之间的一片踩平了的燕麦地,那一天,土岗炮垒里伤亡了好几千人,下午一点多钟,敌人的几百尊大炮集中火力对它猛轰。

这个团在这儿没动,也没放一枪,又丢掉了三分之一的人。从前方,尤其是从右方,在停滞不散的硝烟里,大炮隆隆地发射着,前面那一带神秘的区域,整个地面全遮着烟雾,从那里不断飞出嗖嗖作响的炮弹和缓慢地呼啸而过的榴弹。有时,仿佛让人们休息一下,连续一刻钟炮弹和榴弹都从上空飞过去了,可是有时,一分钟工夫团里就损失几个人，不停地拖走阵亡的，抬走受伤的。

随着每次新的打击，还没有被打死的人的生存机会越来越少了。团在三百步距离排成营纵队，虽然如此，全团人都受同一情绪的支配。全团人都沉默不语，面色阴郁。队伍里极少谈话声，即使有人谈话，但是一听见中弹声和喊："担架！"声，谈话就停了。大部分时间，全团人遵照长官的命令坐在地上。有的摘下帽子，专心地把褶子弄平，然后再折起来；有的抓一把干土，在手心里搓碎，用来擦刺刀；有人揉一揉皮带，把带扣勒紧；有人把包脚布细细弄平，随后重新把脚包好，穿上靴子。有些人用犁过的地里的土块搭小屋，或者用麦秸编东西。大家全都仿佛全神贯注在这些事情上。

安德烈公爵也像团里其他的人一样，脸色苍白而阴郁，他背着手，低着头，在燕麦地旁的草地上从一个田垅走到另一个田垅，他无事可做，也无命令可发。一切都任其自然，阵亡的人被拖到战线外面，受伤的人被抬走。队伍靠拢起来。倘若有士兵跑开，他们立刻就赶回来。最初，安德烈公爵认为鼓舞士气，给士兵做一个榜样是他的责任，因此在队伍里走来走去；但是后来他才认识到，他没必要教他们，也没有什么可教他们的。他和每个士兵一样，全部的心力全在努力逃避想象他们处境的危险。他在草地上走来走去，慢慢地拖着两只脚，蹭得地上的草沙沙作响，眼睛看着靴子上的尘土；他时而迈着大步，尽力踩上割草人在草地留下的脚印，时而数自己的脚步；计算走一俄里要经过多少两条田垅之间的距离；时而摘几朵长在田垄上的苦艾花，放在手掌上揉碎，随后闻那强烈的甘苦香味。昨天所想的东西一点也没有了。他什么也不想。他用疲倦的听觉细听那老是同样的声音，分辨枪弹的尖啸声和炮弹的轰隆声，看第一营的士兵那些已经看烦的脸，他在等待着。"它来了……这一个又是冲着我们来的！"他细听着从硝烟弥漫的地带发出的越来越近的呼啸声，心里想道。"一个，两个！又一个！打中了……"他停下来看了看队伍。"不是，飞过去了。但是这个打中了。"他又开始走来走去，用力迈大步，想用十六步走到另一条田垅。

呼啸声和落地声！离了五步远的地方，一颗炮弹炸开了干土，接着就消失了。一阵寒战不由得溜过他的脊背。他又看了看队伍。可能又有许多伤亡；在第二营聚着一大群人。

"副官先生。"他喊道，"命令他们不要聚在一起。"副官执行了命令，然后走到安德烈公爵面前。一个营长从另一方向驰来。

"当心！"传来一个士兵惊慌的喊声，这时一颗带着呼啸声疾飞的榴弹，落在离安德烈公爵两步远的营长的马旁边，发出砰的一声。那匹马不顾露出恐怖的样子好不好,先打了一个响鼻,竖起前蹄,差点把那个少校掀下来,然后向一边跑走了。马的恐惧感染了人们。

"卧倒!"扑倒在地上的副官喊道,安德烈公爵站在那儿犹犹豫豫。一颗榴弹在他和副官之间,在耕地和草地的边缘,在一丛苦艾旁边,像陀螺似的冒着烟旋转。

"难道这就是死吗?"安德烈公爵一边想,一边用全新的、羡慕的眼光看青草,看苦艾,看那从旋转着的黑球冒出的一缕袅袅上升的青烟。"我不能死,不愿死,我爱生活,爱这青草,爱大地,爱空气……"他这样想着,同时想到人们全在看着他。

"可耻呀,副官先生!"他对副官说:"多么……"他没能把话说完。就在这瞬间,发出了爆炸声,闻到浓烈的火药气味,安德烈公爵向一边猛然一冲,举起一只手,胸脯向下摔倒了。

几个军官向他跑过来。右侧腹部流到草地上一大片血。

叫来的担架民兵停在军官们身后。安德烈公爵俯卧着,脸埋在草里,发出沉重的呼呼噜噜的喘气声。

"你们干吗站着不动,赶快过来!"

农民们走过来,抓住他的肩膀和腿抬起来,但是他凄惨地呻吟着,农民们相互看了一下,又把他放下来。

"抬起来,放下,总之一样!"。有一个声音喊道。他们又托住他的肩膀抬起来,放到担架上。

"啊,我的上帝!我的上帝!这是怎么啦?……肚子!这一下可完了!哎呀!我的上帝!"军官们之间发出叹息声。"炮弹蹭着我的耳朵飞过去,"副官说。几个农民把担架搭在肩上,匆忙顺着他们踏出的小路向救护站走去。

"步子走齐……喂!……老乡!"一个军官吆喝道,抓住那些走得不稳、颠动担架的农民的肩膀,叫他们停一下。

"合上步子,你怎么啦,赫韦多尔,我说,赫韦多尔,"前面的那个农民说。

"这就对啦,好的,"后面那个调好步子的农民,兴奋地说。

"大人吗?啊?是公爵?"季莫欣跑过来,向担架看了看,声音颤抖地说。

安德烈公爵睁开眼,从担架里看了看说话的人,又垂下了眼皮。

民兵们把安德烈公爵抬到林边,那儿有几辆大车,救护站就在那儿。救护站是在小白桦树林边搭了三个帐篷。树林里停着大车和马。马正在吃饲料口袋里燕麦,麻雀飞到马跟前啄食撒下来的麦粒。乌鸦闻到血腥味,不耐烦地狂叫着,在白桦树上飞来飞去。在帐篷四周两俄亩的地主,一些穿着各种服装的、血渍斑斑的人们卧着,坐着,站着。伤员四周站着许多脸色沮丧、神情专注的担架兵,维持秩序的军官怎么也赶不走他们。士兵们不听军官的话，仍旧抬着担架站在那儿，仿佛想要了解这种景象的深奥意义，神情专注地观看他们眼前发生的事。帐篷里一会儿传出凶狠的大声哀号，一会儿传出悲惨的呻吟。担架员迈过还没包扎的伤员，把团长安德烈公爵抬到一座较近的帐篷，停在那儿听候指示。安德烈公爵睁开眼睛，很久弄不清楚他周围是怎么回事。他记起了草地、苦艾、耕地、旋转的黑球和他那热爱生活的激情。离他两步远，有一个头上包着绷带、黑发秀美的高个儿军士，挂着一根大树枝站在那儿高声说话，引起了大家的注意。他的头和腿都被子弹打伤。他周围聚着一群伤员和担架员，感动地听他讲话。

"我们把他狠狠揍了一顿，揍得他丢盔卸甲，屁滚尿流，连那个国王也给抓住了！"那个军士一双火热的黑眼睛闪着光，环视着周围，喊道。"后备军如果及时赶到，弟兄们，准能把他全给报销，我敢向你担保……"

"但是，现在不是一切全无所谓了吗？"他想"来世会是怎样的，今世曾是怎么样的？我以前为什么那样留恋生命？在生命中有一种我过去和现在都不懂的东西。"

<h1 style="text-align:center">三十七</h1>

从帐篷里走出来一个医生，围着一条血渍斑斑的围裙，他两只手也沾满了血，一只手的小指和拇指夹着的一支雪茄。他抬头往西边看，可目光越过受伤的人。他很想休息一下，左右转了一会儿，叹了口气，垂下眼睑。

"好，就来吧，"这是他回答医助的话，后者向他指了指安德烈公爵，于是吩咐把他抬进帐篷。

候诊的伤员们纷纷议论起来。

"看来在那个世界也只有贵族老爷好过"，一个伤员说。

安德烈公爵被抬进来，放在一张刚腾出来的、医助正在冲洗的桌上。安德烈公爵看不清帐篷里的东西。各处的痛苦呻吟，他的大腿、肚子和背脊剧烈的疼痛，分散了他的注意力。他所看到的身边的一切，他觉得融合成了一个总的印象——赤裸的、血淋淋的人的肉体仿佛充满了这座低矮的帐篷。

帐篷里有三张台子。两张已经被占着了，安德烈公爵被放在第三张台子上。有一会儿没人管他，他忍不住地看了另外两张台子上的情形。最近的台子上坐着一个鞑靼人，从扔在旁边的制服看来，可能是一个哥萨克。四个士兵扶着他。一个戴眼镜的医生正在士兵肌肉发达的栗色背脊上切除什么东西。

"哎哟，哎哟，哎哟……"鞑靼人像杀猪似的喊叫。另一张围着好多人的台子上，平卧着一个大胖子，向后仰着头(他那卷发、头发的颜色、他的头型，安德烈公爵觉得很熟悉。)几个医助按住那个人的胸脯，不让他动弹。一条雪白的大粗腿迅速地、像发疟疾似的颤抖着。那个人抽泣着，哽咽着。两个医生——其中一个脸色苍白，哆哆嗦嗦，——静静地在那人的另一只发红的腿上做着什么。戴眼镜的医生做完了鞑靼人的手术，给他盖上军大衣，擦着手，来到安德烈公爵跟前。

他对安德烈公爵的脸看了一眼，赶忙转过身去。

"给他脱衣服，干吗站着不动？他愤愤地对医助们说。

当一个医助卷起袖子，急忙给安德烈公爵解纽扣，脱衣服的时候，安德烈公爵想起了自己最早、最遥远的童年。医生低低地俯下身来查看伤势，摸了摸，深深地叹了一口气。随后他对人打了个手势。安德烈公爵因为腹内的剧痛失去了知觉。他醒来的时候，他大腿里的碎骨已经取出，炸开的肉被切除了，伤口也包扎好了。有人往他脸上洒水。安德烈公爵刚一睁眼，医生就向他弯下身来，无言地在他嘴唇上吻了吻急忙地走开了。

自从经受过那次痛苦以来，安德烈公爵体验到很久不曾有过的一种幸福的感觉。他一生那些最美好、最幸福的时光，尤其是最遥远的童年，那时，有人给他脱衣，把他抱到小床上，保姆唱着催眠曲哄他睡觉，那时，他把头埋在枕头里，他对生活只有一个感觉，那就是觉得自己非常幸福，——在他想象中，这样的时光甚至不是过去，而是现实。

医生们在安德烈公爵觉得那人的头型非常熟悉的伤员四周忙活着，把他扶起来，安慰他。

"给我看看……噢噢噢噢！噢！噢噢噢噢！"传来他那不时被打断的、惊慌不安的、痛得无可奈何的呻吟。听见这呻吟，安德烈公爵直想哭。不知是为了他悄悄地死去，还是为了他舍不得离开人世，为了那一去不回的童年的记忆，为了他在受苦，别人也在受苦，那个人在他面前那么悲惨地呻吟，——不论为了什么，他直想哭，流出孩子般的、善良的、差不多是快乐的眼泪。

人们给那个伤员看了看他那条被截去的、沾满血渍的、还穿着靴子的腿。

"噢！噢噢噢噢！"他像女人似的痛哭起来。那个站在伤员身边挡住了他的脸的医生，这时走开了。

"我的上帝！这是怎么回事？他为什么在这儿？"安德烈公爵自言自语。

他认出那个不幸的、痛哭失声、虚弱无力、刚被截去腿的人是阿纳托利·库拉金。人们扶起他，递给他一杯水，但是他那颤抖着肿起的嘴唇总是挨不到杯子边。

阿纳托利痛苦地啜泣着。"是的,这是他;是的,这个人不知怎的和我是这么密切和痛苦地连在一起,"安德烈公爵还没弄明白眼前到底是怎么回事,心中想道:"这个人和我的童年,和我的生活有什么关系呢?"他自问,但是找不到解答。忽然,在安德烈公爵的想象中,从纯洁可爱的童年世界中浮现出另一种新的意外的记忆。他记起 1810 在舞会上第一次看见娜塔莎,想起她那纤细的脖颈和纤细的手臂,她那每天都在高兴状态的、又惊又喜的面庞,于是在他的心灵中唤醒了对她的眷恋和柔情,比什么时候都更生动,更强烈的眷恋和柔情。他这时想起了他同库拉金之间的关系。安德烈公爵想起了一切,于是对他的热烈的怜悯和挚爱充满了他那幸福的心。

安德烈公爵忍不住流出了温柔、深情的眼泪,他哭了,哭人们,哭自己,哭他们和自己的错误。

"对弟兄们、对爱他人的人的同情和爱,对恨我们的人的爱,对敌人的爱,——是的,这就是上帝在人间传播的、玛丽亚公爵小姐教给我而我从前不懂的那种爱;这就是我为什么舍不得离开人世,这就是我所剩下来的唯一的东西,倘若我还活着的话。但是现在已经晚了。我清楚这一点!"

三十八

死伤遍野的可怕景象,再加上头脑昏涨以及二十个他所熟悉的将军伤亡的消息,往日有力的胳膊变得软弱无力的感觉,这一切在爱看死伤的人、以此作为考验自己的精神力量的拿破仑身上引起了一种意想不到的印象。这天战场上的可怕景象使他的精神力量屈服了,而他原来却认为他的功绩和伟大全来自这种精神力量。他赶忙离开战场,回到了舍瓦尔金诺土岗。他坐在折椅上,脸姜黄并且浮肿,心情沉重,眼睛混浊,鼻子通红,声音沙哑,他忍不住奔拉着眼皮,倾听射击的声音。他怀着病态的忧愁企望结束那场由他挑起的战争,但是他已经无法阻止它。他现在只企盼一件事,那就是休息、平静和自由。但是,当他在谢苗诺夫斯科耶高地时,炮兵司令向他建议,调几个炮兵连到这些高地上,对聚在克尼亚济科沃前面的俄国军队加强火力。拿破仑同意了,而且命令向他报告那些炮兵连作战的效果。

一名副官前来报告说,遵照皇帝的命令,调来二百尊大炮轰击俄军,但是俄军依旧坚守着。

"他们被我们的炮火成排地撂倒,可是他们就是不动,"那个副官说。

他们还嫌不够! ……"拿破仑声音沙哑地说。

"什么?"那个副官没听清楚,问道。

"狠狠地轰击他们。"拿破仑皱着眉头,嗓子嘶哑地说。

其实不等他发命令,事情已经做了,他所以发命令,只不过因为他认为人们在等候他的命令。于是他又回到他原先那个充满了某种伟大的幻影的虚幻世界,又驯服地做起注定要由他扮演的那个残酷、可悲、沉重、不人道的角色。

俄国人在波罗底诺取得了胜利,这种胜利不是用缴获几个绑在棍子上的布片,(所谓军旗)来标志的胜利,也不是军队占领了和正在占领着地盘就算胜利,而是使敌人相信他的敌手的精神的优越和他自己的软弱无力的那种精神上的胜利。法国侵略者像一头发狂的野兽,在它跳跃狂奔中受了致命伤,感到自己的死期将至;但是它无法停止,正如人数少一半的俄国人一路避开敌人的锋芒,无法停止一样,在这次猛力地推动之下,法国军队仍旧能够冲到莫斯科;但是在那儿,俄国军队不用费力,法国军队在波罗底诺受了致命伤,在流血,它必将走向灭亡。波罗底诺战役的直接结果是拿破仑从莫斯科逃跑,沿着斯摩棱斯克旧路逃回去,五十万侵略军毁灭,拿破仑的法国在波罗底诺第一次遇到精神上更强大的敌手而陷于崩溃。

第十一部

一

十九世纪最初的十五年,欧洲出现了几百万人的十分运动。人们抛下他们平日的职业,从欧洲一边跑到另一边,抢劫和相互屠杀,胜利和陷入绝望,几年之间,整个生活的运行改变了,出现一种先高涨后衰退的激烈运动。这运动的原因是什么,它的规律是什么?

二

操着十二种语言的欧洲人侵入俄国。俄国军队和居民为了避开冲突向后撤到斯摩棱斯克,再由斯摩棱斯撤到波罗底诺。法国军队以不断增长的冲力直奔莫斯科,奔向它的目标。它这冲力在接近目标时,就更加大了,就像下坠的物体越接近地面,它的速度就越大一样。然后,它后面是数千俄里饥饿的含有敌意的国土;前面离目标只有几十俄里。拿破仑的士兵全有这样的感觉,入侵得以自然地向前推进,全靠这股冲力。

俄国军队越往后退,对敌人的仇恨火焰也就越来越炽烈;在后退中,它积累了力量而且壮大起来。在波罗底诺打了一仗。双方的军队都没垮掉,但是俄国军队打了这一仗后,当即撤走,其所以如此,正如一个球碰到另一个具有更大冲力的球必然反跳回来一样;那个猛力直冲的侵略的球,虽然失去了它所有的力量,也必然再向前滚一段路。

俄国人退了一百二十俄里——退过了莫斯科,法国人到达了莫斯科,在那儿停下来。此后一连五星期没有战事。法国人就地驻扎。他们就像一只受了致命伤的野兽,流着鲜血,在舔它的伤口,在莫斯科徒然停留了五个星期,突然,没有什么新的原因,回头往后逃走了:他们向卡卢日斯卡雅大路窜去,除了在小雅罗斯拉维茨城下打了一个胜仗外,他们没打过一场大仗,就以更高的速度逃回了斯摩棱斯克,再从斯摩棱斯克逃往维尔纳,逃往别列济纳河,向更远的地方逃走了。

八月二十六日晚,库图佐夫和全体俄国军队都认为,波罗底诺这一仗打赢了,库图佐夫递给皇帝的报告也是这样说的。库图佐夫下令准备新的战斗,给敌人最后一击,这样做不是要欺骗什么人,而是因为他知道敌人已经被打败,每个参加战斗的人也全清楚这一点。

但是,当天和次日,接二连三地传来骇人听闻的损失和军队伤亡半数的消息,新的战斗在实力上已经成为不可能了。

再来一次战斗是不可能的,因为情报还没有收集起来,伤员还未收容好,弹药也没有补充,阵亡人数仍未统计,代替战死者的新军官还没有委任,士兵们还饿着肚子,并且睡眠不足。

然而同时,就在那次战斗的第二天早上,法国军队自动地向俄国军队冲上来了。库图佐夫想在第二天发动进攻,全体军队也是这样想。但是,只有进攻的愿望是不够的;还要有做这件事的可能性,而这种可能性却没有。无法不后退一天的行程,然后又不能不后退另一天和第三天的行程,最后,九月一日,当军队退到莫斯科时,虽然士气高涨到极点,但是客观的形势却要求军队退到莫斯科以东。于是军队又退了最后一天的行程,把莫斯科让给敌人。

三

俄国军队从波罗底诺撤退后,在菲利附近驻扎下来。视察阵地回来的叶尔莫洛夫来见元帅。

“在这样的阵地作战简直不可能,”他说。库图佐夫惊讶地看了看他,叫他重复一遍。在他说完以后,库图佐夫向他伸出手来。

“把手伸给我,”他说,把对方的手翻过来摸了摸他的脉搏,说:“你不舒服,亲爱的。仔细想一想你说的算什么话。”

在离莫斯科多罗戈米洛夫城门六俄里的波克隆山上,库图佐夫下了马车,坐在路边一张条凳上。一大群将军们聚在他周围。这群显赫的人物分成了好几个组,在谈论阵地的利弊,军队的状况,提出的计划,莫斯科的情形,总之,都在谈论军事问题。大家都觉得这是一次军事会议,虽然并未召集这样的会议,也没有人叫它军事会议。大家所谈的都是共同的问题。假如有人谈到或者打听私人的事情,总是低声私语,马上又谈起共同的问题。在这些人中间完全听不见说笑声,甚至看不见笑脸。很明显,大家都努力保持着应有的风度。所有小组在互相交谈时,都极力靠近总司令,并且尽量让他听见他们的谈话。总司令听而且有时询问他周围的人在说什么,但他不参加谈话,也不发表意见。他听了听某一组的谈话,多半是带着失望的神情扭过脸去,就似乎他们所说的完全不是他想听的。有些人对选定的阵地发牢骚,与其说是批评那个阵地本身,倒不如说是批评选定阵地的人的聪明才智;另一些人证明说,两天前就应该发动那场战役;又有一些人谈论萨拉曼卡战役,一个刚刚来到的法国人克罗萨讲述了战役的经过。拉斯托普钦伯爵在第四组里说,他愿意和莫斯科民兵一同战死在首都的城墙下,但是他依旧不能不感到遗憾,因为他对情况一无所知,假如他事先知道的话,那就根本不同了……第五组显示他们对战略的深思熟虑,正在谈论军队应当采取的方向。第六组讲的全是废话。库图佐夫越来越忧心忡忡。从所有这些谈话中,库图佐夫只看出一点:保卫莫斯科实际上根本不可能,也就是说,其不可能的程度是如此之大,以至于如果有哪个总司令发疯硬要打一仗,那一定会造成混乱,并且仗仍然打不起来;其所以打不起来,是因为所有高级将领不但认为那个阵地不能守,并且在他们的谈话中只讨论在放弃那个阵地之后可能发生的情况。指挥官怎么能把他们的军队带到他们认为不能作战的战场上去呢?下级军官,甚至士兵们也认为那个阵地不行,所以无法抱着必败的信念去打仗。如果说贝尼格森主张坚守这个阵地,还有些人在讨论它的话,这个问题的本身已经没有意义,这不过是作为争论和施展阴谋诡计的借口罢了。库图佐夫是了解这一点的。

贝尼格森选好了阵地,竭力显示他那俄罗斯爱国精神,主张坚决保卫莫斯科。贝尼格森的如意算盘,库图佐夫看得非常清楚:如果保卫战失败,就把责任推给库图佐夫,因为他不战就带着军队退到麻雀山,如果成功,就归功于他个人,如果否定他的意见,那么,放弃莫斯科的罪责就没有他的份儿。然而,现在老头子关心的并不是这个阴谋。有一个可怕的问题占有了他。对于这个问题,他从任何人那里都找不到答案。现在他心中只有这么一个问题:"难道是我让拿破仑到莫斯科来的吗?我什么时候这样做了?这个可怕的问题究竟是在什么时候决定的呢?莫斯科必须放弃,军队必须撤退,这道命令必须发出。"发出这道可怕的命令就等于交出军队的指挥权。他不仅爱权力,掌握惯了权力,并且他坚信,他命中注定要拯救俄国,因此才有按照人民的意志,把他选为总司令这件事的发生。他相信,全世界只有他一个人对常胜的拿破仑无所畏惧;但是一想到他不得不发布那道命令,他就不寒而栗。然而必须有个决定,必须结束他周围那些过于随便的谈话。

他把职位比较高的一些将军叫来。

"不论我的脑袋是好是坏,现在只有靠它了。"他从条凳上站起来,然后骑着马到菲利去了，他的马车停在那儿。

四

　　下午两点钟，在农民安德烈·萨沃斯季亚诺夫家一间宽敞、比较好的小屋里举行了军事会议。这个农民一大家子人，都挤进小过厅对面一间堆放杂物的屋子里。只有安德烈的六岁孙女玛拉莎留在那间大屋的炕炉上，勋座抚爱她，吃茶时给她一块糖。玛拉莎在炕炉上羞怯地看着一个个走进来、坐在屋角圣像下宽凳子上的将军们。库图佐夫单独坐在炕炉后边黑暗的角落里。他深深地陷进一张折叠的扶手椅里，不断咳咳呛呛地清嗓子，抻一抻军大衣的衣领，虽然衣领是敞着的，似乎仍然卡他的脖子。进来的人一个个走到陆军元帅面前；他跟一些人握手，向另一些点头。副官凯萨罗夫试图拉开库图佐夫对面的窗帘，可是库图佐夫生气地向他摆手，凯萨罗夫明白了勋座的意思，他不愿让人看见他的脸。

　　在摆着地图、计划、铅笔、纸张的农家的杉木桌周围，聚的人太多，勤务兵不得不又拿来一个条凳放在桌子旁边。几个新来的人坐到这个条凳上。在前面一排，正对着圣像下面，坐着巴克莱·德·托利，他脖子上挂着圣乔治十字勋章，苍白的脸带有病容，隆起的前额和秃顶连成一片。从昨天开始他就打摆子，这时他正发冷，浑身酸痛。坐在他身旁的乌瓦罗夫，他正很快地打着手势对巴克莱讲述着什么事情。矮胖的多赫图罗夫挑起眼眉，双手叠在肚子上，全神贯注地倾听着。另一边坐的是奥斯特曼-托尔斯泰伯爵，他一只手托着他那硕大的脑袋，似乎在想心事。拉耶夫斯基带着不耐烦的神情习惯地向前卷着他鬓角的黑发，时而看看库图佐夫，时而看看房门。科诺夫尼岑则面带温柔而机敏的微笑。他碰到玛拉莎的目光，向她挤挤眼，逗得小姑娘莞尔一笑。

　　大家都在等贝尼格森，他借口再视察一遍阵地，实际上是要吃完他那可口的饭菜。从四点钟等到六点钟，一直没有开始讨论，大家都在低声闲谈。

　　贝尼格森一走进屋，库图佐夫便从角落里移近桌子，但仅移到不让桌上的蜡烛照亮他的脸的地方。

　　贝尼格森首先提出了开会的议题："是不战就放弃俄罗斯神圣的古都呢，还是保卫它呢？"接着是一阵长时间的冷场，所有的人都沉着脸，在寂静中只听见库图佐夫气愤地喘气和咳嗽。所有的眼睛都望着他。玛拉莎的眼睛也望着老爷爷。她离他最近，她看见他就似乎要哭的样子。但是这种情形持续了不长时间。

　　"俄罗斯神圣的古都！"他突然发言了，用愤怒的声音重复着贝尼格森的话，他这是指出这句话的虚伪性。"我可以告诉您,这个问题对俄国人是毫无意义的。(他向前探出他那沉重的身躯。)提出这种问题是不行的,这种问题是没有意义的。我们邀请诸位来开会所要讨论的问题,是军事问题,是这么一个问题:"拯救俄国靠军队,是打一仗而冒损失军队和莫斯科的风险比较有利呢,还是不战就放弃莫斯科比较有利?我是想知道诸位对这个问题的意见。"(他又向后靠到扶手椅背上。)

讨论开始了,贝尼格森依旧不肯认输。他虽然同意巴克莱和别人的意见,认为在菲利打一场防御战不可能,可是他满怀俄罗斯爱国精神和对莫斯科的热爱,提议在夜间把军队从右翼调到左翼,第二天攻击法军的右翼。意见产生了分歧,对这个意见有的赞成有的反对。叶尔莫洛夫、多赫图罗夫和拉耶夫斯基同意贝尼格森的意见。他们不明白这个会议并不能改变不可避免的战局的发展趋势,实际上莫斯科当时已经放弃了。其余的将军们懂得这一点,他们把莫斯科问题放在一边,只谈军队在撤退时应采取的方向。玛拉莎目不转睛地望着她面前的情形,对这个会议的意义有她自己的理解。她觉得这不过是"老爷爷"和那个"穿长袍的"(她这样称呼贝尼格森)两人之间的争吵。她看出,他们俩对话时都带着怒气,而她内心是向着老爷爷的。在争论中,她看见老爷爷向穿长袍的投了迅速机敏的一瞥,使他无言以对:贝尼格森突然脸通红,气愤地在屋里走来走去。贝尼格森之所以这么激动,是因为库图佐夫对贝尼格森所提出的夜间把军队从右翼移到左翼以进攻法军右翼的意见的利弊,在发表自己的意见时,其声调十分安静而安详。

"诸位,"库图佐夫说,"我无法赞同伯爵的计划。在离敌人很近的地方调动军队,总是危险的,军事历史也证实了这一点。

就拿弗里德兰战役来说吧,那次战役……伯爵一定记得很清楚,并算不上成功,就因为我们的军队在太靠近敌人的地方重新布置……"接着是一阵短暂的沉默,然而大家都觉得沉默的时间很长。

讨论又恢复了,但时时中断,好像再没有什么可说的了。

在一次中断的时候,库图佐夫深深地叹了口气,似乎准备要说话似的。大家都转脸看着他。

"诸位,看来打破瓶瓶罐罐得由我来赔偿了,"他慢慢地站起来,走到桌旁。"诸位,你们的意见我都听了。有的不同意我的意见。但是我以皇帝和祖国授给我的权力,命令撤退。"

将军们开始散了,都带着严肃和默默无言的谨慎的神情,就仿佛送完了葬走散似的。

有几个将军放低了声音,用与他们在会议上说话时截然不同的腔调,告诉总司令一点什么事。

将军们走后，库图佐夫用臂肘支着桌子坐了很长时间，他总在想那个可怕的问题："什么时候，究竟是什么时候决定放弃莫斯科的？这是谁的罪过？"

"我没想到这个，"他对深夜走来的副官施奈德说，"我没料到"

"您应该休息一下了，勋座，"施奈德说。

"不行！让他们也像土耳其人一样吃马肉，"库图佐夫没有回答，用他那胖胖的拳头擂着桌子喊道，"他们也将要落这么一个下场的，只要……"

五

当时，在退出莫斯科与焚毁莫斯科这一事件中，拉斯托普钦（我们都觉得他是这一事件的领导者）采取了与库图佐夫截然相反的行动。

放弃莫斯科与焚毁莫斯科这一事件，也和在波罗底诺战役后军队不战而退到莫斯科以东一样，同样都是不可避免的。

每个俄国人，不是靠推理，而是靠我们和我们祖先心中的感情，就能够预见到所发生的一切。

从斯摩棱斯克到俄国土地上所有的城市和农村，不用拉斯托普钦伯爵和他的传单的干预，在莫斯科发生的事，在那里也同样发生了。人民冷漠地等待着敌人，他们不闹事，不焦急，而是安静地等待着自己的命运，相信他们在困难的时刻能找到办法。只要敌人刚一逼近，最富有的居民就撇下自己的财产逃跑了；穷人留下来，他们烧掉和毁掉留下来的东西。

1812年在俄国社交界就有这样的认识，甚至预感到莫斯科将要失守。那些早在七月和八月上旬就开始离开莫斯科的人们，说明他们已经想到了这一点。那些离开的人们带走他们能够带走的东西，丢下住宅和一半财产。

"逃避危险是可耻的；只有胆小鬼才逃离莫斯科，"有人对他们说，拉斯托普钦在他的传单里暗示他们说，逃离莫斯科是一种耻辱。他们不好意思落个胆小鬼的名声，不好意思离开，但是他们仍旧离开了，因为他们知道非这样不可。他们为什么离开呢？不能认为是拉斯托普钦用恐怖把他们吓跑的。人们全在逃走，并且最先逃走的全是一些富有的、受过教育的人，他们十分清楚，维也纳和柏林都保存完整，在拿破仑占领这些城市期间，居民们和可爱的法国人相处得非常融洽，那些法国人当时很受俄国人，尤其是俄国妇女的欢迎。

他们之所以逃走，是因为对俄国人来说，不可能有这样的问题：法国人统治莫斯科有好坏之别。受法国人统治绝对不行:这比什么都坏。在波罗底诺战役之前,他们就开始逃离,波罗底诺战役之后逃得更快了,根本不理会有保卫莫斯科的号召,不理会有莫斯科总督打算抬着伊韦尔圣母像去打仗的声明,不理会有消灭法国人的气球,不理会有拉斯托普钦传单中的大放厥词。他们明白,打仗是军人的事,倘若军队不能打仗,那么,带着小姐和家奴去三山打拿破仑是不行的,那只有走,只能听任自己的财产被毁掉。他们各自逃走了,而正是因为他们都逃走,才实现了一个成为俄罗斯人民最光荣的伟大事件。那个早在六月就带着黑奴和女仆们从莫斯科启程到萨拉托夫省乡下去的太太,模糊地感觉到她不愿做波拿巴的奴隶,并且害怕被拉斯托普钦伯爵的命令留下,她做了一件简单而真正的拯救俄国的伟大事业,可是拉斯托普钦伯爵怎么样呢,他时而笑话逃走的人,时而疏散政府机关,时而把不能用的武器发给一群酒鬼,时而高抬着圣像游行,时而禁止奥古斯丁神父搬走圣者遗骸和圣像,时而征用莫斯科一切私人车辆,时而用一百三十六辆车搬运列比赫制造的气球,时而暗示他要烧掉莫斯科,时而讲他放火烧了他自己的住宅,向法国人发了一篇宣言,愤怒地指责他们破坏了他的孤儿院;时而命令民众捉奸细,把奸细全交给他,时而又责备民众捉拿奸细,时而把所有法国侨民全赶出莫斯科,时而又许可莫斯科所有法国侨民的中心人物奥贝尔—夏尔姆夫人留在城内,时而却下令逮捕和放逐没有多少罪过的年高德重的邮政局长克柳恰廖夫;时而在三山召集民众攻打法国人,时而为了要摆脱民众,叫他们去杀人,而他自己却从后门溜掉了;时而说他为莫斯科的不幸而悲伤,此人不清楚当前发生的事件的意义,一心只想做一点使人吃惊的事,只想做一番爱国的英雄事业。

六

海伦跟随宫廷从维尔纳回到彼得堡,却陷入困境。

在彼得堡,海伦受到一位身居国家要职的大人物的格外保护。在维尔纳,她又和一个年轻的外国亲王关系密切。海伦回到彼得堡,亲王和那位大官两人全在彼得堡,两人都声称他们有保护的权利,这对海伦还是一个新课题:要和两方保持亲密的关系而又不得罪任何一方。

这对于其他女人好像是困难的,几乎是不可能的事,而对别祖霍娃伯爵夫人来说,根本不当回事,她享有最聪明的女人的声誉,绝非偶然。倘若她隐瞒自己的行为,耍手腕想从尴尬的处境中解脱出来,那她就等于自认有罪,反倒会坏事;但是海伦却相反,像一个无所不能的大人物,即刻站到正确的立场,并且她衷心地相信自己正确,把所有别人都放在有罪的地位。

当那个年轻的外国人责备她的时候,她高傲地抬起头,向他半转过身来,斩钉截铁地说:

"哼,男人就是自私。我为您牺牲自己,反而得到这样的报答。阁下,您有什么权利这样对待我?"

大官好像要说什么。海伦打断了他的话。她说道:"或许他对我的感情超出了父爱,但是,你让我怎么办好呢?我只求对得起自己的良心。"她把手放到她那高高耸起的美丽的胸脯上,抬着头说道。

"请听我对您说"

"您只有娶了我才有权这样说。"

"这根本不可能。"

"您不想娶我,您……"海伦说着哭了。那个大官只好安慰她;海伦含着眼泪说,没有什么东西能够妨碍她结婚,有这样的例子,她说她始终不是她丈夫的妻子,她是一个无谓的牺牲品。

"但是法律,宗教……"那个大官算是服了,说。

"法律,宗教……倘若这些玩意儿办不到这种事,那要它干什么用!"海伦说。

大官大为吃惊,他怎么就没想到这么简单的道理呢?于是他去请教那些同他要好的耶稣教的教友们。

几天以后,海伦在石岛举行了一次愉快的宴会,在宴会上,人们给她引见了一位耶稣会教士德若贝尔先生,这是一个上了年纪、白发苍苍、十分可爱的人物,他和海伦在花园里灯光下,在音乐伴奏声中谈了好久,他们谈对上帝的爱,对基督的爱,对圣母圣心的爱,谈唯一真正的天主教给予人们的慰藉,海伦感动了,泪水涌上她和德若贝尔先生的眼睛,声音也颤抖了。第二天,德若贝尔先生在晚上单独来拜访了海伦,从此以后,他就经常到她家去了。

有一天,他把她领到天主教堂里,她跪在祭坛前面。他把手放在她头上,事后她对人说,她感到有一股清凉的风吹进她的灵魂,人家对她说,这就是神恩。

不久,给她领来一位老神父,他听了她的忏悔,宽恕了她的罪过。第二天,给她送来一只盛着圣餐的匣子,供她使用。几天以后,海伦兴奋地得知,她已经入了真正的天主教会,很快,教皇就要亲自批准她,给她寄来证书。

在这期间,在她身边发生的一切和她本人遇到的一切,如此多的聪明人以快乐、精细周密的方式对她表示关怀,她现在打扮得鸽子一样洁净(她现在只穿白衣服,扎白缎带),——所有这一切都使她十分兴奋;可并不会因为兴奋而忘记了她的目的。就像常有的情形，一个愚蠢的人比许多聪明人更诡计多端，她知道，所有这些花言巧语和奔忙的目的，都是为了要她改信天主教，然后从她那儿为耶稣会捐些款，在拿出钱来之前，她坚持要为她办好摆脱丈夫的各种手续。一次，她和忏悔神父谈话时，坚决要求他回答一个问题：她的婚姻关系到底对她约束到什么程度。

他们坐在客厅的窗口。黄昏时分。窗外飘来花香。海伦穿一身露着肩膀和胸脯的白衣服。老神父保养得十分好，下巴刮得光光的，生着一张令人喜爱的嘴巴，一双白净的手温顺的交叠在膝盖上，靠近海伦坐着，嘴角露出精明的微笑，不时地用欣赏她的美丽的目光安静地看一看她的脸，说出他对他们共同关心的问题的看法。海伦不安地微笑着，看着他那卷发和刮得光光的、发青的胖胖的腮帮，她每时每刻都在等待着转换新的话题。但是那个神父虽然在欣赏谈话对手的美貌，享受与她接近的快活，但是很显然，他只关心处理本职工作。

这位良心指导者发表了如下的意见。您不了解您所作所为的意义，就发誓忠贞于一个男人，而那个男人不相信结婚的宗教意义就结了婚，这样就犯了亵渎神圣罪。这种婚姻没有它应有的两方面的意义。然而，虽然如此，誓言对您仍旧具有约束力。您违背了誓言。您这样就犯了什么罪呢？是轻罪还是死罪？是轻罪。因为您的行为没有恶意。倘若您现在为了生儿育女再次结婚，您的罪会得到宽恕的。但这个问题又分为两个方面：第一……"

"不过，我认为，"感到无聊的海伦突然带着迷人的笑脸说，"我既然笃信了真正的宗教，我就不能受虚伪的宗教约束了。"

七

海伦明白，从宗教的观点看，那件事原本既简单又容易，而她的指导者却把它弄得十分复杂，那是因为他们担心世俗当局对这问题的看法。

于是，她决定在上流社会做好准备工作。她挑逗那个显贵的老头的醋意，把她对另一个求爱者说过的话告诉他，也就是提出这样的问题，要想拥有她，只有一个办法就是娶她。那个年老的大官刚一听到一个有夫之妇要改嫁，和那个年轻人一样，吓了一跳，可海伦认为这跟姑娘出嫁一样简单，她这坚定的信念也影响了他如果海伦露出一丁点儿犹疑、害羞或掩饰，那么事情就会弄糟；事实上，不但没有掩饰和害羞的痕迹，并且相反，她带着一派天真娇憨的神情对她的一些亲密的朋友说（这等于告诉了整个彼得堡），亲王和那个大官都向她求婚，两个人她都爱，她不愿让哪怕一个感到痛苦。

于是一个流言很快传遍了彼得堡，流言不是说海伦要和她丈夫离婚，而是传播了如下的流言，说不幸的可爱的海伦正在徘徊，不知道应该嫁给两个人中的哪一个。问题已经不是这桩婚事是否有可能，而是嫁给谁比较好，宫廷是如何看法。不错，确实也有些思想保守的人不能理解这样的问题，他们认为这种意图有违婚姻的圣礼；可是这种人不多，并且他们默不作声，多数人感兴趣的问题是海伦交的好运和选择哪个配偶较好。至于一个女人在丈夫还活着的时候就嫁给另外的男人，是好事还是坏事，他们避而不谈。

只有那年夏天来彼得堡看儿子的玛丽亚·德米特里耶夫娜·阿赫罗西莫娃敢于当众违反公论，发表了自己的意见。有一次，在舞会上，玛丽亚·德米特里耶夫娜碰见了海伦，她把她拦在舞厅中央，在四周一片沉默气氛中，她没好气地对她说：

"听说你扔掉自己的丈夫要嫁人了。你以为这是你的新发明吗？已经有人走到你前面了，亲爱的。这点子早就不新鲜了。凡是坏女人全是这么办的。"玛丽亚·德米特里耶夫娜在说这些话时，习惯地摆出威吓的姿势，卷起宽大的袖筒，严肃地环顾四周，走了过去。

虽然人们都怕玛丽亚·德米特里耶夫娜，但是在彼得堡都把她看作一个可笑的人。瓦西里公爵近来格外经常忘记他说过的话，一样的话能说上一百遍，每次看见女儿说：

"海伦，我有话跟你说，"他把她领到一边，朝下拉她的手，对她说。"我知道，你吃了很多苦，乖孩子你愿意怎么办就怎么办吧。这就是我对你的建议。"他总是掩藏着非常激动的心情，把他的腮帮贴了贴女儿的腮帮，就走开了。

比利宾是海伦亲密的朋友，在海伦的男朋友中，他是一个时常在贵夫人府邸走动、永远不会坠入情网的人，有一次在亲密的小圈子里，比利宾对那个问题表示了自己的看法。

海伦用她那戴着戒指的白净的手碰了碰他的燕尾服的袖子，说："比利宾，我亲爱的，我该怎么办？这两个人中我应该选择哪一个呢？"

比利宾皱着眉头，嘴角含着微笑，沉思了一下。

"作为一个真正的朋友，您知道，倘若您嫁给了那个亲王。（这是指那个年轻人），"他屈起一个指头，"您就没有做另一个人的太太的机会了，并且还会招来宫廷的麻烦。您可以嫁给老伯爵，您可以使她兴奋，然后……那个亲王就可以娶您这个显贵的遗孀了。"

最后，比利宾终于如释重负。

"您真够朋友！"海伦容光焕发，又一次碰了碰比利宾的衣袖。"但是，这两个人我都爱,我不想让他们当中的任何一个痛苦。为了他两个人,我愿牺牲生命。"

比利宾耸了耸肩膀,表示对这种难办的事,他也无能为力了。

"这个女人真厉害,她想做三个人的老婆。"比利宾心里想道。

"但是,我问您,您的丈夫怎样看这个问题呢?"他说,因为他的声誉卓著,不怕提出这样幼稚的问题而降低自己的身价。"他同意吗?"

"啊!他很爱我!"海伦说,不知为什么她觉得皮埃尔也爱她。"他愿为我做任何事。"

"离婚也愿意?"他说。

海伦大笑起来。

倘若说有谁敢于怀疑这桩正在进行的婚事,那么,海伦的母亲库拉金公爵夫人就是其中的一个。她常常为嫉妒自己的女儿而烦恼,而现在所嫉妒的事情是公爵夫人最关心的事情,她就不能容忍了。她就这个问题请教了一位俄国神父:在丈夫还活着的时候能不能离婚和再嫁,神父告诉她,这是不允许的,并且使她兴奋的是,那个神父给她看一段《福音书》的经文,在那段经文里断然否定了在丈夫活着的时候再婚的可能性。

公爵夫人自以为有了这些不容争辩的论据作武器,一大早就坐着车去找女儿,她想一个人见到她。

海伦听了母亲反对的意见后,温和地、嘲讽地笑了笑。

"《福音书》里说得很清楚:谁愿意娶一个离过婚的女人……"老公爵夫人说。

"咳,妈妈。少说废话吧。您全不明白。按我的地位,我有我应尽的义务。"海伦说。

"可是,我的好孩子……"

"咳,妈妈,您怎么就不明白,神父是有宽恕权的……"

正在这时,海伦家里的女伴进来报告说,亲王殿下在大厅里等着见她。

"不,告诉他,他说话不算数,我不想见他。"

"伯爵夫人,一切罪过都应得到宽恕。"一个长脸长鼻子的金发年轻人走了进来,说。

老公爵夫人恭敬地站起来,行了屈膝礼。那个进来的年轻人没理会她。公爵夫人向女儿点了点头,轻轻地走了出去。

"不,还是她对,"老公爵夫人想道,亲王殿下的出现,使她的信念幻灭了。"她是对的;怎么我们在一去不回的青春时候就不懂得这个呢?这很简单呀,"老公爵夫人坐在车里想道。

八月初，海伦的事情彻底确定了，她给她丈夫写了一封信告知他，她打算嫁给NN，还说她信了唯一真正的宗教，并请他履行离婚所必需的所有手续，送信人将告诉他应办的手续。

　　这封信到皮埃尔家里的时候，他正在波罗底诺战场上。

八

　　波罗底诺战役就要结束的时候，皮埃尔又一次从拉耶夫斯基的炮垒跑下来，和一群伤兵顺着山谷向克尼亚济科沃村走去，走到救护站，他看见血，听到喊叫和呻吟，就赶忙混进士兵群里，仍旧往前走。

　　皮埃尔现在只想一件事，那就是尽快从这一天他所感受的可怕的印象中逃出来，回到日常生活中来，在自己的房里躺在床上平静地睡一觉。只有在日常生产的环境中他才觉得他能够明了他自身和他所见到的和感受的一切。但是那种日常生活的环境却到处都找不到。

　　虽然在他走着的大路上没有炮弹和枪弹的呼啸，但是四周仍旧战场一样。仍旧是那些痛苦的、疲乏的、有时淡漠得出奇的面孔，仍旧是那些血，那些军大衣，那些射击声，枪声虽然离得十分远，可依旧引起恐怖；此外再加上天气闷热，尘土飞扬。

　　沿着莫扎伊斯克大道走了大约三俄里，皮埃尔在路边坐下。暮色降临大地，隆隆的炮声平息下来。皮埃尔倚着胳膊肘躺了好久，在黑暗中望着从他身旁走过的影子。他总觉得有一颗炮弹呼啸着向他飞来；他颤抖着欠起身来。他不记得他在这儿待了多久。半夜，有三个士兵弄来一些干树枝，在他身边停下，点起火来。

　　士兵们斜着眼看皮埃尔，把火点着后，放上一口锅，把面包干掰碎放到锅里，还放一点肥肉。食物和肥肉的香味混杂着烟味。皮埃尔抬了抬身子，叹了一口气。那三个士兵边吃边谈，并不管皮埃尔。

　　"你是干什么的?"一个士兵突然问皮埃尔，他问的意思很明显就是皮埃尔心中所想的：你想吃，我们可以给你，但是我们要知道你是不是好人？

　　"我？我？……"皮埃尔说，他觉得必须尽量降低自己的社会地位，为跟士兵更接近，更为他们所了解。"说实话，我是民兵军官，但是我的弟兄们不在这儿；我来参加战斗，跟自己的人失掉了联络。"

　　"你看你!"一个士兵说。

　　另一个士兵直摇头。

"好,你想吃就吃吧,尝尝我们的面糊糊!"第一个士兵说,他把木勺舔干净,递给皮埃尔。

皮埃尔坐近火堆,开始吃锅里的面糊糊,他觉得,他从来没吃过这么好吃的东西。当他对着锅弯下身来贪馋地一大勺一大勺地舀着吃的时候,他的脸被火光照亮了,士兵们静静地望着他。

"你要到哪儿去?你说说!"一个士兵又问。

"我去莫扎伊斯克。"

看来,你是贵族吧?"

"是的。"

"叫什么名字?"

"彼得·基里洛维奇。"

"那好啦,彼得·基里洛维奇,咱们一块走,我们领你去。"

士兵们和皮埃尔一块摸黑朝莫扎伊斯克走去。

当他们走近莫扎伊斯克,爬陡峭的山路进城的时候,鸡已经叫了。皮埃尔只顾跟着士兵走,全然忘了客栈是在山下,他已经走过了。如果不是在半山腰碰见他的马夫,他肯定不会想起这个的(他已经失魂落魄了);他的马夫到城里找他,在返回客栈的路上,看见黑暗中发白的帽子,认出了皮埃尔的。

"大人,"他急促地说,"他们还以为没希望了呢。您干吗步行啊?您还要到哪儿去,请问!"

"哎呀,对了"皮埃尔说。

士兵们停住了。

"怎么,找到自己的人了?"其中一个说。

"再见!彼得·基里洛维奇,似乎是吧?再见,彼得·基里洛维奇!"另一些声音说。

"再见,"皮埃尔说,就同马夫一块到客栈去了。

"应该给他们点什么!"皮埃尔抓着衣兜想道。"不,不必啦,"似乎有一个声音对他说。

客栈已经没有空房了,都满了。皮埃尔穿过院子,蒙起头睡在他的马车里。

九

皮埃尔头刚挨着枕头,就觉得睡着了;可是忽然间,差不多跟现实一样清晰,听起了砰砰的射击声、呻吟声、喊叫声、炮弹的落地声,闻到了血腥和火药味,于是他感到恐怖和死的畏惧。他吃惊地睁开眼睛,从大衣底下抬起头来。院子里悄无声息的。只有一个勤务兵在大门口,一边踏着泥浆,一边和店东谈话。在皮埃尔的头顶上,在黑暗的棚屋里,有鸽子被他坐起来的响声惊动了,拍打了翅膀。满院子散发着和平的、此时使皮埃尔感到兴奋的、强烈的客栈气味,还有干草、马粪和焦油的气味。在两间灰暗的棚屋之间,可以看见繁星点点的晴空。

"谢天谢地,再没有那个了,"皮埃尔想,又蒙上头睡了。"恐惧的感觉真是可怕,我对它屈服真是可耻! 可是他们……他们一直是那么坚定,那么沉着……"他想。皮埃尔所说的他们,就是士兵——那些炮垒上战斗的,那些给他饭吃的,那些向圣像祈祷的士兵。他们——这些奇特的、在这之前他所不了解的他们,在他的思想中,和其他任何人清清楚楚地、截然不同地区分开来。

"当一名士兵,一个地地道道的士兵!"皮埃尔迷迷糊糊地在心中想道。"把整个身心都投入在这种共同生活中,深入地体验使他们变成他们那个样子的一切。但是,怎样抛掉自己身上所有多余、可恶的东西呢? 怎样抛掉身外的一切负担呢? 一个时期我能做到这一点。我可以依照我的意愿离开父亲。我还可以在多和多洛霍夫决斗以后被罚去当兵。"在皮埃尔想象中浮现出他要求多洛霍夫决斗的那次俱乐部的宴会。他欠起身来,就在这一瞬间,他觉得腿很冷,原来腿露了出来。

他觉得挺害臊的,赶忙用手捂着他的腿,大衣果真从腿上滑下去了。皮埃尔在盖好大衣的时候,睁眼一看,见到的仍旧是棚屋、柱子、院子,但是现在这一切全泛着青灰色,明亮了,面上有一层露水或霜花的闪光。

"天亮了,"皮埃尔想。"但是,我不要这个。"

后来皮埃尔在回忆这些思想的时候,虽然这些思想是由当天的印象引起的,但是他相信它们是他身外什么人对他说的。

"战争,是人类自由对上帝法律的服从,并且是最艰苦的服从,"有一个声音这样说。"朴实是对上帝的顺从。他们是朴实的。他们不说,只是做。人怕死,就得不到什么东西。谁不怕死,一切全都归他。不经历一番忧患,人就不知道自己的局限,就不能认识自己,最难的是善于在自己的灵魂中把所有事物的意义联合起来。把一切联合起来?"皮埃尔自言自语。"不,不是联合。无法把思想联合起来,而是把这一切思想结合起来——这才是应该做到的! 是的,得结合起来! 得结合起来!"皮埃尔满心欢喜地反复自言自语,他觉得,正是这些话,也只有这些话,才表达出了他想表达的,而且彻底解决了使他烦恼的问题。

"是的,得结合起来,是结合的时候了。"

"得套车了,是套车的时候了,大人! 大人,"一个声音在反复地说,"得套车了,是套车的时候了……"

车夫叫醒了皮埃尔。太阳已经照到皮埃尔的脸上了。他看了看肮脏的客栈的院子,在院子中间的井旁边,几个士兵正在饮几匹瘦马,几辆大车正赶出大门。皮埃尔愤愤地转过脸去,闭上眼睛,又倒在马车座位上。"不,我不要这个,我不要看见和了解这个,我要弄懂在梦中启示我的东西。我应该怎么办呢? 结合,可是怎样把一切结合起来呢?"皮埃尔担心地感到,他在梦中所见所想的一切,全泯灭了。

马夫、车夫和店东全告诉皮埃尔说,一个军官来告知说,法国人就要到莫扎伊斯克了,我们的人正在撤退。

皮埃尔站起来,吩咐套车,追赶他们,他步行穿过那座城市。

军队开拔了,留下上万的伤员。在各家院子里和窗口里全能看见伤员,大街上也挤满了伤员。在街上运伤兵的车四周,发出一片喊叫,咒骂和拳击的声音。皮埃尔的马车追上了他们,他让一个相识的受伤的将军坐上他的车,和他一起回莫斯科。在路上皮埃尔得知了他内兄和安德烈公爵的死讯。

十

三十日,皮埃尔回到了莫斯科。要到城门口的时候,拉斯托普钦伯爵的副官向他迎过来。

"我们四处找您,"副官说。"伯爵非要见您不可。他请您立刻到他那儿去,有一件非常重要的事。"

皮埃尔没有回家,雇了一辆马车,就到总督那儿去了。

拉斯托普钦伯爵这天早上刚从郊外索科尔尼茨别墅回到城里。伯爵住宅的前厅和接待室挤满了官员,已经见过伯爵的瓦西里奇科夫和普拉托夫对他说,保卫莫斯科已经不可能,莫斯科要放弃了。这个消息虽然瞒着居民,可官员们、各机关的首长们,和拉斯托普钦伯爵一样,全知道莫斯科将要落入敌手;但是他们为了推卸责任,全来向总督请示他们掌管的部门应该怎么办。

皮埃尔进入接待室时,一个军队的信使从伯爵的房间走了出来。

信使对人们向他提出的问题一个劲地摆手,穿过大厅走了出去。

在接待室等候时,皮埃尔睁开疲倦的眼睛环顾室内的官员们,有老的和少的,文的和武的,大的和小的。大家全现出不满和不安的样子。皮埃尔走到一群官员面前,其中有一个他认识的。他们和皮埃尔打过招呼后,仍旧谈他们的话。

"先疏散,过后再回来,万无一失;处在现在的情况,不管怎样负不了责。"

"你瞧他写的什么,"另一个人指着手里拿着的印刷品,说。

"这是另一回事了。那是给老百姓看的,"第一个人说。

"那是什么?"皮埃尔问。

"是一张新传单。"

皮埃尔拿过来,读起来。

"库图佐夫阁下为了同前来的部队尽快会合,已越过莫扎伊斯克,并建立了坚固的阵地,敌人不会忽然向他进攻。已经从这里给他运送四十八尊大炮和火药,阁下说,他要保卫莫斯科到最后一滴血,直至进行巷战,弟兄们,你们不要为政府机关关闭而担心:秩序一定要维持,我们要用我们的法庭收拾那些坏蛋! 必要时,我可以召集城市和农村的青年。一两天内我将发出号召,现在还不需要,暂且我不作声。斧头是好东西,猎熊的矛也不错,可最管用的还是三股叉;一个法国佬并不比一束黑麦重。明天午饭后,我要把伊韦尔圣母像抬到叶卡捷琳娜医院给伤兵治病。我们在那里祈求圣水:使他们快点康复;我现在十分健康:本来一只眼有病,可是现在,我两眼雪亮。"

"但是,军界的人告诉我,"皮埃尔说,"在城里作战绝对不可能,并且阵地⋯⋯"

"就是嘛,我们也是那么说嘛,"第一个官员说。

"他说'我本来一只眼有病,可是现在,我两眼雪亮,'是什么意思?"皮埃尔说。

"伯爵生过针眼,"那个副官笑着说,"我告诉他,人们来问,他怎么啦,他听到这个很不安。伯爵,"副官突然带着笑脸对皮埃尔说,"怎么听说您的家庭也出点事儿? 听说伯爵夫人,您的太太⋯⋯"

"我什么都没听到,"皮埃尔冷淡地说。"您听到什么了?"

"咳,您知道,反正人们老是爱瞎猜疑。我只是道听途说。"

"您到底听到什么了?"

"听说,"副官还是堆着笑说,"伯爵夫人,您的太太,要到国外去。是胡说⋯⋯"

"可能,"皮埃尔说,他不在意地环顾四周。"那是谁啊?"他指着一个穿着清洁的青灰色大衣的小老头,问道。

"他么,是一个商人,饭馆的老板、韦列夏金就是他。或许您听说那件布告的事了吧?"

"噢,原来他就是韦列夏金!"皮埃尔说,看着老商人那张坚强镇定的面孔,在他脸上寻找奸细的神情。

"这不是他本人。他是写布告的人的父亲，"副官说。"他儿子坐牢了，看来不会有什么好下场。"

一个戴勋章的小老头，还有一个脖子上挂着十字架的官吏，走到谈话的人们面前。

"您知道，"那个副官讲起来，"这是一桩糊涂案子。那篇宣言是两个月以前出现的。伯爵得到报告后，就命令追查。加夫里洛·伊凡内奇查出，那篇宣言经过六十三人的手。问其中的一个：'谁给你的？'——'某某给的'。于是问那个人：'谁给你的？'就这样最后问到韦列夏金……一个没受过什么教育的生意人，您知道，一个小老板，"副官微笑着说。"问他：'你从谁手里得到的？'他只能从邮政局长那里得到。很明显，他们事先全串通好了。他说：'谁也没给我，是我自己写的。'吓唬他，盘问他，他一口咬定：'是我自己写的。'就这样禀报给伯爵。伯爵吩咐把他叫来。'你的布告是从谁那儿弄来的？''我自己写的。'您猜伯爵怎么样！"副官带着骄傲的快活的微笑说。"伯爵几乎火冒三丈，想想看吧：居然那么胆大妄为，扯谎和顽固！……"

"噢！伯爵是想让他供出克柳恰廖夫，我明白了！"皮埃尔说。

"根本不需要，"副官惊惶地说。"就是没有这一条，克柳恰廖夫也有的是罪状，所以才把他流放了。问题是伯爵非常气愤。'你怎么会写呢？'伯爵说。他从桌上拿起一份《汉堡日报》——'这就是它。不是你写的，是翻译的，并且翻得十分糟，因为你这个笨蛋根本不懂法语。'您猜怎么着？'不，'他说，'我什么报纸都不看，是我写的。'倘若这样，你就是叛徒，我就把你交给法院审判，你就会绞死。你说，是谁给你的。——'我什么报纸都不看，是我写的。'结果就是这样。伯爵把他父亲叫来：这个老头子也是死不承认。于是把他儿子交付审判，可能判了苦役。现在他父亲是来为他求情的。这小子坏透了。您知道，这种商人的子弟，全是些花花公子，专门玩女人的，不知在哪儿听了几次演讲，就不知如何是好了。这是一个地道的小流氓！"

十一

在这场新的谈话中间，皮埃尔被请去见总督。

皮埃尔走进拉斯托普钦伯爵的办公室。在皮埃尔刚进去，拉斯托普钦皱着眉头，用手揉搓着额头和眼睛。一个矮个子正在说什么，皮埃尔一进来，他立刻住嘴，走了出去。

"啊！您好，勇敢的战士，"那个人走出去，拉斯托普钦就说。"我听到您的伟大战绩了！但是问题不在这儿。请问您是不是共济会员？"拉斯托普钦伯爵说，口气非常严厉，似乎在这个问题上出了什么事，但是他可以原谅。皮埃尔没说话。"我知道，有各式各样的共济会员，我希望您不是那种名为拯救人类而事实上是想毁灭俄国的人。"

"是的，我是共济会员，"皮埃尔答道。

"那么好，我的好朋友！我想您肯定知道斯佩兰斯基和马格尼茨基已经被流放到他们应去的地方了；对克柳恰廖夫也要这么办，对其他那些假借建设所罗门圣殿但却竭力破坏自己祖国圣殿的人也要这样办。您可以知道我这样做是有道理的，倘若此地的邮政局长不是坏人的话，我也不至于流放他。我已经知道，你把自己的马车借给他，送他出城，您甚至替他保存文件。我为您好，不希望您遭灾祸，我比您年长一倍，我像父亲一样劝告您，不要跟那些人来往，您自己也要赶快离开这儿。"

"克柳恰廖夫到底犯了什么罪？"皮埃尔问。

"这是我的事，用不着您问，"拉斯托普钦嚷道。

"倘若说，有人控告他散发拿破仑的布告，可是并没有证据，"皮埃尔说（眼睛不看拉斯托普钦），"韦列夏金……"

"完全正确"拉斯托普钦一下子皱起眉头，打断皮埃尔的话，喊的声音比刚才更高了。"韦列夏金是个叛徒和内奸，他应该受到他应得的处罚，"拉斯托普钦像一个人记起受辱的情景似的,怀着满腔的愤怒说。"我叫您来不是为了讨论我的事情,而是为了给您忠告,或者说是给您命令,倘若你喜欢这样说的话。我请您跟克柳恰廖夫之流的先生们断绝关系,而且离开这儿。我决不允许有任何胡闹的行为。"或许他忽然记起他是在斥责还没有犯罪的别祖霍夫,于是他友好地握起皮埃尔的手,又说:"对不起,我太不客气了。但是,我的好朋友,您打算怎么办?我有时晕头转向!请您原谅。"

"我一点打算没有"皮埃尔回答,他仍然连眼皮也不抬,没有改变脸上沉思的表情。

伯爵皱紧着眉头。

"请您听从我的建议,再见,亲爱的。对啦。"他在门口对他喊道,"听说伯爵夫人陷入了耶稣会神父们的魔手,是真的吗?"

皮埃尔皱着眉头,怒冲冲的,从来还没生这么大的气,什么也没回答,就从拉斯托普钦那儿走了出去。

他回到家里时,天已经黑了。那天晚上到他家要见他的,有八个人。他那个营里的上校、账房先生、管家以及几个请愿的人。这些人全有事来找皮埃尔,全要他来解决。皮埃尔对这些事一点也不清楚,也不感兴趣,他对每个问题都给予答复,仅仅是为了要摆脱那些人。终于,只剩下他一个人的时候,他拆开妻子的信,读了一遍。

"他们——炮垒上的士兵,安德烈公爵阵亡了……老头子……应该受苦受难……一切事物的意义……在于结合起来……老婆要嫁人……要忘却,要了解……"他走到床前,和衣倒在床上,立刻就睡着了。

第二天早上醒来,管家进来报告说,拉斯托普钦伯爵专门派一位警官来打听他走了没有。

十来个人有事来找皮埃尔,全在客厅里等他。皮埃尔赶忙穿好衣服,不去见那些等他的人,从屋后的门廊走出了大门。

从这时起,一直到莫斯科大破坏结束,别祖霍夫家里的人虽然四处寻找,再也没看见皮埃尔,也不知他的下落。

十二

罗斯托夫一家在九月一日以前,也就是法军入城的前夕,一直待在莫斯科。

自从彼佳参加奥博连斯基哥萨克团,开拔到该团成立的地方——白采尔科维城以来，伯爵夫人感到心慌意乱。她的两个儿子全都参军，都从她的翅膀下飞走了，说不定今天或者明天，就有一个、也许两个一块被打死，她的一个熟人的三个儿子就是这样死的，这个想法在那年夏天第一次十分鲜明地在她脑际萦绕。她想把尼古拉弄回来，想亲自去看彼佳，设法在彼得堡给他找个事做，可这两件事全都不可能。彼佳除非随着团队一块或者趁着调到别的现役团队的时候回家一趟，否则是不可能回来的。尼古拉目前不知在哪儿，自从接到那封详细描述他跟玛丽亚公爵小姐邂逅的信后，就再没有音信了。伯爵夫人夜不成眠，一合眼就梦见儿子被打死。经过好多次商量和交谈，伯爵最终想出了安慰伯爵夫人的办法。他把彼佳从奥博连斯基团调到了在莫斯科近郊整编的别祖霍夫团。虽然彼佳还是在军队里服役，但是这样调换一下，伯爵夫人就可以在自己的翅膀下看见一个儿子而得到慰藉，并且怀着一个希望——把彼佳安置在一个永远不会参加战斗的岗位，不让他再走。当只有尼古拉一人处在危险之中时，伯爵夫人觉得，她爱老大胜过爱所有其他孩子；可是当小儿子彼佳，这个调皮捣蛋、不好好学习、净毁坏家里的东西、惹得人人讨厌的彼佳，落入那些身材高大、样子可怕、心肠残忍的男人中间，那些人不知为了什么正在厮杀，也不知为了什么他们从中居然找到乐趣，——每当这时，做母亲的就觉得，她疼爱这个小儿子胜过疼爱其他的孩子，日夜思念中的彼佳回莫斯科的日子越近，伯爵夫人的心情就越是不安。她甚至想，她永远也看不到这个幸福了。在她跟前的不但有索尼娅，并且还有心爱的娜塔莎，甚至还有丈夫，但是这都惹她烦恼。"他们与我有什么相干，除了彼佳，我什么人都不要！"她想。

八月底，罗斯托家里的人接到尼古拉的第二封信。信是从沃罗涅日省寄来的，他是派到那个省去买马的。这封信并没有使伯爵夫人得到什么安慰。她知道一个儿子脱离了危险，就更为彼佳担心了。

虽然到了八月二十日，差不多所有罗斯托夫家的熟人全都离开了莫斯科，虽然所有的人都劝伯爵夫人赶快离开，但是她的宝贝，她所宠爱的彼佳，没有回来之前，这件事，她连听都不愿听。八月二十八日，彼佳回来了。对于母亲的迎接时那份过于温情的慈爱，这个十六岁的少年军官心中并不满意。虽然母亲向他瞒着她的意图——不再让他从她的翅膀下飞走，但是彼佳明白她的秘密，他有一种本能的畏惧，害怕和母亲在一块会心软，会变得婆婆妈妈（他私下这样想），他对她冷淡、躲避她，他在莫斯科停留期间，只和娜塔莎一块玩儿，他对她怀有一种恋人般的深厚的感情。

因为伯爵一向马马虎虎，八月二十八日还没有做离开的准备，等候从梁赞和从莫斯科郊区的庄子来搬运家产的大车，一直等到三十日才到。

从八月二十八日到三十一日,整个莫斯科都在奔忙,都在活动。每天都从罗戈米洛夫城门运来几千名波罗底诺战役的伤员,从其他一些门运出几千辆满载着居民和财物的大车。虽然有拉斯托普钦的传单,或许与传单无关,或许正因为有了这种传单,一些彼此相反、离奇古怪的谣言在全城流传着。有人说,不许任何人出城;有人却说,所有的圣像全从教堂里抬了出来,要强制疏散;有人说,波罗底诺战役把法国人打垮了,还要再打一仗;又有人说,俄国军队都被消灭了;有人说,由神父率领的莫斯科民兵开赴三山;有人在窃窃议论,说有命令禁止奥古斯丁离开,捉到一些奸细,农民正在暴动,离开莫斯科的人在路上遭到抢劫,等等。但是,人们是这样说说罢了,而实际上,那些走的人和留下的人,嘴里虽不说,却感觉到(尽管决定放弃莫斯科的菲利会议还没举行),莫斯科肯定要放弃,得赶快离开,保全自己的财物。每个人都有这样的感觉:一切都要突然被破坏和改变,但是直到九月一日还没有什么变化。就像一个被拉去行刑的囚犯,明明知道快要死亡,但是还向他四周观看,扶正没戴好的帽子,莫斯科也是这样仍旧不自觉地过着通常的生活,虽然知道毁灭的时限已经临近,到时候一切已经习惯了的生活常规都要遭到彻底破坏。

在莫斯科被占领的前三天,罗斯托夫全家全在忙于各种事务。家长伊利亚·安德烈伊奇伯爵坐着车在城里不住地跑来跑去,从各处收集流传的谣言,在家里对于出行的准备做了些一般的指示。

伯爵夫人照料收拾东西,她对任何人都不满意,老是跟着不停地从她身边跑开的彼佳,嫉妒他老找娜塔莎,老跟娜塔莎在一起玩儿。只有索尼娅一个人料理实际的事务:包装东西。但是索尼娅近来十分忧郁和沉默。尼古拉的来信提到玛丽亚公爵小姐,使伯爵夫人十分兴奋,当着索尼娅的面说,尼古拉和玛丽亚公爵小姐的相遇是天作之合。

“博尔孔斯基做那塔莎的未婚夫,我从没欢喜过,”伯爵夫人说,“可是我总在希望,并且我有一种预感,尼古连卡会娶公爵小姐。这真太好了!”

索尼娅觉得这是实话,重振罗斯托夫家业的唯一办法,就是只娶一位富家的小姐,而公爵小姐就是一个难得的配偶。但这对她十分痛苦。虽然难过,或许正因为难过,她负起指挥归置和包装东西这份苦差。整天忙活着。伯爵和伯爵夫人只要有什么要吩咐的,就得找她。彼佳和娜塔莎却相反,不但不帮助父母,反而碍手碍脚,弄得全家厌烦。差不多整天都听见他们在家里跑来跑去,喊叫和莫名其妙地笑。他们笑,兴奋,根本不是因为有什么可笑的;但是,他们打心眼里兴奋,快活,所以不论碰到什么,他们都觉得好笑,好玩儿。彼佳快活主倘若因娜塔莎快活,他经常以她的心情为转移。而娜塔莎所以快活,是由于她郁闷得太久了,现在没有什么使她记起郁闷的原因，并且她身体也好起来了。她快活，还因为有人赞美她，彼佳也赞美她。最主要的，他们所以快活是因为莫斯科近郊已经发生战事，将要在各城门打仗，就要发放枪支，人们全在奔忙，全在逃往什么地方去，总之，正在发生十分的事，这总是令人高兴，尤其是对于年轻人。

十三

八月三十一日，星期六，罗斯托夫家里所有的东西全都翻了个样。所有的门都敞着，家具全搬了出去，或者换了地方，镜子和画全摘了下来。各屋全摆着箱子，地上横七竖八地放着干草、包装纸和绳子。抬东西的农民和家奴迈着沉重的脚步在镶花地板上走来走去。院子里全是农民的大车，有几辆已经装满了，绑好了，有几辆还是空的。

院子里和屋里，到处都是说话声、脚步声、互相呼唤的声音。伯爵一早就出去了。伯爵夫人受不了忙乱和喧哗，头痛起来，头上包着一块浸醋的布，躺在一间新起居室里。彼佳不在家。索尼娅在大厅看着包装玻璃器皿和瓷器。娜塔莎坐在她的房间地板上，周围乱放着衣服，缎带和围巾，她手里拿着她参加彼得堡舞会时穿过的旧舞衣（现在已不时兴），目不转睛地凝视着地板。

娜塔莎觉得惭愧，其他人都那么忙，而她什么事都不做，那天一早起来，她好几次想动手干活儿；但是她安不下心来；她做什么事情都是一心一意，全力以赴，否则她就做不成，也不会做。在包装瓷器时，她在索尼娅身旁站了一会儿，想帮帮手，但是她马上就撒手不管，跑回她的房间装自己的东西去了。开始，她把衣服和缎带分给女仆们，觉得很有趣，但是后来，当剩下的东西仍旧需要包扎的时候，她就觉得索然无味了。

"杜尼亚莎，你来包扎吧，亲爱的？好不好？"

杜尼亚莎很兴奋由她来干，娜塔莎坐在地板上，手里拿着旧舞衣，在那儿出神，可她想的根本不是她现在应当想的事。隔壁女仆房里使女们的说话声和她们从房里向后门走去的匆匆的脚步声，把她从沉思中唤醒了。娜塔莎站起来向窗外看。街上停着许多载着伤兵的大车。

使女们、男仆们、女管家、保姆、厨师、车夫、前导御者、厨房打下手的，全站在门口看伤员。

娜塔莎拿起一块白手绢披到头上，两手揪着手绢的角，朝大街上走去。

曾做过女管家的玛夫拉·库兹米尼什娜老太婆，从站在门口的人群里出来，走到一辆带椴皮篷的大车面前，跟一个躺在车上的脸色苍白的青年军官谈话。娜塔莎移近了几步，怯生生地停下来，仍然揪着手绢，听女管家说话。

"那么说来，您在莫斯科什么人全没有？"玛夫拉·库兹米尼什娜说。"您最好找一个平静一点的住处……您就住到我们这儿。主人全家全要走了。"

"我不知道可不可以，"那个军官声音微弱地说。"那就是我们的长官……您去问问看，"他指着在街上顺着一溜大车走回来的、肥胖的少校。

娜塔莎睁着吃惊的眼睛，瞧了瞧受伤军官的脸，马上迎着少校走过去。

"伤员能住到我们家里吗？"她问。

少校微笑着把手举到帽檐上。

"您想让谁去住，小姐？"他眯缝着眼睛，微笑着说。

娜塔莎把她的问话重说了一遍，她的脸和整个姿态都是很严肃，虽然她还揪着手绢的角，但是少校不再微笑了，他先想了一下，好像在掂量怎样回答才好，然后才给她一个肯定的回答，

"行啊，没什么不可以的，"他说。

娜塔莎微微点了点头，快步走到玛夫拉·库兹米尼什娜那儿，她正站在那个军官身旁，怀着怜悯的心情和他谈话。

"可以，他说，可以！"娜塔莎低声说。

那个军官的篷车拐进了罗斯托夫家的院子，几十辆伤员车应本城居民的邀请，都驶入各家的院子和波瓦尔大街各家的门口。接待新来的人们，这使娜塔莎十分欢喜。她和玛夫拉·库兹米尼什娜一块尽量多让一些伤员到自己的院子里来。

"还是要禀告老爷子才好，"玛夫拉·库兹米尼什娜说。

"没什么，没什么，反正全一样，咱们都搬到客厅里住一天，把咱们一半的房间让给他们。"

"瞧您说的，小姐，亏您想得出！就是住厢房、下房、保姆的房子也得问一声呀。"

"那好，我去问问。"

娜塔莎跑回家里，踮着脚尖走进卧室，屋里有一股醋酸味和药水味。

"您睡了吗？"

"哎哟，哪儿睡得着！"伯爵夫人才打了个盹儿，醒来说。

"妈妈，亲爱的，"娜塔莎说，跪在母亲面前，把脸贴近她的脸。"对不住，请原谅，我把您惊醒了，以后再也不敢这样了。玛夫拉·库兹米尼什娜叫我来的，运来了一些伤员，全是军官，您答应吗？他们没有地方安置；我知道，您肯定会答应的

……"她一口气急促地说。

"什么军官？把谁运来了？我一点也不清楚"伯爵夫人说。

娜塔莎笑了,伯爵夫人也微微一笑。

"我知道您会答应的……那么我就这样去告诉了。"娜塔莎吻了吻母亲,站起来向门口走去。

在大厅里她遇见父亲,他带着不好的消息回到家里。

"咱们还傻待着呢?"伯爵懊恼地说。"俱乐部也关门了;警察也走了。"

"爸爸,我把伤员请进家里来了,行吗?"娜塔莎对他说。

"当然行啦,"伯爵随便地说。"问题不在这儿,现在我要求你们少管这些不相关的小事,要帮助收拾东西,准备走,明天就走……"于是伯爵对管家和仆人发出了一样的命令。从外面回来的彼佳在吃饭的时候讲述他的见闻。

他说,今天老百姓全在克里姆林宫领枪支,拉斯托普钦在他的传单里虽然说两三天内将发出号令,但是已经有了确切的命令,明天所有居民就拿着武器前赴三山,那儿将有一场血战。

在彼佳讲这个的时候,伯爵夫人怀着怯怯的恐惧望着她儿子高兴的面孔。她知道,只要她说一句不让彼佳去参加这次战斗的话,他就会讲一些男子汉啦,荣誉啦,祖国啦之类倔强的、不容置辩的话,事情就会弄糟,所以,她是这样盘算的:趁战事没打起来就离开,把彼佳带走,做他的保卫者和庇护者,临时什么都不对彼佳说,晚餐后,她把伯爵叫来,含着眼泪求他赶快把她带走,倘若可能,当夜就带走。一直没露出任何畏惧的伯爵夫人,现在因为母爱而怀着女人不自觉的狡诈,说,倘若当夜不走,她肯定会吓死的。用不着假装,这时她真的什么都怕了。

十四

去看女儿的肖斯太太讲她在回家的路上,在肉商街一家酒店见到的情景,这使伯爵夫人更加恐惧了,她说有一些醉汉在酒店闹事,没法过去,她雇一辆马车绕小胡同回家;车夫告诉她说,那帮人把酒店的酒桶都打开了,说是有命令允许这样干。

饭后,罗斯托夫一家人高兴地忙着包扎东西,做动身的准备。老伯爵忽然管起事来,饭后他从屋里到院子,又从院子到屋里,不住地走来走去,胡乱地呵斥那些忙乱的人,弄得他们更加手忙脚乱。彼佳在院子里指挥。索尼娅对伯爵发出的自相矛盾的命令,不知应该怎么办,全都茫然失措了。满屋和满院子都是人们在喊叫,争论,喧哗。对什么事都热心的娜塔莎,也管起事来。开始的时候,她干预包装,别人都不信任他。人们是等着看她的笑话，都不听她的；可是她有一股子顽强的热情的劲儿，总得要人家服从她，倘若不听她的，她急得差点要哭出来，最后，她终于得到了人们的信任。费了她巨大的努力，提高了她的威信的第一件事，是包装地毯。伯爵家里有贵重的戈贝兰地毯和波斯地毯。当娜塔莎着手干活儿的时候，大厅里放着两口敞开的箱子：一口箱子差不多装满了瓷器，另一口装的是地毯。桌上还摆着很多瓷器，从库房里还不停地拿来。还得另装一口——第三口箱子，而且派人去取了。

"索尼娅，等一等，就这样我们全装得下，"娜塔莎说。

"不行，小姐，已经试过了，"餐厅侍者说。

"不，请等一下，"说着，娜塔莎从箱子里取出包着纸的盘子和碟子。

"盘子要放这儿，放到地毯里，"她说。

"三口箱子能把地毯装完就谢天谢地了，"餐厅侍者说。

"等一下，好不好。"娜塔莎开始快速、利落地挑选起来。"这个不要，"她是说基辅产的碟子，"这个可以，这个放到地毯里，"她是指的萨克森盘子。

"你少管吧，娜塔莎；行啦，让我们装吧，"索尼娅带着埋怨的口气说。

"哎呀，我的小姐！"管家说。但是娜塔莎不听，她把东西全扔了出来，又极快地装起来，决心把不好的地毯和瓷器不带走。于是都取出来重新装，果然，扔掉的全是一些不值钱的、不值得带走的东西，一切贵重的物品全装进两口箱子。但是盛地毯的箱子盖不上。实际上可以拿掉一些东西，但是娜塔莎坚持自己的意见。她装了，又重新改装，使劲地压，逼着餐厅侍者和彼佳（她把彼佳也拉来装箱）用力压箱盖，她也狠命地使劲。

"行啦，娜塔莎，"索尼娅说。"我看，是你对了，从上边拿掉一些嘛。"

"不行，"娜塔莎嚷道，她一只手拢住垂到汗津津的脸上的头发，一只手用力地按地毯。"压啊，彼佳，压！瓦西里奇，使劲压！"她嚷道。地毯压下去，箱盖合上了。娜达莎拍了拍手掌，兴奋得尖声叫起来。可只是一秒钟的事，转眼她又去做其他的事了，这时大家已经完全信任她了，当人们告诉伯爵，娜塔莉娅·伊利尼什娜改变了他的命令时，伯爵也没生气，家奴们有事就去问娜塔莎。多亏娜塔莎的指挥，事情进行得十分顺利：拿掉一些没用的东西，把最贵重的东西用最紧凑的方法装起来。

但是，无论全体人员怎么忙合，直到深夜还没有装完。伯爵夫人睡了，于是伯爵把行期延至第二天早上，他也休息去了。

索尼娅和娜塔莎和衣睡在沙发上。

那天夜里，另一个伤员被送到波瓦尔大街，站在大门口的玛夫拉·库兹米尼什娜把伤员让进罗斯托夫家的院子。她认为这个伤员肯定是个非常重要的人物。他乘一着一辆轻便马车，支着车篷，四周挡得严严实实。前座上，驭手旁边坐着一个老仆人。一个医生和两名士兵坐一辆车，跟在马车后边。

"请到我们家里来吧。主人们立刻就要走了，整个宅子就要空了，"老太婆对那个老仆人说。

"也许，"仆人叹了一口气，回答说，"不能活着到家了！我们在莫斯科自己有房子，就是离得远，也没人住了。"

"欢迎你们光临，我们主人家什么都有，"玛夫拉·库兹米尼什娜说。"他怎么样，伤得很重吗?"她又说。

仆人摆了摆手。

"活着送他到家是没有希望了！应当去问问医生。"于是，仆人下了马车，来到另一辆车跟前。

"好吧"医生说。

仆人回到马车跟前，望车里看了一眼，摇摇头，让驭手把马车拐进院子，停在玛夫拉·库兹米尼什娜跟前。

"主耶稣基督!"她喃喃地说。

玛夫拉·库兹米尼什娜让他们把受伤的人抬进屋里。

"主人家不会反对的……"她说，但是他们应当避免上楼，把受伤的人抬进厢房，安置在肖斯太太住过的房间。这个受伤的人是安德烈·博尔孔斯基公爵。

十五

莫斯科的末日到了。那是一个晴朗、秋高气爽的日子是星期天。像往日的星期天一样，教堂全鸣钟做礼拜。看样子，谁也不知道莫斯科将会怎么样。

只有两种社会现实标志着莫斯科当时的情势:老百姓，也就是贫民阶层，和物价。工人、成群结队的家奴和农民，其中也有小官吏、中学生、贵族，一大早就向三山进发了。这群人在那儿待了一会，没见拉斯托普钦到来，终于明白莫斯科将要被放弃，于是就散了，回到莫斯科城里，钻进酒店和饭馆里去了。这一天的物价也标示着时局。武器、黄金、车马不停地涨价，而纸币和城市的用品则不住地跌价，到这天中午，甚至有这样的情形，搬运贵重的物品，例如呢绒，要和搬运的车夫对半分，农民的马匹要价竟高达五百卢布;而家具、镜子、青铜器都白白地送人。

在罗斯托夫家气派庄严的古老住宅里,昔日生活条件的解体是不大明显的。在下人里面,在庞大的仆从中,夜间只有三人逃亡;而且没有偷盗什么东西;至于那些值钱的东西,来自庄园的三十辆大车,是一笔巨大的财产,惹得很多人眼红,愿出大价要罗斯托夫家出让。不但有人愿出大价买车,在八月三十一日晚上和九月一日早上,受伤的军官们还派勤务兵和听差到罗斯托夫家的院子,还有罗斯托夫家和邻近人家收容的伤员亲自艰难地走来,请求罗斯托夫家的仆人给他们弄几辆车,把他们送出莫斯科。管家虽然可怜这些伤员,然而断然拒绝了,他说,这件事他连提都不敢向伯爵提。不论你怎样可怜这些留下来的伤员,但是很明显,给了你一辆,就没有理由不给第二辆,最后所有的车都得给,甚至自己坐的车也得拿出来。三十辆救不了所有的伤员,在这场灾难中,还得顾自己和自己的家。管家就是这样替他的主人想的。

伊利亚·安德烈伊奇伯爵早上醒来,为了不惊醒到早上才入睡的伯爵夫人,轻轻地走出卧室,他穿着淡紫色的睡衣走出门廊。捆绑好的车停在院子里。坐人的马车停靠在门廊旁边。管家站在台阶边跟一个老勤务兵和一个胳膊绑着绷带、脸色苍白的青年军官谈话。管家一看见伯爵,就严厉地对军官和勤务兵做了个手势,叫他们走开。

"怎么样,瓦西里奇,都准备好了吗?"伯爵摸着自己的秃顶说,一边和蔼地看着军官和勤务兵对他们点点头。(伯爵喜欢结识生人。)

"马上就可以套车,大人。"

"那好哇,伯爵夫人一醒就动身,上帝保佑!你们有什么事,先生们?"他对那个军官说。"您住在这儿吗?"那个军官走近一些。他那苍白的面孔突然泛起了红润。

"伯爵,做做好事吧,请允许我……看在上帝的分上……随便搭在您的车上一个地方,我什么东西都没有……我搭在装行李的车上……怎么都行……"没等军官说完,那个勤务兵就替他的主人向伯爵作了相同的请求。

"啊!行,行,行,"伯爵急忙说。"我很兴奋,十分兴奋。瓦西里奇,你来张罗一下,腾出一两辆车,是啊……没啥……既然需要嘛……"伯爵发出了命令。但是,就在这一瞬间,那个军官炽热的感激神情已经承认了他的命令。伯爵环顾四周:院子里、大门旁、厢房的窗口,全都是伤员和勤务兵。他们全看着伯爵,都向门廊靠近着。

"请到画廊里去吧,大人,对于那些画,您有什么吩咐?"管家说。于是伯爵跟他一起进屋,他又重复了一遍命令:别拒绝请求搭车的伤员

"不要紧,有些东西可以卸下来,"他悄悄地、秘密地加了一句,仿佛怕被人听了去似的。

九点仲,伯爵夫人醒了,曾做过伯爵夫人的侍女、现在为她执行宪兵司令职务的玛特廖娜·季莫费耶夫娜,进来向她报告说,肖斯太太十分生气,小姐们的夏季衣服不能留在这儿不带走。伯爵夫人查问肖斯夫人生气的原因,原来把她的箱子从车上卸了下来,车子全在松绑——往下卸东西,让伤员坐上去,伯爵因为过于天真居然下令要带走这些人。伯爵夫人让人把丈夫请来。

"亲爱的,怎么了,我听说又把东西往下卸?"

"你知道,亲爱的,我正想来告诉你呢……伯爵夫人……有个军官来找我,恳求空出几辆空车运伤员。反正东西没了,还可以再挣;把他们丢在这儿,你想想,那会怎样! ……要知道,是在咱们家院子里,是咱们请人家来的,并且还有军官……真的,亲爱的,把他们送走吧……咱们怕什么呢? ……"伯爵怯生生地说,他平日一谈起金钱问题就是这个样子。

她摆出悲哀的、无可奈何的样子,对丈夫说:

"你听我说,伯爵,你已经弄得倾家荡产了,现在连我们的——孩子们的财产也要折腾掉。你自己也说过,家里的东西值十万卢布。我不答应,亲爱的,我不同意。随你的便吧! 伤员有政府管。他们是清楚的。你看对门的洛普欣家,前天就把东西运光了。看人家是怎么办的。只有我们这些笨蛋。你不可怜我,也得可怜可怜孩子们。"

伯爵挥了挥手,没有说话,就走出了房间。

"爸爸! 您怎么啦?"这时走进母亲房间的娜塔莎对他说。

"不怎么! 用不着你管!"伯爵生气地说。

"不,我全听见了,"娜塔莎说。"妈妈为什么不愿意?"

"有你什么事?"伯爵呵斥道。娜塔莎走到窗口,沉思起来。

"爸爸,贝格到我们这儿来了,"她望着窗外,说。

十六

罗斯托夫的女婿贝格,已经是胸挂两枚勋章的上校了,他仍旧占有一个平稳满意的职位——第二军第一师副参谋长。

九月一日,他从军队来到莫斯科。

他在莫斯科原没有什么事要办;但是他见大家全请假去莫斯科办点事,他认为他也有必要请假去关照一下家事和家务。

贝格乘一辆光洁的轻便马车,由两匹肥壮的黄骠马驾着,来到岳父的宅院。他细细地看了看院子里的车辆,一边上门廊的台阶,一边掏出手绢打了一个结。

贝格迈着从容的步子,小跑着从前厅走进客厅,拥抱了伯爵,吻了娜塔莎和索尼娅的手,连忙问候妈妈的健康。

"现在还谈得上什么健康?你给我们讲讲,"伯爵说,"军队怎么样?是撤退还是要再打一仗?"

"只有永恒的上帝才能决定祖国的命运,爸爸,"贝格说。"军队的士气非常旺盛,现在将领们,正在开会。将会怎么样,现在还不知道。但是,我可以实话告诉您,爸爸,八月二十六日那天的大战,我军所显示的那种英勇气概,真是找不到适当的字眼来形容……我告诉您,爸爸我实话告诉您,我们这些当官的,不但不用激励士兵,并且我们费了好大的劲儿才制止住这种英勇的、伟大的行为,"他说得又急又快。"巴克莱·德·托利不怕牺牲,身先士卒,我和您说。我们那个军团就守在山坡上。您可以想象!"贝格把他所有记得的故事讲一遍。娜塔莎专注地望着他,她那目光似乎在他脸上搜寻某个问题的答案,弄得他很不好意思的。

"总之,俄国战士表现得十分英勇,简直难以想象,值得夸耀!"贝格说,他转脸看了看娜塔莎,似乎想得到她的赞许,对她的目光报以微笑……""俄国不在莫斯科,它在它儿子们心中!您说是不是,爸爸!"贝格说。

这时,伯爵夫人从卧室出来,带着劳累和不满的神情。贝格连忙跳起,吻伯爵夫人的手,向她请安,摇头晃脑地表示同情,在她身边站住。

"是的,妈妈,我对您说真的,对每个俄国人,这都是一个艰难困苦的年头。但是,何必这么心慌呢?您还有时间离开嘛……"

"我不懂下人们都在干些什么,"伯爵夫人对丈夫说,"我才听说,什么都还没准备好呢。得有个人照料照料。真叫人怀念米坚卡。事情真是没完没了!"

伯爵想说点什么,可是,忍住了。他从椅子上站起来,朝门口走去。

贝格这时似乎想擤鼻涕,掏出手绢,望着手绢的结子沉思起来,他忧心忡忡地晃着脑袋。

"我想求您帮一个大忙,爸爸,"他说。

"嗯?……"伯爵停住脚步,说。

"刚才我从尤苏波夫家门口经过,"贝格笑着说。"那个管家跑出来,我认识他,他问我要不要买点什么。因为好奇,我进去看了看,那儿有一只小衣柜和一个梳妆台。您知道,薇鲁什卡就盼望有两件东西,为这我们还争吵过呢。拉开来,还有一个英国式的暗抽屉,您知道吧?薇拉早就想要了。我想让她惊喜一下,我看见你们院子里有很多车。给我一辆吧,劳驾,我情愿出大价钱……"

"您对伯爵夫人说吧,我不当家。"

"倘若为难,那就算了,"贝格说。"我只是为了薇拉才十分想弄一辆。"

"咳,你们都给我滚吧,滚,滚,滚!……"老伯爵喊叫起来。

"我头都昏了。"他于是走出屋去。

伯爵夫人哭了。

"是的,是的,妈妈,真是艰难的年月啊!"贝格说。

娜塔莎跟着父亲走出去了,她似乎在苦思冥想一件事情,先跟着他走,接着跑下楼去。

彼佳站在门廊里给就要离开莫斯科的仆役发放武器。装好的车仍旧停在院子里。有两辆已经解了绳子,一个军官由勤务兵搀扶着正往一辆车上爬。

"你知道为了什么吗?"彼佳问娜塔莎。她没有回答。

"是为了爸爸想把车都腾出来给伤员,"彼佳说。"是瓦西里奇对我说的。依我看……"

"依我看,"娜塔莎突然把愤怒的脸转向彼佳,差不多大声喊起来,"依我看,这很卑劣,很可恶,十分……难道我们是德国人还是怎么的?……"她的喉咙哽咽得发颤,她怕满腔的怒火泄了劲儿,白浪费掉,就转身飞快地跑上楼去。贝格坐在伯爵夫人身边,孝敬地劝慰她。伯爵拿着烟头在室内走来走去。这时,娜塔莎气得脸变了样,像一阵暴风似的冲进屋来,快步到母亲跟前。

"这是卑劣!这是可恶!"她喊道。"这不可能是您发的命令。"

贝格和伯爵夫人全都莫名其妙,惊惶地望着她。伯爵站在窗口,注意地听着。

"妈妈,那样不行;您瞧瞧院子里的现实吧!"她大喊大叫。"他们全都给丢下没人管了!……"

你怎么啦?他们是谁?你要怎么样?

"伤员呀,还能是谁!这样不行,好妈妈;这样不像话……好妈妈,这不像话,请原谅,……我的好妈妈,咱们何必带那么多东西呢,您瞧瞧院子里的情况吧……好妈妈!……这样不行!……"

伯爵站在窗口,一直听着娜塔莎说话。他突然哼哧了一下鼻子,把脸贴近了窗户。

伯爵夫人向女儿看了一眼,看见她因为母亲满面含羞,看见她那激动的神情,她明白了丈夫这时为什么不回头看她,不知所措地环顾四周。

"咳,你们爱怎么办就怎么办吧! 难道我妨碍了你们吗!"她说,很快就屈服。

"我的好妈妈,原谅我吧!"

但是伯爵夫人推开女儿,走到伯爵面前。

"亲爱的,该怎么办,你就怎么办吧……我不明白这种事情,"她说,负疚似的垂下眼睛。

伯爵噙着幸福的泪花,拥抱着妻子,她那含羞的脸兴奋地埋在丈夫怀里。

"爸爸,妈妈! 我可以下命令吗? 可以吗? ……"娜塔莎问。"我们仍旧可以带走最必要的东西……"娜塔莎说。

伯爵向她点点头,表示赞同,娜塔莎迈开敏捷的小腿穿过大厅,经过前厅,下楼来到院子里。

仆人们围着娜塔莎,没有相信她传达的命令,直到伯爵以本人和伯爵夫人的名义肯定了那个命令——把车都让给伤员,把箱子搬进储藏室,他们才相信,仆人们明白后,就欢欢喜喜地着手这项新工作。

全家仿佛要赎回早先没有这么做的罪过似的,都忙着运载伤员的事。伤员们从他们住的房间一拐一瘸地走出来,带着兴奋的笑脸围着车。得到车辆的消息传到了邻近各家,别家的伤员也都到罗斯托夫家来了,很多伤员要求不必卸东西,他们坐在上面就行了。可是卸车的工作一旦开了头,就制止不住了。反正全部卸掉或者留一半,都无所谓了。院子里到处散放着昨夜仔细装好的盛着瓷器、青铜器、图书和镜子的箱子,人们寻找着可以卸的车,又腾出一辆又一辆车来。

"还可以多带四个,"管家说,"我把我的车让出来,否则有的人怎么办?"

"把我装衣服的车也给他们吧,"伯爵夫人说,"杜尼亚莎可以和我坐一辆车。"

他们又让出装衣服的车,去接隔壁第二、第四家的伤员。全家主仆都欢天喜地。娜塔莎好久没有这么兴致勃勃,这么幸福了。

"我们把它放在哪儿呢?"仆人们说,他们正把一只箱子放在脚踏板上。"至少得留下一辆车才行啊。"

"那里面装的什么?"娜塔莎问。

"伯爵的书。"

"留下吧。瓦西里奇会收起来的。这个用不着。"

四轮马车全坐满了人;连彼得·伊里伊奇坐在什么地方都成问题了。

"他坐在前座上。你可以坐在前座上,是不是,彼佳?"娜塔莎喊道。

索尼娅也忙个不亦乐乎。可她忙合的目的跟娜塔莎根本不同。她把应当留下的东西放置好;按照伯爵夫人的意思,全登记下来,而且设法尽量多带走一些东西。

十七

一点多钟的时候,罗斯托夫家的四辆满载着东西的车停在大门旁。伤兵乘的车一辆接着一辆驶出院子。

载着安德烈公爵的马车从门廊前经过时,引起了索尼娅的注意,她这时正跟一个使女在大门口一辆高大的四轮马车里为伯爵夫人弄座位。

"这是谁的马车?"索尼娅从车窗伸出身子问。

"您还不知道吗,小姐?"使女回答。"是一个受伤的公爵:他在咱们家住了一夜,也和咱们一块走。"

"是什么人啊? 姓什么?"

"就是咱们家先前的姑爷,博尔孔斯基公爵!"使女叹了一口气回答说。"听说就要死了!"

索尼娅跳下马车,跑着去见伯爵夫人。伯爵夫人已经换了旅行的服装,披着披巾,戴着帽子,神色疲惫地在客厅里走来走去,等待家里的人在出发前聚在一块祈祷。娜塔莎不在屋里。

"妈妈,"索尼娅说,"安德烈公爵在这儿,受了伤,将要死了。他和我们一道走。"

伯爵夫人吃惊地睁大了眼睛,抓住索尼娅的手,向四周看了看。

"娜塔莎呢?"她说。

这个消息对于索尼娅和伯爵夫人来说,只有一个意义。她们知道她们的娜塔莎,她们对娜塔莎知道了这个消息后很可能会发生的事情所产生的恐惧,掩盖了她们俩对她们全喜欢的那个人的同情。

"娜塔莎还不知道呢;但是他和咱们同路,"索尼娅说。

"你说他就要死了吗?"

索尼娅点点头。

伯爵夫人拥着索尼娅哭了。

"天意不可思议!"她想,觉得那只无形的手正在一桩桩发生的事情上显灵了。

"妈妈,一切准备好了,您有什么吩咐吗?……"娜塔莎高兴地跑进来问道。

"没有什么,"伯爵夫人说。"准备好了,就走吧。"伯爵夫人朝手提包弯下身来,为的把神色不安的脸躲起来。索尼娅搂起娜塔莎,吻了吻她。

娜塔莎疑惑地看了看她。

"你怎么啦？出了什么事？"

"没事……没什么……"

"是对我十分坏的事吧？……到底怎么了？"敏感的娜塔莎问道。

索尼娅叹了口气，没有回答。伯爵、彼佳、肖斯太太、玛夫拉·库兹米尼什娜、瓦西里奇，全来到客厅，把门关上，大家坐下来，都不说话。谁也不看谁。就这样坐了一会儿。

伯爵第一个站起来，深深地叹了气，对着神像画了十字。大家也同样做了。接着伯爵开始拥抱留在莫斯科的玛夫拉·库兹米尼什娜和瓦西里奇，当他们抓住他的手，吻他的肩时，他轻轻地拍他们的背，说一些含糊不清的安慰话。伯爵夫人到祈祷室去了，索尼娅在那儿发现她跪在墙上残留的神像前面。（家传最宝贵的神像都随身带走了。）

门廊里和院子里，要走的仆人带着彼佳发给他们的匕首和军刀，裤脚塞进长筒靴里，把裤带和宽腰带勒得紧紧的，正和留下的仆人告别。

就像临行前经常有的情形，有很多东西忘记带，或者放的不是地方，两个随从在敞开的车门和车梯两旁站了好久，准备侍候伯爵夫人上车，在这工夫，使女们抱着靠垫和包袱跑到轿式马车、大四轮车和小四轮车，随后又跑回去了。

"老是丢三落四！"伯爵夫人说。"你不是不知道，我不能这样坐！"杜尼亚莎咬紧牙关，一句话不说，露出不满的神色，赶忙上车重新整理座位。

"咳，这些佣人！"伯爵摇着头说。

伯爵夫人的专用车夫叶菲姆高高地坐在前座上，甚至不回头看看后面在做什么。三十年的经验告诉他，离发出"出发！"的命令还早着呢，就是出发了，也还要停两次去取忘记带的东西，在这之后，还要停一次，伯爵夫人探出车窗交代他，天主保佑，下坡时可要小心。他知道这个，所以比那几匹马还要耐心地等待着，尤其是左边叫索科尔的枣红马正在用蹄子扒地，嚼马嚼子。最后大家坐好了，车梯折起来放进车里，车门关上，只等着去取首饰匣的人回来，伯爵夫人探出身来说了应该说的话。这时叶菲姆不慌不忙地脱下帽子，画了十字。骑在前导立刻的马夫和全体仆人也同样画了十字。

"上帝保佑，走了！"叶菲姆戴上帽了，说。"拉起来！"前导马夫赶马了。右边的辕马拉紧了套，高弹簧吱吱地作响，车身晃了一下。一个随从跑着跳上前座。轿式马车从院子赶上坎坷不平的马路时颠簸了一下，其他的马车也同时颠了一下，一队马车沿着大街往前移动了。轿式马车和大小四轮马车里的人们，都向对面的教堂画了十字。留在莫斯科的人们在马车两边步行着给他们送行。

娜塔莎从来没有体验过像今天这样快活的心情,她挨着伯爵夫人坐在马车里,看着缓缓向后移动的、被放弃的、动荡不安的莫斯科的城墙。她不时地探出车窗看那前前后后伴随着她们的一长溜伤员马车。差不多在最前边,可以看见安德烈公爵那辆支着车篷的马车。她不知道谁在那辆马车里,可每次看那一溜马车队的时候,她总用眼睛搜寻那辆马车。她知道那辆车在最前面。

在库德林诺,从尼基茨卡雅、普雷斯尼亚、波德诺文斯克街,发出几支与罗斯托夫家的车队差不多的车队,来到花园街,两列大车跟马车并排向前行进。

绕过苏哈列夫塔楼时,娜塔莎好奇地、迅速地望着坐车和徒步的行人,她突然惊喜地叫起来。

"我的老天!妈妈,索尼娅,瞧,那是他!"

"谁?谁?"

"瞧,真的,别祖霍夫!"娜塔莎说,她探出车窗外,看着那个高大肥胖的人,他穿一件车夫的长褂子,从他走路的样子和姿态来看,很明显是一个化了装的贵族,跟他一块有一个黄脸无须、穿一件粗呢外衣的小老头,他们正穿过苏哈列夫塔楼的拱门。

"真的是别祖霍夫,穿一件马车夫的长褂子,带着一个小老头!真的,"娜塔莎说,"你们瞧,你们瞧!"

"不会的,那不是他。怎么会呢。净胡说。"

"妈妈,"娜塔莎喊起来,"要不是他,我敢把脑袋输给您!我向您保证,停一下,停一下!"她对车夫嚷道;但是车夫停不了,因为从梅先大街又驶来许多大车和马车,朝罗斯托夫家的车吆喝,叫他们走动起来,不要挡别人的路。

果然,尽管比先前离得更远了,所有罗斯托夫家的人都看到了皮埃尔,或者说一个很像皮埃尔的人,穿一件马车夫的长褂子,低着头,神色严肃地在街上走,身边跟着一个好似仆人的没长胡须的小老头。那个小老头瞧见探出车外的面孔,恭敬地碰了碰皮埃尔的臂肘,指着马车对他说什么。皮埃尔老半天没听懂对他说的话;很明显他陷入了沉思。终于,他弄明白了他的话,向着指的方向望过去,认出了娜塔莎,他顺从第一个反应,立刻向马车径直走去。但是,他走了十多步,似乎想起了什么,又停住了。

探出车外的娜塔莎的脸泛起嘲弄的、亲切的笑容。

"彼得·基里雷奇,来啊!我们认出您了!太巧了!"她向他伸出手喊道。"您在干什么?您怎么这个样子?"

皮埃尔抓住伸出来的手,一面走一面笨拙地吻它(因为马车还在行进)。

"您怎么了,伯爵?"伯爵夫人用惊奇和同情的口吻问。

"怎么了? 怎么了? 为什么? 别问我吧,"皮埃尔说,转脸看了看娜塔莎,其实他用不着看她,就早已感觉到她那光闪闪的目光的魅力了。

"您怎么样,打算留在莫斯科吗?"皮埃尔一声不吭。

"留在莫斯科?"他反问了一句。"是的,留在莫斯科。再见吧。"

"唉,我倘若个男的,我肯定同您一起留下来。唉,那该会有多么好啊!"娜塔莎说。"妈妈,让我留下吧。"皮埃尔恍惚地看了看娜塔莎,刚想说什么,可是伯爵夫人打断了他:

"我们听说您上过前线?"

"是的,我去过,"皮埃尔回答说。"明天将有战斗……"他刚想说,但是娜塔莎打断了他:

"您到底怎么了,伯爵? 您怎么变得不像您了……"

"唉,别问了,别问我了,连我自己也不知道。明天……算了,不说了! 再见,再见,"他说,"可怕的时代!"因此他让过马车,随后走上人行道。

娜塔莎仍旧探出车窗,含着亲热而略带讥讽意味的欢喜微笑,朝他望了好久。

十八

皮埃尔离家以后,在已故恩师巴兹杰耶夫的空房子里已经住了两天。事情是这样的。

皮埃尔回到莫斯科,见到拉斯托普钦伯爵,第二天醒来时,他很久不明了自己在什么地方,应该做什么。仆人向他禀报,在接待室等候他的人中,有一个法国人,带着海伦·瓦西里耶夫娜的信,一种混乱和绝望的情绪(这是他容易犯的)突然涌上心头。他忽然觉得,现在一切全完了,一切全乱了,一切都毁掉了,没有是和非,前途茫茫,摆脱这种景况的出路也看不出。他不自然地微笑着,嘟嘟哝哝地说什么,有时绝望地坐在沙发上,有时站起来,走到门前,从门缝里向接待室里窥视,有时挥动两臂又走回来,抓起一本书。管家第二次进来禀报皮埃尔,说那个带着伯爵夫人的信的法国人十分想见他,哪怕一分钟也好,又说巴兹杰耶夫的遗孀派人来请伯爵接管她丈夫的图书,因为巴兹杰耶娃想到乡下去。

"啊,好,我立刻去,等一下……算了……不,去告诉他,我这就去……"皮埃尔对管家说。

管家刚一出去,皮埃尔从桌上拿起帽子,就从后门出了书房。走廊里没有人。

皮埃尔穿过整个走廊,来到楼梯前,他皱着眉,下到第一个平台。看门人正站在前厅的门边。这个平台,紧接着另一个道通往后门的楼梯。他沿着楼梯下去,走到院子里。没有人看见他。但是他刚走出大门,守在马车旁的车夫、看院子的人看见主人,全向他脱帽致意。皮埃尔感觉到向他投来的目光,他似乎一个把头藏到灌木林里怕人看见的鸵鸟似的,低下头,加快脚步,顺着大街走去。

这天早上,皮埃尔觉得所有要办的事中,最重要的是清理约瑟夫·阿列克谢耶维奇的图书和文件。

他雇了他遇到的第一辆马车,让车夫赶到主教塘大街,巴兹杰耶夫的遗孀就住在那儿。

皮埃乐不停地向四外张望那些离开莫斯科的大车行列,为了不致滑出那辆咯吱作响的破旧马车,他不停地挪动肥胖的身躯,他感到自己有一种小学生逃学的欣喜心情,于是和车夫闲聊起来。

车夫告诉他,今天克里姆林宫在发放武器,明天老百姓都要到三山城门外,那儿将有一场大战。

来到主教塘大街后,皮埃尔来到他很久没来的巴兹杰耶夫的家。他走到住宅的便门。格拉西姆应声而出。

"在家吗?"皮埃尔问。

"目前的局势十分紧,索菲娅·丹尼洛夫娜带着孩子到托尔若克乡下去了,大人。"

"我还是想进去,我想清理一下图书,"皮埃尔说。

"欢迎,请进,我已故的主人——只愿他升入天堂——已故主人的兄弟马卡尔·阿列克谢耶维奇留在家里,是的,他体弱多病,您是知道的,"老仆人说。

皮埃尔知道马卡尔·阿列克谢耶维奇是约瑟夫·阿列克谢耶维奇半疯的兄弟,是一个嗜酒如命的人。

"是的,是的,我清楚,咱们进去吧,进去吧……"皮埃尔说着,便进了宅院。一个身材高大、秃顶、红鼻子老头,穿着长衫,光脚穿着套鞋,站在前厅,一看见皮埃尔,就生气地咕哝了一句,走了。

"一个很聪明的人,可是现在,您看看,身体坏成什么样子了,"格拉西姆说。"书房封上了,没动过,索菲娅·丹尼洛夫娜吩咐过,等您那边来人,就把书搬走。"

皮埃尔进入那间最阴森的书房,还在恩师在世时,他每次进入这间书房,全是怀着诚惶诚恐的心情。这间自约瑟夫·阿列克谢耶维奇死后就没有动过的尘封的书房,现在更加显得阴森森的了。

格拉西姆打开一扇护窗板，踮着脚尖走了出去。皮埃尔在书房里走了一遍，来到一只藏手稿的书柜面前，取出一件当年曾是非常重要的共济会的圣物。这是附有恩师注释的《苏格兰教律》真本。他把手稿摆在面前，一会儿打开、一会儿合上，最后把手稿推开，用手托着头，沉思起来。

格拉西姆朝书房里望了好几次，看见皮埃尔一直是一个姿势坐在那儿。两小时地去了。格拉西姆大着胆子把门弄响，想引起皮埃尔的注意。但是皮埃尔没听见。

"要不要把车夫打发走？"

"啊，对啦，"皮埃尔醒悟过来，赶忙站起来说。"你听我说，"他说，抓住格拉西姆的外衣纽扣，用湿润的、高兴的眼睛从上到下打量那个小老头。"你听我说，你知道明天要打仗吗？"

"听人家说了，"格拉西姆答道。

"我求你不要告诉别人我是谁。你照我的话去办……"

"是，"格拉西姆说。"要给您拿点吃的吗？"

"不。我想要一件农民的衣服和一支手枪，"皮埃尔忽然红了脸，说。

"是，您哪，"格拉西姆沉思了一下说。

皮埃尔一个人在恩师的书房里度过了这一天的剩下的时间，格拉西姆听见他从一个角落到另一个角落不安地来回踱步，一面自言自语，随后就睡在给他铺好的床上，在那儿过夜。

格拉西姆是个生平见过许多怪事的仆人，对皮埃尔并不感到奇怪，并且似乎为自己有人可以侍候而感到兴奋，那天晚上他给皮埃尔弄来农民的长衫和帽子，而且答应明天把手枪也弄来，他甚至不想想要这些东西干什么用。这一晚，马卡尔·阿列克谢耶维奇两次趿着套鞋来到书房门口，停下来，用讨好的目光看皮埃尔，但是只要皮埃尔向他一转身，他就带着害羞和生气的样子掩上衣襟，赶忙走开了。就在皮埃尔穿上格拉西姆弄来的、蒸洗过的车夫的长衫，和格拉西姆一块到苏哈列夫塔楼去买手枪的路上，碰见了罗斯托夫一家子。

十九

九月一日夜，库图佐夫发出命令：俄国军队经过莫斯科向梁赞大路撤退。

先头部队当夜开拔。夜间行军的部队很沉着，他们慢慢地、庄重地行进着；但是黎明时分，行进的部队来到多罗戈米洛夫桥头，一眼望去，前面拥挤着匆匆过河的军队,再往前,过了桥的军队挤满了大街小巷,在他们后面,大群的士兵密密麻麻望不到尽头。莫名的惊慌和匆忙笼罩着军队。大家全向桥头涌来,抢着上桥,上浅滩,上渡船。库图佐夫坐车从后面的街道绕到莫斯科的另一边。

九月二日上午将近十点钟,广阔的多罗戈米洛夫郊区只剩下后卫部队了。军队有的到达了莫斯科另一边,有的已经离开了莫斯科。

就在这时,九月二日上午十点钟,拿破仑站在波克隆山上他的军队中间,眺望他眼前开阔的景象。从八月二十六日到九月二日,从波罗底诺战役到敌人进入莫斯科,在这个惊慌不安、令人难忘的一个星期,金秋的天气是如此不寻常,如此令人惊叹,低垂的太阳比春天还温暖,空气洁净而轻飘,一切全亮得耀眼,呼吸着秋天芬芳的空气,令人神清气爽,精神振奋,甚至夜间也是温暖的,在这温暖的黑夜,从天空不停地洒落着金色的流星,让人又惊又喜。

九月二日上午十时,就是这样的天气。早上的阳光是奇妙的。从波克隆山上眺望,莫斯科宽广地舒展着她的河流,她的花园和教堂,舒展着她那星罗棋布的在阳光下闪闪发光的圆屋顶,她似乎过着她的日常生活。

看见这座奇特的城市和她那从未见过的建筑式样,拿破仑心中不免有点嫉妒和情绪不安的好奇,正像人们见到他们不了解的异国情调的生活所感觉的那样,很明显,这座城市精力充沛,生气勃勃。从一些不明确的迹象,拿破仑在远处就能准确地分辨出活的和死的东西,他从波克隆山看到城里的生活在搏动,似乎感到这个美丽的巨大身躯在呼吸。

"我终于来到了这座名城!"拿破仑说,他下了马,让人把莫斯科地图摆在他面前,把翻译官勒洛涅·狄德维勒叫来。连他自己也觉得惊奇,盼望已久的、好像不可能实现的事情,现在终于如愿以偿了。在明朗的晨光下,他时而看看城市,时而看地图,检验城里的详细情况,将要占领这座城市的信心。使他激动并且担心。

"难道会不是这样吗?"他想。"这就是她,躺在我脚下的这座都城正静候自己的命运。亚历山大现在何处?他在想什么?奇特、美丽、庄严的城市!我应该采取什么态度跟他们见面!"他在想他的军队。"这就是她,这就是给那些信念不坚的人们的奖励,"他看着那些已经来到和正走过来站队的军队,心中暗想,"我一句话,一举手,就可以把这座古城毁掉。但是,我对战败者是仁慈的。我应该宽大为怀和真正伟大。但是,不,我不会真到莫斯科,"他忽然想道,"可是,她就躺在我的脚下,金色的圆屋顶和十字架在阳光下闪闪发光。但是我饶恕她。我要在野蛮和专制的古代纪念碑上写下正义和仁慈的伟大词句……这正是亚历山大最能理解的,我了解他。从克里姆林宫的高处,——是的,那是克里姆林宫,是的,——我给他们公正的法律,我让他们知道真正文明的意义,我使世代的王公大臣都怀念他们的征服者。我要对代表团说,我过去不喜欢、现在也不喜欢战争;我只是对他们朝廷的错误政策作战;我爱慕和尊敬亚历山大,我在莫斯科将接受我和我的人民都认为公道的和平条件。我不想利用战争的幸运使一个可敬的君主受到屈辱。王公大臣——我要对他们说:我不喜欢战争,我希望我的全体臣民全享受和平和幸福。并且,我知道,他们来见我会使我精神振奋,我要用我平日的态度对他们说话:明确、庄严和伟大。但是我真的能到莫斯科吗?是的,她就在那儿!"

"把那些王公大臣带来。"他对待从说。一个将军带着漂亮的侍从马上骑马寻找王公大臣。

两小时过去了。拿破仑吃完早饭,又站在波克隆山上同一个地方,等候着王公大臣。他对王公大臣要说的话早已想好了。那些话充满了尊严和拿破仑所理解的伟大。

拿破仑想在莫斯科以宽大为怀行事,这使他自己也感动了。他在想象中定了在沙皇宫中开会的日期,在这个会上俄国的达官贵人和法国皇帝的达官贵人应该共聚一堂。他在心中还任命了一位总督,这位总督应该是一个会笼络民心的人。听说莫斯科有很多慈善机构,他心里决定,所有这些机关都将要受到他的恩惠。他想,正如他在非洲穿带风帽的斗篷坐在清真寺里,在莫斯科他就得像沙皇一样仁慈。为了彻底感动俄国人的心,正如每个法国人一样,一想到多愁善感的事,就不能不记起母亲。于是他决定,他要在所有这些机关题上几个大字。但是,我真的来到了莫斯科吗?不错,莫斯科就在我面前。可是那座城市的代表团为什么这么长时间还不来呢?"他想。

其间,在皇帝侍从们的后面,将军和元帅们在焦急地议论。派去找代表团的人们回来了,带来的消息说,莫斯科是一座空城,人全逃走了。那些聚在一起议论的人全脸色刷白,焦急不安。使他们害怕的并不是莫斯科居民弃城逃走,而是应该怎样向皇帝报告这件事,怎样对他说,他等王公大臣白等了半天,除了成群的醉汉外,什么人也找不到,如何才不致使陛下陷入那种法国人所谓的可笑的可怕境地。一些人认为,不管怎样拼凑一个代表团,另一些人反对这个意见,认为应当对皇帝先做一点准备工作,随后再向他说明真相。

"总得告诉他……,"侍从们说。"但是,先生们"情况更加严重的是:皇帝正在思考他的宏伟计划,在地图前面沉着地来回踱步,不时把手遮在眼上眺望通到莫斯科的大路,露出快活的、骄傲的笑容。

现在,皇帝因为白白等待感到厌倦了,以他那演员的敏感,觉得庄严的时刻持续得太长，就会失掉庄严的意义了，他打了一个手势。打响了一声信号炮，那些从四面包围莫斯科的军队从特维尔、卡卢日斯基和多罗戈米洛夫等城门涌入了莫斯科。军队你追我赶，越来越快地向前推进，消失在扬起的尘雾中，喊声连成一片，震荡天空。

拿破仑被军队的行动所吸引，骑马跟着队伍来到多罗戈米洛夫城门，但是他在那儿又停下来，下了马，在财政部的土墙旁来回走了好久，等待那个代表团。

二十

莫斯科这时空空如也，城里还有人，但只有五非常之一的居民留了下来，可它是一座空城。它是空的，正如即将灭亡的没有蜂王的蜂房是空的一样。

这时，拿破仑愁眉苦脸，疲惫而且心神不定，在财政部土墙旁踱来踱去，等候代表团的到来，——虽然这是表面文章。可他认为是应该履行的礼节。

在莫斯科各个角落，还有一些人遵守旧守惯，并不明白他们在做什么，无目的地活动着。

当人们以适当的态度向拿破仑禀告说莫斯科已是一座空城时，他愤怒地向报告人看了一眼，又转身仍旧静静地踱来踱去。

"把马车拉过来，"他说。他和值日副官一起坐上轿式马车，向郊区驶去，

"莫斯科是座空城，真是叫人难以置信啊！"他自言自语，说。

他没有进城，就在多罗戈米洛夫郊区一家旅舍里住了下来。

二十一

夜里两点到第二天下午两点，俄国军队穿过莫斯科不停地撤退，把最后一批需要撤离的居民和伤员带走。

军队在转移时，在石桥、莫斯科河桥和雅乌兹河桥，发生了十分混乱的拥挤现象。

军队分两路绕过克里姆林宫，聚到莫斯科河桥和石桥，很多士兵趁着在那儿停留和拥挤的时候，从桥头转了回去，他们偷偷摸摸、一声不响地窜过瓦西里·布拉任内大教堂，从博罗维茨基城门折回小山岗，接着溜到红场，他们觉得那儿可以任意拿别人的东西。这一群就像买廉价商品的人，挤满了商场的所有通路和过道。但是这儿没有招揽顾客的商人的花言巧语，没有小贩和花花绿绿的女顾客——有

的只是一些穿着制服和外套、没有带枪的士兵,他们空着手进去,接着带东西悄悄地走出来。那些伙计和掌柜的(他们人极少)失魂落魄地在士兵中间走来走去,他们把自己的店铺打开又锁上,和伙计们一块把货物运到其他地方去。在商场旁的广场上鼓手们在敲集合鼓。那些正在抢劫的士兵并不像以前那样招之即来。而相反,跑到离鼓声更远的地方去了。在士兵中间,在店铺和过道上,可以看见几个因犯。有两个军官——一个制服上扎着腰带,骑一匹深灰色的马,另一个穿着外套,没有骑马,——站在伊利英卡街拐角上正在谈话。第三个军官骑着马来到他们面前。

"将军命令,立刻把他们全赶出来,不管怎样要赶出来,这太不像话! 跑掉了一半人。"

"你往哪儿去?……你们往哪儿去?……"他对三个没有带枪,从他身旁向商场溜去的步兵呵斥道。"站住,坏蛋!"

"看你怎么把他们集合起来吧!"另一个军官说。"没法子集合他们;趁着最后一批还没走开,得赶快走,走了完事!"

"怎么走得了? 人全在那儿站住了,挤在桥上,动也动不得。设一道哨兵线防止这最后一批人逃走,怎么样?"

"你们到那边去！把他们都轰出来！"那个上级军官喊道。

那个扎腰带的军官下了马，叫来一个鼓手，和他一块走进拱门，有几个士兵一起拔腿就跑。一个鼻翼两旁生着红色丘疹的商人，胖脸上带着镇静的神气，挥舞着两臂，匆忙而潇洒地向军官走来。

"大人，"他说，"行行好吧，保护我们吧。我们并不在乎这点小意思，欢迎你们拿点什么！请吧，倘若要呢绒，我这就拿来，就是奉送您这样高贵的人两匹呢绒，我们也是兴奋的。因为我们觉得，这算怎么回事，简直就是抢劫！大人，能不能设个岗，以便让我们把铺子关起来……"

有几个商人聚在那个军官四周。

"唉！净讲些废话！"其中一个面孔严峻的瘦子说。"脑袋都掉了，还哭头发。谁爱拿就让他拿吧！"他使劲地挥了一下手，转过身去对着军官。

"伊万·西多内奇，你说得倒好，"第一个商人生气地说。"大人，您请进吧。"

"还说什么！"那个瘦子喊道。"我这儿有三家店铺，十万卢布的货物。军队走了，我的东西还保得住吗？，唉，你们这些人呀！"

"请进吧，大人，"第一个商人鞠着躬说，那个军官站在那儿不知怎么办好，脸上露出犹疑的神情。

"那不关我的事！"他突然喊道，随后快步顺着商场的通道向前走去。从一家开着门的店铺里传出打骂的声音，正当那个军官走到这家店铺门前时，一个囚犯被人从门里推出来。

这个人弯着腰从商人们和军官身边溜走了。军官大步流星地向店铺里的士兵走去。但是这时从莫斯科河桥上庞大的人群中传来可怕的喊叫声，为此那个军官便向广场跑去。

"怎么回事？怎么回事？"他问，但是他的同伴已经骑着马经过瓦西里·布拉任内大教堂冲着呐喊的方向跑去。那个军官骑上马，跟着他跑。当他跑到桥头时，发现两尊卸去前车的大炮、过桥的步兵、几辆翻倒的大车、几个士兵吃惊的和笑着的面孔。大炮边停着一辆双马大车。大车车轮后面趴着四只戴项圈的猎犬。大车载的东西堆得很高，车顶上一把四脚朝天的小椅子边，坐着一个农妇，她发出刺耳的绝望尖叫。其他的军官向那个军官解释，说人群喊叫和那个农妇尖叫，是因为叶尔莫洛夫将军来到人群里，听说士兵全跑到商店去了，成群的市民堵塞了大桥，他就下令卸掉两尊大炮的前车，摆出要向大桥开炮的样子。人群推翻车辆，彼此践踏着，拼命喊叫着，拥挤着，最终把桥疏通了，军队又向前行进了。

二十二

城里这已经变得空空荡荡了。街上连一个人影也没有。住户的大门和店铺都上了锁;在一些酒馆附近,可以听见孤零零的喊叫声或者醉汉的歌声。街上没有坐车的人,只是偶尔传来行人的脚步声。波瓦尔大街一片寂静,荒凉。罗斯托夫家的大院里,到处撒着吃剩的干草,马粪,却看不到一个人影。在连同财产一起被抛弃的罗斯托夫的家,在偌大的客厅里,只有两个人。这就是看门人伊格纳特,还有和祖父瓦西里奇一起留在莫斯科的小厮米什卡。米什卡打开古钢琴,用一个手指弹着琴。看门人叉着腰站在大镜子前面快乐地微笑着。

"看我弹得多好! 是吧? 伊格纳特大叔!"那个孩子说,他忽然用双手拍打起琴键来。

"嗬,真行!"伊格纳特回答,他非常奇怪:他在镜子里的笑脸越来越开朗了。

"不要脸! 真不要脸!"他们背后传来玛夫拉·库兹米尼什娜的声音。"嘿,看那个大胖脸还龇牙咧嘴呢。叫你们来干什么的? 那边什么都没拾掇呢,瓦西里奇忙得要死。有你好看的!"

伊格纳特整理了一下腰带,收敛起笑容,恭顺地垂下眼睛,赶忙走出去。

"阿姨,我轻轻弹了一下,"那个孩子说。

"我也轻轻揍你一顿,淘气鬼!"玛夫拉·库兹米尼什娜向他挥了挥手,喊道。"去给你爷爷烧茶去吧。"

玛夫拉·库兹米尼什娜扫去灰尘,盖上古钢琴,长叹了一声,走出客厅,把门锁上。

玛夫拉·库兹米尼什娜来到院子里,琢磨现在应当到哪儿去:到厢房瓦西里奇那儿去喝茶呢,还是到贮藏室去收拾那些没有收拾好的东西?

寂静的街上传来迅速的脚步声。脚步声在角门前停住了;有人用力推门,把门闩鼻拍得啪啪地响。

玛夫拉·库兹米尼什娜向角门走去。

"找谁?"

"找伯爵,伊利亚·安德烈伊奇·罗斯托夫伯爵。"

"您是谁呀?"

"我是军官。我要见见他,"一个俄罗斯贵族的悦耳声音说。

玛夫拉·库兹米尼什娜开了角门。一个十八九岁、圆圆的脸非常像罗斯托夫家里的人的脸型的军官走进院子。

"家里的人都走了，少爷，昨天夜里走的，"玛夫拉·库兹米尼什娜和蔼地说。

青年军官站在角门口，是不是要进去，他有点犹豫不决，他弹了弹舌头。

"咳，真遗憾！……"他说。"我昨天来就好了……咳，非常可惜！……"

此时，玛夫拉·库兹米尼什娜满怀同情地细细打量青年军官脸上那种她所常见的罗斯托夫家族的相貌特征，打量他那破烂的军大衣和穿破了的靴子。

"您有事要见伯爵吗？"她问。

"既然这样……就没法子了！"那个军官懊丧地说，他抓住角门，似乎要走的样子。他又踌躇地停住了。

"您知道吗？"他忽然说，"我是伯爵的亲戚，他一直待我很好。这不是，您是看见的（他带着善良、快活的微笑看了看他的军大衣和靴子），都穿破了，我一个钱也没有；所以我想求伯爵……"

玛夫拉·库兹米尼什娜没让他把话说完。

"您略微等一下，少爷。一小会儿，"她说。那个军官刚从角门放开手，玛夫拉·库兹米尼什娜就转身迈着老年人的快步向后院厢房走去。

在玛夫拉·库兹米尼什娜跑着回到她的住处的工夫，那个军官低着头，看着他那双破靴子，含着微笑，在院子里走来走去。"我没碰到叔叔，真遗憾。可是这个老太太真好！她跑到哪儿去了？我怎样才能抄近道去赶团队呢？团队现在该到罗戈日城门了。"青年军官这时想。玛夫拉·库兹米尼什娜带着吃惊和坚决的神情，手里拿着方格手帕包，从拐角那里出现了。在离军官几步远的地方，她打开手帕，从里面取出一张雪白的二十五卢布的钞票，匆匆地交给他。

"如果他大人在家，当然啦，是亲戚嘛，他们一定会……不过现在……"玛夫拉·库兹米尼什娜羞怯了，慌乱了。但是军官并不推辞，不慌不忙地接过钞票，谢过玛夫拉·库兹米尼什娜。"假如伯爵在家就好了，"玛夫拉·库兹米尼什娜一个劲地道歉。

"愿您和基督同在，少爷！上帝保佑您，"玛夫拉·库兹米尼什娜说。那个军官似乎在嘲笑自己，嘴角含笑老摇头，他在空荡的大街上向着雅乌兹桥差不多是跑着去追赶他的团队。

但是玛夫拉·库兹米尼什娜两眼湿润，关上角门后又站了很久，若有所思地摇着头，对一个不相识的青年军官突然产生了满腔母性的柔情和怜爱。

二十三

在瓦尔瓦尔卡大街有一所未竣工的楼房,下屋是酒馆,从那里传出醉汉的喊叫和歌声。在一间肮脏的小屋里,有十多个工人围着桌子坐在长板凳上。他们全喝醉了,满头大汗,眼睛浑浊,全身发紧,张大嘴巴打哈欠,他们正在唱一支什么歌。他们各唱各的调儿,唱得又累又吃力,很明显,他们并不是想唱,仅仅为了表明他们喝足了酒,在玩乐罢了。其中有一个高个儿小伙子,淡黄色头发,穿一件干净的青灰色长外衣,高出众人之上地站在那儿。假如没有那紧闭着的不断活动的薄嘴唇和浑浊、阴沉、呆滞的眼睛,他那张生着秀气的笔直鼻梁的脸,本该算是漂亮的。他站在唱歌的人们中间,显然一边在想什么,一边在他们上头庄严地、僵硬地挥动袖子卷到肘弯的雪白胳膊,不自然地用力张开肮脏的手指。他的大衣袖子老滑下来,小伙子连忙用左手又卷起来,好像必须露出这只挥动着的、筋肉突出的白胳膊。在唱歌的中间,从过道和门廊里传来斗殴和打人的喊叫声。那个高个儿小伙子把胳膊挥了一下。

"不要唱啦!"他用命令的口吻喊道。"打起来了,伙计们!"

他一边不停地卷袖子,一边向门廊走去。

工人们跟着他走。今天早上在高个儿小伙子带领下来喝酒的工人们,从工厂里拿了几张皮子给老板,所以得到了酒喝。附近铁匠铺的铁匠们听到酒馆里狂饮乱叫,以为酒馆遭抢了,就狠命往里闯,于是在门廊里发生了斗殴。

酒馆老板在门口和一个铁匠打起来,正当工人们走来的时候,那个铁匠挣脱老板,脸朝地倒在马路上。

另一个铁匠向门里冲去,用胸膛猛撞老板。

那个卷袖子的小伙子刚走到那儿,顺手就给正往门里冲的铁匠脸上一拳,疯狂地喊道:

"伙计们!打我们的人了!"

这时,第一个铁匠从地上爬起来,他那受伤的脸上被抓得血肉模糊,他哭喊道:

"救命啊!打死人了!……打死人了!伙计们……"

"哎呀,我的老天,打个半死,打死人了!"从隔壁大门走出一个老农妇厉声喊道。在那个血淋淋的铁匠周围聚了一大群人。

"你抢人抢得还少哇,连衬衣都给扒了,"不知谁的声音对酒馆老板说,"怎么,你打死人?狗强盗!"

那个高个儿小伙子站在门廊上,翻着浑浊的眼睛时而看看酒馆老板,时而看看铁匠,好像在估量现在应当打哪一个。

"凶手!"他突然对酒馆老板大喝一声。"把他捆起来,伙计们!"

"怎么,要捆我吗!"酒馆老板推开向他扑过来的人们,喊了一声,从头上抓起帽子,扔到地上。似乎这个动作有某种神秘的恐吓作用似的,那些包围酒馆老板的工人犹疑不定的站住了。

"法律嘛,老兄,我最在行。我要到警察分局去。你以为我不会去?现在不允许任何人抢劫!"酒馆老板喊道,拾起他的帽子。

"去就去,怎么! 去就去……怎么!"酒馆老板和高个小伙子都重复着说,于是他两人顺着大街向前走去。那个满脸鲜血的铁匠同他们并排一齐走。工人们和旁观的人们又说又嚷地跟在他们后面。

马罗谢卡街拐角,有一所挂着一块靴匠招牌、关着护窗板的大房子,对面站着二十多个穿工作服和破烂长外衣、面容消瘦并且疲倦的无精打采的靴匠。

"照规矩,他应该发给我们工资!"一个皱着眉头的瘦削工人说。"他吸了我们的血,就算完啦! 他哄啊、骗啊,骗了我们整整一星期。末了,他溜之大吉了。"

说话的工人看见来了一大群人和一个血流满面的人,就不出声了,所有的靴匠都带着急不可耐的好奇心向那群移动的人们走去。

"这些人都到哪儿去?"

"那还用问,到警察局去。"

"怎么说咱们的人真打败啦?"

"你认为怎么啦! 你听听人家都说什么来着。"

人们有的问,有的答。酒馆老板趁人群越来越多的时机,落到人群后面,溜回他的酒馆去了。

高个儿小伙子没发现他把敌人——酒馆老板弄丢了,他挥舞着裸露的胳膊,不断地说话,惹得大家都注意他。大多数人都挤在他跟前,想从他嘴里得到大家所关心的问题的答案。

"他应该维护秩序,维护法律,官府就是干这个的嘛! 我说得对吗,正教徒们?"高个儿小伙子露着笑意说。

"他以为没有官府了? 没有官府怎么行呢? 不然抢案不是更多了。"

"净说空话!"人群中有人搭话了。"怎么,莫斯科就这样被放弃了! 人家和你说笑话,你就当起真来。我们的军队多得很。就这样放他们进来! 官府管干什么的。你听听老百姓都是怎样说的,"一些人指着高个儿小伙子说。

在中国城的城墙附近，有一小群人围着一个身穿厚呢大衣、手拿文件的人。

"告示，在宣读告示啦！在宣读告示啦！"人群中有人说，人们向宣读的人涌了过去。

那个穿厚呢大衣的人在读八月三十一日的告示。人们围住他时，他有点窘，但是在挤到他跟前的高个儿小伙子的要求下，他开始读告示，声音有点发抖。

"明天一早我就去见公爵阁下，"他读道"跟他商量，行动起来，协助军队消灭那些匪徒；我们也要把他们……"朗读的人接着读下去，然后停顿一下"把他们消灭干净，叫那些不速之客全见鬼去吧；我要回来吃中饭，随后我们就干起来，一定要干，干到底，把匪徒消灭光。"

朗读的人读最后的几句时，听的人都鸦雀无声。高个儿小伙子忧愁地低下头。很明显，谁也不理解这最后几句话的意思。尤其是那一句："我要回来吃中饭，"看来，甚至使读的人和听的人都感到不是味儿。人们的情绪正激昂慷慨，而这种话未免太简单，太粗浅了；这是谁都会说的话，最高当局的告示不该说这种话。

大家都闷不作声地站在那儿。高个儿小伙子动着嘴唇，摇晃着身子。

"应该问他！……那就是他？……当然要问他！干吗不问……他会给指点的……"后排人群中忽然有人说，所有人的注意力都转向驶进广场的警察局长的轻便马车，马车后面跟着两个龙骑兵。

这位警察局长今天出行，是奉伯爵的指示前往烧毁货船的，他趁机捞了一把，这时钱正揣在他的腰包里。看见向他拥来的人群，他吩咐车夫停了下来。

"这是什么人？"他向那些三三两两地向马车走来的人们喝道。"这是什么人？我问你们呢？"

"他们，大人，"穿厚呢大衣的小职员说，"按照伯爵大人的告示，愿意舍命效劳，并不是什么暴动，而是像伯爵大人所说的……"

"伯爵没有走，他在这儿，他会对你们发出指示的，"警察局长说。"走！"他对车夫说，人群停在那儿，围在听到警察局长说话的人们周围眼望着离去的马车。

警察局长这时慌张地回头看了一眼，对车夫说了句什么，于是他的马加快步子跑了。

"他糊弄人，伙计们！追他！"高个儿小伙子大喝一声。"不要放走他，伙计们！让他回答我们！截住他！"几个声音同时喊道，因此人们跑去追马车。

追赶警察局长的人群喧哗着向卢比扬卡大街跑去。

"怎么啦，老爷们和商人们全逃跑了，留下我们等死啊！我们是狗还是怎么的！"人们话越说越多了。

二十四

　　九月一日晚上，拉斯托普钦伯爵见过库图佐夫后心中烦恼，觉得受了侮辱，由于他未被邀请参加军事会议，还由于库图佐夫对他所提出保卫首都的建议完全不予理睬，而且他新近才发现的大本营的态度令他吃惊——大本营对于首都的治安和首都人民的爱国情绪这么一个问题，不单认为是次要的，并且认为是不屑于理会的区区小事，——为这些事感到烦恼、受辱和惊讶的拉斯托普钦伯爵回到了莫斯科。伯爵吃过晚饭，和衣躺在长沙发上，刚过半夜，库图佐夫的信使便把他叫醒，交给他一封库图佐夫给他的信。信中说，军队经过莫斯科往梁赞大路撤退，请伯爵派警官给通过城里的军队引路。这个消息对拉斯托普钦来说，已经不是新闻了。不但从昨天的波克隆山会见库图佐夫那时起，而且从波罗底诺战役那时起拉斯托普钦伯爵已经知道莫斯科要放弃了；但是这个消息以附有库图佐夫的命令的简单的便函形式传来，而且是在半夜、睡了一觉的时候收到的，这使伯爵感到惊讶和气愤。

　　被叫醒的拉斯托普钦接到库图佐夫那封冷淡的便函以后，觉得更加可恼，觉得自己更加不对了。所有托付他的东西，所有他应当运走的公共财物，依旧留在莫斯科。全部运走已经不可能了。

　　"这是谁的过错，是谁弄成这个样子的？"他想。当然不是我。我把一切都准备好了，看我把莫斯科掌管得多么好！可是他们竟然把莫斯科弄成这个样子！坏蛋，叛徒！"他想究竟谁是坏蛋、谁是叛徒，他并不十分清楚，但是他觉得有恨某些叛徒的必要，因为他们的过错，他才落到这种荒唐可笑的地步。

　　拉斯托普钦伯爵整夜都在发指示，人们从莫斯科四面八方来他这里听候指示。他左右的人从来没见过伯爵如此不快活，容易发脾气。

　　伯爵对所有的问题都给以简短而愤怒的回答，以表示现在已经无须他来指示了，他费尽心思准备好的一切都给某人破坏了，这个人对现在发生的一切要负全部责任。

　　"你告诉那个蠢货，"他对世袭领地管理局的询问回答说，"他应当留下来保管文件。你干什么要问消防队这么无聊的问题？他们有马，叫他们到弗拉基米尔去。不能留给法国人。"

　　"大人，疯人院的监督来了，您有什么指示？"

　　"我能有什么指示？放他们出去就是了……让那些疯子全到城里去。现在是疯子指挥军队的时候，这是上帝的安排。"

世界经典文库

世界二十大名著

战争与和平

图文珍藏版

对于监狱里的囚犯问题,伯爵向监狱长嚷道:

"怎么,你要两营人护送吗?没有!放掉他们不就完了!"

"大人,还有政治犯梅什科夫,韦列夏金。"

"韦列夏金!他还没被绞死吗?"拉斯托普钦大声喊道。"把他带到我这儿来。"

二十五

早晨九点,当军队已经通过莫斯科时,再没有人来向伯爵请示了。能走的人全自动地走了;留下的自己看着办吧。

伯爵吩咐备马,打算到索科尔尼茨去,他紧皱着眉头,面色姜黄,抱着胳膊,一声不吭地坐在办公室里。

每个行政官,在太平的年月,都觉得只是因为他的努力,在他管理下的百姓才动起来,每个行政官都非我莫属的感觉作为自己辛劳的报酬。作为统治者的行政官,乘着破旧的小船,用篙杆钩着人民的大船自动地行驶着,当然觉得被他钩着的那艘大船是靠他的努力才前进的,这样的理解,只是在历史的海洋风平浪静的时候。可是一旦海上起了大风暴,波涛汹涌,大船自动行驶起来,那时就不会产生这种错觉了。大船以空前的、不依赖任何外力的速度行驶着,篙杆已经够不到行进着的大船,于是统治者突然从主宰者、力量的源泉的地位变为一个微不足道、软弱无力、无用的人。

拉斯托普钦感到了这一点,而这正是使他觉得可恼的。

那个曾被群众拦阻过的警察局长,和一个已经把马套好的副官,一同来见伯爵。他们两人都脸色苍白,警察局长报告他已经完成交给他的任务,然后又说,有一大群老百姓聚在伯爵的院子里,希望见他。

拉斯托普钦一声不吭,站起身来,迅速向他那豪华、敞亮的客厅走去,走到阳台门口,抓住门柄,又放开了,向窗口走过去,从那里能更清楚地看到整个人群,那个高个儿小伙子在前排站着,面色冷峻,挥动着一只胳膊,在讲着什么。那个满脸是血的铁匠带着阴沉的神情站在他旁边。透过关着的窗户,可以听到嗡嗡的人声。

"马车准备好了吗?"拉斯托普钦离开窗口,说。

"准备好了,大人,"副官说。

"他们想怎么样?"他问警察局长。

"他们说,大人,他们遵照您的命令准备去打法国人,喊叫着要叛乱。我好容易才逃脱了。大人，我斗胆向您建议……"

"走你的吧，没有你，我也知道应该怎么办，"拉斯托普钦怒喝道。他站在阳台门口望着人群。"就是他们把俄国弄糟了！就是他们把我弄成这个样子！"拉斯托普钦想，对那个他认为招致一切灾祸的人，他觉得一股控制不住的怒火涌上心头。正像一般火气大的人常有的情形，怒气已经支配了他，可他还在寻找更激发怒气的对象。"这就是平民百姓，人类的败类，"他望着人群想道，"由于他们的愚蠢，把这帮败类鼓动起来了。"他望着那个挥舞着胳膊的高个儿小伙子忽然起了这个念头。他之所以有这个念头，因为他需要一个牺牲，一个发泄怒气的对象。

"马车准备好了吗？"他又问。

"准备好了，大人。对于韦列夏金，您有什么吩咐？他在门廊下等着呢，"副官回答说。

"啊！"拉斯托普钦叫了一声，似乎被一个意外的记忆吓了一跳。

他很快地打开门，迈着坚决的步子走上阳台。人声突然停止了，各种各样的帽子一齐摘了下来，所有的眼睛全抬起来望着走出来的伯爵。

"你们好，小伙子们！"他的声音又快又高。"谢谢你们到这儿来。我这就要到你们那儿去，可我们得先处理一个坏蛋。我们要惩办一个毁掉莫斯科的坏蛋。等着我！"于是伯爵用力把门带紧，同样迅速地走回房间。

人群里响起一片赞许和满意的低语声。"就要收拾所有的坏蛋了！你说收拾一个法国人……他会让你明白是怎么回事的！"人们说，似乎互相责备缺乏信心似的。

几分钟后，从正门匆匆走出一个军官，他发出一句什么命令，接着龙骑兵排成了长队。人群争先恐后从阳台前面向门廊涌去。拉斯托普钦迈着急速的步子走到门廊上，匆匆地四顾了一下，似乎在找什么人。

"他在哪儿？"伯爵说，正在他说这话时，他看见两个龙骑兵押着一个年轻人拐过屋角走出来，那个年轻人脖子细长，剃光的半边头皮上又长出了短发。他上身穿一件曾经很讲究的蓝呢面的破旧狐皮袄，下身穿一条肮脏的犯人穿的麻布裤子，裤脚塞到一双瘦小的、脏污的靴筒里。那个年轻人两条无力的细腿，拖着沉重的脚镣，艰难地迈着犹疑的步子。

"啊！"拉斯托普钦说，立刻把目光从那个穿狐皮袄的年轻人移开，指了指门廊的底层台阶。"把他带到这里来！"年轻人拖着哗啦作响的脚镣，艰难地迈上了指定的台阶，用一个手指撑着发紧的皮袄领子，转动了两下细长的脖子，叹了口气，把那双不干活的瘦手顺从的交叠在肚子上。

有那个年轻人在台阶上站定的几秒钟,全场死一样寂静。只有在后排,人们都往一处挤的地方,发出了哼哼声、呻吟声、推碰声和脚步移动声。

拉斯托普钦在等待犯人站到指定位置的时候,皱着眉,用手搓了搓脸。

"小伙子们!"拉斯托普钦声如洪种地说,"这个人,韦列夏金——就是毁掉莫斯科的坏蛋。"

穿狐皮袄的年轻人,顺从地站在那里,两只手交叠在肚子上,微弯着身子。他那憔悴的、带着绝望神情的年轻的脸向下低着。听了伯爵头几句话,他慢慢抬起头来,向上看了看伯爵,好像想对他说什么,或者至少碰到他的目光。但是拉斯托普钦没有看他。年轻人的细长脖子上,在耳后胀起一根像绳子似的青筋,他的脸忽然涨红了。

所有的眼睛都注视着他。他看了看人群,似乎从人们脸上的表情看到希望,他悲哀地、胆怯地笑了笑,随后又低下头,在台阶上倒换了一下两只脚。

"他背叛了沙皇和祖国,他效忠波拿巴,俄国人当中仅有他一个人玷污了俄国人的名字,莫斯科就是从他的手里毁掉的,"拉斯托普钦用平稳的、尖厉的声调说;他突然向那个仍然老老实实站在下面的韦列夏金瞪了一眼。似乎这一瞥使他冒火了,他举起一只手,对人群几乎是狂吼道:"你们自己来处置他吧!把他交给你们!"

人群沉默不语,只是挤得更紧了。他们在等待一种不知道也不明白的可怕事情,气氛变得难以忍受。站在前排的人,看见并且听见他面前所发生的一切,都吓得目瞪口呆,用尽全身的力量顶住背后拥上来的人。

"把叛徒打死,不让他玷污俄国人的名字!"拉斯托普钦喊道。"砍他,我命令!"人群听到的不是拉斯托普钦说的话,而是他的愤怒的声音,人群骚动起来,拥上去,但是又停住了。

"伯爵!……"在又开始的片刻的寂静中,韦列夏金用怯懦的、不自然的声调说。"伯爵,我们上头有上帝……韦列夏金抬起头来说,脖子上的粗筋又充血了,脸上立刻泛起红晕,接着就消失了。他没说完他要说的话。

"砍他!我命令!"拉斯托普钦突然脸变得煞白,喊道。

"刀出鞘!"龙骑兵军官一边喊,一边拔出自己的马刀。

又一个最强的浪头冲击着人群,这个浪头冲到前几排,把前排的人群推动了,人们晃晃悠悠地被推到门廊的台阶跟前。那个高个儿小伙子脸上的表情就像化石一样,一动不动地举着一只胳膊,站在韦列夏金身边。

"砍!"军官低声对龙骑兵说,一个士兵突然气歪了脸,用一把很钝的大马刀向韦列夏金的头上砍去。

"啊!"韦列夏金急促地惊呼了一声,惊慌地环顾周围,似乎不明白为什么这样对待他。人群发出同样恐惧的惊叹。

但是,在韦列夏金忽然发出那声惊呼之后,接着发出一声痛楚的哀号,这声哀号可就毁了他了,那道紧张到了极点的人类感情的闸门,刹那间崩溃了。罪行已经开始了,就不得不进行到底。责难的哀吟淹没在人群可怕的怒吼之中。正像击碎船只的七级浪,这不可遏止的最后一个浪头从后排腾空而起,一直涌到前排,把人们推倒,吞没了一切。那个龙骑兵打算再砍一刀。韦列夏金吓得狂叫,抱头向人群中跑去。他撞到高个儿小伙子身上,小伙子借势掐住韦列夏金细长的脖子,狂叫着和他一起倒在拥挤着猛冲过来的人们脚下。

一些人扭打韦列夏金,另一些扭打高个儿小伙子。被压在下面的人的喊叫和尽力搭救高个儿小伙子的人们的喊叫,只能更激发人群的狂怒。龙骑兵好长时间才把那个被打得半死的、血淋淋的工人救出来。又过了好久,虽然人群狂热地、努力完成已经开始的事情,那些对韦列夏金又是打,又是拧,又是撕的人们,却没能把他整治死;但是人群,从四面八方挤他们,把他们裹在中间,形成一个巨大的物体,来回动荡着,使他们既不能把他打死,也无法把他放走。

"用斧头砍,怎么样? ……掐死……叛徒,出卖基督的叛徒! ……还活着……真能活……狗强盗活该受罪,拿门闩来! ……还活着吗?"

直到那个牺牲者不再挣扎,他那凄厉的号叫变为均匀的、拉长的、嘶哑的喘息时,人群才赶紧从这具躺在地上的血淋淋的尸体旁走开,每个走到跟前的人,看到做出的事情,都带着恐怖、责备和惊讶的神情转身挤了回去。

"主啊,人跟野兽一样,还能活得了!"人群中传出这样的声音。"小伙子很年轻……可能是买卖人的孩子,这帮人真行! ……另一个人也挨打了,据说,只剩一口气……咳,这些人啊……真不怕罪过……"现在说这些话的人,瞅着那具脸色发青,满脸血污的尸体,全露出痛苦的怜悯的表情。

一个勤勉的警官,觉得大人院子里放着一具死尸不成体统,命令龙骑兵把尸体拖走。两个龙骑兵抓起被打残的腿,把尸体拖走了。那个长在细长脖子上的血淋淋的脑袋,被拖得在地上左右地扭动。人群拥挤着离开了尸体。

就在韦列夏金倒下去,人群狂吼着围住他拥来拥去时,拉斯托普钦突然脸色煞白,他没有去有马车等候着他的后门,却沿着通到房间的楼下走廊走去,他低着头,迈着快步,自己也不知道去什么地方,为什么这么走。伯爵脸色苍白,下巴像发疟子似的止不住地打哆嗦。

"大人,向这边走,您上哪儿去? ……请走这边,"一个颤抖的声音在他背后说。拉斯托普钦伯爵无力回答,顺从地转身向指给他的方向走去。在房后门廊前停着一辆马车。远处人群的吼声在这里也听得见。拉斯托普钦伯爵急忙上了马车,吩咐车夫赶到索科尔尼茨他的郊外住宅。来到肉商街,已经听不见人群的喊声,伯爵开始后悔了。他不满地想起自己在下属面前露出的激动和恐惧。"伯爵!我们头上有上帝!"他忽然想起韦列夏金对他说的话,一阵不快乐的寒战掠过拉斯托普钦伯爵的脊背。但是这种感觉转瞬即逝,拉斯托普钦伯爵轻蔑地对自己一笑。"我另有责任,应当满足民众的要求"。他想到。"别的许多牺牲,为了公共福利,有的已经死去,有的行将近死去。"于是他开始想自己对他的家庭,对托付给他的首都,以及对他自己所负的责任——他想他自己,并不是想费多尔·瓦西里耶维奇·拉斯托普钦,而是想那个作为总督、作为政权代表和沙皇的全权代表的他。"假如我是费多尔·瓦西里耶维奇,我的做法就绝对不同了,但是我应该保护我这个总督的生命和尊严。"

拉斯托普钦坐在马车柔软的弹簧座上轻微地摇晃着,不再听到人群的可怕声音,他肉体上安静了,随着肉体的安静,头脑就开始为他寻找精神安静的理由。

"韦列夏金受了审判,被判处了死刑,"拉斯托普钦想,虽然枢密院只判韦列夏金苦役。"他是卖国贼,叛徒;我无法饶恕他;并且是一石两鸟;我给老百姓一个牺牲以示安抚,同时也惩罚了一个坏人。"

伯爵来到郊外的宅邸,料理一下家务,心情彻底安静了。

半小时后,伯爵坐着飞快地马车驰过索科尔尼茨田野,这时他已经再不想过去的事,只考虑将要发生的事。他现在是去雅乌兹桥,他听说库图佐夫在那里。拉斯托普钦伯爵准备对库图佐夫发出愤怒的、尖刻的责备,由于库图佐夫欺骗了他。他要让这个宫廷的老狐狸知道,放弃首都和毁灭俄国所带来的一切不幸结果,全部要由他这个老糊涂负责。拉斯托普钦预先想好对库佐夫要说的话,他一边想,一边怒气冲冲地在马车里来回转身,怒目向四外张望。

索科尔尼茨田野空空荡荡。只是在它的尽头,在养老院和疯人院旁边,有一群穿白衣服的人,还有几个相似的人在田野里走动,他们喊叫着,挥动着臂膀。

其中一人跑过来拦拉斯托普钦伯爵的马车。拉斯托普钦伯爵本人,还有他的车夫和龙骑兵,望着这些放出来的疯子,尤其是望着那个向他们跑过来的人,全有一种模糊的恐惧和好奇的感觉。

那个疯子拐着两条细长的瘦腿,飘动着长衫,飞快地跑,眼睛盯着拉斯托普钦,声音嘶哑地向他喊叫着,打着手势让他停下来。那个长着模样阴森、严峻的疯子,脸色又瘦又黄。他的瞳仁在红里透黄的眼白里低垂地、慌乱地转动着。

"站住！停住！听到没有！"他尖叫着，随后又用威严的声调喘息着吆喝什么。

他追上了马车，跟马车并排奔跑。

"我被杀过三次，三次都从死里再生，他们用石头砸我，把我钉到十字架上……我要复活……要复活……要复活。他们把我撕了个粉碎。天国塌陷了……塌陷了三次重建了三次，"他喊道，声音越来越高。拉斯托普钦伯爵突然面色苍白了，就像群众扑向韦列夏金时那么苍白。他转过身去。

"快，快点儿走！"他声音哆嗦着对车夫喊道。

几匹马拉着马车飞快奔驰起来；但是拉斯托普钦伯爵好久还听到后面越来越远的疯狂的、绝望的喊声，他眼前老浮现出那个穿皮袄的叛徒血淋淋的、吓得面无人色的脸。

虽然这个记忆还非常新，但是拉斯托普钦现在总觉得，这个记忆已经深深地铭刻在心里，成了他血肉的一部分。他现在清楚地感觉到，这个血淋淋的记忆不仅永远忘不了，而且相反，时间愈久，这个可怕的记忆就愈厉害地、痛苦地在他心中活跃着。他现在似乎听见自己的说话声："砍他，你们要用脑袋对我负责！"——"我为什么要说这些话！仿佛是无意中说的……我本来可以不说这些话（他想）：那就什么都不会发生了。但是我不是为自己做这件事。我必然这么办"，他想。

雅乌兹桥头依然挤满了军队。天气炎热，库图佐夫紧皱着眉头，神情颓丧，坐在桥旁一条长凳上，当一辆马车咕隆隆向他跑来时，他正拿着一根鞭子在玩弄沙土。一个身穿将军服，头戴羽饰帽的人走到库图佐夫面前对他说了几句话，他不知是在发怒还是受到惊吓，眼睛一个劲地乱转。此人就是拉斯托普钦伯爵。他对库图佐夫说，他到这儿来，是因为首都莫斯科没有了，只剩下军队了。

"如果阁下没对我说，你不会不再打一仗就放弃莫斯科，那情形就会两样了！"他说。

库图佐夫望着拉斯托普钦，似乎不明白他的意思，尽力想看出对方脸上这时流露的某种特别的意味。拉斯托普钦有点难为情，不作声了。库图佐夫略微摇摇头，没有从拉斯托普钦脸上挪开他那探究的目光，轻轻地说：

"是的，不打一仗，我是不会放弃莫斯科的。"

库图佐夫说这话时，不知是心里完全想着另处的事，还是虽然知道这话没有意义，故意这么说，不管怎样，拉斯托普钦伯爵没有再回答什么，就急忙离开了库图佐夫。真是怪事！莫斯科的总督，骄傲的拉斯托普钦伯爵，拿起一根短皮鞭，走到桥头，大喊大叫地想赶走那些挤在一起的大车。

二十六

下午三点多钟,缪拉的部队进入莫斯科。走在前边的是一队符腾堡骠骑兵,后边是带着一大群侍从、骑着马的那不勒斯王本人。

在阿尔巴特街中间,尼古拉圣像礼拜堂附近,缪拉停下来,等候先头部队报告克里姆林城堡的情况。

缪拉周围围着一小群留在莫斯科的居民。他们都带着胆怯的神情观看那个模样古怪、头插羽毛、身佩金饰、留着长发的长官。

"那就是他们的沙皇吧?还挺好嘛!"人们小声说。

翻译官骑马来到那群人跟前。

"脱帽……把帽子脱下来。"人群互相告诫着。那个翻译官向一个年老的看门人打听克里姆林宫还有多远。看门人迷惑地听着陌生的波兰口音,认为翻译官说的不是俄语,不懂对他说的什么,便躲到别人背后去了。

缪拉走近翻译,叫他问一问俄国军队在什么地方。其中有一个俄国人弄懂了他问什么,几个声音忽然齐声向翻译官回答。先头部队的一个军官来到缪拉跟前,报告说城堡的大门堵上了,可能那里有埋伏。

"好的,"缪拉说,随即命令一个侍从传令调四尊轻炮,轰击那座大门。

炮兵从缪拉后面的纵队中快步走出来,顺着阿尔巴特街前进。走到弗兹德维仁卡街尽头时,炮兵停住了,在广场上排好队,几名法国军官指挥布置炮位,随后用望远镜瞭望克里姆林宫。

克里姆林宫晚祷的钟声响了,这使法国人惊慌起来。他们误认为那是准备战斗的信号。几个步兵向库塔菲耶夫门跑去。这座门已经堆上圆木,挡上了板墙。一个军官带着一小队人刚开始往那儿跑,就从门里射出两枪。站在大炮旁边的将军向那个军官喊了声口令,军官和士兵就跑回来了。

门里又打了三枪。

一发子弹打中了一个法国兵的脚,木墙后面一齐传出几个声音的怪叫。法国将军、军官和士兵,脸上原来那种快活、安静的表情,好像听到口令似的,马上都变成了顽强、专注、准备战斗和受难的表情。他们所有的人,从元帅到小兵,都觉得,这个地方不是弗兹德维仁卡街、莫霍夫街、库塔菲耶夫街或者特罗伊茨门,而是一个新地方,可能是一个流血的新战场。因此大家都为这场战斗进行准备。门里的喊叫声停了。大炮推了出来。炮兵们吹掉火绳上的灰。一个军官发出口令:

"放——接着两颗炮弹一个接一个呼啸着飞了出去。霰弹打在大门的石墙上、圆木上和挡板上,发出了噼噼啪啪的爆炸声;两朵烟云在广场上空飘荡。

隆隆的炮声在克里姆林宫的石墙上刚刚平息,不大一会儿,在法国人头上响起了一阵奇怪地声音。一大群乌鸦飞到城墙上空,叫着,拍打着成千只翅膀,在空中盘旋。在这种声音中间,从那座门里传出一个人的喊叫声,接着从烟尘里出来一个没戴帽子、身穿长衣的人影。这个人握着枪向法国人瞄准。"放"那个炮兵军官又发出了口令,紧接着,响了一下枪声和两下炮声。硝烟又遮蔽了那个门。

挡板后面再没有声音了,法国步兵和军官们向城门走去。城门里躺着三名伤员和四名打死的人。有两个穿长衣的人从下面顺着墙根向兹纳缅卡逃跑。

"把这些搬开,"一个军官指着圆木和尸体说;几个法国人把伤员打死,把尸体扔到围墙外的沟里。他们是谁,没有人知道。

缪拉得到报告说,道路早已扫清。法国人进了城门,在枢密院广场安营扎寨。士兵们从枢密院的窗户把椅子扔到广场上,在那里生起火来。

虽然衣衫褴褛、饥饿疲劳,人数减到原有的三分之一,但是法国士兵依然队形齐整地进入莫斯科。这是一支疲劳不堪、体力衰竭、但仍然是有战斗力的可畏的军队。可这只是这支军队在士兵没有分散在各民宅以前的情形。各个团队一旦住进一无所有或富有的民宅里,军队就永远毁灭了,就变成了既非老百姓也非士兵,而是一种非驴非马的东西,也就是所谓的匪兵。五个星期以后,依然是这帮人,可当他们离开莫斯科时,已经不成其为军队了。这是一帮匪兵,他们每人都运走或带走一些他们觉得贵重或有用的东西。离开莫斯科时,他们每人的目的不再像过去那样是要征服,而是要保住已经得到的东西。正如一只猴子,把手伸进小口罐子里,抓住一把硬果不愿松手,由于怕失掉已经抓到的东西,而这就毁了它自己,法国人离开莫斯科时,显然一定要遭到灭亡,因为他们带着抢到的东西,又不肯放弃,就像猴子不愿松开抓住硬果的手一样。法军每个团队不论进入哪条莫斯科街道,只要过非常钟,就再没有一个像士兵和军官的人了。从每家窗户里可以看见穿军大衣和半高腰皮靴的人嬉笑着在各个房间窜来窜去;在地窖里和地下室里,这些人在搞吃的;在院子里,这些人打开或撬开棚屋和马厩的门;在厨房里生起火,溅起袖子,烘烤食品,和面,做饭,调笑和抚爱妇女和儿童。这种人处处都有,店铺里、住宅里也有很多;但是军队已经没有了。

就在进城的那天,法国司令官们发出一道又一道命令,禁止军队在城里乱跑,严禁对居民施以暴力和抢劫,宣布当天晚上要总点名;尽管采取了许多措施,曾经作为军队成员的人们,仍旧不断散入那座富足的、拥有各种设备和大量物资的空城。正如一群饥饿的牲口,在不毛之地行走时,总是挤作一堆,可是,一到水草茂盛的牧场,就立刻无法遏止地分散开来,那支军队正是这样,一到富饶的城市,就不可控制地四散了。

莫斯科没有居民,士兵就像渗入沙土的水,从他们开始进入的克里姆林宫,就不可控制地向四面八方一点一点地渗透。骑兵们进入一所弃下一切财产的商人住宅,发现那儿的马厩足以容下他们的马而有余,可是他们还是占了旁边的一所,他们觉得那儿更好些。很多人占了好几处房子,用粉笔号上自己的名字,他们跟别的队争吵,甚至打架。士兵们还没有安顿好,就跑到街上去参观城市,一听说有被抛弃的东西,就赶忙地向可以白拿贵重东西的地方跑去。军官去阻止士兵,可他们自己不自觉地也干起同样的勾当。在马车市场里留下一些拥有车辆的店铺,一些将军们挤在那儿挑选四轮马车和轿式马车。留下来的居民邀请军官到自己家里,希望这样就可以不致遭劫。财富多得不可胜数;在法军占领的地区,到处还有没被发现、没被占据的地方,法国人觉得那儿还有更多的财富。于是莫斯科使他们愈陷愈深,正像浇到地上的水,结果水和干地都消失了;正是因为这样的原因,一支饥饿的军队进入一座拥有大量财宝的城市,结果都同归于尽;都化为泥污,化为火灾和掠夺。

二十七

法国人在莫斯科四处扩散,直到九月二日晚上,才扩散到皮埃尔现在居住的那个区。

皮埃尔过了两天孤独的生活后,现在正处于接近疯狂的状态。一种没法排遣的思绪占据了他整个的身心。他不明白这思绪是怎样和何时有的,但是现在他是处在这样的状况,他既记不起过去的事,也不清楚眼前的事;他的所见所闻,有如梦境。

皮埃尔从家里出走,只是为了逃避满脑子乱麻似的人生要求,按他目前的精神状态,解开这团乱麻是无能为力的。他借口整理死者的书籍和文件,到约瑟夫·阿列克谢耶维奇的寓所去,以便从人生的困扰中寻求慰藉,——每想起约瑟夫·阿列克谢耶维奇,他的心里就有一种永恒、宁静、庄严的感觉。他试图寻找安静的避风港,果然在约瑟夫·阿列克谢耶维奇的书房中找到了。当他把臂肘支在落满尘土的书桌上的时候,最近几天的回忆,尤其是对波罗底诺战役的回忆,就一件接着一件地在内心显现,他还模糊地感到,与那些使他铭记在心的真实、质朴和有力比起来，就显出他自己的渺小的虚伪。当格拉西姆把他从沉思中唤醒时，皮埃尔想起自己要参加原来预定的人民保卫莫斯科的战斗（他知道这件事）。于是，为了这个目的，他立刻叫格拉西姆给他弄一件农民的外衣和一支手枪，并且告诉他，他打算隐姓埋名留在约瑟夫·阿列克谢耶维奇家中。随后，在孤独而悠闲地度过的第一天当中，关于他的名字和波拿巴的名字相关联这种神秘的意义，以前这种想法现在又不止一次模糊地在他心中浮现了。

在皮埃尔买了农民的外衣后，遇到了罗斯托夫家里的人，娜塔莎对他说："您留下来吗？啊，这好极了！"——当时在他头脑里闪过一个念头：甚至莫斯科陷落，他也留下来完成注定该由他来完成的事，那确实是太好了。

第二天，他跟着人群到三门去，心里只有一个念头，那就是不惜牺牲自己，不管怎样也不落在他们后边。但是在他从三山门回到家里后，他完全明白了，莫斯科不会再保卫了，他忽然觉得，他原来认为可能的事，现在成为必然的和不可避免的了，他应该隐姓埋名，留在莫斯科，去找拿破仑，把他杀掉，下定决心，或者让自己灭亡，或者结束全欧洲的灾难，皮埃尔认为欧洲的灾难完全是拿破仑独自造成的。

皮埃尔知道 1809 年一名德国大学生在维也纳谋杀波拿巴的详细经过，也知道那个学生被枪毙了。他在实现自己的意图所冒的生命危险，令他情绪更加激昂。

有两种一样强烈的感情不可抗拒地促使皮埃尔去实现他的意图。第一种感情是意识到在普遍不幸的时候，自己也有牺牲和受苦的必要，就是因为这种感情，二十五日他去莫扎伊斯克，来到战斗最激烈的地方，而现在他离开家，抛弃奢侈舒适的生活，和衣睡在硬沙发上，和格拉西姆吃一样的东西；另一种是那种模糊的、仅有俄国人才有的感情：蔑视一切虚伪的东西，蔑视一切大多数人认为是世界上最好的东西。皮埃尔在斯洛博达宫第一次体验到那种醉人的感情，当时他忽然觉得，财富、权力和生命，凡是人们努力争取和维护的一切，假如说这一切还有价值的话，那不过是由于能享受一下把它抛弃的快活罢了。

从皮埃尔在斯洛博达宫第一次体会到这种感情那一天起，他就不停受它的影响，可只有现在他才真正感到心满意足。此外，皮埃尔在这方面已经做过的事，使他非达到目的不可的意愿更加强了，而且使他割舍不下。他从家中出走，弄到农民外衣和手枪，而且对罗斯托夫家的人们宣称他要留在莫斯科之后，——假如他也像别人一样离开莫斯科，那么，他所做的这一切不仅没有意义，并且将成为可鄙、可笑的了。

就像常有的情形，皮埃尔的身体状况与精神状况是一致的。那种吃不惯的粗糙食物，他这几天喝的伏特加酒，没有葡萄酒和雪茄，没有换洗过的脏内衣，在没有

战争与和平

图文珍藏版

被褥的短沙发上度过的两个几乎是不眠之夜，——这一切都让皮埃尔处于几乎疯狂的激动状态。

下午一点多钟，法国人已经进入莫斯科。皮埃尔了解到了这一点，但是他没有行动，只是想他的计划，把未来最细微的情节都考虑到了。皮埃尔在他的幻想中并没有生动地想象行刺的过程，也没想象拿破仑的死，只是带着感伤的享乐心情想象他的牺牲和英勇气概。

"是的，一人为大家，我一定要成功或者牺牲！"他想。"是的，我一定去……然后，出其不意……用手枪，还是用匕首呢？"皮埃尔想。"其实，都一样。处死你的并不是我，而是上帝，我说（皮埃尔在想他杀死拿破仑时他所说的话）。好吧，逮捕我，处死我吧，"皮埃尔自言自语地说下去，他低着头，神色忧郁，可非常坚决。

正当皮埃尔站在房中间私下思索的时候，房门开了，门槛上出现了马卡尔·阿列克谢耶维奇，他先前胆怯的样子彻底变了。他敞着长衫。脸通红，样子非常难看。他显然喝醉了。他看见皮埃尔，开始有点窘，可他一见皮埃尔脸上也有窘态，立刻来了勇气，迈着两条细腿，摇摇晃晃地走到屋子中间。

"他们害怕了，"他声音沙哑，带着信任对方的神情说。"我说：我不投降，我说……是不是这样，先生？"他沉吟起来，可一见桌上有一支手枪，就十分神速地抓起那支手枪，跑进了走廊。

跟在马卡尔·阿列克谢伊奇后面的格拉西姆和看门人在过道里拦住他，试图夺他的手枪。皮埃尔来到走廊，带着怜悯和厌恶的心情望着这个半疯的老人。马卡尔·阿列克谢伊奇皱着眉头，用力握着手枪，声音嘶哑地喊着，看来，他正在幻想一件庄严的事情。

"拿起武器！冲啊！你夺不走！"他喊道。

"行了，老爷子，行了。行行好，请您放下吧。好啦，我的老爷子……"格拉西姆说。他小心地抓住马卡尔·阿列克谢伊奇的臂肘，用力向门口推他。

"你是什么人？是波拿巴！……"马卡尔·阿列克谢伊奇喊道。

"这不好，老爷子。请您到屋里去吧，您休息一下。请把手枪给我。"

"滚，下贱奴才！别碰我！看见这个吗？"马卡尔·阿列克谢伊奇晃着手枪喊道。"冲啊！"

"抓住他，"格拉西姆低声对看门人说。

他们抓住马卡尔·阿列克谢伊奇的胳膊，把他拖到了门口。

过厅里响起一片乱糟糟的喧哗声和醉汉嘶哑的喘息声。

忽然从门廊里传来女人的尖叫声，紧跟着，一个厨娘跑进了过厅。

"他们来了！我的老天啊！……真的，他们来了。四个人骑着马！……"她喊道。

格拉西姆和看门人松开马卡尔·阿列克谢伊奇的胳膊，在寂静的走廊里清楚地听到几只手敲门的声音。

二十八

皮埃尔打算在实现他的志愿之前，既不公开他的身份，又不叫人知道他会法语，他站在半开半闭的走廊门里，打算法国人一进来，就躲起来。但是法国人进来了，皮埃尔依旧没从门口走开：一种无法克服的好奇心令他站住没动。

来了两个人。一个是军官，高个儿，英武俊秀，另一个显然是士兵或者勤务兵，又矮又瘦，两眼下陷，晒得黝黑，神情呆滞。那个军官拄着棍子，微跛着向前走来。他走了几步，好像已经认定这所住宅不错，就停住，向站在门口的士兵们转过身去，用长官的口吻，大声招呼他们把马牵进来。那个军官吩咐过后，姿势优美地高高抬起臂肘，捋了捋小胡子，用手碰了碰帽檐行礼。

"各位好！"他微笑着向周围望了望，快活地说。

没有一个人回答。

"你是这里的主人吗？"那个军官对格拉西姆说。

格拉西姆犹疑地望着那个军官。

"住处！"那个军官说，他露出傲慢、和蔼的微笑，上下打量那个小老头。"我们会相处得非常好的！"他拍着默不作声的格拉西姆肩膀说。

"这儿没有懂法语的吗？他又说，同时向周围看看，遇见了皮埃尔的目光。皮埃尔正想从门旁躲开。

那个军官又转向格拉西姆。他要格拉西姆带他去看看房间。

"主人不在——你的……我的不懂……"格拉西姆换个办法说，尽量把话说得清楚点。

法国军官微笑着，在格拉西姆鼻子面前伸开两臂，表示他也不明白他的话，他瘸着腿向皮埃尔站在那儿的门口走去。皮埃尔正想躲开他，但是这时他看见马卡尔·阿列克谢伊奇拿着手枪，从开着的厨房门里探出头来。马卡尔·阿列克谢伊奇露出疯子的狡诈神情窥视法国人，正举起手枪瞄准。

"冲啊！！！"那个醉汉一面喊，一面扳动枪机。法国军官向喊声转过身来，就在这一刹那，皮埃尔向醉汉扑过去。就在皮埃尔抓住手枪向上举时，马卡尔·阿列克谢伊奇的手指扣动了扳机,发出一声震耳的枪声,硝烟弥漫,盖住了所有的人。那个法国人面无人色,转身向门口跑去。

皮埃尔忘记了自己不暴露他会法语的打算,他夺过手枪,把它扔掉,跑到那个军官面前,用法语同他说起来。

"你受伤了吗?"他说。

"好像没有,"那个军官摸了摸自己,回答道,"不过这次差点送命,"他指着打掉的墙上的灰土,又说。"他是什么人?"那个军官严厉地看了皮埃尔一眼,说。

"刚才发生的事,确实让人不快乐,"皮埃尔赶快说,完全忘记了他所扮演的角色,"他是个不幸的疯子,不知道他在做什么。"

那个军官走到马卡尔·阿列克谢伊奇面前,抓住了他的脖领。

马卡尔·阿列克谢伊奇张着嘴,好像要睡着了,摇摇晃晃地靠到墙上。

皮埃尔继续用法语劝那个军官不要追究喝醉酒的疯子。那个法国人依旧带着阴沉的神情,沉默地听着,可是他忽然面带微笑转向皮埃尔。他沉默地看了他几秒钟。他那俊秀的脸上摆出一副悲剧式的温柔表情,他伸出手来。

"你救了我的命! 你是法国人,"他说。在一个法国人看来,这个结论是毫无问题的。只有法国人才能完成伟大的事业,而救他的命,无疑是一件最伟大的事业。

但是,尽管这个结论和那个军官根据这个结论建立的信念都毫无疑问,皮埃尔依然认为有使他失望的必要。

"我是俄国人,"皮埃尔纠正道。

"得-得-得,"那个法国人在自己的鼻子前摇着一个指头,微笑着说。"遇见了同胞,真让人兴奋,"他说"我们怎样处置这个人?"他又问,他对皮埃尔就像对亲弟兄一样说话。法国军官脸上的表情和声调表明,纵然皮埃尔不是法国人,既然已经得到这个世界上最崇高的称号,他也无法拒绝的。皮埃尔对最后一个问题又一次做了解释,他说明马卡尔·阿列克谢伊奇是怎样一个人,又说,他们刚进来时,看见这个喝醉酒的疯子拿走一支实弹手枪,没来得及从他手里夺下来,他请求别计较他的行为,饶恕他。

那个法国人挺起胸脯,打了一个庄严的手势。

"你救了我的命。你要我原谅他吗? 好,我原谅他。把这个人带走!"法国军官迅速而有力地说,因此挽起因为救了他的命而被他提升为法国人的皮埃尔的胳膊,和他一起走进屋里。

站在门口的士兵听到枪声,走进过厅,询问出了什么事,表示要惩罚那个罪犯;

但是军官严厉地制止了他们。

"用得着你们的时候，会叫你们的，"他说。士兵们出去了。

二十九

法国军官和皮埃尔一起进了屋，皮埃尔认为他必须再让上尉相信他不是法国人，并且想离开，但是法国军官连听都不愿听。他是那么谦恭、亲热、和蔼，真心诚意地感激皮埃尔救了他，弄得皮埃尔无法拒绝，就同他一起在大厅里（就是他们一起走进的那间屋）坐下。上尉对于皮埃尔坚持说他是俄国人，显然不理解为什么一个人会拒绝这么光荣的称号，他耸了耸肩说，如果他一定认为自己是俄国人，那也只好这样，可他依然永远不忘他的救命恩情。

假如这个人哪怕有一点了解别人感情的能力，就会看出皮埃尔的情绪，而皮埃尔也便会离开他了；但这个人对他身外的一切是那么天真，迟钝，使皮埃尔消除了戒心。

"第十三轻骑兵团朗巴上尉因九月七日波罗底诺战役被授予荣誉团骑士头衔。"这个法国军官自我介绍说，抑制不住得意的微笑。

皮埃尔回答说，他不能说出自己的姓名，于是他红着脸想胡诌一个姓名，说明他隐瞒姓名的原因，可是那个法国人连忙拦住他。

"好了，"他说。"您是和我们作战的。这与我不相干。我承受您救命的恩情，对我来说，这就够了。"

端来羊肉、煎蛋、茶炊、伏特加酒，和从俄国人地窖里抢来随身带着的葡萄酒，朗巴请皮埃尔一起进餐，随后他就像一个年富力强的饥饿的人那样，用他那有力的牙齿，狼吞虎咽地大嚼起来，一面不停地吧嗒嘴，一面说："美极了！"他的脸通红满头大汗。皮埃尔也饿了，兴奋地一同吃起来。勤务兵莫雷尔端来一锅热水，把一瓶红葡萄酒放在锅里温着。此外，他从厨房里还拿来一瓶克瓦斯给他们品尝品尝。莫雷尔赞赏他在厨房里找到的这个克瓦斯。但是，因为上尉在莫斯科已经搞到葡萄酒，他就把克瓦斯让给莫雷尔，只喝那瓶波尔多红葡萄酒。他用餐巾包着瓶颈，给他自己和皮埃尔斟酒。上尉饱餐了一顿，又过了酒瘾，更加高兴了，整顿饭不断地絮叨。

他们的谈话被大门口的喧闹声和勤务兵莫雷尔的闯入打断了，莫雷尔进来向上尉报告说，有几个符腾堡的骠骑兵要把马安放在上尉放马的院子里。主要麻烦的是，那些骠骑兵不懂法国话。

上尉把那个骠骑兵上士叫来,严厉地问他凭什么竟敢占已经有人住的地方。那个不大懂法语的德意志人用掺杂着德语的法语回答说,他是团队的军需,长官命令他把这一带的房子全部占下。皮埃尔懂德语,就给上尉翻译,再把上尉的回答用德语转达给符腾堡的骠骑兵。那个德意志人搞清楚了对他说的话,就屈服了,把他的人带走了。上尉走到门廊上,大声发了一通命令。

当他回到屋里时,皮埃尔仍旧坐在原来的地方,双手托腮。他脸上露出痛苦的表情。他这时确实非常痛苦。当上尉出去,只剩他一个人时,他突然醒悟过来,意识到了自己的处境。并不是莫斯科的陷落,也不是这些幸运的胜利者在这里为所欲为而且庇护他。目前使他痛苦的是他意识到了自己的软弱。几杯酒下肚,和这个脾气随和的人的谈话,完全破坏了皮埃尔这几天满怀郁闷的心情,而这种郁闷心情在执行他的计划时是必要的。手枪和匕首,以及农民的服装都准备好了,拿破仑明天就要进城。皮埃尔仍然认为杀死那个恶棍是有益的,值得的;但是他觉得他现在办不到了。为什么?——他不知道,但是预感到他不会去执行他的计划了。他跟自己软弱的意识做斗争,可模糊地觉得他无法克服它,先前那种复仇、杀人、自我牺牲的郁闷情绪,一接触第一个法国人,就烟消云散了。

那个上尉微跛着,吹着口哨走进屋来。

刚才使皮埃尔感到有趣的法国人的絮叨,现在令他厌烦了。他吹的曲子、步伐、他的手势、他捻胡子的样子——这一切似乎都是对皮埃尔的侮辱。

"我这就走,我再不和他谈一句话,"皮埃尔想。他一面想,一面坐在那里不动。一种奇怪的软弱感觉把他钉在那里,他想站起来走开,但是做不到。

相反,上尉却非常快活。他在屋里来回走了两趟。他的眼睛闪着亮光,胡子微微扭动着,他仿佛对一个有趣的想法觉得好笑似的。

莫雷尔拿来了蜡烛和一瓶葡萄酒,上尉借着烛光看了看皮埃尔,皮埃尔灰心丧气的面色显然令他吃了一惊。朗巴脸上带着真诚的同情走到皮埃尔跟前,向他弯下身来。

"怎么犯愁了,"他一边说,一边摸了摸皮埃尔的手。"是我让你厌烦了吗?你是不是对我有意见?"他再三地追问。

皮埃尔什么也没有回答,只是温情地看了看那个法国人的眼睛。那个法国人的同情使他非常快乐。

"我认为你这个人很可交,"他把手放在胸口上说。

"谢谢,"皮埃尔说。上尉朝皮埃尔的脸望了一下,他的脸突然容光焕发。

"为我们的友谊干杯!"他快活地喊道,倒满两杯酒。皮埃尔端起杯子一饮而尽。朗巴也干了自己的一杯,又一次握住了皮埃尔的手,随后,带着沉思而忧郁的神情把臂肘支在桌上。

上尉以他那法国人轻率而天真的坦率态度对皮埃尔讲了他祖先的历史,他的童年、少年时代和青年时代,讲了他的亲戚、财产和家庭的一切事情。当然,他可怜的母亲在他讲述的故事中扮演一个重要角色。

"可这一切不过是人生的序幕,人生实质是爱情。你说对不对!皮埃尔先生?"他兴高采烈地说。

皮埃尔又干了一杯,给自己斟上第三杯。

"噢!女人!"上尉用泛起油光的眼睛看着皮埃尔,开始讲爱情,讲他的恋爱故事。他的恋爱故事很多很多,只要看看这个军官得意、漂亮的面孔,看看他讲到女人时那份兴奋劲儿,你就非常容易相信他的话。虽然朗巴的恋爱故事都带有淫秽的性质,但在法国人看来,只有那种爱情才具有魅力和诗意,但是上尉在讲故事时那么真诚地相信,只有他尝到并且懂得爱情的魅力,他在描绘女人时是那么撩人,皮埃尔不由得好奇地听下去。

很明显,那个法国人所向往的爱情,既不是那种低级、一般的爱情,这种爱情,皮埃尔在他的妻子身上曾经尝到过,也不是被皮埃尔夸大了的浪漫的爱情,就像皮埃尔对娜塔莎的那种爱情,这个法国人所崇拜的爱情,主倘若和女人发生不正常的关系,以及给感官以最大享受的各种畸形结合的杂烩。

上尉讲了一桩他的动人的爱情故事,他爱上了一个迷人的三十五岁的侯爵夫人,同时又爱上侯爵夫人的女儿,一个非常可爱、天真、十七岁的小姑娘。母女之间互相谦让的结果是母亲作了自我牺牲,把女儿让给自己的情人做妻子,虽然这是一段早已过去的往事,可至今回忆起来仍使他激动。然后他又讲了一段故事——丈夫当了情夫的角色,而他(情夫)当了丈夫的角色。

最后,他讲了一段最近发生的在波兰的奇遇,他眉飞色舞说,他救了一个波兰人,那个波兰人把他那迷人的妻子托付他照顾,而他本人到法国军队服役去了。上尉是幸福的,那个迷人的波兰女人要跟他逃跑;但是,上尉宽大为怀,把妻子还给了丈夫,并且对他说:"我救了你的性命,也救了你的名誉!"上尉重复了这句话后,擦了擦眼睛,抖了一下,似乎要抖掉回忆这段动人的故事时满怀的温情。

皮埃尔听上尉讲故事,同时也注意自己心中不知为什么突然出现一连串回忆。当他听这些爱情故事时,出人意料地忽然回忆起自己对娜塔莎的爱情。皮埃尔一边倾听爱情和义务的矛盾,一边清楚地想起上次在苏哈列夫塔楼旁和他的所爱的人相遇的最细微的情节。那次见面当时对他并没发生什么影响;他甚至连一次也没回想它。但是现在他觉得,那次见面有一种非常重要的、诗意的东西。

"彼得·基里雷奇,到这儿来,我已经认出您了,"他现在似乎听到她说的话,看见了她的眼睛、微笑、旅行帽和帽子下露出的一绺头发……他觉得这一切含有一种动人的、令人怜爱的东西。

上尉讲完了迷人的波兰女人的故事,问皮埃尔有没有那种为爱情而牺牲自己和嫉妒合法丈夫的感情。

经他这一问,皮埃尔抬起头来,觉得很想倾诉一下自己满怀的感想。他开始诉说,他对女人的爱情跟他稍有不同。他说他一生过去和现在只爱一个女人,而这个女人永远不会属于他。

"你这人!"上尉说。

随后,皮埃尔说,他很年轻的时候就爱这个女人;但是不敢想望她,由于她太年轻了,而他是一个没有名望的私生子。后来,当他有了名望和财产的时候,他不敢想望她,因为他太爱她,把她看得太高了。不用说,更高出他本人。皮埃尔讲到这里,问上尉是否懂他所说的。

上尉打了一个手势,表示纵使他不懂,他依旧请他继续说下去。

"柏拉图式的爱情,像梦一样……"他低声地说。皮埃尔的话头多起来了。他两眼泛起一层油光,凝视着远方,咕咕哝哝地讲了他的全部故事:他的婚姻、娜塔莎和他的最好的朋友的爱情、她的背信弃义,以及他自己对她的简单关系。在朗巴的追问下,他连原先隐瞒的事——他的社会地位,也说了出来,甚至向他说出了自己的真名实姓。

在皮埃尔的故事里,最令上尉吃惊的是,原来皮埃尔是个大富翁,在莫斯科有两处府邸,他竟抛弃一切,不离开莫斯科,隐名埋姓留在城里。

他们一起来到街上时,已经是深夜了。夜是温暖的,明亮的。宅子的左边彼得罗夫克大街,火光冲天,那是莫斯科第一批大火。在右边,高高地挂着一弯新月,新月对面悬着一颗在皮埃尔心目中把它和他的爱情联系在一起的明亮的彗星。格拉西姆、厨娘和两个法国人站在大门口,可以听见他们的笑声和彼此语言不通的谈话。他们全在观望照亮全城的火光。

在这座大城里,远处有一点火灾是没有什么可怕的。

皮埃尔望了望高高的星空、月亮、彗星和火光,感到赏心悦目。"瞧,多好啊,还需要什么呢?"他想,但是突然间,他想起了自己的计划,于是头晕了,意识迷糊了,他倚着栏杆以防跌倒。

皮埃尔没有和他的新朋友告别,就步履蹒跚地离开大门,回自己房里,躺在沙发上,立刻睡着了。

三十

步行和坐车逃走的居民,以及撤退的军队,怀首各种不同的心情,都在回头观看那九月二日第一次燃起的大火的火光。

罗斯托夫家的车辆这一夜停在离莫斯科二十俄里的梅季希村。当夜十点,罗斯托夫一家以及和他同行的伤员,全安置在这座大村子的各家宅院里和农舍里。罗斯托夫家的奴仆和车夫,伤员的勤务兵,服侍完主人以后,吃过晚饭,喂过马,就都到门外去了。

隔壁农舍里躺着一个受伤的副官,名叫拉耶夫斯基,他的手关节被打碎了。疼得他不断发出可怜的呻吟,在这黑暗的秋夜,听来特别惨人。这个副官和罗斯托夫家第一夜都在一个院子住宿。伯爵夫人说,呻吟声使她全夜无法合眼,为了离这个伤员远些,就搬到了梅季希村较差的农舍里。

一个仆人从门前高高的马车顶上望去,看见了另一处不大的火光。原先看见的一处火光,大家都知道那是小梅季希村在着火,是马蒙诺夫的哥萨克放的火。

"弟兄们,这是另外一个地方在着火,"勤务兵说。

大家都注意地看那片火光。

"据说马蒙诺夫的哥萨克放火烧了小梅季希村。"

"他们胡说! 不,这不是梅季希村,这是更远的地方。"

"瞧,准是在莫斯科。"

有两个仆人从门廊台阶下来,转到马车另一边,在车梯上坐下来。

"这地方偏左! 梅季希村在那边,而这完全在另一边。"

有几个仆人凑到这两个仆人跟前。

"好大的火势,"一个人说,"老兄,这是莫斯科在着火:不是苏谢夫街就是罗戈日街。"

对这个说法没人搭腔。这些仆人对远方刚起的火沉默地看了很久。

伯爵的侍仆老头子丹尼洛·捷连季奇,向人群走过来,对米什卡大喝一声。

"你看什么,混小子……伯爵叫人,一个都不在;快去把衣服收好。"

"我是刚出来打水的,"米什卡说。

"您看怎么样,丹尼洛·捷连季奇,这似乎是莫斯科的火光吧?"一个仆人说。

丹尼洛·捷连季奇没作声,大家又沉默了很久。火光蔓延开来,悠悠荡荡地向更远的地方伸展。

"上帝保佑!……有风,天又早……"又有一个声音说。

"瞧,多猛的火势。连飞着的乌鸦都能看见。主啊,可怜我们有罪的人吧!"

"想必正在救火。"

"谁去救火?"一直默不作声的丹尼洛·捷连季奇说话了。他的声音安静而缓慢。"那就是莫斯科,弟兄们,"他说,"莫斯科,圣洁的母亲……"他说不下去了,他突然像老年人那样抽抽搭搭地哭了。似乎大家正是期待着这个,这样,他们看见的那火光所具有的意义就清楚了。于是响起一片叹息声、祈祷声,伴随着伯爵的老侍仆抽抽搭搭的哭泣声。

三十一

侍仆回去向伯爵报告说,莫斯科起火了。伯爵穿上长衫,到外面去观看。和他一同出去的还有尚未脱衣就寝的索尼娅和肖斯太太。只有娜塔莎和伯爵夫人留在屋里。

伯爵夫人一听到莫斯科起火,就哭了。娜塔莎面色苍白,目光呆滞,坐在圣像下的长凳上,一点也没注意父亲说的话。她在倾听隔着三所房子传来的那个副官不停的呻吟声。

"哎呀,真可怕!"索尼娅打着冷战,慌张地从院子里回来说。"整个莫斯科都烧起来了,多么可怕的火光!娜塔莎,现在你从窗口就可以看见,"她对表妹说这话,显然是想分散她的注意力。但是娜塔莎望着她,似乎不明白对她说的话,眼睛又盯着炉子的一角。从当天早上开始,也就是从索尼娅不知为什么竟把安德烈公爵受伤,现在同他们一块在车队里的事告诉娜塔莎之后,娜塔莎就陷入了呆滞的状态。伯爵夫人从未这样向索尼娅发过脾气。索尼娅哭了,请求原谅,现在她似乎竭力赎罪似的,一个劲儿地抚慰表妹。

"你瞧,娜塔莎,多么可怕的大火,"索尼娅说。

"什么大火?"娜塔莎问。"噢,对,是莫斯科。"

仿佛不愿违拗索尼娅和为了摆脱她,她把头移近窗口,向外望了望,显然什么也没有看见,又照原来的姿势坐了下来。

"你没看见吗?"

"不,我真的看见了,"她用祈求平静的声调说。

伯爵夫人和索尼娅都明白,莫斯科、莫斯科的大火,或任何别的什么,都无法引起娜塔莎的注意。

伯爵又回到套间躺下。伯爵夫人走到娜塔莎跟前,就像女儿生病时那样,用手背贴了贴她的头,随后又用嘴唇贴了一下她的前额,看看是否发烧,然后吻了吻她。

"你发冷了?你最好躺下,"她说。

"躺下?好的,我立刻就躺下,"娜塔莎说。

自从当天早上娜塔莎听说安德烈公爵伤势很重,现在和他们同行,只是在最初的时候,她问长问短,可人们告诉她,她不能看他,他的伤十分重,但是他的生命没有危险,她显然不相信人家对她说的话。虽然她磨破嘴皮,人家对她还是说那同样的话,自这以后,她就不再问,也不作声了。娜塔莎一路上眼睛睁得大大的坐在马车角落里一动不动,现在她就是这样坐在条凳上。她在考虑一件事,在决定一件事,或许现在在心中已经决定了。

"娜塔莎,把衣服脱了,睡到我床上来吧。"因为条件限制,只给伯爵夫人铺了一张床,肖斯太太和两位小姐全睡在地板上的干草上。

"不,妈妈,我就在地板上睡,"娜塔莎生气地说,她走到窗前把窗户打开。打开窗户后,那个副官的呻吟声听得更清楚了。她把头伸到夜间潮湿的空气里,她那细长的脖颈由于枘哭而颤抖着,碰着窗框。娜塔莎知道这不是安德烈公爵在呻吟。她知道,安德烈公爵就在他们住的这一排房子过厅对面的一间小屋里躺着;但是这可怕的不断的呻吟声使她枘哭。伯爵夫人和索尼娅对视了一下。

"睡吧,亲爱的,睡吧,我的好孩子,"伯爵夫人说,用手轻轻碰了碰娜塔莎的肩头。"我说,躺下吧。"

"我马上就睡,"娜塔莎说,她很快地脱衣服,解裙带。她换上短睡衣后,就屈起腿坐在地铺上,把她辫子甩到胸前,重新编起来。纤细灵巧的长手指利落地解开辫子,编上,扎好。娜塔莎的头习惯地时而向左,时而向右转动着,象发热病般地睁着的眼睛,动不动地向前望着。换好衣服后,娜塔莎悄悄躺到铺在门口的干草地铺上。

"娜塔莎,你睡在中间,"索尼娅说。

"我就睡在这儿,"娜塔莎说。"您也躺下吧,"她不快乐地又说。随后她把脸埋到枕头里。

伯爵夫人、肖斯太太和索尼亚急忙脱了衣服,也躺下了。屋里只有一盏圣像下的小灯。但是院子被两俄里外小梅季希村的火光照得十分亮,斜对面街上一家小酒馆里传来了夜间的喧闹声,同时也传来那个副官不停的呻吟声。

娜塔莎倾听着室内外的响声,一动不动地听了很久。开始她听见母亲的祈祷声和叹息声,她的床发出的轧轧声,耳熟的肖斯太太发出的呼噜声,索尼娅细微的呼吸声。然后,伯爵夫人呼唤娜塔莎。娜塔莎没有回答。

"似乎睡着了,妈妈,"索尼娅小声答道。停了一会儿,伯爵夫人又叫了一声,但是已经没有人回答她了。

不大会儿,娜塔莎听见母亲均匀的呼吸声。娜塔莎一动不动,虽然她那只从被子里伸出来的小小的赤脚在光光的地板上已经冻得冰凉。

蟋蟀仿佛庆祝它战胜了一切,在墙缝里歌唱。远处的雄鸡在啼叫,附近的在响应。酒馆的喊叫声消失了,只有副官的呻吟声还听得见。娜塔莎坐了起来。

"索尼娅,你睡着了吗?妈妈?"她小声说。没有人回答。娜塔莎小心翼翼地站起来,画了十字,在又脏又凉的地板上悄悄迈开她那瘦长的光脚板。地板吱吱地响了一声。她很快地挪动脚步,像猫一样跑了几步就抓住了冰凉的门环。

她觉得,有一种沉重的东西在有节奏地敲打着小屋的四壁:这是她那颗由于惊慌、恐惧和爱情而紧紧收缩着的心在跳动。

她打开门,迈过门槛,在过厅又湿又冷的地上走过去。周围的冷空气令她感到神清气爽。她的一只赤脚碰到一个睡觉的人,她跨过他,推开安德烈公爵躺在那儿的小屋。那间小屋十分黑。在后面角落里,在床旁边的条凳上点着一支脂油蜡烛。

从早上一听说安德烈公爵受伤并且他就在这里,娜塔莎就决定去看看他。她不知道为什么应该这样做,虽然她知道这次会见一定非常痛苦,她还是决心非见他不可。

一整天她心中只有一个希望,那就是夜里去看他。可是,当这一刻现在已经到来的时候,她忽然又怕看见他。在她的想象中,他就是那可怕呻吟的化身。她看见角落里有一件模糊的东西,她把他在被子里屈起的膝盖当作他的肩头,她仿佛看见一个可怕的身体,吓得站住不动了。但是,一种不可抗拒的力量吸引她走上前去。

她悄悄迈了一步,又迈一步,这样就走到堆满东西的屋子中间。在这间小屋圣像下面的长凳上,躺着另外一个人(这是季莫欣),地上还躺着医生和侍仆。

那个侍仆欠起身,咕哝了一句。季莫欣因为腿上受伤痛得不能入睡,他瞪大眼睛看着这个穿白衬衫和短上衣、戴着睡帽的奇怪的女精灵。睡意蒙眬的侍仆吃惊地说了一声:"您有什么事?来干什么?"这使娜塔莎更快地向那个躺在墙角的东西走去。不论那个身体多么不像人的样子,她还是应该看看他。她从侍仆身边走过去,清楚地看见了躺在那儿的安德烈公爵,两只胳膊放在被子外面,他依旧像她过去一向见到的那个样子。

他仍然像他一向的样子,但是他那发烧的面色,狂喜地注视着她的发光的眼睛,尤其是那露在翻领衬衫外面的孩子般细嫩的脖颈,给她增添了一种独特的、天真的、孩子般的神情。她走到他面前,迅速跪了下来。

他露出笑容,向她伸出手来。

三十二

自从安德烈公爵在波罗底诺战场救护站清醒过来以后,已经过了七天了。在这期间他时常昏迷不醒。发高烧和受伤的肠子发炎,对他是致命的。但是在第七天,他很有兴致地吃了一片面包,喝了一点茶,医生发现他的烧退了一些。安德烈公爵在次日早上恢复知觉。离开莫斯科的第一夜比较暖和,安德烈公爵就留在马车里过夜;但是在梅季希村,伤者亲自要求把他抬出马车,并且要喝茶。移他到农舍时,他疼得大声呻吟,又失去了知觉。把他放在行军床上后,他长时间闭着眼睛,躺着一动不动。后来他睁开眼睛,低声说:"茶呢?"他对生活细节的记忆力让医生吃惊。医生凭他自己的经验知道,他不可能活下去的,即便现在不死,那不过是带着更大的痛苦过些时候死去。和安德烈公爵一同运送的还有同团的红鼻子少校季莫欣,他是在波罗底诺战役受了腿伤后,在莫斯科和安德烈公爵会合的。跟随他们的有医生、公爵的侍仆、他的车夫和两名勤务兵。

给安德烈公爵端来了茶。他一面贪婪地喝着,一面用发烧的眼睛望着他面前的门,似乎在努力了解和记起什么事情。

"行了,不想喝了。季莫欣在这儿吗?"他问。季莫欣沿着长凳爬到他跟前。

"我在这儿,大人。"

"伤势怎么样?"

"我吗?没事儿,您怎么样?"安德烈公爵又沉思起来,似乎记起一件事。

"能不能找到一本书?"他说。

"什么书?"

"《福音书》! 我没有。"

医生答应给他找到,随后问公爵觉得怎么样。安德烈公爵虽然勉强,却很有条理地回答了医生所有的问题,然后他说他要垫一个靠枕,不然觉得不舒服,非常痛苦。医生和侍仆掀开他盖着的军大衣,闻到伤口腐肉的恶臭,皱起眉头,开始检查那个可怕的地方。不知为什么医生十分不快活,他重新包扎了一下,给伤员翻了身,疼得他又呻吟起来,由于翻身引起的疼痛,又使他失去了知觉,而且开始说胡话。他老说快点给他找到那本书,把书放到身子下面。

医生到过厅里去洗手。

"咳,你们这些人真没心肝,"医生对往他手上倒水的侍仆说。"才一分钟没照顾到,你们便把他放得压住伤口。要知道这是非常疼的,我真奇怪他怎么受得了。"

"我们似乎在他身下垫了东西了,"侍仆说。

安德烈公爵第一次搞清楚了他在什么地方,出了什么事,记起他受了伤,还记起马车到达梅季希村时,他要求搬进小屋里的情景。后来又疼得神志不清了,当他在小屋里喝茶的时候,第二次苏醒过来,便又记起了他所经历的一切,他非常清楚地想起在救护站的时刻,当看见他所憎恶的人在受苦,他忽然产生他可能得到幸福的新念头。这些念头虽然模糊,不明确,此时又占据他的心灵。他想起他现在有了新的幸福,而这幸福与《福音书》有某种共同的地方。他要《福音书》正是因为这个缘故。他的伤口被放在不合适的位置,以及给他翻身,又干扰了他的思绪,他第三次恢复知觉已经是夜深人静的时候了。周围的人全睡了。

"是的,在我面前展现一种新的幸福,一种与人不可分的幸福,"他躺在半明半暗的小屋里,眼睛睁得大大的,一动不动地望着前方。"一种超越物质的力量,一种纯粹精神的幸福,爱的幸福! 人人都能懂得它,但是只有上帝才能认识它和制定它。可是上帝怎样制定这个法则呢?"思路突然中断了,安德烈公爵听见一种轻轻的、有节奏的绵绵细语:"嚓哧-嚓哧-嚓哧,"随后,"哧-哧。"同时,在这低吟的音乐声中,安德烈公爵觉得,在他的脸的上方,在正中间,耸立着一个用细针或者薄木片建造的奇特的空中楼阁。他觉得他必须保持平衡,以免这座巍峨的楼阁坍塌下来;可它还是坍塌了,然后又随着均匀的低吟的音乐声慢慢地竖立起来。"伸展! 伸展! 伸展开来,不断地伸展!"安德烈公爵自言自语。安德烈公爵仔细地听着那低语声并感觉那不断伸展、不断用细针建造着的楼阁。另外,还有一件重要的东西。那就是门旁有一件白色的东西,那是使他感到压迫的斯芬克斯像。

"但是，那或许是我放在桌上的衬衫，"安德烈公爵想，"这是我的腿，这是门；然而为什么它总在伸长，在长高，并且噼哧-噼哧-噼哧，哧-哧，噼哧-噼哧-噼哧……""够了，请打住吧，别纠缠了，"安德烈公爵苦苦央求什么人。但是忽然间，思想和感情又十分清晰而有力地浮现出来。

　　"是的，爱，我体会到了那种作为灵魂本质的不需要对象的爱。我现在就体会到了这种幸福。爱邻人，爱自己的敌人。爱一个亲爱的人，用人类的爱来爱就行了：但是爱敌人，只有上帝的爱才办得到。所以，当我觉得我爱那个人的时候，我体会到了这种喜悦。他怎么样了？他还活着吗？……用人类的爱，这种爱可能转化为恨；但是上帝的爱，永不变化。没有任何东西，能破坏这种爱。它是灵魂的本质。在我一生中我曾恨过那么多的人。而在这所有的人中间，像对她那样爱和恨的人，一个也没有。"于是他生动地想起娜塔莎，然而不是像从前那样只想她使他喜悦的迷人魅力；而是第一次想到她的灵魂。于是他明白了她的感情、她的痛苦、耻辱和悔恨。他现在第一次懂得了他的拒绝是多么残忍，看出他和她决裂是多么无情。"我多么希望再见她一次。只要一次，看着那双眼睛，说……"

　　"噼哧-噼哧-噼哧，哧-哧，噼哧-噼哧-嘣，"苍蝇碰击一下……他的注意力突然转到另一个发生了特别事故的、既是现实又是梦幻的世界。在这个世界里，那座楼阁依旧岿然不动，有一种东西依然不断地伸展，蜡烛依然带着红晕燃烧着，那件衬衫——斯芬克斯依然在门旁蹲着；可除此之外，有一种东西响了一声，吹来一阵清凉的微风，一个新的白色斯芬克斯在门前出现了。这个斯芬克斯有一张苍白的脸和明亮的眼睛，那正是他现在想起的娜塔莎的脸和眼睛。

　　"哦，不停地梦幻多么折磨人！"安德烈公爵想，极力驱走这张幻想中的面孔。可是这张脸极为真实地出现在他面前，而且渐渐走近了。安德烈公爵想回到纯思想的世界，但是办不到，梦幻把他吸引到它的境界。那张奇怪的脸停在他面前。安德烈公爵用尽全身的力气来恢复知觉；他动了动，但是忽然间，他耳鸣眼花，昏迷不醒了。当他醒来时，娜塔莎，那个活生生的娜塔莎，在世界上所有的人中他最愿意用他刚得到启示的那种上帝的爱来爱的娜塔莎，跪在他面前。他明白这是真的、活的娜塔莎，他并不惊讶，只是感到安详的欢愉。娜塔莎跪在那里，吓呆了，忍着哭泣，望着他。她面色苍白，没有表情，只有脸的下部在颤抖。

　　安德烈公爵舒了一口气，微微一笑，把手伸给她。

　　"是您吗？"他说。"真幸运！"

　　娜塔莎迅速而小心地跪着向他移近，小心地握住他的手，低下头来吻它，用嘴唇轻轻碰了碰。

"原谅我吧!"她抬起头来看着他,低声说。"原谅我吧!"

"我爱您,"安德烈公爵说。

"原谅我……"

"原谅什么呀?"安德烈公爵问。

"原谅我做的……事,"娜塔莎用断断续续的低声说,开始更频繁地用嘴唇轻轻吻他的手。

"我比从前更爱你,更知道怎样爱你了,"安德烈公爵说,用手托起她的脸来看她的眼睛。

这双充满幸福泪水的眼睛,含着爱情的欢乐望着他。娜塔莎那张瘦削而苍白的脸,浮肿的嘴唇,实在不好看,而且显得可怕。但是安德烈公爵没看见这张脸,他只看见那双光辉的眼睛,那双眼睛是绝美的。在那眼睛后面可以听见说话的声音。

侍仆彼得这时完全从睡梦中醒来,他叫醒了医生。季莫欣由于腿疼始终没有人睡,早已看见了一切情形,他极力用被单盖上他那赤裸的身子,在长凳上蜷缩着。

"这是怎么回事?"医生从铺上欠起身来,说。"请您走吧,小姐。"

这时一个女仆敲门,这是伯爵夫人发现女儿不在,派来的女仆。

娜塔莎似乎从睡梦中惊醒的梦游患者,走出那间屋,回到自己的房间,趴在铺上放声大哭。

从那天起,在罗斯托夫一家后来的整个旅途中,不管是休息,还是过夜,娜塔莎都没有离开负伤的博尔孔斯基,医生不得不承认,他没料到一个姑娘竟然这么坚强,竟然这么擅长看护伤员。

伯爵夫人一想到安德烈公爵可能在途中死在娜塔莎的怀抱中,就觉得可怕,可是她无法劝阻娜塔莎。受伤的安德烈公爵和娜塔莎现在建立了亲密的关系,自然会令人想到,万一有一天他恢复健康,他们可能恢复先前的婚约,然而没有人提起这事,娜塔莎和安德烈公爵更不会提起:不但博尔孔斯基的、并且整个俄国的存亡问题都悬而未决,其他一切考虑都被掩盖了。

三十三

九月三日皮埃尔醒得很晚。他头痛,和衣而睡使他觉得不舒服,他模糊地觉得昨天做了一件可耻的事;这件可耻的事就是昨天同朗巴上尉的谈话。

时针指到十一点,但是外面显得特别阴暗。皮埃尔站起来,揉了揉眼睛,看见那支雕花枪托的手枪,于是记起自己这时在什么地方,今天要做什么事。

"我是不是太晚了?"皮埃尔想。"不,他大概不会在十二点以前进莫斯科的。"皮埃尔不再考虑他要做的事,应该马上行动起来。

皮埃尔整了整衣服,拿起手枪,就要出去了。这时他第一次想到,不能手持武器上街,但是怎么带着它呢。甚至宽大的外衣也很难藏下这支手枪。不论别在腰里,还是夹在腋下,都无法不被人注意。此外,那支枪已经放过,皮埃尔还没来得及装子弹。"匕首也一样,"皮埃尔自言自语,虽然他在考虑实行他的计划时,不止一次认定,1809 年那个大学生的主要错误,就在于他想用匕首刺死拿破仑。但是,皮埃尔的主要目的好像不是要实行已经考虑好的事情,而是要向自己表明,他不放弃自己的计划,他做的一切不过是要实行它的准备,于是皮埃尔赶紧拿起和手枪一块买来的那把不快的、缺口的、带绿鞘的匕首,把它藏在背心下面。

皮埃尔束上腰带,压低帽子,尽力不弄出声响,避免碰见上尉,顺着走廊走到街上。

昨晚他曾是漠然视之的那场火,一夜之间却大大地扩展开来。莫斯科城里到处都起了火。同时着火的地方有马车市场、莫斯科河外区、商场、波瓦尔大街、莫斯科河上的帆船和多罗戈米洛夫桥旁的木材场。

皮埃尔的路线是穿过几条小巷到波瓦尔大街,随后到阿尔巴特街的圣尼古拉教堂,那是他早就决定举事的地点。大多数人家的门窗都上了锁。大街小巷空无一人。空气里散发着焦味和煳味。俄国人和法国人都惊奇地看皮埃尔。皮埃尔之所以引起了俄国人的注意,除了他那肥胖高大的体格,脸上带着奇特、阴沉、神情专注和痛苦的表情之外,还因为他们不清楚这个人属于哪个阶层。法国人之所以惊奇地目送他,是因为皮埃尔不和一般俄国人那样带着惊惧和好奇心看法国人,他对他们毫不在意。在一家大门前,有三个法国人对几个听不懂他们话的俄国人解释着什么,那三个法国人拦住皮埃尔,问他懂不懂法语。

皮埃尔摇摇头,继续向前走。在另一条胡同里,一个站在绿色弹药箱旁边的哨兵对他吆喝一声,可是,直到那个哨兵又大声吆喝和弄响手中的枪时,皮埃尔才明白他应该从旁边一条街绕过去。他对周围的一切既听不见也看不见。他匆匆地、惶恐地怀着他的计划,像怀着一件可怕而生疏的东西似的,由于有了昨天的经验,生怕失去他的决心。可是,皮埃尔注定不能完全怀着这种心情到达目的地。纵使他在路上不耽搁,他的意图也不能实现,因为四小时以前,拿破仑就从多罗戈米洛夫郊区经由阿尔巴特街来到了克里姆林宫,这时他正坐在克里姆林宫沙皇的书房里,心情十分恶劣,在发布详细并且严格的命令:马上扑灭火灾,严禁抢劫,安抚居民。但皮埃尔不知道这个;他全副精神都集中在当前要做的事上,他非常苦恼,那是一种固执地要做一件不可能的事的人的苦恼，——其所以不可能，是由于他的天性不适合做那件事，他感到苦恼是因为他害怕在关键时刻他变得软弱了，因而失去自豪感。

虽然他对周围的一切都看不见也听不见，可他凭本能摸索道路，在那些通往波瓦尔大街的小巷子里并没有走错路。

皮埃尔越走近波瓦尔大街，烟就越浓，大火甚至使空气变得暖和起来。从房顶不时冒出火舌。街上的人多起来，并且那些人更加惊慌了。皮埃尔虽然感觉到他周围发生了不寻常的事，但是他不明白他正走向火场。皮埃尔正沿着一条小路走过一边连接波瓦尔大街、另一边连接格鲁津斯基公爵府第的花园的一大片空地时，忽然听见身旁有个女人号啕大哭，他如梦初醒，停住脚步，抬起头来。

在小路旁干枯的、蒙着一层尘土的青草上，堆着一些家什：几只箱子旁边，一个瘦削的中年妇女坐在地上，一边念叨，一边抽抽搭搭地大哭。一个十一二岁的小女孩，穿着肮脏的短外衣，苍白、受惊的脸上带着疑惑的表情望着母亲。一个六七岁的小男孩穿一件厚呢外衣，戴一顶别人的大帽子，在老保姆怀里哭。一个全身肮脏的、赤脚的女仆坐在箱子上。那女人的丈夫是一个驼背的矮个子，穿着一件文官制服，从他那戴得端端正正的制帽下露出了圆形的颊发和梳得光滑的鬓角，他正在搬动摞起来的箱子，从箱子里取出一些衣服。

那女人一见皮埃尔就向他扑过来，就扑倒在他的脚下。

"救救我们吧，帮帮我们吧，好人呀……"她哭诉着说。"小心肝！……小女儿！我那小女儿把我们撇下了！……烧死了！我养你就落了这个下场……噢-噢-噢！"

"算了，玛丽亚·尼古拉耶夫娜，"丈夫对妻子低声说，显然是为了在生人面前替自己辩解。"一定是姐姐把她带到哪儿去了，不然她能到哪儿去呢！"他又说。

"你是木头人，坏蛋！"那女人突然止住哭，恶狠狠地说。"你没有心肝，不爱自己的孩子。如果是别人，就会从火里把她救出来。您是高贵的人，"那女人抽泣着匆忙地对皮埃尔说。"隔壁着了火，向我们烧来。女仆喊叫：失火了！我们就抢着收拾东西。我们就这样逃了出来……这就是抢出来的东西……神像、陪嫁的床，其他的东西全丢了。抢救孩子的时候，才发现卡捷奇卡不见了。噢-噢-噢！主啊！……"她又大哭起来。"我的宝贝孩子，烧死了！烧死了！"

"她到底在哪儿啊？"皮埃尔说。那女人从他脸上高兴的表情看出这个人能够帮助她。

"好先生！好老爷！"她抱住他的腿喊道。"恩人，我总算安心了……阿尼斯卡,去,去给他领路,"她对女仆喝道,气愤地张开嘴,这样更露出她那长牙。

"领我去,领我去,我来办,"皮埃尔连忙说。

那个浑身肮脏的女仆从箱子后面走出来,迈开肥大的光脚板沿着小路向前走去。皮埃尔似乎从深沉的昏厥中苏醒过来。他昂起头,眼睛放出生命的光辉,快步追随女仆,赶过她,来到波瓦尔大街。整条街弥漫着乌云般的黑烟。这儿那儿时时从黑烟里冒出火舌。一大群人聚在火场前面。一个法国将军站在街中心,正在对周围的人讲话。皮埃尔和女仆向那个将军站着的地方走去;但是法国士兵拦住他。

"不准通行,"一个声音喊道。

"走这边,叔叔!"女仆喊道。"我们穿小巷,从尼库林街过去。"

皮埃尔转身往回走,不时地跳几步追上她。女仆跑过街,向左折入小巷,走过三家房子,进入右边的大门。

"这就到了,"女仆说,她跑进院子,打开木板围墙的小角门,停下来,向皮埃尔指指那所正烧得又热又亮的木头小厢房。厢房的一边已经倒塌了,另一边正在燃烧,火舌从窗口和房顶冒出来。

皮埃尔走进小角门,立刻被热气包围起来,他不由得停住了。

"哪一间是你们的房子?"他问。

女仆指着厢房哭起来,"那就是我们的住房。你给烧死了,我们的宝贝,卡捷奇卡,我可爱的小姑娘,噢-噢哟!"阿尼斯卡一看到正在着火,觉得她也应当表示一下她的感情,就哭起来。

皮埃尔朝厢房走去,但是热得那么厉害,他不由自主地围着厢房转了半圈,走到一所大房子跟前,这所房子的一边屋顶刚刚起火,附近聚着一群法国人。皮埃尔起初不明白法国人干什么在搬东西;但是当他看到一个法国人用不快的佩刀砍一个农民,从他手里夺一件狐皮大衣,皮埃尔模糊的觉得,他们是在抢东西,但是他没有工夫想这个。

墙壁和天花板倒塌的毕剥声和轰隆声,火焰的呼啸声和哗哗声,这一切在皮埃尔身上产生那种面临火场常有的高兴作用。这种高兴作用在皮埃尔身上非常强烈,因为皮埃尔一看见这场大火,就突然觉得自己从压抑的思绪中解脱出来。他觉得自己年轻、快活、灵巧和坚决。他从大房子旁绕着厢房跑,他刚要准备跑进那还未倒塌的部分,这时听见他头上面有几个声音在喊叫,接着,听见哗啦啦的响声,在他身旁咔嚓一声落下一个沉重的东西。

皮埃尔抬头一看,看见大房子窗口里有几个法国人,正在把满盛金器的抽屉往下扔。另一些站在下面的士兵向扔下的抽屉走过来。

"这家伙想干什么,"其中一个法国人向皮埃尔喝道。

"这所房子里有个小孩。你们看见一个孩子吗,"皮埃尔说。

"滚开。"几个声音同时喊道,有一个士兵气势汹汹地向他走过来,看样子显然怕他拿走抽屉里的银器和青铜器。

"找孩子?"一个法国人在楼上喊道。"我听见花园里有个小东西嘤嘤地哭。"

"在哪儿?"皮埃尔问。

"在那儿!"那个法国人指着屋后的花园,从窗口向他喊道。"我立刻就下来,等一下。"

一分钟后,那个黑眼睛、小个子、脸上有一颗黑痣只穿一件衬衫的法国人,果然从一层楼窗口跑出来,拍了拍皮埃尔的肩膀,和他一同向花园跑去。

他们跑到屋后的沙子小路上,法国人向他指了指前面的圆场子。长凳下边躺着一个穿粉红衣服的三岁小女孩。

皮埃尔兴奋得喘不上气来,向女孩跑过去想抱她。可是那女孩一见生人,大叫一声拔腿就跑。皮埃尔总算抓住了她,把她抱起来;她凶恶地拼命尖叫,用她的小手掰着皮埃尔的手,用她的小嘴咬他的手。皮埃尔就像摸着一只小动物时那样,产生了一种惊惧和憎恶的感情。但是他尽量强迫自己不扔下孩子,抱着她跑回那所大房子。但是原路已经不通了;女仆阿尼斯卡也不见了,皮埃尔怀着怜悯和憎恶的心情,尽可能温柔地搂紧那个大哭的、湿漉漉的女孩,跑过花园,寻找另一条出路。

三十四

当皮埃尔抱着女孩跑回波瓦尔大街拐角的格鲁津斯基花园时,他已经认不出刚才从那儿去找女孩的地方了。

在原来的地方,那个官吏和他妻子都不见了。

皮埃尔抱着一个小女孩那副样子,比从前更惹人注意,几个俄国男人和女人向他围拢过来。

"您在找人吗,朋友?您是贵族吧?这是谁的孩子?"人们问他。

皮埃尔说孩子是一个穿黑长衫的妇女的,她本来带着几个孩子坐在这儿的,他问有谁认识她,她到哪儿去了。

"这一定是安菲罗夫家的,"一个年老的助祭对一个麻脸的女人说。

"怎么会是安菲罗夫家的?"那个女人说。"安菲罗夫家大清早就走了。这不是玛丽亚·尼古拉耶夫娜家的,就是伊万诺夫家的。"

"他说是个普通女人,但玛丽亚·尼古拉耶夫娜是位太太,"一个像家奴的人说。

"你们肯定认识她,长得很瘦,牙很长,"皮埃尔说。

"那便是玛丽亚·尼古拉耶夫娜。那些豺狼跑过来的时候,他们到花园里去了,"那个女人指着法国兵说。

"您到那边去吧,他们在那儿。就是她,没错。她老在哭,哭得可伤心了,"那个女人又说。"就是她,就在那儿。"

但是皮埃尔没有听那个女人说话。他已经有好几秒钟目不转睛地看几步外发生的事。他在注意亚美尼亚人一家和两个跑到他们那儿去的法国兵。其中一个矮个的、轻佻的家伙,穿一件灰外套,用一根绳子扎着腰。他戴着睡帽,打着赤脚。另一个特别引起皮埃尔注意,他个子细高,驼背,头发淡黄,精瘦,动作迟钝,一脸白痴相。那家伙穿着一件厚呢女外衣,一双又大又破的骑兵长靴。那个穿灰外套、没穿靴子的小个子法国兵走到亚美尼亚人跟前,说了句什么,一下子抓住老人的腿,那老人就连忙脱靴子。另一个穿女外衣的人站在亚美尼亚美人面前,两手插在衣袋里,一动不动,沉默地瞅着她。

"你抱着孩子,你抱着,"皮埃尔一边把孩子递过去,一边用命令的口吻对那女人说。"你交给他们,交给他们!"他把哭叫着的女孩放在地上,近乎对那女人大声喊叫起来,随后又回头看那两个法国兵和亚美尼亚人一家。那个老人已经打着赤脚了,矮个法国兵从他脚上脱下另一只靴子,他拿着两只靴子正互相拍打。老人抽抽搭搭地说什么,皮埃尔对这只是看了一眼;他全部注意力都集中到那个穿厚呢女外衣的法国人身上,那家伙慢腾腾地走到那个年轻女人跟前,把两只手从袋里掏出来,抓住她的脖颈。

那个亚美尼亚美人依旧一动不动坐在那儿,垂下长长的睫毛,似乎没看见也没感觉到那士兵对她的举动。

当皮埃尔跑到两个法国兵跟前时,那个穿女外衣的高个子法国兵已经把亚美尼亚女人脖子上的项链扯了下来,那个年轻女人两手抱着脖子大声尖叫。

"放开这个女人!"皮埃尔用狂怒的声音喊道,他抓住那个驼背高个士兵的肩膀,把他扔了出去。那个士兵摔倒了,爬起来跑了。但是他的同伴扔掉靴子,拔出一柄短剑,气势汹汹地向他走过来。

"别胡闹!"他喊了一声。

皮埃尔在盛怒之下,什么都不记得了,他的力气一下子长了十倍。法国兵还没来得及拔出短剑,他已经向他扑了过去,把他撂倒,用拳头揍他。周围的人发出一阵喝彩声,恰好在这时,从街角出现一队骑马的枪骑兵巡逻队。枪骑兵快步跑到皮埃尔和法国兵跟前,把他们围了起来。皮埃尔一点也不记得以后的情形了。他只记得他在打一个人,人家也在打他,最后他觉得他的双手被绑起来,他周围站着一群法国兵,在搜他的身。

"中尉,他有匕首,"这是他听懂的第一句话。

"武器!"军官说,然后朝那个和皮埃尔一同被逮捕的光着脚的士兵转过身来。

皮埃尔瞪着充血的眼睛环顾四周。一定是他的面色非常可怕,那个军官低声说了点什么,于是又有四个枪骑兵离开了队伍,站在皮埃尔的两侧。

"你会说法语吗?"那个军官问,他站得离他远一点。"叫翻译来!"从队列里出来一个骑着马、穿俄国平民衣服的小个子。看他的衣着,听他的口音,皮埃尔立刻认出他是一家莫斯科商店的法国店员。

"他很像是放火的人,"军官说。"问他是干什么的?"他又说。

"你是干什么的?"翻译问。"你要好好回答长官,"他说。

"我不告诉你们我是什么人。既然你把我俘虏了,把我带走吧。"皮埃尔忽然用法语说。

"啊!"军官皱着眉头说。"开步走!"

枪骑兵周围聚了很多人。那个抱着小女孩的麻脸女人站得离皮埃尔最近;巡逻队要走的时候,她向前移动了几步。

"他们把你带到哪儿去,好心的人?"她说。"这个女孩,这个女孩,我往哪儿放啊,如果不是他们的孩子!"那个女人说。

"那个女人要干什么?"军官问。

皮埃尔一看见他救的小女孩,那兴奋劲儿更大了。

"她抱的是我的女儿,我刚把她从火里救出来,"他说。"再见!"连他自己也不明白为什么脱口就说出这句无目的的谎话,就迈着坚定、昂扬的步子,在法国兵中间走了。

这支法国巡逻队奉迪罗涅尔的命令到莫斯科各街道制止抢劫,尤其是捉拿纵火犯,据法国高级军官的一致意见,认为有放火的人。这支巡逻队巡逻了几条街道,又抓了五名俄国嫌疑犯:一个小店主,两个中学生,一个农民和一个家奴,此外还抓了几个抢劫犯。而在所有嫌疑犯中,皮埃尔最可疑。当他们都被带到祖波夫土围子过夜时,皮埃尔在严密的看守下被单独监禁起来。

第十二部

一

在彼得堡上层社会里,鲁缅采夫派、亲法派、玛丽亚·费奥多罗夫娜派、皇太子派,以及其他各派,正在进行非常激烈的复杂斗争,宫廷里吃闲饭的官僚们,依旧是在一边呐喊助威。可是安静的、奢侈的、只操心生活中的一些幻影的彼得堡生活,依旧如故;透过这种生活,要费很大的气力才能意识到俄国人民处境的危险和艰难。人们私下议论,时局这么困难,而两位皇后却各行其是。玛丽亚·费奥多罗夫娜皇后只关注她所管辖的慈善机构和教育机关,她命令这些机关疏散到喀桑,这些机构的东西早已包装停当。但是当人们向伊丽莎白·阿列克谢耶夫娜皇后请示命令的时候,她以她特有的俄罗斯爱国精神回答说,她不能给国家机关下命令,这是皇帝的事;而她个人所能做到的,那就是她将是最后一个离开彼得堡的人。

八月二十六日,在波罗底诺战役那一天,安娜·帕夫洛夫娜家举行晚会,晚会最精彩的节目是朗读主教向皇帝献圣谢尔吉依像时写的一封信。这封信被公认为是教会爱国的典范文稿。以朗诵闻名的瓦西里公爵将亲自读这封信。他的朗诵艺术在于声音高亢,好听,绝望的哀号和温柔的低诉交替出现,可以完全不顾字句的意义,忽而在一个字句上发出哀号,忽而在另一个字句上发出低诉。这次朗诵正像安娜·帕夫洛夫娜的所有晚会一样,具有政治的意义。那天晚会将有几个重要人物参加,她不但要使他们为了去法国剧院而害羞,并且要鼓舞他们的爱国情绪。已经到了很多人了,但是安娜·帕夫洛夫娜仍然不见所希望的人到来,因此还不忙朗读,暂且进行一般的谈话。

在彼得堡每日新闻中,当天的新闻是别祖霍娃伯爵夫人的病。伯爵夫人前几天突然病了,放弃了几次有她出席就为之增光的集会,据说她不接待任何人,而且不请一向给她治病的几位彼得堡的名医,而相信一个用一种不寻常的新方法给她治病的意大利医生。

人人都清楚,可爱的伯爵夫人的病是由于无法同时嫁给两个丈夫,意大利人的治疗方法就在于设法消除这种不便;可是在安娜·帕夫洛夫娜跟前不但谁也不敢这么想,并且似乎没有人知道这件事似的。

"听说可怜的伯爵夫人病得很重,大夫说她得的是心绞痛。"

"心绞痛？天哪,这是一种可怕的病!"

"听说,由于这个病,两个情敌和解了……"

情敌这个词儿,被人们以极大的兴趣说来说去。

"听说那个伯爵很感伤。当大夫告诉他病情危险时,他竟像小孩子一样哭了。"

"这真是一个极大的损失!一个十分迷人的女人。"

"你们是在谈论可怜的伯爵夫人吗?"安娜·帕夫洛夫娜走过来说。"我派人去探问过她的病情。据说已好了一点了。嗯,无可置疑,她是天下最迷人的女人,"安娜·帕夫洛夫娜怀着嘲弄自己的高兴心情的微笑说。"我们分属于不同的阵营,但是这不妨碍我对她表示应有的尊敬,她多么不幸呀,"安娜·帕夫洛夫娜又说。

一个不够慎重的年轻人认为安娜·帕夫洛夫娜的话多少泄漏了伯爵夫人病情的内情,他竟敢对伯爵夫人不请名医而由一个江湖郎中治疗表示惊讶。

"您的情报倒比我的更准确,"安娜·帕夫洛夫娜对这个未经世故的青年忽然发起恶毒的进攻。"但是,我从可靠方面了解到,那个大夫是一个医道高明的人。他但是西班牙皇后的御医呢!"把这个年轻人击败后,安娜·帕夫洛夫娜向比利宾那边转过去,他正在另一堆人里议论奥国人。

"我认为那妙极了!"他在谈一个外交文件,这个外交文件连同维特根施泰因所缴获的奥国旗帜一块儿送往维也纳。

"文件是怎么说的?"安娜·帕夫洛夫娜问他,场面立刻肃静起来。

于是比利宾又重说一遍由他起稿的文件的原文。

"皇帝将把奥国的旗帜,"比利宾说,"友好的,但不是从正路找来的旗帜奉还,"比利宾说完,脸上的皱纹舒展开了。

"十分妙,十分妙,"瓦西里公爵说。

"大概是在华沙的路上吧,"伊波利特公爵突然大声说。大家都转过脸来看他,不懂他这话是什么意思。伊波利特公爵露出快活的吃惊神气环顾四周。他同其他人一样不明白他在说什么。在他的外交生活中,他不止一次看出,就这样突如其来说出的话,显得很俏皮,所以他抓紧一切机会想到什么就说什么。在一阵难堪的冷场的时候,那个安娜·帕夫洛夫娜所期待的不够爱国的人进来了,于是她面带微笑伸出指头威胁伊波利特一下,就请瓦西里公爵就座,给他拿来两支蜡烛和手稿,让他开始朗读。顿时鸦雀无声。

"最仁慈的皇帝陛下!"瓦西里公爵严肃地朗读道,"最早成为国都的莫斯科,新的耶路撒冷,接待自己的基督,"他忽然加重朗读"自己的"这个词儿,"像母亲拥抱辛勤忠诚的儿子一样,透过弥漫的暮霭,预见你的国家光辉灿烂的荣耀,欢喜地唱道:'和撒纳,将来的人幸福了!'"瓦西里公爵用哭声朗读结束这句话。

比利宾仔细审视自己的指甲,许多人都露出胆怯的样子,似乎在问自己犯了什么罪过,安娜·帕夫洛夫娜像老太婆念祷词似的,预先低声说出下面的词句:"让他胆大妄为的歌利亚……"

瓦西里公爵继续朗读:

"让那胆大妄为的歌利亚从法国边境向俄国的境内散播死亡的恐怖吧;温顺的信仰,俄国大卫的机弦,就要打穿他那骄傲的嗜血的脑袋。谨将我们祖国利益的保卫者、圣谢尔吉依这尊神像献给皇帝陛下。遗憾的是,我体弱多病,不能享受面圣的幸福。我只有情深意切地祈祷上苍,愿全能的主降福正义的民族,仁慈地实现陛下的意愿。"

"有力极了!美妙极了!"客人众口一词地赞美道。极度高兴的客人们,对于祖国的情势又谈论了很久,对日内即将打响的战役的结果做出各种推测。

"你们能看到的"安娜·帕夫洛夫娜说,"明天皇帝的生日,我们就会得到消息。我有吉祥的预感。"

二

安娜·帕夫洛夫娜的预感真的应验了。第二天,在宫中为庆祝皇帝诞辰而做祈祷的时候,沃尔孔斯基公爵被叫出教堂,有人交给他库图佐夫公爵的一封信。这是库图佐夫在战斗的当天从塔塔里诺沃送来的报告。库图佐夫写道,俄军没有后退一步,法军的损失比我军大得多,这是他在战地仓促写成的,还没有收到最后的战报。由此可见,这是一次胜仗。于是,人们马上在教堂中对造物主表示了感谢,感谢他的帮助和这次胜利。

整个上午全城都充满了欢乐的节日气氛。人人都认为这是一次重大的胜利,甚至已经有人在谈论俘虏拿破仑本人,谈论废除他,另选法国新的元首。

远离战场,并且生活在宫廷之中,事情很难得到全面地反映。全部的事情不知不觉地只集中在某一个别的事情上。目前就是这样,朝臣们对胜利的喜悦,主要集中在这个胜利消息与皇帝生日的巧合上。这是一件意外的喜事。在库图佐夫的消息中也提到了俄军的损失,其中列出图奇科夫、巴格拉季翁、库泰索夫等人的名字。事件的这个悲惨的一面,在彼得堡这儿,不知不觉地仅剩下一件事情——库泰索夫的死。每个人都认识他,皇帝喜爱他,他既年轻又有趣。

但是,第二天没有得到军队的消息,大家都慌了。皇帝因为得不到消息而烦恼,朝臣们却因为皇帝烦恼而烦恼。

谈话集中在三件令人伤心的事情上:皇帝没有接到前线的消息,库泰索夫的阵亡和海伦的死。

接到库图佐夫报告的第三天,一个地主从莫斯科来到彼得堡,接着法国人占领莫斯科的消息在全城流传开来。这真可怕!皇帝的处境该是怎么样啊!库图佐夫是叛徒,瓦西里公爵的女儿死后,在人们前来哀悼的时候,他谈起从前他所赞扬的库图佐夫,他说,对一个腐化堕落的瞎眼老头子,还能指望他什么。

"我真奇怪,怎么能把俄国的命运交给这么一个人。"

这个消息临时还是非正式的,对它还有怀疑的余地,但是第二天,拉斯托普钦伯爵派人送来如下的报告:

> "库图佐夫公爵的副官给我送来一封信,他让我派警官把军队领到梁赞大路。他说他对放弃莫斯科感到遗憾。陛下!库图佐夫的所作所为决定了首都和您的帝国的命运,只要得知全国伟大事物荟萃之地,您的祖先埋葬之地——那座城的失守,全国将为之震惊。我去追随军队。我已经把一切都运走了,我只有痛哭我祖国的命运。"接到这个报告之后,皇帝派沃尔孔斯基公爵带给库图佐夫如下的诏书:

> "米哈伊尔·伊拉里奥诺维奇公爵!从八月二十九日以来,我没有接到您的任何报告。九月一日我接到莫斯科总督由雅罗斯拉夫尔送来的可怕的消息,说您决定带领军队放弃莫斯科。您自己可以想见这个消息对我的影响,而您的沉默更增加了我的惊异。我派侍从将军沃尔孔斯基公爵送去这份诏书,希望从您处听到军队的情况和使您采取如此可悲的决定的理由。"

三

放弃莫斯科九天之后,库图佐夫派一名信使带着放弃莫斯科的正式消息来到彼得堡。这个信使是一个名叫米绍的法国人,他不懂俄语,但据他自己说,虽然他是外国人,他的灵魂却是俄国的。

皇帝立刻在石岛行宫的书房里接见这个信使。虽然米绍在战前从来没到过莫斯科,也不懂俄语,当他带着莫斯科大火的消息朝见皇帝的时候,他仍然很感动。

虽然米绍先生的忧伤与俄国人的忧伤不是由于同一的原因,但米绍被引进皇帝的书房的时候,他是那么忧伤,以至于皇帝马上问他:

"您给我带来了什么消息?是坏消息吗,上校?"

"消息很坏,陛下"米绍叹了一口气,垂下眼睛回答道,"莫斯科放弃了。"

"为什么不打一仗就放弃了我的古都呢?"皇帝勃然大怒,很快地说。

米绍恭敬地转达了库图佐夫命令他转达的一切,——在莫斯科城下打一仗是不现实的,因为只有一种选择——要么失掉军队和莫斯科,要么只失掉莫斯科,作为元帅应该选择后者。

皇帝眼睛不看米绍,沉默地听着。

"敌人进城了吗?"他问。

"是的,陛下。我离开的时候,全城都起了火,"米绍果断地说;但是米绍看了皇帝一眼,对他所说的话害怕起来。皇帝深沉地不断地喘息,他的下唇颤抖着,秀美的蓝色眼睛立刻被泪水湿润了。

但是这只持续了一分钟。皇帝忽然皱紧眉头,似乎在责备自己的软弱。他抬起头来,用坚决的声音对米绍说:

"上校,从发生的情况看,"他说,"上帝要我们付出巨大的代价。我打算服从他的旨意;但是,米绍你说实话,军队的情况怎么样?他们士气低落吗?"

米绍看到皇上安静下来,他也安静了,但是对皇帝提出的这个开门见山的重要问题,需要毫不含糊的回答,而他还没来得及准备好答案。

"陛下,您要求我像一个直率的军人那样坦诚地说话吗?"为了赢得时间,他说。

"上校,这是我一贯的要求,"皇帝说。"一切都不要瞒我,我需要了解事情的真相。"

"陛下!"米绍说,嘴角含着微妙的、几乎看不见的笑意,他已经准备好一个恭敬地回答。"陛下,我离开的时候,从长官到士兵,都无一例外地陷入了绝望之中,恐怖之中……"

"怎么可能呢？"皇帝皱起眉头，严厉地打断了他的话。"难道我们俄国人在失败面前也会灰心吗？绝不可能！……"

这正是米绍所期望的，从而把他那巧妙的言辞插进来。

"陛下"他带着恭敬而调皮的表情说，"他们就害怕陛下和敌人签订和约。他们迫不及待地要再次投入战斗，"这位俄国人民的全权代表说，"不惜以自己的鲜血和生命来表达对陛下的忠诚……"

"好极了"，皇帝放心了，眼里露出可亲的光辉，拍了拍米绍的肩膀，说。"你使我把心放到了肚子里，上校。"

皇帝低下头来，沉默了一会儿。

"好了，你回部队去吧，"他挺起胸膛站起来，打着和蔼而庄严的手势对米绍说。"告诉我们的勇士，告诉我们臣民，我死也不会签订有辱祖国和人民的和约。我知道怎样珍惜人民的牺牲。"米绍听了这番话，看着皇帝的眼神中的坚决的表情，觉得极为让人钦佩。

"陛下！"他说。"是您给予了俄国人民如此大的光荣，是您使欧洲得以拯救！"

皇帝低下头，让米绍走了。

四

当时，俄罗斯一半国土被占领，莫斯科居民逃到边远的省份，一批批的民兵起来捍卫祖国。所有有关那个时代的故事和记载，都无一例外地只讲俄国人的自我牺牲精神，热爱祖国和英勇行为。实际上远不是这样。我们之所以有这样的感觉，是因为我们从过去里面只看到当时一般历史的兴趣，没有看见人们所具有的一切个人的兴趣。但是实际上那些个人的眼前兴趣远比一般的兴趣来得大，甚而至于从那些个人兴趣中丝毫感觉不到一般的兴趣。当时大多数人并不注意国家大事，而只顾个人的眼前兴趣。但是，正是这些个人是那个时代最有用的活动家。

那些企图了解国家大事、并且抱有牺牲精神和英勇气概去参与国家大事的人，是最没用的社会成员；他们把一切都看颠倒了，他们做的所有好事，其结果都是瞎闹。甚至那些喜欢卖弄聪明的人们，一谈到当前俄国的局势，就不由自主地在言谈中带有装腔作势、扯谎的痕迹，或者对一些谁也负不了责的事徒劳无益地指责和痛恨某些人。仅有不自觉的行动才能带来结果，而在历史事件中扮演角色的人，永远不懂得历史事件的意义。假如他企图去理解它，也是毫无结果。

当时在俄国发生的事件，越是密切地参与其中的人，就越是无法了解它的意义。在彼得堡和远离莫斯科的省份，妇女们和穿着志愿军制服的男人们，全在为俄国和首都而痛哭，发誓要自我牺牲；但是退出莫斯科的军队，差不多不谈也不想莫斯科，眼望着莫斯科大火，没有人发誓向法国人报仇，他们所想的是下一旬的饷金，下一站的宿营地，随军女商贩玛特廖什卡，诸如此类的事情……

尼古拉·罗斯托夫并没有所谓的牺牲精神，而是恰巧在他服役期间发生了战争，于是就长期地参加了保卫祖国的战争，所以他对俄国当时的情况并没有悲观的想法。假如有人问他，他对当前的俄国形势有什么看法，他会说，这个问题用不着他考虑，自有库图佐夫和其他的人考虑，不过他听说，团队要补充编制，这场仗可能还要打很久，照这样下去，再过一两年他就可以当上团长了。

由于他有这种看法，因此当他听说为团队补充马匹派他到沃罗涅日的时候，他不仅不为失掉参加最近一次战斗的机会而难过，并且毫不掩饰他满心的兴奋，他的同事们也十分了解他这种心情。

在波罗底诺战役的前几天，尼古拉拿到了出差费和文件，打发一个骠骑兵先出发，随后他乘驿站的马向沃罗涅日出发了。

尼古拉怀着最愉快的心情夜间来到沃罗涅日一家旅馆，要来他在军队中长时间吃不到的东西，第二天，把脸刮得干干净净的，穿上很久没穿的检阅服装，去见当地的长官。

民军司令是一个年老的文职将军，他显然以自己的军衔和级别而得意。他怒冲冲地接待了尼古拉，装腔作势地盘问他，就似乎他有权力这样做，又似乎他在审议整个局势，以表示赞成和不赞成。尼古拉太快活了，这只令他觉得好笑。

他从民军司令那儿坐车去见省长。省长个子矮小，性情活泼，待人非常和蔼和朴实。他告诉了尼古拉几个可以买到马的养马场，又介绍给他一个城里的马贩子和离城二十俄里的一家地主，他们全养着好马，并答应给他种种帮助。

"您是伊利亚·安德烈耶维奇伯爵的儿子吗？我太太和您母亲很要好。我这里每星期四有个聚会；今天恰好是星期四，请随便到我这儿来玩玩吧，"省长送走他时说。

尼古拉从省长那里一出来，就坐上驿车，带着司务长，到二十俄里外地主家买马去了。初到沃罗涅日这段时间，尼古拉过得轻松快乐，正像一个人心情舒畅时常有的情形，事事都称心如意，一路顺风。

尼古拉去找的那个地主，是一个当过骑兵的老鳏夫，相马的老手，猎人。

尼古拉几句话过后就以六千卢布买下十七匹精选的种马作为补充马匹的样

板。吃过饭,又多喝了两杯匈牙利葡萄酒,和那个已经和他"你我"相称的地主吻别后,就坐车回去了,一路上怀着最愉快的心情,不断地催促车夫,赶快去赴省长家的晚会。

尼古拉换了衣服,洒上香水,用冷水淋淋头,时间虽然晚了一点,但迟到总比不到好。尼古拉还是来到了省长家。

不是举行舞会,也没说要跳舞,可大家都知道,卡捷琳娜·彼得罗夫娜要在古钢琴上弹圆舞曲和苏格兰舞曲,肯定会跳起舞来,大家也盼着这个,因此都打扮得像赴舞会的样子。

1812 年外省的生活,与过去一样,其不同的地方,只是因为有从莫斯科来了许多有钱的人家,城里显得特别热闹,此外,就像当时俄国在各方面所表现的那样,可以看出一种豪放不羁的作风,再就是,人们见面时那套庸俗的应酬,以前不是谈谈天气,便是议论共同的熟人,而现在的话题则是莫斯科、军队和拿破仑。

到省长家聚会的,全是沃罗涅日的上流人士。

太太小姐十分多,有几个是尼古拉在莫斯科的熟人;但是,可以与罗斯托夫伯爵相比较的男人,一个也没有。其中有一个俘虏,是在法军中当军官的意大利人,尼古拉觉得,有这个俘虏在场,更抬高了他这个俄国英雄的身价。这个意大利人就似乎是一件战利品。尼古拉自己有这种感觉,并且觉得所有的人也是这样看待那个意大利人,于是尼古拉带着尊严的态度和蔼地对待那个军官。

尼古拉穿着骠骑兵制服,散发着香水和酒的气味,刚走进来,就被包围了起来;所有的眼睛都转向他,他立刻感觉到,他得到了在一个外省应该得到的地位。不但在驿站、在旅馆、在地主的休息室,女仆们都以得到他的注意为荣;而且在这儿,在省长的晚会上,无数的年轻太太和漂亮的姑娘也都着急地等待尼古拉对他们的注意。太太小姐们和他调情,而老人们从第一天起就为他张罗婚事,以为他结了婚就会变得稳重起来。省长夫人本人便是后者之中的一个,她把罗斯托夫当作至亲。

卡捷琳娜·彼得罗夫娜果真弹起琴来,人们都开始跳舞。尼古拉潇洒的舞姿使这个省的上流人士更加倾倒了。他那独特的、毫不拘束的舞风,甚至使大家惊奇。尼古拉本人对他那天晚上的跳舞风度也有些惊异。他在莫斯科从来没有这样跳过,他甚至认为这种过于随便的舞姿是失礼的、粗俗的;在这儿,他觉得必须弄点新鲜花样使大家感到奇怪,他们一定会认为那在京城不过是普通的东西,而外省还不知道罢了。

整个晚上,尼古拉特别关注一个蓝眼睛、体态丰满、样子可爱的金发女人——省里一位文官的太太。有些正在兴头上的年轻人,竟然天真地相信,别人的妻子都是为他们准备的,罗斯托夫就是抱着这种信念寸步不离那位太太,并且友好地、神秘兮兮地同她的丈夫谈话,人们好像都不言而喻,这两个人——尼古拉和那位丈夫的妻子,交个朋友简直妙极了。但是丈夫似乎并不同意这种看法,他对罗斯托夫一味摆出一副阴森森的样子。可是尼古拉的善良和天真是无限的。有时那位丈夫也不自觉地受到尼古拉愉快心情的影响。然而,随着妻子的面孔更加红润,更加高兴,丈夫的面孔就更加阴郁,更加死板了,就似乎那一定数量的高兴剂是夫妻二人所共有的,在妻子身上增加一点,在丈夫身上就减少一点。

五

尼古拉笑容满面,坐在圈椅里稍微探着身子,贴近那个金发女人,天花乱坠地奉承她。

尼古拉麻利地变换着穿紧身马裤的两条腿的位置,欣赏着他的女友,欣赏着自己和他那穿着合脚的靴子的秀美的两只脚,他对那个金发女人说,他想在这儿,在沃罗涅日,拐走一个女人。

"拐走什么样的女人?"

"一个迷人的仙女。她的眼睛蓝莹莹的,嘴,像红珊瑚,……"他注视着她的肩膀说,"腰肢,像狄安娜的……"

那位丈夫向他们走来,阴郁地问妻子,她在说什么。

"啊!尼基塔·伊凡内奇,"尼古拉很有礼貌地站起来说。好像他想请尼基塔·伊凡内奇也来听一听这个玩笑似的,告诉他说,他要拐走一个金发女人。

丈夫苦涩地笑了笑,妻子兴奋地笑了。善良的省长夫人带着不以为然的神气向他们走来。

"安娜·伊格纳季耶夫娜要见你,尼古拉,"她说,她说安娜·伊格纳季耶夫娜这个名字的声调,令罗斯托夫一听就明白,安娜·伊格纳季耶夫娜是一个非常重要的人物。"咱们去吧,尼古拉。我可以这样叫你吗?"

"当然可以,伯母。谁要见我啊?"

"安娜·伊格纳季耶夫娜·马利温采娃。她从她外甥女那里听说过你,说你救过她……你想起来了吧?……"

"我救过的人多着呢!"尼古拉说。

"她的外甥女就是博尔孔斯卡娅公爵小姐。她在这儿,在沃罗涅日,和姨母住在一起。哟,看你脸红的!怎么啦,是不是……?"

"好了，别瞎琢磨，伯母。"

"好啦，好啦。你这个人哪！"

省长夫人把他领到一个戴着蓝色高筒帽、又高又胖的老太太那儿。她刚和城里最显赫人物打完牌。她是玛丽亚的姨母马利温采娃，是一个没有孩子的有钱的寡妇，常常住在沃罗涅日。当罗斯托夫走到她跟前时，她站起来结了牌账。她大模大样地眯起眼来，看了他一眼，继续咒骂那个赢了她钱的将军。

"看见你真兴奋，"她向他伸过手去。"请来看我吧。"

这位了不起的老太太谈到了玛丽亚公爵小姐和她的亡父，又向尼古拉询问了安德烈公爵的消息，说了几遍请他到她那儿去，随后就让他走了。

当尼古拉向马利温采娃告退的时候，答应她一定去拜访，又一次红了脸。一提起玛丽亚公爵小姐，就感到一种连自己也说不清楚的羞怯，甚至害怕。

罗斯托夫离开马利温采娃，本想再回去跳舞，可是省长夫人说她要和他谈一谈，就把他领到客厅里。为了不妨碍省长夫人，原先在那儿的人们马上走了出去。

"你可知道"省长夫人说，和善的小脸上带着认真的表情，"她和你真是天生的一对；你愿意我给你做媒吗？"

"谁啊，伯母"尼古拉问。

"我想给你说合公爵小姐。公爵小姐，你愿意吗？我相信你母亲一定会感谢我的。老实说，多么好的一个姑娘，多么可爱！她一点也不丑。"

"一点不丑，"尼古拉仿佛受了委屈。"伯母，作为一个军人，我什么也不强求，什么也不拒绝，"罗斯托夫在没想好如何说之前，说了这么一句。

"那么就记住吧，这可不是开玩笑。"

"自然不是玩笑！"

"好，好，"省长夫人似乎自言自语说。"还有，你对那个金发女人太殷勤了，弄得那位丈夫挺可怜的，真的……"

"咳，没事儿，我和他是朋友，"尼古拉心地单纯地说。他连想都没想，这样消磨时光对他很快活，而对另一个人会不快活。

"咳，我对省长夫人说的话多么荒唐！"吃晚饭的时候，他突然想。"她真的要做媒了。那索尼娅呢？……"在向省长夫人告辞时，她笑着又对他说："你可要记住啊，"他把她领到一边：

"伯母，我要对您说实话……"

"怎么了，亲爱的；好，我们坐下来谈谈。"

尼古拉突然觉得有必要和这个差不多是陌生的女人说说知心话。后来，每当尼古拉一想起这次无缘无故的、突如其来的坦白热情,他就觉得这不过是一时的心血来潮罢了;可是,这次迸发的坦白热情,连同其他的小事,却给他也给他的全家带来了很大的后果。

"是这样,母亲一直盼着我娶一位有钱的小姐,可是我一想到为了金钱而结婚,心里就不是味儿。"

"不错,我了解,"省长夫人说。

"不过,博尔孔斯卡娅公爵小姐是另一回事了;第一,我十分喜欢她,她称我的心,第二,在那么一个情况下遇见她,简直是奇遇,自那以后,我经常想:这是命运。您想一想看吧:母亲早就惦记着这件事,可是先前总没有机会和她见面,总是碰不到一起。在我的妹妹娜塔莎做她哥哥未婚妻的时候,当然谈不到和她结婚,偏偏在娜塔莎的婚姻破裂的时候遇见她。是的,就是这样。这话我对谁也没说过,以后也不会说。我只对您说。"

省长夫人感激地握了握他的胳膊。

"您知道我的表妹索菲吗?我爱她,我答应娶她,我必须娶她……所以您知道,根本谈不上这个问题,"尼古拉颠三倒四地红着脸说。

"你是怎样想的?索菲一无所有,你自己也说,你爸爸的境地很不好。你妈妈会怎么样?那会要她的命的,这是一。再说,假如她是一个有心肝的女孩子,那日子她怎么过啊?母亲绝望,家道败落……不行,亲爱的,你和索菲应当懂得这个。"

尼古拉默不作声。他听了这些话,觉得很舒服。

"伯母,还是不行,"他停了一下,叹着气说。"公爵小姐会嫁给我吗?退一步说,她现在正在居丧。哪里顾得上这个?"

"你认为我立刻就叫你结婚吗?凡事都要按规矩办事。"省长夫人说。

"您真是个好媒人,伯母……"尼古拉说,吻了吻她那胖乎乎的小手。

六

玛丽亚公爵小姐在遇见罗斯托夫后,来到了莫斯科,见到了侄儿和他的家庭教师和安德烈公爵的信。在信里安德烈嘱咐他们到沃罗涅日去找马利温采娃姨母。操持搬迁、对哥哥的牵挂、在新的住处安排生活、认识新的人、教育侄儿——这一切把玛丽亚公爵小姐心里那种似乎受诱惑的感情给压了下去。在父亲生病期间和死后,尤其是在和罗斯托夫相遇之后,这种受诱惑的感情折磨着她。目前,在一个平静的环境中度过了一月之后,丧父和俄国遭到毁灭的印象,在她内心愈来愈强烈了。对正遭受着危险的哥哥的牵挂，使她经常感到不安。她关心侄儿的教育，她常常觉得她对这不能胜任；可在她内心深处还是安静的，因为她意识到，她已经把由于罗斯托夫的出现而一度唤起的幻想和希望抑制住了。

晚会的第二天，省长夫人拜访了马利温采娃，和这位姨母商谈了她的计划。在征得姨母的同意后，省长夫人在公爵小姐面前提起罗斯托夫，夸奖他，说当她提起公爵小姐时，他脸都红了，——而玛丽亚公爵小姐所感受的不是欢乐，而是痛苦：内心的和谐不复存在了，又生出了欲望、怀疑、谴责和希望。

在得到罗斯托夫要来拜访的消息之后的两天里，玛丽亚公爵小姐不断地思考着她对罗斯托夫应采取的态度。她一会儿决定，他来见姨母时，她不到客厅里去，她身穿重孝去会客不合适；一会儿又想，人家为我做过好事，我这样是否太无礼了；一会儿又觉得，姨母和省长夫人对她和罗斯托夫似乎有所企望；一会儿她又自言自语，只有像她这样有罪的人，才会这样猜疑她们：她们不会不知道，在她还没有脱去孝服之前，订婚对她和对她的亡父都是一种侮辱。如果她见到他，玛丽亚公爵小姐想象他对她会说什么话，她对他会说什么话；她想象的那些话，有时觉得未免太冷淡，有时又觉得太意味深长了。她最怕和他见面时心慌意乱，她觉得，见了他，准会惊慌失措，那就露了相了。

可是，星期日做过弥撒以后，当仆人到客厅通报罗斯托夫伯爵来访时，公爵小姐并没有惊慌；她脸上不过泛起一层红晕，眼睛闪闪发光。

"你见过他吗，姨妈"玛丽亚公爵小姐安静地说，连她自己也搞不清，她表面上怎么会这么自然。

当罗斯托夫走进屋时，公爵小姐把头低了一下，好像先让客人和姨母问好，然后，正好在尼古拉向她转过身来时，她抬起头来，用她那光辉明亮的眼睛迎接他的视线。她态度尊严，动作优雅，带着欣喜的笑容欠起身来，向他伸出她那纤细的柔嫩的手，用女人特有的深沉的声音说起话来。当时也在客厅里的布里安小姐带着不理解的神情望着玛丽亚公爵小姐。就连这个善于卖弄风情的女人，也无法比这应付得更好。

"也许黑衣裳跟她更相称，也许她真的变漂亮了，不过我没有留意罢了。尤其是——举止适度，姿态优美！"布里安小姐想。

倘若玛丽亚公爵小姐此刻能思考一下的话，她会对自己所发生的变化比布里安小姐更感到惊奇。从她看见这张可亲可爱的面孔那一刻起，一种新的生命力就占有了她。就像一只精雕细绘的灯笼忽然点亮了，灯笼四壁那些复杂的精致的艺术品，原先看来好像是粗糙、灰暗、毫无意义的，这时却显出令人惊叹的美：玛丽亚公爵小姐就是忽然起了这样的变化。

罗斯托夫对这一切都看得清清楚楚,似乎他知道她全部的生活似的。他觉得,他面前这个人完全是另一种人,比他迄今遇见的所有的人都好,主要的,也比他本人好。

谈的话题是最普通,最无关紧要的。他们谈战争,像所有的人一样,不自觉地夸大他们为战事担忧,谈上次的相遇,一谈到这件事,尼古拉就极力把话题岔开。

玛丽亚公爵小姐避免谈自己的哥哥,她的姨母一提到安德烈,她就把话扯到别的事情上。很明显,谈俄国的

不幸,她可以装得很关心,可是她的哥哥是她最贴心的人,她不愿也不能轻描淡写地提到他。尼古拉注意到这一点,以他从未有过的那种洞察力察觉玛丽亚公爵小姐每一种细微的性格,这更证实了他的看法:她是一个出类拔萃的人。尼古拉也和玛丽亚公爵小姐一样,别人一向他提起公爵小姐,甚至一想到她,他就脸红,就露出窘态,但是在她面前时,却觉得非常自如,说一些并非事先准备好的话,而是临时突然想到的话。

在尼古拉短暂的来访中间,遇到无话可说的时候,尼古拉就向安德烈公爵的小儿子求援,他抚爱他,问他是否愿意当骠骑兵?他一面把孩子抱起来,快活地带他旋转,一面转脸看看玛丽亚公爵小姐。她用动了感情的、幸福的、怯生生的目光望着她所爱的人怀中的她所爱的孩子。尼古拉觉察到这目光,明白了它的意义,兴奋得涨红了脸,天真快活地吻孩子的脸。

玛丽亚公爵小姐在服丧期间不得外出,而尼古拉认为常去她们那儿不合适;可是省长夫人不断地从中撮合,把公爵小姐和尼古拉称赞对方的话传来传去,坚持要求罗斯托夫向玛丽亚公爵小姐表明态度。她为此安排两个年轻人在做弥撒前在主教那儿见面。

虽然罗斯托夫对省长夫人说,他没有什么要向玛丽亚公爵小姐表明的,然而他仍然答应前去。

在和玛丽亚公爵小姐会面以后,他的生活方式尽管表面上依然如故,但是先前

那些玩乐在他已经失去兴味,他时常想玛丽亚公爵小姐;可他想她,从来不像他想那些他在上流社会所遇见的小姐们那样,也不像曾经长期地带着狂喜的心情想索尼娅那样。他在想所有的小姐时,总是把她们想象为未来的妻子,在他的想象中把夫妻生活的一切条件——雪白的长便衣、在茶炊旁的妻子、妻子的马车、孩子、妈妈和爸爸、她和公婆的关系,等等,拿来和她们比比,看看是否合适;对未来的这些想象给他以快乐;但是他想到人家给他说合的玛丽亚公爵小姐时,他怎么也想象不出未来的夫妻生活。假如他硬要想,那结果会是不和谐的,虚假的。他只觉得可怕。

七

关于波罗底诺战役、关于我军伤亡的恐怖的消息,以及关于莫斯科失守的更令人恐怖的消息,九月中旬传到了沃罗涅日。玛丽亚公爵小姐只是从报上得知哥哥受伤,但是详情一无所知,尼古拉听说,她想去寻找安德烈公爵。

罗斯托夫得到波罗底诺战役和放弃莫斯科的消息后,他突然觉得在沃罗涅日令人烦闷,懊丧,总有一种羞愧不安的感觉;在这儿所听到的一切谈话,在他看来都是装腔作势的;他不知道应该怎样看待这一切,他觉得,只有在团队里,一切才都是清清楚楚的。他急于结束买马的事务,经常毫无理由地对仆人和司务长发脾气。

在罗斯托夫动身的前几天,为了俄军的胜利,在大教堂举行了一次感恩祈祷,尼古拉也去参加了。他带着做祈祷的庄重神情,思考着各式各样的问题,一直站到祈祷完毕。当感恩祈祷完了的时候,省长夫人把他叫到跟前。

"你看见公爵小姐吗?"她说,用头指了指站在唱诗班后面穿黑衣服的女人。

尼古拉立刻认出了玛丽亚公爵小姐,他认出她与其说是因为她那在帽子下面露出的侧影,不如说是由于顿时抓住他的那种谨慎、恐惧和怜悯的感情。玛丽亚公爵小姐显然正陷入冥思之中,她在临出教堂前画最后一个十字。

尼古拉望着她的脸,感到惊奇。仍然是他先前所看见的那张脸,但是现在它却辉耀着不同的光彩。那脸上有一种忧伤、祈求和希望的动人的表情。就像过去有她在场时那样,尼古拉不等省长夫人示意,就向她走去。她刚一听到他的声音,她的脸突然燃起鲜明的亮光,同时照亮了她的忧伤和喜悦。

"我想告诉您一件事,公爵小姐,"罗斯托夫说,"假如安德烈·尼古拉耶维奇果真阵亡了,作为一个团长,会立刻见报的。"

公爵小姐望着他,不理解他的话,但是他那种愁容满面的同情表情,令她感到欣慰。

"我知道很多例子,弹片致伤,通常是要么立刻致命,要么相反,仅仅是轻微的伤,"尼古拉说。"应该往最好的情况想,我相信……"

玛丽亚公爵小姐没等他说完。

"这是多么可怕……"她激动得说不下去了,她动作文雅地低下头,感激地看了他一眼,就跟着姨母走了。

这天晚上,尼古拉哪儿也没去,待在家里跟马贩子结算几笔账。办完了事,要想出门已经晚了,但就寝还早了些,于是尼古拉在室内独自长时间地来回踱步,思考自己的生活。

在斯摩棱斯克,玛丽亚公爵小姐给他留下了快乐的印象。遇见她的时候,情况是那么特殊,再加上有一段时间母亲对他说的有钱的相宜配偶正是她,这两件事使得他对她特别注意。在沃罗涅日见到她的时候,这个印象不但快乐,并且非常强烈。这一次尼古拉在她身上发现特殊的精神美,这让他大为惊奇。在玛丽亚公爵小姐身上,这种尼古拉感到陌生的非常深刻的哀伤,对他有着无法抗拒的吸引力。

"一定是一个极好的姑娘!真正的天使!"他自言自语道。"我干什么要限制自己的自由呢?为什么那么匆忙就明确和索尼娅的关系?"于是他不由自主地在心里把两者做一个比较:论精神的天赋,一个是贫乏的,另一个是丰富的,而这种精神天赋正是尼古拉所缺少,因而对它是非常重视的。他在心里设想一下,如果他是自由的,他会怎么样。那样他就会向她求婚,她就会成为他的妻子吧?不,这件事不可想象。他想象不出他和玛丽亚公爵小姐未来的生活,因为他不了解她,只不过是爱她。

"她是怎样祈祷啊!"他想道。"看来,她整个灵魂都沉浸在祈祷里面了。是的,这就是那种可以移山填海的祈祷,她的祈求会实现的。我为什么不祈求我所希望的?""我希望什么呢?自由,解脱跟索尼娅的关系。她说得对,"他想起省长夫人的话,"我娶了索尼娅,除了落个不幸的结果外,什么也得不到。再说,我不爱她。是的,那不是真爱。我的上帝啊!把我从这可怕的、走投无路的境况里解救出来吧!"一想到玛丽亚公爵小姐,怜悯之情就油然而生。他开始祈祷,他长久没作过这样的祈祷了,泪水涌到眼睛和喉咙里。这时拉夫鲁什卡拿着信走进门来。

"蠢材!没叫你就进来!"尼古拉说,迅速地变换了一下姿势。

"省长那儿,"拉夫鲁什卡还用没睡醒觉的声音说,"来了一个信使,有信给您。"

"那好了,谢谢,去吧!"

尼古拉同时收到两封信。一封是母亲的,另一封是索尼娅的,他从笔迹认出来了。他先打开索尼娅的信。还没读几行，他的脸变得苍白，又惊又喜地睁大眼睛。

"不，这不可能！"他大声喊道。他捧着信，一边读一边在室内走来走去。他先把信浏览一下，然后读了一遍，又读一遍，目瞪口呆地站在屋子中央。他刚才怀着上帝一定会应许他的信心所祷告的事，果然实现了；可是尼古拉感到奇怪这事很不寻常，是他从来没料到的。这事来得太快，它的出现好像不是由于上帝应许了他的请求，而是由于平常的巧合。

那个看来无法解决的、束缚着罗斯托夫的自由的结子，却被这意外的、不招自来的索尼娅的信解开了。她写道，最近不幸的境遇——罗斯托夫家在莫斯科的财产几乎全部丧失，伯爵夫人多次表示希望尼古拉娶玛丽亚公爵小姐，以及他近来的沉默和冷淡，所有这一切都促使她放弃他的许诺，给他充分的自由。

伯爵夫人在信里叙述他们在莫斯科的最后几天，出走，大火和全部财产的毁灭。伯爵夫人还提到安德烈公爵同其他伤员一起和他们同路。他的伤势很危险，但是医生说，非常有希望。索尼娅和娜塔莎像护士似的看护他。

尼古拉第二天拿着这封去见玛丽亚公爵小姐。不论是尼古拉还是玛丽亚公爵小姐都缄口不提"娜塔莎看护他"这句话可能表示的意思，由于这封信，尼古拉和公爵小姐，突然变得亲如骨肉了。

第二天尼古拉送玛丽亚公爵小姐去雅罗斯拉夫尔，几天后他也回部队去了。

八

索尼娅写给尼古拉的那封应验了他的祈祷的信，是从特罗伊茨写来的。老伯爵夫人越来越盼着尼古拉娶一个有钱的姑娘。在这件事上索尼娅是主要的障碍。近来，尤其是在尼古拉来信说他在博古恰罗沃遇见玛丽亚公爵小姐以后，索尼娅在伯爵夫人家的日子就越来越不好过了。伯爵夫人一有机会就欺辱她，毫不留情地暗示她。

从莫斯科出走的前几天，当时的情况使伯爵夫人非常焦虑，她把索尼娅叫到跟前，含着眼泪请求她牺牲自己，和尼古拉断绝关系，以回报这个家庭为她所做的一切。

"你一天不给我这个许诺，我就一天得不到安宁。"

索尼娅号啕大哭，她哭着说，她什么都愿意，什么都准备承受，但是她没有直接地许诺，答应对她所要求的，她下不了决心。为了养育她的家庭的幸福，她应该牺牲自己。为了别人的幸福牺牲自己已成为索尼娅的习惯。在以前所做的一切牺牲行为中,她兴奋地意识到,她自我牺牲,以此在自己和在别人的心目中抬高自己的身价,从而更配得上她一辈子最爱的尼古拉;而现在所要求她的牺牲,是要她放弃她过去所做出的一切牺牲的代价,放弃生活的全部意义。索尼娅第一次感到,她对尼古拉的安静而纯洁的爱情,突然开始变为高于一切礼法、道德、宗教的强大热情;在这种热情影响下,索尼娅,用几句含含糊糊的话回答伯爵夫人后,就回避她,不再和她说话,决定等待着和尼古拉见面,那时不但不许他自由,而且和他永不分离。

罗期托夫家在莫斯科最后几天的忙乱和恐慌,把索尼娅心头沉重的忧郁情绪给压下去了。她很愿意在实际的活动中忘掉那些烦恼。但是,当她知道安德烈公爵在他们家里的时候,虽然她真诚地可怜他和娜塔莎,她却非常欢喜。她知道娜塔莎从来只爱安德烈公爵一个人,现在仍然爱他。她知道,他们现在在这可怕的情况下碰到一起,又互相热恋起来,由于他们俩一定会成亲,尼古拉就不可能娶玛丽亚公爵小姐了。这种心情,这种认为上帝干预她个人私事的想法,使索尼娅满心欢喜。

在特罗伊茨修道院,罗斯托夫一家在旅途中第一次休息了一整天。

特罗伊茨修道院的招待所拨给罗斯托夫家三间大房间,一间归安德烈公爵使用。那天他的伤势大大好转。娜塔莎陪着他坐在那儿。在隔壁房间里,伯爵和伯爵夫人同前来看望老相识的修道院长正在谈话。索尼娅也坐在那儿,她很想知道安德烈公爵和娜塔莎在谈什么。她隔着门听他们说话的声音。安德烈公爵的房门开了。娜塔莎走出来,神情十分激动,她没看见欠身向她打招呼的修道院长,径直向索尼娅走去,抓住了她的手。

"娜塔莎,你怎么了? 到这儿来,"伯爵夫人说。

娜塔莎走过去接受修道院长的祝福,修道院长劝她向上帝和他的圣徒祈求援助。

修道院长刚走,娜塔莎就又抓起女友的手,拉着她走进一个空房间。

"索尼娅,你说他能活吗?"她说。"索尼娅,我多么幸福,又多么不幸! 只盼望他能活下去。他不能……因为……因……为……"娜塔莎大哭起来。

"是的,我明白,"索尼娅说。"他会活下去的!"

索尼娅的激动一点也不亚于她的女友——那一半由于女友的恐惧和痛苦,一半由于她个人的无人可诉的心事。她恸哭着吻娜塔莎,安慰她。两个女友哭了一会儿谈了一会儿,擦干眼泪,就向安德烈公爵门口走去。娜塔莎小心地推开门,向屋里望了一眼。索尼娅在半开的门旁站在她身边。

安德烈公爵高高地躺在三个枕头上。他那苍白的脸望过去很平静,眼睛闭着,他的呼吸看来非常平稳。

"天哪,娜塔莎!"索尼娅忽然几乎大叫一声,她抓住表妹的手,向门外退出去。

"怎么了? 你怎么了?"娜塔莎问。

"是那个,那个,瞧……"索尼娅说,她面色苍白,嘴唇哆嗦着。

娜塔莎轻轻地关上门,跟索尼娅走到窗前,还是弄不清楚她在说什么。

"你是否记得,"索尼娅带着惊慌和严肃的神情说,"有一次我为你占卦——照镜子……在奥特拉德诺耶,圣诞节的时候……你还记得我看见了什么吗? ……"

"对,对!"娜塔莎眼睛睁得大大的,她模糊地记起索尼娅曾说过她在镜子里看见安德烈公爵躺在那儿。

"您记得吧?"索尼娅继续说。"我看见了,和你也和杜尼亚莎都说过。我看到他在床上躺着,"她说,每说一个细节,就用举起的一个指头比画一下,"他闭着眼,盖的也是粉红色的被子,两手也是交叉着,"索尼娅说。

"对了,对了,正是粉红色的,"娜塔莎说,她现在似乎也记得是说过是粉红色的。

"可是,这究竟预兆着什么呢?"娜塔莎沉思着。

"啊,我不知道,这件事多么不一般啊!"索尼娅抓着头说。

几分钟后,安德烈公爵打铃叫人,娜塔莎进去了;索尼娅感到一种很少感受过的激动和感动,站在窗前,继续思考着那件不寻常的事。

那天有个机会可以给军队发信,于是伯爵夫人就给儿子写了封信。

"索尼娅,"索尼娅从伯爵夫人身旁走过时,伯爵夫人抬起头来说。"你不给尼古连卡写信吗?"伯爵夫人说话的声音轻柔、颤抖,从她那疲倦的、隔着眼镜看人的眼睛里,索尼娅读懂了伯爵夫人这句话的全部含意。那眼神流露出恳求、怕被拒绝、为求人而感到羞愧,以及万一被拒绝就会结下的深仇大恨。

索尼娅走到伯爵夫人面前,跪下来,吻了吻她的手。

"我写,妈妈,"她说。

这一天所发生的事情,尤其是她亲眼看见预兆神秘的应验,这一切都使索尼娅激动。她知道,因为娜塔莎和安德烈公爵恢复了关系,尼古拉就不可能娶玛丽亚公爵小姐,她又恢复了那种她所欢喜和习惯的自我牺牲的心情。她含着泪,带着喜悦来完成那件慷慨的行为,因为泪水模糊了她那天鹅绒般的眼睛,中断了好几次才写完那封使尼古拉大为吃惊的信。

九

皮埃尔被送进了禁闭室,逮捕他的军官和士兵对他怀有敌意,同时也怀有敬意。此外,对他还有点疑心。

但是,第二天早上,看守换班以后,皮埃尔觉得,这些新的看守,对他的看法和逮捕他的那些人的看法已经不一样了。的确,第二天的看守已经不把这个穿着农民衣服的大胖子看作一个活生生的人,而不过看作一个被拘留起来的俄国犯人罢了。假如说皮埃尔还有什么特殊的地方,那就是他那面无畏惧的神情,以及使法国人惊奇的他那一口漂亮的法国话。虽然如此,那天皮埃尔和别的被捕的嫌疑犯关在一起,因为他原来住的那个单间被一个军官占用了。

第二天晚上,皮埃尔听说所有被拘留的人(大约他也在内),全将以放火罪论处。第三天,皮埃尔和别的犯人被带到一间屋子里,那儿坐着一位白胡子将军,两名上校和几个系肩带的法国人。他们用那在审问被告时通常使用的武断的口气向皮埃尔和其他被告提出一些同样的问题:你是什么人? 到过什么地方? 抱着什么目的? 诸如此类。

这些问题,以及在法庭上提出的一切问题,其目的只有一个,那就是要设置一条沟渠,审讯人员希望被告的回答顺着这条渠道流下去,把被告引到预期的道上,也就是引到可以判他罪的道上。一旦他说出不合乎定罪目的的话,他们就把沟渠移动一下,让水白流。此外,皮埃尔感到莫名其妙:不知道为什么对他提出这些问题。他觉得只是由于宽大或是出于礼貌,才布下这个沟渠的圈套。他知道他是在这些人的权力中掌握着的,他们聚在一起唯一的目的就是判他的罪。因此,既然有权有势,又有判罪的意愿,那就用不着施展提问和审讯的诡计。显而易见,任何回答都可以作为罪状。问他被捕时在做什么,他带着几分悲惨的神情回答说,他正在把从火中救出的一个小女孩交给她的父母。问他为什么打那个抢劫的人,皮埃尔回答说,他是在保护一个受辱女人。人们拦住他:这样的回答不合乎要求。问他为什么留在着火的院里,有人看见他在那儿。他回答说,他出来看看莫斯科的情况如何。人们又拦住他:不是问他出来干什么,而是问他留在火场旁边的原因是什么。又问他是什么人? 人们又提出他头一次不肯回答的问题,这次他又说他不能回答这个问题。

"记下来,这个不好。十分不好,"那个白胡子、红脸膛的将军严厉地说。

第四天,祖博夫斯基土城起火了。

皮埃尔和另外十三个人被解送到克里米亚浅滩一家商人的车棚里。在街上走着的时候,皮埃尔被烟呛得几乎喘不过气来,好像全城都弥漫着烟雾。到处都在着火。皮埃尔当时还不明白莫斯科被焚的意义,他恐惧地看着这烛天的大火。

皮埃尔在克里米亚浅滩旁那家车棚里又停留了四天,在这期间,从法国士兵谈话中得知,在这儿拘留的人每天都在等候元帅的决定。是哪个元帅,皮埃尔从士兵嘴里打听不出来。

在九月八日之前,即被拘留的人第二次受审之前的那几天,皮埃尔觉得最难熬。

十

九月八日,拘留人的棚屋里进来一个军官。他手里拿着一个名单,对所有俄国人逐个点了名,他管皮埃尔叫不愿说出姓名的人。他漠然地看了看所有被拘留的人,命令一个看守的军官,叫他在带他们去见元帅之前,给他们收拾干净一点。一小时后,来了一连士兵,把皮埃尔和其他十三个人带往圣母广场。那天雨后天晴,阳光灿烂,空气十分新鲜。整个莫斯科,皮埃尔所能看见的地方,全是一片火灾后的瓦砾场。处处可以看到烧剩下来的炉子和烟囱。皮埃尔望了望这片废墟,已经认不出熟悉的街道了。

显而易见,俄国人的巢被捣毁、消灭了;但是,在俄国生活秩序被消灭后,皮埃尔不自觉地感到,在这被捣毁的巢上,一个完全不同的、严峻的法国秩序建立起来了。

皮埃尔与别的犯人一起被带到圣母广场右边的一所大白房子里。这是谢尔巴托夫公爵住宅,皮埃尔从前常来这儿做客,他从士兵谈话中得知,现在是达乌元帅——艾克米尔公爵住在这儿。

他们被带到门廊前面,一个个地被领进去。皮埃尔是第六个进去的。

达乌伏身坐在屋子尽头的一张桌旁,鼻梁上架着一副眼镜。皮埃尔走到他跟前。达乌没有抬眼,轻声问:

"你是什么人?"

皮埃尔不作声,因为他说不出话来。对皮埃尔来说,达乌不可是一个法国将军;并且是一个以残忍闻名的人。皮埃尔望着达乌那张冰冷的面孔,他知道,每秒钟的迟延都可能付出生命的代价;可是他不知道怎样说。但是还没等皮埃尔拿定主张时,达乌抬起头来,把眼镜推到脑门上,眯着眼,仔细打量皮埃尔。

"我认得这个人，"他冷冰冰地说，很明显是想吓唬皮埃尔。一股顺着皮埃尔脊梁溜过的寒战，像一把钳子似的夹住了他的头。

"您绝不可能认识我，将军，我以前从未见过您……"

"这是一个俄国间谍"达乌打断了皮埃尔的话，转脸对室内的另一个将军说。达乌转过身去。皮埃尔突然用一种出人意料的颤动的声音说：

"不是的，大人，"他说，"我不是。你不可能认识我。我是民兵军官。"

"你叫什么名字"达乌又问。

"别祖霍夫"

"谁能证明你不是说谎？"

"大人！"皮埃尔大声恳求地喊道。

达乌抬起眼来，细细打量皮埃尔。他们对视了几秒钟，这相视的目光救了皮埃尔。在这目光中，一切战争和法庭的条件都消逝了，在这两人之间建立了人与人的关系。他们两个此刻都意识到他们俩都是人类的子孙，他们是兄弟。

"您怎样证明你说的是实话！"达乌冷冷地说。

皮埃尔想起了朗巴莱，于是说出朗巴莱所属团队、姓名和他住的街道。

"你并不是你所说的那个人，"达乌又说。

皮埃尔声音颤抖、时断时续地举出一些证据证明他的话是真的。

然而就在这时进来一个副官，向达乌报告了些什么。

达乌听了副官的报告，突然面露喜色，开始扣纽扣。他显然完全把皮埃尔忘记了。

当副官提醒他这里有个俘虏的时候，他皱起眉头，朝皮埃尔那里点了点头，说是把他带走。但是带到哪儿去，皮埃尔不知道：是回到那个棚子里去呢，还是带到刑场上去呢？

他回头看了看，看见副官在问什么。

"是的，那是自然！"达乌说。

皮埃尔记不起是怎么走的，走了多久，走到哪儿去。他迷离恍惚，对周围的一切都视而不见，只是随着别人迈步，别人停下来，他也停下来。在这段时间，皮埃尔头脑里只有一个思想。这个思想就是：究竟是谁，最后是谁判处他的死刑？皮埃尔觉得并没有人这样干。

这是制度，是各种情况的混合。

是一种制度在扼杀他皮埃尔，剥夺他的生命。

十一

　　这群俘虏被押着带到竖着一根柱子的菜园里。柱子后面有一个还带有新鲜泥土的大坑，在柱子和坑周围站着一大群人。这群人少数是俄国人，大多数是未站在队伍里的拿破仑的士兵。柱子两边站着几排法国兵。

　　犯人按照名单次序排好，然后被带到柱子跟前。两旁突然敲响了几只大鼓，皮埃尔感到他的魂儿似乎随着鼓声飞走了大半。他失去了思考和理解的能力。他只能看和听。他只有一个愿望——盼望那件必然要来的可怕的事快一点来。皮埃尔环顾他的同伴，仔细审视他们。

　　为首的两个是剃光了头的犯人，一个又高又瘦，另一个鼻子扁平。第三个是一个家奴，四十五岁左右，保养得十分好。第四个是一个农民，长得很清秀，留着一把浅褐色的大胡子，一对黑眼睛。第五个是一个工人，又瘦又黄，十八九岁，穿一身工作衫。

　　皮埃尔听到法国人在商量如何枪毙犯人——一次一个还是一次两个。"一次两个，"带队的军官冷酷又安静地说。士兵的行列调动了一下，显然他们都在忙合，忙着完成一件必需的、但是却是不快乐的、不可理解的事。

　　一个佩肩带的法国军官走到犯人行列的右边，用俄语和法语宣读判决书。

　　随后，两名法国兵走到犯人跟前，按照军官的指示带出来两个站在排头的犯人。这两个犯人走到柱子前面停下来，在法国人去取口袋的工夫，他们像被打伤了的野兽看走过来的猎人一样的，沉默地环顾四周。一个犯人不停地画十字，另一个在搔脊背，动了动嘴唇，仿佛在微笑一样。士兵手忙脚乱地蒙上他们的眼睛，用口袋套上他们的头，把他们捆在柱子上。

　　十二个持枪的步兵，迈着坚定的步子齐步走出队伍，在离柱子八步远的地方停了下来。皮埃尔转过脸去，不去看将要发生的事情。突然响起一阵噼噼啪啪和轰轰隆隆的声音，皮埃尔觉得比最可怕的雷还要响，皮埃尔环顾了一下。眼前是一团烟，那几个法国兵脸色苍白，两手颤抖着在坑旁边做什么。又有两个被带出去。

　　皮埃尔不想看，又转过身去；又响起一阵震耳欲聋的可怕的爆炸声，随着响声他看见了烟、血、法国兵苍白、惊慌的面孔，那些法国兵颤抖着双手互相碰撞着又在柱子旁做什么。皮埃尔沉重地喘息着，向周围看看，仿佛在问：这是怎么回事？和皮埃尔的眼神相遇的眼神都发出同样的疑问。

　　在所有俄国人的脸上，在法国士兵和军官脸上，没有一个例外，他都看到和他内心所感受的同样的惊慌、恐怖和斗争。

在皮埃尔身旁的第五个人被带出去，——只带他一个。皮埃尔还不知道他已经得救了，他和其余的人不过是被带来陪绑的。他越来越害怕，看着眼前发生的事，既不感到兴奋，也不感到宽慰。第五个是一个穿工作衫的工人。刚一碰着他，他就吓得向旁边一跳，抓住了皮埃尔。那个工人走不动了，被架着膀子拖着走，他喊叫着。一到柱子跟前，他突然不叫了。他似乎忽然有所领悟似的。不知道是因为他已经明白喊也无益呢，还是认为不会打死他，但是他在柱子旁站住了，等待着和别人一样蒙上眼睛，他也像一头被打伤的野兽，用发光的眼睛环视四周。

皮埃尔再也无法使自己转过脸去闭眼不看了。这第五次的屠杀，使得他和整个那群人的好奇心和激动的心情达到了极点。也和别人一样，这第五个似乎非常安静：他掩上衣襟，用一只光脚搔搔另一只光脚。

他被蒙上眼睛，他整了整脑后勒得太紧的结子；然后，有人让他靠到血迹斑斑的柱子上，他往后倒了一下，他觉得站的姿势不舒服，调整一下，摆齐两脚，靠稳了。皮埃尔目不转睛，不放过任何一个细微的动作。

随着口令应该响起八支枪的射击声了。但是，皮埃尔后来怎么也回忆不起哪怕极微弱的枪声。他只看见，那个工人忽然在绑他的绳子上坠了下来，身上有两处流出血来，绳子被身子坠得松散了，那个工人不自然地垂着头，弯着一条腿蹲坐着。皮埃尔跑到柱子跟前。没有人拦阻他。几张惊慌、苍白的脸在那个工人周围干着些什么。一个留大胡子的法国老兵，在解开绳子的时候下巴老打哆嗦。尸体放倒了。士兵们笨手笨脚地慌忙把尸首拖到柱子后面，推到坑里。

很明显，大家都明确地知道，那些人是罪犯，他们是在掩藏罪犯的痕迹。

皮埃尔往坑里看了一眼，他看见那个工人两膝贴近头朝上蜷着躺在那儿，一个肩膀比另一个高些，那个高一点的肩膀还在一上一下地抽搐着。可一锹一锹的土已经撒满了整个尸体。其中一个士兵愤怒地、凶狠地朝皮埃尔狂叫了一声，赶他回去。但是皮埃尔不理解他的意思，站在柱子旁不动，也再没有人撵他。

坑被填平后，皮埃尔被带回他原先的地方。站在柱子两旁的两排法国兵，做了一个半转弯，就迈着整齐的步子从柱子边走过去。站在圈子中间的二十四个手持空枪的步兵，当连队从他们身边经过时，全跑回他们原来的位置。

那一对对跑出圈子的步兵，除了一个，全都归队了。留下来的那个年轻士兵，脸色像死一样的苍白，高筒帽子歪到脑后，枪拄在地上，依旧在他从那儿射击的坑对面站着。他犹如喝醉了一样，跟跟跄跄地朝前走几步，后退几步，以保持不致跌倒。一个年龄大些的军士从队伍里跑出来，抓住那个年轻士兵的肩膀，把他拖到连队里。那群俄国人和法国人散开了。他们都低着头,默不作声地走着。

"这就是他们放火应得的教训,"一个法国人说。皮埃尔回头瞧了一下说话的人,那是一个士兵,他显然是想从刚才那件事情上找点聊以自慰的东西,但是找不到。他没有把话说完,就挥挥手,走开了。

<h1 style="text-align:center">十二</h1>

行刑以后,皮埃尔被单独关在一座破烂、肮脏的小教堂里。

傍晚时分,看守的军士带着两名士兵走进教堂,向皮埃尔宣布,他被赦免了,现在就去战俘营。皮埃尔还没弄清楚对他说的什么,便站起来跟着士兵走了。广场的坡上有一些用烧焦的木板、圆木和薄板搭起来的棚子,皮埃尔被领进了其中的一间。在黑暗中,有二十个各种各样的人把皮埃尔围了起来。皮埃尔看着他们,不明白他们都是些什么人,他们来干什么,又想要他干什么。他听见他们对他说话,但得不出任何结论和判断:不明白他们说的是什么意思。他在回答问题的时候,根本不看是谁问他,也不在乎人们是否了解他的回答。他看别人的面孔和身子,全都一样地没有意义。

皮埃尔自从看见那场屠杀以后,他心中那副赖以支持一切、并且一切靠它才有生气的弹簧,忽然被扭断了,于是一切都变成毫无意义的东西。在他心目中,那种对美好的世界以及对人类的和自己的灵魂以及对上帝的信仰,全都破灭了。他眼看着整个世界都垮了,只剩下一堆毫无意义的废墟。他觉得,要想恢复对人生的信仰,他已经无能为力了。

在黑暗中有些人站在他身边:他身上一定有什么使他们觉得有趣。人们对他讲了些什么,问了些什么,最后带他来到一间棚子的角落,他身旁的人们有说有笑。

"我说,伙计们……就是那个亲王……"对面角落里有个声音说。

皮埃尔一动不动地靠墙坐在一堆干草上,沉默不语,眼睛一会儿睁开,一会儿闭上。他一闭上眼,他面前就出现那个工人可怕的脸,还有那些身不由己的刽子手由于内心的不安更显得可怕的脸。他于是又睁开眼,在黑暗中茫然地四处看看。

有一个小个子弓着身子坐在他旁边,皮埃尔所以觉出他在旁边,是由于他一动弹就有一股强烈的汗味。这个人在黑暗中摆弄他的脚,尽管皮埃尔看不见他的脸,他却感觉这个人不住地审视他。在黑暗中习惯了一会儿,皮埃尔才搞清楚这个人是在脱靴子。他的动作、姿势引起皮埃尔的注意。

他解开一只脚上的绳子,仔细地把绳子缠好,马上又解另一只脚上的绳子,同时不住地端详皮埃尔。一只手刚把绳子挂上，另一只手已经在另一只脚上解绳子。他的动作不停地一个接着个：他细心地脱掉靴子，把它挂在头上边的橛子上，摸出一把小刀，割掉一点什么，又把小刀合起来，放到枕头下面，然后坐得舒服些，两手抱着膝盖，两眼盯着皮埃尔。从这些熟练的动作上，从他在这个角落放得井井有条的东西上，甚至这个人身上发出的气味上，使皮埃尔有一种快乐的、令人安心和从容不迫的感觉。

"老爷子，您不少吃苦吧？是吧？"那个小个子忽然说。他那悦耳的声音十分亲切和纯朴，皮埃尔想回答，可是他的下巴颏颤抖了，他觉得眼泪涌了出来。就在这一瞬间，那个小个子为了不使皮埃尔受窘，就用那同样快乐的声音说下去。

"唉，朋友，别难过，"他用俄国乡下老太婆的口吻亲切地说。"别难过，朋友：忍受一时，长命百岁！这是实话，亲爱的朋友。我们待在这儿，没人会欺负我们。人有好的，也有坏的，"他说，他一面说话，一面麻利地把身子弯到膝盖，站起来，咳嗽着到别处去了。

"嘿，好家伙，你来啦！"皮埃尔听见棚子尽头响起那一样亲切的声音。"你这个小坏蛋来了，还记得我！行啦。"那个士兵推开向他扑上来的小狗，回到自己位置上坐下。他手里拿着一个破布包，里面包着什么东西。

"咳，吃点吧，老爷子，"他说，又恢复到刚才的恭敬的腔调，打开包，递给皮埃尔几个烧土豆。"中午我们喝稀汤来着。烧土豆可真美！"

皮埃尔一天没有吃饭了，他觉得土豆味儿非常好闻。他谢过那个士兵，就吃起来。

"怎么样，不错吧？"那个士兵笑着说。他拿起一块土豆，在手掌上切成两半，从破布里捏点盐撒上，递给皮埃尔。

"烧土豆可真美！"他重复道。"你尝尝这个。"

皮埃尔觉得，他真的从来没吃过如此好吃的东西。

"我嘛，怎么都无所谓，"皮埃尔说，"但是，他们为什么杀那些可怜的人呢！……最后一个受刑的才二十来岁。"

那个小个子说："罪过，罪过……"他赶忙补上一句，好像他的话经常挂在嘴边，不自觉地脱口而出，他接着说："怎么回事，老爷子，您怎么没有离开莫斯科？"

"我没想到他们来得这么快。我是无意之中留下来的，"皮埃尔说。

"他们是怎么抓住你的，亲爱的朋友，是在你家里抓住的吗？"

"不是，我去火场来着，他们在那儿抓住我的，说我是纵火犯。"

"哪里有法庭，哪里便有伤天害理的事，"那个小个子插了一句。

"你在这儿很长时间了吧?"皮埃尔嚼着最后一口土豆,问道。

"我吗? 我是上星期在莫斯科一家医院里给他们抓来的。"

"你是干什么的? 是当兵的吗?"

"我是阿普舍龙团的兵。打摆子,病得快死了。没有人告诉我们一点消息。我们有二十多个人躺在病院里。真是想不到。"

"怎么样,你在这儿闷得难受吗?"皮埃尔问。

"怎么会不闷,亲爱的朋友。我叫普拉东:姓卜拉塔耶夫,"他又补充说,显然为了使皮埃尔容易称呼他。"在部队里人家都叫我'雏鹰'"。

沉默了一会儿,普拉东站了起来。

"怎么样,我想你想睡了吧"他说,迅速地画着十字,念叨起来:

"主,耶稣·基督,"他结束了祈祷,深深一鞠躬,站起来,叹了口气,又在干草上坐下来。"主啊,把我像石头一样放下,像面包一样举起,"他口里念念有词地躺下来,把外套披到身上。

外边,远处传来哭声和喊声,从棚子的板缝里流露着火光;但是棚子里,却是一片寂静和黑暗。皮埃尔好久睡不着,睁着眼在黑暗中躺着,谛听他身旁普拉东均匀的鼾声,他觉得,原来那个被毁灭了的世界,现在在新的不可动摇的基础上,在他的灵魂里活动起来。

十三

皮埃尔在那个棚子里蹲了整整四个星期。棚子里有二十三名被俘虏的士兵、三名军官和两名文官。

这些人以后在皮埃尔的印象中都模糊了,但是普拉东·卡拉塔耶夫却作为最宝贵的记忆和作为一切俄罗斯的、善良的、圆满的东西的化身,永远铭刻在皮埃尔的心中。第二天天一亮,皮埃尔看见他的邻人,最初圆的印象绝对得到证实:普拉东整个身形全是圆的,脑袋滚圆滚圆的,背、胸、肩,甚至那两只经常要拥抱什么的手,都是圆圆的;快乐的笑脸和柔和的栗色的大眼睛也是圆的。

从普拉东·卡拉塔耶夫讲过的他以前当兵打仗的情况看来,他总有五十开外了。他本人不知道并且怎么也说不准他的岁数;他一笑,就露出两排半圆形、完整无缺的雪白坚固的牙齿,他的胡子和头发连一根白的都没有,他整个身体看来富有弹性,显得特别结实和耐劳。

他尽管满脸细小的皱纹,却有一派天真稚气的神情;他的声音甜美,悦耳。但是他说话主要的特点是直截了当,恰如其分。他显然从来不考虑他说过什么和要说什么;正因为这样,他那迅速而纯正的语气有一种特殊的不可抗拒的说服力。

在刚被监禁的时候,他的体力和干起活来那股子麻利劲儿,好像完全不知道什么是疲倦和病痛。每天早上和晚上,他总是躺在那儿说:"主啊,把我像石头一样放下,像面包一样举起;"每天一早起身的时候,他老是一面耸耸肩膀,一面说:"躺下——缩作一团,起来——抖擞一下。"真的,他只要一躺下,就马上像石头似的睡着了,只要一抖擞,连一秒钟也不耽误,马上干起活来,就像小孩子一起身就摆弄玩具一样。他什么事都会做,做得不好也不坏。他总是在忙,仅有在夜间才谈话和唱歌。他不像歌手那样唱歌,歌手知道有人在听他们唱,可他像鸟儿那样唱歌,显然他认为他必须发出这些声音,就像必须常常伸伸懒腰和散散步一样;他的歌声像女人唱歌的声音一样柔和,凄凉。他唱歌时,脸上的表情非常严肃。

他当了俘虏后,胡子长长了,他显然抛弃了那些强加在他身上的异己的、士兵的东西,而不自觉地恢复了先前的老百姓的生活习惯。

"士兵休假在外——衬衫散在裤腰外,"他时常这样说。他不喜欢谈他当兵的生活,虽然也不诉苦,他常说他在当兵期间没有挨过一次打。在他的言谈中,主倘若回忆他过去的、显然为他所珍贵的农民生活。他满口的俗语,不是大兵常常挂在嘴边的多半是猥亵的粗鲁的俗语,而是民间的格言,单独看来,这些格言似乎没有什么意义,但是一用到节骨眼上,就忽然显出精湛的智慧了。

他此时说的话时常和先前的话完全相反,但两种说法都有道理。他爱说,也会说,他用一些亲切的词句和谚语点缀他的话,皮埃尔觉得那些谚语都是他自己编的;可是他的话的主要魅力乃在于,一些最普通的事情,皮埃尔看见过但不注意的事情,经他一说,就具有堂堂正正的性质。

普拉东·卡拉塔耶夫在其他俘虏的眼里不过是一个最普通的兵;人们管他叫"雏鹰"或者普拉托沙,善意地逗他,支派他。但是在皮埃尔看来,第一夜对他的印象永远也忘不掉。

十四

玛丽亚公爵小姐接到尼古拉寄来的消息,知道她的哥哥和罗斯托夫家人一起住在雅罗斯拉夫尔,她不顾姨母的劝阻,打算立刻动身,不只她一个人走,而且还带着侄儿。困难也好,不困难也好,可能也好,不可能也好,——她不打听,也不想知道:她的责任是不只她一个应该亲自守在她那个或许快要死去的哥哥身旁,还要尽可能把儿子给他带了去,于是她准备动身了。安德烈公爵没有亲自写信通知她,玛丽亚公爵小姐认为这要么是因为他身体虚弱得不能写信,要么是因为他觉得路途遥远,对于他和儿子过于困难,过于危险了。

玛丽亚公爵小姐用了几天的时间做好了上路的准备。同行的有布里安小姐、尼古卢什卡和他的家庭教师、老保姆、三个使女、吉洪、一个年轻的仆人和姨母派来护送她的跟班。

走那条能往莫斯科的平时的大道,已经不可能了,因此,玛丽亚公爵小姐不得不绕道而行。

在这艰难的旅程中,布里安小姐、德萨尔和仆人们都对玛丽亚公爵小姐的坚强毅力和积极的行动感到惊异。她比大家都睡得晚,起得早,什么困难也难不了她。因为她的积极和充沛的精力鼓舞了她的旅伴,到第二个周末,他们已经到了雅罗斯拉夫尔。

玛丽亚公爵小姐在沃罗涅日的最后几天是她一生中最幸福的日子。她对罗斯托夫的爱情已经不再令她痛苦和不安。这个爱情充溢了她整个灵魂,成了她本人不可分的一部分,她不再抗拒它。在最后那几天,玛丽亚公爵小姐尽管从来没有明确地对自己说出来,但是她坚信她是在恋爱。和尼古拉最后那次会面时,就是那次尼古拉来告诉她,她的哥哥和罗斯托夫家里的人住在一起的时候,她确信这一点。虽然尼古拉只字没提安德烈公爵和娜塔莎可能恢复原先的关系,但是玛丽亚公爵小姐从他脸上看出,他知道并且在考虑这一点。尽管如此,他对她的态度——谨慎、温存和抚爱——不但没有变,而且玛丽亚公爵小姐有时觉得,他反而兴奋他和玛丽亚公爵小姐现在有了这种亲戚关系,他就能更自由地向她表达自己的友情和爱情。玛丽亚公爵小姐知道,这是她生平第一次也是最后一次爱上一个人,而且感觉到她是被人爱着的,因此她是幸福的,心情是安静的。

但是,这种精神方面的幸福,不仅不妨碍她对哥哥感到强烈的悲伤,而且相反,精神方面的宁静,使她更能够对哥哥倾注全副的感情。从沃罗涅日刚动身的时候,这种感情是如此强烈,给她送行的人看见她那痛苦绝望的脸,都认为她一定会病倒在路上;但是玛丽亚公爵小姐竭尽全力地应付旅途中的那些困难和操心的事,反而使她暂时忘却了悲伤,而且给她以力量。

正如旅行时常有的情形,玛丽亚公爵小姐只关心旅途的事,却忘掉了旅行的目的。但是在快到雅罗斯拉夫尔,已经不是几天之后,而是当天晚上就要面临的情景又展现在眼前的时候,玛丽亚公爵小姐的激动达到了极点。

那个首先被派去雅罗斯拉夫尔打听一下罗斯托夫家的住处以及安德烈公爵的

情形的跟班,在城门口迎见恰好进城的那辆大型轿式马车,看到公爵小姐从车窗向他探出的脸是如此惨白,他大吃一惊。

"全打听清楚了,公爵小姐:罗斯托夫一家住在广场附近商人布龙尼科夫家里。离这儿不远,就在伏尔加河岸上,"那个跟班说。

玛丽亚公爵小姐怀疑地望着他的脸,不理解他为什么没有回答主要的问题:哥哥怎么样了? 布里安小姐代替公爵小姐提出这个问题。

"公爵怎么样?"她问。

"公爵阁下和他们全住在那所房子里。"

"如此说来,他还活着,"公爵小姐想,并且低声问:"他怎么样?"

"仆人们说:还是那样。"

那辆笨重的马车隆隆地响着,走了一段路后停下来。车梯哐当一声放了下来。

车门打开了。左面是水——一条大河,右面是门廊;门廊上站着几个男仆、一个女仆和一个面孔红润、梳着又粗又黑的辫子的姑娘,玛丽亚公爵小姐觉得她含着不快活的勉强的微笑。公爵小姐跑上了台阶,那个装着笑脸的姑娘说:"这边走,这边走!"于是公爵小姐来到前厅,看到一个东方脸型的老妇人,她带着感动的表情快步向她迎来。这是老伯爵夫人。她拥抱玛丽亚公爵小姐,吻她。

"我的孩子!"她说,"我爱你,我早就知道你了。"

玛丽亚公爵小姐虽然心里很激动,但是她明白,这是伯爵夫人,要对她说点什么。她就没头没脑地说了几句客气话,而且腔调也跟人家对她说话的腔调一样,随后问:"他怎么样""医生说没有什么危险,"伯爵夫人说,但是她说这话时,却抬着眼睛叹了口气,这个姿势表达了和她的话相反的意思。

"他在哪里? 可以看看他吗? 可以吗?"公爵小姐问。

"这就去,公爵小姐,这就去,我的朋友。这是他的儿子吗?"她转身对和德萨尔一同进来的尼古卢什卡说。"大家都住得下,房子十分宽敞。唔,多么可爱的孩子!"

伯爵夫人把公爵小姐领到客厅里。索尼娅和布里安小姐在说话。伯爵夫人在抚爱那个孩子。老伯爵走进来,向公爵小姐表示欢迎。老伯爵从上次公爵小姐见到他以来,样子大变了。那时他是一个活泼、快活、自信的小老头,现在他看上去像一个孤苦伶仃、十分可怜的人。他一边和公爵小姐说话,一边东张西望,似乎在问大家,他做的是不是得体。从他的财产被毁以后,他从习惯的轨道被抛出来以后,他显然已经失去了对自己活着的意义的感觉,他认为在生活中不再有他的地位了。

虽然公爵小姐唯一的愿望是要快点见到她的哥哥,虽然她为在她一心只想看见他一个人的时候,却受人家的招待和听人家客套地夸奖她的侄子而感到厌烦,可公爵小姐观察周围的一切,觉得必须服从目前新的规矩。她知道这一切都是必不可少的,尽管她对这觉得不好受,可是她不抱怨他们。

"这是我的外甥女,"伯爵介绍索尼娅说,"你不认识她吗,公爵小姐?"

公爵小姐向她转过身去,尽量压下对这个姑娘的敌意,吻了吻她。使她感到难受的是,周围所有人的心情和她内心的情绪距离十分远。

"他在哪儿?"她再一次问大家。

"他在楼下,娜塔莎和他在一起,"索尼娅红着脸回答。"已经打发人问去了。我想您累了吧,公爵小姐?"

公爵小姐眼睛里涌出懊恼的泪水。她转身又想问伯爵夫人如何到他那儿去,这时门外传来轻快的、似乎快活的脚步声。公爵小姐回头一看,看见差不多是跑进来的娜塔莎。就是那个很久以前在莫斯科相会时为她所不喜欢的娜塔莎。

但是,还未等公爵小姐细看这个娜塔莎的脸,她已经明白,这是一个与她有共同忧伤的真挚的伙伴,因此是她的朋友。她紧走几步向她迎上去,拥抱她,趴在她肩上哭泣起来。

正坐在安德烈公爵床头的娜塔莎,一听到玛丽亚公爵小姐到来,就轻手轻脚地走出他的房间,迈着迅速的、玛丽亚公爵小姐觉得似乎快活的脚步向她跑去。

当她跑进客厅,在她那激动的脸上仅有一种表情——爱的表情,无比地爱他,爱她,爱一切与她所爱的人相接近的东西;怜悯的表情;为帮助他人渴望献出自己的一切的表情。很明显,此时在娜塔莎心中绝对没有想到自己,没有想到她和安德烈公爵的关系。

敏感的玛丽亚公爵小姐第一眼看到娜塔莎的脸,就一切都明白了,便又悲又喜地趴在她的肩上哭起来。

"走,我们到他那儿去,玛丽,"娜塔莎一面说,一面领她到另一个房间。

玛丽亚公爵小姐抬起头来,擦干了眼泪,面对着娜塔莎。她觉得从她那儿她能弄明白一切,能探听出一切。

"怎么样……"她刚要问,忽然停住了。她觉得用语言来问或回答是不可能的。娜塔莎的脸和眼睛肯定能把一切说得更明白、更深刻。

娜塔莎望着她,但是似乎在害怕,在疑虑。她似乎觉得,在这双透视到她内心最深处的明亮的眼睛面前,不能不把一切她所见到的真相说出来。娜塔莎嘴唇忽然颤抖了起来,她的嘴周围现出难看的皱纹,她哭了,手捂住脸大哭起来。

玛丽亚公爵小姐明白了一切。

但是她依然抱着希望，于是用那为自己所不相信的语言问道：

"他的伤势怎么样？总的看来，他的情况怎么样？"

"您，您……就会看到的，"娜塔莎仅能说这么一句。

她们在楼下他的房间附近坐了一会儿，停住哭泣，以便能安静地去看他。

"病情的全部经过怎么样？已经恶化很久了吗？这是何时发生的？"玛丽亚公爵小姐问。

娜塔莎说，开始，高烧和疼痛引起的危险期，在特罗伊茨的时候，过去了，医生只怕一样——坏疽病。但是这种危险也过去了。来到雅罗斯拉夫尔的时候，伤口就开始化脓（娜塔莎知道有关化脓等等一切情况），医生说，化脓是正常的现象。随后发冷发烧。医生说，这种发冷发烧也并不严重。

"可是两天前，"娜塔莎说，"一下子起了变化……"她忍住哭泣。"我不明白是什么缘故，您会看到他怎么样了。"

"他衰弱了？他瘦了？……"公爵小姐问。

"不，不是那个，更糟糕。你会看见的。唉，玛丽，他太好了，他不能，不能活，因为……"

十五

娜塔莎用习惯的动作推开他的门，让公爵小姐先进去，玛丽亚公爵小姐觉得痛哭早已哽住她的喉咙。不管她怎样事先做好准备，怎样极力镇静，可是她知道她见到他不能不流泪。

玛丽亚公爵小姐明白娜塔莎说的"两天之前他发生这种变化"到底是什么意思。她明白，这意思是说他忽然变得温和了，而这种温和，恰是临死的迹象。她在进屋时，就在想象中看到了她的童年时代就熟悉的安德烈那张温柔、和善、可爱的脸，他脸上这种表情不常有，因此每次都使她非常感动。她知道他将要和她说一些柔声细语、温存体贴的话，就像父亲临死时对她说的那些使她不禁放声痛哭的话。但是这迟早总要发生的，因而她走进屋去。当她用她那近视眼辨认他的外形和寻找他的面容时，哽咽愈来愈升到她喉头了，她终于看见了他的脸，和他的目光相遇了。

他靠着几个枕头躺在沙发上，穿着一件松鼠皮的长袍。他面容消瘦，面色苍白。他的一只白蜡似的透明的手，握着手绢，另一只手缓缓地移动手指抚摸着长长的纤细的胡子。他的眼睛望着走进来的人。

玛丽亚公爵小姐一见他的脸,遇到他的目光,她突然放慢了脚步,觉得眼泪干了,哽咽停住了。她看出他脸上的表情和目光,突然胆怯了,觉得自己是有罪的。

"我有什么罪过呢?"她问自己。"你的罪过是你活着,而且想着活人的事,但是我呢!……"他那冷峻的目光回答。

他慢悠悠地向妹妹和娜塔莎瞥了一眼,在他那注视自己内心的深邃目光中,几乎含有敌意。

他和妹妹按照习惯互相吻了吻手。

"你好,玛丽,你怎么来了?"他说,他的声音和眼神一样安静而生疏。如果他绝望地尖叫,倒不那么令玛丽亚公爵小姐觉得恐怖。

"把尼古卢什卡也带来了?"他仍然那么安静而缓慢地、并且显然在努力回忆般地说。

"现在你的健康情况怎么样?"玛丽亚公爵小姐说。

"这个,亲爱的,得问医生,"他说,努力做出亲热的样子。"亲爱的,谢谢你来看我。"

玛丽亚公爵小姐握了握他的手。他微微皱起眉头。他不作声了,她也不知道该说什么好。她明白了前两天他发生的那种变化。在他的言语中、腔调中,尤其是在他的目光中,有一种使活人感到可怕的、对人世间的一切疏远的神情。

"你看,命运多么奇怪地又把我们牵到一起!"他打破沉寂,指着娜塔莎说。"她一直在看护我。"

玛丽亚公爵小姐不理解他说的话。他怎么能当着他曾爱过、也爱他的人的面说这种话呢!假如他想活下去,他就不会用这种冷漠的、令人难堪的腔调说这种话。如果他不知道他将要死,那么他就会可怜她,他怎么可能当她的面说这种话呢!这只能有一种解释,那就是他已经无所谓了,而无所谓是由于另外一种十分重要的东西给他以启示。

谈话很冷淡,而且时断时续。

"玛丽从梁赞经过,"娜塔莎说。安德烈公爵没注意到娜塔莎称呼他妹妹叫玛丽。而娜塔莎,当着他的面这样称呼她,也是第一次。

"怎么样呢?"他说。

"她听说整个莫斯科都烧光了,一点不剩,好像说……"

娜塔莎说不下去了。他显然非常费劲地在听,但是仍然听不下去。

"是的,听说烧光了,"他说。"太可惜了,"他心不在焉地说。

"玛丽,你见到了尼古拉伯爵啦?"安德烈公爵突然说,显然是想说点使她们兴奋的话。"来信说他十分喜欢你,"他随便、安静地说,他显然无法理解他的话对活人来说所具有的那所有复杂意义。"假如你也爱他,那就十分好……你们可以结婚,"他稍微加快地补充一句,好像他找了好久终于找到这么一句话而觉得兴奋。

"为什么要谈我啊!"她沉静地说,向娜塔莎看了一眼。娜塔莎感到向她投来的目光,没有去看她。大家又不作声了。

"安德烈,你是不是想……"玛丽亚公爵小姐突然用颤抖的声音说,"你不想见一见尼古卢什卡吗?他老念叨着你呢。"

安德烈公爵第一次露出几乎看不出的笑容,可是一向熟悉他的表情的玛丽亚公爵小姐,惶恐地看出,这是一种轻微的、温和的嘲笑,嘲笑玛丽亚公爵小姐为了激发他的感情使用了她最后的手段。

"当然了,我很喜欢尼古卢什卡。他好吗?"

尼古卢什卡被领到安德烈公爵跟前,他惊恐地望着父亲,可是没有哭,因为没有人在哭,安德烈公爵吻吻他,他显然不知道该和他说什么。

当尼古卢什卡被领走后,玛丽亚公爵小姐又走到哥哥跟前,吻了吻他,再也忍不住,哭起来。

他定睛凝视她。

"你是哭尼古卢什卡吗?"他问。

玛丽亚公爵小姐哭着点点头,表示承认。

"玛丽,你可知道《福音》……"可是他突然不作声了。

"你说什么?""没说什么。别在这儿哭,"他说,依旧用那冷漠的目光看着她。

安德烈公爵的小儿子才七岁,他刚学会认字,什么也不懂。在这天之后,他有了很多感受,增长了经验;可是,纵使他当时掌握了后来所得到那些能力,也不可能对他现在见到的场面的意义理解得更好,更深刻了。他全都懂了,没有哭,走出了房间,默默地向娜塔莎走过去,用沉思眼睛看了她一眼;他的上唇颤抖了一下,把头偎依着她,哭起来。

从这一天起,他就逃避德萨尔,逃避抚爱他的伯爵夫人,他不是一个人坐着,就是胆怯地走到玛丽亚公爵小姐和娜塔莎跟前平静地、腼腆地跟她们亲近。

玛丽亚公爵小姐从安德烈公爵身边走开后,完全理解了娜塔莎的脸上对她表明的一切。她不再试图和娜塔莎谈挽救他的生命的希望。她和娜塔莎轮流守候在他的沙发旁边,不再哭了,只是不断地向永恒的、不可思议的上帝祈祷,上帝降临到这个即将死亡的人身上,现在早已非常明显了。

十六

安德烈公爵不但知道他要死,而且感觉他正在死,已经死了一半了。他有一种超脱尘俗的感觉。他不慌不忙地等待着即将降临的事。在他一生中时常感觉到那种可怕的、遥远的东西,现在对于他已经近在眼前,并且——由于他有一种奇怪的轻松感——甚至是可以理解的,可以看见的了。

以前他害怕生命的终结。他有两次体会到那种令人痛苦的生命的终结的恐怖,而现在已经无法理解那种体会了。

他的病按照生理的规律在发展,但是娜塔莎所说的"他发生了那种变化",是玛丽亚公爵小姐动身前两天的事。在这生与死之间最后的斗争中,死占了上风。这是一次意外的感觉:对娜塔莎的爱情唤起他对生命的珍惜,也是最后一次屈从于对未知世界的恐怖。

有一天晚上。他在饭后依旧发着低烧,他的思路异常清晰。索尼娅坐在桌旁。他在打盹儿。突然,他全身有一种幸福的感觉。

"啊,是她来了!"他想。

确实地,在索尼娅的座位上坐着刚刚轻轻地走进来的娜塔莎。

自从她开始看护他以来,他经常从生理上感到她的接近。她侧着身子坐在圈椅里,替他挡着烛光,在织袜子。她那纤细的手指很快地移动着,织针有时互相碰击着,他清楚地看见她那低头沉思的侧影。她移动一下——线团从她膝头滚了下去。她哆嗦一下,回头看了看他,用手挡住烛光,小心翼翼地弯下身,捡起线团,仍照原来的姿势坐了下来。

他一动不动地看着她,他看出她在做了这个动作之后需要做一个深呼吸,但是她没有这样做,只是轻轻地喘了口气。

在特罗伊茨修道院,他们谈到了过去,他对她说,如果他能活下去,将永远感谢上帝使他受了伤,正是因为这次受伤才能和她在一起;但是此后他们再也不谈将来的事。

"这事是否还可能实现?"他望着她,倾听着钢针轻轻地碰击声,心中想道。"难道命运这么神奇地使我和她相聚,就是为了让我死吗?……难道启示我以人生的真理只是为了让我在虚幻中生活吗?我爱她胜过世上的一切。我爱她,可是叫我怎么办呢?"他说,他下意识地忽然呻吟起来。

娜塔莎听见呻吟声,放下袜子,向他探过身去,突然看见他那发光的眼睛,她轻轻走到他面前,向他探下身来。

"您没睡着?"

"没睡着,我看您看了半天了;我感觉您进来了。除了您,还有谁给我这么轻柔的平静……给我这样的光。我欢喜得简直想痛哭一场。"

娜塔莎向他靠得更近些。由于狂喜,她的脸闪闪发光。

"娜塔莎,我太爱您了。我爱你胜过世上的一切。"

"那么我呢?"她把脸转了过去。"为什么说太爱了?"

"为什么说太爱了?……您看怎么样呢,您打心眼里、整个心眼里觉得我能活吗? 您觉得怎么样?"

"我相信你能活,我相信!"娜塔莎几乎大声喊起来,狂热地握住他的两手。

他沉默了。

"那就好极了!"他拿起她的手吻了吻。

娜塔莎感到幸福,激动;然而她马上想起来,这样不行,他需要平静。

"但是您还没睡觉呢,"她抑制住狂喜的心情,说。"尽可能睡着……我求求您。"

他紧紧地握了一下她的手,松开了。她回到蜡烛前面,照原先的姿势坐下。她两次回头看看他,遇见他那发光的眼睛。她给自己一个课题——织袜子,她对自己说,不织完袜子,决不回头看他。

果然,在这之后他闭上眼睛,一会儿就睡着了。他睡了不久,忽然出一身冷汗,惊醒了。

他做了一个奇怪梦,梦见他躺在现在躺着的屋子里,但身体是健康的。许多漠不关心的人,出现在安德烈公爵面前。他和他们谈话,争论一个不必要的问题。安德烈公爵模糊地记起来。这一切都是瞎扯,他有别的最重要的事情要做,可是还继续在谈论,说一些空洞的俏皮话使他们惊奇。不知不觉地,所有这些人都一个个地消失了,取代这一切的,是关上那道门的问题。他站起来向门走去,把它闩起来,并且锁上。能不能把门锁起来关系着一切。他匆忙向前走去,然而他的两条腿动不得了,他知道来不及锁门了,于是他疯狂地使尽全身的力气。一种不堪忍受的恐惧折磨着他。这种恐惧是对死的恐惧:它站在门外。正当他无力地向门爬去的时候,那个令人毛骨悚然的东西在门外使劲地推。它就要破门而入了。那个非人的东西——死——要破门而入了,得把门堵住。他抓住门,使出最后力气,虽然上锁已经来不及,总得堵住它;可是他气力太小了,那个东西把门推开了,但门又关上了。

它又从外面推。最后的、超自然的努力也无济于事,于是两扇门无声地打开了。它进来了,它就是死。于是安德烈公爵死了。

但是就在安德烈公爵死的那一瞬间,他想起来他是在睡觉,就在他死的那一瞬间,他一努力,终于醒了。

"是的,这是死。我死了,于是我醒了。是的,死就是醒,"他心里突然亮起来。那张至今遮着未知世界的帷幔在他的灵魂视线前面揭开了。他觉得,先前束缚他内心的力量似乎解放了,那种奇异的轻松感从此不再离开他了。

当他出一身冷汗醒来时,在沙发上蠕动起来,娜塔莎到他跟前,问他怎么回事,他没回答,只是目光奇异地望着她。

这就是在玛丽亚公爵小姐到来前两天他发生的变化。自那天以后,据医生说,消耗体力的热度增高,病情更加恶化了,但是娜塔莎关心的并不是医生说的话:她看出了可怕的、更使她确信无疑的精神上的特征。

从那天开始,安德烈公爵在睡醒的同时,也从人的一生中醒来。他觉得人生的觉醒对人的一生来说并不比一觉醒来对睡梦来说更漫长。

在这种相对迟缓的觉醒中,并没有什么可怕的东西。

他最后的日子和时刻,就那样简单地过去了。玛丽亚公爵小姐和娜塔莎都感到了这一点。她们没有哭,没有发抖,在最后的那几天,连她们自己也觉得,她们已经不是在看护他,而是看护他的躯体。她们俩的感情是那么强烈,死亡表面的、可怕的一面,对她们已经不发生作用,并且她们认为没有必要去触动哀痛。她们当着他的面没有哭,背着他的时候也没有哭,她们彼此之间从来不谈论他。她们觉得用语言不能表达她们所理解的东西。

她们俩都看到,他越来越缓慢而安静地离开她们下沉到什么地方去了,她们俩也知道这是不可改变的,这并没有什么不好。

给他做了忏悔和圣餐礼;大家都来和他告别。人们把儿子领来见他,他用嘴唇贴他的脸,然后转过脸去。

当精神离开躯体,躯体发出最后一次颤抖的时候,玛丽亚公爵小姐和娜塔莎都在他的跟前。

"过去了吗?!"当他的躯体一动不动地躺着,慢慢变凉的时候,玛丽亚公爵小姐说。娜塔莎走上前来,看了看死去的眼睛,赶紧给他合上。她没有吻他的眼睛,而是把身子贴在那个引起她最亲切的回忆的他的躯体上。

"他到哪儿去了？他现在在哪儿？……"

当遗体躺在桌上的棺材里的时候，大家都过来和他告别，所有的人都哭了。

尼古卢什卡哭，是因为痛苦的困惑扯碎了他的心。伯爵夫人和索尼娅哭，是由于可怜娜塔莎，也由于他不在了。老伯爵哭，是因为他感到他自己也将要迈出这同样可怕的一步了。

娜塔莎和玛丽亚公爵小姐也在哭，可是她们哭并不是因为个人的不幸；她们哭是由于她们面对那简单而庄严的死亡奥秘而充满了崇敬的感情。

第十三部

一

在 1812 年战争中，除了波罗底诺战役、莫斯科被敌人占领及其被烧毁以外，最重要的插曲就是俄国军队从梁赞大路进入卡卢日斯卡雅大路，然后直趋塔鲁丁诺营地的运动，也就是所谓越过红帕赫拉的侧翼进军。

菲利的军事会议上俄军将领大都认为理所当然地沿着下城大路径直往后退却。

二

那次著名的侧翼进军实际不过是，俄国军队在敌人进攻下径直往后退，在法国人的进攻停止后，就离开当初采取的径直路线，自然地转向给养充足的地区罢了。

库图佐夫的功绩并不在于所谓天才的战略转移，而在于只有他一个人懂得所发生的事件的意义，仅有他一个人在当时就懂得法国军队无所事事的意义，仅有他一个人自始至终认为波罗底诺战役是一次胜利；只有他一个人竭力阻止俄国军队去做百弊而无一利的战斗。

那头在波罗底诺受伤的野兽躺在逃走的猎人把它扔下的地方；可是它是不是依旧活着，是不是仍旧有力量，或者它只是暂时隐藏起来，猎人全不知道。忽然传来那只野兽的呻吟声。

法国军队这只受伤的野兽的呻吟，是洛里斯顿被派到库图佐夫的营地求和，这是它行将灭亡的一个征兆。

拿破仑自信地相信，凡是他头脑想到的就是好的，他就是这样灵机一动用法语给库图佐夫写了下列几句毫无意义的话：

"库图佐夫公爵，现在我派一名将军同您谈判许多重要的问题。我请求您相信他说的话，特别是他向您表达我久已对您怀有的尊敬和景仰。

祈祷上帝给您以神圣的庇护。

莫斯科　一八一二年十月三十日

拿破仑"

"假如我被看作和谈的主谋,我就会遗臭万年,"库图佐夫回答说,但是他依旧竭尽全力地阻止他的军队进攻。

法国军队在莫斯科抢劫了一个月,俄国军队在塔鲁丁诺附近安静地整整驻扎一个月,双方军队的力量对比发生了变化,优势已经转到俄国人方面了。虽然俄国人不清楚法国军队的情况和它的数量,对比一经发生变化,进攻的必然性马上从无数的迹象中表现了出来。每个士兵尽管不十分清楚,可是都意识到力量的对比现在起了变化,优势在我们方面。实际的力量对比一旦发生了变化,进攻就势在必行了。正如分针转完一圈,塔钟就自动鸣响一样,随着力量的重大变化,军队上层的活动频繁了,正像塔钟嗞嗞作响和敲打起来。

三

库图佐夫及其参谋部,彼得堡的皇帝,全在指挥俄国军队,远在接到莫斯科失守的消息之前,彼得堡就制定了一个全面作战计划,送给库图佐夫作为作战方针。尽管这个计划是假定莫斯科还在我们手里时制定的,但是它依旧得到参谋部的赞同,并准备执行。库图佐夫认为远方的作战指令很难执行。为了解决遇到的困难,彼得堡发出了新的指示,还派出监视库图佐夫的行动的新的人员。

此外,俄军的参谋部全部改组了。

在军队的参谋部里,因为库图佐夫和他的参谋长贝尼格林彼此敌视,还因为皇帝的心腹在场和人员的调动,复杂的派系斗争更加激烈了。

"米哈伊尔·伊拉里奥诺维奇公爵!"皇帝在十月二日的信中写道。"莫斯科是九月二日落入敌手的。您上次的报告是二十日发出的;在这中间,你不但没有采取行动对抗敌人,从您最后那次的报告看来,您依旧继续后退。谢尔普霍夫早已被敌人一支部队占领,图拉及其为军队不可缺少的兵工厂也面临着危机。敌人的一支万人兵团正在向彼得堡移动。另外一支几千人的军队也逼近德米特罗夫。第三支法军沿着弗拉基米尔大路向前推进。第四支相当庞大的兵团驻扎在鲁查和莫扎伊斯克之间。拿破仑本人截至二十五日止仍留在莫斯科。在这样的情况下,难道面临的敌人的力量大得使您无法出击吗?恰恰相反,可以断定,他极其可能用比您所率领的军队软弱得多的分队甚至至多用一个兵团追击您。利用这些情况,您可以有成效地进攻比您软弱的敌人,消灭它,或者至少促使它退却,收复现在被敌人占领的各省的主要部分,从而使图拉和其他内地城市脱离危险。假如敌人派出强大的兵团威胁这个剩下不多军队的首都彼得堡,那您要负责,因为您有托付给您的军队,只要采取坚决的行动,您一定有办法消除这个新的灾难。您要记住,因为莫斯科的失守,您要对我们受辱的祖国负责。我有嘉奖您的决心,关于这一点您是知道的。我这种决心从未动摇,不过我和俄国有权期待您全力以赴。您的智力、军事才能和您所统率的军队的英勇善战,都向我们预示您将不负我们的期望。"

但是,这封信还在路上的时候,库图佐夫已经不能阻止他所指挥的军队发动进攻了,战斗已经开始了。

十月二日,哥萨克沙波瓦洛夫在侦察的路上,射死一只兔子,另外一只受了伤。他在追逐被打伤的兔子时深入到树林里,碰到没有任何警戒措施的缪拉的左翼部队。后来这个哥萨克笑着向他的伙伴讲他差一点落在法国人手里。一个少尉听到件事,就报告了他的指挥官。

那个哥萨克被叫去询问;哥萨克的军官想利用这个机会夺回一些马,可是一个与高级将领认识的指挥官把这件事报告了参谋部的一位将军。

派出去的侦察兵证实了哥萨克的报告,这就表明时机已经成熟了。绷紧的发条被松开了,时钟在咝咝作响,开始鸣响了。库图佐夫虽然有他那徒有虚名的权力,有他的聪明才智、丰富经验和对人的识别能力,但是他不得不注意到贝尼格森亲自呈递给皇帝的报告、将军们的一致愿望、他所意想到的皇帝的旨意,以及哥萨克们的报告,他已经无法制止那不可避免的行动了,于是不得不下令干他认为有害无益的事了,——他认可了既成的事实。

四

贝尼格森递交的关于必须进攻的意见书,以及哥萨克的关于法军左翼不设防的情报,只不过是下达进攻令的最后迹象罢了,于是决定十月五日开始进攻。

十月四日早晨,库图佐夫在作战命令上签了字。托尔对叶尔莫洛夫宣读了作战命令,请他做进一步的部署。

"好的,我现在没有工夫,"叶尔莫洛夫说着就走出农舍小屋。作战命令是托尔拟的,写得非常漂亮。和奥斯特利茨作战命令的写法相同,只不过不用德语罢了。

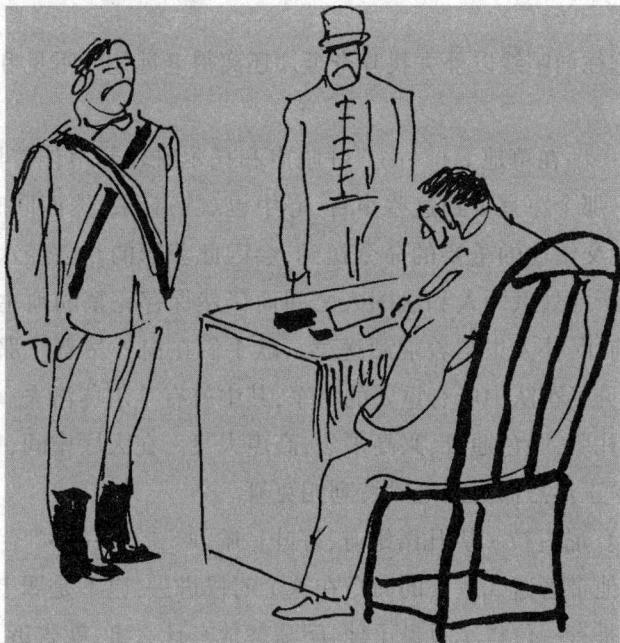

　　将作战计划准备好应有的份数以后，一个军官把文件送给叶尔莫洛夫，让他去执行。这个骑兵青年军官，库图佐夫的传令官，对交给他的这个重要任务非常兴奋，就奔向叶尔莫洛夫的寓所去了。

　　"出去了，"叶尔莫洛夫的勤务兵回答说。骑兵军官就到叶尔莫洛夫常去的一位将军那儿去。

　　"将军也不在。"

　　骑兵军官骑上马，到另外一个人那儿去找。

　　"不在，出去了。"

　　"可别要我负迟延的责任！真烦人！"那个军官想道。他骑着马跑遍了整个营地。有人说看见叶尔莫洛夫同几位将军走过去，有人说大约他又回家去了。那个军官一直找到下午六点钟，连饭都没吃上。哪儿都没找到叶尔莫洛夫，谁也不知道他到哪儿去了。那个军官在同事那儿匆匆吃了点东西，又到前卫去找米洛拉多维奇。米洛拉多维奇也不在家，那里的人对他说，米洛拉多维奇去赴基金将军那儿的舞会去了，叶尔莫洛夫大概在那儿。

　　"舞会在哪儿？"

　　"在叶奇金，"一个哥萨克军官指着远处的一所地主的住宅，说。

　　"怎么过了前哨线？"

　　"前哨线上派了两团人。那儿正在大宴宾客，可了不得！有两个乐队，三个合唱团呢。"

那个军官跑往前哨线以外去找叶奇金。还离得老远他就听见和谐而欢乐的士兵舞曲。

"在草地上……在草地上！……"呼哨声和托尔班琴琴声伴着舞曲，不时地被喊叫声所淹没。那个军官听到这些声音，心中也欢畅起来，然而同时也有点怕，这么长时间没有把交给他的重要的命令送到，会因此获罪的。已经八点多钟了。他下了马，走进这所地处俄国人和法国人之间而仍然保存完整的地主的大宅院的门廊。在餐室和前厅，仆人正忙着端酒送菜。歌手们在窗外站着。那个军官被让进去，他一下子看见了军队中所有重要的将军，其中就有叶尔莫洛夫。将军们站成半圆形，都敞开常礼服，脸色通红，兴高采烈，高声大笑。在大厅中间，一个满脸通红、容貌俊秀的将军正热烈而灵活地跳特列帕克舞。

"哈，哈，哈！尼古拉·伊凡诺维奇，好哇！哈，哈，哈！……"

军官觉得，他带着这么重要的命令在这个时候进去，岂不是罪上加罪吗？他想等一等再说；但是有一位将军看见了他，问清楚他有什么事，就告诉了叶尔莫洛夫。叶尔莫洛夫沉着脸向那个军官走过来，听完军官的报告，从他手里接过文件，一句话也没对他说就让他走了。

"你以为他是碰巧走开的吗？"参谋部的一个同事那天晚上谈到叶尔莫洛夫时对那个骑兵军官说。"这是耍手腕，这全是有意的。跟科诺夫尼岑过不去。你看着吧，明天有好看的！"

五

第二天一早，年老的库图佐夫从床上起来，做了祈祷，穿上衣服，带着他必须指挥一场他不赞成的战争的不快乐心情，坐上马车，从列塔舍夫卡出发来到了担任进攻的各纵队集合的地点。库图佐夫坐在马车里睡睡醒醒，醒醒睡睡，谛听右方有没有枪声，战斗有没有打响，可是还没有一点动静。潮湿而阴郁的秋天刚刚露出熹微的晨光。快到塔鲁丁诺的时候，库图佐夫看见他的马车走过的路上骑兵牵着马去饮水。库图佐夫仔细看了看他们，停住马车询问他们是哪个团队的。那些骑兵所属的纵队本来应当早就到很远的前方去做埋伏。"也许是搞错了吧，"老总司令想道。然而，又走了一段路，库图佐夫看见步兵团队都架起枪，士兵们只穿着衬裤，有的在盛粥，有的在抱柴火。他叫来一个军官。那个军官报告说，并没有接到进攻的命令。

"怎么可能……"他刚要说,就立刻停住了,命令去叫一名高级军官来见他。他下了马车,低着头,喘着粗气,默默地走来走去,在等候着。总参谋部的军官艾兴被叫来了,库图佐夫气得脸发紫,并不是因为这个军官犯了什么错误,而是由于他是可以发泄怒气的对象。于是,老头子浑身发抖,喘息着,已经处在疯狂的状态。他挥舞着双手威吓他,喊叫着,用最粗野的话骂人。偶然闯来的布罗津上尉,也遭到同样的命运。

"你这个混蛋怎么这么坏? 枪毙恶棍!"他挥舞着双手,身子摇晃,声音嘶哑地喊叫着。他感到生理上的痛楚。他这个总司令大人,谁都认为他拥有俄国从来未有人拥有的权力,竟落到这步田地——在全军面前闹了个大笑话。"我白白忙活着为今天祷告上帝,白白通宵不眠,白白伤脑筋考虑各种事情!"他在想自己。"当我还是小小的军官的时候,谁也不敢这么耍笑我……但是现在!"他像受了体罚似的,感到生理的痛楚,不能不以愤怒的喊叫表现出来;可是他很快就泄了气,他向周围望了望,觉得刚才说了太多难听的话,便上了马车,默默地回去了。

怒气发泄过后,库图佐夫无精打采地眨着眼听取那些辩解和袒护的话,以及贝尼格森、科诺夫尼岑和托尔关于这次难以成功的行动延至次日的坚决请求。库图佐夫只好又同意了。

六

第二天晚上,军队在指定的地点集合,当天夜里出发。秋天的夜空布满深紫色的云,然而没有下雨。地是潮湿的,但是并不泥泞,军队悄悄地行进着,只是偶尔听到炮兵的铿锵声。禁止高声谈话、吸烟、打火;不让马嘶叫。行动的诡秘,增加了它的魅力。人们快活地行进着。有些纵队以为他们已经到达了目的地,停下来,架起枪,在冰冷的土地上躺下来;有些纵队已经走了一整夜,显然走到了不该到的地方去了。

奥尔洛夫-杰尼索夫伯爵带领一支哥萨克按时到达地点。这个分队停在一座森林的边上——斯特罗米洛瓦村和德米特罗夫斯科耶村之间的一条小路上。

天刚蒙蒙亮,还在打瞌睡的奥尔洛夫伯爵被惊醒了。一个从法国阵营中逃过来的人被带进来。这人是波尼亚托夫斯基兵团的波兰籍中士。这个中士用波兰语解释说,他所以投奔过来,是因为在军队中受人欺负,他早就应当升为军官了,他比谁都勇敢,所以他抛开他们,还要报复他们一下。他说,缪拉就在离他们一俄里的地方过夜,只要给他一百人的卫队,他就可以把他活捉过来。奥尔洛夫-杰尼索夫伯爵和同事们商量了一下。这个建议太诱人了，简直令人难以拒绝。人人都自告奋勇要去，人人都说可以试一试。经过一通争论和考虑，决定由格列科夫带两团哥萨克跟那个中士一起去执行任务。

"你可要记住，"奥尔洛夫-杰尼索夫伯爵送走那个中士时，对他说，"你倘若撒谎，我就把你像一条狗一样吊死，倘若真的，就赏你一百金币。"

中士带着坚决的神情对这些话不予回答，骑上马，跟着很快集合起来的格列科夫的人马一起出发了。他们消失在森林里。奥尔洛夫伯爵送走了格列科夫，在黎明前的清凉空气中瑟缩着身子，由于这件事是他自作主张，心里很激动，他走出树林瞭望敌人的营地，这时在天际的鱼肚白和即将燃尽的篝火的微光中，敌人的营地影影绰绰可以看见。在奥尔洛夫-杰尼索夫伯爵右方，我们的纵队应该在那裸露的斜坡上出现了。奥尔洛夫伯爵向那边望去，但是没有看见。奥尔洛夫-杰尼索夫伯爵觉得，尤其是据一个眼尖的他的副官所说，法国营地动起来了。

"啊，晚了，的确晚了，"奥尔洛夫望了望敌营，说。他忽然觉得他完全明白了那个中士是个骗子，他撒了个大谎，不知他把两团人带到哪儿去了，因为这两团人不在，到底把我们的进攻给破坏了。如何能在这么庞大的军队中活捉一个总司令？

"的确，他撒谎，这个坏蛋，"伯爵说。

"可以把他追回来，"其中一个侍从说，这个侍从和奥尔洛夫-杰尼索夫伯爵有同感，在观察敌营时觉得这次行动不可靠。

"嗯？是吗？……您看怎么样，让他们去还是不让他们去？"

"您的意思是不是要追回来？"

"追回来，追回来！"奥尔洛夫伯爵看着表，突然坚决地说，

于是副官驰进树林去找格列科夫。当格列科夫回来的时候，奥尔洛夫-杰尼索夫伯爵因为这次尝试的被取消，因为老等不到步兵纵队的出现，还因为敌人近在咫尺，心情很激动，决定发动进攻。

他轻声发出口令："上马！"于是哥萨克各就各位，画了十字……

"上帝保佑！"

"乌拉——！"喊声响彻了整个森林，哥萨克士兵们端起镖枪，很快地越过小溪，快活地向敌营冲去。

第一个看到哥萨克的法国人发出一声绝望的喊叫，全营的人未穿上衣服就睡眼蒙眬地落荒而逃了。

假如哥萨克不管他们身后和周围的一切，继续追击法国人，他们甚至可以捉住缪拉，把那儿所有的东西一齐缴获。指挥官们是要这么做的。但是哥萨克士兵得

了战利品和俘虏，就挪不动脚了。谁也不听命令。这里的俘获共有：一千五百名战俘，三十八尊大炮，许多旗帜，还有哥萨克最为重视的马匹、鞍、被服，和其他各种东西。所有这一切都需要处理，俘虏、大炮得安置，战利品要分配，甚至要有一番你争我夺的斗殴：哥萨克都在忙合这些。

不再受追击的法国人清醒过来，整好队伍，开始射击起来。奥尔洛夫-杰尼索夫伯爵依然在等待所有纵队的到达，没有再继续进攻。

就在这时，按照布置，贝尼格森指挥的和托尔统率的那些迟到的步兵纵队照着应有的样子出发了，如同常有的情形那样，走到一个地方，然而那不是指定的地点。高兴奋兴出发的人们停下来；只听得怨声四起，一团混乱，又返回到什么地方。副官和将军们喊叫着，怒气冲天，互相指责，说是完全走错了道儿，要迟到了。最后，人们无可奈何地挥了挥手，又走了，只好走走再说。"不管怎么走，总会走到！"果然走到了，可不是应去的地方，有些纵队倒是到了应去的地方，但是太迟了，到了那儿毫无作用，只不过充当人家的射击靶子罢了。托尔在这次战斗中充当维罗特尔在奥斯特利茨战役扮演的角色，他骑着马一个劲儿地奔忙，奔到一处又奔另一处，处处发现事与愿违。如此，天已大亮，他驰到停在树林里的巴戈乌特兵团那儿，而这个兵团早就应当和奥尔洛夫-杰尼索夫会合了。因为这个失误，托尔非常恼火，认为应当有人对此负责，他策马来到兵团司令跟前，严厉地申斥他，说为了这个应当枪毙他。巴戈乌特是一个沉着宁静、久经沙场的老将军，因为一路停滞、混乱不堪、错误百出，弄得他筋疲力尽，他一反平日温和的性格，也暴跳起来，对托尔说了一大堆难听的话。

"谁的教训我都不听，我和我的士兵去赴汤蹈火并不比别人差，"他说着，就带领一师人继续前进了。

勇敢的巴戈乌特冒着法国人的炮火向田野走去，也不在乎这时就进入战斗是否有好处，就带着一师人直冲上去，把军队带到炮火威胁之下。危险、炮弹、枪弹，正是处在愤怒中的他所需要的。在敌人的头几排枪弹中，一颗子弹把他打死了，接着几排枪弹，又打死了许多士兵。他的一师人冒着炮火毫无作用地坚持了一会儿。

七

就在此刻，另外一个纵队应当从正面进攻法国人。这个纵队里有库图佐夫。他十分清楚，这次违背他的意志打响的战斗，除了弄得一片混乱之外，什么也得不到，所以，就他的权力所及，尽量控制住军队。他按兵不动。

世界经典文库

世界二十大名著

战争与和平

图文珍藏版

库图佐夫默不作声地骑着一匹浅灰色的马,懒洋洋地回答对他提出的发动进攻的建议。

"您总是把进攻挂在嘴上,而没有看见我们不会打复杂的运动战,"他对请求进军的米洛拉多维奇说。

"今天早上没能把缪拉捉住,未能按时到达阵地:现在毫无办法!"他对另一个人回答道。

人们向库图佐夫报告说,据哥萨克得到的情报,法军后方以前非常空虚,现在已经有两营波兰兵了,他向后转过脸去斜着眼睛看了看叶尔莫洛夫。

"您瞧,他们还想请战呢,提出各种作战方案,可是刚要交手,就什么都没准备好,而警觉的敌人却采取了措施。"

叶尔莫洛夫听到这些话,眯起眼睛,露出一丝微笑。他明白,对他来说,暴风雨已经过去了,库图佐夫只是轻描淡写地点了一下。

"他这是拿我开心呢,"叶尔莫洛夫碰了碰站在他身旁的拉耶夫斯基的膝盖,轻声说。

过了一小会儿,叶尔莫洛夫走向前去,向库图佐夫报告说:

"勋座,现在为时还未晚,敌人还没走。您是不是下令进攻?不然近卫军连硝烟都没瞧见。"

库图佐夫没有回答,可是当人们向他报告说缪拉的军队撤退的时候,他下了进攻令;然而每前进一百步就停三刻钟。

整个战役只有奥尔洛夫-杰尼索夫的哥萨克做的那点事情;其余的军队只是白白赔上了几百人。

因为这次战役,库图佐夫得到了一枚钻石勋章,贝尼格森也得到一些钻石勋章和十万卢布,其他人按照级别也得到许多令人快乐的好处,在这次战役之后,参谋部再次做了调整。

"我们总是搞成这个样子,颠三倒四的!"在塔鲁丁诺战役后,俄国军官们和将军们说,——现在依然有人这么说,让人觉得,似乎有一个蠢材把事情搞得颠三倒四的,倘若我们,就不会这样。但是说这话的人要么不了解他们所说的那件事情,要么就是自欺欺人。所有的战役——塔鲁丁诺、波罗底诺、奥斯特利茨等战役,都不是照战役的制定者所预期的那样进行的。这是实际情况。

无数自由的力量,影响着战斗发展的趋势,而这个趋势永远是不可知的,永远不会与某一个力量的趋势完全符合。

塔鲁丁诺战役很明显没有达到托尔所期望的目的:军队没有按照部署依次投

入战斗;也没有达到奥尔洛夫伯爵可能有的目的:俘虏缪拉,也没有达到贝尼格森和别的人可能有的一举消灭整个师团的目的,军官也没有达到参加战斗而且荣立战功的目的,哥萨克也没有达到比他们已经得到的更多的战利品的目的。但是,如果那次战役的目的是实际上完成的那些事,是当时俄国人共同愿望的事,那么,问题就十分清楚,塔鲁丁诺战役正是由于它的矛盾百出,恰巧是那个时期所需要的战役。比这次战役的结果更合乎时宜的结果,很难而且不可能想象得出。费力最小、混乱最大、损失微不足道的整个战役所得到的最大结果,就是使退却转为进攻,暴露出法国人的弱点,对拿破仑军队的即将逃跑给以推动。

八

拿破仑在莫斯科河获得辉煌的胜利之后,进入了莫斯科;胜利是无可置疑的,因为战场是属于法国人的。俄国人退却了,放弃了首都。财富不可胜数的莫斯科,落在拿破仑手中了。仅有法国军队一半的俄国军队,整整一个月连进攻的尝试也未进行。拿破仑的境况是最辉煌的。假如要以双倍的兵力猛扑俄国残余的部队而且消灭它,假如要提出有利的讲和条件,万一讲和被拒绝,就进军威胁彼得堡,假如战事万一失利,就回到斯摩棱斯克或者维尔纳,或者留在莫斯科,总之,假设要保持法国军队当时所处的那种辉煌的境况,似乎并不需要特殊的天才就能办到,为了办到这一点,只要做一件极普通、极容易的事情,那就是禁止军队抢劫,准备过冬的服装,用正当的方法征集粮食,据法国史学家说,莫斯科有足够全军吃半年多的粮食。可是拿破仑,这个史学家誉为天才中最伟大的天才,掌握军政大权的人,竟然在这些方面什么也没做。

他不但什么也没做,而且恰恰相反,他把他的权力却用在从提供给他的所有道路中选择了一条最愚蠢、最有害的道路,沿着被毁坏了的斯摩棱斯克大路向莫扎伊斯克撤退。结果表明,再也想不出比这更愚蠢、对军队更有害的事了。就让最有经验的战略家暂且假设拿破仑的目的是要毁灭他的军队,也想不出另外一系列行动像拿破仑所做的那样确切无疑地、与俄国军队采取任何措施都无关地使法国军队毁灭得那么利落。

天才的拿破仑却做到了这一点。但是,说拿破仑毁灭他的军队是由于他愿意那样,或者说因为他太愚蠢,就像说拿破仑把军队带到莫斯科是因为他愿意那样,或者说因为他十分聪明和有天才,都一样地不公平。

在这种或那种情况下,他自己的行动并不比任何一个士兵的行动更有力,只不过他个人的行动符合在完成过程中的规律罢了。

史学家非常可笑地告诉我们说，拿破仑的天才在莫斯科衰退了。其实他跟先前、跟后来完全一样，用尽他的才智和力量为他自己、为他的军队谋求最大的利益。拿破仑在这一时期的行动令人叹为观止，比他在埃及、意大利、奥地利和普鲁士等地，并不略显逊色。我们无法确切知道拿破仑在埃及究竟怎么英明，因为所有那些丰功伟绩的描述都出自法国人之手。我们也无法准确无误地判断他在奥地利和在普鲁士的天才，因为他在那儿活动的报道得从法国和德国的文献里去找；兵团没有经过战斗就莫名其妙地一个个投降，要塞没有被包围就莫名其妙地一个个陷落，这一切使得德国人不能不把他的天才作为那场在德国进行的战争的唯一解释。然而我们，谢天谢地，没有必要承认他的天才来遮羞了。我们为了直截了当看问题的权利，已经付出了代价，我们决不放弃这种权利。

他在莫斯科的行动，也如同在所有的地方，同样令人叹为观止，天才辉煌。在他进入莫斯科到他退出莫斯科之间，他接二连三地发出了各种指示，制定了各种计划。莫斯科的居民走光了，没有代表团前来见他，甚至莫斯科大火，也没有使他惊慌。他从未忽视俄国人民的利益，从未忽视处理巴黎方面的政务，从未忽视关于即将缔结和约的外交方面的考虑。

九

在军事方面，刚进入莫斯科，拿破仑就命令塞巴斯蒂安尼将军注意俄国军队的行动，向各条道路派出兵团，命令缪拉寻找库图佐夫。其后大力加强克里姆林的防务；其后在全俄版图上制定今后战役的天才计划。在外交方面，拿破仑把那个遭到抢劫、服装破烂，不知如何才能逃出莫斯科的雅科夫列夫叫来，向他详细说明他的全部政策和宽大为怀，并且写了一封给亚历山大皇帝的信，说他有责任告诉他的朋友和兄弟，拉斯托普钦在莫斯科工作做得很糟，随后就打发雅科夫列夫去彼得堡。他又向图托尔明详细讲了他的想法和宽大政策，他就把这个老头子派往彼得堡去进行谈判。

在司法方面，在火灾后，拿破仑马上下令捉拿纵火犯，并处以极刑。对于坏蛋拉斯托普钦，下令烧掉他的住宅以示惩罚。

在行政方面，他赏给莫斯科一部宪法，成立了市政府，颁布了如下的告示：

"莫斯科的居民们！"

"你们的灾难是深重的,但是皇帝陛下和国王将要消除这些灾难。可怕的先例已经给你们以教训:他是怎样惩办那些违法行为的。采取严厉的措施是为了制止骚乱并恢复公共治安。由你们亲自选出的管理行政的父老们,将组成市政府,或者叫市政管理局。它将关心你们的需要,关心你们的利益。这些行政人员以肩挎红带为标记,市长则再加一条白腰带。在公余时间,他们左臂只佩一条红带子。"

"市警察局已经按原有的规章制度建立起来了,因为他们的活动,秩序已经好转。政府已经任命了两名总监或警察局长,市内各区任命了二十名区监或警察所长。你们看见左臂戴着白带子的就是他们。几个不同教派的教堂早已开放,可以自由地做礼拜。你们的同胞每天都有回来的,已经发出命令:这些不幸的人们回到家里能得到帮助和保护。这就是政府为了恢复秩序和改善你们的状况采取的措施;然而,为了做到这些,你们必须和他们联合起来共同努力,如果可能的话,忘掉你们遭到的不幸,寄希望于较好的命运,相信不可避免的可耻的死刑正在等待着那些胆敢侵犯你们的人身和剩余财产的人。最后,你们无须怀疑,你们的生命财产一定会得到保护,由于这是最伟大最公正的君主的旨意。不管属于哪个民族的士兵们和居民们,要亲如手足,互相帮助和保护,联合起来挫败坏人的企图,服从军政当局,不久你们就不再流泪了。"

在军队方面,拿破仑通知全体官兵,为了保证军队未来的给养,命令他们轮番洗劫莫斯科。

在宗教方面,拿破仑命令召回神父,教堂恢复了做礼拜。

关于商业和军队的食粮供应,各处也张贴了布告。

在鼓舞士气和民气方面,拿破仑不断地举行检阅和发奖。皇帝骑着马巡街,安抚居民;他尽管为国务操劳,依旧亲临他下令建立的剧院看戏。

在慈善事业方面,拿破仑也做了他所能做的一切。他吩咐在慈善院的建筑物上书写上"吾母之家"的字样,这样便把做儿子的孝敬之情和浩荡的皇恩结合起来。他参观孤儿院,让他所拯救的孤儿吻他那双白净的手,随和地与图托尔明谈话。然后,他命令把他伪造的俄国钞票发给他的部队作为薪饷。

在军纪方面,继续发出严惩玩忽职守和禁止抢劫的命令。

十

可奇怪的是,所有这些指示和计划,比在类似情况下发出的另外那些指示和计划并不差,可是并没有触及事情的本质,犹如脱离了机械的表盘上的指针,没有咬住齿轮,只是盲目地转动着。

在军事方面,梯也尔在谈到战役的天才计划时说:他的天才还从来未发挥过这么深刻的作用,梯也尔在和凡先生论战时,在这个问题上证明这个天才计划的制定是针对十月五日的,并不是针对十月四日的,这个计划从来没有也永不可能执行,因为它离实际太远了。为了克里姆林宫设防而夷平清真寺(拿破仑称之为圣瓦西里大教堂),这一举动毫无用处。在克里姆林布雷,仅仅是为了实现皇帝离开克里姆林宫以后炸掉它的愿望,正像小孩跌疼了后,要扑打那块跌痛他的地板一样。追击俄军是拿破仑最关心的事情,结果成为前所未闻的怪事。法国指挥官失掉了六万俄军的踪迹,据梯也尔说,只有缪拉用兵如神,才像找到一根针似的找到了六万俄国军队。

在外交方面,拿破仑向图托尔明和向那个主要想捞到一件军大衣和一辆大车的雅科夫列夫所提出的关于他的宽大和公正的论据,毫无用处,因为亚历山大不接见这两位使者,对他们的使命也并未做出反应。

在司法方面,处决了一些所谓的纵火犯后,莫斯科另一半也烧光了。

在行政方面,市政局的成立没能阻止抢劫,得到好处的仅有那些在市政局供职的人,他们以维持秩序为借口,不是抢劫莫斯科,就是保护自己不受抢劫。

在宗教方面,拿破仑在埃及造访一次清真寺,事情就轻易地搞好了,而在这儿,什么结果都没得到。

在商业方面,对勤劳的工匠和农民发出的告示没得到任何反响。城里已经没有勤劳的工匠了,农民抓住了带着告示出城走得太远的人员,并且杀掉了。

在建立剧院以娱乐民众和军队方面,也一样地失败了,在克里姆林宫和波兹尼亚科夫家设立的剧院,随即就关闭了,因为男女演员都遭到了抢劫。

连慈善事业也没有收到预期的效果。真的和假的钞票充斥莫斯科,钞票早已不值钱了。对于掠夺财物的法国人来说,只有黄金才是最需要的。不但拿破仑赐给灾民的假钞票不值钱,连白银的价值也跌价了。

当时最高指示的失败最令人吃惊的莫过于拿破仑制止抢劫和恢复纪律的努力。

这支军队活脱是无人放牧的牲口,践踏脚下可以使他们免于饿死的饲料,待在莫斯科无所事事,一天天地垮掉,灭亡。

然而,这支军队待着不动。

这支军队是在辎重队在斯摩棱斯克大路上被劫持,塔鲁丁诺发生战斗惊慌失措时才逃走的。拿破仑在阅兵时意外地获悉了塔鲁丁诺战役的消息,据梯也尔说,正是这个消息才引起了他要惩罚俄国人的念头,于是他发出了进军命令。

在逃出莫斯科时,这支军队人人都携带着抢来的东西。拿破仑也带走他个人的财宝。拿破仑发现行李车拖累军队,大吃一惊,但是根据他的战斗经验,他没有像快攻到莫斯科时处理元帅们的车辆那样下令烧毁多余的车辆;他望了望那些士兵驾驶的各种车辆说,这些车辆可以用来运粮草,运病号和伤员。

整个军队的景况,就像一头受伤的野兽,感到自己行将灭亡了,却不知怎么办。研究拿破仑和他的军队自从进入莫斯科直到这支军队毁灭这一期间的巧妙策略和目的,其实就是研究一头受了致命伤的野兽在临死前的抽搐的意义。一头受伤的野兽,一听见一点沙沙声,就向猎人射击的方向扑过去,东冲西撞一阵子,加速了自己末日的到来。拿破仑在全军的压力下,正是这么做的。塔鲁丁诺一阵沙沙声,惊动了这头野兽,它向射击的方向扑过去,追上了猎人,又掉头向后跑,最后,正如任何一头野兽一样,他沿着最不利、最危险、然而却又熟悉的旧脚印的道路往回逃窜了。

在我们心目中,拿破仑是这次全部军事活动中的领导者,然而拿破仑在他活动的全部时期就像一个孩子,他抓住拴在车内的带子,还以为他是在赶车呢。

十一

十月六日一大早,皮埃尔从棚子出来走回去,他在门口停下,逗弄了一下那只老在他身边转悠的小狗。这只毛色雪青、身长、腿又短又弯的小狗和他们一块儿住在棚子里,同卡拉塔耶夫睡在一起,有时它到城里去,然后又回来。大概它从来不属于任何人,现在它也没有一定的主人,也没有一定的名字。它那蓬松的尾巴像头盔羽饰似的硬邦邦直竖着,罗圈腿很听使唤,它似乎不屑于用四条腿走路,时常优美地抬起一条后腿,麻利地、飞快地用三条腿跑开了。什么都让它兴奋。它时而仰卧着愉快的尖叫,时而带着若有所思的神情晒太阳,时而活蹦乱跳地玩耍一个木片或者一根干草。

皮埃尔的衣服现在只有一件又脏又破的衬衫和一件士兵的裤子。皮埃尔这阵子身体变化很大。尽管看来依然具有他们家族遗传的魁梧并且有力的体魄，可是已经不那样胖了。脸的下部长满了胡子；生满虱子的又长又乱的头发，像一顶帽子一样盘曲在头上。目光显得坚定而充满活力，皮埃尔以前从未有过这样的表情。从前他那种松懈、散漫的眼神，现在却换上精力饱满，随时准备行动和反抗的奋发精神。

皮埃尔一会儿望望田野，一会儿望望河对岸的远方，一会儿望望那只装着真的要咬他的小狗，一会儿望望他的光脚板，他蛮有兴致地把一双光脚摆出各种姿势，扭动着粗大肮脏的脚趾头。他每次注视他的光脚的时候，脸上就露出高兴和得意的微笑。他一看见这双光脚板，就想起这段时间他所感受的和理解的一切，这段回忆令他感到快乐。

一连几日风和日丽，早上有薄霜，正是秋高气爽季节。

在露天的太阳地里暖洋洋的，这种温暖加上早上的凉意，特别让人快乐。

一个法军班长随便地敞着怀，戴着睡帽，叼着烟斗，从棚子角落里走出来，走到皮埃尔跟前，友好地朝他挤挤眼。

"多么好的太阳，基里尔先生，简直像春天。"于是那个班长倚着门，让皮埃尔也抽一袋烟，尽管每次让烟都被皮埃尔拒绝了。

"假如在这儿的天气行军……"他刚想说下去。

皮埃尔问他是否听到出发的消息，班长说所有的部队都出发了，今天就应该有处理俘虏的命令。皮埃尔住的那个棚子里有一个叫索科洛夫的士兵，病势垂危，皮埃尔告诉班长应该照管一下那个士兵。班长让皮埃尔只管放心，他说有流动医院和常设医院，全会照管病人的，总之，凡是可能发生的事，长官没有想不到的。

"基里尔先生，你只需对上尉说一声就行了，他这个人，什么都放在心上。他会替你办的。"

班长所说的那个上尉，经常和皮埃尔长谈，给他种种照顾。

那个班长又谈了一会儿就走开了。几个俘虏在听皮埃尔和班长谈话，立刻打听班长说了什么。皮埃尔对同伴说，班长说法军已经出发了，这时，一个面黄肌瘦、衣服破烂的法国士兵来到棚子门前，他迅速地把手指举到额角敬礼，他问皮埃尔，给他缝衬衫的士兵普拉托什是否在这个棚子里。

在一个星期前，法国人得到一批皮料和麻布，发给俘虏缝制靴子和衬衫。

"做好了，做好了，小伙子！"卡拉塔耶夫拿着叠得整整齐齐的衬衫走出来，说。

因为天气暖和，也为了便于干活，卡拉塔耶夫只穿一条裤子和一件很黑的破衬衫。他像工匠那样，用菩提树皮把头发箍起来，他的脸显得更圆更让人喜欢了。

"诺言是事业的亲兄弟。说星期五做好，就星期五做好，"普拉东说，他微笑着打开缝好的衬衫。

那个法国人不安地东张西望，似乎在竭力消除疑虑一般，很快地脱掉制服，穿上衬衫。在那个法国人制服下面没穿衬衫，他那赤裸、黄瘦的上身只穿着一件老长的、油渍斑斑的、带花点的绸背心。很明显，那个法国人怕俘虏看见会笑话他，因此赶紧把头套进衬衫里。俘房没有人说话。

"看，正合适，"普拉东一面给他拽衬衫，一面说。那个法国人把头和胳膊都伸进去，眼皮也不抬，端详着身上的衬衫，仔细地看线缝。

"说实话，小伙子，这不是裁缝铺，没有正经的工具；常言说：没有家伙连虱子也抓不住，"普拉东说，他一笑脸更圆了，显然对自己的手艺非常欣赏。

"好，谢谢，但是剩下的布头呢？"法国人说。

"你贴身穿就更合适了，"卡拉塔耶夫说，他还在一个劲儿欣赏自己的手工。"那才舒服呢……"

"谢谢，可剩下的布头呢？"法国人微笑着又说，掏出钞票给卡拉塔耶夫，"把布头给我"

皮埃尔看见普拉东不想搞清楚那个法国人说的话，所以他望着他们不去干预。卡拉塔耶夫谢了谢给他的钱，依旧在欣赏他的手工。法国人却一定要剩下的布头，央求皮埃尔翻译他的话。

"他要布头有什么用？"卡拉塔耶夫说。"我们可以做一副很好的包脚布。好，主保佑他。"卡拉塔耶夫脸色突然阴沉起来了，从怀里掏出一卷碎布，看也不看那个法国人，递给了他。就往回走。法国人看了看碎布头，沉吟起来，疑惑地瞧了瞧皮埃尔，皮埃尔的目光仿佛在告诉他什么。

"普拉东，普拉东，"法国人突然脸红了，尖声喊道。"你拿去吧"他说着把碎布头递过去，转身就走了。

"你瞧多怪，"卡拉塔耶夫摇着头说，"虽说不是基督徒，也有心肝。自己光着身子，却把东西给别人"卡拉塔耶夫沉思地看着碎布头微笑，"可以做一副很像样的包脚布，"他说，然后走进棚子里。

十二

皮埃尔被俘已有四个星期了。虽然法国人提出要把他从士兵棚子转到军官棚子里，但是他依旧留在他第一天进的那个棚子。

在遭到破坏和烧毁的莫斯科,皮埃尔感受到一个人所能遭受到的极端困苦;但是,由于他那一直不自觉的强壮健康的体魄,尤其由于这种艰苦生活来得不知不觉,因此他不但轻松地度过,并且对自己的处境非常兴奋。正是在这一阵子,他得到了过去曾经追求而得不到的宁静和满足。

现在皮埃尔的一切幻想全部集中在他获得自由的一天。在那以后的日子里,皮埃尔总是带着狂喜的心情回味和谈论这一月当俘虏的生活,以及那些一去不复返的感触,主要的是回味和谈论只有在这个时期才感受到的内心极端的安宁和自由。

开始的一天,他早晨一起来,迎着朝霞走出棚子,第一眼就看见新圣母修道院的圆屋顶和十字架,看见落满尘土的草上的寒露,看见麻雀山的丘陵,看见河上蜿蜒着隐没在淡紫色的远方的长满树林的河岸,他觉得新鲜空气沁人肺腑,听见从莫斯科飞越田野的寒鸦啼叫,一会儿,东方突然喷洒出金光,太阳的边缘从云层里露了出来,于是,圆屋顶、十字架、露水、远方、河流——一切都在欢乐的阳光中游戏,当时,皮埃尔体会到一种从未体验过的新的生活的喜悦和浓厚的兴味。

这种感情在整个被俘期间不但没离开他,相反,随着他的处境困难的增多,愈加强烈了。

他进棚子不长时间就享有的极大声誉,使他更乐于助人和精神奋发。皮埃尔由于通晓语言,由于法国人对他的尊敬,由于他有求必应的纯朴性格,由于他的气力,由于他和蔼可亲,他在士兵心目中是一个有些神秘的超级人物。他这些特性——力大无比、蔑视舒适的生活、漫不经心、天真纯朴,在他过去所处的上流社会中纵然对他没有害,也使他感到拘束,然而在这儿,在这些人中间,却赢得了近乎英雄的地位。所以皮埃尔觉得,人家这种看法,使得他承担了义务。

十三

十月六日夜间法国人开始行动了:拆掉厨房和棚屋,装好车子,部队和辎重出发了。

七日早晨七时,在棚屋前面站着一队行军装束的押送队,于是,整个队伍人声鼎沸起来,中间夹着法国式的咒骂。

棚子里的人都准备好了,穿上衣服,扎上腰带,穿上靴子,等待着出发的命令了。那个生病的士兵索科洛夫,面色苍白、消瘦、眼圈乌青,在原先的地方坐着,两只瘦得鼓出的眼睛疑惑地望着不注意他的同伴们,发出均匀的低声呻吟。显然,使他呻吟的与其说是苦(他患赤痢),不如说是害怕把他一个人留下来。

皮埃尔用绳子束着腰,穿着一双卡拉塔耶夫用茶叶箱上撕下来的皮子做的鞋,走到病人跟前蹲下来。

"听我说,索科洛夫,他们并不全走!他们这儿有医院。或许,你比我们任何人都幸运呢,"皮埃尔说。

"主啊!我要死了!"那个士兵呻吟得更高了。

"我马上再去央求他们,"皮埃尔说,他站起来朝棚子门口走去。正当皮埃尔朝门口走去时,昨天那个请皮埃尔抽烟的班长带着两个士兵从外面走来。班长和士兵都是行军装束,背着背包,戴着高筒帽,帽带的金饰光闪闪的,改变了他们平时的面貌。

班长是奉长官的命令前来关门的。在放出俘虏之前要清点人数。

"班长,病人怎么办?……"皮埃尔开始说;然而他刚开口,就犹豫了,这个人是不是他认识的那个班长,或者是另外一个不相识的人吧:因为此时那个班长不像他原来的样子了。另外,正在这一刻,两旁忽然响起咚咚的鼓声。班长听了皮埃尔的话,皱起眉头,骂了一句,就砰的一声把门关上了。棚子里变得昏暗起来;两边鼓声震耳,淹没了病人的呻吟声。

"来了,来了!……那个又来了!"皮埃尔自言自语着,背脊不由得冒出一股凉气。从班长变了表情的脸,从他的声音,从那越来越紧张的震耳欲聋的鼓声,皮埃尔领会到那种迫使人们违反自己的意志去屠杀自己的同类的神秘力量又在发生作用了。害怕、极力躲避这种力量,向那些作为这种力量的工具的人们哀求抑或规劝,都是无用的。皮埃尔现在知道这一点。只有等待和忍耐。皮埃尔不再到病人那儿去,也不再看他。他默不作声地皱着眉头站在棚子门口。

棚子的门打开了,俘虏像一群羊一样争先恐后地向门口挤去,皮埃尔挤到他们前面,走到上尉跟前。上尉也是行军装束,他那冰冷的脸上也露出了皮埃尔从班长的话中和鼓声中领会出的意思。

"快走,快走,"上尉严厉地皱着眉头,望着从他面前挤成一团走过去的俘虏,说。皮埃尔得知他的尝试一定不会成功,可是还是走到他面前。

"还有什么事?"上尉说,他冷淡地回头看了看,似乎不认识他似的。皮埃尔提起那个病人。

"他也得走!"上尉说。"快走,快走"他不停地说,眼睛根本不看皮埃尔。

"可是不行啊,他快死了"皮埃尔刚要说。

"去去去!……"上尉皱着眉头气冲冲地大喝一声。

咚咚咚,咚、咚、咚,军鼓擂得震天响。皮埃尔明白,神秘的力量已经彻底控制着这些人了,现在说什么都白费。

把军官俘虏从士兵里分了出来,让他们在前面走。军官有三十来人(皮埃尔也在其中),士兵有三百人左右。

从其他的棚子里放出来的被俘的军官都是一些生人,穿的比皮埃尔好多了,他们带着疏远的神情看了看皮埃尔,瞅了瞅他的鞋。离皮埃尔不远有一个肥胖的少校,身穿喀山长袍,腰系一条毛巾,焦黄、浮肿的脸上带有怒气,此人明显地受被俘的同伴们的普遍尊敬,他一只胳膊夹着烟口袋,另一只手拄着长烟袋管。少校气喘吁吁,呼呼地出气,对谁也发脾气,他好像觉得人人都在挤他,都在急急忙忙。此外一个又小又瘦的军官,总找人说话,做出种种推测:现在把他们带到哪儿去,今天能走多少路。一个穿毡靴和后勤制服的军官,跑来跑去地观看大火后的莫斯科,大声讲述他观察到的情况:什么给烧毁了,什么地方看出是莫斯科某某地区。还有一个军官,听口音是波兰人,跟那个后勤军官斗嘴,想证明他认错了莫斯科的街道。

"你们吵什么?"少校怒冲冲地说。"尼古拉也好,弗拉斯也好,反正都一样;瞧,都烧光了,就算完啦……你挤什么,道路窄还是怎么的,"他气愤地对他后面的人说,其实那个人并没有挤他。

"哎呀,竟弄成了这个样子!"俘虏们望着火场不停发出这样的声音。"还有莫斯科河南区,还有祖博沃区,还有克里姆林那儿……瞧,剩下不到一半了。我不是给你说了,莫斯科河南区都完啦,就是这样。"

"你既然知道全烧掉了,还谈它干吗!"少校说。

在经过哈莫夫尼克区一所教堂时,这群俘虏忽然全都闪到一旁,发出惊恐和憎恶的喊声。

"唉哟,真是些没良心的!那是个死人,是个死人……脸上还涂着什么。"

皮埃尔听到惊叫声,也向教堂走过去,模模糊糊地看见有个东西倚在教堂的墙上。从看得真切的同伴口中得知,那是一具尸体,直立着靠在垣墙上,脸上还涂着煤烟。

"走,走,你们这些魔鬼!"押送兵的咒骂声响起来,法国士兵又蛮横起来,拨出短剑赶走看死尸的俘虏。

十四

在通过哈莫夫尼克区的一些胡同时,仅有俘虏和押送队和跟在后面的属于押送队的各种车辆同行;但是一走到粮店那儿,他们就卷入中间有私人车辆的庞大而拥挤的炮兵队中间了。

所有的人全在桥头停下来,等待前面的人走过去。俘虏们站在桥头上四处张望,那些移动着的车队行列望不到头。右边,卡卢日斯卡雅大路经过涅斯库奇内转弯的地方,无数的部队和车队一直伸展到远方。这是先头部队博加尔涅兵团;后面在河岸上通过卡缅内桥的是内伊的部队和车队。

俘虏所在的达乌部队从克里米亚浅滩过河,一部分已经进入卡卢日斯卡雅大街了。然而车队拉得那么长,内伊的先头部队已经走出了奥尔登卡大路的时候,而博加尔涅的车队还没有走出莫斯科进入卡卢日斯卡雅大路。

过了克里米亚浅滩,俘虏每走几步就不得不停下来,然后再走。四面八方的车辆和人越来越拥挤。俘虏在桥和卡卢日斯卡雅大路之间走了一个多钟头,只走了几百步,来到莫斯科河南大街和卡卢日斯卡雅大路交叉的广场上,他们挤成了一堆,在交叉路口待了好几个小时。四面八方轰轰隆隆的车轮声就像海涛一样响个不停,中间夹杂着脚步声和不停地呵斥声和咒骂声。皮埃尔靠在烧毁的房屋的墙上,听着这些与他想象中的鼓声混合在一起的喧嚣声。

有几个军官俘虏试图看得更清楚些,爬到皮埃尔旁边一堵被烧毁房屋的墙上。"好多的人!呀,人山人海!……连大炮上都堆满了东西!瞧:那些皮衣裳……"他们说。"瞧这些狗东西,抢了多少东西…瞧那辆车后面的东西……那是从圣像上拆下来的,真的!……那一定是德国人。还有一个咱们的庄稼汉,真的!……哎呀,这些坏蛋!……瞧那家伙背了那么多东西,几乎走不动了!瞧,真没想到,连轻便马车也抢走了!……瞧那家伙坐在一堆箱子上。我的天哪!……他们打起来了!……"

"好,往他狗脸上打,打他的狗脸!照这样,天黑也走不了。瞧,你们瞧……那一定是拿破仑。那些马多么好看!还有带花体字的皇冠呢。活像一所活动的房子。那个人丢了口袋也不知道。又打起来了……一个抱小孩的女人,长得很好。可不是嘛,像这样的人家就准通行嘛……瞧,没完没了。俄国姑娘,真的是俄国姑娘!坐在马车里蛮舒服的!"

就像在哈莫夫尼克的教堂附近那样,又有一股好奇的浪潮把所有的俘虏都涌向大路,皮埃尔凭着他的个高,越过别人的头看清了什么东西吸引着俘虏的好奇心。在许多弹药车之间,夹着三辆马车,车里紧挨着坐着一排服装鲜艳、涂脂抹粉、叽叽喳喳的妇女。

自从皮埃尔意识到那种神秘的力量出现以后,好像任何东西都不能使他感到惊奇和可怕了。皮埃尔现在见到的一切,没有在他心里留下丝毫的印象——似乎他的灵魂正准备着为一件艰巨的事情而奋斗,因此拒绝接受一切可能削弱它的印象。

载着妇女的车过去了。接着过来的又是大车,士兵;运货车,士兵;马车,士兵;弹药车,士兵,偶尔还有妇女。

皮埃尔看见的不是个别的人,而是不断的人流和车流。

所有这些人和马,似乎被一种无形的力量驱赶着。在皮埃尔连续观察的一小时,所有的人都怀着快些通过的愿望从各个街道涌出来;他们没有例外地都互相冲撞,大发雷霆,打架斗殴;他们龇着白牙,皱着眉头,彼此骂着同样的话,在所有人的脸上都露出同样的勇往直前和冷酷无情的表情,也就是那天早上在鼓声中班长脸上所露出的那种使皮埃尔吃惊的表情。

已经是傍晚时分了,押送队的官长把队伍集合起来,吵吵嚷嚷地挤进弹药车队里,俘虏们在四面包围中走上卡卢日斯卡雅大路。

不停歇的快速行进,到日落时才停下来。辎重车停在另外的地方,人们开始准备过夜。人人都在气头上,人人都满腹牢骚。好长一阵子都听到四面八方的咒骂声、凶恶的喊叫声、斗殴打架声。押送队后面有一辆轿式马车撞到押送队的大车上,把大车撞了个窟窿。几个士兵从四面跑到大车前;一些人把套在轿式马车上的马牵到一旁,朝着马头上打,另一些人互相打起来,皮埃尔看到一个德国人头上受了很重的刀伤。

在这寒冷的秋天傍晚,在田野中间停下来的时候,所有这些好像现在才从出发时那种匆促和不知往何处奔忙的气氛中醒悟过来的人,都同样怀着一种不快乐的感觉。停下来后,大家好像都明白,现在还不知往何处去,一路上不知要受多少困苦。

在这次休息时,押送队对待俘虏比出发时更坏了。在这次打尖时,第一次发给俘虏的肉食品是马肉。

很明显,从军官到士兵每个人对待俘虏好像都抱有私人的仇恨,出人意料地改变了先前友善的态度。

在俘虏点名时发现,从莫斯科出发时,一个俄国士兵假装肚子痛,在混乱中逃跑了,于是那股子仇恨劲儿就更火上加油。皮埃尔看见,一个法国人在毒打一个俄国兵,因为那个俄国兵离开道路远了一点儿,又听见上尉为了俄国兵的逃跑在申斥那个下级军官,而且吓唬他,说要把他交付军事法庭。那个下级军官借口说那个士兵因病走不动,军官说,上级有命令,掉队的就得枪毙。皮埃尔觉得,行刑时曾经使他惊慌失措的命运的力量,现在又掌握住他的生存了。他不寒而栗;然而他觉得,随着命运力量对他压力的增大,那不受命运约束的他灵魂中的生命力就更加增长和巩固。

皮埃尔就着马肉喝黑麦面汤,吃了一顿晚餐,和同伴们聊了聊天。

不管是皮埃尔还是他的同伴,谁也不谈他们在莫斯科所见到的一切,也不谈法国人态度粗暴,也不谈向他们宣布枪毙他们的命令:大家好像有意抵制目前的厄运似的,都特别地高兴和快活。他们回忆各自的经历,回忆行军途中可笑的场面,但是一谈到目前的处境,就把话题岔开了。

太阳早已落了。天空中有几颗明亮的星星开始闪烁;刚升起的满月在天际撒下一片绯红的火光,一个巨大的红球在灰闷闷的暮霭中神奇地荡悠着。天色发亮。暮色浓了,但是夜还未降临。皮埃尔站起来,离开新的同伴,穿过一堆堆篝火向路的另一边走去,他听说那儿有被俘虏的士兵。他想和他们谈谈。路上一个法国哨兵拦住他,命令他转回去。

皮埃尔回去了,但并未回到同伴们在那儿的篝火旁边,而是朝一辆卸了套的马车走去,那儿一个人也没有。他盘腿坐在车轮旁冰冷的土地上,垂着头,一动不动地沉思着。一个多小时过去了。没有人来打扰他。突然,他哈哈大笑起来,浑厚而和善的笑声是那么响亮,引得周围的人都惊讶地转脸看这古怪的笑声。

"哈,哈,哈!"皮埃尔在笑。他出声地自言自语:"那个士兵不让我过去。抓住我,把我关起来。把我当作俘虏。他们俘虏了谁,我吗?俘虏我,就是俘虏我不朽的灵魂!哈,哈,哈!……哈,哈,哈!……"他大声笑着,眼眶里涌出泪水。

有一个人站起来,走近去想看看这个古怪的大个子独自笑什么。皮埃尔止住了笑声,躲开那个好奇的人,走远一些,他向周围望了望。

这片大得无边、人声嘈杂的宿营地,现在静了下来。火红的篝火慢慢熄灭了,颜色变得苍白。一轮满月高挂在明朗的天空。营地以外的森林和田野,这时在远方展现了。穿过森林和田野,能看见明朗的、正在呼唤的无限的远方。皮埃尔仰视着天空,凝视着看那深远的天际渐渐远去的闪烁的繁星,"这一切都是我的,这一切都在我心里,这一切就是我!"皮埃尔想。"但是,他们抓住这一切,关进板棚里!"他笑了笑,就走回同伴那儿躺下睡了。

十五

十月初,又有一个军使带着拿破仑建议和谈的信来见库图佐夫,假称信是从莫斯科发出的,而当时拿破仑早已到了离库图佐夫前面不远的旧卡卢日斯卡雅大路。库图佐夫对这封信的答复和对洛里斯顿带来的第一封信的答复一样:他说,和谈绝对谈不上。

在这之后不久,在塔鲁丁诺左边一带行动的多洛霍夫的游击队送来一份报告,说在福明斯克出现布鲁西埃师的部队,这个师和其他部队失掉联系,很容易把它歼灭。士兵和军官又请求行动了。参谋部的将军们一想到在塔鲁丁诺轻易地就打了一个胜仗,就非常高兴,全在库图佐夫面前坚决主张执行多洛霍夫的建议。库图佐夫认为发动什么进攻都毫无必要。结果采取折中办法:应付一下应该做的事情;派了一支不大的部队到福明斯克去袭击布鲁西埃。

因为奇怪的机会,这个任务落到多赫图罗夫头上;那个谦虚、矮小的多赫图罗夫,谁也没有向我们描述过他制定作战计划、在团队前面跑来跑去、给炮兵连发十字勋章、诸如此类的事情,他被公认为是一个优柔寡断、没有洞察力的人,然而,就是这个多赫图罗夫,在所有俄法战争中哪儿吃紧,他就在哪儿出现。在奥斯特利茨战役中,全体官兵死的死,逃的逃,后卫连一个将军也没有了,他把军队集结起来,在奥格斯特大坝坚守到最后。他患着寒热病,率两万人奔赴斯摩棱斯克,抗击拿破仑全部军队来保卫那个城市。在斯摩棱斯克,在莫洛霍夫斯基城门,他在寒热病发作时刚昏睡过去,攻城的炮声就把他惊醒了,斯摩棱斯克坚守了整整一天。在波罗底诺战役,巴格拉季翁阵亡了,我们左翼的军队伤亡了非常之九,法国炮兵全力向那儿进攻,派到那儿去的正是这个优柔寡断、没有洞察力的多赫图罗夫,库图佐夫原来派别人到那儿去的,以后赶紧纠正了自己的错误。因此这个矮小、宁静的多赫图罗夫到哪儿去了,波罗底诺成为俄国军队的最大光荣。

又是多赫图罗夫被派到福明斯克,从那里又到小雅罗斯拉维茨,在那里同法国人打了最后一仗,法国人的灭亡也正是从那儿开始的,在这次战役中,又有许多天才和英雄被颂扬,但是对多赫图罗夫却一字不提,要不就是一笔带过,或者含糊其词。关于多赫图罗夫这样避而不谈,反而是他的优点的最好的证明。

十月十日,多赫图罗夫在去福明斯克的途中,在阿里斯托沃村停下来,打算正确地执行所接受的命令,就在同一天,所有法国军队,仿佛得了癫痫抽风似的,来到缪拉的阵地,似乎准备打一仗,但是忽然毫无缘由地向左转到新卡卢日斯卡雅大路,进入原先只有布鲁西埃驻扎的福明斯克。当时多赫图罗夫所指挥的除了多洛霍夫游击队,只有菲格纳和谢斯拉温两支不大的游击队。

十月十一日晚,谢斯拉温带着一个法国近卫军俘虏到阿里斯托沃村来见司令官。俘虏说,那天进入福明斯克的军队,是整个大军的前卫,拿破仑就在里面,所有军队离开莫斯科已经第五天了。当天晚上,从博罗夫斯克来了一个家奴,他说看见大批军队进城。多洛霍夫游击队的哥萨克报告说,他们看到沿途的法国近卫军向博罗夫斯克进发。这些情报明显表明,原来认为那儿只有一个师,现在发现全部法军都在那里,他们从莫斯科出来后,走一条意想不到的路线——走旧卡卢日斯卡雅大路。多赫图罗夫没有采取什么行动,由于他现在还不清楚他的任务是什么。他奉命袭击福明斯克。但是原来福明斯克只有布鲁西埃一个师,现在却是所有法军。叶尔莫洛夫想便宜行事,但是多赫图罗夫坚持他必须等勋座的命令。于是决定给总部送一份报告。

为此选派一名精干的军官博尔霍维季诺夫,他除了把书面报告递上去,还要口头把全部情况说清楚。夜里十一点多钟,博尔霍维季诺夫接受了书面报告和口头指示,就带一名哥萨克和几匹替换的马,向总部驰去了。

十六

这是一个漆黑的秋夜。已经下了四天多的小雨。博尔霍维季诺夫换了两次马,在黏糊糊的泥路上一个半小时跑了三十俄里,凌晨一点多钟来到列塔舍夫卡。他在篱笆上挂着"总司令部"牌子的农舍前下了马,把马丢下就走进昏暗的农舍的过厅。

"快让我见一见值勤的将军!有重要的事!"他在黑暗中对一个正在起身的哼哧着鼻子的人喊道。

"大人昨晚就非常不舒服,三天都没睡好觉了,"勤务兵低声求情说。"您还是先叫醒上尉吧。"

"公事非掌重要,是多赫图罗夫送来的,"博尔霍维季诺夫一面说,一面摸索着打开的门,走了进去。勤务兵走到他前面去叫醒一个什么人:

"大人,大人,来了一个信使。"

"什么?什么?是谁派来的?"一个人睡意阑地说。

"是从阿列克谢·彼得罗维奇那里来的。拿破仑在福明斯克,"博尔霍维季诺夫说,在黑暗中看不清楚是谁在问他,但是听声音似乎不是科诺夫尼岑。

被叫醒的人打着哈欠,伸了伸懒腰。

"我不想去叫醒他,"他说,一边摸什么东西。"他病啦!你们听到的可能是谣言吧。"

"这里有书面报告,"博尔霍维季诺夫说,"交代我立刻交给值勤将军。"

"等一等，我点上灯。该死的，你老是把它塞到什么地方去？"打哈欠的人对勤务兵说。这个人是科诺夫尼岑的副官谢尔比宁。"找到了，找到了"他又说。

勤务兵打着了火，谢尔比宁在摸索烛台。

"哼，肮脏的东西，"他厌恶地说。

借助星星点点的火光，博尔霍维季诺夫看见了拿着蜡烛的谢尔比宁年轻的面孔，在前面的角落里还睡着一个人。那就是科诺夫尼岑。

被火绒点着的硫黄木片冒出蓝色的、继而变成红色的火焰，谢尔比宁点着蜡烛，打量了一下信使。博尔霍维季诺夫全身都是泥，他用袖筒擦脸，抹了一脸的泥。

"是什么人报告的？"谢尔比宁接过文件，说。

"消息是可靠的，"博尔霍维季诺夫说。"俘虏、哥萨克、侦察兵，都异口同声地这么说。"

"没法子，只好叫醒了，"谢尔比宁站起来说，他走到那个头戴睡帽、盖着军大衣的人跟前。"彼得·彼得罗维奇！"他说。科诺夫尼岑不动弹。"到总司令部去！"他微笑着，知道这句话或许可以叫醒他。果然，戴睡帽的头立刻抬了起来。在科诺夫尼岑那张俊秀而坚定的脸上，一瞬间还残留着远离现实的表情，可是随即忽然抖擞了一下；他的脸上露出平常那种镇静而坚定的神情。

"什么事？谁派来的？"他不慌不忙地问，亮光照得他直眨眼睛。科诺夫尼岑听着军官的报告，拆开公文，读了一遍。他刚读完，就把穿毛袜的两只脚伸到地上，开始穿靴子。然后脱掉睡帽，拢了拢鬓角，戴上了军帽。

"你赶路了吧？咱们去见勋座。"

科诺夫尼岑立刻明白，送来的消息非常重要，不能迟延。这消息是好是坏，他不去想，也不问自己。他对这并不关心。他看待一切战事不是用智力，也不是用推论，而是用别的什么东西。在他内心深处藏着一个信念：一切都会好的；但是不去相信这个，尤其不去谈论这个，只去做本职的工作。他就是全力以赴做本职工作的。

走出农舍，走进潮湿的黑夜，科诺夫尼岑皱起眉头，这一半由于头痛更厉害了，一半由于头脑里浮现出一个不快乐的想法：那帮参谋部的当权者，特别是在塔鲁丁诺战役之后和库图佐夫针锋相对的贝尼格森，听了这个消息马上就要乱作一窝蜂；于是提出建议，争吵，下命令，取消命令。这个预感使他不快乐，虽然他知道这是不可避免的事。

不出所料，当他顺路到托尔那儿，把新消息通知他的时候，托尔立刻向和他住在一起的一位将军陈述自己的意见，科诺夫尼岑默默地、懒洋洋地听着，他提醒他，该去见勋座了。

十七

库图佐夫像一切老年人一样，夜里睡眠很少。白天他时常突然打起盹来；但是一到夜里，他和衣躺在床上，大部分时间睡不着，总在思考。

现在他就是这样躺在床上，用一只胖乎乎的手托着沉重的、因为受伤变得难看的脑袋，睁着一只眼睛向黑暗凝视着，他在思索。

贝尼格森自从和皇帝通过信，成为总部最有势力的人物以后，他总是躲着库图佐夫，库图佐夫却因而感到清静多了，因为他们不再逼他和他的军队发动无益的进攻。使库图佐夫感到痛苦的塔鲁丁诺战役和战役前夕的教训，一定也起着作用，他想道。

"他们应当明白，发动进攻，我们只有失败。忍耐和时间，才是我的无敌勇士！"库图佐夫想。他是一个有经验的猎人，知道野兽已经受了伤，只有全俄的力量才能使它受到那样的伤，然而伤势是否是致命的，还没有弄清楚。现在，根据洛里斯顿和别尔捷列米送来的情报，同时根据游击队的报告，库图佐夫几乎可以断定它是受了致命的伤。但是还需要证据，还要等一等。

"他们急着跑过去瞧瞧他们是怎么把野兽杀死的。还要等一等，会看到的。总是运动战，总是进攻！"他想。"都是为了什么？就是想露一手，好像打起仗来多么好玩似的。他们简直像一些不懂事的孩子，老想证明他们善于打仗。现在问题不在这儿。"

"倒向我提出了多少巧妙的运动战术啊！他们想对了两三件偶然的事，他们就以为他们什么都想到了。而实际偶然事件多得不可胜数！"

在波罗底诺战役那次受的伤，是致命的还是不致命的，这个还未解决的问题悬在库图佐夫心里已经整整一个月了。一方面，法国人占领了莫斯科，另一方面，库图佐夫整个身心都毋庸置疑地感觉到，他和全体俄国人民共同努力做出的可怕的一击，应当是致命的。然而无论如何需要一些证据，他已经等了一个月了，时间过得越久，他就越是不耐烦。他夜不成寐，躺在床上做年轻将军们所做的事，做他曾经为此责备他们的事。他想到各种可能发生的事，其中也想到拿破仑确实已经死亡，他像年轻人一样，想出了种种可能发生的事，不过不同的是，他不把这些设想作为根据，他所看到的不是两三件，而是上千件。他越想就越把偶然事件想得多。他想象拿破仑军队各种可能的动向——进军彼得堡、向他进攻、包抄他，他想象可能

发生他最害怕的事,那就是拿破仑以其人之道还治其人之身:留在莫斯科等待他。库图佐夫甚至想到拿破仑的军队可能退回梅德内和尤赫诺夫;然而他未能预见那件已经成为事实的事,也就是说拿破仑在离开莫斯科的头十一天疯狂地逃窜,库图佐夫当时还不敢想象拿破仑会逃窜,而逃窜之所以成为可能,是因为法国人已经被击败了。多洛霍夫关于布鲁西埃师的报告,游击队关于拿破仑军队遭到苦难的消息,来自各方面关于准备退出莫斯科的传闻——这一切都证实一个推测:法国军队已经溃败,而且准备逃跑;然而这仅仅是推测,看重它的是一些年轻人,而不是库图佐夫,他积六十年的经验知道这些传闻有多大的分量,知道那些抱有某种愿望的人们总有办法收集一些似乎可以证实他们愿望的消息,在这种情况下,他们总是忽略一些相反的消息。库图佐夫越是希望那样,他就越是不允许自己相信那是真的。这个问题占了他全部的精力。而其他一切,只不过是日常例行事务。他和参谋人员谈话,他从塔鲁丁诺给斯塔埃尔夫人写信,读小说,颁发奖章,与彼得堡通信,都属于日常例行事务。但是,法国人的毁灭,只有他一个人预见到,才是他心中唯一的愿望。

十一月十一日夜里,他用手支着头躺着,就是在想这件事。

隔壁房间里发出动静,传来托尔、科诺夫尼岑和博尔霍维季诺夫的脚步声。

"喂,是谁在那儿?进来,进来!有什么消息吗?"大元帅对他们喊道。

听差在点蜡烛的时候,托尔讲了讲消息的内容。

"谁带来的消息?"库图佐夫问,点燃蜡烛后,他那冷峻的神情使托尔大吃一惊。

"这是毋庸置疑的,阁下大人。"

"把他叫来,叫来!"

库图佐夫夺拉着一条腿坐在床上,他那肥大的肚子歪在另一条蜷来的腿上。他眯起那只好眼睛,把那个信使看得更清楚些,好像他想在他的脸上看出他所关心的事情。

"说吧,亲爱的,"他拢上敞着胸口的衬衫,用低沉的老年人的声音对博尔霍维季诺夫说。"过来,走近一些。你带给我什么消息? 啊? 拿破仑已经从莫斯科逃跑了? 是真的吗? 啊?"

博尔霍维季诺夫把他带来的指示详细地从头报告一遍。

"说吧,快说吧,别叫人着急,"库图佐夫打断他的话。

博尔霍维季诺夫讲完了,沉默地等待着指示。托尔刚要说点什么,库图佐夫打断了他。他想说话,但是他忽然眯起眼睛,脸皮皱了起来;他向托尔挥了挥手,转过脸去,朝向被神像遮暗了的门对面的角落。

"主啊,我的造物主啊! 你实现了我们所祈祷的……"他合起掌,声音哆嗦着说。"俄国得救了。主啊,谢谢你!"他哭了。

十八

从得知法国人撤出莫斯科的消息直到战役结束这一期间,库图佐夫的全部活动仅限于使用权力来阻止自己的军队去进行无益的进攻、打运动战、与行将灭亡的敌人发生冲突。多赫图罗夫到小雅罗斯拉维茨去,可库图佐夫和他的全部军队却按兵不动,并且下令撤离卡卢加,他觉得退出卡卢加是可行的。

库图佐夫到处都在退却,但是敌人不等他退却,早已向相反的方向逃跑了。

拿破仑的史学家向我们描述他向塔鲁丁诺和小雅罗斯拉维茨巧妙的运动,并且做出论断说,假如拿破仑深入富庶的南方各处,就会怎么样。

然而,且不论并没有什么东西妨碍拿破仑到那些富庶的省份去,史学家忘记了无论什么也救不了拿破仑的军队,因为它本身当时已经具备了不可避免的灭亡条件。这支军队既然在莫斯科拥有充足的给养而不能保住它,这支军队既然在斯摩棱斯克不是征集而是抢劫给养,那么,这支军队在卡卢加省怎么可能恢复元气呢?

这支军队在任何地方都无法恢复元气。它打从波罗底诺战役和洗劫莫斯科以后,它本身已经含有腐败的化学因素了。

这些曾经作为军人的人们，跟着他们的头头们逃跑，连他们自己也不知逃往何处，一心只想一件事：尽快逃离这个尽管不明确、可是谁都意识到的绝境。

正因为这样，在小雅罗斯拉维茨会议上，那些将军们装模作样地讨论，发表了各种意见，老实憨直的军人穆顿说出了大家心里的话——只有尽快逃跑，他这个最后的意见一下子堵住了大家的嘴，没有一个人，甚至拿破仑，能说出什么来反对这个大家都意识到的真理。

虽然大家都知道必须逃走，可是还羞于承认必须逃跑。还需要有一个克服这种羞辱感的外在动力。这个动力适时地出现了，那就是俄国军队冲锋时的喊声。

会议后的第二天，拿破仑装作要去视察军队与过去的以及未来的战场，一大早带着一群元帅和卫队，骑着马从军队中间走过去。到处寻找战利品的哥萨克碰到了这位皇帝，差点把他活捉了。假如说，哥萨克这次没有抓住拿破仑，那么，救了他同时也是毁了他的那个东西——战利品在这里起了作用，在塔鲁丁诺和在这儿，哥萨克没有去抓人，都向战利品扑了去。他们没有注意拿破仑，都扑向战利品，拿破仑就逃脱了。

哥萨克在拿破仑军队中间几乎把皇帝本人抓住，事情很显然，除了沿着最近的熟悉的道路逃走之外，再没有其他办法。拿破仑这个四十岁的人，已经没有昔日的灵活和勇敢了，他是懂得这个苗头的。在他受了哥萨克的惊吓之后，马上同意了穆顿的意见，如史学家所说，发出了向斯摩棱斯克大路撤退的命令。

拿破仑同意穆顿和撤退军队，并不证明他曾经下令要这样做，而是表明对全军起作用的那种力量，就是说，促使全军取道莫扎伊斯克大路那种力量，同时在拿破仑身上也起了作用。

十九

一个人在行动的时候，总怀有这种行动的目的。一个人要走一千里，他一定会想到千里之外有好的东西。为了汲取行动的力量，心中必须想着前方有天国乐土在等着他。

法国人在进攻的时候，天国乐土是莫斯科，在退却的时候，天国乐土是祖国。然而祖国太远了，一个千里之行的人就得忘掉最终的目的，他必须对自己说：我今天走四十俄里，到达休息和过夜的地方，于是第一个行程中的休息地点，把最终的目的遮掩住了，而且把一切愿望和希望集中起来。表现在个别人身上的意愿，往往在群众中间扩散开来。

对于沿着斯摩棱斯克旧道撤退的法国人,作为最终目标的祖国,是太遥远了,最近的目标就是斯摩棱斯克,去斯摩棱斯克的心愿和希望,在群众中间大大地加强了。并不是因为他们知道在斯摩棱斯克有很多的粮草和生力军,也不是因为对他们说过这话,而是因为只有这样才能够给他们行为以力量,才能忍受目前的困苦。他们,不论是知道的还是不知道的,都同样地欺骗自己,把斯摩棱斯克当作天国乐土,向那儿快速奔去。

法国人上了大路,以惊人的毅力和空前的速度,向他们假定的目标逃跑。除了共同的意愿这个原因把法国人结成一个整体和给他们以力量之外,还有另外一个把他们结合起来的原因。这个原因就在于他们的数量。就像物理学的引力定律一样,他们那巨大的体积本身就吸引着一个个原子一样的人。他们以千百万个集体像一个整体一样向前移动着。

他们每个人只希望一件事——当俘虏,摆脱一切恐怖和不幸。但是,一方面,奔赴目的地斯摩棱斯克这个共同意愿的力量把每个人吸引到同一的方向;另一方面,总不能一个兵团向一个连投降,虽然法国人利用一切可能的机会脱离队伍,借一点最微不足道的口实就投降,但是这种口实并不常有。他们的人数和密集的迅速地运动使他们失去了这种可能性,同时使俄国人不但困难,并且无法阻止这个大量的法国人全力以赴的运动。物体的机械断裂不可能超过一定的限度而加速完成腐朽的过程。

一团雪不可能一下子融化。存在着一定的时间限度,早于这个限度多么温暖的力量也不能把它融化。相反,气温愈高,残雪就愈坚固。

在俄国军事将领之中,除了库图佐夫,没有一个人能懂得这个道理。现在既然已判明法国是沿着斯摩棱斯克大路这个方向逃跑,那么,科诺夫尼岑在十月十一日预见的事情就开始实现了。所有高级军官都想立功,都想歼灭法国人,都要求发动进攻。

仅有库图佐夫一个人全力(凡是总司令的力量都不大)反对进攻。

他对他们说了一些从他老年人的智慧中引出的他们能够懂得的话,跟他们讲"网开三面"可是他们讥笑他,中伤他,他们暴跳如雷,在被打死的野兽面前逞威风。

在维亚济马附近,叶尔莫洛夫、米洛拉多维奇、普拉托夫及其他人等,离法国人非常近,按捺不住要切断和歼灭两个法国兵团的冲动。他们送给库图佐夫一封信,说明他们的意图,可信封里装的不是报告,而是一张白纸。

不管库图佐夫怎样约束军队,可是我们的军队依旧尽力堵截敌军,发动进攻。

据说，一些步兵团队，冲锋时奏着乐，敲着鼓，杀死了几千人，可自己也损失了几千人。

然而，切断——并没有切断和歼灭任何人。法国军队在危险面前抱得更紧了，继续走着那条通往斯摩棱斯克的毁灭的道路，沿途不断地在减员。

第十四部

一

波罗底诺战役,紧接着莫斯科失陷和法军逃跑,以后再没有打仗,——这是一连串最富有教训意义的历史现象。

所有史学家都认为,国家和民族在对外活动时,彼此之间发生冲突的表现形式是战争;战争胜利的大小,直接影响着国家和民族的政治力量的消长。

出人意料,1812年法国人在莫斯科附近打了胜仗,占领了莫斯科,在这以后再没有打仗,然而毁灭的不是俄国,而是拿破仑的六十万军队,然后是拿破仑的法国。

在波罗底诺法国人战胜以后,不但没有打一次大仗,甚至连一次像样的战役也没发生,而法国军队就不复存在了。这是什么意思呢?

1812年从波罗底诺战役到赶走法国人的整个战争期间,证明了打胜仗不仅不是征服的原因,而且甚至不一定是征服的标志;证明了决定民族命运的力量不在于征服者,甚至不在于军队和战斗,而在于别的什么东西。

法国的史学家在描述法军退出莫斯科之前的情形时说,大军一切都很好,只有骑兵、炮兵和辎重兵除外,因为没有草料喂牲口。对付这种灾难没有任何办法,因为郊区的农民把干草烧掉了,不留给法国人。

打了胜仗并未带来通常的结果,农民卡尔普和弗拉斯在法军撤退之后赶着大车进莫斯科进行全城大抢劫,并未显出个人的英雄气概,因为像这样的农民多得不可数,他们不为能卖好价钱而把干草运到莫斯科,而是把它烧掉了。

从斯摩棱斯克大火起,就开始了一场不符合任何战争传统的战争。烧毁城市和村庄,且战且退,在波罗底诺打了一仗又撤退,莫斯科大火,搜捕法国抢掠兵,拦截运输队,游击战——所有这一切都是违反战争常规的。

拿破仑感觉到了这一点,自从他在莫斯科摆出正确的击剑姿势,看见对手举在他头上的不是剑而是棍子的时候起,就不断地抱怨库图佐夫和亚历山大皇帝,说这场战争违反了一切规则。虽然法国人埋怨不遵守规则,虽然俄国上层人士不知为什么觉得用棍子战斗是可耻的,希望按照规则站好姿势,来一个巧妙的冲刺,但是人民战争的棍子依旧以其可怕而威严的力量举了起来,不管是否合某人的口味和规则,以近乎愚鲁的纯朴,然而却以明确的目标,不问三七二十一地举起和落下人民战争的棍子,直至把法国人的侵略打退为止。

这个民族多么好呀,他不像1813年的法国人,按照击剑的规则行礼,调转剑柄,优雅地把剑交给了宽宏大量的胜利者;这个民族多么好啊,他在经受考验的时候,不管别人在这种情形下按规则是怎么行事的,却憨厚纯朴地、轻巧便利地举起随手拿起的棍子抢了过去,直打到把胸中屈辱和复仇的感情换成蔑视和怜悯的感情为止。

二

有一种背离所谓战争的规律最明显也最有利,那就是用分散的人群攻击缩成一团的人群的行动,这类行动常常具有人民战争的性质。这种行动在于并不是一群人打一群人,而是一群人分散开来,单独进行袭击,遇到大部队攻击时,立刻就跑,一有机会,又袭击。

这种战争叫作游击战,这个名称本身就说明了它的意义。这种战争不仅不符合任何法则,并且与公认为绝对正确的战术法则相违背。法则规定,攻击的一方要集中兵力,以便在战斗时比敌人更强大。

游击战争却完全违背这个法则。

进攻时要群体行动,退却时却要分散行动,这个战术法无形中肯定了一个道理,那就是军队的力量在于它的士气。带领军队冒着枪林弹雨行进,比打退进攻需要更严密的纪律,而这样的纪律只有在群体行动中才能得以实现。然而忽视士气的战术法则,不断地被证明是不正确的,尤其是在全民战争中军队士气高涨或者低落时,那种法则与事实相矛盾的现象,就显得更加突出。

1812年法国人退却时,按照战术,本应分散进行防御,但是却缩成一团,因为军队的士气已经低落到只有抱在一起才能把军队维系着,而俄国人则相反,按战术本应当集结军队大举进攻,而实际上却分成小股,因为士气已经高涨到个别的人不需要命令就去打法国人,不需要强迫就不辞劳苦并甘冒危险。

三

这种称之为游击战的战争,从敌人进入斯摩棱斯克的时候起就开始了。

早在游击战尚未被我们政府正式认可之前,已经有数千敌军被哥萨克和农民打死了,他们打死这些人是不自觉的,就像狗不自觉地咬死乱窜的疯狗一样。杰尼斯·达维多夫,第一个懂得了这个可怕武器的意义,初步使这种战争方式合法化的荣誉应归于他。

八月二十四日达维多夫的第一支游击队组成了,跟着别的游击队也组成了。战事越向前推进,游击队的数目就越扩大起来。

游击队分批消灭那支大军。他们专打那些从枯树上自动掉下的落叶,他们有时也摇晃这棵树。十月间,就是法国人往斯摩棱斯克逃跑的期间,这些人数不等和性质各异的游击队竟有几百个。有些游击队完全模仿军队,有步兵、骑兵、参谋部,带着生活用品;有些只有哥萨克骑兵。

十月底,是游击战争达到高潮的时期。游击战争的第一阶段已经过去了,在那个阶段,连游击队都为自己的大胆而吃惊,他们时刻担心被法国人捉住和包围,因此,总是马不卸鞍,人不下马,躲在树林里,总是提防着有人追击。现在这种战争已经明朗了,人人都懂得对法国人可以采取什么行动和不可以采取什么行动。

十月二十二日,正是游击队员杰尼索夫和他的伙伴们打游击的劲头火热的时候。一大早他和他那队人就开始行动了。他整天在靠近大路的树林里监视大队人马护送的骑兵运输队和俄国俘虏,这队人远离其他队伍,可加强了掩护,据侦察员和俘虏说,是开往斯摩棱斯克的。知道这支运输队的不但有杰尼索夫和在杰尼索夫附近活动的多洛霍夫并且还有几个设有参谋部的大支队:大家都知道这个运输队,都对它摩拳擦掌。其中有两个大支队的头头——一个是波兰人,另一个是德国人——差不多同时给杰尼索夫发来信,邀请他和他们的支队共同袭击运输队。

杰尼索夫写信答复德国人说,虽然他衷心地愿意在英勇善战、大名鼎鼎的将军麾下服务,可是他不得不放弃这个幸福,因为他已经在波兰将军指挥下了。他写了一封相同的信给波兰将军,通知他说,他已经归德国人指挥了。

杰尼索夫做了安排,打算不向上级报告,同多洛霍夫一块用自己不大的兵力袭击而且截获这个运输队。运输队十月二十二日从米库林纳村到沙姆舍沃村。杰尼索夫骑着马和伙伴们天天在树林里转悠,有时深入到树林中间,有时走到林边,视线始终不放过行动中的法国人。一大早,离米库林纳村不远的地方,有两辆陷进泥里的大车被杰尼索夫的游击队员们截获了,然后带到树林里。从这时直到晚上,游击队没有发动攻击,只是监视着法国人的行动。先不惊动他们,让他们平平安安地走到沙姆舍沃村,那时,再和多洛霍夫联合起来,像雪崩般的打他个劈头盖脸,一下子把他们全部缴获过来。

在后面,在离米库林纳村两俄里,树林靠近大路的地方,布置了六名哥萨克,只要有新的法国纵队出现,他们就立刻报告。

在沙姆舍沃村的前面,多洛霍夫也在监视着大路,要弄清楚在多么远的地方还有别的法国军队,运输队大约有一千五百人。杰尼索夫有二百人,多洛霍夫也不过有这么多人。人数不占优势并不能使杰尼索夫停止行动,他想知道的只有一件事,那就是这支部队究竟是什么兵种;为了这个目的,杰尼索夫需要捉一个俘虏。早上袭击那两辆大车,干得太急了,把跟车的法国人全给打死了,只活捉了一个小鼓手,这个孩子是掉队的,一点也说不清那个纵队是什么兵种。

进行第二次袭击,杰尼索夫认为是非常危险的,为了不惊动整个纵队,他派一名农民游击队员吉洪·谢尔巴特到前面沙姆舍沃村——假如可能的话,即使活捉一个在那里打前站的设营员也好。

四

这是一个温暖多雨的秋日,天空和地平线都是一色的混浊水气。一会儿似乎是下雾,一会儿突然飘下斜挂着的大雨点。

杰尼索夫骑着一匹精瘦的良种马,雨水从他的毡斗篷和皮帽子上流下来。他和他的马一样,歪着头,捺着耳朵,被斜挂着的雨点打得皱着眉头,焦虑地注视着前方。他那瘦削的、长满又短又黑的浓须的面孔满脸怒气。

杰尼索夫身旁是哥萨克上尉——杰尼索夫的助手,他骑着一匹肥大的顿河马,也披着毡斗篷,戴着高筒皮帽。

第三个是洛瓦伊斯基哥萨克大尉,也穿着毡斗篷,戴着高筒皮帽,这个人个子修长,身子像一块板似的平平整整,面色白皙,头发淡黄,眼睛细而亮,脸上的表情和骑马的姿势是安详的,怡然自得的。纵使说不出马和骑者有什么特点,但是只要一看哥萨克上尉和杰尼索夫,就可以看出,杰尼索夫浑身湿淋淋,样子挺别扭的,——杰尼索夫不过是一个骑在马背上的人;再看看那个哥萨克大尉,就可以看出,他像平常那样感到舒适、镇静,并且他不是骑在马背上的人,而是人和马合成一个整体,是一种力量倍增的生物。

在他们前边不远的地方,走着一个浑身湿透的农民向导。

在他们身后不远的地方,有一个身穿藏青色法国军大衣的军官骑着一匹瘦小的吉尔吉斯马。

和他们并排走着的是一个骠骑兵,在他背后马屁股上带着一个穿破烂法国军服、戴着蓝色小帽的孩子。这个孩子用冻得通红的双手抓住骠骑兵,不住地摆动着一双光脚板以取暖,他抬起眼来,惊讶地四外张望着。这就是早上俘虏的法国小鼓手。

在后面,沿着狭窄的林间小道三五成群地行走着骠骑兵,然后是哥萨克,有的披着毡斗篷,有的穿着法国军大衣,有的头上顶着马被。那些马,不管是火红色的还是枣红色的,由于淋了雨,一律变得乌黑。鬃毛淋湿了,马脖颈变得出奇地细。马身上散发着热气。衣服、马鞍、缰绳——全都打湿了,滑溜溜的,浸透了水,土地和路上落叶也是这样。人们缩颈耸肩骑在立刻,尽可能地一动不动,以便焐暖流到身上的水,同时不让新的水流进去。在拉得很长的哥萨克队伍中间,有两辆套着法国马的大车在树桩和枯树枝上颠簸着。

杰尼索夫的马为了绕过路上的水洼,向旁边一拐,把他的膝盖碰了一下。

"咳,该死的!"杰尼索夫恶狠狠地骂了一声,他龇着牙把马鞭抽了三、四下,溅了自己和同伴一身泥。杰尼索夫心情不好:由于雨也由于饿,主要的,由于到现在没有多洛霍夫的消息,派去捉"舌头"的人也没有回来。

"像这次袭击运输队的机会,恐怕不会有第二次了。单独的干很危险,但是延迟到第二天——那就会让某一支大游击队从我们鼻子尖下把战利品截了去,"杰尼索夫想,他不停地往前望去,希望看见多洛霍夫派来的人。

杰尼索夫跑到向右边可以远眺的林间小路上,停了下来。

"有个骑马的人,"他说。

哥萨克上尉朝杰尼索夫指的方向望去。

"两个骑马的人——一个军官,一个哥萨克,可是不敢确定是否是少校本人,"哥萨克上尉说。

两个骑马的人下了山坡,看不见了,几分钟后又出现了。前面那个军官衣服破烂,浑身都湿透了,裤脚卷到膝盖以上,他挥着鞭子,驱赶着那匹迈着疲倦的步子的马。他后面一个哥萨克站在马镫上奔驰着。这个军官是一个年轻的孩子,有一张红润的脸,一对快乐、灵活的眼睛,他跑到杰尼索夫跟前,递给他一个湿透了的信封。

"将军送来的,"那个军官说,"请原谅,不很干⋯⋯"

杰尼索夫紧皱着眉头,接过信,开始拆开。

"人们老说危险,危险,"在杰尼索夫读信的时候,那个军官对哥萨克上尉说。"其实,我和科马罗夫,"他指了指那哥萨克,"都有准备。我们每人都带着两支手枪……这是什么人?"他看见法国小鼓手,问道,"是俘虏? 你们已经打了一仗了? 可以和他说话吗?"

"罗斯托夫! 彼佳! 杰尼索夫匆忙看过信,喊道:"你怎么不说你是谁?"杰尼索夫微笑着转身向那个军官伸过手去。

这个军官是彼佳·罗斯托夫。

彼佳一路上都在苦思冥想,他应当怎样才像一个大人和军官的样子,应该用什么态度见杰尼索夫,同时不露出过去曾经相识。但是杰尼索夫对他一露出微笑,彼佳立刻容光焕发,兴奋得满脸通红,去掉已经准备好的军官架子。

"我非常兴奋看见你,"杰尼索夫说,脸上又露出焦虑的表情。

"米哈伊尔·费奥克利特奇,"他对哥萨克上尉说,"原来这又是那个德国人送来的。他是他部下的。"杰尼索夫向哥萨克上尉讲述了信的内容:那个德国将军又一次提出联合袭击运输队的要求。"假如我们明天不把它拿下来,他就会在我们鼻子底下把它夺了去,"他下结论说。

在杰尼索夫和哥萨克上尉说话的时候,彼佳由于杰尼索夫口气冷淡而感到难堪,认为冷淡的原因可能是因为他的裤子不像样,他在军大衣底下偷偷地整了整卷上去的裤脚,尽可能摆出一副英武的样子。

"大人有何指示?"他对杰尼索夫说,把手举到帽檐上行礼,又玩起他准备好的副官和将军的游戏了,"我是否应该留在大人部下?"

"指示? ……"杰尼索夫若有所思地说。"你能留到明天吗?"

"自然可以……我可以留在您的部下吗?"彼佳大声喊道。

"但是将军究竟怎么吩咐你的——要你马上返回吗?"杰尼索夫问。彼佳脸红了。

"他什么也没说。我想,应该是可以的吧?"他带着询问的口气说。

"那么,好吧,"杰尼索夫说。他对部下做了部署,派一队人到林中小屋休息地点,派那个骑吉尔吉斯马的军官去找多洛霍夫,搞清楚他在哪儿,晚上来不来。杰尼索夫本人带着哥萨克上尉和彼佳准备到那接近沙姆舍沃的树林边缘,以便观察明天将要发动袭击的那里的法军驻地。

"嘿,大胡子,"他对那个农民向导说,"带我们到沙姆舍沃去。"

杰尼索夫、彼佳和哥萨克上尉,几个跟随着的哥萨克和一个带着俘虏的骠骑兵,向左过了一道山沟,朝树林边沿上去了。

五

雨停了,不过又开始下雾了,树枝上滴着水珠。杰尼索夫、哥萨克上尉和彼佳沉默地跟着那个戴尖顶帽的农民,他迈着穿树皮鞋的八字脚,领着他们向林边走去。

那个农民走上一道长坡,四处张望一下,随后向树林稀少的地方走去。在一棵尚未落叶的大橡树下他站住了,神秘地招了招手。

杰尼索夫和彼佳向他走去。从农民站着的地方可以看到法国人。一出树林,半坡上有一片春播作物的田地。右边,陡峭的山谷对面,能看见一个小村子,那里有一所屋顶坍塌的地主住宅。在这个村子和地主的住宅里,在整个丘陵上,可以看见成群结队的人,可以清清楚楚地听见他们互相呼应的声音。

"把俘虏带过来,"杰尼索夫低声说,眼睛依旧盯着那些法国人。

那个哥萨克下了马,把那孩子抱下来,带他到杰尼索夫跟前。杰尼索夫指着那些法国人,问他那是些什么部队。那个孩子把一双冻僵的手插进衣袋里,抬起眼眉惊愕地望着杰尼索夫,他显然很愿意把他知道的都说出来,但是他回答得稀里糊涂,不管杰尼索夫问什么,他总是点头称是,杰尼索夫皱起眉头,转过身去,向哥萨克上尉谈了他的想法。

彼佳迅速地转动着头,一会儿看看小鼓手,一会儿看看杰尼索夫,一会儿看看哥萨克上尉,一会儿看看村里和大路上的法国人,生怕放过什么重要的东西。

"不管多洛霍夫来不来,我们都要拿下来! ……啊?"杰尼索夫快活地闪了闪目光,说。

"这是一个很适当的地点,"哥萨克上尉说。

"我们派步兵从沼泽过去,"杰尼索夫接着说,"他们向花园那儿爬;您带着哥萨克骑兵从那儿出击,"杰尼索夫指着树林后的村庄,"我带着骠骑兵从这儿走。枪一响就行动……"

"那个洼地可不行,那里有泥潭,"哥萨克上尉说。"马会陷下去的,得从左边绕……"

正当他们低声说话的时候,在下边,在池塘那边的洼地上,响起一声枪声,又响了一声,冒起一团白烟,山坡上几百名法国人似乎很快活地齐声呐喊起来。枪声初起时,杰尼索夫和哥萨克上尉往后退了一下。他们离得这么近,他们以为枪声和喊声是他们引起的。可是枪声和喊声并不是冲着他来的。下面沼泽里有一个穿红衣服的人跑过。显然法国人是向他射击,向他呐喊。

"这不是我们的吉洪吗?"哥萨克上尉说。

"是他! 正是他!"

"这个臭小子,"杰尼索夫说。

"跑掉了!"哥萨克上尉眯缝着眼说。

他们称之为吉洪的那个人,跑到小河边,扑通一声跳进河里,在水下停了一会儿,手脚并用地爬了出来,又往前跑了。追他的法国人停住了。

"真麻利,"哥萨克上尉说。

"这个老油条!"杰尼索夫依旧带着气愤的神情说。"直到现在他都在干什么?"

"这是什么人?"彼佳问。

"这是我们的侦察员。我派他去捉'舌头'。"

"噢,原来这样,"彼佳刚听了头一句就点着头说,似乎他全懂了,其实他一点也不明白。

吉洪·谢尔巴特是一个全队最有用的人。他本是格扎特附近波克罗夫斯科耶村的农民。杰尼索夫在开始活动时来到波克罗夫斯科耶村,照例把村长找来,问他们是否知道法国人的情况,这个村长也像所有的村长一样,就像为保护自己似的回答,他毫无所知。杰尼索夫向他说明他们的目的就是要打死法国人,问他有没有法国人流窜到他们这儿,村长说,洋人的确来过,不过我们村里只有季什卡·谢尔巴特一个人对付他们。杰尼索夫吩咐把吉洪叫来,对他干的事夸奖了几句,又当着村长的面讲到祖国的儿子们应当效忠沙皇和祖国,仇视法国人。

"我们对法国人没有做坏事,"吉洪说,他听了杰尼索夫那番话,看样子有点胆怯。"我们不过同那些小伙子逗着玩罢了。不错,我是打死了二十来个洋人,可是我们没做坏事……"第二天,杰尼索夫完全忘了这个农民,当他已经离开那个村子的时候,人们向杰尼索夫报告说,吉洪跟着队伍不肯离开,请求收留他。杰尼索便吩咐把他留下来。

吉洪开始只做些粗活,生火、挑水、剥马皮,但他很快就对游击战表现出极大的爱好和才能。他常在夜间去找战利品,每次都带回法国人的衣服和武器,命令他去捉俘虏,他就把俘虏带回来。杰尼索夫免去了他的杂务,出去侦察时将他带在身边,并把他编入哥萨克队伍。

吉洪不爱骑马,经常步行,却从来不落在骑兵后面。他的武器是火枪、长矛和斧子;他带着长枪主倘若为了好玩,他使唤斧子就像狼使唤牙一样,狼用牙齿很容易从皮毛里找到虱子,而且可以咀嚼大块的骨头。吉洪抢起斧子劈木头,握着斧背削小橛子和雕小勺子,都一样地得心应手,吉洪在杰尼索夫队伍里占有一个独一无二的地位。每当要做某种困难和讨厌的活儿的时候,如用肩膀把大车从泥里拖出来,拽着马尾把马从泥潭里拉出来,偷偷地摸进法国人中间,一天要走五十俄里等活儿,人们总是笑嘻嘻地指着吉洪。

"这小子,拿他真没办法,身子骨像一头牛似的,"人们常常这样谈论他。

有一次,吉洪捉拿一个法国人,那人打了吉洪一手枪,打中他背后多肉的地方。吉洪只用伏特加内服外擦,便把伤治好了,这件事成为全队取笑打趣的对象,而吉洪也乐意让人开玩笑。

"怎么了,老兄,不干了?给人家打趴下了?"哥萨克们对他说,吉洪故意伛偻着腰,做个鬼脸,装出生气的样子,用最可笑的话骂法国人。这件事对吉洪唯一的影响是,他在受伤后很少去捉俘虏了。

吉洪是队里最有用、最勇敢的人。谁也没有他找到的袭击机会那么多,谁也没有他捉到的和打死的法国人那么多;正是由于这个原因,他成为全体哥萨克和骠骑兵寻开心的人物,他也情愿当这个角色。这次是杰尼索夫在头天夜里就派吉洪到沙姆舍沃村去捉"舌头"的。然而,不知是因为他不满足只捉一个俘虏呢,还是因为在夜里睡过了头,他在白天钻进灌木林里,落在法国人中间,于是,正像杰尼索夫从山上看见那样,被人家发现了。

六

杰尼索夫又和哥萨克上尉谈了一阵子明天的袭击,他望了望近在咫尺的法国人,好像下了最后决心,于是拨转马头,往回走了。

"喂,小兄弟,咱们现在去烘烘衣裳,"他对彼佳说。

在回守林小屋的途中,杰尼索夫停下来,向林子里张望着。在树林中间,有一个人迈着两条长腿,甩开两只长胳膊,步伐轻快地走过来。这个人看见杰尼索夫,匆忙把一件东西扔进灌木丛里,他脱下耷拉着帽檐的湿透的帽子,走到长官跟着。他就是吉洪。他那布满麻坑和皱纹的脸和又细又小的眼睛,焕发着得意、愉快的光彩。他高昂着头,仿佛忍住笑似的,注视着杰尼索夫。

"我问你,你到哪儿去了。"杰尼索夫说。

"到哪儿去了?抓法国佬去了,"吉洪大胆、急速地回答,声音沙哑,然而却很悦耳。

"你为什么大白天往那儿钻？蠢材！怎么样，没抓到？……"

"抓倒是抓到了，"吉洪说。

"他在哪儿？"

"天刚亮我就抓到一个，"吉洪接着说，他宽宽地叉开那双穿着树皮鞋、迈八字步的平脚，"我就把他带到树林里。我一看，不行。我想，我再去弄一个像样的来。"

"你瞧，这个坏家伙，就知道是这样，"杰尼索夫对哥萨克上尉说。"你为什么不把这个带来？"

"把他带来干什么？"吉洪气呼呼地插嘴说，"那是一个不中用的家伙，难道我不知道您要什么样的？"

"……后来呢？……"

"我想再去抓一个，"吉洪接着说，"我就这个样子往林子里钻，然后卧倒。"吉洪突然麻利地卧倒，学自己是怎样做的。"来了一个，"他继续说。"我就这样猛不丁地搂住了他。"吉洪轻松快捷地跳起来，"跟我去见团长去吧，我说。那小子哇哇乱叫起来。他们一下扑来了四个。手持军刀向我扑来。我就这样拿着斧头向他们迎了上去：你们要干什么，见你们的上帝去吧，"吉洪大喝一声，舞动双手，威严地皱着眉毛。

"可不是嘛，我们从山上看见你跳过水洼逃跑的，"哥萨克上尉眯缝着眼睛，说。

彼佳很想笑，但是他看见大家都忍住笑。他快速地把眼睛从吉洪脸上移到杰尼索夫和哥萨克上尉脸上，不清楚这究竟是什么意思。

"你别装糊涂，"杰尼索夫生气咳嗽着。"为什么不把第一个带来？"

吉洪一只手搔着背，另一只手搔着头，忽然，他那麻脸拉长了，堆起了一副傻笑，露出一只有豁口的牙。杰尼索夫微笑了，因而彼佳愉快地大笑起来，吉洪本人也跟着笑了。

"咳，是个十足的废料，"吉洪说。"穿得破破烂烂的，怎么好把他带来。并且是个野杂种，大人。'不行，'他说，'我是将军的儿子，我不去，'他说。"

"蠢猪！"杰尼索夫说。"应该让我来盘问……"

"我问他了，"吉洪说。"他说：他不大清楚。他说，他们的人很多，可都是些孬种；他说，只不过挂个名儿罢了。他说，你只要大喝一声，全部束手就擒，"吉洪结束说，快活而又坚决地注视着杰尼索夫的眼睛。

"我狠狠揍你一百鞭子，看你是不是装糊涂，"杰尼索夫严厉地说。

"干什么生这么大的气啊，"吉洪说，"您要的法国人，我没见过还是怎么的？

世界经典文库

世界二十大名著

战争与和平

图文珍藏版

等到天黑,你要什么样的,我给你抓三个来。"

"好啦,咱们走吧,"杰尼索夫说。直走到看林小屋,他一直是气愤地皱紧眉头,默不作声。

吉洪在后面跟着,彼佳听见哥萨克们和他一起在笑,还嘲笑他把一双什么靴子扔到灌木林里。

彼佳听了吉洪的话,看到他的笑脸,不禁大笑,笑过以后,忽然明白了,原来吉洪杀了一个人,他心里十分不是滋味。他看了看那个被俘的小鼓手,似乎有什么东西刺痛他的心。但是这种不舒服的感觉只持续了一小会儿,他觉得必须把头抬高一些,振作精神,带着煞有介事的神情问问哥萨克上尉明天的计划,不要让大家觉得他配不上他所在的那个集体。

派去的那个军官在路上碰见杰尼索夫,带回消息说,多洛霍夫本人马上就到,他那方面一切都顺利。

杰尼索夫忽然兴奋起来,把彼佳叫到跟前。

"好,给我讲讲你的情况吧,"他说。

七

彼佳在全家要离开莫斯科的时候,便和他们分手回到自己的团队,在这里不久,他就到一个指挥一支大游击队的将军那里做传令兵。自从他升为军官,尤其是他到作战部队,参加过维亚济马战役后,彼佳为他已经是成年人而兴奋,经常处在幸福、激动的状态中,并且经常兴高采烈地忙碌着,不放过任何一个从事真正的英雄事业的机会。他很喜欢他在军队中看见的和经历过的事情,但是同时总觉得,他没去过的那个地方正在进行着真正的英雄事业。因而他总急着要到他没去过的地方。

十月二十一日,他的将军要派一个人到杰尼索夫的游击队去,彼佳请求派他去,他是那么苦苦哀求,使得将军无法拒绝。可是,那个将军在派他的时候,想起了彼佳在维亚济马战役中的疯狂行动,那次他不走指定的那条路,而是冒着法国人的炮火驰到散兵线上,在那儿放了两次手枪,因此这次将军特别交代彼佳,禁止他参加杰尼索夫的任何战斗。正是由于这个缘故,在杰尼索夫问他能不能留下来的时候,彼佳脸红了,心慌了。在到达树林边缘之前,彼佳原想一定严格执行任务,然后立刻回去。但是,他看见了法国人,看见了吉洪,听说当夜一定要搞袭击,他以年轻人改变观点的迅速,心里想,他向来十分尊敬的那个将军,不过是一个无能的德国人,而杰尼索夫是英雄,哥萨克上尉是英雄,吉洪是英雄,在这困难的关头离开他们是可鄙的。

杰尼索夫带领彼佳和哥萨克上尉来到看林小屋的时候,已经是黄昏时分了。在小屋的门厅里一个哥萨克挽着袖子正在切羊肉。屋里有三名杰尼索夫队里的军官在把一扇门板搭成桌子。彼佳脱掉湿衣服,交给人烘干,然后立刻帮助军官摆饭桌。

非常钟后,一张铺着桌布的饭桌准备好了,桌上摆着伏特加,军用水壶盛着甜酒,有白面包、烤羊肉,还有盐。

彼佳和军官们一块坐在桌旁用手撕着吃那喷香的肥羊肉,满手都流着油,他怀着孩子般兴奋的心情,温情地爱所有的人,因此相信别人也同样地爱他。

"您以为怎么样,瓦西里·费奥多罗维奇,"他对杰尼索夫说,"我在您这儿住一天,没事吧?"不待回答,他自己给自己回答了:"我是奉命来打听情况的,我这不是正在打听……不过,只求您让我参加最……参加最主要的……我不需要奖赏……我只希望……"彼佳咬咬牙,环顾了一下,头抬得高高的,挥了挥胳膊。

"参加最主要的……"杰尼索夫微笑着重复说。

"只求您给我一个小队,完全由我来指挥,"彼佳继续说,"这在您算不了什么吧?噢,您要小刀?"他对一个想切羊肉的军官说。他递给他一把折刀。

那个军官夸奖他的刀子。

"那就请留下自己用吧。我有很多这样的刀子……"彼佳红着脸,说。"哎哟,我的老天!我彻底忘了,"他突然喊了一声。"我有非常好的葡萄干,您知道吗,是那种无核的。我们那儿新近来了一个随军小贩,他的东西可好啦。我买了十斤。我习惯吃点甜的。你们要吃吗?……"彼佳跑到门厅里去找他的哥萨克,拿来几个口袋,里面装着五斤左右的葡萄干。"尝尝吧,诸位,尝尝吧。"

"您要不要咖啡壶?"他对哥萨克上尉说。"我在我们那个小贩那儿买一把,顶好的!他有非常好的东西,他人也很老实。我一定给您送来。还有,也许你们的火石用完了,磨损了,——这是常有的事,我带来了,就在这儿……"他指了指那些口袋,"一百块火石。我买的非常便宜,要多少,就请拿多少吧,都拿去也可以……"彼佳突然停住了,脸红了,心想他是不是扯得太远了。

他开始想他今天有没有做什么蠢事,他从头回忆今天的事,他的回忆停留在那个法国小鼓手身上。"我们倒挺自在的,不知他怎么样了?把他放在哪儿了?给他吃的没有?有没有欺负他?"他在想。他觉得自己胡扯了一些打火石的事,他现在有点怕了。

"问一问倒行，"他想"不过他们会说：'小孩怜惜小孩。'我明天让他们知道我是一个怎样的孩子！我倘若问他，是不是挺害羞的？"彼佳想。"嗨，管他的！"他一下红了脸，惊慌地望着那些军官，看他们脸上有没有嘲笑的表情，说：

"可不可以把那个抓来的俘虏——那个小孩叫来？给他点什么吃的……或许……"

"是啊，可怜的小家伙，"杰尼索夫说，他很明显并不认为这个提醒有什么可害羞的。"把他叫来。他叫樊尚·博斯。叫他来吧。"

"我去叫，"彼佳说。

"去叫，去叫。可怜的小家伙，"杰尼索夫重复道。

杰尼索夫说这话的时候，彼佳站在门旁。彼佳从军官们中间挤过去，来到杰尼索夫身边。

"让我吻吻你，亲爱的，"他说。"嘿，太好了！"他吻了吻杰尼索夫后，就跑到外面去了。

"博斯！樊尚！"彼佳在门口喊道。

"您找谁，小爷子？"黑暗中一个声音说。彼佳回答说，找那个今天抓获的法国孩子。

"噢！韦辛尼，是吗？"哥萨克说。

"他正在篝火那儿烤火呢。喂，韦辛纳！韦辛纳！韦辛尼！"黑暗中传出连续的呼唤声和笑声。

"那孩子机灵着呢，"站在彼佳身旁的骠骑兵说。"我们刚才给他东西吃了。可把他饿坏了！"

在黑暗中响起光脚板踏着泥水的声音，小鼓手来到门前。

"是你呀！"彼佳说。"要吃东西吗？进来吧，"他怯怯地、亲热地摸着他的手。

"谢谢，先生，"小鼓手用颤抖的、近乎是孩子的声音回答，他在门口把泥脚擦干净。彼佳有许多话要对小鼓手说，可是他不敢。他在门厅里站在他身边，不知怎样才好。然后，在黑暗中抓住他的手，握了握。

"进来吧，"他只是柔声细语地又说。

"咳，我应当为他做点什么！"彼佳自言自语着，他打开门，让那个孩子先进去。

小鼓手进到屋里，彼佳离他远一点坐下来，他觉得对他太注意是有失身份的。他只是手插进衣袋里摸着钱，踌躇地想，给小鼓手钱是不是怪害羞的事。

八

　　杰尼索夫吩咐给小鼓手伏特加酒和羊肉,叫他穿上俄国式的长衣,打算不把他和俘虏一起送走,而把他留在队里。这时,多洛霍夫的到来,把彼佳的注意力从小鼓手身上引开了。彼佳在部队里听到许多关于多洛霍夫异常的勇敢和残暴的故事,所以,多洛霍夫一进到屋里,彼佳就目不转睛地盯着他,更加振作起精神,高昂着头,以表示甚至像多洛霍夫这样的伙伴,他也配得上。

　　多洛霍夫外表的朴素,令彼佳非常惊奇。

　　杰尼索夫穿一身高加索式的上衣,留着胡子,胸前挂着显圣的尼古拉像,他的谈吐和举止都显出了他的特殊地位。多洛霍夫以前在莫斯科的时候,穿着一身波斯装,而现在的装束却有一副最标准的近卫军军官的派头。他的脸刮得非常干净,穿着近卫军棉大衣,纽扣上挂一枚圣乔治勋章,头上端正地戴一顶普通的军帽。他在墙角脱下毡斗篷,不跟任何人打招呼,走到杰尼索夫跟前,立刻谈起正事来。杰尼索夫对他讲了讲两只大游击队对袭击那个运输队的计划、彼佳送来的信件,以及他是怎样回答那两个将军的。然后,杰尼索夫把他所知道的法国部队的情况讲了一遍。

　　"事情就这样,但是必须知道是什么部队,有多少人,"多洛霍夫说,"得去一趟。不确切地了解他们有多少人,不能贸然从事。我做事喜欢认真。我说,诸位有谁愿意跟我一起到他们营盘去一趟,我把法国军服也带来了。"

　　"我,我……我跟您去!"彼佳喊道。

　　"根本用不着你去,"杰尼索夫对多洛霍夫说,"我无论如何也不会让他去。"

　　"我去好极了!"彼佳喊道,"为什么不让我去?……"

　　"因为没有必要。"

　　"请您原谅,但是……我一定去,就是这样。您带我去行吗?"他问多洛霍夫。

　　"有什么不可以……"多洛霍夫漫不经心地回答,他审视着那个小鼓手的脸。

　　"这个小东西早已在您这儿了?"他问杰尼索夫。

　　"今天才捉到的,可是他什么也不知道。我把他留下来了。"

　　"啊,您把其余的都弄哪儿去了?"多洛霍夫说。

　　"什么弄哪儿去了?我送走的都有收条!"杰尼索夫忽然红了脸,喊道。"我敢说,凭自己的良心,我没害过一条人命。难道把三十个或者三百个俘虏押送到城里,比玷污军人的名誉还难吗?"

"这番好心的话只适合这位十六岁的伯爵小少爷说，"多洛霍夫冷笑着，"你已经不是说这种话的年纪了。"

"我说什么来着，我什么也没说，我只说，一定要带我去，"彼佳胆怯地说。

"咱们是扔掉这种多情的时候了，"多洛霍夫继续说，仿佛他对这个刺激杰尼索夫的话题尤其感到兴味。"你留着这孩子干什么用？"他摇着头说。"是因为只可怜他吗？你的那些收条，我们太清楚了。你送走一百个，结果只收到三十个。都饿死了或者给打死了。反正是送不到，你说是不是？"

哥萨克上尉眯缝起眼睛，赞许地点点头。

"反正送不送都一个样，这没有什么可说的。我不愿意折磨自己的良心。你说——他们都会死掉的。就算那样吧。只要别死在我手里就行。"

多洛霍夫大笑起来。

"然而有谁劝阻他们不要二十次下令捉我呢？倘若给他们捉到的话——你我连同你那骑士风度，全都给吊到白杨树上。"他停了一下。"我们还是干正事吧。叫我的哥萨克把驮囊拿来！我有两套军服。怎么样，跟我去吗？"他问彼佳。

"我？对，对，一定去，"彼佳注视着杰尼索夫喊道，他激动得几乎流出泪来。

在多洛霍夫和杰尼索夫争论应当怎样对待俘虏的时候，彼佳又感到困窘和慌乱；可是他还是没搞清楚他们在说什么。"既然岁数大的，有名的人都是那么想的，那当然是对的，自然是好的，"他想。"主要的，不能让杰尼索夫认为我是听他的，他可以指挥我。我一定跟多洛霍夫到法国营盘去。他办得到，我也办得到！"

不论杰尼索夫怎样劝阻，彼佳总是回答说，他也有做事精细的习惯，而不总是毛手毛脚地碰运气，而且他从来不考虑个人的危险。

"因为，假如不确切知道他们有多少人，就可能关系到几百人的生命，而我们不过两个人。再说，我非常想去，我非去不可，您别拦阻我，"他说，"那样只有更糟……"

九

彼佳和多洛霍夫穿上法国军大衣和高筒军帽，就向杰尼索夫观察敌人营盘的林间小道驰去，在一片黑暗中走出树林，来到洼地。到了下面，多洛霍夫命令跟随他的哥萨克在那儿等候着，随后就沿着大路向桥头驰去。彼佳和他并马前进，激动得喘不过气来。

"假如咱们落入敌人手里，我决不让他抓住活的，我有手枪，"彼佳低语道。

"不要说俄语，"多洛霍夫悄悄说，就在此刻，从黑暗中传来呼问声："什么人？"并发出扳枪机的声音。

血立刻涌到彼佳脸上，他抓住了手枪。

"第六团的枪骑兵"多洛霍夫说，既不放慢也不加快马的步子。桥上站着哨兵的影子。

"口令？"多洛霍夫勒住马，缓步行进。

"热拉尔团长在吗？"他说。

"口令！"哨兵不回答，拦住他说。

"官长在巡逻，哨兵决不会问他口令。我问你团长在吗？……"多洛霍夫忽然发起火来，策马向哨兵走去。

不待那个让开路的哨兵回答，多洛霍夫缓步跑上山坡。

看到一个横过道路的黑影，多洛霍夫拦住那个人，问司令官和军官都在哪儿。那个背着口袋的士兵站住，走到多洛霍夫的马跟前，用手抚摸着马，友善地说，司令官和军官都在右边山坡农场上。

多洛霍夫沿着大路向前走，从路两边篝火那儿传来法国人的谈话声，走了一段路，他转入了地主住宅的院子里。进了大门，他下了马，走到一堆烧得正旺的篝火跟前，围着篝火坐着几个人正在大声说话。火上煮着满满一锅东西，一个头戴尖顶帽被火照得亮堂堂的士兵跪在那儿，用通条搅动着锅里的东西。

"你拿那家伙没办法，"坐在篝火对面阴影里的一个军官说。

"他把他们吓了一跳……"另一个军官大笑起来。听见多洛霍夫和彼佳牵着马向篝火走来的脚步声，两个军官停下谈话，向黑暗中张望。

"你们好，诸位！"多洛霍夫大声、清楚地说。

军官们在篝火的阴影里动了动，一个高个的、长脖子军官绕过火堆，走到多洛霍夫面前。

"你好吗，克莱芒？"他说。"从哪儿来……"他意识到认错了人，就没把话说完。轻轻地皱了皱眉，就像对一个陌生人似的，与多洛霍夫寒暄了一下，问有什么可以为他效劳的。多洛霍夫说，他和同伴在追赶自己的团队，他问在场的军官们，是否知道第六团的消息。他们都不知道；彼佳觉得那些军官怀着敌意和疑心审视着他和多洛霍夫。有几秒钟大家都不说话。

"假如你们是来赶晚饭的，那你们可来晚了。"篝火后面发出忍着笑的声音。

多洛霍夫说他们不饿，他们当晚还要赶路。

他把马交给那个搅和锅的士兵，随后在篝火旁挨着那个长脖子军官蹲了下来。

那个军官目不转睛地瞪着他,又问他一遍:他是哪个团的。多洛霍夫没有回答,就像没有听见他的问话,他从衣袋里取出法国烟斗,抽起烟来,问那些军官前面的路上会不会有受哥萨克袭击的危险。

"那些强盗到处都是,"一个军官从篝火那边回答。

多洛霍夫说,仅有对他和他的同伴这样掉队的人,哥萨克才是可怕的,然而对大部队,哥萨克大概是不敢袭击的,他用探询的口气又说。没有人回答。

"他就要走了,"彼佳站在篝火前,听他们谈话,不时这么想。

但是多洛霍夫又再次开始那个中断了的谈话,直率地问他们有几个营,每营有多少人,有多少俘虏。在问到他们部队中的俄国俘虏时,多洛霍夫说:

"带着这群家伙挺烦人的,还不如把他们都枪毙了,"接着,他怪声大笑起来,彼佳觉得,法国人马上就要识破骗局,他不自觉地从篝火边向后退了一步。没人回答多洛霍夫的话和笑,一个不见露面的法国军官探起身来和同伴嘀咕什么。多洛霍夫站起来,叫那个牵马的士兵。

"他们会把马牵来吗?"彼佳想,不由得靠近多洛霍夫。

马牵来了。

"再见,诸位,"多洛霍夫说。

彼佳想说晚安,但是说不出口。军官们交头接耳地在低语什么。多洛霍夫好半天才骑上那匹不肯站稳的马;然后缓缓走出了大门。彼佳骑着马和他并肩走,他十分想回头看看军官有没有追赶他们,然而他不敢。

来到大路上,多洛霍夫不从田野回去,而穿过村庄。走到一个地方,他停下侧耳谛听。

"你听见了吗?"他说。

彼佳听出俄国人说话的声音,看见了篝火旁俄国俘虏的黑影。彼佳和多洛霍夫下了山坡向桥上走去,随后朝着哥萨克在那儿等待着的洼地跑去。

"好啦,再见吧。告诉杰尼索夫,天亮的时候开第一枪,"多洛霍夫说完正要走,彼佳抓住了他的胳膊。

"嘿!"他喊道,"您真是伟大的英雄。啊,真好! 真棒! 我真爱您。"

"好啦,好啦,"多洛霍夫说,但是彼佳不放开他,多洛霍夫在黑暗中看出彼佳向他弯过身来。他想亲吻。多洛霍夫吻了吻他,笑起来,掉转马,在黑暗中消失了。

十

彼佳回到看林小屋,在过厅里碰见杰尼索夫。杰尼索夫心中正懊悔自己不该

世界经典文库

世界二十大名著

战争与和平

图文珍藏版

让彼佳去,激动不安地等候着他。

"谢天谢地!"他喊道。他听着彼佳欣喜若狂地讲述,反复地说。"你这个鬼东西,为了你,我连觉都没睡!"杰尼索夫说。"好啦,谢天谢地,现在可以睡了。天亮之前还可以打个盹儿。"

"好……不,"彼佳说。"我还不打算睡呢。我知道我的毛病,一睡就醒不过来了。在战斗前,我有不睡觉的习惯。"

彼佳在屋里坐了一会儿,快活地回忆这次出行的一桩桩细节,生动地想象着明天的情景。随后,他看见杰尼索夫睡着了,就站起来,走到外面。

外面依旧一片漆黑。雨已经停了,但树上还滴答着雨点。在看林小屋近旁,隐约可见哥萨克的窝棚和拴在一起的马的黑影。

彼佳走出过厅,在黑暗中四处看了看,然后向大车走去。车底下有人打鼾,几辆大车周围站着备鞍的马正在嚼燕麦。黑暗中彼佳认出他的马,于是他向那匹马走去。

"喂,明天咱们就要上阵了,"他说,闻闻它的鼻孔,吻了吻它。

"怎么啦,大人,没有睡啊?"坐在大车下的哥萨克说。

"没有;啊……你似乎叫利哈乔夫吧?我才回来。我们到法国人那去了。"于是彼佳不但详细讲了他这次出行,并且讲了他为什么出行,为什么他认为宁可冒生命危险,也比不管三七二十一瞎蒙好。

"您睡一会儿去吧,"那个哥萨克说。

"不,我已经习惯了,"彼佳回答。"你手枪里的火石都用完了吧?我带来一些。你拿去用吧。"

那个哥萨克从大车底下探出身子,离近仔细地看了看彼佳。

"对了,我求你一件事,朋友,你替我磨一磨佩刀吧;佩刀还没有开口呢。能办到吗?"

"有什么办不到的,当然可以。"

利哈乔夫站起来,在驮囊里摸索了一阵,不大工夫,彼佳就听见钢在磨刀石上发出霍霍的声音。

"怎么样,弟兄们都睡了吗?"彼佳说。

"有的睡了,有的就像咱们这样。"

"那个孩子怎么样?"

"韦辛尼吗?他在过厅里躺着呢。受惊以后困了。他现在可兴奋了。"

在这之后彼佳沉默了很久。黑暗中传来脚步声,一个黑影出现了。

"磨什么？"那个人走到大车跟前，问道。

"给这位小爷磨佩刀呢。"

"好事，"那人说，"我的茶杯是否忘在你这儿了？"

"就在车辘辘旁边。"

骠骑兵拿起杯子。

"天快亮了吧，"他打着哈欠说了一句，便到别处去了。

"霍哧，霍，霍哧，霍……"被磨的佩刀在呼啸。突然，彼佳听见一个很和谐的乐队在演奏一种不知名的、既庄严又悦耳的赞美歌。彼佳和娜塔莎都一样，比起尼古拉都更具有音乐的天赋，但他从没有学过音乐，从没有想过音乐，正因为这样，这些意外闯进他头脑的旋律，他觉得格外动人。

彼佳不知道持续了多久：他欣赏着，不断地为这种享受而惊奇，而且因为没有可共同欣赏的人而感到遗憾。利哈乔夫亲切的声音唤醒了他。

"大人，刀磨好了，您可以把法国人劈成两半了。"

彼佳醒了。

"已经天亮了，真的天亮了！"他喊道。

彼佳抖擞了一下，跳起来，从衣袋里取出一个卢布交给利哈乔夫，挥了一下军刀，试了试，插进了刀鞘里。

"司令来了，"利哈乔夫说。

杰尼索夫从看林小屋里走出来，把彼佳喊过去，就命令集合。

十一

在昏暗中各人很快就找到了自己的马，把马肚带勒紧，排成几个小队。杰尼索夫站在看林小屋旁边，发出了最后的命令。游击队的步兵几百只脚踏着泥地，沿着大路前进，很快就消失在晨雾弥漫的树林中间。哥萨克上尉对哥萨克们也发出了命令。彼佳牵着马缰绳，焦急地等着上马的命令。一阵寒战掠过他的背脊，全身迅速而有节奏地颤抖着。

"你们都准备好了吗？"杰尼索夫说。"带马来。"

马牵过来了。杰尼索夫为了马肚带没有勒紧十分恼火，把那个哥萨克大骂了一顿，然后骑上马。彼佳蹬上马镫。那匹马习惯地想咬他的脚，但是彼佳好像觉不出他的重量似的，迅速跳到马鞍上，回头望了望身后在昏暗中出发的骠骑兵，就向杰尼索夫跑去。

"瓦西里·费奥多罗维奇,您交给我一个什么任务吧？求求您……看在上帝面上……"他说。杰尼索夫似乎把彼佳这个人的存在全给忘了。他转脸看了他一眼。

"我只命令你一件事,"他严厉地说,"听我的话,不要乱窜。"

杰尼索夫一路上再没有和彼佳说一句话,无语地走着。来到树林边缘的时候,田野上已经大亮了。杰尼索夫向哥萨克上尉低语了一会儿,哥萨克骑兵从彼佳和杰尼索夫身旁跑过。在他们都走过去的时候,杰尼索夫策马向山坡下驰去。马蹲着后腿,出溜着,驮着骑者下到洼地。彼佳和杰尼索夫并骑前进。他全身颤抖得越来越厉害。天逐渐亮了,只有雾还遮蔽着远方的物体。杰尼索夫下来后,向后面看了看,对站在他身边的哥萨克点了点头。

"打信号!"他说。

那个哥萨克举起手来放了一枪。就在这一瞬间,只听见四面响起奔腾的马蹄声、呐喊声和射击声。

就在刚一响起马蹄声和呐喊声的一瞬间,彼佳扬鞭抽了一下他的马,放松缰绳,不听杰尼索夫对他的训斥,直向前奔去。彼佳觉得,枪声一响,天色忽然像正午一样明亮起来。他向桥跑去。哥萨克们沿着大路在前边跑着。在桥上他碰见一个落到后面的哥萨克,然后再向前跑去。前面有一些法国人,正从大路右边向左边跑。有一个人倒在彼佳的马蹄下面的泥里。

在一所农舍旁围着一群哥萨克正在做什么。从人群的中间传来可怕的喊叫声。彼佳向那群人跑去,他第一眼看见的是一张苍白的、下巴颏打哆嗦的法国人的脸,那个法国人手中握住一杆对着他的长矛。

"乌拉！……弟兄们……我们的人……"彼佳喊道,松开马的缰绳,顺着村子街道向前跑去。

前面传来枪声。从路两旁跑出来的哥萨克、骠骑兵和衣衫褴褛的俄国俘虏,都高声地喊叫。一个样子彪悍的法国人用刺刀抵抗骠骑兵。当彼佳驰到跟前的时候,那个法国人已经倒下了。又没赶上,彼佳头脑里闪了一下,于是他向那些枪声响得最密的地方驰去。他听到在他和多洛霍夫昨天夜里去过的地主家院子里响起枪声。法国人躲在灌木茂密的花园里,在篱笆后面向拥在大门口的哥萨克射击。彼佳向大门跑去的时候,在硝烟弥漫中看见多洛霍夫,正对人们吆喝。"迂回过去！等一下步兵！"他喊道,这时彼佳跑到他跟前。

"等一等？……乌拉！……"彼佳喊道,他一刻不停地向那枪声和硝烟最密的地方驰去。哥萨克和多洛霍夫跟着彼佳跑进宅院的大门。在动荡的浓烟中,法国人有的扔掉武器,从灌木丛中迎着哥萨克跑出来,另一些往山下池塘跑去。彼佳骑着马穿过地主家的院子，然而他不握住缰绳，却奇怪地、迅速地挥舞着两只胳膊，身子越来越向鞍子的一边倾倒。马跑到在行将燃尽的篝火前站住了，彼佳沉重地倒在潮湿土地上。哥萨克们看见他的胳膊和腿很快地抖动着，而他的头却一动不动。子弹射穿了他的头。

一个法国高级军官从宅子里走出来，用刺刀挑着一块白手绢宣布投降，多洛霍夫和他谈判了一会儿随后下了马，走到一动不动、两臂伸开的彼佳跟前。

"完结了，"他皱着眉头说，然后向大门走去，迎着向他驰来的杰尼索夫。

"打死了吗?!"杰尼索夫喊道，他老远就看见彼佳的身子摆着那种确定无疑已经失去生命的姿势躺在那儿。

"完结了"，多洛霍夫又说，好像说出这话使他感到什么乐趣似的，他匆忙向那被急忙赶来的哥萨克包围起来的俘虏走去。"不收容他们!"他向杰尼索夫喝了一声。

杰尼索夫没有答话；他来到彼佳身旁，下了马，用颤抖的双手托起彼佳被血和泥染污了的脸。

"我爱吃甜东西。上好的葡萄干，全拿去吧，"他想起彼佳的话。杰尼索夫像犬吠似的号哭起来，他转身走到篱笆跟前，紧紧地抓住篱笆。

杰尼索夫和多洛霍夫救出的俄国俘虏中，就有皮埃尔·别祖霍夫。

十二

皮埃尔所在的那个俘虏队，从离开莫斯科上路以来，从未接到法国长官任何新的命令。十月二十二日和这个俘虏队走在一起的早已不是从莫斯科出发时的那些军队和车队了。走在他们后面载着面包干的车队，在开始的几天有一半被哥萨克掳走了，另一半向前走远了；原先走在前面的没有骑马的骑兵，已经一个不剩了；他们都失踪了。头几天还看见前面是炮队，现在却是由威斯特法利亚人护送的朱诺元帅的庞大车队。走在俘虏后面的是骑兵的车队。

原来法国军队分成三个纵队，从维亚济马出发后，现在乱成一团了。在刚出莫斯科第一次休息时皮埃尔所见到的那些混乱迹象，现在达到了极点。

他们经过的那条路两旁，到处是死马；从各种部队掉队的穿着破烂衣服的人，有时加入行进中的纵队，有时又落在后面，不断地变换着。

在行军期间，闹了几次虚惊，那些护送兵举枪射击，拼命乱跑，互相冲撞，然后又集合起来，因为无缘无故的受惊互相咒骂。

这三股走在一块的人，——骑兵车队、俘虏押送队和朱诺的车队，——总还算得上是一个单独的完整的单位，虽然这群人很快地减少着。

原有一百二十辆大车的骑兵车队，现在剩下的已经不到六十辆了；其余的不是被抢走就是被抛弃。朱诺的车队也有的被丢掉或者被掳走。有三辆大车曾遭到达乌兵团的散兵游勇的抢劫。皮埃尔从德国籍士兵的谈话中得知，押送这个车队的人比押送俘虏的人多，他们的一个同伴，一个德国兵，被元帅亲自下令枪毙了，由于在这个士兵身上发现一个属于将军的银匙。

在这三股人中间，减员最多的要算俘虏押送队了。出莫斯科时三百三十人，现在只剩下不到一百人了。押送的士兵觉得，俘虏比骑兵车队的马鞍子和朱诺的行李车队更是一个负担。他们知道，马鞍子和朱诺的匙子还有点用，可是看守这些又冷又饿的俄国人，对于同样又冷又饿的士兵来说什么用也没有。那些处境可怜的押送士兵，好像害怕克制不住对俘虏的同情，那样会使自己的处境更坏，因此对待俘虏格外阴沉和严厉。

在多罗戈希日，押送的士兵把俘虏锁在马棚里，出去抢他们自己的仓库，有几个俘虏试图挖通墙脚逃走，可是被法国人捉住枪毙了。

在莫斯科出发时俘虏的军官和士兵是分开的，现在这个规定早已不存在了；凡是还能走动的，都掺在一起了，从第三天起，皮埃尔跟卡拉塔耶夫和那条认卡拉塔耶夫为自己主人的雪青色的短腿狗又会合了。

离开莫斯科的第三天，卡拉塔耶夫在莫斯科医院患的热病又发作了，卡拉塔耶夫身体渐渐衰弱，皮埃尔也逐渐地离开他了。皮埃尔不知为什么，但是，自从卡拉塔耶夫病得体弱以后，皮埃尔总要强迫自己才走到他身边。每次皮埃尔走近他和听见他低声呻吟，就闻见从他身上发出愈加强烈的气味，皮埃尔就远远地离开他，也不去想他了。

皮埃尔被关在棚子里当俘虏的时候，懂得了一个道理，人被创造出来是为了幸福，幸福就在于他本身，在于满足人的自然需要，而一切不幸福并不在于缺少什么，而在于过剩；但是现在，在最近三个星期的行军中，他又懂得了一个新的、令人欣慰的真理——世上并没有什么可怕的东西，世上没有哪个环境是人在其中过得幸福和完全自由的，也没有哪个环境人在其中过得不幸福和不自由的。他认识到，痛苦有一个界限，自由也有一个界限，而且这个界限十分接近；一个人为他的锦绣被褥折了一个角而感到苦恼，也正像他现在睡在光秃秃的湿地上，为一边身子冷一边身子热而感到苦恼一样；从前他曾为穿紧脚的舞鞋而感到痛苦，而现在他完全光着脚，用两只满是伤口的脚走路，也感到一样的痛苦。他认识到，当时他自以为自愿和妻子结婚,并不比目前夜里将他关在马棚里更自由。在所有他后来称作痛苦的事情中,最要命的是那双赤裸的、伤痕累累的脚。起初唯一让他难受的是那双脚。

上路的第二天,皮埃尔在篝火旁审视他光脚上的伤痕,心想,没法走路了;但是当大家都动身的时候,他也一拐一拐地走起来,走得身上发暖,也就不觉得疼了,尽管晚上那双脚看起来更使人觉得可怕。可是他不瞧它,想点别的什么。

皮埃尔现在才懂得一个人所具有的全部生命力以及人身上潜在的那种转移注意力的自救力量,它就像锅炉上的安全阀门,只要蒸气的密度超过一定的限度,它就把多余的蒸气释放出去。

他没有见到和听到枪毙那些掉队的俘虏,虽然已经有一百多人就这样被消灭了。他不去想日渐衰弱的卡拉塔耶夫,显然不久他也要遭到那可怕的命运,皮埃尔更少想他自己。他的境况越艰苦,前途越可怕,就愈在他心中出现那些令人欢快欣慰的回忆和想象。

十三

二十二日正午,皮埃尔沿着泥泞打滑的道路在爬坡,他望望自己的脚和崎岖不平的路。他有时看看周围熟悉的人群,然后又去看他那双脚。周围的人群和他那双脚都是他熟悉的。那条雪青色的罗圈腿的小狗快活地在路旁奔跑,有时,为了证明它的敏捷和满意,提起一只后腿,用三条腿跳跃前进,然后又撒开四条腿狂叫着向落在死尸上的乌鸦奔去。周围横陈着各种动物的肉——从人的到马的,不同程度地腐烂着;狼不敢走近有行人的地方,所以小狗可以任意地大嚼大吃。

一早就下雨,眼看就要雨过天晴,可是停了一阵子,下得更大了,道路湿透了,水已经渗不进去了,顺着车辙流成小水沟。

皮埃尔一边走一边向两旁张望,一边每数三步就弯起一个指头。他心里对雨念叨着:"下吧,再下吧,再加一把劲。"

他觉得他什么也不想;但是在那遥远、深邃的某个地方,他的灵魂却在想一件重要的和令人欣慰的东西。这是他从昨天跟卡拉塔耶夫的谈话中得出来的最奇妙的精神收获。

昨天在宿营的地方,皮埃尔在已经熄灭的篝火旁觉得非常冷,他站起来,挪到附近着得较旺的火堆旁。在他走过去的篝火旁,普拉东坐在那儿,他用军大衣连头一块包起来,像裹一件法衣似的,他正用他那快乐的、然而微弱的声音向士兵讲皮埃尔所熟悉的故事。已经过了午夜了。这通常是卡拉塔耶夫发过一阵疟疾后特别活跃的时候。皮埃尔走到篝火前面，听见普拉东微弱、病态的声音，看见他那被火光照亮的可怜的脸，心中感到一阵刺痛。他为自己对这个人的怜悯而感到吃惊，想走开，但是没有另外的篝火可去，因此皮埃尔极力不去看普拉东，在篝火旁坐下。

"你身子怎样？"他问道。

"身子怎么样？假如我们抱怨病，上帝就不赐我们死了，"卡拉塔耶夫说，马上又回到讲开了头的故事。

"……我说，老弟，"普拉东继续说，他那瘦削、苍白的脸带着笑容，眼睛闪着奇异的喜悦的光，"我说，我的老弟……"

皮埃尔早就知道这个故事了，卡拉塔耶夫单独对他一个人讲过五六次，而且每次讲这故事时总是怀着奇特的、喜悦的感情。但是，不管皮埃尔对这个故事多么熟悉，他现在听它，依旧觉得新鲜，卡拉塔耶夫讲故事时的那种恬静的欢喜同样感染着皮埃尔。这个故事是讲一个老商人，他和一家人过着规规矩矩、敬畏上帝的生活，有一次他和一个富商结伴儿到马卡里去。

两个商人在一家客店里住下，躺下睡了，第二天发现商人的同伴被人杀死了并且遭到抢劫。在那个老商人的枕头下面找到那把染血的刀子。这个商人受到审判，挨了鞭打，撕破鼻孔，卡拉塔耶夫说，——然后被流放去做苦役。

"就是这样，我的老弟，这件事过去了十来年。那个老头子过着服苦役的生活。他服服帖帖，不做一点非分的事。他只求上帝赐给他死。——好的。一天夜里，苦役犯人聚在一起，就像我们现在这样，那个老头也在里面。闲谈中，提起他们谁为啥受这份罪，如何冒犯了上帝。于是大家说起来，最后人们都问那个老头：'爷爷，你犯了什么罪？''我嘛，我是为别人的罪过在吃苦呢。我没害过一条命，没拿过别人的东西，不光这样，我还常常帮助贫寒的人。我是一个商人，有很多的财产。'如此这般，他从头到尾，详细地把事情讲述了一遍。'我不为自己难过。这是上帝惩罚我呢。不过只有一样，'他说，'我可怜我的老伴和孩子。'说到这儿，老头子哭起来。在他们一伙里有一个人，恰好就是杀死那个商人的人。'老爹，'那个人说，'那件事在何地、何年、何月发生的？'一切都问清了。他的心感到刺痛了。他扑通一声跪到他的脚下。'老爹，'他说，'你是为我遭的罪。弟兄们，他说的千真万确；这个人没有罪，毫无理由地受折磨。那件事是我干的，刀子是我趁你睡着时塞到你的头下面的。原谅我，老爹，'他说，'看在上帝的面上原谅我吧。'"

卡拉塔耶夫停住了，他望着火光，露出快乐的笑容，拨了拨劈柴。

"那个老头说：'上帝会饶恕你的，而我们所有的人对上帝都有罪，我是为我的罪过而受苦。'他哭了，热泪潸潸地流。"卡拉塔耶夫说，他那喜悦的笑容愈来愈焕发出光彩，似乎在他刚才所讲的里面，包含着一种最有魅力、最有意义的东西，"你想不到，亲爱的，这个凶手向官府自首了。他说：'我害过六条人命，我是一个大坏蛋，但是我最可怜那个老头子。再不要让那个老头子抱怨我了。'他自首了：人家记录下他的供词，发了公文。那地方非常远。要审了又审，要写一道道公文，要经一层层官府。这件案子终于到了沙皇那儿。沙皇的命令来了：释放那个商人，发还原判没收的财产。公文批来了，到处找那个老头。那个无辜受罪的老头在哪儿？"卡拉塔耶夫的下巴颏在哆嗦。"上帝已经饶恕了他——他死了。"卡拉塔耶夫结束说，他望着前方淡淡地微笑着，待了很久。

这时欢快地充满着皮埃尔灵魂的，不是这个故事本身，而是这个故事的神秘意义，是卡拉塔耶夫讲这个故事时在他脸上焕发出的那种极大的欢喜和这种极大的欢喜的神秘意义。

十四

"各就各位！"突然发出一个声音。

在俘房和押送队中发生了一阵喜洋洋的混乱和对什么幸福而庄严的事情的期待。从四面响起了口令声，从左边绕过俘房出现了一队服装华美、坐骑优良的骑兵。所有人的表情都很紧张。那是每当最高当局来临时人们常有的表情，俘房被推到路边，挤作一堆。

"皇帝！皇帝！元帅！"身肥体壮的护送骑兵刚刚过去，接着驶过一辆几匹灰马纵列驾着的马车。皮埃尔看见一个神态安详、仪表秀美、白胖，头戴三角帽的人脸。这是一位元帅。元帅的目光向皮埃尔那引人注目的庞大躯体投来。从元帅那皱紧眉头和转过脸去的表情，皮埃尔好像感到一种有意掩饰起来的同情。

那个管理车队的将军，满脸通红，神色慌张，赶着他那匹瘦马，在马车后面奔跑。有几个军官聚在一起，士兵们围着他们。所有人的表情都是既高兴又紧张。

在元师走过的时候，俘房们挤成一堆，皮埃尔看见了他那天早上还未见到的卡拉塔耶夫。卡拉塔耶夫穿着他那件瘦小的军大衣，靠着一棵白桦树坐在那儿。他的脸上除了昨天讲那个无辜受罪的商人的故事时所表现的那种欢喜和感动的表情外，还露出一种恬静和庄严。

卡拉塔耶夫睁着他那和善的、这时蒙着一层泪水的圆圆的眼睛看着皮埃尔，显然是在呼唤他，他有话要对他讲。皮埃尔怕自己会感受过于可怕的情景。他假装没有看见他的目光，赶快走开了。

当俘虏们又启程的时候,皮埃尔回头望了望。卡拉塔耶夫坐在路边的桦树旁;两个法国人站在他身旁商量着什么。皮埃尔没有再回头看。他一拐一拐地向山岗爬去。

从后面卡拉塔耶夫坐着的地方响起了枪声。皮埃尔清楚地听见了枪声,可是就在听见枪声的一瞬间,皮埃尔记起,他还没有算出到斯摩棱斯克还有多少站,那是在那位元帅走过来之前就开始计算的。因此他开始计算。那两个法国兵从皮埃尔面前跑过去,其中一个拎着一支冒烟的枪。他们俩都脸色苍白,其中一个胆怯地望了皮埃尔一眼,他们脸上的表情有点像他曾见过的那个行刑的年轻士兵的表情。皮埃尔看了看那个士兵,想起三天前他在篝火堆烘衬衫,把衬衫烧着了,大家都嘲笑他。

那条狗在后面——在卡拉塔耶夫坐过的那个地方哀号。"大笨蛋,它叫什么?"皮埃尔想。

和皮埃尔并排走的同伴们,也像皮埃尔一样,不回头看那发出枪声和后来狗叫的地方,可人人脸上的表情都是严峻的。

十五

军需车队、俘虏和元帅的大车队都停在沙姆舍沃村。大家都围在篝火旁。皮埃尔走到篝火旁,吃了烤马肉,背朝着火躺下来,马上睡着了。他又像在波罗底诺战役后在莫扎伊斯克那样睡着了。

现实的事件又和梦境合在一起了,又有人对他谈思想,甚至就是在莫扎伊斯克对他所谈的那些思想。

"生命就是一切。生命就是上帝。一切都在变迁和运动,这个运动便是上帝。只要有生命,就有自我意识的欢乐,爱生命,爱上帝。最困难同时也是最幸福的就是在苦难中、在无辜受苦时爱这个生命。"

"卡拉塔耶夫!"皮埃尔想起了他。

皮埃尔忽然很真切地想起他久已遗忘的、在瑞士教过他地理的老教师。"等一下,"那个老头说。他给皮埃尔看一个地球仪。这是一个活动的圆球。在球的表面是密密麻麻的点子。这些点子总在运动,在变换位置,时而几个合成一个,时而一个分成若干个。每个点子都在极力扩张,以便占据最大的空间,但别的也极力扩张,排挤它,有时消灭它,有时和它合在一起。

"这便是生命,"老教师说。

"这是多么简单明了,"皮埃尔想。"我以前怎么就不知道这个呢?"

"上帝在那中间,每个点子都在扩大,以便最大限度地反映上帝。这就是他,就是卡拉塔耶夫,你看他扩散开来,又消失了。——你明白了,孩子,"教师说。

"你明白了,该死的,"一个声音喊道,于是皮埃尔醒了。

他欠身坐起来。篝火旁蹲着一个法国人,他才把一个俄国兵推开,正在烤穿在通条上的肉。他卷着袖子,两只青筋突出的手,灵活地转动着通条。在炭火的光亮中,可以清楚地看见他那紧皱眉头的褐色面孔。

"他反正是个土匪,没错!"他很快地转过身来对站在他身后的士兵说。

那个士兵转动着通条,阴沉地向皮埃尔瞅了一眼。皮埃尔转过脸去,望着黑暗的地方。有一个俄国俘虏,就是那个被法国人推开的人,用手在拍打着什么。皮埃尔凑近一看,认出了那只雪青色的小狗,它摇着尾巴坐在那个士兵身旁。

"啊,你来啦?"皮埃尔说。"啊,普拉东……"他刚开个头,没有把话说下去。突然,在他的想象中交替着出现一连串的回忆:他想起坐在树下的普拉东望着他的目光,想起从那个地方传来的枪声,想起狗的叫声,想起从他身旁跑过去的两个法国人的脸带着犯罪的神情,想起那支冒烟的枪,想起在这个休息站已经没有卡拉塔耶夫了,他正要弄明白卡拉塔耶夫已经被打死,可是就在这一刹那,不知为什么,他一下子想起他和一个波兰美女在基辅他的住宅阳台上度过的那个夏夜,皮埃尔依旧没有把这一天的回忆联系起来,以便从其中做出结论,他就闭起眼睛,于是夏天的自然风景和对洗澡以及对流动的液体球的回忆混在一起了,于是他慢慢向水里沉下去,水淹没了他的头顶。

在太阳出来之前,他被巨大而稠密的枪声和呐喊声吓醒了。法国人从他身旁跑过去。

"哥萨克!"其中一个法国人喊道。一分钟后,皮埃尔发现一群俄国人围着他。

皮埃尔好半天没有搞清楚是怎么回事。他听见周围都是同伴们欢喜的哭泣声。

"弟兄们！我的亲人，亲爱的！"那些老年士兵抱着哥萨克和骠骑兵，一面哭，一面喊。骠骑兵和哥萨克围着俘虏们，忙着给他们东西，有人给衣服，有人给靴子，有人给面包。皮埃尔坐在他们中间，失声痛哭，一句话也说不出来；他抱住第一个走到他面前的士兵，一边哭，一边吻他。

多洛霍夫站在一座倒塌的房子大门旁边，从他面前走过缴了械的法国人。刚发生的事情使这些法国人非常激动，他们之间高声地谈论着；但是当他们从多洛霍夫面前走过时，看见他用那冷冰冰的丝毫慈善的意思也没有的目光望着他们，他们就不作声了。另一边站着多洛霍夫的一个哥萨克在数俘虏，每数到一百就在门上画一个记号。

"多少了？"多洛霍夫问那个数俘虏的哥萨克。

"二百了，"那个哥萨克回答。

"快走，快走，"多洛霍夫不住地说，这是他从法国人那里学来么说的，他的目光一碰到俘虏的目光，眼睛就突然爆发出残酷的光。

十六

自从十月二十八日开始上冻以后，法军的溃逃更加悲惨了：人们冻死和在篝火旁烤死，而皇帝、国王和公爵却穿着轻裘，驾着马车，带着抢来的财物，继续赶路；但是，法国军队从退出莫斯科就开始的溃逃和土崩瓦解的过程，实质上并没有丝毫的变化。

从莫斯科到维亚济马，法军原有七十三万人，而这七十三万人只剩下三万六千人了。这是数列的第一项，以后各项就不难确切地推算出来了。

从莫斯科到维亚济马，从维亚济马到斯摩棱斯克，从斯摩棱斯克到别列济纳，从别列济纳到维尔纳，法军就是按照这个比例不断削减着和毁灭着，他们的削减和毁灭与天气很冷或者不太冷、追击、道路的阻碍以及任何其他个别的条件都无关。到达维亚济马以后，原来分成三路的法军，已经混作一堆，一直走到最后都是这样。贝蒂埃向他的皇帝递了一个报告。他用法语写道：

> "我应该向陛下报告最近三日我在各兵团行军中所见到的情况。这些兵团几乎彻底溃散了。跟着军旗行进的士兵只有四分之一，其余的随意四处窜逃，寻求食物和逃避军务。大家一心只想赶到斯摩棱斯克稍做

喘息。近日许多士兵抛弃枪械弹药。不论陛下今后如何打算,可当务之急是必须在斯摩棱斯克集结军队,剔除其中徒步的骑兵、徒手的士兵和一部分炮兵,因为它与目前的兵力已经不相称了。士兵因为饥饿和劳累疲惫不堪;近日很多人死于途中和宿营地。这种情况仍在不断恶化,使人不得不担忧,如果不早日采取措施以防患未然,一旦有事,吾人手中将无可用之兵。十一月九日,距离斯摩棱斯克三十俄里。"

　　法国人拥入他们看作天堂的斯摩棱斯克后,为了争夺食物互相残杀,抢劫自己的仓库,一切东西都被抢光了以后,继续往前逃窜。

　　这些人一个劲儿往前走,谁也不知道到哪儿去,也不知道为什么走。天才拿破仑比别人知道得更少,因为没有人给他下命令。可是他和他周围的人仍然保持着一向的习惯:拟命令,发公函,写报告。但是这些命令和报告不过是纸上谈兵,并没有照办,因为不可能办到,他们虽然以陛下、殿下和贤弟相称,但是他们已经感觉到,他们不过是因为作恶多端现在正得到报应的丑恶的可怜虫。别看他们装作对军队非常关心,其实他们每个人心里只有自己,只想快一点逃命。

十七

　　在从莫斯科退回涅曼的战役中,俄法两军的行动就似乎捉迷藏,两个做游戏的人蒙着眼睛,其中一个不断地摇铃,告诉捉他的人。起初那个被捉的人不怕对方,敢摇铃,但是当他处境不妙的时候,极力悄悄地行动,躲着对方,但是常常以为躲开了,却一直撞入对方的怀里。

　　起先,拿破仑军队还让人知道他在哪儿,可是当后来走上斯摩棱斯克大路的时候,他们就按住铃舌逃跑了,常常他们以为逃开了,却迎面碰上了俄国人。

　　法国人和在后面跟踪的俄国人的奔跑是这么神速,而那些作为大体确定敌人位置的主要手段的马匹因而是那么精疲力竭,以至骑兵侦察已经不存在了。另外,由于双方军队位置的变动是如此频繁和迅速,即便得到情报也不能及时送达。二号有消息说敌人一号在某处,那么三号采取什么措施时,那支军队已经又走了两站地,完全换了另一个位置了。

　　一支军队在跑,另一支在追。从斯摩棱斯克出发,法国人面临许多不同的道路;表面看来,法国人停留了四天,本来可以搞清楚敌人在什么地方,想出什么有利的办法,采取什么新招儿的。然而停了四天之后,这群乌合之众却毫无机动和主见，又沿着那条熟道，向克拉斯诺耶和奥尔沙逃跑了。

　　法国人以为敌人在后面，而不是在前边，他们在逃跑中拉长了距离，彼此相距二十四小时的路程。跑在最前边的是皇帝，然后是国王，再后面是公爵。估计拿破仑一定会向右渡过第聂伯河，这是唯一合理的道路，因此俄军也向右转，沿着通往克拉斯诺耶的大道前进。就像捉迷藏游戏一样，法国人在这儿碰见了我们的前卫。法国人出乎意料地碰见了敌人，着慌了，由于出乎意料而吓得愣了片刻，然后扔下在后面追随着的同伴，又继续逃跑。在这儿，法军各个部队，先是总督的，其后达乌的、然后是内伊的，一个接着一个，似乎从俄军的队列中通过，一连走了三天。他们各不相顾，丢掉一切沉重的东西，抛弃了大炮和一半的人，他们只在夜间逃跑，向右绕着半圆形以躲开俄国人。

　　内伊走在最后，因为他要炸掉对任何人都没有妨碍的斯摩棱斯克城墙，内伊带领的那个兵团本来有一万人，等跑到拿破仑那儿，只剩下一千人了，他抛弃了所有的人和所有的大炮，夜间穿过树林偷偷渡过第聂伯河。

　　从奥尔沙沿着通往维尔纳的大路继续逃跑，还是那样，和追击的军队又玩起捉迷藏游戏来了。但是在别列济纳河又乱作一团，很多人淹死了，许多人投降了，那些渡过河的人继续往前逃。他们那位主将，穿着皮衣，坐着雪橇，撇下他的同伴，只身往前狂奔。能逃的就逃，不能逃的就投降或者死掉。

十八

　　法国人在全部逃跑期间，做尽了一切可以做到的毁灭自己的事情，从转向卡卢日斯卡雅大路到统帅抛军逃走，这群乌合之众的任何一个行动，可以说没有一丝一毫的意义；在这一阶段的战役中，那些把群众的行动归因于个人意志的史学家们，总无法按照他们的意思描述这次撤退了吧。其实不然。史学家连篇累牍地描写拿破仑的决策，他那深思远虑的计划——用兵的机动，以及他的元帅们天才的部署。

　　从小雅罗斯拉维茨退却的时候，他的面前摆着一条通往富饶地区的道路，供他选择的还有一条平行的道路，后来库图佐夫就是走这条路追击他的，而他却毫无道理地走那条被破坏了的道路，而史学家却以为这是深谋远虑的行动。他从斯摩棱斯克往奥尔沙撤退也同样被说成是深谋远虑之举。

　　其次，史学家向我们描述元帅们灵魂的伟大，特别是内伊灵魂伟大就在于，他在夜间绕道穿过森林偷渡第聂伯河，抛下军旗和非常之九的军队向奥尔沙逃去。

　　最后，史学家向我们说，那个伟大的皇帝最后离开英雄的军队也是伟大的天才的行动。这种连小孩子都以为耻辱的最后逃跑,在史学家的语言中竟然得到辩护。

每当历史论评这条富有弹性的线伸得不能再伸的时候,每当那种行动明显地违反人类称作善、甚至称作正义的时候,史学家就乞灵于"伟大",就像"伟大"可以排除善和恶的标准一样。"伟人"无恶行。"伟人"无受责之虑。

然而谁也没有想一想,承认没有善恶标准的伟大,不过是承认其微不足道和无限的渺小罢了。

十九

俄国人每当读到关于1812年战争最后阶段的记述的时候,谁能不体验到懊恼和迷惑呢?既然三路大军以优势的兵力包围了法军,既然溃败的法国人又冷又饿成群地投降,既然俄国人的目的就是要阻止、切断和俘虏全部法国人,那么,为什么没有俘虏和消灭全体法国人呢?

数量少于法国人的俄国军队,怎么就能打一场波罗底诺战役,而这支军队已经三面包围了法国人,目的就是要俘虏他们,怎么却没有达到他这个目的呢?

历史回答这些问题说,之所以会有这种事,是因为库图佐夫、托尔马索夫、奇恰戈夫,以及某某,某某,没有执行某种策略。

但是他们为什么不执行这些策略呢?假如他们没有达到预定的目的而有罪,那么,为什么不审判他们,不处决他们呢?即使假设俄国人的失误是库图佐夫和奇恰戈夫等人的罪过,仍然不可思议的是,俄国军队在克拉斯诺耶和在别列济纳所拥有那些优越条件,为什么法国军队及其元帅们、国王们和皇帝没有被俘虏呢?

以库图佐夫阻碍进攻的说法来解释这个怪现象,是没有依据的,由于我们知道,在维亚济马和在塔鲁丁诺,库图佐夫的意志已经无法阻止军队的进攻了。

为什么俄军极弱的兵力在波罗底诺战胜了拥有全部兵力的敌人,而在克拉斯诺耶和在别列济纳以优势的兵力却败给法国的乌合之众呢。

假如俄国人的目的是要切断和俘虏拿破仑和元帅们,而这个目的不但没有达到,而且为达到这个目的的所有企图,每次都遭到最可耻的破坏,那么,法国人认为战争的最后阶段是他们一连串的胜利的说法,就绝对对了,俄国史学家认为是我们的胜利就完全错了。

俄国军史家,只要他们遵守逻辑的法则,自然就得出这个结论,虽然满怀激情地歌颂英勇和忠诚,也必须承认,法国人从莫斯科退却是拿破仑的一连串胜利,同时也是库图佐夫的一连串失败。

但是，完全把民族自尊心撇到一边，你会感觉到，这个结论自相矛盾，因为法国人一连串的胜利却带来了他们彻底的灭亡，俄国人一连串的失败却导致了他们完全消灭敌人和解放祖国。

这个矛盾的根源就在于，史学家根据两国的皇帝和将军们的通信、战报、报告诸如此类的文件来研究当时的事件，从而做出这样的假设：仿佛1812年战争最后阶段的目的，是要切断和活捉拿破仑及其元帅们和军队，而这个目的是虚构的，根本就不存在。

从来没有这样的目的，并且也不可能有，因为这样的目的是没有意义的，达到它也是绝对不可能的。

这个目的之所以没有意义，第一，因为拿破仑的溃败的军队以最快的速度逃出俄国，也就是说，它是在做每个俄国人所能希望的事情。对于那些跑得尽可能快的法国人，为什么要跟他们大动干戈呢？

第二，堵住那些用尽全力逃跑的人的道路，是毫无意义的。

第三，法国军队纵使没有外在的原因也在逐步自行消灭，用不着堵截，他们也不可能在十二月间，逃越国境，为了消灭这样的军队而使自己受损失是没有意义的。

第四，俘虏皇帝、国王和公爵们是没有意义的，当时最老练的外交家已经认识到，这帮人当了俘虏会给俄国人的行动带来十分大的困难。俘虏整个兵团的法国兵更无意义，因为俄国自己的军队到克拉斯诺耶已经减少了一半，而押送这些俘虏的兵团需要整师的人，而且自己的士兵已经不能经常领到足够的口粮，已有的俘虏也正在饿死。

关于切断和俘虏拿破仑及其军队这一老谋深算的计划，就像一个菜园主所制定的计划，他在驱逐践踏菜畦的牲口的时候，跑到菜园门口，迎头痛击那头牲口。唯一可以为那个菜园主辩护的理由，那就是他气昏了。但是，对于那些制定那个计划的人来说，连这个理由也不适用，因为受践踏菜畦之害的并不是他们。

但是，除了切断拿破仑的军队没有意义之外，而且这件事也是不可能的。

这件事之所以不可能，是因为第一，经验证明，在作战中，各纵队拉长五俄里的距离行动，永远无法与计划相符合，要奇恰戈夫、库图佐夫和维特根施泰因准时在指定的地点会师，其可能性小得近乎零，库图佐夫正是这样想的，他在接到这个计划时就说过，远距离的牵制作战是不会带来所希望的结果的。

第二，之所以不可能还因为，要破坏拿破仑的军队在撤退时所具有的那股惯性力量，必须要有比现有的俄军大得多的军队。

第三，之所以不可能还因为，"切断"这个军事名词是毫无意义的。面包可以切断，而军队是切不断的。切断军队——堵截它的去路——不管怎样是办不到的，因为周围可以迂回的地方总是很多的，并且有黑得什么都看不见的夜。只要被俘的人不愿就范，就无法俘虏，就像无法捉住一只燕子一样，虽然它落在你的手上，似乎能捉到它似的，只能俘虏那些按照战略和战术投降的人，就像俘虏德国人那样。但是法国人理所当然地认为这对他们不合适，因为不论是逃跑还是被俘都同样不是饿死就是冻死。

第四，也是主要的一点，之所以不可能，因为自开天辟地以来，从来没有像1812年的战争所处的条件那么恶劣，俄国军队全力以赴追击法国人，再做更多一点的事，就会自取灭亡。

俄国军队在从塔鲁丁诺至克拉斯诺耶行军途中，由于生病和掉队，减少了五万人，这等于一个大省城人口的数目。没有战斗就减员了一半。

在这一阶段的战役，军队没有靴子和皮衣，没有伏特加，给养短缺，接连几个月在零下十五度露宿在雪地里；那时，白天只有七、八小时，其余的时间都是无法维护纪律的黑夜；那时人们连续几个月每分钟都在和饥饿和寒冷做斗争；那时，一个月就有一半的军队死亡。

俄军已经有一半的人死掉了，但是他们为达到那个无愧于人民的目的，做了能够做和应当做的一切，至于其他的俄国人，坐在暖室里提出一些不可能办到的事，那不是他们的过失。

切断拿破仑军队这个目的，除了在十来个将军的空想中存在，实际上从来没有存在过。这个目的不可能有，由于它是没有意义的，达到它也是不可能的。

人民的目的只有一个，那就是把侵略者从自己国土上清除出去。这个目的达到了，第一，它是自然而然就达到的，因为法国人在逃跑，只要不阻拦这个运动就行了。第二，这个目的的达到，是靠消灭敌人的人民战争，第三，一支庞大的俄国军队在后面追赶法国人，只要法国人一停止逃跑，就使用这支力量。

俄国军队的作用，就像赶跑着的牲口的鞭子。有经验的赶牲口的人知道，最好是扬起鞭子恐吓奔跑的牲口，而不是迎头痛打它。

第十五部

一

人看见一只将要死去的动物,他会感到恐怖:一个本质与他相同的东西,眼看着将要消灭——再也不存在了。但是正在死亡的是人,而且是亲爱的人,那么,在生命的灭亡面前除了有恐怖感之外,还会感到五脏六腑的撕裂和精神的创伤,这种精神的创伤就像身体的创伤,有时致命,有时痊愈,但是永远疼痛,害怕外界刺激性的抚摸。

安德烈公爵死后,娜塔莎和玛丽亚公爵小姐都有这种感觉。她们精神低沉,对悬在她们头上的可怕的死亡闭上眼睛,不敢面对人生。她们小心地保护尚未愈合的伤口,以免受到带侮辱性的接触。街上疾驰而过的马车,该去用餐的提示,使女请示准备什么衣服;听到不诚恳的、轻描淡写的同情话,所有这一切,都刺痛着伤口,都似乎一种侮辱,破坏了她们俩极力倾听那在她们想象中还未停息的可怕而严肃的合唱所必需的宁静,妨碍她们凝视那在她们面前昙花一现的神秘的、无限的远方。

只有她们俩在一起时,才没有侮辱和痛苦的感觉。她们彼此极少谈话。纵使谈话,也只谈一些最无关紧要的琐事。两人都避免提到有关将来的事情。

承认有一个未来,她们认为是对他的纪念的侮辱。一切与死者可能有关的事,她们在谈话中都很小心地回避。她们觉得,她们所体验的事情,是不可能用语言来表达的。她们觉得,用任何语言提及他的生活细节,都会破坏那在她们眼前完成的奥秘的伟大和神圣。

不断地缄默不语,经常地努力回避可能引起谈他的话头:这样从各方面设下的禁忌,使她们所感到的一切,在她们的想象中更加纯洁和鲜明了。

然而,纯净而完全的悲哀正像纯净而完全的欢乐一样,都是不可能的。玛丽亚公爵小姐,作为能掌握自己命运的独立的主人,同时又是小侄子的监护人和教师,首先被现实生活从她头两个星期沉浸其中的悲伤世界呼唤出来。她接到一些家信;需要写回信;尼古卢什卡住的屋子很潮湿,害得他咳嗽了。阿尔帕特奇来雅罗斯拉夫尔报告家务,并且带来迁回莫斯科弗兹德维仁卡的住宅的建议和劝告,那所住宅还保持完整,只要略加修理一下就行了。生活没有停息,需要活下去。对于玛丽亚公爵小姐来说,离开那隐居冥想的世界,不管是多么令人难过,撒下孤单单的娜塔莎,不管是多么令人怜惜、甚至有点内疚,然而,生活上的事务要求她去操持,她也只好服从这种要求。她和阿尔帕特奇检查了账目,和德萨尔商量了小侄儿的事情,对迁往莫斯科的事情作了指示和准备。

娜塔莎剩下一个人了,自从玛丽亚公爵小姐忙着准备启程以后,娜塔莎总是躲着她。

玛丽亚公爵小姐向伯爵夫人提出,让娜塔莎和她一起到莫斯科去,娜塔莎的双亲快乐地同意,他们看着女儿的身体一天不如一天,认为换个环境,莫斯科的医生给她看看病,对她是有益的。

"我哪里也不去,"向娜塔莎提出这个建议时,她回答说,"只求你们不要管我,好不好,"说完她就跑出屋去,极力忍住气恼和愤恨的眼泪。

娜塔莎自从觉得被玛丽亚公爵小姐抛弃后,大部分时间一个人藏在屋里,把腿蜷起来坐在沙发角落里,用她那紧张的手指揉碎一件什么东西,眼睛碰到什么东西,就用一动不动的目光盯住它。这种孤独的生活耗损了她的体力,折磨着她的精神;可是这对她是必要的。只要一有人进来,她就赶紧站起来,改变了姿势和眼神的表情,拿起书来读或者做针线活儿,很明显,她是在急不可耐地等待那个打扰她的人走开。

她老感觉,眼看她就可以洞察出她内心的目光带着疑问所注视着的那件东西。

十二月底,娜塔莎穿一件毛料的衣裳,头发随便绾一个结,她蜷着腿坐在沙发的角落里,紧张地把衣带的末端揉成一团,随后又放开它,眼睛望着门的角落。

她向着他消逝的彼岸——人生的彼岸望去,她从前从未想过,并且从前觉得那么遥远和不相信它存在的那个人生彼岸,现在她觉得它比人生的此岸更亲也更可理解。

她向他到过的地方望去;但是她只能看见他到过那些地方的时候的样子,想象不出他其他的样子。她又看见他在梅季希、在特罗伊茨、在雅罗斯拉夫尔时候的样子。

就像在眼前一样,他穿着丝绒的皮衣躺在安乐椅里,头支在瘦削苍白的手上。他的胸脯深深地陷了下去,肩膀耸起来。嘴唇紧闭,眼睛发出亮光,额头上的皱纹不停地打折又展平。一条腿隐约可见地在很快地微微颤抖。娜塔莎知道,他是和折磨人的疼痛做斗争呢。"这是一种什么痛苦呢?为什么会有这种痛苦?他一定觉得非常疼!"娜塔莎想。他感到她在看着他,于是抬起眼睛,说起话来。

"有一件事最可怕，"他说，"这就是把我和一个受苦受难的人永远连在一起。这是永久的痛苦。"娜塔莎像往常一样，不等想好说什么，就答话了。她说："不会总是这样下去的，一定不会的，您会完全康复。"

她现在又看见他，她现在正体会着她当时所感受的一切。她回忆起他听到这番话时他的目光是那么忧郁和严厉，她知道，那长久的注视，含有责备和绝望的意味。

"我承认，"娜塔莎现在自言自语，"假如他成为永远受苦的人，那是可怕的。当时我那样说，只是由于那对于他是可怕的，可是他理解错了。他以为那对于我是可怕的。他当时还想活。而我对他说了愚蠢的话。我不是那样想的。我的想法完全不同。假如我把我所想的说出来，那我就会说：就让他慢慢地死去，就让我永远眼看着他慢慢死去，也比我现在幸福。现在……什么也没有了，什么人也没有了。他知道这个吗？不。他不知道，而且永远也不会知道了。而现在，已经永远无法弥补这一点了。"他又对她说那同样的话，但是现在娜塔莎在想象中给他的回答却不一样了。她阻拦他说："这在您觉得可怕，在我并不是这样。您要知道，没有了您我在生活中就什么也没有了，和您一同受苦，是我最大的幸福。"于是他拿起她的一只手，紧紧地握着，似乎他临死前四天那个可怕的晚上握它一样。于是，在她的想象中，对他说出当时她本来就可能说的温存、火热的话。"我爱你……爱你……爱你……"她痉挛地握紧双手，拼命地咬紧牙关，说。

一种甜蜜的悲伤充满她的全身，泪水涌出眼眶，但是她突然问自己：我这是对谁说话？他在哪儿？他现在是一个什么样的人？但是一切又被冷酷无情的困惑不解遮掩住了，她又紧皱着眉头，向他所在的方向注视着。她好像觉得，眼看她就要识破那个奥秘……但是，就在她觉得她已经解开那个不可理喻的事物的时刻，门环给敲得山响，女仆杜尼亚莎带着惊慌、不注意女主人的神情，一下子闯进门来。

"请您快到爸爸那儿去吧，"杜尼亚莎带着紧张的表情说。"彼得·伊利伊奇不幸的消息……有信来，"她抽泣了一下，说。

二

娜塔莎除了对所有的人都有种疏远感觉之外，这时她对家里人另有一种特殊的疏远感觉。所有的亲人：父亲、母亲、索尼娅，在她是那么亲近，那么习以为常，以至于他们的言谈、感情，她都觉得对她近来所处的那个世界是一种侮辱，她对他们不但淡漠，而且敌视。她听了杜尼亚莎传来的关于彼得·伊利伊奇不幸的消息，但是不明白她说的是什么意思。

"他们怎会有什么不幸，他们怎么可能有不幸，他们一切都是老样子，因循守旧，平安静静，"娜塔莎心里说。

她走进大厅的时候，父亲正匆匆地从伯爵夫人房里走出来。他看见娜塔莎，绝望地把两手一挥，突然痛苦地发出痉挛的哽咽声，他那柔和的圆脸都扭曲了。

"彼……佳……你去吧，去吧，她……她在叫你……"他像孩子一样大哭着，迅速挪动软弱无力的步子向椅子走去，他双手捂住脸，几乎是向椅子倒了下去。

似乎一股电流突然流过娜塔莎的全身。有一种东西朝着她的心口猛然痛击一下。她感到剧烈的疼痛；她仿佛觉得从她身上撕掉一块东西，她正在死去。可是，一阵疼痛过后，她顿时觉得她从内心的禁锢生活中解放了出来。她一见到父亲就立刻忘掉自己和自己的不幸。她向父亲跑过去，但是他无力的摆着手，指了指母亲的门。玛丽亚公爵小姐从门里走出来，她面色苍白，下颌颤抖，握起娜塔莎的手，对她说了点什么。娜塔莎对她视而不见，也没有听见她说的什么。她快步走进门里，停了一下，就像在跟自己做斗争一样，随后向母亲跑过去。

伯爵夫人躺在安乐椅里，扭曲着身子，在向墙上碰头，索尼娅和女仆们按住她的臂膀。

娜塔莎屈起一只膝跪在安乐椅上，俯下身来搂着她，以出人意料的力量抱起她，把她的脸转过来向着自己，紧紧偎依着她。

"妈妈！……亲爱的！……我在这儿，亲爱的。妈妈，"她一刻不停地向她低喊道。

她不放开母亲，温柔地和她挣扎着，要来枕头和水，解开了母亲的衣裳。

伯爵夫人紧握着女儿的手，闭上眼睛，平静了一会儿。她忽然以从未有过的动作迅速站起来，茫然四顾。她见到娜塔莎，就用尽全力搂着她的头。然后把她那疼得皱起眉头的脸转向自己，久久地盯着她。

"娜塔莎，你是爱我的，"她用信任的口气低声说。"娜塔莎，你不会骗我吧？你把事情的真相告诉我吧。"

娜塔莎泪水涟涟地望着她，她的脸和眼睛，充满祈求宽恕的表情。

"我的好妈妈，妈妈，"她反复地说，她以全部爱的力量来分担压在她身上太多的悲哀。

母亲在同现实作软弱无力的斗争中，不肯相信在爱子丧生后自己还能活下去，她又从现实中逃往精神错乱的世界。

娜塔莎不记得那一天是怎样过的，也不记得那天夜里、第二天和第二天夜里是怎样过的。她没有睡觉，也没有离开母亲。娜塔莎的爱，顽强的、无限耐心的爱，对生的召唤,时时刻刻包围着伯爵夫人。第三天夜里,伯爵夫人平静了几分钟,娜塔莎在安乐椅上手支着头闭一会儿眼睛。床响了一下。娜塔莎睁开眼睛,伯爵夫人坐在床上,兴奋地说:

"你回来了,我非常兴奋。你累了,要喝点茶吗?"娜塔莎走到她跟前。"你长得像个大男人了,"伯爵夫人握住娜塔莎的手,继续说。

"妈妈,您说什么啊!……"

"娜塔莎,他死了,再也看不到了!"伯爵夫人抱着女儿,第一次失声痛哭了。

三

玛丽亚公爵小姐推迟了她的行期。索尼娅、伯爵都很愿把娜塔莎替换下来,然而这不可能。只有她才能阻止母亲陷入疯狂的绝望。连续三个星期娜塔莎寸步不离母亲身边,在她屋里沙发上睡觉,给她喂水,喂饭。她不停地和她说话,因为只有她那温柔亲切的声音才能使伯爵夫人得到安慰。

母亲的精神创伤无法痊愈。彼佳的死夺去了她一半的生命。她本来是一个精力充沛、生气勃勃的五十岁的女人,从彼佳的死讯传来一个月后,她走出自己的卧室时,已经是一个半死不活的老太太了。而这个夺去伯爵夫人一半生命的新的创伤,却让娜塔莎复苏过来。

她本以为她的生命完结了。但是,对母亲的爱忽然向她证明,生命的本质——爱——仍然活在她的心中。爱复苏了,生命也复苏了。

安德烈公爵临死前的那些日子,把娜塔莎和玛丽亚公爵小姐结合起来了。新的不幸促使她们愈加接近了。玛丽亚公爵小姐推迟了启程时间,最近三个星期以来,她照看娜塔莎,就像照看有病的孩子一般。娜塔莎在母亲房里过的这几个星期,耗损了她的体力。

一天中午,玛丽亚公爵小姐看见娜塔莎在打哆嗦,就把她领到自己房里,让她躺在床上。娜塔莎躺下来,但是当玛丽亚公爵小姐放下窗帘想走的时候,娜塔莎把她叫到跟前。

"我不想睡。玛丽,陪我坐一会儿。"

"你累了,要迫使自己睡一下。"

"不,不。你为什么把我领到这儿来?妈妈会问起我的。"

"她好多了。她今天说话非常正常,"玛丽亚公爵小姐说。

娜塔莎躺在床上,在半明半暗的房间里仔细端详玛丽亚公爵小姐的脸。

"玛莎,"她怯生生地拉过她的手,说。"玛莎,你不要以为我傻里傻气的。你不会这么想吧? 玛莎,我很爱你。咱们做真正的好朋友吧。"

娜塔莎拥抱玛丽亚公爵小姐,亲吻她的手和脸。玛丽亚公爵小姐对娜塔莎的这种感情流露又惊又喜。

从这天起,玛丽亚公爵小姐和娜塔莎之间建立了那种只有女人之间才有的热情而温柔的友谊。她们不断地亲吻,彼此谈些温存的话,大部分时间都是一起度过的。假如一个出去了,另一个心里就很不安,赶快去找她。她们俩在一起比分开独自一人感到和谐。她们之间建立的感情比友谊更强烈:这是一种只有在一起才能活下去的独特感情。

有时她们一连几个小时默不作声;有时已经躺在床上了,又开始谈话,一直谈到清晨。她们多半谈早已过去的事。玛丽亚公爵小姐讲她的童年,讲她的母亲,讲她的父亲,讲她的梦想;娜塔莎过去因为不理会那种虔诚的生活,不理会基督教自我牺牲的诗意,现在由于她和玛丽亚公爵小姐被爱结合在一起,因此她也爱玛丽亚公爵小姐的过去,懂得了她过去不懂得的生活的另一面。她不想把这种顺从和自我牺牲精神使用在自己身上,因为她习惯寻求欢乐,但是她懂得了并且爱上了对方身上那种她过去所不理解的德行。而玛丽亚公爵小姐,她听了娜塔莎讲她的童年和少年的故事,也发现了她先前所不了解的生活的另一面——相信生活,相信生活的乐趣。

她们照例仍然不提他,她们认为那些话会破坏她们心中崇高的感情,而闭口不谈他,她们竟然慢慢把他淡忘了。

娜塔莎瘦了,面色苍白,身子是那么弱,使得大家经常谈论她的健康,而她对这反而觉得愉快。可是有时她突然不仅害怕死,并且害怕生病,害怕衰弱,害怕失去美貌,她有时仔细地看自己裸露的手臂,瘦得令她感到惊奇,或者每天早上对着镜子看她那瘦长的、她觉得可怜巴巴的脸。她觉得,就应该这个样子,而同时又觉得可怕和悲哀。

有一次,她快步上楼,累得大口喘气。她立刻给自己想出下楼的理由,但是为了试试体力,看看自己怎么样,又往上爬。

又有一次,她呼唤杜尼亚莎,她的嗓子发出颤音。虽然她听见了杜尼亚莎的脚步声,但是又叫了她一声,用她那唱歌的胸音叫了一声,同时倾听自己的声音。

她不知道,也不相信,但是在她心中那层看来难以渗透的泥土中,已经钻出又细又嫩的幼芽,它一定会生根,用它那生气勃勃的嫩叶把她的悲哀遮盖起来,不久就再也看不见它,也觉不出它了。创伤从内部平复了。

一月底,玛丽亚公爵小姐动身去莫斯科,伯爵让娜塔莎和她同行,以便在莫斯科看病。

四

当时库图佐夫已经控制不住自己的军队要打垮敌人的愿望,在维亚济马打了一次遭遇战之后,逃跑的法国人和在其后追赶的俄国人依旧向前移动,在走到克拉斯诺耶之前,再也没有打仗。法国人逃得十分快,俄国军队怎么也追不上,骑兵和炮兵的马都累得停下来,关于法军行动的消息怎么也弄不确实。

俄国军队一昼夜不停地走四十俄里,人人都累得无法动弹,想再快一点也不可能了。

在塔鲁丁诺作战期间,俄军的伤亡不超过五千名,被俘的不到一百名,但是十万人从塔鲁丁诺出发,到达克拉斯诺耶只剩下五万人了。

俄国人追击法国人的急行军,就像法国人的仓皇窜逃,都给自己带来破坏性的作用,其不同仅仅在于,俄军有选择行动的自由,没有那悬在法军头上的死亡威胁,其次还在于法军掉队的病号落在了敌人手里,而掉队的俄国兵却留在本乡本土。拿破仑军队的减员,其主要原因在于行动过于迅速,俄军相应的减员也是这个原因的毋庸置疑的证明。

库图佐夫在塔鲁丁诺以及在维亚济马的全部活动都放在不去阻止那种自找灭亡的法国人的行动,而且促进这种行动,同时放慢自己军队的行动。

但是,除了由于行动过速而招致军队明显的疲劳和大量减员外,库图佐夫还理悟到放慢军队的行动以等待时机的另外理由。俄国军队的目的是追踪法国人。法国人逃跑的路线无法捉摸,因此,我们的军队越是步步紧跟着法国人,跑的路就越多。只有在跟踪时保持一定的距离,才能以最短的行程切断法国人所走的曲折的路线。唯一合理的目标就是减少军队的行程。在从莫斯科到维尔纳的所有战役中,库图佐夫的活动就是朝着这个目标努力的——不是偶然地,而是始终没有改变过这个目标。

库图佐夫不是靠智力或者科学,而是靠他作为一个俄罗斯人的全部存在,知道和感觉到每个俄国士兵所感觉到的东西,那就是:法国人战败了,敌人正在逃走,要把他们赶出去;但是,他也和士兵们一样,感到以那样空前的速度在那样的时节行军的所有艰难。

但是将军们,尤其是那些俄军中的外籍将军们,一心想要出风头,要让人大吃一惊,要为某种目的去俘虏某个公爵或者国王。目前任何战斗已经毫无意义了,这些将军们竟然认为正是现在是打几个战役、战胜某某人的时候。当库图佐夫接二连三接到那些作战计划时，他只是耸耸肩：要执行这些计划，就要使用那些饿得半死的士兵，而且，纵然在最好的条件下继续奔跑，要赶到边境，也要走比已经走过的路程更远的路程。

尤其是在我们的军队和法国军队遭遇的时候，就更表现出这种出风头、打运动战的愿望。

在克拉斯诺耶就发生这样的情况，他们在这个地方想找到法国人的三个纵队中的一个纵队，碰上了带领一万六千人的拿破仑本人，尽管库图佐夫千方百计避免那次毁灭性的遭遇战以保存自己军队的实力，然而疲惫不堪的俄国军队在克拉斯诺耶仍然一连三天屠杀筋疲力尽、溃不成军的法国人。

托尔拟了一项部署，结果全不是按照部署做的。符腾堡的叶夫根尼亲王从山上射击山下成群跑过去的法国人，他请求增援，但是援军没有来。法国人一到夜里就避开俄国人绕道儿分散逃遁，躲进树林里，能逃的就继续往前逃。

米洛拉多维奇派军使去要求法军投降，徒劳地浪费了时间，做了不是命令要他做的事。

"我把那个纵队交给你们了，弟兄们，"他骑马来到队伍跟前，指着法国人对骑兵说。于是骑兵们骑上快走不动的马，用马刺和佩刀赶着马奔跑，追上那支送给他们的纵队。于是那支送给他们的纵队放下武器投降了，他们早就希望这样做了。

在克拉斯诺耶捉到两万六千名俘虏，并得到几百门大炮和一根据称是"元帅杖"的棍子，因此人们在争论都是哪些人立了功，大家对这一仗都非常满意，可是很遗憾的是没有捉到拿破仑，哪怕一个什么英雄或者元帅也没有捉到，他们为此互相责备，尤其是责备库图佐夫。

这些狂热的人们，不过是最可悲的必然规律的盲目执行者；但是他们认为自己是英雄，想象他们的所作所为是最可敬、最高尚的事业。他们指责库图佐夫，说他从战争一开始就妨碍他们战胜拿破仑……

不但当时那些狂热的人们那么说，而且后代和历史都承认拿破仑伟大。至于库图佐夫，外国人说他狡诈、好色，是个不中用的宫廷官僚；俄国人说他是一个无法捉摸的家伙，是一个傀儡，有点用处不过是凭他有个俄国人的姓名而已……

五

1912 年和 1913 年，人们毫不顾忌地指责库图佐夫，说他犯了错误。皇帝对他也不满意。不久前奉上谕撰写的历史,说库图佐夫是一个老奸巨猾的宫廷骗子,他害怕拿破仑皇帝,由于他在克拉斯诺耶和别列济纳的错误,使得俄国军队失掉完全战胜法国人的殊荣。

拿破仑,这个微不足道的历史傀儡,在任何时候、任何地方都没表现出人类尊严的人,但是在俄国史学家看来,却是一个值得赞赏和令人欢喜的人物;他伟大。而库图佐夫,在1812年战争期间,从他开始活动到最后,他的一言一行从未违背初衷,始终是一个有史以来最不平凡的自我牺牲的典范,——就是这样一个库图佐夫,在有的人心目中,却是一个难以捉摸的可怜虫,一提起库图佐夫和1812年,他们就觉得羞愧似的。

但是,很难想象有这样的历史人物,他的活动目标始终如一。很难想象有这么更可贵、更符合全体人民意愿的目标。像库图佐夫这样的历史人物,1812年为达到既定的目标而全力以赴,终于完全达到那个目标,在历史上想找出另外的例子,那就更难了。

这个说话随便的人,在他全部活动中,始终未说过一句与他在整个战争期间所要达到的目的不相符的话。他怀着不为人谅解的沉重心情,下意识地在极其不同的情况下多次地表明了他的思想。从波罗底诺战役开始,他就和周围的人意见不合,他说,波罗底诺战役是胜利,直到老死,他在口头上,在报告和呈文中也是这么说。只有他一个人说,失掉莫斯科不等于失掉俄国。他在回答洛里斯顿提出的讲和时说,不能讲和,因为这是人民的意志;在法国人退却时,只有他一个人说,我军一切机动都不必要,一切顺其自然,比我们希望要完成的还要好,对敌人要网开三面,塔鲁丁诺、维亚济马、克拉斯诺耶等战役,都毫无必要,到达边境时应该保存一点实力,他说,用十个法国人换一个俄国人,他也不干。

只有他一个人在维尔纳曾说过,打出国门以外有害无益,因此惹得皇帝不快活。

只用语言还证明不了他当时对事件意义的理解。他的行动始终不变地朝向一个目标,从来不曾有丝毫的偏离,这目标包括三个方面:一、竭尽全力打法国人,二、击败他们,三、把他们赶出俄国,尽可能减少人民和军队的痛苦。

他以无与伦比的严肃态度做好了准备,然后发动了波罗底诺战役。他,就是那个在奥斯特利茨战役未打响之前就断定那次战役一定要失败的库图佐夫,而在波罗底诺,尽管将军们都认为那次战役打输了,虽然打赢了军队还要后撤,只有他一个人力排众议,直到老死都在断言波罗底诺战役是胜利。仅有他一个人,在整个退却期间坚持不进行当时已经成为无益的战斗,不再挑起新的战争,并且不打出俄国的边境。

只要不把十来个人头脑中的目的硬说成是群众活动的目的，现在来理解事件的意义已经很轻松了，因为全部事件及其结果都摆在我们面前了。

但是，这个老人——仅有他独自一人与众不同，怎么在当时就准确地看出了人民对事件的看法的重要意义，在他全部活动过程中始终没有改变这种看法呢？

对当时发生的现象的意义之所以如此洞若观火，其根本在于他拥有十分纯洁和强烈的人民感情。

正是因为人民承认他有这种感情，人民才通过一些奇特的方式，选择了这个不得宠的老头作为人民战争的代表。正是这种感情把他抬到人间最高的位置，他这个身居高位的总司令，把他的全副精力都用在不是去屠杀和迫害人们，而是去拯救和怜悯他们上面。

这个朴实、谦虚、真正伟大的形象，不能归入历史虚构的统治人民的欧洲英雄那种虚伪的模式。

六

十一月五日是所谓的克拉斯诺耶战役的第一天。傍晚时分，库图佐夫到总司令部那天已经迁到那儿的多布罗耶去了。

天气晴朗而寒冷。库图佐夫骑着一匹膘肥体壮的小白马去多布罗耶，身后跟着一群心怀不满的将军们。沿路都是当天俘虏的法国人（那天俘虏七千人），他们一堆堆地聚在篝火旁取暖。离多布罗耶不远的地方，一大群衣衫褴褛的俘虏站在路上一长列卸下来的大炮旁边，发出嗡嗡的谈话声。当总司令走过来的时候，谈话停止了，所有的眼睛都转向库图佐夫。库图佐夫头戴着一顶红箍白帽子，穿着隆起驼背的棉大衣，骑着马慢慢地走来。一个将军向他报告那些大炮和俘虏是在什么地方俘获的。

库图佐夫似乎在想心事，没有听见那个将军的话。他神情不悦地眯起眼睛，专注地凝视着那些样子显得特别可怜的俘虏。大多数法国士兵都冻坏了鼻子和腮帮，脸变了形，差不多所有人的眼睛都红肿、糜烂。

靠路边有一堆法国人，其中两个士兵正在用手撕一块生肉。在他们向过路的人一瞥的目光中有一种兽性的东西，那个满脸生疮的士兵也凶恶地向库图佐夫看了一眼，立刻转过身去接着干他的事。

库图佐夫向这两个士兵看了很久；他更皱紧了眉头，眯起眼睛，沉思地摇摇头。

在另外一个地方他看见一个俄国士兵笑着拍一个法国人的肩膀，很可亲地和他说话。库图佐夫又带着同样的神情摇摇头。

"你说什么？"他问那个将军，将军一面继续报告，一面让他注意在普列奥布拉任斯基团队列前面缴获的军旗。

"啊，军旗！"库图佐夫说，他很费劲地打断了自己的思绪。他茫然地环视了一下。几千只眼睛从四面八方望着他，期待着他讲话。

他在普列奥布拉任斯基团前面停下来，深深舒了口气，闭上了眼睛。他的一个侍从向拿着法国军旗的士兵们招招手，让他们把军旗摆在总司令周围。库图佐夫沉默了几分钟，看来，他虽然不乐意，可是还是得服从他的地位要求他必须做的事情，于是抬起头来，开始讲话了。一大群军官围着他。他目光专注地扫了一下周围的军官，认出其中几个人。

"谢谢大家！"他朝士兵们、转脸又朝军官们，说。在周围一片寂静中，可以清楚地听见他那慢慢说出的话。"为了艰苦、忠诚的服务，感谢你们大家。我们彻底胜利了，俄国不会忘记你们，光荣永远属于你们！"他向周围看了看，停顿了片刻。

"把旗杆头放低，"他对那个无意间把手里的法国鹰旗在普列奥布拉任斯基军旗前放低的士兵说。"再低些，再低些，对了，就这样。乌拉！小伙子们，"她的下颌很快地向士兵们一摆，说。

"乌拉—拉—拉！"几千个声音响起了。

在士兵们大声欢呼的时候，库图佐夫在马鞍上俯下身，低下头来，眼睛闪出和蔼的、似乎讽刺的亮光。

"是这样的，弟兄们，"当喊声停了的时候，他说……

他的声音和脸上的表情忽然变了：已经不再是一个总司令、而是一个普通的老年人在说话，很明显他现在想对伙伴们说几句最想说的话。

在军官中间，在士兵行列中开始蠕动起来，想更清楚地听听他现在要说的话。

"是这样的，弟兄们。我知道你们够辛苦的，但是有什么办法呢！忍耐一下吧；不会很久了，等我们送走了客人，就可以休息了。沙皇会记住你们的功劳的。你们尽管辛苦，毕竟是在自己的国家里；但是他们，你们瞧瞧他们落到什么地步，"他指着那些俘虏说。"比最糟的叫花子还不如。当他们还是强大的时候，我们不可怜他们，现在可以怜悯他们了。他们也是人嘛。对不对，小伙子们？"

他向四周望去，在向他投来的那些惊疑的目光中，他看出对他的话的同情；他的嘴角和眼角皱起来，露出老年人温和的微笑，他的神采愈来愈有光辉了。他停顿了片刻，似乎迟疑不决似的低下头来。

“话说回来，是谁叫他们来我们这儿的？这些猪狗们，活该……”他抬起头来，忽然说。他把鞭子一挥，在整个战争期间第一次策马疾驰，离开那些兴奋得哈哈大笑、狂叫“乌拉”的士兵们。

士兵们未必懂得库图佐夫说的话。谁也复述不出元帅那番开头庄严、结尾朴实的话；可是，那番推心置腹的话不但已经被理解，正是在老年人宽容大度的咒骂中所表现的那种伟大庄严的感情深藏在每个士兵心里，并且用兴高采烈的、经久不息的欢呼声表达出来。在这之后，一个将军问总司令是否要车，库图佐夫在回答时，出人意料地抽泣起来，很明显他内心非常激动。

七

十一月八日，克拉斯诺耶战役的最后一天，部队来到宿营地时，天已经黑了。整天飘着零星的雪花；傍晚天晴了。透过飘落的雪花，露出灰暗的星空，寒气愈加逼人了。

穆什卡捷尔斯基团离开塔鲁丁诺时三千人，现在只剩下九百人了。这个团首先到达了指定的宿营地——大路旁一个村子里。迎接这个团的打前站的人员说，所有房子都住满了法国骑兵和参谋人员。仅一所房子可以让团长住。

团长到他的住处去了。团队经过村子到村边路上把枪架起来。

那个团队像一只庞大的多足兽，开始建设洞穴和准备食物了。一部分士兵踏着没膝的雪走进村右边的桦树林里，立刻听见刀斧的砍斫声和愉快的谈笑声；另外一部分士兵在团队的大车和马匹集中的地方忙活着，取出大锅和面包干，喂马；第三部分士兵到村子里为参谋人员准备住处，把停放在各家的法国人的尸体清理出去，找来一些木板、干柴和屋顶上的禾草以备生篝火和做挡风的篱笆。

有十五、六个士兵在村头的房屋后面,快活地喊叫着推一道高大篱笆墙。

"一、二、三,推呀!"在黑夜中,那堵附着雪的大墙带着冰凌的响声晃来晃去,下面的桩子越来越喀喀哧哧地响,那堵墙终于连同推它的士兵们一块倒了下去。于是发出一阵欢乐的大笑声。

"两个人两个人地拽!拿撬棍来!"

"来,一、二、三……停一停,伙计们!……我们唱着歌儿吧!"

大家都不作声了,于是,一个人低声唱了起来,声音像天鹅绒一般悦耳。在唱到第三节结尾时,紧接着尾音,二十个声音一齐喊起来。但是,不论怎样一齐用力,那堵篱笆墙依旧不动,在大家停住换气的时候,可以听见沉重的喘息声。

"喂,你们六连的!来帮一帮啊……你们也有用着我们的时候。"

正进村子的第六连二十来个人,全来帮助拖了;于是,那堵篱笆墙弯成了弓形,像刀割似的压在喘息着的士兵们的肩上,沿着村里的街道往前挪动了。

"走啊,怎么啦……倒了,咳……干吧停住了?嗯……"

大家不停地说一些快活的、骂人的脏话。

"你们干什么?"突然听到一个向搬墙的人们跑来的人用命令的口吻说。

"长官大人都在这儿;将军就在这屋里,你们这帮魔鬼,揍死你们!"司务长喊道,挥起拳头就在首先遇到的士兵背上打了一下。"你们不能小点声吗?"

士兵们不作声了。那个挨了司务长打的士兵,撞到篱笆墙上,碰破了脸,他哼哼哧哧地擦脸上的血。

"瞧,打得多狠!满脸是血,"司务长走后,他胆怯地说。

"怎么,你不快活吧?"一个笑着的声音说;于是,士兵们压低嗓门,继续往前走了。走到村外,他们依旧大声说话,依旧说些无聊的骂人话。

在士兵们经过的那间农舍里,聚着一些高级官长,他们一面喝茶,一面热烈地讨论着当天的事和明天运动战的设想。打算向左翼行动,切断缪拉,活捉他。

士兵们把篱笆墙拖到地方的时候,周围各处做饭的篝火已经燃起来。木柴噼啪作响,雪在融化,在那片扎营的雪地上,到处都闪现着士兵们的黑影。

四面响起斧头和砍刀的声音。不等命令一切都做了。

八连拖来的篱笆墙在北面竖成了半圆形,用枪架支住,墙前面生起了篝火。点名的鼓声响起来了,吃过晚饭,在篝火旁安顿下来过夜——有人在补鞋,有人在抽烟,有人脱光了在火上烘虱子。

八

俄国士兵当时所处的生活条件之艰难,简直不可想象——没有保暖的靴子,没有皮袄,没有遮身的地方,在零下十八度的雪地里,甚至没有充分的口粮,——这样看来,士兵们本应当呈现一派极为悲惨和沮丧的景象。

恰恰相反,即使在最好的物质条件下,军队也从未表现出过这么愉快、这么活跃的景象。这是因为每天都从军队里淘汰一些意志消沉和体力不支的人。那些身体和精神软弱的人,早就落在后面了:剩下的全是军队的精华——不管在身体方面还是精神方面都是强者。

聚在挡风篱笆的八连那儿的人最多。两个司务长就坐在他们那儿,他们的篝火也烧得最旺。他们要求,带来木柴的人才有挨近篱笆坐的权利。

“喂,马克耶夫,你怎么啦……你死到哪儿去了?狼把你给吃啦?拿柴火去,”一个红脸膛的士兵喊道,他被烟熏得直眨巴眯细的眼睛,但是他还是凑近火。“你也去找点柴火来,乌鸦。”这个士兵对另一个人说。这个红脸膛的是一个壮汉子,所以能命令那些比他弱的人。那个瘦小、尖鼻子、外号叫“乌鸦”的士兵,顺从地站起来,正要去执行命令的时候,在篝火的光亮中出现了一个身材颀长的士兵的身影,他抱来一大捆木柴。

木柴劈开后放在火里,经过人们用嘴吹,用大衣的下摆扇,不久火苗开始发出呲呲声和爆炸声。士兵们坐近一些,抽起烟来。那个抱来柴火的士兵,双手叉着腰,在原地快速而敏捷地跺着冻僵的脚。

“啊,我的亲娘,露珠儿冰冷,多么好哇,我当上了火枪兵……”他边唱边跳,好像每个音节都打个嗝儿。

“喂,鞋底给跳飞了!”那个红脸膛地喊道,他看见跳舞的人的靴掌耷拉着。“哟,好一个舞蹈家!”

跳舞的人停住了,把脱落的皮子撕下来,扔进火里。

他坐下来,从背包里掏出一块蓝灰色的法国呢绒来把他那只脚包上。“脚都冻木了,”他把脚向火伸过去。

“快发新的了。听说,打完了仗,每人都发双份的服装。”

“你瞧,狗崽子彼得罗夫,最终还是掉了队,”司务长说。

“我早就看出来了,”另一个说。

“听说,三连昨儿一天就减少了九个人。”

"那有什么办法,脚冻坏了,你叫他怎么走?"

"咳,废话!"司务长说。

"是不是你也想那样?"一个老兵责备地对那个说脚冻坏的人说。

"你以为怎么着?"那个外号叫"乌鸦"的尖鼻子士兵忽然从篝火旁站起来,用尖细而颤抖的声音说。"胖的给拖瘦了,瘦的给拖死了。就说我吧,就是这样。半点力气都没了,"他忽然坚决地对司务长说,"您叫人把我送到医院去吧,浑身骨头架子酸痛;不然早晚我也要掉队……"

"得了,得了,"司务长心平气和地说。

那个小个儿的士兵不说话了,谈话在继续。

"今天捉到的法国人可不少;但是,那些人穿的靴子,可以说,连一双像样的也没有,不过应个名儿罢了,"一个士兵开始了另一个话题。

"哥萨克把靴子全给脱走了。他们为了给团长腾房子,把死人都拖走。真叫人不忍看,伙计们,"那个跳舞的人说。"翻动他们的时候,有一个还活着,嘴里还嘟囔着法语呢。"

"他们人都白白净净的,"第一个说话的人说。"雪白的皮肤,就像桦树皮一样白,有的长相很威武,可能是贵族。"

"你当怎么着?他们什么人都得当兵。"

"他们不懂咱们的话,"那个跳舞的人带着迷惑不解的神气微笑说。"我问他:'你那军服上的符号——王冕是谁戴的?'他嘟囔着他们国的话。一个不可思议的民族!"

"在莫扎伊斯克附近,就是在那儿打过仗的地方,召来十来个村子的人,运了二十天,还没把死尸运完。喂饱了那些狼,他说……"

"那是一场真正的恶战,"那个老兵说。"只有这一仗令人难忘;可是以后那些……只不过是折磨人罢了。"

"可不是,大叔。昨天我们追他们,不等你追上,他们就赶快扔下枪,跪下,喊'饶命!'他们说。这仅仅是一个例子。听说,普拉托夫两次捉住拿破仑本人。他不懂法国话。捉是捉住了两次,他在他手里竟变成一只鸟;飞了,飞了。也没法儿杀死他。"

"我看,你是一个牛皮大王,基谢廖夫。"

"什么吹牛哇,的的确确如此。"

"倘若落在我的手里,我就把他埋在土里,再钉上一根杨木橛子。这个害人精。"

"反正快收场了,他横行不了啦,"那个老兵打着哈欠说。

谈话停止了,士兵们开始躺下睡了。

"瞧天上的星星,多亮!你瞧,老娘们展她织的布了,"一个士兵欣赏着银河说。

"弟兄们,这是丰年的兆头。"

"背烤暖了,肚子又凉了,你说多奇怪。"

"你挤什么,火是你自个的,还是怎么的?瞧……瞧他把手脚伸的。"

在谈话停下来时,可以听见几个人睡的人的鼾声;其余的人辗转翻着身子烤火,不时交谈几句。从百来步远的另一堆篝火旁传来一阵快活的齐声大笑。

"你听五连好热闹,"一个士兵说。"他们的人可真多!"

一个士兵站起来,到五连那儿去了。

"笑得真开心,"他回来时说。"来了两个法国人。一个冻得缩成一团,另一个闹腾得可厉害,还唱歌呢。"

"是吗?去瞧瞧……"有几个士兵到五连去了。

九

五连的宿营地紧贴着树林的边缘。

半夜的时候,五连的士兵们听见树林里有踏雪的脚步声和树枝的断裂声。

大家都抬起头来仔细地听着。在篝火的亮光中,大家看见从森林里走出两个互相搀扶着、衣衫独特的人影。

这是两个藏在树林里的法国人。他们走到篝火跟前,声音嘶哑地说着士兵们不懂的话。一个身材高些,戴着军官帽,看样子已经筋疲力尽了。走近篝火,他想坐下,可是一下子倒在了地上。另一个兵矮小敦实,身子比较强壮。他扶起同伴,指着自己的嘴,说着什么。士兵们围着两个法国人,给病人铺上了军大衣,还给他们拿来了粥和伏特加。

那个生病的军官名叫朗巴莱;那个用手巾包着头的是他的勤务兵莫雷尔。

莫雷尔喝了伏特加,吃了一碗粥,忽然反常地快活起来,不停地说着士兵们听不懂的话。朗巴莱不吃不喝,默默地枕着臂肘躺在篝火旁边,用通红的眼睛望着俄国士兵。他不时地发出长声呻吟,随后又不出声了。莫雷尔指着他的肩,向士兵们示意,这是一个军官,应该让他暖和一下。一个走过来烤火的俄国军官派人去问团长,是否可以让一个法国军官到他那儿去取暖。回来的人说,团长吩咐把军官带过去,于是告诉了朗巴莱。他站起想走,但是他一晃悠,要不是站在他近旁的士兵扶着,他就摔倒了。

"怎么样?你再不敢来了吧?"一个士兵向朗巴莱嘲弄地挤挤眼,说。

"咳,你这个笨蛋!为什么说些难听的话!乡巴佬,真是乡巴佬,"响起一片责备那个开玩笑的士兵的声音。人们围着朗巴莱,把他架起来放到两个士兵交叉的手臂上,抬到屋里。朗巴莱搂着一个士兵的脖子,在人们抬着他的时候,他悲戚地说:

"唉,善良的朋友们哪!这才是真正的人!我的善良的朋友们!"他像个小孩似的,把头偎依在一个士兵的肩头上走了。

这时,莫雷尔坐在火旁最好的位置,士兵们都围着他。

莫雷尔是一个矮矮的法国人,他两眼红肿,流着泪水,像女人一般在军帽上扎一条手巾,穿着女人的皮袄。他显然喝醉了,一只手搂着坐在他身旁的士兵,声音嘶哑地、时断时续地唱着法国歌。士兵们望着他,笑得前仰后合。

"喂,喂,你教我们,怎么样?我立刻就能学会。怎么唱?……"莫雷尔搂着的那个滑稽鬼——歌唱家说。

> 亨利四世万岁,
>
> 勇敢的国王!

莫雷尔唱道,他不停地挤挤眼。

> 亨利四世那个魔鬼……

那个士兵呜呜哇哇跟着唱,真的合上了调子。

"好家伙!哈—哈—哈!"响起一片快活的大笑声。莫雷尔也皱着眉头笑起来。

"喂,再来,再来!"

> 他有三种本事,
>
> 喝酒,打仗,
>
> 还有当情夫……

"调子也很和谐。扎列塔耶夫!唱呀,唱呀!……"

"克哟……"扎列塔耶夫使劲发音。"克—哟—哟……"他极力撮着嘴唇,拉长声音唱,"勒特里普达啦,得—布,得—巴,伊得特拉瓦嘎啦!"

"好哇!跟法国人唱的一样!怎么样,你还要吃点吧?"

"再给他点粥;挨饿的肚子不容易填得饱。"

人们又给了他一碗粥;于是莫雷尔笑着吃了第三碗粥。所有的年轻士兵都带着愉快的神情望着莫雷尔。年老的士兵们认为干这种无聊的事是有失体面的,他们躺在篝火的另一边,但是也不时地支着臂肘欠起身来微笑着看看莫雷尔。

"他们也是人,"一个士兵用军大衣把身子裹紧,说。"苦艾也是在根上生长的。"

"噢哟!严寒就要来了……"周围静了下来。

星星似乎知道这时没有人在看它们,在黑暗的天空中玩得更欢了。

十

法国军队按照准确的数学级数等速地消失着。曾被大书特书的强渡别列济纳一战,不过是法国军队溃灭的过渡阶段。别列济纳河战役之所以被人写得那么多,而且将来还要写,在法国人方面,那不过是因为灾难在别列济纳河的破桥上集中地发生在顷刻之间,成为留在人们记忆里的悲惨景象。在俄国人方面,关于别列济纳河之所以被人们谈论得那么多,那不过因为在远离战场的彼得堡制定了一项在别列济纳河设下战略陷阱捉拿拿破仑的计划。人人都相信,一切都会按照计划实现的,因而坚持说,正是别列济纳河把法国人毁掉了。而统计数字表明,强渡别列济纳河的实际结果却表明,法国人所受的伤害,比起克拉斯诺耶战役受到的伤害,要轻得多。

强渡别列济纳河战役唯一的意义就在于,这次渡河毫无异议地证明所有切断敌军的计划都是错误的,而库图佐夫所主张的唯一可行的军事行动——只在敌人后面尾随着,是正确的。那群乌合之众的法国人不断加快速度,为到达目的地拼命逃跑。他们像一群受伤的野兽在狂奔,要想挡住他们的去路是不可能的。证明这一点的,是桥上发生的情况。当桥倒塌了的时候,徒手的士兵们、从莫斯科逃出的人们以及随从法国运输队带孩子的妇女们,都受惯力的影响向桥上拥去,向结冰的水中拥去。

这种拼命前冲的愿望是合乎情理的。逃跑的人和追赶的人的景况都很坏。落难的人留在自己的人中间,能够指望伙伴们的帮助,在自己的人中间能占有一定的地位。如果投降俄国人,他虽然仍然处在同样遭难的境况,可是在分配生活必需品时,他就得向后站了。法国人无须得到确切的情报,就知道俄国人对那半数的俘虏不知该怎么办,即使俄国人很想拯救他们免于冻饿而死;他们从感觉上知道事情只会是这个样子。最富有同情心的人,甚至在俄国军队中服务的法国人,对俘虏也爱莫能助。毁灭了法国人的灾难,也正是俄国军队经受的灾难。总不能从饥饿的、急需的士兵手里把面包和衣服夺去送给那些尽管无害、然而是无用的法国人吧。也有的俄国人这样做了;但是这只是例外。

后面是必然的灭亡；前面却有希望。已经是破釜沉舟，除了集体逃走，别无出路，于是法国人就拼命集体逃跑了。

法国人越是往前跑，他们的残余部队越是悲惨，尤其是在根据彼得堡的计划寄予特殊希望的别列济纳战役以后，那些互相怪罪、特别是怪罪库图佐夫的俄国司令官们的情绪，也就愈激昂了。他们认为，彼得堡的别列济纳计划一失败，一定是库图佐夫的失误，所以，对他的不满、蔑视和讥笑愈来愈强烈了。蔑视和讥笑是以恭敬的形式表现出来的，使库图佐夫无法质问他们责怪他什么，为什么责怪他。他们跟他说话并不认真；在向他报告和请他批准什么事的时候，他们做出执行一件可悲的仪式的样子，而背后却向他挤挤眼，尽可能到处都欺骗他。

正因为这些人不能了解他，因此都以为跟老头子没有什么可谈的；他永远无法理解他们计划的深刻用意；他要对他那些关于"网开三面"、不能带领一群乌合之众打出国门以外诸如此类的空话负责。他们的建议是十分复杂并且聪明，在他们看来那是很明显的，他既老且蠢，而他们是不当权的天才统帅。

尤其是在和显赫的海军上将和彼得堡的英雄维特根施泰因的军队会师以后，这种情绪和流言蜚语达到了极点。库图佐夫看出了这一点，但是他只是叹着气耸耸肩罢了。只有一次，在别列济纳战役以后，他发了脾气。

把贝尼格森打发走了。接着康士坦丁·帕夫洛维奇大公来到了军队，他在战争初期参加过战斗，后来被库图佐夫调离了军队。现在大公来到军队，通知库图佐夫说，皇上不满意我军的行动缓慢，皇上打算近些日子到军队中来。

就是这个库图佐夫，在本年8月被选为总司令，也就是他把皇储和大公调离了军队，也就是他，凭借自己的权力决定放弃了莫斯科，现在这个库图佐夫立刻了解到，他扮演的角色结束了。他了解这一点，不仅由于朝廷的态度。一方面，他看出，他在其中担任角色的军事活动已经结束了，因此他感到他的使命已经完成了。另一方面，就在这时他感到他那衰老的身体疲惫不堪，需要休息。

十一月二十九日，库图佐夫进驻维尔纳。在这里库图佐夫除了享受到他久已失去的那些舒适的生活条件外，还找到一些老朋友和可供回忆的事物。于是，他忽然撇开一切军务和政务的操劳，沉浸在周围沸腾着的生活所能给予他的平静生活，似乎历史进程中正在发生的以及可能发生的一切都和他毫无关系。

奇恰戈夫，这是最热衷于切断和击溃战术的人中的一个，第一个在库图佐夫进驻的城堡门前迎接他。奇恰戈夫穿着一身海军文职制服，佩着一把短剑。他递给了库图佐夫一份战列报告和城门的钥匙。这个了解到库图佐夫已经受到谴责的奇恰戈夫,在所有的言谈举止上都表现出一个年轻人对昏庸的老头子的在恭敬中包含着轻蔑的态度。

在跟奇恰戈夫谈话中,库图佐夫顺便告诉他,他在博里索夫的几车器皿已经夺了回来,很快就还给他。

在维尔纳,库图佐夫违背皇帝的意愿,拦阻着大部分军队。库图佐夫,据他周围的人说,在维尔纳逗留期间精神异常委顿,体力衰弱。他很少过问军队的事,什么事都交给他的将军们去办,整天过着悠闲的生活,等待着皇帝到来。

皇帝率领着侍从,十二月十一日来到维尔纳,坐着旅行雪橇直接驰往城堡。虽然天气非常寒冷,百十个穿着检阅服装的将军和参谋人员,以及谢苗诺夫团仪仗队守候在城堡门前。

一个急行信使在皇帝前面来到城堡,喊道:"驾到!"科诺夫尼岑跑进门厅,向在门房小屋里等候的库图佐夫通报。

一分钟后,老头子肥胖,庞大的身影缓慢地走出门廊,他身穿大礼服,胸前挂满了勋章,腰间缠着一条肚带。库图佐夫戴着遮檐朝两侧的帽子,手里拿着手套,侧着身子费力地走下台阶,下来后,他把准备呈给皇帝的报告拿在手里。

所有的眼睛都注视那辆渐渐驶近的雪橇,已经可以看到雪橇上皇帝和沃尔孔斯基的身影了。

由于五十年的习惯,所有这一切在这个老将军身上起了一种警觉的作用;他小心地摸摸身子,整整帽子,就在皇帝下了雪橇,抬起眼睛看他的一瞬间,他抖擞起精神,挺直身子,把报告递上去,开始用他那缓慢的、均匀的、讨人欢喜的声音说起话来。

皇帝目光疾速地把库图佐夫从头到脚打量了一下,皱了皱眉头,可是立刻克制住自己,向前走了两步,伸开两臂,抱住老将军。仍然由于长期习惯了的印象,由于他内心思想的关系,这拥抱照例对库图佐夫又起了作用:他抽泣起来。

皇帝向军官们和谢苗诺夫团仪仗队问好,随后又握住老头子的手,和他一起走进城堡。

同元帅单独在一起的时候,皇帝对追击的迟缓,对在克拉斯诺耶和别列济纳所犯的错误表示不满。库图佐夫不做辩解,也不发表意见。现在他脸上的表情,就是七年前在奥斯特利茨战场上聆听皇帝的命令时的那种顺从的表情。

当库图佐夫离开书房,垂着头,迈着沉重的步子走过大厅的时候,有一个声音喊住了他。

"阁下,"那个人说。

库图佐夫抬起头来,对着托尔斯泰伯爵的眼睛看了半天,后者托着一个银盘站在他面前。库图佐夫好像不明白要他干什么。

他一下子省悟过来,在他胖脸上闪过一丝差不多看不出的笑容,他恭敬地俯下身来拿起那件东西。那是一级圣乔治勋章。

十一

第二天,元帅举行宴会和舞会,皇帝亲自光临了。库图佐夫荣获一级圣乔治十字勋章;皇帝给予了他最高的荣誉;但是皇帝对这位元帅的不满是人人都知道的。礼节是要遵守的,皇帝做出了第一个榜样;然而人人都知道,老头子犯有过错,不中用了。皇帝走进舞厅的时候,库图佐夫遵照叶卡捷琳娜时代的老习惯,吩咐把缴获的军旗投掷在皇帝的脚下,皇帝不快活地皱了皱眉头,嘴里咕噜着,有人听见他说"老滑稽演员"。

在维尔纳期间,皇帝对库图佐夫的不满更强了,这尤其是因为库图佐夫显然不愿理解当前战役的意义。

第二天早上,皇帝对召集到他面前的军官们说:"你们不但拯救了俄国;你们拯救了欧洲,"大家当时已经懂得,战争还没有结束。

只有库图佐夫一个人不愿理解这一点,他公开说出自己的意见,他说,新的战争不但不能改善俄国的处境和增加俄国的荣誉,还会使俄国的处境恶化,降低他认为俄国现在所取得的最高的荣誉。他极力向皇帝证明征募新兵是不可能的;他谈到人民的困苦,谈到我们有失败的可能。

怀有这种心情的元帅,当然成为当前战争的一个绊脚石了。

为了避免和老头子发生冲突,自然而然地找到了办法:像在奥斯特利茨对付他那样,不惊动他,也不向他宣布要把他的军权移交给皇帝本人。

库图佐夫的司令部的全部实权都被剥夺,移交给皇帝。托尔、科诺夫尼岑、叶尔莫洛夫等人另有任用。人们都大谈特谈元帅身体十分地衰弱,由于健康不佳而心灰意冷。

为了他的地位要交给接替他的人,他就得健康欠佳。并且他的健康也实在欠佳。

现在库图佐夫演完了自己的角色,会有必要的人来取代他的地位,是自然的、逐步的。

1812 年战争,除了俄国人所珍惜的民族意义,还具有对欧洲的意义。

既然有由西而东的民族迁徙,那么就会有由东而西的民族迁徙,而这场新的战争,需要一个新的领导人,他得具有与库图佐夫不同的品质,为不同的动机所驱使。

为了由东而西的民族迁徙和为了恢复各国的国界,亚历山大一世是必需的,正如库图佐夫为了拯救俄国和俄国的光荣而必需一样。

库图佐夫不能理解欧洲、均势,以及拿破仑的意义。他无法理解这个。在敌人已经消灭,俄国已经解放,而且达到光荣的顶峰的时候,一个俄国人民的代表,就再也没有什么可以做的了。留给人民战争代表的只有一死。于是库图佐夫死了。

十二

正如多半的情形那样,只有在皮埃尔做俘虏时身体上所受的困苦和紧张过去以后,他才觉出那种困苦和紧张有多么沉重。从俘虏中被释放以后,他来到奥廖尔,到后第三天,他打算去基辅,但是他病了,在奥廖尔躺了三个月;据医生说,他的病是胆热引起的。经过医生给他治疗、放血、吃药,他康复了。

在恢复健康期间,皮埃尔才逐渐摆脱掉他过去几个月习惯了的印象,重新又习惯了新的生活。可是有很长一段时间,他还梦见他过俘虏的生活。皮埃尔也逐渐明白了他从俘虏中获释后所听到的那些消息。

自由的喜悦感觉在皮埃尔康复期间充溢了他整个的灵魂。使他惊奇的是,这种不受外界环境影响的内心自由,现在似乎外界的自由也过多地出现在他周围。他自己住在陌生的城市里,没有熟人。不会有人向他要求什么;也不会有人打发他到什么地方去。他所要的一切都有了;从前对于妻子的思虑老是折磨着他,现在没有了,因为她已经不在人世了。

以前使他苦恼的、他经常寻找的人生的目的,现在对于他已经不存在了。这个未知的人生目的,在他并不是现在偶然地不存在了,也并非此时此刻才不存在,但是他觉得,它是没有的,也不可能有。正是这目的的不存在,给了他彻底的、可喜的自由的感觉,此时他的幸福就在于这个自由的感觉。

他现在有了信仰,——不是信仰某种规章制度,或者某种言论,或者某种思想,而是信仰活生生的、经常可以感觉到的上帝。从前他是抱着他给自己提出的一些目的去寻求它。这种有目的的寻求实际上是寻求上帝;但是,他在被俘期间突然认识了保姆早就给他讲的那个道理:上帝就在眼前,就在这儿,它无所不在。他在被俘期间认识到,卡拉塔耶夫心目中的上帝比共济会员们所承认的造物主更伟大,更高深。一个人极目远望,结果却在自己的脚下找到了所要寻求的东西,他觉得他就是这样的人。他一生都在越过周围人们的头顶望过去,实际上用不着睁大眼睛往远处看,只看自己跟前就行了。

十三

皮埃尔的外表几乎没有什么改变。他依旧像先前那个样子。他像先前一样心不在焉,似乎他所关心的并不是眼前的事情,而是他自己的、某种特别的事情。他现在和过去的状态所不同的是:他先前忘掉了眼前的事、忘掉对他说过的话的时候,他总是皱紧眉头,似乎想看清楚而又不能看清楚那离他很远的东西。但是现在他带着几乎看不出的似乎嘲讽的微笑看待他面前的东西,倾听对他说的话,尽管他看见的和听见的显然完全是另外的事情。现在他嘴角常常挂着人生欢乐的微笑,眼睛闪着对人同情的亮光——似乎在问,他是不是跟我同样感到满足?有他在场人们都感到快乐。

先前他说起话来滔滔不绝,不听对方说话;现在他对谈话不大热衷,善于听人家讲话,因而人家乐意把最秘密的心事告诉他。

这位公爵小姐从来不喜欢皮埃尔,自从老伯爵去世后,她觉得她受了皮埃尔的恩惠,所以对他特别地怀有敌意,可是,令她着恼和惊奇的是,在奥廖尔待了不久之后,公爵小姐很快就感觉到,她喜欢皮埃尔。皮埃尔并没有去讨公爵小姐的欢心。他只是带着好奇心去观察她。以前公爵小姐总觉得,他对她总是投以淡漠和嘲笑的目光,所以,她在他面前也像在别人面前一样,只摆出她天性中好斗的一面;而现在却相反,她觉得他似乎在探索她灵魂深处最隐秘的方面;开始她对他不信任,后来却怀着感激的心情对他表露出藏在她性格中善良的方面。

就是最狡诈的人也不能如此巧妙地取得公爵小姐的信任,唤起她对美好青春的回忆。而皮埃尔的所谓狡诈不过是在这位恶毒的、傲气的公爵小姐身上唤醒了人类的感情罢了。

"是的,他是一个十分好的人,只要在我的影响下,"公爵小姐这样想。

皮埃尔的变化也被他的仆人捷连季和瓦西卡发觉了。他们发觉他随和多了。捷连季经常帮他脱了衣服,道过晚安,拿着靴子和衣服,迟迟不离去,看看老爷是不是有话要说。皮埃尔看出他想聊一聊,大多就把他留住。

"给我讲讲……你们是怎么弄到吃的?"他问。于是捷连季就讲起莫斯科的破坏,讲起已故的老伯爵,拿着衣服谈了很长时间,有时也听皮埃尔的故事,然后,他怀着主人对他的亲近和他对主人的友好感觉回到了前厅。

给皮埃尔治病的医生每天都来看他,虽然这位医生按照一般医生的习惯,认为应该装出他的每分钟对于受磨难的人类都是宝贵的样子，但是他却常在皮埃尔处一连坐上几个小时，谈他喜爱的故事和他对一般病人、特别是对女人脾气的观察。

"是的，跟这个人谈谈是让人兴奋的，他跟我们外省人不一样，"他说。

奥廖尔有几个被俘的法国军官，有一天，这个医生带来了其中一个意大利青年军官。

这个军官常去看望皮埃尔，公爵小姐经常取笑这个意大利人对皮埃尔的温情。

看来，这个意大利人只有到皮埃尔那里谈谈，才感到幸福，他向皮埃尔讲起他的过去，他的家庭生活和他的爱情，向他发泄他对法国人、特别是对拿破仑的愤懑。

"假如所有的俄国人多少有点像您这样，"他对皮埃尔说，"和你这样的人民打仗，简直是罪过。法国人使您受了那么多罪，您却不怀恨他们。"

皮埃尔现在赢得了这个意大利人满腔的热情，只不过因为他在他身上唤醒了他灵魂中的优秀品质，而且欣赏这种品质。

皮埃尔在奥廖尔停留的最后一些日子，有一个他的老会友维拉尔斯基伯爵前来拜访他。维拉尔斯基伯爵娶了一个在奥廖尔省拥有几座大庄园的富有的俄罗斯女人，他本人在本城军用粮站谋得一个临时的职务。

维拉尔斯基听说别祖霍夫在奥廖尔，虽然一向和他不怎么交往，但是见了他却流露出只有在沙漠中人们相遇时才表现出的那种友好和亲切。维拉尔斯基在奥廖尔很孤单，能遇到和自己同一个圈子的人，感到非常兴奋。

然而，令维拉尔斯基吃惊的是，他很快就看出皮埃尔大大落后于现实生活，以他暗地里对皮埃尔的评价，皮埃尔陷入淡漠和自私中了。

"你过于消沉了，朋友，"他对他说。尽管如此，维拉尔斯基现在和皮埃尔在一起觉得比过去更快乐，他每天都到皮埃尔的住处，而皮埃尔现在看维拉尔斯基和听他说话，他觉得难以相信，自己不久前也是这个样子。

维拉尔斯基是一个有家室的人，他为妻子的田产、公务、家务而奔波。他认为这一切都是人生的障碍，都是可鄙的，因为这一切都是为了他个人和家庭的幸福。军事、行政、政治、共济会等等问题，常常吸引他的注意。皮埃尔并不试图改变他的观点，也不指责它，只是带着他现在常有的那种安静的讥笑欣赏这种奇怪的、他所非常熟悉的现象。

在一些实际问题上，皮埃尔意外地感觉到他有了先前所没有的主心骨儿。以前，每一桩金钱问题，尤其是他这个富人经常遇到的向他乞讨金钱的问题，总令他感到惶惑不安。"给还是不给？"他问自己。"我有钱，他需要钱。但是别人或许更需要钱。谁最需要呢？或许他们俩都是骗子吧？"从前他对这些疑问找不到解决的办法,只要他有钱,谁要就给谁。

现在,令他惊奇的是,在所有这些问题上他都不再有什么犹疑和惶惑了。现在他心中有了一个审判官,根据他所不知的某些法则决定要做什么和不要做什么。

他依旧跟过去一样对待金钱漫不经心,不过现在他真的知道什么是应当做的和什么是不应当做的。这个审判官第一次为他服务的事例是应付一个被俘的法国上校的要求:这个上校在皮埃尔那里讲了很多他的功绩,最后,他差不多是正式提出要求,向皮埃尔要四千法郎寄给他的老婆孩子。皮埃尔毫不费力地就回绝了他,过后他感到惊奇,这件过去似乎无法解决的难题,原来是这么简单易行。在拒绝那个上校的同时,他暗自决定,在离开奥廖尔时,一定要想个办法让那个意大利军官接受他一些钱,很明显他是需要钱的。皮埃尔在处理他妻子的债务和修复莫斯科住宅和别墅的问题上,再一次证明他对实际问题确实有了主见。

他的总管到奥廖尔来,他同皮埃尔大体算了一下已经起了变化的收入。据总管估计,莫斯科大火使皮埃尔损失了差不多二百万卢布。

总管为了安慰皮埃尔,替皮埃尔算了一笔账,他说,只要皮埃尔拒绝偿还妻子的债务,他的收入不仅不减少,反而会增加。

"对,对,这是真的,"皮埃尔快活地笑着说。"对,对,那都是我用不着的。由于破产我更富有了。"

但是,正月萨韦利伊奇从莫斯科来,他讲了讲莫斯科的情况,讲了讲建筑师为修建莫斯科的住宅和近郊别墅所做的预算,他讲这件事似乎是在讲已经决定了的事似的。在这期间,皮埃尔接到瓦西里公爵和其他一些熟人从彼得堡的来信。这些信都提到他妻子的债务。于是皮埃尔决定了:总管的计划是不正确的,他必须去彼得堡了结妻子的债务,到莫斯科修建房屋。为什么要这样做,他不知道;可他确实知道,应该这样做。因为这个决定他的收入减少四分之三。可是应该这样做;他有这样的感觉。

维拉尔斯基要到莫斯科去,于是他们约定一道走。

皮埃尔在奥廖尔康复期间,感受到了自由和生活的喜悦;但当他在旅途上置身于自由的天地中间,看见成百的生人的面孔时,这种感觉就更加强烈了。在整个旅行期间,他感受到小学生度假般的喜悦。所有这些人在他看来都具有一种新的意义。维拉尔斯基一路上不断抱怨俄国的贫穷、愚昧,维拉尔斯基这些评论只能更提高皮埃尔的兴致。维拉尔斯基看见死气沉沉的地方,皮埃尔却在这辽阔的大地上看到非常强大的生命力,这种力量支持着这个完整的、独特的、统一的民族的生命。他不反驳维拉尔斯基,好像同意他的话,他带着愉快的微笑听他说话。

十四

很难解释为什么蚂蚁在被捣毁的洞穴进进出出那么忙碌，为什么它们会互相冲撞、追逐、争斗，同样，也很难解释是什么原因使得俄国人在法国人撤退后又在莫斯科聚集起来。但是当我们观看在被捣毁的洞穴周围爬满了蚂蚁的时候，洞穴虽然被彻底破坏了，可是从挖洞的昆虫那股子坚韧不拔的劲头和数量的众多可以看出，那构成蚁穴力量坚不可摧的东西依旧存在，——莫斯科也是这样，十月间，尽管没有官府，没有教堂，没有神圣的东西，没有财富，没有房屋，但是依然是八月间的那个莫斯科。一切都毁掉了，但那非物质的、坚不可摧的东西仍然存在。

莫斯科肃清了敌人以后，人们怀着复杂的个人动机从四面八方拥进了莫斯科。只有一种动机是人人都有的，那就是赶快到那从前叫作莫斯科的地方，在那儿进行他们的活动。

一个星期过后，莫斯科已经有一万五千居民，过了两个星期，就有两万五千了。这样不断地增加，到1813年秋天，就超过1812年的人口数字了。

第一批进入莫斯科的俄国人是温岑格罗德部队的哥萨克、邻近村庄的农民和从莫斯科逃出后藏在近郊的居民，进入莫斯科的俄国人，发觉莫斯科遭到抢劫，也开始抢劫起来。他们接着干法国人干过的事。农民赶着大车来到莫斯科，把丢在破屋里和街道上的一切都运到村子里。哥萨克把能搬走的东西都运回了他们的营地；房主抢走他们在人家屋里找到的一切东西，借口说是他们自己的。

但是，接着第一批抢劫者之后，又来了第二批、第三批，随着抢劫者的增加，抢劫一天天地更加困难了，并且形成一些更加确定的方式。

法国人的抢劫持续得越久，莫斯科的财富遭到的破坏就越厉害，抢劫者的力量也就消耗得越多。而俄国人占领首都初期开始的抢劫越是继续下去，参加抢劫的人数越多，莫斯科的财富和城市的正常生活就恢复得就越快。

除了抢劫者，还引来了各色人等，人们像血液流入心脏一样从四面八方流入莫斯科。

一个星期以后，那些赶着空车想来运走一些东西的农民，被政府扣留下来，被迫把死尸运出城外。其他农民听说伙伴们不得手，就把粮食、燕麦、干草运进城里，互相把价格削得比过去还低。木匠们为了挣点大钱，每天都来莫斯科，到处都在盖木头房子，修理被烧焦的房子。商人搭起棚子开始营业。饭馆和客栈在被火烧过的房子里开张起来。神父们在未遭火灾的教堂里恢复了礼拜。施主们捐献教堂被窃的东西。官吏们在小屋里安置铺着粗呢的桌子和文件柜。高级官吏和警察负责分配被法国人抢剩的财物。那些从别人家搬来许多财物的房主,抱怨把东西全搬运到多棱宫是不公平的,另有一些人则坚持说,法国人把东西集中到一个地方存放着,所以,把这些东西全分给在他家存放东西的房主是不公平的;人们诅咒警察;贿赂警察;对烧掉的东西作夸大了十倍的损失估价,要求补助;拉斯托普钦伯爵在写他的告示。

十五

一月底,皮埃尔到了莫斯科,在一处没有被烧毁的厢房住下来。他拜访了拉斯托普钦伯爵,拜访了几个回到莫斯科的熟人,打算第三天就去彼得堡。大家都欢迎皮埃尔,都想见见他,都想听听他的见闻。皮埃尔对所有遇到的人都怀有特殊的好感;但是他现在不由得对所有的人都怀有戒心,怕受到牵连。人家问他任何问题——不论是重要的还是无关紧要的,他总是回答:"是的,也许,"

他听说罗斯托夫全家在科斯特罗马,他很少想到娜塔莎。即使想到,也不过是想到一件久已过去的让人兴奋的回忆罢了。他觉得自己不但摆脱了日常俗务,而且摆脱了那种他觉得是自作多情的情调。

到莫斯科的第三天,他听说玛丽亚公爵小姐在莫斯科。安德烈公爵的死和他临终的那些日子,经常占据皮埃尔的心,现在又形象地在他脑海里浮现了。午饭时他听说玛丽亚公爵小姐在莫斯科住在弗兹德维仁卡街她的一所未被烧掉的住宅里,他就决定当天便去拜访她。

在去拜访玛丽亚公爵小姐的路上,皮埃尔不停地思念安德烈公爵,怀念他们的友谊以及他们每次的会见,特别是最后那次在波罗底诺的会见。

"难道他真的当时在那种恶劣的情绪中死去的吗?难道他在临终前真的没有揭开人生的奥秘吗?"皮埃尔想。他想起了卡拉塔耶夫,想起了他的死,不由得把两个非常不同,而又非常相似的人做了比较,他们相似是由于他对两个人都怀有爱慕的心情,两个人都曾在世上生活过,两个人都死了。

皮埃尔怀着极严肃的心情驶往老公爵的住宅。这所住宅还算完整,可仍然有被破坏的痕迹,而住宅的整个面貌依然如故。一个年老的侍者神色严厉地出来迎着皮埃尔,好像给客人一个感觉:老公爵不在,家规依然照旧,他说公爵小姐已经回到自己的房间,每逢星期天才接见客人。

"你去通报一下吧,或许会接见的,"皮埃尔说。

"是,您老,"侍者回答说,"请到肖像室稍等。"

几分钟后,那个侍者和德萨尔走出来,德萨尔向皮埃尔传达公爵小姐的话说,她非常兴奋见他,假如皮埃尔原谅她的失礼,请他到楼上她的房间里去。

在一间点着一支蜡烛的矮小屋子里,坐着玛丽亚公爵小姐,和她在一块的还有一个黑衣女人。皮埃尔记起玛丽亚公爵小姐身边常常有女伴,但是女伴都是些什么人,皮埃尔不知道,也记不起了。"这是她的一个女伴,"他向那个黑衣女人看了一眼,心中想道。

公爵小姐赶快站起身来,向前迎着他,伸出了手。

在他吻过她的手,她审视着皮埃尔那张改变了的面孔,说,:"咱们又见面了。他临终时时常提到您,"她一面说,一面带着使皮埃尔吃了一惊的羞怯神情把目光从皮埃尔移到女伴身上。

"听到您平安无事,我非常兴奋,这是很久以来接到的唯一好的消息了。"玛丽亚公爵小姐又不安地向女伴望了一眼,刚要说点什么,但是皮埃尔打断了她的话。

"您会想到的,我一点不知道他的情况,"他说。"我以为他阵亡了。我所知道的,都是从别人口中听说的。我听说他遇见了罗斯托夫一家人……多么巧的命运啊!"

皮埃尔说得又快又高兴。他向那个女伴的脸看了一下,瞧见向他投来的不寻常的目光,就像在谈话时常有的情形,不知怎的他觉得这个黑衣女伴是一个可爱的、善良的人,她不会妨碍他和公爵小姐快乐地谈心。

但是,当他在最后一句话提到罗斯托夫一家的时候,玛丽亚公爵小姐脸上的窘态更加厉害了。她又把视线从皮埃尔移到那个黑衣女伴身上,她说:

"您真的没有认出来吗?"

皮埃尔又看了看那个女伴那张苍白的、有一对黑眼睛的面庞。在那双专注地望着他的眼睛里含有一种亲切的、他久已遗忘的、非常可爱的神态。

"不对,这不可能,"他想。"这张严肃、瘦削并且苍白、显得老了一些的脸?这不可能是她。不过与她相似罢了。"可是,这时玛丽亚公爵小姐说:"娜塔莎。"于是,那张眼神专注的面庞,困难地、就像一扇生锈的门打开了似的,露出了笑容。突然从这扇敞开的门里散出一阵芳香,使皮埃尔感觉到那久已忘却的、特别是这时意料不到的幸福。当她莞尔一笑时,已经不再有什么怀疑了:这正是娜塔莎,他爱她。

在开头的一瞬间,皮埃尔不自觉地泄露了连他本人也不清楚的那个秘密。他快活而又痛楚地涨红了脸。他试图掩饰自己的激动。但是他越是想掩饰,就越是明显地——比最明显无误的语言更为明显地对他自己、对她、对玛丽亚公爵小姐泄露了他爱她。

"是的,太出乎意外了,"。皮埃尔想。但是他刚想跟玛丽亚公爵小姐继续谈刚才谈开的话,就又向娜塔莎瞟了一眼,他脸上的一抹红云更加浓了,那充满他内心的愉快使他激动得愈加厉害了。他语无伦次,话说了半截就停住了。

皮埃尔起先没有注意到娜塔莎,那是因为他无论如何也没料到他会在这儿见到她,他后来没有认出她,那是因为自上次见到她以来,她的变化过于大了。她瘦削并且苍白。可是这还不足以让他认不出:他刚进来时认不出她,是因为以前在那双眼睛里总是隐隐闪耀着乐观的微笑,而现在,在他刚进来瞥了她一眼的时候,她脸上连一点笑意也没有;只有一双专注的、善良的、悲哀的眼睛。

皮埃尔的窘态并没有令娜塔莎窘迫不安,她脸上只露出一丝不易为人察觉的快乐。

十六

"她是来我这儿做客的,"玛丽亚公爵小姐说。"伯爵和伯爵夫人过一两天就到。伯爵夫人的健康状况非常不好。可娜塔莎自己也必须看医生。他们迫使她随同我来了。"

"是啊,没有遭到不幸的家庭恐怕没有吧?"皮埃尔对娜塔莎说。"您知道,就是在我得救的那天发生的事。我看到他了。一个多么可爱的孩子!"

娜塔莎望着他,只是用眼睛睁得更大更亮来回答他的话。

"能说出什么可安慰的话呢? 能想出什么值得安慰的事呢? 皮埃尔说。"什么也没有。一个多么可爱、生命力多么旺盛的孩子,为什么一定让他死呢?"

"是的,在我们这个时代,没有信仰极难活下去……"玛丽亚公爵小姐说。

"对,对。这是千真万确的,"皮埃尔连忙接过去说。

"为什么?"娜塔莎凝视着皮埃尔问道。

"怎么说为什么"玛丽亚公爵小姐说。"只要一想那等着我们的……"

娜塔莎不等听完玛丽亚公爵小姐的话,又用询问的目光看着皮埃尔。

"那是因为,"皮埃尔接过去说,"只有相信有一个主宰我们的上帝,才能忍受像她的……您的这样的损失,"皮埃尔说。

娜塔莎张了张嘴想说话,但是突然停住了。皮埃尔连忙背过脸去,又向玛丽亚公爵小姐问起他的朋友临终的情形。皮埃尔的窘迫不安现在差不多消失了;可是同时他觉得,他先前的自由感也消失了。他觉得,现在有一个法官在监视着他的一举一动，这个法官的裁判比世上任何人的裁判对他都可贵。他现在一说话，就考虑到他的话对她会产生什么印象。他并不说一些讨她欢喜的话；但是，他无论说什么，都从她的观点来评判自己。

像常有的情形那样，玛丽亚公爵小姐不大喜欢讲她见到安德烈公爵时的情形。但是皮埃尔提的一些问题，他那异常不安的眼神，他那激动得发抖的面颊，逐渐迫使她把她害怕回忆的那些情况越说越详细。

"是啊，是啊，对，对……"皮埃尔说，向玛丽亚公爵小姐俯过身去，贪婪地听她讲述。"是啊；那么，他安静了，变得柔顺了？他就是这样用全副精力经常寻找一件东西：做一个尽美尽善的人，一个不怕死的人。如果说他有缺点的话，并不是由于他本人的缘故。那么说他变得柔顺了？"皮埃尔说。"他能见到您是多么幸福啊！"他突然转身对娜塔莎说，含着眼泪望着她。

娜塔莎的脸颤抖了一下。她皱起眉头，垂下眼睑。一时拿不定主意，是说话还是不说话。

"是的，这是幸福。"她用低沉的胸音说，"这对我可能是幸福。"她停顿了一下。"他……他说，在我刚进去见到他的时候，他说，他正盼着这个呢……"娜塔莎的声音突然中断了。她涨红了脸，紧握住两手按在膝盖上，忽然，她显然在努力控制自己，抬起头来，急忙说：

"我们从莫斯科出来，什么也不知道。我不敢问他怎么样了。忽然索尼娅对我说，他和我们同行。我什么也没想，我想象不出他的情况怎么样；我只是想看见他，和他在一起，"她喘息着说。她不让人打断她的话，讲起她从来还不曾对任何人讲过的事：讲她们在旅途中和在雅罗斯拉夫尔三个星期她所经历的一切。

皮埃尔张着嘴听她讲，他那双满含泪水的眼睛凝视着她。在他听她讲的时候，他根本没想到安德烈公爵，也没想到死，也没想她所讲的事情。在听她讲的时候，他只怜悯她现在讲述时所感受的痛苦。

公爵小姐为了忍住眼泪拧紧了眉头，她坐在娜塔莎身旁，第一次听到她哥哥临终前和娜塔莎的爱情故事。

这个既苦又甜的故事，显然是娜塔莎非常需要的。

她的讲述交织着最细的情节和内心最深处的秘密，好像可以永远讲不完。好几次她把已经讲过的又重复一遍。

门外传来德萨尔的声音，他问尼古卢什卡是否可以进来道晚安。

"就是这些，都说完了……"娜塔莎说。在尼古卢什卡进来的时候，她赶忙站起来，几乎朝门跑过去，头碰到挂着帘子的门上，不知是因为疼痛还是由于悲哀，她呻吟着跑出了房间。

皮埃尔望着她跑出去的那扇门,搞不清楚为什么忽然觉得在这个世界上只剩下他一个人了。

玛丽亚公爵小姐把他从木然的状态唤醒,让他看看进来的小侄子。

尼古卢什卡那张和父亲非常相像的脸,令这时心肠变软的皮埃尔深受感动,他吻了吻尼古卢什卡,就赶忙站起来,掏出手绢,向窗口走去。他想向玛丽亚公爵小姐告辞,但是她留住了他。

"别走,我和娜塔莎有时晚上两点多还不睡呢;请再坐一会儿。我去吩咐准备晚饭。下楼吧;我们就来。"

在皮埃尔走出房间之前,公爵小姐对他说:

"这是她第一次这样提起他。"

十七

皮埃尔被请到一间灯光通明的饭厅里;几分钟后,传来脚步声,公爵小姐和娜塔莎进来了。娜塔莎心情是安静的,虽然她脸上没有笑容,现在又露出严肃的表情。玛丽亚公爵小姐、娜塔莎和皮埃尔都感到在一场严肃的谈心后所常有的那种局促气氛。继续刚才的谈话已经不可能了;大家都很想说点什么,一言不发好像过于虚假了。他们沉默地走到饭桌前面。侍者拉开和移近椅子。皮埃尔打开冰凉的餐巾,很想打破沉默。

"您喝伏特加吗,伯爵?"玛丽亚小姐说,这句话一下子驱散了过去的阴影。

"讲一讲您的事吧,"玛丽亚公爵小姐说,"人家都在谈您那令人惊叹的奇迹呢。"

"是的,"皮埃尔答道。"人家甚至向我讲过我自己连做梦也没梦见的奇迹。我看出,做一个有趣的人是很舒适的;人家都请我,对我讲我的故事。"

娜塔莎微笑了。

"我们听说,"玛丽亚公爵小姐插进去说,"您在莫斯科损失了两百万。是真的吗?"

"可是我的财产却增加了三倍,"皮埃尔说。因为妻子的债务和必须重建房子,皮埃尔的家业改观了,但是他还是说他反而富了三倍。

"我确实得到的,"他说,"那就是自由……"他认真地说;但是他觉得这个话题太自私了,就停住了。

“您要盖房子吗？”

“是的，萨韦利伊奇想这么办。”

“我问您，您在莫斯科还没听说伯爵夫人去世吧？”玛丽亚公爵小姐说完，脸马上红了，她发觉在他说了他是自由的之后，她给他的话添上或许本来没有的意义。

“不知道，”皮埃尔回答说，他并不认为玛丽亚公爵小姐对他提到的自由的理解让他难为情。“我是在奥廖尔听说的，您想不到，这个消息让我多么震惊。我们不是模范夫妻，”他说得很快，向娜塔莎瞟了一眼，看出她对他给予妻子的评语很好奇。“可是这个噩耗使我非常震惊。两个人吵嘴，往往双方都有错。而我的过错，在一个去世的人面前忽然变得很严重。而且死得那么……没有朋友，没有安慰。我非常惋惜她，”他说完，看出娜塔莎脸上赞赏的表情，他感到快慰。

“是啊，您又是单身汉了，可以结婚了，”玛丽亚公爵小姐说。

皮埃尔忽然脸涨得紫红紫红的，半天不敢看娜塔莎。当他鼓起勇气向她瞥了一眼的时候，他发现她的脸色非常冷淡、严峻，甚至是轻蔑的。

“是不是像大家所讲的，您真的见过拿破仑，并且和他谈过话？”玛丽亚公爵小姐说。

皮埃尔忍不住笑了。

“没有的事。我不仅没见过他，甚至没听过人家提到他。我是和一群不走运的伙伴在一起的。”

晚饭后，皮埃尔起初不想讲他当俘虏的经历，可是，慢慢地就讲开了。

“您留在那儿是为了刺拿破仑，是真的吗”娜塔莎露出一丝笑容，问他。“我们在苏哈列夫塔见面的时候，我就猜到了；您记得吗？”

皮埃尔承认那是真的，于是从这个问题开始，在玛丽亚公爵小姐，尤其是在娜塔莎提问的引导下，他慢慢地详细讲起他的冒险故事。

他开始讲的时候，带着那种温和的讥讽的眼神；可是后来，当他讲到他所看见的恐怖和痛苦的情景时，他极力控制住人们在回忆那些感受强烈印象时常有的激动心情，不久便讲得入了神。

玛丽亚公爵小姐带着温和的微笑时而瞧瞧皮埃尔，时而瞧瞧娜塔莎。在整个讲述中，她只看见皮埃尔和他的好心肠。娜塔莎用手支着头，脸上的表情随着故事的讲述而不断地变化，她一刻不停地凝视着皮埃尔，显然，她同他一起感受着他所讲的一切。不可是她的眼神，她的叹息和简短的提问，都向皮埃尔表明，她从他的讲述中所体会的也正是他所要表达的。看来，她不仅体会了他所讲述的，并且体会到了他想表达而没能用言语表达出来的东西。在讲到他为保护妇女和孩子而被捕

的那个插曲时,他说道:

"那是可怕的景象,孩子们被抛弃,有的在火里……我亲眼看见一个孩子被从火里拖出来……女人们,她们的东西被抢走,耳环被扯掉……"

皮埃尔脸红了,踌躇了一下。

"这时来了巡逻队,他们把所有不曾抢劫的人,所有的农民都抓走了。我也被抓了。"

"您一定没有都讲出来,您准做了什么……"娜塔莎停了一下,说,"做了好事。"

皮埃尔接着讲下去。当他讲到行刑的时候,他试图回避可怕的细节;可是娜塔莎要求他一点也不要遗漏。

皮埃尔开始讲卡拉塔耶夫的事,他站住了。

"不,你们无法理解我从这个从未受过教育的、憨厚的人学到多少东西。"

"能理解,您说吧,"娜塔莎说。"他在哪儿?"

"他几乎是在我面前被打死的。"于是皮埃尔开始讲他们撤退的最后的一些日子,讲卡拉塔耶夫的病和他的死。

皮埃尔讲那些历险故事,仿佛他从来没有回顾过似的。他现在觉得他的经历好像有了新的意义。现在他对娜塔莎讲这一切的时候,他尝到女人在听男人说话时给人以少有的愉快,——娜塔莎自己全然不觉得,她是那样投入:她不漏过皮埃尔的每个字,他的声音的每一颤动,目光的每一瞬,脸上肌肉的每一颤动,以及他的每个姿势。她在推测皮埃尔内心活动的秘密意义时,还顺手捕捉到了对方没有说出的话,马上收进她那开阔的胸怀。

玛丽亚公爵小姐领会他的故事,同情他,可是她现在看到那占有她全部注意力之外的东西;她看到娜塔莎和皮埃尔之间有爱情和幸福的可能。这个第一次闯进她头脑的想法,使她满心兴奋。

已经是早上三点钟了。侍者们带着忧郁、严峻的脸色进来换蜡烛,但是谁也没有注意他们。

皮埃尔讲完了他的故事,娜塔莎睁着亮晶晶的、高兴的眼睛,仍在出神地盯着皮埃尔,似乎想了解他也许还没有说出的话。皮埃尔露出了窘态和羞怯,但是他感到幸福,时不时地瞧她一眼,想说点什么转个话题。玛丽亚公爵小姐沉默不语。谁也没想到已经是三点钟了,该是睡觉的时候了。

"人们都在说:不幸,苦难,"皮埃尔说。"如果这时,就在此刻有人问我:您愿意还像被俘之前那样呢,还是愿意把那一切重新经历一番?我的上帝,千万别让我再当俘虏和吃马肉了。我们总认为,一旦我们被抛出我们走熟了的道儿,就一切都完了;实际上,美好的、新的东西才刚在开始。只要有生活,就有幸福。前面还有许多东西等着我们呢。我这是对您说的,"他转身对娜塔莎说。

"是的,是的,"她回答了一句恰恰相反的话,她说,"我什么都不希望,只希望重新把那一切再经历一次。"

皮埃尔定睛望着她。

"是的,我再不希望别的,"娜塔莎肯定地说。

"不对,不对,"皮埃尔喊道。"我活下来,而且还要活下去,这不是罪过;您也是一样。"

娜塔莎蓦地低下头,两手捂着脸哭起来。

"你怎么啦,娜塔莎?"玛丽亚公爵小姐说。

"没什么,没什么。"她含着泪水对皮埃尔露出了笑容。"再见吧,该睡了。"

皮埃尔起身告辞了。

玛丽亚公爵小姐和娜塔莎像平时一样,一起走进卧室。她们谈了一会儿皮埃尔讲的事情。两人都没有谈对皮埃尔的看法。

"好了,再见,玛丽,"娜塔莎说。"你可知道,我们不谈他(安德烈公爵),似乎一谈他就伤害了我们的感情,我十分害怕,我们这样就淡忘了。"

玛丽亚公爵小姐深深叹了口气,这声叹息表明娜塔莎的话是对的;可是她在口头上却不赞同她的意见。

"怎么能忘呢?"她说。

"我今天把一切都说出来了,觉得非常痛快;心里沉重、痛楚,可是痛快。非常痛快,"娜塔莎说,"我相信安德烈公爵的确爱他。所以我才讲给他听……我向他讲了,不要紧吧?"她突然红了脸,问道。

"对皮埃尔讲吗? 当然不要紧! 他这人太好了,"玛丽亚公爵小姐说。

"我说,玛丽,"娜塔莎说,她脸上忽然露出玛丽亚公爵小姐好久没看见的顽皮的笑容。"他变得是那么干净,新鲜,就似乎刚从浴室出来一样,你明白我的意思吗?"

"对,"玛丽亚公爵小姐说,"他变得好多了。"

"那短短的常礼服,那剪短了的头发,活脱刚从浴室出来……爸爸常常……"

"我明白他为什么最喜欢他了,"玛丽亚公爵小姐说。

"是的,他和他有不同的特点。听说,各有特点的两个男人容易交朋友。这话可能有道理。"

"是的,他人好极了。"

"好啦,再见吧,"娜塔莎说。那顽皮的微笑,仿佛被遗忘了一样,长时间地停留在她的脸上。

十八

皮埃尔这一天怎么也不能入睡;他在屋里走来走去,时而紧皱眉头,时而想起什么为难的事,时而露出幸福的微笑。

"应该怎么办;如果不得不这样的话?怎么办才好呢?!就是说,要这么办,"他匆匆脱了衣服,上床睡了。他感到幸福和激动,可是没有疑虑,也没有犹豫。

"不管这件事多么奇怪,也不管这幸福多么不可能,——为了和她结为夫妻,我要做到一切,"他自己下了决心。

皮埃尔早在几天之前就决定星期五去彼得堡。星期四他醒来时,萨韦利伊奇进来向他请示关于整装上路的事情。

"什么彼得堡?彼得堡怎么啦?谁在彼得堡?"他下意识地问,虽然是问自己。"仿佛好久以前,还在这件事没发生的时候,我不知为什么要去彼得堡,""为什么要去,或许我必须去。他多么细心,什么事都放在心上!"他望着萨韦利伊奇那张衰老的脸,想道。"他的微笑多么可亲!"他想。

"萨韦利伊奇,你为什么还不要求自由?"皮埃尔问。

"大人,我为什么要自由?无论是老伯爵在世的时候,还是现在侍候您,我从来没受过气。"

"但是你的孩子们呢?"

"孩子们也讲得过去,大人,跟着这样的主人是讲得过去的。"

"但是,我的继承人会怎么样呢?"皮埃尔说。"我忽然结婚了……要知道这是完全可能的,"他不由得微笑着说。

"您有什么吩咐?明天动身吗?"萨韦利伊奇问。

"不走了,我还要推迟几天。到时候我通知你。原谅我给你添麻烦了,"皮埃尔说,他望着萨韦利伊奇的笑脸,想道:"但是多么奇怪,他不知道现在谈不上什么彼得堡,首先要决定那件事。也许,他可能是知道的,只不过装糊涂罢了。跟他谈谈吗?看看他是怎样想的?"皮埃尔想。"不,以后再谈吧。"

吃早饭的时候,皮埃尔对公爵小姐说,他昨天在玛丽亚公爵小姐那儿,"你猜我遇见了谁?遇见了娜塔莎·罗斯托娃。"

公爵小姐那神气似乎说，她看不出这个消息跟皮埃尔见到安娜·谢苗诺夫娜有什么不同的地方。

"您认识她吗?"皮埃尔问。

"我见到公爵小姐了，"她回答。"我听说，人家给她和小罗斯托夫做媒呢。这对罗斯托夫家是一桩大好事;听说他们彻底破产了。"

"不是，我是问您认识罗斯托娃吗?"

"当时我只听说她出了那件事儿，非常可惜。"

"不，她不明白，或者不过是装糊涂，"皮埃尔想。"最好也不要对她说。"

公爵小姐也给皮埃尔准备好了旅行的食物。

"他们都那么好，"皮埃尔想，"他们现在做这些事，可能没有多大的兴趣。大家都是为了我;真叫人感到奇怪。"

这一天，警察局长来拜访皮埃尔，请他派人去多棱宫领回今天就要发还原主的财物。

"这个人也是这样，"皮埃尔望着警察局长的脸想道，"多么可爱、多么漂亮的军官，多么和善! 现在还管这些小事。人家还说他不老实，贪财。一派胡言! 再说，他干吗不贪呢? 他就是那样被培养出来的嘛。而且人人都是那样干的。可他那张脸多么令人快乐，多么善良，他老望着我笑。"

皮埃尔去玛丽亚公爵小姐家吃饭。

他从两旁都是被烧毁的房屋的街道中间经过，他对这些废墟的美赞叹不已。那些使人生动地想起莱茵河和罗马大剧场的遗迹的烟囱、颓垣断壁，在遭过大火的市区内伸展着，互相遮掩着。他遇见的人都快活地看着皮埃尔，他们似乎在说:"瞧，他来了! 让咱们瞧瞧会有什么结果吧。"

在走进玛丽亚公爵小姐家的时候，皮埃尔突然怀疑自己昨天是否真的到过这儿，是否真的见到过娜塔莎，并和她谈过话。但是刚要走进那个房间，他立刻失掉了自由，他整个身心都感觉她在那儿。她还是穿着那件软褶黑衣服，还是那样的发型,然而她完全换了一个人。如果他昨天进来时她就是现在这样,他哪怕一秒钟认不出她来也是不可能的。

她还是她在孩提时、后来做安德烈公爵未婚妻时他所知道的那个样子。她眼睛里闪着愉快的光彩;脸上露着一种温柔的、顽皮的神情。

皮埃尔吃过饭,本来是要坐一个晚上的;可是玛丽亚公爵小姐要去做晚祷,皮埃尔就跟她们一起去了。

第二天皮埃尔到得很早,吃过饭,消磨了整整一个晚上。虽然玛丽亚公爵小姐和娜塔莎对客人显然是欢迎的;尽管皮埃尔的生活兴趣全部集中在这个家里,但是刚到晚上,他们把一切都谈完了,谈话不断从一件琐事跳到另一件琐事,并且时常中断。这天晚上皮埃尔坐了很长时间,玛丽亚公爵小姐和娜塔莎互相看看,等待他走。皮埃尔看出了这个,可是他不能走。他心头沉重、窘迫,但他仍然坐着,因为他不能站起来,不能离开。

玛丽亚公爵小姐看不出何时结束,便第一个站起来,说是头痛,开始告辞了。

"那么,您明天要去彼得堡?"她说。

"不,我不去,"皮埃尔带着吃惊的神情,连忙说。"去彼得堡?明天;我还不准备辞行。我还要来看看有没有事要托我办的,"他站在玛丽亚公爵小姐面前说,脸涨得通红,还是不准备离开。

娜塔莎把手伸给他,然后走了出去。玛丽亚公爵小姐却不但不走,反而坐到圈椅里,她那深沉的目光严肃地望着皮埃尔。显然,刚才露出的倦意,这时完全消失了。她深深地长叹一声,好像要做一次长谈。

娜塔莎一离开,皮埃尔的窘迫和尴尬一下子全都消失了,换上急切的高兴心情。他连忙把椅子挪近玛丽亚公爵小姐。

"是的,我告诉您,"他就像在回答她的话回答她的眼神。说,"公爵小姐,帮助我吧。我应该怎么办?我能有希望吗?公爵小姐,您听我说。我知道我配不上她;我知道目前还不能谈这个问题。但是我要做她的兄长。不,不是那个……我不要,不可能……"

他停住了,用手搓搓脸和眼睛。

"我说,是这样,"他努力把话说得连贯些。"我不知道我是什么时候爱上她的。可是,我只爱她,我一生只爱她一个人,没有她,我就想象不出我怎么活下去。我现在不打算向她求婚;但是,一想到她也许会成为我的妻子,我失掉这个机会……机会……多么可怕。您说,我能有希望吗?您说,我应当怎么办?亲爱的公爵小姐,"沉默片刻之后,他碰碰她的手,因为她没有回答。

"我在琢磨您对我说的话呢,"玛丽亚公爵小姐回答说。"我告诉您,是这样,您现在向她表示爱情,您做得对……"公爵小姐停住了。她想说:现在向她表示爱情是不可能的;可是,她住了嘴,因为最近三天来她看出娜塔莎忽然变了,假如皮埃尔向她表示爱情,娜塔莎不仅不会感到屈辱,而且她正希望这个呢。

"现在向她表示……不行,"玛丽亚公爵小姐终于说。

"那么我该怎么办呢?"

"这件事交给我吧,"玛丽亚公爵小姐说,"我知道……"

皮埃尔望着玛丽亚公爵小姐的眼睛。

"您说……您说……"他说。

"我知道她会爱您的,"玛丽亚公爵小姐沉吟着说。

不待她说完这句话,皮埃尔就一跃而起,带着惊喜的神情抓住玛丽亚公爵小姐的手。

"您为什么这样想? 您认为我有希望吗?……"

"是的,我认为,"玛丽亚公爵小姐说。"您给她父母写封信。您托付给我吧。到适当的时候我跟她说。我很愿成全这件事。我心里有一个感觉:这件事会成功。"

"不,这事不可能! 我真幸福! 可是,这不可能……我多幸福! 不,不可能!"皮埃尔吻着玛丽亚公爵小姐的手,说。

"您到彼得堡去吧;这样好些。我给您写信,"她说。

"到彼得堡? 好,走。可是明天我可以再来吗?"

第二天皮埃尔来辞行。娜塔莎不再像前几天那么活泼;可是这一天皮埃尔有时看看她的眼睛,感觉他自己在融化,不管是他,还是她,都不存在了,只留下一个幸福的感觉。她的每一顾盼,每个姿势,每句话,都使他的心灵充满喜悦的激情。

当他握住她那瘦削、纤细的手向她告别的时候,不由得久久地把它握在自己手里。

"再见,伯爵,"她大声对他说。"我一定等着您,"她低声补充了一句。

这句普通的话,以及说这句话时的眼神和脸上的表情,成了皮埃尔以后两个月回忆的材料。

十九

皮埃尔现在的心境,跟他在类似的情况下和海伦订婚时的心境,一点也没有相同的地方。

　　他从来不愿重复他当时带着十分羞愧的心情对海伦说出的那些话,相反,现在他在心中详细地回忆娜塔莎的表情和微笑,丝毫不改地重复着她和他说过的每句话:他总想不停地重复。他现在对所做的事是好还是坏,连一丝怀疑的影子也没有。不过,只有一团可怕的疑云不时地在他的头脑里浮现。这一切不是在做梦吧?玛丽亚公爵小姐没有弄错吧?我是不是太自负和自信了?我有信心;但是突然间说不定会发生这样的事:玛丽亚公爵小姐告诉了她,她淡淡一笑,回答说:"真是怪事!他准是误会了。难道他不知道他是什么人,一个普普通通的人,但是我呢?……我完全不同,我是另一种人,高尚的人。"

　　这团疑云不时地掠过皮埃尔的心头。他现在也没有做任何计划。他感到眼前这场幸福有点渺茫,但是只要它一旦实现,那以后就不会有什么事了。一切都了结了。

　　一种喜悦的、意外的疯狂支配着他。生活的全部意义,不但对他个人,并且对整个世界,他觉得就在于他的爱情,就在于她会不会爱他。有时他觉得所有的人都在为他未来的幸福而忙。有时他觉得,人人都跟他一样兴奋,不过他们极力隐瞒这种心情、假装忙别的事情罢了。人们的一言一行,他都看作是对他的幸福的暗示。他经常使遇见他的人对他那意味深长的表情以及他那幸福的目光和微笑感到惊讶。可是当他明白人家可能不了解他的幸福的时候,他就满心可怜他们,并且想对他们说,他们所忙合的事全是不值一提的小事。

　　当人们建议他出来供职,或者人们谈论某些公共的、国家的事务和战争,认为某个事件的结局影响着大家的幸福的时候,他总是带着温和的、同情的微笑听着,而且发表怪论使同他说话的人惊讶。皮埃尔觉得,那些懂得生活真谛的人,也就是懂得他的感情的人,以及那些显然不懂得这个的人。他觉得所有的人都被他的光辉感情照得透亮,不管遇见什么人,他都能马上毫不费力地从他们身上看出值得喜爱的东西。

　　他在处理亡妻的事务和文件的时候,对她没有半点怀念之情,只是惋惜她不知道他现在所体会到的那种幸福。瓦西里公爵现在由于谋得一个新差事和得到几枚勋章十分得意,而在皮埃尔心目中,他不过是一个可怜的老头子。

　　皮埃尔后来常常回忆这个时期幸福的疯狂。他在这个时期形成的对人和环境的见解,他认为永远是正确的。他后来不仅不抛弃这些对人对事的看法,恰恰相反,每当内心发生怀疑和矛盾的时候,他总是求助于在这个疯狂时期所形成的看法,并且总能证明这个看法的正确。

"也许,"他想,"当时我确实有点古怪和可笑;然而当时我并不像表面看起来那么疯狂。相反,我当时比任何时候都聪明,更能洞察一切。凡是生活中值得了解的一切,全都了解了,因为……当时我是幸福的。"

皮埃尔的疯狂就在于,现在他的内心充满了爱,他在下意识地爱人们的时候,总能找到值得爱他们的无法驳斥的理由。

二十

皮埃尔走后的第一天晚上,娜塔莎带着愉快的、讥讽的微笑对玛丽亚公爵小姐说,他就像从浴室走出来似的,穿着常礼服,头发剪得短短的,从那以后,在娜塔莎心中有一种难以克制的东西苏醒了。

她的一切,忽然都变了。连她自己也感到意外的那种生命力和对幸福的希望,冒到表面上来了,并且要求给予满足。从那天晚上起,娜塔莎仿佛忘了她所遭遇的一切。她从此不再抱怨她的处境,只字不提过去,已经不怕订未来的美好计划了。她极少谈皮埃尔,每当玛丽亚公爵小姐提起他时,她眼睛里早已熄灭的火光又燃了起来,嘴唇绽开了独特的微笑。

在娜塔莎身上发生的变化开始使玛丽亚公爵小姐吃惊;当她明白这种变化的意义时,她心里非常不痛快。"难道她对哥哥的爱情就这么淡漠,就忘得这么快吗?"玛丽亚公爵小姐独自考虑那种变化时,心里这样想。但是她和娜塔莎在一起时,她不生她的气,也不责备她。在娜塔莎身上洋溢着复苏的生命力,显然是不可遏止的,玛丽亚公爵小姐觉得她没有理由哪怕是暗暗地责备娜塔莎。

娜塔莎把整个身心都沉浸在这个新的感情之中,她现在没有感伤,只有欢喜和愉快。

那天夜里,玛丽亚公爵小姐和皮埃尔谈过话后回自己的房间时,娜塔莎在门口迎住了她。

"他说了? 是吗? 他说了吗?"她反复地问。娜塔莎脸上露出欢喜的、为这种欢喜而请求原谅的表情。

"我本想在门口听;可是我知道你会告诉我的。"

对娜塔莎看她的那副眼神,尽管玛丽亚公爵小姐非常理解,十分感动;但是在最初的瞬间,仍然使玛丽亚公爵小姐感到屈辱。她想起了哥哥,想起了他的爱情。

玛丽亚公爵小姐带着忧郁的、有几分严厉的表情,把皮埃尔对她说的话全都告诉了娜塔莎。听说皮埃尔要去彼得堡,娜塔莎非常惊讶。

　　"去彼得堡!"她好像没有听懂,重复说。但是她一看玛丽亚公爵小姐脸上忧郁的神情,就猜到她难过的原因,她突然哭起来。"玛丽,"她说,"告诉我,我应当怎么办呢? 我怕我做出傻事。你告诉我怎么办我就怎么办:告诉我吧……"

　　"你爱他吗?"

　　"爱,"娜塔莎低声说。

　　"那你哭什么? 我为你兴奋,"因为她流了泪,她已经完全原谅娜塔莎的愉快了。

　　"这不会很快,但总有一天。你想想看,我做了他的妻子,你嫁给尼古拉,那该多么幸福。"

　　"娜塔莎,我不是求过你别谈这个吗? 咱们只谈你的事。"

　　她们沉默了一会儿。

　　"不过他为什么要去彼得堡!"娜塔莎忍不住说,随后她赶紧回答自己:"不,不,应该去……他应该去……"

尾 声

一

1812年过后,七年又过去了。奔腾澎湃的欧洲历史的海洋,在它的海岸内安静下来。它好像息止了;但那些推动人类的神秘力量却依旧起着作用。

虽然历史海洋表面似乎不在动,但人类却像时间的运行一样不停地活动。人们结成的各种集团成立了,又解散了;国家形成和瓦解以及民族迁徙的各种原因都在酝酿着。

历史的海洋,已不像以前那样从此岸向彼岸凶猛地冲击;但它却在深处翻滚沸腾。历史人物也不像先前那样被波涛从此岸向彼岸卷来卷去;现在,他们似乎在一个漩涡打转。这些早先是带着军队,用命令、战争、出征、战斗来回击民众运动,而现在,却从政治和外交方面想方设法和以法律、条约来抗击激昂澎湃的群众运动。

历史人物的这种活动,史学家称之为反动。

史学家在描述这些过去的历史人物的活动时,常常严厉地谴责他们,因为史学家认为那些历史人物就是他们所说的反动的根源。

在俄国,按照史学家的论述,这一时期也发生过反动,这次反动的罪魁祸首就是亚历山大一世,正是这个亚历山大一世,照史学家的论述,在其统治初期曾是提倡自由主义和拯救俄国的首要创业人。

在现在的俄国文献中,从中学生到博学的历史学家没有一个人不因为亚历山大在其当政时期那些失策而向他投掷石子的。

史学家们根据他们所具有的关于人类福利的知识,对亚历山大一世所做的所有的责备,如果要列举的话,差不多要用十多页纸才能写完。

这些责备是什么意思呢?

这些责备的实质在哪里呢?

它在于:像亚历山大一世这样的历史人物,处在人类权力可能达到的最高一级的阶梯之上,就像是处在当时所有耀眼夺目的历史光芒在他身上形成的焦点之中;

像他这样的人物，理应受到那些伴随着权力而来的阴谋、诡诈、阿谀和自欺的影响；像他这样的人物，在他一生的每分钟都感到自己应该对欧洲所发生的一切负责；这个人物不是虚构的，而是活生生的，像每个人一样，有他自己的习惯，情欲，对真、善、美的渴求——这个人物在五十年前并不是缺乏美德，但是他却不具有当代教授对人的幸福所具有的那种看法，这些教授从青年时代起就钻研学问，体会讲义，把心得记在小本子里。

假定五十年前亚历山大一世对人的幸福的看法是错误的，那么，当然也应假定那个指责亚历山大的史学家在许多年后对人的幸福的看法也是不正确的。这个假定之所以非常自然并且必要，那是因为我们如果注意一下历史的发展，就会发现，随着时代的不同，随着著作家的不同，对于什么是人的幸福的看法不停地改变着；因此，本来是福，十年后却被认为是祸；反之亦然。不但如此，即便在同一时间，我们在历史上见到对祸与福的见解完全相反的观点：一些人认为给波兰以宪法和神圣同盟是亚历山大的功劳，但另一些人却为此而谴责亚历山大。

对亚历山大和拿破仑的活动无法说是有益还是有害，因为我们说不出它为什么有益和为什么有害。如果这种活动不为某些人所喜欢，其所以不被喜欢，那也不过是因为这种活动不符合他本人对好事的理解罢了。

可是，我们假定所谓科学有调和一切矛盾的可能性，它也有衡量历史人物和历史事件好坏的永不更改的尺度。

我们假定，亚历山大能把一切做得完全是另一个样子。假定他能按照那些指责他的、自命深知人类活动最终目的的一些人的指示办事，并按照那些现在责备他的人所给予他的民族性、自由、平等和进步的纲领来治理国家。我们假定，可能有这么一个纲领，而且已经拟好了，亚历山大也照办了。那么，那些反对当时政府方针政策的人们的活动——史学家认为那些活动是有益的，好的，会成为什么样呢？这种活动就不会有了；实际的生活也不会有；一切都不会有。

假如设想人类生活是受理性支配的，那么，现实生活存在的可能性也就不存在了。

二

假如像史学家所设想的那样，伟大的人物领导人类去达到某些目的的话，那么，不理解偶然和天才这两个概念，就无法阐明历史现象。

如果本世纪初叶历次欧洲战争的目的，是为了俄国的强大，那么，纵使没有这些战争,这个目的也能达到。如果为了法国的强大,那么,不用革命,也不用建立帝国,同样也能达到这个目的。假如目的是为了传播思想,那么,出版书籍来完成这项工作要比军队好得多。如果目的是为了文明进步,那么,不用说,除了使用毁灭人的生命的手段外,还有其他更适于传播文明的途径。

可是,为什么事情是这样发生了,而不是以另一副样子发生呢?

历史告诉我们:事情之所以这样发生是由于"偶然创造了时势,天才利用了它。"

但是,什么是偶然?什么是天才呢?

偶然和天才这两个词并不表示任何实际存在的东西,所以是无法下定义的。这两个词仅只表示对现象的某种程度的理解。我不知道为什么发生了某种现象;我是无法知道的;我也不想知道;这是偶然使然。我看到一股力量,这股力量产生了与人类固有本性不相称的行为;我不理解为什么发生这样的事,因此我只好说:这是天才使然。

只要不去探求眼前的、容易理解的目的,并且承认最终目的是我们不能理解的,我们就可看出那些历史人物生活的一贯性和合理性;我们才能发觉他们那些不合人类本性的行为的原因,因而我们也就不需要偶然和天才这类名词了。

只有坦白地承认我们不清楚欧洲各国人民激荡骚动的目的是什么,我们就不仅不必在拿破仑和亚历山大二人的性格中去寻找他们独具的特点和天才,并且对这些人也不必另眼看待,认为跟其他人有什么不同;再者,不仅不需要用偶然性去解释造就这些人物的那些小事,而且将会明显地看出,这一切小事也是必然的。

放弃对最终目的的探索,我们就会清楚地看到,我们想不出有另外两个各有其经历的人,比拿破仑和亚历山大更适于完成这两个人所完成的使命,而且完成得那么细致和彻底。

三

本世纪初叶,许多欧洲事件中有一个重大事实,就是欧洲各国的民众自西而东后来又自东而西的黩武活动。这种活动的祸首,便是自西而东的行动。

从法国革命开始,那个不够强大的旧集团便崩溃了;旧习惯和旧传统毁灭了;新规模的集团、新习惯和新传统正在逐渐形成,同时,一个站在未来运动的前头,并要对行将发生的一切承担全部责任的人物,也应运而生。

一个没有信仰、没有名望、甚至也不是法国后裔的人,由于奇特的偶然性,在激荡着法国的各党派之间,不依附于其中任何党派,竟然出人头地,爬上了显赫的地位。

这个人的撒谎本领和他那自以为是的低能智力,使他成为军队的首脑。意大利军队的士兵们的优秀素质,给他赢得了军事声望。无数的偶然到处伴随着他。他在法国执政者面前失宠反而对他有利。他企图改变自己的命运,都没有成功。在意大利战争期间,他好几次濒于毁灭的边缘,可每次都出乎意外地得救了。俄国军队,就是那个能毁掉他声誉的俄国军队,由于外交方面的种种考虑,直到他离开欧洲时才进击欧洲。

他从意大利回来时,发现巴黎政府土崩瓦解,凡是与这个政府相关的人没有不遭到清洗和毁灭的。于是,对他就自然而然地出现了从这个危险境地脱身的出路,那就是无缘无故地派他去远征非洲。又是这个偶然性伴随着他。无法攻破的马耳他岛居然一枪未放便投降了;最轻率的指令却得了圆满的胜利。事后连一条船也不放行的敌方海军,当时却让拿破仑全军通过。在非洲,对手无寸铁的人民,干下了一系列暴行。这些干了暴行的人,尤其是他们的领导者,都尽量使自己相信,这么干十分好,这才是光荣,这才像古罗马的皇帝恺撒和马其顿君王亚历山大。

那个光荣与伟大的理想是:不仅完全不认为自己的行为恶劣,而且还为自己犯下的罪行自豪,并赋予它以莫名其妙的超自然的意义,——这种指导这个人及其随行的人们的理想,在非洲得到很好的发挥。不论他做什么都成功。瘟疫不传染他。屠杀俘虏的残暴行为也不归咎于他。他无缘无故、不光彩地撇下患难的伙伴从非洲逃走了,连这也算是他的功绩,并且,敌方的海军又两次放他通行。在他已经完全沉醉在他侥幸犯下的罪行并对他所要扮演的角色做好准备的时候,他漫无目的地来到巴黎,这时候,那个一年前可以毁灭他的共和国政府的分崩离析已达到顶点,他这个与各党派无关的新人的到来,这时只会抬高他的身价。

他没有任何计划;他什么都害怕;可是,各党派都试图拉拢他,要求他参加。

只有这个人——因为他有在意大利和非洲养成的对光荣和伟大的理想,有疯狂的自我崇拜,有犯罪的胆量以及撒谎的本事,只有他这个人才能为正在发生的事辩护。

那个等待他的地位需要他,因此,几乎并非出于他的意愿,他被拉去参与以攫取权力为目的的阴谋活动,而且这个阴谋获得了成功。

他被拉去出席政府的会议。他大惊失色,以为自己的末日到了;他假装晕倒,说了些可能送掉他的性命的没有意义的话。可是,从前精明而骄傲的法国统治者们,比他还狼狈,这些人现在说了一些不是他们为了保持权力和消灭他应该说

的话。

偶然，成千上万的偶然，给他以权力；所有的人，像是商量好了似的，都来帮助确立这个权力。偶然使当时的法国统治者情愿服从他；偶然使保罗一世情愿承认他的权力；偶然使反对他的计谋对他不但没有损害，反而加强了他的权力。偶然使昂季安公爵落入他的手中，并意外地促使他杀掉了公爵，这比采用别的任何方法都更有力地使一般人信服他有势就有权。偶然使他把集中全力去远征英国的意图突然转为进攻马克和不战而降的奥地利人。偶然和天才使他在奥斯特利茨取得了胜利，并且，偶然所有的人尽管对他的罪行还怀有以前的恐惧和厌恶，可这时也承认了他的权力，承认了他给自己加封的称号，承认了他对于光荣与伟大的理想，大家都觉得这个理想是一种美好、合理的东西。

仿佛是估量一下实力，对行将到来的运动做好准备似的，西方势力在1805、1806、1807、1809几年中好几次向东挺进，逐步地加强着，壮大着。1811年在法国组成的一伙人与中欧各国的人们汇成一个庞大的集团。随着人群的壮大，替领导运动的人进行辩护的力量也进一步强大起来。在即将发生的大规模运动来临之前进行准备的十年过程中，这个人纠结了欧洲所有头戴王冠的人。原形毕露的世界统治者们都没有力量对抗那毫无意义、毫无理性的拿破仑式的光荣与伟大的理想。他们一个接着一个地在他面前卑躬屈膝。普鲁士国王派他的妻子向这个伟人奉承邀宠；奥地利皇帝认为，此人倘若把帝王的女儿请进他的床帏，那则是莫大的恩遇；教皇，各国人民圣物的保护者，也利用宗教为抬高这个伟人的身价而服务。与其说拿破仑本人自己扮演角色，不如说他周围的人让他去对正在发生的和将要发生的事承担全部责任。他所犯下的每桩罪行，在他周围的人口中无不马上说成是伟大的楷模。日耳曼人为他想出了最好的庆典。不但他伟大,并且他的亲人全都伟大。一切事情的发生都是为了使他丧失最后一点理智,都是准备让他去扮演一个可怕的角色。当他准备好了的时候,兵力也就准备好了。

侵略的矛头指向东方,到达了最后的目的地——莫斯科。京城被占领了;俄国军队受到的损失比敌军先前从奥斯特利茨到瓦格拉木历次战争所受的损失还要惨重。但是,突然代替那些一贯使他获得不断胜利而达到既定目的的偶然和天才的,却是无数相反的偶然,天才变成了史无前例的愚蠢和卑劣。

侵略军逃跑了,向后跑了,一逃再逃,一切偶然,这时开始反对他了。

与前次自西而东的运动非常相像的自东而西的一次相反的运动发动了。

巴黎到达了。拿破仑的政府和军队失败了。拿破仑本人就没有任何意义了。可是,一个莫名其妙的偶然又出现了:同盟国仇恨拿破仑,认为他是令他们遭受灾难的原因;对这个被剥夺了权势并暴露出罪恶和奸诈的拿破仑,人们本应当像十年前和一年后那样,把他看作一个无法无天的强盗。但是,由于某种离奇的偶然机会,谁也没有看出这一点。他扮演的角色还没有完结。这个十年前和一年后被看作无法无天的强盗的家伙,带着拨给他的卫队,被遣送到划归他管辖的一个小岛上去了,不知为什么还付给他数百万钞票。

四

各国的人民运动在各自的岸边停了下来。大规模运动的浪头向后消退了,安静的海面上,形成了一个个漩涡,外交家们跟着漩涡打转儿,他们以为,正是他们才使得运动得以平息。

正如太阳和太空的每个原子都是自身完备的球形体,那个大得为人类所无法了解的整体也都是由原子组成的,——同样,人人有各自的目的,并且这些目的又是为人类无法理解的总目的服务的。

一只落在花上的蜜蜂,螫了一个小孩,于是,小孩怕蜜蜂,他就说,蜜蜂的目的就是螫人。诗人欣赏钻入花蕊的蜜蜂,于是,他就说,蜜蜂的目的是吸取花香。养蜂人看到蜜蜂采集花粉和糖汁带回蜂房,便说蜜蜂的目的是为了采集蜜糖。另一个养蜂人较仔细地观察了蜂群的生活,于是就说,蜜蜂采集花粉和糖汁是为了养育幼蜂和供奉蜂王,其目的是传宗接代,延续种族。植物学家看到蜜蜂飞来飞去把异株的花粉带到雌蕊上,给雌蕊受粉,于是便认为这才是蜜蜂的目的。另一个考察植物迁移的人,看见蜜蜂有助于这种迁移,于是,这位新的考察者就可能说,这才是蜜蜂的目的。但是,蜜蜂的最终目的,并不限于这个、那个、第三个等等这些人类的智慧所能揭示的目的。人类揭示这些目的的智慧发展得越高,最终目的的不可理解也就更加明显。

人类所能了解的,只是观察到蜜蜂的生活和别的生活现象相对应的关系而已。对历史人物的各族人民的目的,也应当这样看。

五

1813 年娜塔莎和别祖霍夫结婚,是老罗斯托夫家最后一件喜事。就在同一年,伊利亚·罗斯托夫伯爵死了,他一死,那个旧家庭也就解体了。

过去一年发生的事,接二连三落在老伯爵头上,他好像不了解也不能了解这些事件的意义,在精神上他低下了他那老年人的头,仿佛俯首期待和请求新的打击以结束自己的生命。他有时丧魂失魄,有时却反常地活跃,对事业很热心。

他为娜塔莎的婚事忙了一阵子。他订午餐和晚餐的酒席,显然想露出愉快的样子;可是他的愉快已经不像先前那样富于感染力了,认识他的人反而觉得他很可怜。

皮埃尔带着妻子走后,他开始沉默寡言,感到烦闷。几天以后,他病倒在床上了。他从生病的头几天,虽然医生宽慰他,他知道他再也起不来了。伯爵夫人和衣坐在圈椅里,在他的床头守了两个星期。她每次递给他药,他都抽泣着,沉默地吻她的手。在最后一天,他痛哭失声,请求妻子和不在跟前的儿子宽恕他荡尽家产,——他觉得那是他主要的罪过。领过圣餐,行过涂敷礼后,他静静地死去了,第二天,在罗斯托夫家租来的住宅里,挤满了前来向死者最后致意的熟人们。所有这些常在他家吃饭、跳舞,而且常常嘲笑他的人们,现在都怀着内疚和感动的心情,像自我辩解似的说:"不管怎么说,他是一个十分好的人。如今再难见到这样的人了……谁能一点缺点也没有呢?……"

正当伯爵的经济状况弄得一塌糊涂,如果再过一年的话结局简直无法设想的时候,他忽然死了。

尼古拉在接到父亲去世的消息时,正随着俄国军队驻在巴黎。他立刻辞掉职务,不待批准,就请假回莫斯科。伯爵死后一个月,经济情况已经弄清楚了,过去虽然知道有一些零星债务,可是其数额之大却使大家吃惊。负债的总数比家产大一倍。

亲友们劝尼古拉放弃遗产。可是尼古拉认为拒绝接受遗产是对亡父的亵渎,所以他没有听从劝告,接受了遗产,负起还债的义务。

伯爵在世的时候,由于他这个滥好人,对那些债主们有一种难以名状的强大影响,债主们长时间没有开口,现在突然一齐来讨债了。正如常有的情形,大家都争着首先得到偿还,那些人不肯宽尼古拉的期限,不给他喘息的机会,无情地向那个显然不欠他们钱的年轻继承人逼上来了。

尼古拉所设想的周转办法,都没有成功的;产业以半价拍卖出去,依旧有一半债务未能偿还。尼古拉接受了他妹夫别祖霍夫借给他的三万卢布,以支付他认为借的是现款的真正的债务。他为了不致为其余的债务而坐牢,重新去谋差事。

虽然他回军队可以首先补上团长的空缺,可他不能回去,因为母亲现在把儿子当作生活中唯一的慰藉,抓住他不放;因此,虽然他不愿留在莫斯科回到先前的熟人中间,虽然他讨厌文职,他仍然在莫斯科找到一个文官的职务。他脱掉他心爱的军服,同母亲和索尼娅搬到西夫采夫·弗拉若克区一所小住宅里。

娜塔莎和皮埃尔此刻住在彼得堡,不大清楚尼古拉的境况。尼古拉向妹夫借钱,尽量瞒着他的窘迫境况。尼古拉的处境十分为难,因为他要用一千二百卢布养活自己、索尼娅和母亲,并且还不能让母亲知道他们家已经穷了。伯爵夫人简直无法想象如果没有那些奢侈的东西如何生活下去,她不知道儿子是多么困难,不断地提出要求——时而要马车去接朋友,时而为自己要佳肴美食或者为儿子要美酒,时而要钱买一件惊人的礼物。

索尼娅料理家务,侍奉姑母,念书给她听,忍受她的任性和内心对她的嫌恶,协助尼古拉向老公爵夫人隐瞒他们的窘况。尼古拉觉得,他对索尼娅为他母亲所做的一切的感激之情,是报答不尽的。他赞赏她的耐性和忠诚,但尽量躲避着她。

他心里为了她太完美而责备她。她有一切为人们所珍贵的品质;但是就缺少使他爱她的东西。他甚至觉得,他对她的评价越高,对她的爱就越少。他在她的信中得到她给他自由的诺言,现在他对她的态度,就像他们过去的一切老早老早以前就给忘记了,在任何情形下也不可能再恢复了。

尼古拉的景况愈来愈糟了。他没有任何企望,也不指望什么;他内心深处却有着一种忧郁而庄严的愉快。他尽可能避开旧日的熟人,避开他们的同情和令人屈辱的援助表示,甚至在家里也不干什么,只跟母亲玩玩牌,在室内无言地踱步,一袋接着一袋吸烟。他似乎努力保持忧郁的心情,只有靠这种心情才能忍受他的处境。

六

初冬时分,玛丽亚公爵小姐来到莫斯科。她从城里的传闻得知罗斯托夫家的情况。

"我早知道他是这样的人了,"玛丽亚公爵小姐对自己说,她为确认自己是爱他的而感到愉快。她回顾她家和罗斯托夫全家的友情,似乎一家人似的亲密,她认为她应该去看望他们。但是一想起在沃罗涅日她和尼古拉的关系,她又害怕了。在到莫斯科几个星期以后,她还是鼓起了勇气去拜访罗斯托夫家去了。

迎着她的第一个人就是尼古拉,因为去伯爵夫人那儿必须经过他的房间。尼古拉看她头一眼脸上的表情,便是公爵小姐先前从未见到的冷淡、高傲的表情。尼古拉向她问候后,就把她送到母亲那儿,他坐了五六分钟,就出来了。

公爵小姐从伯爵夫人那儿出来,尼古拉又迎着她,他非常郑重而冷淡地把她送到前厅。她提起伯爵夫人的健康时,他一句也没回答。

"她想干什么?我简直受不了这些小姐和那些客套!"公爵小姐的马车驶走后,他抑制不住自己的愤怒,当着索尼娅的面大声说。

"哎呀,怎么能这样说,尼古拉!"索尼娅喜形于色地愉快,说。"她多么善良,妈妈非常喜欢她。"

尼古拉没有回答,他根本不想再谈她。但是自从公爵小姐来访后,伯爵夫人每天都要提她好几次。

当母亲提起公爵小姐时,尼古拉只是不作声,他的沉默惹急了母亲。

"她是一个可爱的好姑娘,"她说,"你应该去看看她。你总得去见见人啊;不然,你老和我们在一起,你一定闷得慌。"

"我根本不想去见人,妈妈。"

"你原说要去见人来着,现在又不愿意了。亲爱的,我真不理解你。你一会儿闷得慌,一会儿不愿见任何人。"

"我并没有说我闷得慌。"

"怎么,你不是说过,你竟连见她也不愿见。她是一个很可敬的姑娘,你一直是喜欢她的;但是现在,不知忽然生出了什么缘由。你什么都瞒着我。"

"一点也没有,妈妈。"

"我倘若求你做什么不快乐的事,倒也罢了,但是,我不过求你回访一次。这是应尽的礼数……"

"您一定要我去的话,我去就是了。"

"我倒没关系;我是为你着想。"

尼古拉叹了口气,咬住髭须,发起牌来,极力引开母亲的注意力。

在受到尼古拉意外的冷遇以后,玛丽亚公爵小姐不得不承认,她不愿首先去罗斯托夫家是对的。

"我就知道事情一定会是这样的,"她自言自语说。"我和他没有什么关系,我不过是想看看老太太,她待我一向不错,我欠了她不少的情。"

可是这些想法并不能使她得到慰藉:当她回忆那次造访时,一种类似悔恨的感觉折磨着她。虽然她下定决心不再去罗斯托夫家,忘掉那一切,可她总觉得自己没着没落似的。当她自问是什么东西使她烦恼时,她不得不承认,那是她和尼古拉的关系。他那冷淡的、彬彬有礼的态度,不是出自他对她的感情,他这种态度掩盖着某种东西。这正是她要弄明白的;直到现在使她感到心情不能安静的正是这一点。

仲冬的一天,她正在教室里照看侄儿做功课,仆人来禀报罗斯托夫来访。她决心不泄漏自己的秘密并保持镇静,她请布里安小姐和她一同到客厅里去。

她一下子就在尼古拉脸上看出,他不过是来回拜的,因此她拿定主意也保持他对她的那种态度。

在布里安小姐的协助下,公爵小姐总算顺利地进行了这场谈话;但是就在最后一分钟,就在他站起来的时候,她由于谈一些与她无关的事而感到如此疲倦,她的精神突然恍惚起来,她那一对明亮的眼睛向前凝视着,没有注意他已经起身,依旧坐在那儿没有动。

尼古拉看了看她,他想装作没有注意她的走神,就跟布里安小姐谈了几句话,又向公爵小姐看了一眼。她仍然坐着不动,在她那温柔的脸上露出痛苦的表情。他忽然对她可怜起来,他模糊地觉得,他可能就是她脸上所表现的哀怨的原因。他很想帮助她,对她说些使她快乐的话,可他想不出对她说什么。

"再见,公爵小姐,"他说。她醒悟过来,涨红了脸,深深地叹了一口气。

"啊,对不起,"她如梦初醒似的说。"您要走了,伯爵;再见! 送给伯爵夫人的枕头呢?"

"等一等,我这就去取,"布里安小姐说着走出了房间。

两个人都沉默了,时而彼此看一眼。

"是啊,公爵小姐,"尼古拉露出忧郁的微笑,终于说话了,"自从咱们第一次在博古恰罗沃见面以来,似乎过了不久,但是发生了多大的变化啊。我们都很不幸,——我愿意付出任何代价来挽回那个时光……但是挽回不来了。"

他说这话时，公爵小姐用她那明亮的目光凝神地望着他的眼睛。她仿佛极力在他的话里了解他向她表白感情的潜在的意思。

"是的，是的，"她说，"对于过去，您没有什么好惋惜的，伯爵。就我所了解的您现在的生活来说，您会永远带着愉快的心情来回忆它的，因为您现在是过着自我牺牲的生活……"

"我不愿接受您的称赞，"他连忙打断她的话，"恰恰相反，我每时每刻都在责备自己；不过，说这些话毫无意味，令人不快乐。"

他的目光又露出以前冷淡的表情。但是公爵小姐在他身上已经又看出她所熟悉、所爱的人，她现在就是同这个人谈话。

"我还以为您会同意我对您说这些话的，"她说。"我和您……和您全家都是如此亲近，所以我以为您不会以为我的同情用得不是地方；可是我想错了，"她说。她的声音忽然颤抖了。"我不知道为什么，"她镇定一下，继续说，"您从前不是这样的……"

"为什么——有上千种原因。谢谢您，公爵小姐，"他低声说。"有时特别难过啊。"

"原来就是为了这个！就是为了这个！"公爵小姐内心的声音说。"不，我爱他，不仅爱他那快活的眼神，不仅爱他漂亮的外表；我看出他那一颗高尚的心，"她在心里自言自语。"是的，现在他穷了，我富……是的，就是为了这个……是的，假如没有这样的事情……"望着他那善良的、忧郁的脸，她突然明白了他为什么冷淡的原因。

"为什么，伯爵，究竟为什么？"她向前凑近他，不由得突然大声说。"告诉我，为什么？您得告诉我。"他不吭声。"伯爵，我知道您为什么，"她继续说。"我心里难过，我……我向您承认这一点。您为什么要舍弃我们过去的友谊呢？这使我痛心。"在她的眼睛里和声音里都含有眼泪。"我的生活很少有幸福，任何损失都令我难过……原谅我，再见。"她突然哭起来，走出屋去。

"公爵小姐！看在上帝的分上，等一等！"他喊道，尽力拦阻她。"公爵小姐！"

她回头看了看。他们默默地注视了几秒钟，于是，那遥远的、不可能的东西，忽然成为眼前的、可能的和不可避免的东西了……

七

1814 年秋，尼古拉和玛丽亚公爵小姐结了婚，尼古拉带着妻子、母亲和索尼娅搬到童山居住。

在三年内,他没有变卖妻子的田产就还清了其余的债务,在一个表姐逝世后,他继承了一笔不算小的遗产,连皮埃尔的债务也还清了。

又过了三年,到1820年,尼古拉已经把他的财务整顿好了,他在童山附近买了一处不大的庄园,而且正谈判买回父亲的奥特拉德诺耶的住宅——这是他朝思暮想的事情。

当初由于需要而把庄园管理起来,不久,他对于经营庄园就入了迷,差不多成为他独一无二的爱好了。尼古拉是一个普通的地主,他不喜欢新的经营方法,尤其不喜欢当时流行的英国那套办法。他从不单独经营农业的某一部门。他的目光总是盯着整个庄园。他开始观察农民,向农民学习他们的工作方法、语言,以及对好坏是非的判断。只有当他了解了农民的兴趣和愿望、学会了用他们的语言说话、感到自己和他们已经亲密无间的时候,他才开始大胆地管理他们,也就是对农民尽他应尽的责任。于是尼古拉的农业经营也就取得了最辉煌的成就。

尼古拉着手管理庄园的时候,凭着他那天赋的洞察力,立刻准确无误地派定了村长和工长,并且他永远不调换他选定的头头。他首先要做的不是研究粪肥的化学成分,不是整天在借方和贷方中间打转,而是先弄清楚农民牲畜的头数,而且千方百计增加它。他赞助农民的家庭保持最大的规模,不赞成分家。他对懒汉、浪子和无用的人,决不宽恕,想尽一切办法把他们从集体驱逐出去。

在播种和收割干草和作物的时候,他对自己的田地和对农民的田地都一视同仁。很少有地主像尼古拉那样播种和收割得又早又好,而且收益又那么多。

他不爱管家奴的事,他说他们是寄生虫。当必须对某个家奴做出决定,特别是不得不予以惩罚的时候,他总是十分犹豫,同家里所有的人商量;只要能够用家奴代替农民去当兵,他总是毫不犹豫地让家奴去。在处理有关农民的问题上,他从来没有感到丝毫疑虑。他知道,他的每项决定都会得到全体农民的拥护,反对的不过一两个人。

他对那些不顺手或者乱七八糟的事,常愤慨地说:"咱们俄国农民真没办法,"他仿佛觉得他对农民简直难以容忍似的。

然而他却是用整个心灵爱"咱们俄国农民",爱他们的风俗习惯,正因为这样,他才能了解和吸取唯一富有成效的经营方法。

玛丽亚伯爵夫人嫉妒她丈夫对事业的热衷,而且惋惜她不能分享这种感情;但是,她不能了解他在那个对她说来是如此隔膜和生疏的世界里得到的乐趣和苦恼。她不能了解,他天一亮就起身,在田地里或者在打谷场上消磨整个早上,在播种、割草或者收庄稼回来同她喝茶的时候,他为什么总是那么特别地高兴和快活。当他兴高采烈地谈起富裕农户马特维·叶尔米什和他家里的人整夜运庄稼,别人还没有收割,他已经把禾捆垛起来了的时候,她不了解他为什么对这种事如此津津乐道。当他看见温暖的密雨落在干旱的燕麦幼苗上的时候,他从窗口走到阳台上,眨着眼,咧开嘴,为什么笑得那么兴奋,或者,在割草或者收庄稼的时候,满天乌云被风吹散,他那晒得又黑又红的脸流着汗,身上带着苦艾和矢车菊的气味,从打谷场回来,为什么兴奋地搓着手说:"再有一天,我们的和农民的粮食都要入仓了。"

更让她不了解的是,这个心地善良、处处迎合她的人,为什么听到她代农妇或者农夫请求免除一些劳役的时候,就露出近乎是绝望的神情,为什么好心肠的尼古拉坚决拒绝她,气愤地请她不要管与她无关的事。她觉得他有一个特殊的世界,他热烈地爱着那个世界,其中有一些东西是她所不理解的。

她有时想尽量了解他,对他谈起他的功绩就在于他给农奴做了好事,他一听就恼了,他回答说:"完全不是:我从来没有想这个;我所做的不是为他们谋福利。所有为他人谋幸福,全是胡诌的诗和老娘儿们的瞎扯。我是为了我们的子孙不至于去讨饭;我只好活着一天,就要把我们的家业安排好;如此而已。为了做到这一点,必须立个规矩,办事必须严格……就是这么回事!"他紧握着激动的拳头,说。"当然也要公平合理,"他又说,"因为假如农民缺吃少穿,只有一匹瘦马,不管是为他自己还是为我,都做不成事了。"

或许,正因为尼古拉不让自己有这样的想法——为了别人,为了行善等等,他所做的一切才颇有成效:他的财产很快增加起来;邻庄的农奴都来请求把他们买过去,他死后,农奴们长时间真诚地怀念着他的治理才能。

八

在管理家务时,尼古拉经常感到苦恼,他性子急,而且总按照骠骑兵的老习惯,动不动就挥拳头。开始,他并不觉得这有什么不好,但是婚后的第二年,他对这种惩罚方式突然改变了看法。

夏天,有一次他派人把顶替博古恰罗沃已故村长德龙的新村长叫来,因为有人控告他营私舞弊、玩忽职守。尼古拉到门口去见他,村长才回答了两句,就听见他在过道里大喊大叫,拳打脚踢。回家吃早饭时,他走到正在低头绣花的妻子跟前,照旧给她讲讲早上做过的事,顺便也提到博古恰罗沃村的村长。玛丽亚伯爵夫人脸上红一阵、白一阵,抿着嘴唇,始终低头坐着,没有搭腔。

"胆大妄为的恶棍,"他一想起来气就来了说。"他哪怕对我说一声他喝醉了,没见过……你怎么了,玛丽亚?"他忽然问。

玛丽亚伯爵夫人抬起头来想说话,可赶忙又低下头,抿紧嘴唇。

"你怎么了,亲爱的?……"

玛丽亚伯爵夫人并不漂亮,可每次一哭就变得很好看。她从来没有因为痛苦和烦恼而哭过,却总因为忧伤和怜悯落泪。她一哭,那对明亮的眼睛就有一种迷人的魅力。

尼古拉刚握住她的手,她就忍不住哭起来。

"尼古拉,我知道……是他不对,可你,你为什么要那样!尼古拉!……"她说着,用双手捂着脸。

尼古拉一声不吭,脸色变得通红,他从她身旁走开,默默地在房里踱来踱去,他明白她为什么哭;可要他否认从小就习以为常的事,他一时还转不过弯来。

"是她热心快肠、婆婆妈妈,还是她是对的呢?"他反问自己。在回答这个问题之前,他又朝她那充满爱和痛苦的脸看了一眼,他忽然明白她是对的,而他很早就做错了。

"玛丽,"他朝她走过去,低声说,"以后再也不会发生这种事了,我保证。绝对不会了,"他像一个请求宽恕的孩子,用颤抖的声音重复着。

伯爵夫人的眼泪流得更多了。她拿起丈夫的手吻了吻。

"尼古拉,你什么时候把头像打碎了?"为了换一个话题,她望着他手上的拉奥孔头像戒指说。

"今天,就是那件事。玛丽,别提它了。"他脸又红了。"我向你发誓,绝对不会发生那样的事了。让它永远提醒我吧,"他指着打碎的戒指说。

从此以后,每当尼古拉同村长和管家们发生争执,血往他脸上涌,拳头也开始紧攥起来的时候,他就转动套在手指上的那枚被打碎的戒指,在惹他生气的人面前,垂下眼皮。但他一年总有一两次忘记自己的诺言,这时他就到妻子面前认错,并保证绝不再犯了。

"玛丽,你一定瞧不起我吧?"他对她说。"那是我活该。"

"倘若你感到控制不住自己,你就赶快走开,"玛丽亚伯爵夫人忧郁地说,尽量安慰丈夫。

在本省的贵族圈子里,尼古拉受到尊敬,却并不讨人喜欢。他对贵族的利益不感兴趣。所以,有些人认为他高傲,有些人认为他愚蠢。整个夏季,从春播到秋收,他都在忙农事。到秋天,他用从事农务那样认真的精神,带着猎人和猎犬外出打猎，一去就是一两个月。冬天他到其他庄子去转转，或是读书。他主要读历史书，每年在这上边花不少钱。正如他所说，他收藏了不少书，而且凡是他所购买的书，他都照例要读完。他一本正经地坐在书房里读书，开始他把这当作一种任务，后来成为一种习惯，读书变成他的一种特殊的乐趣，他觉得自己是在做一件正经的工作。冬天除外出办事以外，他大部分时间都待在家里，享受天伦之乐，参与母亲和孩子们的一些琐事。他同妻子的关系越来越密切，每天都从她身上发现新的精神宝藏。

尼古拉完婚以后，索尼娅就住在他家里。婚前，尼古拉就把他和索尼娅的关系全都告诉了自己的未婚妻，他一边责怪自己，一边称赞索尼娅。他请求玛丽亚公爵小姐好好看待他的表妹。玛丽亚伯爵夫人知道自己的丈夫对不起索尼娅，同时也感到自己对索尼娅有愧；她认为是她自己的家产影响了尼古拉的选择，她丝毫也不能责怪索尼娅，而是应该喜欢她，而实际上，她不仅不喜欢她，有时心里还产生一种无法克制的厌恶感。

有一次，她和娜塔莎说起索尼娅，说自己对她不公平。

"听我说，"娜塔莎说，"《福音书》你很熟；里边有一节正好讲的是索尼娅。"

"哪一节？"玛丽亚伯爵夫人惊讶地问。

"'凡有的，还要加给他，没有的，连他所有的，也要夺过来，'你记得吗？她是那个没有的；因为她没有私心，因此她所有的，全被夺走了。我有时候十分同情她；开始我很希望尼古拉跟她结婚。可我总有一种预感，认为不可能实现。她就像草莓上开的一朵谎花，不结果子，你知道吗？"

虽然玛丽亚伯爵夫人一见索尼娅，就同意了娜塔莎的解释。索尼娅似乎确实并不为自己的处境感到苦恼，对自己注定是一朵谎花的命泰然处之。看来，与其说她爱家中某些人，不如说她爱整个这个家。她像一只猫，恋的不是家里的主人，而是恋这个家。她照料老伯爵夫人，爱抚孩子们，她很愿意为别人做些力所能及的小事，别人竟也不知不觉地接受着她的关照，可并不怎么感激她……

童山庄园又翻修过了，只是规模与已故老公爵在世时不能比了。

在拮据的情况下动工，工程自然是很简陋的。在原有的石基上建起了一所木结构的大房子，内部抹了灰泥。房子很宽敞，地板没有油漆，家具都是家里的木匠用自己的桦木做的。房子很宽敞，有下房，也有客房。罗斯托夫家和博尔孔斯基家的亲戚，有时候带着马和仆人，全家来到童山，住上几个月。此外，一年四次，逢到主人的命名日和生日，就有成百的客人到童山来聚上一两天。一年中的其他时间，生活则一成不变，有日常的工作，有茶，有用庄园里自产的粮食做的早餐、午餐和晚餐。

九

　　1820 年 12 月 5 日,冬季圣尼古拉节前夕。这一年初秋,娜塔莎就和丈夫、孩子住在哥哥家。皮埃尔去彼得堡办私事去了,他说要去三个星期,可是现在他已经在他那里待了七个星期了。他随时都可能回来。

　　12 月 5 日,在罗斯托夫家做客的除了别祖霍夫一家外,还有尼古拉的老朋友,退役将军瓦西里·费奥多罗维奇·杰尼索夫。

　　六日是尼古拉的命名日,要来很多客人,他知道自己必须脱下短棉袄,换上常礼服,穿上尖头窄皮靴,坐车到他新建成的教堂去,随后接待贺客,请他们用点心,谈论贵族选举和年景;可他认为他有理由像平时一样度过节日的前夕。午饭前,他检查了内侄名下的梁赞庄园管家的账目,写了两封事务性的信,巡视了谷仓、牛栏和马厩。对明天过节可能普遍喝醉酒采取了预防措施,然后就去吃午饭。他还未来得及跟妻子私下谈几句就入席了,长餐桌上摆着二十副餐具,家里人都已围坐在桌旁。

　　玛丽亚伯爵夫人坐在餐桌的另一端。她丈夫刚则就座,就拿起餐巾,把面前的玻璃杯和酒杯推开,只凭这一举动,玛丽亚伯爵夫人就猜出她丈夫心情不佳,他有时候就是这样,特别是当他直接从农场回来吃饭,在没有喝汤之前。玛丽亚伯爵夫人深知他的脾气,她自己心情好的话,她就耐心等着,等他喝完汤,她再跟他说话,让他自己承认,他没有理由不快活;可今天她完全忘记了察言观色,她觉得他没有理由地对她发火,心里很难过。她问他到哪里去了。他答了话。她又问家务情况是否都好。他听出她的声调不自然,不快活地皱了皱眉头,漫不经心地答了一句。

　　"既然不是我的错,"玛丽亚伯爵夫人心里想,"他为什么要冲我发脾气呢?"从他答话的腔调,玛丽亚伯爵夫人听出他对她不满,不愿意和她说话。她也觉出自己说话不自然,可还是忍不住要提几个问题。

　　餐桌上多亏杰尼索夫,大家立刻就热烈地交谈起来,玛丽亚伯爵夫人也没再跟丈夫说话了。当他们离开餐桌,去向老伯爵夫人道谢时,玛丽亚伯爵夫人伸出手来,一面吻了吻丈夫,一面问他为什么对她发脾气。

　　"你总爱胡思乱想;我连想也没想过要发脾气,"他说。

　　然而玛丽亚伯爵夫人知道,这个"总"字就是说:不错,我是在生气,只是不想说罢了。

尼古拉夫妇和睦相处，以至于连索尼娅和老伯爵夫人出于嫉妒，也希望他们之间出现不和睦，可又无懈可击。不过他们的关系也有不融洽的时候。有时正当他们感到非常快乐的时候，会忽然觉得疏远、反感；这种感觉经常发生在玛丽亚伯爵夫人怀孕的时候。现在她正在孕期。

"好了，先生们，女士们，"尼古拉大声说，看起来很兴奋，"我从六点钟就没闲着。明天还得受罪，我现在要去休息一会儿了。"他对玛丽亚伯爵夫人没再说什么，就到小起居室去，躺到沙发上。

"他总是这样，"玛丽亚伯爵夫人想道，"他和谁都说话，就是不和我说话。我看得出他厌烦我。特别在我怀孕的时候。"她朝自己挺得高高的肚子瞟了一眼，对着镜子照了一下她那张苍白瘦削的脸，她的眼睛显得比平常更大了。

杰尼索夫的喊声和笑声、娜塔莎的说话声，特别是索尼娅投向她的匆匆的一瞥，都让她感到厌烦。

她陪客人坐了一会儿，客人谈什么，她什么都听不进去，后来就悄悄到育儿室去了。

孩子们又把椅子摆成火车，玩到莫斯科去的游戏，也请她一起玩。她坐下陪孩子玩了一阵，可心里一直想着丈夫和他的无名怒火，她感到很烦恼。她站起来，艰难地踮起脚尖，到小起居室去了。

"也许，他没睡着，我想对他解释一下，"她想。她的大孩子安德留沙也踮着脚尖跟着她。玛丽亚伯爵夫人没有发现。

"玛丽，他似乎睡着了，他累了。"索尼娅在大起居室里说。"别让安德留沙把他吵醒了。"

玛丽亚伯爵夫人回头看见安德留沙尾随着，就觉得索尼娅的话说得对，因此，她满脸通红，强忍着没有说出难听的话。她一句话也没说，打了个手势，要安德留沙别出声，让他跟着她向门口走去。索尼娅从另一道门出去了。尼古拉睡觉的房间里传来均匀的呼吸声，这声音是他妻子非常熟悉的。她倾听着他的呼吸，端详着他那光滑漂亮的前额、胡须和整个面庞。每当夜深人静，他睡觉时，她往往长久地注视着这张脸。尼古拉忽然动了一下，咳了一声，就在这时，安德留沙在门口喊道：

"爸爸，妈妈在这儿站着呢。"

玛丽亚伯爵夫人脸都吓白了，忙向儿子打手势，他不说话了。接着是一阵沉默，玛丽亚感到害怕。她知道，尼古拉最不快活被人吵醒。房里又忽然传来咳嗽声。尼古拉很不快活地说：

"一分钟也不肯让我平静。玛丽，是你吗？你把他带到这里来干什么？"

"我只是来看看,可没注意……很对不起……"

尼古拉咳嗽了几声,不说话了。玛丽亚伯爵夫人离开门口,把儿子送回育儿室。过了五分钟,三岁的黑眼睛的小娜塔莎听哥哥说爸爸在小起居室里睡觉,就趁母亲不备,跑到爸爸这里来了。小姑娘大胆地吱推开房门,用结实的小腿有力地迈着小碎步,走到沙发边,见爸爸背对她躺着,就踮起脚尖吻了吻他枕在头下面的手。尼古拉露出温和的微笑,转过脸来。

"娜塔莎,娜塔莎!"玛丽亚伯爵夫人在门外急忙喊道,"爸爸要睡觉。"

"不,妈妈,他不想睡了,"小娜塔莎坚定地回答说,"他在笑呢。"

尼古拉从床上垂下腿,站起来,抱起女儿。

"进来吧,玛莎,"他对妻子说。玛丽亚伯爵夫人进来,在丈夫身边坐下。

"我没看见他在我背后跟着。"她怯生生地说。"我只是……"

尼古拉用一只手臂抱着女儿,发现妻子脸上带着歉意,就用另一只手臂把她搂过来,吻了吻她的头发。

"我能亲亲妈妈吗?"他问娜塔莎。

娜塔莎害羞地笑了。

"再吻一下,"她打了个手势,指着尼古拉吻过的地方命令说。

"我不明白,你怎么觉得我心情不好,"尼古拉知道他妻子心里有这么个问题,于是说。

"每当你这样,你想象不出我心里有多难过,多么孤单。我总觉得……"

"玛丽,你真糊涂。你也不害羞,"他快活地说。

"我总觉得,你不可能爱我,;因为我太丑了……从来就……而现在……又是这么个样……"

"哎呀,你真可笑!一个人并不是因为漂亮才可爱,而是因为可爱才漂亮。我爱我的妻子吗?不爱,我也不明白该怎么对你说。没有你,或是我们之间发生了什么不快乐的事,我就会六神无主,什么事也做不下去。你说,我爱自己的手指吗?不爱,可你把手指割掉试试……"

"不,我可不那么做,不过我理解。这么说,你没生我的气了?"

"生气极了,"他含笑说,站起来掠了掠头发,在屋里踱步。

"你知道,玛丽,我在想什么?"他们和解了,他又在妻子面前谈自己的打算。他也不管她爱不爱听,听不听他都无所谓。他说,他想劝皮埃尔在他们家待到开春再走。

玛丽亚伯爵夫人听丈夫说完之后,发表了自己的意见,随后就说起自己的打算来。她考虑的是孩子们的事。

"她现在已经像大人了，"她指着娜塔莎，说。"你们总责怪我们女人逻辑性差。我们的逻辑学家在这儿呢。我说：爸爸要睡觉，可她说：不，他在笑。还是她说对了，"玛丽亚伯爵夫人快活地笑着说。

"是呀，是呀！"尼古拉用强壮的手臂抱起女儿，高高举起来，放到肩上，抓住她的两只小腿，扛着她在屋里踱步。父女俩脸上都露出非常幸福的神情。

"你知道，或许你不公道，你太宠爱她了，"玛丽亚伯爵夫人用法语低声说。

"是啊，可有什么办法？……我尽量不表露出来……"

就在此刻，门廊和前厅传来滑轮声和脚步声，像是有人来了。

"是有人来了。"

"我看一定是皮埃尔，我去看看，"玛丽亚伯爵夫人说着走出房去。

尼古拉趁她出去，就扛起女儿在房间里飞快地兜圈子。他气喘吁吁，赶紧把乐不可支的小女孩放下来，紧紧搂到怀里。他注视着女儿圆圆的、幸福的小脸，心里想，等他自己变成了老头，带她去参加舞会，跳玛祖尔卡舞，就像他已故的父亲当初带女儿跳丹尼拉·库波尔舞那样，到那时，她会长成什么样子呢。

"是他，尼古拉，"几分钟后，玛丽亚伯爵夫人回来说。"这一下咱们的娜塔莎可兴奋了。你该看看她多开心，看看皮埃尔因为姗姗来迟，挨了多少埋怨。好了，快点去吧，快点！你们也该分手了，"她含笑望着小女儿偎依着爸爸。尼古拉牵着女儿的手走出屋去。

玛丽亚伯爵夫人待在起居室里。

"我总也不相信，"她自言自语地低声说，"会这么幸福。"她脸上露出笑容，但立刻叹了一口气，深邃的目光里露出淡淡的悲哀。

十

娜塔莎是1813年初春结婚的，到1820年她已生了三位千金，还有一个她长期盼望，现在由她亲自喂奶的儿子。她发胖了，身体变宽了，从现在这个健壮的母亲身上，已经很难找到当年那个苗条活泼的娜塔莎来了。她的面部轮廓分明了，露出一种宁静的表情。她脸上再也没有以前那种熊熊燃烧的青春活力了。现在只能看到她的躯体，再也看不到她的灵魂了，看到的是一个健壮、美丽的女人。过去的热情现在也很少燃烧了。只有像现在她丈夫回来了，或者儿子的病见好，或是她跟玛丽亚伯爵夫人一道回忆安德烈公爵，或者她不知为什么突然唱起歌来的时候，只有这些时候,她昔日的热情才会重新燃烧。当昔日的热情在她那丰满、美丽的身体里重新燃烧起来的时候,她就变得比以前更加迷人了。

娜塔莎婚后,他们夫妇在莫斯科、彼得堡,在莫斯科郊外的村庄、在尼古拉家,都住过。年轻的别祖霍夫伯爵夫人极少在交际场中露面,那些在交际场中见过她的人,也都对她没有好感。她既不可亲、也不可爱。娜塔莎也许不喜欢孤独,但她接二连三地怀孕,生孩子,喂奶,时时刻刻参与丈夫的生活,她只好谢绝社交活动,才能完成这些事。所有娜塔莎婚前就认识的人,看到她这种变化,无不像看到一件新奇事那样感到吃惊。只有老伯爵夫人凭着母性的本能看出娜塔莎的全部热情都起源于她对家庭和丈夫的需要。她在奥特拉德诺耶曾经认真地、并非玩笑地说过这样的话。母亲见别人对娜塔莎不理解,也觉得惊讶。她反复地说,她始终认为娜塔莎会做一个贤妻良母。

"她把全部的爱都用到了丈夫和孩子们身上,"伯爵夫人说,"甚至到了愚蠢的程度。"

娜塔莎所专心致志的,就是她的家庭,也就是她的丈夫,她必须使他整个属于她,属于这个家。

她不但从思想上,而且全身心投入到她所关心的这件事上,她陷得越深,这件事就越扩大,使她越发显得势单力薄,难于胜任,似乎她投入全副精力,还是做不完她该做的事。

有关妇女权利、夫妻关系、夫妻间的自由以及权利的种种议论,在当时尽管还不像现在这样被视为问题,但在当时和现在完全一样;娜塔莎对这些问题不但毫无兴趣,并且也不理解。

一般说来,娜塔莎并不爱交际,可她很重视亲属的来往。她穿着睡袍,大步从育儿室跑出来,把不再沾着绿色屎斑的尿布指给他们看,听他们安抚她说孩子已经好多了。

娜塔莎不修边幅,她的衣着、发型,随便的谈吐和嫉妒心,都成了她周围的人常常取笑的话题。大家都认为皮埃尔怕老婆,事实也确实如此,娜塔莎一过门就提出了自己的要求。皮埃尔听了妻子的话,不免大吃一惊,他的生活中的每一刻都要属于她,属于这个家庭,这个要求确实太新奇了;皮埃尔对妻子的这一要求感到吃惊,但也颇为得意,因此就接受了。

皮埃尔言听计从,他不仅不敢向别的女人献殷勤,纵使说话也不敢露出一丝笑容,他不敢去俱乐部用餐,借以消磨时间,不敢随便花钱,除非办正经事,他不敢长时间外出,妻子把他做学问也看作做正经事,她对科学一窍不通,她却很重视。作为交换条件,皮埃尔在家里有权按照自己的意志处理自己的事,也可以按照自己的意思处理家务。娜塔莎在家里甘当丈夫的奴仆;只要皮埃尔在书房里读书或写字,全家人都踮着脚尖走路。一旦皮埃尔表示喜欢什么,大家就马上满足他的要求。他一有所表示,娜塔莎就立刻跑去完成。

全家都按照实际上并不存在的皮埃尔的吩咐,也就是按照娜塔莎极力推测出的他的意图行事。他们的生活方式、居住地点、社交,娜塔莎的工作,孩子们的教养,都不但遵照皮埃尔的示意办理,而且遵照娜塔莎从皮埃尔言谈中揣摩出来的意图办理。她能准确地揣摩皮埃尔的意图,一旦猜出,她就坚决照办。倘若皮埃尔想改变主意,她就以其人之道还治其人之身。

皮埃尔永远也不会忘记,有一个时期很困难,娜塔莎生下头一个孩子,十分瘦弱,他们被迫连续换了三个乳母,娜塔莎都急病了。一次,皮埃尔把他信奉的卢梭思想讲给她听,说乳母哺乳不仅是反常的事而且有害。于是在生第二个孩子的时候,娜塔莎不顾母亲、医生和丈夫极力反对,她自己哺乳,而且娜塔莎从那时起就坚持自己哺乳所有的孩子。

有时在气头上,两口子争吵起来,这是常有的事,但在争吵过后很久,皮埃尔突然发现妻子不但在言谈中,而且在行动中会表现出她原本反对的那个想法,这让皮埃尔感到兴奋,他在争吵中间说过的偏激、过头的话,她却全不再提了。

十一

两个月前,皮埃尔就在罗斯托夫家住下,他收到费奥多尔公爵的信,让他去彼得堡商议当地一个协会的成员们正在研讨的重要问题。

娜塔莎看丈夫所有的信件。当她看完公爵的来信,就主动建议丈夫去彼得堡,尽管丈夫不在家会给她带来负担,尽管她对丈夫抽象的脑力劳动一窍不通,可她非常重视,生怕在这方面耽误了丈夫的工作。皮埃尔读完信,用探询的目光看了看娜塔莎。娜塔莎要他去,但是要定下回来的日子。皮埃尔获得了四周的假期。

两星期前,皮埃尔的假期便满了,在这两周里,娜塔莎常常处于忧郁不安的状态。

不满现状的退役军官杰尼索夫恰好在这两星期中来了,他一见娜塔莎就像看到一幅绝对不像他过去爱过的人的画像一样,又吃惊,又难过。她以前是那么可爱,但现在她的眼神是那么忧郁、空虚。

这段时间娜塔莎总是心情郁闷,烦躁不安,特别是母亲、哥哥或玛丽亚伯爵夫人宽慰她，为皮埃尔的迟迟不归找借口，尽量为他辩解时，她心情更坏。

"都是废话，胡说八道，"娜塔莎说，"他那些想法绝对不会有任何结果，那些团体也都愚蠢，"娜塔莎对自己原来以为很重要的事下了这样的断语说。然后她就到育儿室去喂她的独子佩佳去了。

她把出生刚满三个月的小家伙抱在怀里，感到他的小嘴在翕动，小鼻子在呼哧，她感到了莫大的安慰。这个小东西似乎在说："你生气了，嫉妒了，你想报复，你害怕了。可我就是他。我就是他……"她没有话回答他，因为他说的是真话。

在烦躁不安的两星期里，娜塔莎常常跑到儿子那里寻求安慰，摆弄孩子，结果奶喂多了，把孩子弄病了。孩子病了，她很惊慌，可同时她也希望孩子生病。由于照顾孩子，她对丈夫的牵挂就比较容易忍受了。

当大门口传来皮埃尔的雪橇声时，娜塔莎正在给孩子喂奶，保姆面带喜色，悄悄地走进屋来。

"是他回来了吗？"娜塔莎赶紧低声问，她不敢动弹，怕吵醒熟睡的孩子。

"回来了，太太，"保姆低声说。

血涌上了娜塔莎的脸，她的脚也不由自主地动起来，但是她不能跳起来跑出屋去。孩子又睁眼看了一下。"你在这儿，"他似乎说，然后又懒洋洋地咂起嘴来。

娜塔莎轻轻地抽出奶头，摇了摇孩子，把他递给保姆，快步向门口走去。可她在门中又停下来。似乎因为心里兴奋而急忙放下孩子，这使她良心受到责备，于是她又回头看了一眼。保姆正抬起臂肘，把孩子往床栏杆里抱。

"去吧，太太，您放心去吧，"保姆含笑说。

娜塔莎飞快地跑进前厅。

杰尼索夫拿着烟斗从书房来到大厅，这时，他才第一次认出娜塔莎来。她使人的眼睛都为之一亮。她容光焕发，光彩照人，喜上眉梢。

"他回来了！"她一边跑，一边说。杰尼索夫并不怎么喜欢皮埃尔，可他这时却因为皮埃尔回来而兴奋。娜塔莎一跑进前厅就看见一个身材魁伟的人正在解围巾。

"是他！是他！真的！他回来了！"她朝他跑过去，拥抱他，把他的头贴在胸前，然后又推开他，瞟了一眼他那结着霜花的、通红、快乐的脸。

这时娜塔莎突然想到自己受了两个星期等待的折磨，于是喜色顿消。她眉头一皱，就朝皮埃尔发起火来。

"你倒很自在！很快活，很开心……但是我呢？你至少也该关心关心孩子。我喂孩子，可是我的奶坏了。佩佳差点没死掉。你倒开心。是啊，你十分开心。"

皮埃尔知道自己没有错，因为他无法提前回来，他知道她这样发脾气不合适，也知道过两分钟她就会消气；而主要的是他知道自己非常快活。他本来想笑，可又不敢。于是他露出一副惊慌的可怜相，拱下身来。

"我没办法回来呀，真的！佩佳怎么样？"

"如今好了，走吧。你真不害羞！你真该看看，你不在家我成什么样子了，我难过极了……"

"你身体好吗？"

"走吧，走吧，"她说着却没有松开他的手，和他一起到卧室去了。

尼古拉夫妇来访皮埃尔时，他正在育儿室里，用他那宽大的右手抱着刚睡醒的儿子，抚摸着。孩子咧着大嘴，宽宽的脸上露出了快乐的笑容。一阵疾风骤雨已经过去，娜塔莎脸上闪耀着明朗、欢快的阳光，亲切地望着丈夫和孩子。

"你跟费奥多尔公爵谈妥了吗？"娜塔莎问。

"是的，谈得好极了。"

"你看，他的头抬起来了。他可把我吓坏了！"

"你看见公爵夫人了吗？她真会爱上他了……"

"是啊，你可以想象到……"

这时，尼古拉和玛丽亚伯爵夫人走进屋来。皮埃尔没有放下孩子，俯身吻了吻他们，回答了他们的问话。尽管有许多可谈的趣事，皮埃尔却完全被戴着小帽、晃着脑袋的儿子吸引住了。

"多么可爱啊！"玛丽亚伯爵夫人望着孩子，逗着他说。"我真不理解，尼古拉，"她对丈夫说。"你怎么就看不出这些小家伙有多迷人呢。"

"我也不明白，我怎么就是看不出，"尼古拉冷淡地看着孩子说。"一块肉罢了。走吧，皮埃尔。"

"不过，他这个当父亲的还是十分温存的，"玛丽亚伯爵夫人替丈夫辩白说，"不过要等到孩子满了周岁就是了……"

"皮埃尔但是很会带孩子的，"娜塔莎说，"他说，他的胳膊天生就是给孩子坐的。你瞧。"

"可偏偏不是给他坐的，"皮埃尔突然笑着把孩子抱起来，交给保姆。

十二

像任何一个真正的家庭一样，童山的庄园里也同时存在着几个不同的圈子。

它们各具特点,可由于互让互谅,成了一个和谐的整体。家里不论发生喜事或是不幸,对几个圈子都一样重要,不过他们对某件事表示忧伤或喜悦都有各自不同的理由。

比如皮埃尔的归来是一件重要的事,大家都感到欣慰。

仆人对主人的判断总是最准确,因为他们凭主人的行动和生活方式做出判断,他们对皮埃尔的归来感到兴奋,他们知道,只要皮埃尔在家,伯爵就不会每天去察看田庄的事务,而且伯爵的心绪和脾气都会好些,另外,大家都能得到很多节日的礼物。

别祖霍夫回来,孩子们和女教师也很兴奋,由于谁也不会像皮埃尔那样,带他们参加社交活动,只有他才会在小钢琴上弹那只苏格兰舞曲,他说在这只舞曲伴奏下能跳各种舞,而且,他肯定会给大家都带来礼物。

尼古连卡今年十五岁,他长着一头淡褐色的鬈发和一双美丽的眼睛,他是个聪慧的少年,皮埃尔回来,他也很兴奋,因为他很爱皮埃尔叔叔,总说他好。实际上,谁也没要他去特别喜欢皮埃尔,而且他见到皮埃尔的机会也不多。抚养他的玛丽亚伯爵夫人则想方设法要尼古连卡像她那样爱她的丈夫,尼古连卡也的确爱姑父,不过他爱姑父,多少带着些轻蔑的意味。尼古连卡不想当尼古拉姑父那样的骠骑兵,也不想得圣乔治十字勋章,他想跟皮埃尔一样有学问、聪明、善良。在皮埃尔面前尼古连卡总是喜气洋洋,皮埃尔一跟他说话,他就满脸通红,喘不上气来。他不放过皮埃尔说过的每一句话,过后就独自一人仔细体会皮埃尔每句话的意思。皮埃尔过去的生活,他在1812年以前的不幸遭遇,皮埃尔在莫斯科的经历,他的被俘生活,尼古连卡听皮埃尔说起的普拉东·卡拉达耶夫,他对娜塔莎的爱情,尤其是皮埃尔与尼古连卡已经忘记了的父亲的友谊,这一切都使皮埃尔在孩子的心目中成了英雄和圣人。

从尼古连卡听到皮埃尔谈起他父亲以及娜塔莎的零星谈话,从皮埃尔一提起尼古连卡亡父时的激动心情,从娜塔莎提到他时谨慎而又虔诚的态度,情窦初开的尼古连卡推测他父亲一定爱过娜塔莎,临终时又把她托付给他的朋友。尼古连卡尽管不记得父亲了,可他觉得不可思议,而且对他很崇拜,他一想到父亲,就悲喜交集,泪水夺眶而出。所以,皮埃尔的归来,使孩子们也很兴奋。

客人也很欢迎皮埃尔,因为只要有他在场,大家在一起就显得十分热闹、和谐。

家里的成年人,他的妻子就更甭提了,也很喜欢他,因为有他在,生活就更轻松、安静。

老太太们也非常喜欢他带给她们的礼物,而更重要的,是他使娜塔莎又活跃起来。

皮埃尔意识到不同的人对他持有不同的看法，就尽力想满足他们的愿望。

皮埃尔本来是没有记性的人，可这次他根据妻子开的单子，全都买齐了。他刚结婚时，妻子嘱咐他别忘了买该买的东西，他还觉得奇怪，可他第一次出门，就把什么都忘了。妻子为此非常不快，他感到很吃惊。以后他就习惯了。他知道娜塔莎什么也不要，只有他提出来，她才让他给别人买东西，现在他从给全家人买礼物感到一种意外的、孩子似的乐趣，并且他再也不会忘记要买的东西了。假设娜塔莎责怪他，那只是因为他买的东西太多或太贵。娜塔莎除了不修边幅、漫不经心这两个缺点外，现在又增加了吝啬。

皮埃尔自从有了一大家子人口，开销很大，但皮埃尔自己也觉得奇怪，他发现开销的数目竟比原先减少了一半。

生活有了节制，钱用得也就少了，皮埃尔再也不愿像过去那样挥金如土，那样会使他随时倾家荡产。他认为他的生活方式现在已经永远确定下来，至死也不会变更了；并且他也无权改变这种节约的生活方式。

皮埃尔露出快乐的笑容，整理着他买回来的东西。

"多么漂亮！"他像售货员一样抖开一块衣料，说。娜塔莎连忙把炯炯的目光从丈夫身上移到他买的那块衣料上。

"是给别洛娃的吗？太好了。"她摸了摸衣料的质地。

皮埃尔说出了价格。

"太贵了，"娜塔莎说。"孩子们会非常兴奋，妈妈也会开心的。只是你不必给我买这个，"她忍不住笑，欣赏着当时刚流行的一把镶嵌着珍珠和金丝的梳子。

"是阿杰莉鼓动我买的，她一个劲儿地说，买吧，买吧，"皮埃尔说。

"我什么时候戴呢？"娜塔莎把梳子插到发辫上。"等玛申卡在舞会上抛头露面的时候吧，说不定到那时候又时兴这个了。好了，我们走吧。"

他们把礼品收拾好，先去育儿室，随后去见老伯爵夫人。

皮埃尔和娜塔莎带着一包包礼品来到客厅时，老伯爵夫人正在跟别洛娃玩牌。

老伯爵夫人已六十多了，满头白发，戴着一顶压发帽，荷叶边围住了整个脸。她的脸上满是皱纹，上嘴唇瘪着，两眼无神。

她的儿子和丈夫接连去世，她感到自己像是被遗忘在这个世界上，没有了存在的价值和意义。她吃饭，喝水，有时睡觉，有时不睡觉，她没有活着。生活没有给她留下一点印象。她只图清静，别无他求，而只有死亡才能给她带来宁静。可在死神降临之前，她还得活下去，还得消耗她的时间和生命。她的生活没有任何客观的要求,仅有运用各种机能的主观需要。她不是由于外界的推动而做这一切。她说话纯粹是由于生理上她需要运动她的肺部和舌头。她像婴儿一样哭,由于她需要擤鼻涕,诸如此类。那些被精力旺盛的人视为目的的,在她显然只是一种借口。

因此,清晨,特别是当她头一天吃过油腻的东西,她就想发脾气,于是别洛娃的耳背往往成了她最好的借口。

她在房间的另一头低声对别洛娃说了句什么。

"今天好像暖和些,我亲爱的,"她低声说。别洛娃回答说:"他们已经来了,"她就生气了,抱怨说:"天哪,她聋得够呛,真蠢!"

另一个借口就是她的鼻烟,不是嫌太干,就是嫌太湿,再不就嫌研得不够细。发过脾气,她的脸就蜡黄。因此使女们一看她的脸色就知道准是别洛娃耳朵又背了,或是鼻烟又太湿了。正像她需要发泄肝火一样,她有时也需要活动一下她变得迟钝的脑筋,这时她的借口就是玩牌。如果她需要哭,那么去世的伯爵就成了她的借口。她需要大惊小怪,尼古拉和他的健康状况就成了借口。她需要说刻毒话,她就找玛丽亚伯爵夫人的事。

老太太的情况全家人都知道,尽管谁也不说,而且大家都尽力满足她的要求。只有尼古拉、皮埃尔、娜塔莎和玛丽亚之间偶尔交换一下眼色,彼此心照不宣。

不过这些眼色,还含有另外一层意思,那就是说明她已尽了自己做人的义务,他们此时所见到的已不是完整的她,我们有朝一日也都会变得像她现在这样,因此人人都肯将就她,肯为了这个曾经很可爱,曾经也像我们一样充满活力,而如今变得一副可怜相的人而克制自己。

全家只有那些冷酷的人、蠢材和孩子才不明白这一点,因而避开她。

十三

皮埃尔夫妇来到客厅,恰好碰上老伯爵夫人在玩牌。她虽然照常说了:"也该回来了,该回来了,我亲爱的;大家都等急了。这下好了,谢天谢地。"每次皮埃尔或她的儿子回来,她都如此说。把礼物递给她时,她也还是那几句老话:"可贵的不是礼物,谢谢你还惦记着我这么个老太婆……"但皮埃尔来得不是时候,她的牌刚打到一半,分了她的心,使她十分不快活。她打完了牌才去看礼物。送给她的礼物有一只做工精巧的牌匣、一只淡蓝色的塞佛尔盖杯,一只绘有老伯爵肖像的鼻烟壶。她这时不想哭,于是冷冷地看了一眼那肖像,就专心摆弄起牌匣来了。

"谢谢你,亲爱的,你让我心里兴奋,"她像以往一样,说。"不过你总算回来了，这十分好了，闹得太不像话，你真该说说你媳妇。成什么体统？你不在家，她简直像发了疯。什么都看不见，什么都忘了。"她又说她常说的话。"你看，安娜季莫菲耶夫娜，"她又说，"女婿给咱的牌匣多么精致。"

别洛娃把礼物称赞了一番，她也非常喜欢皮埃尔送给她的那块衣料。

皮埃尔、娜塔莎、尼古拉和玛丽亚伯爵夫人，还有杰尼索夫，有许多话要说，但是当着老伯爵夫人的面又不能说，他们倒不是有什么事要瞒着她，而是因为老伯爵夫人已经大大地落伍了，假如当着她的面谈话，就得回答她提出的一些早已过时的问题，不断重复他们说过的话，告诉她某人去世了，某人结婚了，但她还是记不住；不过他们还是照例在客厅里围着茶炊喝茶。

喝茶的时候，他们始终在谈这种谁也不感兴趣，可又无法避免的话题。家里的成年人全围坐在圆桌的茶炊旁，索尼娅也坐在这里。孩子们和男女家庭教师早已喝过茶了，隔壁起居室传来他们的谈笑声。喝茶时，大家都坐在自己的老地方；尼古拉坐在炉边的小桌旁，茶也给他端到桌上了。老米尔卡是原先的猎犬米尔卡的女儿，这时卧在他身旁的安乐椅里，满脸白毛，两只乌黑的大眼睛显得比平常更鼓了。杰尼索夫敞着将军服，坐在玛丽亚伯爵夫人身旁。皮埃尔坐在妻子和老伯爵夫人中间。他谈了许多他认为老太太会感兴趣，并且能听得懂的事。他谈到外界社会，谈到老伯爵夫人的同辈人，他们也确实活跃过一阵子，但如今却天各一方，一辈子将要完了，正在收藏他们早年种下的庄稼的最后的谷穗。老伯爵夫人认为她那一代才真正是正儿八经的一代。娜塔莎看出皮埃尔兴致勃勃，知道他这次出门一定很有趣，会有许多话要说，但是当着老伯爵夫人的面无法启齿。杰尼索夫不是这个家庭里的成员，他搞不清楚皮埃尔为什么这么谨小慎微，同时，由于他对现状不满，很想知道彼得堡的情况，所以他不断地怂恿皮埃尔讲讲谢苗诺夫团刚刚发生的事，讲讲阿拉克切耶夫，讲讲圣经会。皮埃尔有时得意忘形，就讲起来，尼古拉和娜塔莎则把话题转到伊万公爵和玛丽亚·安东诺夫娜伯爵夫人的健康上来。

"嗨，戈斯涅尔，塔塔利诺娃，那全是疯子干的事，怎么样，他们还继续干吗？"杰尼索夫问。

"继续干？"皮埃尔大声喊叫起来。"他们干得比任何时候都卖劲儿。圣经会如今成了政府了。"

"那是什么，我亲爱的朋友？"老伯爵夫人问，她已经喝完茶了，想在饭后找一个借口发脾气。"你说政府是什么意思，我不理解。"

"您知道，妈妈，"尼古拉插话说，他知道怎样才能翻译成母亲能听懂的话，"亚历山大·尼古拉耶维奇·戈里津公爵创办了一个团体，听说，他很得势。"

"阿拉克切耶夫和戈里津,"皮埃尔冲口而出,"现在当权了。但他们怎么样呢?认为处处是阴谋,草木皆兵。"

"咳,亚历山大·尼古拉耶维奇有什么错?他德高望重。我从前常在玛丽亚·安东诺夫娜家见到他,"伯爵夫人怒冲冲地说,大家沉默不语,她更感到气恼,于是接着说:"现在大家都说长道短。圣经会有什么不好?"她站起身来,板着脸,朝起居室她的桌旁走去。

在一阵令人难堪的沉默中,邻室传来孩子们的欢声笑语。他们那里一定有什么值得兴奋的事。

"完了,完了!"小娜塔莎快乐的喊声盖过了所有的人。皮埃尔和玛丽亚伯爵夫人,和尼古拉交换了一下眼色,会心地笑了。

"真是悦耳的音乐啊!"他说。

"准是安娜·玛卡罗夫娜的袜子织好了,"玛丽亚伯爵夫人说。

"走,我们去看看,"皮埃尔一跃而起,说。"你知道,"他在门口停住了脚步,"我为什么很喜欢这种音乐吗?因为我一听到这种音乐就知道孩子们全很好。我今天回家,一路上离家越近,就越担心。一来到前厅,听见安德留沙朗朗的笑声,我就知道,孩子们都好……"

"我懂,我懂这种感觉,尼古拉赞同地说。""不过,我不去,她织的袜子太神奇了。"

皮埃尔到孩子们房里去了,喊声更高,笑得也更欢了。"安娜·玛卡罗夫娜,"皮埃尔说。"你到中间来,听口令:一,二,我说三,你就站到这里来。我来抱你。好,一,二……"皮埃尔说,接着一阵沉默。"三!"房间里传来孩子们高兴地喊叫声。

"两只,两只!"孩子们喊道。

他们说的是两只袜子。安娜·玛卡罗夫娜有一个绝招,能用一副针一次织出一双袜子。每次织好以后,她总是得意扬扬地当着孩子们的面,把一只袜子从另一只里抽出来。

十四

过了一会,孩子们来道晚安。他们一一吻过在座的人,男女家庭教师行过礼,就告退了。只有德萨尔和尼古连卡没有走,老师小声让他的学生下楼去。

"不,德萨尔先生,我请求姑妈让我留在这儿"尼古连卡·博尔孔斯基也同样小声回答说。

"姑妈，让我待在这儿吧，"尼古连卡走到姑母面前，说。他又高兴，又激动，露出央求的神色。玛丽亚伯爵夫人看了他一眼，对皮埃尔说：

"只要您在这儿他就不乐意走了……"

"我立刻就把他送到您哪儿去"，皮埃尔把手伸给那个瑞士人，接着含笑转向尼古连卡。"咱们还没来得及见面呢。玛丽亚，他长得真像，"他对玛丽亚伯爵夫人又说。

"是像爸爸吗？"孩子的脸红了，他用敬慕的眼睛仰视着皮埃尔。皮埃尔点点头，又接着谈被孩子们打断的话题。玛丽亚伯爵夫人在十字布上绣花；娜塔莎目不转睛地盯着丈夫。尼古拉和杰尼索夫站起来要烟斗抽烟，索尼娅无精打采，却一直守着茶炊，他们从索尼娅手里接过茶，又询问起皮埃尔来。

话题转到当时对最高当局的一些流言。杰尼索夫因为在军界失意而对政府不满，现在听说彼得堡出了丑闻，感到十分兴奋，对皮埃尔的话发表了一通强烈而尖刻的议论。

尼古拉虽然不像杰尼索夫那样专门挑毛病，可他仍然认为议论政府是件大事，他认为甲出任某部大臣，乙出任某地总督，皇帝说什么话，大臣说什么话，全都十分重要。他认为对这一切都应该关心，于是他也向皮埃尔探问。只是他们两人问到的不外乎一些有关政府高级部门的逸闻。

娜塔莎摸透了丈夫的脾气，她早就看出皮埃尔想换换话题了，看出他很想倾吐自己心里的想法，他正因为这才到彼得堡去跟他的新交费奥多尔公爵磋商的；但是他现在没有办法，只好由贤内助来帮忙。于是娜塔莎问他跟费奥多尔公爵的事怎么样了。

"什么事？"尼古拉问。

"还是那些事，"皮埃尔环视了一下，说。"大家都看出，情况已经很糟了，力挽狂澜，匹夫有责。"

"那么正直的人能做什么呢？"尼古拉微微皱了皱眉，说。"他们能做什么呢？"

"是这样……"

"我们到书房里去吧，"尼古拉说。

娜塔莎早就觉得该喂孩子了，听见保姆唤她，就到育儿室去了。玛丽亚伯爵夫人也跟着她走了。男人们走进书房去，尼古连卡·博尔孔斯基乘姑父不注意，也跟了进去，躲到窗口写字桌旁幽暗的角落里。

"你说怎么办？"杰尼索夫说。

"都是些空想，"尼古拉说。

"是这样，"皮埃尔没有就座，他一边在房间里踱来踱去，一边含混不清地说。"是这样。彼得堡的情况是这样，皇帝什么也不过问。他彻底陷入神秘主义之中了。他只图清静。而只有那些丧尽天良的人，不问青红皂白，乱砍乱杀，像马格尼茨基、阿拉克切耶夫之流，才能使他清静……假设你不管家业，只图清静，那么你的管家越厉害，你的目的就越容易达到，你同意吗？"他对尼古拉说。

"你这话是什么意思？"尼古拉说。

"要全面崩溃了。凡是正常的事物都遭到扼杀！众所周知，不能再这样继续下去了。弦绷得太紧，肯定要绷断的，"皮埃尔说"我在彼得堡，对他们只讲了一件事。"

"对谁呢？"杰尼索夫问。

"这您知道，"皮埃尔皱着眉，意味深长地望着他说。"对费奥多尔公爵和他们那一帮。奖励教育事业、慈善事业，这固然不错。而目前的状况，需要另外的东西。"

尼古拉这时才发觉他的小侄子在场，他沉下脸，朝他走过去。

"你在这儿干什么？"

"让他待在这儿吧，"皮埃尔抓住尼古拉的手臂，又说："那样是不够的，我对他们说：现在还需要另外的东西。那根弦绷得很紧，随时可能断，当大家都在等待着不可避免的变革时，就应该有更多的人紧密地携起手来，同心协力来抵御那场灾难。年富力强的都已经被拉过去了，蜕变了。像你我这样独立的自由人已经没有了。应该扩大我们的社会圈子；我们的口号不应该是道德，而应该是独立和行动。"

尼古拉从内侄身边走开，气愤地挪过一把扶手椅坐下，听皮埃尔谈话，他不以为然地咳嗽着，不断地皱眉。

"那么，行动的目的是什么呢？"他喊道。"您对政府采取什么立场呢？"

"采取这样的立场！协助的立场。假设政府允许，那么组织也无须保密。这个组织不但不和政府作对，还是一个地地道道的保皇派。一个地地道道的士绅的组织。我们的目的是防止明天普加乔夫来杀害你我的子孙，防止我被送往屯垦区去。我们是为了公众的利益，为了公众的安全才携起手来的。"

"是的，但是一个秘密组织只能产生恶果，"尼古拉说。

"为什么？难道拯救欧洲的道德联盟（当时还不敢妄想俄国能拯救欧洲）有什么害处吗？道德联盟是一种美德的联盟，那就是爱，就是互助，就是基督在十字架上所宣扬的东西。"

谈话间，娜塔莎走进来，快乐地看着她丈夫。并不是丈夫的谈话使她兴奋。她甚至对丈夫谈的事不感兴趣，他讲的这些，她早就知道了，但是她见他兴高采烈的样子，她十分兴奋。

那个被大家遗忘了的、从翻领里伸出细脖子的孩子，更是望着皮埃尔出神。皮埃尔的每一句话都深深地印在他的心上，他的手指在不停地动，他不自觉地竟从姑父桌上拿起火漆和鹅毛笔，并且把它们弄断了。

"绝对不是你想象的那样，这就是德意志的道德联盟以及我的建议。"

"老兄，道德联盟对于吃腊肠的人固然是好，但是我不了解它，甚至连这个字的音都读不出来，"杰尼索夫用响亮的声音断然说。"到处都很腐败，糟糕，这我承认，不过对道德联盟我不了解，不满意，暴动就是了！到时候我就是你的人了。"

皮埃尔笑了，娜塔莎也大笑起来，尼古拉却把眉头皱得更紧，他开始对皮埃尔阐明不会发生任何变革，他所说的危险只存在于他的幻想之中。皮埃尔却认为恰恰相反，因为他的想象力更强，思想更活跃，尼古拉深感自己一筹莫展。这令他更加气恼，因为他凭一种比推理更强的东西断定他的看法绝对正确。

"我要说的是，"他站起来说，手指神经质地抽搐着。"我无法向你证明。你说我们的一切都腐朽了，要进行一次变革；我看不出有什么必要；你说，宣誓是有条件的，关于这一点，我要说明：你我是至交，这你也知道，但是假设你们组织一个秘密团体反对政府，不管是什么样的政府吧，我的职责是拥护政府。如果阿拉克切耶夫现在下命令，要我率一个骑兵连讨伐你们，我将毫不踌躇，立刻出发。至于你爱怎么说，就怎么说吧。"

他说完话，出现了一阵难堪的沉默。娜塔莎首先开口替丈夫辩护，攻击她哥哥。她的辩解笨拙无力，可她却达到了目的。交谈又开始了，不过尼古拉刚才说完话时那种敌对的气氛已经消失了。

当大家都站起来准备去吃晚饭时，尼古连卡·博尔孔斯基脸色苍白，忽闪着明亮的眼睛，向皮埃尔走过来。

"皮埃尔叔叔……您……说……倘若爸爸活着……他会赞成您说的话吗？"他问。

皮埃尔突然意识到他在谈话时，这孩子头脑里一定展开过一场复杂而强烈的感情波澜和思想活动。他想起自己说过的话，后悔不该让孩子听见。可他还得回答他。

"我想会的，"他勉强答了一句，就走出书房去了。

孩子低下头，好像这时他才意识到自己在桌上闯下祸了。他涨红了脸，向尼古拉走去。

"姑父,原谅我,我不是故意的,"他指着折断的火漆和鹅毛笔说。

尼古拉气得浑身发抖。

"算了,算了,"他把折断的火漆和鹅毛笔扔到桌子底下,说。他强压着怒火,转过脸去。

"你本来就不该进来,"他说。

十五

吃晚饭时,他们不再谈论政治和社团,反而回忆起 1812 年来了,这是尼古拉最喜欢的话题。杰尼索夫开的头,皮埃尔也十分起劲。随后这几个亲戚在友好的气氛中散去了。

吃过晚饭,尼古拉在书房里宽衣,对久已等候的管家吩咐了几句,就换上睡衣,走进卧室,他发现妻子还在桌前写着什么。

"你在写什么,玛丽?"尼古拉问。玛丽亚伯爵夫人脸一下子红了。她害怕丈夫不会理解,也不赞成她写的东西。

她本来不愿让他看她写的日记,现在既然被他发现,能告诉他,她也觉得兴奋。

"这是日记,尼古拉,"她把一本写满了坚定有力的大字的蓝笔记本递给他。

"日记?……"尼古拉含着嘲讽的意味说,接过笔记本。笔记本里用法语写道:

"十二月四日。今天大儿子安德留沙睡醒觉不肯穿衣服,路易小姐派人来找我。孩子既任性,又固执。我想吓唬吓唬他,可他的火气更大了。我只好把他撇在一边,让保姆帮别的孩子穿衣服,并对他说,我不喜欢他。他似乎大吃一惊,一直沉默不语;接着,他只穿一件内衣跑到我跟前,哇的一声大哭起来,我哄了他半天也没用。看来,他因为伤了我的心而感到十分难过;后来,晚上我给他分数单的时候,他吻着我,又难过地哭了。只要对他温存体贴,他就能听话。"

"分数单是什么?"尼古拉问。

"我每天晚上根据孩子们的表现,给他们打分数。"

尼古拉看了一眼盯着他的那双闪光的眼睛,又接着看看日记。日记记下了母亲认为孩子们生活中值得注意的情况,反映出孩子们的性格,并提出了教育方法的一般意见。虽然记的大部分都是鸡毛蒜皮的琐事,母亲却不这样认为,连第一次读关于孩子们情况的日记的父亲,也不如此认为。

十二月五日写道:

"米佳吃饭时淘气。爸爸说不给他馅饼吃,就没有给他吃,别人吃馅饼,他眼巴巴地看着,口水都快流出来了!我想,罚孩子们,不让他们吃甜馅饼,只会增强他们的贪欲。应该告诉尼古拉。"

尼古拉放下日记,看了妻子一眼,她那双闪光的眼睛询问地望着丈夫。毫无疑问,尼古拉不仅赞成妻子写日记,而且很称赞她。

"也许用不着这样过于认真;也许根本不用这样做,"尼古拉想;但为培养孩子们的道德品质所做的孜孜不倦的努力和精神,使他钦佩。如果尼古拉对自己的感情能够理解的话,那么,他会吃惊地发现,他爱妻子爱得如此忠贞、温存、自豪,主倘若因为她那真诚、永远存在内心的崇高精神境界,使他惊叹不已。

他深爱妻子的聪明才智,而自己的精神世界与妻子相比,又是十分逊色,她不但身心属于他,并且成为他的一部分,这使他越发感到欣慰。

"我十分赞成,十分赞成,我的亲爱的,"他意味深长地说:"我今天表现很不好。当时你不在书房里。我跟皮埃尔争执起来,我发脾气了。没法不发脾气,他太幼稚了。要不是娜塔莎管着他,我真不知道他要变成什么样子。你知道他去彼得堡干什么……他们在那里组织了……"

"这我知道,"玛丽亚伯爵夫人说。"娜塔莎告诉我了。"

"那么,你知道,"尼古拉想起他们的争论非常激动,他接着说。"他试图说服我,反政府是每个正直人的职责,因此宣誓效忠……可惜你当时不在场。他们共同围攻我,包括杰尼索夫和娜达莎……娜塔莎真可笑,管他管得那么严,可一争论,她就没话说了,只能重复他的话,"尼古拉又说,抑制不住要议论自己的亲属。他没料到他说娜塔莎的这番话可以原封不动地用到他们自己的夫妻关系上。

"是的,我也注意到了,"玛丽亚伯爵夫人说。

"我对他说忠于职守高于一切时,他想说服我,说那都是胡扯。可惜你不在场,否则你会怎么说呢?"

"依我看,你是对的。我对娜塔莎也是这么说的。皮埃尔说人人都在受苦受难,我们有义务帮助亲人。当然,他的话不错,"玛丽亚伯爵夫人说,"但是他忘记了,我们还有更迫切的责任,那是上帝的旨意,我们自己可以去冒险,但绝不可以让孩子们也去冒险。"

"是啊,是啊,我对他就是这么说的,"尼古拉赞同地说,他真以为自己这么说过。"可他还是说要爱他人和基督教,并且都是当着尼古连卡的面说的,这孩子偷偷溜进书房,把东西都弄坏了。"

"唉,你知道,尼古拉,这孩子时常叫我担心,"玛丽亚伯爵夫人说。"他不是一个普通的孩子。我怕由于自己的孩子而冷落了他。我们都有孩子,有亲人;他却什么亲人也没有,总一个人呆着想心事。"

"我看你根本用不着为他而自责。一个最慈爱的母亲为自己的儿子能做的一切,你都为他做到了,而且还在做。这当然使我感到兴奋。他是个十分好的孩子。今天他听皮埃尔讲话都听出了神。我们去吃晚饭的时候,他把我桌上的东西都弄坏了,而且立刻向我承认错误。我从来没听他说过一句谎话。真是个好孩子!""尼古拉又说,他向来不喜欢尼古连卡,但承认他是个好孩子。

"我跟他的生母毕竟不一样,"玛丽亚伯爵夫人说,"我感觉到这中间的差别,我很难过。一个很好的孩子,可我真替他担心。他倘若有个伴就好了。"

"没关系,时间不会太长了;明年夏天我带他到彼得堡去,"尼古拉说。"是啊,皮埃尔一向都是梦想家,而且永远是个梦想家。"他接着说,又回到书房里的话题上,这显然让他很激动。"阿拉克切耶夫好与不好,以及其他种种,与我有什么相干?我结婚时,负债累累,随时都有坐牢的危险,母亲看不到,也不了解,这跟我又有什么相干。后来有了你,有了孩子和家业。我从早到晚在事务所里,忙着工作,难道是为了满足我个人的兴趣吗?不是的,我明白自己应当工作,以便赡养老母,报答你,不让孩子们像我过去那样受穷。"

玛丽亚伯爵夫人打算对他说,人活着不单靠面包,他太看重家业了;但她知道说也没有用。她只拿起他的手吻了一下。他把妻子这一举动当成是赞同他的想法的表示,他沉吟了一会,继续大声自言自语。

"玛丽亚,"他说,"今天伊利亚·米特罗凡内奇(他的管家)从唐波夫乡下回来说,已经有人出八万卢布要买那片林子了。"尼古拉还兴冲冲地说很快就可能买下奥特拉德诺耶。"再过十来年,我就能给孩子们留下上万卢布,景况会非常优裕的。"

玛丽亚伯爵夫人一听就明白丈夫所说的一切。她知道,每当他自言自语,有时会问她他说了些什么,假如发现她在想别的事,他会生气的。她总努力听,因为她对他说的毫无兴趣。她对这个永远不会理解她所想的一切的人百依百顺,怀着无限柔情,并且她的爱与日俱增。她全部沉溺在这种感情之中,使她无法深入细致地考察丈夫的想法，与此同时，她头脑里还闪过一些与丈夫的想法毫无共同之处的念头。她想起她的侄儿，她想到他温文尔雅、过于敏感的个性；她想到侄儿，也想到她自己的孩子们。她并没有把侄儿和她的孩子们做比较，但她比较了自己对他们的感情，发现对尼古连卡的感情中缺少了点什么，这使她感到心情沉重。

有时她觉得，这种区别是年龄的差异造成的；可她感到自己对不起他，私下保证一定改正，做她做不到的事，也就是今生今世一定要爱丈夫，爱孩子，也爱尼古连卡，爱一切人，像基督爱人类那样。玛丽亚伯爵夫人总在不断地追求永恒、永生和完美无缺，所以她的灵魂永远得不到安宁。她脸上常常露出一种受肉体之累的灵魂所感受到的隐秘、崇高、而且痛苦的严峻表情。尼古拉看了看她。

"我的上帝！每当她脸上流露出这样的表情，我就觉得她会死的，倘若她死了，我该怎么办呢？"他想，然后来到圣像前作晚祷。

十六

娜塔莎和皮埃尔单独在一起时，谈话也和一般夫妻之间无异，也就是彼此直截了当交换思想，用一种很特别的方式交谈。娜塔莎习惯了用此种方式与丈夫交流，为此，只要皮埃尔谈话时一运用逻辑推理，就无比准确地表明他们夫妻之间出现问题了。只要他一开始平心静气地说理，而她也学他的样，她就明白，他们即将吵架了。

他们单独在一起时，娜塔莎会马上把幸福的眼睛睁得大大的，突然安静地走到丈夫旁边，把他的头紧搂在自己胸前，说："你现在完全属于我了！你走不掉了！"接着他们就交谈起来，两人同时谈完全不同的话题。他们同时探讨许多问题，非但不妨碍彼此理解，反而准确地说明他们彼此完全理解。

娜塔莎对皮埃尔讲起他不在家时她的烦恼，感觉生活没意思，讲她比过去更喜欢玛丽，讲玛丽在任何方面都比她强。娜塔莎在说这些话时，十分认真地认为自己没有玛丽好，与此同时她希望皮埃尔更喜欢她，而不时喜欢玛丽或别的女人，尤其是当皮埃尔又在彼得堡见识过许多别的女人，她必须再一次向他阐明这一点。

皮埃尔在答复娜塔莎时对她说，在彼得堡的晚会和宴会上的夫人小姐们，让人难以忍受。

"我几乎忘记了和那些夫人小姐们说过些什么，"他说，"无聊透顶。况且我又很忙。"

娜塔莎认真看了他一眼，又说：

"玛丽实在太好了！"她说。"她十分了解孩子们。她好像把他们的心思都看透了。就拿昨天米坚卡淘气……"

"唉，他和他父亲太像了，"皮埃尔插话。

娜塔莎心里清楚皮埃尔为什么说米坚卡像尼古拉，他只要想到自己跟内兄之间的争执就不高兴，他想知道娜塔莎的观点。

"尼古拉的确有这个弱点，只要大家没有承认的，他不会表示同意。不过，我明白，你很重视扩展新视野的，"她重复了皮埃尔之前说过的一句话。

"不，主假使，"皮埃尔说，"尼古拉认为思考和推理是一种排遣，哪怕是消磨时间。比如，他收藏图书，并且立下了一条规定，不把他所买的西斯蒙第、卢梭、孟德斯鸠的著作读完，决不再买新书，"皮埃尔含笑又说。"你知道，我……"他开始缓和自己的口气；娜塔莎打断他，让他感到自己不必那样做。

"你说，他以为思考是种消遣……"

"是的，可我以为其他的一切才是消遣。我在彼得堡时，会见每个人，都如同在做梦一般。只要陷入沉思，我会感到其余的一切仅仅是消遣而已。"

"啊，你去看孩子们的那会儿，抱歉我不在场，"娜塔莎说。"你觉得哪个更可爱？是丽莎吗？"

"是的，"皮埃尔说，还接着说他的心事。"尼古拉说，我们不应去思考。可我做不到。在彼得堡就更别说了，我感觉假设没有我，那就全完了，大家都固执己见。但我却可以把大家拢到一起，我的想法十分简单有效。要明白，我不说我们应该去反对什么，那样会出现差错的。我说：好善者都携起手来，我们的旗帜是——踊跃行善。谢尔盖公爵是个好人，十分聪慧。"

娜塔莎确信皮埃尔的思想是伟大的，但是有一点使她心绪不安。那就是，他是她的丈夫。"如此重要的，对社会有用的人，难道也可以同时做我的丈夫吗？根本没有可能。"她想把自己的想法告诉他。"谁能确信他的确比其他人都聪明呢？"她扪心自问，而且在脑子里都想了一遍皮埃尔最尊崇的人。以他的话去判断，他最崇拜的只能是普拉东·卡拉塔耶夫了。

"你想明白我在想什么吗？"她说，"我在想普拉东·卡拉塔耶夫。他够资格吗？现在他会赞成你吗？"

"普拉东·卡拉塔耶夫？"他说，沉思半晌，明显在认真思考卡拉塔耶夫对这个问题的观点。"他会不明白，但是，我想，他会赞成的。"

"我爱死你了！"娜塔莎突然说。"非常，非常爱你！"

"不，他会反对的，"皮埃尔停顿了一下说。"他不会反对咱们的家庭生活。他希望任何事都井然有序，我可以自豪地让他看看咱们。你说到分开，你不会相信，咱俩分开后，我对你怀有一种特别的感情……"

"对，那是愈加……"娜塔莎说。

"不，我说的不是那个。我一刻不停都在爱着你，这爱已然到了极致；但这却是相当……没错，肯定……"他的话没有说完，相遇的目光说明了其余的一切。

"什么蜜月啦，什么开头最甜蜜啦，"娜塔莎忽然说，"都是瞎扯。恰恰相反，现在才是黄金时刻。只要你不出远门的话。你还记得咱们吵架吗？总是我不对，总是我。可咱们为什么争吵，我已经不记得了。"

"总是为一件事，"皮埃尔微笑说，"嫉……"

"停下来，我不想听，"娜塔莎喊道，冰冷的目光含着怒气。"你见到她了吗？"她沉思了半晌，接着薯片。

"没有，哪怕见到也不认识了。"

他们沉默了片刻。

"啊，你明白吗？你在书房里讲话那会儿，我一直看着你，"娜塔莎说，只想尽快驱散向他们袭来的阴云。"你跟我们的小儿子长得太像了，简直一般无二。啊，该到孩子那里去了……该下来了……但我不舍得走开。"

他们又沉默了片刻，突然四目相对，一齐开口说话。皮埃尔感到满足，娜塔莎也露出安静而幸福的微笑。他俩几乎同时开口，又同时停下来，让对方先说。

"不，你想说什么？说吧，说吧。"

"不，还是你说吧，我不过随便一说，"娜塔莎说。

接着皮埃尔说开了。他无比得意地继续讲他在彼得堡取得的成绩。他以向全俄和全世界指明新方向为自己的使命。

"我只是想说，大凡具有伟大影响的思想总是很简单的。我感觉假使坏人可以聚集在一起形成一种势力，那么好人也同样可以那样做。仅此而已。"

"是啊。"

"你想说什么呢？"

"我不过随口一说。"

"没问题，说吧。"

"没什么，简直不值一提，"娜塔莎说，她的笑容显得愈加愉悦了，"我是想说佩佳，今天保姆要把他从我手里接过去的时候，他大小连声，眯起眼睛，紧紧地搂住我，他可能以为这样就把自己藏了起来呢。可爱到极点了。你听，他在哭呢。行了，再见吧！"她走出房门。

这时,在尼古连卡·博尔孔斯基的卧室里,如同以前模样点着一盏小灯。德塞尔高高地枕着四个枕头睡着了,均匀的鼾声从大鼻子发出。尼古连卡被噩梦惊醒了。他梦见自己和皮埃尔头戴普鲁塔赫小说里的那种头盔。他和皮埃尔叔叔亲率一支大军。这支大军是由秋天飘荡的蛛网组成的。前面是光荣,与那些斜线相似,不过略显粗些。他和皮埃尔愉悦高兴地被牵引着向前走去,离目标不远了。突然,牵引他们的线断了,乱成一团,拉不动了。尼古拉·伊利伊奇姑父正颜厉色地站在他们面前。

他指着碎火漆和折断的鹅毛笔说。"这是你们干的吧,我曾爱你们,可阿拉克切耶夫命令我,谁继续往前走,就杀掉谁。"尼古连卡回头看皮埃尔,皮埃尔早已不见。皮埃尔变成他父亲安德烈公爵,父亲虽然模模糊糊,却分明站在那里,尼古连卡一看就明白他相当爱他。父亲疼爱他。可尼古拉·伊利伊奇姑父离他们越来越近了。尼古连卡一害怕,就吓醒了。

"我父亲,"他想。"我父亲来过了,还爱抚过我。他赞成我,也赞成皮埃尔叔叔。不管他怎么说,我都照办。我明白,他们让我学习。我必须学习。但总有一天,我的学习终将结束,到那时我会大有作为。我只求上帝让我遇到如同普鲁塔克的英雄们所遇见的事,我也一定照他们的样子去做。我会做得更好。人人都会知道我,爱我,称赞我。"尼古连卡忽然感到胸口发紧,想哭,于是大哭起来。

"你不舒服吗?"他听见德塞尔的声音问。

"没有,"尼古连卡回答说,又躺到枕头上。"他那么和气,我喜欢他,"他这么想德塞尔。"还有皮埃尔叔叔!他是个多么好的人啊!还有父亲呢?父亲啊!是的,我必须做一件甚至连他也感到骄傲的事……"